套用‧替換
零失誤的 英文
搭配詞大全

ENGLISH COLLOCATION

▌前言

　　在國際社會中，對表達能力的需求與日俱增。就算能夠閱讀或是聽懂英語，但在說或寫的時候，有時仍然無法以自然的英語表達。原因之一就在於母語的干擾。例如「光明的未來」「接電話」「野餐」「水與油」「損益」等日常生活中常用的片語，或許沒辦法馬上想到英語該怎麼說。它們的英語分別是 a bright future、answer the phone、have a picnic、oil and water、profit and loss。「光明的未來」如果能馬上想到用 bright 就沒問題了。但「接電話」的「接」是用 answer 來表達。「野餐」並不是像「做作業 do homework」一樣以 do 表達，必須注意。「水與油」「損益」則是有固定的英語詞序，不能反過來說。另外，a strong position「有力的立場」的相反是 a weak position「弱勢的立場」，但 a strong wind「強風」的相反卻不是 a weak wind，而是 a light wind「微風」。

　　單字與單字之間有其適配性，這種「單字之間的習慣性搭配」稱為 collocation（搭配詞）。搭配詞的知識對於使用接近母語人士的自然英語非常重要。本書以簡明易懂的方式，列出希望學習者一開始能夠學會使用的基本單字搭配說法，目的在於讓讀者能夠確認英語單字之間自然的連用方式、培養語感，而對英語會話及寫作有所助益。以往較少有人整理的 highly successful（非常成功的）、absolutely delighted（非常高興的）、openly discuss（公開討論）等等表示程度、感情的 -ly 副詞和形容詞、動詞的連用方式，在本書中也有很豐富的整理。

　　搭配詞一般分為詞彙性質及文法性質兩種。詞彙性質的搭配詞有 a lovely girl、have a dream、absolutely right 等「形容詞＋名詞」「動詞＋名詞」「副詞＋形容詞」的連結形態。另一方面，文法性質的搭配詞有

believe that...、provide A with B 等動詞、名詞、形容詞和介系詞、不定詞、子句等遵循文法結構的搭配規則。以往的搭配詞字典傾向於收錄詞彙性質的搭配詞為主，但對於學習者而言，在說或寫的時候，同時學習文法性質的搭配詞是很重要的，所以本書也收錄了這些文法性質的條目。

選擇核心單字項目時，我們以國高中教科書的單字選定標準、大學英語教育學會的基本單字列表「JACET8000」、British National Corpus（BNC）的高頻率單字為準，從搭配詞的觀點選擇大約 2500 個重要的單字，並且依照 BNC 的頻率統計列出基本的搭配用法。

本書的例句以 BNC 等語料庫（匯集實際使用的自然語言的資料庫）為基礎，但為了提供適合學習者、彷彿置身實際情境的例子，所以藉由教導外國人英語經驗豐富的同事 Jon Blundell 的協助，對書中的例句進行嚴密的審訂，而完成了此書的編寫。

最後，我要由衷感謝帶領我進入字典的世界的恩師岡田尚老師，以及在外研究時在語料庫語言學方面提供指導的 Charles Owen 老師。

如果本書能夠對於想提高英語表達能力的高中生、大學生及一般讀者有所助益，對我而言是喜出望外的一件美事。Let's collocate ！

塚本倫久

最常用 2,500 字的 19,000 種搭配表達方式 簡單查詢、輕鬆套用，隨時正確表達不失誤！

依核心單字字母排序，即查即用最方便

為了讓讀者隨時都能快速找到單字的使用方式，本書依照核心單字的字母排序，查詢起來就像字典一樣簡單。每當對單字用法有疑問時，都能立即查詢、立即套用正確的說法，從此不再有用錯單字的困擾。

E

eager /ˈiɡə/ 形 熱切的，渴望的

only too	eager	非常渴望的
really	eager	

▷ Julie was **only too** eager *to* end the conversation with her mother. Julie 非常想結束和她母親的對話。

eager	to do	渴望做…的
eager	for A	渴望 A 的

▷ I was eager to see him again. 我渴望再次見到他。

ear /ɪr/ 名 耳朵；聽覺

cover	one's ears	摀住耳朵
close	one's ears	充耳不聞
shut	one's ears	
strain	one's ears	聚精會神地聽（不容易聽到的聲音）
prick up	one's ear	豎起耳朵注意聽
pierce	one's ears	穿耳洞
clean	one's ear(s)	清潔耳朵
fill	A's ears	（聲音）充滿耳朵
reach	A's ears	（聲音）傳到耳朵
lend	an ear	耐心傾聽
bend	A's ear	嘮叨地對 A 訴說
be all	ears	很願意傾聽，洗耳恭聽

ringing. 參加搖滾音樂會之後我耳鳴了。

▷ **My ears pricked up** when I heard my colleagues talking about me to the manager. 當我聽到同事跟經理講我的事情時，我的耳朵豎了起來。

the external	ear	外耳
the inner	ear	內耳
the middle	ear	中耳
a good	ear	好聽力
a sharp	ear	敏銳的耳朵
a sympathetic	ear	有同情心的傾聽

▷ She always lends me a sympathetic ear. 她總是有同情心地聽我說話。

by	ear	不看樂譜（聽過就會彈奏）
in	A's ear	在耳邊（說）
an ear	for A	學習 A（音樂、語言）的天分

▷ She played the piano by ear. 她不看譜彈了鋼琴。
▷ She whispered "I love you!" in his ear. 她在他耳邊悄悄說「我愛你！」。
▷ She has a good ear for music. 她很有學習音樂的天分。

(PHRASES)
A's ears are burning. 「耳朵癢」（背地裡被人談論）
I couldn't believe my ears. ☺ 我不敢相信自己聽到的。
Open your ears. ☺ 注意聽。 ▷Open your ears and realize that I'm telling you the truth. 注意聽，你就會知道我說的是真的。

一目瞭然的表格化整理，立即掌握單字搭配、替換法

依照「動詞＋名詞」、「形容詞＋名詞」、「副詞＋動詞」等文法架構，將類似的單字搭配整理在清楚的表格中，不但容易了解，還能學會替換部分單字的其他說法。

收錄 10,000 個依據真實語料編寫的例句

書中收錄的 10,000 個例句，是參考語言資料庫中出現的實際例子，並且針對日常生活的表達需求撰寫。讀著讀著就能在不知不覺中提高英文表達能力。

▌本書的使用方式

1. 核心單字

★本書收錄從名詞、形容詞、動詞中選擇的約 2,500 個基本單字，以字母順序排列。拼法相同但詞性不同的單字，列為不同的條目。美式、英式拼法不同時，以美式拼法為準，另外在單字中譯之後標註英式拼法。

2. 發音

★發音以音標標示於 /⋯/ 中。美式、英式發音的差異需要注意時，則以先美式、後英式的順序分別標示。

3. 單字中譯

★原則上只列出搭配詞會使用的字義。主要在美式英語中使用的字義以⊛表示，主要在英式英語中使用的字義以⊛表示，主要在口語中使用的字義以〔口語〕標示，非正式場合使用的字義以〔非正式〕標示。

4. 搭配詞表

★核心單字為多義詞時，以雙線區分不同的語義用法。搭配詞為同義、反義語，或者彼此相關時，以點線表示。

★表中的名詞以無冠詞或加上 a、an、the、one's、A's 的形式表示。one's 表示和主詞相同的人稱，A's 表示和主詞不同的人稱。但冠詞則是以代表性的冠詞呈現，所以即使表中使用的是不定冠詞，在例句中也常出現配合上下文而使用定冠詞的情況。

★詞彙性質的搭配詞：
　名詞的條目以「動詞＋名詞」「形容詞＋名詞」「名詞＋名詞」為主。
　動詞的條目以「副詞＋動詞」為主。「副詞＋動詞」「動詞＋副詞」的情況中，副詞位置有可能只限定於動詞之前或之後，也有可能兩者皆可。將副詞放在前後哪個位置較好，會隨著每個搭配詞或語境而有所不同。在表中呈現的是一般較常用的位置。
　形容詞的條目以「動詞＋形容詞」「副詞＋形容詞」為主。

★文法性質的搭配詞：本書也列出表達時必要的文法性質搭配用法。C 表示補語。各種詞性的主要搭配條目如下。
　動詞的條目有「動詞＋ to do／doing」「動詞＋ that」「動詞＋名詞＋介系詞＋名詞」。
　形容詞的條目有「形容詞＋介系詞」「形容詞＋ doing／to do」「形容詞＋ that／wh- 子句」。
　名詞的條目有「名詞＋ to do」「名詞＋ that 子句」「名詞＋介系詞／介系詞＋名詞」。

★例句中的搭配詞部分以粗體套色標示，要特別注意的連用介系詞以斜體標示。

★在搭配詞以外加上其他成分的固定用法，以 ◆ 強調。

5. PHRASES PHRASES〉

★日常口語中固定使用的單句說法，以笑臉 ☺ 表示。

★這裡也列出 I'm afraid (that)...、It's fair to say (that) 等用來引導主要訊息的固定說法。

A

abandon /ə`bændən/ 動 遺棄，放棄

completely	abandon	完全放棄…
never	abandon	永不放棄…
largely	abandon	幾乎完全放棄…
virtually	abandon	實際上放棄…
effectively	abandon	
finally	abandon	終於放棄…

▷ I have **never abandoned** my dream to go abroad. 我從來沒放棄出國的夢想。

▷ The project was **finally abandoned**. 這個計畫終於被放棄了。

ability /ə`bɪlətɪ/ 名 能力，才能；（學科）能力

have	the ability	有能力
demonstrate	one's ability	展現能力
show	one's ability	
develop	one's ability	培養能力，提升能力
enhance	one's ability	
lack	the ability	缺乏能力
lose	one's ability	失去能力
affect	A's ability	影響能力
doubt	A's ability	懷疑能力
assess	A's ability	評價（學科）能力
test	A's ability	測試（學科）能力

▷ How can I **develop** this **ability**? 我要怎麼培養這項能力？

▷ Drugs were used to **enhance** athletic **abilities**. 藥物曾被用來提升運動能力。

▷ Laura **lacks** the **ability** to care about people. Laura 欠缺關心他人的能力。

an exceptional	ability	優異的能力
an extraordinary	ability	
a remarkable	ability	出色的能力
a great	ability	
a natural	ability	與生俱來的能力
an innate	ability	
intellectual	ability	智力
linguistic	ability	語言能力
artistic	ability	藝術才能

physical	ability	身體能力
athletic	ability	運動能力
high	ability	高度的（學科）能力
low	ability	低下的（學科）能力
average	ability	平均的（學科）能力

▷ He was a writer of **exceptional ability**. 他是個能力優異的作家。

▷ Tony, you have a **natural ability** to help people. Tony，你天生有幫助別人的能力。

▷ Mike is a student of **average ability**. Mike 是能力中等的學生。

ability	to do	做…的能力

▷ He had the **ability to** read a situation. 他擁有判斷情勢的能力。

able /`ebl̩/

形（be able to do）能夠…的；有能力的

barely	able to do	幾乎不能…
hardly	able to do	
better	able to do	比較能夠做…
more	able to do	
the most	able	最有能力的
less	able	沒那麼有能力的

▷ I feel **better able to** make these comments now. 我現在覺得比較能夠做出這些評論了。

▷ He was **the most able** boy John had ever taught. 他是 John 教過能力最優秀的男孩子。

absence /`æbsn̩s/ 名 不在，缺席；缺少

a long	absence	長期缺席
a prolonged	absence	特別長的缺席
a temporary	absence	暫時缺席
unauthorized	absence	未經許可的缺席
a complete	absence	完全沒有
a total	absence	
a conspicuous	absence	明顯的欠缺

▷ She came back to work after a **long absence**. 在長期缺席之後，她回來工作。

▷ The problem is that there is a **complete absence** of political leadership. 問題在於政治領導勢力的完全缺乏。

absence	from A	從 A 缺席

▷ I imagine you'll be taking quite a long **absence from** the office. 我想你會從公司缺席好一陣子吧。

in	A's absence	在 A 不在時

▷ What has happened **in** my **absence**? 我不在的時候發生了什麼事？

▋ absent /ˈæbsənt/ 形 不在的，缺席的

entirely	absent	完全缺少的
totally	absent	
conspicuously	absent	缺少而引人注意的

▷ The latest figures were **entirely absent** from the report. 報告中完全沒有最新的數據。
▷ Paul's name was **conspicuously absent** from the list. 引人注意的是 Paul 的名字不在名單上。

absent	from A	從 A 缺席的；A 所欠缺的

▷ She was **absent from** school for 3 days. 她從學校缺席了三天。（★在會話中常以 not at...、not there 表達：I telephoned him at work, but he wasn't there. 我在上班時間打電話給他，但他不在。）

▋ absorb /əbˈsɔrb/ 動 吸收；合併（公司）

easily	absorb	容易吸收
quickly	absorb	
rapidly	absorb	很快地吸收

▷ Calcium in milk is **easily absorbed** by the body. 牛奶裡的鈣質很容易被身體吸收。

absorb	A into B	吸收 A 到 B 中

▷ You get drunk when too much alcohol is **absorbed into** the blood. 血液中吸收了太多酒精，就會酒醉。

▋ absorbed /əbˈsɔrbd/ 形 專心投入的

totally	absorbed	全神貫注的
completely	absorbed	

▷ Jill was **completely absorbed** in her work. Jill 全神貫注投入工作。

absorbed	in A	專心投入 A

▷ He was totally **absorbed in** his computer and didn't hear anything. 他全神貫注在電腦上，什麼也沒聽到。

▋ abstract /ˈæbstrækt/ 形 抽象的

highly	abstract	非常抽象的
purely	abstract	全然抽象的
entirely	abstract	

▷ This is a **highly abstract** argument. 這是非常抽象的論點。

▋ abuse /əˈbjus/ 名 虐待；濫用

prevent	abuse	預防虐待；預防濫用
open to	abuse	容易遭到濫用

▷ What can be done to **prevent abuse** of the elderly? 有什麼方法可以預防對老人的虐待？（★ abuse 也可以當動詞，以下是以被動態表示「被虐待」的例句：Some children are **abused by** their parents. 有些孩子遭受父母的虐待。）

alcohol	abuse	酒精濫用（酗酒）
drug	abuse	藥物（毒品）濫用
substance	abuse	藥物濫用
sexual	abuse	性虐待
sex	abuse	
child	abuse	兒童虐待
verbal	abuse	言語暴力

▋ accept /əkˈsɛpt/ 動 接受；答應

fully	accept	完全接受
readily	accept	欣然接受
reluctantly	accept	不情願地接受
be generally	accepted	被普遍接受
be widely	accepted	

▷ I didn't want to **fully accept** what had happened. 我不想完全接受已經發生的事情。
▷ She quite **readily accepted** his proposal of marriage. 她欣然接受了他的求婚。

accept	A as B	把 A 當成 B 來接受

▷ I've **accepted** it **as** my fate. 我已經接受這是我的命運。

A

| accept | that... | 接受⋯這件事 |

▷He doesn't **accept that** he's too old to go skydiving. 他不接受自己年紀太大而不能跳傘的事實。
◆**It is accepted that...** 大家／大眾認同⋯ ▷It was accepted that there was nothing more we could do. 大家認同我們已經無計可施的事實。

| be prepared to | accept | 準備好接受，願意接受 |
| be willing to | accept | |

▷I was **prepared to accept** her offer. 我已經準備好接受她的提議。

acceptable /ək`sɛptəbl/ 形 可接受的

generally	acceptable	被普遍接受的
perfectly	acceptable	完全可接受的
mutually	acceptable	雙方可接受的
socially	acceptable	社會上可接受的
morally	acceptable	道德上可接受的
widely	acceptable	被廣泛接受的

▷That's **perfectly acceptable**. 那是完全可以接受的。
▷We hope we'll be able to find a **mutually acceptable** solution. 我們希望找到彼此都可以接受的解決方式。
▷Violence is not **socially acceptable**. 暴力在社會上是不容許的。

| acceptable | to A | 對於 A 而言可接受的 |

▷His conclusion is **acceptable to** most people. 他的結論對於大部分的人而言是可接受的。

access /`æksɛs/ 名 使用的權利，存取；通道

gain	access	進入；得到使用的權利
get	access	
deny A	access	拒絕 A（人）的存取

▷Hackers can't **gain access** to our credit card information. 駭客無法取得我們的信用卡資訊。
▷I was **denied access** to the website of the City Hall. 我被拒絕存取市政府的網站。

easy	access	容易前往，容易使用
public	access	公眾使用
unauthorized	access	未經許可的存取
Internet	access	網路連線

▷Since my room was on the top floor, I had **easy access** to the roof. 因為我的房間在頂樓，所以很容易就能到屋頂。
▷There is no **public access** to that parking lot. 那個停車場不開放一般大眾使用。

accident /`æksədənt/ 名 意外事故；偶然

have an	accident	遭遇事故
be involved in an	accident	
cause an	accident	造成事故
avoid an	accident	避免事故
prevent an	accident	預防事故
investigate an	accident	調查事故

▷I'm afraid he **had an accident** last night. 恐怕他昨晚發生了意外。
▷We didn't know what **caused the accident**. 我們不知道是什麼造成了事故。
▷The police are having a campaign to **prevent accidents**. 警方正在進行預防事故的宣傳活動。
▷Police are **investigating** the **accident**. 警察正在調查這件事故。

| an accident | happened | 發生意外事故 |
| an accident | occurred | |

▷The **accident occurred** about 9 p.m. Wednesday. 這起意外是星期三晚上大約 9 點時發生的。

a terrible	accident	嚴重的事故
a bad	accident	
a serious	accident	嚴重的事故
a tragic	accident	悲劇性的事故
a fatal	accident	死亡事故
a minor	accident	輕微的事故
a nuclear	accident	核子事故
a car	accident	車禍
a road	accident	交通事故
a traffic	accident	

▷"What's wrong with you?" "There's been a **terrible accident**."「你怎麼回事？」「發生了嚴重的事故。」
▷I had a **bad accident** when I was young. 我年輕時曾經遭遇到嚴重的意外。
▷35% of **serious accidents** are caused by bad driving. 35% 的重大事故是不當駕駛造成的。
▷He was involved in a **fatal accident** in Italy. 他在義大利被捲入一場死亡事故中。

A

an accident	involving A	牽涉 A 的事故

▷ Most **accidents involving** children happen on journey to or from school. 大部分的孩童事故發生在往返學校途中。

in	an accident	在事故中
by	accident	不小心；偶然，意外地

▷ His mother was killed **in an accident** eight years ago. 他的母親八年前因事故身亡。

▷ Sorry, I pushed the button **by accident**. 抱歉，我不小心按到按鈕了。

(PHRASES)

it is no accident 這不是偶然 ▷ It's no accident that all your friends are here. Surprise party! Happy Birthday! 你的朋友全在這裡並不是偶然。這是驚喜派對！生日快樂！

accord /əˋkɔrd/ 名一致，調和；協議

reach	an accord	達成協議
sign	an accord	簽署協議

▷ Southeast Asian countries and China **signed an accord** to create the world's biggest free trade area. 東南亞各國與中國簽署了協議，要創造世界最大的自由貿易區。

an accord	between A	A 之間的協議

▷ It's going to be very difficult to reach an **accord between** the USA and China. 要達成美國與中國之間的協議會很困難。

in	accord with A	與 A 一致
of	one's own accord	自願地，主動地

▷ Nobody forced the Prime Minister to resign. He did it **of his own accord**. 沒有人強迫首相辭職。他是自願的。

account /əˋkaʊnt/

名帳戶；帳目；記述，說明

open	an account	開設帳戶
close	an account	關閉帳戶
credit to	an account	把帳記在帳戶上
withdraw from	an account	從帳戶提領
settle	an account	結清帳戶

give	an account	講述；說明
provide	an account	
take A into	account	考慮到 A

▷ I'd like to **open an account**. 我想要開戶。

▷ He **gave** a fascinating **account** of his journey around Europe. 他對於自己環遊歐洲的旅行做了一番引人入勝的敘述。

▷ We need to **take into account** the fact that he was under a great deal of stress. 我們必須考慮到他之前壓力很大的事實。

a bank	account	銀行帳戶
a savings	account	儲蓄帳戶
a checking	account	支票帳戶，
a current	account	活期存款帳戶
a full	account	完整的說明
an eyewitness	account	目擊者的敘述

▷ I'll put the money into your **bank account**. 我會把錢匯到你的銀行帳戶。

▷ He gave me a **full account** of the race. 他完整說明了比賽的情況。

by	all accounts	根據各方說法
on	A's account	為了 A（人）好
on	account of A	由於 A 的關係
on	that account	因為那個原因
on	this account	因為這個原因

▷ Tony was, **by all accounts**, a bright child. 大家都說 Tony 是個聰明的孩子。

▷ School was closed **on account of** the typhoon. 學校因為颱風而關閉了。

▷ We couldn't meet the deadlines. It was **on that account** that we lost the contract. 我們趕不上期限。為此我們失去了合約。

account /əˋkaʊnt/

動（account for A）解釋 A 的原因；佔 A 的比例

fully	account for A	能完全解釋 A
partly	account for A	能部分解釋 A
still	account for A	仍然佔有 A（比例）

▷ Coffee **still accounts for** more than 40% of Rwanda's exports. 咖啡仍然佔盧安達出口的 40% 以上。

accurate /ˋækjərɪt/ 形精確的，準確的

fairly	accurate	相當精確的
reasonably	accurate	
highly	accurate	非常精確的
not completely	accurate	不完全精確的
not strictly	accurate	
historically	accurate	歷史上正確的

▷ Your guess was **fairly accurate**. 你的猜測相當準確。

▷ I'm sure this is a **historically accurate** depiction. 我相信這是符合史實的描述。

accurate	to A	精準到 A 的程度

▷ This digital thermometer is **accurate to** within one hundredth of a degree. 這個數位溫度計能精準到 0.01 度以內。

accuse / `kjuz/ 動 指控，控告

falsely	accuse	錯誤指控；誣告
wrongly	accuse	
publicly	accuse	公開指控

▷ She **falsely accused** him of stealing some money from her handbag. 她誤指他偷了自己手提包裡的錢。

accuse	A of B	指控 A 做了 B
accuse	A of doing	指控 A 做了…

▷ She **accused** him **of** sexual harassment. 她指控他性騷擾。

ache /ek/ 名 疼痛

have	an ache	感覺痛
feel	an ache	

▷ I **have an ache** in my back. 我背痛。

ache	in A	A 部位的疼痛

▷ I felt a dull **ache in** my stomach. 我覺得胃隱隱作痛。

aches and pains		各種疼痛

▷ I feel very tired and have lots of **aches and pains**. 我覺得很疲倦，而且全身疼痛。

ache /ek/ 動 痛

ache	badly	痛得很厲害
ache	terribly	
ache	fiercely	劇烈疼痛
ache	a bit	有點痛
ache	all over	全身痛
really	ache	真的很痛

▷ My head **ached badly**. 我的頭痛得很厲害。

▷ I'm **aching all over**. 我全身都痛。

▷ My knees **really ache** this morning. 今天早上我的膝蓋很痛。

ache	from A	（身體部位）因為 A 而疼痛

▷ Her legs were **aching from** the long walk. 她的腿因為長途步行而疼痛。

achieve /ə`tʃiv/ 動 達到，實現

fail to	achieve	無法達成
try to	achieve	試圖達成

★ 除了 try，也可以和 aim, hope, want, attempt 等表示積極行動的動詞連用

▷ She **failed to achieve** good results in her exams. 她在測驗中沒有得到好的結果。

▷ What are you **trying to achieve**? 你想要達到什麼目標？

achievement /ə`tʃivmənt/ 名 成就

a great	achievement	偉大的成就
a tremendous	achievement	
a major	achievement	重大的成就
a remarkable	achievement	值得關注的成就
a notable	achievement	
the main	achievement	主要的成就
educational	achievement	學業成就
academic	achievement	

▷ Breaking two world records was a **remarkable achievement**. 打破兩項世界紀錄是個值得關注的成就。

measure	(an) achievement	評估成就
recognize	(an) achievement	認可成就

▷ This award **recognizes** outstanding **achievement** in science. 這個獎項表彰傑出的科學成就。

a sense of	achievement	成就感

levels of	achievement	成就水準

▷ Gardening gives me a **sense of achievement** and satisfaction. 園藝帶給我成就感與滿足感。

acknowledge /ək`nɑlɪdʒ/

英 /ək`nɔlidʒ/ 動 承認

reluctantly	acknowledge	勉強承認
officially	acknowledge	正式承認
be generally	acknowledged	被公認
be widely	acknowledged	

▷ Julia is **widely acknowledged** *as* an expert on modern American literature.　Julia 被公認是現代美國文學的專家。

acknowledge that...	承認…

▷ He finally **acknowledged that** I was right. 他終於承認我是對的。

be acknowledged	as C	被認定為 C

▷ She's **acknowledged as** an expert on art. 她被認定是藝術方面的專家。

acquaintance /ə`kwentəns/ 名 相識的人

make	A's acquaintance	與 A 結識
renew	acquaintance	重溫舊識

▷ I **made** the **acquaintance** of a man called Phillip Adams. 我認識了一個叫 Phillip Adams 的男人。
▷ I was glad to **renew acquaintance** *with* Christine. 我很高興能跟 Christine 重新熟識。

a casual	acquaintance	泛泛之交
a business	acquaintance	工作上認識的人
a mutual	acquaintance	彼此都認識的人
a personal	acquaintance	私人認識的人

▷ We had a **mutual acquaintance**, a man named Tim. 我們彼此都認識一個叫 Tim 的男人。

on	first acquaintance	初次見面時

▷ **On first acquaintance** he seemed a really nice guy. 初次見面時，他看起來是個很好的人。

friends and acquaintances	朋友和不那麼熟的友人

▷ Tom held a big party for all his **friends and acquaintances**.　Tom 為他所有的朋友和認識的人舉辦了盛大的派對。

acquire /ə`kwaɪr/ 動 取得；習得

easily	acquire	容易習得
rapidly	acquire	迅速習得
recently	acquired	最近取得了
newly	acquired	新取得了

▷ Our office **recently acquired** two new computers. 我們辦公室最近購得兩台新電腦。

act /ækt/ 名 行為

a criminal	act	犯罪行為
an unlawful	act	非法行為
an illegal	act	
a wrongful	act	不正當的行為
a conscious	act	有意識的行為
a deliberate	act	故意的、有意的行為
a physical	act	身體行為
the sexual	act	性行為
a balancing	act	兼顧各方面

▷ Do they realize they are committing an **illegal act**? 他們有發現自己正在從事非法行為嗎？
▷ That is not an accident but a **deliberate act** of violence. 那不是意外，而是有意的暴力行為。
▷ I need to study hard at school and also do my part-time job. It's a tough **balancing act**! 我需要在學校用功學習，也要打工。要兼顧各方面真的很難！

in	the act of doing	在做…的當場

▷ Ben was caught **in the act of** stealing a motorbike.　Ben 在偷機車的時候被當場逮到。

act /ækt/ 動 行動，表現；起作用；扮演

act	quickly	快速行動
act	illegally	從事非法行為
act	reasonably	合理地行動
act	responsibly	負責地行動
act	strangely	行為舉止奇怪
act	suspiciously	行為舉止可疑
act	independently	獨立自主地行動
act	accordingly	依照什麼行動

▷It is necessary for Japan to **act independently** of U.S. policies. 日本必須不受美國政策的支配而行動。
▷You're a guest. So I expect you to **act accordingly!** 你是客人，所以我希望你能表現得像個客人！

act	for A	擔任 A 的代理人
act	on A's behalf	

▷My wife can't be here today so I'm **acting on** her **behalf**. 我太太今天不能來，所以我代表她出席。

act	as if	表現得像是…的樣子

▷She **acted as if** she was the host. 她表現得像是主人的樣子。

action /ˈækʃən/ 名 行動，行為；訴訟

take	action	採取行動
swing into	action	迅速開始行動
put A into	action	把 A 付諸實行
bring A into	action	
bring an	action	提起訴訟
see	action	參與戰鬥

▷It's no good just talking. We need to **take action**. 光說不練不好。我們需要採取行動。
▷I'm **putting** my plan **into action**. 我要把計畫付諸實行。
▷He **brought** an **action** *against* his former employers. 他對他以前的雇主提起訴訟。

decisive	action	果斷的行動
immediate	action	立即的行動
urgent	action	緊急的行動
concerted	action	協調一致的行動
political	action	政治行動
disciplinary	action	懲戒處分
legal	action	法律訴訟
civil	action	民事訴訟
criminal	action	刑事訴訟
class	action	集體訴訟

▷**Immediate action** is needed to rescue the survivors. 必須立即採取行動來營救生還者。
▷This is the time for **prompt action**. 是時候採取迅速的行動了。
▷I joined an antiwar demonstration. It was the first **political action** of my life. 我參加了反戰的示威遊行。這是我這輩子第一次的政治行動。
▷The company has taken **disciplinary action**

against the employee. 公司對那名員工進行了懲戒處分。
▷They're really angry. I think they're going to take **legal action** against us. 他們真的生氣了。我想他們會對我們提起訴訟。

a course of	action	行動方針
a man of	action	行動派

▷What do you think the best **course of action** is? 你覺得最好的行動方針是甚麼？
▷That's so unlike you! You're a **man of action**. 那樣真不像你！你是個行動派啊。

in	action	進行中，交戰中
out of	action	不活動，故障

▷She wanted to come and see the project **in action**. 她想來看專案進行中的情況。◆ **killed in action** 戰死 ▷He was killed in action in the Second World War. 他在第二次世界大戰中戰死了。
▷He has been **out of action** since August with a knee injury. 他自從八月膝蓋受傷就一直無法行動。
PHRASES
Let's have some action. / Let's see some action. ☺（對拖拖拉拉的人說）趕快行動吧。

active /ˈæktɪv/ 形 活躍的，積極的

become	active	變得活躍
remain	active	依然活躍

▷Tom **remained active** even after he retired. Tom 即使退休了仍然活躍。

physically	active	經常運動的
sexually	active	有性行為的
economically	active	有工作所得的
extremely	active	非常活躍的
increasingly	active	越來越活躍的

▷I'm not a very **physically active** person at all. 我不是一個很常運動的人。
▷In 1972, only 57 percent of women were **economically active**. 在 1972 年，只有 57% 的女人有工作所得。
▷She's playing an **increasingly active** role in society. 她在社會上扮演的角色越來越活躍。

active	in A	積極從事 A 的

▷I was very **active in** politics in my twenties. 我二十幾歲的時候很積極參與政治。

activity /æk`tɪvətɪ/ 名 活動，活躍

conduct	activities	進行活動
perform	activities	
be involved in	activities	參與活動
take part in	activities	
monitor	activity	監控活動

▷ It appears these guys were **involved in** criminal activities. 這些人似乎參與了犯罪活動。

▷ We are constantly **monitoring activity** in criminal areas. 我們持續監控犯罪地區的活動。

criminal	activity	犯罪活動
terrorist	activity	恐怖主義活動
mental	activity	精神上的活動
physical	activity	身體活動
commercial	activity	商業活動
economic	activity	經濟活動
political	activity	政治活動
military	activity	軍事活動
seismic	activity	地震活動
volcanic	activity	火山活動

▷ He was involved in **criminal activity**. 他涉入了犯罪活動。

▷ Recently, **economic activity** has been increasing. 經濟活動近期正在增加。

▷ The **volcanic activity** still continues. 火山活動仍然持續著。

an area of	activity	活動範圍
a hive of	activity	一片繁忙

▷ The office was a **hive of activity** as everybody rushed to meet the deadline. 辦公室一片繁忙，因為每個人都急著趕上期限。

add /æd/ 動 添加

add	considerably	大幅增加
add	hastily	急忙補充說
add	quickly	

▷ If we stay in a five-star hotel, it will **add considerably** to the cost of our holiday! 如果我們住在五星級飯店的話，會大幅增加我們度假的費用！

▷ "Of course, when I said 'stupid,' I didn't mean you!," he **added hastily**. 他急忙補充說：「我說『笨蛋』的時候當然不是指你！」

add A	to B	把 A 加到 B

▷ Don't **add** any more wine **to** that soup! 不要再把酒加到湯裡了！

add	that...	補充說…

▷ I'd like to **add that** I totally disagree. 我想補充：我完全不同意。

addition /ə`dɪʃən/

名 添加的人事物，增加；加法

make	an addition	添加
include	an addition	包含追加的部分
build	an addition	增建
do	addition	做加法

▷ Ella wants to come on the trip to Hawaii, too, so we need to **make** an **addition** to the list. Ella 也想去夏威夷旅行，所以我們需要在名單加上她。

▷ I plan to **build** an **addition** *to* my house. 我計劃擴建我的房屋。

the latest	addition	最新增加的東西
a recent	addition	
a new	addition	新增加的東西，新人
a welcome	addition	受歡迎的追加

▷ These are the **new additions** to the contract. 這些是合約的新追加條文。

▷ India will be a **welcome addition** to ASEAN. 印度將會是東南亞國家協會很歡迎的新成員。

an addition	to A	對 A 的追加
in	addition	另外，除此之外

▷ China is an **addition to** the list. 中國是名單上新增的國家。

▷ If we're going to Hokkaido, **in addition**, we'll need some warm clothes. 如果我們要去北海道，我們還需要溫暖的衣服。◆ **In addition to A** 除了 A 以外 ▷ In addition to English, she also speaks French. 除了英語以外，她還會說法語。

address /ə`drɛs/ 名 地址；演說

give	one's address	告知地址
give	an address	發表演說
deliver	an address	

▷ I can **give** you my home **address**. 我可以告訴你

我的住址。

▷ Mr. Cosby stood up to **give** the opening **address**. Cosby 先生起身發表開幕致詞。

one's **home**	address	自家地址
one's **business**	address	公司地址
a **return**	address	回信地址，寄件人地址
one's **email**	address	電子郵件位址
Web	address	網址
an **inaugural**	address	就職演説
a **keynote**	address	主題演講
one's **opening**	address	開幕致詞

▷ What did you feel about President Obama's **inaugural address**? 你覺得歐巴馬總統的就職演說如何？

no fixed	address	無固定住所
★ 用於新聞報導		

▷ The name of the accused is Paul Robinson, 45, of **no fixed address**. 被告叫 Paul Robinson，45 歲，無固定住所。

adequate /ˈædəkwɪt/ 形 足夠的，適當的

perfectly	adequate	十分充足
quite	adequate	
barely	adequate	遠遠不足
hardly	adequate	
no longer	adequate	不再足夠
more than	adequate	綽綽有餘

▷ That is a **perfectly adequate** answer to the question. 這個對於問題的回答十分充分。

▷ In Tokyo, 100,000 yen is **barely adequate** to live on in a month. 在東京，十萬日圓遠遠不足以生活一個月。

▷ Parking space was **more than adequate** to meet the user's needs. 停車位對滿足使用者的需求綽綽有餘。

be considered	adequate	被認為是足夠／適當的

▷ In the West, a 10% tip is usually **considered adequate**. 在西方，10% 的小費通常被認為是足夠的。

adequate	**for** A	適合 A 的

▷ The instant camera I bought was **adequate for** most purposes. 我買的即拍即得相機足以應付大部分的用途。

adequate	**to** do	對於做…足夠的

▷ The data wasn't **adequate to** draw conclusions. 這些數據不足以做出結論。

adjust /əˈdʒʌst/ 動 調整，適應

automatically	adjust	自動調整
carefully	adjust	小心地調整
easily	adjust	輕易地適應
quickly	adjust	快速適應

▷ Temperatures **automatically adjust** to comfort conditions. 溫度會自動依照舒適性調節。

▷ Allison **easily adjusted** to the new environment. Allison 很快適應了新的環境。

adjust	**to** A	適應 A
adjust	A **to** B	配合 B 而調節 A
adjust	A **for** B	（統計）考慮 B 而調整 A（數據）

▷ My eyes quickly **adjusted to** the darkness. 我的眼睛很快適應了黑暗。

▷ I **adjusted** the radio **to** the correct station. 我把收音機調整到正確的電台。

▷ The interest rate should be **adjusted for** inflation. 利率應該考慮通貨膨脹而調整（計算減去通膨後的實質利率）。

admission /ədˈmɪʃən/ 名 准許進入；承認

apply for	admission	申請進入
gain	admission	得以進入
refuse	admission	拒絕進入
make	an admission	承認

▷ She **applied for admission** *to* the University of Toronto. 她申請進入多倫多大學。

▷ I hope to **gain admission** *to* a foreign university. 我希望能得到國外大學的入學許可。

▷ He **made** an **admission** *of* guilt. 他認罪了。

emergency	admission	緊急入院
hospital	admission	入院

▷ **Hospital admissions** have increased by thirty percent. 入院患者增加了 30%。

admission	**to** A	進入 A 的許可；A 的入場費用

▷ She died three days after her **admission to** hospital. 她在入院三天後死了。

admit /əd`mɪt/ 動 承認

freely	admit	坦然承認
openly	admit	
readily	admit	欣然承認
finally	admit	終於承認

▷ I **freely admit** that may be true. 我坦然承認那可能是真的。
▷ He **finally admitted** he'd made a mistake. 他終於承認犯了錯。

admit	(that)...	承認…
admit	doing	承認做了…

▷ They never **admitted** stealing the money. 他們堅決否認偷了錢。

admit	A to B	使A進入B（醫院）；允許A進入B

▷ He was **admitted to** hospital with heart problems. 他因為心臟問題而入院。

not admit	or deny	不承認也不否認

▷ The bank didn't **admit or deny** fault. 銀行不承認也不否認過失。

have to	admit	必須承認
must	admit	

▷ I **must admit** that I regret not going to university. 我必須承認自己後悔沒上大學。

adopt /ə`dɑpt/ 英 /ə`dɒpt/ 動 採用，正式通過

formally	adopt	正式採用
unanimously	adopt	全體一致通過
recently	adopted	最近採用了的

▷ Our company **formally adopted** a new accounting system last month. 我們公司上個月正式採用了新的會計系統。
▷ The motion was **unanimously adopted**. 該動議獲得全體一致通過。

advance /əd`væns/ 英 /əd`vɑ:ns/

名 前進；發展，進步；（酬勞）預付款

make	an advance	前進；發展

▷ India has **made** great **advances** in recent years. 印度近年來有很大的進步。

a great	advance	很大的進步
a major	advance	
a significant	advance	顯著的進步
a rapid	advance	急速的進步
recent	advances	最近的進步
medical	advances	醫學的進步
scientific	advances	科學的進步
technical	advances	技術的進步
technological	advances	科技的進步

▷ **Major advances** in technology began in the 1970s. 科技的重大進步始於 1970 年代。
▷ Can you keep up with the speed of **technological advances**? 你能跟上科技進步的速度嗎？

advance	in A	A方面的進步
advance	on A	A的預付款
in	advance	事先，預先

▷ **Advances in** medicine are increasing life expectancy. 醫學的進步使壽命逐漸增加。
▷ Can I get an **advance on** my pay? 我可以預支薪水嗎？
▷ I'll let you know **in advance**. 我會事先讓你知道。

advance /əd`væns/ 英 /əd`vɑ:ns/

動 前進，使前進；進步，使進步

advance	rapidly	急速前進；急速發展
advance	cautiously	小心謹慎地前進
advance	slowly	緩慢地前進

▷ Toyota's car sales have **advanced rapidly** in the US. Toyota 的汽車銷量在美國急速成長。

advance	on A	朝著A進擊
advance	into A	進入A，入侵A
advance	toward A	朝著A前進

▷ The Russians **advanced into** Poland in 1944. 俄國人在 1944 年入侵波蘭。
▷ She slowly **advanced toward** me. 她慢慢走向我。

advanced /əd`vænst/ 英 /əd`vɑ:nst/

形 先進的；進階的

A

highly	advanced	非常先進的
technically	advanced	技術先進的
technologically	advanced	科技先進的

▷ She's able to use **highly advanced** technology. 她能夠使用非常先進的科技。

▷ My son is much more **technologically advanced** than I am. 我兒子在科技方面比我先進得多。

▌advantage /əd`væntɪdʒ/

🌏 /əd`vɑ:ntidʒ/ 名 優勢，好處，有利條件

have	the advantage	擁有優勢
enjoy	an advantage	享有優勢
gain	an advantage	得到優勢
give	an advantage	給予優勢
offer	an advantage	提供優勢

▷ My house **has** the **advantage** *of* being close to everywhere I want to go. 我的房子有靠近我想去的每個地方的優點。

▷ We **gained** a technological **advantage** over our rivals. 我們得到了領先競爭對手的科技優勢。

a distinct	advantage	明顯的優勢
a significant	advantage	顯著的優勢
an unfair	advantage	不公平的優勢
a comparative	advantage	比較優勢
a competitive	advantage	競爭優勢
a political	advantage	政治的優勢

▷ Sportsmen who take drugs have an **unfair advantage**. 使用藥物的運動員有不公平的優勢。

advantage and disadvantage	優點與缺點

▷ Getting married has both **advantages and disadvantages**. 結婚有優點也有缺點。

(PHRASES)

take advantage of A 利用 A（機會等）；佔 A（人）的便宜（★advantage 經常和 full, maximum, complete 連用）▷ Tiger Woods took full advantage of the fact that his rivals were nervous. 老虎伍茲充分利用了對手很緊張的事實。

▌advertisement /ˌædvɚ`taɪzmənt/

🌏 /əd`və:tismənt/ 名 廣告，宣傳

place	an advertisement	刊登廣告
put	an advertisement	
run	an advertisement	刊登廣告
publish	an advertisement	
see	an advertisement	看（到）廣告

▷ He **placed** an **advertisement** in the local newspaper asking for volunteers. 他在地方報刊登廣告招募義工。

▷ For further details, **see advertisement**. 更多詳情請見廣告。

an advertisement	appears	廣告出現
an advertisement	features A	廣告以 A 為主角

▷ The **advertisement appeared** on the website last month. 這個廣告上個月在網站出現了。

▷ **Advertisements featuring** Ichiro will run in national newspapers. 鈴木一朗的廣告將在全國性的報紙刊登。

an advertisement	for A	A 的廣告

▷ There are many **advertisements for** part-time jobs in the local newspaper. 地方報有很多兼職工作的廣告。

a full-page	advertisement	全頁廣告
a newspaper	advertisement	報紙廣告
a television	advertisement	電視廣告
a web	advertisement	網路廣告
a job	advertisement	徵人廣告

▌advice /əd`vaɪs/ 名 勸告，建議

give	advice	給予建議
offer	advice	
get	advice	得到建議
obtain	advice	
receive	advice	收到建議
seek	advice	尋求建議
ask for	advice	
take	advice	接受建議
accept	advice	
follow	advice	遵循建議
act on	advice	
disregard	advice	無視建議
ignore	advice	

A

reject	advice	拒絕建議

▷ Could you **give** me some **advice**? 你可以給我一點建議嗎？

▷ May I **offer** you a piece of **advice**? 我可以給你一個建議嗎？

▷ You can **obtain advice** for any problems. 你可以得到關於任何問題的建議。

▷ I'm going to **seek advice** from my lawyer. 我將會尋求律師的建議。

▷ **Take** my **advice**, go and see a doctor. 聽我的建議，去看醫生。

▷ If you **follow** my **advice**, you might get the job. 如果你依照我的建議，就有可能得到這份工作。

practical	advice	實際的建議
general	advice	一般的建議
impartial	advice	公正無私的建議
expert	advice	專家／專業的建議
professional	advice	
financial	advice	財務的建議
legal	advice	法律的建議
medical	advice	醫療的建議

▷ Where can I get **professional advice** on this? 我在哪裡可以得到關於這件事的專業建議？

advice	about A	關於 A 的建議
advice	on A	

▷ Could you give me some **advice on** how to improve my English? 你能給我一點讓英語進步的建議嗎？

on	A's advice	依照 A 的建議
against	A's advice	違背 A 的建議

▷ He continued smoking **against** the **advice** of his doctor. 他不顧醫師的建議而持續抽菸。

a piece of	advice	一個建議
a word of	advice	

▷ Let me give you a **piece of advice**. 讓我給你一個建議。

advise /əd`vaɪz/ 動勸告，建議

strongly	advise	強烈建議
be well	advised to do	做…是明智的
be ill	advised to do	做…是不明智的

▷ I **strongly advise** against visiting that place. 我強烈建議不要去那裡。

▷ You would be **well advised to** start job-hunting immediately. 你立刻開始找工作會是明智的做法。

advise	A to do	建議 A（人）做…
advise	A that...	建議 A…

▷ I **advised** her **to** speak to her boss. 我建議她和老闆談談。

▷ I **advised** him **that** he should take it easy. 我勸他應該放輕鬆。

affair /ə`fɛr/

名 事件；戀愛情事；（affairs）事務，事情，事態

handle	the affair	處理事件
investigate	the affair	調查事件
have	an affair	有外遇
conduct	one's affairs	執行事務
manage	one's affairs	處理事務
run	one's affairs	

▷ His resignation is all very unfortunate. I really don't know how to **handle** the **affair**. 他的辭職真的非常遺憾。我真的不知道該怎麼處理這件事。

▷ Are you going to **have** an **affair** with Robert? 你是想跟 Robert 搞外遇嗎？

▷ Now we're free to **run** our own **affairs**. 現在我們可以自由處理我們的事務。

a love	affair	戀愛情事，緋聞
current	affairs	時事
public	affairs	公共事務
domestic	affairs	國內事務
internal	affairs	
foreign	affairs	外交事務
international	affairs	國際事務

▷ The discussion was about **domestic affairs** rather than **international affairs**. 這次討論是關於國內事務，而非國際事務。

a state	of affairs	事態，局勢

▷ This is a terrible **state of affairs**! 這真是個糟糕的局面！

affect /ə`fɛkt/ 動 影響；感動

significantly	affect	影響重大

directly	affect	直接影響
adversely	affect	負面影響
badly	affect	
seriously	affect	嚴重影響
affect	deeply	深深影響；深深感動

▷ Violence in video games **adversely affects** young people. 電玩遊戲中的暴力會對年輕人產生負面影響。
▷ The village was **badly affected** by floods. 村莊受到洪水的嚴重影響。
▷ Drugs can **seriously affect** your health. 毒品會嚴重影響你的健康。

afraid /əˋfred/ 形 害怕的；擔心的

terribly	afraid	非常害怕的

▷ I was **terribly afraid** of losing her. 我非常害怕會失去她。

afraid	of A	害怕 A
afraid	of doing	害怕做…
afraid	to do	

▷ I can't look down! I'm **afraid of** heights. 我不能往下看！我有懼高症。
▷ Aren't you **afraid of** dying? 你不怕死嗎？
▷ I'm **afraid to** take risks. 我害怕冒險。

afraid	that...	恐怕，擔心會不會…

▷ She was **afraid that** something was going to happen to Charles. 她擔心 Charles 會不會發生什麼事情。

(PHRASES)

Don't be afraid to do ☺ 不要害怕去做… ▷Don't be afraid to ask questions. 不要怕問問題。
I'm afraid (that)... ☺（我覺得）恐怕… ▷I'm afraid I have some bad news (for you). 恐怕我有壞消息要告訴你。 ▷I'm afraid I'm very busy. 恐怕我太忙了。
◆ **I'm afraid so.** ☺ 恐怕是的。▷"Do you really have to go now?" "I'm afraid so." 「你現在真的必須走了嗎？」「恐怕是的。」
◆ **I'm afraid not.** ☺ 恐怕不是，恐怕不行 ▷"So you can't help me?" "I'm afraid not." 「所以你不能幫我？」「恐怕不行。」
◆ **I'm afraid to say (that)...** 我很遺憾要說… ▷I'm afraid to say I'll have to cancel our appointment. 很遺憾，我必須取消我們的會面。

age /edʒ/ 名 年齡；時代；（ages）很長的時間

reach	the age of A	達到 A 的年齡
act	one's age	行為舉止符合年齡
look	one's age	看起來符合年齡
feel	one's age	感覺到年齡
raise	the age of A	提高 A 的年齡
lower	the age of A	降低 A 的年齡

▷ I've **reached** the **age of** fifty. 我滿 50 歲了。
▷ Can't you **act** your **age**? 你不能表現得成熟點嗎？
▷ **Raising** the **age of** retirement won't solve the problems. 提高退休的年齡不能解決問題。

a young	age	年輕的年齡
an early	age	
middle	age	中年
old	age	老年
a ripe (old)	age	熟齡，老齡
working	age	工作年齡
an average	age	平均年齡
a golden	age	黃金時期
the Ice	Age	冰河期
the Stone	Age	石器時代

▷ I got married at the very **young age** of 18. 我在 18 歲很年輕時結了婚。
▷ He showed his talent for music at an **early age**. 他年紀很小的時候就展現出音樂天分。
▷ George Martin died of **old age**. George Martin 因年老而死亡。
▷ He died at the **ripe old age** of 90. 他高齡 90 歲過世。 ▷At the **ripe old age** of 22, I thought I knew everything. 在 22 歲熟齡之際，我以為自己什麼都知道。（★表現幽默時，也會用在年輕人身上）
▷ The **average age** of the group is 45. 這個族群的平均年齡是 45 歲。
▷ The first **golden age** was in the '30s and '40s. 最初的黃金時期在 1930 與 1940 年代。

at	the age of A	在 A 的年齡
over	the age of A	超過 A 的年齡
under	the age of A	未滿 A 的年齡

▷ He left home **at** the **age of** eighteen. 他在 18 歲時離家。
▷ Travel is free to all people **over** the **age of** 65. 所有超過 65 歲者都能免費搭乘。
▷ Children **under** the **age of** eight must be accompanied by an adult. 未滿 8 歲孩童必須有大人陪同。

A

for	ages	很久一段時間
for	one's **age**	以其年齡而言
with	age	隨著年紀
of	all ages	所有年齡層的

▷ I haven't seen you **for ages**. 我很久沒看到你了。
▷ She looks young **for** her **age**. 就她的年紀而言，她看起來很年輕。
▷ Wisdom comes **with age**. 智慧隨著年齡增長。
▷ Love songs are popular with people **of all ages**. 情歌受到各個年齡層的歡迎。

aggressive /əˋgrɛsɪv/

形 具攻擊性的，咄咄逼人的；積極進取的

become	aggressive	變得有攻擊性
get	aggressive	
look	aggressive	看起來有攻擊性

▷ When my dog meets another dog, she immediately **becomes aggressive**. 當我的狗遇到其它的狗，就馬上變得有攻擊性。

extremely	aggressive	非常有攻擊性的
highly	aggressive	很有攻擊性的
particularly	aggressive	特別有攻擊性的
increasingly	aggressive	越來越有攻擊性的

▷ My grandson's behavior has become **increasingly aggressive**. 我孫子的行為變得越來越暴戾。

aggressive	toward A	對 A 有攻擊性的

▷ Why is she so **aggressive toward** David? 她為什麼對 David 那麼咄咄逼人？

agree /əˋgri/ 動 同意，贊成

totally	agree	完全同意
entirely	agree	
wholeheartedly	agree	打從心底同意
finally	agree	終於同意
reluctantly	agree	勉強同意
be generally	agreed	一般普遍同意

★ entirely, completely, reluctantly, wholeheartedly 也可以用在動詞後

▷ I **totally agree** with you. 我完全同意你。
▷ I **agree wholeheartedly** with the ideas you expressed in your report. 我打從心底同意你在報告中表達的想法。
▷ Troy **agreed reluctantly** to attend the party. Troy 勉強同意出席派對。
▷ It's **generally agreed** that global warming is a major problem. 一般人普遍同意全球暖化是重大的問題。

agree	with A	同意 A 的看法
agree	on A	對於 A 意見相同
agree	about A	
agree	to A	同意 A，接受 A

▷ I **agree with** you about the danger of smoking. 我同意你關於抽菸危險性的看法。
▷ OK! OK! I'll **agree to** anything. Just leave me alone! 好了好了！我什麼都答應。不要煩我了！

agree	that...	同意…這件事
agree	to do	同意做…

▷ It was **agreed that** we should advertise for more staff. 我們應該徵求更多員工這件事獲得了同意。
▷ They **agreed to** give me a chance. 他們同意給我一次機會。

(PHRASES)
Don't you agree? ☺ 你不覺得嗎？ ▷ Life is full of mysteries, don't you agree? 人生充滿了奧祕，你不覺得嗎？
I couldn't agree more. ☺ 我完全同意。

agreement /əˋgrimənt/

名 協議；意見一致，同意

enter into	an agreement	訂定協議
conclude	an agreement	達成協議
reach	an agreement	
sign	an agreement	簽署協議
have	an agreement	擁有協議
violate	an agreement	違反協議
reach	(an) agreement	達成共識
come to	an agreement	

▷ We're delighted to have **reached** an **agreement** with management. 我們很高興和經營團隊達成了協議。
▷ We **had** an **agreement** to pay £500 a month to him. 我們協議每月付給他 500 英磅。
▷ We have **signed** an **agreement** with that company. 我們和那間公司簽署了協議。

a peace	agreement	和平協議
a trade	agreement	貿易協定

A

▷Finally the two countries signed a **peace agreement**. 這兩個國家最終簽署了和平協議。

| in | agreement | 同意，意見相同 |
| under | an agreement | 根據協議 |

▷Emily nodded **in agreement**. Emily 點頭表示同意。

▷**Under** an **agreement** signed in 1950, the United States had been supplying economic aid to Laos. 根據 1950 年簽署的協議，美國曾經對寮國提供經濟援助。

aid /ed/ 名援助，支援；輔助物

provide	aid	給予援助
give	aid	
receive	aid	受到援助
get	aid	
seek	the aid of A	尋求 A（人）的援助
enlist	the aid of A	
go to	A's aid	去援助 A（人）
come to	A's aid	

▷We **provided aid** to the tsunami victims. 我們援助了海嘯的受災者。

▷3% of people **received aid** from the government. 有 3% 的人得到了政府的援助。

emergency	aid	緊急援助
humanitarian	aid	人道救援
economic	aid	經濟援助
financial	aid	財務援助
medical	aid	醫療救助
military	aid	軍事援助
foreign	aid	海外援助
overseas	aid	
international	aid	國際援助
teaching	aid	教具

▷The U.S. provides **foreign aid** to India. 美國提供海外援助給印度。

in	aid of A	為了援助 A
with	the aid of A	靠著 A 的援助
without	the aid of A	不靠 A 的援助

▷On Sunday we'll have a charity concert **in aid of** the victims. 星期天我們將會舉辦幫助受害者的慈善音樂會。

▷He slowly stood up **with the aid of** his cane. 他靠著拐杖的輔助慢慢站起來。

aim /em/ 名目的，目標；瞄準；標的物

achieve	one's aim	達成目標
fulfill	one's aim	
pursue	one's aim	追求目標
take	aim	瞄準

▷We **achieve** our **aim** by 2013. 我們希望在 2013 年以前達成目標。

▷He **took aim** at the target and fired. 他瞄準目標並射擊。

the main	aim	主要目標
the principal	aim	
the primary	aim	首要目標
the ultimate	aim	終極目標
a long-term	aim	長期目標
a short-term	aim	短期目標

▷The **main aim** of this event is to get to know each other. 這場活動的主要目的是認識彼此。

▷As a **long-term aim**, the government will seek to raise the employment rate to 80%. 作為長期的目標，政府試圖將就業率提升至 80%。

| with | the aim of doing | 以做…為目的 |

▷I stayed in Australia for two years **with the aim** of studying business English. 為了學習商務英語，我在澳洲待了兩年。

aim /em/ 動致力於，以什麼為目標；瞄準

| aim | to do | 打算做… |

▷That's what I **aim to** do. 那是我打算做的。

| aim | at A | 瞄準 A；以 A 為目的 |
| aim | for A | 瞄準 A；致力於 A |

▷We're **aiming for** a big improvement in sales this year. 我們力求在今年大幅提升銷售額。

(PHRASES)

be aimed at A 以 A 為目標對象

be aimed	primarily at A	主要以 A 為目標對象
be aimed	mainly at A	
be aimed	specifically at A	特別針對 A

A

★ 副詞也可以放在動詞前面

▷ Our sales campaign was **aimed primarily at** young teenagers. 我們的銷售活動主要針對年輕的青少年。

▌air /εr/ 名 空氣，大氣；空中，天空

breathe in	the air	吸入空氣
fill	the air	充滿在空氣中
hang in	the air	飄在空氣中

▷ The smell of strawberry **filled** the **air**. 草莓的味道瀰漫在空氣裡。

clean	air	乾淨的空氣
fresh	air	新鮮的空氣
damp	air	潮濕的空氣
thin	air	稀薄的空氣

▷ Let's go out and get some **fresh air**. 我們出去呼吸新鮮空氣吧。

by	air	搭飛機，空運
in	the air	在空中
into	the air	到空氣中
on	(the) air	播送中
off	(the) air	停播

▷ How long do you think it would take **by air** to Sydney? 你覺得坐飛機到雪梨要多久？
▷ He threw it high **in the air**. 他把它高高地拋到空中。
▷ The CTV Network goes **on air** in September. CTV 電視網九月開始播出。

▌alarm /ə`lɑrm/ 名 警報器，鬧鐘；不安

cause	alarm	引起不安
raise	the alarm	發出警報
sound	the alarm	發出警報
set off	an alarm	觸發警報
trigger	an alarm	觸發警報
set	the alarm	設定鬧鐘

▷ There's a fire! Quick! **Raise** the **alarm**! 失火了！快！發出警報！
▷ I **set off** the **alarm** as soon as I realized the situation. 我才剛發現那個情況，就觸發了警報。
▷ I **set** my **alarm** for seven o'clock. 我把鬧鐘設在

7 點。

an alarm	goes off	
an alarm	sounds	鬧鐘響起
an alarm	rings	

▷ My alarm didn't **go off**. 我的鬧鐘沒響。

a false	alarm	誤發的警報，虛驚
a fire	alarm	火災警報器
a smoke	alarm	煙霧警報器
a burglar	alarm	防盜警報器

▷ It turned out to be a **false alarm**. 結果那是虛驚一場。

▌album /ˋælbəm/ 名 音樂專輯，相簿

make	an album	製作專輯
record	an album	錄製專輯
release	an album	發行專輯

▷ He recently **released** an **album** of his own songs. 他最近發行了一張自己創作歌曲的專輯。

an album	comes out	專輯上市

▷ The album **comes out** tomorrow. 這張專輯明天上市。

a debut	album	出道專輯
a solo	album	單飛專輯
the latest	album	最新專輯
a photo	album	相簿

▷ His **latest album** contains 22 tracks. 他最新的專輯收錄 22 首歌。

▌alert /ə`lɜt/ 名 警戒狀態，警報

issue	an alert	發布警戒
put out	an alert	發布警戒
trigger	an alert	（程式）觸發警告訊息

▷ The local government has **issued** a new **alert** about flu. 地方政府發布了新的流感警戒。

(a) red	alert	紅色警戒
(a) flood	alert	洪水警報
a smog	alert	煙霧警報
a security	alert	安全警戒

a terror	alert	恐怖活動警戒

▷ The airport was on a **red alert**. 機場處於紅色警戒。

▷ Many parts of Britain were put on **flood alert**. 英國許多地方已發布了洪水警報。

on	the alert	戒備著，警覺，注意
on	(full) alert	嚴陣以待，高度戒備

▷ The police were **on full alert**. 警方嚴陣以待。

alive /əˋlaɪv/ 形 活著；現存的；有活力的

stay	alive	活著
keep A	alive	使 A（人）活著
be buried	alive	被活埋
come	alive	活躍起來，變得生動

▷ Please doctor, **keep** him **alive** somehow. 醫生，請你設法保住他的性命。

▷ Your sister **comes alive** when she performs on stage, doesn't she? 你的姊姊上台表演就活潑起來了，不是嗎？

still	alive	還活著的
very much	alive	很有活力的

▷ He looks **very much alive**. 他看起來很有活力。

alive and well	健在
alive and kicking	很有精神，生氣勃勃

▷ Thank goodness you're **alive and well**. 感謝老天，你還健在。

▷ He wasn't dead. He was **alive and kicking**. 他沒有死。他健康得很。

alive	with A	充滿 A 而有活力的
alive	to A	意識到 A 的

▷ Her eyes were **alive with** happiness. 她的眼裡充滿幸福。

▷ Employers should be **alive to** their responsibilities. 雇主應該意識到自己的責任。

lucky to be alive	很幸運能夠活著

▷ You're **lucky to be alive**. 你很幸運能活下來。

PHRASES
Look alive! ☺ 趕快！

allow /əˋlaʊ/ 動 允許

allow	A to do	允許 A 做…

▷ You know my parents don't **allow me to** smoke. 你知道我爸媽不允許我抽煙。

allow	A in	允許 A 進入
allow	A out	允許 A 出去

▷ She **allowed** him **in** the apartment. 她允許他進入公寓。

alone /əˋlon/ 形 單獨的，獨自的

all	alone	
completely	alone	完全獨自一人的
quite	alone	

▷ I was left **all alone**. 我被單獨留下了。

▷ She was **completely alone** in the dark. 她獨自一人在黑暗中。

leave A	alone	
let A	alone	讓 A 獨處
stand	alone	孤立，獨自一人

▷ **Leave** me **alone**! 讓我一個人獨處！

▷ Remember. You don't **stand alone**. All your friends are supporting you. 記住，你不是孤單的。你所有的朋友都支持你。

alone	with A	與 A 獨處

▷ Do you mind if I speak **alone with** Laura for a moment? 你介意我跟 Laura 單獨談一會兒嗎？

alone	in the world	孑然一身

▷ She had lost everything. She was **alone in the world**. 她已經失去一切，變得孑然一身。

PHRASES
You're not alone. ☺ 不是只有你這樣。 ▷ Still nervous? Don't worry. You're not alone. 還很緊張嗎？別擔心。不是只有你這樣。

alter /ˋɔltɚ/ 動 改變，修改

radically	alter	
drastically	alter	徹底改變，大大地改變
significantly	alter	

▷ The attacks of 9/11 **radically altered** the security situation. 911 恐怖攻擊徹底改變了維安情況。

▷ The Meiji Restoration **significantly altered** the

culture and life style of the Japanese. 明治維新大大地改變了日本人的文化與生活型態。

▷ Fred has a burning **ambition to** be a professional engineer. Fred 有成為專業工程師的熊熊野心。

▌alternative /ɔl`tɝnətɪv/

名 選擇，其他選擇；替代方案

provide	an alternative	提供其他選擇
offer	an alternative	

▷ Rail travel could **offer** a cheaper **alternative** *to* air travel. 鐵路旅行能夠提供比航空旅行更便宜的選擇。

a good	alternative	很好的替代方案
an effective	alternative	有效的替代方案
a suitable	alternative	合適的替代方案
a practical	alternative	務實的替代方案
a viable	alternative	可行的替代方案

▷ I'm looking for any other **viable alternative**. 我在尋找其它可行的替代方案。

alternative	to A	替代 A 的方法

▷ There's no **alternative to** closing down the business. 除了停業以外沒有別的辦法了。

▌ambition /æm`bɪʃən/ 名 野心，志向，抱負

have	(an) ambition	有野心
achieve	one's ambition	
fullfill	one's ambition	實現抱負
realize	one's ambition	

▷ I **have** big **ambitions** in my life. 我這輩子有很大的抱負。

▷ I chose to move here to **fulfill** a lifetime **ambition**. 我選擇搬到這裡，實現我畢生的抱負。

(a) big	ambition	很大的野心
(a) great	ambition	
(a) burning	ambition	強烈的壯志
(a) lifelong	ambition	畢生的壯志
(a) personal	ambition	個人的野心
(a) political	ambition	政治野心

▷ Do you know what the **biggest ambition** of my life was? 你知道我這一生最大的抱負是什麼嗎？

▷ She had no **personal ambitions** or dreams. 她沒有個人的野心或夢想。

ambition	to do	做⋯的野心

▌ambulance /`æmbjələns/ 名 救護車

call	an ambulance	叫救護車
get	an ambulance	

▷ **Call an ambulance!** 叫救護車！

by	ambulance	用救護車

▷ He was taken **by ambulance** to the nearest hospital. 他被救護車送到最近的醫院。

▌amount /ə`maʊnt/ 名 量，數量

increase	the amount	增加量
reduce	the amount	減少量

▷ You need to **reduce** the **amount** *of* fast food that you eat. 你需要減少你吃的速食量。

a considerable	amount	相當大的數量
a substantial	amount	
an enormous	amount	大量
a huge	amount	
a large	amount	
a small	amount	少量
an equal	amount	同量
a reasonable	amount	合理的數量
a generous	amount	豐厚的量
the full	amount	總量；總額
the total	amount	
a maximum	amount	最大量
a minimum	amount	最少量
a certain	amount	一定的數量

★ amount of 的後面會接 money 之類的不可數名詞。如果是可數名詞的話，會像 a large number of students 一樣，用 number 來表達。

▷ I've spent a **considerable amount** *of* time thinking about it. 我花了很多時間思考這件事。

▷ We've managed to save a **reasonable amount** *of* money. 我們設法節省了一筆合理的費用。

▷ This stew tastes better if you sprinkle in a **generous amount** *of* salt. 如果你灑很多鹽的話，這鍋燉菜會更好吃。

▷ We still don't know the **total amount** *of* money that has been stolen. 我們還不知道被竊的總金額。

A

▷If he'd made a **minimum amount** *of* effort, he would have passed the exam. 要是他至少做了點努力，他就會通過測驗了。
▷He has a **certain amount** *of* talent. 他有一定的天賦。

analysis /ə`næləsɪs/ 名 分析

make	an analysis	
perform	an analysis	進行分析
carry out	an analysis	

▷It's always better to **make an analysis** of past projects. 分析過去的專案總是比較好的。

(a) careful	analysis	謹慎的分析
(a) detailed	analysis	詳細的分析
(a) systematic	analysis	系統性的分析
(a) comparative	analysis	比較分析
(a) quantitative	analysis	定量分析
(a) qualitative	analysis	定性分析
(a) statistical	analysis	統計分析
(a) theoretical	analysis	理論分析
(a) historical	analysis	歷史分析
(a) data	analysis	數據分析
(a) chemical	analysis	化學分析

▷I have a **detailed analysis** of all the possibilities. 我詳細分析了所有可能性。
▷These surprising results were obtained from a **statistical analysis** of the data. 這些意外的結果是經由對數據的統計分析而獲得的。
▷We need a more thorough **data analysis** than this. 我們需要比這個更徹底的數據分析。

angry /`æŋgrɪ/ 形 生氣的

get	angry	
become	angry	生氣
feel	angry	覺得生氣
look	angry	看起來生氣
sound	angry	聽起來生氣
make A	angry	使 A（人）生氣

▷There's no point in **getting angry**. 生氣沒有意義。
▷Don't **make** him **angry**. He has a terrible temper! 別惹他生氣。他脾氣很暴躁！

really	angry	
extremely	angry	非常生氣的
furiously	angry	暴怒的

▷Mac was **extremely angry** with Jake. Mac 對 Jake 非常生氣。
▷He was **furiously angry** and even violent. 他非常暴怒，甚至會施暴。

angry	about A	
angry	at A	對 A 感到生氣
angry	with A	對 A（人）感到生氣

▷I'm sorry you feel so **angry about** what I did. 我很抱歉讓你對我所做的事感到如此憤怒。
▷I thought you were really **angry at** Kate. 我想你真的對 Kate 很生氣。
▷Simon, please don't get **angry with** me. Simon，請不要生我的氣。

ankle /`æŋkl/ 名 腳踝，踝關節

break	an ankle	使腳踝骨折
injure	an ankle	使腳踝受傷
sprain	an ankle	
twist	an ankle	扭傷腳踝

▷I **broke** my **ankle** and couldn't walk for a week. 我跌斷了腳踝，有一個星期不能走路。
▷I fell and **sprained** my **ankle**. 我跌倒並且扭傷了腳踝。

anniversary /͵ænə`vɝsərɪ/ 名 週年紀念日

mark	the anniversary	
celebrate	the anniversary	慶祝週年

▷Next year **marks** the 50th **anniversary** of our company. 明年是我們公司 50 週年。

A's wedding	anniversary	結婚紀念日
A's golden	anniversary	結婚 50 週年紀念日

▷It's Tom and Sarah's **wedding anniversary** tomorrow. 明天是 Tom 和 Sarah 的結婚紀念日。

announce /ə`naʊns/ 動 宣布

recently	announced	最近宣布了

▷Ford **recently announced** it will close four factories. 福特公司最近宣布將關閉四座工廠。

announce	that...	宣布…

▷ I'd like to **announce that** Phillip and I have become engaged. 我想宣布我和 Phillip 訂婚了。

▎announcement /ə`naʊnsmənt/ 名 公告

make	an announcement	宣布

▷ Ladies and gentlemen, I would like to **make an announcement** to all of you. 各位女士先生，我想向大家宣布一件事。

an official	announcement	正式公告
a public	announcement	公告，公眾廣播

▷ The **official announcement** will be made tomorrow morning. 明天早上將會發布正式公告。

announcement	about A	關於 A 的公告
announcement	by A	由 A 發布的公告
announcement	from A	來自 A 的公告

▷ No **announcement about** an investigation has been made. 還沒有發布關於調查的公告。

an announcement	that...	告知…的公告

▷ There was a sudden **announcement that** the next train was delayed by 20 minutes due to the snow. 突然廣播公告下一班列車因為下雪而延誤 20 分鐘。

▎answer /ˈænsɚ/ 英 /ˈɑːnsə/ 名 答案，回應

get	an answer	得到回答
receive	an answer	
wait for	an answer	等待回應
give	an answer	提供答案；給予回應
provide	an answer	
have	an answer	有答案；有回應
know	the answer	知道答案；知道回應
find	an answer	找到答案

▷ I'll call you back when I **get an answer** from her. 我得到她的回應就會回電話給你。
▷ Come on, **give** me a straight **answer**. 拜託，給我一個直接的答案吧。
▷ I cannot **provide** an **answer** to explain how it happened. 我沒辦法回答那是怎麼發生的。
▷ I don't need to ask her. I already **know the an-**

swer. 我不用問她。我已經知道答案了。

a short	answer	簡短的回答
a straight	answer	直接的回答
a clear	answer	明顯的答案
an obvious	answer	
a simple	answer	簡單的答案
the perfect	answer	完美的答案
the right	answer	正確的答案
a correct	answer	

▷ My **obvious answer** is "No." 我明確的回答是「不」。
▷ Does anyone know the **right answer**? 有人知道正確答案嗎？

the answer	to A	對於 A 的答案

▷ I want to know the **answer to** the question. 我想知道問題的答案。

▎answer /ˈænsɚ/ 英 /ˈɑːnsə/ 動 回答，作答

answer	correctly	正確地回答
answer	immediately	立即回答
answer	quickly	迅速地回答
answer	simply	簡單地回答
answer	truthfully	誠實回答
answer	honestly	

★ correctly, immediately, quickly, simply, truthfully, honestly 也可以用在動詞前面

▷ She wouldn't give any reasons why. She **simply answered** "No." 她不給任何理由，就只是回答「不」。

answer	that...	回答…

▷ He quickly **answered that** everything was going great. 他很快回答一切都很順利。

▎anxious /ˈæŋkʃəs/ 形 焦慮的；渴望的

become	anxious	變得焦慮
get	anxious	
feel	anxious	覺得焦慮的
look	anxious	看起來焦慮的

▷ I **feel** really **anxious** about going to the dentist. 我對於去看牙醫感覺很焦慮。

A

desperately	anxious	急切渴望的
particularly	anxious	特別渴望的

▷ He was **particularly anxious** to meet you. 他特別渴望見到你。

anxious	about A	擔心 A 的
anxious	for A	渴望 A 的

▷ I'm a little **anxious about** the coming meeting. 我有點擔心接下來的會議。
▷ He was **anxious for** her answer. 他很想知道她的答案。

anxious	to do	渴望做…的
anxious	that...	急切盼望…的

▷ John's **anxious that** everything should be perfect. John 很盼望一切都能盡善盡美。

apartment /ə`partmənt/ 名 公寓

look for	an apartment	找公寓
rent	an apartment	租公寓
move into	an apartment	搬進公寓
leave	an apartment	搬出公寓
move out of	an apartment	
share	an apartment	合租公寓

▷ Tony has **moved into** a small **apartment**. Tony 搬進了一間小套房。
▷ I'll be **sharing** a three-bedroom **apartment** with Bobby. 我會和 Bobby 合租三房的公寓。

a high-rise	apartment	高層公寓大樓
a luxury	apartment	豪華公寓大樓
a rented	apartment	出租公寓大樓
a self-catering	apartment	可自炊的公寓

▷ My family lives in a huge **high-rise apartment**. 我家住在很大的高層公寓大樓。
▷ Accommodation in a **self-catering apartment** for seven cost € 220 each. 七人的自炊公寓住宿費花了每人 220 歐元。

apologize /ə`palə͵dʒaɪz/ 動 道歉

apologize	sincerely	真誠地道歉
apologize	profusely	深深地道歉
apologize	unreservedly	誠心誠意地道歉

apologize	personally	以個人身分道歉，親自道歉
apologize	publicly	公開道歉

▷ I **apologize unreservedly** *for* what I did. 我為我的所作所為誠心誠意地道歉。

must	apologize	必須道歉

▷ I'm sorry I'm late. I really **must apologize**. 很抱歉我遲到了。我真的必須道歉。

apologize	for A	為了 A 道歉
apologize	to A	向 A（人）道歉

▷ I want to **apologize to** you, Jake. 我要向你道歉，Jake。

apology /ə`palədʒɪ/ 英 /ə`pɔlədʒi/

名 道歉，賠罪

make	an apology	道歉
demand	an apology	要求道歉
accept	A's apology	接受道歉

▷ I think you should **make** an **apology**. 我想你應該道歉。
▷ Please **accept** my **apologies**. 請接受我的道歉。

a public	apology	公開道歉
one's sincere	apologies	誠心的道歉

▷ The government minister was forced to make a **public apology**. 那位政府首長被迫公開道歉。
▷ I'd like to offer my **sincere apologies**. 我想致上我誠心的歉意。

an apology	for A	對於 A 的道歉
an apology	from A	來自 A 的道歉
apologies	to A	向 A 的道歉

▷ I think you owe me an **apology for** rudeness. 我想你應該為自己的無禮向我賠罪。
▷ We've received a written **apology from** the company. 我們已經收到那間公司的書面道歉。

a letter of	apology	道歉信

▷ I think we need to write a **letter of apology**. 我想我們應該寫一封道歉信。

apparent /ə`pærənt/ 形 明顯的

immediately	apparent	顯而易見的

▷ The mistakes in the design of the car were not **immediately apparent**. 這輛車的設計錯誤並不是顯而易見的。

apparent	that...	…很明顯

▷ If you read the essay, it's clearly **apparent that** it has been copied from the Internet. 如果你讀那篇論文，它很顯然是從網路抄來的。

▌appeal /ə`pil/ 名 呼籲，請求；吸引力；上訴

have	appeal	有吸引力
broaden	one's appeal	拓展人氣
widen	one's appeal	
make	an appeal	呼籲，請求
launch	an appeal	發出呼籲
lodge	an appeal	提出上訴
dismiss	the appeal	駁回上訴

▷ That story **had** particular **appeal** *for* young female readers. 這個故事對年輕的女性讀者特別有吸引力。
▷ He **made an appeal** *for* more money. 他請求更多資金。
▷ The agency **launched** an urgent **appeal** *for* donations to help the victims. 這個機構緊急呼籲捐款幫助受難者。
▷ The court **dismissed** the **appeal**. 法院駁回了上訴。

popular	appeal	對於大眾的吸引力
broad	appeal	廣大的人氣
sex	appeal	性感魅力
an urgent	appeal	緊急的呼籲

▷ Miyazaki's movies have wide **popular appeal**. 宮崎的電影廣受大眾歡迎。
▷ Leonardo DiCaprio has lots of **sex appeal**. 李奧納多·狄卡皮歐極具性感魅力。

an appeal	for A	要求 A 的呼籲
an appeal	to A	向 A 發出的呼籲

▷ They put **appeals for** information into the newspapers. 他們在報紙上刊登徵求（關於社會案件的）資訊的呼籲。

▌appeal /ə`pil/ 動 要求，懇求；呼籲

appeal	directly	直接陳情
appeal	strongly	強烈呼籲
urgently	appeal	緊急呼籲

▷ He **appealed directly** to the company president to improve working conditions. 他直接向公司總裁陳情，要求改善工作環境。

appeal	to A	向 A（人）呼籲、請求；對 A 有吸引力
appeal	for A	懇求 A

▷ Your sense of humor doesn't quite **appeal to** me. 你的幽默感不怎麼吸引我。
▷ He **appealed to** us **for** help. 他請求我們幫忙。

appeal	to A to do	呼籲 A（人）做…

▷ We **appeal to** everybody to support this event. 我們呼籲所有人支持這項活動。

▌appear /ə`pɪr/ 動 看起來像是…；出現；演出

suddenly	appear	突然出現
appear	regularly	定期演出

▷ Oprah Winfrey **appears regularly** on American TV. 歐普拉固定在美國的電視節目中登場。

appear	to do	看起來像是…
It appears	that...	似乎…

▷ He **appeared to** ignore her. 他看起來像是不理睬她。
▷ **It appears that** I was wrong. 我似乎是錯了。

▌appearance /ə`pɪrəns/

名 出現，露面，演出；外貌，外觀

give	the appearance of A	裝出 A 的樣子
keep up	appearances	撐門面，打腫臉充胖子
improve	(A's) appearance	改善外表
make	an appearance	露面，短暫出席；演出
put in	an appearance	露面，短暫出席

▷ He **gave the appearance of** being wealthy. 他裝出一副很有錢的樣子。
▷ He tried his best to **keep up appearances**. 他盡了最大的努力維持表面上的體面。
▷ The party will be held next Saturday. We have to **make an appearance**. 派對將在下週六舉行。我們

必須去露一下臉。

an attractive	appearance	有魅力的外表
physical	appearance	容貌
personal	appearance	個人的外表
one's first	appearance	首次登場
a public	appearance	公開露面
a television	appearance	電視演出
a TV	appearance	

▷ Maybe she doesn't care about your **physical appearance**. 也許她並不在意你的容貌。

▷ He paid little attention to his own **personal appearance**. 他不怎麼注意自己的外表。

▷ I don't really like to make **public appearances**. 我不怎麼喜歡公開露面。

▷ Justin often makes **TV appearances**. Justin 經常上電視。

in	appearance	表面上，外觀上
by	all appearances	不管怎麼看，看起來顯然
to	all appearances	

▷ Everyone lives a happy life, at least **in appearance**. 每個人的生活都很快樂，至少看起來是這樣。

▷ Jack was **to all appearances** asleep. Jack 看起來顯然睡著了。

| appearance and behavior | 外貌和行為 |

▷ Every detail of his **appearance and behavior** was noted in her mind. 他外貌和行為的每個細節都記在她的心裡。

appetite /ˈæpəˌtaɪt/ 名食慾；慾望

have	an appetite	有食慾；有慾望
lose	one's appetite	失去食慾；失去慾望
ruin	one's appetite	讓人倒胃口
spoil	one's appetite	
give	an appetite	引起食慾；引起慾望
whet	A's appetite	刺激食慾；激起慾望
satisfy	A's appetite	滿足食慾；滿足慾望

▷ He **has** a good **appetite** and loves roast chicken dinners. 他胃口很好，而且喜歡烤雞晚餐。

▷ The champagne **gave** me an **appetite**. 香檳引起了我的食慾。

▷ I think that article on Bali will **whet** your **appetite**. 我想那篇關於峇里島的文章會激起你（旅行）的慾望。

a good	appetite	好胃口
a healthy	appetite	
a big	appetite	
an insatiable	appetite	永不滿足的食慾；永不滿足的慾望
a poor	appetite	食慾不振
a voracious	appetite	很強的慾望
a great	appetite	
an increasing	appetite	越來越強的慾望
sexual	appetite	性慾

▷ They all ate and drank with a **great appetite**. 他們全都胃口大開地吃吃喝喝。

▷ They have an **insatiable appetite** *for* fame and success. 他們對名聲與成功貪得無厭。

▷ I have a **poor appetite**. 我胃口不好。

▷ The public showed an **increasing appetite** *for* light comedy on TV. 大眾對於電視上的輕鬆喜劇展現出越來越強的需求。

| a loss of | appetite | 食慾不振 |
| a lack of | appetite | |

▷ You should see a doctor about your **loss of appetite**. 你應該請醫生診斷食慾不振的問題。

application /ˌæpləˈkeʃən/

名申請，報名；申請書；適用，應用，應用程式

make	an application	申請
submit	an application	提交申請書
fill out	an application	填寫申請書
英 fill in	an application	
accept	an application	接受申請
approve	an application	批准申請
grant	an application	
turn down	an application	拒絕申請
reject	an application	
run	applications	執行應用程式

▷ She **made** an **application** *for* a visa. 她申請了簽證。

▷ The company **submitted** a planning **application** to the City Hall. 那家公司向市政府提交了規畫申請。

| practical | application | 實際的應用，實用化 |

▷ We have to consider the **practical application** of this discovery. 我們必須考慮這個發現的實際應用。

A

the application	for A	對於 A 的申請

▷ We've received over 200 **applications for** this job. 我們已經收到超過 200 件應徵這份工作的申請。

apply /ə`plaɪ/ 動申請；適用；應用；塗抹

apply	equally	同樣適用
apply	directly	直接塗抹
apply	evenly	均勻塗抹
successfully	apply	成功應用
no longer	apply	不再適用

▷ His comment **applies equally** *to* non-Japanese citizens. 他的評論同樣適用於非日本公民。
▷ These cosmetics are **applied directly** *to* your skin. 這些化妝品是直接塗抹在你的皮膚上的。
▷ The theory has been **successfully applied** in business. 這個理論已經成功運用在商務方面。
▷ The old rules **no longer apply**. 舊規則不再適用了。

apply	for A	申請 A
apply	to A	向 A 提出申請；適用於 A
apply	A to B	把 A 應用到 B 上； 把 A 塗抹到 B 上

▷ This passport is out of date. You'll need to **apply for** a new one. 這本護照過期了。你需要申請新的。
▷ I **applied to** Embry College. 我向 Embry 大學提出入學申請。
▷ We **applied** the technology **to** other areas. 我們把這項科技運用到其他領域。

appointment /ə`pɔɪntmənt/

名會面的約定；任命

have	an appointment	有約
make	an appointment	約定會面
get	an appointment	約到時間；獲得任命
keep	an appointment	守約
cancel	one's appointment	取消約定

★ 醫院、美容沙龍的預約是 appointment，旅館、餐廳的預約則是 reservation

▷ I **have an appointment** with Mr. Jones. 我跟 Jones 先生有約。
▷ If you want to see me, **make an appointment** with my secretary. 如果你想見我，就跟我的祕書預約。

▷ I'm going to go to the doctor as soon as I can **get an appointment**. 我預約到時間就會去看醫生。
▷ Anna called me to **cancel her appointment**. Anna 打電話給我取消會面。

appreciate /ə`priʃɪ͵et/

動完全了解（情況），欣賞；感謝

really	appreciate	真的很欣賞； 非常感謝
fully	appreciate	十分欣賞； 完全了解
greatly	appreciate	非常感謝
very much	appreciate	

▷ At that time I didn't **fully appreciate** his help. 我當時並沒有完全體會到他的幫忙有多重要。
▷ I'd **very much appreciate** it if you would help me. 如果你幫忙我，我會很感激的。

begin to	appreciate	開始了解
fail to	appreciate	無法了解

▷ I **began to appreciate** that there were many other viewpoints. 我開始了解還有許多其他的觀點。

appreciate	that...	很了解…
appreciate	wh-	很了解…
★ wh- 是 how, why, what 等等		

▷ I **appreciate that** you're all concerned about me. 我很了解你們都擔心我。
▷ I hope he **appreciates what** I'm doing. 我希望他明白我所做的事情。

approach /ə`protʃ/ 名接近，方法

adopt	an approach	採用一種方法
take	an approach	
develop	an approach	開發一種方法
follow	an approach	遵循一種方法
try	an approach	嘗試一種方法
make	an approach	接洽，交涉

▷ I can't understand some of the **approaches adopted** by the European Union. 我不能理解歐盟採取的一些方式。
▷ Why not **try a new approach**? 何不試試新的方法呢？

a traditional	approach	傳統的方法

an alternative	approach	替代的方法
a new	approach	新方法
a positive	approach	正面的方法
a basic	approach	基本的方法

▷ There are several **alternative approaches** I could take. 我還有幾個替代的方法可用。

▷ You should always take a **positive approach** to training your dog. 你應該總是用正面的方法來訓練你的狗。

approach	to A	處理 A 的方法；通往 A 的途徑

appropriate /əˋproprɪˏet/ 形 適當的

be considered	appropriate	被認為適當的
be thought	appropriate

▷ I don't think wearing jeans at a wedding would be **considered appropriate**. 我覺得在婚禮上穿牛仔褲不會被認為是恰當的。

entirely	appropriate	完全適當的
particularly	appropriate	特別適當的

▷ I don't know whether that's **entirely appropriate**. 我不知道那是否完全適當。

appropriate	for A	適合 A 的
appropriate	to A

▷ The house must be **appropriate to** our lifestyle. 房子必須適合我們的生活型態。

It is appropriate	that...	…是適當的

▷ **It's appropriate that** we should thank him formally for all he has done. 我們應當正式感謝他所做的一切。

approval /əˋpruvl/ 名 批准；贊成，同意

require	approval	需要批准
seek	approval	要求批准
receive	approval	獲得准許
win	approval
give	approval	批准
grant	approval
nod in	approval	點頭贊成

▷ Passage **requires approval** by two thirds of the members. （議案）通過需要 2/3 的委員同意。

▷ We **received approval** for our building plans. 我們獲得了建設計畫的批准。

▷ Last week the town council **gave approval** to the development project. 市議會上週核准了開發案。

final	approval	最終的許可
prior	approval	事前許可
formal	approval	正式的准許
official	approval	官方的准許
congressional	approval	議會的核准
parliamentary	approval

▷ Japan has given **final approval** for financial aid to developing countries. 日本最終同意給予開發中國家財務上的援助。

▷ He ordered staff not to speak to outsiders without **prior approval**. 他命令員工未經事先許可不得對外透露。

▷ The President's **approval rating** slid from 65% to 48%. 總統的支持率從 65% 下滑到 48%。

approval	for A	對於 A 的准許、贊成
on	approval	可試用並退貨

▷ We've just received **approval for** extending the house. 我們剛獲得擴建房屋的許可。

▷ The company is quite willing to send goods **on approval**. 這家公司很樂意寄出商品並接受試用退貨。（★ 商品試用滿意才購買）

approve /əˋpruv/ 動 批准；贊成

formally	approve	正式批准
finally	approve	最終批准
unanimously	approve	一致同意批准

▷ We have to wait until the plans are **formally approved**. 我們必須等到計畫正式獲得批准。

▷ The meeting **unanimously approved** the decision to employ more staff. 會議一致通過雇用更多人員的決定。

approve	of A	贊成 A

▷ My parents don't **approve of** my new boyfriend. 我爸媽不認可我的新男友。

area /ˋɛrɪə/ 名 地區，區域；領域，方面

cover	an area	包含一個地區；論及一個領域

A

identify	areas	找出區域、範圍

▷ Topics are wide and **cover areas** such as Business Planning, Marketing, the Internet, etc. 主題涵蓋的範圍很廣，像是商業規劃、市場行銷、網際網路等等。

the surrounding	area	周遭區域
a rural	area	鄉間地區
a metropolitan	area	大都會區
an urban	area	都市區
an industrial	area	工業區
a residential	area	住宅區
a conservation	area	保護區
a nonsmoking	area	禁菸區
designated	areas	指定區域
a play	area	遊戲區
a picnic	area	野餐區
a growth	area	成長中的領域

▷ The national park is one of the biggest wildlife **conservation areas** in the world. 這座國家公園是全世界最大的野生動物保護區之一。

argue /ˈɑrgjʊ/ 動 爭吵；爭論，主張

argue	fiercely	激烈地爭論
argue	strongly	強力主張
argue	forcefully	
argue	passionately	熱切地主張
argue	convincingly	很有說服力地主張
argue	persuasively	
successfully	argue	成功地論證

▷ In his book, he **argues strongly** against capital punishment. 他在著書中強烈主張反對死刑。

argue	over A	為了 A 爭執
argue	about A	
argue	with A	和 A（人）爭論
argue	for A	論證支持 A
argue	against A	論證反對 A

▷ They were **arguing over** me. 他們為了我而爭執。
▷ I'm not here to **argue for** or **against** that point. 我不是來這裡論證支持或反對那一點的。

argue	that...	主張…

▷ The Christian religion **argues that** we are not just animals. 基督教主張我們不只是動物。

argument /ˈɑrgjəmənt/

名 爭吵，爭執；辯論，論點，論證

have	an argument	爭執
get into	an argument	起爭執
win	an argument	爭執贏了
lose	an argument	爭執輸了
make	an argument	做出論證
develop	an argument	展開論證
support	an argument	支持論點
accept	an argument	接受論點
reject	an argument	拒絕論點

▷ Kay **had** an **argument** with her mother about the wedding plans. Kay 為了婚禮計畫和母親起了爭執。
▷ Scott and I **got into** a heated **argument**. Scott 和我起了激烈的爭執。
▷ John explained the data to **support** his **argument**. John 說明數據來支持他的論點。

a heated	argument	熱烈的爭論
a powerful	argument	有力的論點
a logical	argument	合邏輯的論點
a reasoned	argument	合理的論點
a political	argument	政治論點

▷ There's a **powerful argument** for introducing identity cards. 有一個有力的論點可以支持採用身分證。
▷ I don't think one can make a **reasoned argument** against gay marriage. 我認為沒有人能提出合理的論點反對同性婚姻。

argument	about A	關於 A 的爭論
argument	over A	
argument	for A	贊成 A 的論點
argument	in favor of A	
argument	against A	反對 A 的論點

▷ What was the **argument about**? 是在爭論什麼？
▷ There are strong **arguments for** and **against** each view. 每個看法都有強烈的支持與反對論點。

argument	that...	…的論點

▷ There's an **argument that** a big earthquake can happen in the near future. 有人主張不久的將來可能發生大地震。

a line of	argument	論證的方式

arise /əˋraɪz/ 動 產生，出現

inevitably	arise	無可避免地發生
arise	naturally	自然發生
arise	spontaneously	自然而然發生

▷ If the Prime Minister keeps refusing to give press interviews, problems will **inevitably arise**. 如果首相一直拒絕媒體採訪，免不了會發生問題。

arise	from A	從 A 產生，因 A 而起
arise	out of A	

▷ I understand that most problems **arise from** the lack of communication. 我了解大部份的問題都是因為缺乏溝通而產生的。

arm /ɑrm/ 名 手臂

lower	one's arm	放下手臂
raise	one's arm	舉起手臂
twist	A's arm	扭著 A 的手臂；強迫 A
stretch out	one's arm	伸出手臂
cross	one's arms	交叉雙臂
fold	one's arms	
grab	A's arm	抓住 A 的手臂
grasp	A's arm	

▷ He **twisted** my **arm** behind my back. 他把我的手臂扭到背後。
▷ He **stretched out** his arm toward me. 他向我伸出手。
▷ She sat back in her chair and **folded** her **arms** across her chest. 她坐回椅子，雙臂交叉在胸前。

by	the arm	（抓住）手臂
in	A's arms	在懷裡
under	A's arm	在腋下

▷ Toby gently took the man **by the arm** and helped him stand up. Toby 輕輕抓著男子的手臂，幫助他站起來。
▷ She took the baby **in her arms**. 她把寶寶抱在懷裡。

at	arm's length	以手臂的距離，保持距離

★ 和 keep, put, hold 等連用

▷ She held the smelly cheese **at arm's length** and dropped it into a trash can. 她把發臭的乳酪舉得遠遠的，然後丟進垃圾桶。

arrange /əˋrendʒ/

動 安排，籌備；布置，排列

carefully	arrange	細心地布置，布置整齊
neatly	arrange	

▷ The furniture was very clean and **neatly arranged**. 家具很乾淨，而且擺得很整齊。

arrange	for A	安排 A
arrange	(for A) to do	安排（A）去做…

▷ I thought you **arranged for** a taxi. 我以為你安排了計程車。
▷ I'll **arrange for** you to meet up with them. 我會安排你和他們會面。

arrange	that...	安排…

▷ I'll try to **arrange that** we should leave at five o'clock. 我會試著安排讓我們能在 5 點出發。

as	arranged	如同安排好的

★ 常以 as previously arranged, as originally arranged 的形式使用

▷ If we can't meet on Friday, let's meet on Wednesday as originally **arranged**. 如果我們星期五不能見面，那就照原本安排的在星期三見面。

arrangement /əˋrendʒmənt/

名 準備，安排；約定，協定；排列

make	an arrangement	做好安排；約定好
have	an arrangement	有協議
come to	an arrangement	達成協議

▷ I've **made** an **arrangement** to see John on Saturday. 我已經安排星期六去見 John。
▷ We **have** an **arrangement** *with* the university to use their classrooms. 我們和大學談好要使用他們的教室。

a reciprocal	arrangement	互惠協議
a flower	arrangement	插花

▷ There are some **reciprocal arrangements** between the UK and EU countries. 英國和歐盟國家之間有一些互惠協議。

arrangements	for A	A 的準備工作
arrangements	with A	和 A 的協議

▷ How are the **arrangements for** the wedding?
婚禮準備得怎麼樣？
▷ Aren't you forgetting your **arrangement with**
Jack? 你是不是忘了和 Jack 的約定？

arrive /ə`raɪv/ 動 到達，抵達

arrive	safely	平安抵達
finally	arrived	終於抵達了
eventually	arrived	

▷ I'm so glad you **arrived safely**. 我很高興你平安
抵達了。
▷ I **finally arrived** in New York. 我終於到了紐約。

arrive	at A	抵達 A
arrive	in A	
arrive	from A	離開 A 而到達

▷ When we **arrived at** the station, it was seven
thirty. 我們到車站的時候是 7:30。
▷ He just **arrived from** America. 他剛從美國到達
目的地。

art /ɑrt/ 名 藝術；技術，技藝

master	the art	精通技術

▷ He **mastered** the **art** of cooking. 他精通了烹飪
的藝術。

fine	arts	美術
abstract	art	抽象藝術
modern	art	現代藝術
contemporary	art	當代藝術

▷ Julie majored in **fine arts** at Stanford University.
Julie 在史丹佛大學主修藝術。

article /`ɑrtɪkl/ 名 文章，報導；一件物品

contribute	an article	投稿
publish	an article	發表文章
submit	an article	提交文章

▷ She has **contributed articles** to the magazine.
她為那本雜誌撰寫了文章。
▷ The first **article** was **published** in the Dec. 2007

issue. 第一篇文章發表於 2007 年 12 月號。

a feature	article	專題報導
a front-page	article	頭版報導
an editorial	article	社論
a related	article	相關的報導
a magazine	article	雜誌報導
a newspaper	article	報紙報導

▷ See the **front-page article** in today's New York
Times. 請看今天紐約時報的頭版報導。

an article	on A	關於 A 的文章
an article	about A	

▷ Could you check out the **article on** Bali? 你可以
看一下這篇關於峇里島的文章嗎？

ask /æsk/ 動 問；要求，請求

ask	softly	輕柔地問
ask	gently	
ask	politely	禮貌地問
ask	anxiously	焦急地問
ask	curiously	好奇地問

▷ "Are you feeling better now?," she **asked softly**.
她輕柔地問：「你現在覺得比較好了嗎？」
▷ "Have you seen my purse anywhere," she **asked
anxiously**. 她焦急地問：「你在什麼地方看到我的
手提包了嗎？」

ask	(A) about B	問 A（人）關於 B 的事
ask	(A) for B	（向 A（人））要求 B

▷ Did you **ask** Catherine **about** her new boy
friend? 你跟 Catherine 問了她新男友的事嗎？
▷ You should **ask** your mother **for** advice. 你應該
尋求你媽媽的建議。 ▷ Jennie **asked for** a double
espresso. Jennie 點了一杯雙份濃縮咖啡。

ask	A to do	要求 A（人）做…

▷ Would you **ask** him **to** call me, please? 可以請你
叫他打電話給我嗎？

ask	(A) wh-	問（A（人））…

★ wh- 是 why, how, whether 等

▷ Can I **ask what** a cream tea is? 我可以問奶油茶
點下午茶是什麼嗎？

asleep /əˋslip/ 形 睡著的

fall	asleep	睡著

▷ The last time you went to the movies you **fell asleep**. 你上次看電影時睡著了。

fast	asleep	睡得很熟的
sound	asleep	
half	asleep	半睡半醒的

▷ "Where's your son now?" "He's **fast asleep** in his bed." 「你兒子現在在哪裡？」「他在床上熟睡著。」

aspect /ˋæspɛkt/ 名 方面；外表

consider	an aspect	考慮某方面
discuss	an aspect	討論某方面
deal with	an aspect	處理某方面
focus on	an aspect	聚焦於某方面

▷ We have another **aspect** of this matter to **consider**. 關於這件事，我們有另一個方面要考慮。

an important	aspect	重要的方面
a key	aspect	
a significant	aspect	意義重大的方面
an interesting	aspect	有趣的方面
a financial	aspect	財務方面
the safety	aspect	安全方面

▷ Another **important aspect** is that everything should be organized. 另一個重要的方面是一切都該有組織。
▷ Music is a **key aspect** of the film. 音樂是這部電影的一個重要層面。

associate /əˋsoʃɪˏet/ 動 使有關聯，聯想

be closely	associated	密切相關
be strongly	associated	強烈相關
be usually	associated	通常被聯想
be normally	associated	

▷ Psychiatry is **closely associated** *with* psychology. 精神病學與心理學密切相關。
▷ Passive smoking is **strongly associated** *with* increased risk of heart disease. 二手菸和心臟病風險增加有強烈的相關性。

▷ Country and western music is **usually associated** *with* cowboys. 鄉村與西部音樂通常和牛仔聯想在一起。

associate	A with B	把 A 和 B 聯想在一起

▷ I always **associate** green apples **with** stomachache. 我總是把青蘋果和胃痛聯想在一起。

assume /əˋsjum/ 動 假定；承擔；裝作

automatically	assume	不假思索地認定
generally	assume	一般假定
usually	assume	
widely	assume	廣泛假定
safely	assume	放心假設

▷ Why do you **automatically assume** I'm like everybody else? 你為什麼不假思索地認定我像其他人一樣？
▷ It is **generally assumed** that old people are wiser than young people. 一般人總是假定老年人比年輕人有智慧。

assume	(that)...	假定，認定…

▷ I **assume** it was Helen who recruited Steven to the project. 我想是 Helen 找 Steven 加入專案的。

be reasonable to	assume	假設…很合理

▷ It is **reasonable to assume** that some workers retire at 60 because of failing health. 假設一些工作者在 60 歲因為健康衰退而退休是合理的。

assumption /əˋsʌmpʃən/

名 假定，設想；就任

make	an assumption	做一個假設
challenge	an assumption	質疑假設
question	an assumption	

▷ Don't **make** too many **assumptions**. 不要做太多假設。
▷ My professor advised me to **challenge assumptions** and get more data. 教授建議我質疑假設並且取得更多數據。

an underlying	assumption	基礎假設
a fundamental	assumption	
an implicit	assumption	隱含的假設

A

a false	assumption	錯誤的假設
a wrong	assumption	

▷ An **implicit assumption** of this article is that changes will usually be smooth. 這篇文章裡一個隱含的假設是改變通常會很順利。

▷ These facts seem to be based on **false assumptions**. 這些事實似乎是根據錯誤的假設而來。

assumption	about A	關於 A 的假設

▷ I don't think we can make any **assumptions about** getting the contract. 我不認為我們能對拿到合約這件事情進行任何的推測。

on	the assumption that...	基於…的假設

▷ I agreed to do overtime **on the assumption that** I would be paid extra money. 我是設想會得到額外薪水才同意加班的。

▌atmosphere /ˈætməsˌfɪr/

名 氣氛；大氣，空氣

create	an atmosphere	創造氣氛
have	an atmosphere	有氣氛

▷ We **created an atmosphere** that feels very comfortable. 我們創造了感覺很舒適的氣氛。

▷ That restaurant **has a great atmosphere**. 那間餐廳氣氛很好。

a friendly	atmosphere	友好的氣氛
an informal	atmosphere	非正式的氣氛
a relaxed	atmosphere	放鬆的氣氛
a general	atmosphere	整體的氣氛
the whole	atmosphere	
the upper	atmosphere	高層大氣

▷ The meeting was held in a very **relaxed** and **informal** atmosphere. 這場會議在非常放鬆與非正式的氣氛中舉行。

▷ She loved the **whole atmosphere** of Regent Street. 她愛攝政街整體的氣氛。

▷ Ozone in the **upper atmosphere** protects life on earth. 高層大氣中的臭氧保護地球上的生物。

▌attach /əˈtætʃ/ 動 貼上，繫上，附加

firmly	attach	緊緊貼上、繫上

▷ The lid was **firmly attached** to the ice-cream tub. 蓋子緊貼在冰淇淋桶上。

attach	A to B	把 A 貼到 B、把 A 附在 B 上

▷ You should **attach** a label with your name and address to your baggage. 你應該在你的行李貼上有你名字和地址的標籤。

▌attack /əˈtæk/ 名 攻擊，抨擊；（疾病）發作

carry out	an attack	進行攻擊
make	an attack	
suffer	an attack	遭受攻擊
launch	an attack	發動攻擊
mount	an attack	
lead	an attack	指揮攻擊
have	an attack	病發
suffer	an attack	遭受發病的情況

▷ They have **made an attack** on the eastern border. 他們在東部邊境進行攻擊。

▷ The city **suffered** a terrorist **attack**. 這個城市遭到恐怖攻擊。

▷ The Republican Party **launched** an aggressive **attack** on the Democrats. 共和黨猛烈攻擊民主黨。

▷ My dad's in hospital. He **had** a heart **attack**. 我爸在住院。他心臟病發作。

an attack	happens	發生攻擊
an attack	takes place	
an attack	occurs	

▷ When the **attack happened**, where were you? 發生攻擊時，你人在哪裡？

a violent	attack	猛烈的攻擊
a racist	attack	種族歧視的攻擊
an arson	attack	縱火
a terrorist	attack	恐怖攻擊
an air	attack	空襲
a bomb	attack	炸彈攻擊
a missile	attack	飛彈襲擊
a rocket	attack	火箭襲擊
a nuclear	attack	核武攻擊
a revenge	attack	報復攻擊
a frontal	attack	正面進攻
a fierce	attack	猛烈的抨擊
a bitter	attack	
a personal	attack	人身攻擊

A

| an asthma | attack | 氣喘發作 |
| a heart | attack | 心臟病發 |

▷ He carried out his **violent attacks** in streets. 他在街上發動暴力攻擊。
▷ **Racist attacks** and bullying in schools are on the increase. 種族歧視的攻擊和校園霸凌正在增加。
▷ The police are investigating the incident as an **arson attack**. 警察以縱火的方向調查這起事件。
▷ The threat of **nuclear attack** is greater than ever before. 核武攻擊的威脅更甚於以往。
▷ I used to have **asthma attacks**. 我以前氣喘經常發作。

under	attack	受到攻擊
attack	on A	對 A 的攻擊
attack	against A	

▷ When you're **under attack**, the best defense is to counterattack. 當你被攻擊時，反擊是最好的防禦。
▷ Have you heard of the recent **attack on** the American embassy? 你聽說了最近發生在美國大使館的攻擊事件嗎？

attack /ə`tæk/ 動 攻擊，襲擊；抨擊

brutally	attack	殘忍地攻擊
immediately	attack	立即攻擊
bitterly	attack	猛烈抨擊
fiercely	attack	
strongly	attack	強烈抨擊

▷ He was **bitterly attacked** by the critics. 他受到評論家的強烈批判。

| attack | A with B | 用 B 攻擊 A（人） |
| attack | A for doing | 抨擊 A 做了… |

▷ Why were they **attacking** him **for losing** the game? 他們為什麼責備他輸了比賽？

attempt /ə`tɛmpt/ 名 企圖，嘗試

| make | an attempt | 企圖，嘗試 |
| fail in | an attempt | 嘗試失敗 |

▷ Caroline **made no attempt** to do as I said. Caroline 完全沒有試著照我說的去做。
▷ A fifteen-year-old boy **failed in** an **attempt** to rob a taxi driver. 一名 15 歲少年搶劫計程車司機未遂。

a successful	attempt	成功的嘗試
an unsuccessful	attempt	失敗的嘗試
a vain	attempt	徒勞無功的嘗試
a serious	attempt	認真的嘗試
a brave	attempt	勇敢的嘗試
a desperate	attempt	孤注一擲的嘗試
an assassination	attempt	企圖暗殺
a rescue	attempt	試圖營救
a suicide	attempt	自殺未遂
a murder	attempt	殺人未遂
a robbery	attempt	搶劫未遂

▷ After four **unsuccessful attempts,** he finally won gold. 經過四次嘗試失敗後，他終於贏得金牌。
▷ He made a **vain attempt** to persuade his brother to come back to Australia. 他試圖說服弟弟回澳洲，但徒勞無功。
▷ We can now launch a **rescue attempt**. 我們現在可以開始進行營救了。

| an attempt | at A | 做 A 的嘗試 |

▷ Fred was making an **attempt at** trying not to laugh. Fred 試著忍住不笑出來。

| an attempt | to do | 做…的嘗試 |

▷ I made an **attempt to** make friends with her. 我試著和她做朋友。

attend /ə`tɛnd/ 動 出席

regularly	attend	定期參加
well	attended	出席者眾的
poorly	attended	出席者少的

▷ I **regularly attend** monthly community meetings. 我定期參加社區的聚會。
▷ The show was well received and **well attended**. 這場表演評價很好，到場的觀眾也很多。

attention /ə`tɛnʃən/ 名 注意，關注；照顧

pay	attention	給予關注
give	attention	
attract	(A's) attention	吸引注意
get	(A's) attention	
catch	(A's) attention	
receive	attention	獲得矚目

A

focus	attention	集中注意力
hold	attention	保持注意
keep	attention	
turn	one's **attention**	將注意力轉向
draw	(A's) **attention**	喚起注意
call	(A's) **attention**	
distract	attention	分散注意力
divert	attention	

▷ **Pay attention** *to* every detail! 注意每個細節！

▷ Chapter 8 **gives attention** *to* democratic policies. 第八章關注的是民主政策。

▷ Shh, don't shout! I don't want to **attract attention**! 噓，別叫！我不想引起注意！

▷ The composer began to **receive attention** *from* abroad in the 1950's. 這位作曲家 1950 年代開始獲得海外矚目。

▷ He **drew** everyone's **attention** *to* himself. 他吸引了所有人的注意。

▷ One of the pickpockets **distracted** my **attention** while the other stole my wallet. 一個扒手分散我的注意力，另一個同時偷走我的皮夾。

full	attention	全神貫注
undivided	attention	
careful	attention	細心注意
close	attention	密切注意
particular	attention	特別注意
media	attention	媒體關注
public	attention	公眾關注
medical	attention	醫療，治療

▷ It's necessary to pay **careful attention**. 細心注意是必要的。

▷ **Media attention** will help to solve this case. 媒體關注將有助於解決這樁案件。

▷ The true facts never came to **public attention**. 真正的事實從來沒有獲得大眾的注意。

▷ Seek **medical attention** as quickly as possible. 請盡快就醫治療。

(PHRASES)

Attention, please! ☺（廣播公告）請注意！

Thank you for your kind attention. ☺（信末用語）謹此致謝

attitude /ˈætətjud/ ⊛ /ˈætitjuːd/ 图態度

adopt	an attitude	採取一種態度
have	an attitude	
take	an attitude	
change	an attitude	改變態度

▷ I feel it's important that we **adopt** a positive **attitude**. 我覺得我們採取正面的態度很重要。

▷ **Having** a good **attitude** to work is very important. 擁有良好的工作態度非常重要。

▷ I've tried to **change** my **attitude** toward her. 我試過改變對她的態度。

a good	attitude	好的態度
a positive	attitude	正面的態度
a bad	attitude	不好的態度
a negative	attitude	負面的態度
an aggressive	attitude	挑釁的態度
a critical	attitude	批判的態度
a relaxed	attitude	放鬆的態度
a responsible	attitude	負責的態度

▷ Why does he have such a **negative attitude**? 他的態度怎麼這麼負面？

▷ We expected the company to take a **responsible attitude**. 我們原本期待公司採取負責的態度。

▷ Keep a positive **mental attitude**. 請保持正面的心理態度。

attitude	to A	對 A 的態度
attitude	toward A	

▷ Western **attitudes** to Japan have changed. 西方對日本的態度改變了。

▷ I think you should change your **attitude toward** her. 我想你應該改變對她的態度。

a change of	attitude	態度的變化
a change in	attitude	

▷ What's with the sudden **change of attitude**, Ken? Ken，你突然改變態度是怎麼回事？

with	(an) attitude	有態度；態度傲慢

▷ **With** an **attitude** like that, it's no wonder you have so many enemies. 你那種態度，難怪會樹立這麼多敵人。

attract /əˈtrækt/ 動吸引

be sexually	attracted	受到性魅力的吸引

| be strongly | attracted | 被強烈吸引 |

▷ I don't think she was **sexually attracted** to me. 我覺得我對她沒有性魅力。

▷ I'm **strongly attracted** to his work. 我被他的作品強烈吸引。

| attract | A to B | 把 A（人）吸引到 B |

▷ Do you know what **attracted** me **to** you in the first place? 你知道一開始是你的什麼方面吸引我嗎？

attractive /əˋtræktɪv/ 形 有吸引力的

| look | attractive | 看起來有吸引力 |
| make A | attractive | 使 A 有吸引力 |

▷ Those leaves **look** particularly **attractive** in autumn. 那些葉子在秋天看來特別有魅力。

▷ We wanted to change the design and **make it** more **attractive** to everyone. 我們想改變設計，讓它對大家更有吸引力。

extremely	attractive	極具吸引力的
particularly	attractive	特別有吸引力的
stunningly	attractive	有驚人吸引力的
sexually	attractive	有性魅力的
increasingly	attractive	越來越有吸引力的

▷ San Francisco is **increasingly attractive** as a place to live. 作為居住地點，舊金山越來越有吸引力。

audience /ˋɔdɪəns/ 名 聽眾；觀眾

address	an audience	對聽眾演說
attract	an audience	吸引觀眾
reach	an audience	達到某個觀眾數

▷ Mr. Prescott **addressed** an **audience** of business leaders yesterday. Prescott 先生昨天對一群商界領袖發表演說。

▷ The magazine **reached** an **audience** estimated at twenty-five thousand readers worldwide. 這份雜誌的全球讀者人數推估已達到 25,000 人。

a large	audience	很多的觀眾
a mass	audience	
a wide	audience	廣泛的觀眾
a small	audience	很少的觀眾
a target	audience	目標觀眾
a television	audience	電視觀眾

▷ There was a **large audience** at the concert. 音樂會有許多聽眾。

▷ We need to find a **wider audience**. 我們需要找到更廣泛的觀眾。

▷ The politician's speech was well-suited for the **target audience**. 這位政治人物的演說對目標聽眾而言正是投其所好。

authority /əˋθɔrətɪ/ 美 /əˋθɔriti/

名 權威，權力；權限，當局

have	the authority	擁有權力
give	the authority	給予權力
assert	one's authority	主張權力
exercise	authority	行使權力
accept	the authority	接受權力
undermine	the authority	損害威信

▷ I don't **have the authority** to do so. 我沒有這麼做的權限。

▷ Who **gave** him the **authority** to do that? 誰給了他那樣做的權限？

▷ The government can **exercise authority** over security matters. 政府可以在（國家）安全事務方面行使權力。

political	authority	政治權力
presidential	authority	總統的權力
(a) public	authority	公眾機關
regulatory	authority	監察機關
government	authority	政府機關
police	authority	警察當局
a local	authority	地方當局
the authorities	concerned	有關當局

▷ The government now has no **political authority** to do anything. 政府現在沒有政治權力去做任何事。

▷ You will find the address of your **local authority** in the phone book. 你可以在電話簿找到地方當局的電話。

▷ The **authorities concerned** refused to accept responsibility. 有關當局拒絕承擔責任。

in	authority	有權的
with	authority	有威信的
authority	over A	對於 A 的權力
an authority	on A	A 方面的權威

▷ In those days we used to trust people **in authori-**

ty. 那時候我們相信有權者。
▷ He spoke **with authority**. 他很有威信地說話。
▷ You have no **authority over** me. 你對於我沒有（指示做什麼）的權力。
▷ He is an **authority on** American literature. 他是美國文學的權威。

available /əˋveləbl/

形 可得的；可利用的；有空的

| become | available | 變得可以得到 |
| make | available | 使什麼能讓人得到 |

▷ A new type of mobile phone will **become available** next month. 新型的行動電話將在下個月上市（可以買到）。

readily	available	容易取得的，可自由取得的
freely	available	
widely	available	隨處可得的
generally	available	
commercially	available	市面上可得的
currently	available	目前可得的

▷ This software is **freely available** on the Internet. 這個軟體可以在網路上自由取得。
▷ The book is now **widely available** in a new American edition. 這本書現在出了美國版而隨處可得。
▷ Almost all **commercially available** trout are farmed. 幾乎所有市售的鱒魚都是人工養殖的。

available	for A	A 可以取得的
available	to A	
available	from A	可以從 A 取得的

▷ I thought it would be a good idea to make the data **available to** the public. 我以為讓大眾都可以取得資料是個好主意。
▷ Tickets are **available from** the stadium shop. 門票可以在體育場的商店買到。

| available | to do | 有空做… |

▷ Are you **available to** come for a meeting on Thursday? 你星期四有空來開會嗎？

average /ˋævərɪdʒ/ 名 平均，平均值

an annual	average	年平均
the national	average	全國平均
an overall	average	全體平均
a weighted	average	加權平均

▷ An **annual average** of 30,000 people immigrated to the U.S. in those years. 那些年平均每年有 3 萬人移民進入美國。
▷ The unemployment rate in this city is above the **national average**. 這個城市的失業率高於全國平均。
▷ This figure is slightly higher than the **overall average**. 這個數字略高於全體的平均。

above	(the) average	高於平均
below	(the) average	低於平均
on	average	平均來說

▷ The total rainfall was 37% **above** the **average**. 總降雨量比平均值高出 37%。
▷ I receive **on average** 30 emails a day. 我平均一天收到 30 封電子郵件。

avoid /əˋvɔɪd/ 動 避開，避免

carefully	avoid	小心避免
deliberately	avoid	刻意避免
narrowly	avoid	驚險躲過
best	avoided	最好避免的

▷ She **carefully avoided** eye contact with him. 她小心地避免和他四目相接。
▷ I **narrowly avoided** crashing into the car at the intersection. 我在十字路口險些撞上那台車子。
▷ That place is **best avoided**. There are much better places to visit. 最好不要去那裡。還有好上許多的地方可以去。

| avoid | doing | 避免做… |

▷ I'm on a diet. I'm trying to **avoid** eating chocolate. 我正在減肥。我試著避免吃巧克力。

| be difficult to | avoid | 很難避免 |

▷ It's **difficult to avoid** that sort of problem. 那種問題很難避免。

awake /əˋwek/ 形 醒著的

| stay | awake | 保持清醒 |
| keep | awake | |

▷ I think I'll go to bed. Sorry, I can't **stay awake** any longer. 我想我要去睡了。抱歉，我沒辦法再保

持清醒了。

award /əˋwɔrd/ 名 獎，獎品，獎金

present A with	an award	頒獎給 A
give A	an award	
win	an award	贏得獎項
receive	an award	

▷ The National Museum **presented** him **with** an **award** for lifetime achievement. 國家博物館頒獎表彰他的終身成就。

▷ Michael and his friends were **given awards** *for* their brave actions. Michael 跟他的朋友因其英勇行為獲得了嘉獎。

a special	award	特別獎
a top	award	最大獎
an Academy	Award	學院獎（奧斯卡獎）

▷ Lynch was nominated for an **Academy Award** for Best Director. 大衛‧林區獲得奧斯卡最佳導演提名。

aware /əˋwɛr/ 形 意識到的；知道的

acutely	aware	
well	aware	清楚知道的
fully	aware	
painfully	aware	痛切意識到的
vaguely	aware	隱約意識到的
uncomfortably	aware	因為意識到而不自在
increasingly	aware	越來越意識到的
politically	aware	有政治意識的

▷ He is **acutely aware** of the bad effects of alcohol. 他很清楚知道酒精帶來的不良影響。

▷ She was **well aware** of the rules. 她很清楚規定。

▷ She's now **painfully aware** of her limits. 她現在痛切了解到自己的極限。

▷ He became **uncomfortably aware** of the pain in his side. 他很不舒服地感覺到側腹部的疼痛。

| aware | of A | 意識到 A 的 |

▷ He became **aware of** shouts from above. 他注意到上面傳來的叫聲。

| aware | that... | 意識到⋯的 |

▷ I was very **aware that** she needed support. 我很

清楚知道她需要支援。

awful /ˋɔfʊl/ 形 糟糕的，很壞的；可怕的

| smell | awful | 聞起來很糟 |
| taste | awful | 吃起來很糟 |

▷ These clothes **smell awful**. They need to be washed. 這些衣服聞起來很糟。它們該洗了。

really	awful	真的很糟的
pretty	awful	相當糟的
absolutely	awful	糟透了的

▷ That food tasted **absolutely awful**! 那食物吃起來噁心極了！

PHRASES

How awful! ☺ 真糟糕！

awkward /ˋɔkwəd/

形 尷尬的；笨拙的；使用不便的

| feel | awkward | 覺得尷尬 |

▷ I **felt** a bit **awkward**, but nodded and smiled back at her. 我覺得有點尷尬，但還是對她點頭回以微笑。

extremely	awkward	非常尷尬；非常笨拙
rather	awkward	相當尷尬
a bit	awkward	有點尷尬；有點笨拙
slightly	awkward	

▷ I'm in a **rather awkward** position. 我處於相當尷尬的狀況。

B

baby /ˈbebɪ/ 名 嬰兒，寶寶

have	a baby	生孩子
give birth to	a baby	
be expecting	a baby	懷孕中，待產
lose	a baby	流產
look after	a baby	照顧嬰兒
hold	a baby	抱嬰兒，抱起嬰兒
pick up	a baby	

▷ Mommy is going to **have a baby**; you're going to be a big sister. 媽咪快要生寶寶了，你要當姊姊了。
▷ Jane **gave birth to a baby** girl, named Chelsea. Jane 生了一個女娃，叫 Chelsea。
▷ Did you know she's **expecting a baby**? 你知道她懷孕了嗎？
▷ She **lost a baby** at 20 weeks. 她在懷孕 20 週時流產了。
▷ She was **holding a baby** in her arms. 她懷裡抱著一個寶寶。

a baby	is **due**	嬰兒預計出生
a baby	is **born**	嬰兒出生

▷ Jenny's **baby** is **due** soon. Jenny 的小孩預計快要出生了。

a new	baby	剛出生不久的嬰兒
a newborn	baby	新生兒
a tiny	baby	小寶寶
a premature	baby	早產兒
a ten-month-old	baby	十個月大的嬰兒
a healthy	baby	健康的嬰兒

▷ She has a **new baby** and needs more time off. 她剛生孩子不久，需要更多休假。
▷ She picked up her **tiny baby** and laid him gently in the cradle. 她抱起她的小寶寶，輕輕放進搖籃裡。

like	a baby	像嬰兒一樣

▷ He was crying **like a baby**. 他哭得像嬰兒一樣。

back /bæk/ 名 背部；後面，後部

break	one's **back**	背部骨折；辛苦工作
turn	one's **back**	轉身背對，不理睬

▷ She wasn't going to **break** her **back** trying to help Ken. 她不打算為了幫忙 Ken 而辛苦。
▷ She **turned** her **back** on me to talk to the girl. 她轉身不理我，和那女孩談話。

lower	back	下背部，後腰部
upper	back	上背部
a broad	back	很寬的背
a bad	back	背痛，腰痛

▷ I felt a sharp pain in my **lower back**. 我感覺後腰部劇痛。
▷ Robert had a **bad back**. Robert 腰很痛。

at	the back	在後部，在後面
in	the back	
behind	A's back	在 A 背後
on	one's back	仰臥
on	the back	在背面
美 back	to front	（衣服）前後穿反

▷ I hope she hasn't been talking about me **behind** my **back**. 我希望她沒有背地裡談論我。
▷ Ted lay **on his back** in the bed. Ted 躺在床上。
▷ Write your name and address **on the back** of the envelope. 在信封背面寫你的姓名和地址。
▷ I put my T-shirt on **back to front**. 我把 T 恤前後穿反了。（★ 美語是 I put my T-shirt on backward.）

back /bæk/ 動 支援，支持；使後退

back	hastily	匆忙後退
back	slowly	慢慢後退
back	away	退後，退縮
back	off	退後；放棄
back	up	倒（車）；支持

▷ She screamed and **backed away** slowly. 她尖叫並且慢慢退後。
▷ Emma **backed off** a few steps. Emma 退後了幾步。
▷ Good work, Bob, you've finally got proof to **back up** this theory. 做得好，Bob，你終於找到支持這個理論的證據了。

background /ˈbækˌɡraʊnd/

名 背景；經歷

B

form	a background	形成背景，
provide	a background	提供背景

▷ In 1978 he went to China, which was to **form** the **background** *to* his first novel. 1978 年他前往中國，之後這成為他第一部小說的背景。
▷ Chapter 1 **provides** some historical **background** *to* the research. 第一章提供這個研究的歷史背景。

family	background	家庭背景
educational	background	學歷
social	background	社會背景
cultural	background	文化背景

▷ They asked me about my **family background**. 他們詢問了我的家庭背景。
▷ With a strong **educational background**, my future may look reasonably bright. 有了堅強的學歷，我的未來可能相當光明。
▷ They come from a wide range of **social backgrounds**. 他們來自很廣泛的各種社會背景。

against	a background of A	以 A 為背景
in	the background	在背景；在背景聲中

▷ The story is set **against** the **background of** Paris in the 1920s. 這個故事以 1920 年代的巴黎為背景。
▷ I heard some voices **in** the **background**. 我聽到有一些人的聲音。

bad /bæd/ 形 不好的；壞的；腐壞的

look	bad	看來很糟
get	bad	變壞
go	bad	腐壞
taste	bad	吃起來很糟
smell	bad	聞起來很糟

▷ The situation in Afghanistan **looks bad**. 阿富汗的情況看起來很糟。
▷ The weather **got** very **bad**. 天氣變得很不好。

extremely	bad	非常糟糕的
particularly	bad	特別糟糕的
especially	bad	
quite	bad	相當糟的

▷ The weather was **extremely bad**. 天氣非常不好。
▷ He suffered from a **particularly bad** heart attack a few weeks ago. 他幾週前發生特別嚴重的心臟病發作。

bad	at A	不擅長 A 的
bad	for A	對 A 不好的

▷ I'm really **bad at** cooking. 我真的很不擅長烹飪。（★ at 後面接名詞、動名詞）
▷ Smoking is **bad for** your health. 抽菸對你的健康不好。

(PHRASES)
(That's) too bad. ☺ 真糟糕，真遺憾

bag /bæg/ 名 袋子；包包

carry	a bag	帶著包包
grab	a bag	抓起袋子、包包
sling	a bag	掛起包包
pack	a bag	把行李打包進包包

▷ I always **carry a bag** with me wherever I go. 我去哪裡都會帶著包包。
▷ He **grabbed a bag** of cookies and opened it. 他抓起一包餅乾並且打開。

a bag	containing A	裝著 A 的袋子
a bag	full of A	裝滿 A 的袋子

▷ He came back with a **bag full of** food. 他帶回裝滿食物的袋子。

a shopping	bag	購物袋
a paper	bag	紙袋
a plastic	bag	塑膠袋
a garbage	bag	垃圾袋
a sleeping	bag	睡袋
a leather	bag	皮革包

balance /ˈbæləns/ 名 平衡，均衡；餘額

keep	one's balance	保持平衡
maintain	one's balance	
lose	one's balance	失去平衡
achieve	a balance	達到平衡
strike	a balance	
find	a balance	找到平衡
alter	the balance	改變平衡
upset	the balance	擾亂平衡
recover	one's balance	恢復平衡
redress	the balance	

B

tip	the balance	起決定性作用，扭轉局勢

▷ Linda walked slowly, trying to **keep her balance**. Linda 慢慢走，試圖保持平衡。
▷ He **lost his balance** and fell to the ground. 他失去平衡，跌倒在地。
▷ The question is how do we **achieve a balance**. 問題是我們如何達到平衡。
▷ I've decided to **strike a balance** between my parents' wishes and mine. 我已經決定要在我父母和我自己的期望之間取得平衡。
▷ These factors, in my view, **tip the balance** slightly in favor of the defendant. 就我看來，這些因素會稍微讓局勢有利於被告。

off	balance	失去平衡

▷ I tried to grab it, but I fell **off balance**. 我試著抓住它，但我失去平衡了。

a sense of	balance	平衡感

▷ I don't have such a good **sense of balance**. 我的平衡感不太好。

trade	balance	貿易平衡
a bank	balance	銀行帳戶餘額

▍ball /bɔl/ 名球；球狀物

hit	a ball	擊球
kick	a ball	踢球
throw	a ball	丟球
bounce	a ball	使球彈跳
pass	a ball	傳球
catch	a ball	接球
miss	the ball	漏接球；沒打到球
drop	the ball	掉球
play	ball	打棒球

▷ Lewis **passed** the **ball** accurately to Owen. Lewis 準確地傳球給 Owen。
▷ The captain tried to tackle from behind but **missed** the **ball**. 隊長試圖從後面阻截搶球，但沒拿到球。

▍bank /bæŋk/ 名銀行；堤，岸

borrow from	a bank	向銀行借錢
rob	a bank	搶銀行
burst	its bank(s)	潰堤

▷ They have to **borrow from** the **bank** to build a new building. 他們必須向銀行借款來興建新的大樓。
▷ The man was accused of **robbing** the **bank**. 那名男子被控告搶劫銀行。
▷ The river **burst its banks** and flooded surrounding areas. 河流潰堤，淹沒了周遭地區。

an investment	bank	投資銀行
the opposite	bank	對岸
the far	bank	
a river	bank	河岸
the left	bank	左岸
the right	bank	右岸
a grassy	bank	長滿草的河岸

▷ He heard shouting from the **opposite bank**. 他聽到對岸傳來的叫聲。

in	a bank	在銀行裡

▷ One million US dollars will be deposited **in** your **bank**. 一百萬美元會存進你的銀行帳戶裡。

▍bankrupt /ˈbæŋkrʌpt/ 形破產的

go	bankrupt	破產
be declared	bankrupt	被宣告破產

▷ Another company **went bankrupt** this week. 本週又有一間公司破產了。
▷ The company was **declared bankrupt** last week. 這家公司上週被宣告破產。

▍bar /bɑr/ 名酒吧；吧台；輕食販賣部；棒

in	a bar	在酒吧
at	the bar	在吧台前

▷ He is too young to drink **in a bar**. 他年紀太輕，不能在酒吧喝酒。
▷ Ray was sitting **at the bar** drinking beer. Ray 坐在吧台喝啤酒。

a hotel	bar	旅館酒吧
a wine	bar	葡萄酒吧
a coffee	bar	咖啡吧
a salad	bar	沙拉吧

a friendly	bar	氣氛友善的酒吧

bargain /ˈbɑrgɪn/

名 便宜的貨品，價錢划算的東西；協議，交易

look for	a bargain	找便宜貨
pick up	a bargain	買到便宜的東西
make	a bargain	達成協議
strike	a bargain	

▷ For people **looking for** a **bargain**, we're offering discounts of up to 50%. 對於在找便宜貨的人，我們提供最高 50% 的折扣。

▷ He needed financial support, so he and Benson **struck** a **bargain**. 他需要財務上的支援，所以他和 Benson 達成了協議。

a good	bargain	很划算的東西
a real	bargain	真的很划算的東西
a grand	bargain	重大的協議

▷ Emma has an eagle eye for a **good bargain**! Emma 對於划算的東西真的眼睛很尖！

▷ I got that DVD for around $20. It was a **real bargain**. 我用大約 20 美元買到那張 DVD，真的很划算。

▷ The representative from Korea lacked the authority to strike a **grand bargain** with Washington. 韓國代表沒有權限能和美國政府達成重大的協議。

PHRASES

That's a bargain. / It's a bargain. ☺ 就這麼談定了。 ▷ She said it was a bargain, so everything was okay after that. 她說「就這麼說定了」，所以之後一切都沒問題了。

base /bes/

名 底部，基礎；基地；（棒球的）壘

provide	a base	提供基礎
broaden	a base	擴大基礎
build	a base	建造基地
establish	a base	設置基地
steal	a base	盜壘
get to	first base	上一壘
load	the bases	使滿壘

▷ The President needed to broaden his **political base**. 總統必須擴大他的政治基礎。

▷ He has enough speed to **steal** a **base**. 他有足夠的速度可以盜壘。

a firm	base	堅實的基礎
a solid	base	
an economic	base	經濟基礎
a financial	base	財務基礎
an industrial	base	產業基礎
a customer	base	顧客基礎，顧客群
a military	base	軍事基地
an air	base	空軍基地
a naval	base	海軍基地
a missile	base	飛彈基地
a stolen	base	一次盜壘

▷ You have to establish your own **economic base**. 你必須建立你自己的經濟基礎。

▷ The company has expanded its **customer base** from 5,000 in 1995 to over 10,000. 這家公司將顧客群從 1995 年的 5,000 人擴大到超過 10,000 人。

▷ Soriano had 24 homers and 25 **stolen bases**. Soriano 有 24 支全壘打和 25 次盜壘。

at	the base	在底部

▷ She sat **at** the **base** of the sacred tree. 她坐在神木的根部。

on	base	在壘上
off	base	不在壘包上；錯誤

▷ With two men **on base**, Ichiro hit a three-run home run. 在兩人上壘的情況下，鈴木一朗擊出三分全壘打。

▷ Please correct me if I'm **off base** here. 如果我錯了請糾正我。

basis /ˈbesɪs/ 名 基礎，根據；基準

form	the basis	建立基礎
establish	the basis	
provide	a basis	提供基礎
lay	a basis	建立基礎

▷ Agriculture **forms** the **basis** of our economy. 農業建立我們經濟的基礎。

▷ His Australian experiences **provided** a **basis** for his new project. 他的澳洲經驗為他的新計畫提供了基礎。

a firm	basis	穩固的基礎
a sound	basis	

a theoretical	basis	理論基礎

▷ A good primary education gives children a **firm basis** *for* the future. 良好的初等教育能為孩子們的未來打下穩固的基礎。

▷ His claims have no **theoretical basis**. 他的主張沒有理論基礎。

on a regular	basis	定期
on an annual	basis	以年為單位，每年
on a daily	basis	以日為單位，每日
on a day-to-day	basis	
on a monthly	basis	以月為單位，每月
on a weekly	basis	以週為單位，每週
on a permanent	basis	永久地，持續性地
on a temporary	basis	臨時地
on a casual	basis	臨時雇用地
on a part-time	basis	以兼職性質
on a global	basis	以全球規模

▷ Do you take any medicines **on a regular basis**? 你是否有定期服用的藥物？

▷ I have visited New Zealand **on an annual basis** for several years. 這幾年我每年都去紐西蘭。

▷ She was employed **on a part-time basis**. 她受雇為兼職員工。

▷ We will have to deal with this issue **on a global basis** in the 21st century. 在 21 世紀，我們必須以全球規模處理這個問題。

on	the basis of A	根據 A
on	the basis that...	根據…

▷ Decisions will be made **on the basis of** each individual case. 將會根據每個個案（分別）作出決定。

bath /bæθ/ 英 /bɑːθ/

名 洗澡，沐浴；浴缸，浴室

take	a bath	洗澡
have	a bath	
run	a bath	放洗澡水
lie in	a bath	泡澡
soak in	a bath	
give A	a bath	幫 A 洗澡

▷ Do you want to **take a bath** after supper? 你要在晚飯後洗澡嗎？

▷ I'll go and **run a bath**. 我會去放洗澡水。

▷ **Soaking in** a **bath** helps me to relax. 泡澡幫助我

放鬆。

▷ Let me help you **give** the baby a **bath**. 我來幫你為寶寶洗澡。

a hot	bath	熱水澡
a bubble	bath	泡泡浴
a steam	bath	蒸汽浴
a whirlpool	bath	按摩浴（缸）

▷ I'm going to take a long, **hot bath**. 我要去洗個長長的熱水澡。

a room	with bath	有浴缸的房間

▷ Twin, three-bedded **rooms with bath** or shower are available. 有雙人床或是三床附浴缸或淋浴設備的房間。

bathroom /ˈbæθˌrum/ 英 /ˈbɑːθrum/

名 浴室；美 廁所

go to	the bathroom	去廁所

▷ I felt very sick, so I **went to the bathroom**. 我覺得很想吐，所以去了廁所。

PHRASES

May I use your bathroom? 美 我可以用一下廁所嗎？

battle /ˈbætl/ 名 戰鬥，戰役；鬥爭

do	battle	戰鬥
fight	a battle	
lose	a battle	戰敗
win	a battle	戰勝

▷ Instead of **doing battle** *with* business rivals, he is now enjoying being a family man. 比起和商業對手競爭，現在他享受的是當個愛家的男人。

▷ His mother **lost** a **battle** *against* cancer. 他的母親抗癌失敗了。

a battle	begins	戰鬥開始
a battle	takes place	戰鬥發生
a battle	rages	戰鬥激烈地進行
a battle	ends	戰鬥結束

▷ The **battle took place** at Stamford Bridge 12 miles east of York. 這場戰役發生在 York 東方 12 英里的 Stamford 橋。

▷ For four hours a pitched **battle raged** outside the

embassy. 會戰在大使館外激烈地進行了 4 小時。

a bitter	battle	激戰，激烈的打鬥
a fierce	battle	
a bloody	battle	血戰
a desperate	battle	背水一戰
a decisive	battle	決定勝負的一戰
a constant	battle	持續不停的戰鬥
an uphill	battle	艱困的戰鬥
a losing	battle	沒有勝算的戰鬥
a legal	battle	法律攻防

▷ The two candidates fought a **bitter battle** throughout the election campaign. 這兩位候選人在選戰中一直激戰到最後。
▷ The rescue services were facing an **uphill battle** from the start. 救援隊從一開始就面臨苦戰。
▷ He fought his **legal battle** for 22 years and won. 他纏訟 22 年後勝訴了。

in	battle	戰爭中

▷ He was killed **in battle**. 他在戰爭中死了。

a battle	with A	與 A 的戰鬥
a battle	against A	
a battle	between A	A 之間的戰鬥
a battle	for A	為了 A 的戰鬥

▷ Children are often caught up in the **battle between** their fathers and mothers. 孩子經常被捲進父母的爭吵中。

a battle	to do	為了⋯的戰鬥

▷ We won the **battle to** save the local hospital. 我們贏了挽救（留住）本地醫院的戰鬥。

beach /bitʃ/ 名 海灘，海邊

a sandy	beach	沙灘
a pebbly	beach	礫石灘
a deserted	beach	空無一人的海灘
a private	beach	私人海灘

▷ They were sitting on a **deserted beach** watching the sunset together. 他們坐在無人的海灘一起看夕陽。

at	the beach	在海邊
on	the beach	
along	the beach	沿著海邊

▷ We spent our summer holidays in a small guest-house **at the beach**. 我們在海邊的小旅舍度過暑假。 ▷ Let's go swimming **at the beach**. 我們去海邊游泳吧。（★ swim 後面比較常接 at 而不是 on）
▷ I lay **on the beach** all afternoon. 我躺在海邊一整個下午。（★ 不說 ×lie at a beach）

bear /bɛr/ 動 承受，承擔；忍受

can't	bear doing	無法忍受做⋯
can't	bear to do	
can	hardly bear to do	難以承受做⋯

▷ I **can't bear** watching this DVD any longer. It's much too violent. 這片 DVD 我再也看不下去了。太暴力了。
▷ I **can't bear to** disappoint him now. 我現在不忍心讓他失望。

beat /bit/ 動 打擊，敲打；擊敗；快速攪拌

easily	beat	輕鬆擊敗
narrowly	beat	險勝
be well	beaten	徹底被打敗
be badly	beaten	被毒打一頓
be severely	beaten	
beat	well	攪拌均勻

▷ He **easily beat** the national champion. 他輕鬆擊敗了全國冠軍。
▷ Canada **narrowly beat** the United States in the final. 加拿大在決賽時險勝美國。
▷ Jack has been **badly beaten** on his chest and stomach. Jack 的胸部和腹部被打得很嚴重。
▷ Add the flour and the egg yolks and **beat well**. 加入麵粉與蛋黃並攪拌均勻。

beat A	at B	在 B 比賽中擊敗 A
beat A	by B	以 B 之差擊敗 A

▷ She's a great swimmer, but she got **beaten by** half a length. 她是一位優秀的泳者，但她以半個水道之差輸了比賽。

beautiful /ˈbjutəfəl/ 形 美麗的

look	beautiful	看起來很美

▷ You look absolutely **beautiful** today. 你今天看起來美極了。

B

extremely	beautiful	非常美
extraordinarily	beautiful	格外美麗
absolutely	beautiful	美極了
breathtakingly	beautiful	美得令人驚嘆
strikingly	beautiful	
particularly	beautiful	特別美

▷ She was tall and **breathtakingly beautiful**. 她很高，而且美得令人驚嘆。

beauty /ˈbjutɪ/ 名 美，美麗；美人

great	beauty	絕佳的美
outstanding	beauty	出色的美
sheer	beauty	純粹的美
natural	beauty	自然美
physical	beauty	肉體美
a great	beauty	很美的人
a real	beauty	真正的美人；真正的美

▷ Nepal is a country of outstanding **natural beauty**. 尼泊爾是自然美景出色的國家。

▷ She was a **real beauty** with black hair and dark eyes. 她是真正的美人，有一頭黑髮和深色的眼睛。

bed /bɛd/ 名 床

go to	bed	去睡覺，就寢
get into	bed	上床
climb into	bed	爬上床
get out of	bed	起床，下床
climb out of	bed	爬出床外
lie in	bed	躺在床上
stay in	bed	待在床上
put A to	bed	哄A睡覺
share	a bed	睡同一張床
make	the bed	整理床鋪

▷ I **go to bed** around 11pm. 我 11 點左右睡覺。

▷ I set the clock for eight and **got into bed**. 我把時鐘設在 8 點之後上床睡覺。

▷ I **climbed into bed** and fell asleep. 我爬上床之後睡著了。

▷ Nick **got out of bed** to go to the toilet. Nick 下床上廁所。

▷ Helen **lay in bed** and tried to sleep. Helen 躺在床上設法入睡。

▷ You look tired. You should **stay in bed**. 你看起來很累。你應該在床上休息。

▷ Can you **put** the children **to bed**? 你可以哄孩子們睡覺嗎？

▷ Okay, you two boys can **share a bed**. 好，你們兩個男生可以睡同一張床。

in	bed	在床上
out of	bed	下床

▷ Julie can't come this evening. She's **in bed** with the flu. Julie 今晚不能來。她因為流感而臥病在床。

a flower	bed	花壇

PHRASES

(It's) time for bed. ☺ 睡覺時間到了。

begin /bɪˈɡɪn/ 動 開始；使開始

immediately	begin	馬上開始
suddenly	begin	突然開始
slowly	begin	慢慢開始
soon	begin	馬上就要開始
begin	again	重新開始

★ immediately, slowly 也可以用在動詞後面

▷ If everything is ready, let's **begin immediately**! 如果一切準備好了，我們就馬上開始吧！

▷ I was **slowly beginning** to realize that nobody was listening to me. 我慢慢開始意識到，沒有人在聽我講話。

▷ She took a deep breath and **began again**. 她深呼吸之後重新開始。

begin	doing	開始做…
begin	to do	

▷ He sat down and **began** talking to Allison. 他坐下並且開始和 Allison 談話。

▷ Slowly she was **beginning to** understand the situation. 她慢慢開始了解情況。

begin	by doing	從做…開始
begin	with A	從 A 開始

▷ Let me **begin by** telling you a little about Roy. 讓我先從告訴你一點關於 Roy 的事開始。

beginning /bɪˈɡɪnɪŋ/ 名 開始，起始

mark	the beginning	顯示某事的開始

see	the beginning(s)	看到某事的開始

▷ When the plum blossom comes out, it **marks the beginning** *of* spring. 當梅花開始綻放，就宣告春天的開始。

▷ I could **see the beginning** *of* tears in her eyes. 我可以看到她的眼裡開始浮現眼淚。

a new	beginning	新的開始
small	beginnings	小小的開始

▷ Now is the time for a **new beginning**. 現在正是重新開始的時候。

▷ She grew her business *from* **small beginnings** at home. 她從在家創業的小小開始逐步發展事業。

at	the beginning (of A)	在（A的）開始
in	the beginning	起初
from	beginning to end	從開始到結束
from the very beginning		從一開始
right from the beginning	

▷ They're getting married **at the beginning of** next year. 他們明年初要結婚。

▷ Why didn't you say that **in the beginning**? 你為什麼起初不說？

▷ I hope you all enjoy the show **from beginning to end**. 我希望大家都能從頭到尾享受這場表演。

▷ You should have told me **right from** the **beginning**. 你應該從一開始就告訴我。

(PHRASES)

This is only the beginning. ☺ 這還只是剛開始而已。

behave /bɪˋhev/ 動 表現，行為舉止

behave	well	表現良好，守規矩
behave	badly	表現差勁
behave	properly	表現得適當
behave	responsibly	表現負責
behave	strangely	行為怪異
behave	differently	表現得不同

▷ How was it? Did Andy **behave well**? 怎麼樣？Andy 守規矩嗎？

▷ I want you to **behave properly**, understand? 我要你舉止得體，懂嗎？

▷ Perhaps you would **behave differently** if you knew the true facts. 如果你知道事實，或許就會表現得不一樣。

behave	in a ... way	表現…的樣子

★…的部分常用 particular, similar, foolish 等單字

▷ If you want him to help you, you need to **behave in a particular way**. 如果你想要他幫你，就要表現出某種樣子。

behave	as if	表現得彷彿…
behave	as though
behave	like A	表現得像 A
behave	toward A	對 A（人）表現

▷ She was **behaving as if** nothing had happened. 她表現得好像沒事一樣。

▷ Stop **behaving like** a child! 別再像小孩一樣了！

▷ How does she **behave toward** her colleagues? 她對同事是什麼樣子？

behavior /bɪˋhevjɚ/ 名 行為，舉止，態度
（★ 英 behaviour）

affect	A's behavior	影響 A 的行為
observe	A's behavior	觀察 A 的行為
change	one's behavior	改變行為

▷ Nothing that we say to him **affects** his **behavior**. 我們對他說的話都無法影響他的行為。

▷ After the boss spoke to him, he completely **changed** his **behavior**. 老闆和他談過以後，他就完全改變了行為。

good	behavior	良好的行為
bad	behavior	惡劣的行為
aggressive	behavior	攻擊性的行為
violent	behavior	暴力行為
human	behavior	人類行為
sexual	behavior	性行為
social	behavior	社會行為

▷ I must apologize for my **bad behavior**. 我必須為我惡劣的行為道歉。

▷ We don't allow any **aggressive behavior** here. 我們這裡不允許任何攻擊性的行為。

▷ **Human behavior** is so variable from person to person. 每個人類的行為有很大的個別差異。

a pattern of	behavior	行為模式

▷ Habits and regular **patterns of behavior** make us feel comfortable. 習慣與規律的行為模式使我們覺得自在。

behavior	toward A	對 A 的態度

B

▷I suppose your **behavior toward** me will never change. 我想你對我的態度永遠不會改變了。

behavior and attitudes	行為與態度
★ 也可以說 attitudes and behavior	

▷We are twins and both similar in our **attitudes and behavior**. 我們是雙胞胎，而且態度和行為很相似。

belief /bɪˋlif/ 名 相信；信念，信仰

have	a belief	擁有信念
hold	a belief	抱持信念
express	one's belief	表達信念

▷She **has** a strong **belief** in her ability to do well. 她非常相信自己把事情做好的能力。

a firm	belief	堅定的信念
a strong	belief	
a general	belief	一般人相信的看法
a popular	belief	
a widespread	belief	普遍為人所信的看法
a widely-held	belief	
a growing	belief	越來越多人相信的看法
personal	belief	個人信念
a false	belief	誤信，誤認
a mistaken	belief	

▷Contrary to **popular belief**, a sleeping mind is often busier than one that's awake. 和一般認知相反，睡眠中的腦部活動經常比清醒時更活躍。
▷The man was shot dead by police in the **mistaken belief** that he was a suicide bomber. 那個男人被警方誤認為自殺炸彈客，而遭到射殺。

a belief	in A	對…的信任
beyond	belief	難以置信的，（程度）非常

▷I have a strong **belief in** God. 我非常信任上帝。
▷Julia was shocked **beyond belief**. Julia 非常震驚。

believe /bɪˋliv/ 動 相信

firmly	believe	堅信
really	believe	
genuinely	believe	真心相信
truly	believe	

no longer	believe	不再相信
still	believe	依然相信
can hardly	believe	幾乎不能相信
be widely	believed	為許多人所相信
be generally	believed	

▷I **firmly believe** that I'm doing the right thing. 我堅信自己正在做對的事。
▷Do you **really believe** what you said? 你真的相信自己說的嗎？
▷I **could hardly believe** what I had just heard! 我幾乎不能相信自己剛聽到的！
▷It is **widely believed** that Mars once had seas. 很多人相信火星曾經有海洋。

find it hard	to believe	覺得很難相信
find it difficult	to believe	

▷I **found it difficult to believe** that he would do such a thing. 我很難相信他會做出那種事。

believe	(that)...	相信、認為…

▷I **believe** we've met before. 我確定我們見過面。

belt /bɛlt/ 名 腰帶，皮帶，帶狀物；地帶

fasten	one's belt	繫好腰帶
unbuckle	one's belt	鬆開腰帶
undo	one's belt	
tighten	one's belt	勒緊腰帶；節儉度日
loosen	one's belt	鬆開腰帶
wear	a belt	繫著腰帶

▷**Fasten** your seat **belt**. 繫好你的安全帶。
▷He **undid** his seat **belt** and turned off the engine. 他鬆開安全帶並且將引擎熄火。
▷She **tightened** the **belt** of her dress. 她收緊洋裝上的腰帶。▷It's time to **tighten** our **belt** financially. 是時候勒緊褲帶省錢了。

benefit /ˋbɛnəfɪt/

名 利益，好處；津貼，救濟金

enjoy	the benefit	享受利益
have	the benefit	有利益
gain	the benefit	獲得利益
reap	the benefit	

bring	benefits	帶來利益
offer	the benefit	
claim	(a) benefit	申請津貼
get	(a) benefit	獲得津貼
receive	(a) benefit	

▷ We can no longer **enjoy** the **benefit** of overtime pay. 我們不再享有加班費的福利了。

▷ I've been lucky because I've **had the benefit** of an experienced coach. 我很幸運，因為我有一位有經驗的教練。

▷ New technologies like these **bring benefits** to society. 像是這些的新科技，能為社會帶來益處。

▷ If your income is low, you may be able to **claim benefits**. 如果你的收入很低，你可能可以申請補助。

▷ Do you expect to **receive** Social Security **benefits** when you retire? 你會期望在退休時能得到社會福利金嗎？

mutual	benefit	相互利益，互惠
the potential	benefits	潛在利益
public	benefit	公共利益
fringe	benefits	（工作的）附加福利
welfare	benefits	福利津貼
child	benefit	兒童津貼
disability	benefit	傷殘津貼
housing	benefit	住宅津貼
sickness	benefit	疾病津貼
unemployment	benefit	失業救濟金

▷ Doctors are enthusiastic about the **potential benefits** of the new drug. 醫師們對新藥可能的好處有很大的期待。

▷ Economic growth can bring **social benefits**. 經濟成長能帶來社會利益。

for	A's benefit	為了 A
without	the benefit of A	沒有 A 的幫助

▷ I didn't do it **for** your **benefit**. 我並不是為了你才這麼做。

▷ She learned French **without** the **benefit of** a teacher. 她在沒有老師指導的情況下學習法語。

best /bɛst/ 形 最好的，最佳的

the very	best	最好的
by far the	best	顯然最好的
easily the	best	

probably	best	可能是最好的

▷ Mark got the **very best** education. Mark 接受了最好的教育。

▷ It's **probably best** you don't go. 你不去或許是最好的。

best	for A	對 A 而言最好的

▷ I know what's **best for** you. 我知道什麼對你是最好的。

be best	to do	做…是最好的

▷ I decided it was **best to** tell the truth. 我決定說實話是最好的。

better /ˈbɛtɚ/ 形 比較好的

feel	better	感覺比較好
get	better	變得比較好；健康好轉

▷ A nice cup of tea will make you **feel better**. 一杯好茶會讓你感覺好些。

considerably	better	
significantly	better	好得多的
much	better	
a bit	better	
a little	better	好一點的
slightly	better	

▷ His illness became **considerably better**. 他的病好多了。

▷ Things are beginning to get **significantly better**. 事態開始明顯好轉。

▷ He looked **much better** in a suit. 他穿西裝看起來好多了。

▷ I feel **a bit better** now. 我現在感覺好一點了。

▷ If you climb on the roof, you'll see the parade **even better**. 如果你爬上屋頂，就可以把遊行看得更清楚。

better	than A	比 A 好的
better	at A	比較擅長 A 的

▷ Your vision is **better than** mine. 你的視力比我好。

▷ He was **better at** understanding English than I was at figuring out Chinese. 他對英文的理解比我對中文的理解來得好。

be better	to do	做…比較好

B

▷It would be **better to** do it now. 這件事最好現在就做。 ◆**Wouldn't it be better...?** ☺ …的話不是更好嗎？▷Wouldn't it be better to leave in the morning? 早上出發不是更好嗎？

(PHRASES)

That's better. ☺ 這樣好一點了，好多了；就是那樣 ▷I'll add some more salt...That's better. 我會再加一點鹽…這樣好多了。

bicycle /ˈbaɪsɪkl̩/ 名腳踏車

ride	a bicycle	騎腳踏車
get on	a bicycle	坐上腳踏車
get off	a bicycle	從腳踏車下來
fall off	a bicycle	騎腳踏車摔倒
pedal	a bicycle	踩腳踏車

▷I taught her to **ride** a **bicycle**. 我教她騎腳踏車。
▷He **fell off** his **bicycle** while riding with friends. 他和朋友騎腳踏車的時候摔倒了。

big /bɪg/ 形大的；年紀較大的

grow	big	變大
seem	big	看起來大

▷The world economy **grew bigger** and ever more complex than before. 世界經濟體變得比以前更大、更複雜。
▷When I tried this T-shirt on in the shop, it seemed OK, but now it **seems** too **big**. 我在店裡試穿這件 T 恤時看起來 OK，但現在它看起來太大了。

fairly	big	相當大的
pretty	big	
really	big	很大的
big	enough	夠大的

▷Sydney has become a **pretty big** city in the last hundred years. 雪梨在過去一百年間變成相當大的城市。
▷That apartment isn't **big enough** for both of us. 那間公寓對我們兩個人來說不夠大。

bill /bɪl/ 名帳單；英餐廳的帳單；法案

pay	a bill	付帳
settle	the bill	

run up	a bill	積欠高額帳款
have	the bill	收到帳單
split	the bill	各付各的
introduce	a bill	提出法案
propose	a bill	
approve	a bill	批准法案
pass	a bill	
oppose	a bill	反對法案

▷Don't worry. I'll **pay** the **bill**. 別擔心。我會付帳。
▷Could I **have** the **bill**, please? 麻煩給我帳單好嗎？
▷I'm confident we'll be able to **introduce** a **bill** to Parliament soon. 我相信我們很快就能向國會提出法案。

an electricity	bill	電費帳單
a phone	bill	電話帳單

bird /bɝd/ 名鳥

feed	a bird	餵鳥

▷**Feeding birds** is an excellent way for people to learn about wildlife. 餵鳥是人們了解野生動物的一種絕佳方式。

a bird	flies	小鳥飛翔
a bird	sings	小鳥鳴唱
a bird	sits	小鳥停著

▷The **birds flew** from their nests in the trees. 鳥飛離樹上的巢。
▷When I looked out the window, a strange, colorful **bird** was **sitting** on a tree branch. 當我望向窗外，有一隻奇怪、鮮豔的鳥停在樹枝上。

a wild	bird	野鳥
a caged	bird	籠中鳥
a migratory	bird	候鳥
an adult	bird	成鳥
a rare	bird	罕見的鳥

▷Let me live as a person, not as a **caged bird**. 讓我活得像個人，而不是像隻籠中鳥。

a flock of	birds	一群鳥

▷I watched a large flock of birds fly over us. 我看著一大群鳥從我們頭上飛過。

(PHRASES)

a little bird told me (that...) 有人告訴我 ▷A little

bird told me that you are going out with Helen. 有人告訴我你正在跟 Helen 交往。

birth /bɝθ/ 名誕生；出生；出身

give	birth (to A)	生下（A）

▷ Jane **gave birth to** her child in August. Jane 八月生下了孩子。

at	birth	出生時
by	birth	天生；血統上
from	birth	從出生開始

▷ I'm a New Yorker **by birth**. 我生下來就是紐約人。

one's **date of**	birth	出生日期
one's **place of**	birth	出生地

▷ **Date of birth**: July 25, 1988 出生日期：1988 年 7 月 25 日
▷ Please write your **place of birth** here. 請在這裡寫下你的出生地。

bite /baɪt/ 名咬；一口；蟲咬

have	a bite	吃一口
take	a bite	
grab	a bite	簡單吃點東西
get	a bite	被（蚊蟲等）叮咬

▷ Would you like to **grab a bite** to eat? 你想簡單吃點東西嗎？

another	bite	再一口
a big	bite	一大口
a nasty	bite	嚴重咬傷
a mosquito	bite	蚊子叮咬

▷ He took **another bite** *of* his apple. 他又咬了一口蘋果。（★ another bite 經常與 take 連用）
▷ He took a **big bite** of his pizza. 他吃了一大口披薩。
▷ She had a **mosquito bite** on her right ankle. 她的右腳踝被蚊子咬了一口。

bitter /ˈbɪtɚ/

形苦的；痛苦的，忿恨的；激烈的，尖刻的

feel	bitter	覺得苦悶
taste	bitter	嘗起來苦

▷ Mike still **feels bitter** because he wasn't promoted this year. Mike 還是覺得苦悶，因為他今年沒有獲得升職。
▷ This dark chocolate **tastes** very **bitter**. 這個黑巧克力吃起來很苦。

increasingly	bitter	（衝突等）越來越激烈
extremely	bitter	非常痛苦；非常苦
slightly	bitter	有點痛苦；有點苦

▷ This espresso coffee tastes **extremely bitter** without sugar. 這濃縮咖啡不加糖喝起來非常苦。

bitter	about A	對 A 感到忿恨的

▷ I can't help but be slightly **bitter about** his comments. 我不由得對他的發言感到有點氣憤。

blame /blem/ 動責備；歸咎

partly	blame	部分歸咎
be widely	blamed	被很多人指責

▷ He **partly blamed** himself for what happened. 對於發生的事情，他將一部分歸咎於自己。
▷ Passive smoking is **widely blamed** for illness among nonsmokers. 很多人指責二手菸造成非吸菸者的疾病。

blame A	for B	因為 B 指責 A
blame A	on B	把 A 歸咎於 B
be to blame	(for A)	（對於 A）應該負責

▷ He **blamed** us **for** her accident. 他怪我們造成她的意外。
▷ I'm sorry (that) I **blamed** everything **on** you. 我很抱歉把一切都怪在你身上。

don't	blame A	不責備 A
can't	blame A	無法責備 A
can hardly	blame A	幾乎不能責備 A
can't really	blame A	不太能責備 A

▷ I **don't blame** you if you want to leave home. 如果你想離家的話，我不會責備你。
▷ I **can't blame** him. He's 75 years old. 我無法責備他。他已經 75 歲了。
▷ You **can hardly blame** me for getting angry. 你不能怪我生氣（我會生氣是當然的）。

blame /blem/ 名過錯的責任，指責

B

get	the blame	受到指責，被責怪
take	the blame	承擔責任
put	the blame on A	責怪 A，歸咎於 A
lay	the blame on A	

▷ Who **gets the blame**? 誰該負責？
▷ Don't worry, Samantha. I'll **take the blame**.
別擔心，Samantha。我會承擔責任。
▷ She always **puts the blame on** me. 她總是怪到我頭上。

▌blind /blaɪnd/ 图百葉窗

draw	the blinds	拉下百葉窗
pull down	the blinds	
pull up	the blinds	拉起百葉窗
raise	the blinds	

▷ He **drew the blinds** and switched on the lights.
他拉下百葉窗然後關燈。
▷ She got up and **pulled up the blinds**. 她起床並拉起百葉窗。

▌block /blɑk/ 英 /blɔk/

图積木，方塊；英 大樓；街區；障礙物

a large	block	大的方塊
a big	block	
concrete	blocks	水泥磚
a building	block	積木
a mental	block	思考停止，想不起來
writer's	block	寫作瓶頸

▷ The wall was constructed from **large blocks** of stone. 這道牆是用大型石塊建造的。
▷ She got a **mental block** and completely forgot what she was going to say. 她頭腦卡住，完全忘了要講什麼。

two blocks	away	在兩個街區之外
two blocks	from A	距離 A 兩個街區

▷ The bank is about three **blocks away** from the police station. 銀行大約在離警察局三個街區的地方。
▷ Go down two **blocks from** here and take a left.
從這裡往前走兩個街區後左轉。

▌block /blɑk/ 英 /blɔk/ 動阻擋，封鎖

completely	block	完全阻擋
partially	block	部分阻擋
effectively	block	有效阻擋
block	off	堵住，封鎖
block	up	

▷ She stood up, **completely blocking** everyone's view from the back. 她站起來，把後面所有人的視野都擋住了。
▷ The road was **partially blocked** for a time. 這條路的部分路段將暫時封閉。
▷ We need to **block up** the windows with something. 我們需要用個東西把窗戶堵住。

▌blood /blʌd/ 图血，血液；血統

lose	blood	失血
draw	blood	造成流血；抽血
give	blood	捐血
donate	blood	
spit	blood	吐血，咳血
cough up	blood	

▷ The dog bit me, but it didn't **draw blood**. 狗咬了我，但沒有造成流血。
▷ What percentage of the population **donates blood**? 有百分之多少的人口捐血？
▷ He coughed and **spat blood** on the floor. 他咳嗽並且吐血在地板上。

blood	flows	血液流動
blood	runs	
blood	oozes	血液滲出

▷ He began to feel **blood flowing** down his leg from a wound. 他開始覺得血從腿上的傷口流下。
▷ The **blood ran** down his face from the cut on his forehead. 血從他額頭的傷口沿著臉流下。

blood	cells	血球
blood	pressure	血壓
a blood	vessel	血管
blood	sugar	血糖（值）
a blood	transfusion	輸血
blood	type	血型

▷ My father has high **blood pressure**. 我爸爸有高血壓。

blow /blo/ 動 吹；吹動

blow	gently	輕柔地吹
blow	strongly	強勁地吹
blow	hard	

▷ The wind was **blowing strongly** from the northeast. 風從東北方強勁地吹來。

blow	from A	從 A 吹
blow	A off B	把 A 從 B 吹走

▷ A sudden gust of wind **blew** all the papers **off** his desk. 一陣突然的強風，把他桌上的文件都吹走了。

board /bord/

名 板子；布告欄；委員會，董事會；膳食，伙食

sit on	the board	擔任董事

▷ He **sat on** the **board** of the company. 他擔任這家公司的董事。

a bulletin	board	布告欄
a management	board	管理委員會
chairman of	the board	董事長
a member of	the board	董事會成員

▷ The **members of the board** glanced at one another. 董事會成員彼此互望。

full	board	含三餐食宿
half	board	含兩餐食宿

▷ The price includes **full board**, insurance, airline tickets, and airport taxes. 這個價格包含三餐食宿、保險、機票和機場稅。

on	the board	在布告欄上
on	board	在飛機、船上

▷ How many people are there **on board** that ship? 有多少人在那艘船上？

body /ˈbɑdɪ/ 英 /ˈbɒdi/

名 身體；屍體；本體；團體

keep	one's body fit	保持身體健康
keep	one's body healthy	

▷ I want to do everything I can to **keep** my body healthy. 我想要盡我所能保持身體健康。

A's body	aches	身體痛
a body	was found	屍體被發現
a body	was discovered	

▷ Kelly's **body** was **found** near his home. Kelly 的屍體在他家附近找到了。

A's whole	body	全身
the human	body	人體
a dead	body	屍體
the main	body	本體，本文

▷ I had a cold, and my **whole body** was aching. 我當時感冒，全身都在痛。
▷ I guess they hid his **dead body** somewhere else. 我猜他們把他的屍體藏在別的地方了。
▷ The **main body** of the text follows the introduction. 文本的正文接在引言之後。

body and soul		肉體與靈魂，全心全意

▷ She threw herself **body and soul** into her work. 她全心全意投入工作。

boil /bɔɪl/ 動 沸騰，使沸騰；煮

boil	rapidly	大火快煮
put A on to	boil	把 A 拿去煮

▷ Chop all veggies into small pieces. **Boil rapidly** for ten minutes stirring well. 把所有蔬菜切成小塊，大火快煮 10 分鐘並攪拌均勻。
▷ I put the kettle **on to boil**. 我用水壺煮開水。

bomb /bɑm/ 英 /bɒm/ 名 炸彈

place	a bomb	設置炸彈
plant	a bomb	
drop	a bomb	丟炸彈

▷ They **planted a bomb** under his car. 他們在他的車子下面設置炸彈。
▷ A warplane **dropped** a **bomb** on the village. 戰鬥機往村莊投下炸彈。

an atomic	bomb	原子彈
a nuclear	bomb	核子彈
an incendiary	bomb	燃燒彈
英 a petrol	bomb	汽油彈

B

an unexploded	bomb	未爆彈
a time	bomb	定時炸彈

▌bomb /bɑm/ 英 /bɔm/ 動 轟炸

be heavily	bombed	遭到激烈轟炸
be badly	bombed	

▷ Berlin was **heavily bombed** during the Second World War. 柏林在第二次世界大戰中遭到激烈轟炸。

▌bond /bɑnd/ 英 /bɔnd/

名 聯繫，情感連結；債券

form	a bond	建立聯繫
develop	a bond	
strengthen	the bonds	強化聯繫
break	a bond	切斷聯繫
issue	bonds	發行債券
redeem	a bond	贖回債券

▷ These activities will **strengthen** the **bonds** between members of the community. 這些活動將能強化社區成員之間的情感連結。

▷ Now is a good time to **issue** government **bonds**. 現在是發行政府公債的好時機。

a corporate	bond	公司債
a government	bond	政府公債
a convertible	bond	可轉換公司債
a junk	bond	垃圾債券（非投資等級債）
a close	bond	密切的情感連結
a strong	bond	強烈的情感連結

▷ My brother and I had a very **close bond** with my grandmother. 我哥哥和我都跟祖母有密不可分的情感連結。

▷ They developed a **strong bond** with one another. 他們彼此之間發展出強烈的情感連結。

a bond	between A	A 之間的情感連結
a bond	with A	與 A 的情感連結

▷ The report is analyzing the **bond between** parents and children. 這份報告分析親子間的情感連結。

▌bone /bon/ 名 骨頭

break	a bone	把骨頭弄斷
crack	a bone	把骨頭弄裂

▷ He has **cracked a bone** in his foot. 他的腳骨裂了。

brittle	bones	易碎的骨頭
a broken	bone	折斷的骨頭

▷ Her **brittle bones** break easily. 她易碎的骨頭很容易斷裂。

▷ Fortunately, he had no **broken bones**. 幸運的是他沒有骨折。

to	the bone	深入骨髓，到極點

▷ A cold wind chilled her **to the bone**. 冷風讓她覺得寒冷徹骨。

(PHRASES)

I (can) feel it in my bones. 我有預感 ▷I feel it in my bones that something bad is going to happen. 我有預感會發生不好的事。

▌book /bʊk/ 名 書；作品的一卷；本子；帳簿

close	a book	闔上書
open	a book	打開書
publish	a book	出版書籍
revise	a book	修訂書籍
borrow	a book	借入書籍
check out	a book	從圖書館借書
lend	a book	借出書籍
finish	a book	讀完一本書
review	a book	評論一本書
keep	books	記帳
do	the books	
close	the books	結算帳目
cook	the books	做假帳

▷ I **opened** the **book** to page 45. 我把書打開到第45頁。

▷ I always **borrow** many **books** *from* the library. 我總是從圖書館借很多書。

▷ I **lent** that **book** *to* Michael. 我把那本書借給Michael。

▷ She **reviews books** regularly for the New York Times. 她定期為紐約時報寫書評。

▷ Every taxpayer is required to **keep books**. 每個納稅人都必須記帳。

▷ They helped Steve **cook the books**. 他們幫Steve做假帳。

B

a new	book	新書
a recent	book	最近的書
the latest	book	最新的書
a library	book	圖書館的書
an electronic	book	電子書
an audio	book	有聲書
a comic	book	漫畫書
a picture	book	繪本
a reference	book	參考用書
an address	book	通訊錄

▷ His most **recent book** was superb. 他的最新著作太棒了。

▷ **Electronic books** provide a new, environmentally friendly, and inexpensive way to read. 電子書提供一種新的、環保又平價的閱讀方式。

a book	about A	關於 A 的書
a book	on A	
a book	by A	A 寫的書

▷ I read a lot of **books about** history. 我讀了許多有關歷史的書。

book /bʊk/ 動〔主 英〕預約

book	in advance	事先預約
book	online	線上預約
be fully	booked	預約滿了
be	booked up	

▷ It's advisable to **book in advance**. 建議最好事先預約。

▷ I'm afraid we're **fully booked** this evening. 很遺憾，我們今晚預約滿了。

book	A into B	幫 A（人）訂 B（飯店）

▷ I **booked** him **into** a hotel nearby. 我幫他訂了附近的飯店。

border /ˈbɔrdə/ 名國界，邊界；邊緣

cross	the border	跨越邊界
close	the border	封閉邊界
seal	the border	
open	the border	開放邊界

▷ They **crossed** the **border** to get a better look at Niagara Falls. 他們為了把尼加拉瀑布看得更清楚而跨越國界。

across	the border	越過邊界
over	the border	
on	the border	在邊界上

▷ Perhaps the helicopter will come from **across** the **border**. 或許直升機會從國界的另一邊飛過來。

▷ He lives in a small town **on the border** between Cambodia and Vietnam. 他住在柬埔寨與越南邊界上的一個小鎮。

the border	between A	A 之間的邊界
the border	with A	和 A 的邊界

▷ We'll cross the **border between** Manitoba and Ontario in about an hour if we leave soon. 如果我們盡早出發的話，就會在大約一小時後越過曼尼托巴與安大略省的邊界。

south	of the border	在邊界南邊
north	of the border	在邊界北邊

▷ I did a little business just **south of** the **border** in Mexico. 我在墨西哥邊界南邊做過一點小生意。

boring /ˈbɔrɪŋ/ 形令人無聊的

dead	boring	無聊透頂
★ dead boring 是口語的表現		

▷ The speech was **dead boring**. 那場演講無聊透了。

born /bɔrn/ 形 （be born）出生

be born	in A	在 A（場所）出生
be born	on A	在 A（日期）出生
be born	into A	生於 A（家庭）

▷ Sir Simon Rattle was **born in** Liverpool in 1955. Simon Rattle 爵士 1955 年出生於利物浦。

▷ I was **born on** November 3rd, 1980. 我生於 1980 年 11 月 3 日。

▷ He had been **born into** a wealthy family. 他出生在富裕的家庭。

be	born and raised	出生並且被養育長大

▷ He was **born and raised** in Ohio. 他是在俄亥俄州出生、長大的。

borrow /ˈbɑro/ 英 /ˈbɔrəʊ/ 動借入

B

borrow	heavily	借很多錢

▷ I've **borrowed heavily** *from* the bank to buy a house. 我從銀行借了一大筆錢買房子。

borrow	A from B	從 B（人）那邊借 A（物）

▷ He **borrowed** the umbrella **from** Eric. 他跟 Eric 借了一把傘。 ▷ Can I **borrow** the book **from** the library? 我可以跟圖書館借這本書嗎？

▍bother /ˈbɑðɚ/ 英 /ˈbɔðə/

動 打擾，煩擾；使煩惱；擔心，費心

be not particularly	bothered	不怎麼感到煩心；
be not really	bothered	不怎麼擔心

▷ I wasn't **particularly bothered** by their behavior — I know kids will behave like kids. 我不怎麼擔心他們的行為。我知道小孩就是會像小孩一樣。

bother	about A	擔心 A
bother	with A	

▷ Don't **bother about** us. 不用為我們擔心。
▷ Don't **bother with** tidying up the apartment. 不用擔心整理公寓的事。

bother	to do	費心去做…

▷ He didn't **bother to** lock his bicycle. 他沒有費心去鎖腳踏車（他懶得鎖）。

▍bottle /ˈbɑtl/ 英 /ˈbɒtl/ 名 瓶子

an empty	bottle	空瓶
a half	bottle	半瓶（酒瓶尺寸，375ml）
half a	bottle	瓶子的一半
a whole	bottle	整瓶

▷ Let's order a **half bottle** of wine. 我們點半瓶的酒吧。
▷ There's **half a bottle** of wine left. 瓶裡的酒還剩一半。
▷ He drank a **whole bottle** of whisky last night. 他昨晚喝了一整瓶威士忌。

a beer	bottle	啤酒瓶
a milk	bottle	牛奶瓶

▍bottom /ˈbɑtəm/ 英 /ˈbɒtəm/

名 底部；下端；最低的位置；屁股

reach	the bottom	到達底部
get to	the bottom	到達底部；弄清真相
hit	(the) bottom	跌到谷底

▷ She **reached** the **bottom** *of* the stairs and opened the door quietly. 她走到樓梯底下，悄悄打開門。
▷ Eventually he **got to** the **bottom** *of* the problem. 他最終弄清了問題的真相。
▷ In early 1997, I lost my full-time job and **hit bottom**. 1997 年初我丟了正職工作，跌到了谷底。

at	the bottom	在底部
at	bottom	實際上，基本上
from	the bottom	從底部；從下面

▷ The body of a man was found **at the bottom** of the lake. 一名男子的屍體在湖底被尋獲。
▷ **At bottom**, I know you'll always be there for me. 其實，我知道你永遠會在身邊支持我。
▷ Thank you **from the bottom** of my heart. 我打從心底感謝你。
▷ Please look at page 10, fourth line **from the bottom**. 請看第 10 頁倒數第四行。

▍bow /baʊ/ 名 鞠躬，彎身

make	a bow	鞠躬，彎身
give	a bow	

▷ The conductor **made** a deep **bow** to the audience who applauded wildly. 指揮家向掌聲如雷的觀眾深深一鞠躬。

a little	bow	微微彎身致意
a slight	bow	
a deep	bow	深深一鞠躬

▷ He gave a **slight bow** to each guest as they arrived for the wedding ceremony. 他向每位到達婚禮會場的賓客微微彎身致意。

▍boy /bɔɪ/ 名 男孩，少年；兒子

a big	boy	大男孩
a little	boy	小男孩
a small	boy	
a baby	boy	男嬰
a good	boy	好孩子

B

a bad	boy	頑皮的男孩
a naughty	boy	
a clever	boy	聰明的男孩
a poor	boy	可憐的男孩

★ a small boy 有「體型比一般要小」的意味

▷ Don't worry, mom. I'm a **big boy** now. 媽，別擔心，我現在是個大男孩了。

▷ Is that **little boy** your son? 那個小男孩是你兒子嗎？

▷ Be a **good boy**, okay? 要當個乖小孩，好嗎？

▷ Our son, Peter... he's a really **naughty boy**. 我們的兒子，Peter…他真的是個調皮的孩子。

▷ I can imagine your shock, **poor boy**. 我可以想像你受到的驚嚇，可憐的孩子。

(PHRASES)

Boys will be boys. ☺ 男孩子就是這樣。

brain /bren/ 名腦，頭腦

have	a brain	頭腦好
have	brains	
rack	one's **brain(s)**	絞盡腦汁
pick	A's **brain(s)**	請教 A
use	one's **brain(s)**	用頭腦

▷ She **racked** her **brains** for a solution. 她絞盡腦汁尋找解決方法。

▷ Would you mind if I **picked** your **brains** a little? 你介意我向你請教一下嗎？

▷ **Use your brain(s)**! 用用你的腦子！

on	the brain	在腦裡

▷ Her doctor told her that she had a tumor **on the brain**. 醫生告訴她，她的大腦有腫瘤。

◆ **have A on the brain** 一心想著 A ▷ She's had SMAP on the brain ever since she went to see their concert. 她自從去看了 SMAP 的演唱會之後，就一心想著他們。

brake /brek/ 名刹車

apply	the brake(s)	踩刹車
put on	the brake(s)	
slam on	the brakes	猛踩刹車
jam on	the brakes	
release	the brakes	鬆開刹車

▷ She **put on the brakes**, but couldn't stop in time. 她踩了刹車，但無法及時停下來。

▷ James **slammed on** the **brakes** and did a U-turn. James 猛踩刹車後迴轉。

▷ **Release** the **brakes** and head for the parking lot exit. 請鬆開刹車並前往停車場出口。

brake /brek/ 動刹車

brake	hard	緊急刹車
brake	suddenly	
brake	to a halt	踩刹車停車

▷ The bus driver **braked suddenly**, and everybody was thrown forward. 公車司機突然刹車，每個人都被往前甩。

▷ When you come to an intersection, you need to **brake to a halt**. 當你來到交叉路口，你必須踩刹車停車。

branch /bræntʃ/ 英 /brɑːntʃ/

名樹枝；分店，分公司；分支；支流

a low	branch	低矮的樹枝
the topmost	branch	頂端的樹枝
bare	branches	光禿禿的樹枝
a local	branch	地方分公司
an overseas	branch	海外分公司
the legislative	branch	立法部門
the executive	branch	行政部門
the judicial	branch	司法部門

▷ **Local branches** are listed in the phone book. 地方分公司的電話列在電話簿裡。

▷ The company has two **overseas branches**, in Paris and NewYork. 這家公司有兩間海外分公司，在巴黎和紐約。

brave /brev/ 形勇敢的，英勇的

brave	enough	有足夠的勇氣（做…）

▷ Bill wishes he were **brave enough** to tell the truth. Bill 希望自己有勇氣說出真相。

bread /brɛd/ 名麵包；糧食；生計

bake	(the) bread	烤麵包

B

cut	(the) bread	切麵包
slice	(the) bread	
toast	(the) bread	把麵包烤脆

▷ She **baked bread** and cookies this morning.
她今天早上烤了麵包和餅乾。

▷ **Cut the bread** into smaller pieces. 把麵包切成小片。

fresh	bread	剛烤好的麵包
freshly baked	bread	
toasted	bread	烤脆的吐司
brown	bread	黑麵包
white	bread	白麵包
wholewheat	bread	全麥麵包
⊛ wholemeal	bread	

▷ Here's some **freshly baked bread** and a nice cup of tea! 這是剛烤好的麵包跟好喝的紅茶！

▷ Sam ordered a cup of tea, scrambled eggs, and **toasted bread**. Sam 點了一杯紅茶、炒蛋和烤吐司。

▷ I had a ham sandwich in **brown bread**. 我吃了黑麵包火腿三明治。

a loaf of	bread	一條麵包
a piece of	bread	一片麵包
a chunk of	bread	（切下來的）一大塊麵包
a hunk of	bread	
a slice of	bread	一片麵包

▷ He toasted a **piece of bread** and buttered it. 他烤了一片麵包並且塗上奶油。

bread and butter	麵包和奶油；生計
bread and jam	麵包與果醬
bread and cheese	麵包與起司
bread and milk	麵包與牛奶
bread and wine	麵包與酒，聖餐

▷ "What would you like for breakfast?" "Only some bread and butter, please." 「你早餐想吃什麼？」「一些麵包和奶油就好，謝謝。」 ◆**earn one's bread and butter** 維持生計 ▷ We know we can't earn our bread and butter from rock music alone. 我們知道我們不能只靠搖滾樂維持生計。

break /brek/ 名 休息；中斷

have	a break	休息
take	a break	
need	a break	需要休息

make	the break	終於告別（工作、關係等）

▷ How about we **have a break** for a moment?
我們休息一下怎樣？

▷ I need to **take a break**. 我需要休息。

a short	break	短暫的休息
a lunch	break	午休
a tea	break	下午茶休息時間
a coffee	break	喝咖啡休息時間
a Christmas	break	聖誕節休假
a clean	break	徹底告別（過去、關係等）
a complete	break	
a commercial	break	廣告
a career	break	離職長休
a big	break	成功的大好機會
a lucky	break	

▷ When's your **lunch break**? 你午休是什麼時候？

▷ I shouldn't see him ever again. I should make a **clean break**. 我不應該再見他。我應該跟他一刀兩斷。

▷ Postwar art showed a **complete break** with the past. 戰後的藝術顯得完全告別了過去。

▷ We have to take a quick **commercial break**.
我們得進一下廣告了。（★ 電視主持人說的話）

▷ I'm waiting for my **big break**. My dream is to become a famous actor. 我在等待我的大好機會。我的夢想是成為知名演員。

without	a break	不休息

▷ Very often doctors are expected to work 24 hours **without a break**. 人們經常期望醫師 24 小時工作不休息。

(PHRASES)

Give me a break! ☺ 你饒了我吧；你少來了！

break /brek/ 動 打破，弄壞；中斷

break	in two	斷成兩半
break	in half	
break	up	打碎，拆散

▷ The wire **broke in two**. 電線斷成兩截了。

breakfast /ˈbrɛkfəst/ 名 早餐

eat	breakfast	吃早餐
have	breakfast	
cook	breakfast	做早餐
make	breakfast	
skip	breakfast	不吃早餐

▷ We **have breakfast** at 7:30 every morning. 我們每天早上 7:30 吃早餐。

▷ I'll **make breakfast** today. 我今天會做早餐。

a big	breakfast	豐盛的早餐
a hearty	breakfast	
a light	breakfast	簡便的早餐
a continental	breakfast	歐陸式早餐
an English	breakfast	英式早餐
a quick	breakfast	快速吃完的早餐
an early	breakfast	很早吃的早餐
a late	breakfast	很晚吃的早餐

▷ I ate a **big breakfast**. I'm still full. 我吃了一頓豐盛的早餐。我現在還很飽。

▷ Traditional **English breakfast** is delicious. 傳統的英式早餐很好吃。

▷ In the mornings I just have a **quick breakfast**. 早上我吃能快速解決的早餐。

▷ We set off after an **early breakfast**. 我們很早吃完早餐就出門了。

breakfast	in bed	在床上吃的早餐

▷ You don't look well. Don't get up. I'll bring you **breakfast in bed**. 你看起來不太舒服。不要起來。我會把早餐帶來床上。

for	breakfast	當作早餐

▷ What did you have **for breakfast**? 你吃了什麼當早餐？

breath /brɛθ/ 名 呼吸，氣息；一口氣

draw	(a) breath	吸一口氣
take	a breath	
inhale	a breath	
let out	a breath	吐一口氣
exhale	a breath	
hold	one's breath	屏息
catch	one's breath	喘口氣
gasp for	breath	氣喘吁吁，喘不過氣

waste	one's breath	白費唇舌

▷ She stopped and **took** a deep **breath**. 她停了下來，並且深深吸了一口氣。

▷ Can you **hold your breath** for 15 seconds? 你能閉氣 15 秒嗎？

▷ I sat there for a moment trying to **catch my breath**. 我在那裡坐一會兒喘口氣。

▷ He **gasped for breath** and coughed again. 他喘不過氣而再次咳嗽。

▷ Just leave her alone. Don't **waste** your **breath** *on* her. 不用管她。不要對她白費唇舌。

a deep	breath	深呼吸
a long	breath	長的呼吸
a shallow	breath	淺的呼吸
a shaky	breath	顫抖的呼吸
a shuddering	breath	
warm	breath	溫暖的氣息
bad	breath	口臭

▷ Mark took a **long breath**. Mark 吸了一口長長的氣。

▷ She let out a **shaky breath**. "Wow! That car nearly hit us!" 她顫抖地吐氣。「哇！那台車差點撞上我們！」

▷ I could feel her **warm breath** on my cheek. 我的臉頰可以感覺到她溫暖的氣息。

▷ I hope I don't have **bad breath**. 我希望我沒有口臭。

out of	breath	喘不過氣
under	one's breath	小聲地

▷ I was **out of breath**, but I kept running. 我喘不過氣了，但還是繼續跑。

▷ "Damn!" he said **under his breath**. 他小聲地說：「該死！」

breathe /brið/ 動 呼吸，吸氣

breathe	quickly	呼吸急促
breathe	slowly	慢慢呼吸
breathe	deeply	深呼吸
breathe	heavily	大口喘氣
breathe	hard	
breathe	easily	鬆一口氣
breathe	again	
breathe	normally	正常呼吸
breathe	properly	

B

breathe	in	吸氣
breathe	out	吐氣

▷She started **breathing quickly**, and a worried look came across her face. 她開始呼吸急促，臉上浮現擔心的樣子。

▷Close your eyes, and **breathe deeply**. 閉上眼睛，深呼吸。

▷"This mountain is steeper than I thought," she said, **breathing heavily**. 她大口喘氣說：「這座山比我想的還要陡」。

▷She had an attack of asthma and couldn't **breathe properly**. 她氣喘發作，無法正常呼吸。

bridge /brɪdʒ/ 名橋，橋梁

build	a bridge	建造橋梁
cross	the bridge	越過橋梁

▷There's a plan to **build a bridge** across the Mississippi River. 有一個在密西西比河建造橋梁的計畫。

▷Sport can **build a bridge** between nations. 運動能在國家之間建立橋梁。

over	the bridge	在橋上
across	the bridge	越過橋
under	the bridge	在橋下
a bridge	over A	在 A 上的橋
a bridge	across A	

▷We walked **across the bridge** to the Tate Modern. 我們走過橋到泰特現代藝術館。

▷There are 31 **bridges over** the Thames in London. 倫敦的泰晤士河上有 31 座橋。

brilliant /ˈbrɪljənt/

形優秀的；傑出的；絕妙的

absolutely	brilliant	非常優秀的
really	brilliant	真的很優秀的
technically	brilliant	技術上很優秀的

▷The TV show was **absolutely brilliant**. 這個電視節目非常棒。

bring /brɪŋ/ 動帶，攜帶；帶來

bring	A B	
bring	B to A	把 B（物）帶給 A（人）
bring	B for A	

▷Would you **bring** me another drink, Nick? Nick，你可以再拿杯飲料給我嗎？

broad /brɔd/ 形廣闊的；廣泛的

fairly	broad	相當廣闊的
rather	broad	
relatively	broad	相對廣闊的
sufficiently	broad	十分廣闊的
too	broad	太廣泛的

★ 在英式英語中，fairly 帶正面意味，rather 有負面意味。

▷Our music will appeal to a **fairly broad** range of people. 我們的音樂將會吸引相當廣泛的族群。

▷I don't think the range of exam questions is **sufficiently broad**. 我認為測驗題的範圍不夠廣。

▷The topic is **too broad** for such a short essay. 這個主題對於這樣的短篇論文來說太廣泛了。

brother /ˈbrʌðɚ/ 名兄，弟，兄弟

a big	brother	
an elder	brother	哥哥
an older	brother	
a little	brother	弟弟
a younger	brother	
a baby	brother	年幼的弟弟

★ 在英語圈中通常不區分兄、弟，要特別區分時就用以上的方法表示。談話中提到兄弟時會以名字稱呼。sister 也是一樣。

▷This is my **elder brother**, Thomas.（向別人介紹時）這是我哥哥 Thomas。

▷I have two **younger brothers**. 我有兩個弟弟。

brother and sister	兄弟姐妹，手足

▷How many **brothers and sisters** do you have? 你有幾個兄弟姐妹？

budget /ˈbʌdʒɪt/ 名預算

have	a budget	有預算

set	a budget	定下預算
draw up	a budget	
present	a budget	提出預算
submit	a budget	
approve	a budget	批准預算
balance	the budget	平衡預算
adhere to	a budget	遵守預算
stick to	a budget	
cut	the budget	削減預算
increase	a budget	增加預算

▷ We **have** a big **budget** for the project. 對於這個計畫，我們有一筆很大的預算。

▷ My advice is to **set** a **budget** for Christmas shopping and stick to it. 我的建議是定下聖誕節採購的預算，並且遵守它。

▷ It's impossible to **balance** the **budget** unless the government raises taxes. 除非政府增稅，否則不可能達到預算平衡。

▷ The government has to **cut** the **budget** by $1.5 billion. 政府必須削減 15 億美元的預算。

a low	budget	低預算
a tight	budget	很緊的預算
an annual	budget	年度預算
an overall	budget	總預算
the total	budget	
the government	budget	政府預算
a defense	budget	國防預算
an education	budget	教育預算
an advertising	budget	廣告預算
a draft	budget	預算草案

▷ Where can I buy suitable warm clothes *on a* **tight budget**? 在很少的預算下，我在哪裡可以買到適合的溫暖衣物？

▷ The **overall budget** is about $300,000. 總預算大約 30 萬美元。

over	budget	超過預算
under	budget	在預算以下
within	(a) budget	在預算內
on	budget	

▷ Projects were always huge and **over budget**. 工程總是龐大而超出預算。

▷ It isn't easy to live **within budget**. 要在預算內生活並不容易。

building /ˈbɪldɪŋ/ 名 建築物，大樓

design	a building	設計建築物
construct	a building	興建建築物
demolish	a building	拆毀建築物
destroy	a building	
pull down	a building	
restore	a building	修復建築物
convert	a building	改裝建築物
occupy	a building	佔據建築物；使用建築物

★ 這些表達方式也可以使用被動態，例如 The building was constructed in 1995.（這棟建築物是 1995 年興建的。）

▷ The firm is **constructing** a new **building** near the station. 這家公司正在車站附近興建一棟新的大樓。

▷ You need a permit to **demolish a building**. 你要有許可才能拆除建築物。

▷ We need to **pull down** the old **building**. 我們需要拆除舊大樓。

▷ Nearly 200 students **occupied** the **building** in protest. 將近 200 位學生在抗議中佔據了建築物。

a high-rise	building	高層大樓
a large	building	大型建築
a tall	building	很高的建築物
a low	building	低矮的建築物
a historic	building	歷史建築
a 16th century	building	16 世紀的建築物
a public	building	公共建築
an office	building	辦公大樓
a school	building	校舍
the main	building	本館

▷ Those **historic buildings** have been largely restored. 那些歷史建築經過大規模修復。

burn /bɝn/ 動 燃燒，燒毀；燙傷

be badly	burned	受到嚴重燙傷
be severely	burned	
be completely	burned	被完全燒毀
burn	down	燒掉
burn	out	燒盡
burn	easily	易燃；容易曬黑
burn	brightly	明亮地燃燒

burn	fiercely	激烈地燃燒
★過去式、過去分詞也可以用 burnt		

▷His hands were **badly burned**. 他的雙手受到嚴重燙傷。

▷Two houses were **completely burned** to the ground. 兩棟房屋被完全燒毀。

▷His house **burnt down** at the end of May. 他的家在五月底燒毀了。

▷My skin **burns easily**. 我的皮膚很容易曬黑。

▷The blaze broke out at 9:30 a.m. and is still **burning fiercely**. 火災在上午 9:30 發生，現在還在熊熊燃燒。

be burned	to death	被燒死
be burned	to the ground	被燒個精光

▷At least 28 people were **burned to death**. 至少有 28 人被燒死。

burn	to do	熱切期望做…

▷Is there anything you're **burning to do** that you haven't yet done? 有什麼事情是你非常想做但還沒做的呢？

burn	with A	因為 A（情緒）而燃燒

▷His cheeks **burned with** anger. 他的臉頰因為憤怒而發紅。

bus /bʌs/ 名 公車

go by	bus	搭公車去
travel by	bus	搭公車移動
take	a bus	搭公車
ride	a bus	
wait for	a bus	等公車
catch	a bus	趕上公車
get on	a bus	上公車
get off	a bus	下公車
miss	the bus	錯過公車

▷You can **go by bus** to Wellington Zoo. 你可以搭公車到威靈頓動物園。

▷Yesterday I spent 40 minutes **waiting for a bus**. 昨天我花了 40 分鐘等公車。

▷It's too late to **catch a bus**. 已經來不及坐上公車了。

▷She **got on a bus** to Manhattan. 她搭上往曼哈頓的公車。

▷I **got off** the bus at Harborne. 我在 Harborne 下車。

▷We're going to **miss the bus** if you don't hurry up. 如果你不趕快的話，我們就會錯過公車。

a regular	bus	固定行駛的公車
a city	bus	市區公車
a local	bus	地方市內公車
a school	bus	校車

▷There are **regular buses** from the town center to Clifton. 從市中心到 Clifton 有固定行駛的公車。

▷After 8 p.m. there are no **local buses** or trains. 晚上 8 點以後就沒有市內公車或火車了。

business /ˈbɪznɪs/

名 日常工作，業務；生意；公司，事業

do	business	做生意
conduct	business	
go into	business	開始從事事業
set up in	business	創業
go out of	business	停業，倒閉
run	a business	經營事業；經營公司
start	a business	創業
lose	business	業績下滑
get down to	business	言歸正傳

▷We've **done business** in the U.S. for over 30 years. 我們在美國已經經營了超過 30 年。

▷Tony and I **went into business** together. Tony 跟我一起創業。

▷More than 100 companies **went out of business**. 有一百多家公司倒閉。

▷She and her husband **run** a small **business**. 她與她的丈夫經營一家小公司。

▷He returned to New York, where he **started** a **business**. 他回到紐約，他創業的地方。

▷Some companies are **losing business** because of the economic situation. 一些公司因為經濟情勢而業績下滑。

big	business	大企業
private	business	私人企業
family	business	家族企業
small	business	小型企業
core	business	核心事業
international	business	國際業務
show	business	娛樂業界
the music	business	音樂事業
repeat	business	持續交易、購買；回購

▷ The importance of the Japanese economy to international **business** is obvious. 日本經濟對國際業務的重要性是顯而易見的。

business or pleasure	工作或玩樂

▷ I love traveling. It doesn't matter if it's for **business or pleasure**. 我愛旅行，不管是為了工作還是玩樂。

in	business	在營業；準備好
on	business	為了公事（出差）

▷ We're **in business** to grow and find new customers. 我們已經準備好成長並且找到新的客戶。
▷ My father is away **on business**. 我爸爸出差不在。

PHRASES

Business is business. ☺ 公事公辦。
How's business? ☺ 生意怎麼樣？
Mind your own business. / It's none of your business. ☺ 管好你自己的事。不關你的事。

busy /ˈbɪzɪ/ 形 忙碌的；雜亂的

get	busy	開始工作

▷ Let's **get busy**! 開始工作吧！

extremely	busy	非常忙的
fairly	busy	

▷ I'm **extremely busy**! 我非常忙！

busy	with A	因為 A 而忙碌的

▷ I'm **busy with** school. 我現在因為學校的事情很忙。

busy	doing	忙著做…的

▷ Max was **busy** preparing the meal. Max 忙著準備餐點。

button /ˈbʌtn̩/ 名 按鈕；鈕扣

press	a button	
push	a button	按按鈕
touch	a button	
do up	a button	扣上鈕扣
fasten	a button	
undo	a button	解開鈕扣

▷ **Press** the **button** for the 5th floor. 請按 5 樓的

按鈕。（★ 通常會簡單地說 Fifth floor, please.「5樓，麻煩你。」）
▷ Sorry I **pushed** the **button** by accident. 抱歉，我不小心按到了按鈕。
▷ Just **touch** the **button** and the video camera starts to record. 只要按這個按鈕，攝影機就會開始錄影。
▷ You should **do up** the middle button of your jacket. 你應該扣上你外套的中間鈕扣。
▷ I **undid** the top **button** of my shirt. 我解開襯衫最上面的鈕扣。

a button	comes off	鈕扣脫落
a button	falls off	

★「少了一顆鈕扣」是 A button is missing.，「鈕扣快掉了」是 A button is loose.。

▷ The buttons on my sleeves **fell off**. 我袖口上的鈕扣脫落了。

buy /baɪ/ 動 買，購入；相信

buy	A B	買 B（物）給 A（人）
buy	B for A	
buy	A for B	以 B（價格）買 A（物）
buy	A from B	從 B 那裡買到 A（物）

▷ He promised to **buy** me that new dress. 他答應要買那件新洋裝給我。
▷ Did you **buy** it **for** her? 你買給她了嗎？
▷ She **bought** the diamond ring **for** $6,000. 她用 6,000 美元買了那只鑽戒。
▷ Do you **buy** your clothes **from** a top store? 你是在高級服飾店買衣服的嗎？

can't afford to	buy	買不起

▷ I **can't afford to buy** a house in the city. 我買不起城市裡的房子。

buy and sell	買賣
go (out) and buy	（出）去買

▷ Do you know a store where they **buy and sell** secondhand books? 你知道買賣二手書的店嗎？
▷ I'll just **go and buy** some food from the shop. 我去那間店買點吃的。

C

cake /kek/ 名 蛋糕

bake	a cake	烤蛋糕
make	a cake	做蛋糕
cut	the cake	切蛋糕

▷ My girlfriend **baked a cake** for my birthday. 女朋友為了我的生日烤了蛋糕。

▷ I carefully **cut the cake** into triangular pieces. 我小心地把蛋糕切成三角形的小塊。

a piece of	cake	一塊蛋糕；很簡單的事
a slice of	cake	一片蛋糕

▷ Don't worry. Math tests are a **piece of cake**! 別擔心。數學考試很簡單！

▷ Would you like to have another **slice of cake**? 你要不要再來一片蛋糕？

a homemade	cake	自製蛋糕
a chocolate	cake	巧克力蛋糕
a fruit	cake	水果蛋糕
a sponge	cake	海綿蛋糕
a birthday	cake	生日蛋糕
a Christmas	cake	聖誕節蛋糕
a wedding	cake	婚禮蛋糕

calculate /ˈkælkjəˌlet/ 動 計算；估計

accurately	calculate	正確地計算
mentally	calculate	心算，在腦中計算
carefully	calculate	謹慎地計算
★ 以上的副詞都可以用在動詞後面		

▷ He **carefully calculated** how much it would cost to move to a larger apartment. 他謹慎計算搬到比較大的公寓會花多少錢。

calculate	(that)...	計算，估計…
calculate	wh-	計算，估計…
★ wh- 是 how, what 等等		

▷ He **calculated that** the plane would land 30 minutes ahead of schedule. 他預估飛機會比預定時間早 30 分鐘降落。

▷ I **calculated how** much money I could afford to spend. 我計算自己能夠花多少錢。

be calculated	at A	以 A 計算
be calculated	according to A	依照 A 計算

▷ Taxes are **calculated at** 36 %. 稅金以 36% 計算。

▷ The tax is **calculated according to** the value of the property. 稅金依照財產價值計算。

call /kɔl/ 名 一通電話；呼叫

make	a call	打電話
give A	a call	打電話給 A
have	a call	有電話，接到電話
get	a call	
take	a call	接電話
answer	a call	

▷ Do you mind if I **make a telephone call**? 你介意我打通電話嗎？

▷ I'll **give** you a **call** tomorrow. 我明天會打電話給你。

▷ I **had a call** from my daughter today. 我今天接到女兒打的電話。

▷ You **got** five phone **calls** while you were out to lunch. 你外出吃午餐時有五通你的電話。

▷ She **took a call** *from* her boss. 她接了他老闆打的電話。

a long	call	講很久的電話
a quick	call	講很短的電話
a local	call	市內電話
an international	call	國際電話
a long-distance	call	長途電話
an incoming	call	來電
an outgoing	call	撥出的電話
an emergency	call	緊急電話
a wake-up	call	電話叫醒 (服務)

▷ Do you mind if I make a **quick** phone **call**? 你介意我打個電話嗎？

▷ I use my cellphone frequently for **local calls** and **long-distance calls**. 我經常用手機打市內和長途電話。

▷ I don't know how to make an **international call** to Australia. 我不知道怎麼打國際電話到澳洲。

call /kɔl/ 動 呼叫；打電話

be commonly	called	一般被稱為

be frequently	called	經常被稱為
be sometimes	called	有時被稱為
be often	called	經常被稱為

▷Influenza is **commonly called** the "flu." 流行性感冒一般稱為流感。

call	back	回電話

▷It's a bad moment now. Can I **call** you **back** in a minute? 現在不太方便。我可以稍後回電給你嗎？

call	at A	拜訪 A；短暫到訪 A；（列車）停靠 A
call	for A	叫 A 來

▷I **called at** her house, but she wasn't there. 我昨天去了她家，但她不在。▷This train will **call at** Ashbury. 本列車將停靠 Ashbury。
▷**Call for** an ambulance! 叫救護車！

call	A B	幫 A 呼叫 B
call	B for A	

▷Will you **call** a taxi **for** me? 你可以幫我叫計程車嗎？

calm /kɑm/ 形 冷靜的，平靜的

stay	calm	保持冷靜
remain	calm	
keep	calm	

▷**Stay calm!** Don't panic! 保持冷靜！不要驚慌！

quite	calm	非常平靜的
dead	calm	

▷He seemed to be **quite calm**. 他似乎非常平靜。
▷The sea was **dead calm**. 海平靜無波。

camera /ˋkæmərə/ 名 照相機，攝影機

on	camera	在攝影鏡頭視角裡
off	camera	在攝影鏡頭視角外

▷The robbery was caught **on camera**. 搶劫行為被攝影機拍了下來。

a digital	camera	數位相機
a television	camera	電視節目用的攝影機
a video	camera	攝影機
a hidden	camera	隱藏式相機、攝影機

a security	camera	監視攝影機

〔PHRASES〕
Look at the camera. 看鏡頭。（★照相時說的話）
▷**Look at the camera** and smile. 請看鏡頭微笑。

campaign /kæmˋpen/ 名 運動，活動

launch	a campaign	發起運動
begin	a campaign	
start	a campaign	
conduct	a campaign	進行運動
run	a campaign	
lead	a campaign	領導運動
join	a campaign	參加運動
support	a campaign	支持運動

▷They **launched a campaign** against smoking in public places. 他們發起反對公共場所吸菸的運動。
▷He **joined a campaign** to help save dolphins. 他加入幫助拯救海豚的運動。
▷Ron is **supporting a campaign** to encourage people to recycle their rubbish. Ron 支持鼓勵人們回收垃圾的運動。

a campaign	aims at A	活動、運動以 A 為目標

▷The advertising campaign **aimed at** raising brand awareness. 這個宣傳活動以提高品牌認知度為目標。

a vigorous	campaign	精力十足的運動
an international	campaign	國際性的運動
a national	campaign	全國性的運動
an election	campaign	競選活動
a political	campaign	政治運動
a military	campaign	軍事行動
an advertising	campaign	宣傳活動
a publicity	campaign	

▷They launched a **vigorous campaign** to clean up the city. 他們發起了精力十足的活動來清理市容。
▷Our **political campaign** was successful. 我們的政治運動很成功。

campaign	against A	反對 A 的運動
campaign	for A	要求 A 的運動

▷We have supported the **campaign against** terrorism. 我們支持了反恐怖主義的運動。
▷She started a **campaign for** equal rights. 她發起

了爭取平權的運動。

campaign	to do	為了做…的運動

▷ They started a **campaign to** protect areas of natural beauty. 他們發起了保護自然景觀區域的運動。

cancel /ˈkænsl/ 動 取消

automatically	cancel	自動取消
immediately	cancel	立即取消

▷ If you don't pay the subscription, your membership will be **automatically canceled**. 如果你不付租用費，你的會員資格就會被自動取消。
▷ She **immediately canceled** her plans. 她立刻取消了她的計畫。

capable /ˈkepəbl/ 形 有能力的；能幹的

seem	capable	似乎有能力；看起來有能力
look	capable	

▷ Tom's made a good start in his new job. He **seems capable** of running the department very well. Tom 在他的新工作上有好的開始。他似乎能把部門經營得很好。

perfectly	capable	
quite	capable	完全有能力的
fully	capable	

▷ I'm **perfectly capable** of looking after myself. 我完全有能力照顧自己。

capable	of A	能夠做 A 的
capable	of doing	能夠做…的

▷ I didn't believe he was **capable of** such things. 我不相信他能夠做這種事情。

car /kɑr/ 名 車，汽車

drive	a car	開車
get in	a car	上車
get into	a car	進到車裡
get out of	a car	下車
park	a car	停車
rent	a car	租車

▷ Do you **drive a car**? 你開車嗎？

▷ She **got into** the **car** and started the engine. 她坐進車內並發動引擎。
▷ He **got out of** the **car** and walked up to the house. 他下車並且走近那間房子。
▷ Where should I **park** the **car**? 我該把車停到哪裡？

a car	breaks down	車子故障
a car	crashes	車子撞毀

▷ My **car broke down** on the highway. 我的車在高速公路上拋錨了。
▷ His **car crashed** into a tree. 他的車撞上了一棵樹。

an electric	car	電動車
a hybrid	car	混合動力車
a luxury	car	高級車
a sports	car	跑車
a police	car	警車
a company	car	公司車
a used	car	二手車
a secondhand	car	
a stolen	car	贓車

▷ Half a million **used cars** have been imported from neighboring countries. 有 50 萬輛中古車從鄰國進口輸入。

by	car	開車，用汽車
in	a car	搭車

▷ They had to take a cab because it was so far away — 20 minutes **by car**. 他們必須搭計程車，因為很遠，開車要 20 分鐘。

card /kɑrd/ 名 卡片；賀卡；紙牌

carry	a card	攜帶卡片
hand	a card	遞交卡片
insert	a card	插入卡片
swipe	a card	刷過卡片
pay by	(a) card	用卡片支付
put A on	a card	把 A 的費用用卡片簽帳
send	a card	寄卡片
get	a card	收到卡片（賀卡等）
receive	a card	
play	cards	玩撲克牌
shuffle	the cards	洗牌
deal	the cards	發牌

▷ I **got a card** from Katherine this morning. 我今

天早上收到 Katherine 的卡片。
▷ Let's **play cards**! 我們來玩牌吧！

an ID	card	身分證
an identity	card	
a membership	card	會員卡
a business	card	名片
a greeting	card	賀卡

care /kɛr/ 名 照顧，關心；小心

take	care	照顧
provide	care	
need	care	需要照顧；
require	care	需要小心注意
receive	care	得到照顧

▷ Don't worry. I'll **take** good **care** of your cat while you're on holiday. 別擔心。你休假時我會好好照顧你的貓。
▷ She'll **need care** until she gets better. 她在好轉之前需要照顧。
▷ The hospital **provides care** for seriously ill children from all over the country. 這家醫院為來自全國各地的重病兒童提供（醫療）照顧。
▷ Trees **require care** and attention just like children. 樹木就跟孩子一樣需要照顧與注意。
▷ How often will your parents **receive care**? 你的父母需要多常接受看護？

good	care	很好的照顧；
great	care	非常小心
intensive	care	（醫院）重症照護
medical	care	醫療
nursing	care	看護
health	care	健康照護
residential	care	居家看護
primary	care	基礎醫療

▷ She wrapped the present with **great care**. 她小心翼翼地包裝禮物。

with	care	小心
without	care	不注意，漫不經心

▷ Please handle these boxes **with care**. 請小心搬運這些箱子。
▷ He admitted driving **without** due **care** and attention and was fined £250. 他承認開車時不夠小心注意，而被罰了 250 英鎊。

care /kɛr/ 動 在意，關心

really	care	真的很在意
not much	care	不太在意
care	deeply	非常關心
care	enough	夠關心
not care	less	一點也不關心

★ not much care 也可以說成 not care much

▷ The apartment was old and dusty, but Andrew **didn't much care**. 這間公寓又舊又布滿灰塵，但 Andrew 不太在意。
▷ Canadians **care deeply** about the natural environment. 加拿大人非常關心自然環境。
▷ It was nice to have someone who **cared enough** to worry. 有人願意為你擔心真不錯。
▷ She **couldn't care less** about politics. 她一點也不關心政治。

care	about A	關心 A
care	for A	喜歡 A；照顧 A

▷ We **care about** what happens to you. 我們很關心你發生的事情。
▷ Would you **care for** another drink? 你想再來一杯嗎？
▷ Grandfather shouldn't live by himself. He needs someone to **care for** him. 爺爺不應該一個人住。他需要有人照顧他。

care	to do	想做…

▷ Would you **care to** order some wine? 你想點些酒嗎？

care	wh-	在乎…

★ wh- 是 who, what, whether, why 等等

▷ I don't **care whether** you agree with me. 我不在乎你同不同意我。

(PHRASES)
What do you care? ☺ 關你什麼事？（不關你的事）▷ "Are you crying?" "What do you care?"「你在哭嗎？」「關你什麼事？」
Who cares? ☺ 誰在乎呢？（沒有人在乎）▷ "What will my parents think?" "Who cares?"「我爸媽會怎麼想？」「管他的。」

career /kəˈrɪr/ 名 職業，生涯，經歷

make	a career of A	將 A 作為職業

C

build	a career	建立職業生涯
pursue	a career	追求職業
begin	one's career	開始職業生涯
start	one's career	
choose	a career	選擇職業
end	A's career	結束 A 的職業生涯
ruin	A's career	毀掉 A 的職業生涯

▷Anna wants to **build a career** in publishing. Anna 想在出版界發展職業生涯。
▷She wants to **pursue a career** in medicine. 她想從事醫療業。

a successful	career	輝煌的經歷
a distinguished	career	
A's playing	career	A 的選手生涯
A's acting	career	A 的演員生涯

▷My brother has a **successful career** in the police force. 我弟弟在警界有輝煌的經歷。

▌careful /ˈkɛrfəl/ 形 小心的；謹慎的，仔細的

extremely	careful	非常小心的
especially	careful	特別小心的
particularly	careful	

▷You must be **especially careful** with your user ID and password. 你必須小心處理你的用戶帳號與密碼。

careful	about A	小心注意 A 的
careful	of A	
careful	with A	小心處理 A 的

▷Be **careful of** the dog. 小心那條狗。
▷She's very **careful with** her money. 她非常謹慎對待金錢。

careful	(that)...	小心注意…的
careful	wh-	小心注意…的

★ wh- 是 who, what, how 等等

▷I need to be **careful** it doesn't happen again. 我必須注意別再讓這種事發生。
▷Be **careful how** you drive on these icy roads. 在結冰的路上，要小心注意你開車的方式。
PHRASES
You can't be too careful. ☺ 小心為上。

▌case /kes/ 名 案件；訴訟；論據；案例；病例

bring	a case	提起告訴
take	a case	受理訴訟
consider	a case	審理訴訟
hear	a case	
drop	a case	撤銷訴訟
dismiss	a case	駁回訴訟
win	a case	勝訴
lose	a case	敗訴
investigate	a case	調查案件
solve	a case	解決案件
present	a case	提出論據
argue	a case	主張論據
show	a case	呈現案例
cite	a case	引用案例
consider	a case	考慮案例
diagnose	a case	診斷病例
report	a case	報告病例

▷Ali **brought a case** against two police officers for racist jokes. Ali 因為兩名警官的種族歧視玩笑而對他們提告。
▷We need a good lawyer to **present** our **case** in court. 我們需要一位好律師在法庭上提出我們的論據。
▷The lawyers **argued** the **case** for nine days. 律師們主張了這個論據九天。
▷**Consider** the **case** of Canada. 考慮加拿大的例子。

a criminal	case	刑事案件
a civil	case	民事案件
a murder	case	殺人案
a strong	case	強力的論據
a weak	case	薄弱的論據
an extreme	case	極端的案例
a rare	case	少見的案例
a special	case	特殊的案例
a severe	case	重症，嚴重病例
a bad	case	

▷This is a book about famous **criminal cases**. 這是關於著名刑案的書。
▷There's a **strong case** for expanding our workforce. 有非常充分的理由擴充本公司的人力。
▷In **rare cases**, this disease can lead to death. 在極少數的病例中，這種疾病可能導致死亡。
▷This is a really **special case**. 這真的是很特殊的

案例。

in	that case	那樣的話
in	which case	
as is	the case	就像（通常的）情況一樣

▷ You're too busy to order it? OK. **In that case,** I'll order it for you. 你太忙不能訂嗎？OK。那樣的話，我會幫你訂。

▷ **As is** often the **case** with rumors, there's some truth to this. 就像傳聞常有的情況一樣，這有一部分是事實。

| case | by case | 一件一件個別處理 |
| a case | in point | 恰當的例子 |

▷ These things have to be done on a **case by case** basis. 這些事情必須一件一件個別處理。

▷ Often eastern and western cultures mix successfully. Japan is a **case in point.** 東西方文化經常可以成功結合。日本就是個好例子。

cash /kæʃ/ 名 現金，錢

pay (in)	cash	用現金支付
raise	cash	募集金錢
be short of	cash	缺乏現金

▷ I **paid in cash** and had fifty dollars change. 我用現金支付，拿回 50 美元的找零。

▷ They organized the event to **raise cash** for charity. 他們籌辦那場活動來募集慈善捐款。

| extra | cash | 額外的現金 |
| cash | flow | 現金流量 |

▷ My dad always kept some **extra cash** in his drawer. 我爸爸總是在抽屜放著額外的現金。

| cash | on delivery | 貨到付款 |

▷ Buyers have a few payment options including personal check, debit card, and **cash on delivery.** 買家有幾種付款選擇，包括個人支票、簽帳卡以及貨到付款。

cat /kæt/ 名 貓

have	a cat	養貓
keep	a cat	
feed	a cat	餵貓

| stroke | a cat | 撫摸貓 |
| pet | a cat | |

▷ I **have a cat** named Sebastian. 我有一隻叫 Sebastian 的貓。

▷ I have to go home and **feed my cat.** 我必須回家餵貓。

▷ She **stroked** the cat gently. 她輕柔地撫摸貓。

a cat	jumps	貓跳躍
a cat	leaps	
a cat	purrs	貓發出咕嚕聲
a cat	meows	貓喵喵叫

▷ My **cat jumped** on my lap. 我的貓跳到我的大腿上。

▷ The **cat purred** happily in my arms. 貓在我的懷裡高興地發出咕嚕聲。

a domestic	cat	家貓
a stray	cat	流浪貓
a tabby	cat	虎斑貓
a fat	cat	有錢有勢的人

▷ **Domestic cats** eat cat food. 家貓吃貓食。

▷ The place is filled with **stray cats.** 那裡到處都是流浪貓。

▷ I don't trust those **fat cats.** 我不相信那些有錢人。

PHRASES

(Has the) cat got your tongue? ☺（例如父母對不回答問話的小孩子說）為什麼不說話？（★ 字面上的意思是「貓拿走了你的舌頭嗎？」）▷ What's the matter? Cat got your tongue? 怎麼了？為什麼說不出話來了？

cause /kɔz/ 名 原因；理由；目標，理想

find	a cause	找到原因
investigate	the cause	調查原因
advance	a cause	推動理想的目標
champion	a cause	支持理想的目標
support	a cause	

▷ I tried to **find** the **cause** of the noise. 我試著找出噪音的原因。

▷ Police are **investigating** the **cause** of the accident. 警察正在調查事故的原因。

a real	cause	真正的原因
the underlying	cause	根本的原因
an important	cause	重要的原因

C

the main	cause	主要的原因
the major	cause	重大的原因
a possible	cause	可能的原因
an immediate	cause	直接的原因
reasonable	cause	合理的原因

▷ I don't know what the **real cause** was. 我不知道真正的原因是什麼。

▷ Jobs, money, family, and health were the **main causes** of stress. 工作、金錢、家庭和健康是壓力的主因。

▷ Research indicates many **possible causes** of lung cancer. 研究指出肺癌許多可能的原因。

▷ The **immediate cause** of the accident was that the train passed a signal showing red. 這起事故的直接原因是列車在顯示紅色燈號時通過。

without	good cause	沒有正當理由
for	a good cause	為了良善的目的，
in	a good cause	為了大眾的好處

▷ It was all **in a good cause**, raising money for the Kids Hospital. 這都是為了良善的目的，要募集兒童醫院的基金。

cause and effect	原因與結果

▷ History is a pattern of **cause and effect**. 歷史就是原因與結果交織的模樣。

caution /ˈkɔʃən/ 名 小心，謹慎

use	caution	小心謹慎
excercise	caution	

▷ You must **use** great **caution** when driving in the rain. 在雨中開車必須非常小心。

cellphone /ˈsɛlfon/ 名 手機

pull out	one's cellphone	抽出手機
answer	one's cellphone	接手機電話
turn off	one's cellphone	關掉手機電源
switch off	one's cellphone	
charge	one's cellphone	給手機充電

▷ She **pulled out** her **cellphone** and dialed a number. 她抽出手機撥號。

▷ I've rung three times, but he's not **answering** his **cellphone**. 我打了三次，但他不接手機。

▷ I forgot to **turn off** my **cellphone**. 我忘記把手機關掉。

▷ Remember to **charge** your **cellphone**. 記得幫你的手機充電。

a cellphone	rings	手機響起

▷ The cellphone in his pocket **rang**. 他口袋裡的手機響了。

center /ˈsɛntɚ/ 名 中心，中央；中心點；中心設施（英 centre）

the main	center	主要中心
a major	center	
the nerve	center	權力、控制的中樞
a financial	center	金融中心
an urban	center	都市中心
英 city	centre	市中心區

▷ London is the nation's **main center** of commerce and finance. 倫敦是國內主要的商業與金融中心。

▷ New York City is the world's **financial center**. 紐約是世界的金融中心。

in	the center (of A)	在（A 的）中央

▷ He stood **in the center of** the stage. 他站在舞台中央。

century /ˈsɛntʃʊrɪ/ 名 世紀；100 年

the previous	century	前一世紀
the following	century	下個世紀
the new	century	新世紀
the present	century	現今的世紀

▷ He heard stories about the two World Wars in the early half of the **previous century**. 他聽過上個世紀前半兩次世界大戰的故事。

▷ Over the **following centuries**, the European and African populations continued to grow. 在之後的幾個世紀，歐洲與非洲人口持續成長。

the early	twelfth century	12 世紀初期
the mid	twelfth century	12 世紀中
the late	twelfth century	12 世紀晚期

▷ In the nineteenth and **early** twentieth **centuries**, magazines were a popular form of entertainment. 在 19 世紀與 20 世紀初，雜誌是一種受歡迎的娛樂形式。

during	the century	在這個世紀期間
through	the centuries	經過幾個世紀
over	the centuries	

▷ **During** this **century**, women have improved their position. 在這個世紀，女性改善了自己的地位。
▷ The city has changed so much **over the centuries**. 這個城市幾個世紀以來改變很大。

the turn of	the century	世紀之交，世紀交替時

▷ Experts think this picture was painted at the turn of **the 19th century**. 專家認為這幅畫是 18 世紀末到 19 世紀初左右畫的。

ceremony /ˈsɛrəˌmonɪ/ 英 /ˈserɪməni/

名 儀式，典禮

hold	a ceremony	舉辦儀式
perform	a ceremony	進行儀式
attend	a ceremony	參加儀式

▷ A priest is going to **perform** a **ceremony** at church. 神父將在教堂進行儀式。
▷ Thank you all for **attending** this **ceremony**. 謝謝大家出席這場儀式。

the ceremony	takes place	典禮舉行

▷ The **ceremony took place** at a famous restaurant in Sydney. 這場典禮在雪梨一家知名餐廳舉行。

an official	ceremony	正式典禮
an opening	ceremony	開幕式
a closing	ceremony	閉幕式
an awards	ceremony	頒獎典禮
a wedding	ceremony	婚禮
a marriage	ceremony	
a graduation	ceremony	畢業典禮

▷ The **official ceremony** will be held in November. 正式典禮將於 11 月舉行。
▷ I enjoyed the Olympic **opening ceremonies**. 我很喜歡奧運開幕式。

certain /ˈsɝtən/ 形 確信的；確定的

feel	certain	確信
make	certain	確認；務必做…

▷ I'll **make certain** he doesn't forget to ring you. 我會確認他不忘記打電話給你。（我會提醒他打電話）

absolutely	certain	非常確定的
quite	certain	
by no means	certain	一點也不確定的
almost	certain	幾乎確定的
virtually	certain	
fairly	certain	相當確定的
pretty	certain	

▷ Are you **absolutely certain** that you don't know anything else? 你真的確定自己其他什麼也不知道嗎？
▷ It was **by no means certain** that the ruling party would win this election. 當時執政黨能否贏得這場選舉是很不確定的。
▷ She was **almost certain** that he would disapprove. 她幾乎可以確定他會反對。

certain	of A	對 A 確定的
certain	about A	

▷ The wedding will be in June, but we're still not quite **certain of** the date. 婚禮將在六月舉行，但我們還不太確定日期。

certain	(that)...	確定…
certain	wh-	確定…

★ wh- 是 who, what, how 等

▷ I'm **certain that** I left my wallet on that table. 我確定我把錢包留在桌上了。
▷ She wasn't **certain what** had happened to her. 她不確定自己發生了什麼事。

it is certain	that...	…是確定的
it is not certain	wh-	不確定…

★ wh- 是 who, what, how 等

▷ **It** was **not certain whether** the person was alive or dead. 不確定那個人活著還是死了。

for	certain	確定地，無疑地

★ 與 know, say, tell 等連用

▷ I don't **know for certain** whether it's true or not. 我並不確定這是真是假。

chair /tʃɛr/ 名 椅子

pull up	a chair	拉椅子坐下（加入別人）
pull out	a chair	（從桌下）把椅子拉出來

C

have	a chair	就座
take	a chair	
push back	a chair	把椅子往後推；把椅子推回原位
sit on	a chair	坐在椅子上
sit in	a chair	
sink into	a chair	癱坐到椅子上
get out of	a chair	
get up from	a chair	從椅子站起身
rise from	a chair	

▷ I **pulled up** a **chair** beside him. 我拉椅子坐在他旁邊。

▷ Tom **took** a **chair** next to her. Tom 坐到她旁邊的椅子上。

▷ He **sat in a chair** looking out of the window. 他坐在椅子上看窗外。

▷ She sighed and **sank into a chair**. 她嘆了氣，癱坐在椅子上。

▷ He **got out of** his **chair** and walked to the door. 他從椅子站起身並走向門口。

▷ My grandmother was so weak that she couldn't **rise from** her **chair**. 我的祖母虛弱到無法從椅子站起身。

a comfortable	chair	舒服的椅子
a rocking	chair	搖椅
a swivel	chair	旋轉椅
a folding	chair	折疊椅
a garden	chair	庭園椅

▷ She got up from her **comfortable chair**. 她從她舒服的椅子站起來。

chairman /ˈtʃɛrmən/ 名 主席，議長；董事長（★也可以說 chairperson 或 chair）

be appointed	chairman	獲任命為主席
be elected	chairman	獲選為主席

▷ Mr. McCarthy was **appointed chairman** of the committee. McCarthy 獲任命為委員會主席。

▷ He was **elected chairman** of the council. 他獲選為委員會主席。

a board	chairman	董事會主席
a committee	chairman	委員會主席
the current	chairman	現任主席
a former	chairman	前任主席

a vice	chairman	副主席
a deputy	chairman	副主席，代理主席

▷ He's a **former chairman** of the Budget Committee. 他是預算委員會的前任主席。

challenge /ˈtʃælɪndʒ/ 名 挑戰；困難的事

present	a challenge	造成挑戰
pose	a challenge	
face	a challenge	面對挑戰
meet	a challenge	
respond to	a challenge	處理挑戰
rise to	a challenge	
mount	a challenge	發出挑戰
issue	a challenge	

▷ So far we have **faced** two **challenges**. 到目前為止我們面臨兩項挑戰。

▷ We have to **meet** the **challenge** of international terrorism. 我們必須處理國際恐怖行動的挑戰。

▷ Fine, Clifford, I **accept** your **challenge**. 好，Clifford，我接受你的挑戰。

a big	challenge	重大的挑戰，難題
a great	challenge	
a real	challenge	要認真面對的挑戰
a serious	challenge	
a strong	challenge	強勁的挑戰

▷ I had to meet many **big challenges** in my life. 我的人生中必須處理許多重大的挑戰。

▷ English education in primary school is a **serious challenge** for teachers and society. 小學英語教育是教師和社會要認真面對的挑戰。

▷ We're going to face **strong challenges** from other companies in the future. 我們未來將面臨其它公司的強勁挑戰。

challenge /ˈtʃælɪndʒ/

動 挑戰；向⋯提出異議，質疑

directly	challenge	直接挑戰，直接質疑
seriously	challenge	嚴重挑戰，嚴重質疑

▷ Mr. White's opinion was not **seriously challenged**. White 先生的意見沒有受到嚴重質疑。

challenge	A to B	向 A（人）挑戰 B

▷ I **challenge** you **to** a game of chess. 我要挑戰你下一盤棋。

challenge	A to do	要求 A（人）做…

▷ Her eyes **challenged** me **to** reply. 她的眼神催促我回答。

▌chance /tʃæns/ 美 /tʃɑ:ns/

名 機會；可能性；偶然，運氣

get	a chance	得到機會
have	a chance	
give (A)	a chance	給予（A）機會
offer (A)	a chance	
seize	the chance	把握機會
jump at	the chance	立即把握機會
miss	a chance	錯過機會
stand	a chance	有機會，有可能
increase	the chance	增加可能性
reduce	the chance	減少可能性
decrease	the chance	
take	a chance	冒險，碰運氣

▷ I **didn't get** a **chance** to apologize. 我沒有機會可以道歉。

▷ I haven't **had** a **chance** to talk to Bob yet. 我還沒有機會跟 Bob 談。

▷ Please just **give** me a **chance** to say something. 請給我一個機會發言。

▷ Now is the time. **Seize this chance!** 現在正是時候。把握機會！

▷ I **missed** a **chance** to be promoted. 我錯過了升職的機會。

▷ I know Tom wants to win the race, but he doesn't **stand** a **chance**. 我知道 Tom 想贏得比賽，但是他毫無勝算。

▷ If you wear a mask, it'll **reduce** the **chances** of catching flu. 如果戴口罩就會減少得到流感的機會。

▷ "I don't think Kate likes me." "**Take a chance!** Ask her for a date." 「我不覺得 Kate 喜歡我。」「碰碰運氣吧！約她去約會。」

a great	chance	非常好的機會
a big	chance	
the only	chance	唯一的機會
the last	chance	最後的機會

another	chance	再一次的機會
a second	chance	
a good	chance	很高的可能性；好機會
a fair	chance	
a reasonable	chance	蠻高的可能性
a sporting	chance	
little	chance	很低的機會
a slim	chance	微乎其微的機會
a fifty-fifty	chance	一半一半的機會
an even	chance	
pure	chance	純粹的偶然
sheer	chance	

▷ This is the **only chance** you'll ever have to do this in your life. 這是你這輩子能做這件事的唯一機會。

▷ This is the **last chance**. 這是最後的機會。

▷ Give me **another chance!** Please! 請再給我一次機會！拜託！

▷ We've got a **fair chance** of getting to the finals. 我們很有可能進入決賽。

▷ There's a **reasonable chance** that she'll get a grant to study abroad. 她蠻有可能獲得留學獎學金。

▷ There is only an **even chance** the global economy will recover this year. 今年全球經濟復甦的機會只有一半。

▷ I met an old school friend in the middle of Tokyo, by **pure chance**. 在完全偶然的情況下，我在東京中心遇到老同學。

by	chance	偶然，意外地
by	any chance	恰巧，剛好（用於詢問、請求）

▷ I met her **by chance**. 我偶然遇到她。

▷ Do you **by any chance** have an 80-yen stamp? 你會不會剛好有 80 日圓的郵票呢？

PHRASES

No chance! / Fat chance! ☺ 怎麼可能！ ▷ Does he think I want to marry him? Fat chance! 他以為我想跟他結婚嗎？怎麼可能！

(The) chances are (that)... ☺ 或許有可能… ▷ Chances are that Jeff and Christine will get married. Jeff 和 Christine 或許會結婚。

▌change /tʃendʒ/

名 改變，變化；換衣服；零錢

make	a change	改變，變更

C

cause	a change	造成改變
produce	a change	
undergo	a change	歷經改變
show	a change	顯現出改變
reflect	a change	反映出改變
get	a change	拿到零錢
keep	the change	留住零錢（不用找了）

（★ undergo 後面常接 great, radical, drastic, tremendous 等表示變化很大的形容詞）

▷ Apparently someone **made a change** in the computer data. 顯然有人對電腦資料做了變更。

▷ China is **undergoing** tremendous **changes**. 中國正經歷巨大的改變。

▷ The statement **reflects a change** in policy. 這項聲明反映政策的改變。

a dramatic	change	戲劇性的變化
a fundamental	change	根本的改變
a major	change	重大的改變
a radical	change	徹底的改變
a significant	change	顯著的改變
a minor	change	較小的改變
a sudden	change	突然的改變
climate	change	氣候變遷
political	change	政治變化
social	change	社會變化

▷ What has caused this **dramatic change**? 是什麼造成了這個戲劇性的變化？

▷ There're no **major changes**. 沒有重大的變化。

▷ There was a **radical change** in the policy of the United States of America. 美國的政策有了徹底的改變。

▷ Were there any **political** or **social changes** during that period? 在那段期間有任何政治或社會變化嗎？

a change	in A	A 的變化

▷ I didn't understand her **change in** attitude. 我不了解她態度的改變。

for	a change	改變一下

▷ Why don't you listen **for a change**? 你何不改變態度聽一下呢？

change /tʃendʒ/

動 改變，變化；換衣服；換錢

radically	change	徹底改變
completely	change	完全改變
really	change	真的改變很多
little	change	幾乎沒變
constantly	change	持續改變
rapidly	change	快速改變
suddenly	change	突然改變
change	dramatically	劇烈地改變
change	significantly	顯著改變

▷ My life has been **radically changed** through the books I've read. 藉由我讀的書，我的人生徹底被改變了。

▷ What's wrong with you? You've **completely changed**. 你怎麼了？你完全變了樣。

▷ He's **really changed** since I knew him at university. 自從我大學時認識他，他真的改變很多。

▷ The village where I was born has **little changed** during the last 100 years. 我出生的村莊在過去 100 年幾乎沒變。

▷ Your opinion is **constantly changing**. 你的意見一直在變。

▷ The world is **rapidly changing**. 世界快速改變中。

▷ The weather **changed dramatically**. 天氣急劇改變了。

▷ Well, I think things have **changed significantly**. 嗯，我想情況已經明顯改變了。

change	from A to B	從 A 變成 B
★ change 可以是及物或不及物動詞		

▷ Her tone **changed from** being warm and friendly to cold and commanding. 她的口氣從溫和友善轉變成冰冷的命令語氣。

change	A for B	把 A 換成 B，換錢
change	A into B	

▷ He **changed** the US dollars **into** yen. 他把美元換成日圓。

change	into A	換上 A（衣物）
change	out of A	換下 A（衣物）

▷ She **changed into** her jeans and sneakers and went out. 她換上她的牛仔褲和運動鞋出門。

▷ You should **change out of** that wet clothing. 你應該換掉那身濕衣服。

character /ˈkærɪktə/

名 性格；特質，特性；角色；字

have	a character	具有性格；具有特質
reflect	A's character	反映 A 的性格
preserve	the character	保留特質
play	a character	扮演角色
inhabit	a character	融入角色

★ have a character 也會和 good, strong 等形容詞連用

▷ Do you admit that he **has** a good **character**? 你認同他的性格不錯嗎？

▷ Steel **plays** two **characters**. Steel 飾演兩個角色。

▷ A good actor really **inhabits** the **character** he plays. 一位好演員能真正融入自己扮演的角色。

a different	character	不同的性格
a strong	character	強烈的性格
a weak	character	軟弱的性格
the main	character	
the central	character	主角
the leading	character	
a national	character	國民性格
Chinese	characters	中文字
a cartoon	character	卡通角色
a fiction	character	虛構角色

▷ Peter and Kate have totally **different characters**. Peter 和 Kate 性格完全不同。

▷ Jackie plays the **main character**. Jackie 扮演主角。

in	character	符合性格；演得像角色
out of	character	不符合性格

▷ She's a great actress! She's always **in character**. 她是很棒的女演員！她總是演什麼像什麼。

▷ I was surprised to see her acting so **out of character**. 我很驚訝看到她做出不符合性格的事。

charge /tʃɑrdʒ/

名 費用；指責，控告；責任，掌管

make	a charge	請求款項
bring	charges	
press	charges	控告
prefer	charges	
drop	(the) charges	取消控訴
face	a charge	遭到控訴
admit	a charge	承認控訴
deny	a charge	否認控訴
take	charge	負責

▷ The hotel doesn't **make a charge** for this service. 這間旅館不收取這項服務的費用。

▷ Why didn't Erica **bring charges** *against* Michael? 為什麼 Erica 不控告 Michael？

▷ She **faced charges** of murdering her husband. 她被指控謀殺丈夫。

▷ He **admitted** the **charge** of dangerous driving. 他承認了危險駕駛的指控。

▷ Peter is going to **take charge** *of* our campaign. Peter 會負責我們的活動。

a fixed	charge	固定費用
an annual	charge	年度費用
an extra	charge	追加、額外費用
an additional	charge	
a service	charge	服務費
an admission	charge	入場費
a criminal	charge	刑事指控
a false	charge	誣告

▷ **Annual charges** for gas, electricity, and water have all increased compared with last year. 相較於去年，瓦斯、電和水的年度費用都增加了。

▷ See if there're **extra charges** for special services. 看看特別服務是否需要額外費用。

▷ The investigation led to **criminal charges** against the company. 調查導致這間公司遭到刑事指控。

charge	for A	A 的費用
in	charge	負責

▷ There's no **charge for** admission. 入場免費。

▷ Who is the person **in charge of** this project? 誰是負責這項企畫案的人？

free of	charge	免費

▷ Tickets to the event are **free of charge**. 這個活動的門票免費。

chat /tʃæt/ 名 聊天，談話

have	a chat	聊天

▷ I'd like to **have a chat** *with* Billy. 我想和 Billy 聊天。

a cozy	chat	輕鬆愉快的聊天
a friendly	chat	友好的聊天，親密的聊天
a little	chat	小聊

▷ We were just having a **friendly chat** over a cup of coffee. 我們剛才喝咖啡親切地聊天。

chat /tʃæt/ 動 聊天，談話

chat	happily	聊得很開心
chat	quietly	安靜地聊天

▷ Tony is **chatting happily** with Helen. Tom 跟 Helen 聊得正開心。

chat	about A	聊關於 A 的事
chat	with A	和 A（人）聊天
chat	to A	

▷ What are you **chatting about**? 你們在聊什麼？
▷ I've really enjoyed **chatting with** you. 我和你真的聊得很開心。

cheap /tʃip/ 形 便宜的；廉價的

extremely	cheap	非常便宜的
really	cheap	真的很便宜的
fairly	cheap	相當便宜的
relatively	cheap	相對便宜的
comparatively	cheap	

▷ The food is **really cheap** and fresh. 這食物真的便宜又新鮮。
▷ Our country is still **relatively cheap** to live in. 我們仍然是生活費相對較低的國家。

cheap and easy	便宜又簡單的
⊛ cheap and cheerful	價廉物美的
⊛ cheap and nasty	價廉物劣的

▷ Flights from Birmingham to Copenhagen are **cheap and easy**. 從伯明罕飛往哥本哈根的班機便宜又簡便。
▷ It was a **cheap and nasty** hotel. 那真是便宜沒好貨的旅館。

check /tʃɛk/ 名 檢查，核對；制止；美 帳單；支票（★在英式英文用 cheque 表示支票）

have	a check	查看

make	a check	
do	a check	檢查，核對
run	a check	
keep	a check	監視
write	a check	開支票
present	a check	給支票
cash	a check	將支票兌現
pay by	check	用支票付款

▷ Thomas **had a check** in his jacket pocket. Thomas 查看他的外套口袋。
▷ I **did a check** on some of the things she said. 我調查了她所說的一些事（是否為真）。
▷ It's important to **keep a check** *on* your blood pressure to prevent a problem such as heart disease. 要預防心臟病之類的問題，監控血壓很重要。
▷ He **wrote a check** for $2,000. 他開了一張 2,000 美元的支票。
▷ I'd like to **cash** these traveler's **checks**. 我想兌現這些旅行支票。
▷ You can **pay by check**. 你可以用支票付款。

a thorough	check	徹底的檢查
a quick	check	快速的檢查
a regular	check	定期檢查
a routine	check	
an annual	check	年度檢查
a final	check	最後的檢查
a medical	check	健康檢查
a health	check	
a dental	check	牙科檢查

▷ I've done a **quick check** to see if anything was missing. 我快速檢查是否少了什麼。
▷ **Regular checks** are conducted to ensure that the doors are secure. 檢查定期進行，以確保門的安全性。
▷ He is now busy with a **final check** of his plan. 他現在忙著對計畫進行最後檢查。

hold A in	check	抑制，控制
keep A in	check	

▷ Kevin **held** his anger **in check**. Kevin 抑制了他的怒氣。

check /tʃɛk/ 動 檢查，查明；確認

check	regularly	定期檢查

check	frequently	經常檢查
check	beforehand	事先檢查
check	carefully	仔細地檢查

▷ID cards are **checked regularly**. 身分證會定期檢查。

▷**Check carefully** before you sign your name. 簽名前要仔細檢查。

| check | with A | 跟 A 確認 |

▷Let me **check with** my husband. 讓我跟我丈夫確認一下。

| check | (that)... | 確認… |
| check | wh- | 確認… |

★ wh- 是 whether, what, how 等

▷Jenny looked at the map and **checked that** she was going the right way. Jenny 看地圖確認自己走對了路。

▷We just wanted to **check whether** or not you were all right. 我們只是想確認你是否安好。

cheese /tʃiz/ 名 乳酪

cut	cheese	切乳酪
slice	cheese	
grate	cheese	刨乳酪成絲

▷**Cut** the **cheese** into pieces. 把乳酪切片。

▷If you want, you could **grate** the **cheese** into the pasta sauce. 如果想要的話，可以刨乳酪絲到義大利麵醬裡。

(a) hard	cheese	硬的乳酪
(a) soft	cheese	軟的乳酪
strong	cheese	氣味強烈的乳酪
low-fat	cheese	低脂乳酪
grated	cheese	乳酪粉

▷Cheddar is a **hard cheese**. 巧達是一種硬的乳酪。

▷I put two slices of **low-fat cheese** in a sandwich. 我放了兩片低脂乳酪在三明治裡。

| a piece of | cheese | 一片乳酪 |
| a slice of | cheese | |

▷This is a lovely **piece of cheese**. 這是片可口的乳酪。

| cheese and biscuits | 乳酪與餅乾 |

▷She drank a glass of milk and ate some **cheese and biscuits**. 她喝了杯牛奶，並且吃了些餅乾配乳酪。

(PHRASES)

Say "Cheese"! ☺（拍照時）笑一個！

child /tʃaɪld/ 名 小孩

have	a child	有小孩
have	childen	
adopt	a child	領養小孩
raise	a child	養育小孩
bring up	a child	

▷I **have no children**. 我沒有小孩。（★ 通常不說 I have no child.）

▷Our grandparents live with us and help to **bring up** the **children**. 祖父母跟我們同住，並且幫忙撫養小孩。

a small	child	很小的小孩
a young	child	年幼的小孩
a grown-up	child	長大的孩子
a spoiled	child	被寵壞的孩子
an only	child	獨生子
an unborn	child	尚未出生的胎兒

▷I've been fluent in French since I was a **young child**. 我從小就會說流利的法語。

▷They have two **grown-up children**. 他們有兩個已經長大的孩子。

▷She rubs her stomach, whispering to her **unborn child**. 她摸摸肚子，對肚子裡的小孩輕聲細語。

chocolate /ˈtʃɑkəlɪt/ 英 /ˈtʃɒkəlɪt/ 名 巧克力

bitter	chocolate	苦巧克力
dark	chocolate	黑巧克力
英 plain	chocolate	
hot	chocolate	熱可可

▷Do you want a cup of **hot chocolate** or something? 你想要一杯熱可可還是什麼嗎？

a bar of	chocolate	一整片的巧克力
a piece of	chocolate	一小塊巧克力
a box of	chocolate	一盒巧克力

▷I bought a **bar of chocolate**. 我買了一片巧克力。

▷Would you like a **piece of chocolate**? 你想來一塊巧克力嗎？

choice /tʃɔɪs/ 名 選擇；選擇權

make	a choice	做選擇
have	a choice	有選擇
exercise	choice	選擇
give A	the choice	給 A 選擇
offer A	the choice	

▷ It's time to **make a choice**. 是做選擇的時候了。

▷ "Do I **have a choice?**" "No. It's already been decided." 「我有選擇嗎？」「沒有，已經決定好了。」◆**have no choice (but to** do) / **have little choice (but to** do)（除了做…以外）別無選擇

▷ They **have no choice** but to sell the house. 他們除了賣掉房子以外別無選擇。

▷ I'm going to **give you two choices**. 我會給你兩個選擇。

a good	choice	好的選擇
a stark	choice	嚴峻的選擇
a hard	choice	困難的選擇
personal	choice	個人的選擇
a free	choice	自由的選擇
first	choice	第一選擇
the number one	choice	
a wide	choice	多樣的選擇
an obvious	choice	顯而易見的選擇

▷ "I bought some yellow roses at the florist." "Oh, Wendy. **Good choice**." 「我在花店買了些黃玫瑰。」「噢，Wendy。選得好。」

▷ My **first choice** is to be a lawyer. 我的優先選擇是當律師。

▷ Everybody agreed that she was the **obvious choice** for the job. 每個人都同意她是這個工作顯然的人選。

a choice	between A	A 之間的選擇

▷ A decision is expected early next week regarding location. The **choice** is **between** Paris and Frankfurt. 關於地點一事，預期將在下星期初做好決定。要在巴黎或是法蘭克福間做出選擇。

by	choice	出於自己的選擇
of	one's **choice**	某人所選擇的
A of	choice	偏好的 A

▷ I'm doing this **by choice**. 我是自己選擇做這件事的。

▷ This decision was made **of her own choice**. 這個決定是出於她自己的選擇。

▷ **Red** was my color **of choice**. 紅色是我偏好的顏色。

freedom of	choice	選擇的自由

▷ Everybody has **freedom of choice** about this. 每個人對這件事都有選擇的自由。

choose /tʃuz/ 動 選擇，挑選；決定

choose	carefully	謹慎選擇
choose	wisely	明智地選擇
choose	freely	自由地選擇
choose	randomly	隨機地選擇
choose A	instead	反而選擇 A
deliberately	choose	刻意選擇

★ carefully, wisely, freely, randomly, deliberately 可以用在動詞前面或後面

▷ I trust you have **chosen wisely**. 我相信你做了明智的選擇。

▷ You can **choose freely** what you want. 你可以自由選擇你想要的。

▷ Ten people were **randomly** chosen from the list. 從名單中隨機選出了十人。

▷ He gave her no answer, **choosing instead** to change the subject. 他沒有給她答案，而是選擇改變話題。

choose	A from B	從 B 選出 A
choose	between A	在 A 之間選擇

▷ Bill **chose** a red T-shirt **from** the wardrobe. Bill 從衣櫥選出一件紅色 T 恤。

▷ Both candidates were excellent. It was impossible to **choose between** them. 兩位人選都很優秀。根本不可能在他們之間做選擇。

choose	to do	選擇做…

▷ He **chose to** do nothing. 他選擇什麼也不做。

choose	wh-	選擇…

★ wh- 是 which, when, what 等

▷ I can **choose when** to work and **when** to take a break. 我可以選擇何時工作、何時休息。

choose	A as C	選擇 A 作為 C

▷ Why did you **choose** Australia **as** a place to study? 你為什麼選擇澳洲作為留學地點？

if A so	choose	如果 A（人）想要的話

★ 通常用在句尾

▷ You can come with me **if you so choose**. 如果你想的話，可以跟我來。

cigarette /ˌsɪgəˋrɛt/ 名 香菸

smoke	a cigarette	抽菸
light	a cigarette	點菸
stub out	a cigarette	把菸撐熄

▷ She **lit a cigarette** and took a puff. 她點菸並且吸了一口菸。
▷ He **stubbed out** his **cigarette** in the ashtray. 他在菸灰缸撐熄了香菸。

a pack of	cigarettes	一包菸
英 a packet of	cigarettes	

▷ He pulled a **pack of cigarettes** from his pocket. 他從口袋拿出一包菸。

circle /ˋsɝkl/

名 圓，圓圈；（人的）圈子，…界

draw	a circle	畫一個圓
form	a circle	形成一個圓
make	a circle	
join	a circle	加入圈子

▷ I **drew a circle** on a sheet of paper. 我在一張紙上畫圓。（★ 不是 ×write a circle）
▷ They **formed a circle** around him. 他們在他周圍圍起圓圈。

a wide	circle	人脈廣闊的圈子
a large	circle	
a narrow	circle	小圈子
a small	circle	
academic	circles	學術圈
literary	circles	文學界
business	circles	商業圈
a family	circle	家族圈
a vicious	circle	惡性循環

▷ She developed a **large circle** of friends. 她發展了廣闊的朋友圈。
▷ He moved in **literary circles** at that time. 他在那時候打進了文學界。

▷ The more chocolate I eat, the more chocolate I want to eat! It's a **vicious circle**. 吃越多巧克力，我就想吃更多！這是個惡性循環。

in	a circle	圍成一圈；原地打轉

▷ The children are sitting **in a circle**. 孩子們圍坐成一圈。
▷ You're never going to get anywhere if you keep running around **in circles** like this. 如果你像這樣原地打轉，是成不了事的。

a circle	of friends	朋友圈
a circle	of acquaintances	（不那麼親密的）交友圈

▷ I have a wide **circle of acquaintances** in the U.S. 我在美國交遊廣闊。

circumstance /ˋsɝkəmˌstæns/

英 /ˋsəːkəmstəns/ 名 情況，狀況，情勢；境況

circumstances	change	情況改變

▷ Within the last two years, **circumstances** have **changed**. 這兩年情況改變了。

normal	circumstances	一般情況
special	circumstances	特別的情況
suspicious	circumstances	可疑的情況
different	circumstances	不同的情況
economic	circumstance	經濟情況
certain	circumstance	某種情況
particular	circumstances	特定情況

★ 經常以 under... circumstances、in... circumstances 的形式使用

▷ Under **normal circumstances**, late applications will not be accepted. 在一般情況下，不會接受過期的申請。
▷ It's a pity you and I couldn't have met under **different circumstances**. 可惜你和我不能在別的情況下見面。
▷ In **certain circumstances**, we may be able to offer financial aid. 在某些情況，我們或許能夠提供財務援助。

circumstances surrounding A	圍繞 A 的情況（A 所處的情況）

▷ What were the **circumstances surrounding** his death? 他死亡時是處在什麼情況？

C

given	the circumstances	考慮到情況，
considering	the circumstances	在這種情況下
under	the circumstances	

▷ **Given the circumstances**, this decision was understandable. 考慮到情況，這個決定是可以理解的。

under	no circumstances	在什麼情況都不…
in	no circumstances	

★ 也可以用 not under any circumstances, not in any circumstances 表達

▷ Don't **under any circumstances** ride your motorbike without a crash helmet. 在任何情況都不要騎機車不戴安全帽。

citizen /ˈsɪtəzn̩/ 名市民；公民

a US	citizen	美國公民
a good	citizen	好市民
an ordinary	citizen	一般市民
a senior	citizen	年長市民

▷ He became a **US citizen**. 他成為了美國公民。
▷ The Prime Minister talked with many **ordinary citizens** during his election campaign. 首相在競選活動期間和許多一般市民談話。

city /ˈsɪtɪ/ 名城市，都市；市

a big	city	
a great	city	大都市
a large	city	
a historic	city	歷史名城
an old	city	古都
an industrial	city	工業城市
a walled	city	城牆圍繞的城市
a sister	city	姐妹市
英 a twin	city	

▷ I don't like living in the country. I want to live in a **big city**. 我不喜歡住在鄉下。我想要住在大都市。
▷ York is a **historic city**. York 是一座歷史名城。

claim /klem/ 名主張，聲稱；權利；要求

make	a claim	主張
deny	a claim	否認主張；拒絕要求

dispute	a claim	對主張提出質疑，
reject	a claim	否定主張
support	A's claim	支持主張
make	a claim	提出要求
file	a claim	
waive	a claim	放棄權利
have	a claim to A	擁有要求 A 的權利
have	a claim on A	
lay	claim to A	聲稱有 A 的權利

▷ The minister **denied claims** that he was going to resign. 部長否認了指稱他會辭職的說法。
▷ After his house burned down, he **made a claim** *to* the insurance company. 他的家被燒毀之後，他向保險公司申請理賠。▷ She **made a claim** *for* damages. 她提出損害賠償的要求。
▷ She **has a claim** *on* her parents' property. 她有繼承父母財產的權利。
▷ Arabs and Israelis both **lay claim to** the ownership of the territories. 阿拉伯人和以色列人都宣稱擁有領土的所有權。

the competing	claims	競爭所有權的主張
a false	claim	不實的主張；不實的請求

▷ He made a **false claim** to his insurance company. 他向保險公司提出不實的理賠申請。

claim /klem/ 動主張；要求

falsely	claim	冒稱
claim	back	要求索回

▷ He **falsely claimed** that he had a degree from Harvard University. 他冒稱擁有哈佛大學學位。
▷ You can **claim back** another £190. 你可以要求索回另外的 190 英鎊。

claim	(that)...	主張…

▷ He **claims that** he was in bed asleep at the time of the murder. 他聲稱謀殺發生時自己在床上睡覺。

claim	to do	宣稱做…
claim	to be	宣稱是…

▷ I never **claimed to** know anything about car engines. 我沒說過自己對汽車引擎有任何了解。
▷ He is not the man he **claimed to** be. 他並不是自己宣稱的那種人。

class /klæs/ 英 /klɑ:s/

名 班級；上課；階級；等級

have	(a) class	有課（要上）
attend	(a) class	去上課
go to	(a) class	
take	(a) class	（學生）修課
cut	(a) class	蹺課
skip	(a) class	
miss	(a) class	缺課
teach	(a) class	教課
take	(a) class	（老師）負責教課
be late for	class	上課遲到

▷ I **have** six **classes** on Monday. 我星期一有六堂課。
▷ I don't feel like **going to a class** today. 我今天不想去上課。
▷ My teacher told me to stop **cutting classes**. 我的老師叫我不要再蹺課了。
▷ Ryan never **missed a class**. Ryan 從不缺課。
▷ She **teaches** art **classes** at night school. 她在夜校教美術課。
▷ Let's go now or we'll be **late for class**! 現在就走吧，不然我們上課會遲到！

a French	class	法語課
a math	class	數學課
an advanced	class	進階班
an intermediate	class	中級班
(an) evening	class	（成人的）夜校課程
lower	class	下層階級
middle	class	中產階級
upper	class	上流階級
working	class	勞動階級
ruling	class	統治階級
social	class	社會階級
first	class	頭等艙
business	class	商務艙
economy	class	經濟艙

▷ The British have three main classes, the **upper class**, the **middle class**, and the **working class**. 英國人有三個主要階級，上流階級、中產階級和勞動階級。

in	class	在課堂上，上課時

▷ You're kidding! You fell asleep **in class**! 你開玩笑吧！你上課上到睡著！

clean /klin/

形 清潔的，乾淨的；純淨的，純潔的

keep A	clean	保持 A 乾淨
wipe A	clean	把 A 擦乾淨
scrub A	clean	把 A 刷洗乾淨
wash A	clean	把 A 洗乾淨

▷ You have to **keep** your room **clean**. 你必須保持房間乾淨。

perfectly	clean	完全乾淨
spotlessly	clean	乾淨無瑕
immaculately	clean	

▷ You can use this dish. It's **perfectly clean**. 你可以用這個盤子。它完全是乾淨的。
▷ Every room was **spotlessly clean**. 每間房間都一塵不染。

neat and clean	乾淨整齊，整潔的
英 clean and tidy	

▷ She always keeps her room **clean and tidy**. 她總是保持房間整潔。

clear /klɪr/

形 清楚的，明瞭的；清澈的；晴朗的

seem	clear	看起來很清楚，顯然

▷ It **seems clear** that we've still got a lot of problems to solve. 看起來，我們顯然還有很多問題要解決。

fairly	clear	相當清楚的
abundantly	clear	十分清楚的
absolutely	clear	完全清楚的；清晰明瞭的
perfectly	clear	
crystal	clear	
not entirely	clear	不完全清楚的

▷ I want to make one thing **absolutely clear**. 我要把一件事完全弄清楚。
▷ The sky was **perfectly clear**. 天空一片晴朗。
▷ I'm **not entirely clear** what you mean. 我不完全清楚你的意思。

clear and simple	簡單明瞭的

▷ It's all here in the instructions. **Clear and sim-**

ple. 全都寫在說明書裡，簡單明瞭。

make it clear that...	清楚表明…

▷ Did you **make it clear that** we didn't agree with her idea? 你清楚表明我們不同意她的想法了嗎？

PHRASES

Is that clear? / Do I make myself clear? ☺ 你明白了嗎？ ▷ I don't want to hear another word about it. Is that clear? 關於那件事我不想再聽到一個字了，明白了嗎？

clear /klɪr/ 動 清除；清理

clear	away	收拾（已經不用的東西）
clear	up	清理，整理

▷ Sophie **cleared** the plates **away**. Sophie 把盤子收拾好。
▷ I **cleared up** the mess on the floor. 我整理好地上一團亂的東西。

clear	A of B	
clear	B off A	把 B 從 A 清除
clear	B from A	

▷ I **cleared** the steps **of** snow. / I **cleared** the snow **off** the steps. 我把階梯上的雪清掉了。
▷ We need to **clear** the weeds **from** the river. 我們需要清除河川裡的水草。

clever /ˈklɛvɚ/ 形 聰明的，機敏的；巧妙的

extremely	clever	
really	clever	非常聰明的

▷ He was an **extremely clever** child. 他是個非常聰明的孩子。

clever	at doing	擅長做…的
clever	with A	A 很靈巧的

▷ He was very **clever at** getting what he wanted. 他很懂得怎麼得到自己想要的東西。
▷ Cindy is very **clever with** her hands. She has a pottery exhibition next week. Cindy 的手很靈巧。她下週要舉行一場陶藝展。

climb /klaɪm/ 動 爬，攀登；上升

climb	rapidly	急速攀升

climb	steadily	穩定地攀爬；穩定上升
climb	steeply	攀爬陡峭的上坡；急劇上升

▷ Oil prices have **climbed steadily** over the years. 油價這幾年穩定上升。

climb	up A	在 A 往上爬
climb	over A	爬過 A

▷ I **climbed up** the ladder and got to the top. 我走上階梯到達頂端。
▷ He couldn't **climb over** the wall. 他無法爬過那道牆。

clock /klɑk/ 英 /klɔk/ 名 時鐘

set	a clock	設定時鐘
adjust	a clock	調整時鐘
watch	the clock	一直注意時間（希望趕快結束）

▷ I **set** my alarm **clock** for 5 a.m. 我把鬧鐘設定在上午 5 點。
▷ Don't **watch the clock**! 不要一直注意時間！

a clock	strikes	時鐘鐘響報時
a clock	chimes	時鐘響起鐘聲
a clock	ticks	時鐘滴答滴答地響
a clock	says	時鐘顯示（時間）

▷ The **clock struck** 9. 時鐘響起 9 點的鐘聲。
▷ The **clock says** 6:05. 時鐘顯示 6:05。

against	the clock	分秒必爭地
around	the clock	日以繼夜，24 小時
round	the clock	

▷ Everything is a race **against** the **clock**. 一切都是在跟時間賽跑。
▷ She is working **around** the **clock** to resolve this problem. 她為了解決這個問題，日以繼夜地工作。

a body	clock	生理時鐘

close /klos/ 形 接近的；親近的

extremely	close	
really	close	非常接近；非常親近
fairly	close	相當接近
quite	close	相當接近；相當親近

uncomfortably	close	接近到不舒服的程度
close	together	很近地在一起
close	enough	很接近，夠接近

▷ We're **really close** to the coast now. 我們現在很接近海岸。

▷ Emma and I are **fairly close**. We go everywhere together. Emma 和我相當親近。我們去哪都在一起。

▷ He was **uncomfortably close**, so I moved away. 他靠近到讓我不舒服，所以我避開了。

▷ We both live in the same street. Our houses are **close together**. 我們住在同一條街上。我們的家距離很近。

▷ Do you think he was **close enough** to hear us? 你認為他近到能聽見我們說話嗎？

close	to A	接近 A 的

▷ She sat **close to** Steve. 她坐在靠近 Steve 的地方。

▷ We're all **close to** sixty years old. 我們都快 60 歲了。

PHRASES

You are close. ☺ 你猜得很接近。▷ "He's sixty years old, isn't he?" "You're close. Fifty nine." 「他 60 歲，是不是？」「你猜得很接近。是 59 歲。」

close /kloz/ 動關閉；封閉；結束，終止

close	firmly	緊閉
close	tightly	

★ 兩個副詞都可以用在動詞前面

▷ You need to **close** the refrigerator door **firmly**. 你必須緊閉冰箱的門。

close	down	停止營業
close	off	封鎖，封閉
close	up	癒合

▷ They're going to have to **close** the office **down**. 他們非得關閉這間辦事處不可了。

▷ The roads were **closed off** due to the snow. 道路因下雪而被封閉了。

▷ Even though it was a deep wound, it **closed up** quickly. 雖然傷口很深，但很快就癒合了。

closed /klozd/ 形關閉的，封閉的

remain	closed	保持關閉

▷ Make sure these gates **remain closed** at all times. 要確認門隨時保持關閉。

closed	to A	不開放 A 進入的

▷ Broad Street will be **closed to** traffic from 11 a.m. to 5 p.m. Broad 街從上午 11 點到下午 5 點將禁止通行。

tightly	closed	緊閉的

▷ She kept her eyes **tightly closed** as the rollercoaster went faster and faster. 當雲霄飛車速度越來越快，她保持雙眼緊閉。

clothes /kloz/ 名衣服

wear	clothes	穿著衣服
put on	clothes	穿上衣服
take off	clothes	脫衣服
change	clothes	換衣服
wash	clothes	洗衣服

▷ He was **wearing** the same **clothes** as yesterday. 他穿著和昨天一樣的衣服。

▷ I want to **put on** some nice **clothes** and go out. 我想穿上好看的衣服外出。

▷ He **took off** his **clothes** and put them on the bed. 他脫掉衣服放在床上。

▷ Let me **change clothes**. 讓我換衣服。

fancy	clothes	華麗的衣服
fashionable	clothes	流行的衣服
casual	clothes	休閒服
everyday	clothes	
baby	clothes	嬰兒服
children's	clothes	童裝
men's	clothes	男性服裝
women's	clothes	女性服裝
working	clothes	工作服

▷ She was dressed up in **fancy clothes**. 她盛裝打扮。

▷ She was tall, blond, and gorgeous, and always wore **fashionable clothes**. 她很高，是金髮美女，而且總是穿流行的衣服。

▷ I put on **casual clothes** and decided to stay at home. 我穿上休閒服，決定待在家裡。

cloud /klaʊd/ 名雲；雲狀物

clouds	gather	烏雲密布
a cloud	hangs	雲掛在（什麼上面）

a cloud	covers A	雲罩著 A

▷ Dark **clouds gathered** in the sky. 烏雲在天空密布起來。

thick	cloud	
heavy	cloud	厚厚的雲層
dense	cloud	
high	cloud	高層雲
low	cloud	低層雲
rain	cloud	雨雲

▷ **Thick clouds** covered the sky and blocked the sun. 厚厚的雲層覆蓋了天空,遮住了太陽。

▷ **Low clouds** hung around the foothills. 低雲垂掛在山腳周圍。

club /klʌb/ 名俱樂部,社團,(足球等)球隊

belong to	a club	是社團的一員
join	a club	加入社團
leave	a club	退出社團
run	a club	經營社團

▷ I **belong to** a rugby **club**. 我是橄欖球隊的成員。

▷ You should **join** the drama **club**. 你應該加入戲劇社。

▷ Ever since Bruce **left** the **club**, the team hasn't won a game. 自從 Bruce 離開社團以後,這一隊就再也沒贏過比賽。

a member of	the cub	社團成員

▷ Are you a **member of** the **club**? 你是社團成員嗎?

clue /klu/ 名線索

have	a clue	有線索
give	a clue	給予線索
provide	a clue	
look for	a clue	尋找線索
search for	a clue	
find	a clue	找到線索

▷ Maybe it'll **give** us a **clue** *to* why he died. 或許這會給我們關於他死亡原因的線索。

▷ History **provides** some **clues** *to* this puzzle. 歷史提供關於這個謎的一些線索。

▷ You might **find clues** *to* where she is now. 你或許會找到關於她現在在哪裡的線索。

an important	clue	重要的線索
a vital	clue	決定性的線索
the only	clue	唯一的線索

▷ TV cameras will provide **vital clues** to his disappearance. 攝影機將會提供關於他失蹤的決定性線索。

▷ That's the **only clue** we have. 那是我們僅有的線索。

a clue	to A	
a clue	as to A	關於 A 的線索
a clue	about A	

▷ There're no further **clues as to** what will happen. 關於將會發生的事,現在沒有進一步的線索。

coat /kot/ 名大衣

put on	a coat	穿上大衣
throw on	a coat	迅速穿上大衣
take off	a coat	脫掉大衣

▷ Outside is very cold. **Put** your **coat on**. 外面很冷。穿上你的大衣。

▷ Do you want to **take off** your **coat**? 你想把大衣脫下來嗎?

coffee /ˈkɔfɪ/ 名咖啡

make	coffee	泡咖啡
pour	coffee	倒咖啡
drink	coffee	喝咖啡
have	(a) coffee	
sip	one's coffee	啜飲咖啡
finish	one's coffee	喝完咖啡

▷ I'll **make coffee** as soon as we get back. 我們一回家,我就會泡咖啡。

▷ Could I **have a coffee**, please? 可以給我一杯咖啡嗎?

▷ She sat reading the newspaper, **sipping coffee**. 她坐著看報紙啜飲咖啡。

▷ Can we just wait until I **finish** my cup of **coffee**? 我們可以等到我喝完這杯咖啡嗎?

strong	coffee	濃的咖啡
weak	coffee	淡的咖啡
black	coffee	黑咖啡

white	coffee	英 加牛奶的咖啡
iced	coffee	冰咖啡
fresh	coffee	剛沖好的咖啡
instant	coffee	即溶咖啡

▷Espresso is a very **strong coffee** and popular throughout Italy. 濃縮咖啡是很濃的咖啡，風行於義大利各地。
▷There's **fresh coffee** if you'd like some. 如果你想來一點的話，有剛泡好的咖啡。

a cup of	coffee	一杯咖啡

▷I drink two **cups of coffee** a day. 我一天喝兩杯咖啡。

▌cold /kold/ 形 冷的；寒冷的

feel	cold	感覺冷
get	cold	變冷；變得寒冷

▷Don't you **feel cold** without a hat? 你沒戴帽子不覺得冷嗎？
▷Hurry up! Your dinner's **getting cold**! 快點！你的晚餐要冷掉了！

extremely	cold	非常冷，相當冷
pretty	cold	
freezing	cold	冷得凍人
bitterly	cold	

▷Can we come in? It's **pretty cold** out here. 我們可以進去嗎？外面很冷。
▷The night was **bitterly cold**. 那一晚非常冷。

▌cold /kold/ 名 寒冷；感冒

keep out	the cold	阻絕寒冷
catch	(a) cold	感冒
get	a cold	
have (got)	a cold	得了感冒

▷Come inside before you **catch** (a) **cold**! 在你感冒之前進來吧！
▷I think I'm **getting a cold**. 我想我要感冒了。
▷I **have a cold**. 我感冒了。

bitter	cold	酷寒
biting	cold	刺骨的寒冷
freezing	cold	凍人的寒冷

a bad	cold	嚴重的感冒
a heavy	cold	
a slight	cold	輕微的感冒
a common	cold	一般的感冒

▷It was **bitter cold** outside. 外面非常寒冷。
▷She had a really **bad cold**. 她得了重感冒。
▷I have a **slight cold**. 我有點感冒。
▷The symptoms of the **common cold** are runny nose, sneezing, sore throat, and feverishness. 一般感冒的症狀是流鼻水、打噴嚏、喉嚨痛和發燒。

▌colleague /ˈkalig/ 英 /ˈkɔliːg/ 名 同事

a senior	colleague	公司前輩
a junior	colleague	公司後輩
a male	colleague	男同事
a female	colleague	女同事
a professional	colleague	職場同事
a former	colleague	以前的同事

▷I wish to thank my family, friends, and **professional colleagues** who have supported me. 我想要謝謝支持我的家人、朋友和職場的同事。
▷Ken is a **former colleague** and a friend. Ken 是我的前同事兼朋友。

▌collection /kəˈlɛkʃən/

名 收藏，收集；募捐

have	a collection	擁有收藏
build up	a collection	建立收藏
add to	A's collection	加到收藏中
make	a collection	募款
take (up)	a collection	

▷He **has a collection** of Japanese woodblock prints. 他有一批日本木版畫（浮世繪）的收藏。
▷John had **built up a collection** of nearly 2,000 stamps from all over the world. John 建立了將近 2,000 張世界各地郵票的收藏。
▷This album is definitely one to **add to** your collection. 這是你絕對要納入收藏中（購買）的專輯。
▷We **made a collection** to buy supplies for the school. 我們發起了購買學校用品的募款。

C

| the collection | contains A | 收藏包含 A |
| the collection | includes A | |

▷ The **collections include** furniture, books, old maps, and jewelry. 這些收藏包含家具、書、古地圖與珠寶。

an extensive	collection	
a large	collection	龐大的收藏
a vast	collection	
a fine	collection	優良的收藏
a unique	collection	獨特的收藏
a private	collection	私人收藏
data	collection	資料收集
garbage	collection	垃圾收集（清運）

▷ Bruce had a **large collection** of books. Bruce 有大量的藏書。

college /ˈkɑlɪdʒ/ 英 /ˈkɔlidʒ/ 名 大學；學院

attend	college	
go to	college	上大學
enter	college	進大學
finish	college	大學畢業
leave	college	大學休學

▷ He **attended college** in Ohio. 他上俄亥俄州的大學。
▷ He **entered college** and chose hotel management as his major. 他進入大學，並且選擇飯店管理作為主修。
▷ In my third year I **left college**. 我在大三時休學。

| at | college | 在大學裡；英 就讀大學中 |
| in | college | 在大學裡；美 就讀大學中 |

▷ My son is **in college**. 我兒子在讀大學。
▷ I left my books **in college**. 我把書留在大學裡面了。

color /ˈkʌlɚ/ 名 顏色；臉色；膚色；本色
（★ 英 colour）

add	color	增加顏色
change	color	改變顏色
match	the color	和顏色相配

▷ Her eyes seem to **change color** according to her mood. 她的眼睛好像會隨著心情改變顏色一樣。
▷ The curtains **matched** the **color** of the carpet.

窗簾和地毯的顏色相配。

a bright	color	鮮豔的顏色
a dark	color	暗色
a primary	color	原色
a natural	color	天然色
full	color	全彩
local	color	地方特色

▷ I don't look good in **bright colors**. 我穿鮮豔的顏色不好看。
▷ The book is 180 pages long and printed in **full color**. 這本書有 180 頁，並且以全彩印刷。

| color(s) and shape | 顏色和形狀 |
| ★ 也可以說 shape and color | |

▷ I like the **color and shape** of your new cellphone. 我喜歡你新手機的顏色和造型。

combine /kəmˈbaɪn/ 動 結合，合併

| successfully | combine | 成功結合 |
| combine | well | 結合得很好 |

▷ He **successfully combined** new and traditional elements. 他成功結合了新元素與傳統元素。
▷ The team **combined well** and won the match easily. 這支隊伍很團結，並且輕易地贏得比賽。

| combine | A with B | 將 A 與 B 結合 |
| combine | A and B | |

▷ Using a hand mixer, **combine** the bananas **with** eggs, buttermilk, and vanilla in a mixing bowl. 用手持攪拌機，在攪拌盆裡將香蕉與蛋、酪奶及香草混合。

comfort /ˈkʌmfɚt/ 名 安慰；舒適

bring	comfort	
give	comfort	帶來安慰
offer	comfort	
take	comfort	得到安慰

▷ Her visits **brought** great **comfort** to her grandmother. 她的到訪帶給她的祖母很大的安慰。
▷ She tried to **give comfort** to the survivors of the earthquake. 她試圖安慰地震生還者。
▷ I **take comfort** from the fact that although we lost, it was a really close match. 雖然我們輸了，但比賽勢均力敵，這讓我感到安慰。

a great	comfort	很大的安慰
cold	comfort	無用的安慰

▷ It was **cold comfort** to hear that all my friends had passed the exam, but I hadn't. 聽到我的朋友都通過測驗，但我沒有，真是不值得高興。

comfortable /ˈkʌmfə-təbl̩/

形 舒適的；自在的，輕鬆愉快的

feel	comfortable	感覺舒服；感覺自在

▷ I don't **feel comfortable** with my boss. 我跟老闆在一起感覺不自在。

extremely	comfortable	非常舒適的
fairly	comfortable	

▷ The bed was huge and **extremely comfortable**. 那張床很大，而且非常舒適。

(PHRASES)

Please make yourself comfortable. ☺（客人來訪時）請隨意，不要拘謹。

command /kəˈmænd/ 英 /kəˈmɑ:nd/

名 命令；指揮，統率；運用能力，掌握

give	a command	下命令
obey	a command	遵從命令
have	command	有指揮權
take	command	擔任統率
have	a command of A	能夠運用 A 技能

▷ It is not hard to train a dog to **obey commands**. 訓練狗遵從命令不難。

▷ The captain **had full command** of the ship. 船長對這艘船有完全的指揮權。

▷ Yumi **has** an excellent **command** of English. Yumi 精通英語。

an excellent	command	對技能很好的掌握
a good	command	
a poor	command	對技能掌握不好
a military	command	軍隊司令部

▷ He has a **poor command** of English. 他英語能力不好。

▷ There was no report from the US **military command** about the attack. 沒有收到美軍司令部關於攻擊的報告。

at	A's command	可自由使用；聽 A 吩咐
under	A's command	在 A 的指揮下

▷ You're a birthday girl, so you get to choose wherever we go today! I'm **at your command**! 今天你是壽星，所以可以選擇任何想去的地方！我聽你吩咐！

comment /ˈkɑmɛnt/ 英 /ˈkɔment/

名 評論，意見；注釋

have	a comment	有意見
make	a comment	評論，發表意見
pass	comment	
add	a comment	加上注釋
receive	a comment	得到評論

▷ If you **have** any **comments**, please email us. 如果你有任何意見，請寄電子郵件給我們。

▷ I'd like to **make a comment** about what Peter just said. 我想針對 Peter 剛才說的發表意見。

▷ I'd like to **add a few comments** to the article. 我想對這篇文章加一些注釋。

a brief	comment	簡短的評論
(a) fair	comment	公平的評論
a favorable	comment	肯定的評論
a critical	comment	批判的評論
a public	comment	公眾意見
further	comment	進一步的評論

▷ I want to make a few **brief comments**. 我想做一點簡短的評論。

▷ We have received **favorable comments** with regard to its quality. 在它的品質方面，我們獲得了一些好評。

▷ I've read **critical comments** by the media about these facts. 我讀了媒體關於這些事實的批判言論。

▷ Any **further comments** or questions? 還有其他意見或問題嗎？

comment	on A	對 A 的評論
comment	about A	
comment	from A	來自 A 的評論

▷ I'd like to hear your **comments on** my lecture. 我想聽你對於我授課的意見。

▷ There was no **comment from** John. John 沒有任何意見。

(PHRASES)

No comment! ☺ 不予置評！

committed /kə`mɪtɪd/

形 盡心盡力的，投入的

fully	committed	完全投入的
totally	committed	
firmly	committed	堅定投入的

▷ You need to be **fully committed** if you want to become a professional tennis player. 如果你想成為職業網球選手，你需要全力以赴。

committee /kə`mɪtɪ/ 名 委員會

establish	a committee	成立委員會
set up	a committee	
chair	a committee	擔任委員會主席，主持委員會
head	a committee	
be on	a committee	是委員會的一員
sit on	a committee	

▷ The government promised to **establish** a **committee** to investigate the matter. 政府承諾成立委員會調查此事。
▷ He **chaired** a **committee** that demanded political reform. 他主持要求政治改革的委員會。

a joint	committee	聯合委員會
an advisory	committee	顧問委員會
a disciplinary	committee	懲戒委員會

▷ The two countries agreed to set up a **joint committee** on defense. 兩國同意成立聯合防禦委員會。

common /`kɑmən/ 英 /`kɔmən/

形 普通的，常見的；共同的

extremely	common	非常常見的
fairly	common	相當普遍的
increasingly	common	越來越普遍的
particularly	common	特別常見的

▷ Shortsightedness is **extremely common** among children. 近視在孩童間非常常見。
▷ Internet shopping is becoming **increasingly common**. 網路購物越來越普遍。
▷ Flu was **particularly common** this winter. 流感今年冬天特別盛行。

common	to A	A 共同的

▷ Blonde hair and blue eyes are **common to** my family. 金髮藍眼是我家族的共通點。

it is common	for A to do	A 做…很普遍

▷ In Japan, **it's common for** students to work during their school vacations. 在日本，學生放長假時打工很普遍。

communicate /kə`mjunə͵ket/

動 溝通，傳達，交流

communicate	effectively	有效溝通
communicate	successfully	
communicate	directly	直接溝通

▷ Good doctors **communicate effectively** with their patients. 好醫師能和病患有效溝通。
▷ You should **communicate directly** with Susan. 你應該直接跟 Susan 溝通。

communicate	A to B	向 B（人）傳達 A
communicate	with A	和 A（人）溝通

▷ We **communicate** well **with** each other all the time. 我們彼此的溝通總是很好。

communication /kə͵mjunə`keʃən/

名 溝通，傳達，交流；通訊

have	communication	和人有聯絡
improve	communication	改善溝通
establish	communications	建立通訊

▷ I haven't **had any communication** with Emma for weeks. 我好幾個禮拜沒跟 Emma 聯絡了。
▷ Our aim is to **improve communication** between people. 我們的目標是改善人與人之間的溝通。
▷ Up till now, we have **established communications** with eight French universities. 到目前為止，我們已經和法國八所大學建立了通訊。

effective	communication	有效的溝通
poor	communication	溝通不良
verbal	communication	言語溝通

▷ The first step to **effective communication** is listening. 有效溝通的第一步是傾聽。

C

a means of	communication	溝通的方式

▷ Language is not only a **means of communication** but also a way of expressing identity. 語言不僅是溝通的方式，也是表現個人特性的方法。

communication	between A	A 之間的溝通

▷ There is a total lack of **communication between** our department and human resources. 我們部門和人事部完全缺乏溝通。

communication	skills	溝通技能
communications	system	通訊系統
communications	network	通訊網路

▌community /kə`mjunətɪ/

名 社區，社會，共同體

a close-knit	community	關係緊密的社區
a tightly-knit	community	
the international	community	國際社會
a local	community	本地社區
a rural	community	農村社區
the whole	community	社區全體

▷ The **international community** faces a number of very important challenges. 國際社會面臨許多重要的挑戰。

▷ The **whole community** opposed the proposal for tax increases. 社區全體居民都反對增稅的提案。

▌company /`kʌmpənɪ/ 名 公司；陪伴；同伴

form	a company	成立公司
set up	a company	
run	a company	經營公司
manage	a company	
acquire	a company	收購公司
dissolve	a company	解散公司
join	a company	加入公司
work for	a company	在公司工作
leave	the company	離職
enjoy	A's company	與 A（人）相處愉快
keep A	company	陪 A（人）一起

▷ She **formed** her first **company** in 1965. 她在 1965 年成立第一家公司。

▷ My dad **runs** his own **company**. 我爸經營自己的公司。

▷ David has **joined the company** as a sales manager. David 以業務經理的身分進入公司。

▷ Wendy and I **enjoy** each other's **company**. Wendy 和我相處愉快。

▷ Should we go **keep** her **company**? 我們是不是該陪她？

a large	company	大公司
a major	company	
a state-owned	company	國營企業
an oil	company	油業公司
an electricity	company	電力公司
an insurance	company	保險公司
a parent	company	母公司

▷ Ron works for an **oil company**. Ron 在油業公司工作。

▌competition /ˌkɑmpə`tɪʃən/

英 /ˌkɔmpi`tiʃən/ 名 比賽；競爭

win	a competition	贏得比賽
lose	a competition	輸掉比賽
enter	a competition	報名比賽
face	competition	面臨競爭
foster	competition	促進競爭

▷ This is the first time I've **won a competition**. 這是我第一次贏得比賽。

▷ You may get the job, but you **face stiff competition**. 你可能會得到工作，但你會面臨激烈的競爭。

a great	competition	很棒的比賽
great	competition	
fierce	competition	強烈的競爭
intense	competition	

▷ Everybody enjoyed it. It was a **great competition**. 每個人都樂在其中。這是一場很棒的比賽。

▷ It won't be easy. You can expect **great competition**. 這不會很輕鬆。你可以預料會有激烈的競爭。

competition	between A	A 之間的競爭
competition	among A	
in competition	with A	與 A 競爭

▷ There has always been strong **competition between** me and my brother. 我和我哥哥總是競爭激烈。

C

▷ I hope we're not going to be in **competition** with each other for this job. 我希望我們不會為了這件工作而互相競爭。

concern /kən`sɝn/ 图擔心，掛念；關心的事

express	concern	表達擔憂
voice	concern	

▷ The Leader of the Opposition **expressed concern** over the rising level of unemployment. 反對黨主席對失業率上升表達擔憂。

the main	concern	主要關心的事
the primary	concern	
(a) growing	concern	逐漸升高的擔憂

▷ His **main concern** was to finish the project on time. 他主要關切的是準時完成企畫案。
▷ There is **growing concern** for the safety of the mountaineers. 對於登山者安全的擔憂逐漸升高。

concerned /kən`sɝnd/ 形 擔心的；有關的

particularly	concerned	特別擔心的；特別有關的
primarily	concerned	主要有關的
mainly	concerned	

▷ We're **particularly concerned** *about* the increase in traffic accidents near the school. 我們特別擔心學校附近交通事故的增加。
▷ Today's meeting is **primarily concerned** *with* our company's move to Tokyo. 今天的會議主要是關於本公司遷移至東京一事。

conclusion /kən`kluʒən/ 图結論；結束

come to	a conclusion	得到結論
reach	a conclusion	
draw	a conclusion	作出結論
jump to	a conclusion	草率作出結論
leap to	a conclusion	
come to	conclusion	結束

▷ The police checked the evidence but couldn't **come to a conclusion**. 警察調查了證據，但無法得到結論。
▷ Don't **jump to conclusions**. 不要草率作出結論。

condition /kən`dɪʃən/ 图狀態；情況；條件

lay down	conditions	施加條件
impose	conditions	
meet	the conditions	滿足條件
satisfy	the conditions	
create	the conditions	創造情況
improve	the condition	改善情況

▷ Did they **impose** any **conditions** on the loan? 他們對於貸款附加了什麼條件嗎？
▷ It will be difficult to **meet the conditions** of the contract. 要滿足合約的條件會很困難。
▷ We need to **create the conditions** for economic growth. 我們必須創造讓經濟成長的環境。

good	condition	良好的狀態
bad	condition	糟糕的狀態
terrible	condition	
a critical	condition	危急狀態，命危狀態
difficult	conditions	困難的情況

▷ The house was old, dirty and in a **terrible condition**. 這間房子老舊、骯髒，狀態很糟糕。
▷ He was still in a **critical condition**. 他仍然性命垂危。

confidence /ˈkɑnfədəns/ 英 /ˈkɔnfidəns/ 图自信；信任；信心

have	confidence	有自信
give A	confidence	給 A 自信
gain	confidence	得到自信
lose	confidence	失去自信
undermine	confidence	損害自信
have	confidence	有信心
lose	confidence	失去信心
restore	confidence	恢復信心
have	confidence in A	對 A 有信心，信任 A

▷ Spending a year in the USA **gave** her **confidence** in speaking English. 在美國待了一年，讓她對說英語有自信。
▷ Losing the tennis match 6-0, 6-0 **undermined** his **confidence**. 以兩盤 6-0 的分數輸掉網球賽，傷害了他的自信。

great	confidence	很大的自信；很大的信心
public	confidence	公眾的信賴

▷ The Prime Minister has lost **public confidence**.
首相已經失去了公眾的信賴。

in	confidence	祕密地

▷ What I'm going to say is **in** strict **confidence**.
我接下來要說的事情非常機密。

a loss of	confidence	自信喪失

confident /ˈkɑnfədənt/ 英 /ˈkɔnfidənt/

形 有自信的；確信的

feel	confident	覺得有自信

▷ People want to **feel confident** that they are buying the right product at the right price. 人們希望能有自信用對的價格買到對的產品。

quietly	confident	暗中有信心的
increasingly	confident	越來越有自信的
supremely	confident	極度有自信的

conflict /ˈkɑnflɪkt/ 英 /ˈkɔnflikt/ 名 衝突，鬥爭

come into	conflict	起衝突
resolve	a conflict	解決衝突

▷ I try not to **come into conflict** *with* my boss, but it isn't easy. 我努力不和上司起衝突，但並不容易。

armed	conflict	武力衝突
ethnic	conflict	種族衝突

▷ **Armed conflict** in the Middle East is looking more likely. 中東似乎更有可能發生武力衝突了。

conflict	between A	A 之間的衝突

▷ The **conflict between** the Israelis and the Palestinians shows no sign of ending. 以色列人與巴勒斯坦人之間的衝突沒有結束的跡象。

connection /kəˈnɛkʃən/

名 關係，關聯；連接；聯繫；親屬關係

have	connections	有關聯；有人脈
establish	a connection	建立關聯

make	a connection	建立關聯，聯想
find	a connection	找出關聯
see	a connection	看出關聯
maintain	a connection	維持關係
miss	one's connection	錯過轉接的交通工具

▷ I hear you **have connections** *with* local politicians. 我聽說你有地方政治人物的人脈。
▷ The police were unable to **establish a connection** between the two crimes. 警方無法建立兩件犯罪之間的關聯性。
▷ Do you **see a connection** between Lady Gaga and Madonna's music? 你看出了女神卡卡和瑪丹娜音樂上的關聯嗎？

a close	connection	密切的關係
a direct	connection	直接的關係
a spiritual	connection	精神上的關係
political	connections	政治上的關係

▷ I have a **close connection** with everyone he works with. 我和與他共事的每個人都有緊密的關係。
▷ Is there a **direct connection** between global warming and powerful hurricanes? 全球暖化和超級颶風有直接關係嗎？
▷ If you have good **political connections**, it will help your business. 如果你有良好的政治關係，會對你的事業有幫助。

connection	between A	A 之間的關係
connection	to A	與 A 的關係
connection	with A	

▷ Is there any necessary **connection between** language and culture? 語言與文化之間有必然的關係嗎？
▷ I don't want to have any **connection to** him in any way. 我不想跟他有任何關聯。

in	this connection	與此相關

▷ **In this connection**, I must mention two things. 我必須提到與此相關的兩件事。

conscious /ˈkɑnʃəs/ 英 /ˈkɔnʃəs/

形 有意識的；意識到的

acutely	conscious	深切意識到的
fully	conscious	完全有意識的
increasingly	conscious	越來越意識到的

barely	conscious	幾乎沒有意識到的
politically	conscious	有政治意識的
socially	conscious	有社會意識的

▷ I'm **acutely conscious** of that responsibility. 我深切意識到那項責任。

▷ She was hit by a car, but don't worry, she is **fully conscious**. 她被車撞了，但不要擔心，她意識清醒。

▷ I'm **increasingly conscious** that I'm getting older. 我越來越意識到自己正在變老。

▷ I gradually became **politically conscious**. 我逐漸變得有政治意識。

conscious	of A	意識到 A 的

▷ She was barely **conscious of** what she was doing. 她幾乎沒有意識到自己在做什麼。

conscious	that...	意識到…的

▷ He was **conscious that** they were all watching him. 他意識到他們都在看他。

consciousness /ˈkɑnʃəsnɪs/

⟨美⟩ /ˈkɔnʃəsnis/ ⟨名⟩意識；知覺

lose	consciousness	失去意識
regain	consciousness	恢復意識
recover	consciousness	
raise	consciousness	提升意識

▷ Sally **lost consciousness** for a while. Sally 一時失去了意識。

▷ When I **regained consciousness**, I was in a hospital. 當我恢復意識時，我人在醫院。

▷ What can we do to **raise consciousness** about green issues? 我們可以做什麼來提升（大眾）對於環保議題的意識？

individual	consciousness	個人的意識
human	consciousness	人類的意識
a collective	consciousness	集體意識
public	consciousness	公共意識
national	consciousness	國民意識
political	consciousness	政治意識
social	consciousness	社會意識

▷ **Human consciousness** is perhaps the greatest mystery of all. 人類的意識或許是最大的謎。

▷ More and more countries have joined the EU. Europe is strengthening its **collective consciousness**. 有越來越多國家加入了歐盟。歐洲正在強化集體意識。

consequence /ˈkɑnsəˌkwɛns/

⟨美⟩ /ˈkɔnsikwəns/ ⟨名⟩結果，後果；重要性

accept	the consequences	接受後果
face	the consequences	面臨後果
suffer	the consequences	遭遇後果
fear	the consequences	恐懼後果
consider	the consequences	考慮後果

▷ We took the risk and **suffered** the **consequences**. 我們冒了風險，也遭遇到後果。

▷ He doesn't seem to **fear the consequences** of his actions. 他似乎不害怕自己行動的後果。

▷ There was no time to **consider the consequences**. 當時沒有時間考慮後果。

important	consequences	重要的結果
disastrous	consequences	災難性的結果
serious	consequences	嚴重的結果
a direct	consequence	直接的結果
economic	consequences	經濟的影響
political	consequences	政治的影響
social	consequences	社會的影響

▷ A small error can have **disastrous consequences**. 一個小錯誤也可能產生災難性的後果。

▷ The recent financial crisis has had serious **social, political**, and **economic consequences**. 最近的金融危機在社會、政治與經濟方面產生了嚴重的影響。

as	a consequence	結果，因為什麼的結果
in	consequence	

▷ You have developed diabetes **as a consequence** of overeating. 你是因為吃得太多而造成糖尿病。

consider /kənˈsɪdɚ/

⟨動⟩考慮，細想；認為；考慮到

carefully	consider	謹慎考慮
seriously	consider	認真考慮
be generally	considered	一般被認為
be widely	considered	

▷ He **carefully considered** the question. 他謹慎考慮了這個問題。

▷ Are you **seriously considering** giving up your job? 你是認真考慮要辭職嗎？

▷ Canada is **generally considered** a bilingual country. 一般認為加拿大是雙語國家。

consider	doing	考慮做…

▷ I hope you'll **consider** giving me a second chance. 我希望你考慮再給我一次機會。

consider	that...	認為…
consider	wh-	考慮…
★ wh- 是 whether, what, how, who 等		

▷ Do you **consider that** she is a competent leader? 你認為她是有能力的領導者嗎？

▷ She seemed to be **considering whether** or not to trust him. 她似乎在考慮是否要相信他。

consider	A (to be) C	認為 A 是 C

▷ Matthew **considered** Charles his best friend. Matthew 認為 Charles 是他最好的朋友。

consist /kən`sɪst/

動 （consist of A）由 A 組成

consist	entirely of A	完全由 A 組成
consist	only of A	只由 A 組成
consist	simply of A	
consist	largely of A	大部分由 A 組成
consist	mostly of A	
consist	mainly of A	主要由 A 組成
★ largely 也可以用在動詞前面		

▷ My diet **consists entirely of** uncooked fruit, vegetables and nuts. 我的飲食完全以生的蔬果及堅果組成。

▷ The furniture **consisted only of** a bench and a small table. 家具只有一張長凳和一張小桌子。

▷ The curriculum **consisted largely of** writing, reading, and giving presentations. 課程內容大部分是寫作、閱讀和報告。

constant /ˈkɑnstənt/ 英 /ˈkɔnstənt/

形 不變的，恆定的；持續的

remain	constant	保持一定

▷ The temperature of the nuclear fuel rods should **remain constant** at all times. 核燃料棒的溫度應該隨時保持一定。

fairly	constant	相當穩定的
reasonably	constant	
relatively	constant	相對穩定的
roughly	constant	大略穩定的
almost	constant	幾乎固定的

▷ Temperatures in Hawaii stay **fairly constant** throughout the year. 夏威夷的氣溫一整年都相當穩定。

▷ The amount of forest in this area has remained **relatively constant** since the 1970s. 這個區域森林的量從 1970 年代後就保持相對穩定。

construction /kən`strʌkʃən/

名 建設；建築物，建造物；結構

under	construction	施工中
during	(the) construction	在施工期間

▷ Our new home is currently **under construction**. 我們的新家正在施工中。

▷ It was very noisy **during** the **construction** of the school swimming pool. 學校游泳池施工期間非常吵。

consult /kən`sʌlt/ 動 諮詢；和…商量

properly	consult	好好地諮詢
consult	widely	多方諮詢
★ properly 也可以用在動詞後面		

▷ The council should have **consulted** the community more **widely** before allowing a nuclear power station to be built. 議會在允許建造核電廠前，應該更廣為諮詢當地社群的意見。

consult	A about B	和 A（人）商量 B 的事
consult	with A	和 A 商量

▷ I'd like to **consult** you **about** next year's timetables. 我想和你商談明年的時間表。

▷ Please let me **consult with** my parents. 請讓我跟父母商量。

without	consulting A	沒和 A 商量過

▷ You can't make decisions like that **without consulting** me first. 你不能像那樣沒先跟我商量就做決定。

C

contact /ˈkɑntækt/ 英 /ˈkɔntækt/

名接觸，聯絡

have	contact	有聯絡
be in	contact	
come into	contact	接觸到
make	contact	取得聯繫
establish	contact	
get in	contact	
keep	contact	保持聯絡
maintain	contact	
keep in	contact	持續聯絡
stay in	contact	
lose	contact	失去聯絡

▷I have **had** no **contact** with my son for the last six months. 我過去六個月和兒子沒有聯絡。（★ 經常用 much, some, little, no 表示「聯絡」的程度）

▷I've been **in** close **contact** with Jessie for a week. 我曾經和 Jessie 保持一個禮拜的密切聯絡。

▷When I was abroad, I **came into contact** with many interesting people. 我在國外接觸到許多有趣的人。

▷Did you **make contact** with him? 你和他取得聯繫了嗎？

▷I can't **get in contact** with him. 我無法和他取得聯繫。

▷Email is used to **maintain contact** with members. 電子郵件被用來維持和成員的聯絡。

▷It's difficult for me to **keep in contact** with all of them. 我很難持續聯絡他們所有人。

▷Why did they **lose contact** with each other? 他們為什麼彼此失去聯絡了？

close	contact	密切的聯絡
regular	contact	定期的聯絡
direct	contact	直接接觸
personal	contact	親身接觸
physical	contact	身體接觸

▷I'm still in **close contact** with Kevin. 我現在還是跟 Kevin 密切聯絡。

▷I think it's better if you make **direct contact** with him yourself. 我想你自己直接聯絡他也比較好。

▷**Physical contact** with children is very important. 和孩子的身體接觸非常重要。

contact	with A	和 A 的聯絡
contact	between A	A 之間的接觸

▷The first **contact between** Spain and the Philippines occurred in March of 1521. 西班牙與菲律賓的第一次接觸發生在 1521 年 3 月。

content /ˈkɑntɛnt/ 英 /ˈkɔntɛnt/ 名內容；含量

empty	the contents	清空內容物

▷Open the can and **empty the contents** into a saucepan. 打開罐子，並且把內容物都倒進平底的深鍋。

digital	content	數位內容
high	content	高含量
low	content	低含量

contest /ˈkɑntɛst/ 英 /ˈkɔntɛst/ 名比賽；競爭

have	a contest	有比賽
hold	a contest	舉辦比賽
enter	a contest	參加比賽
win	a contest	贏得比賽
lose	a contest	輸了比賽

▷We'll **have** a karaoke **contest** next month. 我們下個月會舉辦卡拉 OK 比賽。

▷I can't believe I **won** this **contest**. 我不敢相信我贏了這場比賽。

a close	contest	勢均力敵的競爭
presidential	contest	總統選戰

▷It was a **close contest** between Obama and Clinton. 歐巴馬與（希拉蕊）柯林頓的競爭勢均力敵。

continue /kənˈtɪnju/ 動繼續，持續，延續

continue	doing	持續做…，繼續接著做…
continue	to do	

▷Nancy **continued** reading *Harry Potter* through the night. Nancy 整晚一直讀《哈利波特》。

▷He **continued to** send her emails even though he got no reply. 雖然沒有得到回覆，他還是繼續寄電子郵件給她。

continue	with A	繼續進行 A

▷Please **continue with** your story. 請繼續說你的

故事。

contract /ˈkɑntrækt/ 英 /ˈkɔntrækt/

名 契約；合約書

have	a contract	有契約（關係）
be awarded	a contract	獲得合約
get	a contract	得到合約
win	a contract	
negotiate	a contract	談判合約
make	a contract	訂定合約
sign	a contract	簽約
renew	a contract	更新合約
terminate	a contract	解除合約
break·	a contract	違反合約
breach	a contract	違背合約
exchange	contracts	交換契約

▷ He succeeded in **making a contract** with Ford. 他和 Ford 成功訂定了契約。
▷ Don't rush into **signing a contract**. 不要急著簽約。
▷ The school has **renewed** his **contract** as a teacher. 學校和他續簽了教師聘約。
▷ Next day we were due to **exchange contracts**. 我們預定隔天交換契約。

a long-term	contract	長期合約
a short-term	contract	短期合約
a five-year	contract	五年合約
a temporary	contract	臨時合約
a formal	contract	正式合約
an employment	contract	雇用契約

▷ Nick has signed a new **long-term contract**. Nick 簽了新的長期合約。
▷ Employees with **temporary contracts** were likely to lose their jobs. 臨時約聘的員工很可能會失去工作。

contract	with A	與 A 的合約
contract	between A	A 之間的合約

▷ I think we should cancel our **contract with** the company. 我想我們應該取消和這間公司的合約。
▷ There was no **contract between** the two companies. 這兩家公司之間沒有契約關係。

contrast /ˈkɑnˌtræst/ 英 /ˈkɔntræst/

名 對照，對比；顯著的差異

provide	a contrast	成為對比
make	a contrast	

▷ The two presidential candidates **provide** a clear contrast for the electors. 這兩位總統候選人對選民而言對比很明顯。

marked	contrast	顯著的對比
sharp	contrast	
stark	contrast	
complete	contrast	完全相反的對比

▷ There was thunder and lightening yesterday, but today was a **complete contrast** *with* baking hot sun. 昨天打雷閃電，但今天完全相反，太陽很火熱。

by	contrast	相對地
in	contrast	
in	contrast to A	相對於 A
the contrast	between A	A 之間的對比

▷ Her nose was small **in contrast to** her large brown eyes. 相對於大大的棕色眼睛，她的鼻子很小。
▷ The **contrast between** life in developed and developing counties is often very great. 已開發國家和開發中國家的生活對比通常很大。

contribute /kənˈtrɪbjut/

動 貢獻，捐獻；投（稿）

contribute	greatly	貢獻很大
contribute	significantly	貢獻相當大
contribute	substantially	

▷ She **contributed** greatly to the development of the company. 她對公司的發展貢獻很大。
▷ Charlie Chaplin's funny walk **contributed significantly** to his success. 查理·卓別林滑稽的走路方式，對他的成功貢獻相當大（很有幫助）。

contribute	to A	捐獻給 A

▷ He **contributed** nothing to the charity organization. 他什麼也沒捐給慈善團體。

C

contribution /ˌkɑntrəˈbjuʃən/

美 /ˌkɑntriˈbjuːʃən/ 名 貢獻，捐獻；投稿

make	a contribution	貢獻；捐獻
pay	a contribution	捐款

▷ I'm sure you'll **make a great contribution** to the team. 我相信你會對團隊有很大的貢獻。（★ 不說 ╳ do a contribution）

▷ I was asked to **pay a contribution** to school funds. 我被要求捐款給學校的基金。

an important	contribution	重要的貢獻
a significant	contribution	
a great	contribution	很大的貢獻
a major	contribution	
a positive	contribution	正面的貢獻
a valuable	contribution	寶貴的貢獻

▷ France has made an **important contribution** to the peace process. 法國對和平進程有重要的貢獻。

▷ We want to make a **positive contribution** to society. 我們想對社會有正面的貢獻。

▷ This book is a **valuable contribution** to cultural studies. 這本書對文化研究有寶貴的貢獻。

contribution	to A	對 A 的貢獻、捐獻

▷ Thanks for your great **contribution to** the discussion. 感謝你對討論的重大貢獻。

control /kənˈtrol/

名 控制，控制權；掌控，管制；克制，抑制

have	control	掌控
take	control	掌握，支配
gain	control	獲得控制權
exercise	control	行使控制權
lose	control	喪失控制權；失控
regain	control	重獲控制權，恢復掌控
lose	control	無法克制
keep	control	保持控制

▷ He didn't like anyone **having control** over his life. 他不喜歡有人操控他的生活。

▷ Why does he always have to **take control** of everything? 他為甚麼總是要掌控一切？

▷ He's trying to **gain control** of the company. 他試圖取得公司的控制權。

complete	control	完全的控制
direct	control	直接的控制
effective	control	有效的控制
strict	control	嚴格的控制
quality	control	品質管制
inventory	control	庫存管理

▷ I'm not drunk. I'm in **complete control**. 我沒醉。我完全控制得了自己。

▷ We have very **strict control** over the data. 我們對資料的管理非常嚴格。

in	control	在控制之中
out of	control	失控的
under	control	在控制之下
under	A's control	受到支配
beyond	A's control	不在掌控範圍內

▷ I want to be **in control** of my own life. 我想掌控自己的生活。

▷ My emotions were completely **out of control**. 我的情緒完全失控了。

▷ It's quite all right. I have everything **under control**. 情況還好。我讓一切都在控制中。

▷ That decision is **beyond my control**. 那個決定不是我能控制的。

control /kənˈtrol/ 動 控制；掌控；克制

carefully	control	謹慎控制
effectively	control	有效控制
strictly	control	嚴格控制
tightly	control	

▷ The diets were **carefully controlled**. 飲食受到謹慎控制。

▷ The Republicans **effectively controlled** the country. 共和黨有效掌控了國家。

▷ The demonstration was **strictly controlled** by the police. 示威受到警察嚴格管制。

convention /kənˈvɛnʃən/

名 慣例，常規；大會；公約，協定

follow	a convention	遵守常規
defy	a convention	打破常規
hold	a convention	舉辦大會
organize	a convention	籌備大會

attend	a convention	參加大會
ratify	the convention	正式批准公約
sign	a convention	簽署公約

▷ When you go to Japan, you need to **follow** the **conventions** of Japanese society. 當你到日本時，你需要遵守日本社會的常規。

▷ Australia **signed** and **ratified** the UN **Convention** on the Rights of the Child. 澳洲簽署並正式批准了聯合國兒童權利公約。

social	conventions	社會常規
an annual	convention	年度大會
an international	convention	國際大會

▷ You need to understand the **social conventions** of the country you're living in. 你需要了解你所居住國家的社會常規。

▷ I attended the 30th **annual convention**. 我參加了第 30 屆年度大會。

conversation /ˌkɑnvəˈseʃən/

🔴 /ˌkɔnvəˈseiʃən/ 名 會話，談話

have	a conversation	交談
hold	a conversation	
carry on	a conversation	繼續交談
make	conversation	（為了禮貌）找話聊
get into	(a) conversation	開始交談
strike up	a conversation	
overhear	a conversation	偶然聽到對話

▷ I met this guy on a train, and we **had** a really **interesting** conversation. 我在列車上遇到這個男人，聊了很有趣的事情。

▷ I **overheard** your **conversation** with Daniel. 我偶然聽到你和 Daniel 的對話。

general	conversation	一般的交談
a normal	conversation	
casual	conversation	輕鬆的交談
a private	conversation	私下的交談
polite	conversation	禮貌性的交談

▷ It is so annoying. It's hard to have a **normal conversation** with her. 這真惹人厭。和她正常對話很難。

▷ We started with some **casual conversation**. 我們從一點輕鬆的交談開始。

▷ Nobody knew each other at the party, so everybody was making **polite conversation**. 派對上大家都不認識彼此，所以每個人都是禮貌性地交談。

a conversation	about A	關於 A 的談話
a conversation	between A	A 之間的談話

▷ We had a **conversation about** a variety of things. 我們談了很多事情。

▷ The **conversation between** my dad and Robin was quite amusing. 我爸爸和 Robin 的對話很有趣。

a topic of	conversation	談話的主題
snatches of	conversation	談話的片段

▷ As usual, the main **topic of conversation** was music. 如同往常，談話的主題是音樂。

convey /kənˈve/ 動 傳達，表達；運送

clearly	convey	清楚傳達
vividly	convey	生動地表達

▷ Her tone of voice **clearly conveyed** that she was angry. 她的語調清楚表現出她在生氣。

try to	convey	試圖傳達
manage to	convey	設法成功傳達

▷ I **tried to convey** all my feelings to him. 我試圖將我所有的感覺傳達給他。

convinced /kənˈvɪnst/ 形 確信的；信服的

fully	convinced	
totally	convinced	完全相信的
entirely	convinced	

▷ I'm not **entirely convinced** you're right. 我不完全相信你是對的。

convinced	(that)...	確信…的

▷ They were **convinced that** I was ill. 他們確信我生病了。

convinced	of A	確信 A 的

▷ He was **convinced of** the plan's success. 他當時深信這個計畫會成功。

C

cook /kʊk/ 動 烹煮，加熱烹調

cook	enough	煮得夠火候
cook	gently	小火烹煮
cook	quickly	快速烹煮

▷ This fish is only half-done. It hasn't been **cooked enough**. 這條魚半生不熟，煮得不夠火候。

▷ Put the turkey in the oven and **cook gently** for one and a half hours. 將火雞放進烤箱，用小火烤一個半小時。

cook	in A	用 A（材料、溫度）烹煮
cook	for A	用 A 的時間烹煮
cook	until...	煮到…為止

▷ **Cook in** olive oil until soft. 用橄欖油煮到變軟為止。

▷ The British **cook** vegetables **for** too long, so they lose their taste. 英國人煮蔬菜煮得太久，所以風味會流失。

▷ Stir in the lemon juice and **cook until** almost dry. 加檸檬汁攪拌並煮至接近收乾。

cook	A for B	為 B（人）煮 A
cook	B A	

▷ She **cooked** dinner **for** us. 她為我們做晚餐。

cooking /ˈkʊkɪŋ/

名 烹飪；飯菜，料理（種類）

do	the cooking	（負責）做菜

▷ I **do** all the **cooking** and the housework. 我負責所有做菜和家事。

home	cooking	家庭料理
Chinese	cooking	中式料理
French	cooking	法式料理
Italian	cooking	義大利式料理

▷ I love **Chinese cooking**. 我很愛中式料理。

cool /kul/ 形 涼的；冷靜的；很酷的

wonderfully	cool	涼爽宜人的
slightly	cool	有點涼的
relatively	cool	相對比較涼的
rather	cool	相當涼的
pretty	cool	很冷靜的；很酷的
extremely	cool	非常酷的
really	cool	

▷ It was **wonderfully cool** by the mountain stream even in the middle of summer. 即使在仲夏，山間溪流旁也涼爽宜人。

▷ It's **rather cool** outside. 外面相當涼。

▷ The air is **relatively cool** tonight. 今晚的空氣相對比較涼。

cool /kul/ 動 變涼，冷卻，使冷卻；冷靜下來

cool	completely	完全冷卻
cool	rapidly	快速冷卻
cool	slightly	稍微冷卻

▷ Take the cake out of the oven and let it **cool completely**. 從烤箱取出蛋糕，使蛋糕完全冷卻。

allow to	cool	使冷卻

▷ Remove from the heat and **allow to cool** for ten minutes. 從爐火移開，冷卻 10 分鐘。

PHRASES
Cool it! ☺ 冷靜！

cooperate /koˈɑpəˌret/ 英 /kəʊˈɔpəreit/

動 合作，配合

cooperate	fully	完全配合
cooperate	closely	緊密合作

▷ We're **cooperating fully** with the police on this matter. 對於此事，我們完全配合警方。

▷ Japan will **cooperate closely** with ASEAN countries on this project. 對於這個計畫，日本將與東協各國緊密合作。

agree to	cooperate	同意合作
be prepared to	cooperate	準備好合作
be willing to	cooperate	願意合作
refuse to	cooperate	拒絕合作

▷ OK. I **agree to cooperate**. What do I have to do? 好，我同意合作。我需要做什麼？

▷ I'm **willing to cooperate** with your plan. 我願意合作進行你的計畫。

▷ He's still **refusing to cooperate**. 他依然拒絕合作。

cooperate	with A	與 A 合作

▷ Tommy didn't want to **cooperate with** anyone. Tommy 不想和任何人合作。

cooperate /ko͵ɑpəˈreʃən/

英 /kəu͵ɔpəˈreiʃən/ 名 合作

encourage	cooperation	促進合作
promote	cooperation	

▷ The European Union was formed in order to **encourage cooperation** between member states. 歐盟是為了促進會員國之間的合作而組成的。

close	cooperation	密切的合作
full	cooperation	徹底的合作
active	cooperation	積極的合作
international	cooperation	國際合作
mutual	cooperation	相互合作
economic	cooperation	經濟合作

▷ I still need your **full cooperation**. 我仍然需要你的徹底合作。
▷ He required the **active cooperation** of his colleagues. 他要求同事積極合作。
▷ **Mutual cooperation** between Japan, China, and the US is very important. 日本、中國、美國之間的相互合作非常重要。

cooperation	between A	A 之間的合作
cooperation	with A	和 A 的合作

▷ There should be close **cooperation between** nurses and doctors. 護理人員與醫師應該密切合作。

(PHRASES)

Thank you (very much) for your cooperation. / I'd like to thank you for your cooperation. ☺ 感謝您的配合。

copy /ˈkɑpɪ/ 英 /ˈkɔpi/

名 複製品，複本；印刷品的一份

make	a copy	複製，影印
send	a copy	寄複本
get	a copy	收到複本
receive	a copy	
keep	a copy	保留複本

sell	one million copies	賣出一百萬部、（專輯）張

▷ **Make a copy** and send it to me. 影印以後寄給我。
▷ I **received a copy** of the report this morning. 我今天早上收到這份報告的複本。
▷ I suggest you **keep a copy** of this letter. 我建議你留下這封信的影本。
▷ The album **sold 12 million copies** worldwide. 這張專輯在全世界賣出 1,200 萬張。

copy /ˈkɑpɪ/ 英 /ˈkɔpi/ 動 抄寫，複製

copy	down	抄下來
copy	illegally	違法複製

▷ I **copied** the map **down** onto a piece of paper. 我把地圖重新畫在一張紙上。

copy	A from B	從 B 那邊抄寫 A

▷ She **copied** the answers **from** her friend. 她抄了朋友的答案。

corner /ˈkɔrnɚ/ 名 角落，一角；轉角，街角

turn	the corner	在街角轉彎
round	the corner	

▷ He **turned** the **corner** and saw the Empire State Building in front of him. 他在街角轉彎，看見帝國大廈在他面前。

right-hand	corner	右手邊的角落
left-hand	corner	左手邊的角落
a street	corner	街角
a tight	corner	狹窄而不易通過的轉角；困境

▷ See the top **left-hand corner**. 請看左上角。
▷ I'm in a bit of a **tight corner**. 我有點陷入困境了。

around	the coner	轉過轉角；
round	the corner	在附近

▷ I went **around** the **corner** to the bus stop. 我轉過轉角，前往公車站。
▷ Fred lived just **round** the **corner**. Fred 就住在附近。

in	the corner (of A)	在（A 的）角落
on	the corner (of A)	在（A 的）一角〔室外〕
at	the corner (of A)	

▷Simon was sitting **in the corner of** the bar. Simon 坐在酒吧的角落。（★ 房間等等的角落用 in）

▷There's a telephone box **on the corner**. 街角有座電話亭。（★ 街上的轉角處用 on 或 at）

correct /kə`rɛkt/ 形 正確的，對的

absolutely	correct	
perfectly	correct	完全正確的
entirely	correct	
broadly	correct	大致正確的
grammatically	correct	文法正確的

▷"The first time we met was in 2003, wasn't it?" "You're **absolutely correct**." 「我們第一次見面是 2003 年，對嗎？」「沒錯。」

▷His explanation is **broadly correct**. 他的說明大致正確。

▷This expression is **grammatically correct**. 這個表達方式的文法正確。

correspond /ˌkɔrɪ`spand/ 英 /ˌkɔris`pond/ 動 符合，相符，一致

correspond	closely	緊密一致
correspond	exactly	完全相符
correspond	precisely	準確符合
correspond	roughly	大致相符
★ 這些副詞也可以用在動詞前面		

▷These two diagrams **correspond exactly** *with* one another. 這兩張圖表完全一致。

correspond	with A
correspond	to A

與 A 符合、一致

▷What you say now doesn't **correspond with** what you said before. 你現在說的跟你以前說的不一致。

cost /kɔst/ 名 費用，成本；代價

cover	the cost	
meet	the cost	負擔費用
pay	the cost(s)	支付費用

cut	costs	
cut	the cost	削減費用
reduce	costs	
increase	costs	增加費用

▷I don't have enough money to **cover the cost** *of* the trip. 我沒有足夠的錢可以支付旅費。

▷He was ordered to **pay the costs** of the trial. 他被命令支付訴訟裁判費用。

▷We **cut the cost** *of* the advertising in half. 我們將廣告費用減半了。

▷New technology often **reduces costs**. 新的技術經常會減少成本。

a high	cost	高成本
a low	cost	低成本
a total	cost	總成本
extra	cost	額外費用
additional	cost	
an average	cost	平均費用
an estimated	cost	估計費用
a unit	cost	單位成本
labor	costs	人事成本
maintenance	costs	維護成本
running	costs	營運成本
fixed	costs	固定成本
the social	costs	社會成本

▷The **total cost** of the project was $5 million. 這個計畫的總費用是 500 萬美元。

▷We will announce plans to double broadband speed at no **extra cost**. 我們將宣布寬頻速度加倍而不加價的方案。

▷The **estimated cost** of repair work is $30 million. 估計維修費用是 3 千萬美元。

▷The **social costs** of alcohol are enormous. 酒類造成的社會成本很龐大。

at	a cost of A	以 A 的費用
at	the cost of A	以 A 作為代價
at	all costs	
at	any cost	不計代價

▷I bought the car **at a cost of** $5,000. 我用 5,000 美元的價格買了這台車。

▷He saved her life **at the cost of** his own. 他犧牲自己的性命，救了她的命。

▷Violence should be avoided **at all costs**. 應該不計代價避免暴力。

country /ˈkʌntrɪ/ 图 國家;國家全體

govern	the country	治理國家
run	the country	
flee	the country	逃出國外
leave	the country	出國
enter	the country	入國
visit	the country	拜訪國家

▷ We need a strong government to **run the country**. 我們需要強力的政府來治理國家。

▷ Many people have **fled countries** with a history of war and poverty. 許多人逃出了有過許多戰爭與貧窮的國家。

▷ She **left** her home **country** at the age of 20 and moved to New York. 她在 20 歲時離開祖國,搬到紐約。

a foreign	country	外國
Western	countries	西方國家
European	countries	歐洲國家
a developed	country	已開發國家
a developing	country	開發中國家
the host	country	主辦國

▷ The **developed countries** in Europe and Asia are closely tied economically with the United States. 歐洲與亞洲的已開發國家,在經濟上和美國有緊密的關係。

across	the country	全國,全國各地
all over	the country	

▷ Police **across** the **country** are looking for the escaped murderer. 全國的警察都在搜索逃跑的殺人犯。

couple /ˈkʌpl/ 图 情侶,夫妻;一對,兩個

a happy	couple	幸福的一對
a young	couple	年輕的一對
an elderly	couple	年老的一對
a married	couple	夫妻
an unmarried	couple	未婚情侶

▷ They seem to be a very **happy couple**. 他們看起來是很幸福的一對。

▷ You two look like a **married couple**. 你們兩個看起來像夫妻一樣。

courage /ˌkɝ·ɪdʒ/ 英 /ˌkʌrɪdʒ/ 图 勇氣

have	the courage	有勇氣
take	courage	需要勇氣
lack	the courage	欠缺勇氣
show	courage	展現勇氣
pluck up	(the) courage	鼓起勇氣
summon up	(the) courage	

▷ I didn't **have** the **courage** to ask my question aloud. 我沒有大聲發問的勇氣。

▷ It **took** a lot of **courage** to do that. 做那件事情需要很大的勇氣。

▷ I **lacked** the **courage** to do what I really wanted to do. 我缺乏勇氣做真正想做的事。

▷ It took me three years to **pluck up** the **courage** to ask her to be my girlfriend. 我過了三年才鼓起勇氣要她當我的女朋友。

great	courage	很大的勇氣

▷ She fought her illness with **great courage**. 她很勇敢地對抗疾病。

course /kors/ 图 課程,科目;路線,過程

attend	a course	（學生）上課
take	a course	
do	a course	
offer	a course	提供課程
run	a course	
complete	a course	修完課程
alter	the course	改變路線
follow	a course	跟隨路徑

▷ He's **attending** a **course** on counseling at the institute. 他正在那間研究所上諮商的課程。

▷ They **run** a music **course**, so that students can get a job with a record company. 他們提供音樂課程,讓學生能夠得到唱片公司的工作。

▷ I believe simple things can **alter** the **course** of your life. 我相信簡單的事情有可能改變人生的道路。

an English	course	英語課程
a short	course	短期課程
an advanced	course	進階課程
a training	course	訓練課程
a vocational	course	職業課程
normal	course	一般程序

C

▷ My teacher suggested that I take the **advanced course** offered next semester. 我的老師建議我上下個學期的進階課程。

▷ I want to do a **vocational course** and become a computer expert. 我想上職業課程，成為電腦專家。

▷ In the **normal course** of events, it should take about 3 weeks to process your visa. 依照一般程序，處理簽證需要三週。

in	the course of A	
during	the course of A	在 A 的期間

▷ People will change careers three or more times in the **course of** their working lives. 人們在工作生涯中會轉職三次或更多。

court /kort/ 名 法庭，法院

go to	court	上法院
take A to	court	起訴 A，控告 A
bring A to	court	把 A（訴訟）交由法庭審理
appear in	court	出庭
attend	court	
tell	the court	在法庭作證

▷ You need to **go to court** to resolve these problems. 你需要上法院解決這些問題。

▷ She **took** him **to court** for domestic violence. 她控告他家暴。

▷ Jones **appeared in court** as a witness. Jones 以證人身分出庭。

▷ Mr. Jennings didn't **tell** the **court** the truth. Jennings 先生在法庭上沒有說實話。

the court	hears	法庭聽證

▷ The **court heard** evidence from Mr. Edwards. 法庭聽取 Edwards 先生的證詞。

in	court	在法庭，藉由法庭審理
out of	court	在法庭外

▷ Paul Walker gave evidence **in court**. Paul Walker 在法庭作證。

▷ The matter was settled **out of court**. 那件事在庭外和解了。

cover /ˈkʌvɚ/ 名 遮蓋物，蓋子；躲避處，掩護；保險，保障；封面

take	cover	躲避，尋求掩護
run for	cover	
give	cover	提供掩護
provide	cover	提供保險保障

▷ The girl **took cover** from the barking dog behind her father. 那個女孩為了避開吠叫的狗而躲在父親後面。

▷ His insurance company refused to **provide cover**. 他的保險公司拒絕提供保險。

the front	cover	封面
the back	cover	封底

▷ The picture on the **front cover** is very beautiful. 封面的照片非常美。

under	cover (of A)	在（A 的）掩護下
from	cover to cover	從書的開頭到結尾

▷ The attack took place **under cover of** darkness. 攻擊在黑夜的掩護下發動。

▷ I read this book **from cover to cover** in one day. 我在一天內從頭到尾讀完這本書。

cover /ˈkʌvɚ/ 動 遮蓋；報導；包含在範圍內

adequately	cover	（保險）充分保障
completely	cover	完全覆蓋
cover	up	（完全）蓋住，掩蓋

▷ The risks are **adequately covered** by insurance. 風險受到保險的充分保障。

▷ The sky was **completely covered** by thick clouds. 天空完全被很厚的雲層覆蓋。

▷ Ryan tried to **cover up** his mistake. Ryan 試圖掩蓋自己的錯誤。

cover	A with B	用 B 覆蓋 A

▷ I **covered** my face **with** my hands. 我用兩手覆蓋我的臉。

crack /kræk/ 名 裂痕，龜裂；劈啪聲

have	a crack	有裂痕
fill	the crack	填補裂痕

▷ He **had a crack** in the right wrist. 他的右手腕

（骨頭）有裂痕。

▷ The street crew came along and **filled the cracks** in the pavement. 道路施工人員過來修補人行道的裂縫。

a crack	appears	裂痕出現

▷ A small **crack appeared** in the walls. 牆上出現了小小的裂痕。

fine	cracks	細微的裂痕
hairline	cracks	

▷ It's a really old painting, so you can see **fine cracks** in it. 這是非常古老的繪畫，所以你可以看到細微的裂痕。

crash /kræʃ/ 名碰撞；（飛機）墜毀；暴跌；碰撞聲，爆裂聲

survive	a crash	從碰撞事故中生還

▷ I **survived** the car **crash** with only a little cut. 我從車禍中生還，只受了一點割傷。

the crash	happens	碰撞發生
the crash	occurs	

▷ The helicopter **crash happened** about 9:30 in the morning. 直升機墜落事故大約發生在上午 9:30。

a fatal	crash	致死的碰撞事故
a head-on	crash	正面衝撞
a car	crash	車禍
a train	crash	火車衝撞事故
an air	crash	墜機
a road	crash	道路衝撞事故
a financial	crash	金融崩盤
the stock market	crash	股市崩盤
a great	crash	很大的碰撞聲、爆裂聲
a loud	crash	

▷ The car was involved in a **fatal crash**. 這輛車發生了死亡車禍。

▷ Three people were injured in the **head-on crash**. 正面衝撞事故中有三人受傷。

▷ **Financial crashes** are often unexpected. 金融崩盤通常是出乎意料的。

▷ I heard a **loud crash** of thunder. 我聽到很大的打雷聲。

in	a crash	在碰撞事故中

▷ He was seriously injured **in** a car **crash**. 他在一場車禍中受到重傷。

credit /ˈkrɛdɪt/ 名信用；讚揚，功勞；（大學）學分；信用，賒帳

give A	credit	讚揚 A（人），認可 A 的功勞
do A	credit	為 A（人）帶來名譽
get	credit	功勞獲得認可
take	credit	
deserve	credit	值得受到稱讚
earn	credit	獲得信用
get	a credit	獲得學分
earn	a credit	
obtain	credit	取得信用貸款
give	credit	給予信用貸款
extend	credit	（店家）允許賒帳

▷ He didn't succeed, but you have to **give** him **credit** for trying. 他沒有成功，但你得讚賞他的嘗試。

▷ Your hard work **does** you **credit**. 你的努力會為你贏得名譽。

▷ Did Obama **get credit** *for* improving the economy? 歐巴馬被認為對於改善經濟有功勞嗎？

▷ I think he **deserves credit**. 我認為他（所做的）值得受到稱讚。

▷ You've **worked** hard! You've **earned** a lot of **credit** with your boss. 你很努力！你得到老闆很大的信賴。

▷ I've already **earned** enough **credits** to graduate from university. 我已經拿到大學畢業所需的學分數。

on	credit	賒帳，用信用卡支付
in	credit	帳戶有餘額

▷ Nowadays I don't buy anything **on credit**. 我現在不用信用卡買東西了。

▷ I was £600 **in credit** on my account last month. 我上個月戶頭有 600 英鎊。

credit card /ˈkrɛdɪt kɑrd/ 名信用卡

pay by	credit card	用信用卡支付
use	a credit card	

accept	credit cards	接受信用卡
take	credit cards	

▷ Can I **pay by credit card**? 我可以用信用卡付款嗎？

crime /kraɪm/ 图罪，罪行，犯罪

commit	a crime	犯罪
carry out	a crime	
investigate	(a) crime	調查犯罪
solve	a crime	解決犯罪案件
fight	(a) crime	打擊犯罪
combat	(a) crime	
prevent	(a) crime	預防犯罪
turn to	crime	用犯罪的方式

▷ Why are you looking at me like I **committed** some **crime**? 你為什麼用好像我犯了罪的樣子看我？
▷ The police are **investigating** the **crime** as a robbery. 警方將這起犯罪當成搶案調查。
▷ We have to **prevent crime** before it happens. 我們必須在犯罪發生前加以預防。
▷ He **turned to crime** to pay off his debts. 他為了還清債務而犯下罪行。

(a) serious	crime	重大犯罪
(a) violent	crime	暴力犯罪
organized	crime	組織犯罪
juvenile	crime	青少年犯罪
sex	crime	性犯罪
war	crimes	戰爭罪
the perfect	crime	完美犯罪

▷ If you commit a **serious crime**, you should be punished. 如果你犯下嚴重的罪行，就應該受懲罰。
▷ **Juvenile crime** in Los Angeles has dropped 25% since 1998. 自 1998 年後，洛杉磯的青少年犯罪減少了 25%。

a crime	against A	違背 A 的犯罪

▷ The slave trade was a **crime against** humanity. 奴隸買賣是傷害全人類的罪行。

the scene of	the crime	犯罪現場

▷ His fingerprints were found at the **scene of** the **crime**. 他的指紋在犯罪現場被找到。

criminal /ˈkrɪmənl/ 图罪犯

a habitual	criminal	慣犯
a convicted	criminal	被判有罪的罪犯
a notorious	criminal	惡名昭彰的罪犯

▷ In some states in the USA, a **convicted criminal** loses the right to vote. 在美國的一些州，被定罪的罪犯會失去投票權。

crisis /ˈkraɪsɪs/ 图危機，危急關頭

face	a crisis	面臨危機
have	a crisis	遇到危機
suffer	a crisis	遭受危機
cause	a crisis	造成危機
deal with	a crisis	處理危機
resolve	a crisis	解決危機
solve	a crisis	
defuse	a crisis	平息危機

▷ Japan **faced** economic **crises** in the 1920s and 1990s. 日本在 1920 與 1990 年代面臨經濟危機。
▷ A successful man of 40 can still **suffer** a midlife **crisis**. 成功的 40 歲男性仍然可能遭遇中年危機。
▷ What **caused** the **crisis**? 是什麼造成了這個危機？
▷ Do men and women **deal with crises** differently? 男女處理危機的方式不一樣嗎？
▷ Both sides wanted to **resolve** the **crisis** peacefully. 雙方都希望和平地解決危機。

a major	crisis	重大的危機
a serious	crisis	嚴重的危機
the present	crisis	現在的危機
an economic	crisis	經濟危機
a financial	crisis	金融危機
a political	crisis	政治危機
a currency	crisis	貨幣危機
an energy	crisis	能源危機
an oil	crisis	石油危機
a food	crisis	糧食危機
an identity	crisis	身分認同危機
a midlife	crisis	中年危機

▷ We haven't had a **major crisis** so far. 我們目前還沒遇到重大危機。
▷ High oil prices have caused a world **economic crisis**. 石油的高價格造成了全世界的經濟危機。

▷ **Financial crisis** can easily spread through the international stock markets. 金融危機可能輕易擴及各國股市。

▷ Who is responsible for the **present crisis**? 誰該對目前的危機負責?

in	crisis	在危機中

▷ Our pension system is **in crisis**. 我們的年金制度處於危機中。

critical /ˈkrɪtɪkl/ 形 批評的;批判的;關鍵的

extremely	critical	
highly	critical	非常批判性的
strongly	critical	
increasingly	critical	越來越批評的;越來越重要的
absolutely	critical	絕對關鍵的

▷ He was **highly critical of** the committee's report. 他很嚴厲地批判委員會的報告。

▷ The Liberal Democratic Party was **increasingly critical** of the Prime Minister's leadership style. 自由民主黨對首相領導方式的批判日益增加。

critical	of A	對 A 批判的
critical	to A	對 A 而言關鍵的

▷ I don't mean to be **critical of** you. 我並不是有意批判你。

▷ Protein is **critical to** a healthy diet. 蛋白質對健康的飲食很關鍵。

criticism /ˈkrɪtəˌsɪzəm/ 名 批判;批評

attract	criticism	招來批判
come in for	criticism	遭受批判
come under	criticism	受到批判,引來批評
draw	criticism	
accept	criticism	接受批判
take	criticism	接受批判,看待批評
reject	criticism	反駁批判

▷ The plan will **attract criticism** from environmental groups. 這項計畫將招致環保團體的批判。

▷ Young people sometimes **come in for criticism** about their attitudes. 年輕人有時會遭受關於自身態度的批評。

▷ His remarks have **come under** severe criticism from religious groups. 他的言論受到宗教團體的嚴厲批判。

▷ The manifesto has **drawn criticism** *from* opposition parties. 那則宣言引來反對黨的批評。

fierce	criticism	猛烈的批判
severe	criticism	嚴厲的批判
strong	criticism	強烈的批判
valid	criticism	正當的批判
fair	criticism	
constructive	criticism	建設性的批判
considerable	criticism	相當多的批判
increasing	criticism	越來越多的批判
public	criticism	大眾的批判
literary	criticism	文學批評(評論)
social	criticism	社會批評

▷ The proposal met with **fierce criticism**. 這項提案遭受猛烈的批判。

▷ I hope you'll accept this as **constructive criticism**. 我希望你把這當成建設性的批評。

▷ Politicians have to fear and respect **public criticism**. 政治人物必須敬畏大眾的批判。

▷ He is known for his influential **literary** and **social criticism**. 他以自身具影響力的文學與社會批評而聞名。

despite	the criticism	儘管受到批評

▷ **Despite** the **criticism**, we believe that the conclusions of our study are valid. 儘管受到批評,我們還是相信自己研究的結論是站得住腳的。

criticize /ˈkrɪtɪˌsaɪz/

動 批評,批判(★ 英 criticise)

heavily	criticize	嚴厲批判
severely	criticize	
strongly	criticize	強烈批判
openly	criticize	公開批判
be widely	criticized	廣受批判

▷ McCain **severely criticized** the media. McCain 嚴厲批判了媒體。

▷ The newspaper **strongly criticized** the company's financial problems. 那份報紙強烈批判那家公司的財務問題。

▷ His performance in last week's debate was **widely criticized**. 他在上週辯論中的表現廣受批判。

criticize	A for (doing) B	因為 B 而批判 A (人)

▷ Don't **criticize** me **for doing** my job. 不要因為我做份內工作而批評我。

C

| crowd /kraʊd/ 名 人群；觀眾；大眾

attract	a crowd	
draw	a crowd	吸引人群
disperse	a crowd	驅散人群
address	a crowd	對一群人演說
entertain	the crowd	娛樂群眾

▷ The police **dispersed** the **crowd** with smoke bombs. 警察用煙霧彈驅散群眾。
▷ She **addressed** the **crowd** in a loud voice. 她大聲對群眾演說。

a crowd	gathers	人群聚集

▷ A crowd **gathered** around him. 人群聚集在他身邊。

a big	crowd	
a huge	crowd	
a large	crowd	一大群人
a good	crowd	
a small	crowd	一小群人
a milling	crowd	熙來攘往的人群

▷ A **big crowd** gathered at the square in front of the building. 一大群人聚集在建築物前的廣場。
▷ This bar is very cool; great music and a **good crowd**. 這間酒吧很酷，有很棒的音樂和很多客人。
▷ He disappeared into the **milling crowd**. 他消失在熙來攘往的人群裡。

in	the crowd	在人群中
through	the crowd	穿過人群

▷ Tom tried to follow her, but quickly lost her **in the crowd**. Tom 試圖跟著她，但很快就在人群中跟丟了。

| crucial /ˈkruʃəl/ 形 至關重要的

crucial	to (doing) A	對於（做）A 至關重要的
crucial	in (doing) A	

▷ Your cooperation is **crucial to** the success of this project. 您的合作對於本計畫的成功至關重要。
▷ A proper diet is **crucial in** maintaining your good health. 適當的飲食對於維持你的健康非常重要。

it is	crucial that...	…至關重要

▷ **It is crucial that** you reply quickly. 迅速回覆非常重要。

| cry /kraɪ/ 名 叫聲；哭聲

give	a cry	
utter	a cry	發出叫聲
hear	a cry	聽見叫聲
have	a cry	哭泣

▷ Diana **gave** a **cry** of surprise and horror. Diana 因為驚訝與恐怖而發出叫聲。
▷ Everybody was panicking. She could **hear** the **cries** of people behind her. 每個人都陷入恐慌。她可以聽到身後的人的叫聲。
▷ Go on. **Have** a good **cry**. It'll do you good. 繼續哭吧，好好哭一場。這樣子對你好。

| cry /kraɪ/ 動 哭；叫喊

cry	loudly	大聲哭
cry	silently	靜靜地哭
cry	aloud	大叫
cry	out	
nearly	cried	幾乎要哭出來了

▷ I **cried out** in pain. 我因為痛而大叫。
▷ I **nearly cried** with joy. 我高興得快哭出來。

begin to	cry	開始哭；開始叫喊
start to	cry	
make A	cry	惹 A（人）哭

▷ She **began to cry** aloud. 她開始放聲大哭。
▷ I'm sorry I **made** you **cry**. 很抱歉我讓你哭了。

cry	for A	為 A 哭泣；呼叫尋求 A（幫助等）
cry	over A	為 A 感到悲痛

▷ When I die, there will be no one to **cry for** me. 我死的時候沒有人會為我哭。▷ I **cried for** help, but no one could hear me. 我呼喊求助，但沒有人聽到。
▷ There's no need to **cry over** such a trivial matter. 不需要為這種小事悲嘆。

culture /ˈkʌltʃɚ/

名 文化；教養；（微生物等）培養

dominant	culture	主導文化，主流文化
human	culture	人類文化
Western	culture	西方文化
youth	culture	青少年文化
political	culture	政治文化
corporate	culture	企業文化，公司文化
popular	culture	流行文化，大眾文化
mass	culture	

▷Civilization is a form of **human culture** in which many people live in urban centers. 文明是有許多人住在都市中心的一種人類文化型態。
▷Pop music has been widely accepted as part of **popular culture**. 人們普遍接受流行音樂是流行文化的一部份。

| history and culture | 歷史與文化 |
| language and culture | 語言與文化 |

▷St. Louis is a city rich in **history and culture**. St. Louis 是富有歷史與文化的城市。

cup /kʌp/ 名 杯子；一杯；獎盃

make	a cup of A	泡一杯 A
pour	a cup of A	倒一杯 A
have	a cup of A	喝一杯 A
drink	a cup of A	
win	the cup	贏得優勝

▷I'll go **make** a **cup of** coffee for you. 我會泡一杯咖啡給你。
▷He pulled a coffee mug from the drawer and **poured** a **cup of** coffee. 他從抽屜拿出馬克杯，倒了一杯咖啡。
▷Would you like to **drink** a **cup of** coffee? 你想喝杯咖啡嗎？
▷Paul has a good chance of **winning** the **cup**. Paul 很有機會獲得優勝。

| the World | Cup | 世界盃 |

▷Germany will win the **World Cup** final. 德國會贏得世界盃決賽。

| a cup and saucer | 杯子與杯碟 |

▷She placed her **cup and saucer** on her lap. 她把杯子和杯碟放在大腿上。

cupboard /ˈkʌbɚd/ 名 碗盤、食物櫃

| a built-in | cupboard | 嵌入式的碗盤櫃 |
| a locked | cupboard | 上了鎖的碗盤櫃 |

▷This room has a **built-in cupboard**. 這個房間設有嵌入式的（和牆壁形成一體的）碗盤櫃。
▷Store medicines safely in a **locked cupboard**. 把藥品安全地存放在上鎖的櫃子裡。

| in | the cupboard | 在碗盤櫃裡 |

▷He put the dishes away **in the cupboard**. 他把盤子收進碗盤櫃。

cure /kjʊr/ 名 療法；藥物；治癒

| look for | a cure | 尋找療法 |
| find | a cure | 找到療法 |

▷Do you think one day they will **find** a **cure** for cancer? 你認為他們有一天會找到癌症的治療法嗎？

an effective	cure	有效的治療法
a miracle	cure	特效藥
a complete	cure	完全治癒

▷There's no **effective cure** for his illness. 他的病沒有有效的治療法。
▷A **complete cure** may be possible through surgery. 透過手術，有可能完全治癒。

| cure | for A | A 的治療（法） |

▷What is the best **cure for** a hangover? 治宿醉最好的療法／東西是什麼？

curious /ˈkjʊrɪəs/ 形 好奇的；奇怪的

| curious | about A | 好奇 A 的 |

▷I'm **curious about** what he was saying. 我好奇他之前說的事情。

| curious | to do | 渴望做… |

★ do 的部分是 hear, learn, know, find out 等
▷We're all **curious to** know what is inside. 我們都很想知道裡面是什麼。

| it is curious | that... | 奇怪的是… |

▷It's **curious that** I feel no pain. 奇怪的是我不覺得痛。

currency /ˈkɝ·ənsɪ/ 英 /ˈkə:rənsi/

名 貨幣；流通，流傳

devalue	the currency	使貨幣貶值
revalue	the currency	使貨幣升值
gain	currency	普及

▷ Brazil **devalued its currency** in 1999. 巴西在 1999 年對其貨幣實施貶值。

domestic	currency	本國貨幣
foreign	currency	外國貨幣
local	currency	當地貨幣
a single	currency	單一貨幣
a strong	currency	強勢貨幣
a weak	currency	弱勢貨幣

▷ **Foreign currency** is available at the airport. 外幣可以在機場買到。
▷ Britain refused to join the European Euro **single currency** system. 英國拒絕加入歐元單一貨幣體制。
▷ At the moment, the dollar is not a **strong currency**. 目前美元不是強勢貨幣。

current /ˈkɝ·ənt/ 英 /ˈkə:rənt/ 名 流動；電流

strong	currents	強大的水流、氣流等
cold	currents	（海洋中的）寒流
warm	currents	暖流
tidal	currents	（海岸的）潮流
an electric	current	電流

▷ The **tidal currents** are now quite strong. 潮流現在很強勁。
▷ A low-voltage **electric current** runs through the electric fence. 低電壓的電流流遍電圍籬。

curtain /ˈkɝ·tn̩/ 名 窗簾

close	the curtains	關上窗簾
open	the curtains	打開窗簾
draw	the curtains	拉窗簾（拉開或關閉）
pull	the curtains	
hang	the curtains	掛上窗簾

▷ Do you want me to **close** the **curtains** for you? 你要我幫你關上窗簾嗎？
▷ Andrew shut the windows and **drew** the cur-

tains. Andrew 關上窗戶，拉上窗簾。

custom /ˈkʌstəm/ 名 習俗，習慣

an ancient	custom	古老的習俗
an old	custom	
a local	custom	地方風俗
a social	custom	社會習慣

▷ It's important to respect **local customs**. 尊重地方風俗很重要。

it is A's **custom**	to do	做⋯是 A 的習慣

▷ It's his **custom to** get up at 6 a.m. and run 3 miles before breakfast. 他習慣上午 6 點起床，在早餐前跑 3 英里。

customer /ˈkʌstəmɚ/ 名 顧客

serve	a customer	侍候顧客，服務顧客
attract	customers	吸引顧客
get	customers	獲得顧客
win	customers	
lose	cutomers	失去顧客
satisfy	a customer	滿足顧客

▷ Anna's busy **serving customers** at the moment. Anna 忙著服務顧客。
▷ Let's have a sale to **attract** more **customers**. 我們舉辦特賣來吸引更多顧客吧。

a regular	customer	固定客，常客
a repeat	customer	回頭客
a new	customer	新顧客
potential	customers	潛在顧客
prospective	customers	未來（可能）的顧客
a corporate	customer	企業（法人）顧客

▷ She's a **regular customer** at that store. 她是那間店的常客。
▷ The first thing you must do is to analyze your **potential customers**. 你首先要做的是分析潛在顧客。

cut /kʌt/ 名 切，割；割傷，傷痕；削減

have	a cut	有割傷
make	a cut	切割；削減

take	a cut	接受削減

▷ Daniel **has** a **cut** on his face. Daniel 的臉上有一道傷痕。

▷ The company is not doing well, and I've been asked to **take** a **cut** in salary. 公司業績不佳，我被要求過接受減薪。

cut /kʌt/ 動切，割

cut	neatly	整齊地切
cut	away	切掉
cut	back	修剪；削減
cut	down	砍倒；削減

▷ We need to **cut back** that hedge. 我們需要修剪樹籬。

▷ The trees were all **cut down** and burnt. 樹都被砍下並且燒掉了。

cut	A in two	把 A 切成兩半
cut	A in half	
cut	A into pieces	把 A 切成片／碎塊

▷ She **cut** the birthday cake **into** six **pieces**. 她把生日蛋糕切成六塊。

cut	out A	把 A 切出來
cut	into A	（用刀）切進 A 裡面

▷ She picked up her knife and fork and **cut into** her pancakes. 她拿起刀叉，切進了鬆餅。

PHRASES

Cut it out! ☺ 夠了，停止，閉嘴

D

damage /ˈdæmɪdʒ/

名損害，損傷；（damages）損害賠償金

cause	damage	造成損害
do	damage	
suffer	damage	遭受損害
repair	(the) damage	修復損害
claim	damages	要求損害賠償
award	damages	（法庭）判定應獲得損害賠償

★「造成損害」不是 ×give damage

▷ Did the floods **cause** any **damage**? 洪水造成了什麼損害嗎？

▷ In the car accident, her friend **suffered damage** to her ankle. 在車禍中，她的朋友腳踝受傷。

▷ It'll cost a lot to **repair** the **damage** to the car. 修理汽車的損傷會花很多錢。

▷ He **claimed damages** of $170,000. 他要求 17 萬美元的損害賠償。

considerable	damage	相當大的損害
serious	damage	嚴重的損害
severe	damage	
extensive	damage	大範圍的損害
irreparable	damage	無法修復的損害
permanent	damage	永久的損害
criminal	damage	刑事損害
environmental	damage	環境傷害
brain	damage	腦部損傷
punitive	damages	懲罰性損害賠償

▷ A typhoon struck yesterday, but there was no **serious damage**. 昨天颱風來襲，但沒有嚴重的損害。

▷ There was no **extensive damage** to the house. 房子沒有遭受到大範圍的損害。

▷ He was charged with **criminal damage**. 他被控告毀損罪。

▷ The tsunami caused catastrophic **environmental damage**. 海嘯造成了災難性的環境傷害。

damage /ˈdæmɪdʒ/

動損害，損壞

seriously	damage	嚴重損害
severely	damage	
irreparably	damage	造成無法回復的損害
permanently	damage	

▷ The quarrel **seriously damaged** their relationship. 這次爭吵嚴重損害了他們的關係。

dance /dæns/ 英 /dɑːns/

名舞蹈，跳舞；舞會

do	a dance	跳舞
perform	a dance	
go to	a dance	參加舞會
hold	a dance	舉行舞會

▷ Look, Mommy! I'm going to **do** a little **dance**! 看，媽咪！我要跳舞哦！

▷ Billy began to **perform** a traditional **dance**. Billy 開始表演傳統舞蹈。

▷ Would you like to **go to** a **dance** with me? 你想跟我去舞會嗎？

danger /ˈdendʒɚ/ 名危險

face	danger	面臨危險
pose	a danger	造成危險
recognize	the danger	認知到危險
realize	the danger	
reduce	the danger	減少危險性
increase	the danger	增加危險性
avoid	(a) danger	避免危險

▷ The cracks in the building do not **pose** any immediate **danger**. 這棟建築物的裂縫不會造成立即的危險。

▷ We **recognize** the **danger** of dumping chemicals. 我們了解傾倒化學物質的危險性。

(a) grave	danger	重大的危險
(a) great	danger	很大的危險
(a) real	danger	真正的危險
(a) serious	danger	嚴重的危險性
immediate	danger	立即的危險
(a) potential	danger	潛在的危險

▷ We're all in **grave danger** now. Please send us some help. 現在我們全體處於非常危險的狀態，請求救援。

▷ There was no **immediate danger**. 當時沒有立即的危險。

▷ With radiation there's always the **potential dan-**

ger of cancer. 放射線總是伴隨著潛在的致癌風險。

in	danger	有危險，處於危險中
in	danger of A	有 A 的危險性
out of	danger	脫離危險
a danger	that...	…的危險

▷ We're **in danger of** losing public support. 我們瀕臨失去大眾支持的危險。

▷ She's **out of danger** for the moment. 她目前脫離了險境。

▷ There's always a great **danger that** the exchange rate will change frequently. 總是有匯率會經常變動的巨大風險。

dangerous /ˈdendʒərəs/ 形 危險的

extremely	dangerous	非常危險的
highly	dangerous	
particularly	dangerous	特別危險的
potentially	dangerous	有潛在風險的

▷ These kinds of foods are **particularly dangerous** for diabetics. 這些種類的食物對糖尿病患者特別危險。

▷ It was a difficult and **potentially dangerous** situation. 這是個困難而且有潛在危險的狀況。

| it is dangerous | (for A) to do | （A（人））做…很危險 |

▷ **It is dangerous to** walk around this area. 在這個區域走動很危險。

dark /dɑrk/ 形 暗的

get	dark	天色漸暗
grow	dark	
go	dark	突然變暗

▷ It's **getting dark**. 天色漸漸暗了。

completely	dark	完全黑暗的
really	dark	真的很暗的
almost	dark	幾乎全暗的
nearly	dark	

▷ The room was **completely dark**. 房間一片黑暗。

▷ It was **almost dark** outside. 外面差不多完全天黑了。

dark /dɑrk/ 名 黑暗；天黑

after	dark	天黑以後
before	dark	天黑以前
in the	dark	在黑暗裡

▷ I arrived in San Diego **after dark**. 我在天黑之後抵達聖地牙哥。

▷ I'll be back **before dark**. 我會在天黑前回來。

▷ Why are you sitting here **in the dark**? 你為什麼坐在黑暗裡？

data /ˈdetə/ 名 數據，資料

collect	data	收集資料
gather	data	
obtain	data	得到資料
store	data	儲存資料
access	data	存取資料
retrieve	data	擷取資料
analyze	data	分析資料
share	data	分享資料
provide	data	提供資料

▷ The scientists **collected data** on the lunar environment. 科學家們收集月球環境的資料。

▷ Can you **store data** on this CD? 你可以把資料存在這張 CD 上嗎？

▷ Computers allow us to **access data** more easily than ever. 電腦讓我們比以前更容易取得資料。

▷ Johnson **analyzed data** on 300 patients with heart disease. Johnson 分析了 300 名心臟病患者的資料。

raw	data	原始（未經分析的）數據
available	data	可得的資料
unpublished	data	未公開資料
personal	data	個人資料
experimental	data	實驗數據
basic	data	基本資料
relevant	data	相關資料
scientific	data	科學數據
statistical	data	統計數據

▷ We've got the **raw data**. Now we need to analyze it on a computer. 我們已經得到原始數據。現在我們需要在電腦上分析。

▷ The **available data** are [is] inadequate for the

evaluation. 可得的資料不適合用於評估。（★ 在正式文章中，data 通常被視為複數名詞）

▷According to **statistical data,** women live longer than men. 根據統計數據，女性比男性長壽。

data	from A	來自 A 的資料
data	on A	關於 A 的資料

▷Both graphs use **data from** the same experiment. 兩張圖表都使用同一個實驗的數據。

▷We obtained **data on** average July temperatures. 我們取得了 7 月平均氣溫的數據。

▌date /deɪt/ 名日期；約會，會面

fix	a date	決定日期
set	a date	
have	a date	約會
make	a date	相約見面

▷Have you two **set a date** for the wedding? 你們兩個已經決定婚禮的日期了嗎？

▷I **had a date** with my boyfriend on Sunday. 我星期日和男朋友約會。

a fixed	date	決定好的日期
the exact	date	正確的日期
a precise	date	
an earlier	date	較早的日期
a later	date	之後的日期
a future	date	
delivery	date	送達日期
completion	date	完成日期
arrival	date	抵達日期
departure	date	出發日期

▷There's no **fixed date** for the investigation to finish at the moment. 目前還沒決定好調查結束的日期。

▷I can't give you a **precise date** yet. 我還不能給你確切的日期。

▷We'll confirm the contract *at* a **later date**. 我們日後會確認合約。

on	a date	在約會

▷Did you hear? Jake and Julie went **on a date**. 你聽說了嗎？Jake 和 Julie 約會了。

date	for A	A 的日期

▷The last **date for** applying is April 1. 申請的最後期限是 4 月 1 日。

PHRASES
What's the date today? / What's today's date? 今天是幾月幾日？

▌daughter /ˈdɔtɚ/ 名女兒

have	a daughter	有女兒

▷She **has a daughter** named Carolyn. 她有個叫 Carolyn 的女兒。

a baby	daughter	女嬰兒
the only	daughter	獨生女
the eldest	daughter	長女
the youngest	daughter	么女

▷Sally is Philip's **only daughter.** Sally 是 Philp 的獨生女。

▷Deborah and her **eldest daughter** look very much alike. Deborah 跟她的長女非常相像。

▌day /deɪ/ 名日子，一天；白天

the following	day	隔天
the previous	day	前一天
the other	day	不久前某一天
one	day	某天；將來有一天
some	day	
the very	day	就是那一天
another	day	改天
a beautiful	day	美好的一天；天氣很好的日子
a nice	day	很好的一天
a sunny	day	晴朗的日子
a rainy	day	下雨的日子
a good	day	好日子
a bad	day	糟糕的一天
a busy	day	忙碌的一天
a long	day	漫長的一天
the whole	day	一整天
all	day (long)	
(the) present	day	現今，今日

▷Come and visit **some day,** will you? 找一天過來，好嗎？

▷There was a strike at the airport on the **very day** that we left to go on holiday. 就在我們出發去度假的那天，機場發生罷工。

▷ I'm afraid I'm busy tomorrow. How about **another day**? 恐怕我明天很忙。改天怎樣？

▷ It's **a beautiful day**! 天氣真好！

▷ It's boring to be inside on a **rainy day**. 雨天待在室內很無聊。

▷ I've had a **good day**. 我度過了愉快的一天。

▷ Where have you been the **whole day**? 你一整天去哪了？

▷ Peter stayed home alone **all day long**. Peter 整天獨自待在家裡。

▷ She's studying American history from 1945 to the **present day**. 她在研究美國自 1945 年至今的歷史。

by	day	
during	the day	在白天

▷ Jake is a student **by day**, bartender by night. Jake 白天是學生，晚上是酒保。

▷ Ralph was rarely home **during** the **day**. Ralph 白天很少在家。

the day	before yesterday	前天
the day	after tomorrow	後天

▷ I arrived in Auckland the **day before yesterday**. 我前天抵達奧克蘭。

▷ I'm leaving the **day after tomorrow**. 我後天會離開。

every	day	每天
every other	day	每隔一天（每兩天一次）

▷ I promise I'll call you **every other day**. 我答應每隔一天打電話給你。

day	after day	日復一日（一直）
day	by day	一天一天地（逐漸）

▷ She spent **day after day** in the library, researching American history. 她每天都待在圖書館研究美國歷史。

▷ We're getting older **day by day**. 我們一天一天逐漸變老。

these	days	這些天，最近
in this	day and age	在這個時代
in those	days	那時候

▷ What are you doing **these days**? 你最近在做什麼？

▷ Lack of sleep is the main problem in teenagers **in this day and age**. 睡眠不足是這個時代青少年的主要問題。

▷ People had a hard life in the 19th century. **In those days** there was no electricity. 人們在 19 世紀的生活很辛苦。那時候還沒有電。

(PHRASES)

These were the days. ☺ 那真是美好的舊時光

What day is it today? 今天星期幾？ ▷ "What day is it today?" "(It's) Tuesday." 「今天星期幾？」「星期二。」

dead /dɛd/ 形 死的

drop	dead	突然死亡，猝死
pronounce A	dead	宣告 A 死亡

▷ How can a perfectly healthy 28-year-old guy **drop dead**? 完全健康的 28 歲男人怎麼會突然死掉呢？

▷ Mr. Smith was **pronounced dead** at the scene at 2:30 a.m. by a doctor. 上午 2:30，Smith 先生當場被醫師宣告死亡。

almost	dead	
nearly	dead	快死了的
already	dead	已經死了的
long	dead	死了很久的

▷ He looked tired and **almost dead**. 他看起來很累，像是快死了。

▷ She stood over the grave of her **long dead** husband. 她站在過世已久的丈夫墓前。

dead	or alive	活著還是死了；（通緝）不論死活
dead	and buried	已經成為過去，已經結束
★ dead or alive 也可以說成 alive or dead		

▷ I haven't seen him for twenty years. I don't know if he's **alive or dead**. 我已經 20 年沒見過他，不知道他是否還活著。

▷ All her hopes were **dead and buried** now. 她所有的希望現在都消散了。

deadline /ˈdɛdˌlaɪn/ 名 截止期限

extend	the deadline	延後截止期限
meet	the deadline	趕上截止期限
miss	the deadline	趕不上截止期限

▷ It's impossible to **extend** the **deadline**. 延後截止期限是不可能的。

▷ We'll be in trouble if we **miss** the **deadline**. 如果我們趕不上截止期限，就有麻煩了。

the deadline	passes	截止期限過了

▷The **deadline** for submission **passed** yesterday. 提交的截止期限昨天已經過了。

the deadline	for A	A 的截止期限

▷The **deadline for** application is Aug. 31. 申請的截止期限是 8 月 31 日。

deal /diːl/ 名交易；協議；待遇

do	a deal	進行交易；訂定協議
make	a deal	
conclude	a deal	完成協議
sign	a deal	簽署協議
strike	a deal	達成協議
have	a deal	有交易；有協議；約定好了

▷He **signed** a **deal** with Sony and immediately began recording an album. 他和 Sony 簽約，並且立刻開始錄製專輯。
▷The company **had** a **deal** with General Motors. 這家公司和通用汽車公司有過交易關係。

the deal	goes through	交易談成
the deal	falls through	交易告吹

▷I hope the **deal goes through**. 我希望這筆交易會談成。

a fair	deal	公平的協議
a raw	deal	不公平的待遇
a rough	deal	
a big	deal	〔口語〕重大的事情

▷They should have paid you much more money than that. I think you got a **raw deal**. 他們應該付比那高出許多的金額給你。我想你受到了不公平的待遇。
▷Don't worry about it. It's no **big deal**. 不要擔心。那沒什麼大不了。

PHRASES

It's a deal. ☺ 就這麼說定了。 ▷"How about you do overtime this weekend and I'll do it next weekend?" "Fine, it's a deal." 「你這週末加班，我下週末加班怎樣？」「好，就這麼說定了。」

death /dɛθ/ 名死，死亡；破滅，終結

cause	death	造成死亡
mean	death	意味著死亡

face	death	面臨死亡
meet	(one's) death	迎接死亡
fear	death	恐懼死亡
escape	death	逃過一死

▷Does the influenza virus **cause death**? 流感病毒會致死嗎？
▷In this country, if you're convicted of murder, it **means death**. 在這個國家，如果你被判殺人罪，就表示會被處死刑。
▷During the war, he **faced death** many times. 他在戰爭中多次面臨死亡。
▷He **met** his **death** fighting in Iraq. 他在伊拉克戰死了。

bleed to	death	因流血過多致死
freeze to	death	凍死；冷得要死
starve to	death	餓死；餓得要死
put A to	death	將 A 處死
stab A to	death	將 A 刺死

▷He was stabbed with a knife and **bled to death**. 他被人用刀刺殺，因失血過多而死。
▷I nearly **froze to death** once on a mountain. 我曾經在山上差點凍死。
▷Someplace in the world, a child **starves to death** every two minutes. 全世界每兩分鐘就有一名兒童餓死。
▷Henry VI was **put to death** in the Tower of London. 亨利六世在倫敦塔被處死。
▷Brian was **stabbed to death** last night. Brian 昨晚被刺殺死亡。

early	death	早逝
(a) premature	death	
sudden	death	突然的死亡
tragic	death	悲劇性的死亡
accidental	death	意外的死亡

▷His **early death** was deeply regretted. 他的英年早逝令人深感遺憾。
▷Falls are the leading cause of **accidental death** among people aged 75 or older. 跌倒是 75 歲以上的人意外死亡的主因。

death	from A	因 A 而死

▷He was ill for a decade before his **death from** cancer. 在死於癌症之前，他病了十年。

debate /dɪˈbeɪt/ 名辯論，討論

have	a debate	辯論
open	a debate	開始辯論
provoke	a debate	引起爭論
take part in	a debate	參與辯論

▷ Let's **have a debate** on economic policy. 我們進行一場關於經濟政策的辯論吧。

▷ Twenty five students from 15 countries **took part** in the **debate**. 來自 15 國的 25 名學生參加了辯論。

(a) debate	rages	辯論很激烈
(a) debate	continues	辯論持續

▷ The **debate** about global warming has **continued** for many years. 關於全球暖化的爭論持續了很多年。

(a) heated	debate	激烈的辯論
(a) intense	debate	激烈的辯論
(a) fierce	debate	猛烈的辯論
(a) lively	debate	充滿活力的辯論
(a) serious	debate	嚴肅的討論
(a) public	debate	公開辯論

▷ The possession of nuclear weapons has sparked **heated debates** since the 1950s. 核子武器的持有從 1950 年代就引發了激烈的討論。

▷ It is time to have a **serious debate** on tax. 是時候對於稅賦進行嚴肅的討論了。

debate	about A	關於 A 的辯論
debate	on A	
debate	over A	
debate	surrounding A	圍繞 A 的辯論

▷ Bob and I had a big **debate about** capital punishment. 對於死刑，Bob 和我起了很大的爭辯。

▷ There has been considerable **debate surrounding** the government's plans for economic growth. 關於政府的經濟成長計畫，有過很多的爭辯。

debate /dɪˋbet/ 動 討論，辯論；考慮

be fully	debated	被徹底討論
be thoroughly	debated	
be hotly	debated	被熱烈討論
be fiercely	debated	
be widely	debated	被廣泛討論

▷ The question is still **hotly debated**. 這個問題仍然受到熱烈的討論。

▷ The pension plan has been **widely debated**. 年金制度受到了廣泛的討論。

debate	wh- (to do)	討論（做）…；考慮（做）…

★ wh- 是 whether, what, how 等

▷ I **debated whether to** tell him about Gordon. 我考慮了是否要告訴他關於 Gordon 的事情。

debt /dɛt/ 名 債務，負債，欠款

have	a debt	負債
owe	a debt	
run up	a debt	積欠債務
repay	a debt	償還債務
pay (off)	a debt	
clear	a debt	清償債務
settle	a debt	
reduce	a debt	減少債務
service	a debt	支付債務的利息
write off	a debt	勾銷債款
go into	debt	借款
get into	debt	

▷ She **has debts** of $17,000. 她有 17,000 美元的負債。

▷ I **owe** a big **debt** *to* the bank. 我欠了銀行一大筆錢。

▷ **Repay debts** as quickly as possible. 要盡快償還債務。

▷ He was given 30 days to **settle** his **debts**. 他得到 30 天的時間來清償債務。

▷ In America, many students **go into debt** when they enter university. 在美國有很多學生貸款上大學。

a large	debt	巨額債務
an outstanding	debt	未償付的債務
a bad	debt	壞帳，呆帳
total	debt	總債務
a foreign	debt	外債（對其他國家的債務）
a national	debt	國債

▷ The IMF had issued a warning about the government's **outstanding debts**. 國際貨幣基金組織（IMF）對於政府未償付的債務發出警告。

▷ Her **total debt** has now reached £50,000. 她現在的債務總額達到了 5 萬英鎊。

in	debt	背負債務
in	A's debt	欠 A 人情

▷ I'm deeply **in debt**. 我負債累累。
▷ I don't want to be **in your debt**. 我不想欠你人情。

decide /dɪˋsaɪd/ 動 決定

finally	decide	終於決定
eventually	decide	
suddenly	decide	突然決定
obviously	decide	顯然決定

▷ I **finally decided** that it was time to leave. 我終於決定是時候離開了。
▷ Nick has **obviously decided** to follow Mum's advice after all. 終究，Nick 顯然已經決定遵從媽媽的建議。

decide	to do	決定做…

▷ I **decided to** go for a walk downtown for an hour or so. 我決定在市區散步一小時左右。

decide	(that)...	決定…
decide	wh-	決定…

★ wh- 是 what, whether, how, when 等

▷ She **decided that** she would go home early today. 她決定今天要早點回家。

decide	against A	決定不做 A
decide	in favor of A	做出對 A 有利的判決
decide	on A	選定 A

▷ He considered complaining but **decided against** it. 他考慮過要投訴，但決定不要這麼做。
▷ Have you **decided on** your major at university? 你決定大學主修什麼了嗎？

decision /dɪˋsɪʒən/ 名 決定；判決

make	a decision	做決定
take	a decision	
come to	a decision	想好了決定
reach	a decision	
reverse	a decision	推翻決定

▷ You have thirty seconds left. **Make a decision** now! 你還有 30 秒。現在就決定！
▷ Have you **reached a decision**? 你想好你的決定了嗎？
▷ You can't **reverse a decision** once it has been signed by the president. 只要經過總裁簽署，你就不能推翻決定。

a big	decision	重大的決定
a difficult	decision	困難的決定
a tough	decision	
the right	decision	正確的決定
the wrong	decision	錯誤的決定
a final	decision	最終的決定

▷ Was it the **right decision**? 那是正確的決定嗎？
▷ We definitely made the **wrong decision**. 我們確實做了錯誤的決定。

a decision	to do	做…的決定

▷ I've made a **decision to** stay at the Ritz Hotel for a few more nights. 我已經決定要在 Ritz 飯店多住幾晚。

a decision	about A	關於 A 的決定
a decision	on A	

▷ Have you made a **decision about** where to go? 你已經決定好要去哪裡了嗎？

declaration /ˌdɛkləˋreʃən/ 名 宣告；申報

issue	a declaration	發表宣言
make	a declaration	宣言，宣告
sign	a declaration	簽署宣言

▷ The United Nations **issued a declaration** of human rights in 1948. 聯合國在 1948 年發表了人權宣言。

a formal	declaration	正式聲明
a joint	declaration	聯合聲明

▷ A **formal declaration** is not required in this case. 這件事不需要正式的聲明。
▷ We got agreement on the **joint declaration**. 我們對於聯合聲明達成了意見一致。

declare /dɪˋklɛr/ 動 宣告；申報

formally	declare	正式宣告
officially	declare	
openly	declare	公開宣告
publicly	declare	公開宣告

▷ The mayor will cut the ribbon to **officially declare** the new store open. 市長將會剪綵，正式宣告

新店鋪開幕。

▷ I **openly declared** my opinion. 我公開發表了我的意見。

▷ He **publicly declared** his innocence. 他公開宣稱自己是清白的。

declare	A **(to be)** C	宣布 A 是 C

▷ I **declare** Henry **to be** the winner of this race! 我宣布 Henry 是這場比賽的獲勝者！

declare	**that...**	宣告…

▷ The doctor officially **declared that** she was brain dead. 醫生正式宣告她腦死。

decline /dɪˋklaɪn/ 名 下降，減少；衰退，衰落

fall into	(a) decline	
go into	(a) decline	下降；衰退
suffer	a decline	
reverse	a decline	逆轉下降的情況
see	a decline	看到下降的情況
show	a decline	顯示下降的情況

▷ As the UK film industry **went into decline**, television expanded. 當英國電影業界衰退時，電視則有所發展。

▷ American music sales **suffered** an almost 10% **decline** in 2005. 美國音樂銷售在 2005 年遭受將近 10% 的衰退。

▷ The company succeeded in **reversing** its market-share **decline**. 這家公司成功逆轉了市佔率的下降。

▷ We **saw** a **decline** in world trade for two reasons. 我們看到世界貿易因為兩個原因而造成的衰退。

▷ Figure 2 **shows** the steady **decline** in profits. 圖 2 顯示利潤的持續下降。

(a) dramatic	decline	急劇的下降
(a) marked	decline	顯著的下降
(a) significant	decline	
(a) sharp	decline	急劇的下降
(a) steep	decline	
(a) rapid	decline	急速的下降
(a) gradual	decline	逐漸的下降
(a) steady	decline	穩定的下降
economic	decline	經濟衰退

▷ There's a **marked decline** in the use of public transport. 大眾運輸工具的使用顯著減少。

▷ There's been a **steep decline** in the number of jobs available. 職缺數急劇減少了。

▷ Rail passenger traffic went into **rapid decline**. 鐵路旅客運輸量急劇減少。

▷ The lung cancer mortality rate has seen a **gradual decline** since 1980. 肺癌死亡率從 1980 年後逐漸減少。

in	decline	衰退中
on	the decline	在衰退，在走下坡

▷ Jazz was **on** the **decline**, and pop music was on the rise. 爵士樂退了流行，而流行音樂崛起。

a decline	**in** A	A 的減少

▷ A **decline in** imports is improving the trade deficit. 進口的減少正在改善貿易逆差。

decline /dɪˋklaɪn/ 動 下降，減少；婉拒

decline	sharply	急劇下降
decline	dramatically	急劇下降
decline	slightly	稍微下降
decline	rapidly	急速下降
decline	steadily	穩定下降
gradually	decline	逐漸下降
★ 以上的副詞都可以用在動詞前面		

▷ Steel prices have **declined sharply** in most parts of the world. 鋼鐵的價格在世界上大部分的區域都急劇下跌了。

▷ Canadian exports to Thailand **declined slightly** in 2007. 加拿大對泰國的出口在 2007 年稍微減少。

▷ Smoking rates have **declined rapidly**. 吸菸率已經急速下降。

▷ The city's population has been **steadily declining** over the past ten years. 這個城市的人口在過去十年持續減少。

decline	**by** A	減少 A（幅度）

▷ Domestic beer consumption **declined by** 5% last year. 國內啤酒消費量在去年減少 5%。

decline	**to do**	拒絕做…

▷ She smiled and **declined to** comment. 她微笑不作評論。

decrease /ˋdikris/ 動 減少

D

significantly	decrease	
markedly	decrease	顯著減少
slightly	decrease	稍微減少
rapidly	decrease	急速減少
steadily	decrease	穩定減少
gradually	decrease	逐漸減少
★ 以上的副詞也可以用在動詞後面		

▷ Within 30 minutes, the patient's pain **significantly decreased**. 在 30 分鐘內，患者的疼痛就顯著減輕。

▷ The temperature has been **rapidly decreasing** outside. 外面的氣溫急速下降。

▷ The plane **gradually decreased** altitude. 飛機逐漸降低高度。

decrease	by A	減少 A（幅度）
decrease	in A	在 A（數值等）方面減少
decrease	with A	隨著 A 減少
★ decrease in A 的 A 是 number, size 等		

▷ Taxes **decreased by** 10%. 稅金減少了 10%。

▷ Some animals have been **decreasing in** number due to excessive hunting. 有些動物由於過度獵捕而使數量減少。

defeat /dɪˋfit/ 動 擊敗，戰勝

easily	defeat	簡單擊敗
narrowly	defeat	驚險打敗
finally	defeat	終於擊敗
be heavily	defeated	慘敗
★ defeat 常以被動態使用		

▷ I will not be so **easily defeated**! 我不會那麼容易就被打敗！

▷ Great Britain **finally defeated** Napoleon in 1815. 英國在 1815 年終於打敗拿破崙。

▷ In the election last month, Wilson was **heavily defeated**. Wilson 在上個月的選舉中慘敗。

be defeated	by A to B	以 A 對 B 的比數落敗
★ 表示得分、票數等		

▷ He was narrowly **defeated by** (a vote of) 216 **to** 208. 他以 216 比 208 的些微票數之差落敗。

defend /dɪˋfɛnd/ 動 保衛，防禦；為…辯護

successfully	defend	成功守住；成功保衛

vigorously	defend	
fiercely	defend	強烈為…辯護

▷ Labour **successfully defended** 18 out of 20 seats. 工黨成功守住 20 個議席中的 18 席。

▷ He **fiercely defended** the government decision. 他強烈擁護政府的決定。

defend	A against B	保衛 A 不被 B 侵犯

▷ Birds vigorously **defend** their nests **against** foxes. 鳥努力守住鳥巢，不讓狐狸入侵。

defense /dɪˋfɛns/ 名 保衛，防禦；辯護，（the defense）被告；防守隊伍（★ 英 defence）

come to	A's defense	趕來保衛 A；
rush to	A's defense	為 A 辯護
strengthen	A's defense	加強防禦
make	a defense	辯護
provide	a defense	提供辯護

▷ We have to **strengthen** our homeland **defenses**. 我們必須加強本國的國防。

▷ His lawyer was unable to **provide** a good **defense**. 他的律師無法提供良好的辯護。

a natural	defense	自然防禦
a strong	defense	強大的防禦
national	defense	國防
civil	defense	民防
coastal	defenses	海岸防衛

▷ The human body has a **natural defense** against germs. 人體有對抗細菌的自然防禦機制。

defense and security	防衛與安全

▷ He has a job connected with the **defense and security** of the nation. 他的工作與國防及國家安全有關。

defense	against A	為了對抗 A 的防禦
in defense	of A	保衛 A

▷ Amanda acted **in defense of** her freedom. Amanda 為了捍衛自由而行動。

deficit /ˋdɛfɪsɪt/ 名 不足額，赤字

produce	a deficit	造成赤字

reduce	the deficit	減少赤字
cut	the deficit	
show	a deficit	呈現赤字

▷Finally the Government has managed to **reduce** the **deficit** between imports and exports. 最終，政府設法成功減少了進出口間的逆差。
▷This year's budget **shows** a **deficit** of $5 million. 今年預算不足的差額是 500 萬美元。

a huge	deficit	巨額赤字
a fiscal	deficit	財政赤字
a budget	deficit	預算赤字
a trade	deficit	貿易逆差

▷The Government's economic policy has produced a **huge** budget **deficit**. 政府的經濟政策造成了巨額的預算赤字。

define /dɪˋfaɪn/ 動 定義，界定，規定

accurately	define	正確定義
carefully	define	謹慎定義
precisely	define	準確定義
clearly	define	清楚定義
broadly	define	廣義地定義
vaguely	define	模糊地定義
closely	define	嚴密地定義
strictly	define	

▷We must **accurately define** our terms. 我們必須準確定義我們的用語。
▷Security is **broadly defined** as a nation's effort to protect its interests from attack. 安全保障可以廣義定義為國家為保護自身利益不受侵害而做的努力。
▷Every concept needs to be **strictly defined**. 每個概念都需要嚴格界定。

| defined | in terms of A | 依據 A 來界定的 |

▷Happiness is **defined in terms of** the satisfaction of desires. 幸福是依照欲望的滿足程度來定義的。

| define | A as C | 將 A 定義為 C |

▷Health is **defined as** a state of complete physical, social, and mental well-being. 健康被定義為身體、社會、精神層面完全健康、幸福的狀態。
◆**as defined above** 如同上述所定義（★ 用於論文等）▷The term "communication" is used as defined above. 「溝通」一詞是依照上述的定義使用。

definition /ˌdɛfəˋnɪʃən/ 名 定義

give	a definition	給予定義
fall within	the definition	在定義範圍內
come within	the definition	

▷It's difficult to **give** a precise **definition** of the word "beauty." 要給 beauty 這個字準確的定義很難。
▷Whales **fall within** the **definition** of mammals. 鯨魚在哺乳類的定義範圍內。

a clear	definition	清楚的定義
a precise	definition	準確的定義
a broad	definition	廣義上的定義
a wide	definition	
a dictionary	definition	字典上的定義
a legal	definition	法律上的定義

▷There is no **precise definition** of obesity. 肥胖並沒有嚴密的定義。
▷Can you give a **broad definition** of feminism? 你可以給女性主義一個廣義上的定義嗎？
▷What's the **dictionary definition** of "collocation"? 「字詞搭配」在字典上的定義是什麼？
▷What is the **legal definition** of brain death? 腦死在法律上的定義是什麼？

| by | definition | 依照定義；本質上，當然 |

▷Communication is, **by definition**, the transfer of ideas. 溝通當然就像它的字義一樣，是想法的傳遞。

degree /dɪˋgri/ 名 學位；度數；程度

have	a degree	擁有學位
hold	a degree	
take	a degree	取得學位
英 do	a degree	
get	a degree	得到學位
obtain	a degree	

▷Bill **has a degree** in history. Bill 有歷史學位。
▷She **took** an MA **degree** in English. 她取得了英語碩士學位。

a university	degree	大學學位
a considerable	degree	相當的程度
a high	degree	很高的程度
a greater	degree	較大的程度
a lesser	degree	較小的程度

a certain	degree	某種程度
varying	degrees	各種不同程度

▷ There was a **considerable degree** *of* opposition to the new divorce law. 對於新的離婚法律，有相當程度的反對。

▷ The factory has achieved a **high degree** *of* production due to automation. 這座工廠由於自動化而達到很高的產量。

▷ Young people find they need a **greater degree** *of* freedom. 年輕人覺得他們需要更大的自由。

to some	degree	某種程度上
to a certain	degree	

▷ **To a certain degree**, I understand that. 某種程度上我可以理解。

ten	degrees Celsius	攝氏 10 度
ten	degrees centigrade	

▷ The temperature is about 25 **degrees Celsius** at this time of the year. 每年這個時期，氣溫大約攝氏 25 度。

delay /dɪ`le/ 名 延遲，延誤

face	(a) delay	面臨延遲
cause	(a) delay	造成延遲
avoid	(a) delay	避免延遲
reduce	(the) delay	減少延遲

▷ Bad weather **caused delays** in the arrangements. 壞天氣造成了安排上的延誤。

▷ Fog **caused** long **delays** at Heathrow Airport. 霧造成了希斯洛機場的大幅延誤。

a considerable	delay	相當長的延遲
a long	delay	長時間延遲，大幅延遲
a slight	delay	稍微的延遲
(a) further	delay	更進一步的延遲

▷ There's a **slight delay** between pressing the button and the photo being taken. 從按下按鍵到拍好照片，有些許的延遲。

without	delay	立即，馬上

▷ I must hurry back to the hotel **without delay**. 我必須馬上趕回飯店。

delay /dɪ`le/ 動 延遲，延誤

seriously	delayed	嚴重延誤的
further	delay	更進一步推遲
deliberately	delay	故意延遲

▷ If we don't start now, the project will be **seriously delayed**. 如果我們現在不開始，計畫就會嚴重延誤。

delay	A until B	將 A 延後到 B

▷ The sales figures will be **delayed until** the end of the month. 銷售數字（的發表）會被延後到月底。

delicious /dɪ`lɪʃəs/ 形 美味的

taste	delicious	嘗起來美味

▷ This curry **tastes delicious**! 這咖哩很好吃！

absolutely	delicious	非常美味的
quite	delicious	

★ 不說 ×very delicious

▷ This meat is **absolutely delicious**! 這肉非常美味！

▷ I did enjoy that wine very much. It was fruity and **quite delicious**. 我真的很喜歡那支酒。既有果香味又很好喝。

delight /dɪ`laɪt/ 名 愉快，高興；樂事

express	one's delight	表達高興
take	(a) delight	以什麼為樂

▷ Alan **expressed** his **delight** at the results. Alan 表達了他對於結果的喜悅。

great	delight	很大的愉悅
pure	delight	單純的愉悅
(a) sheer	delight	純然的愉悅

▷ Skiing was his **great delight**. 滑雪是他的一大樂事。

▷ She smiled a broad smile of **sheer delight**. 她咧嘴而笑，浮現純然的喜悅。

with	delight	愉快地
in	delight	
to	A's delight	令 A 愉快地

▷ People still remember those days **with delight**. 人們仍然愉快地回憶那些日子。

▷ **To my delight**, I found what I was looking for. 找到我在找的東西，我很高興。

delighted /dɪˋlaɪtɪd/ 形 高興的，愉快的

absolutely	delighted	非常高興的
highly	delighted	
obviously	delighted	顯然很高興的
clearly	delighted	

▷ "Did he like your present?" "Yes. He was **absolutely delighted**." 「他喜歡你的禮物嗎？」「是啊，他非常高興。」

▷ I am **obviously delighted** to receive this award. 我非常高興能得到這個獎。

delighted	with A	對於 A 感到高興的
delighted	at A	
delighted	by A	

▷ I'm quite **delighted with** the outcome. 我對結果感到很高興。

delighted	that...	因為…而高興的
delighted	to do	樂於做…的

▷ We're **delighted that** Bill is supporting our project. 我們很高興 Bill 支援我們的計畫。

▷ I'm **delighted to** see you. 我很高興見到你。

deliver /dɪˋlɪvɚ/ 動 遞送；生產（嬰兒），為（產婦）接生，接生（嬰兒）

deliver	free of charge	免費運送
deliver	by hand	親手送交；由專人送交
be safely	delivered	（產婦）平安生產；（嬰兒）平安出生

▷ She was **safely delivered** of a baby girl. 她平安產下了女嬰。

deliver	A to B	把 A 送到 B；向 B 傳達 A

▷ Did you **deliver** the message **to** Mike? 你把訊息傳達給 Mike 了嗎？

delivery /dɪˋlɪvərɪ/ 名 遞送；分娩

make	(a) delivery	遞送
accept	delivery	接收運送的貨物
take	delivery	
have	(a) delivery	生產

▷ We can **accept delivery** between 8 a.m. and 12 o'clock. 我們可以在上午 8 點到 12 點接收貨物。

▷ We can **take delivery** *of* the parcel any time after 10 o'clock. 我們可以在 10 點以後任何時間收包裹。

express	delivery	快遞
special	delivery	特別快遞
late	delivery	遞送延誤
free	delivery	免費運送
an easy	delivery	順利生產
a difficult	delivery	難產

▷ I sent a letter by **special delivery** to William. 我用特別快遞寄了一封信給 William。

▷ We apologize for the **late delivery**. 我們為送貨延誤致歉。

▷ Our company offers **free delivery** on certain purchases. 本公司提供特定購買商品免費運送。

▷ She had an **easy delivery** in hospital. 她在醫院順利生產了。

demand /dɪˋmænd/ 英 /diˋmɑːnd/

名 要求；需求

make	a demand	要求
meet	a demand	滿足要求
satisfy	a demand	
reject	a demand	拒絕要求
resist	a demand	
increase	(the) demand	增加需求
reduce	(the) demand	減少需求

▷ The bank robber **made a demand** for money. 銀行搶匪索求金錢。

▷ The Prime Minister **rejected demands** from Labour MPs. 首相拒絕了工黨國會議員的要求。

▷ The new technology **increased the demand** for engineers. 新科技增加了對工程師的需求。

▷ It may be true that high prices have **reduced the demand** for organic foods. 高價格減少了對有機食品的需求，可能是事實。

a legitimate	demand	正當的要求
a reasonable	demand	合理的要求
(a) great	demand	大量的需求
(a) heavy	demand	
(a) high	demand	很高的需求
(a) strong	demand	很強的需求

D

(a) growing	demand	增加中的需求
(an) increasing	demand	
(an) excess	demand	超額需求（供不應求的情況）

▷ There's a **great demand** for our products. 我們的產品需求量很大。
▷ *Harry Potter* is in **high demand**. 《哈利波特》的需求量很大（很多人要買）。
▷ There was an **excess demand** for their services. 對他們服務的需求，超過了他們所能提供的。

| in | demand | 受到需要，受歡迎 |
| demand | for A | 對 A 的需求 |

▷ Healthy food is increasingly **in demand**. 健康食品越來越受歡迎。
▷ The global **demand for** electricity is expected to increase by 50% by the year 2020. 全球電力需求預期將於 2020 年前增加 50%。

demand /dɪˋmænd/ 英 /dɪˋmɑːnd/

動 要求，需要；盤問

| increasingly | demand | 日漸需要 |

▷ University posts these days **increasingly demand** a doctorate. 最近的大學教職，需要博士學位的越來越多。

| demand | A of B | 向 B 要求 A |

▷ Her boss **demanded** a great deal **of** her. 她的上司對她要求很多。

| demand | (that)... | 要求… |
| demand | to do | 要求做… |

▷ I **demand that** you leave here at once! 我要你馬上離開！
▷ She **demanded to** see the boss immediately. 她要求立刻見上司。

democracy /dɪˋmɑkrəsɪ/ 英 /dɪˋmɔkrəsi/

名 民主主義，民主制度；民主政體

parliamentary	democracy	議會民主制度
representative	democracy	代議民主制度
direct	democracy	直接民主制度
liberal	democracy	自由民主國家

▷ The United States, Australia, and Japan are all liberal democracies. 美國、澳洲、日本都是自由民主國家。

democratic /ˌdɛməˋkrætɪk/ 形 民主的

truly	democratic	真正民主的
genuinely	democratic	
fully	democratic	完全民主的

▷ If this country was **fully and truly democratic**, we wouldn't be in the situation we're in now. 如果這個國家真的完全民主的話，我們就不會落入現在這種情況。

demonstrate /ˋdɛmənˌstret/

動 論證；顯示；示範，說明；遊行示威

| clearly | demonstrate | 清楚顯示 |
| demonstrate | peacefully | 和平示威 |

▷ Research has **clearly demonstrated** many people don't understand that new system very well. 研究清楚顯示，許多人不是非常了解新的制度。

| demonstrate | that... | 證明…；顯示… |
| demonstrate | wh- | 證明…；顯示…；示範… |

★ wh- 是 how, when, why 等

▷ The report **demonstrates that** a lot of people are dissatisfied. 這份報告顯示有許多人不滿意。
▷ The flight attendant **demonstrated how** to open the emergency exit door. 空服員示範如何打開緊急逃生門。

| demonstrate | against A | 遊行反對 A |

▷ Ten thousand people **demonstrated against** the war. 有一萬人參加了反戰遊行。

demonstration /ˌdɛmənˋstreʃən/

名 示威遊行；示範；表露；論證

hold	a demonstration	舉行示威活動
stage	a demonstration	
join	a demonstration	參加示威活動
take part in	a demonstration	
give	a demonstration	進行示範

★「舉辦示威遊行」不是 ×make a demonstration

▷ Taxi drivers **held a demonstration** outside City

Hall. 計程車司機在市政府前進行示威。

▷ Police say about 3,000 people **joined a demonstration** in London. 警方表示，有大約 3,000 人參加了倫敦的示威運動。

▷ She **gave a demonstration** of Irish traditional dancing. 她示範了愛爾蘭的傳統舞蹈。

a demonstration	takes place	發生示威活動

▷ A mass **demonstration took place** in front of the Houses of Parliament. 英國國會大廈前發生了群眾示威活動。

a large	demonstration	大型示威活動
a big	demonstration	
a mass	demonstration	群眾示威活動
a public	demonstration	
a peaceful	demonstration	和平示威活動
a violent	demonstration	暴力示威活動
a protest	demonstration	抗議示威活動
a practical	demonstration	實際的說明、示範、表現

▷ In Melbourne, there was a **large demonstration** last week. 上星期在墨爾本有一場大型示威。

▷ A **peaceful demonstration** is being held on Friday. 星期五將會舉行和平示威活動。

▷ Can you give us a **practical demonstration**? 你可以實際示範嗎？

deny /dɪˋnaɪ/ 動 否認；拒絕

strongly	deny	強烈否認
emphatically	deny	
hotly	deny	竭力否認
strenuously	deny	
categorically	deny	斷然否認
consistently	deny	一貫否認

▷ Jackson **strongly denied** the charges.
Jackson 強烈否認那些指控。

▷ The government **categorically denied** reports on Friday by two local newspapers. 政府斷然否認兩份地方報在星期五的報導。

▷ He has **consistently denied** those rumors. 他一貫否認那些傳言。

deny	(that)...	否認…
deny	do**ing**	否認做過…

▷ I can't **deny that** I want to go there. 我不能否認

我是想去那裡。

◆ **There is no denying that...** 無可否認，…

▷ There is no denying that knowledge is power. 無可否認，知識就是力量。

▷ She denied opening my letters. 她否認打開了我的信。

departure /dɪˋpɑrtʃɚ/ 名 出發；背離

D

an abrupt	departure	突然的出發
a sudden	departure	
an early	departure	提早出發
a late	departure	延後出發
a radical	departure	巨大的背離
a significant	departure	

▷ Writing this book was a **radical departure** *from* his previous career. 寫這本書，是和他以前的職業生涯相當不同的事情。

▷ Both graphs depict a **significant departure** *from* expected results. 兩張圖表都顯現出與預期結果很大的不同。

departure	for A	前往 A 的出發
departure	from A	從 A 的出發

▷ It has been two weeks since John's **departure from** Paris. 自從 John 從巴黎出發，已經過了兩週。

depend /dɪˋpɛnd/ 動

（depend on, depend upon）取決於…；依靠…

depend	crucially on A	關鍵地取決於 A
depend	entirely on A	完全取決於 A；完全依靠 A
depend	solely on A	
depend	largely on A	主要取決於 A
depend	mainly on A	
depend	primarily on A	
depend	heavily on A	非常依賴 A
depend	partly on A	部分取決於 A

▷ Effective teaching **depends crucially on** the teacher's communication skills. 有效的教導十分仰賴教師的溝通技巧。

▷ It is unwise to **depend solely on** the information contained on websites. 只依靠網站裡的資訊是不明智的。

▷ Your choice of hotel **depends largely on** the amount you want to pay. 你的旅館選擇主要取決於

想付出的金額。

▷ Bone density **depends partly on** the amount of calcium. 骨骼密度部分取決於鈣的量。

it depends (on)	wh-	取決於…
★ wh- 是 what, where, how 等		

▷ "I've done something awful. Will you forgive me?" "**It depends what** you did!" 「我做了很糟糕的事。你會原諒我嗎?」「要看你做了什麼!」

deposit /dɪˋpɑzɪt/ 英 /dɪˋpozit/

名 存款;訂金,押金,保證金

make	a deposit	存款
have	a deposit	有存款
pay	a deposit	支付訂金
put down	a deposit	
pay	a deposit	支付保證金
leave	a deposit	
lose	a deposit	被沒收保證金
forfeit	a deposit	

▷ I want to **make a deposit** into my account. 我想存款到帳戶裡。

▷ I **have a deposit** *of* £10,000 in the bank. 我在銀行有 1 萬英鎊的存款。

▷ You need to **pay a reservation deposit**. 你需要支付預約訂金。

a bank	deposit	銀行存款
a time	deposit	定期存款

depression /dɪˋprɛʃən/

名 沮喪,憂鬱症;不景氣,蕭條

suffer from	depression	患有憂鬱症
fall into	depression	陷入憂鬱
go into	depression	

▷ Ryan **suffered from** severe **depression**. Ryan 患有重度憂鬱症。

severe	depression	重度憂鬱
deep	depression	嚴重憂鬱
manic	depression	躁鬱症
postnatal	depression	產後憂鬱症
severe	depression	嚴重的不景氣

economic	depression	經濟衰退

▷ He went into **deep depression**. 他陷入嚴重的憂鬱狀態。

▷ The US economy plunged into **severe depression**. 美國經濟陷入嚴重的蕭條。

▷ The **economic depression** lasted throughout the 1990s. 經濟衰退在 1990 年代一直持續著。

depth /dɛpθ/ 名 深度;深處

considerable	depth	相當的深度
great	depth	

▷ The wreck was located at a **great depth** beneath the ocean. 沉船位於海底相當深的地方。

in	depth	深入地

▷ We have discussed it **in depth**. 我們深入討論過這件事。

at	a depth of A	在 A 的深度
to	a depth of A	到 A 的深度

▷ Seeds were sown **at a depth of** 5 cm. 種子種在 5 公分深處。

▷ Pour the oil **to a depth of** roughly 4 inches in a large, deep saucepan. 將油倒進大的平底深鍋,倒到鍋內約 4 英吋深的量。

describe /dɪˋskraɪb/ 動 描寫,描述,形容

accurately	describe	正確地描述
briefly	describe	簡潔地描述
fully	described	經詳盡說明的
previously	described	前述的
described	above	上述的
described	below	下述的
★ accurately, briefly 可以用在 describe 後面,previously 可以用在 described 後面		

▷ She was in shock, so she couldn't **accurately describe** what had happened. 她受了驚嚇,所以不能正確地描述發生的事情。

▷ Would you **briefly describe** your view on this issue? 可以請你簡單敘述對於這個議題的看法嗎?

▷ The analysis was carried out as **described previously**. 分析以前述方式進行。

describe	A as C	將 A 描述為 C

▷ People **described** her **as** "cute" or "attractive." 人們形容她「可愛」或者「有魅力」。

describe	wh-	描述…
★ wh- 是 how, what, who 等		

▷ It's hard to **describe how** she felt. 很難形容她的感覺。

description /dɪˋskrɪpʃən/

名 描寫，描述，形容，說明

give	a description	描述
provide	a description	
defy	description	難以被描述
issue	a description	發布（對嫌犯等的）描述
fit	the description	符合描述

▷ He wrote to me and **gave a description** of you. 他寫信給我，描述你是怎樣的人。

▷ Mark **provided** a detailed **description** of his study. Mark 詳細描述了自己的研究。

▷ Police have **issued a description** of the man. 警方發布了對於那名男子的描述。

a detailed	description	詳細的描述
a full	description	
an accurate	description	正確的描述
a brief	description	簡潔的描述
a short	description	簡短的描述
a general	description	概要說明
an objective	description	客觀的描述

▷ Is that an **accurate description** of what was happening? 對於發生的事情，那是正確的描述嗎？

▷ This brochure gives a **short description** of what is worth seeing in Russia. 這份小冊子簡單說明俄羅斯值得看的地方。

▷ A **general description** can be seen in Figure 1. 從圖 1 可以看到概要說明。

beyond	description	難以形容

▷ Her beauty was **beyond description**. 她的美難以形容。

deserve /dɪˋzɝv/ 動 應得，值得

richly	deserve	完全應得
fully	deserve	十分應得
thoroughly	deserve	
well	deserve	

▷ Former US President Mr. Jimmy Carter **richly deserves** the Nobel Peace Prize. 前美國總統 Jimmy Carter 獲得諾貝爾和平獎完全是應該的。

▷ She was a wonderful ice skater. Her reputation was **well deserved**. 她是很優秀的滑冰選手。她的名聲實至名歸。

deserve	better	應該得到更好的、更多（待遇等）
deserve	more	

▷ I feel so strongly that this country **deserves better** than what it has now. 我強烈認為這個國家應該得到比現在更好的事物。

deserve	to do	值得（做）…

▷ Do you think England **deserved to** win the Rugby World Cup? 你認為英格蘭應該在世界盃橄欖球賽中獲勝嗎？

design /dɪˋzaɪn/ 名 設計（圖）；意圖，計畫

create	a design	創造設計

▷ He **created** a unique **design**. 他創造出獨特的設計。

a basic	design	基本的設計
an original	design	獨創的設計
a modern	design	現代的設計
the overall	design	整體的設計
floral	designs	花朵圖樣
geometric	designs	幾何圖樣
grand	design	偉大的計畫

▷ The **basic design** is the same, but the shape has been changed. 基本的設計相同，但外形改變了。

▷ I'm in charge of the **overall design** and production. 我負責整體設計與生產。

a design	for A	A 的設計

▷ Do you have any ideas on a **design for** your garden? 你對於花園的設計有任何想法嗎？

design /dɪˋzaɪn/ 動 設計

carefully	designed	仔細設計的
beautifully	designed	設計得很美的

specially	designed	特別設計的
originally	designed	最初設計的

▷Everything in the center of the capital is **carefully designed** and built. 首都中心的一切都經過仔細設計及建造。

▷The book is **beautifully designed**. 這本書設計得很美。

▷The building was **originally designed** in the 1950's. 這棟建築最初是在 1950 年代設計的。

be designed	to do	被設計成…
be designed	for A	為了 A 而被設計

▷The boat was **designed to** look like a swan. 這艘船被設計得像是天鵝。

▷Kate stayed at one of the small bedrooms that was **designed for** guests. Kate 住在其中一間為訪客設計的小寢室。

desire /dɪˋzaɪr/ 图欲望，渴望

feel	a desire	感受渴望
express	a desire	表明渴望
indicate	a desire	
satisfy	a desire	滿足渴望
fulfill	a desire	
reflect	a desire	反映渴望

▷I **felt** the **desire** to hit him. 我感覺很想打他。

▷Charlie **expressed** a **desire** to stay with us. Charlie 表明了想和我們在一起的意願。

▷He had become a doctor in order to **satisfy** his **desire** to save lives. 他為了滿足拯救生命的渴望而成為醫師。

▷The walls around the house **reflect** the **desire** to protect the family from the outside world. 房屋周圍的圍牆，反映出保護家人不受外界侵擾的渴望。

a burning	desire	熱切的渴望
a great	desire	
a strong	desire	強烈的渴望
an overwhelming	desire	難以抗拒的渴望
a genuine	desire	真心的渴望
a natural	desire	自然的渴望
sexual	desire	性慾

▷He has a **burning desire** to become the world number one tennis player. 他熱切渴望成為世界第一的網球選手。

▷My **great desire** is to work for peace and inter-

national understanding. 我強烈希望為和平與國際間的相互理解努力。

▷Suddenly I felt a **strong desire** to eat lots of ice cream. 我突然感受到想吃很多冰淇淋的渴望。

have	no desire to do	無意做…

▷I honestly **had no desire to** see this film. 老實說，我並不想看這部電影。

desk /dɛsk/ 图書桌

sit at	one's desk	坐在書桌前
leave	one's desk	離開座位
clear	A's desk	收拾桌面

▷He was **sitting at** his **desk**. 他坐在書桌前。

▷I **left** my **desk** and went to the library. 我離開座位，前往圖書館。

▷Mind if I **clear** your **desk**, Alex? 你介意我收拾你的桌面嗎，Alex？

despair /dɪˋspɛr/ 图絕望

drive A to	despair	使 A 陷入絕望

▷Losing his job and getting divorced **drove** him **to** despair. 失業又離婚，使他陷入絕望中。

deep	despair	深深的絕望
utter	despair	徹底的絕望

▷He saved me from **utter despair**. 他把我從絕望的深處拯救出來。

in	despair	絕望地

▷I shook my head **in despair**. 我絕望地搖頭。

desperate /ˋdɛspərɪt/ 形自暴自棄的，情急而鋌而走險的；孤注一擲的；絕望的

really	desperate	非常自暴自棄的
absolutely	desperate	徹底自暴自棄的
increasingly	desperate	越來越自暴自棄的

▷The situation is **absolutely desperate**. 情況徹徹底底地絕望了。

▷She was growing **increasingly desperate**. 她越來越自暴自棄。

desperate	for A	非常渴望 A 的

▷Andy is really **desperate for** a girlfriend. Andy 非常渴望有個女友。

be desperate	to do	非常渴望做…

▷He was **desperate to** make up for his mistakes. 他很渴望彌補自己的錯誤。

destroy /dɪˋstrɔɪ/ 動 破壞

completely	destroy	
entirely	destroy	徹底破壞
totally	destroy	
effectively	destroy	實質上破壞
virtually	destroy	
largely	destroy	大部分破壞

▷The bombing **completely destroyed** that building. 炸彈轟炸完全毀壞了那棟建築物。
▷The incident has **effectively destroyed** our confidence in him. 這起事件實質上破壞了我們對他的信任。
▷Coventry was **largely destroyed** during the Second World War. Coventry 在第二次世界大戰時大部分被毀。

be destroyed	by A	被 A 破壞
★ A 是 fire, a bomb, an earthquake 等		

▷The church was **destroyed by** the 1843 earthquake. 這座教堂在 1843 年的地震中毀壞。

destruction /dɪˋstrʌkʃən/ 名 破壞

cause	destruction	造成破壞
lead to	the destruction	導致毀滅
prevent	destruction	防止破壞

▷Floods can **cause** extreme **destruction** to river environments. 洪水會對河川環境造成極大的破壞。
▷Global warming will **lead to** the **destruction** of the earth. 全球暖化將導致對地球的破壞。

total	destruction	
complete	destruction	徹底的破壞
wholesale	destruction	
mass	destruction	大規模的破壞
widespread	destruction	廣範圍的破壞

▷We don't want to risk **wholesale destruction** of the system. 我們不想冒徹底毀壞系統的風險。

▷Some countries still have weapons of **mass destruction**. 某些國家仍然擁有大規模殺傷性武器。

detail /ˋditel/

名 細節，細部；（details）詳情

give	details	提供細節
provide	details	
go into	detail(s)	深入細節
announce	details	公布細節
release	details	
reveal	details	透露細節
contain	details	包含細節
include	details	

▷He promised to **give details** later. 他保證之後會說明細節。
▷I won't **go into detail** because I haven't got time. 我不會深入（說明）細節，因為我沒有時間。
▷NHK has **announced details** of its brand-new music program. NHK 宣布了全新音樂節目的細節。

fine	detail(s)	精細的細節
precise	detail(s)	精確的細節
full	details	完整的詳情
further	detail(s)	更進一步的細節

▷The **fine detail** of his comics is clearly illustrated. 他漫畫的精密細節描繪得很清楚。
▷There's been an accident, but we don't know the **precise details** yet. 發生了事故，但我們還不知道精確的細節。
▷I don't know the **full details**. 我不知道完整的詳情。
▷For **further details**, watch their website. 想知道更多詳情，請注意他們的網站。

in	detail	詳細地

▷He described **in detail** what he had seen and read. 他詳細描述他所看到和讀到的。
◆**in greater detail / in more detail** 更詳細地
▷He explained everything to me in greater detail. 他更詳細地向我說明一切。

be genetically	determined	由遺傳決定
be biologically	determined	在生物（學）層面被決定
be culturally	determined	在文化方面被決定

be largely	determined	主要、大部分被決定

▷ A characteristic can be **genetically determined**.
一項特徵可能是由遺傳決定的。
▷ Pricing is **largely determined** *by* competition.
價格主要由競爭決定。

determine	wh-	確定…
★ wh- 是 how, why, who, what 等		

▷ The police weren't able to **determine how** the fire started. 警察無法確定火災是如何發生的。

develop /dɪˋvɛləp/ 動 發展，培養；開發

rapidly	develop	迅速發展
fully	develop	完全發展
be originally	developed	起初被開發

▷ Leeds is **rapidly developing** as a cosmopolitan city. Leeds 正迅速發展成國際大都會。
▷ The technology was **originally developed** in the United States. 這項技術起初是在美國開發的。

develop	from A	從 A 發展
develop	into A	發展為 A

▷ Many of our projects are **developed from** our employee's ideas. 我們的許多計畫都從員工的想法發展而來。

developed /dɪˋvɛləpt/

形 發達的，先進的，已開發的

highly	developed	高度發展的
well	developed	很發達的
fully	developed	十分發達的
recently	developed	最近發展的；
newly	developed	新開發的

▷ Japan was the first **highly developed** country in East Asia. 日本是東亞第一個高度發展的國家。
▷ Genetic engineering is a **recently developed** but highly controversial technology. 基因工程是最近發展但非常具爭議性的技術。

development /dɪˋvɛləpmənt/

名 發展，發達；進展，事態發展

encourage	the development	鼓勵發展
promote	the development	促進發展
support	the development	支持發展
prevent	the development	防止、妨礙發展

▷ At the moment, Thailand vey much **supports** the **development** *of* its tourism industry. 目前泰國非常支持自國的觀光業發展。
▷ Doctors are doing all they can to **prevent** the **development** *of* diabetes. 醫生們竭盡所能防止糖尿病的病情發展。

economic	development	經濟發展
industrial	development	工業、產業發展
regional	development	區域發展
urban	development	都市發展
product	development	產品開發
child	development	孩童的發展
significant	development	顯著、重要的進展
recent	development	最近的進展
technological	development	技術的進展

▷ We have an interest in China's **economic development**. 我們對中國的經濟發展有興趣。
▷ What were the most **significant developments** in the EU during the 1990s? 歐盟在 1990 年代最重要的進展是什麼？

device /dɪˋvaɪs/ 名 裝置，設備；手法

a labor-saving	device	省力裝置
an electronic	device	電子裝置
a mechanical	device	機械裝置
an explosive	device	爆破裝置
a safety	device	安全裝置
a storage	device	（電腦）儲存裝置
a nuclear	device	核子裝置
a rhetorical	device	修辭手法

▷ Please turn off any **electronic devices** and put your seats and trays in the upright position. 請關閉所有電子裝置，並且將椅背及餐桌收直。（★ 飛機內廣播）
▷ He planted an **explosive device** in a garbage bin. 他在垃圾桶裡安裝了爆破裝置。
▷ The author uses many **rhetorical devices** such as metaphor and simile. 作者使用許多隱喻與明喻之類的修辭手法。

a device	for A	為了…的裝置

▷A cellphone is a handy **device for** sending email. 手機是可以用來寄電子郵件的便利裝置。

devote /dɪˋvot/ 動 奉獻；投入

devote	exclusively	完全奉獻
devote	entirely	

▷She **devoted** her time **exclusively** *to* revising for the exam. 她把時間完全投入於準備考試的複習。

devote	A to B	將 A 奉獻給 B
★ A 是 life, time, energy money, effort 等		

▷Amanda **devoted** her life **to** her children. Amanda 奉獻她的人生在小孩身上。

diary /ˋdaɪərɪ/ 名 日記

keep	a diary	寫日記 （保持寫日記的習慣）
write in	one's **diary**	寫在日記裡

▷I've **kept a diary** since I was ten years old. 我從 10 歲開始寫日記。

dictionary /ˋdɪkʃənˏɛrɪ/ 英 /ˋdikʃənəri/

名 字典，辭典

consult	a dictionary	查字典
look A up in	a dictionary	在字典裡查 A
compile	a dictionary	編纂字典

▷**Consult** your **dictionary** and correct any errors. 查查你的字典，訂正所有錯誤。
▷Johnson **compiled** his famous **dictionary** in the 18th century. Johnson 在 18 世紀編纂了他有名的字典。

die /daɪ/ 動 死，死亡

die	peacefully	安詳地死去
die	suddenly	突然死亡
die	instantly	立即死亡
die	prematurely	早逝；早夭
die	young	英年早逝
die	aged 80	在 80 歲時死亡
eventually	die	最終死去

▷His father **died suddenly** when Lenny was eight. Lenny 八歲時父親突然過世。
▷A drunk driver crashed into the side of his car. He **died instantly**. 一名酒駕駕駛撞上他車子的側面。他當場死亡。
▷He **died prematurely** of a heart attack. 他因為心臟病發而英年早逝。
▷Everyone will **eventually** die. 每個人終究會死。

die	of A	因為 A 而死
die	from A	
be dying	for A	非常渴望 A
be dying	of A	因為 A 而受不了
★ dying of A 的 A 是 boredom, thirst 等		

▷My mother **died of** old age. 我的母親因為年老而過世。
▷He **died from** overwork. 他過勞而死。
▷I've been **dying for** a break. 我非常想要休息。
▷Let's find a pub. I'm **dying of** thirst! 我們找間酒吧。我渴死了！

be dying	to do	非常渴望做…

▷I'm **dying to** see her again. 我非常想再見到她。
PHRASES
Never say die! ☺ 絕對不要輕言放棄！
You only die once. ☺「你只會死一次」（所以就放手一搏試吧）

diet /ˋdaɪət/ 名 飲食，日常飲食；節食

follow	a diet	遵守一種飲食方法
go on	a diet	開始節食
go off	a diet	停止節食
come off	a diet	
be on	a diet	正在節食

▷He **follows** his **diet** very strictly. 他嚴格遵守自己的飲食法。
▷I decided to **go on a diet**. 我決定了要開始節食。
▷"Would you like a chocolate?" "No thanks. I'm **on a diet**."「你要來塊巧克力嗎？」「不，謝了。我正在節食。」

a healthy	diet	健康的飲食
a balanced	diet	均衡的飲食
a poor	diet	不良的飲食
a staple	diet	主食
a vegetarian	diet	素食的飲食
a high-fiber	diet	高纖飲食

a high-protein	diet	高蛋白飲食
a low-fat	diet	低脂飲食

▷ You need to go on a **healthy diet**. 你需要採取健康的飲食／節食法。

▷ I eat a **balanced diet** consisting of plenty of fresh fruit and vegetables. 我吃含有大量新鮮蔬果的均衡飲食。

▷ Meat is the **staple diet** of most Europeans. 肉是大部分歐洲人的主食內容。

differ /ˈdɪfə/ 動 不同，相異；意見不同

differ	significantly	
differ	considerably	相當不同
differ	greatly	
differ	markedly	
differ	slightly	稍微不同

▷ Rates of cancer **differ widely** with age. 癌症患者比率隨著年齡而有很大的差異。

▷ The speech of women **differs slightly** from that of men. 女性的言談與男性稍有不同。

beg to	differ	（提出異議時）恕不同意
agree to	differ	同意彼此保留不同意見

▷ " I think the Americans should stay in Afghanistan." "Really? I **beg to differ!**" 「我認為美國人應該留在阿富汗。」「真的嗎？恕我不同意！」

differ	from A	不同於 A
differ	with A	與 A（人）意見不同
differ	on A	對於 A 意見不同
differ	over A	

▷ I know that your tastes **differ from** mine. 我知道你的喜好和我不同。

▷ I **differ with** you on that point. 對於那一點，我的意見和你不同。

▷ They **differ over** how serious these problems are. 關於這些問題有多嚴重，他們意見不同。

difference /ˈdɪfərəns/

名 不同，差異；（differences）意見不合

make	a difference	有所影響
find	any difference(s)	發現差異
notice	a difference	注意到差異

see	the difference	辨別出差異
tell	the difference	
show	the difference	顯示差異
have	one's differences	意見不合
resolve	one's differences	解決意見不合
settle	one's differences	

▷ Location can **make** a big **difference** to the success of a company. 地點會對公司的成功有很大的影響。

▷ No one will **notice** a **difference** except you. 除了你以外，沒有人會注意到差別。

▷ Can you **tell** the **difference** *between* butter and margarine? 你能分辨奶油和人造奶油的差異嗎？

▷ Table 2 **shows** the **difference** *in* patients' weight after training. 表 2 顯示訓練過後的患者體重差異。

a big	difference	很大的差異
a huge	difference	
a major	difference	
a great	difference	
a considerable	difference	相當大的差異
a fundamental	difference	根本的差異
a significant	difference	重大的差異
an important	difference	
the main	difference	主要的差異
a slight	difference	些微的差異
a subtle	difference	微妙的差異
cultural	difference	文化上的差異

▷ When you make tea, warming the teapot makes a **big difference**. 當你泡茶時，先暖壺會有很大的差異（會讓茶好喝很多）。

▷ There was a **great difference** *in* personality between the two men. 那兩個男人個性有很大的不同。

▷ What are the **crucial differences** *between* information and knowledge? 資訊與知識的決定性差異是什麼？

▷ He was rich, but I wasn't. That was the **main difference** *between* us. 他很富有，但我不是。那是我們主要的差別。

▷ Nick and I had a **slight difference** *of* opinion. Nick 和我的意見不太一樣。

different /ˈdɪfərənt/ 形 不同的；另外的

look	different	看起來不一樣

▷ Oh! You **look different**. You've had a haircut! 噢！你看起來不一樣了。你剪了頭髮！

significantly	different	顯著不同的
completely	different	
entirely	different	完全不同的
totally	different	
rather	different	有些不同的
somewhat	different	
slightly	different	稍微不同的
subtly	different	微妙地不同的

▷ His story was **significantly different** from the truth. 他的敘述和事實有顯著的差異。

▷ Your personality is **completely different** from mine. 你的個性和我完全不同。

▷ He looked **rather different** from usual. 他看起來和平常不太一樣。

▷ The situation now is **slightly different**. 現在情況有點不同。

different	from A	與 A 不同的
different	than A	
different	to A	
different	in A	在 A 方面不同

▷ He seems no **different from** when I met him almost forty years ago. 他似乎和我快 40 年前認識他時沒什麼不同。

▷ You're **different than** any man I have ever met. 你和我遇過的男人都不一樣。

▷ Real life is **different to** stories. 現實生活和故事不一樣。

difficult /ˈdɪfəˌkəlt/ 英 /ˈdifikəlt/

形 困難的，艱難的

find A	difficult	發現、覺得 A 很困難
make A	difficult	使 A 變得困難

▷ She **found** it extremely **difficult** *to* understand all of this. 她覺得非常難理解這一切。

▷ She smiled at me and **made** it very **difficult** for me to refuse. 她對我微笑，讓我很難拒絕。

extremely	difficult	非常困難的
particularly	difficult	特別困難的
increasingly	difficult	越來越困難的
notoriously	difficult	出了名的困難

▷ Things are becoming **increasingly difficult**. 情況變得越來越困難。

▷ Latin is a **notoriously difficult** language to learn. 拉丁語是出了名的難學。

it is difficult	(for A) to do	（A）做…很困難

▷ It was **difficult for** me **to** explain the reasons. 我很難說明理由。

difficulty /ˈdɪfəˌkʌltɪ/ 英 /ˈdifikəlti/

名 困難，難度；麻煩，困境

have	difficulty	有困難，
experience	difficulty	遭遇困難
face	difficulty	
get into	difficulty	陷入困難
run into	difficulty	
cause	difficulty	造成困難
create	difficulty	
cause	a difficulty	造成問題
give rise to	a difficulty	

▷ I **had difficulty** *in* sleeping for a few nights. 我有幾天難以入眠了。

▷ Young people are **experiencing difficulty** in finding jobs. 年輕人在找工作時遇到困難。

▷ If you leave before the end of your contract, it could **cause a difficulty**. 如果你在約滿前離職，會造成問題。

considerable	difficulty	相當大的困難
great	difficulty	很大的困難
economic	difficulty	經濟上的困難
financial	difficulty	財務困難
practical	difficulties	實際上的困難

▷ He had **great difficulty** finishing in time. 他當時很難在時間內完成。

▷ Brown is in **financial difficulty**. Brown 有財務困難。

with	difficulty	艱難地
without	difficulty	輕易地

▷ I moved the furniture back into her room **with** great **difficulty**. 我很辛苦地把家具搬回她的房間。

the difficulty	is...	困難在於…

▷ The **difficulty is** that my time is limited. 困難在於我的時間有限。

dignity /ˈdɪgnətɪ/ 名 威嚴，尊嚴，尊貴

D

maintain	one's **dignity**	保持尊嚴
keep	one's **dignity**	
lose	one's **dignity**	失去尊嚴

▷ You should try not to **lose your dignity**. 你應該試著不要失去自尊。

great	**dignity**	很有威嚴
quiet	**dignity**	不言而威
human	**dignity**	人類的尊嚴

▷ Jeff is a man of **great dignity** and pride. Jeff 是很有威嚴和自尊的人。

with	**dignity**	有尊嚴地
beneath	A's **dignity**	有失尊嚴（是比自己地位低的人要做的事）

▷ Do you think we're entitled to choose to die **with dignity**? 你認為我們有權選擇有尊嚴地死去嗎？
▷ It was **beneath** his **dignity** to ask what conditions were like. 詢問情況怎樣有失他的尊嚴（應該是地位比他低的人去問才對）。

dinner /ˈdɪnɚ/ 名 晚餐（★本義是一天當中最主要的一餐，通常是晚餐，但英國也有一部分的人會用這個字稱呼午餐）；晚宴

cook	dinner	做晚餐
prepare	dinner	
have	dinner	吃晚餐
eat	dinner	
have A for	dinner	吃⋯當晚餐
go out for	dinner	外出吃晚餐
go out to	dinner	
invite A to	dinner	邀請 A 吃晚餐

▷ I'd love to help you **cook dinner**. 我很樂意幫忙你做晚餐。
▷ Do you want to **have dinner** with me? 你要和我共進晚餐嗎？
▷ We **had** pizza **for dinner**. 我們晚餐吃了披薩。
▷ We're **going out for dinner** tonight. 我們今晚要外出吃晚餐。
▷ Thank you for **inviting** me **to dinner**. 謝謝你邀請我吃晚餐。

an excellent	dinner	很棒的晚餐
a lovely	dinner	
a good	dinner	美好的晚餐

an early	dinner	吃得早的晚餐
a late	dinner	很晚才吃的晚餐
a formal	dinner	正式的晚宴

▷ I enjoyed an **excellent dinner**. 我享用了一頓很棒的晚餐。
▷ Let's go out to an **early dinner**. 我們出去提早吃晚餐吧。

direct /dəˈrɛkt/

動 使⋯指向、針對；指揮，指示

be mainly	directed	主要針對
be primarily	directed	
be specifically	directed	特別針對

▷ His interest was **mainly directed** toward fundamental problems of mathematics. 他的興趣主要是針對數學的基礎問題。
▷ Domestic violence is **primarily directed** against women. 家暴是以女性受害為主。
▷ The Government's advice is **specifically directed** to tourists traveling to China. 政府的勸告是特別針對前往中國的旅行者。

direct	A toward	將 A 導向 B
direct	A at B	
direct	A to B	指引 A 前往 B

▷ Richard **directed** his anger **toward** me. Richard 把他的氣發洩到我身上。
▷ Could you **direct** me **to** her room? 你可以告訴我怎麼到她的房間嗎？

direct	that...	指示⋯
direct	A to do	指示 A（人）做⋯

▷ He **directed** Peter **to** take a right turn when they came to the main road. 他指示 Peter 到了主要道路的時候右轉。

direction /dəˈrɛkʃən/

名 方向；指導；（directions）說明，指示

change	direction	改變方向
reverse	direction	逆轉方向
point in	the direction	指向某個方向
indicate	the direction	指示方向
show	the direction	

determine	the direction	決定方向
give	directions	給予指示
follow	directions	遵循指示

▷ She **changed direction** and headed to Purcell Park. 她改變方向，前往 Purcell 公園。

▷ Time cannot **reverse direction**. 時間無法逆轉。

▷ This is the most famous mountain in Japan, he said, **pointing in the direction** *of* Mt. Fuji. 他說「這是日本最有名的山」，手指著富士山的方向。

▷ He **indicated** the **direction** on the map. 他在地圖上指示方向。

▷ Barry is 18 years old and has to **determine** his own **direction** in life. Barry 18 歲了，必須決定自己人生的方向。

▷ He hailed a taxi and **gave directions** for the hotel. 他攔了一輛計程車，並且指示開往旅館。

all	directions	所有方向
every	direction	所有方向
the same	direction	同方向
a different	direction	不同方向
the opposite	direction	反方向
the right	direction	正確的方向
the wrong	direction	錯誤的方向
a southerly	direction	往南的方向
an easterly	direction	往東的方向
a new	direction	新的方向

▷ I looked around *in all directions*. 我環顧四周。

▷ Oh, no! This man says Powis Castle is that way! We've been walking for 2 hours *in* the **opposite direction**! 噢，不！這男的說 Powis 城堡是那個方向！我們已經朝反方向走了兩小時！

▷ Are we headed *in* the **right direction** for Manchester? 我們在往曼徹斯特的正確方向嗎？

▷ I think we're going *in* the **wrong direction**. 我想我們走錯方向了。

in	the direction of A	往 A 的方向
from	the direction of A	從 A 的方向
under	the direction of A	在 A 的指導下

▷ He went **in** the **direction of** the library. 他往圖書館的方向走。（★ 不是 ×went *to* the direction of the library）

▷ The study was performed **under** the **direction** of Dr. Thomas. 這個研究在 Thomas 博士的指導下進行。

a sense of	direction	方向感

▷ We couldn't see in the dark and lost all **sense of direction**. 我們在黑暗中看不見，而且完全失去了方向感。

disagree /ˌdɪsə`gri/

動 不同意，意見不同；不一致

strongly	disagree	強烈不同意
totally	disagree	完全不同意
entirely	disagree	完全不同意
★ strongly 也可以用在動詞後面		

▷ I **strongly disagree** with your statement. 我強烈反對你的說法。

▷ I **totally disagree** with you. 我完全不同意你。

disagree	about A	對於 A 意見不同
disagree	on A	對於 A 意見不同
disagree	over A	對於 A 意見不同
disagree	with A	反對 A（人）

▷ My wife and I always **disagreed on** how Kate should be raised. 我太太和我對於養育 Kate 的方式總是意見相左。

disappear /ˌdɪsə`pɪr/ 動 消失，不見

completely	disappear	完全消失
almost	disappear	幾乎消失
all but	disappear	幾乎消失
virtually	disappear	幾乎消失
gradually	disappear	逐漸消失
suddenly	disappear	突然消失
finally	disappear	終於消失
disappear	altogether	完全消失
disappear	without trace	消失得無影無蹤

▷ My glasses have **completely disappeared**. 我的眼鏡完全不見了。

▷ The sun had **gradually disappeared** over the horizon. 太陽逐漸消失在地平線上。

▷ The mist **suddenly disappeared**. 霧突然消散。

▷ Finally the spots on my face **disappeared altogether**. 我臉上的斑點終於全部消失了。

▷ Mr. Jones recently **disappeared without** trace. Jones 先生最近都不見人影。

disappear	from A	從 A 消失
disappear	into A	消失在 A 中

D

★ into 也可以換成 through, under 等

▷ The ship moved off and soon **disappeared from view**. 船出發後很快就從視野中消失。

▷ She waved and **disappeared into** the house. 她揮手後就走進屋子（所以看不見了）。

disappointed /͵dɪsə`pɔɪntɪd/ 形失望的

look	disappointed	看起來很失望
seem	disappointed	

▷ She **looked disappointed** when she heard you weren't coming to the party. 聽到你不會來派對，她看起來很失望。

extremely	disappointed	非常失望的
really	disappointed	
bitterly	disappointed	
deeply	disappointed	深感失望的
desperately	disappointed	
a little	disappointed	有點失望的
slightly	disappointed	

▷ I'm **extremely disappointed** to have to cancel my travel plans. 必須取消旅行計畫，讓我非常失望。

▷ I was **bitterly disappointed** with the result. 我對於結果深感失望。

▷ I'm **slightly disappointed** that Alex can't come. 我有點失望 Alex 不能來。

disappointed	with A	
disappointed	at A	對 A 失望的
disappointed	about A	
disappointed	in A	對 A（人）失望的

▷ Some people were **disappointed at** the decision. 有些人對那個決定失望。

▷ I'm **disappointed in** you. 我對你很失望。

disappointed	that...	對於…失望
disappointed	to do	對於做…失望

▷ I'm just **disappointed that** I didn't bring a camera. 沒帶相機，我真的很沮喪。

▷ He was **disappointed to** have lost the opportunity. 失去了機會讓他很失望。

disappointment /͵dɪsə`pɔɪntmənt/

名失望，令人失望的人事物

feel	disappointment	感到失望
express	disappointment	表達失望

▷ He **expressed disappointment** with the outcome of the negotiations. 他對談判的結果表達失望。

a great	disappointment	很大的失望
a big	disappointment	
a bitter	disappointment	沉痛的失望
a deep	disappointment	深深的失望
a slight	disappointment	有點失望

▷ The election result was a **great disappointment** for us. 選舉結果讓我們非常失望。

▷ She felt a **deep disappointment**. 她感到深深的失望。

▷ The main dish was fairly good. The only **slight disappointment** was the dessert. 主菜還不錯。唯一令人有點失望的是點心。

to	A's disappointment	令 A 失望地

▷ **To** her **disappointment**, there was nothing new in the letter. 讓她失望的是，信的內容了無新意。

disaster /dɪ`zæstə/ 英 /dɪ`zɑ:stə/

名災難，災害；大失敗

cause	a disaster	導致災難
lead to	disaster	
spell	disaster	演變成災難
avert	(a) disaster	避免災難
avoid	(a) disaster	
face	(a) disaster	面對災難
end in	disaster	結果成為災難

▷ Do you know what **caused** this **disaster**? 你知道是什麼導致了這場災難嗎？

▷ We're **facing** financial **disaster**. 我們正面臨財務危機。

▷ Every time you try to help me out, it **ends in disaster**! 每次你想幫我，結果都是一場災難！

disaster	strikes	災難發生
a disaster	occurs	

▷ You never know when the next **disaster** will **strike**. 你永遠不知道下次災難何時會來襲。

▷ Sooner or later a **disaster** will **occur**. 災難遲早會發生。

a major	disaster	重大災難
a natural	disaster	天災
an air	disaster	空難
an ecological	disaster	生態災難
an environmental	disaster	環境災難
a nuclear	disaster	核災
a tsunami	disaster	海嘯災難
a financial	disaster	財務危機
a total	disaster	徹底的災難，徹底的失敗
an absolute	disaster	
a complete	disaster	

▷ Lives could be lost if there was a **major disaster**. 如果發生重大災難，可能使人們喪生。
▷ People prepare for hurricanes, earthquakes, and other **natural disasters**. 人們會為颶風、地震及其他天災做準備。
▷ The weather was a **total disaster**. 天氣簡直是個災難（天氣糟透了）。
▷ This year has been an **absolute disaster** for our team. 今年對我們這隊來說糟透了。

a recipe for	disaster	結果會很失敗的組合、做法

▷ In my opinion, that's a **recipe for disaster**. 就我來看，那樣結果會很悲慘。

discipline /ˈdɪsəplɪn/

名 教養，紀律，訓練；學科，學問

impose	(a) discipline	施予紀律，給予管教
maintain	discipline	維持紀律

▷ It is important to **impose discipline** *on* your children at an early age. 從小就把小孩管教好很重要。
▷ We're doing our best to **maintain discipline**. 我們正在盡全力維持紀律。

strict	discipline	嚴格的紀律
an academic	discipline	一門學問
a scientific	discipline	一門科學
a related	discipline	相關的學科

▷ This is a textbook for students of politics and **related disciplines**. 這是給政治和相關學科學生使用的課本。

a range of	disciplines	學科的範圍

▷ Tomorrow's researchers should study a wide **range of disciplines**. 明日的研究者應該廣為學習多

種學科。

discover /dɪsˈkʌvɚ/ 動 發現

suddenly	discover	突然發現
later	discover	後來發現
recently	discovered	最近發現

▷ I **suddenly discovered** that I had lost my passport. 我突然發現我弄丟了護照。
▷ I **later discovered** her marriage to Tom had ended. 我後來才發現她跟 Tom 的婚姻早已結束。
▷ I **recently discovered** the pleasures and dangers of buying at auction. 我最近發現了購買拍賣物品的樂趣與危險。

discover	that...	發現…，發覺…
discover	wh-	發現…，發覺…

★ wh- 是 who, why, how, whether 等

▷ I've **discovered that** I know very little about human relationships. 我發現我對人際關係幾乎一無所知。
▷ I've **discovered why** Tom was so angry. 我已經發覺 Tom 為什麼那麼生氣。

be surprised to	discover	驚訝地發現

★ 除了 surprised，也常用 shocked, horrified, delighted 等

▷ He was happily **surprised to discover** his new roommate is Cole. 他驚喜地發現新室友是 Cole。

discovery /dɪsˈkʌvərɪ/ 名 發現

make	a discovery	發現
lead to	a discovery	導向一項發現

▷ Thomas **made** an interesting **discovery** about himself. Thomas 對於自己有了有趣的發現。
▷ We hope this data will **lead to** many **discoveries**. 我們希望這組數據能夠帶來許多發現。

a great	discovery	大發現
an important	discovery	重要的發現
a significant	discovery	重大的發現
an exciting	discovery	令人興奮的發現
a new	discovery	新發現
a recent	discovery	最近的發現
a scientific	discovery	科學的發現

D

▷ Some of the **greatest discoveries** resulted by chance or accident. 有些最偉大的發現是偶然或意外造成的。

▷ The cave paintings in Australia are a really **significant discovery**. 澳洲的洞窟壁畫真的是很重大的發現。

a voyage of	discovery	發現之旅

▷ Man's journey into space will be a new **voyage of discovery**. 人類的太空之旅將會是新的發現之旅。

▌ discrimination /dɪˌskrɪmə`neʃən/

名 歧視，不公平待遇

prohibit	discrimination	禁止歧視
ban	discrimination	
end	discrimination	終結歧視

▷ We **prohibit discrimination** based on race, religion, and gender. 我們禁止針對種族、宗教與性別的歧視。

▷ On April 1st 2001, Holland **ended discrimination** against gay people in marriage. 2001 年 4 月 1 日，荷蘭結束了對於同性配偶的不公平待遇。

sexual	discrimination	性別歧視
sex	discrimination	
racial	discrimination	種族歧視
religious	discrimination	宗教歧視
age	discrimination	年齡歧視

▷ Parker campaigned against **racial discrimination** in the southern United States. Parker 在美國南部發起反對種族歧視的運動。

▷ **Religious discrimination** is illegal. 宗教歧視是違法的。

discrimination	against A	對 A 的歧視

▷ About seventy percent of people in the survey care about **discrimination against** women in the workplace. 調查中有大約 70% 的人在乎職場中對女性的歧視。

▌ discuss /dɪ`skʌs/ 動 討論，論述

fully	discuss	充分討論
thoroughly	discuss	
briefly	discuss	簡單討論
openly	discuss	公開討論
be widely	discussed	廣受討論

▷ The issues were **fully discussed** and resolved. 這個問題已經充分討論並且解決了。

▷ We will **briefly discuss** some details here. 我們將在這裡簡單討論一些細節。

▷ The plan was **widely discussed** at the meeting. 這個計畫在會議中廣受討論。

discuss	A **with** B	和 B 討論 A

▷ I've already **discussed** this **with** my father. 我已經和我父親討論過這件事。

discuss	wh-	討論…

★ wh- 是 how, what, who, where 等

▷ I'm going to **discuss how** to overcome this problem with my colleagues. 我會和同事討論怎麼克服這個問題。

▌ discussion /dɪ`skʌʃən/ 動 討論，論述

have	a discussion	進行討論
hold	a discussion	
enter into	discussions	開始討論
take part in	a discussion	參與討論
begin	a discussion	開始討論
open	a discussion	
conclude	a discussion	結束討論
continue	a discussion	繼續討論

▷ Let's not **have** this **discussion** right now. 我們現在不要討論這個吧。

▷ Listeners can **take part** in the **discussion** by phoning in person. 聽眾可以親自打電話參與討論。

▷ This is a good opportunity to **begin** the **discussion**. 這是開始進行討論的好機會。

▷ I would like to **conclude** these **discussions** over the next 10 days. 我想在未來 10 天完成這些討論。

▷ We **continue discussions** tomorrow. 我們明天繼續討論。

a detailed	discussion	詳細的討論
a brief	discussion	簡單的討論
a public	discussion	公共討論
an informal	discussion	非正式討論
(an) open	discussion	公開討論
a heated	discussion	激烈的討論

▷I've had a long and **detailed discussion** with the mayor. 我和市長進行了很長而且詳細的討論。

▷After a **brief discussion**, she agreed to Paul's plan. 簡單討論過後，她同意了 Paul 的計畫。

▷The company started **informal discussions** with an advertising company. 這家公司和廣告公司開始了非正式的討論。

▷Now is the time for **open discussion**. 現在是公開討論的時候了。

a discussion	about A	關於 A 的討論
a discussion	on A	
a discussion	with A	和 A（人）的討論
a discussion	between A	A 之間的討論

▷We had a long **discussion about** politics. 我們對於政治進行了很長的討論。

▷I think we need to hold a **discussion with** Mr. Brown. 我想我們需要和 Brown 先生討論。

in	discussion with A	和 A 討論中
under	discussion	受到討論中

▷Some important issues are still **under discussion**. 有些重要議題仍在討論中。

disease /dɪ`ziz/ 名 疾病

suffer from	a disease	患病
have	a disease	
catch	a disease	得了疾病
contract	a disease	
die of	disease	病死
die from	(a) disease	
cause	disease	引起疾病
spread	disease	散播疾病
treat	(a) disease	治療疾病
fight	disease	對抗疾病
combat	disease	
cure	(a) disease	治好疾病
prevent	disease	預防疾病

▷Peter was **suffering from** a **disease** of the mind. Peter 患有精神疾病。

▷If I **catch** a **disease**, you'll have to take care of me! 如果我得了病，你就得照顧我！

▷My grandfather **died of** heart **disease**. 我的祖父死於心臟疾病。

▷Can stress **cause disease**? 壓力會引起疾病嗎？

▷Herbal medicines have been used to **treat dis-**

ease in China. 草藥在中國向來被用來治病。

▷The best way to **prevent disease** is to improve one's immune system. 預防疾病最好的方法是提升免疫系統的機能。

(a) serious	disease	重病
(a) chronic	disease	慢性病
(a) fatal	disease	致命的疾病
(an) incurable	disease	不治之症
(an) infectious	disease	感染症
heart	disease	心臟疾病
liver	disease	肝病

▷Diabetes is a **chronic disease**. 糖尿病是一種慢性病。

▷Malaria is a **serious**, sometimes **fatal disease**. 瘧疾是一種嚴重、有時會致命的疾病。

▷The best medicine for any type of **infectious disease** is always prevention. 對任何傳染病，最好的醫療總在於預防。

with	(a) disease	患有疾病

▷That medicine will be used in the treatment of patients **with** kidney **disease**. 那種藥物將用於治療腎臟病患者。

dish /dɪʃ/ 名 盤子；（the dishes）餐具；一道菜

do	the dishes	洗碗盤
wash	the dishes	
dry	the dishes	擦乾碗盤
clear	the dishes	收拾碗盤

▷Who will **do** the **dishes**? 誰要洗碗？

▷Can I help you **dry** the **dishes**? 我可以幫你擦乾碗盤嗎？

▷I **cleared** the **dishes** from the table. 我收拾了桌上的碗盤。

a deep	dish	深盤
a shallow	dish	淺盤
an ovenproof	dish	耐熱餐盤
a silver	dish	銀製餐盤
the main	dish	主菜
A's favorite	dish	A 最愛的菜餚

▷What's your **favorite dish**? 你最喜歡的菜是什麼？

dish	of the day	今日料理

▷This restaurant has a different **dish of the day**

every day of the week. 這間餐廳一週裡每天都有不同的當日料理。

dismiss /dɪs`mɪs/ 動 不考慮，駁回；解雇

be easily	dismissed	輕易地不被理會
summarily	dismiss	立即駁回；立即解雇
be unfairly	dismissed	遭到不當解雇

▷ The report's findings should not be too **easily dismissed**. 這份報告的研究結果不應該太輕易地置之不理。
▷ The government **summarily dismissed** the proposal. 政府立即駁回了提案。
▷ An employee has the right not to be **unfairly dismissed** by his employer. 員工有免於不當解雇的權利。

dismiss	A as B	把 A 當成 B 而不理會

▷ He **dismissed** the idea **as** nonsense. 他不理會那個想法，認為是胡說八道。

be dismissed	for A	由於 A 被解雇
be dismissed	from A	被從 A 職位解雇

▷ Blackwell was **dismissed from** his post recently. Blackwell 最近丟了他的職位。

disorder /dɪs`ɔrdɚ/

名 （身心的）失調，障礙；混亂，騷亂

have	a disorder	患有失調
suffer from	a disorder	因失調所苦
develop	a disorder	逐漸產生失調
cause	a disorder	引起失調
throw A into	disorder	使 A 陷於混亂

▷ One in five people **have** a sleep **disorder**. 每五個人就有一個有睡眠障礙。
▷ The doctor says I am **suffering from** a stress **disorder**. 醫生說我是壓力失調。
▷ Anxiety can **cause** eating **disorders**. 焦慮會引起飲食失調。

an eating	disorder	飲食失調疾患
a mental	disorder	精神障礙
a psychiatric	disorder	精神異常
a personality	disorder	人格障礙

public	disorder	社會混亂
social	disorder	

▷ For the last five years, I have been suffering from a **mental disorder**. 我這 5 年來一直為精神障礙所苦。
▷ A total of 15 people were arrested for serious **public disorder**. 共有 15 人因嚴重擾亂公共秩序而遭到逮捕。

display /dɪ`sple/

名 陳列，展示；表演；顯示裝置

go on	display	展出
put A on	display	展示 A
give	a display	進行表演

▷ A fine collection of impressionist paintings will **go on display** next month. 一些很好的印象派繪畫收藏將在下個月展出。
▷ His drawing was **put on display** at the museum. 他的畫被展示在美術館。
▷ The Olympic champions **gave** a marvelous **display** of ice dancing. 奧運冠軍進行了令人讚嘆的冰上舞蹈表演。

a dazzling	display	精彩的展示、表演
a fine	display	
a public	display	公開展示
an impressive	display	令人印象深刻的表演，壯觀的表演
a spectacular	display	
a fireworks	display	煙火表演
a visual	display	視覺顯示

▷ The evening ended with a **dazzling display** of fireworks. 當晚以璀璨的煙火表演畫下句點。
▷ It was a **fine display** of Irish traditional music. 那是一場很精彩的愛爾蘭傳統音樂表演。

on	display	展示中

▷ Over 300 works are **on display**. 超過 300 件作品正在展示中。

display /dɪ`sple/ 動 陳列，展示；顯示出來

clearly	display	明顯地展示
prominently	display	
proudly	display	驕傲地展示
automatically	display	自動顯示出來

▷It is very important that prices are **clearly displayed**. 明顯標示出價格很重要。

▷Andrew **proudly displayed** his collection of medals. Andrew 很驕傲地展示自己收藏的獎牌。

▷We use a CD player that **automatically displays** the song title and artist. 我們用會自動顯示曲名與藝人的 CD 播放器。

| dispute /dɪ`spjut/ 名 爭論，爭執；爭議

cause	a dispute	造成爭執
lead to	a dispute	導致爭執
spark	a dispute	引發爭執
have	a dispute	有爭執
resolve	a dispute	
settle	a dispute	解決爭執
solve	a dispute	
avoid	a dispute	避免爭執

▷We **had** a **dispute** over this issue. 我們對於這個議題起了爭執。

▷I have done everything I can to **resolve** this **dispute**. 我已經盡我所能解決這場爭執。

a bitter	dispute	激烈爭執
an international	dispute	國際糾紛
a domestic	dispute	家庭糾紛
a family	dispute	
an industrial	dispute	勞動糾紛
a labor	dispute	
a territorial	dispute	領土爭議
a trade	dispute	貿易糾紛

▷A **bitter dispute** over who owned the land is to be decided by a court. 關於誰擁有土地的激烈爭執，將由法庭裁決。

▷We want to believe that all **international disputes** can be resolved amicably. 我們想要相信所有國際糾紛都能和平解決。

▷I don't wish to be involved in a **domestic dispute**. 我不想被捲入家庭糾紛。

▷Japan and Russia confirmed that the **territorial dispute** between them involves all four islands. 日本與俄國確認了兩國的領土爭議牽涉四個島的全部。

a dispute	between A	A 之間的爭執
a dispute	over A	關於 A 的爭執
a dispute	about A	
a dispute	with A	和 A 的爭執

beyond	dispute	無疑的，無可爭辯的
in	dispute	在爭議中；有爭議的

▷Gaps in historical perception have been a source of **dispute between** Japan and South Korea. 歷史認知的差距一直是日韓之間紛爭的來源。

▷I never had a **dispute with** Mr. Brown. 我從來沒和 Brown 先生起過爭執。

▷The workers are **in dispute** over unpaid wages dating back for six months. 那些勞工正在對於從六個月前開始未付的薪資進行交涉。

| distance /`dɪstəns/ 名 距離；遠處

walk	distances	行走多少距離
drive	distances	開車多少距離
travel	distances	旅行、移動多少距離
cover	the distance	旅行、移動一段距離
keep	a distance	保持距離
measure	the distance	測量距離

▷Many people **travel** long **distances** to work. 很多人長途通勤上班。

▷**Keep** a safe **distance** between you and the car in front of you. 要和你的前車保持安全距離。

▷He **measured** the **distance** with a tape measure. 他用捲尺測量了距離。

a long	distance	
a great	distance	長距離
a considerable	distance	
a short	distance	短距離
a safe	distance	安全距離
a far	distance	遠處

▷I'm accustomed to walking **long distances**. 我已經習慣走很長的距離。

▷I walked the **short distance** to his house. 我走了一小段路到他家。

▷In the **far distance**, there seemed to be smoke rising into the air. 遠處似乎有煙霧飄到天空。

at	a distance	隔一段距離
from	a distance	從遠處
in	the distance	在遠處

▷**From** a **distance**, the tsunami wave didn't seem so big. 從遠處看，海嘯看起來沒那麼大。

▷Sirens could be heard **in the distance**. 在遠處就能聽到警報聲。

D

within walking	distance	在走路能到的距離

★ 除了 walking 以外，也可以換成 driving（開車）、hailing（喊叫聽得到的距離→很近）

▷ The apartment is located **within easy walking distance** of the university. 這棟公寓位於可從大學走路輕鬆到達的距離。

distant /ˈdɪstənt/ 形 遙遠的

extremely	distant	非常遙遠的
increasingly	distant	越來越遙遠的
relatively	distant	相對遙遠的

▷ I don't have much contact with Tim now. We've become **increasingly distant**. 我現在跟 Tim 沒什麼聯絡。我們變得越來越遙遠。

distinction /dɪˈstɪŋkʃən/

名 區別，差別；卓越，榮譽（的象徵物）

make	a distinction	區別
draw	a distinction	
gain	the distinction	得到榮譽

▷ Dogs **make** a **distinction** between their owners and other people. 狗會區分主人和其他人的不同。

an important	distinction	重要的區別
a clear	distinction	明顯的區別
a sharp	distinction	
a great	distinction	很大的榮譽

▷ There's no longer a **clear distinction** between the original and the copy. 原稿與複本間不再有明顯的區別。
▷ There's an **important distinction** between speech and actions. 言談和行動間有很重要的區別。

with	distinction	以優越的成績
without	distinction of A	沒有 A 的分別

▷ Susan passed the exam **with distinction**. Susan 以優越的成績通過測驗。
▷ We should consider the candidates equally **without distinction of** color, sex, or age. 我們應該公平考慮人選，不分膚色、性別或年齡。

distinguish /dɪˈstɪŋgwɪʃ/

動 區分，區別，辨別

clearly	distinguish	明確區分
carefully	distinguish	謹慎區分
easily	distinguish	簡單地區分
readily	distinguish	

★ clearly 也可以用在動詞後面

▷ I think it's important that the two aims are **clearly distinguished**. 我認為明確區分那兩個目標很重要。

distinguish	A from B	辨別 A 和 B
distinguish	between A	辨別 A 之間的差別

▷ He has lost his ability to **distinguish** right **from** wrong. 他失去了辨別是非的能力。

distribute /dɪˈstrɪbjut/

動 分配，分發；使分布

be equally	distributed	被平均分配
be widely	distributed	被廣泛分配；分布很廣
be evenly	distributed	分布平均
be uniformly	distributed	
be unevenly	distributed	分布不平均

▷ The money was **equally distributed**. 那筆錢被平分了。
▷ This beetle is **widely distributed** throughout the eastern United States. 這種甲蟲廣泛分布在整個美國東部。
▷ Internet technology is not **evenly distributed** around the world. 網路技術在全世界的分布不平均。

distribute	A among B	將 A 分發給 B（人）
distribute	A to B	

▷ Hot soup was **distributed among** homeless people. 熱湯被發送給遊民們。

distribution /ˌdɪstrəˈbjuʃən/

名 分配，分發；分銷，流通；分布

have	a distribution	有怎樣的分布
show	the distribution	顯示分布（情況）
control	the distribution	控制分布、流通

▷ Table 1 **shows** the geographic **distribution** of manufacturing in Indonesia. 表 1 顯示印尼製造業的地理分布。
▷ Who will **control** the **distribution** of the infor-

mation? 誰會控制資訊的流通？

equitable	distribution	公正的分配
equal	distribution	平等的分配
unequal	distribution	不平等的分配
a wide	distribution	廣泛的分布
geographical	distribution	地理分布

▷ To avoid future wars, he recommended more **equitable distribution** *of* the world's resources. 為了避免未來發生戰爭，他建議更公平地分配全球資源。

▷ Socialism doesn't mean the **equal distribution** *of* wealth. 社會主義並不意味著財富的平均分配。

district /ˈdɪstrɪkt/ 名 地區，區域

a local	district	地方區域
a metropolitan	district	都會區
a rural	district	農村區域
an urban	district	都市區域
a business	district	商業區
a financial	district	金融區
a residential	district	住宅區

▷ Bradford is one of the largest **metropolitan districts** in the country. Bradford 是這個國家最大的都會區之一。

▷ The population of **rural districts** has grown by 12 % since 1981. 農村區域的人口從 1981 年以來成長了 12%。

divide /dəˈvaɪd/ 動 分開，分隔，劃分

be evenly	divided	被平均劃分
be equally	divided	被平等劃分
be deeply	divided	
be sharply	divided	意見強烈分歧
be bitterly	divided	

▷ The population is **equally divided** between Christians and Muslims. （某地）基督教徒與穆斯林人口各佔一半。

▷ The question of whether or not to join the EU **deeply divided** the country. 是否加入歐盟的問題，造成國內強烈的分歧。

▷ Opinions are **sharply divided** on this issue. 關於這個議題的意見強烈分歧。

| divide | into A | 分成 A |

| divide | A between B | 分配 A 給 B |
| divide | A among B | |

▷ Let's **divide into** two groups. 我們分成兩組吧。

▷ The food was **divided among** those most in need. 食物被分配給最窮困的人。

| be divided | over A | 對於 A 意見分歧 |
| be divided | about A | |

▷ The committee were **divided over** who should be appointed chairperson. 委員會對於應該任命誰為主席意見分歧。

division /dəˈvɪʒən/ 名 分開；分裂，不一致

| a deep | division | 嚴重的分裂 |
| an internal | division | 內部分裂 |

▷ The **internal divisions** among the unions will make it difficult to solve the problem. 工會間的內部分裂將使問題難以解決。

division	of A into B	A 成為 B 的分裂
division(s)	between A	A 之間的分裂
division(s)	within A	A 內部的分裂

▷ The Czech Republic was born following the **division of** Czechoslovakia **into** two nations in 1993. 捷克斯洛伐克在 1993 年分裂為兩個國家之後，捷克共和國誕生了。

▷ There were deep **divisions within** the Labour Party. 工黨內部有過嚴重的分裂。

doctor /ˈdɑktɚ/ 英 /ˈdɔktə/

名 醫生，醫師；博士

call	a doctor	叫醫生，找來醫生
get	a doctor	
send for	a doctor	找人請醫生來
see	a doctor	
go to	a doctor	看醫生
consult	a doctor	

▷ Quick! **Get a doctor**! 快！找醫生來！

▷ Please **send for a doctor**! 請派人找醫生來！

▷ Do you think I should go and **see a doctor**? 你認為我應該去看醫生嗎？

▷ If your pain lasts longer than a week, **consult** your **doctor**. 如果疼痛持續超過一週，請就醫。

D

D

a local	doctor	地方上的醫生
a family	doctor	家庭醫師

document /ˋdɑkjəmənt/ 英 /ˋdɔkjumənt/

名文件

draft	a document	草擬文件
draw up	a document	起草、擬定文件
produce	a document	出示文件
sign	a document	簽署文件

▷She **drew up** the documents and submitted them to the court. 她擬定了文件並提交給法庭。
▷Please **sign** this **document** right here. 請在文件的這裡簽名。

a confidential	document	機密文件
a classified	document	
a private	document	私人文件
an internal	document	內部文件
a forged	document	偽造的文件
a legal	document	法律文件
an official	document	正式文件

▷This **confidential document** includes highly sensitive information. 這份機密文件包含極機密的資訊。
▷Davis is expected to produce more **legal documents** in court. 預料 Davis 將會在法庭上提出更多法律文件。

dog /dɔg/ 名狗

have	a dog	有一隻狗（在養狗）
train	a dog	訓練狗
feed	a dog	餵狗
walk	a dog	遛狗
pet	a dog	撫弄狗

▷Do you **have a dog**? 你在養狗嗎？（★ 養寵物動詞通常用 have。keep 用在「飼養（家畜）」的情況。）
▷Don't forget to **feed** the **dog**. 別忘了餵狗。
▷I always **walk** the **dog** late at night. 我總是在深夜遛狗。
▷Don't **pet** a **dog** without letting it smell you. 不要還沒讓狗聞你的味道就撫摸牠。

a dog	barks	狗吠

▷The **dog barked** furiously. 那隻狗狂吠。

a domestic	dog	家犬
a stray	dog	流浪狗
a faithful	dog	忠犬
a hunting	dog	獵犬
a guide	dog	導盲犬
a police	dog	警犬
a rescue	dog	救難犬

▷Stay away from **stray dogs**. 離流浪狗遠一點。
▷Bill was like a **faithful dog**. Bill 就像隻忠狗。

a dog	on a leash	繫著牽繩的狗

▷Harry held the **dog** closely **on the leash**. Harry 用牽繩把狗緊緊牽在身邊。
PHRASES
It's a dog's life. ☺ 生活好慘。
That's a good dog. ☺ 真是好狗狗。 ▷Sit! Sit! I said SIT!!! That's a good dog! 坐下！坐下！我說坐下！真是好狗狗。

doll /dɑl/ 英 /dɔl/ 名（人形的）玩偶，娃娃

play with	a doll	玩娃娃

▷I never **played with dolls** during my childhood. 我小時候從沒玩過娃娃。

a rag	doll	布娃娃
a mechanical	doll	機械人偶

▷She nodded like a **mechanical doll**. 她像是機械人偶一樣點頭。

dollar /ˋdɑlɚ/ 英 /ˋdɔlə/ 名元，美元

the U.S.	dollar	美元
the Canadian	dollar	加拿大元
a strong	dollar	強勢美元
a weak	dollar	弱勢美元

▷The **strong dollar** made U.S. products particularly expensive. 強勢美元使得美國產品特別貴。
▷A **weak dollar** isn't bad news for everyone. 美元走軟並非對所有人都是壞消息。

cost	five dollars	（物品）花費 5 美元
pay	ten dollars	（人）付 10 美元

▷ The cheapest meal here **costs** twenty **dollars**.
這裡最便宜的一餐要花 20 美元。

dominant /ˈdɑmənənt/ 美 /ˈdɔminənt/

形 佔優勢的，支配的

increasingly	dominant	越來越有優勢的
economically	dominant	經濟上佔優勢的
politically	dominant	政治上佔優勢的

▷ China will play an **increasingly dominant** role in future political developments. 中國在未來的政治發展將佔有越來越具支配性的地位。

door /dor/ 名 門

open	the door	開門
close	the door	關門
shut	the door	
bang	the door	摔門（用力關門）
slam	the door	
lock	the door	鎖門
unlock	the door	把門鎖打開
leave	the door open	使門開著
keep	the door open	
knock on	the door	敲門
knock at	the door	
answer	the door	應門，幫客人開門
get	the door	

▷ Alex, it's me. **Open** the **door**. Alex，是我。開門。
▷ He quickly **closed** the **door** behind him. 他很快關上身後的門。
▷ She rushed out of the room, **banging** the **door** behind her. 她急著跑出房間，摔上身後的門。
▷ Don't forget to keep the **door locked**! 別忘了把門鎖著！
▷ Can you leave the **door unlocked** in case I'm very late? 你可以不要鎖門，以防我太晚回來嗎？
▷ I **knocked on** the **door** lightly. 我輕輕敲門。
▷ "Michael, could you **answer** the **door**?" "Yes, I've got it." 「Michael，你可以去開門嗎？」「好，我來了。」

live	next door to A	住在 A 隔壁

▷ I **lived next door to** your sister in New York. 我在紐約住你妹妹隔壁。

an open	door	打開的門
a closed	door	關上的門
the front	door	前門
the back	door	後門
double	doors	左右對開的門
a sliding	door	拉門
the car	door	車門
the driver's	door	駕駛座的門
the passenger	door	副駕駛座的門
the rear	door	汽車後座的門

▷ He heard the **front door** open. 他聽到前門打開的聲音。
▷ Can you get the **back door** open for me? 你可以幫我打開後門嗎？
▷ She slammed the **sliding door** with a bang. 她砰的一聲用力關上拉門。

the door	leads to A	門通往 A

▷ The **door** on the right **leads to** the kitchen. 右邊的門通往廚房。

at	the door	在門口
through	the door	通過門

▷ Annie walked in **through** the **door**. Annie 從門口走進來。

doubt /daʊt/ 名 懷疑，疑問

raise	doubts	引起懷疑
have	doubts	懷疑
express	doubts	表示懷疑
cast	doubt(s)	使人產生懷疑
throw	doubt(s)	

▷ Some people **express doubts** about U.S. military strategy. 有些人對美國的軍事策略表示懷疑。
▷ A close investigation **threw doubt** *on* the results of the experiment. 經過嚴密的調查，讓人對實驗的結果產生了懷疑。

grave	doubt(s)	深深的懷疑
serious	doubt(s)	

▷ I still have **grave doubts** about the reporting. 我對那段報導還是有很深的懷疑。
▷ I have **serious doubts** about my future. 我對自己的未來有很大的疑慮。

D

have	no doubt	毫不懷疑
have	little doubt	幾乎不懷疑

▷ I have **little doubt** that the venture will be successful. 我幾乎可以確定這項事業會成功。

there is	no doubt that...	無疑地…
there is	little doubt that...	幾乎無疑問地…

▷ **There is no doubt that** TV is a very powerful medium. 電視無疑是非常有力的媒介。

beyond	(any) doubt	無疑地，毋庸置疑
without	(a) doubt	無疑地，確實
in	doubt	感到懷疑的；不確定的

▷ She couldn't wait to prove **beyond any doubt** that her love was real. 她等不及要證明自己的真愛無庸置疑。
▷ Angus! You are **without doubt** the most handsome man in all the world. Angus！你毫無疑問是全世界最帥的人！
▷ When **in doubt**, ask questions. 有疑惑時就問問題。

doubt /daʊt/ 動 懷疑

seriously	doubt	非常懷疑，認真懷疑

▷ I **seriously doubt** that what you're saying is true. 我認真懷疑你說的不是實話。

doubt	(that)...	懷疑不是…
doubt	if	懷疑是否…
doubt	whether	

▷ I **doubt that** anybody will believe him. 我想應該沒有人會相信他。
▷ I **doubt if** she can understand me. 我懷疑她能不能了解我。

PHRASES
I doubt it. ☺ 我不這麼認為。

doubtful /ˈdaʊtfəl/

形 懷疑的；可疑的，不太可能的

extremely	doubtful	非常懷疑的；非常可疑的

▷ James is **extremely doubtful** that this is a good idea. James 非常懷疑，覺得這不是一個好主意。

it is doubtful	(that)...	…不太可能

it is doubtful	whether	是否…令人懷疑
it is doubtful	if	

▷ **It is doubtful that** he will change his mind. 他不太可能會改變他的心意。
▷ **It is doubtful whether** they will be successful. 他們是否會成功很令人懷疑。

doubtful	about A	對 A 感覺懷疑、不確定的

▷ Jeff seems to be **doubtful about** how to handle the situation. Jeff 似乎不確定該怎麼處理這個情況。

draw /drɔ/ 動 畫（線、圖畫）；拉，抽出

draw	beautifully	畫得很美
draw	well	畫得很好

▷ The landscape was **beautifully drawn** in pen and ink. 那片風景被畫成很美的沾水筆畫。

draw	A from B	把 A 從 B 取出

▷ It took hours to **draw** enough water **from** the well. 從井中取出足夠的水，花了好幾小時。

dream /drim/ 名 夢

have	a dream	作夢；有夢想
wake from	a dream	從夢中醒來
awake from	a dream	
fulfill	one's dream	實現夢想
realize	one's dream	

★「作夢」不是 ×see a dream

▷ I had a terrible **dream** last night. 我昨晚作了可怕的夢。
▷ He **awoke from** the **dream** screaming "Help." 他從夢中醒來，大喊「救命」。
▷ You've got a chance to **fulfill** your **dreams**. 你有實現夢想的機會。
▷ Finally I've **realized** my **dream**! 我終於實現了夢想！

one's dream	comes true	美夢成真

▷ She wanted to be famous, and her **dream came true**. 她想要成名，而且她美夢成真了。（★ a dream come true 則是當成名詞片語使用，表示「美夢成真的事情」，這裡的 come 是過去分詞）

a bad	dream	惡夢
a terrible	dream	
a strange	dream	奇怪的夢
a weird	dream	怪異的夢
a vivid	dream	鮮明的夢
a recurring	dream	反覆出現的夢
a lifelong	dream	畢生的夢想
an impossible	dream	不可能實現的夢想
the American	Dream	美國夢

▷It seemed to be an **impossible dream**. 這似乎是個不可能的夢想。

▷I woke up from a really **vivid dream** and was thinking about it all morning. 我從非常鮮明的夢境中醒來，然後一整個早上都在想這個夢。

in	a dream	在夢中
like	a dream	像夢一樣

▷It all seemed **like a dream** to her. 一切對她來說都像作夢一樣。

PHRASES

Sweet dreams. 祝你有個好夢。（★ 對睡前的孩子說）▷Good night. Sweet dreams. 晚安。祝你有個好夢。

dress /drɛs/ 名 洋裝（連衣裙）；服裝，衣服

wear	a dress	穿著洋裝
put on	a dress	穿上洋裝
take off	a dress	脫下洋裝
try on	a dress	試穿洋裝

▷"We're going to a nice restaurant." "Do I have to **wear a dress**?"「我們要去一間很好的餐廳。」「我需要穿洋裝嗎？」

▷She **put on a dress** and some perfume. 她穿上洋裝、噴灑香水。

▷Jane **took** the **dress off**, hanging it in her closet. Jane 脫掉洋裝，把它掛到衣櫥裡。

▷Kathy, **try on** the **dress**. If you like it, I'll buy it for you. Kathy，試穿這件洋裝。如果你喜歡，我就買給你。

a long	dress	長洋裝
a tight	dress	緊身洋裝
a wedding	dress	結婚禮服
(a) formal	dress	正式服裝
full	dress	

evening	dress	晚禮服

▷She was dressed in a long black **tight dress**. 她穿著一身黑色長版緊身洋裝。

▷We went to the concert in **full dress**. 我們穿著正式服裝去音樂會。

in	a dress	穿著洋裝

▷You'd look so beautiful **in a dress**! 你穿洋裝看起來會很美！

dress /drɛs/ 動 穿衣服，給…穿衣服

get	dressed	穿好衣服

▷Why do girls take so long to **get dressed**? 為什麼女孩子要花這麼長的時間穿衣服？

be elegantly	dressed	穿著優雅
be neatly	dressed	穿著整齊，穿著時髦
be smartly	dressed	
be casually	dressed	穿著休閒
dress	quickly	很快穿好衣服
★ casually 也可以用在 dressed 後面		

▷The students are all **neatly dressed** in school uniforms. 學生們都穿著整齊的制服。

▷He was tall and **smartly dressed**. 他身材高挑，打扮時髦。

▷Tom is **dressed casually**, in jeans and T-shirt. Tom 穿著休閒的牛仔褲與 T 恤。

▷I got out of bed and **dressed quickly**. 我下床並且快速穿好衣服。

dressed	in A	穿著 A 的

▷Gary was handsome and was **dressed in** a suit. Gary 長得很帥，而且穿著西裝。

drink /drɪŋk/ 名 飲料，一杯；酒

have	a drink	喝杯飲料；喝杯酒
take	a drink	
go (out) for	a drink	去喝酒
buy A	a drink	請 A 喝酒
get	a drink	拿或買飲料、酒；喝酒
order	a drink	點飲料、酒
drive A to	drink	使得 A（人）借酒澆愁

▷Could I **have a drink** of water, please? 可以給我一杯水嗎？

▷ David **took** a **drink** of wine. David 喝了一口酒。
▷ Do you want to **go out for a drink** after work? 你下班想去喝一杯嗎？
▷ Let me **buy** you a **drink**. 我請你喝一杯。

a cold	drink	冷飲
a hot	drink	熱飲
a non-alcoholic	drink	無酒精飲料（常指汽水）
a soft	drink	
an alcoholic	drink	酒精飲料
a strong	drink	烈酒
a stiff	drink	

▷ Would you like some coffee or a **soft drink**? 你要喝點咖啡還是汽水？
▷ I don't drink **alcoholic drinks**. 我不喝酒精飲料。
▷ I can't take **strong drink**. It upsets my stomach. 我不能喝烈酒，會讓我的胃不舒服。

food and drink	食物與飲料

▷ There was lots of **food and drink** at the party. 派對上有很多食物和飲料。

drink /drɪŋk/ 動 喝；喝酒

drink	deeply	大量地喝
drink	down	喝乾
drink	up	
drink	heavily	酗酒
drink	too much	喝太多酒

▷ He was very thirsty and **drank deeply** from the beer glass. 他非常口渴，從啤酒杯裡喝了許多酒。
▷ Anne **drank down** the rest of her coffee. Anne 把剩下的咖啡喝完。
▷ Now, **drink up**! 喝乾吧！
▷ I started **drinking heavily** about four years ago. 我大約 4 年前開始酗酒。
▷ I feel like I **drank too much** last night. 我覺得我昨晚喝得太多了。

drink and drive	酒後駕車
eat and drink	飲食，吃飯喝酒

▷ Don't **drink and drive**! 不要酒後開車！
▷ I shouldn't **eat and drink** so much. 我吃飯、喝酒的量不該這麼多。（★ 和中文「飲食」的順序相反）。

something to drink	喝的東西

▷ Would you like **something to drink**? 你想喝點什麼嗎？

drink	oneself C	喝酒喝到 C 的狀態

★ C 是 unconscious, silly 等

▷ He **drank** himself unconscious. 他喝酒喝到失去意識。

(PHRASES)
I'll drink to that. ☺ 我贊成，就是那樣
What would you like to drink? ☺ 你想喝什麼？

drive /draɪv/ 名 駕車旅行，兜風；幹勁

go for	a drive	開車兜風
take	a drive	
have	the drive	有幹勁
lack	the drive	缺乏幹勁

▷ Why don't you **go for a drive**? 你何不開車兜個風呢？
▷ Do you want to **take a drive** with me? 你想跟我一起開車兜風嗎？
▷ You **have** the **drive** and the passion, but is that enough to get a job? 你有幹勁與熱情，但是那就足以得到工作了嗎？

a... drive	from A	從 A 出發的開車旅行
a... drive	to A	往 A 的開車旅行

▷ Stanford is less than an hour's **drive from** San Francisco. 從舊金山到史丹福大學，開車不到一個小時。

drive and determination	幹勁與決心

▷ We require qualified people with **drive and determination**. 我們需要符合資格、有幹勁與決心的人。

drive /draɪv/ 動 駕駛；開車載（人）；迫使

drive	fast	開快車
drive	slowly	慢慢開車
drive	carefully	小心駕駛
drive	safely	安全駕駛
drive	around	開車到處兜風
drive	away	駕車離開
drive	off	
drive	back	開車回去
drive	out	開車出門
drive	A home	開車載 A 回家

▷Don't **drive too fast**! 不要開太快！
▷He **drove slowly** down the street. 他沿路慢慢開車。（★ slowly 也可以用在動詞前面）
▷Please **drive carefully**. It looks like it's going to storm. 請小心開車。看起來好像會有暴風雨。
▷**Drive safely**. See you soon. 安全開車。再見。
▷Let's **drive around** the town for a little bit. 我們再開車逛逛這個城市吧。
▷I could hear the car **driving off**. 我可以聽到車子開走的聲音。
▷She **drove back** to her apartment when she had finished her work. 她工作完後開車回公寓。
▷We **drove out** to my grandmother's house for a big family dinner. 我們開車到祖母家，參加盛大的家庭晚宴。
▷I'll **drive you home**. 我會開車載你回家。

drive	**through** A	開車通過 A
drive	**to** A	開車到 A
drive	A **to** B	開車送 A 到 B

▷He **drove through** the police barrier without stopping. 他開車通過警方的圍欄，沒有停車。
▷We **drove to** the coast. 我們開車到海岸。
▷I **drove** her **to** the hospital. 我開車送她去醫院。

drive	A **to** do	迫使 A 做…

▷I wonder what **drove** him **to** marry her. 我不知道是什麼使得他跟她結婚。

driver /ˈdraɪvɚ/ 名 駕駛人，司機

a careful	driver	謹慎的駕駛
a good	driver	優良駕駛
a drunken	driver	酒駕的人
a hit-and-run	driver	肇事逃逸的駕駛
a bus	driver	公車司機
a cab	driver	計程車司機
a taxi	driver	
a truck	driver	卡車司機
a train	driver	列車駕駛
a racing	driver	賽車手

▷Are you a **good driver**? 你是個好駕駛嗎？
▷A **drunken driver** hit her. 一名酒駕者撞上她。
▷Police are hunting a **hit-and-run driver**. 警察正在追捕肇事逃逸的駕駛。

drop /drɑp/ 英 /drɒp/ 名 掉落，下降

a big	drop	大幅的下降
a sharp	drop	急劇的下降
a dramatic	drop	急劇的下降

▷There was a **sharp drop** in temperature this morning, and it snowed. 今天早上氣溫急降，而且下了雪。

drop /drɑp/ 英 /drɒp/

動 丟下，放下；掉落，下降；放棄

drop	dramatically	急劇下降
drop	sharply	急劇下降
drop	slightly	稍微下降
suddenly	drop	突然下降
accidentally	drop	意外下降

▷Sales and profits **dropped dramatically** in 2007. 營業額與利潤在 2007 年急劇下降。
▷The temperature has **dropped sharply**. 氣溫急速下降了。

drug /drʌg/ 名 毒品；藥品

take	drugs	吸毒
use	drugs	
be on	drugs	吸毒成癮
inject	drugs	注射毒品
smuggle	drugs	走私毒品
prescribe	drugs	開藥方

▷How do you feel when you **take drugs**? 你吸毒時感覺如何？
▷Tony had repeatedly **smuggled drugs** into the country. Tony 一再走私毒品到國內。
▷We need to examine him first and then **prescribe drugs**. 我們需要先對他進行檢查，然後再開藥。

illegal	drugs	非法藥物
dangerous	drugs	危險藥物
hard	drugs	危險性高、易成癮的毒品

▷Possession of **illegal drugs** may result in heavy fines. 持有非法藥物可能被判巨額罰款。

dry /draɪ/ 形 乾的，乾燥的；乾旱的

go	dry	乾掉，（口）乾

▷My mouth **went** completely **dry**. 我口乾舌燥。

D

completely	dry	完全乾了的
quite	dry	很乾的
mainly	dry	（氣象報告）大致乾燥
mostly	dry	
reasonably	dry	相當乾

▷ The paint wasn't **quite dry**. 油漆還沒有完全乾。
▷ Southern Scotland will be **mainly dry**. 蘇格蘭南部大致上是乾燥的天氣。
▷ It's **reasonably dry** weather at this time of the year. 一年的這時候相當乾燥。

dust /dʌst/ 图灰塵，塵土；粉末

collect	dust	收集灰塵；積灰塵
gather	dust	
be covered in	dust	被灰塵覆蓋
be covered with	dust	
raise	dust	揚起灰塵
remove	dust	去除灰塵

▷ The books **gathered dust** for 60 years until they were recently discovered. 這些書積了 60 年的灰塵，直到最近才被發現。
▷ The floor was **covered in dust**. 地板布滿灰塵。
▷ **Remove dust** periodically by brushing gently. 定期輕刷以去除灰塵。

the dust	settles	塵埃落定
★ 比喻「膠著的狀態有了結果」		

▷ We'll talk about it when the **dust** has **settled**. 等塵埃落定的時候，我們再談這件事。

a cloud of	dust	一片塵土
a layer of	dust	一層灰塵

▷ Her feet began kicking up **clouds of dust** as she ran. 當她奔跑時，她的腳開始踢起片片塵土。
▷ A thin **layer of dust** covered the pictures on the wall. 一層薄薄的灰塵覆蓋了牆壁上的畫。

duty /ˈdjuti/ 美 /ˈdjuːti/

图義務；（duties）職責，職務；稅，關稅

have	a duty	有義務
owe	a duty	背負義務
do	one's duty	履行義務
fulfill	one's duty	

perform	a duty	執行義務
neglect	one's duty	疏忽義務
impose	a duty	賦予義務
have	duties	有職責在身
carry out	duties	執行職務
perform	duties	
neglect	duties	怠忽職守
impose	duty	徵收稅金
pay	duty	支付稅金

▷ We **had a duty** to protect him. 我們有義務保護他。
▷ I have to **do my duty**. 我必須履行我的義務。
▷ You're **neglecting** your **duties** at work. 你怠忽職守。
▷ The President has recovered from his operation and is now able to **carry out** his official **duties**. 總統手術後已經恢復，現在能夠執行公務。

a legal	duty	法律上的義務
a public	duty	對公眾的責任；公務
a moral	duty	道德義務
official	duties	公務
customs	duties	關稅
import	duty	進口稅

▷ I think landlords have a **legal duty** to change locks after a tenant moves. 我認為房東在房客搬走後有換鎖的法律義務。
▷ Finally at 11:00 p.m. her **official duties** came to an end. 晚上 11 點，她的公務終於結束了。

under	a duty	負有義務
on	duty	值勤中，在上班
off	duty	不在值勤時間，下班

▷ Parents are **under** a **duty** to their children to protect them. 父母對於子女負有保護他們的義務。
▷ I tried to telephone him last night, but he was **on duty**. 我昨晚試過打電話給他，但他在上班。

a sense of	duty	義務感

▷ He had a strong **sense of duty** to the community. 他對於社區有很強的義務感。

it is the duty	of A to do	做…是 A 的義務
it is A's duty	to do	

▷ **It** is the **duty of** a newspaper **to** report all the facts. 報導所有事實是報紙的義務。

E

eager /ˈiɡɚ/ 形 熱切的，渴望的

only too	eager	非常渴望的
really	eager	

▷ Julie was **only too eager** to end the conversation with her mother. Julie 非常想結束和她母親的對話。

eager	to do	渴望做…的
eager	for A	渴望 A 的

▷ I was **eager to** see him again. 我渴望再次見到他。

ear /ɪr/ 名 耳朵；聽覺

cover	one's ears	摀住耳朵
close	one's ears	充耳不聞
shut	one's ears	
strain	one's ears	聚精會神地聽（不容易聽到的聲音）
prick up	one's ear	豎起耳朵注意聽
pierce	one's ears	穿耳洞
clean	one's ear(s)	清潔耳朵
fill	A's ears	（聲音）充滿耳朵
reach	A's ears	（聲音）傳到耳朵
lend	an ear	耐心傾聽
bend	A's ear	嘮叨地對 A 訴說
be all	ears	很願意傾聽，洗耳恭聽

▷ He **covered** his **ears** with his hands. 他雙手把耳朵摀住。
▷ The government is **closing** its **ears** to what people really want. 政府對人們真正想要的充耳不聞。
▷ Caroline **strained** her **ears** to hear what they were saying. Caroline 聚精會神地聽他們在說什麼。
▷ I've never had my **ears pierced**. 我從來沒穿過耳洞。
▷ She's been **bending** my **ear** about her boyfriend for about three months now! 她這 3 個月一直跟我嘮叨她男朋友的事情！
▷ Tell me more! I'm **all ears**. 再多說一點！我洗耳恭聽。

one's ears	ring	耳鳴
one's ears	prick (up)	耳朵豎起來（聽）

▷ After attending the rock concert, my **ears** were ringing. 參加搖滾音樂會之後我耳鳴了。
▷ My **ears pricked up** when I heard my colleagues talking about me to the manager. 當我聽到同事跟經理講我的事情時，我的耳朵豎了起來。

the external	ear	外耳
the inner	ear	內耳
the middle	ear	中耳
a good	ear	好聽力
a sharp	ear	敏銳的耳朵
a sympathetic	ear	有同情心的傾聽

▷ She always lends me a **sympathetic ear**. 她總是有同情心地聽我說話。

by	ear	不看樂譜（聽過就會彈奏）
in	A's ear	在耳邊（說）
an ear	for A	學習 A（音樂、語言）的天分

▷ She played the piano **by ear**. 她不看譜彈了鋼琴。
▷ She whispered "I love you!" **in** his **ear**. 她在他耳邊悄悄說「我愛你！」。
▷ She has a good **ear for** music. 她很有學習音樂的天分。

PHRASES⟩

A's **ears are burning**. 「耳朵癢」（背地裡被人談論）
I **couldn't believe my ears**. ☺ 我不敢相信自己聽到的。
Open your ears. ☺ 注意聽。 ▷Open your ears and realize that I'm telling you the truth. 注意聽，你就會知道我說的是真的。

early /ˈɝlɪ/ 形 早的

slightly	early	有點早的
a little	early	
fairly	early	相當早的
relatively	early	相對早的

▷ His father died at a **relatively early** age. 他父親相較之下很年輕就過世了。

be in	one's early thirties	30 歲出頭

▷ She is **in** her **early** twenties. 她現在 20 歲出頭。

E

earth /ɝθ/ 图 地球；陸地，泥土

the whole	earth	整個地球
the entire	earth	
Planet	Earth	地球這顆行星
Mother	Earth	母親般孕育萬物的大地
the bare	earth	光禿的土地
damp	earth	潮濕的土地
the soft	earth	柔軟的土地

▷ The satellite can circle the **whole earth** in about one hour. 衛星大約一小時繞行地球一周。
▷ There is nothing but **bare earth** in the garden. We haven't had any rain for three months. 花園裡只有光禿禿的土地。這裡已經 3 個月沒下雨了。

on	earth	在地球上；在這世界上

▷ He must be the most selfish person **on earth**.
他一定是這個世界上最自私的人。
◆**what on earth** 到底什麼（也可以強調疑問詞 who, why, where, how 或否定詞 nothing, nowhere）▷ What on earth are you doing here? 你到底在這裡做什麼？

the surface of	the earth	地球表面

▷ Over the past century, the **surface of** the **earth** has warmed one degree. 上個世紀地球表面溫度上升了一度。

earthquake /ˈɝθˌkwek/ 图 地震

cause	an earthquake	引起地震
feel	an earthquake	感覺到地震
withstand	an earthquake	（建築物）承受住地震
predict	an earthquake	預測地震

▷ If you **feel** an **earthquake** near the coast, you should head for the hills. 如果你在海岸旁感受到地震，應該前往山丘的方向。
▷ We cannot accurately **predict earthquakes**.
我們無法準確預測地震。

an earthquake	occurs	地震發生
an earthquake	strikes (A)	地震襲擊
an earthquake	hits (A)	（A地點）

▷ A major **earthquake** has **struck** Tokyo about every 75 years for the past several centuries. 在過去幾個世紀，東京大約每隔 75 年就會發生大地震。

a major	earthquake	
a great	earthquake	大地震
a big	earthquake	
a massive	earthquake	巨大地震
a severe	earthquake	
a powerful	earthquake	強烈的地震
a devastating	earthquake	
a minor	earthquake	小地震
a small	earthquake	

▷ A couple of years ago, we had a **big earthquake** in Istanbul. 幾年前伊斯坦堡這裡發生了大地震。
▷ On 17 January 1995, a **massive earthquake** hit Kobe, killing over 6,000 people. 1995 年 1 月 17 日，神戶發生巨大地震，造成 6000 多人死亡。
▷ San Francisco recovered from the **devastating earthquake**. 舊金山在毀滅性的強震後復原了。

a magnitude 7.1	earthquake	規模7.1的地震

★ 也可以說 a 7.1 magnitude earthquake, an earthquake of magnitude 7.1, an earthquake with a magnitude of 7.1

▷ A **magnitude 6.6 earthquake** struck Bam in southeast Iran on December 26. 12 月 26 日，伊朗東南部的 Bam 發生了規模 6.6 的地震。

ease /iz/ 图 容易；輕鬆，自在

with	ease	容易地，輕鬆地

★ 經常和 relative, comparative, apparent, consummate 等形容詞連用

▷ I found his home **with** relative **ease**. 我相對容易地找到了他的家。

at	ease	安心，自在
ill at	ease	不安，不自在

▷ I feel **at ease** with him. 我跟他在一起很自在。

easy /ˈizɪ/ 形 容易的，簡單的；自在的

get	easier	變得比較容易
make A	easy	使A變容易
find A	easy	覺得A很容易

▷ Life is **getting easier** by the day. 生活一天比一天更容易。
▷ A large sink will **make** it **easier** for you to clean large pots and pans. 大的水槽會讓你洗大的鍋類時

比較容易。

▷ She managed to pass the exam, but she didn't **find it easy**. 她努力試圖通過測驗，但她覺得那並不容易。

fairly	easy	相當容易的
quite	easy	
particularly	easy	特別容易的
relatively	easy	相對容易的
surprisingly	easy	令人驚訝地容易
easy	enough	夠容易的，十分容易

▷ It's **quite easy** to give examples. 舉例相當容易。

▷ Mexico City is **relatively easy** to explore. 墨西哥城是相對容易遊覽的。

▷ It was **easy enough** to understand what they wanted. 了解他們想要什麼十分容易。

easy	to do	容易…的

▷ His English was **easy to** understand. 他的英文很容易懂。

it is easy	(for A) to do	（A）做…很容易
★ 常與 so, too 等強調副詞連用		

▷ **It's too easy to** say it's all Simon's fault. 說一切都是 Simon 的錯也太輕鬆（不負責任）了。

(PHRASES)

I'm easy. ☺ 我都可以。▷Do you want to leave now or stay a bit longer?" "I'm easy. Whatever you like."「你想要現在離開還是再待一下？」「我都可以。看你。」

That's easy. ☺ 那很容易。

Take it easy! ☺ 放輕鬆；再見

eat /iːt/ 動吃

eat	well	吃得好，吃得健康
eat	healthily	吃得健康
eat	properly	吃適當的食物
eat	quickly	快速地吃
eat	slowly	慢慢地吃
eat	regularly	飲食規律
eat	out	外食
eat	up	吃光

▷ After his illness, he **ate well** and put on weight. 他病後吃得很好，增加了些體重。

▷ He is sleeping well and is **eating properly**. 他睡得好、飲食適當。

▷ Make sure you **eat regularly** and have healthy food. 你一定要飲食有規律，並且吃健康的食物。

▷ I'm **eating out** with Emma tonight. 我今晚會跟 Emma 出去吃飯。

▷ Here's breakfast. **Eat up!** ☺ 早餐在這裡。要吃光！

something to	eat	吃的東西
a bite to	eat	一點吃的東西
a place to	eat	吃飯的地方

▷ Would you like **something to eat**? 你想吃點什麼嗎？

eat	like a horse	食量很大
eat	like a bird	食量很小

▷ I'm so hungry I could **eat like a horse**. 我餓得可以大吃一頓。

(PHRASES)

What's eating you? ☺ 你在煩惱什麼？ ▷Tell me what's eating you. Maybe I can help you. 告訴我你在煩惱什麼。或許我幫得上忙。

economical /ˌikəˈnɑmɪkl/ 英 /ˌiːkəˈnɔmikəl/

形 經濟的；節省的

extremely	economical	非常經濟、節省的
highly	economical	

▷ This oil heater is **extremely economical**. 這台充油式電暖器（使用起來）非常經濟。

it is (more) economical	to do	做…比較經濟、節省

▷ **It's more economical to** rent a car than to buy one. 租車比買車省錢。

economy /ɪˈkɑnəmɪ/ 英 /iˈkɔnəmi/

名 經濟；節約

run	the economy	（政府）推動經濟發展
develop	the economy	發展經濟
stimulate	the economy	刺激經濟
revive	the economy	使經濟復甦
control	the economy	控制經濟
boost	the economy	振興經濟
spur	the economy	
weaken	the economy	使經濟衰弱

E

stabilize	the economy	穩定經濟
make	economies	節約

▷ Which party do you trust to **run the economy**? 你會託付哪個政黨去推動經濟發展？

▷ Hong Kong's most important challenge is to **develop its economy**. 香港最重要的挑戰是發展經濟。

▷ Tax cuts will **boost the economy**. 減稅將能夠振興經濟。

the economy	booms	經濟繁榮
the economy	expands	經濟擴張
the economy	grows	經濟成長
the economy	shrinks	經濟萎縮
the economy	slows	經濟發展趨緩
the economy	stabilizes	經濟穩定
the economy	recovers	經濟復甦
the economy	remains	經濟維持…

▷ The **economy grew** by 4.5% in 2005. 2005 年經濟成長 4.5%。

▷ The British **economy remains** rather weak. 英國的經濟依然低迷。

a booming	economy	繁榮的經濟
a bubble	economy	泡沫經濟
a capitalist	economy	資本主義經濟
a market	economy	市場經濟
the domestic	economy	國內經濟
the global	economy	世界經濟
the world	economy	世界經濟
the international	economy	國際經濟
the local	economy	地方經濟
a major	economy	經濟大國

▷ China's role in the **global economy** has changed over the past twenty years. 過去 20 年，中國在全球經濟中的角色改變了。

▷ China and India are the world's fastest-growing **major economies**. 中國與印度是世界上發展最快速的經濟大國。

an economy	based on A	奠基於 A 的經濟

▷ The UAE has an **economy based** on oil. 阿拉伯聯合大公國的經濟奠基於石油。

edge /ɛdʒ/ 名 邊緣；刀刃；優勢

have	an edge	有優勢

▷ I'm sure we'll **have** an **edge** over the other teams. 我很確定我們比其他隊伍有優勢。

the outer	edge	外緣
the inner	edge	內緣
the top	edge	上緣
the bottom	edge	下緣
the southern	edge	南端
the western	edge	西端
the water's	edge	水邊
(a) competitive	edge	競爭優勢
the leading	edge	（領先趨勢的）尖端
the cutting	edge	（領先趨勢的）尖端

▷ The child suddenly fell over and hit his head against the **top edge** of the table. 那個孩子突然跌倒，頭撞到桌子的上端。

▷ We walked down to the **water's edge**. 我們走到水邊。

▷ How do we maintain our **competitive edge**? 我們要怎麼維持競爭優勢？

▷ Our company is at the **leading edge** of technology. 我們公司站在科技的尖端。

on	the edge of A	在 A 的邊緣
at	the edge of A	在 A 的邊緣

▷ She was standing **on the edge of** a cliff looking down. 她站在懸崖邊緣往下看。

edition /ɪˋdɪʃən/ 名 （發行物的）版本

print	an edition	印刷一個版本
publish	an edition	出版版本
release	an edition	發行版本

▷ About 500 copies of the first **edition** were **printed**. 初版大約印了 500 本。

▷ Oxford University Press has **published** a paperback **edition** of his book. 牛津大學出版社發行了他的書的平裝版。

the first	edition	初版
the latest	edition	最新版
a new	edition	新版
the current	edition	現行版本
a limited	edition	限定版
a special	edition	特別版
a hardback	edition	精裝版

a paperback	edition	平裝版
a pocket	edition	口袋書版本
a revised	edition	修訂版
an electronic	edition	電子版
an online	edition	網路版
(the) morning	edition	（報紙）早報
(the) evening	edition	（報紙）晚報
the Sunday	edition	週日版
the May	edition	五月號

▷ I bought the **latest edition** of the *New York Review of Books*. 我買了《紐約書評》的最新版。

▷ This **special edition** of the album is a must for collectors. 這張特別版專輯是收藏家必買的。

▷ This is a **revised edition** of a book first published in 1985. 這是 1985 年初次出版的書的修訂版。

▷ The full interview can be read in the **May edition** of the magazine out this Thursday. 完整的訪談可以在本週四出版的五月號雜誌讀到。

educate /ˈɛdʒəˌket/ 動 教育

educate	A **at** B	在 B（大學）教育 A（人）
educate	A **in** B	教育 A（人）B（學科）；在 B（場所）教育 A（人）
educate	A **about** B	教育 A（人）關於 B 的事

▷ She was **educated at** the University of California. 她在加州大學接受教育。

▷ Nick was born in Japan and **educated in** the U.S. Nick 在日本出生，在美國接受教育。

▷ We need to **educate** students **about** how to acquire the information they want to find. 我們必須教導學生如何取得他們想找的資訊。

educate	A **to** do	教育 A（人）做…

▷ We constantly **educate** our people **to** use the latest technology. 我們持續教育我們的人員使用最新技術。

educated /ˈɛdʒʊˌketɪd/

形 受過教育的，有教養的

highly	educated	教育程度很高的
well	educated	受過很好的教育的

▷ He is a **highly educated** person with lots of experience. 他是教育程度很高、歷練豐富的人。

education /ˌɛdʒʊˈkeʃən/ 名 教育

have	(an) education	
get	(an) education	接受教育
receive	(an) education	
provide	(an) education	提供教育
continue	one's education	繼續接受教育
complete	one's education	完成學業

▷ It is a good sign that many young people **get** their **education** abroad. 許多年輕人在海外接受教育，是很好的跡象。

▷ Government has an obligation to **provide** quality **education**. 政府有義務提供高品質的教育。

▷ I want to **continue** my **education** at university. 我想在大學繼續接受教育（我想上大學）。

▷ After **completing** his **education** at university, he worked in a bank. 完成大學學業後，他在銀行工作。

compulsory	education	義務教育
elementary	education	初等教育
英 primary	education	
secondary	education	中等教育
adult	education	
continuing	education	成人教育
further	education	
higher	education	高等教育
(a) university	education	大學教育
vocational	education	職業教育
sex	education	性教育

▷ **Elementary education** is a six-year program. 初等教育是 6 年制。

▷ **Higher education** is no longer a guarantee for a job. 高等教育不再是工作的保證。

effect /ɪˈfɛkt/ 名 效果，效力，影響；結果

have	an effect	有影響
produce	an effect	產生影響
take	effect	見效；生效
show	the effect	顯現影響
assess	the effect	評估影響
examine	the effect	
study	the effect	檢視影響，研究影響
reduce	the effect	減少影響
come into	effect	生效，被實施

E

bring A into	effect	使 A 生效，實施 A
carry A into	effect	

▷ My words **had** no **effect** *on* him. 我的話對他起不了作用。

▷ World War I **produced** negative **effects** *on* Germany's economy. 第一次世界大戰對德國的經濟產生了負面影響。

▷ The medicine should **take effect** soon. 藥應該很快就會有效果。

▷ The economy is still **showing** the **effects** of the 2008 economic crisis. 現在的經濟依舊可見 2008 年經濟危機造成的影響。

▷ The purpose of this research was to **assess** the **effects** of exercise and diet. 這項研究的目的是評估運動與飲食的效果。

▷ The rules will **come into effect** on September 1. 這些規定將在 9 月 1 日開始實施。

▷ The law was **brought into effect** in 2006. 這條法律是 2006 年開始實施的。

a profound	effect	深刻的影響
an adverse	effect	不利的影響
the opposite	effect	反效果
a positive	effect	正面影響
a negative	effect	負面影響
the desired	effect	期望的效果
a direct	effect	直接的影響
side	effects	副作用
the greenhouse	effect	溫室效應
special	effects	特殊效果
sound	effects	聲音效果
visual	effects	視覺效果

▷ Dioxins have an **adverse effect** *on* wildlife. 戴奧辛對野生生物有不良的影響。

▷ The doctor gave me some medicine to make me feel better, but it had the **opposite effect**. 醫生給了我一些能讓我舒服一點的藥，卻造成了反效果。

▷ The raise in salary had a **positive effect** *on* everybody at work. 這次加薪對於職場上的所有人都有正面影響。

▷ That email had the **desired effect**. 那封電子郵件發揮了期望的效果。

▷ The movie uses **special effects** successfully. 這部電影把特效用得很成功。

in	effect	實際上；有效力
to	this effect	大意是這樣
to	that effect	大意是那樣

to	the effect that...	大意是…，意思是…

▷ A fire warning is **in effect** for parts of Montana and Idaho tonight. 火災警報今晚對蒙大拿與愛達荷部分地區發布。

▷ She said, "I'm sorry, I can't help it," or words **to that effect**. 她說「很抱歉，我幫不上忙」或者那類的話。

effective /ɪˋfɛktɪv/ 形 有效果的，有效的

extremely	effective	極為有效的
highly	effective	非常有效的
particularly	effective	特別有效的

▷ This vaccine is **highly** effective in preventing the illness. 這種疫苗對於預防疾病非常有效。

efficient /ɪˋfɪʃənt/ 形 有效率的；能幹的

extremely	efficient	極為有效率的；極為能幹的
highly	efficient	非常有效率的；非常能幹的

▷ Our new boss is **extremely efficient**. 我們的新上司非常能幹。

efficient and economical	有效率又經濟

▷ It is the duty of water companies to maintain an **efficient and economical** supply of water. 維持有效率又經濟的供水，是水公司的責任。

effort /ˋɛfət/ 名 努力，費力，辛苦

make	an effort	努力
require	effort	需要努力
take	effort	
put in	an effort	投入努力
spare	no effort	不遺餘力
continue	one's **efforts**	繼續努力
concentrate	one's **effort(s)**	專注努力

▷ They **make** no **effort** to change their way. 他們沒有花心思改變他們的做法。

▷ Physical fitness always **requires effort**. 身體的健康總是需要努力維持。

▷ You must **concentrate** your **efforts** on improving your English. 你必須把努力專注於改善英語。

one's **best**	effort(s)	最大的努力

considerable	effort(s)	很大的努力
a great	effort	
a special	effort	特別的努力
an extra	effort	額外的努力
a determined	effort	堅定的努力，拚命的努力
a strenuous	effort	
a concerted	effort	合作的努力
a joint	effort	
a conscious	effort	有意識的努力
a deliberate	effort	
physical	effort	身體方面的努力
mental	effort	精神方面的努力

▷ Despite my **best efforts**, I was completely ignored. 儘管我盡了最大的努力，我還是完全被忽視。

▷ All the museums have put **considerable effort** into providing interesting displays. 所有的博物館都對於提供有趣的展覽付出很大的努力。

▷ Despite **strenuous efforts**, he only came sixth in the marathon. 儘管很拚命，他也只得到馬拉松第 6 名。

▷ The project is a **joint effort** between Japan and Russia. 這個計畫是日本與俄國合作進行的。

with	(an) effort	努力地，費力地
without	(an) effort	不費力地，輕鬆地
despite	A's efforts	儘管付出了努力
in	an effort to do	為了努力做到…

▷ **With effort**, Ben controlled his temper. Ben 努力控制脾氣。（★ effort 前面經常加上 great, much, some, little, no 表示程度：**With great effort** he tried to stand. 他非常努力試圖忍耐。）

▷ He was a genius. He passed all his exams **without effort**. 他是天才。他輕輕鬆鬆就通過所有測驗。

▷ Sadly, **despite** all the **efforts** of the medical team, Peter died. 很遺憾，儘管醫療團隊盡了一切努力，Peter 還是過世了。

▷ He shook his head **in an effort to** clear his head. 他甩頭試圖讓頭腦清醒。

egg /ɛg/ 名 蛋，卵

lay	an egg	下蛋
produce	an egg	
hatch	an egg	孵蛋
boil	an egg	用水煮蛋
break	an egg	打蛋（打破蛋殼）
beat	an egg	打蛋（把蛋液打均勻）

whisk	an egg	把蛋打發

▷ Did you know that penguins **lay eggs**? 你知道企鵝會下蛋嗎？

▷ The mother duck **hatched** her **eggs**. 母鴨孵牠的蛋。

▷ **Beat eggs** lightly in large bowl. 用大碗把蛋打散。

▷ **Whisk eggs** with milk and cream. 將蛋與牛奶及鮮奶油一併打發。

a fresh	egg	新鮮的蛋
a rotten	egg	壞掉的蛋
a boiled	egg	水煮蛋
a fried	egg	煎蛋
a poached	egg	水波蛋（去殼後水煮的半熟蛋）
a scrambled	egg	炒蛋
a beaten	egg	打好的蛋液
an Easter	egg	復活節彩蛋
a fertilized	egg	受精卵

▷ There is a smell like **rotten eggs**. 有臭雞蛋的味道。

▷ I'll have sausage, bacon, tomato, and **fried** egg, please. 我要香腸、培根、番茄和煎蛋，麻煩了。

election /ɪˋlɛkʃən/ 名 選舉

hold	an election	舉行選舉
have	an election	
call	an election	決定實施選舉
fight	an election	進行競選活動，打選戰
contest	an election	
run for	election	參選
英 stand for	election	
lose	an election	輸掉選舉
win	an election	贏得選舉

▷ South Africa **held** its first democratic **elections** in 1994. 南非共和國在 1994 年舉行了第一次民主選舉。

▷ The Prime Minister will **call** a general **election** by September. 首相將於 9 月前決定實施大選。

▷ Labour candidates **fought** the **election** successfully. 工黨的候選人成功打贏了選戰。

a free	election	自由選舉
a local	election	地方選舉
a national	election	全國選舉

E.

a general	election	大選，普選
a parliamentary	election	議會選舉
a presidential	election	總統選舉

▷ The first **free elections** in Iraq took place on January 1st, 1995. 伊拉克的第一次自由選舉在 1995 年 1 月 1 日舉行。

▷ The US **presidential elections** are held every four years. 美國總統選舉每 4 年舉行一次。

electricity /ɪˌlɛk`trɪsətɪ/ 名電，電力

generate	electricity	發電
produce	electricity	
provide	electricity	供電
supply	electricity	
conduct	electricity	導電
use	electricity	用電

▷ Solar panels on the roof **generate electricity**. 屋頂上的太陽能板能夠發電。

▷ The company **provides electricity** *to* 2.3 million homes. 這家公司供電給 230 萬個家庭。

▷ Metal **conducts electricity**. 金屬會導電。

static	electricity	靜電

▷ His T-shirt crackled with **static electricity** as he pulled it over his head. 他把 T 恤脫到頭上的時候，發出靜電的劈啪聲。

demand for	electricity	對電力的需求

▷ **Demand for electricity** exceeds supply. 對電力的需求超過了供給能力。

element /`ɛləmənt/ 名元素，要素，成分

contain	an element	
include	an element	包含要素
involve	an element	
combine	elements	結合要素
introduce	an element	採用要素

▷ The movie **contains elements** *of* satire. 這部電影含有諷刺的元素。

▷ Skiing always **involves** an **element** of danger. 滑雪總是有危險的要素在內。

▷ Hitchcock always **introduced** an **element** of suspense into his movies. 希區考克總是會在他的電影中加進懸疑的元素。

a basic	element	基本要素
a crucial	element	決定性的要素
an essential	element	不可或缺的要素
an important	element	重要要素
the main	element	主要要素
a major	element	重大的要素

▷ I'm studying the **basic elements** of criminal law. 我正在學習刑法的基本要素。

▷ Photographs are a **crucial element** in the pamphlet. 照片是小冊子的決定性要素。

eliminate /ɪ`lɪməˌnet/ 動去除，消除

completely	eliminate	完全去除
entirely	eliminate	
virtually	eliminate	實際上去除
largely	eliminate	大部分去除

▷ The heat **completely eliminates** bacteria. 加熱會完全去除細菌。

eliminate	A from B	將 A 從 B 去除

▷ You should **eliminate** the stress **from** your life. 你應該消除生活中的壓力。

email /`imel/ 名電子郵件

send	an email	寄電子郵件
get	an email	收到電子郵件
receive	an email	
check	one's email	檢查電子郵件
reply to	an email	回覆電子郵件
forward	an email	轉寄電子郵件
delete	an email	刪除電子郵件

▷ If you are interested, please **send an email** to... 如果你有興趣，請寄電子郵件到…

▷ Did you **get** my **email**? 你收到我的電子郵件了嗎？

▷ **Check** your **email** at least once a day. 至少一天檢查一次電子郵件。

▷ I **forwarded** the **email** to Dave. 我把那封電子郵件轉寄給 Dave。

an email	arrives	電子郵件寄達
an email	contains A	電子郵件包含 A
★「電子郵件寄達」是用 arrive 而不是 come 表示		

▷ An **email arrived** this morning from Lynda.

今天早上寄來了 Lydia 的電子郵件。
▷ The **email contains** information that I think is shocking. 這封電子郵件有我認為令人震驚的資訊。

(an) unsolicited	email	不請自來的電子郵件
(an) unwanted	email	
junk	email	垃圾郵件
spam	email	垃圾郵件

▷ If you get an **unsolicited email**, simply delete it. 如果你收到不請自來的垃圾信，刪掉就好。

an email	with an attachment	有附加檔案的電子郵件

embarrassed /ɪmˋbærəst/

形 尷尬的，不好意思的

feel	embarrassed	覺得尷尬
look	embarrassed	看起來尷尬
get	embarrassed	覺得尷尬起來

▷ She **felt embarrassed** to ask Michael for help again. 她不好意思再請 Michael 幫忙。
▷ She **got embarrassed** just thinking about it all again. 她只是想起那一切就不好意思起來。

acutely	embarrassed	非常尷尬的
a little	embarrassed	有點尷尬的
slightly	embarrassed	
too	embarrassed	太尷尬的
so	embarrassed	很尷尬的

▷ Sarah was **acutely embarrassed** to find that everybody knew she was pregnant. Sarah 發現每個人都知道她懷孕，覺得很不好意思。

embarrassed	to do	不好意思做…的

▷ I'm **embarrassed to** ask for money. 我不好意思要錢。

embarrassed	about A	對於 A 感覺不好意思的

▷ I was completely **embarrassed about** what I had done. 我對自己所做的事感到不好意思。

emerge /ɪˋmɝdʒ/

動 浮現，出現；崛起；擺脫出來

eventually	emerge	終於浮現
finally	emerge	
gradually	emerge	逐漸浮現
quickly	emerge	快速浮現
slowly	emerge	慢慢浮現
suddenly	emerge	突然浮現

▷ The lies were uncovered, and truth **eventually emerged**. 謊言被揭發，事實終於顯現。
▷ The sun **gradually emerged** from the horizon. 太陽漸漸浮現在地平線上。
▷ Beckham had **suddenly emerged** as England's perfect captain. 貝克漢突然以英格蘭完美隊長之姿崛起。

begin to	emerge	開始浮現

▷ Slowly the truth is **beginning to emerge**. 真相開始慢慢地浮現。

emerge	from A	從 A 出現；擺脫 A
emerge	into A	離開什麼之後進入 A
emerge	as A	以 A 之姿崛起

▷ East Asia has begun to **emerge from** economic crisis. 東亞已經開始脫離經濟危機。
▷ When we left the church, we **emerged into** bright sunshine. 我們離開教會時，沐浴在明亮的陽光中。
▷ She **emerged as** a talented painter in the 1890s. 她在 1890 年代以天才畫家之姿崛起。

it emerges	(that...)	事實顯現…

▷ **It emerged that** vehicle fuel prices are likely to rise again next month. 情況顯示，汽車燃料價格下個月很可能再次上漲。

emergency /ɪˋmɝdʒənsɪ/

名 緊急情況，緊急狀態

deal with	an emergency	處理緊急情況
cope with	an emergency	
meet	an emergency	

▷ The ambulance is fully equipped to **deal with emergencies**. 救護車有能夠處理緊急情況的完整配備。

a medical	emergency	醫療上的緊急情況

▷A stroke is a **medical emergency**. 中風是需要急救的狀況。

a state of	emergency	緊急狀態

▷The government declared a **state of emergency**. 政府宣布緊急狀態。

in	an emergency	緊急時
in case of	emergency	

▷In an **emergency**, call the police on 999. 緊急時請打 999 呼叫警察。

emotion /ɪˈmoʃən/ 名情緒，情感

show	emotion	表現情緒
express	one's **emotion**	
control	one's **emotions**	壓抑情緒
suppress	one's **emotion**	
hide	one's **emotions**	隱藏情緒
stir (up)	emotion	激起情緒
choke with	emotion	因情緒激動而難以言語

▷He wasn't very good at **showing emotion**. 他不太擅長表現情感。
▷She always **controlled** her **emotions** so well. 她總是把情緒控制得很好。
▷Why are you **hiding** your **emotions** from me? 你為什麼對我隱藏自己的情感呢？
▷His eyes filled with tears, and his voice **choked with emotion**. 他熱淚盈眶，情緒激動得說不出話。

strong	emotion(s)	強烈的情緒
intense	emotion(s)	
conflicting	emotions	相反的矛盾情緒
mixed	emotions	複雜的情緒
human	emotion	人類的情緒

▷I'm sure he has **mixed emotions** about me. 我想他對於我一定抱著複雜的情緒。
▷Fear is a natural **human emotion**. 恐懼是人類自然會有的情緒。

emphasis /ˈɛmfəsɪs/ 名強調，著重，重點

give	emphasis	
place	(an) emphasis	強調
put	(an) emphasis	
shift	the emphasis	轉移重點

▷In his speech, the Prime Minister **put** special **emphasis** on education. 首相在演說中特別強調教育。

(a) great	emphasis	很大的著重
a strong	emphasis	
(an) increasing	emphasis	漸增的著重
(a) particular	emphasis	特別的著重
special	emphasis	

▷There is a **strong emphasis** on foreign languages and computer skills in schools. 學校非常著重於外語與電腦技能。
▷"I'm tired and *hungry*." I placed **particular emphasis** on the last word. 「我又累又餓。」我特別強調了最後一個字。

with	(the) emphasis on A	重點放在 A

▷We should redesign this course **with the emphasis** on computer skills. 我們應該重新設計這門課，把重點放在電腦技能上。

a change	of emphasis	重點的改變
a shift	of emphasis	

▷The **shift of emphasis** from agriculture to industry will require vocational training. 將重點從農業轉到工業，需要職業訓練。

emphasize /ˈɛmfəˌsaɪz/ 動強調，著重
（★ 英 emphasise）

particularly	emphasize	特別強調
strongly	emphasize	

▷In her book, she **particularly emphasizes** the need for social reform. 在她的書中，她特別強調社會改革的需要。
▷Obama **strongly emphasized** the word "change." 歐巴馬特別強調「改變」這個字。

emphasize	that...	強調…

▷I'd like to **emphasize that** bullying is a serious problem. 我想要強調罷凌是嚴重的問題。 ◆It

should be emphasized that... 應該強調⋯這件事
▷ It should be emphasized that smoking is the major cause of lung cancer. 吸菸是肺癌主因的事實應該被強調。

employ /ɪmˋplɔɪ/ 動 雇用；利用

currently	employ	目前雇用
directly	employ	直接雇用
be fully	employed	全體獲得就業

▷ Approximately 700 people are **directly employed** by the company. 大約有 700 人直接受雇於公司。
▷ In the 1980s, the Soviet population was **fully employed**. 1980 年代，蘇聯人口達到了完全就業的狀態。

be	employed in A	被雇用於 A

▷ Many people are **employed in** the construction company as day laborers. 許多人以領日薪的臨時工身分受建設公司雇用。

employ	A as B	雇用 A（人）擔任 B

▷ He **employed** Collins **as** an assistant director. 他雇用 Collins 擔任襄理。

employ	A to do	雇用 A（人）去做⋯

▷ I was **employed to** help you. 我受雇幫助你。

employee /ˌɛmplɔɪˋi/

名 受雇者，員工，雇員

have	an employee	有員工
hire	an employee	雇用員工
dismiss	an employee	解雇員工
fire	an employee	
pay	an employee	付薪水給員工

▷ The company **has** over 1,000 **employees**. 這家公司有 1,000 多名員工。
▷ We can only go on **paying** the **employees** for the next few months. 我們只能再付員工未來幾個月的薪水。

a full-time	employee	全職員工
a part-time	employee	兼職員工
a permanent	employee	正式員工

a seasonal	employee	季節性的員工
a public	employee	公務員
a government	employee	

▷ She became a **permanent employee** the following year. 她在隔年成為了正式員工。
▷ **Public employees** usually have good job security. 公務員通常有很好的工作保障（不容易失去工作）。

employer /ɪmˋplɔɪ/ 名 雇用者，雇主

a large	employer	大型雇主
a major	employer	
a potential	employer	潛在雇主
a prospective	employer	未來的雇主

▷ **Major employers** include the government and the oil and gas industry. 大型雇主包含政府與石油天然氣產業。
▷ In an interview, you should try to show your abilities to your **prospective employer**. 面試時，你應該對未來的雇主努力表現能力。

employment /ɪmˋplɔɪmənt/

名 雇用；工作

find	employment	找到工作
obtain	employment	獲得工作
create	employment	創造就業機會
provide	employment	提供就業機會

▷ Luckily, she **found employment** at a bank through her friend Laura. 很幸運地，她透過朋友 Laura 找到銀行的工作。
▷ After university, George **obtained employment** as a teacher. 大學畢業後，George 獲得教師工作。
▷ He boosted the local economy and **created employment** for local people. 他提振了地方經濟，並且為當地人創造就業機會。

full-time	employment	全職雇用
part-time	employment	兼職雇用
permanent	employment	終身雇用
temporary	employment	臨時雇用
full	employment	充分就業（全體人民都有合適的工作）

▷ **Full-time employment** has increased by 18% in the past three years. 全職雇用在過去 3 年增加了

18%。

▷ Japanese employers now believe that the age of **permanent employment** is over. 日本的雇主現在認為終身雇用的時代結束了。

a contract of employment	雇用契約

▷ His **contract of employment** was terminated on 31 July 2007. 他的雇用契約在 2007 年 7 月 31 日結束了。

empty /ˈɛmptɪ/ 形 空的；沒被佔用的

remain	empty	維持空著的狀態
stand	empty	

▷ That factory has **stood empty** for over 3 years. 那間工廠閒置了 3 年以上。

almost	empty	
nearly	empty	幾乎是空的
virtually	empty	
completely	empty	完全空的
half	empty	一半是空的

▷ The train was **nearly empty** at night. 列車在夜間幾乎是空的。

▷ Is the glass **half empty** or half full? 這玻璃杯是半空還是半滿的？（★ 試探別人對事悲觀還是樂觀的句子）

encounter /ɪnˈkaʊntɚ/

動 遭遇，遇到

frequently	encounter	經常遇到
regularly	encounter	定期遇到
previously	encountered	以前遇到的

▷ She **frequently encountered** problems with the new staff. 她跟新員工之間經常遇到問題。

be likely to encounter	可能會遇到

▷ What sort of problems are they **likely to encounter**? 他們可能會遇到什麼樣的問題？

encourage /ɪnˈkɝɪdʒ/ 英 /ɪnˈkʌrɪdʒ/

動 鼓勵，促使；促進

actively	encourage	積極鼓勵

be greatly	encouraged	受到很大的鼓勵

▷ He **actively encouraged** her to apply for the job. 他積極鼓勵她應徵那份工作。

▷ We were **greatly encouraged** to see the improvement in his grades. 我們看到他成績的進步，受到很大的鼓勵。

encourage	A to do	鼓勵 A 做…

▷ He **encouraged** me to develop my musical talent. 他鼓勵我發展音樂才能。

end /ɛnd/ 名 結束，最後；尾端；目的

come to	an end	結束
approach	an end	接近結束
draw to	an end	
bring A	to an end	使 A 結束
put	an end to A	
mark	the end	代表著結束
signal	the end	
reach	the end	到達盡頭
achieve	one's end	達成目的

▷ The song **came to** an **end**, the audience applauded. 歌曲結束，聽眾鼓掌。

▷ I'm **approaching** the **end** of my life. 我正走向人生的盡頭。

▷ The committee has now decided to **bring** these investigations **to** an **end**. 委員會決定結束調查。

▷ When we **reached** the **end** *of* the park, we stood in front of an old movie theater. 當我們到了公園的盡頭，我們站在一間老舊電影院前面。

the lower	end	下端
the upper	end	上端
the top	end	頂端
the rear	end	後端
the front	end	前端
the far	end	最遠端
the very	end	
the opposite	end	反方向那端
the other	end	另一端
either	end	兩端的任一端
the west	end	西端

▷ House prices are still growing strongly, particularly at the **lower end** of the market. 住宅價格仍然強勢成長，尤其是在低端市場。

▷ Sandrine always wears clothes from the **top end of** the market. Sandrine 總是穿市面上最高級的衣服。

▷ The **front end of** the car was severely damaged. 這輛車的前端嚴重受損。

▷ Kate sat at the **far end** of the bar. Kate 坐在吧台最遠的那一端。

▷ Ann and Bobby sat at **opposite ends** of the couch. Anne 跟 Bobby 坐在長沙發相反的兩端。

▷ There was a laugh at the **other end** of the phone. 電話另一頭有笑聲。

▷ There are exits at **either end** of the station. 車站兩端都有出口。

at	an end	完結，結束
at	the end	在最後；在尾端
in	the end	結果，最後

▷ Their marriage is **at an end**. 他們的婚姻已經完了。

▷ **At the end**, Isabel asked only one question. 在最後，Isabel 僅僅問了一個問題。

▷ **In the end**, I said nothing. 結果我什麼也沒說。

at	the end of A	在 A 的最後
by	the end of A	在 A 結束前
★ A 可以是 the year, the day, the season, January, life, game, course 等表示期間或事件的詞		

▷ I'll go back to Australia **at the end of** January. 我 1 月底會回澳洲。

enemy /ˈɛnəmɪ/ 图敵人；敵方

have	an enemy	有敵人
make	an enemy of A	使 A 與自己為敵
make	enemies	樹敵
attack	an enemy	攻擊敵人
destroy	an enemy	打倒敵人
defeat	an enemy	

▷ Politicians always **have enemies**. 政治人物永遠都有敵人。

▷ I don't wish to **make an enemy** of you. 我不希望讓你與我為敵。

▷ We'll go and **attack** the **enemy** before they attack us. 我們會在敵人攻擊我們以前先攻擊他們。

a bitter	enemy	仇敵
the great	enemy	大敵
a sworn	enemy	死敵，不共戴天的仇敵
a mortal	enemy	

an old	enemy	宿敵
a common	enemy	共同的敵人
a political	enemy	政敵
an external	enemy	外部的敵人

▷ Gordon is my **bitterest enemy**. Gordon 是我最痛恨的仇敵。

▷ Scotland is England's **old enemy**. 蘇格蘭是英格蘭的宿敵。

▷ Democrats and Republicans are 100% **political enemies**. 民主黨與共和黨是完全的政敵。

▷ With the end of the Soviet Union, the US had no **external enemy**. 隨著蘇聯解體，美國就沒有了外敵。

energy /ˈɛnədʒɪ/ 图精力，活力；能量

have	energy	有精力
be full of	energy	充滿精力
put	one's energy	投入精力
devote	one's energy	
produce	energy	產生能量
generate	energy	
release	energy	釋放能量
provide	energy	提供能量
supply	energy	
use	energy	使用能源
save	energy	節約能源
waste	energy	浪費能源

▷ When we're young, we **have** a lot of **energy**. 年輕時，我們精力旺盛。

▷ I **put** all my **energy** *into* my work. 我把精力都投注在工作上。

▷ Nuclear fuel is used to **produce energy**. 核子燃料被用來產生能量。

▷ Recycling can **save energy**. 資源回收可以節約能源。

▷ I don't want to **waste** any more **energy** on this matter. 我不想再浪費精力在這件事情上。

alternative	energy	替代能源
renewable	energy	再生能源
atomic	energy	原子能
nuclear	energy	核能
solar	energy	太陽能

▷ There is a need to advance our research on **alternative energy**. 有需要推進我們對於替代能源的研究。

▷ Wind power is seen as a form of **renewable energy**. 風力被視為一種再生能源。

▷ In 1998, Syria and Russia signed an agreement on the peaceful use of **nuclear energy**. 1998 年，敘利亞與俄羅斯簽署了和平使用核能的協議。

a burst of	energy	精力的迸發
a source of	energy	能量來源

▷ Carbohydrates are an important **source of energy**. 碳水化合物是重要的能量來源。

engaged /ɪnˋgedʒd/

形 忙於什麼的，從事什麼的；已訂婚的

become	engaged	訂婚
get	engaged	

▷ Ian **got engaged** *to* Katharine. Ian 和 Katherine 訂婚了。

actively	engaged	積極從事的
busily	engaged	忙著從事的
currently	engaged	目前從事的
newly	engaged	剛訂婚的

▷ Most parents are **actively engaged** *in* their children's education. 大部分的父母積極參與孩子的教育。

▷ We are **busily engaged** *in* developing a more efficient sales campaign. 我們忙著開發更有效率的行銷活動。

engagement /ɪnˋgedʒmənt/

名 婚約，約定的會面

announce	one's engagement	宣布訂婚
break off	one's engagement	取消訂婚
cancel	one's engagement	
have	an engagement	有約定的會面

▷ Jordan **announced** his **engagement** to Penny. Jordan 宣布和 Penny 訂婚。

▷ Christina **broke off** her **engagement** with Malcolm. Christine 取消了和 Malcolm 的訂婚。

▷ Unfortunately I must leave now. I'm afraid I **have** an **engagement**. 可惜我現在必須走了。我和人有約。

a prior	engagement	事先約好的會面
a previous	engagement	
an official	engagement	正式場合的出席
a public	engagement	公共場合的出席

▷ Due to a **prior engagement**, she is unable to attend the party. 因為事先有約，所以她無法出席派對。

engine /ˋɛndʒən/ 名 引擎；（比喻）原動力

start	an engine	發動引擎
turn on	an engine	
cut	an engine	關閉引擎（熄火）
turn off	an engine	
run	an engine	發動引擎

▷ The driver **started** his **engine** and removed the handbrake. 駕駛發動引擎並解開手煞車。

▷ **Turn off** the **engine** before filling up with gas. 加油前先熄火。

▷ I pulled over and **cut** the **engine**. 我將車子停到路邊並且熄火。

an engine	starts	引擎啟動
an engine	runs	引擎發動
an engine	stops	引擎停止
an engine	fails	引擎失靈

▷ I turned the key and the **engine started**. 我扭轉鑰匙，引擎就發動了。

▷ The **engine** failed just after the plane had taken off. 引擎在飛機起飛後就失靈了。

a powerful	engine	強力的引擎
a diesel	engine	柴油引擎
a gasoline	engine	汽油引擎
a steam	engine	蒸汽引擎
the main	engine	（比喻）主要的動力

▷ This is the most **powerful engine** Honda has ever built. 這是 Honda 開發過最強力的引擎。（★ 表示「強力的引擎」時，比較少說 a strong engine）

▷ Over recent years, consumers have been the **main engine** for UK economic growth. 近年來，消費者已經成為英國經濟成長的主要動力。

engineer /ˌɛndʒəˈnɪr/ 名 工程師，技師

a chief	engineer	總工程師
a consulting	engineer	顧問工程師
an electrical	engineer	電機工程師
an electronics	engineer	電子工程師
a civil	engineer	土木工程師
a mechanical	engineer	機械工程師

▷ He worked as a **civil engineer** for a railway company. 他是鐵路公司的土木工程師。

English /ˈɪŋglɪʃ/ 名 英語

speak	English	説英語
understand	English	懂英語
learn	English	學習英語
study	English	研究、研讀英語
teach	English	教英語

▷ She **speaks English** fluently. 她英語講得很流利。
▷ She **understands English**, but she doesn't speak it very well. 她懂英語，但說得不太好。
▷ Michael is currently **teaching English** at a community college. Michael 目前在社區大學教英語。

plain	English	直白的英語
spoken	English	口語英語
written	English	書面英語
American	English	美式英語
British	English	英式英語
standard	English	標準英語
business	English	商務英語
good	English	好的英語
perfect	English	完美的英語
broken	English	結結巴巴、錯誤百出的英語

▷ What does this mean in **plain English**? 這用簡單的英語來說是什麼意思？
▷ **Spoken English** includes many dialects. 口語英語包含許多方言。
▷ **Standard English** is used for formal communication. 標準英語用於正式的溝通。
▷ He came up to me and asked in **broken English** if I wanted something. 他過來用結結巴巴的英語問我是否想要什麼。

| in | English | 用英語 |

▷ How do you say "tora" **in English**? 日語的「老虎」用英文怎麼說？

a teacher of	English	英語教師
a learner of	English	英語學習者
a speaker of	English	説英語的人

★ 以上的片語也可以說成 an English teacher, an English learner, an English speaker

▷ This dictionary is aimed at intermediate **learners of English**. 這本字典是針對中等英語學習者。

enjoy /ɪnˈdʒɔɪ/ 動 享受，喜愛

really	enjoy	真的很享受
thoroughly	enjoy	徹底享受
quite	enjoy	相當享受
always	enjoy	總是很享受

▷ She **really enjoyed** talking with you that night. 她那天晚上和你談得真的很開心。
▷ I **quite enjoyed** the traveling. 我相當享受這次旅行。
▷ I **always enjoy** visiting this place. 我總是很喜歡拜訪這裡。

| enjoy | doing | 享受做… |

★ 不說 ✕ enjoy to do

▷ Did you **enjoy** working with Philip? 你喜歡跟 Philip 一起工作嗎？

enter /ˈɛntə/ 動 進入；加入，入學，入會

finally	enter	終於進入
successfully	enter	成功進入
illegally	enter	非法進入

▷ Japan **finally entered** World War II in December 1941. 日本在 1941 年 12 月終於加入第二次世界大戰。
▷ China **successfully entered** the space race last year. 中國去年成功加入了太空競賽。
▷ Almost 70 percent of people **illegally entering** the United States are from Mexico. 將近 70% 非法進入美國的人來自墨西哥。

entertainment /ˌɛntəˈtenmənt/ 名娛樂

provide	entertainment	提供娛樂
enjoy	entertainment	享受娛樂

▷ Curling is a fun sport that **provides entertainment** for players and spectators alike. 冰壺是一種對選手、對觀眾都能提供娛樂的有趣運動。

public	entertainment	公眾娛樂
mass	entertainment	大眾娛樂
popular	entertainment	受歡迎的娛樂
family	entertainment	家庭娛樂
light	entertainment	輕鬆的娛樂

▷ Shakespeare's plays provided **mass entertainment** in the 17th century. 莎士比亞的戲劇在 17 世紀為大眾提供了娛樂。

enthusiasm /ɪnˈθjuzɪˌæzəm/

名熱情，熱衷

have	enthusiasm	擁有熱情
be full of	enthusiasm	充滿熱情
express	enthusiasm	表達熱情
show	enthusiasm	表現熱情
share	enthusiasm	分享熱情
lose	one's enthusiasm	失去熱情
dampen	A's enthusiasm	減弱 A 的熱情

▷ She **has** incredible **enthusiasm** for her work. 她非常熱衷於工作。
▷ Fiona was **full of enthusiasm** for the project. Fiona 對這個企畫案充滿熱情。
▷ The greatest chess players **show** their **enthusiasm** for the game at a very early age. 最偉大的西洋棋手從很小的時候就就展現出對這種遊戲的熱衷。

great	enthusiasm	很強的熱情
tremendous	enthusiasm	極大的熱情
genuine	enthusiasm	真正的熱情

▷ Brazilian people have **tremendous enthusiasm** for the game of soccer. 巴西人對於足球比賽極為熱衷。
▷ **Genuine enthusiasm** is one of the most powerful forces in business. 真正的熱情是企業中最強大的力量之一。

with	enthusiasm	熱情地

▷ The decision was greeted **with enthusiasm** by everyone. 這個決定受到大家熱情的歡迎。

a lack of	enthusiasm	熱情的缺乏

▷ One of the reasons for this **lack of enthusiasm** is lack of communication. 這個缺乏熱情的情況，理由之一是缺乏溝通。

entrance /ˈɛntrəns/

名入口；進入，入學，入場

make	an entrance	進入，入場
gain	entrance	得以進入

▷ Videotapes disappeared as DVDs **made an entrance** *into* the market. 錄影帶隨著 DVD 進入市場而消失。

the main	entrance	正門
the back	entrance	後門
the front	entrance	前門

▷ The **main entrance** *to* the school is situated at the center of the building. 學校的正門位於建築物的中間。
▷ We entered the building through the **back entrance**. 我們從後門進入建築物。

the entrance	to A	往 A 的入口
entrance	into A	進入 A

▷ The only table left was at the **entrance to** the restaurant. 唯一剩下的桌子在餐廳入口處。
▷ The national anthem was played upon the Princess's **entrance into** the hall. 國歌在公主進入大廳時演奏。

entry /ˈɛntrɪ/

名進入權；進入，入場；參加；登記；條目

make	an entry	進入，入場；登記
allow	entry	允許進入
gain	entry	得以進入
force	an entry	強行進入
refuse	entry	拒絕（別人的）進入
deny	entry	
prevent	entry	防止進入

▷ Karen **makes an entry** in her diary every day. Karen 每天寫一則日記。
▷ Only children aged 16 and over will be **allowed**

entry. 只有 16 歲以上的孩子可以進入。
▷It is getting more and more difficult to **gain entry** into universities. 進大學越來越困難。
▷Cockpit doors on planes were reinforced to **prevent entry** by terrorists. 飛機的駕駛艙門經過強化，以預防恐怖分子進入。

free	entry	免費入場
the winning	entry	得獎作品
a dictionary	entry	字典條目

▷The winners will receive $300 and **free entry** to Disneyland. 獲勝者將會得到 300 美元，並且能免費進入迪士尼樂園。
▷The **winning entries** will be announced on November 15. 得獎作品將於 11 月 15 日公布。

envelope /ˈɛnvəˌlop/ 名信封

address	an envelope	在信封上寫地址
seal	an envelope	封好信封
open	an envelope	打開信封

▷Most people **seal** the **envelope** before posting a letter. 大部分的人在寄信之前會封好信封。（★ 耶誕卡等等會有不封口就寄出的情況）

| an envelope | contains A | 信封裡有 A |

▷Bill handed me an **envelope containing** $2,000 in cash. Bill 交給我一個有 2,000 美元現金的信封。

| a sealed | envelope | 封好的信封 |

▷I handed a **sealed envelope** to Angus. 我把一個封好的信封交給 Angus。

| the back of | an envelope | 信封背面 |

▷Write your name and address *on* the **back of** the **envelope**. 把你的姓名和地址寫在信封背面。

in	an envelope	信封裡
into	an envelope	放進信封
on	an envelope	信封上

▷I put a stamp **on** the **envelope** and posted it. 我在信封上貼郵票並寄出。

environment /ɪnˈvaɪrənmənt/
名環境，（the environment）自然環境

create	an environment	創造環境
provide	an environment	提供環境
protect	the environment	保護環境
improve	the environment	改善環境
affect	the environment	影響環境
damage	the environment	傷害環境
pollute	the environment	污染環境
destroy	the environment	破壞環境

▷How can we **protect** the **environment**? 我們能怎樣保護環境？
▷Pollution has **affected** the **environment**. 污染已經影響了環境。
▷Chemicals and oil **polluted** the **environment**. 化學藥品與石油污染了環境。
▷Is globalization **destroying** the **environment**? 全球化正在破壞環境嗎？

a safe	environment	安全的環境
a competitive	environment	競爭激烈的環境
a social	environment	社會環境
a working	environment	工作環境
an economic	environment	經濟環境
a political	environment	政治環境
the natural	environment	自然環境
the global	environment	全球環境

▷We're facing a highly **competitive environment**. 我們正面臨高度競爭的環境。
▷Industry needs a stable **political environment**. 產業界需要穩定的政治環境。
▷Human activities are changing the **global environment** at all levels. 人類活動正在所有層面改變全球環境。

equal /ˈikwəl/ 形相等的，等同的；平等的

| become | equal | 變得相等 |
| make A | equal | 使 A 變得相等 |

▷It's difficult to **make** everybody **equal**. 要讓每個人都平等很困難。

exactly	equal	完全相等的
almost	equal	幾乎相等的
nearly	equal	
roughly	equal	大致相等的
approximately	equal	

▷Our soccer players have ability **almost equal** to the South Koreans. 我們的足球選手有幾乎和南韓相

等的能力。

▷ It was a difficult choice. The two candidates were **roughly equal** in ability. 這是個困難的選擇。兩個人選的能力大致相等。

equal	in A	在 A 方面相等的
equal	to A	和 A 相等的
★ equal in A 的 A 是 length, weight, height, value, size, quality 等			

▷ Day and night are **equal in** length only twice a year. 白天和夜晚在一年之中只有兩次長度相等。
▷ 100 degrees Celsius is **equal to** 212 degrees Fahrenheit. 攝氏 100 度等於華氏 212 度。

▎equality /ɪˈkwɑlətɪ/ 英 /iːˈkwɔlɪtɪ/ 名 平等

achieve	equality	實現平等
ensure	equality	確保平等

▷ The law should be changed to **ensure equality** of treatment. 這條法律應該修改,以確保待遇的平等。

economic	equality	經濟平等
sexual	equality	性別平等
social	equality	社會平等

▷ As far as possible we should aim to achieve **social equality**. 我們應該盡可能以實現社會平等為目標。

▎equipment /ɪˈkwɪpmənt/ 名 設備,用具

supply	equipment	供應設備
use	the equipment	使用設備
install	equipment	安裝設備

▷ Around 70 percent of Americans **use** computer **equipment** at work or home. 大約 70% 的美國人在工作場所或家中使用電腦設備。
▷ The school **installed equipment** such as CCTV cameras last year. 學校去年安裝了閉路監視系統等設備。

standard	equipment	標準配備
special	equipment	特殊設備
office	equipment	辦公設備
computer	equipment	電腦設備
electrical	equipment	電機設備
electronic	equipment	電子設備
medical	equipment	醫療設備

military	equipment	軍事設備
digital	equipment	數位設備

▷ DVD drives are becoming **standard equipment** on PCs. DVD 光碟機正逐漸成為個人電腦的標準配備。
▷ Turn off all **electrical equipment** at night. 晚上將所有的電機設備關閉。
▷ The US has no competitor in high-tech **military equipment**. 美國在高科技軍事設備方面沒有競爭對手。

a piece of	equipment	一件設備

▷ This new camera is a fantastic **piece of equipment**. 這台新的相機是一件很棒的設備。

▎equivalent /ɪˈkwɪvələnt/ 形 相等的

exactly	equivalent	完全相等的
roughly	equivalent	
approximately	equivalent	大致相等的
broadly	equivalent	

▷ Two languages often do not possess **exactly equivalent** words. 兩個語言經常會沒有完全相等的詞彙。
▷ In size, the country is **roughly equivalent** *to* the State of Texas. 在面積方面,這個國家大約等於德州。

equivalent	to A	與 A 相等的

▷ For a dog, 15 years is **equivalent to** 74 years in a human life. 對狗而言,15 年相當於人類生命的 74 年。

▎error /ˈɛrəʳ/ 名 錯誤,失誤,疏失

make	an error	犯錯
contain	an error	有錯誤
correct	an error	訂正錯誤

▷ I often **make** small **errors**. 我經常會犯小錯。
▷ Large databases of information always **contain errors** and outdated information. 大型資料庫總是會包含錯誤與過時的資訊。
▷ I would like to **correct** one **error** I noticed on page 7. 我想要訂正一個我在第 7 頁發現的錯誤。

an error	occurs	錯誤發生

▷ This **error** usually **occurs** when I try to download a huge file. 這個錯誤通常會在我嘗試下載大型

檔案時發生。

a serious	error	嚴重的錯誤
a fatal	error	致命的錯誤
an unexpected	error	預料之外的錯誤
a common	error	常見的錯誤
a grammatical	error	文法錯誤
a spelling	error	拼字錯誤
a clerical	error	文書錯誤（抄寫、打字的錯誤）
human	error	人為疏失
pilot	error	飛行員人為疏失
driver	error	駕駛疏失

▷ Mr. Brown made the **fatal error** of saying what he actually thinks. Brown 先生犯了致命的錯誤，就是把實際上想的說出來。

▷ We should never forget that **human error** can occur. 我們永遠不該忘記人為疏失有可能發生。（★ 人為疏失不是 × human mistake）

a margin of	error	誤差範圍

▷ There's a **margin of error** in his analysis. 他的分析中有標明誤差範圍。

in	error	錯誤地

▷ He was arrested **in error**. 他被警方錯認而逮捕了。

escape /ə`skep/ 名 逃跑，逃脫

make	one's escape	逃脫
attempt	an escape	試圖逃脫
prevent	an escape	預防逃脫
provide	an escape	提供逃離現實等的管道

▷ She finally **made** her **escape** on a flight from Moscow. 她終於搭上飛機逃離莫斯科。

▷ TV **provided** an **escape** from the deadly dull life. 電視提供了一個逃離無聊生活的管道。

a narrow	escape	驚險逃過
a lucky	escape	幸運逃過
a miraculous	escape	奇蹟般的逃過

▷ Four people had a **lucky escape** after a three-car collision. 有四個人在三車相撞的事故後幸運逃出。

PHRASES
There is no escape! ☺ 你無路可逃了！

escape /ə`skep/ 動 逃脫，逃避

narrowly	escape	驚險逃過

▷ Andy was seriously wounded and only **narrowly escaped** death. Andy 受了重傷，好不容易才逃過一死。

try to	escape	試圖逃脫
attempt to	escape	
manage to	escape	設法成功逃脫

▷ Don't **try to escape** or you'll be shot. 別想逃，不然就開槍殺你。

escape	from A	從 A 逃脫

▷ A prisoner **escaped from** the prison where he had been kept for 10 years. 一名囚犯從關了 10 年的監獄脫逃。

essential /ɪ`sɛnʃəl/

形 必要的，不可缺的；本質的

absolutely	essential	絕對必要的

▷ Innovation is **absolutely essential** in an industry. 創新在產業中是絕對必要的。

essential	to A	對 A 不可或缺的
essential	for A	

▷ Clean water is **essential for** life. 乾淨的水對生命是不可或缺的。

it is essential	(that)...	…是必要的
it is essential	to do	做…是必要的

▷ **It is essential that** you consult a doctor immediately. 你一定要馬上看醫生。

▷ **It is essential** for you **to** be there by three o'clock. 你一定要在 3 點前到那裡。

establish /ə`stæblɪʃ/ 動 建立；確立；證實

be originally	established	最初被創立
clearly	establish	清楚確立
firmly	establish	穩定確立
fully	establish	完全確立

▷ This company was **originally established** in 1887. 這間公司最初創立於 1887 年。

▷ Australia is now **clearly established** as a major

wine producing area. 現在，澳洲身為主要產酒地區的地位已經確立。

▷ By the seventh century, Buddhism was **fully established** in Japan. 在 7 世紀時，佛教在日本完全落地生根了。

establish	A **with** B	與 B 建立 A（關係）
★ A 是 relationship, contact, a friendship 等		

▷ He **established** a friendship **with** Frank. 他和 Frank 建立了友誼。

establish	that...	證實…
establish	wh-	證實…
★ wh- 是 whether, how, who 等		

▷ The survey **established that** 21% of those aged 16-20 years were smokers. 這項調查證實了 16 到 20 歲的人有 21% 吸菸。

estate /ɪs`tet/ 名 地產，房地產權；財產

have	an estate	有地產
own	an estate	擁有地產
buy	an estate	購買地產
manage	an estate	管理地產
leave	an estate	留下財產
inherit	an estate	繼承財產

▷ Robin **left** his **estate** to his three sons. Robin 留下遺產給他的三個孩子。

▷ Richard **inherited** the family **estate**. Richard 繼承了家族財產。

a large	estate	很大的地產
personal	estate	動產
real	estate	不動產
英 a housing	estate	大規模開發的住宅區

▷ The husband will be entitled to all his wife's **personal estate** after her death. 丈夫在妻子死後有權繼承她的所有動產。

estimate /ˈɛstəˌmet/ 名 估計；估價

make	an estimate	估計
give	an estimate	提出估計值；報價
provide	an estimate	

▷ It's hard to **make** an **estimate** of how many civilians have been killed in the war. 很難估計有多少

平民死於這場戰爭。

▷ We have to **provide** an **estimate** of the cost by the end of this month. 我們必須在月底前提出費用的報價。

an accurate	estimate	準確的估計
a conservative	estimate	保守的估計
a rough	estimate	大概的估計

▷ Let's make a **rough estimate**. 我們做個大略的估計吧。

estimate /ˈɛstəˌmet/ 動 估計，估量

originally	estimate	原本估計
conservatively	estimate	保守估計
roughly	estimate	大概估計

▷ We **conservatively estimate** the attendance at around 500 people. 我們保守估計大約會有 500 人出席。

estimate	A **at** B	估計 A 為 B

▷ The total cost of damage was **estimated at** $2 billion. 損害總額估計有 20 億美元。

estimate	(that)...	估計…

▷ Scientists **estimate that** the Earth was formed around 4.6 billion years ago. 科學家推算地球是大約 46 億年前形成的。 ◆**it is estimated that...** 被估計是… ▷ It is estimated that 35% of all marriages ended in divorce in Western Europe. 據估計，在西歐有 35% 的婚姻以離婚收場。

evening /ˈivnɪŋ/ 名 傍晚，晚上（★通常指日落到就寢之間的時段，night 則是日落到日出之間）

this	evening	今晚
yesterday	evening	昨晚
tomorrow	evening	明晚
early	evening	傍晚
late	evening	深夜
the following	evening	隔天晚上
the previous	evening	前一天晚上
a lovely	evening	美好的夜晚
Friday	evening	星期五的夜晚
May	evening	五月的夜晚
a winter	evening	冬天的晚上

▷ Do you have any plan **this evening**? 你今晚有什麼計畫嗎？

▷ A baby girl was born **yesterday evening**. 一名女嬰昨晚出生。

▷ **Early evening** will be the best time at the shore of the lake. 傍晚是湖畔最美好的時刻。

▷ The **following evening**, I was invited to have dinner with Dennis. 隔天晚上我受邀和 Dennis 晚餐。

▷ We had a **lovely evening**. 我們度過了美好的晚上。

in	the evening	在傍晚，在晚上
(on)	Friday evening	（在）星期五晚上
on	Saturday evenings	每個星期六晚上
on	the evening of A	在 A 的夜晚

▷ **In the evening** we drove to Boston. 晚上我們開車到波士頓。 ◆**late in the evening** 深夜 ▷ The concert will be broadcast late in the evening on the radio. 這場音樂會將會在深夜廣播播出。

▷ The annual music festival takes place **on the evening of** August 1. 這個一年一度的音樂節在 8 月 1 日晚上舉行。

event /ɪˋvɛnt/ 名 事件；活動；比賽的項目

organize	an event	籌辦活動
stage	an event	
attend	an event	參加活動

▷ About 50,000 people are expected to **attend** the **event**. 預計大約會有 5 萬人參加這個活動。

an event	occurs	事件發生
an event	takes place	

▷ Three major **events occurred** in my life. 我的人生中發生了三件大事。

an important	event	重要的事件
a major	event	大事件
a historic	event	歷史意義重大的事件
a historical	event	歷史上的事件
a future	event	未來的事件
an annual	event	年度活動
a social	event	社交活動
a school	event	學校活動
a sporting	event	體育活動

▷ This play is based on **historical events**. 這齣戲劇是根據歷史事件編寫的。

▷ The Australian Science Festival is an **annual** event held in Canberra. 澳洲科學節是一年一度在坎培拉舉行的活動。

▷ The games are the biggest **sporting event** in the world this year. 這些比賽是今年世界上最大的體育盛事。

in	the event of A	萬一發生 A
in	the event that...	萬一……
🌏 in	the event	結果，到頭來
in	any event	不管怎樣

★ A 是 death, illness, a crisis 等

▷ **In** the **event that** the concert is cancelled, we can get our money back. 萬一音樂會被取消，我們可以得到退款。

▷ We all took umbrellas with us, but **in the event** it didn't rain. 我們都帶了傘，結果卻沒下雨。

▷ **In any event**, it was extremely difficult to concentrate on the exam. 不管怎樣，專注在考試上非常困難。

a chain of	events	一連串的事件
a sequence of	events	
a series of	events	
the course of	events	事情的經過

▷ In the normal **course of events**, I spend my summer holidays abroad. 一般來說，我會在國外度過夏季假期。

evidence /ˋɛvədəns/ 名 證據，證詞

have	evidence	有證據
gather	evidence	收集證據
collect	evidence	
find	evidence	找到證據
obtain	evidence	取得證據
produce	evidence	提出證據
provide	evidence	提供證據
show	evidence	顯示證據
give	evidence	提供證詞，作證
destroy	evidence	消滅證據

▷ It's not hard to **find evidence** that Chris is right. 要找到 Chris 是對的證據不難。

▷ The police were unable to **obtain** enough **evidence**. 警察無法取得足夠的證據。

▷ The survey **provides evidence** to support his theories. 調查提供了支持他理論的證據。

▷ An accused has the right not to **give evidence** in

court. 被告有權不在法庭上作證。

evidence	suggests	證據暗示
evidence	shows	證據顯示

▷ **Evidence shows** that the potato was being cultivated 2,000 years ago in Peru. 證據顯示，馬鈴薯 2,000 年前就在秘魯栽種了。

sufficient	evidence	充分的證據
clear	evidence	清楚的證據
hard	evidence	鐵證
strong	evidence	有力的證據
insufficient	evidence	不充分的證據
available	evidence	可得的證據
further	evidence	進一步的證據
new	evidence	新的證據
circumstantial	evidence	間接證據
empirical	evidence	經驗證據
medical	evidence	醫學證據
scientific	evidence	科學證據

▷ There is **sufficient evidence** to suggest that these pictures are fakes. 有充分的證據顯示這些畫可能是假的。

▷ I found **strong evidence** that the answer to that question is yes. 我發現了證明那個問題的答案是肯定的有力證據。

▷ **Further evidence** is required to show the US economy is on the upturn. 需要進一步的證據來顯示美國經濟正在轉好。

▷ There is clear **empirical evidence** against this hypothesis. 有清楚的經驗證據不支持這項假設。

evidence	of A	A 的證據
evidence	for A	為了 A 的證據
evidence	against A	不支持 A 的證據

▷ A three-year FBI investigation had found no **evidence of** terrorist activity. 為期三年的 FBI 調查並沒有找到恐怖活動的證據。

▷ Thomson gave **evidence against** Webber in court. Thomson 在法庭上作出不利於 Webber 的證言。

evidence	that...	證明…的證據

▷ There is no **evidence that** she killed her husband. 沒有證據證明她殺了丈夫。

in	evidence	作為證據
be in	evidence	顯而易見，明顯

▷ Tape recordings cannot always be used **in evi-**

dence in a court of law. 錄音不一定能當成法庭上的證據。

▷ The effects of the floods are still very much **in evidence** in New Orleans. 洪水留下的影響在紐奧良依然很明顯。

evil /ivl/ 名邪惡，罪惡，壞事

a great	evil	巨大的邪惡
the lesser	evil	兩害相權較輕者
a necessary	evil	必要之惡
a social	evil	對社會有害的問題

▷ If you don't like either presidential candidate, you just have to choose the **lesser evil**. 如果兩位總統候選人你都不喜歡，你就得選比較不爛的。

▷ Drink-driving is a serious crime and a **social evil**. 酒駕是嚴重的罪行，也是對社會的禍害。

exam /ɪg`zæm/

名測驗，考試；檢查（★ examination 的縮寫）

take	an exam	參加測驗
美 do	an exam	
pass	an exam	通過測驗
fail	an exam	測驗不及格
cheat on	an exam	考試作弊
英 cheat in	an exam	

▷ I **took** the **exam** in November and received the results very quickly. 我 11 月參加測驗，而且很快就收到結果。

▷ Congratulations on **passing** your **exams**! 恭喜你通過考試！

an entrance	exam	入學測驗
a final	exam	期末考；畢業考
a written	exam	筆試

examination /ɪg͵zæmə`neʃən/

名測驗，考試；檢查，調查

take	an examination	參加測驗
英 sit	an examination	
pass	an examination	通過測驗
fail	an examination	測驗不及格

make	an examination	調查
require	an examination	需要檢查
have	an examination	接受檢查

▷ If I **fail** this **examination**, they won't renew my scholarship. 如果我沒通過這次測驗，他們就不會繼續給我獎學金。

an entrance	examination	入學測驗

▷ He passed the **entrance examination** to university. 他通過了大學的入學測驗。

examine /ɪgˋzæmɪn/ 動 檢視，檢查；診察

carefully	examine	謹慎檢視
closely	examine	仔細檢視
briefly	examine	簡單檢視
critically	examine	批判地檢視
examine	in detail	詳細檢視
examine	thoroughly	徹底檢視

★ carefully, closely, briefly, critically 也可以用在動詞後面

▷ We have **closely examined** the contents of the report. 我們仔細檢視了報告的內容。
▷ This chapter **briefly examines** the history of the European Union. 這一章簡單審視了歐盟的歷史。
▷ The conclusions drawn from the data must be **examined critically**. 從數據得到的結論必須以批判的眼光檢視。
▷ We **examined** the cause of the problem **thoroughly**. 我們徹底檢討了問題的原因。

examine	A on B	
examine	A in B	檢查A的B方面
examine	A for B	檢查A是否有B

▷ The doctor **examined** him **for** signs of illness. 醫師檢查他是否有病狀。

example /ɪgˋzæmpl/ 英 /igˋzɑːmpl/

名 例子，實例；榜樣

give	an example	
provide	an example	舉例
cite	an example	引用例子
find	an example	找到例子
set	an example	樹立榜樣

follow	A's example	仿效A

▷ Can you **give an example**? 你可以舉例嗎？
▷ Parents should **set** a good **example** to their children. 父母應該為孩子樹立好榜樣。
▷ I **followed** her **example** and chose to avoid fatty foods. 我仿效她的做法，選擇避免高脂肪的食物。

a typical	example	
a prime	example	典型的例子
a classic	example	
an excellent	example	優秀的例子
a good	example	好的例子
an obvious	example	明顯的例子
a clear	example	

▷ This is a **typical example** of African art. 這是非洲藝術很典型的例子。

for	example	例如

▷ I have many hobbies. **For example**, fishing, bird watching, and cooking. 我有很多嗜好，例如釣魚、賞鳥和烹飪。

exception /ɪkˋsɛpʃən/ 名 例外，特例

make	an exception	成為例外，破例

▷ I seldom write to the newspapers, but this time I am **making** an **exception**. 我很少向報紙投書，但這次我要破例。

an important	exception	
a major	exception	重大的例外
a notable	exception	值得注意的例外
a rare	exception	少見的例外
the only	exception	唯一的例外

▷ He could trust almost no one. The **only exception** was Jimmy. 他幾乎不能相信任何人。唯一的例外是Jimmy。

an exception	to A	對於A的例外
with	the exception of A	除了A以外
without	exception	沒有例外

▷ There are two **exceptions to** this rule. 這個規定有兩個例外。
▷ **With** the **exception of** Native Americans, the U.S. is a country of immigrants. 除了原住民以外，美國是一個移民的國家。
▷ **Without exception,** all fifteen members support-

ed the plan. 15 名成員無一例外地支持這項計劃。

件事。

exchange /ɪks`tʃendʒ/

名 交換；交流；匯兌；爭論

cultural	exchange(s)	文化交流
international	exchange	國際交流
foreign	exchange	外幣兌換
the stock	exchange	證券交易所
a heated	exchange	激烈的爭論
an angry	exchange	

▷ **Cultural exchange** aids international under-standing. 文化交流有助於國家之間的互相理解。
▷ A **heated exchange** took place between them. 他們之間發生了激烈的爭論。

an exchange of A	A 的交換

★ A 是 ideas, views, information 等

▷ After a free and frank **exchange of** ideas, we reached a compromise. 經過自由且坦誠的意見交換，我們達成了妥協。

in	exchange (for A)	作為交換（換來 A）

▷ Some people think you can do whatever you want **in exchange for** money. 有些人認為為了換取金錢可以做任何事情。

excited /ɪk`saɪtɪd/ 形 興奮的，激動的

get	excited	興奮
become	excited	

▷ Don't **get** too **excited**! 不要太興奮了！

really	excited	真的很興奮的
quite	excited	
increasingly	excited	越來越興奮的
sexually	excited	性亢奮的

▷ Everybody was **quite excited** about the idea. 每個人都對這個想法感到很興奮。

excited	about A	對 A 感到興奮的

▷ I'm really **excited about** this project. 我真的對這個企畫案感到很興奮。

excited	to do	做⋯很興奮

▷ I'm very **excited to** hear that. 我很興奮聽到那

excitement /ɪk`saɪtmənt/ 名 興奮，激動

cause	excitement	造成興奮

▷ His announcement **caused** great **excitement**. 他的宣布使得大家很興奮。

great	excitement	很大的興奮
high	excitement	
intellectual	excitement	知識上的興奮
sexual	excitement	性亢奮

▷ There was **great excitement** across the country during the Olympics. 奧運期間，全國上下都處在熱烈的興奮之中。
▷ **Sexual excitement** gets the heart pumping. 性亢奮讓心跳變得激烈。

with	excitement	興奮地

▷ Jeremy clapped his hands **with excitement**. Jeremy 興奮地拍手。

exciting /ɪk`saɪtɪŋ/

形 令人興奮的，令人激動的，刺激的

sound	exciting	聽起來很刺激
get	exciting	變得刺激

▷ "We're going to go on an adventure holiday in Canada!" "Really? **Sounds exciting**!"「我們要去加拿大來一場冒險的度假！」「真的嗎？聽起來很刺激！」

really	exciting	真的很令人興奮的
quite	exciting	
tremendously	exciting	非常令人興奮的

▷ This breakthrough in technology is **tremendously exciting**. 這項技術上的突破非常令人興奮。

an exciting	new A	令人興奮而且新的 A

▷ He is one of the most **exciting new** talents in the business. 他是商業界最令人感到興奮的新人才之一。

exclude /ɪk`sklud/ 動 排除；拒絕進入

totally	exclude	完全排除
completely	exclude	

deliberately	exclude	故意排除
expressly	exclude	特別排除
specifically	exclude	
effectively	exclude	實際上排除

▷ Please tell me why you are **deliberately excluding** me. 請告訴我你為什麼故意排除我。

▷ Women were once **effectively excluded** from higher education. 女性曾經被實質排除於高等教育之外。

exclude or restrict	排除或限制

▷ Certain types of insurance claim may be **excluded or restricted**. 某些種類的保險理賠申請可能被排除或限制。

exclude	A from B	將A排除於B之外

▷ As he was not yet sixteen, he was **excluded from** taking part in the race. 因為他未滿 16 歲，所以被拒絕參加比賽。

excuse /ɪk`skjuz/ 名 藉口，辯解，理由

have	an excuse	有藉口
make	an excuse	找藉口
give	an excuse	
look for	an excuse	尋找藉口
find	an excuse	找到藉口
use A as	an excuse	用A當藉口

▷ Now you no longer **have** an **excuse** to ignore him! 你現在沒有忽視他的藉口了！

▷ Stop **making excuses**! 不要再找藉口了！

▷ Stop **giving** me **excuses**! 不要再給我藉口了！

▷ I tried to **find** an **excuse** for the delay. 我試圖找個延誤的藉口。

the perfect	excuse	完美的藉口
a good	excuse	好藉口
a reasonable	excuse	合理的理由
a feeble	excuse	薄弱的藉口

▷ Winter is coming. It's the **perfect excuse** to stay indoors. 冬天要來了。這是待在室內的完美藉口。

▷ Tim missed two lessons without a **reasonable excuse** today. Tim 今天沒有合理的理由就蹺了兩堂課。

▷ Feeling tired is a **feeble excuse**. 覺得累是很薄弱的藉口。

an excuse	for A	對於A的藉口

▷ She made **excuses for** why she couldn't see Tom. 她找了些不能見 Tom 的藉口。

an excuse	to do	對於做…的藉口

▷ Saying that he was ill was just an **excuse to** avoid coming to the meeting. 說自己生病只是他不來開會的藉口。

exercise /ˈɛksɚˌsaɪz/

名 運動；練習，練習題；演習

do	exercise	做運動；練習；做練習題
take	exercise	運動
get	exercise	
repeat	the exercise	反覆進行運動

▷ **Do exercise** every day to keep fit. 每天運動來保持健康。

▷ Please open your books and **do Exercise** 1. 請翻開書並且做練習一。

good	exercise	好的運動
strenuous	exercise	費勁的運動
vigorous	exercise	
gentle	exercise	溫和的運動
light	exercise	
moderate	exercise	適度的運動
regular	exercise	定期的運動
aerobic	exercise	有氧運動
physical	exercise	身體的運動
mental	exercise	腦力運動
a simple	exercise	簡單的練習題
a practical	exercise	應用練習題
a training	exercise	訓練演習
a military	exercise	軍事演習

▷ I recommend **gentle exercise**, such as walking or yoga. 我建議做溫和的運動，例如散步或瑜伽。

▷ **Regular moderate exercise** can reduce body fat. 定期的適度運動能夠減少體脂肪。

▷ Let me give you a couple of **practical exercises**. 讓我給你幾題應用問題。

lack of	exercise	運動不足

▷ **Lack of exercise** is the main cause of overweight. 運動不足是體重過重的主因。

E

exhibition /ˌɛksə`bɪʃən/ 名展覽，展示

have	an exhibition	舉辦展覽
hold	an exhibition	
organize	an exhibition	籌辦展覽
visit	an exhibition	去看展覽

▷ She **had** a solo **exhibition** in Tokyo last year. 她去年在東京開了個展。
▷ Prince Charles **visited** the **exhibition** at the Mall Galleries in London. 查爾斯王子觀賞了倫敦 Mall Galleries 的展覽。

an international	exhibition	國際展
a special	exhibition	特別展
a temporary	exhibition	臨時展；特展

▷ The **international exhibition** will be held at the convention center from Tuesday June 20. 這場國際展將從 6 月 20 日星期二開始在會議中心舉行。

on	exhibition	展示中

▷ English paintings are **on exhibition** at Thomas Mclean's Gallery. Thomas Mclean's Gallery 正在展示英國繪畫。

exist /ɪg`zɪst/ 動存在；生存

actually	exist	實際存在
already	exist	已經存在
currently	exist	目前存在
no longer	exist	不再存在

▷ Do you think such a perfect person **actually exists**? 你認為這麼完美的人真的存在嗎？
▷ Unfortunately, due to war damage, most of the original buildings **no longer exist**. 不幸的是，因為戰爭的破壞，大部份的原始建築已經不存在了。

exist	on A	以 A 維生

▷ If you want to **exist** just **on** vegetables, that's your choice. 如果你想只吃蔬菜維生，那是你的自由。

existence /ɪg`zɪstəns/

名存在，生存；生活，生活方式

be in	existence	存在
have	an existence	具有存在形式

come into	existence	開始存在，形成
go out of	existence	不再存在，消失
deny	A's existence	否定 A 的存在
confirm	the existence	確認存在
prove	A's existence	證明 A 的存在
eke out	an existence	勉強餬口

▷ The United Nations has **been in existence** for nearly half a century. 聯合國已經存在將近半個世紀。
▷ Our solar system **came into existence** 4.6 billion years ago. 我們的太陽系形成於 46 億年前。
▷ Some people are still **denying** the **existence** of global warming. 有些人仍然拒絕承認全球暖化的存在。
▷ NASA **confirmed** the **existence** of the ozone hole. NASA 確認了臭氧層破洞的存在。

the continued	existence	持續存在
an independent	existence	獨立生存
a hand-to-mouth	existence	勉強餬口的生活
a previous	existence	前世

▷ The **continued existence** of terrorism is a major problem. 恐怖主義的持續存在是個重大的問題。
▷ Since she left home, she's been living a completely **independent existence**. 自從離家以後，她就過著完全獨立的生活。

exit /`ɛksɪt/ 名出口；退出

make	an exit	退出，退場

▷ Any good actor knows when to **make** an **exit**. 任何一個好演員都知道什麼時候該退場。

an exit	from A	A 的出口

▷ They found their **exit from** the building was blocked. 他們發現建築物的出口被封閉了。

an emergency	exit	緊急出口
a fire	exit	

▷ Where's the **emergency exit**? 緊急出口在哪裡？

expand /ɪk`spænd/ 動擴大，擴張；詳述

greatly	expand	大幅擴大
further	expand	進一步擴大
rapidly	expand	急速擴大

expand	considerably	相當程度地擴大
★ rapidly 也可以用在動詞後面		

▷ Trade between Japan and China has **greatly expanded** in the past ten years. 日本與中國間的貿易在過去十年大幅擴增。

▷ To **further expand** her business, she invested one hundred million yen. 為了進一步擴大她的事業，她投資了一億日圓。

expand	into A	擴展到 A
expand	on A	針對 A 詳細説明
expand	upon A	

▷ The company plans to **expand into** Eastern Europe within the next year. 公司計畫在明年內將事業擴展到東歐。

▷ Can you **expand on** this idea? 你可以詳細說明這個想法嗎？

expect /ɪk`spɛkt/ 動 期待，預期；預計

fully	expect	完全認為將會…
half	expect	稍微期待
really	expect	非常期待
reasonably	expect	合理期待，相當期待

▷ I **fully expect** him to win the game. 我完全相信他會贏得比賽。

▷ We can't **reasonably expect** him to keep helping us without payment. 我們無法合理期待他會一直無償幫助我們。

as	expected	一如預期

▷ **As expected**, the story has spread widely in the press. 一如預期，這則消息已經在報章雜誌上廣泛流傳。

expect	to do	預計做…；期待做…
expect	A to do	期待 A 做…
expect	(that)...	預期…
be expected	to do	被期望做…

▷ I didn't **expect** him **to** come. 我沒料到他會來。

▷ I **expect that** he will change his mind. 我預期他會改變心意。

▷ Pupils are **expected to** work hard on a large range of subjects. 學生被期望努力學習廣泛的科目。

expect	A of B	期待 B 的 A
expect	A from B	

▷ We **expect** more **of** you. 我們期待你能做到更多。

expense /ɪk`spɛns/

名 費用，支出；（expenses）開支，經費

incur	an expense	產生費用
cover	an expense	
meet	an expense	足以支付費用
bear	an expense	
spare no	expense	不惜花費
reimburse	expenses	核銷費用
pay	expenses	支付費用
put A on	expenses	以經費支付 A

▷ Because prices rose, we've **incurred** more **expenses** that we expected. 因為價格上漲，我們產生了比預期更多的費用。

▷ She **spared no expense** in making her house comfortable. 她不惜花費把家弄得舒適。

▷ The company **paid** all my **expenses** to come for an interview. 這間公司付了所有費用讓我來參加面試。

(the) additional	expense	追加費用
(an) extra	expense	額外費用
(an) unnecessary	expense	不必要的費用
living	expenses	生活費
household	expenses	家庭開支
travel	expenses	旅費；交通費
traveling	expenses	
removal	expenses	搬離的費用
legal	expenses	訴訟費用
medical	expenses	醫療費

▷ You can upgrade to a wider range of TV channels without **additional expense**. 你可以升級到更多的電視頻道而不需額外費用。

▷ You should avoid **unnecessary expense**. 你應該避免不必要的支出。

▷ **Living expenses** in Tokyo are very high. 東京的生活費非常高。

at	A's expense	由 A 負擔費用
at	the expense of A	以 A 為代價

▷ *Peter Rabbit* was published **at** the author's own

expense in 1901. 《彼得兔》是 1901 年由作者自費出版的。

expensive /ɪkˋspɛnsɪv/ 形 昂貴的

become	expensive	變貴
get	expensive	
find A	expensive	發覺 A 很貴

▷ Vegetables became quite expensive due to the floods. 由於洪水的關係，蔬菜變得很貴。（★ 常以 quite 等副詞強調 expensive）

▷ He found the cost of living less expensive in Oregon. 他發現奧瑞岡州的生活費比較便宜。

extremely	expensive	非常貴的
really	expensive	
prohibitively	expensive	過分地貴的
relatively	expensive	相對貴的
increasingly	expensive	越來越貴的

▷ Good medicine is extremely expensive. 好的藥品非常貴。

▷ Do you think imported cars are prohibitively expensive? 你覺得進口車貴得離譜嗎？

| A is expensive | to do | 對 A 做…很貴 |

▷ Big old houses are expensive to maintain. 古老的大房子維護起來很昂貴。

experience /ɪkˋspɪrɪəns/ 名 經驗，經歷

have	(an) experience	有經驗
gain	experience	得到經驗
get	experience	
share	(an) experience	分享經驗
describe	(an) experience	描述經驗
learn by	experience	從經驗中學習
learn from	experience	

★ 與 have, share, describe 連用，表達「特定具體的經驗」時，可以當成可數名詞

▷ She had a terrible experience when she was living in New York. 她住在紐約時有過可怕的經驗。

▷ All you need to do is to gain experience. 你需要做的就是累積經驗。

▷ We shared experiences of our travels abroad. 我們分享了海外旅行的經驗。 ▷ Please share your long experience with the new employees. 請和新員工分享你長久以來的經驗。

▷ I learned a lot from my experience as a volunteer. 我從當義工的經驗中學到很多。

long	experience	很長的經驗
limited	experience	有限的經驗
past	experience	過去的經驗
previous	experience	之前的經驗
personal	experience	個人的經驗
practical	experience	實際的經驗
business	experience	商務經驗
a bad	experience	不好的經驗
a traumatic	experience	創傷性的經驗

▷ I can tell you from personal experience that playing golf isn't easy. 我可以從個人的經驗告訴你，打高爾夫球並不容易。

| a lack of | experience | 經驗的缺乏 |

▷ The project didn't go well due to his lack of experience. 由於他缺乏經驗，所以計畫進行得不順利。

experiment /ɪkˋspɛrəmənt/ 名 實驗

do	an experiment	做實驗
conduct	an experiment	
carry out	experiments	
perform	an experiment	
try	an experiment	嘗試實驗
design	an experiment	設計實驗

▷ We've been doing a number of experiments to understand how the cells work. 我們進行了許多實驗來了解細胞如何運作。

▷ We tried several experiments to test the theory. 我們嘗試了幾個實驗來驗證這項理論。

▷ We designed experiments to test Hoff's hypothesis. 我們設計了實驗來驗證 Hoff 的假設。

animal	experiments	動物實驗
a scientific	experiment	科學實驗
a successful	experiment	成功的實驗

▷ Charles Irving conducted a successful experiment in making fresh water from seawater. Charlie Irving 成功進行了從海水製造出淡水的實驗。

an experiment	in A	A（領域）的實驗
an experiment	on A	關於 A 的實驗
an experiment	with A	用 A 進行的實驗

▷ What is the most famous **experiment in** physics? 物理學最有名的實驗是什麼？

▷ He conducted a series of **experiments with** mice. 他用老鼠進行了一系列的實驗。

an experiment	to do	做…的實驗
★ do 是 test, see 等		

▷ Scientists designed **experiments to** test for the presence of life on Mars. 科學家設計了實驗來驗證火星上是否有生命存在。

expert /ˈɛkspɚt/ 名 專家，能手

a computer	expert	電腦專家
a financial	expert	金融專家
a legal	expert	法律專家
a medical	expert	醫療專家

▷ I'm not a **legal expert**, just a citizen. 我不是法律專家，只是普通市民。

an expert	at doing	從事…的專家
an expert	in A	A 方面的專家
an expert	on A	
★ 不說 ×an expert of A		

▷ She is an **expert at** calculating. 她在計算方面是個專家。

▷ Dr. David Gregory is an **expert in** economics. David Gregory 博士是經濟學專家。

explain /ɪkˈsplen/ 動 說明，解釋

fully	explain	充分說明
satisfactorily	explain	令人滿意地說明
partly	explain	部分說明
briefly	explain	簡單說明
clearly	explain	清楚說明
easily	explain	容易地說明
well	explain	良好地說明（說明得宜）
explain	exactly	確切說明
explain	simply	簡單說明

▷ He couldn't **satisfactorily explain** what had happened. 他無法把發生過的事情說明得令人滿意。

▷ He **clearly explained** what we should do in an emergency. 他清楚說明了在緊急時我們該做什麼。

▷ This phenomenon is **easily explained**. 這個現象被簡單地解釋了。

▷ Let me **explain exactly** what I mean. 讓我確切說明我要表達的意思。

▷ This is a complex issue and hard to **explain simply**. 這是個複雜的問題，很難簡單說明。

explain	A to B	向 B（人）說明 A
explain	about A	說明關於 A 的事情

▷ He **explained** everything to me slowly and clearly. 他緩慢而且清楚地向我說明一切。

▷ Could you **explain about** why the floods happened in Florida? 你可以解釋佛羅里達為什麼發生了洪水嗎？

explain	(that)...	說明情況是…
explain	wh-	說明…
★ wh- 是 why, how, what 等		

▷ He **explained that** they had known each other for six years. 他說明他們彼此相識 6 年了。

▷ She couldn't **explain why** she was late. 她無法解釋自己為何遲到。

as	explained above	如以上說明
as	explained earlier	如前述說明

▷ **As explained above**, December was originally the tenth month of the Roman calendar. 如同以上說明的，12 月原本是羅馬曆的第 10 個月。

explanation /ˌɛkspləˈneʃən/ 名 說明

have	an explanation	有說明（的方法）
offer	an explanation	
provide	an explanation	提供說明
give	an explanation	
need	an explanation	需要說明
require	an explanation	
demand	an explanation	要求說明
accept	an explanation	接受說明

▷ He **had** no satisfactory **explanation** for the fall in profits. 他對於利潤下降沒有令人滿意的說明。

▷ I guess you don't **need** long **explanations**. 我想你不需要冗長的說明。

▷ The part written in italics **requires** some explanation. 斜體字的部分需要一點說明。

▷Shareholders **demanded** an **explanation** for Mansfield's resignation. 股東們要求對於 Mansfield 辭職的說明。

▷My boss refused to **accept** my **explanation**. 上司拒絕接受我的解釋。

a satisfactory	explanation	令人滿意的說明
a simple	explanation	簡單的說明
an easy	explanation	
a possible	explanation	可能的解釋
an alternative	explanation	另一種解釋

▷Let me offer a **simple explanation**. 讓我提供一個簡單的說明。

▷I have very carefully considered all the **possible explanations**. 我已經謹慎考慮過所有可能的解釋。

explanation	for A	對於 A 的說明

▷He couldn't give a satisfactory **explanation for** his rude behavior. 他無法對自己無禮的行為提出令人滿意的解釋。

explode /ɪkˋsplod/ 動爆炸，爆發；情緒爆發

suddenly	explode	突然爆炸；突然爆發情緒

▷He said a man was carrying a suitcase, and the suitcase **suddenly exploded**. 他說一個男人拖著行李箱，而行李箱突然爆炸了。

explode	into A	突然爆發（發展）為 A
explode	with A	爆發 A（情緒）

▷Racial tension has **exploded into** anger and violence. 種族間的緊張爆發為憤怒與暴力。

explore /ɪkˋsplor/ 動探索，探查，探究

fully	explore	徹底探索
thoroughly	explore	
systematically	explore	有系統地探索
explore	further	進一步探索

▷To **fully explore** Kyoto, you must always have a complete travel guide. 要充分探索京都，你必須隨時帶著完整的旅遊指南。

▷This question is **explored further** in the next chapter. 這個問題將會在下一章進一步探討。

explore	wh-	探究…

★ wh- 是 how, what, why 等

▷He **explores how** our minds shape our personalities throughout our lives. 他探究我們的心智如何在生活中塑造我們的個性。

explosion /ɪkˋsploʒən/ 名爆炸；激增

cause	an explosion	造成爆炸

▷We are still investigating what **caused** the **explosion**. 我們還在調查是什麼造成爆炸。

an explosion	occurs	爆炸發生

▷The **explosion occurred** at around 4:30 a.m. in a shopping mall. 爆炸大約在上午 4:30 發生於購物中心。

a huge	explosion	
a loud	explosion	
a big	explosion	大爆炸
a massive	explosion	
a small	explosion	小規模的爆炸
a controlled	explosion	受到控制的爆炸
a nuclear	explosion	核子爆炸
a population	explosion	人口爆炸
a price	explosion	價格暴漲

▷There was a **huge explosion** that shook the building. 發生了讓大樓搖晃的大爆炸。

▷Several **loud explosions** were heard in Baghdad. 在巴格達能聽到幾次巨大的爆炸聲響。

▷A **nuclear explosion** destroys everything in an instant. 核子爆炸會在一瞬間毀滅一切。

export /ˋɛksport/ 名出口，出口物品；出口額

boost	exports	
increase	exports	增加出口
reduce	exports	減少出口
ban	the export	禁止出口

▷African countries **boosted exports** by an average of 4.3 percent a year. 非洲國家一年平均增加了 4.3% 的出口。

▷The government **banned** the **export** *of* weapons to other countries. 政府禁止輸出武器到其他國家。

the main	exports	
a major	export	主要出口物品
the principal	exports	
total	exports	總出口額
agricultural	exports	農產品出口

▷Chile's **main exports** to the United States are vegetables and fruit. 智利出口到美國的產品主要是蔬菜與水果。

▷**Total exports** dropped 6.9 percent during the first eight months of this year. 出口總額在今年的前 8 個月下降了 6.9%。

▷One of our major **agricultural exports** is soybeans. 我們主要的出口農產品之一是大豆。

imports and exports	進出口
★ exports and imports 的使用頻率幾乎與 imports and exports 相同	

▷The gap between **imports and exports** has expanded. 進出口間的差距擴大了。

export /ɪksˋport/ 動出口，輸出

illegally	export	非法輸出

▷Nearly 90% of Afghan emeralds are **illegally exported** out of the country. 有將近 90% 的阿富汗綠寶石是非法輸出國外的。

export	A to B	將 A 出口到 B
export	A from B	從 B 出口 A

▷Malaysia **exports** many products **to** Japan. 馬來西亞將許多產品出口到日本。

expose /ɪkˋspoz/ 動使暴露；揭露

be fully	exposed	
be completely	exposed	完全暴露
be constantly	exposed	持續暴露

▷We were **fully exposed** to attack. 我們完全暴露於攻擊之中。

▷They were **constantly exposed** to dangerous levels of radiation. 他們經常暴露在危險等級的輻射線中。

expose	A to B	使 A 暴露於 B

▷Approximately 20% of children are **exposed to** passive smoking in their homes. 有大約 20% 的兒童在家暴露於二手菸中。

express /ɪkˋsprɛs/ 動表達，表示

openly	express	公開表達；坦率地表達
clearly	express	清楚地表達

▷Charles couldn't **openly express** himself. Charles 無法坦率地表達自己的想法。

▷He **clearly expressed** what he wanted to say. 他清楚表達了自己想說的話。

E

expression /ɪkˋsprɛʃən/

名表達，表達方式，措辭；表情

find	expression	得以被表達出來
give	expression	表現
use	expressions	使用表達方式
have	an expression	有表情

▷Wordsworth's feelings **find expression** in his poetry. Wordsworth 的情感在詩中得以表達。

▷These paintings **gave expression** *to* human emotions. 這些畫表現出人類的情緒。

▷Children often **use expressions** like "Give me!" or "No way!" 孩子們經常會用「給我！」或是「不行！」之類的話來表達。

▷He **had** an **expression** of concern on his face. 他臉上有擔心的表情。

a clear	expression	清楚的表達
(a) concrete	expression	具體的表達
a natural	expression	自然的表達
free	expression	自由的表達
emotional	expression	情緒的表達
a colloquial	expression	口語表達方式
facial	expression	臉部表情
a puzzled	expression	困惑的表情

▷The message was a **clear expression** of annoyance. 這個訊息清楚表達出惱怒。

▷His response was a pretty **natural expression** of his feelings toward Michael. 他的回應很自然地表現出對於 Michael 的情感。

▷The right of **free expression** shall be protected. 自由表達的權利應該受到保護。

▷Her **facial expression** and eye movements are remarkable. 她的臉部表情與眼珠的動作值得注意。

freedom of	expression	表達的自由
a means of	expression	表達的方式
the expression	on A's face	臉上的表情
the expression	in A's eyes	眼睛的表情

▷ Everyone has the right to **freedom of expression**. 每個人都有自由表達的權利。

▷ He had a sad **expression on** his **face**. 他臉上浮現出悲傷的表情。

PHRASES

(If you'll) pardon the expression ☺ 請原諒我這麼說 ▷ Actually, I think you've got a screw loose, if you'll pardon the expression! 其實我覺得你頭腦不太正常，請原諒我這麼說！

extend /ɪk`stɛnd/ 動 延長，延伸；擴大

greatly	extend	大幅延長
gradually	extend	逐漸延長

▷ Modern health care has **greatly extended** our life span. 現代醫療保健大幅延長了我們的壽命。

extend	beyond A	延伸超過 A
extend	over A	達到 A 的範圍
extend	to A	

★ extend to A 限定的範圍，在概念上比 extend over A 來得精確

▷ My goal as a teacher **extends beyond** just telling students what to do. 我身為教師的目標不只是告訴學生做什麼。

▷ The total garden **extends over** 17,000 square meters. 整個花園範圍達到 17,000 平方公尺（★ 也可以解釋成「超過 17,000 平方公尺」）

extent /ɪk`stɛnt/ 名 程度，範圍；面積大小

to a large	extent	在很大的程度上
to a great	extent	
to a considerable	extent	到達相當的程度
to a significant	extent	
to a lesser	extent	在較小的程度上
to a limited	extent	在有限的程度
to an	extent	到某種程度

▷ **To a large extent** this policy was successful. 這個政策在很大的程度上是成功的。

▷ Prices fell **to a significant extent**. 價格相當程度

地下降了。

▷ Government policies were successful, but only **to a limited extent**. 政府的政策是成功的，但只是在有限的程度上。

the full	extent	全貌

▷ The **full extent** *of* the problem will not become apparent for another two or three months. 問題的全貌在接下來的兩三個月還不會明朗化。

the extent	to which	…的程度
to what	extent	到什麼程度

▷ **To what extent** do the people benefit from such policies? 人們從這樣的政策中受惠多大？

to	the extent that...	到…的程度
to	such an extent that...	

▷ The condition had progressed **to such an extent that** the pain was too severe to bear. 狀況已經發展成疼痛嚴重到無法忍受的程度。

eye /aɪ/ 名 眼睛；視力；觀察力；見解

A's eyes	blaze	
A's eyes	shine	眼睛閃閃發光
A's eyes	glitter	

▷ Her dark **eyes** were **blazing** with anger. 她黑色的眼睛燃燒著怒火。

▷ His **eyes** were **shining** excitedly. 他的眼睛因為興奮而閃耀。

open	one's eyes	張開眼睛
close	one's eyes	閉上眼睛
shut	one's eyes	
raise	one's eyes	抬眼望去
lower	one's eyes	眼睛往下望
blink	one's eyes	眨眼睛
roll	one's eyes	翻白眼（表示不耐等）
narrow	one's eyes	瞇眼睛
strain	one's eyes	努力想看清楚
rub	one's eyes	揉眼睛
wipe	one's eyes	（因為流淚等）擦眼睛
catch	A's eye	吸引 A 的目光
look A in	the eye	看著 A 的眼睛
be all	eyes	目不轉睛地看

▷ **Open** your **eyes**! Don't go to sleep. 張開眼睛！

不要睡覺。

▷ He **closed** his **eyes** tightly for a few seconds.
他將雙眼緊閉了幾秒鐘。

▷ "Oh, no! Mr. Bean! Not you again!" said the driving instructor, **rolling** his **eyes**! 「噢，不！豆豆先生！別又是你吧！」駕駛教練翻白眼說。（★ 表示不敢相信或受不了的表情）

▷ Emma **narrowed** her **eyes** suspiciously.
Emma 懷疑地瞇起眼睛。（★ 在英語經常表示因為懷疑而瞇起眼睛）

▷ Lisa stood up and **looked** him **in** the **eye**.
Lisa 站了起來，直視他的雙眼。

▷ She was **all eyes** for what her new neighbors would be like. 她聚精會神地要看新鄰居是什麼樣子。

blue	eyes	藍眼睛
dark	eyes	黑眼睛
a good	eye	良好的視力
a sharp	eye	
the naked	eye	肉眼，裸眼
a watchful	eye	密切留意

▷ Her wide **dark eyes** brimmed with tears. 她的黑色大眼泛著淚水。

▷ Atoms are invisible *to* the **naked eye**. 原子無法用肉眼看見。

▷ I improved my golf under the **watchful eye** of my father. 在父親的密切關注下，我改善了自己的高爾夫球技術。

in	A's **eyes**	在 A 看來
in	one's **mind's eye**	在想像或記憶中
with	one's **own eyes**	親眼

▷ **In** my **eyes**, Beckham has been the most successful of any British soccer player. 在我看來，貝克漢是英國足球球員中最成功的。

▷ **In** his **mind's eye** he could see her fate all too clearly. 在想像中，他可以很清楚地看見她的命運。

▷ I saw a UFO. You don't believe me? It's true. I saw it **with** my **own eyes**. 我看到幽浮。你不相信我嗎？是真的。我親眼看到的。

(PHRASES)

▷ **I couldn't believe my eyes!** ☺ 我不敢相信我的眼睛！

F

face /fes/ 图臉；表情；正面

turn	one's face	轉過臉
bury	one's face	埋住臉；（用手）掩面
cover	one's face	遮住臉
hide	one's face	隱藏面孔
wash	one's face	洗臉
wipe	one's face	擦臉
make	a face	做怪表情，扮鬼臉
pull	a face	

▷ I **turned** my **face** *to* the window. 我把臉轉向窗戶。
▷ She **buried** her **face** *in* her hands. 她雙手掩面。
▷ Tom **covered** his **face** *with* his hands. Tom 用雙手蓋住臉。
▷ Eric **wiped** his **face** *with* a towel. Eric 用毛巾擦臉。
▷ The little boy hid behind the door and **pulled** a **face** *at* the camera. 那個小男孩躲在門後，對著相機扮鬼臉。

A's face	lights up	表情明亮起來
A's face	brightens	
A's face	darkens	表情變得黯淡
A's face	falls	臉沉了下來

▷ Greg's **face lit up** with pleasure and excitement. Greg 的表情因為喜悅與興奮而明亮起來。
▷ Rob's **face darkened** *at* the news. Ron 的表情因為得知消息而變得黯淡。
▷ Jane's **face fell**, but she recovered quickly. Jane 的臉沉了下來，但很快又恢復了心情。

a pretty	face	漂亮的臉
a handsome	face	俊俏的臉
a round	face	圓臉
an oval	face	鵝蛋臉
a pale	face	蒼白的臉
a white	face	
a worried	face	擔心的表情
a long	face	悶悶不樂的表情
a familiar	face	熟悉的面孔
a new	face	新面孔
a famous	face	名人的面孔

★ a long face 通常表示看起來不高興，少數情況下是表示臉型太長

▷ He had a **pale face**, dark eyes, and untidy hair. 他有一張蒼白的臉、黑色的眼睛和亂亂的頭髮。
▷ Why the **long face**? Come on, smile! You'll feel a lot better, I promise! 怎麼看起來悶悶不樂的？笑一個吧！你會覺得好多了，我保證！
▷ It's good to see a **familiar face**. 看到熟面孔真好。

face	down	臉朝下；正面朝下

▷ After she fell from the mountain top, they found her lying **face down** in the snow. 當她從山頂掉落後，他們發現她臉朝下趴在雪中。

in	the face of A	在 A 面前，面對 A
on	the face of it	表面上，乍看之下

▷ **In** the **face of** adversity, I think we have to pull together. 面對逆境時，我想我們應該同心協力。
▷ **On** the **face of it**, there seems to be very little difference between the two views. 表面上，兩種觀點看來幾乎沒什麼不同。

fact /fækt/ 图事實

an important	fact	重要的事實
relevant	facts	相關的事實
basic	facts	基本的事實
the simple	fact	單純的事實
hard	facts	鐵一般的事實
the plain	fact	明白的事實
a sad	fact	悲傷的事實
a historical	fact	歷史事實
the mere	fact	唯一的事實

▷ May I present a few **relevant facts**? 我可以提出幾個相關的事實嗎？
▷ Let's start with some **basic facts**. 讓我們從一些基本的事實開始。
▷ The **plain fact** is *that* there is no more money available. 明白的事實是，已經沒有錢可用了。
▷ Let me point out a couple of **historical facts**. 讓我指出幾個歷史事實。
▷ The **mere fact** *that* you conclude that she was suspicious is not enough. 只憑你斷定她很可疑這一點，是不夠的。

| overlook | the fact | 忽略事實 |
| reflect | the fact | 反映事實 |

▷We mustn't **overlook** the **fact** *that* he did his best to help us. 我們絕不能忽略他盡力幫忙我們的事實。

| the fact | remains | 事實仍然是… |

▷I understand what you're saying, but the **fact remains** *that* it's too late to do anything now. 我明白你說的，但事實上現在做什麼都為時已晚了。

| know | for a fact | 確定是事實 |

▷I **know for** a **fact** that the information is true. 我確定那個資訊是正確的。

a fact	about A	關於 A 的事實
despite	the fact	儘管事實如此
in	fact	實際上，事實上；其實
in	actual fact	

▷This is a good time to discuss **facts about** alcohol, such as the long-term and short-term effects. 這是討論關於酒的事實的好時機，例如它的長期與短期影響。

▷**Despite** the **fact** that he will be 80 next year, he is as active as ever. 儘管他明年就要 80 歲，他還是跟以前一樣好動。

▷I really like my job. **In fact**, it's one of the most interesting experiences I've ever had. 我真的很喜歡我的工作。事實上，這是我最有趣的經驗之一。

| the fact | that... | …的事實 |

▷Paul is proud of the **fact that** he is farming as organically as possible. Paul 對於自己以盡量有機的方式耕作感到自豪。

factor /ˈfæktɚ/ 名因素，要素，因子

an important	factor	重要的因素
a major	factor	主要的因素
a crucial	factor	決定性的因素
a key	factor	關鍵因素
a risk	factor	風險因素
economic	factors	經濟的因素
social	factors	社會的因素

▷Calories are the most **important factor** in weight management. 卡路里是體重管理中最重要的因素。

▷Education is one of the most **crucial factors** for socioeconomic development. 教育是社會經濟發展最重要的因素之一。

▷There must be some psychological and **social factors** behind the trend. 趨勢背後一定有一些心理與社會的因素。

| a factor | in A | A 的因素 |

▷Lifestyle definitely is a **factor in** the risk of cancer. 生活型態絕對是造成癌症風險的一項因素。

factory /ˈfæktərɪ/ 名工廠

build	a factory	建造工廠
close	a factory	關閉工廠
manage	a factory	經營工廠

▷Many global firms have **built** their own **factories** in China. 許多全球性的公司已經在中國建造了自己的工廠。

a large	factory	大型工廠
a small	factory	小型工廠
a car	factory	汽車工廠
a chemical	factory	化學工廠

▷Audi and GM have **large factories** in Hungary. Audi 與 GM 在匈牙利有大型工廠。

| in | a factory | 在工廠 |
| at | a factory | |

▷She had worked **in** a **factory** producing computer parts. 她在生產電腦零件的工廠工作過。

faculty /ˈfækltɪ/ 名能力，（心智的）機能

| mental | faculties | 心智機能 |
| critical | faculties | 批判能力，判斷能力 |

▷Yoga exercise has the capacity to prevent illness and keep the body fit by evolving a steady balance between the physical and **mental faculties**. 瑜伽運動能夠藉由發展身體與心智機能間的平衡來預防疾病並保持身體健康。

| the faculty | for A | A 的能力、才能 |

▷Jack had a **faculty for** remembering faces. Jack 有記住臉孔的能力。

fade /fed/ 動 褪色；枯萎，凋謝

quickly	fade	快速褪色
rapidly	fade	
soon	fade	很快褪色
gradually	fade	漸漸褪色
slowly	fade	慢慢褪色
never	fade	永不褪色
fade	away	褪色，消失

▷ My feelings of annoyance **soon faded** away. 我惱怒的感覺很快就消失了。
▷ The happy memories of my school days will **never fade**. 我學生時代的快樂回憶永遠不會褪色。
▷ In time the scar will **fade away**. 傷痕最終會消失的。

fade	from A	從 A 消失
fade	into A	消失在 A 中

▷ Martin's smile **faded from** his face. Martin 的微笑從臉上消失了。
▷ The soldier's uniform was camouflaged, so that he would **fade into** the background. 士兵的制服是迷彩的，所以他可以消失在背景裡。

fail /fel/ 動 失敗，沒做到，未能

fail	miserably	悲慘地失敗
fail	dismally	
fail	completely	完全失敗

▷ Despite our best efforts, we **failed miserably**. 儘管我們盡了最大的努力，仍然悲慘地失敗了。
▷ I **failed completely** to find what I was looking for. 我完全找不到我要找的東西。

fail	in A	在 A 方面失敗

▷ When you **fail in** business you can always try again. 當你經商失敗時，你總是可以再試一次。

fail	to do	沒有做到…；做…失敗

▷ Jackson **failed to** turn up to his father's birthday party at the weekend. Jackson 沒有出席他父親週末的生日派對。
◆ **never fail to** do 總是能夠… ▷ She rarely plans her concerts, but never fails to delight her audience. 她很少策畫自己的演唱會，但總是能夠讓觀眾高興。
◆ **I fail to see / I fail to understand** ☺ 我無法理解

▷ I'm sorry if I fail to understand your situation. 如果我不理解你的情況，我很抱歉。

failure /ˈfeljə/ 名 失敗；故障，衰竭

be doomed to	failure	註定失敗
end in	failure	以失敗告終
result in	failure	
cause	a failure	造成故障
lead to	failure	導致故障

▷ His attempt was **doomed to failure** from the start. 他的嘗試從一開始就註定失敗。
▷ These negotiations **ended in failure**. 這些談判以失敗告終。

a total	failure	完全的失敗
a complete	failure	
a dismal	failure	淒慘的失敗
economic	failure	經濟失敗
engine	failure	引擎故障
brake	failure	剎車失靈
power	failure	停電
heart	failure	心臟衰竭
liver	failure	肝臟衰竭
kidney	failure	腎衰竭

▷ The government's attitude toward this issue is a **total failure**. 政府對這個問題的態度是一大敗筆。
▷ The experiment was a **dismal failure**. 這個實驗是個悽慘的失敗。

a failure	in A	A 方面的失敗

▷ A **failure in** an exam can be very upsetting. 沒通過測驗會讓人很苦惱。

failure	to do	沒有做到…；無法做…

▷ His **failure to** communicate caused many problems. 他無法與人溝通，造成了很多問題。

fair /fɛr/ 形 公平的，公正的

perfectly	fair	完全公平的
hardly	fair	很難稱得上公平的
pretty	fair	相當公平的

▷ It's **hardly fair** to judge him before you have met him. 在你見到他以前就批評他是很不公平的。
PHRASES▷

fair enough ☺ 好吧，我接受 ▷"I'll think about it, but I'm not making any promises, OK?""Fair enough then."「我會考慮，但我不做任何保證，OK？」「好吧。」

It's fair to say (that)... ☺ 平心而論，可以說 ▷It's fair to say that BBC News 24 offers a generally superb service. 可以說，BBC News 24 提供大致上很優秀的服務。

It's not fair. ☺ 這樣不公平。

faith /feθ/ 图信任，信心；信念；信仰

have	faith	有信心
lose	faith	失去信心
put	one's faith	給予信任
place	one's faith	
lose	faith	失去信心
destroy	A's faith	摧毀 A 的信心
restore	A's faith	恢復 A 的信心

▷Jane **has** great **faith** *in* him. Jane 非常信任他。
（★ faith 可以用表示程度的形容詞 much, great, some, a little, no 修飾）

▷People have **lost faith** *in* the government. 人民對政府失去了信心。

▷Many people **place** their **faith** *in* him. 有很多人很信任他。

▷He **restored** our **faith** *in* politics. 他恢復了我們對政治的信心。

(a) great	faith	很大的信心
blind	faith	盲目的信心
(a) religious	faith	宗教信仰

▷I have **great faith** *in* the younger generation. 我對年輕世代有很大的信心。

▷Don't have **blind faith** *in* a computer-based system. 不要盲目信任以電腦為基礎的系統。

faith	in A	對 A 的信心；對 A（神）的信仰

▷I have total **faith in** God. 我全心全意地相信神。

break	faith with A	背棄 A；對 A 不守信用
keep	faith with A	忠於 A；對 A 守信用

▷He refused to **break faith with** his principles. 他拒絕背棄自己的原則。

▷Fans have **kept faith with** her since her 1995 debut album. 粉絲從她 1995 年的出道專輯以來一直忠誠地支持她。

in	good faith	真誠地
in	bad faith	不誠實地，意圖欺騙地

▷We have negotiated **in good faith** to solve this problem. 我們為了解決這個問題而真誠地談判。

fall /fɔl/ 图掉落，下降；跌落，跌倒

have	a fall	跌倒
break	A's fall	減輕掉落的衝擊
cause	a fall	造成下降
lead to	a fall	導致下降
show	a fall	顯示下降

▷I **had a fall**, and there was slight bleeding in my nose. 我跌倒了，而且有點流鼻血。

▷The roof **broke** his **fall**. He was lucky. 屋頂減輕了他掉落時的衝擊。他真是幸運。

▷Economic downturn has **caused a fall** in prices. 經濟衰退造成了價格下降。

▷Competition will eventually **lead to a fall** in prices for consumers. 對消費者而言，競爭最終將導致價格的下降。

a dramatic	fall	劇戲性的下降
a significant	fall	顯著的下降
a sharp	fall	急劇的下降
a steep	fall	
a further	fall	進一步的下降
a slight	fall	些微的下降

▷The most **dramatic fall** in birth rate occurred between 1981 and 1988. 出生率最急劇的下降發生在 1981 年到 1988 年之間。

▷The statistics show a **significant fall** in the number of tourists to Japan. 統計顯示前往日本的遊客數顯著下降。

▷Violent crime has fallen every year, and police are expecting a **further fall** this year. 暴力犯罪每年都下降，警方預期今年將進一步下降。

a fall	from A	從 A 落下
a fall	in A	A 方面的下降

▷He was injured in a **fall from** a roof. 他從屋頂掉下來受傷了。

▷Inflation means a **fall in** the value of money. 通貨膨脹意味著金錢價值的下降。

F

fall /fɔl/ 動 掉落；跌倒；下降

fall	down	
fall	over	跌倒
fall	dramatically	戲劇性地下降
fall	rapidly	
fall	sharply	急劇下降
fall	slightly	稍微下降

▷ He was completely drunk. Every time he tried to stand up, he **fell over**. 他醉得很徹底。每次他試圖站起來都會跌倒。

fall	off A	從 A 掉落
fall	down A	沿著 A 摔下來

▷ Steve **fell off** the roof and landed on his head. Steve 從屋頂掉下來，頭撞到地面。
▷ My dad **fell down** the stairs and broke his arm. 我爸爸從樓梯摔下來，跌斷了手臂。

fall	into A	掉進 A 裡；分為 A（部分、類別等）
fall	by A	以 A（數值）的幅度下降

▷ The stone **fell into** the water. 石頭掉進水裡。
▷ Wine generally **falls into** three categories: red, white and rosé. 酒大致分為三種：紅酒、白酒與粉紅酒。

false /fɔls/ 形 錯誤的；假的

totally	false	
completely	false	完全錯誤的
entirely	false	
patently	false	明顯錯誤的

▷ "Was it true that you spent a year in prison?" "No. It's **totally false**!" 「你在牢裡待過一年是真的嗎？」「沒有。完全是假的！」
▷ Problem is, that story is **patently false**. 問題是，那個傳聞顯然是假的。

fame /fem/ 名 名聲

achieve	fame	
rise to	fame	獲得名聲
shoot to	fame	

▷ Haruki Murakami **achieved** international **fame** with his series of novels. 村上春樹靠著他一系列的小說而全球知名。

fame and fortune	名聲與財富
★ 是英語中慣用的詞序	

▷ Meg has left New York to seek **fame and fortune** in Hollywood. Meg 已經離開紐約，要在好萊塢追求名聲與財富。

familiar /fəˋmɪljə/ 形 熟悉的；親密的

vaguely	familiar	隱約熟悉的
all too	familiar	
painfully	familiar	太過熟悉的
depressingly	familiar	
familiar	enough	夠熟悉的

▷ His face looked **vaguely familiar**. 他的臉看起來有點眼熟。
▷ Today, security is an **all too familiar** issue in many countries. 今日，治安在許多國家已經是耳熟能詳的問題。
▷ I'm not **familiar enough** with the United States educational system to comment. 我對美國的教育制度不夠熟悉，所以以不能評論。

familiar	to A	對 A（人）來說熟悉的
familiar	with A	熟悉 A（事）的

▷ The story is **familiar to** most people. 這個故事對大多數人來說很熟悉。
▷ She is **familiar with** the world of Harry Potter. 她對哈利波特的世界很熟悉。

family /ˋfæməlɪ/

名 家族，家庭，家人；（一家的）子女

be in	A's family	在家族內；是家族的所有物
have	a family	有家庭、小孩
start	a family	生孩子
bring up	a family	
raise	a family	養育小孩
support	a family	
feed	a family	支撐家庭，養小孩

▷ If you **have a family**, you've got to spend time with them. 如果你有家庭，就必須花時間陪家人。
▷ This amount of money was not enough to **support a family** of five. 這些錢養不起 5 個人的家庭。

a large	family	大家族；小孩很多的家庭
a small	family	小家庭
a nuclear	family	核心家庭
an extended	family	（幾代同堂的）大家庭

▷ I was the fifth son in a **large family**. 我是在小孩很多的大家庭裡的老五。

▷ The basic family unit is the **nuclear family** — a husband, a wife, and their children. 基本的家庭單位是核心家庭——夫妻和他們的孩子。

| family and friends | 家人與朋友 |
| ★ 也可以說成 friends and family |

▷ **Family and friends** are far more important to her than material wealth. 家人與朋友對她而言遠比物質上的財富重要。

famous /ˈfeməs/ 形 有名的，著名的

| internationally | famous | 國際知名的 |
| locally | famous | 在地方上有名的 |

▷ Franklin became **internationally famous** for his experiments on electricity. 富蘭克林因為電的實驗而聞名國際。

| famous | as A | 以身為 A 而有名的 |
| famous | for A | 因為有 A 而有名的 |

▷ Liverpool is **famous as** the home of the Beatles. 利物浦因為是披頭四的家鄉而聞名。

▷ The area is **famous for** the autumn colors. 這個地區因為秋天的紅葉而聞名。

fantastic /fænˈtæstɪk/ 形 非常棒的，很好的

| absolutely | fantastic | 好極了的 |

▷ It was an **absolutely fantastic** day, one of the happiest days of my life. 那真是非常美好的一天，是我人生中最快樂的日子之一。

(PHRASES)

That's fantastic! / It's fantastic! ☺ 那真是太棒了！（★ 也可以只說 Fantastic!）

far /fɑr/ 形 遙遠的，遠處的

| the far | north | 極遠的北方 |
| ★ 也有 south, east, west 的用法 |

▷ Hokkaido is an island in the **far north** of Japan. 北海道是日本遠北的島。

farm /fɑrm/ 名 農場；畜牧場

run	a farm	經營農場
work on	a farm	在農場工作
live on	a farm	住在農場

▷ Charles Brown **runs** a **farm** in Vermont. Charles Brown 在佛蒙特州經營農場。

▷ I **worked on** a **farm** for most of my life. 我的大部分人生都在農場工作。

a chicken	farm	養雞場
a dairy	farm	酪農場
a fish	farm	養魚場

fascinating /ˈfæsnˌetɪŋ/

形 迷人的，吸引人的

absolutely	fascinating	非常有魅力的
quite	fascinating	
endlessly	fascinating	有無窮的魅力的

▷ The film will be **absolutely fascinating** to people who know the town. 這部電影對於知道這個城鎮的人將是極具魅力的。

▷ I found the book **endlessly fascinating**. 我發現這本書有無窮的魅力。

| It is fascinating | to do | 做…令人著迷 |

▷ **It's fascinating to** watch animal behavior in the wild. 在野外觀察動物的行為令人著迷。

fashion /ˈfæʃən/

名 流行，時尚；樣子，方式

be in	fashion	正流行
be back in	fashion	重新流行
come into	fashion	開始流行
come back into	fashion	重新開始流行
go out of	fashion	退流行
fall out of	fashion	
set	a fashion	創造流行

follow	a fashion	追隨流行
keep up with	the fashion	

▷ Short hair is now **in fashion**. 短髮現在很流行。

▷ Science fiction was **back in fashion**, thanks to Star Wars. 因為《星際大戰》的關係，科幻小說重新流行了。

▷ In the 1980s, the term "civil society" **came into fashion**. 1980 年代，「公民社會」一詞開始流行。

▷ Some clothes I wore in the eighties have **come back into fashion** now. 有些我在 80 年代穿過的衣服，現在又開始流行了。

▷ Who says radio is **going out of fashion**? 誰說廣播落伍了？

▷ In the sixties, the Beatles **set a fashion for** Beatle haircuts. 60 年代，披頭四創造了披頭四髮型的風潮。

▷ He **followed the fashion** of the time. 他跟隨時代的流行。

▷ She has a hard time **keeping up with the fashion**. 她很難跟上流行的腳步。

the current	fashion	現在的流行
the latest	fashion	最新的流行
a new	fashion	新的流行
high	fashion	高級時尚

▷ What are the **current fashion** trends in California? 加州現在的流行趨勢是什麼？

▷ Do you know about the **new fashion** for autumn 2012? 你知道 2012 年秋季的新時尚嗎？

after	a fashion	勉強，馬馬虎虎
in	(a)... fashion	以…的方式

★ in (a)... fashion 中間會使用 same, similar, orderly, spectacular 等詞修飾

▷ The email service was restored today, **after a fashion**. 電子郵件服務今天勉強恢復了。

▷ If everyone drove **in an orderly fashion**, vehicles would move much faster. 如果每個人開車都守秩序，車流就會快得多。

▷ She won the women's 100 meter butterfly **in spectacular fashion**. 她漂亮地贏得了女子 100 公尺蝶泳的比賽。

changes in	fashion	流行的變化

▷ He was sensitive to **changes in fashion**. 他對流行的變化很敏感。

fast /fæst/ 英 /fɑːst/ 形 快速的

extremely	fast	非常快的
really	fast	
too	fast	太快的

▷ The pace of life is **too fast** for me. 生活的步調對我來說太快了。

fat /fæt/ 形 胖的

grow	fat	變胖

▷ I mustn't eat so much. I'll **grow fat**. 我絕對不能吃這麼多。我會變胖。

really	fat	真的很胖的
enormously	fat	
rather	fat	相當胖的

▷ I used to be **really fat**. 我以前真的很胖。

▷ I was **rather fat** at the time, although I didn't realize it. 我當時相當胖，雖然我並不自覺。

father /ˈfɑːðər/ 名 父親，爸爸

A's **natural**	father	生父
A's **real**	father	
A's **foster**	father	養父
a good	father	好父親
an absent	father	家庭中缺席的父親
A's late	father	已故的父親
Heavenly	Father	天父
Almighty	Father	全能的天父

▷ My **late father**, Martin Simpson, was a teacher. 我過世的父親 Martin Simpson 是個老師。

▷ Almighty God, our **Heavenly Father**. 全能的神，我們的天父。

a father	to A	A 的父親
a father	of two	兩個孩子的爸爸

★ 也可以說 three, four 等

▷ I'm the **father of two** children. 我是兩個孩子的爸爸。

fault /fɔlt/

名 過錯，失誤；過失的責任；缺陷，缺點

| have | a fault | 有缺陷；有缺點 |
| correct | a fault | 修正錯誤、缺陷 |

▷ If he **has a fault**, it is that he is too idealistic. 如果說他有缺點的話，就是他太理想主義了。
▷ We need to **correct the faults** in the design. 我們需要修正設計上的缺陷。

a serious	fault	嚴重的缺陷
a common	fault	普遍的缺陷
an electrical	fault	電力故障

▷ The book has two **serious faults**. 這本書有兩個嚴重的錯誤。
▷ There is no evidence of any **electrical fault**. 沒有任何電力方面故障的證據。

| fault | in A | A 之中的缺陷 |
| find fault | with A | 挑 A 的毛病 |

▷ Many people pointed out that there was a big **fault in** the system. 許多人指出系統中有很大的缺陷。
▷ It was difficult to find **fault with** his argument. 要挑他論點的毛病很困難。

| at | fault | 有錯，有責任 |

▷ Thousands of people suffered or died for lack of water and food. Who is **at fault**? 有數千人因為水與食物的缺乏而受苦或死亡。這是誰的錯？

| be | A's fault (that...) | （…）是 A 的錯 |
| be | all A's fault | 都是 A 的錯 |

▷ "I'm sorry. I didn't mean to..." "It wasn't your **fault**." 「我很抱歉。我不是有意…」「那不是你的錯。」

| through | no fault of one's own | 不是因為自己的過錯 |

▷ He has lost his job **through no fault of** his own. 他失去工作並不是因為自己做錯什麼。

favor /ˈfevɚ/ 名 善意的行為；贊同，贊成；偏愛（★ 英 favour）

| ask | a favor | 尋求幫助 |
| do | a favor | 幫忙 |

owe A	a favor	欠 A 一個人情
return	a favor	報答恩情
find	favor	
win	favor	得到支持
gain	favor	
curry	favor	巴結，拍馬屁
show	favor	偏袒
fall from	favor	
fall out of	favor	失去支持，失寵
lose	favor	

▷ May I **ask a favor** *of* you? 能請你幫我個忙嗎？
▷ Will you **do** me **a favor**? 你可以幫我個忙嗎？
▷ I hope that my story will **find favor** with you all. 希望我的故事你們都會喜歡。
▷ He knew how to **win the favor** of his customers. 他知道如何贏得顧客的支持。
▷ The president was very popular at first, but soon he **fell from favor**. 總統一開始時非常受歡迎，但很快就失去了人民的支持。

| in | favor of A | 贊成 A；有利於 A |
| in | A's favor | 對 A 有利 |

▷ We are **in favor of** saving pandas. 我們支持保護貓熊。
▷ Luckily the vote went **in our favor**. 幸運的是投票結果對我們有利。

PHRASES

Do me a favor! ☺ 幫我一個忙！；☹ 拜託，怎麼可能！

favor /ˈfevɚ/

動 贊成，贊同；偏愛（★ 英 favour）

strongly	favor	強烈贊成
particularly	favor	特別贊成
be much	favored	很受到偏愛的

▷ The group **strongly favor** tax cuts. 這個團體強力支持減稅。
▷ These hotels are very **much favored** by foreign travelers. 這些旅館非常受到外國旅客的喜愛。

| favor A | over B | 偏好 A 勝過 B |

▷ Investors are **favoring** Singapore **over** Hong Kong. 投資人偏好新加坡勝過香港。

tend to	favor A	傾向於偏好 A

▷Japanese **tend to favor** shorter trips. 日本人比較偏好短期的旅遊。

fax /fæks/ 名 傳真

get	a fax	收到傳真
receive	a fax	
send	a fax	送出傳真

▷Did you get my **fax**? 你收到了我的傳真嗎？
▷I **received a fax** *from* Mr. Johnson. 我收到 Johnson 先生的傳真。

an incoming	fax	收到的傳真

▷I check **incoming faxes** every morning when I arrive in my office. 每天早上我到辦公室都會查看收到的傳真。

by	fax	用傳真

▷Let us know **by fax**. 請用傳真通知我們。

a fax	machine	傳真機
A's fax	number	A 的傳真號碼

▷What is Robert's **fax number**? Robert 的傳真號碼是幾號？

fear /fɪr/ 名 恐懼，害怕；擔憂，擔心

feel	fear	感到恐懼
express	fears	表達恐懼
raise	fears	引起恐懼
confirm	one's fears	證實了擔心（如同所擔心的一樣）
allay	fears	緩和恐懼
overcome	one's fear	克服恐懼
conquer	one's fear	
dismiss	fears	摒除恐懼

▷I've never **felt fear** like this. 我從來沒這麼害怕過。
▷She always **expressed fears** about getting fat. 她總是說自己害怕變胖。
▷Human deaths from bird flu **raise fears** *of* a global outbreak. 禽流感造成人類死亡，引起了對於全球大流行的恐懼。
▷The government tried to **allay fears** of fuel shortages. 政府試圖緩和對於燃料短缺的不安。

fears	grow	恐懼增長

▷**Fears grew** that terrorists planned further attacks. 對於恐怖分子可能計畫進一步攻擊的不安增長了。

(a) great	fear	很大的恐懼
(a) real	fear	真正的恐懼
the worst	fear(s)	最大的恐懼

▷John has a **great fear** of flying in airplanes. John 很怕搭飛機。
▷There are **real fears** that things will get worse. 對於事態可能惡化的恐懼很切實。

fear	about A	關於 A 的恐懼
fear	for A	對 A 的恐懼、擔憂
for	fear of A	因為害怕 A
in	fear	在恐懼中
with	fear	帶著恐懼
without	fear	無所畏懼地

▷**Fears for** the Japanese economy are growing. 對日本經濟的擔憂正日益增加。
▷Many parents kept their children at home **for fear of** kidnapping. 許多家長因為害怕綁架而把小孩留在家裡。
▷Andy trembled **with fear**. Andy 因為害怕而發抖。

fear	that...	認為…的恐懼

▷The incident raised **fears that** violence could spread throughout the region. 這起事件引起了暴力可能擴散到整個區域的恐懼。

(PHRASES)

No fears! ☺ 英 絕不，當然不（★ 拒絕提議時使用）

fear /fɪr/ 動 恐懼，害怕；擔心

greatly	fear	非常害怕

▷I **greatly fear** that an accident is about to take place. 我很怕可能要發生意外了。

fear	for A	為 A 擔心

▷Do you **fear for** your own children's future? 你擔心自己孩子的未來嗎？

fear	that...	擔心…
fear	to do	害怕做…
fear	doing	

▷ Many people **fear that** eating before they go to sleep may cause fat gain. 許多人擔心睡前吃東西可能造成脂肪增加。

▷ That park was the place where people **feared going** to because of crime. 因為犯罪的關係，那座公園是人們害怕去的地方。

▌feature /ˈfitʃɚ/

名 特徵，特色；專題報導，特輯；臉部特徵

have	a feature	擁有特色
include	a feature	包含特色
incorporate	features	
add	features	增加特色
do	a feature	製作特輯
run	a feature	刊登特輯

▷ The Great Barrier Reef **has** many **features** that help to protect it. 大堡礁有許多有助於保護它的特色。

▷ The garden **incorporated** all the **features** of an English garden. 這座花園包含了英式花園的所有特色。

▷ This version of Internet Explorer **adds** many new **features**. 這個版本的 Internet Explorer 增加許多新的特色。

an essential	feature	本質上的特色，不可或缺的特色
an important	feature	重要特色
a key	feature	
the main	feature	主要特色
a distinctive	feature	突出的特色
a striking	feature	
a special	feature	特別的特色
a common	feature	共同特徵
a new	feature	新的特色

▷ Wine is an **essential feature** of the image and economy of Bulgaria. 酒是保加利亞形象與經濟不可或缺的特色。

▷ Maori culture is recognized as a **distinctive feature** of New Zealand. 毛利文化被認為是紐西蘭與眾不同的特色。

▷ A **special feature** of this year's event is the Vintage Car Exhibition. 今年活動一項特別的特色是古董車展覽。

a feature	on A	A 的專題報導

▷ CNN did a **feature on** global warming last month. CNN 上個月製作了全球暖化專題報導。

▌feature /ˈfitʃɚ/ 動 以…為特色；當主角，由…主演；有…作為特色內容

feature	prominently	是很突出的主角、特色
feature	strongly	
★ 副詞也可以用在動詞前面		

▷ Duke Ellington **featured prominently** in her father's record collection. 艾靈頓公爵（音樂人）在她爸爸的唱片收藏中很突出（很多、很明顯）。

feature	A as B	由 A 主演 B
feature	in A	在 A 中當成特色內容

▷ This film **features** Mel Gibson **as** Jefferson Smith. 這部電影由梅爾吉勃遜主演，扮演 Jefferson Smith。

▷ The photos **featured in** the book. 照片是這本書的主要內容。

▌fee /fi/ 名 酬金，專業服務的費用；費用

charge	fees	收取費用
pay	fees	支付費用
receive	a fee	收到費用
earn	a fee	賺取費用

▷ Private schools **charge** high **fees**, but have smaller class sizes. 私立學校收取高額費用，但班級人數比較少。

▷ Mr. Stanley has **received fees** for work carried out for that company. Stanley 先生收到了為那間公司服務的費用。

a high	fee	高額的費用
a large	fee	
a low	fee	低廉的費用
a small	fee	
a fixed	fee	固定的費用
an additional	fee	額外費用
an annual	fee	年費
an admission	fee	入場費；入會費
an entrance	fee	入場費；入會費
an entry	fee	入會費；參加費
a membership	fee	會費（會員費用）
a license	fee	授權費

▷ You're going to pay rather **high fees**. 你將會支付相當高的費用。

▷ For a **small fee**, any book can be ordered from

anywhere in the world. 只要一小筆費用，就可以從全世界各地訂購任何書籍。

▷ There's an **additional fee** of ten dollars. 有 10 美元的額外費用。

▷ Members have to pay an $80 **annual fee**. 會員必須支付 80 美元的年費。

feed /fid/ 動 餵，餵食；向⋯提供

feed A	to B	
feed B	on A	餵 A（食物）給 B
feed	on A	以 A 為食
feed A	with B	提供 B 給 A
feed A	into B	將 A 輸入 B

▷ I **feed** bread **to** ducks at a nearby pond every morning. 我每天早上都餵麵包給附近池塘的鴨子。

▷ Kangaroos **feed on** leaves. 袋鼠以樹葉為食。

▷ They **fed** the stove **with** coal. 他們把煤炭送進爐子裡。

▷ She **fed** the data **into** a computer. 她把資料輸入電腦。

feel /fil/ 動 感覺，感受；覺得

no longer	feel	不再覺得
still	feel	仍然覺得

▷ The situation has got so bad that they **no longer feel** safe in the city. 情況變得很糟，使他們在市內不再感覺安全。

▷ I **still feel** hungry. 我還是覺得餓。

feel	A do	感覺 A⋯
feel	A doing	感覺 A 在⋯
feel	(that)...	覺得⋯

▷ Ruth **felt** her face go red with anger. Ruth 感覺自己的臉因為生氣而漲紅。

▷ She suddenly **felt** the room **shaking**. 她突然感覺房間在搖晃。

▷ We **feel that** Norma is well qualified. 我們覺得 Norma 很有資格。

PHRASES

How are you feeling? ☺ 你感覺怎樣？
I feel for you. ☺ 我同情你。
I know how you feel. ☺ 我明白你的感受。

feeling /ˈfilɪŋ/ 名 感覺，情感，感受

get	a feeling	感覺，覺得
have	a feeling	
arouse	feelings	喚起情感
express	feelings	表達情感
show	feelings	
hide	one's **feelings**	隱藏情感
hurt	A's **feelings**	傷害情感
understand	A's **feelings**	了解感覺
share	A's **feelings**	分享感覺

▷ I **get** the **feeling** that that's exactly the point. 我覺得那就是重點。

▷ I couldn't **express** my **feelings** to her. 我無法表達對她的情感。

▷ I'm sorry I **hurt** your **feelings**. 我很抱歉傷了你的感情。

▷ I want to **share** that **feeling** with other people. 我想把這個感覺和其他人分享。

a strong	feeling	強烈的感覺
a bad	feeling	糟糕的感覺
a strange	feeling	奇怪的感覺
a general	feeling	整體的感覺
strong	feelings	強烈的感覺
mixed	feelings	複雜的情感
bad	feelings	反感，不滿，
ill	feelings	不舒服
personal	feelings	個人的情感

▷ I have a **strong feeling** that I've met her before. 我強烈覺得我以前見過她。

▷ I have a **bad feeling** in my stomach. 我覺得胃不舒服。

▷ I had a **strange feelings** that something might have happened. 我有奇怪的感覺，好像有什麼事發生了。

▷ What is your **general feeling** about Canadian films? 你對加拿大電影大致上覺得怎樣？

▷ I have **strong feelings** about capital punishment. 我對於死刑有很強烈的意見。

▷ Natalie and Otto got a divorce. I had **mixed feelings** about it. Natalie 和 Otto 離婚了。我的心情很複雜。

feelings	about A	對於 A 的感覺
feelings	for A	對於 A 的情感
feelings	toward A	對於 A 的感覺

▷ What are your **feelings about** this book? 你對這本書有什麼感覺？

▷ Emma still has a lot of **feelings for** Alex. Emma 仍然對 Alex 懷抱很深的感情。

▷ I have no negative **feelings toward** him. 我對他沒有什麼負面的感覺。

a feeling	(that)...	…的感覺

▷ Did you get any **feeling that** something was wrong? 你感覺到有什麼不對勁嗎？

PHRASES⟩

I know the feeling. ☺ 我知道那種感覺。

No hard feelings. ☺ 我沒有冒犯的意思，不要放在心上。

▌fence /fɛns/ 名 柵欄，圍籬

build	a fence	
erect	a fence	建立圍籬
put up	a fence	
climb	a fence	爬圍籬
climb over	a fence	爬過圍籬
jump over	a fence	跳過圍籬
mend	fences	修復關係

▷ Martin **erected** a **fence** around the pond. Martin 在池塘周圍建了圍籬。

▷ I saw a cat **climbing** the **fence** of Maureen's garden. 我看到一隻貓爬上 Maureen 的花園圍籬。

▷ The government is making an effort to **mend fences** *with* China. 政府正在努力修復與中國的關係。

a high	fence	高聳的圍籬
a low	fence	低矮的圍籬
a barbed-wire	fence	有刺鐵絲的圍籬
an electric	fence	通電的圍籬

▷ We began by putting up a **high fence** to keep out the goats. 我們從建起高聳的圍籬阻隔山羊開始。

▷ The purpose of the **electric fence** is to prevent undesired animals from entering the area. 通電圍籬的目的是預防動物進入這個區域。

▌festival /ˈfɛstəvl/ 名 節日，節慶活動

hold	a festival	舉辦節慶活動
attend	a festival	參加節慶活動

▷ The **festival** was **held** in Boston April 20 — May 5. 這個節慶活動從 4 月 20 日到 5 月 5 日在波士頓舉行。

a festival	takes place	節慶活動舉行
a festival	begins	節慶活動開始
a festival	opens	

▷ An annual jazz **festival takes place** in mid-November. 一年一度的爵士音樂節在 11 月中舉行。

▷ The film **festival begins** on November 5. 電影節從 11 月 5 日開始。

a major	festival	大型節慶活動
an annual	festival	一年一度的節慶活動
an international	festival	國際節慶活動
an art	festival	藝術節
a film	festival	電影節
a music	festival	音樂節
a rock	festival	搖滾音樂節
a religious	festival	宗教慶典

▷ The Gion Festival in Kyoto is one of the **major festivals** in Japan. 京都的祇園祭是日本重大慶典之一。

▷ Christmas is a **religious festival**. 聖誕節是宗教節日。

▌field /fild/ 名 原野；運動場；領域

take	the field	上陣；上場
lead	the field	在競賽、競爭中領先
enter	the field	進入場地；進入領域
leave	the field	離開場地，退場

▷ Manchester United had to **take** the **field** without their best player. 曼聯當時必須在沒有最佳球員的情況下上場。

▷ The USA **leads** the **field** in rocket science. 美國在火箭科學方面領先群倫。

▷ He **entered** the **field** of music by accident. 他意外進入了音樂的領域。

▷ On 40 minutes Burns **left** the **field** with a rib injury. 在 40 分鐘時，Burns 因為肋骨受傷退場。

a grass	field	草地
an open	field	廣闊的原野
a rice	field	稻田
a wheat	field	麥田
a playing	field	運動比賽的場地
a baseball	field	棒球場
a soccer	field	足球場

a specialist	field	專業領域
a wide	field	廣泛的領域

▷ The event was held in an **open field** in Cannon Hill Park. 這場活動在 Cannon Hill 公園舉行。

▷ His latest report covers a **wide field**. 他最新的報告論及很廣泛的領域。

fight /faɪt/ 图 戰鬥；打鬥，吵架

pick	a fight	找麻煩（故意找人打架、吵架）
start	a fight	
have	a fight	吵架、打架
get into	a fight	
win	a fight	吵贏；打贏
lose	a fight	吵輸；打輸

▷ Please don't **pick a fight** with me. 請不要找我麻煩（故意跟我起爭執）。

▷ Did you two **have a fight**? 你們兩個人吵架了嗎？

▷ The country has **won** the **fight** against inflation. 這個國家戰勝了通貨膨脹。

▷ Charlie **lost** his **fight** against cancer. Charlie 抗癌失敗了。

a big	fight	大吵一架
a real	fight	真的吵架
a straight	fight	一對一決鬥
a hard	fight	艱難的戰鬥
a tough	fight	
a good	fight	奮勇的戰鬥，漂亮的一仗
a brave	fight	

▷ Anne had a **big fight** with her mother. Anne 跟她母親大吵一架。

▷ The General Election is a **straight fight** between Labour and Conservatives. 英國大選是工黨與保守黨間的對決。

▷ Mr. Brown faces a **tough fight** to retain his seat in the next election. Brown 先生面臨在下次選舉中保有席位的艱困戰鬥。

▷ We're fighting a **good fight**, and we'll win. 我們打了漂亮的一仗，而且會獲勝。

a fight	between A	A 之間的爭吵
a fight	with A	與 A 的爭吵
a fight	against A	和 A 的對抗
a fight	for A	為了 A 的奮戰

▷ He's responsible for the **fight between** Steve and Kate. 他對於 Steve 和 Kate 的爭吵有責任。

▷ Did you have a **fight with** her yesterday? 你昨天跟她吵架了嗎？

▷ It's possible to win the **fight against** cancer. 戰勝癌症是有可能的。

▷ He joined the **fight for** civil rights. 他加入爭取公民權。

fight /faɪt/ 動 戰鬥；打架；爭吵

fight	bravely	勇敢戰鬥
fight	hard	激烈打鬥
fight	back	反擊
fight	desperately	拚命戰鬥

▷ He **fought bravely** for his country. 他為國家英勇地戰鬥。

▷ She **fought hard** against the disease. 她努力對抗疾病。

▷ She didn't attempt to **fight back**. 她並不試圖反擊。

▷ Emergency crews **fought desperately** to save her life. 急難救助隊員努力挽救她的生命。

fight	against A	對抗 A
fight	for A	爭取 A
fight	over A	因為 A 而戰、爭吵
fight	with A	與 A 打鬥、爭吵

▷ We are **fighting for** equal rights. 我們正在爭取平等的權利。

▷ They are still **fighting over** the same issue. 他們仍然為了同樣的問題爭吵。

▷ I don't want to **fight with** my parents. 我不想跟我的父母吵架。

fight	to do	努力…

▷ She **fought to** control her voice. 她努力控制自己的聲音。

figure /ˈfɪɡjə/ 英 /ˈfɪɡə/

图 數字；身材；人物；圖形

reach	a figure	達到某個數字
release	a figure	發表數字
keep	one's figure	保持身材
watch	one's figure	注意身材
lose	one's figure	身材走樣

▷Final enrollment **figures** will **be released** in November. 最終的入學人數將在 11 月發表。

▷It's amazing you can **keep** your **figure** eating like that! 你吃成這樣還能保持身材真是驚人！

▷Women **lose** their **figures,** men lose their hair. 女人身材會走樣，男人會掉頭髮。

double	figures	二位數字
official	figures	官方數字
the latest	figures	最新數字
a key	figure	關鍵人物
a leading	figure	領導人物
a public	figure	公眾人物
a popular	figure	受歡迎的人物
a good	figure	好身材

▷**Official figures** show that crime is falling. 官方數據顯示犯罪正在減少。

▷Dick was a **key figure** in this debate. Dick 是這場辯論的關鍵人物。

▷Matsui is among the most **popular figures** in Japan. He is nicknamed "Godzilla." 松井秀喜是日本最受歡迎的人物之一。他的外號叫「哥吉拉」。

▷Mary is attractive, and she has a **good figure.** Mary 很有魅力，而且身材很好。

▌figure /ˈfɪɡjə/ ⑱ /ˈfɪɡə/ 〔動〕扮演重要角色；認為

figure	prominently	扮演特別重要的角色

▷Wrestlers from Mongolia **figure prominently** in Japanese sumo. 來自蒙古的力士在日本相撲界占有重要的地位。

figure	(that)...	認為…

▷I **figured** I didn't have much time to prepare for the meeting. 我認為我沒有很多時間準備會議。

〔PHRASES〕

Go figure. ☺ 真讓人想不通耶。（表示不明白情況為什麼是這樣）

It figures. / That figures. ☺ 合情合理。有道理。

▷"We shouldn't expand our company too fast. We should do it step by step." "Yes, that figures." 「我們不應該把公司擴張得太快。我們應該按部就班。」「是的，那很有道理。」

▌file /faɪl/ 〔名〕檔案，紀錄；電腦檔案

keep	a file	保留檔案紀錄
create	a file	建立檔案
open	a file	打開檔案
close	a file	關閉檔案
save	a file	儲存檔案
copy	a file	複製檔案
delete	a file	刪除檔案
retrieve	a file	存取檔案

▷**Copy** the **files** to a USB memory drive. 把檔案複製到 USB 隨身碟。

▷I accidentally **deleted** a **file** I've been working on all day. 我不小心刪除我做了一整天的檔案。

▷**Retrieve** the **file** you wish to copy. 存取你想要複製的檔案。

a personal	file	個人檔案
a secret	file	祕密檔案
a large	file	大型檔案
a data	file	資料檔案（而不是程式的檔案）

▷I have some **large files** to send you by email. 我有些很大的檔案要用電子郵件寄給你。

a file	on A	關於 A 的檔案
on	file	存在檔案上

▷Police keep **files on** criminals. 警方留有罪犯的檔案。

▷She has 40,000 résumés and photos **on file.** 她有 40,000 封履歷與照片的存檔。

▌film /fɪlm/

〔名〕⑱電影（⑧ movie）；底片；薄膜

see	a film	看電影
watch	a film	
direct	a film	執導電影
make	a film	拍電影
shoot	a film	
produce	a film	製作電影

▷Every time I **see** that **film,** I think it's just wonderful. 每次我看那部電影都覺得很棒。

▷I'm **making** a **film** that deals with the life of Shakespeare. 我正在拍以莎士比亞的一生為題材的電影。

▷**Producing** a **film** can be very expensive. 製作電影可能會花很多錢。

F

final /ˈfaɪnl/ 图 決賽；美 期末考，英 大學畢業考

reach	the final(s)	
make	the final(s)	
make it to	the final(s)	進入決賽
qualify for	the final(s)	
go through to	the final(s)	
win	the final(s)	贏得決賽
take	one's finals	考期末考／畢業考

▷Brazil **reached** the **final** by beating Italy last night. 巴西昨晚打敗義大利而進入決賽。
▷The top six teams **qualify for** the **finals**. 前六名的隊伍有資格進入決賽。
▷Liverpool went on to **win** the **final** 3-1. 利物浦接著以 3-1 贏得了決賽。
▷Emma is due to **take** her **finals** this year. Emma 今年預計要考畢業考。

find /faɪnd/ 動 找到，發現；發覺，認為

eventually	find	終於找到
never	find	永遠找不到，一直找不到

▷I **eventually found** a good solution. 我終於找到好的解決方法。
▷We **never found** any evidence of that at all. 我們一直找不到那個的任何證據。

find	A B	為 A 找到 B
find	A doing	發現 A 在做⋯

▷I promised him that I would **find** him a job. 我答應他會幫他找工作。
▷Tom **found** her wai**ting** for him. Tom 發現她正在等他。 ▷He **found** himself get**ting** nervous. 他發覺自己緊張起來。

find	A C	覺得 A 是 C

★ C 是 difficult, hard, easy, impossible, attractive 等形容詞

▷I **found** it very interesting. 我覺得這很有趣。

find	that...	發現⋯

▷I **found that** I need our friendly discussions. 我發現我需要我們友好的討論。

fine /faɪn/ 形 美好的；健康狀況好的；細微的

absolutely	fine	非常好；非常健康
just	fine	還不錯；還算健康
exceptionally	fine	很出色的
particularly	fine	特別好的
extremely	fine	極細微的

▷Everything is **absolutely fine**. 一切都很好（順利）。
▷John Williams is an **exceptionally fine** guitar player. John Williams 是很出色的吉他手。
▷The weather has been **particularly fine** lately. 最近天氣特別好。

PHRASES

I'm fine, thanks. ☺ 我很好，謝謝。
A is fine. ☺ A（時間、場所等）可以。（★ 用在約人的時候）▷Three o'clock, outside the library is fine. 3 點在圖書館外面可以。
(No,) I'm fine (, thanks). 我不用了。（★ 在別人詢問是否要某種飲食等時表示拒絕）▷"More tea?" "No, I'm fine, thanks." 「還要茶嗎？」「不，我不用了，謝謝。」
That's fine. ☺ 沒關係，不要介意。▷"I'm so sorry." "That's fine." 「我很抱歉。」「沒關係。」
You're a fine one to talk! ☺ 你還有臉說別人（也不看看自己）！

fine /faɪn/ 图 罰款，罰金

pay	a fine	付罰款
impose	a fine	處以罰款
face	a fine	面臨罰款

▷You'll probably have to **pay** a **fine**. 你可能必須付罰款。
▷The US government **imposed** a **fine** of $168,000 on that company. 美國政府對那家公司處以 16 萬 8,000 美元的罰款。
▷He now **faces** a **fine** of up to $1,000. 他現在面臨最高 1,000 美元的罰款。

a heavy	fine	高額罰款
a substantial	fine	
a maximum	fine	最高額的罰款

▷In Melbourne, Australia, there is a **heavy fine** for dropping cigarette butts. 在澳洲的墨爾本，亂丟煙蒂會有很重的罰款。

a fine	for A	因為 A 的罰款

▷ I recently received a **fine for** driving in a bus lane. 我最近因為行駛公車道而被罰款。

finger /ˈfɪŋɡ⋼/ 图 手指

point	a finger	用手指指
raise	a finger	舉起一根手指
jam	one's fingers	夾到手指
lick	one's finger	舔手指
run	one's finger	將手指滑過
drum	one's fingers	用手指敲打
tap	one's fingers	
snap	one's fingers	彈手指（彈出聲音）
click	one's fingers	
cut	one's finger	割到手指
burn	one's fingers	燙傷手指；嘗到苦頭

▷ Davis **raised** a **finger** to indicate he wanted to respond. David 舉起食指表示他想要回答。（★ 想要發言時會舉起食指）

▷ "Wow!" "What happened?" "I **jammed** my **fingers** in the door." 「哇！」「發生什麼事？」「我的手指被門夾到了。」

▷ She **ran** her **fingers** through my hair. 她的手指滑過我的頭髮。

▷ Sue **drummed** her **fingers** on the table for a moment. 她用手指在桌上敲打了一陣。（★ 表示不耐煩的動作）

▷ "Oh, right!" Jake said, **snapping** his **fingers**. Jake 彈手指說：「噢，沒錯！」（★ 想到什麼或者成功時做的動作）

▷ I tried to put out the fire with a blanket and **burnt** my **fingers**. 我試圖用毯子滅火，結果燙傷了手指。

▷ The recent stock market in Germany has **burned** many **fingers**. 最近德國的股市讓許多投資人嘗到苦頭。

the first	finger	食指
the index	finger	
the middle	finger	中指
the ring	finger	無名指
the little	finger	小拇指
a slender	finger	纖細的手頭
a fat	finger	肥胖的手指
an accusing	finger	責怪的矛頭

★ 「大拇指」是 thumb

▷ She has beautiful long **slender fingers**. 她有很美的細長手指。

▷ He pointed an **accusing finger** at her. 他把指責的矛頭對準她。

the tips of	A's fingers	指尖

▷ The **tips of** my **fingers** were freezing with cold. 我的指尖冷得要凍僵了。

finish /ˈfɪnɪʃ/ 動 完成，結束

finally	finish	終於完成
nearly	finished	將近完成了
almost	finished	

▷ I **finally finished** high school and went on to university. 我終於讀完高中並且上了大學。

▷ "Do you need a hand?" "No thanks. It's **nearly finished** now." 「你需要幫忙嗎？」「不，謝了。我現在快完成了。」

finish	first	（賽跑等）以第一名完賽

★ 也可以說 second, third 等

▷ Tom **finished second**. Who was the winner? Tom 得到第二名。誰是優勝者？

finish	with A	以 A 結束；不需再使用 A

▷ The winners **finished with** three points in the final eight minutes. 獲勝者在最後 8 分鐘獲得了 3 分。

▷ Are you **finished with** the newspaper? 你看完報紙了嗎？

finish	doing	做完…

★ 不是 ×finish to do

▷ I've just **finished** reading *Harry Potter*. 我才剛讀完《哈利波特》。

(PHRASES)

I'm finished. ☺ 我完成了；我吃完了。

Let me finish. ☺ 讓我把話說完。 ▷ Wait a minute, Nancy. Let me finish. 等一下，Nancy。讓我把話說完。

fire /faɪr/ 图 火；火災；射擊，砲火

catch	fire	著火
start	a fire	引發火災；生火

F

set A on	fire	放火燒 A
set	fire to A	
put out	a fire	滅火
extinguish	a fire	
fight	a fire	救火
die in	a fire	死於火災
be damaged by	fire	因火災受到損害
be destroyed by	fire	被火災燒毀
make	a fire	生火
build	a fire	
light	a fire	點火
open	fire	開火（攻擊）
cease	fire	停火
come under	fire	遭到槍砲攻擊

▷ Cigarettes frequently **start** house **fires**. 香菸經常引起住宅火災。

▷ He **set fire to** his neighbor's house. 他放火燒鄰居的房子。

▷ I used a fire extinguisher to **put out** the **fire**. 我用滅火器滅火。

▷ He died **fighting** a **fire** in a chemical plant. 他死於化學工廠的救火行動中。

▷ At least 12 people **died in** the fire. 至少有 12 人死於這場火災。

▷ The building was completely **destroyed by** the **fire**. 這棟建築物完全被燒毀了。

▷ Sally **made a fire** in the hearth. Sally 在壁爐裡生火。

▷ I **lit a fire** in the fireplace and sat by it. 我在壁爐裡生了火，並且在旁邊坐下來。

▷ The soldiers didn't hesitate. They **opened fire** immediately. 士兵們沒有猶豫。他們馬上開火了。

▷ **Cease fire!** 停火！

▷ The soldiers **came under** heavy **fire**. 士兵們遭受到猛烈的攻擊。

a fire	breaks out	火災發生
a fire	burns	火燃燒
a fire	goes out	火熄滅
a fire	spreads	火勢蔓延

▷ The **fire broke out** at two o'clock in the morning. 凌晨兩點發生了火災。

▷ The **fire burnt** brightly. 火光燒的很明亮。

▷ We get pretty chilly if the **fire goes out**. 如果火熄滅了，我們會變得很冷。

▷ As the **fire spread** rapidly, people in the building rushed outside. 當火勢迅速蔓延，大樓裡的人急忙往外逃。

a big	fire	大火
a disastrous	fire	慘重的火災
a forest	fire	森林火災
a blazing	fire	熊熊燃燒的火焰
an open	fire	開放式的壁爐
friendly	fire	誤傷友方的砲火
英 an electric	fire	電壁爐，電暖爐
英 a gas	fire	瓦斯壁爐，瓦斯暖爐

▷ Eight people died in a **big fire** last year. 有 8 人死於去年的大火。

▷ There is an **open fire** in the living room. 客廳有壁爐。

| on | fire | 著火的，發生火災的 |

▷ When he arrived at home, he saw that his house was **on fire**. 當他到家時，他看到自己的房子著火了。

| a line of | fire | 砲火的路徑 |

fire /faɪr/ 動 射擊，開火

fire	blindly	盲目射擊
fire	back	反擊
fire	off	發射

▷ They **fired off** some missiles. 他們發射了幾枚飛彈。

| fire | at A | 對 A 開火 |

▷ He grabbed his gun and **fired at** them. 他抓起槍對他們射擊。

firm /fɜm/ 名 企業，事務所，行號（★常指有別於一般公司組織的企業）

work for	a firm	在公司工作
join	a firm	進入公司
leave	a firm	離職
★「下班」則是 leave the office		

▷ She previously **worked for** a technology firm in Chicago. 她以前在芝加哥的一間科技公司工作。

▷ Johnson **joined** the **firm** in November 2005. Johnson 在 2005 年 11 月進入公司。

▷ He **left** the **firm** to establish his own company. 他離開公司並成立自己的公司。

a large	firm	
a big	firm	大企業
a small	firm	小企業
a local	firm	當地的企業
an accounting	firm	會計事務所
a consulting	firm	顧問公司
a law	firm	法律事務所

▷All our **large firms** are now investing abroad. 我們所有的大公司現在都有海外投資。
▷I'm chairman of a small **consulting firm**. 我是一間小型顧問公司的董事長。

a firm	based in A	總部在 A 的公司

▷Grant Thornton is an accounting **firm based in** Chicago. Grant Thornton 是位於芝加哥的會計事務所。

fist /fɪst/ 名 拳頭

clench	one's **fist**	握起拳頭
shake	one's **fist**	（因憤怒）舉起拳頭

▷He **shook** his **fist** *at* me. I thought he was going to hit me! 他對我舉起拳頭。我以為他要揍我！

fit /fɪt/ 動 適合，合身；使適合；被容納

easily	fit	輕易地適合、放得進去
really	fit	很適合
fit	neatly	剛好適合
fit	perfectly	完美地適合
fit	together	彼此適合；拼在一起

▷I wanted a pocket computer that **easily fitted** into my pocket. 我當時想要一台能夠輕易放進口袋的口袋型電腦。
▷Now that I've lost weight, my clothes no longer **really fit** me. 因為我減重成功了，所以我的衣服不再那麼合身了。
▷These two parts should **fit together**. 這兩個零件應該要拼在一起。

fit	in A	正好能放進 A 裡
fit	with A	與 A 很協調
★ 除了 in 以外，也有 into, on 的說法		

▷This key doesn't **fit into** the lock. 這鑰匙和鎖不合。

fit /fɪt/ 形 健康的，強健的；適合的

fully	fit	十分健康的
physically	fit	身體健康的

▷He needs to be **physically fit** and well-conditioned. 他需要保持身體健康、狀態良好。

get	fit	變得健康
see	fit	
think	fit	認為適合

▷He **saw fit** to close the company without any notice. 他沒有任何通知就決定關閉公司。

fit	and healthy	強健而且健康
fit	and proper	適合、適當的

▷I wish I was **fit and healthy**. 我真希望我身體健康。
▷She wants everything to be done in a **fit and proper** way. 她想要把一切都做得好好的。

fit	for A	適合 A 的
fit	to do	適合做…的

▷He was wearing clothes that weren't **fit for** climbing a mountain. 他穿著不適合爬山的衣服。

flag /flæg/ 名 旗子

fly	a flag	
raise	a flag	升起旗子
lower	a flag	降下旗子
wave	a flag	揮舞旗子

▷They are **flying** the Japanese **flag**. 他們正在升起日本國旗。
▷Students practiced **raising** and **lowering** the **flag** for the opening ceremony. 學生們練習開幕式的升旗與降旗。
▷Children **waved flags** as they sang our national anthem. 孩子們一邊唱國歌一邊揮舞國旗。

a flag	flies	旗子飄揚

▷American **flags** were **flying** in cities and towns all across the country on July 4th. 在 7 月 4 日，全國的城鎮都飄揚著美國國旗。

a national	flag	國旗

▷The Canadian **national flag** is a red maple leaf set against a white background. 加拿大的國旗是一片紅色的楓葉在白色的背景上。

under	the flag of A	在 A 的旗幟下

▷ He is traveling around the world to spread the message of peace **under the flag of** the United Nations. 他代表聯合國在全世界散播和平的訊息。

flash /flæʃ/ 图一閃，閃光；（想法的）閃現

a blinding	flash	刺眼的閃光
a bright	flash	明亮的閃光
a sudden	flash	突然的閃現
a brief	flash	短暫的閃現

▷ The atomic bomb dropped on Hiroshima at 8:15 a.m. with a **blinding flash**. 原子彈上午 8 點 15 分在廣島投下，發出刺眼的閃光。

▷ I had a **sudden flash** of inspiration. 我靈光乍現。

▷ She felt a **brief flash** of disappointment. 她閃過一股失望的感覺。

flash /flæʃ/ 動一閃，閃光；閃現

flash	across A	閃過 A；（想法等）閃過 A 的腦子
★ 表示「想法閃現」時，也可以用 into, through		

▷ Lightening **flashed across** the sky followed by a crack of thunder. 閃電劃過天空，之後傳來一聲雷響。

▷ A brilliant idea **flashed into** his mind. 他腦中閃過一個絕妙的點子。

flash	on and off	明滅閃爍

▷ I saw lights **flashing on and off**. 我看到燈光閃爍。

flat /flæt/ 形平的

fairly	flat	相當平的
rather	flat	相當平的，算是平的
completely	flat	完全平的
almost	flat	幾乎是平的

▷ My speaking voice is **rather flat**, but my singing voice is good. 我說話的聲音相當平板，但我的歌聲很好。

flavor /ˈflevə/

图味道；風味，韻味（★ 英 flavour）

have	a flavor	有味道
give	a flavor	添加味道；添加風味
impart	a flavor	
add	flavor	增添味道
get	a flavor	淺嘗一下（感覺一下）

▷ Every leaf **has** its own **flavor**. 每片葉子都有自己的韻味。

▷ That spice **gives** great **flavor** to the curry. 那種香料為咖哩增添許多風味。

▷ Dr. Sinclair's presentation **gave** the **flavor** of his book. Sinclair 博士的簡報讓大家稍微感受了一下他書中的內容。

a good	flavor	好的味道
a distinctive	flavor	獨特的味道
a full	flavor	
a rich	flavor	濃厚的味道
a strong	flavor	
a delicate	flavor	細緻的味道
a subtle	flavor	
a sweet	flavor	甜味
a bitter	flavor	苦味
a nutty	flavor	堅果味

▷ This recipe brings out the **full flavor** of lobster. 這道食譜帶出龍蝦完整的風味。

▷ The steak was very tender with **rich flavor** from the beer. 這塊牛排非常軟，而且有濃郁的啤酒味。

▷ Icelandic caviar has a **subtle flavor**. It's difficult to appreciate it. 冰島的魚子醬風味細緻。要品味它並不容易。

▷ Hawaiian sweet potatoes have a slightly **sweet flavor**. 夏威夷的地瓜有少許甜味。

▷ Caffeine itself has a **bitter flavor**. 咖啡因本身帶有苦味。

in	flavor	味道方面

▷ This cheese is very mild **in flavor**. 這種起司的口味溫和。

flavor and texture	味道與口感

▷ These mussels share a delicate **flavor and texture**. 這些淡菜都有細緻的風味與口感。

flesh /flɛʃ/ 图 肉,肉體;皮膚

flesh and blood	血肉之軀;親人
flesh and bone	肉與骨

▷ I love you like my own **flesh and blood**. 我就像對待親人一樣愛你。
▷ The tiger attacked him and bit through **flesh and bone**. 老虎攻擊他,並且咬進了他的骨肉。

flexible /ˈflɛksəbl/

形 有彈性的,可變通的;可彎曲的

extremely	flexible	非常有彈性的
sufficiently	flexible	有充分彈性的

▷ The system is **extremely flexible** and enables you to make changes at any time. 這個系統非常有彈性,你可以隨時變更。
▷ Our rules are not **sufficiently flexible**. They're much too severe. 我們的規定不夠有彈性,太嚴格了。

flight /flaɪt/ 图 飛行,(飛機)航班

catch	a flight	趕上飛機
take	a flight	搭飛機
make	a flight	飛行;搭飛機
book	a flight	訂機票

▷ I had to get up at 5:30 this morning to **catch** my **flight**. 我今天早上必須 5:30 起床好趕上飛機。
▷ If you want to get there more quickly, you could **take** a direct **flight** to London. 如果你想快點到那裡,你可以搭直飛倫敦的航班。
▷ In 1905, they **made a flight** covering a distance of 24 miles in almost 40 minutes. 1905 年,他們進行了距離 24 英里、為時將近 40 分鐘的飛行。
▷ I **booked** a **flight** to Australia. 我訂了往澳洲的機票。

a direct	flight	直飛航班
a non-stop	flight	
a connecting	flight	轉接航班
an internal	flight	國內航班
a domestic	flight	
an international	flight	國際航班
a long	flight	長途飛行
a short	flight	短途飛行
an early	flight	早班飛機

▷ There's no **direct flight** from Japan to South Africa. 從日本到南非沒有直飛航班。
▷ Fred drove to Denver airport to catch an **internal flight**. Fred 開車到丹佛機場搭國內航班。

float /flot/ 動 漂浮,飄浮;浮動

float	around	到處漂流

★ 也有用介系詞 away, up, down 的表達方式

▷ A lot of garbage was **floating around** on the sea. 海面上有很多垃圾到處漂。
▷ After the typhoon, many boats had **floated away**. 颱風過後,很多船漂走了。
▷ Many bubbles were **floating up** near the hot spring. 溫泉附近有很多泡泡浮上來。
▷ It became cold, and snow flakes began to **float down**. 天氣變冷,雪花開始飄下。

float	in A	在 A 漂浮
float	on A	

▷ A lot of oil was **floating on** the water. 大量的油漂浮在水面上。

flood /flʌd/ 图 洪水,氾濫

cause	a flood	造成洪水

▷ Heavy rain **caused floods** in parts of the South. 大雨在南部的一些地區造成了洪水。

a great	flood	大洪水
a devastating	flood	毀滅性的洪水
a flash	flood	暴洪(突然、短暫的洪水)
a sudden	flood	突然的氾濫

▷ The bridge was broken down by a **great flood**. 橋被大洪水沖斷了。
▷ New Orleans was hit by a **devastating flood**. 紐奧良遭到毀滅性的洪水所害。
▷ The **sudden flood** of American goods will force domestic prices down. 美國產品的突然氾濫將迫使國內價格下降。

floor /flor/ 名 地板；（建築物）樓層

sweep	the floor	掃地
mop	the floor	拖地
scrub	the floor	刷洗地板
wipe	the floor	擦地板
cover	the floor	覆蓋地板

▷ I regularly **sweep** and **wipe** the **floor**. 我定期掃地、擦地板。

▷ I **mopped** the **floor** twice and dried it. 我拖兩次地板然後擦乾。

▷ I don't want to **cover** the **floor** with cheap rugs. 我不想用便宜的地毯鋪地板。

a polished	floor	打蠟過的地板
a wooden	floor	木地板
a tiled	floor	瓷磚地板
the top	floor	最上面的一層樓
the upper	floor	上面的樓層，樓上
the lower	floor	下面的樓層，樓下

▷ Our new apartment has a beautiful wooden **polished floor**. 我們的新公寓有打蠟過的美麗木地板。

▷ The living room has a polished **wooden floor**. 客廳有打蠟過的木地板。（★ 也可以說 a wood floor）

▷ My office is on the **top floor**. 我的辦公室在最頂樓。

▷ The restaurant on the **upper floor** has great views over the lake. 樓上的餐廳可以飽覽湖景。

on	the floor	在地板上；在…樓層

▷ The dish fell **on** the **floor** and broke. 盤子掉到地上破了。

▷ Jane's sitting **on** the **floor** watching TV. Jane 坐在地板上看電視

▷ I live **on** the third **floor** of this building. 我住這棟大樓三樓。

flow /flo/ 名 流動；流出，流量

control	the flow	控制流動
increase	the flow	增加流量
improve	the flow	
reduce	the flow	減少流量
block	the flow	阻止流動
interrupt	the flow	中斷流動
stem	the flow	抑制流動
stop	the flow	停止流動

▷ Exercise **increases** blood **flow** of all parts of your body. 運動會促進身體各處的血液循環。

▷ Smoking narrows arteries, **reducing** blood **flow** to your feet. 抽菸會使動脈變窄，減少通往雙腳的血流。

▷ I'm sorry to **interrupt** the **flow** of your argument. 我很抱歉中斷你論證的進行。

▷ The new law aims to **stem** the **flow** of illegal immigrants to Europe. 新法律的目標是抑制非法移民流入歐洲。

a constant	flow	持續的流動
a steady	flow	穩定的流動
information	flow	資訊流
traffic	flow	交通流動，車流
blood	flow	血流
water	flow	水流
a lava	flow	熔岩流

▷ The shop has a **constant flow** of customers. 這間店的顧客川流不息。

▷ There's a **steady flow** of tourists from all over the country. 來自全國各地的遊客人數很穩定。

flow /flo/ 動 流動

flow	freely	順暢地流動
flow	smoothly	
flow	in	流入
flow	back	流回

▷ Traffic is **flowing smoothly**. 交通流動順暢。

▷ The company is doing well, and a lot of money is **flowing in**. 這間公司表現很好，有許多資金流入。

▷ Money is starting to **flow back** into Europe from the US. 錢開始從美國流回歐洲。

flow	through A	流過 A
★ 也有使用 out of, down, from, into 的表達方式		

▷ The Thames **flows through** London. 泰晤士河流過倫敦。

▷ Look! A lot of water is **flowing out of** a hole in that pipe. 看！有大量的水從那根水管的洞流出來。

▷ When the volcano erupted, hot lava **flowed down** the sides of the mountain. 當火山爆發，火熱的熔岩沿著山坡流下。

flower /ˈflaʊɚ/ 名花

produce	flowers	長出花
bear	flowers	
come into	flower	開花
plant	flowers	種花
cultivate	flowers	栽培花
send	flowers	送花
pick	flowers	摘花
arrange	flowers	插花

▷ The sweet peas **produce flowers** in spring. 甜豌豆在春天開花。
▷ Daffodils **come into flower** in early spring. 水仙花在早春開花。
▷ I **picked** some **flowers** from the garden. 我從花園摘了些花。
▷ She **arranged flowers** in the vase for the party. 她為了派對在花瓶裡插花。

flowers	appear	花開
flowers	bloom	
flowers	open	花綻開
flowers	grow	花長出來
flowers	fade	花朵凋謝

▷ **Flowers bloom** in late spring or early summer. 花在晚春或初夏時開。
▷ **Flowers open** at dawn and close by night. 花在黎明時開放，夜晚就闔起來。
▷ Look at all those beautiful **flowers growing** in that garden! 看花園裡那片美麗的花！
▷ These **flowers fade** very quickly. 這些花凋謝得很快。

spring	flowers	春天的花
wild	flowers	野花
garden	flowers	花園的花
fresh	flowers	剛採下的鮮花
dried	flowers	乾燥花
pressed	flowers	壓花
dead	flowers	枯萎的花
artificial	flowers	人造花

▷ It's important to regularly remove **dead flowers**. 定期去除枯萎的花很重要。

a bouquet of	flowers	花束
a bunch of	flowers	

▷ Bouquet is a French word for **a bunch of flowers.** bouquet 是法語表示「一束花」的詞。

in	flower	開著花的

▷ The roses are **in flower** now. 玫瑰正在開花。

fly /flaɪ/ 動飛；搭飛機

fly	high	高飛
fly	low	低飛
fly	away	飛走
fly	off	

▷ The bird **flew away** to another tree. 鳥往別的樹飛走了。

fly	from A to B	從 A 飛到 B
fly	into A	飛進 A；有飛到 A 的航班
fly	over A	飛過 A 的上方

▷ We **flew from** Narita **to** London. 我們（搭飛機）從成田飛往倫敦。
▷ Most major airlines **fly into** Heathrow airport. 主要航空公司大部分都有飛往希斯洛機場的班機。
▷ Two planes **flew into** the Twin Towers on 9/11. 9 月 11 日有兩架飛機撞進雙子星大樓。
▷ They're watching helicopters **flying over** their heads. 他們看著直升機飛過頭上。

focus /ˈfokəs/ 名焦點，重點

become	a focus	成為焦點
provide	(a) focus	提供焦點
have	a focus	有焦點
change	the focus	改變焦點
shift	the focus	轉移焦點
move	the focus	
come into	focus	變得清晰
bring A into	focus	將焦點對準 A；使 A 變得明確

▷ Ishikawa won a major golf tournament when he was seventeen and **became** the **focus** of much attention. 石川 17 歲時在主要高爾夫球錦標賽獲勝，成為許多人注目的焦點。
▷ Your essay is too general. You need to **have** a **focus**. 你的散文太籠統。你需要有個焦點。

▷ Charlie, don't **shift** the **focus** of the conversation. We're still talking about your problems.
Charlie，不要轉移對話的焦點。我們還在談你的問題。

▷ Finally I understand. Finally things have **come into focus**. 我終於明白了。情況終於變得清楚了。

the focus	is on A	焦點在 A 上

▷ The **focus** is **on** developing friendship and communication skills. 焦點是培養友誼和溝通技巧。

the central	focus	
the main	focus	主要的焦點
the major	focus	
the primary	focus	
a sharp	focus	特別集中的焦點
a strong	focus	

▷ This is the **central focus** of this article. 這是這篇文章的中心焦點。

▷ Our **primary focus** is to help the children who are in need of care. 我們的主要重點在於幫助需要照顧的孩子。

▷ These rumors came into **sharp focus** when they were revealed in the newspapers. 這些傳聞在被報紙揭露後，成為特別受注目的焦點。

focus	for A	對於 A 的焦點

▷ The **focus for** the November presidential election is the economy and America's role in the world. 11 月總統選舉的焦點在於經濟，以及美國在世界上扮演的角色。

in	focus	焦點對準的，清晰的
out of	focus	沒對好焦的，模糊的

▷ In the photo, the face is **in focus**, but the rest is blurred. 照片上，臉是對到焦了，但其他是模糊的。

▷ His new plan is totally **out of focus**. 他的新計畫完全失焦了。

focus /ˈfokəs/ 動 聚焦，集中

focus	mainly	主要聚焦
focus	particularly	特別聚焦
focus	exclusively	完全聚焦
focus	entirely	

▷ Joseph's study **focuses mainly on** European paintings. Joseph 的研究主要聚焦於歐洲繪畫。

▷ Her interests **focus particularly** *on* technology and education. 她的興趣主要集中於科技與教育。

▷ Discussion **focused exclusively** *on* domestic violence issues. 討論完全聚焦於家暴問題。

focus	on A	聚焦於 A
focus	upon A	

▷ Sorry, I can't help. I'm too busy **focusing on** my other work. 抱歉，我幫不上忙。我忙著專注在自己其他工作上。

fold /fold/ 動 摺疊

carefully	fold	小心摺疊
neatly	fold	摺疊整齊
fold	(A) up	
fold	(A) down	（把 A）摺疊起來
fold	(A) away	
fold	A back	重新摺好、收起來
fold	A in half	把 A 對半摺
fold	A in two	

▷ He **carefully folded** the newspaper. 他小心地把報紙摺疊好。

▷ We need to **fold up** the tent. 我們需要把帳篷摺疊起來。

▷ The rear seats **fold down**. 後面的座位可以收摺起來。（★ 及物動詞的說法是 The rear seats can be folded down.）

▷ He **folded** the letter **away** and put it in his pocket. 他把信摺好放進口袋。

▷ I **folded back** the blanket and rolled up my pajamas. 我把毯子摺好，把睡衣捲起來。

▷ We **folded** the paper **in half**. 我們把紙對半摺。

follow /ˈfalo/ 英 /ˈfɔləu/ 動 跟隨；遵守

closely	follow	緊緊跟隨；嚴格遵守
quickly	follow	很快跟上
soon	follow	
immediately	follow	緊接在後

▷ It is very important that we **closely follow** the guidelines. 我們嚴格遵守指導方針是很重要的。

▷ He **quickly followed** her out of the room. 他很快地跟著她走出房間。

be	followed by A	後面跟著 A

▷In Northern Europe, autumn is **followed by** a long, cold winter. 在北歐，秋天之後是漫長的寒冬。

it	follows that...	因而…，由此可知…
it	doesn't necessarily follow that...	這不一定意味著…

▷Your fingerprints are on the money. So **it follows that** you must have taken it. 你的指紋在錢上面。由此可知，你一定拿了這些錢。

food /fud/ 名食物；食品

eat	food	吃食物
prepare	food	準備食物
provide	food	提供食物
serve	food	送上食物，上菜
produce	food	生產食物

▷Whenever you **prepare food**, wash your hands well first. 不論何時，準備食物前都要把手洗乾淨。
▷The United Nations **provided food**, milk, and clothing. 聯合國提供了食物、牛奶與衣服。
▷We are busy **serving food** to customers at lunch time. 我們在午餐時間忙著上菜給客人。

favorite	food	最喜愛的食物
health	food	健康食品
fast	food	速食
junk	food	垃圾食物
emergency	food	急難時的食物
hot	food	辣的食物；熱的食物
natural	food	天然食品
organic	food	有機食品
frozen	food	冷凍食品
canned	food	罐頭食品
processed	food	加工食品
fatty	food	脂肪很多的食物
high-calorie	food	高卡路里食物
spicy	food	辣的食物
baby	food	嬰兒食品
pet	food	寵物食品
cat	food	貓食
dog	food	狗食

▷Teenagers love **fast food**, soft drinks and sweets. 青少年喜愛速食、汽水和甜食。

▷Avoid **high-calorie, fatty foods**, and you'll lose weight. 避免高卡路里、高脂肪的食物，你就會瘦。
▷Beer goes well with **spicy food**. 啤酒跟辣的食物很搭。（★ 表示「辣」的時候常用 hot and spicy 的說法：hot and spicy food 辛辣的食物）
▷Eat fewer **processed foods** such as potato chips and frozen dinners. 少吃洋芋片、冷凍食品之類的加工食品。

food and drink(s)	食物和飲料

▷Don't bring your **food and drinks** into the library! 不要把食物和飲料帶進圖書館！

a supply of	food	食物的供給

▷**Supplies of food** and medicine are running low. 食物與藥品的供應短缺中。

fool /ful/ 名傻子

a complete	fool	徹底的傻子

▷There's no point in asking him. The man is a **complete fool**. 問他沒有用。那男的是徹底的傻瓜。

look (like)	a fool	看起來像傻子
feel (like)	a fool	感覺像傻子
be	no fool	不容易被騙
make	a fool of A	愚弄 A（人）

▷When you disagreed with me in front of everybody, you made me **look a fool**. 當你在大家面前反駁我的時候，你讓我看起來像個傻瓜。
▷He is **no fool**. 他沒那麼好騙。
▷He's angry because he thinks you **made a fool of** him. 他很生氣，因為他覺得你愚弄他。

foot /fʊt/ 名腳

get to	one's feet	站起來
rise to	one's feet	
leap to	one's feet	突然站起來
be on	one's feet	站著
stamp	one's feet	跺腳
tap	one's feet	用腳敲、踏地板
drag	one's feet	拖著腳
wipe	one's feet	擦腳

▷The audience **rose to** its **feet** and applauded. 觀眾起立鼓掌。

▷They **stamped** their **feet** and shouted. 他們踩著腳大叫。

▷She **tapped** her **foot** in irritation. 她惱怒地用腳敲地板。

▷He's **dragging** his **feet** slightly. 他有點拖著腳步走。

foot	slips	腳打滑

▷My left **foot slipped** into a hole. 我左腳打滑掉進洞裡。

on	foot	徒步，步行

▷The best way to travel around the city is **on foot**. 遊覽這個城市最好的方法是步行。

▌force /fors/ 名力量，暴力；軍事力量；影響力

use	force	使用武力
resort to	force	訴諸武力
come into	force	（法律）生效
bring A into	force	實施 A
join	forces	合力
combine	forces	

▷The US finally decided to **use force** against Iraq. 美國終於決定對伊拉克行使武力。

▷The new laws **come into force** in one month's time. 新法律將於一個月後生效。

▷The Act will be **brought into force** early next year. 這項法案將在明年初實施。

▷America and Britain **joined forces** in World War II. 美國與英國在第二次世界大戰攜手合作。

brute	force	蠻力
gravitational	force	引力，重力
centrifugal	force	離心力
the driving	force	原動力
an economic	force	經濟力
a political	force	政治力
the labor	force	勞動力
the armed	forces	軍隊
military	forces	
nuclear	force	核子武器
peace-keeping	force	維和部隊
the air	force	空軍

▷Competition is the **driving force** of economic growth. 競爭是經濟成長的原動力。

▷The multinational corporations are a powerful **political** and **economic force** in this country. 跨國企業在這個國家是強大的政治與經濟勢力。

▷The United States has the most powerful **armed forces** in the world. 美國擁有全世界最強的軍隊。

▷Japan has declared that **nuclear force** should never be used. 日本宣布絕對不使用核子武器。

by	force	用暴力；強迫
in	force	（法律）有效

▷Don't do it **by force**, try to persuade them. 不要用強迫的，試著去說服他們。

▷The rules are not **in force** yet. 這些規定尚未生效。

▌force /fors/ 動強迫，迫使

eventually	force	最終迫使
finally	force	

▷The workers were **eventually forced** to accept cuts in their wages. 工人最終被迫接受減薪。

force A	to do	強迫 A 做…
force A	into doing	
force oneself	to do	強迫自己做…

▷I was **forced to** withdraw money from the ATM. 我被迫用 ATM 領錢。

▷I was really tired, but I **forced myself to** stay awake. 我真的很累，但我逼自己保持清醒。

force A	into B	迫使 A 從事 B
force A	out of B	把 A 逼出 B

▷An eye injury **forced** him **into** early retirement. 眼睛受傷迫使他提早退休。

▌forest /ˈfɔrɪst/ 名森林

walk in	the forest	走在森林裡
walk through	the forest	

▷When you are **walking through** the **forest** in South America, be careful of snakes and spiders. 當你走過南美的森林時，要小心蛇和蜘蛛。

dense	forest	茂密的森林
a dark	forest	黑暗的森林
tropical	forest	熱帶森林

▷In Finland, 76 percent of the nation is covered by **dense forest**. 在芬蘭，有 76% 的國土被茂密的森林覆蓋。

▷On the way, they had to go through a **dark forest**. 他們在途中必須穿過黑暗的森林。

forget /fə`gɛt/ 動 忘記

completely	forget	完全忘記
almost	forget	差點忘記
never	forget	從不忘記
soon	forget	很快忘記
easily	forget	很容易就忘記

▷I **completely forgot** about the problem. 我完全忘了那個問題。
▷I **almost forgot** to say, I'm going away for a few days. 我差點忘記說，我會離開幾天。
▷I'll **never forget** that experience. 我永遠不會忘記那個經驗。
▷Rules are too **easily forgotten**. 規則太容易被忘記了。

forget	(that)...	忘記…這件事
forget	wh-	忘記…
forget	to do	忘記去做….
★ wh- 是 how, why, where, when 等		

▷Don't **forget** we're going to a movie this evening. 不要忘了我們今晚要去看電影。
▷He's a little bit crazy, but let's not **forget** the man is a genius. 他有點瘋狂，但我們不要忘了那個人是天才。
▷I **forgot where** I put the door key. 我忘記把門的鑰匙放在哪裡了。
▷I **forgot to** give you a message from my wife. 我忘了把我老婆的話轉告你。
▷Don't **forget to** post my letter. 不要忘記把我的信投進郵筒。

forget	about A	忘掉 A

▷**Forget about** Lewis! 忘掉 Lewis 吧！
(PHRASES)
Before I forget, ... 在我忘記之前（我要說）…
▷Before I forget, Jim rang. He asked you to call him back. 我要趁忘掉之前告訴你，Jim 打過電話。他要你回電話給他。
Forget it! ☺ 不用在意／算了！
Oh! I nearly forgot! ☺ 噢！我差點忘了！

forgive /fə`gɪv/ 動 原諒，寬恕

never	forgive	永不原諒

▷I'll **never forgive** you! 我絕對不會原諒你！

forgive	A for doing	原諒 A（人）做了…

▷Her mother never **forgave** her **for marrying** Tony. 她的母親從來沒原諒她跟 Tony 結婚。

forgive and forget	原諒並且忘記

▷It's time to **forgive and forget**. 是時候原諒並且遺忘了。
(PHRASES)
A **could be forgiven for thinking...** A（人）認為…並不奇怪（即使是錯的）▷You could be forgiven for thinking summer was over already. 你會覺得夏天已經結束也不奇怪。
Please forgive me! ☺ 請原諒我！

form /fɔrm/ 名 形狀；形式，形態；表格

take	a form	以某種形式呈現
complete	a form	完成、填好表格
fill out	a form	填好表格
fill in	a form	
sign	a form	在表格上簽名

▷This book **takes** the **form** of a long interview. 這本書以長篇訪談的形式呈現。
▷Please **complete** the **form** and send it in as soon as possible. 請填好表格並盡快提交。
▷Before you **fill in** the application **form**, you should read through the information. 在填寫申請表之前，你應該把上面的訊息讀過一遍。
▷He **signed** an application **form**. 他在申請表上簽名。

various	forms	各種形式
a simple	form	簡單的形式
digital	form	電子形式
good	form	好的狀態
poor	form	不好的狀態
an application	form	申請表
an entry	form	（參加比賽的）報名表
an order	form	訂購表格

▷Elaine was a shy girl, who suffered **various forms** of bullying. Elaine 是個害羞的女孩，她遭

受各種霸凌。

in	the form of A	以 A 的形式

▷ The money was received **in** the **form of** checks and cash. 錢是以支票和現金的形式收到的。

formal /ˈfɔːml/ 形 正式的，形式上的

purely	formal	純粹是形式上的

▷ "You're asking me a lot of questions, officer." "Don't worry sir. Our inquiry is **purely formal**." 「警官，你問了我許多問題」「別擔心，先生。我們的詢問純粹是形式上的。」

former /ˈfɔːmə/

形 以前的，前任的；（代稱）前者的

the former...	(and) the latter...	前者…後者…

▷ The hotel has a swimming pool and a restaurant. **The former** is recommended, **the latter** is not. 這間旅館有游泳池和餐廳。前者很推薦，後者則否。

fortunate /ˈfɔːtʃənɪt/ 形 幸運的

fortunate	to do	幸運能做…的
fortunate	that...	…很幸運

▷ I feel **fortunate to** have grown up in Wales. 我覺得在威爾斯長大很幸運。

▷ I'm **fortunate that** I'm engaged in work that I like. 我很幸運從事自己喜歡的工作。

fortune /ˈfɔːtʃən/

名 財產，很多的錢；好運，命運

bring	fortune	帶來好運
tell	A's fortune	為 A 算命
make	a fortune	致富，累積財富
amass	a fortune	
inherit	a fortune	繼承財產
lose	a fortune	損失很多錢
seek	one's fortune	追尋發達的機會
cost	a fortune	耗費很多錢
spend	a fortune	花掉很多錢

▷ Lady, you have a lucky face! Want me to **tell your fortune**? 女士，你有張幸運的臉！想要我幫你算命嗎？

▷ His family **made** a **fortune** in steel. 他的家族靠著鋼鐵致富。

▷ He has **amassed** a **fortune** estimated at several hundred million dollars. 他累積了估計有數億美元的財產。

▷ Simon **inherited** his **fortune** from his father. Simon 繼承了父親的財產。

▷ I didn't come here to **seek** my **fortune**. 我不是來這裡尋找發達的機會的。

▷ The buildings are old and **cost** a **fortune** to maintain. 這些建築很老舊，維護起來要花很多錢。

▷ She **spends** a **fortune** on cosmetics and skin care. 她花很多錢在化妝品和保養品上。

good	fortune	好運
a considerable	fortune	很多的財產
a large	fortune	
a small	fortune	一筆可觀的錢（不是「很少錢」的意思）
economic	fortunes	經濟命運
political	fortunes	政治命運

▷ I had the **good fortune** to meet that artist. 我有幸能遇到那位藝術家。

▷ He left a **considerable fortune**. 他留下相當多的財產。

▷ He was a wealthy man and left a **large fortune**. 他是個富豪，並且留下了巨額的財產。

▷ I've spent a **small fortune** on my house to fix it up. 我花了一大筆錢把房子修好。

▷ The **economic fortunes** of the region are closely linked to the state of the world oil market. 這個地區的經濟命運與世界石油市場緊密連結。

frame /freɪm/ 名 框架，架構

a door	frame	門框
a window	frame	窗框
a photo	frame	相框
a picture	frame	畫框，相框
a wooden	frame	木框

▷ The picture was in an oval **wooden frame**. 照片放在橢圓形的木框裡。

free /fri/ 形 自由的；免費的；有空的

absolutely	free	完全免費的
completely	free	完全免費的；完全自由的；完全有空的
entirely	free	
totally	free	

▷ Here's the good news. Entry is **absolutely free**. 好消息是，參加完全免費。

▷ Smoking is legal if you are 20 and over. You're **entirely free** to smoke if you choose to. 如果你 20 歲以上，就可以合法抽菸。如果你想的話，你完全有抽菸的自由。

free	to do	可以自由做⋯的

▷ You are **free to** do what you like. 你可以隨意做任何想做的事。

free	from A	沒有 A 的
free	of A	

▷ Within nine months, I was almost totally **free from** the pain. 在不到 9 個月的時間，我幾乎完全不痛了。

▷ This medicine is relatively **free of** side effects. 這種藥的副作用相對較少。

feel	free	請隨意（做⋯）
break	free	掙脫束縛而自由，變得自由
get	free	
set A	free	讓 A 自由，釋放 A

▷ **Feel free** to have a cup of coffee. 請隨意取用咖啡（不要客氣）。

▷ The dog **broke free** of his lead and ran off into the woods. 狗掙脫了牽繩，跑到森林裡去了。

▷ There wasn't enough evidence to hold the suspects, and they were **set free**. 沒有足夠證據可以扣留嫌犯，所以他們被釋放了。

for	free	免費

▷ "Will you fix it **for free**?" "Of course."「你會免費修理這個嗎？」「當然」

free and fair		自由並且公平

▷ We welcome **free and fair** competition in our own domestic markets. 我們歡迎在國內市場自由、公平的競爭。

freedom /ˈfridəm/ 名 自由；免除

have	(the) freedom	擁有自由
enjoy	(the) freedom	享受自由
allow	(the) freedom	允許自由
give	(the) freedom	給予自由
restrict	(the) freedom	限制自由

▷ He **had** the **freedom** to do whatever he wanted to do. 他有自由去做任何想做的事。

▷ We **enjoy** more **freedom** than ever before. 我們享受比以前任何時代都要多的自由。

▷ The government **allows freedom** of expression. 政府允許表達的自由。

▷ Democracy **gives freedom** to people to express their opinions. 民主給予人民表達意見的自由。

▷ During World War I, the Government **restricted freedom** of speech. 第一次世界大戰時，政府限制言論自由。

great	freedom	很大的自由
individual	freedom	個人的自由
personal	freedom	
academic	freedom	學術自由
political	freedom	政治自由
religious	freedom	宗教自由

▷ We live in an era of **great freedom**. 我們活在一個很自由的時代。

▷ I think that **individual freedom** needs to be protected. 我認為個人的自由需要受到保護。

freedom	from A	脫離 A 的自由
freedom	of A	A 的自由
(★ of A 的 A 是 speech, choice, information 等)		

▷ In 1810, Mexico declared its **freedom from** Spain. 1810 年，墨西哥宣告脫離西班牙而獨立。

▷ Do you support **freedom of speech**? 你支持言論自由嗎？

▷ Sweden has perhaps the strongest **freedom of information** laws in the world. 瑞典或許擁有全世界最有力的資訊自由法律（規定政府資訊公開的法律）。

freedom	to do	做⋯的自由

▷ Give women greater **freedom to** work. 給女人更多從事工作的自由。

freeze /friz/ 動 凍結；呆住不動

frozen	solid	被凍僵的
freeze	over	冰封，表面完全結冰
freeze	up	完全凍結
freeze	to death	凍死

▷ This lake **freezes over** in the winter. 冬天這座湖的表面會結冰。

▷ The water on the lake has **frozen up**. Let's go skating. 湖水完全凍結了。我們去溜冰吧。

freeze	with A	因為 A 而動不了
frozen	to the spot	當場僵住
★ A 是 fear, terror, shock 等		

▷ She was **frozen with fear** after one robber held a knife to her neck. 一名搶匪拿刀抵著她的脖子，使她因為害怕而全身僵硬。

▷ His face **froze with shock**. 他的臉因為震驚而僵住。

▷ My heart stopped beating. I was **frozen to** the **spot**. 我的心跳像是停了一樣。我當場僵住。

frequency /ˈfrikwənsɪ/ 名 頻率

increase	the frequency	增加頻率
decrease	the frequency	減少頻率
reduce	the frequency	
increase	in frequency	頻率上增加
decrease	in frequency	頻率上減少

▷ We should **increase** the **frequency** of the visits. 我們應該增加拜訪的頻率。

▷ We **reduced** the **frequency** of the meeting to once a week. 我們將開會的頻率減少為一週一次。

great	frequency	高頻率（次數）
high	frequency	高頻率（頻率，次數）
low	frequency	低頻率（頻率，次數）
relative	frequency	相對頻率
increasing	frequency	增加中的頻率
alarming	frequency	令人擔憂的頻率
★ 常用 with... frequency 表達頻率如何		

▷ The number of people getting divorced has reached a very **high frequency**. （人們）離婚的頻率顯著增加了。

▷ There is a **low frequency** of crime in this area. 這個地區的犯罪頻率很低。

▷ Problems of pollution are being reported **with increasing frequency**. 通報污染問題的頻率越來越高。

▷ The number of serious crimes is increasing **with alarming frequency**. 重大犯罪正以令人擔憂的頻率增加。

fresh /frɛʃ/ 形 新鮮的

completely	fresh	完全新鮮的
still	fresh	仍然新鮮的

▷ I was filled with excitement because I had a **completely fresh** idea. 我當時滿懷興奮，因為我有個十分新穎的主意。

▷ The experience is **still fresh** in my memory. 這個經驗在我的記憶中仍然鮮明。

fresh	from A	剛從 A 來的

▷ At that time I was 22 and **fresh from** university. 當時我 22 歲，剛從大學畢業。

friend /frɛnd/ 名 朋友

become	friends	成為朋友
make	friends	交朋友，結交成朋友
have	a friend	有朋友
lose	a friend	失去朋友
meet	a friend	見朋友
see	a friend	
visit	a friend	拜訪朋友
bring	a friend	帶朋友

▷ How did you **become friends** with Robert? 你跟 Robert 是怎麼變成朋友的？

▷ Tell him to **bring** some **friends**. The more the merrier. 告訴他帶些朋友來。人越多越好玩。

A's best	friend	最好的朋友
a close	friend	親密的朋友
a great	friend	
a good	friend	好的朋友
a lifelong	friend	一輩子的朋友
an old	friend	老朋友
a mutual	friend	共同的朋友

▷ Jean is my **best friend**. Jean 是我最好的朋友。

▷ Glenn and I are **close friends**. Glenn 跟我是親密的朋友。

▷ Kevin has three **lifelong friends**. Kevin 有 3 個

一輩子的朋友。
▷ Jane and Charles met through a **mutual friend** at a party in London. Jean 和 Charles 透過共同的朋友在倫敦的派對上見到面。

a friend	of mine	我的朋友
a friend	of yours	你的朋友
a friend	of John('s)	John 的朋友

▷ Roger is a **friend of mine**. Roger 是我的朋友。

PHRASES

What are friends for? ☺ 不然朋友是幹嘛的呢？（對方感謝自己做的事時，用這句話表示自己身為朋友是應該的）

friendly /ˈfrɛndlɪ/ 形 友善的；親切的；親近的

| quite | friendly | 相當友善的 |
| environmentally | friendly | 環保的 |

▷ The youth hostel was very nice, and everyone was **quite friendly**. 那間青年旅舍很不錯，每個人都很友善。
▷ Recycling is the most **environmentally friendly** option. 資源回收是最環保的選擇。

| friendly | to A | 對 A 友善的 |
| friendly | with A | 和 A 親近的 |

▷ I tried to be **friendly to** him and to make him laugh. 我試著對他友善、逗他笑。
▷ I became **friendly with** him and his family. 我跟他和他的家人變得很親密。

| friendly | and helpful | 友善而且樂於幫助 |

▷ The staff are **friendly and helpful**. 員工很友善，而且樂於幫忙。

frightened /ˈfraɪtnd/

形 受到驚嚇的，害怕的

| terribly | frightened | 非常害怕的 |
| too | frightened | 太害怕的 |

▷ People were **too frightened** *to* go through the park at night. 人們太害怕而不敢在夜晚穿越公園。

frightened	of A	害怕 A 的
frightened	to do	害怕做…
frightened	(that)...	害怕…

▷ Are you **frightened of** the police? 你怕警察嗎？

▷ Women are **frightened to** walk alone after dark. 女人害怕在天黑後獨自行走。
▷ He was often **frightened that** he was losing his memory. 他經常害怕他會失去記憶。

front /frʌnt/

名 前面，前部，正面；外表；前線，（氣象）鋒

| a cold | front | 冷鋒 |
| a warm | front | 暖鋒 |

▷ The **cold front** will move down across England. 冷鋒將南下通過英格蘭。

on	the front	在正面上
at	the front	在前面
in	the front	在前面
to	the front	到前線

▷ Was he **at the front** all the time? 他一直都在前面嗎？
▷ I always like to sit **in the front** when I go to a movie. 我去看電影時總是喜歡坐在前排。
▷ Those young soldiers were sent directly **to the front**. 那些年輕的士兵被直接送往前線。

fruit /frut/ 名 水果

bear	fruit	結果子
produce	fruit	結果子
grow	fruit	種水果

▷ People in rural areas **grow fruit** and vegetables in small private gardens. 鄉村地區的人會在小小的自家庭園裡種植蔬果。

fresh	fruit	新鮮的水果
ripe	fruit	成熟的水果
dried	fruit	果乾
canned	fruit	罐頭水果
citrus	fruit(s)	柑橘類的水果

▷ Eat **fresh fruit** and light, easy-to-digest foods. 吃新鮮水果和量少、容易消化的食物。
▷ **Citrus fruits** like oranges and lemons are rich in vitamin C. 柳橙、檸檬之類的柑橘類水果富含維生素 C。

| a piece of | fruit | 一顆水果 |

▷ It's good for your health to eat at least one **piece**

of fruit a day. 一天至少吃一顆水果有益健康。

fruit and vegetables	蔬菜水果

▷ She eats a lot of **fruit and vegetables**. 她吃許多蔬果。

fuel /ˈfjuəl/ 名 燃料

burn	fuel	燃燒燃料
use	fuel	使用燃料
save	fuel	節省燃料
run out of	fuel	用完燃料
add	fuel to A	為 A（討論等）火上加油

▷ The pilot continued to circle the airport, trying to **burn fuel** to reduce the risk of fire. 飛機駕駛持續在機場上空盤旋，試圖消耗燃料以減少火災的風險。

▷ You can **save fuel** by shutting off your engine. 你可以關閉引擎來節省燃料。

▷ We **ran out of fuel** half way up the mountain. 我們登山到半山腰就用完了燃料。

▷ He **added fuel to** the rumor that there is a political element to the attacks. 他進一步渲染傳聞，說攻擊事件有政治因素。

fossil	fuel	化石燃料
solid	fuel	固體燃料
domestic	fuel	家用燃料
nuclear	fuel	核子燃料
spent	fuel	用過的核燃料
renewable	fuel	可再生燃料
unleaded	fuel	無鉛汽油

▷ The government are going to increase **domestic fuel** prices by an average of 30%. 政府將調漲家用燃料價格，平均漲 30%。

▷ **Fossil** and **nuclear fuels** still completely dominate the U.S. energy supply. 化石燃料與核子燃料仍然完全是美國的主要能源。

full /fʊl/ 形 滿的；飽的

half	full	半滿的
three-quarters	full	3/4 滿的

▷ The bottle was only **half full**. 這個瓶子只有半滿。

full	of A	充滿 A 的

▷ The kitchen was **full of** the smell of freshly baked bread. 廚房充滿剛烤好的麵包味。

(PHRASES)
I'm full. ☺ 我飽了。

fun /fʌn/ 名 樂趣，有趣，愉快

have	fun	玩得高興，過得愉快

▷ We were good friends and we'd **had** a lot of **fun** together at university. 我們是好朋友，在大學一起過得很愉快。

good	fun	
great	fun	非常愉快
a lot of	fun	
good clean	fun	單純、健康的享樂（不涉及菸、酒、性等等）

▷ We must come to Disneyland again. It was **great fun**! 我們一定要再來迪士尼樂園。真的很好玩！

▷ There was no cigarette smoking or alcohol at the party — just **good clean fun**. 派對上沒有人抽菸、喝酒——就只是很健康的享樂。

for	fun	為了好玩；以什麼為樂

▷ I just wanted to ask you, since you're always so busy, what do you do **for fun**? 我只是想問你，既然你總是那麼忙，那你的樂趣是什麼？

a sense of	fun	玩心

▷ He is a generous person with a good **sense of fun**. 他是個寬厚而且很有玩心的人。

(PHRASES)
Sounds like fun. ☺ 聽起來好像很好玩。▷ Bungee jumping? Sounds like fun. 高空彈跳？聽起來好像很好玩。
That's fun. ☺ 那很好玩。
What fun! ☺ 真是好玩！

function /ˈfʌŋkʃən/

名 功能，作用；職務；盛大的宴會、活動等

have	a function	有功能
fulfill	a function	
serve	a function	具有、達到功能
perform	a function	

▷ The red button and green button **have** different

functions. 紅色和綠色的按鈕有不同的功能。

▷This button **fulfills** the **function** of starting the engine. 這個按鈕有啟動引擎的功能。

▷This new robot is able to **perform** many **functions**. 這個新型的機器人能夠執行許多功能。

an important	function	重要的功能
the main	function	主要的功能
a social	function	社交集會

▷Instead of just passing exams, the **main function** of learning English should be communication. 學習英語的主要功能應該是溝通，而不是只為了通過考試。

▷Over sixty guests attended the **social function**. 有 60 幾名賓客出席這場社交集會。

▌fund /fʌnd/ 图資金，基金；投資信託的基金

set up	a fund	成立基金
establish	a fund	
run	a fund	管理基金
manage	a fund	
have	funds	有資金
obtain	funds	獲得資金
borrow	funds	借入資金
raise	funds	募集資金
allocate	funds	分配資金

▷We can **borrow funds** up to $15 million. 我們最多可以借 1500 萬美元的資金。

▷He managed to **raise funds** for a new building. 他設法募集到了建設新大樓的資金。

▷The government has **allocated funds** for social welfare. 政府將資金分配到社會福利方面。

an investment	fund	投資基金
a social	fund	社會基金
a trust	fund	信託基金
a pension	fund	退休基金
a hedge	fund	對沖基金
sufficient	funds	充足的資金
public	funds	公共資金

▷The local government has established **a social fund** to help patients and their families. 地方政府成立了社會基金來幫助患者及其家人。

▷These communities don't have **sufficient funds** to improve their environment. 這些社區沒有足夠的資金來改善環境。

▷The research is supported by **public funds**. 這項研究受到公共資金的資助。

funds	for A	為了 A 的資金

▷T-shirts will be sold to raise **funds for** the project. 將會販賣 T 恤來募集這個計畫的資金。

a flow	of funds	資金流
a lack	of funds	資金不足
a shortage	of funds	

▷The US economy depends on a massive **flow of funds** from overseas investors. 美國經濟依賴來自海外投資者的巨額資金流。

▷A **lack of funds** to make the next step is really the problem at the moment. 缺乏進行下一步的資金，的確是目前的問題。

▌funeral /ˈfjunərəl/ 图葬禮

arrange	a funeral	安排葬禮
attend	a funeral	參加葬禮
go to	a funeral	

▷They are **arranging** the **funeral** for Thursday. 他們正在安排星期四的葬禮。

▷Yesterday I **attended** the **funeral** of a friend's mother. 昨天我參加了朋友母親的葬禮。

a state	funeral	國葬

▌funny /ˈfʌnɪ/ 形古怪的，滑稽的，好笑的

really	funny	真的很好笑的
a bit	funny	有點滑稽的

▷She was **really funny** and entertaining. 她真的很好笑又讓人開心。

funny	little	好笑的小（東西等）

▷Have you seen Emma's new baby? She's a **funny little thing**! 你看過 Emma 剛生的寶寶嗎？她是個好笑的小傢伙！

(PHRASES)

I thought it was funny. ☺ 我覺得那有點怪。
That's funny. ☺ 那很好笑；那就奇怪了。
That's not funny! / It's not funny! ☺ 那不好笑！
What's so funny? ☺ 什麼事這麼好笑？

F

furniture /ˈfɝnɪtʃɚ/ 名家具

| antique | furniture | 古董家具 |
| bedroom | furniture | 寢室用家具 |

▷ The room is decorated with **antique furniture**.
這個房間以古董家具點綴。

| a piece | of furniture | 一件家具 |

▷ In the corner of my living room, there's a nice **piece of furniture**. 在我客廳的角落有件很棒的家具。

| furniture | in the room | 房間裡的家具 |

▷ All the **furniture in** the room is completely new.
所有房間裡的家具都是全新的。

future /ˈfjutʃɚ/

名（the future）未來，將來；前途，未來性

look to	the future	考慮未來
predict	the future	預測未來
foretell	the future	
have	a future	有前途
secure	the future	保障未來
consider	the future	考慮未來

▷ No one can **predict** the **future**. 沒有人能預測未來。

▷ Do you think the film world **has a future**? 你認為電影產業有未來嗎？

▷ I needed to **secure** the **future** of my children.
我需要保障孩子的未來。

▷ I have to start **considering** my **future**. 我必須開始考慮自己的將來。

the near	future	
the immediate	future	不久的將來
the foreseeable	future	
the not too distant	future	不太遠的將來
the distant	future	遙遠的未來
a bright	future	
a great	future	光明的未來
a promising	future	有希望的未來
a bleak	future	黯淡的未來
an uncertain	future	不確定的未來
the long-term	future	長遠的未來

▷ I have no plans to marry *in* the **near future**.

我近期沒有結婚的計畫。

▷ Something needs to be done *in* the **immediate future**. 在近期內必須做些什麼。

▷ The economy is unlikely to improve *in* the **foreseeable future**. 經濟在可預見的未來不太可能好轉。

▷ *In* the **not too distant future**, computer, telephone, and video technology may merge into one.
在不會太遠的將來，電腦、電話和攝影科技可能合而為一。

▷ She is a talented actress with a **bright future**.
她是個有天分、前途光明的女演員。

▷ He has a **promising future** ahead of him. 他前途有望。

▷ Thousands of workers are facing a very **uncertain future**. 數千名勞工正面臨相當不確定的未來。

▷ We must do all we can to secure the company's **long-term future**. 我們必須盡我們所能守護公司長遠的未來。

| in | (the) future | 在未來；從今以後 |

▷ If I have the opportunity **in (the) future**, I'll do my best to help you. 如果我以後有機會，我會盡力幫你。

G

gain /geɪn/ 名 利益；增長

net	gain	淨利
ill-gotten	gains	不法獲利
personal	gain	個人利益
material	gain	物質利益
weight	gain	體重增加

▷ Don't trust him! He's only doing it for **personal gain**. 別相信他！他只是為了個人利益而做的。

gain	from A	來自 A 的得益
a gain	in A	A 的增加

▷ Ken won his last three matches and is showing a big **gain in** confidence. Ken 贏了最近三場比賽，顯得自信大增。

game /geɪm/ 名 比賽；遊戲

play	a game	比賽；玩遊戲
lose	a game	輸掉比賽
win	a game	贏得比賽

▷ Let's **play a game** of cards. 我們玩撲克牌遊戲吧。

▷ Japan **won** the game against England. 日本贏了對英格蘭的比賽。

the game	is played	比賽進行

▷ The **game is played** with 11 players on each side. 比賽兩隊各有 11 名選手參加。

a ball	game	球賽
a board	game	紙盤或棋盤遊戲
a card	game	紙牌遊戲
a computer	game	電腦遊戲
a video	game	電玩遊戲
a big	game	重大的比賽
a home	game	主場比賽
an away	game	客場比賽
a good	game	很好的遊戲；打得很精彩的比賽
a great	game	打得很精彩的比賽
the Olympic	Games	奧運會

▷ There's a **big game** on Saturday – Manchester United against Liverpool. 星期六有一場重大比賽——曼聯對利物浦。

▷ It was a **great game**! 那是場精彩的比賽！

the game	against A	與 A 的比賽
the game	with A	

▷ England lost the **game against** Germany. 英格蘭輸了對德國的比賽。

PHRASES

Don't play games with us. ☺ 別想跟我們玩花樣。

The game is over. ☺ 比賽結束了。

The game is up. ☺ 事跡敗露了。

gap /gæp/ 名 空隙；差距；欠缺

leave	a gap	留下空缺
fill	the gap	填補空缺
bridge	the gap	拉近差距
close	the gap	
narrow	the gap	縮小差距
reduce	the gap	
widen	the gap	擴大差距

▷ Now Hudson's left as sales manager, we'll have to find someone else to **fill** the **gap**. Hudson 離開了業務經理的職位，所以我們必須找別人填補空缺。

▷ The new tax system will **widen** the **gap** between rich and poor. 新稅制將擴大貧富之間的差距。

a big	gap	大的空隙；大的差距
a huge	gap	
a wide	gap	
a narrow	gap	小的空隙
a small	gap	
a long	gap	長的空白期間
a short	gap	短的空白期間

▷ There's a **big gap** in the hedge. 在樹籬中有一個很大的空隙。

▷ The rabbit escaped through a **narrow gap** in the fence. 兔子從圍籬很小的空隙逃走了。

▷ We are happy to see him back here after a **long gap**. 我們很高興在很長一段時間之後看到他回來。

a gap	between A	A 之間的空隙
a gap	in A	A 之中的空隙

▷ You need to leave a bigger **gap between** paragraphs. 你必須在段落之間留下比較大的間隔。

▷ After the crash, there was a big **gap in** the wall. 在碰撞之後，牆上有一道很大的縫隙。

garage /gəˋrɑʒ/ 名 車庫；修車廠

| a double | garage | 兩台車的車庫 |
| a single | garage | 一台車的車庫 |

▷ The house has a **double garage**. 這間房子有兩台車用的車庫。

| in | a garage | 在車庫裡 |

▷ It's much safer to put a car **in** a **garage**. 把車停在車庫裡安全得多。

| take A | to a garage | 把 A 送到修車廠 |

▷ If you **take** a car **to** a **garage**, it always costs a fortune to have it repaired. 如果你把車送到修車廠，修理總是會花很多錢。

garbage /ˋgɑrbɪdʒ/ 名 垃圾

take out	the garbage	把垃圾拿出去
dump	garbage	傾倒垃圾
throw	garbage	丟垃圾
leave	the garbage	留下垃圾

▷ Where should we **dump** our **garbage**? 我們應該把垃圾丟到哪裡？
▷ Stop **throwing** your **garbage** on roadsides. 別再把垃圾丟到路邊。

| a pile of | garbage | 一堆垃圾 |

▷ We must not leave any **piles of garbage** in the streets. 我們不應該把垃圾堆到街上。

garden /ˋgɑrdn/ 名 花園，庭院

have	a garden	有花園
do	the garden	整理花園
water	the garden	給花園澆水
overlook	a garden	俯瞰花園
go into	the garden	進入花園

▷ Her house **has** a really large **garden**. 她家有個很大的花園。
▷ It's too hot to **do** the **garden** today. 今天太熱了，不能整理花園。

a botanic	garden	植物園
a botanical	garden	
a flower	garden	花園
a vegetable	garden	菜園
a kitchen	garden	家庭菜園
a herb	garden	香草園、藥草園
a rose	garden	玫瑰園
the front	garden	前院
the back	garden	後院

▷ The **front garden** has a driveway with space to park two cars. 前院有車道，可以停放兩台車。

| in | the garden | 在花園 |

▷ I spent the afternoon **in** the **garden**. 我下午都待在花園裡。

gas /gæs/ 名 瓦斯，氣體；汽油

give off	gas	散發氣體
turn on	the gas	打開瓦斯
turn off	the gas	關閉瓦斯

▷ She forgot to **turn off** the **gas**. 她忘記關上瓦斯。

(a) poisonous	gas	毒氣
nerve	gas	神經毒氣
tear	gas	催淚瓦斯
(a) greenhouse	gas	溫室效應氣體
natural	gas	天然氣

▷ **Poisonous gas** was escaping from the pipe. 毒氣從管道外洩。

gather /ˋgæðɚ/ 動 收集，聚集；推斷

gather	around	聚集在什麼周圍
英 gather	round	
gather	together	聚集在一起
gather	up	

▷ **Gather around**, everybody! I've got some important news! 大家集合！我有重要消息！
▷ She **gathered** her notes **up** and put them in her briefcase. 她把筆記收集起來，放進公事包。

| gather | (that)... | 推斷… |

▷ I **gathered that** there would be no more problems with the contract. 我想合約不會再有問題了。

generate /ˈdʒɛnəˌret/ 動 產生，發生

automatically	generate	自動產生
spontaneously	generate	

▷ The computer **automatically generates** a reply. 電腦會自動產生回應。

be generated	from A	從 A 被產生

▷ Electricity for this area is **generated from** a power station in London. 這個地區的電力是從倫敦的電廠發電的。

generation /ˌdʒɛnəˈreʃən/

名 世代，同代的人；一代人

belong to	a generation	屬於一個世代
produce	a generation	產生一個世代

▷ He **belongs to** a "Spend! Spend! Spend!" **generation**. 他屬於花錢花個不停的世代。
▷ The mid-20th century **produced** a **generation** of antiwar protesters in the U.S.A. 20 世紀中期，美國產生了一個反戰的世代。

a new	generation	新世代
the younger	generation	
the older	generation	舊世代
future	generations	未來世代
a later	generation	之後的世代
the next	generation	下一代
an earlier	generation	之前的世代
previous	generations	
the first	generation	第一代
the second	generation	第二代

▷ We're developing a **new generation** of hybrid cars. 我們正在開發新一代的混合動力汽車。
▷ We should try to preserve the Earth for **future generations**. 我們應該為了未來的世代努力保護地球。
▷ The **next generation** will not thank us for what we are doing. 下個世代的人不會感謝我們做的事。
▷ We have inherited the problems of an **earlier generation**. 我們繼承了過去世代的問題。

for generations	歷經許多世代

▷ This picture by van Gogh has been in our family **for generations**. 這張梵谷的畫作在我們家族傳承了許多世代。

gesture /ˈdʒɛstʃə/

名 手勢，示意的動作；姿態，態度的表現

make	a gesture	打手勢，做動作

▷ He **made** a **gesture** with his hands meaning "I know, I know." 他打手勢表示「我知道，我知道」。

a dramatic	gesture	誇張的手勢、動作
a grand	gesture	故作姿態
a small	gesture	表現出什麼的小小動作
a symbolic	gesture	象徵什麼的動作

▷ He donated $10,000 dollars to the charity. He likes to make **grand gestures**! 他捐了一萬美元給慈善團體。他很喜歡刻意表現！

in	a gesture	以…的姿態
with	a gesture	

▷ Let's send them a bouquet of flowers **in** a **gesture** of appreciation. 我們送他們一束花來表達感謝吧。
▷ **With** a **gesture** of annoyance, she slammed the door behind her. 她樣子很惱怒地摔上身後的門。

gift /gɪft/ 名 禮物；天賦

make (A)	a gift	做禮物（給 A），送（A）禮物
give (A)	a gift	
receive	a gift	收到禮物，接受禮物
accept	a gift	
have	a gift	有天賦；有禮物

▷ She said she really liked the painting, so he **made** a **gift** of it to her. 她說她真的很喜歡這幅畫，所以他把畫當成禮物送給她。
▷ When he retired, he **received** many **gifts** from his friends. 他退休時收到朋友送的許多禮物。
▷ Julie **has** a **gift** for music. Julia 有音樂天分。

a generous	gift	大方、豐厚的禮物
a special	gift	特別的禮物
a small	gift	小禮物
a free	gift	免費贈品
a Christmas	gift	聖誕禮物
a wedding	gift	結婚禮物
a great	gift	很好的天賦

G

a rare	gift	少有的天賦
a special	gift	特別的天賦

▷There's a **free gift** with every packet of corn-flakes. 每包玉米片都有免費贈品。
▷Mozart had a **great gift** for music. 莫札特非常有音樂天分。

as	a gift	作為禮物
a gift	from A	A 送的禮物
a gift	to A	給A的禮物
a gift	for A	A 方面的天賦

▷Please accept this **as** a small **gift**. 請接受這份小禮物。
▷This ring was a **gift from** my mother. 這只戒指是我母親送的禮物。
▷I bought this Japanese fan as a **gift to** an old friend of mine. 我買了這支日本扇子當成給一位老朋友的禮物。

girl /ɡɝl/ 名 女孩

a baby	girl	女嬰
a little	girl	
a young	girl	小女孩
a small	girl	
a lovely	girl	
a nice	girl	可愛的女孩
a pretty	girl	漂亮的女孩
a good	girl	乖巧的女孩
a big	girl	比較大的女孩子，長大了的女孩
poor	girl	可憐的女孩

▷She could play the piano really well even when she was a **little girl**. 即使在還是個小女孩的時候，她鋼琴也彈得非常好。
▷Stop crying! Be a **good girl**! 不要哭了！當個乖女孩！
▷How old are you? Four? Wow! You're a **big girl** now! 你幾歲？四歲？哇！你現在是大姊姊了！
▷The **poor girl** had lost all her money. 那可憐的女孩失去了她所有的錢。

glance /ɡlæns/ 英 /ɡlɑːns/ 名 一瞥

cast	a glance	
shoot	a glance	
take	a glance	瞥一眼
throw	a glance	
steal	a glance	偷看一下
exchange	glances	交換眼神，互使眼色

▷She **cast** a **glance** at Isabel's face. 她瞥了一眼看 Isabel 的臉。
▷She **stole** a **glance** at him. He was so goodlooking! 她偷看了他一眼。他真帥！
▷They **exchanged glances**. Maybe it was the police at the door. 他們互使眼色。或許是警察在門外。

a quick	glance	迅速一瞥
a backward	glance	往後一瞥
a sidelong	glance	
a sideways	glance	往旁邊一瞥

▷I know it's late, but could you take a **quick glance** at this file? 我知道已經遲了，但你可以快速看一下這個檔案嗎？
▷She left the room without a **backward glance**. 她頭也不回地離開了房間。

a glance	at A	看一下A
at	a glance	一瞥，看一眼
at first	glance	乍看之下

▷Take a **glance at** this letter. I can't understand a word of it. 你看一下這封信。我一個字都看不懂。
▷He could tell **at a glance** that something was missing from his desk. 他一眼就能看出他桌上少了些什麼。
▷**At first glance** she seemed much too young to be a grandmother. 乍看之下，她看起來太年輕了，不像是當祖母的人。

glance /ɡlæns/ 英 /ɡlɑːns/ 動 一瞥；看一下

glance	at A	瞥A一眼；看一下A
★ 也可以使用 over, around, toward 等介系詞		

▷I **glanced at** my watch. It was still early. 我看了一下手錶。時間還早。
▷Maggie **glanced over** her shoulder. Maggie 回頭看了一眼（越過肩頭往後看）。▷She **glanced over** the newspaper. 她掃視了一下報紙。
▷She **glanced around** the room. Everything seemed normal. 她環視了房間一下。一切似乎很正常。

glance	quickly	迅速一瞥
glance	down	往下一瞥
glance	up	往上一瞥

▷ He **glanced quickly** at the speedometer. 他快速看了一下速度計。

▷ She **glanced up** from her book. 她目光離開書，往上看了一下。

▷ She **glanced** him **up** and **down**. 她對他上下打量了一下。

glass /glæs/ 英 /glɑːs/

名 玻璃；玻璃杯；（glasses）眼鏡

pour	a glass of	倒一杯
fill	a glass	裝滿玻璃杯
drain	one's glass	把杯子喝乾
raise	one's glass	舉杯
wear	glasses	戴著眼鏡
put on	one's glasses	戴上眼鏡
take off	one's glasses	拿下眼鏡

▷ Can I **pour** you a **glass** of wine? 我可以為你倒一杯酒嗎？

▷ He **filled** a **glass** full of whiskey. 他倒滿一整杯的威士忌。

▷ He **drained** his **glass** with one gulp. 他一口氣喝乾他的杯子。

▷ Let's **raise** our **glasses** to success in the coming year! 讓我們為明年的成功舉杯！

▷ She **wears glasses**. 她戴著眼鏡。

▷ Nancy **put on** her **glasses**. Nancy 戴上她的眼鏡。

opaque	glass	不透明的玻璃，毛玻璃
broken	glass	碎玻璃
bulletproof	glass	防彈玻璃
stained	glass	彩色玻璃
an empty	glass	空玻璃杯
a beer	glass	啤酒杯
a wine	glass	酒杯
a brandy	glass	白蘭地杯

▷ Don't cut yourself on the **broken glass**. 不要讓碎玻璃割傷你的手。

▷ She put the **empty glasses** in the sink. 她把空玻璃杯放在水槽裡。

a piece	of glass	一塊玻璃

a pane	of glass	一片玻璃
a sheet	of glass	
slivers	of glass	玻璃裂片
a pair	of glasses	一副眼鏡

▷ There were **pieces of glass** all over the road. 那邊路上佈滿玻璃碎片。

glove /glʌv/ 名 手套

put on	one's gloves	戴上手套
pull on	one's gloves	
wear	gloves	戴著手套
take off	one's gloves	脫掉手套

▷ **Put on** your **gloves**. It's really cold outside. 戴上你的手套。外面真的很冷。

▷ Why aren't you **wearing gloves**? It's freezing! 你為什麼沒戴手套？冷死人了！

▷ He **took off** his hat and **gloves**. 他脫掉帽子和手套。

a pair of	gloves	一副手套

▷ I need to buy a new **pair of gloves**. 我需要買一副新的手套。

leather	gloves	皮革手套
rubber	gloves	橡膠手套
woolen	gloves	羊毛手套

▷ She uses **rubber gloves** when she does the washing-up. 她洗碗時用橡膠手套。

▷ You need **woolen gloves** to keep your hands warm in winter. 你需要羊毛手套在冬天時保持雙手溫暖。

goal /gol/ 名 目標；終點，進球門得分

have	a goal	有目標
set	a goal	訂定目標
establish	a goal	
achieve	one's goal	
reach	a goal	達到目標
attain	a goal	
score	a goal	進球門得分
get	a goal	
concede	a goal	讓敵隊進球得分

▷ You have to **set** your **goals** before you can

G

achieve them. 你要先設定目標才能達成目標。

▷He'll do anything to **achieve** his **goal**. 為了達成目標，他什麼都會做。

▷It's a miracle! We've **scored** a **goal**! 真是奇蹟！我們進球了！

▷England **conceded** a **goal** in the last minute of extra time. 英格蘭在延長賽的最後一分鐘讓敵隊進球得分。

a common	goal	共同的目標
the ultimate	goal	終極目標
the winning	goal	決勝的進球

▷Let's work together. We have a **common goal**. 我們合作吧。我們有共同的目標。

▷The **ultimate goal** is to double our sales in 12 months. 終極目標是在 12 個月之後使業績加倍。

| a goal | against A | 與 A（隊伍）對戰時進球 |
| a goal | from A | 從 A 進球 |

▷Japan scored a **goal against** Brazil in the last minute. 日本在對巴西的最後一分鐘進了一球。

▷He scored a **goal from** 30 yards out. 他從 30 碼外踢進一球。

god /gɑd/ 英 /gɔd/

名（God）上帝；（希臘、羅馬神話等的）男神

believe in	God	相信神
praise	God	讚美神
thank	God	感謝神
swear to	God	對神發誓
pray to	God	向神禱告

▷Do you **believe in God**? 你相信神嗎？

▷I **swear to God**. Nothing happened! 我對神發誓。什麼也沒發生！

▷She **prays to God** every night. 她每晚向神禱告。

PHRASES

God bless A〔口語〕願神保祐 A；感謝 A ▷God bless her! She's given $50,000 to our charity! 真感謝她！她給了我們的慈善機構 5 萬美元！（★ God Bless America 是美國的準國歌之一，God Save the Queen 是英國國歌）

God (only) knows〔口語〕天（才）曉得 ▷"Do you know what he means?" "God knows! I can't understand a word he says!" 「你知道他是什麼意思嗎？」「天曉得！我一個字也不懂！」

gold /gold/ 名 黃金；金牌

| strike | gold | 挖到金礦 |
| produce | gold | 生產黃金 |

▷There are still places in the world where it's possible to **strike gold**. 世界上還是有可能挖到金礦的地方。

pure	gold	純金
real	gold	真金
24 carat	gold	24K 金

▷Her wedding ring was really expensive. **Pure gold**. 她的結婚戒指真的很貴，是純金的。

▷Is that **real gold** or just gold plated? 那是純金還是只是鍍金的？

▷This bracelet is 18 **carat gold**. 這只手鐲是 18K 金。

| gold and silver | 金與銀 |

▷The thieves stole a lot of **gold and silver** jewelry. 小偷偷走了許多金銀首飾。

good /gʊd/

形 好的；擅長的；善良的；乖的；有益的

feel	good	感覺很好
look	good	看起來很好
smell	good	聞起來很好
sound	good	聽起來很好
taste	good	嚐起來很好

▷I like your shirt. It **looks good** on you. 我喜歡你的襯衫。你穿起來很好看。

▷Mmmm! That coffee **smells good**! 嗯！咖啡聞起來好香！

extremely	good	極好的
really	good	真的很好的
particularly	good	特別好的
perfectly	good	十分好的
pretty	good	蠻好的
quite	good	相當好的
good	enough	夠好的

▷Her exam marks were **extremely good**. 他的測驗分數非常好。

▷This dictionary is **really good**. 這本字典真的很好。

▷The Prime Minister made a **particularly good**

speech last Thursday. 首相上週四發表了一場特別精彩的演說。

▷ Really? You think the soup is too salty? It tastes **perfectly good** to me. 真的嗎？你覺得湯太鹹？我覺得喝起來很好啊。

▷ Her English is **pretty good**. 她的英文蠻好的。

▷ We have seen some progress. But I'm not satisfied. It's not **good enough**. 我們已經看到一些進步。但我還不滿意。還不夠好。

good	for A	對A（人）有益的
good	to A	善待A（人）的

▷ Don't drink so much alcohol. It's not **good for** you. 不要喝這麼多酒，對你不好。

▷ He's always giving her money and presents. He's very **good to** her. 他總是送她錢和禮物。他對她非常好。

it is good	to do	做…真好（很高興）
it is good	of A to do	A做…，他人真好
it is good	(for A) to do	（A）做…是好的

▷ **It**'s very **good** to see you, Sam. 見到你真好，Sam。

▷ **It's good of** you **to** help out at the last moment. 你人真好，在最後一刻出手幫忙。

▷ **It** is not **good for** her **to** be alone. 讓她獨處並不好。

good	at A	擅長A的

▷ I didn't know you were **good at** rugby. 我不知道你擅長橄欖球。

(PHRASES)

Good for you! ☺ 做得好！ ▷ "After failing my driving test four times, I finally passed it!" "Good for you!" 「考駕照失敗 4 次之後，我終於通過了！」「做得好！」

That's good. ☺ 那很好。 ▷ "I have my own flat." "Oh, that's good." 「我有自己的公寓。」「哦，那很好啊。」

good /gʊd/ 图 利益；善

the common	good	
the public	good	公眾利益
the general	good	

▷ Communists believe that everybody in society should work for the **common good**. 共產主義者相信社會中的每個人都應該為公眾利益而工作。

for	the good of A	為了A好

▷ I think the President should resign **for the good of** the nation. 我認為為了國家好，總統應該辭職。

do (A)	good	（對A）有好處

▷ It really **does** me **good** to get out in the fresh air away from the office. 離開辦公室透透氣，真的對我有好處。

good and evil		善與惡

▷ The forces of **good and evil** are constantly fighting against each other. 善與惡的勢力一直相互對抗。

(PHRASES)

What's the good of A? ☺ A 有什麼意義嗎？ ▷ What's the good of me writing reports if my boss doesn't read them? 如果我上司不讀的話，我寫報告有什麼意義呢？

goods /gʊdz/ 图 商品；個人持有物，財產

produce	goods	生產商品
sell	goods	販賣商品
supply	goods	供應商品
buy	goods	購買商品
purchase	goods	
deliver	goods	運送商品

▷ We need to **produce goods** that will sell internationally. 我們需要生產可以在國外販賣的商品。

▷ That new department store **sells** all kinds of unusual **goods**. 那間新的百貨公司販賣各種奇特的商品。

▷ You can **buy goods** a lot cheaper in a discount shop. 你可以在折扣店用便宜許多的價格購買商品。

▷ The **goods** won't be **delivered** until the week after next. 商品要到下下週才會配送。

a range of	goods	某個範圍的商品

▷ That store carries a wide **range of goods**. 那家店販賣種類廣泛的商品。

consumer	goods	消費品，消費財
durable	goods	耐久財
capital	goods	資本財
industrial	goods	工業用品，工業品
household	goods	家庭用品
electrical	goods	電器用品
luxury	goods	奢侈品
manufactured	goods	工業製品

G

branded	goods	名牌商品
counterfeit	goods	仿冒品
imported	goods	進口商品
stolen	goods	贓物

▷ **Electrical goods** are becoming cheaper. 電器用品越來越便宜。

▷ The police found many **stolen goods** in his house. 警方在他家發現許多贓物。

goods and services	貨物與服務

▷ **Goods and services** make up a large amount of our economy. 貨物與服務佔了我們經濟中的很大部分。

the supply	of goods	商品的供給
the movement	of goods	商品的移動

▷ The **supply of goods** was interrupted because of production problems. 商品的供給因生產問題而中斷。

▷ Free trade means the free **movement of goods** from one country to another. 自由貿易意味著從一國到另一國的商品自由移動。

government /ˈɡʌvə·nmənt/

名 政府；治理

form	a government	組成政府
head	a government	領導政府
accuse	the government	指控政府
support	the government	支持政府
bring down	the government	使政府垮台

▷ After the election, it proved very difficult to **form** a **government**. 選舉後，結果證明要組成政府非常困難。

▷ The protestors **accused** the **government** of wasting taxpayers' money. 抗議者指控政府浪費納稅人的錢。

▷ How can we **support** a **government** that wasn't democratically elected? 我們怎麼能支持一個並非民主選出的政府？

the government	announces	政府宣布
the government	claims	政府主張

▷ The **government** recently **announced** a rise in the sales tax. 政府最近宣布調漲銷售稅。

▷ The **government claims** the newspaper reports are completely untrue. 政府宣稱報紙的報導完全是不正確的。

central	government	中央政府
the federal	government	聯邦政府
local	government	地方政府
a minority	government	少數派政府
a coalition	government	聯合政府

▷ Some people think **central government** has too much power. 有些人認為中央政府權力太大。

▷ More and more power is going to **local government**. 越來越多的權力被移轉給地方政府。

grade /ɡred/ 名 等級；成績；評等；年級

a top	grade	最高等級
a high	grade	高等級
a low	grade	低等級
a good	grade	好成績
a high	grade	
a poor	grade	不好的成績
a low	grade	

▷ He's a **top grade** scientist. 他是一流的科學家。

▷ He got a **high grade** in the math exam. 他在數學測驗中得到高分。

get	a grade	得到成績
gain	a grade	

▷ He **got** a good **grade** in his class. 他在班上得到好成績。

in (the) fifth	grade	在五年級

▷ "What grade are you in?" "I'm **in the** 11th **grade** now." 「你幾年級？」「我現在十一年級（相當於高二）。」

greeting /ˈɡritɪŋ/

名 問候，打招呼；（greetings）祝辭

exchange	greetings	彼此問候
send	greetings	寄問候卡片

▷ I don't know him very well. We just **exchange greetings** on the train every morning. 我跟他不太熟。我們只是每天早上在列車上彼此問候。

▷ She **sent greetings** to family and friends back home in California. 她寄問候卡片給加州老家的家人和朋友。

a formal	greeting	正式的問候
a friendly	greeting	友善的問候

▷ "Dear Sir" is a **formal greeting**. "Hi, Bill" would be informal. 「親愛的先生」是正式的問候語。「嗨，Bill」會比較非正式。

in	greeting	作為打招呼的方式

▷ The president raised a hand **in greeting** as he drove through the streets. 總統開車行駛過街道時舉手致意。

grip /grɪp/ 名緊握

take	a grip	握住
keep	a grip	握著
tighten	one's grip	握得更緊
loosen	a grip	握得不那麼緊

▷ My mother used to **keep** a firm **grip** *on* my hand when she took me shopping. 我的母親以前帶我去買東西時總是緊緊握住我的手。

ground /graʊnd/

名地面；土地；場所；（grounds）根據

fall to	the ground	掉到地上
hit	the ground	撞到地上
touch	the ground	碰到地面
leave	the ground	離開地面
get off	the ground	
cover	(the) ground	走一段距離；涉及範圍
gain	ground	進步，取得進展
lose	ground	落後，退居劣勢

▷ Soon it will be autumn, and all the leaves will be **falling to** the **ground**. 很快就要到秋天了，所有樹葉都會落地。

▷ The helicopter **hit** the **ground** only 200 meters from my house. 直升機墜落在離我家只有 200 公尺的地方。

▷ He ran so fast that his feet hardly seemed to **touch** the **ground**. 他跑步快到腳像是幾乎沒碰到地面一樣。

▷ The plane **left** the **ground** smoothly with a perfect takeoff. 飛機順利離陸，完美地起飛了。

▷ We must **cover** a lot more **ground** tomorrow. 我們明天必須走上許多的距離。

▷ Support for the Liberal Democrats has been **gaining ground** recently. 自由民主黨的支持度最近進步了。

▷ We need to carry out a new sales campaign. We're **losing ground** to our competitors. 我們需要進行新的促銷活動。我們正在落後競爭對手。

solid	ground	堅實的地面
rough	ground	粗糙的地面
high	ground	較高的地方，制高點
firm	ground	穩固的立場、論據
shaky	ground	不穩固的立場、論據
common	ground	共同之處，共識
middle	ground	中立的立場；妥協點
reasonable	grounds	合理的根據
economic	grounds	經濟上的根據

▷ We need to get off this marsh and onto **solid ground**. 我們需要離開這個沼澤，移動到堅固的地面。

▷ Luckily they built this house on **high ground**. There's no danger of floods. 幸運的是，他們把這間房子建在比較高的地方。沒有淹水的危險。

▷ We couldn't find any **common ground**. We couldn't agree about anything. 我們無法達成共識。我們對任何事的意見都不一致。

▷ There are no **reasonable grounds** to doubt what she says. 沒有合理的根據可以懷疑她說的話。

above	ground	在地面上方
under	ground	在地下
on	the ground	在地面，在地上

▷ After the accident, they found her lying **on** the **ground**, injured. 意外發生後，他們發現她受傷倒在地上。

on (the)	grounds of A	以 A 為根據；在 A 的場地
on the	grounds that...	依據…的理由

▷ She took her employers to court **on grounds of** sexual discrimination. 她因為性別歧視而把雇主告上法庭。

▷ They refused his job application **on the grounds that** he didn't have enough experience. 他們因為他經驗不足而拒絕他的應徵。

group /grup/ 名組，群，群體；團體

form	a group	組成團體
set up	a group	

lead	a group	領導團體
join	a group	加入團體
belong to	a group	屬於團體

▷They **formed** a **group** to protest against cuts in wages. 他們組成團體抗議減薪。

▷He **led a group** of tourists up Mount Fuji. 他帶領一群旅客登上富士山。

▷She **joined** a **group** of environmentalists. 她加入了環保人士的團體。

▷She **belongs to** a **group** that supports women's rights. 她是支持女權團體的一員。

in	groups	以團體方式
into	groups	分組

▷Should we work **in groups**, or individually? 我們應該團隊合作還是個別作業？

▷There are a lot of people. I think we should divide **into** two **groups**. 這裡有很多人。我想我們應該分成兩組。

a large	group	大團體
a small	group	小團體
an ethnic	group	民族團體
a social	group	社會團體
a consumer	group	消費者團體
a pressure	group	壓力團體
an interest	group	利益團體
a working	group	工作小組
an environmental	group	環保團體

▷Aborigines are a small **ethnic group** in Australia. 原住民在澳洲是少數民族團體。

▷We should form a **working group** to try to solve some of these problems. 我們應該組織工作小組，試圖解決部分問題。

▷The **environmental group** was protesting against global warming. 環保團體示威抗議全球暖化。

a member	of a group	團體的成員
the leader	of a group	團體的領導者

▷Not all the **members of** the **group** have the same opinion. 團體裡不是所有成員都意見相同。

grow /gro/ 動 成長；種植，長大

rapidly	grow	快速成長
eventually	grow	最終成長

grow	fast	快速成長
grow	rapidly	
grow	steadily	穩定成長
grow	well	長得很好

▷There were about three groups at the start, and it **eventually grew** to 20 groups. 一開始只有大約 3 組，最後成長到 20 組。

▷The number of AIDS cases is **growing rapidly** in Africa. 愛滋病的病例在非洲快速成長。

▷Sales have been **growing steadily** during the past six months. 銷售業績在過去六個月穩定成長。

▷Your tomatoes are **growing well**! 你的番茄長得很好！

grow	into A	成長為 A
grow	in A	A 方面成長
grow	by 10%	成長 10%
★ grow in A 的 A 是 number, amount, size 等		

▷From a cute little girl she's **grown into** a beautiful woman. 她從可愛的小女孩長大成為美麗的女人。

▷We're expecting traffic accidents to **grow in number** again this year. 我們預期今年交通事故的件數將再度增加。

▷Wow! Your little girl has really **grown in size** since I saw you last. 哇！從上次我跟你見面到現在，你的小女兒真的長大了很多。

begin to	grow	開始成長
continue to	grow	繼續成長

▷If this sunflower **continues to grow**, soon it'll be over 2 meters high! 如果這株向日葵繼續成長，很快就會超過 2 公尺！

grow	to do	變得做…

▷She soon **grew to** like living in Japan. 她很快地就變得喜歡在日本生活。

as A	grows	隨著 A 成長

▷**As** the children **grow**, I get more free time. 隨著孩子長大，我的自由時間越來越多。

growth /groθ/ 名 成長，發展；增大，增加

achieve	growth	達到成長
encourage	growth	促進成長
promote	growth	促進成長
stimulate	growth	刺激成長

show	growth	展現成長
stunt	(A's) growth	阻礙成長

▷ Reducing interest rates should **encourage growth** in the economy. 降低利率應該能夠促進經濟成長。

▷ Drinking a lot of milk **promotes** healthy **growth** in young children. 喝很多牛奶能幫助幼童的健康成長。

▷ The economy has **shown growth** during the last quarter. 經濟在上一季已經顯現成長。

rapid	growth	急速的成長
slow	growth	慢慢的成長
steady	growth	穩定的成長
economic	growth	經濟成長
population	growth	人口成長

▷ Sales figures are up. We've just experienced a period of **rapid growth**. 銷售數字上升了。我們剛經歷一段快速成長期。

▷ **Economic growth** has slowed down considerably since the financial crisis. 自從金融危機之後，經濟成長顯著減緩。

growth	in A	A 的成長

▷ Recently there's been a rapid **growth in** unemployment. 最近失業率快速成長。

growth and development		成長與發展

▷ Recently we have seen a big increase in the **growth and development** of computer technology. 最近我們看到了電腦科技成長與發展的大幅增長。

a rate of	growth	成長率，成長速度

▷ A child's **rate of growth** can be affected by many different factors. 孩子的成長速度可能受到多種不同因素影響。

guarantee /ˌgærənˈti/ 图 保證（書）

give	a guarantee	給予保證；
offer	a guarantee	提供保證書
provide	a guarantee	給予保證
have	a guarantee	有保證書

▷ Do you **give** a **guarantee** with this product? 你們會為這個產品提供保證書嗎？

▷ They **offer** a 5-year **guarantee** with this product. 他們提供這個產品的 5 年保固。

an absolute	guarantee	絕對的保證
constitutional	guarantee	憲法保障
personal	guarantee	個人的保證
a loan	guarantee	貸款保證
a five-year	guarantee	5 年保固

▷ There's no **absolute guarantee** that your shares will make money! 你的股票並不保證絕對會賺錢！

▷ I can give you my **personal guarantee** that your child will be safe in our nursery. 我個人可以保證，您的孩子在我們的幼兒園會很安全。

▷ This product is covered by a **three-year guarantee**. 這個產品有 3 年保固。

a guarantee	against A	防止 A 的保證
a guarantee	for A	對於 A 的保證

▷ There's no **guarantee against** fires, floods, earthquakes, etc. 火災、水災、地震不在保證範圍內。

▷ Is there a **guarantee for** this product? 這項產品有保固嗎？

a guarantee	(that)...	⋯的保證

▷ I can give you a **guarantee that** this product will last for at least 5 years. 我可以向你保證，這個產品至少可以使用 5 年。

guarantee /ˌgærənˈti/ 保證

absolutely	guarantee	絕對保證
almost	guarantee	幾乎保證
virtually	guarantee	實質上等於保證

▷ If you go to the Amazon in South America, I can **almost guarantee** that you'll see many rare species of birds and insects. 如果你去南美的亞馬遜，我幾乎可以保證你會看到許多罕見的鳥類與昆蟲。

▷ If you go to Harvard or Yale, it **virtually guarantees** you a top job. 如果你上哈佛或耶魯大學，實質上等於保證你會得到高階的工作。

guarantee	to do	保證會做⋯
guarantee	(that)...	保證⋯

▷ He **guaranteed to** do all repairs free of charge. 他保證會免費進行所有修理。

▷ They **guaranteed that** our guide would be fully experienced. 他們保證我們的導遊將是十分有經驗的。

guard /gɑrd/ 名 警衛，看守員；守衛

post	a guard	配置警衛
relieve	the guard	使警衛交班
change	the guard	
stand	guard	站崗，守衛
keep	guard	
drop	one's guard	鬆懈警戒

▷ You **stand guard** over our luggage while I look for a taxi. 我找計程車的時候，你看守我們的行李。
▷ Don't **drop** your **guard**. They could attack at any time! 不要掉以輕心。他們隨時會攻擊！

an armed	guard	武裝警衛
a security	guard	保全警衛

▷ There was an **armed guard** outside the President's country house. 總統的鄉村別墅外有一名武裝警衛。

off	(one's) guard	沒有提防
on	(one's) guard	警戒著
under	guard	受到看守

▷ I didn't know how to answer his question. I was completely taken **off guard**. 我不知道怎麼回答他的問題。他讓我完全措手不及。
▷ I don't trust him. Be **on** your **guard**! 我不信任他。你要保持警戒！
▷ There's no chance he'll escape. He's **under** a heavy police **guard**. 他不可能逃走。他受到警方嚴密的看守。

guard /gɑrd/ 動 看守；保護，守衛

carefully	guard	小心守衛
jealously	guard	謹慎守衛
heavily	guarded	嚴密守衛

▷ The secret has been **carefully guarded** to this day. 這個祕密被小心守護至今。
▷ This secret recipe for duck sauce has been **jealously guarded** for over 100 years. 這個鴨醬的祕方被謹慎保護了超過 100 年。

guard	A from B	防止 A 受到 B
guard	against A	防止 A

▷ We have to **guard against** the spread of influenza. 我們必須防止流行性感冒的散播。

guess /gɛs/ 名 猜測，推測

make	a guess	
have	a guess	猜測
take	a guess	
hazard	a guess	猜猜看

▷ She **made** several **guesses**, but none of them was correct. 她做了幾種推測，但沒有一個正確。
▷ From the way Beth keeps looking at Peter, I'd **hazard a guess** that she really likes him! 從 Beth 一直看著 Peter 的樣子，我猜她是真的喜歡他！

a good	guess	很好的猜測
an educated	guess	有知識根據的猜測
a rough	guess	大略的猜測
a lucky	guess	幸運猜到

▷ You're right! That was a **good guess**! 你說對了！猜得好！
▷ "What's the population of China now?" "I've no idea." "Go on! Make an **educated guess**!" 「中國現在人口多少？」「我不知道。」「猜嘛！做點有根據的猜測！」
▷ I didn't really know the answer. It was just a **lucky guess**. 我其實不知道答案，只是運氣好猜到。

at	a guess	憑猜測

▷ "How many people came to the wedding?" "**At a guess** I'd say about 500." 「有多少人來參加婚禮？」「我推測大概 500 人。」

(PHRASES)

My guess is that... 〔口語〕我猜… ▷ My guess is that he won't retire until he's 70. 我猜他不到 70 歲不會退休。
Your guess is as good as mine. ☺ （別人問自己的時候）我也不知道。 ▷ "Who's going to be the next U.S. President?" "No idea. Your guess is as good as mine." 「誰會是下一任美國總統？」「我也不知道。」

guess /gɛs/ 動 猜測，猜想；猜到

already	guessed	已經猜到了
probably	guess	可能猜測
guess	correctly	猜對
guess	right	

▷ I expect you've **already guessed** what I'm going to say. 我想你已經猜到我要說什麼了。

guess	at A	猜測 A

▷We can only **guess at** what they are talking about. 我們只能猜測他們在談論什麼。

guess	(that)...	猜測…；猜想…
guess	wh-	猜測…

★ wh- 是 what, who, how 等

▷I **guess** you're right. 我想你可能是對的。
▷**Guess who** came to the party! 猜誰來參加派對了！

not be hard	to guess	不難猜到
not be difficult	to guess	

▷She's finally decided to quit her job. It's **not hard to guess** the reason! 她終於決定辭掉工作了。不難猜想理由是什麼！

PHRASES

I can only guess... 我只能猜測，我不知道 ▷I can only guess how many people went to the demonstration. Maybe 5,000? 我只能猜測有多少人參加示威運動。或許有 5000 人？
Guess what! ☺ 你猜怎麼著（你聽我說…）！
▷Guess what! I passed my driving test! I can't believe it! 你猜怎麼著！我考駕照通過了！我真不敢相信！
I guess so. / I guess not. 我想是的。／我想不是。
▷"Is she going to call you back?" "I guess not." 「她會回你電話嗎？」「我想不會。」
let me guess ☺ 讓我猜猜看 ▷Don't tell me! Let me guess! 先不要告訴我！讓我猜猜看！
you can guess ☺ 你可以猜到 ▷Dave came home drunk again after a party last night. You can guess what his wife said to him! Dave 昨晚參加派對又喝醉回家了。你可以猜到他老婆跟他說什麼！
you'll never guess ☺ 你絕對想不到 ▷You'll never guess who I saw yesterday! 你絕對想不到我昨天遇見誰！

▌guest /gɛst/ 图客人；住宿客；來賓

have	a guest	有客人
invite	a guest	邀請客人
entertain	a guest	款待客人
greet	a guest	跟客人打招呼
welcome	a guest	歡迎客人
receive	a guest	迎接客人

▷That meal was delicious. You really know how to **entertain a guest!** 那頓飯非常美味。你真的很懂得怎麼款待客人！
▷He stood by the door, ready to **greet** the **guests** as they came in. 他站在門旁，準備在客人進來時打招呼。
▷He **welcomed** the **guests** one by one and showed them to their seats. 他一一歡迎客人並且帶位。

an honored	guest	貴賓
an unexpected	guest	意料之外的訪客
an invited	guest	受邀的來賓
a regular	guest	常客
a special	guest	特別來賓

▷Ken Russell was one of the **honored guests** at the festival this year. Ken Russell 是今年節慶活動的貴賓之一。
▷I'm afraid you can't come in unless you're an **invited guest**. 很抱歉您不能入場，除非您是受邀的來賓。
▷She's a **regular guest** at our weekly meetings. 她是我們每週會議的常客。
▷Tonight we have a very **special guest**. 今晚我們有一位非常特別的來賓。

PHRASES

Be my guest. ☺ 請便。 ▷"Do you mind if I show it to her?" "Be my guest." 「你介意我讓她看這個嗎？」「請便。」

▌guide /gaɪd/

图指南，簡介；指引；嚮導，導遊

provide	a guide	提供指引
produce	a guide	製作指南
use A	as a guide	用 A 作為指南

▷These talks aim to **provide** a **guide** for parents in caring for teenage children. 這些演講的目的是為父母提供照顧青少年的指南。
▷The council has **produced** a **guide** on consumer rights. 審議會製作了關於消費者權益的指南。
▷This book can be **used as** a **guide** to the main shopping areas in Tokyo. 這本書可以當作東京主要購物地區的指南。

a general	guide	大略的指南
a rough	guide	
a good	guide	好的指南
a practical	guide	實用的指南
a reliable	guide	可靠的指南
a useful	guide	有用的指南
a travel	guide	旅遊指南

G

a mountain	guide	登山指南

▷This leaflet gives you a **rough guide** to the most interesting places to visit in Kyoto. 這張傳單為你大略介紹拜訪京都時最有趣的地點。

▷This is a really **good guide** to the museum. 這真是很好的博物館指南。

a guide	to A	關於 A 的指南

▷For more information on stretching, see *Beginner's Guide to* Stretching, page 126. 要知道更多關於伸展的資訊，請看《初學者伸展指南》第 126 頁。

guilt /gɪlt/ 图有罪，內疚

a sense of	guilt	罪惡感
a feeling of	guilt	
guilt and shame		內疚與羞恥

▷He was overcome with **guilt and shame** at what he had done. 他對自己所做的事感覺內疚、羞恥得不得了。

guilty /ˈgɪltɪ/ 形有罪的，有過失的；內疚的

really	guilty	真的很內疚的
a little	guilty	有點內疚的
slightly	guilty	
rather	guilty	有些內疚的

▷Sorry! I took the last cake! I feel **a little guilty**! 抱歉！我拿了最後一塊蛋糕！我覺得有點內疚！

▷He had a **rather guilty** expression on his face. 他臉上帶著有些內疚的表情。

feel	guilty	覺得內疚
be found	guilty of A	被判有 A 的罪
plead	guilty to A	承認有 A 的罪

▷You don't need to **feel guilty**. You didn't do anything wrong. 你不需要覺得愧疚。你沒做錯任何事。

▷He was **found guilty of** murder. 他被判謀殺罪。

▷He **pleaded guilty to** stealing the car. 他承認犯下偷車的罪行。

gun /gʌn/ 图槍

carry	a gun	帶著槍
pull (out)	a gun	拔出槍
draw	a gun	抽出槍
point	a gun	用槍對著
fire	a gun	開槍

▷It's illegal to **carry** a **gun** without a license. 無照攜帶槍械是違法的。

▷Don't **point** that **gun** at me! It's dangerous! 不要用槍對著我！很危險！

▷He was accused of **firing** a **gun** at a policeman. 他被指控對警察開槍。

guy /gaɪ/ 图〔口語〕男人，傢伙

a nice	guy	好人
a good	guy	
a tough	guy	硬漢

▷He's a **tough guy**, but he can be sympathetic too. 他是個硬漢，但也有同情人的一面。

H

habit /ˈhæbɪt/ 名 習慣；習性

be in	the habit	有某種習慣
have	a habit	
make	a habit	形成做某事的習慣
develop	a habit	
get into	a habit	養成習慣
acquire	a habit	
become	a habit	成為習慣
break	the habit	
get out of	the habit	戒掉習慣
kick	the habit	
change	habits	改變習慣

▷ He's **in** the **habit** of going jogging every morning at 6:30. 他有每天早上 6:30 去慢跑的習慣。

▷ She **made** a **habit** of not leaving the office before everyone else had gone home. 她習慣了等到其他人都回家才離開辦公室。

▷ Our dog has **developed** the **habit** of jumping onto the sofa to watch television! 我們的狗養成了跳上沙發看電視的習慣！

▷ When he gave up smoking, he **acquired** the **habit** of chewing gum. 當他不再抽煙後，他養成了嚼口香糖的習慣。

▷ She started smoking when she was 18, and she's never been able to **break** the **habit**. 她從 18 歲開始抽菸，而且一直戒不掉這個習慣。

▷ I've got to **get out of** the **habit** of eating too much and **into** the **habit** of taking more exercise. 我必須戒掉吃太多的習慣，並且養成多做運動的習慣。

a bad	habit	壞習慣
a good	habit	好習慣
old	habits	長久以來的習慣
a regular	habit	固定的習慣
eating	habits	吃的習慣
dietary	habits	飲食習慣
drinking	habits	喝酒的習慣
smoking	habits	抽菸的習慣

▷ Exercising regularly is definitely a **good habit**. 定期做運動絕對是個好習慣。

▷ Going out with my friends to karaoke every weekend has become a **regular habit**. 每週末跟我朋友去卡拉 OK 已經成為固定的習慣。

▷ It's important to have good **dietary habits**. 有好的飲食習慣很重要。

(from) force of	habit	出於習慣
out of	habit	

▷ Sorry! I didn't mean to turn left at the traffic lights. **Force of habit**. 抱歉！我不是故意在紅綠燈左轉的。是因為習慣的關係。

the habit	of a lifetime	長久以來的習慣

▷ You know from experience that it's not easy to break the **habit of a lifetime**. 你可以從經驗中知道，要改掉長久以來的習慣並不容易。

(PHRASES)

Old habits die hard. 積習難改。

hair /hɛr/ 名 頭髮；一根毛髮

lose	one's hair	頭髮減少
do	one's hair	做頭髮
brush	one's hair	梳頭髮
comb	one's hair	用扁梳梳頭髮
wash	one's hair	洗頭髮
cut	A's hair	剪頭髮
dry	one's hair	吹乾頭髮
dye	A's hair	染髮

▷ Ken isn't bald yet, but he's beginning to **lose** his **hair**. Ken 還沒禿頭，但是他髮量開始減少了。

▷ Sorry. She'll be another 10 minutes at least. She's **doing** her **hair**. 抱歉，她至少還要 10 分鐘。她在弄頭髮。

▷ He had his **hair cut** regularly. 他定期去剪頭髮。

▷ You'd better **dry** your **hair**. Otherwise you'll catch cold. 你最好把頭髮吹乾。不然你會感冒。

black	hair	黑髮
dark	hair	
blond(e)	hair	
fair	hair	金髮
golden	hair	
brown	hair	棕髮，咖啡色頭髮
red	hair	紅髮
gray	hair	白髮
white	hair	
curly	hair	捲髮

straight	hair	直髮
wavy	hair	大波浪捲髮
dry	hair	乾燥的頭髮
long	hair	長髮
short	hair	短髮

▷ Did you see a woman with **blond hair** and sunglasses go out of the building? 你有看到金髮、戴太陽眼鏡的女人走出大樓嗎？

▷ He is tall and handsome, with **brown hair**. 他又高又帥，有一頭棕髮。

▷ Mum has **long dark hair**. 媽媽有一頭黑色長髮。

▷ He found a **gray hair**. Then another. Then another. Three **gray hairs**! 他發現一根白頭髮。又一根。再一根。三根白頭髮！（★ hair 指整頭的頭髮時是不可數名詞，但一根一根計算時是可數名詞）

▷ John has **curly hair**. John 是捲髮。

H

half /hæf/ 英 /hɑːf/ 名 一半，二分之一

the lower	half	下半部
the upper	half	上半部
the first	half	前半
the second	half	後半
the latter	half	
the northern	half	北半部

▷ The **lower half** of his body was entirely covered with spots. 他的下半身布滿疹子。

▷ The **upper half** of the building was totally destroyed by fire. 這棟建築物的上半部已經完全燒毀。

▷ I've only read the **first half** of that book. 我才讀完了那本書的前半而已。

▷ Many important discoveries were made during the **latter half** of the 17th century. 許多重要的發現是在 17 世紀後半出現的。

in	half	對半，成兩半

▷ Let's cut the cake **in half**. 我們把蛋糕對半切吧。

an hour	and a half	一小時半
a mile	and a half	一英里半

▷ It takes me at least an hour **and a half** to get from my house to the university. 從我家到大學至少要一小時半。

hall /hɔl/ 名 門廳；走廊；大廳，禮堂

the entrance	hall	門廳，門廊
the main	hall	正廳
the dining	hall	宴會廳
a concert	hall	音樂廳
an exhibition	hall	展示廳

▷ The concert will be held in the **main hall**. 音樂會將會在正廳舉行。

in	the hall	在門廳，在門廊

▷ Can you switch on the light **in the hall**? 你可以打開門廊的燈嗎？

hand /hænd/ 名 手；幫助

hold	hands	握住彼此的手
shake	hands	握手
put	one's **hand** on A	把手放在 A 上
raise	one's **hand**	舉手
wave	one's **hand**	揮手
clap	one's **hands**	拍手
rub	one's **hands**	摩擦手掌
wash	one's **hands**	洗手
give A	a hand	幫忙 A
lend	a hand	幫忙
want	a hand	希望有人幫忙
need	a hand	需要幫忙

▷ They were **holding hands** as they walked down the street. 他們握著彼此的手走在街上。

▷ O.K. I'm sorry. Let's **shake hands** and be friends. 好吧，我很抱歉。我們握手當朋友（和好）吧。（★ 有時也當成拒絕對方愛的告白時所說的話）

▷ He **put** his **hand on** her shoulder. 他把手放在她的肩膀上。

▷ Please **raise** your **hand** if you want to ask a question. 如果想問問題請舉手。

▷ She **waved** her **hand**, but he didn't recognize her. 她揮手，但他沒有認出她。

▷ She **clapped** her **hands** in delight. 她高興地拍手。

▷ **Wash** your **hands** before you eat. 吃東西前先去洗手。

▷ It's kind of you to **give** me a **hand**. 你幫我的忙，真是太好心了。

▷ I'd be glad to **lend** a **hand**. 我很樂意幫忙。

dirty	hands	髒的手
clean	hands	乾淨的手
an outstretched	hand	伸出來的手
a free	hand	空著的手
one's **bare**	hands	赤手
a helping	hand	援手
capable	hands	能者之手

▷ After the earthquake, the rescuers were digging the earth away with their **bare hands**. 地震後，救難人員赤手把土挖開。

▷ Look at this mess! I could use a **helping hand** to clear it up! 看這一團亂！我需要人幫我清理！

▷ In his **capable hands**, there's no need to worry. 由能幹的他處理，就不需要擔心。

take A	by the hand	牽起 A 的手

▷ She **took** him **by the hand**, and led him into the garden. 她牽起他的手，帶他到花園。

at	hand	在手邊
by	hand	用手
in	one's **hand**	在手上
off	A's **hands**	不再由 A（人）負責
out of	hand	失去控制

▷ It was lucky there was a rope **at hand**. They were able to use it to pull her to safety. 幸運的是手邊剛好有繩索。他們能用繩索把她拉到安全的地方。

▷ I write **by hand** in small notebooks. 我在小筆記本上寫字。

▷ He had some letters **in his hand**. 他手上有幾封信。

▷ I'm sorry, I can't help you. Your case is **off my hands** now. 很抱歉，我幫不了你。你的案件現在不是我負責的。

hand	in hand	手牽著手

▷ They walked along the river bank **hand in hand**. 他們牽手沿著河岸散步。

on	one's **hands and knees**	手放在地面跪著

▷ She got down **on her hands and knees** and started searching for her contact lens. 她跪在地上，開始找她的隱形眼鏡。

PHRASES

Hands off! ☺ 不要碰；不要插手！ ▷ Hands off! That's my piece of cake! 不要碰！那是我的蛋糕！

handle /ˈhændl/ 图 把手，手柄

turn	a handle	轉把手
pull	a handle	拉把手

▷ **Turn** the **handle** to the right to open the door. 將把手向右轉把門打開。

▷ **Pull** the **handle** toward you. 將把手往你的方向拉。

a door	handle	門把
a broom	handle	掃把的柄

handle /ˈhændl/ 圊 處理；搬動

handle	carefully	小心處理，小心搬運
handle	with care	
handle	roughly	粗暴地處理、搬動
well	handled	處理得很好的
badly	handled	處理得不好的
easily	handle	簡單地處理

▷ **Handle** this parcel **carefully**. There's glass inside. 小心搬運這個包裹。裡面有玻璃。

▷ It's a delicate situation. It needs to be **handled with care**. 這是個棘手的情況，需要小心處理。

▷ The whole operation was extremely **well handled**. 整項作業處理得非常好。

▷ The whole affair was **badly handled**. 整件事情被處理得很糟。

▷ Don't worry. I can **easily handle** the extra work. 別擔心。我可以輕易處理額外的工作。

be able	to handle	能夠處理
be difficult	to handle	很難處理
be hard	to handle	
be easy	to handle	容易處理

▷ I don't think I'll be **able to handle** any more rude customers. 我覺得我再也沒辦法處理無禮的顧客了。

▷ This car is really **easy to handle**. 這輛車真的很好開。

happen /ˈhæpən/ 圊 發生

actually	happen	實際發生
really	happen	真的發生

H

just	happen	剛才發生
never	happen	從未發生
usually	happen	通常發生
happen	again	再度發生

▷ I don't believe that was what **actually happened**. 我不相信那是實際發生的事情。

▷ We'll never know what **really happened**. 我們永遠不會知道實際上發生了什麼。

▷ I **just happened** to meet him by chance. 我剛才碰巧遇到他。

▷ That will not **happen again**. 那種事不會再發生了。

see	what happens	看會發生什麼，看情況

▷ It will be interesting to **see what happens** in the next three years. 看接下來三年發生什麼事會很有趣。

anything	can happen	什麼都有可能發生
what	happens if...	如果…會發生什麼事？
whatever	happens	不管發生什麼

▷ It's a really dangerous situation. **Anything can happen!** 這真的是很危險的情況。什麼都有可能發生！

▷ I'll look after you **whatever happens**. 不管發生什麼，我都會照顧你。

happen	to A	發生在 A 身上

▷ I'm afraid something has **happened to** him. 我怕他發生了什麼事情。

◆ **What happened to A? / Whatever happened to A?** A 是怎麼了？ ▷ Whatever happened to Kate? She was here a minute ago. Kate 是怎麼了？她剛才還在這裡。

happen	to do	碰巧…

▷ By chance I **happened to** bump into him outside the railway station. 我在車站外碰巧遇見他。

(PHRASES)
What happened? ☺ 發生了什麼事？

happy /ˈhæpɪ/ 形 幸福的，快樂的；滿意的

look	happy	看起來快樂；
seem	happy	看起來滿意

▷ Carolyn **seems** quite **happy** in her new job. Carolyn 似乎對新工作很滿意。

extremely	happy	
really	happy	很快樂的
quite	happy	
particularly	happy	特別快樂的
perfectly	happy	十分快樂的
not at all	happy	一點也不快樂的
not entirely	happy	不完全快樂的
never	happy	從不快樂的

▷ I'm **perfectly happy** with that suggestion. 我對那個建議十分滿意。

▷ They're **not at all happy** with our new product. 他們對於我們的新產品一點也不滿意。

▷ I'm **not entirely happy** with your explanation. 我對你的解釋並不完全滿意。

▷ No matter how hard I try, my boss is **never happy** with my work. 不管我多努力嘗試，我老闆總是不滿意我的工作表現。

happy	about A	對於 A 感到高興的
happy	with A	
happy	for A	為 A（人）感到高興的

▷ I am very **happy about** the news. 我對那個消息感到高興。

▷ I'm **happy with** my current salary. 我對目前的薪水感到滿意。

▷ I'm **happy for** you. 我真為你高興。

happy	(that)...	因為…而高興的
happy	to do	做…而高興的

▷ Thank goodness! I'm **happy that** everything worked out well in the end. 感謝老天！我很高興最後一切都妥善解決了。

▷ I'm very **happy to** meet you, John. 我很高興遇見你，John。

hard /hɑrd/ 形 困難的；硬的

extremely	hard	
quite	hard	很難的
really	hard	

▷ It's **quite hard** to get a good score in the TOEFL exam. 考托福要得到好成績很難。

hard	on A	對 A（人）嚴苛的

▷ Don't be so **hard on** yourself. ☺ 你不要對自己那麼嚴苛。

find A		hard	覺得 A 很難

▷ I **find** these math problems really **hard** to do.
我覺得這些數學問題做起來真的很難。

hard	(for A) to do	（對於 A）做…很難

▷ He could be American or Canadian. It's very **hard to** say. 他可能是美國人或加拿大人。這很難說。▷ It's **hard to** believe. ☺ 真難相信。

harm /hɑrm/ 图 傷害，損害，危害

cause	harm	
do	harm	造成傷害
prevent	harm	預防傷害

▷ Drinking alcohol when you are pregnant can **cause** serious **harm** *to* your baby. 懷孕時喝酒可能對你的寶寶造成嚴重傷害。

▷ It wouldn't **do** any **harm** to write a letter of apology. 寫道歉信不會有什麼壞處。

◆**do more harm than good** 有害而無利 ▷ It's better to say nothing. Complaining would do more harm than good. 什麼也別說比較好。抱怨是有害而無利。

▷ We do all we can to **prevent harm** coming to our employees if they work in dangerous places. 如果我們員工在危險的地方工作，我們會盡力避免他們受到傷害。

great	harm	很大的傷害
serious	harm	嚴重的傷害
bodily	harm	
physical	harm	身體上的傷害

▷ Her husband gets angry and shouts at her, but he hasn't done her any **bodily harm**. 她的丈夫發脾氣，並且對她吼叫，但沒有對她造成身體上的傷害。

(PHRASES)

There's no harm in (doing) A 做 A 不會有什麼壞處 ▷ There's no harm in asking for a rise. He can only say "No!" 要求加薪沒什麼壞處。他只能說「不！」而已。（rise 是英式用法）

hat /hæt/ 图 帽子

wear	a hat	戴著帽子
put on	one's hat	戴上帽子

remove	one's hat	
take off	one's hat	脫下帽子
raise	one's hat	脫帽致意

▷ She was **wearing** a big **hat** to keep the sun off. 她戴著一頂大帽子擋太陽。

▷ Better **put** your **hat on**. It's cold outside. 你最好戴上帽子。外面很冷。

▷ When you enter a church, you should **remove** your **hat**. 當你進入教堂，你應該脫下帽子。

▷ He's very polite. He **raised** his **hat** to me. 他非常有禮貌。他對我脫帽致意。

in	a hat	戴著帽子的

▷ Isn't that Diana? Over there. The woman **in** the **hat**. 那不是 Diana 嗎？那邊。戴帽子的那個女人。

a straw	hat	草帽
a bowler	hat	圓頂硬禮帽
a cowboy	hat	牛仔帽
a panama	hat	巴拿馬帽

hate /het/ 動 恨，厭惡

really	hate	很討厭
just	hate	只是討厭，就是討厭
always	hate	總是討厭
still	hate	仍然討厭

▷ She **really hates** being kept waiting. 她真的很討厭別人讓她一直等。

▷ Even though I'm grown up, I **still hate** going to the dentist! 雖然我已經長大了，我還是討厭去看牙醫！

hate	to do	
hate	doing	討厭做…，不想做…
hate	A doing	討厭 A（人）做…

▷ I **hate** traveling to work during the rush hour. 我討厭在尖峰時段通勤上班。

▷ She **hates** me telephoning her at work. 她討厭我在上班時間打電話給她。

hate it	when	覺得…很討厭

▷ Don't you just **hate it when** the TV advertisements come on in the middle of a movie? 你不覺得電視廣告在電影中途出現很討厭嗎？

H

head /hɛd/ 图 頭，頭腦；（組織的）領導者

put	one's **head**	伸出頭
stick	one's **head**	
turn	one's **head**	轉頭
raise	one's **head**	抬起頭
bend	one's **head**	彎下頭
bow	one's **head**	彎身低頭
duck	one's **head**	迅速低頭躲避
hang	one's **head**	因羞愧而低頭
nod	one's **head**	點頭表示同意
shake	one's **head**	搖頭
scratch	one's **head**	抓頭
bang	one's **head**	撞到頭
use	one's **head**	用頭腦
come into	A's **head**	A 想到某事
get it into	one's **head**	開始相信，開始了解
lose	one's **head**	失去自制力，驚慌失措
keep	one's **head**	保持冷靜

▷ She **stuck** her **head** around the door and said: "Dinner's ready!" 她從門邊伸出頭說：「晚餐做好了！」
▷ She **turned** her **head**. The man was still following her. 她轉過頭。那男的還跟著她。
▷ He **raised** his **head**. "Listen! Can you hear something?" 他抬起頭。「你聽！聽見什麼了嗎？」
▷ **Duck** your **head**! The ceilings here are very low. 把頭縮起來！這裡的天花板非常矮。
▷ She **nodded** her **head** in agreement. 她點頭表示同意。
▷ She **shook** her **head**. "I'm definitely not going to the party." 她搖頭。「我絕對不會去參加派對。」
▷ He **scratched** his **head**. "I've no idea what you're talking about." 他抓頭。「我不知道你在講什麼。」（★ 表示困惑的動作）
▷ He **banged** his **head** *against* the top of the door frame. 他的頭撞到門框上緣。
▷ Come on, Jane, **use** your **head**. 拜託，Jane，用你的頭腦。
▷ A good idea **came into** my **head** this morning. 今天早上我想到一個好主意。
▷ Can't you **get it into** your **head** that I don't want to see you any more? 你就不能明白我不想再看到你嗎？
▷ I can't believe he resigned. He must have **lost** his **head**. 我不敢相信他辭職了。他一定是一時昏頭了。

| have one's **head** in one's **hands** | 雙手掩面 |

★ have 也可以換成 hold, put

▷ She **put** her **head in** her **hands** and started to cry. 她雙手掩面哭了起來。

one's **head**	bows	頭低下來
one's **head**	comes up	頭抬起來
one's **head**	turns	轉頭

▷ His **head bowed**. "I'm sorry. It won't happen again." 他低下頭。「我很抱歉。這不會再發生了。」
▷ His **head came up** in surprise. "What did you say?" 他驚訝地抬起頭。「你說什麼？」
▷ His **head turned** to where the sounds were coming from. 他把頭轉向聲音傳來的方向。

a bald	head	禿頭
a clear	head	清楚的頭腦
a cool	head	冷靜的頭腦
a former	head	前領導人

▷ The man with the **bald head** is my girlfriend's father. 那個禿頭的男人是我女朋友的父親。
▷ Don't panic! Try to keep a **cool head**. 不要驚慌！試著保持頭腦冷靜。
▷ Mr. Williams has retired now. He's a **former head** of our department. Williams 先生現在退休了。他是我們部門的的前任部長。

| from head to | toe | 從頭到腳 |
| from head to | foot | |

▷ She was dressed **from head to toe** in a Minnie Mouse costume. 她從頭到腳穿著扮演米妮的服裝。
PHRASES

on your own head be it ☺ 後果自行負責（你要自己負責）▷ Well, I think you're making a mistake, but on your own head be it! 嗯，我覺得你這樣做是錯的，但你自己負責吧！

headache /ˈhɛdˌek/

图 頭痛；讓人頭痛的人事物

have	a headache	頭痛
suffer from	a headache	
cause	a headache	造成頭痛
give A	a headache	令 A 頭痛

▷ I **have** a terrible **headache**. 我頭痛得厲害。
▷ Recently I've started to **suffer from** headaches.

我最近開始有頭痛問題。

▷ Reading in poor light can **cause** a **headache**. 在光線不良的地方讀書，可能造成頭痛。

▷ I wish you'd stop complaining. You're **giving** me a **headache**! 我希望你不要再抱怨了。你讓我頭很痛！

a bad	headache	
a severe	headache	嚴重的頭痛
a terrible	headache	
a major	headache	很令人頭痛的事

▷ If you've got a **bad headache**, you should take some medicine. 如果你頭痛很嚴重，你應該吃藥。

▷ I don't know how we can increase sales this year. It's a **major headache**. 我不知道該怎麼增加今年的銷售額。真的很令人頭痛。

a headache for A	對 A 來說頭痛的事

▷ They're in financial trouble. It's a bit of a **headache for** them. 他們現在正遭遇財務困難。這對他們來說有點頭痛。

headline /ˈhɛdˌlaɪn/ 名 新聞標題，頭條新聞

grab	the headlines	
hit	the headlines	成為頭條新聞

▷ Yet another scandal about a Hollywood movie star **grabbed the headlines**. 又有一椿好萊塢電影明星的醜聞成為頭條。

health /hɛlθ/ 名 健康，健康狀況

maintain	health	維持健康
protect	health	保護健康
improve	the health	增進健康
affect	A's health	影響健康
damage	A's health	傷害健康

▷ Regular exercise can improve the **health**. 定期運動能夠增進健康。

▷ He jogs a lot to **maintain** his **health**. 他經常跑步來維持健康。

▷ Eating junk food can **affect** your **health**. 吃垃圾食物可能影響你的健康。

ill	health	不健康的狀態
mental	health	心理健康
physical	health	身體健康

public	health	公共衛生

▷ He suffers from **ill health**. 他健康狀況不好。

▷ **Mental health** is just as important as **physical health**. 心理健康就跟身體健康一樣重要。

in good	health	健康
in poor	health	不健康
good	for one's health	對健康好的
bad	for one's health	對健康不好的

▷ He's **in** very **good health** for a man of eighty. 以 80 歲男人而言，他非常健康。

▷ Sarah's been **in** very **poor health** recently. Sarah 最近健康狀況很不好。

▷ Too much coffee is **bad for** your **health**. 喝太多咖啡對你的健康不好。

one's **state of**	health	健康狀態

healthy /ˈhɛlθɪ/ 形 健康的，健全的

apparently	healthy	看起來是健康的
perfectly	healthy	十分健康的

▷ There was no problem. The doctor said he was **perfectly healthy**. 沒有什麼問題。醫生說他非常健康。

hear /hɪr/ 動 聽到，聽說

actually	hear	實際聽到
almost	hear	幾乎聽到
already	heard	已經聽到了
ever	heard	曾經聽過
never	heard	從來沒聽過

▷ You can **actually hear** the improvement in sound quality. 你可以確實聽到音質的改善。

▷ I could **almost hear** what they were saying in the next room. 我幾乎聽得到他們在隔壁房間說什麼。

▷ It seems he's a famous artist, but I've **never heard** of him. 他似乎是有名的藝術家，但我沒聽說過他。

be pleased to	hear	
be glad to	hear	很高興聽到
be delighted to	hear	
be surprised to	hear	很驚訝聽到
be interested to	hear	有興趣聽

H

| be sorry to | | hear | 很遺憾聽到 |

▷I was **pleased to hear** that you've been promoted. 我很高興聽到你獲得升職。
▷I'm **glad to hear** that everything went well. 我很高興聽到一切都順利進行。
▷I'd be **interested to hear** what she thinks. 我有興趣聽她的想法。
▷I'm **sorry to hear** you're not well. 聽到你身體狀況不好，我很遺憾。

| hear | **about** A | 聽說關於 A 的事 |
| hear | **of** A | 聽說過 A |

▷Nice to meet you. I've **heard** a lot **about** you. 很高興認識你。我聽說過你很多關於你的事。
▷I had never **heard of** Lewis before. 我以前從來沒聽說過 Lewis 這個人。

| hear | A **do** | 聽到 A 做… |
| hear | A **do**ing | 聽到 A 在做… |

▷She **heard** Bill go out. 她聽到 Bill 出去的聲音。
▷I **heard** people talk**ing** in the room below. 我聽到人們在下面的房間交談。

| hear | **(that)**... | 聽說…，聽到…的傳聞 |
| hear | **what**... | 聽到… |

▷"**I hear** Japanese people love working long hours at their companies. Is that true?" "Well, yes and no." 「我聽說日本人喜歡在公司長時間工作。是真的嗎？」「嗯，可以說對，也可以說不對。」

PHRASES

(Do) you hear (me)? ☺ 聽到沒有？
I hear you. ☺ 我聽到了；我明白你的意思。

heart /hɑrt/

名 心臟；心；愛情；勇氣；中心，核心

break	A's **heart**	讓 A 心碎
open	one's **heart**	把心打開
win	A's **heart**	贏得 A 的心

▷It would **break** Sally's **heart** if her parents got divorced. 如果 Sally 的父母離婚的話，會讓她心碎。
▷Apparently she had a little too much to drink and **opened** her **heart** to him. 顯然她有點喝多了，而對他敞開了心胸。
▷He kept buying her present after present until finally he **won** her **heart**! 他不斷買禮物給她，直到最後終於贏得她的芳心！

A's **heart**	beats	心臟跳動
A's **heart**	thumps	
A's **heart**	leaps	心臟激烈跳動
A's **heart**	jumps	
A's **heart**	stops	心臟停止
A's **heart**	sinks	心沉下來
A's **heart**	goes out	覺得同情

▷When he saw her, his **heart** began to **beat** faster! 當他看見她，他就開始心跳加速！
▷It was a very dangerous situation. He could feel his **heart thumping** loudly. 那是非常危險的狀況。他感覺得到自己的心跳很大聲。
▷When she heard that he wasn't married, her **heart leaped**. Still a chance! 當她聽到他沒結婚時，她的心怦怦跳。還有機會！
▷The news about the big earthquake made her **heart sink**. 大地震的新聞讓她的心沉了下來。
▷I feel so sorry for those poor, hungry people in Africa. My **heart goes out** to them. 我為非洲貧窮、饑餓的人們感到難過。我很同情他們。

a warm	heart	溫暖的心
a broken	heart	破碎的心
a heavy	heart	沉重的心
a sinking	heart	
a light	heart	輕鬆愉快的心

▷The news wasn't good. He returned home from the hospital with a **heavy heart**. 他聽到的消息並不好。他帶著沉重的心從醫院回到家裡。

have	a weak heart	心臟不好
have	a bad heart	
have	a kind heart	
have	a good heart	有善良的心
have	a heart of gold	
have	a big heart	有寬容的心
have	a heart of stone	鐵石心腸
have	a change of heart	改變心意

▷She's so kind to everybody. She's got a **heart of gold**! 她對每個人都很好。她心地很善良！
▷My girlfriend refuses to speak to me. She's got a **heart of stone**! 我的女朋友拒絕跟我說話。她真是鐵石心腸！
▷At first he was against his daughter's marriage, but then he **had a change of heart**. 他一開始反對女兒的婚姻，但之後改變了心意。

at	heart	本質上其實;內心
in	one's heart	在心中
with	all one's heart	全心全意
at	the heart	在中心,在核心

▷ Actually he's quite a sensitive person **at heart**. 他本質上其實是個很敏感的人。

▷ I wish you both happiness **with all** my **heart**. 我全心祝福你們倆幸福。

▷ Germany lies **at the heart** of Europe. 德國位於歐洲的中心。 ▷ It's lack of money that's **at the very heart** of the problem. 問題的核心是資金不足。

| heart and soul | 全心全意 |
| the hearts and minds | 感情與理智 |

▷ Whatever Bill does, he puts himself into it **heart and soul**. 不管 Bill 做什麼,他都全心全意去做。

▷ Politicians have to win the **hearts and minds** of the people. 政治人物必須在感情與理智方面贏得民眾支持。

▌heat /hit/ 图熱,熱度;炎熱

feel	the heat	感覺到熱度
generate	heat	生熱,發熱
reduce	the heat	降低火力
turn down	the heat	
turn up	the heat	增強火力
turn off	the heat	關火

▷ I don't think the electric heater is working. I can't **feel** any **heat**. 我覺得電暖器沒在運作。我感覺不到熱度。

▷ Wind power can be used to **generate heat**. 風力可以用來產生熱能。

▷ If the sauce starts to boil, you should turn down the gas and **reduce** the **heat**. 如果醬料開始滾了,你應該把火關小降低熱度。

▷ **Turn up** the **heat**. The water's not boiling yet. 把火開大。水還沒滾。

▷ **Turn off** the **heat** and add the tomato sauce. 關火並加入番茄醬。

dry	heat	乾熱
intense	heat	酷熱
white	heat	白熱狀態
(a) high	heat	大火

(a) low	heat	小火
(a) gentle	heat	
(a) moderate	heat	中火
(a) medium	heat	

▷ The **dry heat** of the summer takes away all your energy. 夏天的乾熱會搾乾你的精力。

▷ It's dangerous to work a long time in conditions of **intense heat**. 長時間在酷暑中工作很危險。

▷ Cook over a **low heat** for 10 minutes. 用小火煮10 分鐘。

| the heat | from A | 來自 A 的熱 |
| in | the heat of A | 在 A 最激烈的時候 |

▷ The **heat from** the camp fire was enough to keep them warm. 營火傳來的熱氣足以保持他們溫暖。

▷ Terrible things are done in the **heat of** battle. 打鬥最激烈的時候會發生糟糕的事情。

◆**in the heat of the moment** 一時生氣之下 ▷ Forget what I said. I didn't mean it. It was said in the heat of the moment. 忘記我剛剛說的。我不是有意的。那是一時生氣脫口而出。

▌heaven /ˈhɛvən/ 图天堂,天國

| go to | Heaven | 上天堂 |

▷ I hope I **go to Heaven** when I die! 我希望死後可以上天堂!

| in | heaven | 在天堂;非常幸福 |

▷ He proposed to her in such a romantic way. She was **in heaven**! 他用那樣浪漫的方式向她求婚。她彷彿置身天堂!

| heaven | and [or] hell | 天堂與〔或〕地獄 |

▷ When we die, some people believe we go to **Heaven or Hell**. 當我們死後,有些人相信我們會上天堂或者下地獄。

| a heaven | on earth | 人間天堂 |

(PHRASES)

Good heavens! / Heavens! ☺ 我的天啊! ▷ Good Heavens! England won the World Cup? I can't believe it! 天啊!英格蘭贏了世界盃?我不敢相信!

▌height /haɪt/ 图高度;身高

| measure | the height | 量高度 |

reach	a height	達到高度
gain	height	增加高度
lose	height	減少高度

▷ He's really tall. I think he's going to **reach a height** of over 2 meters. 他真的很高。我想他會長到超過 2 公尺。

▷ The plane looked to be in trouble, but gradually it **gained height**. 那架飛機看起來好像發生了問題，但逐漸拉起了高度。

full	height	身體站直的狀態
a great	height	很高的身高；很高的高度
average	height	平均身高
medium	height	
dizzy	heights	令人暈眩的高度

▷ Angrily, she drew herself up to her **full height** and marched out of the room. 她生氣地站起來，挺直身子走出房間。

▷ The eagle can reach a **great height**. 老鷹能飛到很高的高度。

▷ He's **medium height** with short brown hair. 他身高中等，有一頭短棕髮。

▷ She reached the **dizzy heights** of stardom. 她達到了顯赫的明星地位。

in	height	在高度方面（高度多少）
at	a height of A	在 A（數值）的高度

▷ He's 1.75 meters **in height**. 他有 1.75 米高。

▷ The airplane flew **at a height of** 25,000 feet. 飛機在 2 萬 5 千英呎的高度飛行。

height and weight		身高與體重

▷ You need to have your baby's **height and weight** measured regularly. 你需要定期測量寶寶的身高和體重。

hell /hɛl/ 图 地獄；悲慘的境地

go to	hell	下地獄
go through	hell	歷經艱難
make A's life	hell	使 A（人）的日子很悲慘

▷ When she was at junior high school, the other students **made** her **life hell**. 國中的時候，其他學生讓她的日子過得很悲慘。

hell	on earth	人間地獄
the A from	hell	最糟糕的 A

▷ If nuclear war breaks out, it'll be like **hell on earth**. 如果核子戰爭爆發，情況會像是人間煉獄一樣。

▷ Let's leave. This is the restaurant **from hell**! 我們走。這真是最爛的餐廳！

(PHRASES)

Get the hell out of here! ☺ 滾出這裡！

To hell with A! ☺ 去他的 A！ ▷ We've waited nearly an hour and a half for him. To hell with it! I'm going home! 我們等了他快一個半小時。去它的！我要回家了！

What the hell! ☺ 什麼鬼；管他的；隨便啦！

help /hɛlp/ 图 幫助，援助；有幫助的東西

get	help	獲得幫助
receive	help	
seek	help	尋求幫助
ask for	help	
find	help	找到幫助
need	help	需要幫助
want	help	想要得到幫助
give	help	給予幫助
provide	help	
offer	help	提供幫助

▷ Quick! **Get some help**! There's been an accident. 快點！找人幫忙！發生意外了。

▷ He's over eighty, but he's very independent. He never **seeks any help**. 他八十幾歲了，但他很獨立。他從來不求人幫忙。

▷ If you **need any help**, please call me. 如果你需要任何協助，請打電話給我。

▷ We need to **provide** more **help** for the homeless. 我們需要提供更多協助給遊民。

a great	help	一個大忙
a big	help	
extra	help	額外的幫助
financial	help	資金援助

▷ Thanks a lot. You've been a **great help**. 很感謝你。你幫了大忙。

▷ She says she needs **extra help** at work. 她說她在工作上需要額外的幫忙。

▷ We need to arrange some **financial help**. 我們需要安排資金上的援助。

help and advice	幫助與建議
help and support	幫助與支持

▷ He thanked her for her **help and support**. 他感謝她的幫助與支持。

help	from A	來自 A 的幫助
help	to A	對 A 的幫助
help	with A	A 這件事的幫助

▷ He got a lot of **help from** his parents. 他得到父母的許多幫助。

▷ He has been a good **help to** you. 他幫了你很多的忙。

▷ Would you like some **help with** the dishes? 你洗碗需要幫忙嗎？

with	the help of A	有 A 的幫助
without	the help of A	沒有 A 的幫助

▷ **Without** the **help of** United Nations, many more earthquake victims would have died. 要是沒有聯合國的幫助，地震的死者會多出許多。

help /hɛlp/ 動 幫忙，幫助；有用

be greatly	helped	獲得很大的幫助
really	help	真的有幫助
certainly	help	當然有幫助

▷ The flood victims were **greatly helped** by donations from people all over the world. 水災的受災者受到世界各地的人捐款很大的幫助。

▷ Thank you. You **really helped** us when we needed it. 謝謝你。在需要的時候，你真的幫了我們的忙。

help A	into B	幫忙 A 進入 B
help A	out of B	幫忙 A 從 B 出來
help A	with B	幫忙 A 做 B 這件事

▷ Can you **help** me **into** my wheelchair? 你可以幫忙我坐上輪椅嗎？

▷ **Help** me **out of** this mess, John. 幫我脫離這個困境吧，John。

▷ Shall I **help** you **with** your homework? 要我幫忙你做作業嗎？

help A	(to) do	幫忙 A 做…
help	(to) do	幫忙做…

▷ Can you **help** me do the washing-up? 你可以幫我洗碗嗎？ ▷ I'll make a cup of tea. It'll **help** you feel better. 我來泡茶。那能讓你感覺舒服點。 ▷ He **helped** me **to** follow my dream. 他幫助我追逐夢想。

▷ Can you **help** tidy up the kitchen? 你可以幫忙整理好廚房嗎？

PHRASES

help one**self (to** A) 自行取用 A（飲食）▷ (Please) help yourself. 請自由取用飲食。

It can't be helped. ☺ 事情就是這樣，沒有辦法了。

May I help you? / Can I help you? ☺ 有什麼我幫得上忙的嗎？ ▷ "May I help you?" "We're just looking." 「需要幫忙嗎？」「我們只是看看。」

helpful /ˈhɛlpfəl/

形 有幫助的，有用的；有效的

extremely	helpful	非常有幫助的
quite	helpful	很有幫助的
particularly	helpful	特別有幫助的
especially	helpful	

▷ The man I spoke to on the telephone was ex-**tremely helpful**. 跟我講電話的男人很熱心幫忙。

helpful	in doing	做…而有幫助的
helpful	for doing	

▷ You've been most **helpful in** providing all that information. 你提供了那些資訊，真的幫了很大的忙。

it's helpful	for A to do	做…對於 A（人）有幫助

▷ **It's helpful for** children **to** interact with each other at an early age. 在幼年時期和其他小孩互動，對兒童有幫助。

it may be	helpful	或許有幫助

★ 除了 may 以外，也常使用 can, will, might, could, would 等助動詞

▷ **It might be helpful** if you waited a little longer. 如果你再等久一點，或許會有用。

hesitate /ˈhɛzəˌtet/ 動 猶豫

hesitate	(for) a moment	猶豫一會兒
hesitate	(for) a second	

▷ She **hesitated for a moment** and then said "Ok, I'll do it." 她猶豫了一下，然後說「OK，我做」。

hesitate	to do	對於做…感到猶豫

▷ I **hesitated to** go there alone again. 我對於再次

獨自去那裡感到猶豫。

PHRASES

don't hesitated to do 〔口語〕不要猶豫去做…，儘管做… ▷Don't hesitate to ask me questions. 儘管問我問題。

hide /haɪd/ 動 隱藏；藏匿

hide	away	躲藏，藏起來
completely	hidden	完全隱藏的
well	hidden	藏得很好的
half	hidden	一半隱藏起來的

▷The money was **hidden away** under the floorboards. 錢被藏在地板下。

▷The summit of Mount Fuji was **completely hidden** behind clouds. 富士山頂完全被隱藏在雲後面。

▷The police couldn't find the stolen jewelry. It was too **well hidden**. 警方找不到被偷的珠寶。它被藏得太好了。

hide A	from B	對 B 隱藏、隱瞞 A

▷He **hid** the letters away **from** her. 他把信藏起來不讓她看到。

hide A	in B	把 A 藏在 B 裡
hide	in A	躲在 A 裡
★ 也可以用 behind, under 等介系詞		

▷She **hid** the letters **in** an old box. 她把信藏在舊盒子裡。

▷He **hid behind** a tree. 他躲在樹後面。

▷He **hid** the front door key **under** the flower pot. 他把正門鑰匙藏在花盆下面。

high /haɪ/ 形 高的

extremely	high	非常高的
fairly	high	相當高的
particularly	high	特別高的
relatively	high	相對高的

▷The water level in the river is **fairly high** now. 河川水位現在相當高。

▷Prices are **relatively high** compared with last year. 價格比起去年相對較高。

be A	high	有 A 的高度
★ A 是 eight feet 之類的數值		

▷The fence is six feet **high**. 這道圍籬有 6 英尺高。

hint /hɪnt/ 名 暗示，提示；跡象；微量

give	a hint	給予暗示，
drop	a hint	給予提示
get	a hint	得到暗示
take	a hint	接收到暗示

▷The professor **gave** us some **hints** about how to write a good essay. 教授給了我們一些關於如何寫好短論文的提示。

▷He wouldn't tell me exactly, but he **dropped** a few **hints**. 他不確切告訴我，但給了一些暗示。

▷I pointed to my watch several times, but he wouldn't **take** the **hint**. 我指了我的錶幾次，但他接收不到我的暗示。

helpful	hints	有用的提示
useful	hints	
a strong	hint	強烈的暗示
a faint	hint	很細微的暗示
the slightest	hint	

▷Here are some **helpful hints** that will keep your tree healthy. 這裡有一些讓你的樹木保持健康的有用提示。

▷There's a **faint hint** of lavender in your perfume. 你的香水有些微的薰衣草味。

▷He didn't give the **slightest hint** that he intended to resign. 他一點也沒有露出想要辭職的跡象。

a hint	on A	關於 A 的提示
a hint	about A	

▷Could you give me some **hints on** how to cook this turkey? 你可以給我一些料理這隻火雞的提示嗎？

history /ˈhɪstərɪ/ 名 歷史；史書；經歷

go down in	history	留存在歷史上
make	history	
trace	A's history	追溯歷史
write	a history	撰寫歷史
have	a history	擁有歷史、經歷

▷President Obama will **go down in history** as the first black American president. 歐巴馬總統將以第一位黑人美國總統的身分留名於歷史中。

▷James Watt **made history** as the inventor of the steam engine. 詹姆斯・瓦特以身為蒸汽引擎發明者而名留歷史。

▷ She **wrote** a **history** of the war in Iraq. 她撰寫了伊拉克的戰爭史。
▷ Afghanistan **has** a **history** of many wars during the last 100 years. 阿富汗在過去 100 年有一段戰爭頻繁的歷史。

recent	history	最近的歷史
ancient	history	古代史
medieval	history	中世紀歷史
modern	history	現代史
human	history	人類歷史
recorded	history	有紀錄的歷史
a checkered	history	盛衰無常的歷史
economic	history	經濟史
social	history	社會史
past	history	過去的歷史
a long	history	很長的經歷
A's medical	history	病歷

▷ Dropping the atomic bomb on Hiroshima was one of the most terrible events in **human history**. 在廣島投下原子彈是人類史上最最悲慘的事件之一。
▷ He has a **long history** of drug abuse. 他有長期濫用藥物的歷史。
▷ A patient's **medical history** should be confidential. 患者的病歷應該保密。

history	shows	歷史顯示

▷ As **history shows**, wars are inevitable. 歷史顯示，戰爭是不可避免的。

hit /hɪt/ 图 成功受到歡迎的事物；打擊，碰撞

prove	a hit	結果證明很成功
make	a hit	成功；給人很好的印象

▷ The movie **proved a hit**. 結果證明那部電影很成功。
▷ She really likes you. I think you've **made a hit**! 她真的很喜歡你。我想你給了她很好的印象！

a big	hit	大成功
a huge	hit	
A's greatest	hits	A 的暢銷歌曲精選
a direct	hit	直接擊中、碰撞

▷ His first album was a **big hit**. 他的第一張專輯非常成功。
▷ The school received a **direct hit** and was com-pletely destroyed. 這所學校被直接擊中而全毀。

hit /hɪt/ 動 打，打擊，碰撞

almost	hit	差一點就打到
be badly	hit	遭到嚴重打擊，嚴重受創
be hard	hit	

▷ The country's economy has been **badly hit** by the financial crisis. 這個國家的經濟因為金融危機而嚴重受創。
▷ After the rise in sales tax, the company's profits were **hard hit**. 銷售稅上漲後，公司的利潤受到嚴重衝擊。

hit A	on B	打 A（人）的 B（部位）
hit A	in B	
hit A	with B	用 B 打 A

▷ Wendy **hit** him **on** the head. Wendy 打他的頭。
▷ Dave **hit** Bob **with** a baseball bat. David 用棒球棍打 Bob。

hold /hold/ 图 握，抓

catch	hold	握住，抓住
grab	hold	
take	hold	
get	hold	
keep	hold	緊握著，緊抓著

▷ I **grabbed hold** of him, and we sat and talked for a couple of minutes. 我抓住他，然後我們坐下來談了幾分鐘。
▷ Suddenly, he **took hold** of both her hands. 他突然抓住她的雙手。
▷ I **got hold** of her arm. 我抓住她的手臂。
▷ **Keep hold** of my hand. If you don't, you might fall. 握好我的手。不然可能會跌倒。

hold /hold/ 動 使保持不動，握住，抓住；認為

hold	tightly	緊握，緊抓
still	hold	仍然保持
be widely	held	被廣泛認為
be commonly	held	

▷ **Hold** me **tightly**. 抱緊我。
▷ He **still holds** the world record for the 100 me-

244 | hole |

ters. 他仍然保持著 100 公尺的世界紀錄。

hold	A C	使 A 保持 C 的狀態

▷ He **held** the door open for her. 他為她把門開著（讓門不會關起來）。

hold	(that)...	認為…

▷ In his recent book, Stephen Hawking **holds that** the universe could have been created without God. 史蒂芬‧霍金在最近的著作裡認為宇宙可能是在沒有上帝的情況下創造的。

hole /hol/ 图洞，穴

make	a hole	打洞，鑽孔
drill	a hole	
dig	a hole	挖洞
cut	a hole	割開一個洞
blow	a hole	炸開一個洞
fill	a hole	把洞填起來

▷ I need to **make** another **hole** in the strap of this shoulder bag. 我需要在這個肩背包的背帶上再打一個孔。

▷ They're **digging a hole** in the road. 他們正在路上挖洞。

▷ Can you **cut** another **hole** in this belt for me? 你可以幫我在這條帶子上再割開一個洞嗎？

▷ We need to **fill** this **hole** up with earth. 我們需要用土填起這個洞。

a big	hole	大孔，大洞
a large	hole	
a deep	hole	很深的洞
a gaping	hole	很廣的洞，很大的洞
a small	hole	小孔
a tiny	hole	很小的孔

▷ Suddenly a **big hole** appeared in the road. 路上突然出現一個大洞。

▷ I thought it was cold! There's a **gaping hole** in the tent! 我還想真冷呢！帳篷上開了個大洞！

a hole	in A	A 的洞

▷ He's digging another **hole in** the ground. 他正在地上挖另一個洞。

holiday /ˈhɑləˌde/ 英 /ˈhɔlədi/

图節日，假日；英（長的）假期

take	a holiday	休假
have	a holiday	
go on	a holiday	度假
spend	a holiday	度過假期

▷ You work too hard. I think you should **take** a **holiday**. 你太努力工作了。我想你應該休個假。

▷ I **went on holiday** to Hawaii last summer. 我去年夏天在夏威夷度假。

▷ How would you like to **spend a holiday** in France? 你會想怎麼度過在法國的假期？

a good	holiday	愉快的假期
one's **annual**	holiday	年假
a paid	holiday	有薪假
the summer	holiday(s)	夏季休假
the Christmas	holiday(s)	聖誕節休假
the Easter	holiday(s)	復活節休假
a public	holiday	國定假日
a national	holiday	

▷ Have a **good holiday**, Simon! Simon，假期愉快！

▷ When are you taking your **annual holiday**? 你什麼時候要休年假？

▷ Your company is very generous. They offer long **paid holidays**. 你的公司非常大方。他們提供很長的有薪假。

▷ Tomorrow's a **public holiday**. 明天是國定假日（★ 英 國定假日也說是 a bank holiday「一般公休日」，美 是 a legal holiday「法定假日」）

on	holiday	休假中

▷ Are you here **on holiday**? 您是來度假的嗎？

▷ I'm going to Scotland for a week **on holiday**. 我要休假一週去蘇格蘭。

home /hom/

图家，住家；家庭；故鄉；棲息地

be away from	home	不在家
leave	home	離開家；離開父母
run away from	home	逃家
own	a home	有自己的家

buy	a home	買房子
build	a home	建造房子
lose	one's home	失去自己的家

▷ My children have all grown up and **left home**. 我的孩子都長大而且離開家裡了。

▷ Apparently she tried to **run away from home** when she was 17 years old. 看起來，她在 17 歲的時候試圖逃家。

▷ Many people can't afford to pay their mortgages and are going to **lose** their **homes**. 許多人付不起房貸，即將失去自己的家。

a happy	home	幸福的家庭
a family	home	家庭住宅
a permanent	home	定居處
one's spiritual	home	心靈的故鄉
a comfortable	home	舒適的家
a private	home	私人住宅；（供他人住宿的住宅）民宿
a new	home	新房子
an existing	home	中古屋
the ancestral	home	祖先傳下來的房子

▷ She comes from a **happy home**. 她來自一個幸福的家庭。

▷ Now we believe we have finally found a **permanent home** at Park Lane. 現在我們相信我們終於在 Park Lane 找到了定居的住所。

▷ Many **private homes** welcome visitors to stay at a cheap price. 許多民宿以便宜的價格歡迎遊客住宿。

▷ Lord Pilkington had to sell the **ancestral home**. Lord Pilkington 不得不賣掉祖先傳下來的房子。

at	home	在家；在國內；在球隊主場；自在

▷ I rang the doorbell, but nobody was **at home**. 我按了門鈴，但沒人在家。 ▷ The murder was big news both **at home** and abroad. 這起謀殺案在國內外都是個大新聞。

▷ Manchester United are playing Liverpool **at home** next weekend. 曼聯下週將在主場迎戰利物浦。 ▷ I feel **at home** here. ☺ 我在這裡感覺很自在。 ▷ Please make yourself **at home**. ☺ 請不要拘謹。

honest /ˈɑnɪst/ 英 /ˈɔnɪst/ 形 誠實的，坦率的

quite	honest	很誠實的
perfectly	honest	
totally	honest	
absolutely	honest	

▷ To be **quite honest**, I think maybe you should have apologized to her. 老實說，我想或許你應該向她道歉。

▷ To be **perfectly honest**, I think you'd be crazy to marry him! 老實說，我覺得你如果跟他結婚就是瘋了！

▷ I don't think he gave a **totally honest** answer. 我認為他給的答案並不完全誠實。

honest	enough	夠誠實的

▷ He was **honest enough** to admit he was wrong. 他承認自己錯了，真是很誠實。

honest	about A	誠實坦白 A 的
honest	with A	對 A 誠實的

▷ I think you should be **honest about** your feelings. 我認為你應該坦白自己的情感。

▷ Be **honest with** him! 要對他誠實！

open and honest	坦率而且誠實的

▷ He's a very **open and honest** kind of guy. 他是那種坦率誠實的男人。

honor /ˈɑnɚ/ 英 /ˈɔnə/

名 榮譽，光榮；（honors）勳章（★ 英 honour）

be	an honor	是光榮的事
have	the honor	有榮幸
defend	A's honor	捍衛名譽
save	A's honor	
share	the honor	分享榮譽
win	honor(s)	贏得榮譽
receive	honors	得到勳章
take	honors	

▷ It is an **honor** to meet you. Mr. Kingsley. 很榮幸認識您，Kingsley 先生。

▷ He was forced into a fight to **defend** her **honor**. 他不得不挺身而出捍衛她的名譽。

▷ He **received** various **honors** for services to his country. 他因為對國家的貢獻而得到各種勳章。

H

(the) guest of	honor	貴賓

▷ I'd like to introduce this evening's **guest of honor**. 我想介紹今晚的貴賓。

a great	honor	很大的榮譽
top	honors	最高榮譽；
the highest	honors	最優秀獎

▷ It is a **great honor** to be here this evening. 今晚能在這裡，我非常榮幸。
▷ Julie received **top honors** for her painting. Julie 的畫作得到最優秀獎。

英 with	honours	以優異的成績

▷ He passed the exam **with honours**. 他以優異的成績通過測驗。

in honor	of A	為了紀念、慶祝 A

▷ They decided to hold a huge party **in honor** of his victory. 他們決定舉行盛大的宴會來慶祝他的勝利。

hope /hop/ 图 希望；期望

be full of	hope	充滿希望
express	hope	表達希望
live in	hope	懷抱著希望
give up	hope	失去希望
lose	hope	
offer	hope	給予希望
give	hope	

▷ He **expressed** the **hope** that a decision would be made within the next few weeks. 他表示希望在未來幾週內會有決定。
▷ We don't think our situation will improve, but we **live in hope**. 我覺得我們的情況不會改善，但我們還是懷抱希望。
▷ Don't **give up hope** *of* receiving an award. 不要放棄得獎的希望。
▷ We mustn't **lose hope**. 我們絕不能失去希望。
▷ Religious belief **offers hope** to many people. 宗教信仰給了許多人希望。
▷ Help from charitable organizations has **given hope** to millions of people. 慈善團體的幫助給了數百萬人希望。

great	hope	很大的希望
the best	hope	最好的希望
a faint	hope	些微的希望

a real	hope	真正的希望
a vain	hope	徒然的希望
the only	hope	唯一的希望
a new	hope	新的希望

▷ Achieving world peace is the **only hope** for the human race. 達成世界和平是人類的唯一希望。
▷ The election of Barack Obama gave **new hope** to the world. 歐巴馬的當選給了世界新的希望。

a glimmer of	hope	一線希望
a ray of	hope	

▷ She's still holding a **glimmer of hope** that he may still be alive. 她仍然抱持著他可能還活著的一線希望。

hopes and dreams	希望與夢想
hopes and fears	希望與擔憂

▷ All parents have **hopes and dreams** for their children. 所有父母都對自己的孩子懷著希望與夢想。（★ 雖然理論上也可以說 dreams and hopes，但實際上 hopes and dreams 的使用頻率比較高）
▷ Pupils talked about their **hopes and fears** for the future. 學生們討論了他們對於未來的希望與擔憂。

hope	for A	對 A 的希望
hope	of doing	做到…的希望

▷ We mustn't give up **hope for** the future. 我們絕對不能放棄對未來的希望。
▷ She has no **hope of** passing the exam. 她不指望自己能夠通過測驗。

in	the hope of doing	懷著…的希望
in	the hope that...	

▷ He wrote letter after letter **in** the **hope of** persuading her to change her mind. 他寫了一封又一封的信，希望說服她改變心意。

hope /hop/ 動 希望，期望

sincerely	hope	真心希望
certainly	hope	
really	hope	
only	hope	只希望

▷ I **sincerely hope** you'll be happy in your new job. 我真心希望你滿意自己的新工作。
▷ I **only hope** there's still time to make an application. 我只希望還有時間可以申請。

hope	for A	希望會有 A

▷ What do you **hope for** in the future? 你對未來有什麼期望？

hope	(that)...	希望…
hope	to do	希望做…

▷ I **hope** we can help you. 我希望我們能幫你。
▷ What do you **hope to** do after you graduate? 你畢業後希望做什麼？

PHRASES

I hope not. ☺ 我希望不是。 ▷ "I think the movie's already started." "I hope not." 「我想電影已經開始了。」「希望不是。」
I hope so. ☺ 我希望是。 ▷ "He's probably at the hotel." "I hope so." 「他可能在旅館。」「希望是這樣。」

horizon /hə`raɪzn/ 名地平線

above	the horizon	在地平線上
below	the horizon	在地平線下

▷ By that time the sun had set far **below** the **horizon**. 那時候，太陽已經落到地平線下的遠處。

hospital /ˈhɑspɪtl̩/ 英 /ˈhɒspitl̩/ 名醫院

go to	(the) hospital	
go into	(the) hospital	去醫院；住院
be admitted to	hospital	
be taken to	hospital	被送到醫院
be rushed to	(the) hospital	被緊急送到醫院
leave	(the) hospital	
be discharged from	hospital	出院
come out of	(the) hospital	

★ 當 hospital 表示的不僅僅是「建築物」而是「醫療場所」時，英式英文常省略 the

▷ He **went into hospital** last week. 他上星期住院了。
▷ After the plane crash, the survivors were **taken to** the nearest hospital. 發生墜機後，生還者被送往最近的醫院。
▷ She was **rushed to hospital** and put in intensive care. 她被緊急送往醫院接受加護治療。
▷ He's **leaving hospital** on Tuesday. 他星期二會出院。

in	(the) hospital	住院中，在醫院

▷ He was **in hospital** for 3 weeks. 他住院三週。
▷ He's being treated **in hospital** for burns. 他正在醫院治療燙傷。

a general	hospital	綜合醫院
a local	hospital	地方醫院
a private	hospital	私立醫院
the university	hospital	大學醫院

▷ I don't have enough money to enter a **private hospital**. 我沒有足夠的錢到私立醫院住院。

hospitality /ˌhɑspɪˈtælətɪ/ 英 /ˌhɒspiˈtæliti/ 名款待

offer	hospitality	
provide	hospitality	款待
extend	hospitality	
enjoy	hospitality	享受款待

▷ I've really **enjoyed** your kind hospitality. 我真的很享受你親切的招待。
▷ They **provided** warm **hospitality** after the official events concluded. 他們在官方活動結束後提供了熱情的招待。

PHRASES

Thank you for your hospitality. ☺ 謝謝你的款待。

host /host/ 名主人，主辦者；主持人

play	host	主辦；成為主辦地點
act as	host	

▷ New York City **plays host** to the Art Show this July. 紐約市今年 7 月主辦藝術博覽會。

hot /hɑt/ 英 /hɒt/ 形熱的，燙的；辣的

extremely	hot	很熱的，很燙的；很辣的
really	hot	
a little	hot	有點熱的，有點燙的；有點辣的

▷ It gets **really hot** here in summer. 這裡夏天真的很熱。

hot and dry	熱而乾燥的
hot and humid	熱而潮濕的

▷ The weather has been really **hot and dry** during the last four weeks. 天氣在過去四週相當乾熱。

hotel /ho`tɛl/ 图 旅館，飯店

book	a hotel	預約飯店
reserve	a hotel	
check into	a hotel	辦理飯店入住手續
check in at	a hotel	
英 book into	a hotel	
check out of	a hotel	結帳退房
stay at	a hotel	住在飯店
stay in	a hotel	

▷ Have you **checked into** a hotel yet? 你入住飯店了嗎？
▷ We can go sightseeing after we've **booked into** the hotel. 我們可以在辦理入住手續之後去觀光。
▷ We have to **check out of** the hotel by 11:00 a.m. 我們必須在上午 11 點前退房。
▷ We **stayed in** a really nice **hotel**. 我們住在很棒的飯店。

a cheap	hotel	廉價的飯店
a comfortable	hotel	舒服的飯店
a friendly	hotel	服務親切的飯店
a luxury	hotel	豪華飯店
a five-star	hotel	五星級飯店

▷ It's a really **friendly hotel**. I like staying there. 那家飯店服務真的很親切。我喜歡住那裡。
▷ She's staying in a **five-star hotel**. 她住在一家五星級飯店。

hour /aʊr/ 图 小時；時刻

take	two hours	花費 2 小時
last	three hours	持續 3 小時

▷ It **takes** me an **hour** and a half to get to university. 去大學要花我一小時半。

a half	hour	半小時
half	an hour	
a quarter of	an hour	15 分鐘

an hour	and a half	一小時半
one and a half	hours	
every	hour	每一小時

▷ It'll take you about a **half hour** to finish this report. 寫完這份報告會花你大約半小時。
▷ We're in the country here. A bus only comes **every** four **hours**. 我們這裡是鄉下。公車每四個小時才會來一班。

an hour's	drive	開車一小時的距離

★ 除了 drive，也有用 walk, sleep, exercise 的說法

▷ It's only an **hour's drive** to the coast. 開車到海岸只要一小時。

by	the hour	以小時為單位，按鐘點
per	hour	每小時
an	hour	
for	an hour	以一小時的時間
in	an hour	一小時後
on	the hour	在整點
for	hours	好幾個小時

▷ He gets paid **by the hour**. 他領時薪。
▷ She'll be here **in an hour**. 她一小時後會來。
▷ A bus arrives here **on the hour**. 每到整點會來一班公車。
▷ She's been talking on the phone **for hours**. 她講電話講了好幾個小時。

hour	after hour	一小時又一小時

▷ **Hour after hour** went by and still they had no news. 一小時又一小時過去，他們還是沒有任何消息。

business	hours	辦公時間，公司營業時間
office	hours	
working	hours	
opening	hours	營業時間
visiting	hours	會客時間
school	hours	學校上課時間

▷ You shouldn't make private phone calls during normal **working hours**. 你不應該在一般工作時間打私人電話。

house /haʊs/ 图 房屋，住宅

build	a house	蓋房子
demolish	a house	拆毀房子

renovate	a house	改裝房子
move into	a house	搬進房子
英 move	house	
rent	a house	租房子
share	a house	共用房子，分租房子

▷ They're going to **demolish** this **house** and put up a new apartment building. 他們會拆掉這間房子，並且建造新的公寓大樓。

▷ Have you **moved into** your new **house** yet? 你搬進新家了嗎？

▷ We're planning to **rent** a **house** in the country. 我們正計畫在鄉下租間房子。

▷ She **shares** a **house** with three other students. 她跟其他三名學生分租房子。

a detached	house	獨棟的房子
a semi-detached	house	兩戶並連的房子
a row	house	排屋 （一整排相連的房子）
英 a terraced	house	
a rented	house	租的房子
an empty	house	空屋
a beach	house	海邊房屋
a packed	house	客滿的場地
a full	house	

▷ They live in a **rented house**. 他們住在租來的房子。

▷ We've got a **full house** at the moment. 我們目前客滿了。

housework /ˈhaʊsˌwɝk/ 名家事

do	housework	做家事

▷ In the near future, robots will be **doing** all the **housework**. 在不久的將來，機器人將會做所有的家事。

human /ˈhjumən/ 形人的，人類的；有人性的

very	human	非常合乎人性的
quite	human	相當有人性的
fully	human	完全有人性的
almost	human	幾乎像個人的

▷ It's **very human** to be jealous! 嫉妒是人之常情！

▷ Now I've had a shower. I feel **almost human**

again! 我沖完澡了，感覺幾乎又像個人了！

PHRASES

I'm just human. 我只是凡人。 ▷ You can't blame me for being attracted to her. After all, I'm only human. 你不能怪我被她吸引。畢竟我只是個凡人。

humor /ˈhjumə/ 英 /ˈhjuːmə/

名幽默；心情（★ 英 humour）

black	humor	黑色幽默
dry	humor	面不改色而冷靜 表達出來的幽默
(a) good	humor	好心情

▷ When he left the party, he was in a very **good humor**. 當他離開派對時，他心情非常好。

a sense of	humor	幽默感

▷ I like Paul. He's got a great **sense of humor**! 我喜歡 Paul。他很有幽默感！

hundred /ˈhʌndrəd/ 名一百

a	hundred		100
one	hundred		
two	hundred		200
three hundred (and)		five	305
three hundred (and)		sixty	360

★ 百位和十位或個位之間，美國習慣不加 and，但在英國加 and 是很一般的

▷ **A hundred** years ago, life in the States was entirely different. 一百年前美國的生活完全是不一樣的。

a [one] hundred	thousand	十萬
a [one] hundred	million	一億
hundreds	of A	數百個 A

▷ She won **a hundred thousand** dollars in the lottery. 她樂透中了十萬美元。

▷ This rock is over **a hundred million** years old. 這塊岩石的年代超過一億年。

▷ There were **hundreds of** people at the wedding. 婚禮上有好幾百人。

hungry /ˈhʌŋrɪ/ 形餓的

go	hungry	肚子變餓

feel	hungry	覺得餓

▷ We can't let the children **go hungry**. 我們不能讓孩子們挨餓。

really	hungry	真的很餓的
still	hungry	還覺得餓的

▷ I'm **really hungry**. Let's stop for a meal. 我真的很餓。我們停車去吃飯吧。

▷ That meal was delicious. But I'm **still hungry**. 餐點很美味。但我還覺得餓。

hungry	for A	渴求 A 的

▷ That child is always **hungry for** attention. 那個小孩總是渴望關注。

tired and hungry	又累又餓

▷ They came down from the mountain **tired and hungry**. 他們又累又餓地下了山。

hurt /hɜ˞t/ 動 使受傷，使疼痛；疼痛

hurt	badly	使嚴重受傷；痛得厲害
hurt	slightly	使稍微受傷；有點痛
seriously	hurt	使嚴重受傷
really	hurt	真的很痛
hurt	deeply	在感情上深深傷害

▷ My shoulder **hurt badly**, but I didn't think it was broken. 我的肩膀痛得厲害，但我不覺得有骨折。

▷ It was a bad car crash, but surprisingly she was only **slightly hurt**. 那是場嚴重的車禍，但令人驚訝的是，她只受到輕傷。

hurt	oneself	受傷

▷ Are you OK? Have you **hurt yourself**? 你還好嗎？你受了傷嗎？

PHRASES

I don't want to hurt you. ☺ 我不想傷害你。

husband /ˈhʌzbənd/ 名 丈夫

leave	one's husband	離開丈夫，和丈夫離婚
lose	one's husband	失去丈夫

▷ She says she's going to **leave** her **husband**. 她說她要跟丈夫離婚。

▷ She **lost** her **husband** in a road accident. 她在一場道路事故中失去了丈夫。

▷ She **lost** her **husband** to cancer. 她的丈夫因為癌症過世。（★ 因病失去親人時用 to）

her former	husband	前夫
her future	husband	未來的丈夫
her late	husband	亡夫

▷ Her **former husband** still keeps in contact with her. 她前夫還和她保持聯絡。

▷ Her **late husband** left her a great deal of money. 她的亡夫留給她一大筆錢。

husband and wife	夫妻
★ 使用這個詞序，不加冠詞	

▷ They've been **husband and wife** for over 60 years. 他們當了 60 幾年夫妻。

I

ice /aɪs/ 名冰

the ice	forms	結起冰
the ice	melts	冰融解

▷It's so cold that **ice** is **forming** on the windows outside. 天氣冷到窗戶外面結起了冰。

▷Spring is coming, and the **ice** is **melting**. 春天要來了，冰正在融解。

thick	ice	厚冰
thin	ice	薄冰

▷Antarctica is almost entirely covered by **thick ice**. 南極大陸幾乎完全被厚厚的冰層覆蓋。

a block of	ice	一塊冰
a lump of	ice	

▷It's freezing! My body feels like a **block of ice**. 冷死人了！我的身體感覺像冰塊。

idea /aɪˋdɪə/ 名想法，主意；意見，見解；思想

have	an idea	有個想法
get	an idea	想到個主意
get	the idea	〔非正式〕了解
discuss	the idea	討論想法
exchange	ideas	交換想法
give	an idea	提供想法，使有個概念
develop	the idea	發展想法
introduce	the idea	引進想法
express	an idea	表達想法
support	the idea	支持想法
accept	the idea	接受想法
reject	the idea	拒絕想法
abandon	the idea	捨棄想法

▷I **have** an idea. ☺ 我有個主意。

▷Do you **have** any **ideas**? 你有什麼想法嗎？

▷I don't know where she **got** the **idea** from, but it's working really well. 我不知道她哪來的主意，但真的很有效。

▷So you pull this lever up and press this red button. **Get** the **idea**? 所以你把這根桿子往上拉，然後按這個紅色按鈕。懂了嗎？

▷Let's **discuss** the **idea** again next week. 我們下星期再討論這個想法吧。

▷Let's meet over lunch and **exchange ideas**. 我們一起午餐並且交換意見吧。

▷Could you **give** an **idea** of how much you think it will cost? 可以讓我了解一下你認為會花多少錢嗎？

▷I think we need to **develop** the **idea** a little more before presenting it to the board of directors. 我想我們跟董事會報告這個想法之前，需要再發展一下。

▷They were going to set up a second office in London, but now they've **abandoned** the **idea**. 他們原本要在倫敦設立第二間辦事處，但現在已經放棄這個想法。

a good	idea	好主意
a great	idea	
a bright	idea	很棒的主意
an excellent	idea	
a brilliant	idea	
an interesting	idea	有趣的主意
an original	idea	原本的想法，有原創性的主意
the basic	idea	基本的想法
a clear	idea	清楚的概念
a general	idea	大略的概念
a rough	idea	
the main	idea	主旨
the wrong	idea	錯誤的想法

▷OK! That's a **great idea**! Let's do it! 好！很好的主意！就那麼做吧！

▷This is completely different from our **original idea**. 這跟我們原本的想法完全不同。

▷I still don't have a **clear idea** of what changes the company is going to make. 我還不清楚公司會做什麼改變。

▷Can you give me a **rough idea** of how many people are coming to the party? 有多少人會來派對，你能給我個概念嗎？

an idea	about A	對於 A 的想法
an idea	on A	關於 A 的想法
an idea	for A	想創造某種 A 的想法
the idea	of A	A 的想法
an idea	to do	做…的想法

▷I'd appreciate any **ideas on** how to improve service to our customers. 我會感謝任何關於改善顧客服務的想法。

▷It's a good **idea to** go to the doctor. 去看醫生是

個好主意。

have	no idea	不知道，不懂
★ 後面會接 that, how, what 等		

▷ I **had no idea** (*that*) you were so unhappy. 我不知道你那麼不開心。 ▷ I **have no idea** *how* this person got my credit card number. 我不知道這個人怎麼拿到我信用卡號碼的。 ▷ We **have no idea** *what*'s going on. 我們不知道發生什麼事。

(PHRASES)

That's an idea. ☺ 不錯的主意。
That's the idea. ☺ 就是那個意思；就是那樣！

identify /aɪˋdɛntəˌfaɪ/

動 辨認，認出；認為…等同

correctly	identify	正確辨認
clearly	identify	清楚辨認
easily	identify	輕易辨認
readily	identify	
be closely	identified	有密切關聯

▷ This type of poisonous mushroom can be **easily identified**. 這種毒菇很容易辨認。
▷ The increase in the ownership of guns is **closely identified** *with* the increase in the number of murders. 槍隻持有者的增加與殺人案件的增加有密切關聯。

can	identify	能夠辨認、找出
be able to	identify	
be possible to	identify	有可能辨認、找出
try to	identify	試圖辨認、找出

▷ It is **possible to identify** many reasons for the decrease in population. 可能可以找出許多人口減少的理由。
▷ Doctors are **trying to identify** the causes of the influenza outbreak. 醫師們正試圖找出流感爆發的原因。

identify A	as B	認出、認為 A 是 B

▷ She was able to **identify** him **as** her attacker. 她能認出他就是攻擊她的人。

identity /aɪˋdɛntətɪ/

名 身分，本身；個性，特性

establish	A's identity	確認身分

establish	one's identity	建立個性
lose	one's identity	失去特性
reveal	A's identity	揭露身分
disclose	A's identity	
discover	the identity	發現身分
know	the identity	知道身分
protect	one's identity	隱藏身分
conceal	one's identity	

▷ It seems difficult to **establish** the **identity** of the victims. 確認罹難者的身分似乎很困難。
▷ He refuses to **reveal** his **identity**. 他拒絕透露自己的身分。
▷ The police never **discovered** the **identity** of the murderer. 警察從未查出殺人犯的身分。
▷ We **know** the **identity** of three of the terrorists. 我們知道其中三名恐怖分子的身分。

one's **true**	identity	真實身分
mistaken	identity	誤認身分
a corporate	identity	企業識別
cultural	identity	文化認同
a national	identity	國家認同

▷ Her **true identity** will never be known. 她的真實身分絕對不會被人知道。
▷ We don't know if it was a case of **mistaken identity**. But we're pretty sure it was the same gang. 我們不知道是否誤認了身分。但我們很確定是同一幫人。
▷ It's important for each country to preserve its **cultural identity**. 每個國家都保有自己的文化認同很重要。

a sense of	identity	身分認同感

▷ If you want to be happy in life, you need to develop a **sense of identity** within society. 如果你想要人生過得幸福，你需要培養在社會中的身分認同感。

ignore /ɪgˋnor/ 動 不理會，忽略

completely	ignore	完全忽略
totally	ignore	
virtually	ignore	實質上忽略
largely	ignore	大部分忽略
simply	ignore	就只是忽略
deliberately	ignore	故意忽略
★ ignore completely 的使用頻率也很高		

▷ He **completely ignored** everything I said. 他完

全忽略我說的一切。

▷ I think we can **largely ignore** this report. 我想這份報告我們可以大部分忽略。

ignore	the fact that...	忽略…的事實

▷ We shouldn't **ignore the fact that** he was under a lot of stress at the time. 我們不應該忽略他當時壓力很大的事實。

ill /ɪl/ 形 生病的；不舒服的

become	ill	
fall	ill	
get	ill	生病；變得不舒服
be taken	ill	
feel	ill	覺得不舒服

▷ Nancy **fell ill** after dinner. Nancy 晚餐後覺得不舒服。

▷ Watching that fish wriggling around on that plate makes me **feel ill**! 看那條魚在盤子上扭來扭去讓我覺得不舒服！

critically	ill	病危的
terminally	ill	病況進入末期的
seriously	ill	
severely	ill	
desperately	ill	病況嚴重的
extremely	ill	
really	ill	
quite	ill	病得很重的
mentally	ill	心理生病的
physically	ill	身體生病的

▷ He's **critically ill** in hospital. 他病危住院中。

▷ I'm afraid he's **terminally ill**. The doctors can do nothing for him. 恐怕他的病是末期了。醫生對他束手無策。

▷ Tom's not **seriously ill**. Just a cold. Tom 病得不嚴重。只是感冒而已。

ill	in bed	臥病在床的
ill	in hospital	因病住院的

▷ Carol spent last week **ill in bed**. Carol 上個星期臥病在床。

ill	with A	患 A 疾病的

▷ He's **ill with** influenza. 他得了流感。

illness /ˈɪlnɪs/ 名 疾病

have	an illness	患有疾病
suffer from	an illness	
treat	(an) illness	治療疾病
cause	illness	造成疾病
recover from	an illness	從疾病中康復

▷ She's **suffered from** that illness for years. 她得了那種病好幾年。

▷ A doctor should know how to **treat** all kinds of **illnesses**. 醫師應該知道如何治療各種疾病。

▷ Overeating can **cause illness**. 吃得太多可能造成疾病。

acute	illness	急性疾病
chronic	illness	慢性疾病
serious	illness	嚴重的病
mild	illness	輕微的病
terminal	illness	末期的病

▷ It's a **chronic illness**. She's had it for years. 這是一種慢性病。她得了這種病好幾年。

▷ It's not a **serious illness**. You'll recover in a couple of weeks. 這不是嚴重的疾病。你幾個星期後就會康復。

injury and illness	受傷與疾病

★ 也可以說 illness and injury

▷ Are you insured against **illness and injury**? 你有傷病保險嗎？

image /ˈɪmɪdʒ/ 名 形象，印象，圖像

have	an image	有形象
create	an image	建立形象
form	an image	
project	an image	展現出形象
present	an image	
conjure up	an image	讓人腦海浮現出形象
change	one's **image**	改變形象
improve	one's **image**	改善形象
shed	one's **image**	擺脫形象
shake off	one's **image**	

▷ She **projects** an **image** of a very confident person, but in fact she's not confident at all. 她表現出很有自信的形象，但事實上她一點自信也沒有。

▷The movie **conjures up images** of what it was like to live in the USA in the 1930s. 這部電影讓人想起 1930 年代美國生活的模樣。

▷I've **changed** my **image** of Peter. He's actually quite a nice chap. 我改變了我對 Peter 的印象。他其實是個很好的傢伙。

▷I think you should try to **improve** your **image**. A haircut and a new suit might be a good idea! 我想你應該努力改善自己的形象。剪頭髮和換套新西裝可能是個好主意！（★ 並不會用 ×image up 之類的說法）

a positive	image	正面的形象
a good	image	
a negative	image	負面的形象
a bad	image	
one's **public**	image	公共形象
a corporate	image	企業形象
a mental	image	心像
a visual	image	視覺形象
a mirror	image	鏡像

▷Even though he is a positive person, he projects a **negative image**. 雖然他是個正面的人，卻展現出負面的形象。

▷The recent scandal ruined his **public image**. 最近的醜聞毀了他的公共形象。

▷We need to be very careful about projecting the right **corporate image**. 我們對於展現正確的企業形象應該非常謹慎。

▷She had a **mental image** of how wonderful it would be to live in Hawaii. 她心中想像著住在夏威夷會有多棒。

imagination /ɪˌmædʒəˈneʃən/

名 想像，想像力

have	an imagination	有想像力
not take	much imagination	不需要很多想像力
use	one's imagination	運用想像力
capture	A's imagination	吸引 A 的興趣
catch	A's imagination	
fire	A's imagination	燃起 A 的想像力

▷It doesn't **take much imagination** to guess what they were doing! 不用太多想像力就能猜到他們在幹嘛！

▷"I've got no idea what to draw." "**Use** your **imagination**!" 「我不知道要畫什麼。」「用你的想像力！」

力！」

▷Her performance really **captured** the **imagination** *of* the audience. 她的表演真的很吸引觀眾。

creative	imagination	
a fertile	imagination	豐富的想像力
a vivid	imagination	
the popular	imagination	一般人的想像

▷To be a writer, you need a great deal of **creative imagination**. 想當作家，你需要許多有創意的想像。

▷She's got a very **fertile imagination**. 她有很豐富的想像力。

▷I can't believe you thought I had two girlfriends at the same time! You must have a very **vivid imagination**! 我不敢相信你以為我同時交兩個女朋友！你是想像力太豐富了吧！

▷Halloween is associated with ghosts in the **popular imagination**. 在一般人的想像中，萬聖夜會和鬼聯想在一起。

in one's	**imagination**	在想像中
with	a little imagination	用一點點想像力

▷**In** my **imagination** I was 5 years old again. Back in my childhood. 在我的想像中，我又回到了 5 歲。回到我的童年時期。

a figment of	A's **imagination**	憑空想像的事物
a lack of	imagination	想像力的缺乏

▷I thought I saw a ghost by the fireplace, but I guess it was just a **figment of** my **imagination**. 我以為我在壁爐旁邊看到鬼，但我想那只是憑空想像出來的東西。

▷I'm afraid he suffers from a **lack of imagination**. 恐怕他缺乏想像力。

imagine /ɪˈmædʒɪn/ 動 想像

always	imagine	總是想像
just	imagine	只是想像，只要想像
easily	imagine	容易想像

▷I **always imagined** he was an honest chap. 我一直以為他是個誠實的傢伙。

▷**Just imagine** it! ☺ 你想像一下；真不敢相信！

▷I can **easily imagine** how you felt. 我很容易就能想像你的感覺。

imagine	(A) doing	想像（A）做…

▷Can you **imagine** waiting 8 hours for your plane

to take off? 你能想像等 8 小時飛機才起飛嗎？

▷ I can't **imagine** Dave agree**ing** to a divorce. 我不能想像 David 會同意離婚。

imagine	(that)...	想像…
imagine	wh-	想像…
★ wh- 是 what, why, how 等		

▷ Now **imagine that** you are alone. 現在想像你一個人。

▷ It must have been a real shock. **Imagine how** he felt. 那一定是很大的打擊。想像一下他的感受。

imagine	A as C	想像 A 是 C

▷ I always **imagined** him **as** a helpful person. 我一直以為他是能幫上忙的人。

PHRASES⟩

Can you imagine? 你能想像嗎；你能想像一下嗎？

immigrant /ˈɪməgrənt/ 名 移入的移民

an illegal	immigrant	非法移民

▷ Laws against **illegal immigrants** have become more severe recently. 取締非法移民的法律最近變得更嚴格了。

an immigrant	from A	來自 A 的移民
an immigrant	to A	往 A 的移民

▷ She's an **immigrant from** Poland, living in London at the moment. 她是從波蘭來的移民，現在住在倫敦。

▷ My grandfather was an **immigrant to** New York in the late 19th century. 我的祖父是 19 世紀末移往紐約的移民。

impact /ˈɪmpækt/

名 衝擊，撞擊；影響，強烈的印象

have	an impact	有影響
make	an impact	
consider	the impact	考慮影響
examine	the impact	檢視影響
assess	the impact	評價影響
reduce	the impact	減少影響

▷ What you said **had** an **impact** on him. 你說的話對他有很大的影響。

▷ We should **examine** the **impact** of violent computer games on young people's minds. 我們應該檢視暴力電腦遊戲對年輕人心智的影響。

a major	impact	重大的影響
a significant	impact	顯著的影響
little	impact	很少的影響
a direct	impact	直接的影響
an immediate	impact	立即的影響
economic	impact	對經濟的影響
environmental	impact	對環境的影響

▷ Advances in computer technology have made a **major impact** on people's lives. 電腦科技的進步對人類的生活產生了重大的影響。

▷ The financial crisis in America made an **immediate** impact on economies of countries **throughout** the world. 美國的財政危機對世界各國的經濟造成立即的影響。

▷ The **environmental impact** of global warming on the earth is frightening. 全球暖化對地球造成的環境衝擊令人驚恐。

impact	on A	對 A 的影響

▷ Terroism has had a major **impact on** airport security. 恐怖主義對機場安全產生了重大影響。

import /ˈɪmpɔrt/ 名 進口；進口物品

boost	imports	提高進口
reduce	imports	減少進口
ban	imports	禁止進口
★ 也有 boost [reduce/ban] the import of A 的說法		

▷ Tariffs are intended to **reduce imports**. 關稅的用意是減少進口。

▷ The government is trying to **reduce** the **import** of foreign rice. 政府正試圖減少外國米的進口。

imports	rise	進口成長
imports	increase	
imports	fall	進口下降

▷ **Imports** have **risen** recently compared with exports. 相較於出口，進口量最近成長了。

agricultural	imports	農產品進口
foreign	imports	國外進口
a major	import	主要進口物品
total	imports	進口總額

▷ Beef is a **major import** for Japan. 牛肉是日本的主要進口品項。

an import	from A	來自 A 的進口物品
an import	into A	進口到 A 的物品

▷ This cheese is an **import from** Holland. 這個起司是從荷蘭進口的。

import /ɪm`port/ 動 進口；引進

illegally	import	非法進口

▷ He was accused of **illegally importing** drugs. 他因為非法進口毒品而被提起告訴。

import A	from B	從 B 進口 A
import A	into B	將 A 進口到 B

▷ Japan **imports** a lot of coffee **from** Columbia. 日本從哥倫比亞進口大量咖啡。（★ 也常用被動態表達：This rice was **imported from** China. 這米是從中國進口的。）
▷ Many foreign words have been **imported into** Japanese. 有許多外來語被引進日語。

importance /ɪm`portəns/ 名 重要性

increase	in importance	重要性增加
attach	the importance	重視
recognize	the importance	承認重要性
realize	the importance	了解到重要性
understand	the importance	理解重要性
stress	the importance	
emphasize	the importance	強調重要性
underline	the importance	

▷ His job has **increased in importance** recently. 最近他工作的重要性增加了。
▷ The Japanese Government **attaches** great **importance** *to* the relationship with the United States. 日本政府很重視與美國的關係。
▷ I don't think you **understand** the **importance** of what I'm trying to tell you. 我想你不懂我試著告訴你的事情的重要性。
▷ The President **stressed** the **importance** of remaining calm at all times. 總統強調隨時保持冷靜的重要性。

of A	importance	有怎樣的重要性

★ A 是 great, crucial, paramount, particular 等形容詞
▷ What you say in your speech tomorrow will be

of vital **importance** to the country. 你明天的演說內容對國家有很大的重要性。

a matter of	great importance	很重要的事

important /ɪm`portənt/ 形 重要的

extremely	important	極為重要的
particularly	important	特別重要的
especially	important	
increasingly	important	越來越重要的

▷ It's **particularly important** that you keep this information secret. 你保持這個資訊的機密是特別重要的。
▷ It's becoming **increasingly important** to protect our computer system from viruses. 保護公司的電腦系統不受病毒侵犯越來越重要。

important	to A	對於 A 重要的

▷ It may not be **important to** you, but it's very important to me. 對你來說或許不重要，但對我非常重要。

it is important	(for A) to do	（A）去做…很重要
it is important	(that)...	…很重要

▷ **It's important to** keep a backup copy of your thesis. 為你的論文留一份備份很重要。

impossible /ɪm`pasəbl/ 英 /ɪm`pɔsəbl/
形 不可能的，很不合理的

seem	impossible	似乎不可能
prove	impossible	結果證明不可能
find A	impossible	覺得 A 不可能
make A	impossible	使 A 變得不可能

▷ I **find** it **impossible** to understand her point of view. 我覺得要了解她的觀點是不可能的。
▷ They **made** it **impossible** for me to continue working there. 他們讓我沒辦法繼續在那裡工作。

absolutely	impossible	完全不可能的
almost	impossible	
practically	impossible	幾乎不可能的
nearly	impossible	近乎不可能的
virtually	impossible	實際上不可能的

▷It's **absolutely impossible** to know what she's thinking. 要知道她在想什麼完全是不可能的。

▷It was an **almost impossible** task. 這幾乎是不可能的任務。

▷It's **nearly impossible** to work over 16 hours a day! 一天工作超過 16 個小時幾乎是不可能的！

it is impossible	(for A) to do	（A）要做… 是不可能的

▷**It's impossible for** me **to** complete the essay this week. 我這個禮拜不可能寫好短論文。

PHRASES

That's impossible. ☺ 那是不可能的。

impressed /ɪmˈprɛst/ 形 印象深刻的

deeply	impressed	感覺印象很深的
greatly	impressed	感覺印象非常深的
particularly	impressed	感覺印象特別深的

▷She was **deeply impressed** by the little girl's painting. 她對那位小女孩的畫作印象很深刻。

▷He was **particularly impressed** by your essay on the Edo period. 他對於你關於江戶時期的短論文印象特別深。

be impressed	by A	對 A 感到印象深刻
be impressed	with A	

▷He was **impressed by** your questions after the lecture. 他對你在演說後提出的問題感到印象深刻。

PHRASES

I'm so impressed. ☺ （我覺得）真的很了不起。

impression /ɪmˈprɛʃən/ 名 印象

get	an impression	
gain	an impression	有某種印象
have	an impression	
give	an impression	
make	an impression	
create	an impression	給人某種印象
convey	an impression	
leave	an impression	留下某種印象
confirm	an impression	確認印象
reinforce	an impression	強化印象

▷I **have** the **impression** that he's not really interested in politics. 我的印象是他對政治不太感興趣。

▷He **gave** the **impression** that he knew all about Ancient Greek history. 他給人精通古希臘歷史的印象。

▷It's important to **make** a good **impression** *on* your teacher. 在老師心中留下好印象很重要。

▷That just **confirms** the **impression** I had of him earlier. 那正好確認了我之前對他的印象。

a strong	impression	強烈的印象
a false	impression	
a misleading	impression	錯誤的印象
a wrong	impression	
a bad	impression	不好的印象
a good	impression	好的印象
a favorable	impression	
an initial	impression	最初的印象
a lasting	impression	持久的印象
an overall	impression	整體、大概的印象
a general	impression	

▷I don't want to give you a **false impression**. 我不想給你錯誤的印象。

▷You made a really **good impression**! 你留下了很好的印象！

▷I got the **general impression** that he didn't really want to continue with the course. 我大致上感覺到他不太想繼續修這門課。

under the impression (that)...	以為…

▷I was **under** the **impression that** you knew all about it. 我以為你知道關於那件事的一切。

impressive /ɪmˈprɛsɪv/

形 令人印象深刻的，令人欽佩的

extremely	impressive	很令人印象深刻的
pretty	impressive	
particularly	impressive	特別令人印象深刻的
equally	impressive	同樣令人印象深刻的

▷Tom's exam results were **particularly impressive**. Tom 的測驗成績特別優異。

▷I think both candidates were **equally impressive**. 我想兩位人選都一樣令人感到優秀。

improve /ɪmˋpruv/

動 改善，改進；精進，進步

considerably	improve	相當程度地改善
dramatically	improve	戲劇性地改善
greatly	improve	大幅改善
vastly	improve	
significantly	improve	顯著改善
certainly	improve	確實（能）改善
gradually	improve	逐漸改善
steadily	improve	穩定改善

★ considerably, dramatically, greatly, significantly, steadily 也可以用在動詞後面

▷ His English has **improved dramatically** since he started taking private lessons. 自從他開始接受一對一教學後，他的英語就突飛猛進。

▷ The situation has **greatly improved** since the last time we spoke. 情況在我們上次談過以後改善了許多。

▷ This year's sales figures have **significantly improved** over last year's. 今年的銷售數字比去年顯著改善了。

try to	improve	試圖改善
be designed to	improve	被設計來改善

▷ He's **trying to improve** his backhand. 他試圖改進自己的（網球）反手拍。

an attempt to	improve	改善的嘗試
an effort to	improve	改善的努力

▷ You really should make more **effort to improve**. 你真的應該更努力改進。

inch /ɪntʃ/

名 英寸（★ 1英寸＝1/12英尺，或 2.54 公分）

an inch	thick	一英寸厚的
an inch	long	一英寸長的
an inch	wide	一英寸寬的
an inch	high	一英寸高的

▷ We need a five **inch thick** piece of wood. 我們需要五英寸厚的木材。

half	an inch	半英寸
a half	inch	

▷ Leave about **half an inch** between your big toe and the end of the shoe. 在你的大拇趾與鞋頭間留約半英寸的空間。

incident /ˋɪnsədnt/ **名** 事件

remember	an incident	記得事件
describe	an incident	描述事件
report	an incident	報告事件
investigate	an incident	調查事件

▷ He seemed completely unable to **remember** the **incident**. 他似乎完全記不得那起事件。

▷ Police are **investigating** the **incident**. 警察正在調查那起事件。

an incident	happens	事件發生
an incident	occurs	事件發生

▷ Every time an unusual **incident happens**, she panics. 每次發生不尋常的事，她都會驚慌。

a major	incident	重大的事件
a serious	incident	嚴重的事件
a minor	incident	較小的事件
a violent	incident	暴力事件
an isolated	incident	（和其他無關的）個別事件
a shooting	incident	槍擊事件

▷ There have been no **major incidents** of terrorism for the last two months. 過去兩個月沒有重大的恐怖攻擊事件。

▷ Apparently a **serious incident** took place outside the White House. 顯然白宮外發生了嚴重的事件。

following	an incident	事件之後
without	incident	平安無事

▷ A man was arrested **following** an **incident** outside a nightclub. 一名男子在夜店外的事件發生後被逮補。

▷ Luckily the demonstration was peaceful and passed **without incident**. 幸運的是，示威遊行很和平，而且平安無事地過去了。

income /ˋɪnˏkʌm/ **名** 收入，所得

have	an income	有收入
earn	an income	賺取收入
receive	an income	獲得收入

increase	an income	增加收入
reduce	an income	減少收入
supplement	one's income	補充、增加收入

▷ He **has** an **income** of over $100,000 a year. 他年收超過 10 萬美元。

▷ He **receives** a good **income** from his investments. 他從投資中獲得不錯的收入。

▷ He had to take on an extra job to **supplement** his **income**. 他必須從事副業來補貼收入。

income	falls	收入減少
income	rises	收入增加

▷ Their **income fell** by 50% last year. 去年他們的收入減少了 50%。

a high	income	高收入
a low	income	低收入
an annual	income	年收入
a regular	income	固定收入
a total	income	總收入
gross	income	總收入，所得毛額

▷ She doesn't have a very **high income**. Just enough to live on. 她收入不是很高。只夠過日子而已。

▷ Together they earn a **total income** of around $120,000. 他們的總收入是 12 萬美元左右。

a source of	income	收入來源

▷ She's very rich. She has a private **source of income**. 她很有錢。她有私人的收入來源。

increase /ˈɪnkris/ 图 增加，增大

see	an increae	看到增加
show	an increase	顯示增加
cause	an increase	造成增加
represent	an increase	代表增加

▷ We're going to **see** a big **increase** in the number of elderly people during the next 10 years. 未來 10 年，我們將會看到老年人數的大幅增加。

▷ Our poor service has **caused** an **increase** in complaints. 我們糟糕的服務導致客訴的增加。（★ cause an increase 通常表示負面情況）

▷ Total profits this year **represent** an **increase** of 72% over last year. 今年的利潤總額比去年增加 72%。

a dramatic	increase	戲劇性的增加
a huge	increase	大幅度的增加
a substantial	increase	
a significant	increase	顯著的增加
a marked	increase	
a rapid	increase	急速的增加
a sharp	increase	急劇的增加
a slight	increase	稍微的增加
pay	increase	加薪
price	increase	漲價
tax	increase	增稅
population	increase	人口增加
temperature	increase	氣溫上升

▷ We're seeing a **dramatic increase** in global warming. 我們看到全球暖化效應的急速增長。

▷ Exports are not doing well. We need to see a **substantial increase**. 出口情況不佳。我們需要看到大幅的提升。

▷ Last month there was a **sharp increase** in sales. 上個月銷售急速增長。

increase	in A	A 的增加
increase	of 30%	30% 的增加
on	the increase	增加中

▷ Recently there's been an **increase in** interest in 3D computer games. 最近對於 3D 電腦遊戲的關注增加了。

▷ There's going to be an **increase of** 50% in the price of alcohol. 酒類價格將上漲 50%。

▷ The number of homeless people is **on** the **increase**. 無家可歸的人數正在增加。

increase /ɪnˈkris/ 勔 增加，增大；使增加

greatly	increase	大幅增加
significantly	increase	顯著增加
substantially	increase	增加相當多
gradually	increase	逐漸增加
steadily	increase ·	穩定增加
increase	considerably	大幅增加
increase	dramatically	戲劇性地增加
increase	rapidly	急速增加
increase	sharply	

（★ significantly, substantially 用在動詞後面的頻率也很高）

▷I think your chances of being promoted have **greatly increased**. 我想你獲得升職的機率大幅增加了。

▷The number of cases of influenza has **significantly** increased over the past two weeks. 過去兩週，流感病例大幅增加了。

▷Our costs have **increased substantially**. 我們的成本大幅增加了。

▷The number of visa applications has **increased dramatically**. 簽證申請數急劇增加。

▷Unless foreign aid **increases rapidly**, the number of people dying of hunger will continue to rise. 除非國外的援助快速增加，否則餓死的人數將會持續上升。

increase	by 50%	增加 50%
increase from 10	to 20	從 10 增加到 20
increase	in size	尺寸增大
increase	in price	價格上漲
increase	in value	價值上升

▷The price of coffee has **increased by** 50% during the last 12 months. 咖啡價格在過去 12 個月上漲了 50%。

▷The number of cases of bird flu has **increased from 5 to** 17. 禽流感案例從 5 件增加至 17 件。

▷Gold has greatly **increased in value** recently. 黃金價值最近大幅上升。

independence / ˌɪndɪˈpɛndəns/

名 獨立，自立

achieve	independence	實現獨立
gain	independence	獲得獨立
declare	(one's) independence	宣告獨立
maintain	one's independence	維持獨立
recognize	independence	承認獨立

▷The USA **achieved independence** from Britain in 1776. 美國 1776 年脫離英國獨立。

▷Most countries that used to be British colonies have now **gained** their **independence**. 許多以前是英國殖民地的國家，現在獲得了獨立的地位。

full	independence	完全的獨立
economic	independence	經濟獨立
political	independence	政治獨立

▷Many people in Tibet want to claim **full independence** from China. 西藏有許多人想要脫離中國完全獨立。

▷Many countries have achieved **political independence** during the last 50 years. 許多國家在過去 50 年達成了政治獨立。

independence	from A	脫離 A 的獨立

▷The Scottish National Party believes that political **independence from** England is essential. 蘇格蘭民族黨相信政治上脫離英格蘭獨立是必要的。

a declaration of	independence	獨立宣言

▷The **Declaration of Independence** was signed in 1776. 美國獨立宣言於 1776 年簽署。

independent / ˌɪndɪˈpɛndənt/

形 獨立的，自立的

fully	independent	
entirely	independent	完全獨立的
totally	independent	
completely	independent	
newly	independent	新獨立的

▷Clare doesn't want to live with her parents. She wants to be **fully independent**. Claire 不想和父母住。她想要完全獨立。

▷A **newly independent** country faces many challenges. 新的獨立國家會面臨許多挑戰。

independent	of A	不受 A 支配而獨立，不依賴 A
independent	from A	

▷The inquiry should be **independent of** any government interests. 調查應該獨立於所有政府利益之外。

index / ˈɪndɛks/ 名 索引，目錄；指數

consult	an index	查索引

▷She **consulted** an **index** of Scottish surnames. 她查了蘇格蘭姓氏的索引。

index	falls	指數下跌
index	rises	指數上升

▷In May, the consumer price **index fell** 0.1 percent. 消費者物價指數 5 月下跌 0.1%。

an alphabetical	index	字母順序的索引
body mass	index	身體質量指數（BMI）
consumer price	index	消費者物價指數
a stock	index	股價指數

▷There should be an **alphabetical index** at the back of the book. 這本書的最後應該要有字母順序的索引。

indicate /ˈɪndəˌket/ 動 指出，顯示

clearly	indicate	明顯指出
strongly	indicate	

▷These latest figures **clearly indicate** a significant drop in the birthrate. 最新數據明確顯示出生率的顯著下降。

indicate	(that)...	指出…
indicate	wh-	指出…

★ wh- 是 where, what, when 等

▷Recent data **indicates that** the age at which women get married is steadily increasing. 最近的數據顯示，女性結婚年齡正穩定增加。

industry /ˈɪndəstrɪ/ 名 產業，工業

develop	an industry	發展產業

▷You need a lot of capital to **develop** an **industry**. 發展產業需要大量資本。

growing	industry	成長中的產業
high-tech	industry	高科技產業
local	industry	地方產業
private	industry	私人事業
heavy	industry	重工業
light	industry	輕工業
the manufacturing	industry	製造業
the service	industry	服務業
primary	industry	第一級產業
secondary	industry	第二級產業
tertiary	industry	第三級產業
the chemical	industry	化學工業
the nuclear	industry	核能工業
the steel	industry	鋼鐵業
the automobile	industry	汽車產業

the entertainment	industry	娛樂產業
the movie	industry	電影產業
the music	industry	音樂產業

▷The new government grant will greatly help **local industry**. 新政府的補助金會對地方產業有很大的幫助。

▷The **chemical industry** has been responsible for a great deal of pollution. 化學工業是許多污染的原因。

influence /ˈɪnfluəns/

名 影響，影響力；有影響力的人

have	an influence	有影響
exert	an influence	發揮影響力
exercise	an influence	
use	one's influence	運用影響力
extend	one's influence	擴展影響力
increase	one's influence	增加影響力
show	the influence	展現影響力

▷Your report definitely **had** an **influence** *on* his decision. 你的報告對於他的決定絕對有影響。

▷I think he should try to **exert** a stronger **influence** *over* his children. 我想他應該試圖對他的孩子發揮更大的影響力。

▷His father **used** his **influence** to get him the job. 他父親用他的影響力為他找到工作。

▷Her paintings **show** the **influence** of Picasso's cubist period. 她的繪畫展現出畢卡索立體主義時期的影響。

(a) considerable	influence	相當的影響
a great	influence	很大的影響
a major	influence	
a strong	influence	很強的影響
a direct	influence	直接的影響
undue	influence	不當的影響
political	influence	政治影響力

▷He advised her a lot. He was definitely a **great influence**. 他給了她許多建議。他絕對是個很有影響力的人。

▷**Undue influence** was used to prevent the truth from coming out. 為防止事實曝光而用了不當的影響力。

▷He used his **political influence** to get the contract. 他利用自己的政治影響力取得了合約。

influence	on A	對 A 的影響
influence	over A	
★ 不說 ×influence to A		

▷Parents seem to have little **influence over** their children these days. 今日父母似乎對自己的孩子沒什麼影響力。

under	the influence	受到影響

▷He was **under the influence** of drink when he committed the crime. 他犯下罪行時受到了酒醉的影響。

influence /ˈɪnfluəns/ 動 影響

deeply	influence	深深影響
profoundly	influence	
greatly	influence	大大影響
heavily	influence	
strongly	influence	強烈影響
directly	influence	直接影響

▷He was **deeply influenced** by his university professor. 他深受大學教授的影響。
▷Experiences in early life **profoundly influence** our characters. 幼年時期的經驗對我們的人格有很深的影響。
▷British and American pop music was **heavily influenced** by the Beatles. 英美流行樂深受披頭四影響。
▷The ideas of Confucius **strongly influence** Eastern thought even today. 孔子的思想即使在今日仍然強烈影響東方思想。

inform /ɪnˈfɔrm/ 動 通知，告知

properly	informed	得到充分資訊的
fully	informed	完全知道資訊的
well	informed	
reliably	informed	得到可靠資訊的

▷Please ensure that I am kept **fully informed** of the situation. 請務必隨時讓我完全知道情況。
▷He's very **well informed** about the situation in China. 他很了解中國的情勢。
▷I am **reliably informed** that he will be arriving on Tuesday. 我得到可靠的消息，他星期二將會抵達。

inform A	of B	向 A 告知 B 這件事
inform A	about B	

▷He **informed** me **of** several interesting facts. 他告訴我幾項有趣的事實。

inform A	(that)...	通知 A …

▷I've **informed** my lawyers **that** I want a divorce. 我已經通知律師我要離婚。

information /ˌɪnfɚˈmeʃən/

名 資訊；詢問處

contain	information	包含資訊
have	information	有資訊
store	information	儲存資訊
find	information	找到資訊
obtain	information	獲得資訊
get	information	
gather	information	收集資訊
collect	information	
receive	information	收到資訊
retrieve	information	存取、取回資訊
access	information	存取資訊
provide	information	提供資訊
give	information	
release	information	公開資訊
convey	information	傳達資訊
share	information	分享資訊
exchange	information	交換資訊

▷You can **obtain** further **information** by contacting city hall. 你可以藉由聯絡市政府取得進一步的資訊。
▷We need to **gather** more **information**. 我們需要收集更多資訊。
▷The hotel receptionist can **provide** more **information**. 飯店接待員能提供更多資訊。
▷Well, thanks, Tom. You've **given** me some good **information**. 嗯，謝了，Tom。你給了我很好的情報。
▷Email is an extremely useful way of **conveying information** quickly. 電子郵件是快速傳達訊息非常有用的方式。
▷He's not willing to **share** his **information** with anybody else. 他不想把自己的資訊和其他人共享。

accurate	information	正確的資訊
relevant	information	相關的資訊
useful	information	有用的資訊
available	information	可得的資訊
additional	information	額外的資訊
further	information	進一步的資訊
basic	information	基本的資訊
detailed	information	詳細的資訊
confidential	information	機密的資訊

▷ I've collected together all the **relevant information**. 我收集了所有相關資訊。

▷ Please send us all the **available information** as soon as possible. 請盡快將所有可得的資訊寄給我們。

▷ We need some **additional information**. 我們需要一些額外的資訊。

▷ For **further information**, contact... 進一步訊息請洽⋯（★ 廣告、文宣常用的表達方式）

▷ I hope you understand that this is **confidential information**. 我希望你了解這是機密資訊。

information	about A	
information	on A	關於 A 的資訊

▷ We have no **information** yet **on** the car accident. 我們還沒有任何關於那起車禍的資訊。

injure /ˈɪndʒɚ/ 動 使受傷，損害

be seriously	injured	
be badly	injured	受到重傷
be severely	injured	
be fatally	injured	受到致命傷
be slightly	injured	受到輕傷

▷ He was **badly injured** in a car accident last week. 他上週在車禍中受到重傷。

▷ Luckily the people in the bus were only **slightly injured**. 幸運的是，公車乘客只受到輕傷。

be killed and [or] injured	（一群人）死亡、受傷

▷ Many people were **killed or injured** in the earthquake. 許多人在地震中死亡、受傷。

injury /ˈɪndʒərɪ/ 名 傷害；損害

suffer	an injury	
receive	an injury	受傷
sustain	an injury	
cause	injury	造成傷害
have	an injury	負傷
escape	injury	
avoid	injury	避免傷害
recover from	an injury	受傷後恢復

▷ He **suffered** severe head **injury**. 他的頭受到重傷。

▷ He said it wasn't his intention to **cause** any **injury**. 他說他不是有意使任何人受傷。

▷ He **had** an **injury**, which prevented him from playing in the World Cup. 他受傷而無法參加世界盃。

▷ Luckily, everybody **escaped injury**. 幸運的是，所有人都沒有受傷。

▷ She's in hospital now, **recovering from** an **injury**. 住院中的她正從受傷恢復中。

a serious	injury	
a severe	injury	重傷
a minor	injury	輕傷
a knee	injury	膝蓋受傷
a head	injury	頭部受傷
a leg	injury	腿部受傷

▷ He received a **serious injury** in the last five minutes of the game. 他在比賽最後 5 分鐘受了重傷。

▷ Three people received hospital treatment for **minor injuries**. 3 人因輕傷送醫治療。

innocent /ˈɪnəsənt/ 形 無罪的，無辜的

completely	innocent	
entirely	innocent	完全無罪的
perfectly	innocent	
totally	innocent	

▷ It turned out that she was **completely innocent**. 結果顯示她是完全無罪的。

innocent	of A	沒有犯 A 罪的

▷ I am **innocent of** all the criminal charges. 我沒有犯那些刑事控告主張的罪。

inquiry /ɪnˈkwaɪrɪ/ 名 調查；詢問

conduct	an inquiry	
hold	an inquiry	進行調查
have	an inquiry	
demand	an inquiry	要求調查
make	inquiries	詢問
receive	an inquiry	接獲詢問

▷ The police are **conducting** an **inquiry** *into* how the prisoners escaped. 警方正在調查囚犯是怎麼逃獄的。
▷ You need to **make inquiries** about how to apply for a scholarship. 你需要詢問如何申請獎學金。

a public	inquiry	公開徵詢，公開聽證
an independent	inquiry	獨立調查
an official	inquiry	正式調查
a government	inquiry	政府調查
a judicial	inquiry	司法調查

▷ The government has agreed to hold an **independent inquiry** *into* the matter. 政府已經同意對這件事進行獨立調查。
▷ They are still refusing to hold an **official inquiry**. 他們依然拒絕進行正式的調查。

an inquiry	into A	對 A 的調查
an inquiry	about A	關於 A 的詢問

▷ We've had many **inquiries** recently **about** studying abroad. 我們最近接到許多關於海外留學的詢問。

insist /ɪnˈsɪst/ 動 堅持，堅決主張

strongly	insist	強烈堅持
still	insist	仍然堅持

▷ The unions are **still insisting** on a 5% increase in salary. 工會仍然堅持要求加薪 5%。

insist	on A	堅持要求 A；堅持認為 A
insist	upon A	

▷ If you **insist on** interrupting me, I'll have to leave the room. 如果你堅持要打斷我的話，我只好離開房間了。

insist	(that)...	堅持…

▷ He **insisted that** the meeting should be post-poned until next week. 他堅持會議應該延到下週。

PHRASES

I insist! ☺ 我堅持（照我的意思做）！ ▷ "After you." "No, after you! I insist!" 「你先請。」「不，你先請！我堅持！」

install /ɪnˈstɔl/ 動 安裝，設置；使就職

recently	installed	最近安裝了
newly	installed	

▷ They've **recently installed** two new photocopy-ing-machines in our building. 他們最近在我們大樓安裝了兩台新的影印機。

have A	installed	請人安裝 A

▷ We're **having** a new computer system **installed** next month. 我們下個月將會請人安裝新的電腦系統。

install A	in B	在 B 安裝 A

▷ Automatic vending machines are being **installed in** the canteen. 學生餐廳正在設置自動販賣機。

install A	as B	使 A（人）就任為 B

▷ Barrack Obama was **installed as** President in January 2009. 巴拉克・歐巴馬 2009 年 1 月就任總統。

instance /ˈɪnstəns/ 名 例子，情況

take	an instance	舉例
remember	an instance	記得事例

▷ I **remember** an **instance** when our village was attacked. 我記得有一次我們村子受到攻擊。

in	one instance	在一種情況下
in	this instance	在這個情況下
for	instance	例如

▷ I don't usually smoke cigars, but **in this instance** I'll make an exception. 我通常不抽雪茄，但在這個情況我就破例一次。
▷ The euro is used by many countries, **for instance**, France, Germany, Spain, Italy, and so on. 許多國家使用歐元，例如法國、德國、西班牙、義大利等等。

an instance	when...	…的事例
an instance	where...	…的事例

▷ This is the only **instance where** we received a complaint. 這是我們唯一一次接到投訴的事例。

institution /ˌɪnstə`tjuʃən/

名機構；制度，習俗

a public	institution	公共機構
an academic	institution	學術機構
an educational	institution	教育機構
a financial	institution	金融機構
a political	institution	政治制度
a social	institution	社會制度

▷ Many **educational institutions** are receiving less financial support from the Government this year. 今年有許多教育機構收到的政府財務補助減少。

▷ Many people find it difficult to trust the **financial institutions** after the recent financial crisis. 在最近的金融危機後，許多人覺得很難信任金融機構。

instruction /ɪn`strʌkʃən/

名使用說明（書）；指示，命令；教導

give	instructions	給予指示
have	instructions	有指示，有説明
receive	instructions	收到指示
issue	instructions	發出指示
follow	(the) instructions	遵從指示
take	instructions	
give	instruction	給予指導
provide	instruction	
receive	instruction	接受指導

▷ I **gave** him **instructions** *on* how to get there. 我給了他關於如何到那裡的指示。

▷ We still haven't **received** any **instructions** from headquarters yet. 我們還沒收到來自總部的任何指示。

▷ **Follow** the **instructions** below. 請遵循以下指示。

detailed	instructions	詳細的指示
specific	instructions	具體的指示
written	instructions	書面的指示
religious	instruction	宗教教導

moral	instruction	道德教導

▷ For more **detailed instructions** on how to grow vegetables, click on the link above. 要獲得關於栽培蔬菜更詳細的指示，請點擊上方連結。

▷ We should provide clear **written instructions** about what to do in the case of a fire. 我們應該提供清楚的書面指示來教導萬一發生火災時該做什麼。

▷ **Religious instruction** is not compulsory in our school. 宗教教育在我們學校並不是必修。

instructions	on A	A 的使用説明
instruction	on A	關於 A 的指導

▷ Are there any **instructions on** how to load the software? 有關於載入軟體的說明嗎？

under	instructions	在指示下

▷ He was **under** strict **instructions** to allow no-one to enter the building. 他被嚴格指示不能讓任何人進入建築物。

instrument /`ɪnstrəmənt/

名樂器；器具，用具，工具

play	an instrument	演奏樂器
use	an instrument	使用器具

▷ My mother likes music, but she doesn't **play** any **instruments**. 我母親喜歡音樂，但她不會演奏任何樂器。

a brass	instrument	銅管樂器
a percussion	instrument	打擊樂器
a stringed	instrument	絃樂器
a wind	instrument	管樂器
a precision	instrument	精密儀器
a measuring	instrument	測量儀器
an optical	instrument	光學儀器
a surgical	instrument	外科器具

▷ She plays a **stringed instrument** — the violin or cello, I think. 她演奏絃樂器——我想是小提琴或大提琴。

insurance /ɪn`ʃurəns/ 名保險；保險費

buy	insurance	買保險
take out	insurance	投保
have	insurance	有保險

provide	insurance	提供保險

▷ It's much more expensive for older people to **buy** life **insurance**. 年紀比較大的人買壽險要貴得多。
▷ The other car driver didn't **have** any **insurance**. 另一名駕駛沒有任何保險。
▷ The company will **provide** free health **insurance**. 公司將提供免費健康保險。

insurance	covers	保險範圍包含…

▷ Your **insurance** will **cover** accidental damage. 你的保險範圍包含意外損害。

national	insurance	國民保險
social	insurance	社會保險
life	insurance	人壽保險
health	insurance	健康保險
medical	insurance	醫療保險
car	insurance	汽車保險
travel	insurance	旅遊保險
accident	insurance	意外保險
fire	insurance	火災保險
unemployment	insurance	失業保險

▷ **Medical insurance** is really expensive these days. 最近醫療保險真的很貴。

insurance	against A	為了預防 A 的保險
insurance	for A	對 A 的保險
insurance	on A	

▷ We need to get **insurance against** fire. 我們需要買火災險。
▷ Do you have **insurance on** your car? 你的車有保險嗎？

intelligence /ɪn`tɛlədʒəns/

名 智能，智力；（關於其他國家的）情報

have	intelligence	有智慧
insult	A's intelligence	侮辱 A 的智慧
gather	intelligence	收集情報

▷ Don't **insult** my **intelligence**! 不要侮辱我的智慧！
▷ It's the job of the CIA to **gather intelligence** on possible terrorist attacks. 收集可能的恐怖攻擊情報是 CIA 的工作。

artificial	intelligence	人工智慧
high	intelligence	高智能
low	intelligence	低智能

▷ He's a man of very **high intelligence**. 他是智力很高的人。

intelligent /ɪn`tɛlədʒənt/ 形 聰明的

highly	intelligent	非常聰明的

▷ My father was **highly intelligent** and very hard-working. 我父親非常聰明而且勤勞。

sensitive and intelligent	善解人意又聰明的
thoughtful and intelligent	體貼又聰明的

▷ She was very **sensitive and intelligent**. 她很善解人意又聰明。

intend /ɪn`tɛnd/ 動 打算，想要

fully	intend	十分想（做某事）
clearly	intended	有明顯意圖的
originally	intended	原本意圖的
never	intended	從來沒有意圖的

▷ The bomb was **clearly inteded** to kill and injure as many people as possible. 這個炸彈顯然是企圖造成盡可能最多的人死傷。
▷ The party was **originally intended** for close friends only. 這場派對原本只打算讓親近的朋友參加。
▷ The elevator was **never intended** to hold 25 people. 這部電梯從來都不是設計成讓 25 個人搭乘的。

intend	to do	想要做…
intend	doing	
intend A	to do	想要 A 做…
intend	that...	打算…

▷ After graduating from high school, Linda **intends to** go on to university. 高中畢業後，Linda 想要接著上大學。
▷ Bob's father **intended** him **to** take over the family business. Bob 的父親想要讓他繼承家業。

intend A	as B	打算將 A 作為 B

▷ What I said was **intended as** a compliment. 我說的本意是為了讚美。

be intended	for A	作為 A 用途的

▷ This water was never **intended for** drinking.
這水從來都不是用來喝的。

intention /ɪnˈtɛnʃən/ 名意圖，意向

announce	one's **intention**	表明意向
express	one's **intention**	
declare	one's **intention**	宣告意向
state	one's **intention**	陳述意向
indicate	an **intention**	表示意向

▷ Did you hear? The president has just **announced** his **intention** to resign. 你聽說了嗎？總裁剛剛宣布自己辭職的打算。

▷ She **indicated** her **intention** to stand again for parliament this year. 她表示了今年再度參選國會議員的打算。

the original	intention	原本的意圖
the true	intention	真實的意圖
bad	intentions	惡意
good	intentions	好意

▷ Her **original intention** was to leave before the end of the month. 她原本的打算是在月底前離開。

▷ I know everything went wrong, but I'm sure she had **good intentions**. 我知道一切都出了問題，但我相信她是好意的。

intention	that...	…的意圖
intention	to do	做…的意圖

▷ It wasn't my **intention that** you should get into trouble. 我不是想讓你惹上麻煩。

have no intention	of doing	沒有做…的意圖
with the intention	of doing	有…的意圖

▷ I **have no intention of** sitting here doing nothing. 我不打算坐在這裡什麼也不做。

▷ I don't think he did it **with the intention of** causing trouble. 我想他不是有意惹出麻煩。

interest /ˈɪntərɪst/

名興趣，關心；利息，利益

have	(an) interest	有興趣
feel	(an) interest	

lose	interest	失去興趣
attract	interest	引起興趣
arouse	interest	
show	(an) interest	表現出興趣
express	(an) interest	
take	(an) interest	有興趣，愛好
be of	interest	讓人有興趣了解的
charge	interest	收取利息
pay	(the) interest	支付利息
repay with	interest	連本帶利償還
earn	interest	賺取利息
protect	A's interests	保護利益
defend	A's interests	
serve	the interests	照顧某些人的利益

▷ Apparently he **has** an **interest** in wild birds.
顯然他對野鳥有興趣。

▷ My son isn't **showing** much **interest** in studying. 我兒子沒表現出多少學習興趣。

▷ It seems she's suddenly **taken** an **interest** in kendo. 她似乎突然對劍道產生興趣。

▷ I don't have enough money to **pay** the **interest** on my loan. 我沒有足夠的錢可以支付貸款的利息。

▷ I'd like to do something that **serves** the **interests** of the community. 我想做點為社區利益服務的事。

(a) great	interest	很大的興趣
(a) special	interest	特別的興趣
(a) particular	interest	
(an) active	interest	積極的興趣
(a) common	interest	共同的利益
(the) national	interest	國家利益
(the) public	interest	公眾利益
annual	interest	年利息
simple	interest	單利
compound	interest	複利

▷ She takes a **special interest** in helping the homeless. 她對於幫助遊民特別關心。

▷ At the Oscar Awards, a dress worn by Lady Gaga was of **particular interest**. Lady Gaga 在奧斯卡頒獎典禮穿的禮服特別受到關注。

▷ The government claimed that a public inquiry was not in the **public interest**. 政府宣稱公開徵詢並不符合公眾利益。

an interest	in A	對 A 的興趣
the interest	on A	A 的利息

▷ The **interest on** this loan is 5%. 這個貸款的利息是 5%。

with	interest	感興趣地
in	A's interest(s)	對 A 有利

▷ Everyone looked at Max **with interest**. 大家都很感興趣地看著 Max。

interested /ˈɪntərɪstɪd/

形 感興趣的，關心的

deeply	interested	深感興趣的
particularly	interested	特別感興趣的
genuinely	interested	真心感興趣的
not remotely	interested	一點興趣也沒有的
no longer	interested	不再感興趣的

▷ Apparently he's **deeply interested** in ancient Egyptian history. 他顯然對古埃及史深感興趣。
▷ She seemed to be **genuinely interested** in our suggestion. 她似乎真心對我們的建議感興趣。

interested	in A	對 A 有興趣的
★ in 後面也可以接 doing		

▷ Are you **interested in** Japanese culture? 你對日本文化有興趣嗎？
▷ Are you **interested in** going on a trip to Kyoto this weekend? 這週末你想去京都旅行嗎？

be interested	to see	有興趣看
be interested	to know	有興趣知道
be interested	to hear	有興趣聽

▷ I'd be **interested to hear** what happens. 我有興趣聽聽發生什麼事。

interesting /ˈɪntərɪstɪŋ/

形 有趣的，引起興趣的

find A	interesting	覺得 A 有趣

▷ I didn't **find** that book at all **interesting**. 我一點都不覺得那本書有趣。

really	interesting	真的很有趣的
particularly	interesting	特別有趣的

▷ The exhibition of French impressionist paintings was **particularly interesting**. 那場法國印象派畫展特別有趣。

it is interesting	that...	…很有趣
it is interesting	to do	做…很有趣
★ do 是 note, see, hear, learn 等		

▷ **It's interesting that** Tom said one thing to you and a completely different thing to me! Tom 跟你說的和對我說的完全不同，實在有意思。
▷ **It's** always **interesting to** hear how our old school friends are getting on. 聽到以前學校朋友的近況，總是讓人感到有趣。

PHRASES

How interesting! / That's interesting! ☺（對於對方所說的）那真有趣！ ▷ So you've decided to take up golf! How interesting! 所以你決定開始打高爾夫球了嗎？真有意思！

Internet /ˈɪntəˌnɛt/

名（the Internet）網際網路，網路

access	the Internet	連接網路，上網
surf	the Internet	瀏覽網路，上網

▷ Every day I **access** the **Internet**. 我每天都上網路。

on	the Internet	在網路上

▷ You can get a lot of useful information **on** the **Internet**. 你可以在網路上得到很多有用的資訊。

interpret /ɪnˈtɜprɪt/ 動 解釋，詮釋；口譯

correctly	interpret	正確解釋
be variously	interpreted	被以多種方式解釋
be widely	interpreted	被廣泛解釋

▷ I don't think you're **correctly intererpeting** what I mean. 我想你沒有正確解讀我的意思。
▷ His book was **widely interpreted** as an attack on the capitalist society. 他的書被廣泛解讀為對資本主義社會的抨擊。

interpret A	as C	將 A 解釋為 C

▷ I **interpreted** his silence **as** a refusal to cooperate. 我把他的沉默理解為拒絕合作。（★ 也常用被

動態：His silence was **interpreted as** a refusal to cooperate.）

interpretation /ɪnˌtɝprɪˋteʃən/

名解釋，詮釋；口譯

give	an interpretation	給予、提出解釋
make	an interpretation	
be open to	interpretation	留有解釋的空間
put	an interpretation on A	解釋 A

▷ She **gave** an entirely different **interpretation** of what was said at the meeting. 她對會議上的發言內容提出了完全不同的解讀。

▷ What makes the ideal parent is completely **open to interpretation**. 對於理想父母要有什麼條件，完全是任由人們解釋的。

▷ He **put** a totally different **interpretation on** the Chairperson's report. 他對主席的報告做了完全不同的解釋。（★ interpretation 前面常以 different, wrong, one's own 等形容詞修飾）

the correct	interpretation	正確的解釋
a possible	interpretation	可能的解釋
a different	interpretation	不同的解釋

▷ There are various **possible interpretations** of the law in this situation. 在這個情況裡，對於法律有各種可能的解釋。

▷ I had a totally **different interpretation** of what was said. 我對發言內容有完全不同的解讀。

interrupt /ˌɪntəˋrʌpt/ 動打斷；中斷

rudely	interrupt	無禮地打斷
suddenly	interrupt	突然打斷
temporarily	interrupt	暫時打斷
constantly	interrupt	一直打斷

▷ His speech was **constantly interrupted** by the audience. 他的演說一直被聽眾打斷。

PHRASES

Don't interrupt me! ☺ 不要打斷我！
(I'm) sorry to interrupt (you), (but...) 很抱歉打斷談話；很抱歉打斷工作 ▷I'm sorry to interrupt you, David, but... 很抱歉打斷你，David，但是…

interval /ˋɪntəvl/ 名間隔

at	fixed intervals	以固定間隔
at	regular intervals	以一定的間隔

▷ I go for a health checkup **at regular intervals**. 我定期接受健康檢查。

interview /ˋɪntəˌvju/ 名面談，訪談；面試

give	an interview	訪問，接受訪談
attend	an interview	參加面試
conduct	an interview	進行面試
have	an interview	有面試
get	an interview	接受面試

▷ The Prime Minister refused to **give an interview**. 首相拒絕接受訪談。

▷ They're going to **conduct** the final **interviews** next week. 他們下週將進行最後面試。

▷ I **had an interview** yesterday for a job. 我昨天有一個工作的面試。

a face-to-face	interview	一對一面談
an exclusive	interview	獨家訪談
a press	interview	記者會
a television	interview	電視訪談
a job	interview	工作面試

▷ The leaders of the two main political parties had a **face-to-face interview** on television last night. 兩大政黨的黨主席昨晚在電視上進行一對一面談。

▷ The newspaper succeeded in getting an **exclusive interview** with the President's wife. 這家報紙成功獲得總統夫人的獨家專訪。

introduce /ˌɪntrəˋdjus/

動介紹；引進，採用

be formally	introduced	被正式介紹
be originally	introduced	原先被引進
be gradually	introduced	逐漸被引進
recently	introduced	最近引進了

▷ I'm sorry. I don't believe we've been **formally introduced**. 不好意思。我想我們彼此還沒有正式被介紹認識過。

▷ Cats were **originally introduced** into houses to kill mice. 貓原先是引進家中殺老鼠用的。

▷Our company has **recently introduced** a new model of eco-car. 我們公司最近開始採用新型的環保車。

introduce A	to B	向 B 介紹 A
introduce A	into B	將 A 引進 B
introduce A	to B	

▷Let me **introduce** you **to** my sister. 讓我把你介紹給我姐姐認識。

▷Several rare birds were bred and **introduced into** the wild recently. 最近有幾種罕見鳥類被繁殖並且釋放到野外。

▷Christianity was first **introduced to** Japan in the 16th century. 基督教最早是 16 世紀時引進日本的。

PHRASES

Let me introduce myself. ☺ 讓我自我介紹。 ▷Let me introduce myself. My name is John Hamilton. 讓我自我介紹。我名叫 John Hamilton。

introduction /ˌɪntrəˈdʌkʃən/

名介紹；引進；入門，入門書；序言

make	the introductions	介紹
need	no introduction	不需要介紹

▷Would you mind **making** the **introductions**? 可以請你做介紹嗎？

▷Our speaker today **needs no introduction**. He is known to you all. 我們今天的講者不需要介紹。你們大家都認識他。

a brief	introduction	簡短的介紹
an excellent	introduction	很棒的介紹
a general	introduction	概略的介紹

▷This book provides an **excellent introduction** *to* the rules of sumo wrestling. 這本書對相撲規則做了很好的介紹。

▷This course will give you a **general introduction** *to* mathematics. 這個課程將為你概略介紹數學。

an introduction	to A	A 的序言；A 的入門書

▷This book offers an excellent **introduction to** psychology. 這本書提供很好的心理學入門介紹。

a letter of	introduction	介紹信

▷Would you like me to write you a **letter of introduction**? 你想要我幫你寫介紹信嗎？

invent /ɪnˈvɛnt/ 動發明

newly	invented	新發明的
be originally	invented	一開始被發明

▷Bob observed the moon through the **newly invented** telescope. Bob 用新發明的望遠鏡觀察月亮。

▷The submarine was **originally invented** hundreds of years ago by Leonardo da Vinci. 潛水艇一開始是達文西在數百年前發明的。

invention /ɪnˈvɛnʃən/ 名發明；虛構

a new	invention	新發明
the latest	invention	最新的發明
pure	invention	純屬虛構

▷If it's a **new invention**, you need to patent it. 如果這是新的發明，你需要取得它的專利。

investigate /ɪnˈvɛstəˌget/ 動調查，研究

thoroughly	investigate	徹底調查
fully	investigate	
properly	investigate	充分調查
further	investigate	進一步調查

▷The report was written without **properly investigating** the reasons for the accident. 這份報告沒有充分調查事故的原因就寫出來了。

investigate	wh-	調查…

★ wh- 是 how, what, why, whether 等

▷We need to **investigate how** the report was lost. 我們需要調查報告是怎麼遺失的。

investigation /ɪnˌvɛstəˈgeʃən/

名調查，偵查；研究

conduct	an investigation	進行調查
carry out	an investigation	
begin	an investigation	開始調查
launch	an investigation	
order	an investigation	下令調查
require	an investigation	需要調查

▷The bank is **conducting** an **investigation** into how the computer data was lost. 銀行正在調查電腦

資料是怎麼遺失的。

▷ It's important to **launch** an **investigation** into how so many mistakes were made. 開始調查為何犯了這麼多錯很重要。

▷ This is a matter which **requires** further **investigation**. 這件事需要進一步的調查。

a detailed	investigation	詳細的調查
a full	investigation	全面的調查
a criminal	investigation	犯罪調查
a scientific	investigation	科學調查

▷ A **detailed investigation** took place soon afterward. 之後很快就進行了詳細的調查。

an investigation	into A	對 A 的調查
under	investigation	在調查中
on	investigation	調查之後（發現）

▷ We should carry out an **investigation into** why the number of homeless people is increasing. 我們應該調查為何遊民人數在增加。

▷ There's nothing I can say at the moment. The matter is still **under investigation**. 我目前無可奉告。這件事還在調查中。

▷ **On investigation**, it was found that they had been given false information. 調查後發現他們得到了錯誤的資訊。

investment /ɪn`vɛstmənt/ 名投資

make	an investment	投資
attract	investment	吸引投資
encourage	investment	鼓勵投資
increase	one's investment	增加投資

▷ He **made** an **investment** in several large oil companies. 他投資了幾家大型石油公司。

▷ It's important for us to **attract** foreign **investment**. 吸引海外投資對我們很重要。

▷ Now is not the time to **increase** your **investment**. 現在並不是適合增加投資的時期。

a good	investment	好的投資
a safe	investment	安全的投資
capital	investment	資本投資
direct	investment	直接投資
foreign	investment	外國投資
private	investment	民間投資
public	investment	公共投資

▷ I think you made a really **good investment**. 我想你真的做了很好的投資。

▷ It is very important to increase **public investment** in the health service. 增加對醫療服務的公共投資非常重要。

invitation /ˌɪnvə`teʃən/ 名邀請；邀請函

give	an invitation	邀請
extend	an invitation	
receive	an invitation	受到邀請
get	an invitation	
accept	an invitation	接受邀請
refuse	an invitation	
turn down	an invitation	拒絕邀請
decline	an invitation	

▷ He **extended** an **invitation** to all his friends on the occasion of his graduation party. 他在畢業派對上邀請了所有朋友。

▷ Please **accept** an **invitation** to our wedding. 請接受我們婚禮的邀請。

▷ I'm sorry. I'll have to **decline** your **invitation**. 很抱歉，我必須拒絕你的邀請。

| a formal | invitation | 正式的邀請 |

▷ I still haven't received a **formal invitation**. 我還沒收到正式的邀請。

| invitation | to A | 參加 A 的邀請 |

▷ I just got an **invitation to** dinner from Mike and Helen. 我剛收到 Mike 和 Helen 的晚餐邀請。

at	the invitation of A	受 A 之邀
at	A's invitation	
by	invitation (only)	僅限受邀者

▷ I've come **at the invitation of** Professor Thornton. 我是應 Thornton 教授的邀請而來。

▷ Admission is **by invitation only**. 僅限受邀者入場。

invite /ɪn`vaɪt/ 動邀請；徵求，請求

formally	invite	正式邀請
cordially	invite	誠摯邀請
kindly	invite	懇切邀請
warmly	invite	熱情邀請

invite	along	邀請一同
invite	back	（一起外出後）邀請回家
invite	in	邀請到家裡
invite	out	邀請外出約會
invite	over	邀請到家裡

▷ We **cordially invite** you to a party at our house on the 28th of this month. 我們誠摯邀請您於本月 28 日到我們家中參加派對。

▷ I was **kindly invited** to give a speech at her wedding. 我受到懇切邀請要在她的婚禮致辭。

▷ I think we should **invite** Tom **along** on our trip to Canada. 我想我們應該邀請 Tom 跟我們一起去加拿大旅行。

▷ After visiting the exhibition, Anna **invited** me **back** for a meal. 參觀展覽後，Anna 邀請我回她家吃飯。

▷ Tom's **invited** me **out**! Finally!!! Tom 約我了！終於！

▷ Would you like to **invite** Eddie **over** for supper tonight? 今晚你想約 Eddie 來家裡吃晚餐嗎？

invite A	for B	邀請 A 參加 B
invite A	to B	

▷ She **invited** Peter **for** dinner. 她邀請 Peter 吃晚餐。

▷ I'd like to **invite** you **to** dinner this weekend. 這個週末我想邀你吃晚餐。

invite A	to do	邀請 A 做…；請求 A 做…

▷ They **invited** him **to** stand up and sing another song. 他們請他起來再唱一首歌。

▷ He was **invited to** propose a toast. 他被要求帶頭舉杯祝賀。

involve /ɪnˈvɑlv/ 英 /ɪnˈvɔlv/

動 牽涉，牽連；使投入

inevitably	involve	必然牽涉
necessarily	involve	

▷ The company's new plan **inevitably involves** job losses. 公司的新計畫免不了會造成失業。

involve A	in B	使 A 和 B 有牽連
involve oneself	in A	和 A 有牽連，投入 A

▷ I don't want to **involve** her **in** a difficult situation. 我不想將她捲進困難的情況。

▷ I don't want to **involve** myself **in** your personal affairs. 我不想和你的個人事務有所牽涉。

involve	doing	牽涉做…，需要做…

▷ Taking this job has **involved** doing a lot of overtime. 接下這份工作造成有必要加很多班。

involved /ɪnˈvɑlvd/ 英 /ɪnˈvɔlvd/

形 牽涉在內的，有關聯的

closely	involved	密切參與的
heavily	involved	深入參與的
deeply	involved	
actively	involved	積極參與的
directly	involved	直接參與的

▷ I have been **closely involved** in the work of two committees. 我密切參與兩個委員會的工作。

▷ Jennifer is **heavily involved** in the women's movement. Jennifer 深入參與婦女運動。

▷ He is **actively involved** in the Communist Party. 他積極參與共產黨。

be involved	in A	涉入 A，參與 A
be involved	with A	
be involved	with A	和 A 在交往（戀愛關係）
★ 也有 get involved, become involved 的用法		

▷ More than 5,000 people were **involved in** the demonstration. 有五千多人參加示威遊行。

▷ He never **gets involved with** his colleagues at work. 他從來不和職場上的同事發展戀愛關係。

iron /ˈaɪɚn/ 名 鐵

iron and steel	鋼鐵

▷ The **iron and steel** industries were particularly important in 19th century Britain. 鋼鐵業在 19 世紀的英國特別重要。

island /ˈaɪlənd/ 名 島

a small	island	小島
a remote	island	離島
a tropical	island	熱帶島嶼
a volcanic	island	火山島
a desert	island	無人島

▷ It's only a **small island**, but both countries

claim it is theirs. 這只是個小島，但是兩國都宣稱是自己的。

▷ Saint Helena is a **volcanic island** in the Atlantic ocean. Saint Helena 是位於大西洋的火山島。

issue /ˈɪʃʊ/ 名 問題，議題

raise	an issue	提起問題
address	an issue	處理問題
consider	an issue	考慮問題
examine	an issue	檢視問題
discuss	an issue	討論問題
resolve	an issue	解決問題
confuse	an issue	混淆問題

▷ Before we close the meeting, I'd like to **raise an issue** if I may... 在我們結束會議前，如果可以的話，我想提出一個問題…

▷ These days politicians fail to **address** the most important **issues**. 當今的政治人物無法處理最重要的問題。

a major	issue	重大的問題
a big	issue	
an important	issue	重要的問題
a key	issue	
the main	issue	主要的問題
a central	issue	核心的問題
a fundamental	issue	基本的問題
a thorny	issue	棘手的問題
an environmental	issue	環境問題
a political	issue	政治問題
a social	issue	社會問題

▷ This small problem has now turned into a **major issue**. 這個小問題現在已經變成重大的問題。

▷ Abuse of drink and drugs is an important **social issue**. 酒與毒品濫用是重要的社會問題。

at	issue	爭議中的

▷ We're all agreed about that. That point is not **at issue**. 我們全都同意那一點。那並沒有爭議。

item /ˈaɪtəm/ 名 項目；物品；報導的一則

select	an item	選擇物品

▷ She **selected** several **items** that were discounted at 50%. 她選擇了幾件五折的商品。

individual	items	個別項目；個別物品
an agenda	item	議題項目
a news	item	一則新聞

▷ You can either have a set meal or order **indivisual items**. 你可以點套餐或單點。

item	on A	A 上面的項目

▷ That **item of** news is of great interest to me. 我對那則新聞很有興趣。

▷ Let's move on to the next **item on** the agenda. 我們繼續進行下一個議題吧。

item by item		逐項，逐件

▷ The police checked everything in the house **item by item**. 警方逐一查看屋內的每件物品。

I

J

jacket /ˈdʒækɪt/ 名外套

wear	one's jacket	穿著外套
put on	one's jacket	穿上外套
remove	one's jacket	脫掉外套
take off	one's jacket	

▷ Why don't you **put on** your **jacket**? It's getting cold. 你怎麼不穿上外套呢？天氣變冷了。
▷ Do you mind if I **take off** my jacket? 你介意我脫掉外套嗎？

a jacket and tie		西裝外套與領帶

▷ Dress is formal. **Jacket and tie**. 要穿正式服裝。穿西裝外套和領帶。

a denim	jacket	牛仔布外套
a leather	jacket	皮革外套
a tweed	jacket	羊毛粗呢外套
a dinner	jacket	晚宴無尾禮服
a life	jacket	救生衣

▷ It's a formal dinner. You'd better wear a **dinner jacket**. 這是正式晚宴。你最好穿無尾禮服。

jam /dʒæm/ 名果醬

spread	jam	塗果醬

▷ He likes to **spread** a lot of **jam** on his toast. 他喜歡在吐司上塗很多果醬。

homemade	jam	自製果醬
apricot	jam	杏桃果醬
blueberry	jam	藍莓果醬
strawberry	jam	草莓果醬

▷ **Homemade jam** tastes much better than the jam you buy in the shops. 自製果醬比你在店裡買的好吃得多。
▷ I love **strawberry jam** on my toast. 我喜歡吐司塗草莓果醬。

a jar of	jam	一瓶果醬

▷ **A jar of jam** is so expensive these days. 最近一瓶果醬很貴。

jam /dʒæm/ 動擠進；卡住；堵塞

jam A	into B	把 A 擠進 B
be jammed	with A	塞滿了 A

▷ He hurriedly **jammed** all his clothes **into** his suitcase and rushed out of the house. 他趕緊把自己的衣服全塞進行李箱，衝出了房子。
▷ Every bank holiday the roads are **jammed with** traffic. 每逢國定假日，路上都會塞滿車。

jam	up	堵住，卡住
be jammed	together	擠成一團

▷ There were far too many people in the elevator. Everybody was **jammed together**. 電梯裡太多人了。大家擠成一團。

jaw /dʒɔ/ 名下巴，上下顎

clench	one's jaw(s)	咬牙，咬緊牙關
set	one's jaw	

▷ "I'm not going to drink that horrible medicine," said the little girl and **clenched** her **jaws** until they ached! 小女孩說「我才不喝那個恐怖的藥」，緊緊咬牙咬到嘴巴都痛了！

the lower	jaw	下顎
the upper	jaw	上顎
a square	jaw	方下巴
a broken	jaw	骨折的下巴
a fractured	jaw	

▷ I can't move my **lower jaw**. 我的下顎動不了。
▷ After the car crash, they found that he had got a **broken jaw**. 車禍後，他們發現他的下巴骨折。

A's jaw	tightens	下巴收緊
A's jaw	drops	因為吃驚而張大嘴巴

▷ Her **jaw dropped** in astonishment. 她驚訝得下巴都掉下來了。

job /dʒɑb/ 英 /dʒɔb/ 名工作，職業；任務

have	a job	有工作
do	a job	做工作
look for	a job	找工作
apply for	a job	應徵工作

find	a job	找到工作
get	a job	得到工作
take	a job	接下工作
land	a job	找到工作並獲得僱用
lose	one's job	失去工作
quit	one's job	辭掉工作
give up	one's job	
offer	a job	提供工作，提出工作邀約
create	jobs	創造就業
change	jobs	換工作

▷ I **had** a permanent **job** in Chicago. 我在芝加哥有正職工作。

▷ I'm happy to **do a job** there. 我很開心能在這裡工作。

▷ I'm out of work. I'm **looking for a job**. 我現在失業中。我正在找工作。

▷ She **applied for a job** as a waitress in a restaurant. 她應徵了餐廳服務生的工作。

▷ She **found a job** at the airport. 她找到一份機場的工作。

▷ She **got a new job** last month. 她上個月得到新的工作。

▷ She **took a job** as a police officer. 她接下警察的工作。

▷ Ken **lost his job** last month. Ken 上個月失業了。

▷ I've had enough. I'm going to **quit my job**. 我受夠了。我要辭職。

▷ He **offered** me a **job** as his assistant. 他邀請我擔任他的助理。

a boring	job	無聊的工作
a rewarding	job	令人感到滿意或報酬高的工作
a satisfying	job	令人滿意的工作
a demanding	job	吃力的工作
a well-paid	job	薪水很好的工作
a low-paid	job	薪水低的工作
a full-time	job	全職工作
a part-time	job	兼職工作
a steady	job	穩定的工作
a stable	job	
a permanent	job	正職工作
a temporary	job	臨時工作
a proper	job	像樣的工作；充分做好的事情
a big	job	重大的工作，大工程

▷ It seems many people can't find **satisfying jobs** right now. 現在似乎有很多人找不到滿意的工作。

▷ It turned out to be a really **demanding job**. 結果那真的是很吃力的工作。

▷ Teaching is never a very **well-paid job**. 教書從來都不是薪水很好的工作。

▷ She's got a **part-time job** at MacDonald's. 他在麥當勞兼差。

▷ She wants to marry someone with a **stable job**. 她想跟有穩定工作的人結婚。

▷ I only have a part-time job now, but want to get a **proper job** as soon as I can. 我現在只有兼職工作，但我想盡快找到像樣的工作。

▷ That's a **big job**! 那是個大工程！

out of	a job	失業的
on	the job	在工作中；在職實務的

▷ I'm **out of** a **job** now. 我現在失業。

▷ He had a heart attack and died **on the job**. 他工作的時候心臟病發死了。

PHRASES

Good job! ☺ 幹得好！ ▷ You did really well. Good job! 你真的做得很好。幹得好！

That's my job. 那是我的工作。

joke /dʒok/ 名 玩笑，笑話

make	a joke	
tell	a joke	講笑話，講好笑的事
crack	a joke	
enjoy	a joke	喜歡玩笑話
have	a joke	說笑，開玩笑
share	a joke	分享笑話
get	the joke	了解笑點
take	a joke	經得起開玩笑
play	a joke	戲弄
★ 講笑話不是 ✕ say a joke		

▷ He's quite fun to be with. He's always **making jokes**. 跟他在一起很有趣。他總會講好笑的事。

▷ Mr. Carter is not the best person to **have a joke** *with*. He has no sense of humor at all! Carter 先生不是很適合說笑的對象。他一點幽默感也沒有！

▷ What are you laughing at? Come on! **Share** the **joke**! 你在笑什麼？拜託！告訴我是什麼好笑的事！

▷ He doesn't like to be laughed at. He can't **take a joke**. 他不喜歡被取笑。他開不起玩笑。

▷ He loves **playing jokes** *on* people. 他喜歡戲弄別人。

J

a good	joke	好笑的笑話
a bad	joke	很爛的笑話
a silly	joke	很蠢的笑話
a stupid	joke	
an old	joke	老掉牙的笑話
a cruel	joke	殘忍的玩笑
a sick	joke	噁心的笑話
a dirty	joke	黃色笑話
a practical	joke	惡作劇

▷ That's a **good joke**! ☺ 真是好笑的笑話！

▷ You shouldn't tell **dirty jokes** when there are women around. 身邊有女性時不應該講黃色笑話。

▷ Be careful of Tony! He likes playing **practical jokes**. 小心 Tony！他喜歡惡作劇。

a joke	about A	關於 A 的笑話

▷ He told me this terrific **joke about** an Englishman and an Irishman. 他跟我說了這個關於英格蘭和愛爾蘭人超好笑的笑話。

PHRASES
It's a joke. ☺ 那是開玩笑的。
It's no joke. ☺ 那不是開玩笑的。

journalist /ˈdʒɝ·nəlɪst/ 名 撰寫新聞的記者

a freelance	journalist	（非固定雇用的）自由記者
a foreign	journalist	外國人記者
a financial	journalist	財經記者
a political	journalist	政治記者

▷ **Foreign journalists** are no longer being allowed into the country. 外國記者已經不再被允許進入這個國家。

journey /ˈdʒɝ·nɪ/ 名 旅行，旅程

make	a journey	旅行
begin	a journey	開始旅程
go on	a journey	
set out on	a journey	
continue	one's journey	繼續旅行
break	one's journey	中斷旅程
complete	one's journey	完成旅行

▷ She's always wanted to **go on** a **journey** around the world. 她一直都想環遊世界。

▷ Some friends of mine have just **set out on** a **journey** up the Amazon. 我的一些朋友剛開始踏上在亞馬遜河溯流而上的旅程。

▷ Finally he **completed** his **journey** around the world. 他終於完成了環遊世界之旅。

a long	journey	長的旅程
a short	journey	短的旅程
a hazardous	journey	危險的旅行
a dangerous	journey	

▷ It's quite a **long journey** by car from London to Edinburgh. About 7 hours. 從倫敦到愛丁堡的車程很長。大約 7 小時。

PHRASES
Safe journey! / Have a safe journey. ☺ 旅途平安！
Safe journey home! / Safe journey back! ☺ 要平安回來！

joy /dʒɔɪ/ 名 喜悅，高興

bring	joy	帶來喜悅
share	A's joy	分享喜悅
discover	the joy	發現喜悅

▷ Her piano playing **brought joy** to many people. 她的鋼琴演奏帶給許多人喜悅。

▷ The whole nation **shared** her **joy** at winning the world title. 全國都感受到她獲得世界冠軍的喜悅。

pure	joy	純然的喜悅
sheer	joy	
a real	joy	真正的喜悅
a great	joy	很大的喜悅

▷ It must have been a **great joy** for them when their baby was born. 他們的孩子出生時，對他們來說肯定是很大的喜悅。

for	joy	因為高興
with	joy	

▷ I'm so happy I could jump **for joy**! 我高興到可以跳起來！（★ 除了 jump 以外，也和 dance, sing, weep 連用）

joy and sorrow		快樂與悲傷

▷ Often **joy and sorrow** seem to go hand in hand. 悲喜似乎經常相伴。

be a joy	to do	做…是高興的事

▷ It was a **joy to** see her so happy. 看她這麼快樂真

令人高興。

justice /ˈdʒʌstɪs/ 图 正義；公平；司法

ask for	justice	要求正義
do	justice	公平對待
administer	justice	執法，審判，懲處
bring A to	justice	將 A 繩之以法
escape	justice	逃避法律制裁

▷ He didn't **do justice** *to* all the work that we put in to making that report. 他沒有對我們製作報告的辛勞給予公平的評價。

▷ The police spent 3 years looking for the murderer, but finally they **brought** him **to justice**. 警方花了 3 年尋找殺人犯，不過終於將他繩之以法了。

▷ He thought he could **escape justice**, but the police caught him. 他以為可以逃過法律制裁，但警方抓到他了。

social	justice	社會正義
civil	justice	民事司法
criminal	justice	刑事司法

▷ **Social justice** requires that criminals should go to prison. 社會正義要求讓罪犯坐牢。

with	justice	公平地，公正地

▷ We should deal with criminals firmly but **with justice**. 我們應該嚴格但公正地對待罪犯。

a sense of	justice	正義感
a miscarriage of	justice	誤判（造成冤罪的判決）

PHRASES

There's no justice. ☺ 這個世界沒有正義；一點也不公平。

K

keen /kin/ 形 熱心的，熱衷的

extremely	keen	非常熱衷的
particularly	keen	特別熱衷的
especially	keen	

▷ We told her she could see some koala bears in the zoo, but she didn't seem **particularly keen**. 我們告訴她可以在動物園看到一些無尾熊，但她似乎並不特別熱衷。

keen	on A	對 A 熱衷的

▷ I'm not very **keen on** classical music. 我對古典音樂不是很有興趣。

be keen	to do	很想做…
be keen	for A to do	很想要 A 做…

▷ She's really **keen to** meet you. 她真的很想見你。
▷ My father is very **keen for** me **to** take the entrance exam to Tokyo University. 我父親很希望我參加東京大學的入學測驗。

key /ki/ 名 鑰匙，（鍵盤的）鍵；關鍵

insert	a key	插入鑰匙
put in	a key	
turn	a key	轉動鑰匙
leave	a key	留下鑰匙
hold	the key	握住鑰匙

▷ She **inserted** the **key**, but it wouldn't turn. 她插進鑰匙，但轉不動。
▷ I can't **turn** the **key** in this lock. Maybe it's the wrong one. 我轉不動這鎖裡的鑰匙。或許鑰匙是錯的。
▷ I'll **leave a key** for you on the table. 我會在桌上留鑰匙給你。
▷ We're sure he **holds** the **key** to the mystery. 我們相信他握有這個謎團的關鍵。

the key	to A	A 的鑰匙、關鍵

▷ Hard work is the **key to** success. 努力是成功之鑰。

a spare	key	備份鑰匙
a car	key	車鑰匙

a door	key	門的鑰匙
a house	key	房子的鑰匙
a room	key	房間的鑰匙
the arrow	key	鍵盤的方向鍵
the function	key	功能鍵（F1~12 鍵）
the return	key	輸入鍵

▷ Do you have a **spare key**? 你有備用鑰匙嗎？

a bunch of	keys	一串鑰匙

▷ Have you seen a **bunch of keys**? I thought I left them on the table. 你有看到一串鑰匙嗎？我以為我放在桌上。

kick /kɪk/ 名 踢；興奮，刺激

give A	a kick	踢 A（人、物）一腳
take	a kick at A	踢 A（人）一腳
aim	a kick	瞄準要踢
receive	a kick	被踢
take	a kick	
get	a kick out of A	在 A 中感到興奮
get	a kick from A	

▷ Hey! Ref! Did you see that? He just **gave** me a **kick**! 嘿！裁判！你看到了嗎？他剛踢了我一腳！
▷ That horrible little boy just **took a kick at** me! 那討厭的小男孩剛才踢我一腳！
▷ The boy **aimed a kick** at the ball but missed. 那男孩瞄準了球要踢，但沒踢中。
▷ The karate player **took** a **kick** in the stomach. 那位空手道選手被踢到腹部。
▷ He gets a **kick out of** teasing me. 他以嘲弄我為樂。

a good	kick	踢得好
a hard	kick	猛力一踢
a powerful	kick	強力一踢
a goal	kick	（足球）球門球
a corner	kick	（足球）角球
a penalty	kick	（足球）罰球
a free	kick	（足球）自由球

▷ The goalkeeper gave the ball a **good kick** and sent it down to the opposite end of the pitch. 守門員踢了一記好球，將球送到了球場另一端。

for	kicks	為了刺激，為了尋歡作樂

▷ They didn't realize taking drugs was so dangerous. They just did it **for kicks**. 他們不了解吸毒有多危險。他們只是想找樂子。

kid /kɪd/ 名 孩子；年輕人

have (got)	a kid	有孩子

▷ He **has** a wife and three **kids**. 他有老婆跟 3 個孩子。

a little	kid	幼小的孩子
a young	kid	年幼的孩子
poor	kid	可憐的孩子

▷ Don't hurt him. He's only **a little kid**. 不要傷害他。他只是個小孩子。
▷ **Poor kid!** He lost both parents in a car crash. 可憐的孩子！他在車禍中失去了父母。

kill /kɪl/ 動 殺死

almost	kill	幾乎殺死
be nearly	killed	差點死掉
be killed	instantly	當場立即死亡

▷ Climbing that mountain **almost killed** me! 爬那座山真要我的命！
▷ He was **nearly killed** in a train crash. 他差點因為列車衝撞事故死掉。
▷ The truck exploded, and he was **killed instantly**. 卡車爆炸，他當場死亡。

be	killed in A	死於 A（事故等）

▷ The whole family were **killed in** a car crash. 全家都在車禍中身亡了。

A is	killing me	A（身體部位）痛死了

▷ Do we have to walk much further? My legs are **killing me**! 我們還得再走嗎？我的腿痛死了！

kilometer /ˈkɪləˌmitɚ/

名 公里（★ 英 kilometre）

square	kilometer	平方公里
cubic	kilometer	立方公里

▷ About five **square kilometers** of forest was destroyed by fire. 大約 5 平方公里的森林被火災燒毀。

30 kilometers	from A	距離 A 30 公里

▷ Oxford is about 80 **kilometers from** London. 牛津距離倫敦約 80 公里。

kind /kaɪnd/ 名 種類

the same	kind	同種類
a different	kind	不同種類
all	kinds	
every	kind	所有種類，各種
any	kind	
some	kind	某種
another	kind	另一種
various	kinds	多種，各種
a particular	kind	特定的種類
the right	kind	對的種類

▷ I want to get the **same kind** of computer as yours. 我想買跟你同樣的電腦。
▷ I think this is a **different kind** of rice. 我想這是不同種類的米。
▷ There are **all kinds** of reasons why I don't want to marry him. 有各種理由讓我不想跟他結婚。
▷ She was bitten by **some kind** of insect. 她被某種昆蟲咬了。
▷ You can buy heaters of **various kinds** in this shop. 你可以在這家店買到各種暖器。
▷ Go to the **right kind** of doctor to find the **right kind** of drug for you. 要找對的醫生，開適合你的藥。

a kind	of A	一種 A
the kind	of A	那種 A

▷ "What kind of cake?" "It was a **kind of** lemon cake." 「哪種蛋糕？」「是一種檸檬蛋糕。」
▷ He's not the **kind of** person who would tell lies. 他不是那種會說謊的人。

that kind	of thing	那種事情
this kind	of thing	這種事情

▷ He's very active. He likes snowboarding, skiing, mountaineering — **that kind of** thing. 他活力充沛。他喜歡單板滑雪、雙板滑雪、登山——之類的。

king /kɪŋ/ 名 王，國王

be crowned	king	獲加冕為王，登上王位

become	king	成為國王

▷ William was **crowned King** of England on Christmas Day in 1066. 威廉一世在 1066 年的聖誕節獲得加冕而成為英格蘭國王。

▷ He never thought he would **become king**. 他從沒想過自己會成為國王。

the late	king	已故的國王
the last	king	最後的國王
the former	king	前任國王
the future	king	未來的國王

▷ The **late king** was greatly loved by his people. 已故的國王頗受人民愛戴。

the King and Queen	國王與王后

▷ The **King and Queen** will be arriving shortly. 國王與王后不久將會抵達。

kiss /kɪs/ 名 親吻

give A	a kiss	給 A（人）一個吻
drop	a kiss	輕輕地吻
plant	a kiss	比較用力地吻
blow	a kiss	飛吻
return	A's kiss	吻回去

▷ He **gave** her a **kiss** on the cheek. 他親了她臉頰一下。

▷ He **dropped a kiss** on the back of her neck. 他輕輕吻了她的後頸。

▷ She **blew a kiss** to him on the way out. 她在他出門時給了一個飛吻。

▷ He kissed her, but she didn't **return** his **kiss**. 他親了她，但她沒有回吻他。

a quick	kiss	輕而快的吻
a long	kiss	長吻
a gentle	kiss	輕柔的吻
a light	kiss	
a passionate	kiss	熱情的吻

▷ He gave her a **quick kiss** and rushed back to his car. 他短暫地親她一下，然後匆匆回到車裡。

kiss /kɪs/ 動 親吻

kiss	gently	輕柔地吻
kiss	lightly	
kiss	passionately	熱情地吻

▷ He **kissed** her **gently** on the cheek. 他輕柔地吻了她的臉頰。

kiss A	goodbye	向 A 吻別
kiss A	goodnight	給 A 晚安的吻

▷ Did you **kiss** her **goodnight**? 你給了她晚安吻嗎？

kiss A	on B	吻 A（人）的 B

▷ He **kissed** her **on** the forehead. 他吻了她的額頭。

knee /ni/ 名 膝蓋

bend	one's knees	彎曲膝蓋
straighten	one's knees	伸直膝蓋
fall to	one's knees	
drop to	one's knees	跪下
sink to	one's knees	

▷ If you're going to pick up something heavy, you should **bend** your **knees**. 如果你要拿起重的東西，應該彎曲膝蓋。

on	one's knees	跪著

▷ He was **on** his **knees**, hunting for something under the sofa. 他跪著找沙發下的東西。

▷ He fell **on** his **knees** and begged her not to go. 他跪下求她不要走。

knife /naɪf/ 名 刀，短刀

hold	a knife	握著刀
pick up	a knife	拿起刀
carry	a knife	帶著刀

▷ You **hold** the **knife** in your right hand and the fork in your left. 你要右手拿刀，左手拿叉。

▷ He **picked up** a **knife** and started waving it around. 他拿起一把刀開始揮舞。

▷ Be careful! He **carries a knife**! 小心！他有刀！

a blunt	knife	鈍的刀
a sharp	knife	鋒利的刀
a kitchen	knife	菜刀
a bread	knife	麵包刀
a butter	knife	奶油刀
a carving	knife	切肉刀

a pocket	knife	口袋折刀

▷I can't cut the bread with this **blunt knife**. 我用這鈍刀切不了麵包。
▷We need a **sharp knife**. 我們需要鋒利的刀。

a knife and fork		刀叉

▷Do you find it easier to eat with a **knife and fork** or chopsticks? 你覺得用刀叉還是用筷子吃東西比較容易？

with	a knife	用刀

▷He cut the rope **with a knife**. 他用刀割斷了繩子。

know /no/ 動 知道，懂得

know	full well	
know	perfectly well	知道得很清楚
know	very well	
know	exactly	確切知道
hardly	know	幾乎不知道
be well	known	廣為人知
be best	known	最為人所知

▷You **know full** well that I don't have the money to give you. 你很清楚我沒錢可以給你。
▷I didn't **know** Tony **very well**. 我跟Tony不太熟。
▷I **know exactly** what you're feeling right now. 我確切知道你現在是什麼感覺。
▷I don't love him. I **hardly know** him! 我不愛他。我幾乎不了解他！
▷Liverpool is **best known** *as* the home of the Beatles. 利物浦以身為披頭四的故鄉最為人所知。

know A	about B	對於B知道A的程度
★ A 是 anything, all, a lot 等

▷Do you **know anything about** his plans? 你知道任何關於他計畫的事情？ ▷She **knows a lot about** the life of Beatrix Potter. 她很了解碧雅翠絲·波特的生平。

know	of A	聽說過A，知道A的存在

▷Do you **know of** anyone who could help me? 你知道有誰能幫我嗎？

know	(that)...	知道…
know	wh-	知道…
know	whether	知道是否…
know	if	

★ wh- 是 what, where, why, how 等

▷How did you **know that** I stayed there? 你怎麼知道我在那裡？
▷Do you **know what** time it is? 你知道現在幾點嗎？ ▷I don't **know why** she's angry with me. 我不知道她為什麼生我的氣。 ▷Do you **know where** he lives? 你知道他住哪嗎？ ▷Do you **know how** to get to Forest Lane from here? 你知道從這裡怎麼去Forest Lane嗎？
▷I don't **know whether** I can come on Thursday. 我不知道我星期四能不能來。

let A	know	讓A知道

▷Please **let** me **know** when he arrives. 他到的時候請通知我。

be known	as A	以身為A為人所知
be known	for A	因為有A而為人所知

▷Matsui is also **known as** "Godzilla." 松井秀喜以「哥吉拉」的稱號為人所知。

PHRASES

Do you know what? / You know what? / Know what? ☺ 你知道嗎？（我跟你說…）▷You know what? This is the first time I've ever tried to swim underwater. 你知道嗎？這是我第一次嘗試潛泳。

How should I know? / How do I know? ☺ 我哪會知道？ ▷"How do you say 'Hello' in Russian?" "How should I know? No idea!" 「『哈囉』用俄語怎麼說？」「我哪會知道？不知道啦！」

I don't know. ☺ 我不知道。 ▷"Where do you want to go first?" "I don't know. It's up to you." 「你想先去哪裡？」「我不知道。隨你。」

I know ☺（表示同感、同意）是啊 ▷"It was very cold." "I know, I know." "And snowing..." "I know." 「當時真的很冷。」「是啊。」「而且還下雪…」「對啊。」

Who knows? ☺ 誰知道啊？ ▷"Where's he going to?" "Who knows?" 「他要去哪裡？」「誰知道啊？」

Yes, I know. ☺ 是的，我知道。 ▷"You just have to wait two more years. Know what I mean?" "Yes, I know." 「你必須再等兩年。你懂我的意思嗎？」「是的，我知道。」

you know ☺（講話中途停頓時插入的詞語；句尾強調意見的詞語）你知道的 ▷Well, you know – I'm a simple kind of guy. 呢，你知道嘛，我是個單純的人。 ▷I don't like Harry, you know. 我不喜歡Harry，你知道的。

(you) know what? / (You) know something? ☺（用來導入話題）你知道嗎？ ▷ You know what? I

think I'm drunk, too. 你知道嗎？我想我也醉了。
you never know ☺ 很難說，預料不到 ▷You never know. I might marry. 未來的事很難說。我可能會結婚也說不定。

knowledge /ˈnɑlɪdʒ/ 英 /ˈnɔlɪdʒ/

名 知識，了解

acquire	knowledge	得到知識
gain	knowledge	
have	some knowledge	有知識
have	little knowledge	所知很少
have	no knowledge	一無所知
extend	one's knowledge	擴展知識
increase	one's knowledge	增加知識
require	knowledge	需要知識
share	one's knowledge	分享知識

▷He **acquired** quite a lot of **knowledge** of the political system in the USA. 他獲得了許多關於美國政治體系的知識。
▷I **had little knowledge** of East Asian culture. 我對東亞文化所知很少。
▷He wants to **extend** his **knowledge** of the history of Japan. 他想擴展自己對日本歷史的知識。
▷Doing accurate research these days **requires** a good **knowledge** of statistics. 現今進行精確的研究，需要對於統計學有很好的知識。
▷He refuses to **share** his **knowledge** with his colleagues. 他拒絕和同事分享所知。

common	knowledge	一般知識，常識
detailed	knowledge	詳細的知識
general	knowledge	一般的知識
personal	knowledge	個人了解，自己所知
prior	knowledge	先前的知識
previous	knowledge	
medical	knowledge	醫療知識
scientific	knowledge	科學知識
technical	knowledge	專門知識
★ 指個別的知識時也會加上不定冠詞		

▷The fact that smoking causes cancer is **common knowledge** now. 抽煙會造成癌症現在已經是常識。
▷She has a **detailed knowledge** of modern American literature. 她對現代美國文學所知甚詳。
▷I have no **personal knowledge** of her ability as a translator. 我個人不知道她身為翻譯的能力。

▷You shouldn't try to repair electrical faults without **prior knowledge** of electronics. 沒有電子的先前知識，你不應該試圖修理電氣故障。
▷We need to employ someone with a good **technical knowledge** of building construction. 我們需要雇用對大樓建設有良好專門知識的人。

knowledge	about A	關於 A 的知識

▷He has a very good **knowledge about** world history. 他很了解世界史。

knowledge	that...	知道…

▷He had no **knowledge that** she was already married. 他不知道她已經結婚了。

with	A's knowledge	在 A 知道的情況下
without	A's knowledge	在 A 不知道的情況下

▷She dropped out of university **without** her parent's **knowledge**. 她在父母不知道的情況下從大學中途退學了。

knowledge and experience	知識與經驗
knowledge and skill(s)	知識與技術
★ 也有 skill(s) and knowledge 的說法	

▷He is a great coach who has a lot of **knowledge and experience** about soccer. 他是個對足球有豐富知識與經驗的優秀教練。

L

label /ˈlebl/

名 標籤；（唱片公司的）廠牌，品牌

carry	a label	附有標籤
bear	a label	
put	a label	加上標籤
attach	a label	

▷ This sweater doesn't **carry** any **label** about how to wash it. 這件毛衣沒有洗滌方式的標籤。

▷ I forgot to **attach** a **label** *to* my suitcase. 我忘記給我的行李箱繫上標籤。（★ put 的說法則是 put a label *on*）

an address	label	地址標籤
a luggage	label	行李標籤
a designer	label	設計師品標
a major	label	一流品牌；主流唱片廠牌

▷ Write your name and address on the **luggage label**. 請將您的姓名和地址寫在行李標籤上。

▷ The coats in this store are really expensive. They're all **major labels**. 這家店的大衣真的很貴。全都是一流品牌。

a label	on A	A 上面的標籤

▷ The **label on** this sweater says "Wash by hand." 這件毛衣上的標籤寫著「手洗」。

on	the label	在標籤上

▷ There should be some washing instructions **on the label**. 標籤上應該有些洗滌方法的指示。

labor /ˈlebɚ/

名 勞動；勞工（階級）；分娩，陣痛（★ 英 labour）

provide	labor	提供勞動力
reduce	A's labor	減少 A 的工作
withdraw	(one's) labor	罷工
be in	labor	在陣痛
go into	labor	開始陣痛

▷ Developing countries often **provide** very cheap **labor**. 開發中國家通常提供非常便宜的勞動力。

▷ Modern inventions such as washing machines and dishwashers greatly **reduce** our **labor**. 洗衣機、洗碗機之類的現代發明大大減少了我們的工作量。

▷ The factory workers are threatening to **withdraw** their **labor**. 工廠工人威脅要罷工。

▷ She was **in labor** for over 16 hours before the baby was born. 嬰兒出生前，她陣痛超過 16 個小時。

casual	labor	臨時勞工
skilled	labor	技術性勞工
unskilled	labor	非技術性勞工
cheap	labor	廉價勞工
organized	labor	工會
forced	labor	強迫勞動
hard	labor	重勞動，勞役
manual	labor	體力勞動
physical	labor	
a difficult	labor	難產
an easy	labor	順產

▷ There's a shortage of **skilled labor**. 目前技術性勞工短缺。

▷ That company won't pay you very much. They're looking for **cheap labor**. 那間公司不會付你很多薪水。他們找的是廉價勞工。

▷ They had to work 18 hours a day. It was **forced labor**. 他們必須一天工作 18 小時。那是強迫勞動。

▷ The judge sentenced him to 5 years **hard labor**. 法官判他服勞役 5 年。

lack /læk/ 名 缺乏；不足

the apparent	lack	明顯的缺乏
a complete	lack	完全的缺乏
a total	lack	
a general	lack	普遍的缺乏
a relative	lack	相對的缺乏

▷ He was shocked by the **apparent lack** of enthusiasm of his students. 他因為學生明顯缺乏熱情而震驚。

▷ He has a **complete lack** of interest in his job. 他對自己的工作完全沒有興趣。

▷ I'm afraid there's a **general lack** of discipline in this school. 恐怕這間學校裡普遍缺乏紀律。

lack	of A	A 的缺乏

★ A 是 interest, confidence, experience, funds, information, knowledge, understanding 等

▷ Many people died because of the **lack of** good medical care. 許多人因為缺乏良好醫療而死亡。

for	lack of A	
through	lack of A	由於 A 的缺乏
by	lack of A	

▷ They couldn't complete the project **for lack of** money. 他們因為資金不足而無法完成計畫。

ladder /ˈlædə/ 名 梯子

put up	a ladder	立起梯子
climb (up)	the ladder	爬上梯子
move up	the ladder	
climb down	the ladder	爬下梯子
descend	the ladder	
fall off	a ladder	摔下梯子

▷ If we **put** a **ladder up** *against* the wall, we can climb in through the upstairs window. 如果我們靠著牆立起梯子，就能從樓上的窗戶爬進去。
▷ **Climb down** the **ladder** before the fire spreads! 在火勢蔓延前爬下梯子！
▷ "How did he break his leg?" "He **fell off** a ladder." 「他怎麼摔斷腿的？」「他摔下了梯子。」

the evolutionary	ladder	進化的階段
the social	ladder	社會階級進程
the career	ladder	職涯階級進程

▷ He's never been interested in the **career ladder**. He just wants an easy life. 他對職涯上的晉升一向沒有興趣。他只想要輕鬆的生活。

the ladder	to A	通往 A 的梯子、階梯（比喻）

▷ He slowly climbed the **ladder to** the roof. 他緩緩爬著通往屋頂的階梯。

lady /ˈledɪ/ 名 女士；淑女

an elderly	lady	年紀大的女士
an old	lady	
a young	lady	年輕女子
a lovely	lady	可愛的女子

▷ There's a **young lady** waiting outside to see you. 外面有個年輕女子等著要見你。
▷ Have you met Ben's wife? She's a **lovely lady**. 你見過 Ben 的妻子了嗎？她是個可愛的女人。

a lady	with A	身上有 A 的女士

▷ The **lady with** gray hair and glasses is Emma's mother. 白髮戴眼鏡的女士是 Emma 的母親。

lake /lek/ 名 湖

overlook	the lake	俯瞰湖面

▷ She lives in a beautiful house **overlooking** the **lake**. 她住在一間可以俯瞰湖面的美麗房屋。

a large	lake	大湖
a big	lake	
a huge	lake	巨大的湖
a small	lake	小湖
a man-made	lake	人造湖
an artificial	lake	
a freshwater	lake	淡水湖
a frozen	lake	結凍的湖

★ 表示「大湖」時，large 的頻率比 big 高出許多。

▷ We live near to a **large lake** in Switzerland. 我們住在瑞士的一座大湖附近。
▷ Have you ever skated on a **frozen lake**? 你在結凍的湖面上溜過冰嗎？

on	the lake	在湖面上
in	the lake	在湖裡
at	the lake	在湖那邊
around	the lake	在湖周圍

▷ Let's go fishing **on** the **lake**. 我們在湖上釣魚吧。（★ 不說 ×to the lake）
▷ Let's walk **around** the **lake**. 我們繞著湖邊散步吧。

land /lænd/ 名 土地；陸地；國土

agricultural	land	農地
arable	land	適於耕作的土地
cultivated	land	耕地
adjoining	land	鄰接的土地
fertile	land	肥沃的土地

poor	land	貧瘠的土地
industrial	land	工業用地
private	land	私有地
public	land	公有地
forest	land	林地
open	land	開闊的土地
one's native	land	祖國

▷ There's a lot of **fertile land** near to the river. 河邊有許多肥沃的土地。

▷ It's **poor land**. Nothing grows well on it. 這是塊貧瘠的土地，什麼都長不好。

▷ I live in Japan, but England is my home country—my **native land**. 我住在日本，但英國是我的家鄉——我的祖國。

an area	of land	有一定區域範圍的土地
a piece	of land	一塊土地

▷ The proposed new town will cover a huge **area of land**. 提案規畫的新城鎮將涵蓋範圍廣大的土地。

by	land	經陸路
on	land	在陸地上

▷ It'll take longer to get there by sea than **by land**. 走海路到那裡，花的時間會比走陸路長。

▷ Penguins live half in the sea and half **on land**. 企鵝的生活有一半在海裡，一半在陸地上。

land /lænd/

動（飛機）降落；（船）登陸；落下

land	safely	平安降落
land	heavily	重重地落下

▷ Even though one engine was on fire, the airplane **landed safely**. 儘管有一具引擎起火，飛機還是平安降落了。

▷ He fell from the window and **landed heavily** on his back in the garden below. 他從窗戶掉下來，背朝下重重摔在樓下的花園。

landing /ˈlændɪŋ/

名 降落，著陸；樓梯中途或頂端的平台

make	a landing	降落

▷ The plane **made** a safe **landing**. 飛機平安降落。

a crash	landing	毀機著陸，迫降
a forced	landing	
an emergency	landing	緊急降落
a safe	landing	安全降落
a soft	landing	軟著陸
the first-floor	landing	一樓樓梯間的平台

▷ The plane had to make a **forced landing** because of engine trouble. 因為引擎問題，那架飛機必須迫降。

landscape /ˈlændˌskep/

名 風景；風景畫；景況，情勢

a beautiful	landscape	美麗的風景
a rural	landscape	鄉間風景
an urban	landscape	都市景觀
an industrial	landscape	工業景觀
the political	landscape	政治情勢
the social	landscape	社會風景，社會情勢

▷ The English painter, John Constable, loved painting **rural landscapes**. 英國畫家 John Constable 喜愛描繪鄉間風景。

▷ She hated living in such a small village. She was seeking a wider **social landscape**. 她討厭住在這樣的小村子。她追求的是更開闊的社會風景。

lane /len/ 名 馬路上的車道；小路，小巷

change	lanes	變換車道
turn into	the lane	轉進小路

▷ It's dangerous to keep **changing lanes** when you're driving. 開車時不斷變換車道很危險。

▷ **Turn into** the **lane**, and you'll see the church on the right. 轉進小路就會看到教堂在右邊。

the fast	lane	快車道
a rural	lane	慢車道
the inside	lane	內側車道（英外側車道）
the middle	lane	中央車道
the outside	lane	外側車道（英內側車道）
the passing	lane	超車道
a narrow	lane	狹窄的小路
a winding	lane	蜿蜒的小路

L

▷ I don't like driving in the **fast lane**. 我不喜歡開在快車道上。

▷ Cars were traveling much too fast along the **outside lane**. 外側車道的車開得實在太快了。

▷ Our car got stuck in a **narrow lane**. 我們的車困在狹窄的小路裡了。

▌language /ˈlæŋgwɪdʒ/ 名 語言，表達方式

learn	a language	學習語言
study	a language	
speak	a language	說語言
understand	the language	懂得語言
use	language	使用語言

▷ It's easier to **learn** a **language** when you're young. 年輕時學語言比較容易。

▷ "Can you speak any foreign **languages**?" "Yes, I can **speak** French and German." 「你會說任何外語嗎？」「會，我會說法語和德語。」

▷ When I arrived in England, I couldn't **understand** the **language** at all. 抵達英國時，我完全不懂他們說的話。

one's **native**	language	母語
a foreign	language	外語
an international	language	國際語言
the official	language	官方語言
a common	language	共同語言
spoken	language	口語
written	language	書面語
everyday	language	日常語言
body	language	身體語言
sign	language	手語
computer	language	電腦語言

▷ We all learn to speak our **native language** without trying very hard. 我們都不用很努力就能學會說母語。（★ 也可以用 mother tongue 表示母語）

▷ In many African countries, the **official language** is English. 許多非洲國家的官方語言是英文。

▷ The **spoken language** is often very different from the **written language**. 口語通常與書面語非常不同。

PHRASES

Watch your language! / Mind your language! ☺ 注意你的措辭！

▌large /lɑrdʒ/ 形 大的，寬大的；數量多的

fairly	large	相當大的
relatively	large	相對大的
sufficiently	large	十分大的

▷ A **fairly large** proportion of housewives have part-time jobs. 很大比例的家庭主婦有兼職工作。

▷ A **relatively large** percentage of the population supported the government's decision. 相對高比例的居民支持政府的決定。

large	enough	夠大的

▷ This apartment isn't **large enough** for a big family. 這戶公寓對大家庭而言不夠大。

get	large	變大
grow	large	

▌last /læst/ 英 /lɑ:st/ 名 最後；最後的人或物

the last	to do	最後…的人

▷ He was the **last to** arrive. 他是最後抵達的人。

the night	before last	前天晚上
the week	before last	上上週
the year	before last	前年

▷ I'm OK now, but the **night before last** I felt really ill. 我現在好了，但前天晚上我非常不舒服。（★「前天」是 the day before yesterday。但「上上個月」通常不說 the month before last，而是用 two months ago 表達。）

▌late /let/ 名 晚的，遲到的；晚期的；已故的

a bit	late	有點晚的
a little	late	
extremely	late	非常晚的
relatively	late	相對晚的
too	late	太晚的

▷ Sorry! I'm **a bit late**. The traffic was terrible. 抱歉！我遲到了一會兒。塞車很嚴重。

▷ It's **too late** for breakfast and too early for lunch. 現在吃早餐太晚，吃午餐也太早。

▷ It's **too late** *to* do anything about it now. 現在對於這件事做什麼都太遲了。

| late | for A | 去 A 遲到的 |
| late | with A | 處理 A（付款等）晚的 |

▷ Smith! You're **late for** class again! Smith！你上課又遲到了！

late	summer	夏末
late	2010	2010 年末
the late	eighties	80 年代末期
the late	19th century	19 世紀末
one's late	teens	十幾歲的最後幾年

▷ *In* **late autumn**, the tree turns a wonderful red and gold color. 秋末時，這棵樹會變成美麗的紅色與金黃色。

▷ It was built *in* the **late 19th century.** 這是在 19 世紀末建造的。

▷ The woman is probably *in* her **late twenties**. 那位女子大概 25 到 30 歲。

the late	John Cheever	已故的 John Cheever
the late	Mr. Cheever	已故的 Cheever 先生
★ 不會說 ✕the late John		

▷ The **late** John Cheever left hundreds of thousands of pounds to charity in his will. 已故的 John Cheever 在遺囑中留下數十萬英磅作為慈善用途。

PHRASES

I'm sorry I'm late. / Sorry I'm late. ☺ 抱歉我遲到了。

laugh /læf/ 英 /lɑf/ 名 笑；笑聲

give	a laugh	笑出聲
have	a laugh	笑
get	a laugh	引人發笑
raise	a laugh	引人發笑

▷ Brad **gave** a little **laugh**. Brad 輕輕笑出聲。

▷ "He's always playing jokes on people." "Yes, he'd do anything to **get a laugh**." 「他老是開別人玩笑。」「是啊，他會做任何事情來逗人發笑。」

a good	laugh	大笑；很有樂趣的事；很有趣的人
a little	laugh	輕輕的笑聲
a short	laugh	短促的笑聲
a harsh	laugh	尖銳的笑聲

▷ Let's get a group together and go to Disneyland! Go on! It'll be a **good laugh**! 我們組團去迪士尼樂園吧！會很好玩的！

▷ "If you think you're going to marry my daughter, you've made a big mistake," he said, giving a **short laugh**. 他短短地笑了一聲，並且說：「如果你覺得你會跟我女兒結婚，你就大錯特錯了」。

laugh /læf/ 英 /lɑːf/ 動 （發出聲音地）笑

laugh	loudly	大聲笑
laugh	aloud	大聲笑
laugh	out loud	大聲笑
laugh	heartily	發自內心地笑
laugh	a lot	大笑，很常笑
laugh	quietly	小聲地笑
laugh	softly	小聲地笑
laugh	nervously	緊張地笑
laugh	harshly	尖聲笑

▷ Don't **laugh** so **loudly**! Everybody's looking at you! 不要笑那麼大聲！大家都在看你！

▷ The book I was reading was so funny that I **laughed out loud**. 我讀的書很好笑，讓我大聲笑出來。

▷ "Oh! So you think I'm pretty, then!" she said and **laughed softly**. 她說：「噢，所以你是覺得我漂亮啊！」，並且小聲地笑。

begin	to laugh	開始笑
start	to laugh	開始笑
burst out	laughing	爆笑出聲
make A	laugh	使 A 發笑

▷ Tom's a really crazy guy! Once he **begins to laugh**, he can't stop! Tom 真是瘋狂！他一開始笑就停不下來！

▷ When I told my brother that I had just dropped my cellphone down the toilet, he **burst out laughing**! 當我跟弟弟說我把手機掉進馬桶時，他爆笑出聲！

▷ Don't **make** me **laugh**! ☺ 不要讓我笑！

| laugh | about A | 笑 A 這件事 |
| laugh | at A | 嘲笑 A |

▷ It seems to be a serious problem now, but in a few days I'm sure we'll all **laugh about** it. 這個問題現在看起來很嚴重，但幾天後我相信我們都能置之一笑了。

▷ I was so embarrassed! Everybody was **laughing at** me! 我超尷尬的！大家都嘲笑我！

launch /lɔntʃ/ 動發射，發動；使上市

be officially	launched	正式開始了
recently	launched	最近開始了

▷Our new sales campaign will be **officially launched** next month. 我們新的銷售活動將在下個月正式開始。

▷The Government **recently launched** a new scheme to help the unemployed. 政府最近開始了新的方案來幫助失業者。

law /lɔ/ 名法，法律；（個別的）法律，法規

become	law	成為法律
enforce	the law	執法
change	the law	修法
amend	the law	
obey	the law	守法
keep	the law	
break	the law	違法
violate	the law	

▷The police are finding it more and more difficult to **enforce** the **law**. 警察發覺執法越來越困難。

▷Everybody should **obey** the **law**. 人人都應守法。

▷**Breaking** the **law** is a very serious matter. 違法是很嚴重的事。

civil	law	民法
commercial	law	商業法
criminal	law	刑法
common	law	普通法（英美法系）
company	law	公司法
copyright	law	著作權法
international	law	國際法
private	law	私法
public	law	公法

▷She's studying **criminal law** at Cambridge University. 她正在劍橋大學學習刑法。

▷**International law** is a very complicated subject to study. 國際法是學起來很複雜的科目。

law and order		法律與秩序

▷The police are responsible for keeping **law and order**. 警察負責維護法律與秩序。

against	the law	違法
by	law	根據法律
under	the law	在法律之下
within	the law	在法律允許範圍內
above	the law	地位在法律之上

▷It's **against** the **law** to use a cellphone while driving. 駕駛時使用手機是違法的。

▷In Japan, drinking and driving is not allowed **by law**. 在日本，酒駕是被法律禁止的。

▷Driving without a license is prohibited **by law**. 無照駕駛是法律所禁止的。（★ permitted, protected, obliged 也常和 the law 連用）

▷The university is **within** the **law** to put up "NO SMOKING" signs. 這所大學張貼「禁止吸菸」標誌是符合法律的。

lawyer /ˈlɔjɚ/ 名律師

consult	a lawyer	諮詢律師
see	a lawyer	

▷It'll be expensive if we **consult** a **lawyer**. 如果我們諮詢律師會很貴。

▷You need to **see** a **lawyer**. 你需要諮詢律師。

a defense	lawyer	被告的辯護律師
a criminal	lawyer	刑事律師

lead /lid/ 名領導，領先地位；榜樣；主角

have	the lead	領先
get	the lead	取得領先
hold	the lead	保持領先
take	the lead	帶頭
lose	the lead	失去領先地位
regain	the lead	重獲領先地位
follow	the lead	仿效帶頭者的做法
follow	A's lead	仿效 A
give	the lead	率先示範
play	the lead	演出主角

★ have the lead, get the lead 要表示領先距離時，說法如下：He has a lead of 5 meters. 他領先 5 公尺。

▷Jennings **had** the **lead** at the beginning of the race. Jennings 在賽跑的一開始領先了。

▷Look! The Australian swimmer has **taken** the **lead**

again! 你看！澳洲的游泳選手又取得領先了！

▷ If we can persuade Pete to join our club, I'm sure lots of others will **follow** his **lead**. 如果我們能說服 Pete 加入社團，我相信很多人會追隨他。

▷ We need somebody to **give** the **lead**, and then everybody else will follow. 我們需要有人帶頭示範，然後讓大家跟著做。

▷ What's the name of the actor who's **playing** the **lead** in Macbeth? 主演《馬克白》的演員叫什麼名字？

a big	lead	大幅的領先
a clear	lead	明顯的領先
a narrow	lead	些微的領先
an early	lead	早期的領先

▷ In the marathon, the British runner got a **big lead**, but then lost it. 在馬拉松中，英國跑者取得了大幅領先，之後卻輸了。

▷ I think Taylor will win the race. He has a **clear lead**. 我認為 Taylor 會贏得賽跑。他明顯領先了。

▷ The Japanese team took an **early lead**, but in the end they lost 3-0 to China. 日本隊一開始領先，但最後以 3-0 輸給中國。

| in | the lead | 領先 |

▷ I can't believe it! We're actually **in the lead**! 我不敢相信！我們正在領先中！

▷ Messi scored again before half time to put his team **in the lead**. 梅西在中場前再次得分，使隊伍取得領先。

| lead | of five points | 5 分的領先 |
| lead | over A | 對 A 的領先 |

▷ The Australian swimmer had a **lead of** nearly 2 meters. 那位澳洲游泳選手領先將近 2 公尺。

▷ The U.S.A. team had a big **lead over** all the other countries. 美國隊大幅領先其他國家。

▌lead /lid/

動（在前面）帶頭，領導；領先；通往，導致；引導

easily	lead	容易導致
eventually	lead	
ultimately	lead	最終導致、通往
inevitably	lead	必然導致
lead	directly	直接通往

★ eventually, ultimately, inevitably 也可以用在動詞後面

▷ If we don't take action now, it could **easily lead** *to* problems in the future. 如果我們現在不採取行動，這在未來很容易會導致問題。

▷ The path **eventually led** *to* a small cottage in the middle of the forest. 那條小徑最終通往森林中的一間小屋。

▷ Many courses at the university **lead directly** *to* professional qualifications. 那間大學的許多課程能帶領學生直接獲得專業資格。

lead	to A	通往 A
lead A	to B	帶領 A 到達 B
lead A	into B	

▷ I don't think this road **leads to** Oxford. 我覺得這條路不是往牛津。

▷ Finally, Beckham **led** his team **to** victory. 最後，貝克漢帶領球隊迎向勝利。

| lead A | to do | 引導、誘導 A 做… |

▷ He **led** everyone **to** believe he was a millionaire! 他讓大家都相信他是百萬富翁了！

▌leader /ˈliːdə/ 名 領導者，領導人

| elect | a leader | 選出領導人 |

▷ We need to **elect** a group **leader**. 我們需要選出團體的領導人。

the former	leader	前領導人
a political	leader	政治領袖
a religious	leader	宗教領袖
the party	leader	政黨領袖
an opposition	leader	在野黨領袖

▷ He was the **former leader** of the Labor Party. 他是工黨的前任領袖。

▌leadership /ˈliːdəʃɪp/

名 領袖地位；領導力，統御力

| provide | leadership | 發揮領導力 |
| take over | the leadership | 接下領導者的地位 |

▷ In this situation we need someone to **provide** good **leadership**. 在這個情況下，我們需要有人好好發揮領導力。

▷ We need somebody new to **take over** the **leadership** of our party. 我們需要新面孔來接任本黨的領袖。

political	leadership	政治領導力

▷ The Prime Minister showed great **political leadership**. 首相展現了優秀的政治領導力。

lack of	leadership	領導力的缺乏
A's **style of**	leadership	A 的領導風格

▷ Our country has suffered from **lack of leadership** for too many years. 我國缺乏妥善領導的情況已經持續多年。

▷ The President's **style of leadership** has been very impressive. 總統的領導風格令人印象深刻。

under	A's leadership	在 A 的領導下

▷ The health service was greatly improved **under** the **leadership** of President Obama. 在歐巴馬總統的領導下，醫療服務大幅改善了。

leaf /lif/ 名 葉子

come into	leaf	長出葉子
shed	leaves	掉葉子

▷ The trees in our garden are beginning to **come into leaf**. 我們花園裡的樹開始長出葉子了。

▷ It's autumn, and the trees are beginning to **shed** their **leaves**. 現在是秋天，樹木開始掉葉子。

leaves	fall	葉子掉落
leaves	turn red	葉子變紅

▷ Look, Bill! The autumn **leaves** are **falling**! Bill，你看！秋天的葉子正在掉落！

▷ The leaves are **turning red**. Autumn is coming. 葉子正在變紅。秋天要來了。

young	leaves	嫩葉
autumn	leaves	秋天變色的葉子
dead	leaves	枯葉
fallen	leaves	落葉

▷ Insects prefer to eat **young leaves**. 昆蟲比較喜歡吃嫩葉。

▷ **Dead leaves** provide food for next year's plants. 枯葉為來年的植物提供養料。

leak /lik/ 名 漏洞，裂縫；（水、瓦斯等的）漏出；資訊的洩漏

spring	a leak	有漏洞而噴出液體
plug	the leak	堵住漏洞
stop	a leak	使漏出停止

▷ The hosepipe in the garden has **sprung a leak**. I'm soaking wet! 院子裡的水管破了洞，噴出水來。我濕透了！

▷ There's water everywhere! We've got to **plug the leak**! 到處都是水！我們得把漏洞堵住！

a leak	in A	A 的漏洞
a leak	from A	從 A 的漏出
a leak	to A	對 A 的資訊洩漏

▷ Look! There's a **leak** in the water tank. 你看！水槽有個漏洞。

a gas	leak	瓦斯漏氣
an oil	leak	漏油
a radiation	leak	輻射外洩
a water	leak	漏水

▷ I think there's a **gas leak**. Stop! Don't strike any matches! 我覺得瓦斯漏氣了。停！不要點火柴！

learn /lɜn/ 動 學習，學會；得知

soon	learn	很快學會
quickly	learn	
gradually	learn	漸漸學會
never	learn	總是學不會

▷ This machine is not so difficult to operate. You'll **soon learn** how to do it. 這台機器不是很難操作。你很快就會學會怎麼操作。

▷ Why did you go out in the freezing cold without a coat? You'll catch a cold! You **never learn**! 你怎麼沒穿大衣就到寒冷的外頭呢？你會感冒的！你總是學不會（教訓）。

be surprised to	learn	驚訝地得知

▷ I was **surprised to learn** that Tom had been married twice before. 我驚訝地得知 Tom 以前結過兩次婚。

learn	about A	得知關於 A 的事
learn	of A	

▷ We only **learnt about** her long illness after her death. 她死後我們才知道她長期患病的情況。

▷ It was only after 6 months that we **learned of** his adventures in the Amazon Jungle. 過了 6 個月以後我們才知道他在亞馬遜叢林的冒險。

learn	(that)...	學到…，得知…
learn	(how) to do	學習做…
learn	wh-	得知…

★ wh- 是 what, who, whether 等

▷ I **learnt that** when you're angry, sometimes it's better to keep quiet and say nothing. 我學到了在生氣的時候，有時保持沉默什麼也不說比較好。

▷ He **learned to** drive a car. 他學了開車。

▷ He **learned how to** read music. 他學了怎麼讀樂譜。

▷ We still haven't **learnt** exactly **what** happened. 我們還不知道確切發生了什麼。

leave /liv/

動 離開；留下；放任…保持某種狀態

leave	now	現在離開
leave	soon	很快離開
leave	immediately	立刻離開
always	leave	總是放任…保持某種狀態
usually	leave	通常放任…保持某種狀態

▷ I'm really sorry, I've got to **leave now**. 我真的很抱歉，我現在得走了。

▷ Oh! Is that the time? I'm afraid we'll have to **leave soon**. 噢！已經這個時間了嗎？恐怕我們得趕快走了。

▷ Why do you **always leave** your room in such a mess? 你為什麼總是放著房間這樣亂糟糟的不管呢？

leave	for A	出發前往 A

▷ They **left for** New Zealand last Thursday. 他們上週四出發前往紐西蘭。

leave	A B	把 B 留給 A（人）
leave	B to A	

▷ Tom **left** Louise a lot of money. Tom 留給 Louise 一大筆錢。（★ 這種句型的頻率比 Tom left a lot of money to Louise. 高。）

leave A	to B	把 A 留給 B（處理）
leave A	to do	任由 A 做…

▷ **Leave** it **to** me. I'll get it done. 交給我。我會完成的。

▷ "Look at all that mess after the party!" "It's OK. You can **leave** me **to** do the clearing up." 「看看派對後這一團亂！」「沒問題。你可以交給我清理。」

PHRASES

I'm leaving. ☺ 我要走了。

lecture /ˈlɛktʃə/ **名** 授課，演講；訓話

give	a lecture	授課
deliver	a lecture	
attend	a lecture	（學生）上課
skip	a lecture	蹺課
get	a lecture	被訓話
give A	a lecture	對 A 訓話

▷ He **gave** an interesting **lecture** on the English language. 關於英語語言，他教了一堂很有趣的課。

▷ Hundreds of students **attended** his **lecture** 數百名學生上了他的課。

▷ "I heard you had to see the headmaster. What happened?" "Oh, he just **gave** me a **lecture** on the importance of not missing classes!" 「聽說你不得不去見校長。發生什麼事？」「噢，他只是教訓我不蹺課的重要性！」

an inaugural	lecture	就職演說
a memorial	lecture	紀念演說
a public	lecture	公開演說

▷ Professor Dalton is giving a **public lecture** next week. Dalton 教授下週要公開演說。

a course of	lectures	（包含許多演講的）講座
a series of	lectures	一系列的演講

▷ I'm attending a **course of lectures** at Tokyo University. 我會去聽東京大學的講座。

▷ She's going to the U.S.A. to deliver a **series of lectures** on global warming. 她要去美國進行一系列關於全球暖化的演講。

left /lɛft/ **名** 左方，左邊；（the left）左派

on	the left (of A)	在 A 的左邊
to	the left	往左邊

▷ Please turn to page 45 and look at the graph **on the left**. 請翻到第 45 頁，看左邊的圖表。

▷ Sorry! I turned **to the left** when I should have turned right. 抱歉！我在該右轉的時候左轉了。

from left	to right	從左到右
from right	to left	從右到左

▷ The Arabic language is written **from right to left**. 阿拉伯語是以由右到左的方式書寫。

the far	left	極左派
the extreme	left	

▷ Regarding politics, Tom's definitely to **the extreme** left. 關於政治，Tom 絕對是極左派。

leg /lɛɡ/ 名腿；（椅子等的）腳

cross	one's **legs**	交叉雙腿
stretch	one's **legs**	伸展雙腿
swing	one's **leg(s)**	擺動腿
break	one's **leg**	使腿骨折

▷ She sat down on the sofa and **crossed** her **legs**. 她坐上沙發並且交叉雙腿。

▷ I've been sitting in front of this computer for hours. It's time I **stretched my legs**! 我在電腦前坐了幾個小時。現在我該伸伸腿了！

▷ You've never ridden a horse before? Just **swing your leg** over the saddle! 你沒騎過馬？把腿（像用甩的一樣）抬上馬鞍就行了！

▷ He **broke** his **leg** in a skiing accident. 他在滑雪意外中摔斷了腿。

on	**one leg**	用單腿

▷ The flamingo is a strange bird. It likes to stand **on one leg**! 紅鶴是一種奇怪的鳥。牠喜歡單腿站立！

a front	leg	前腿
a hind	leg	（動物的）後腿
the rear	leg	
a broken	leg	骨折的腿

▷ My dog had a fight recently. His front legs are OK, but one of his **hind legs** is broken. 我的狗最近打了一架。牠的前腿還好，但有一條後腿斷了。

▷ He's in hospital with a **broken leg**. 他斷了一條腿而住院。

legislation /ˌlɛdʒɪsˈleʃən/

名立法；（已制定的）法律

call for	legislation	要求立法
draft	legislation	草擬法案
introduce	legislation	提出法案
pass	legislation	通過立法
adopt	legislation	採行法律

enact	legislation	頒布法律

▷ Many have **called for legislation** *against* discrimination at work. 許多人要求立法禁止職場上的歧視。

under	legislation	在法律下

▷ **Under** current **legislation**, eye tests are compulsory for people working with computers. 在現行法律之下，有義務對使用電腦工作的勞工進行視力檢查。

leisure /ˈliʒɚ/ 英 /ˈliːʒə/ 名閒暇；休閒

work and leisure	工作與休閒

▷ It's important to make a distinction between **work and leisure**. 區分工作與休閒很重要。

leisure	facilities	休閒設施
leisure	industry	休閒產業
leisure	time	休閒時間
leisure	activities	休閒活動

▷ How do you spend your **leisure time**? 你如何度過休閒時間？

at	leisure	從容不迫
at	one's **leisure**	有空時

▷ He didn't make any special effort to complete the report. He did it **at leisure**. 他沒有特別努力完成這份報告。他做得很輕鬆。

▷ Completing a jigsaw puzzle is something you can do **at** your **leisure**. 拼拼圖是你可以在空閒的時候做的事。

length /lɛŋθ/ 名長度；期間

measure	the length	測量長度
have	a length	有某個長度
reach	a length	達到某個長度
extend	the length	延長長度
reduce	the length	減少長度
run	the length of A	長度從 A 的一端到另一端
walk	the length of A	走完 A 的全程

▷ We need to **measure** the **length** before we buy new curtains. 買新窗簾前我們必須測量長度。

▷ The fish **had a length** of over 2 meters. 這條魚的長度超過 2 公尺。

▷ The crack in the ice **reached a length** of over

20 meters. 冰上的裂痕長度達到 20 公尺以上。

▷I need to **reduce** the **length** of this dress by at least 4 centimeters. 我需要把這件洋裝的長度改短至少 4 公分。

▷This path **runs** the **length of** the stream. 這條路從溪的這一端延伸到另一端（和溪平行延伸）。

▷We **walked** the **length of** the River Thames from London to Oxford. 我們從倫敦到牛津，全程沿著泰晤士河走。

the average	length	平均長度
considerable	length	可觀的長度
the whole	length	
the full	length	全長，兩端間的長度
the entire	length	
the total	length	總長

▷The **average length** of a university lecture is about 1 hour. 大學一節課平均約 1 小時。

▷The tsunami swept along the **whole length** of the coast. 海嘯橫掃整條海岸線。

▷He tripped over a chair and fell **full length** onto the floor. 他被椅子絆倒，整個人摔在地板上。

in	length	在長度方面（有多少）
at	length	長時間地，詳細地；終於
★ at length 常和 speak, talk, chat, discuss 等動詞連用		

▷This rope is useless. It's only 10 feet **in length**. 這條繩子沒用。它只有 10 英尺長。

▷We have to stop now, but we'll discuss this problem again **at length** at our next meeting. 我們現在得停下來了，但我們下次開會會再好好討論這個問題。

▷I explained and explained and explained! **At length** he understood! 我解釋又解釋又解釋！他才總算懂了！

| for any length | of time | 曾經（不管期間多長）|

▷Did you ever live that wonderful kind of life **for any length of time**? 你曾經有過那種美好的生活嗎？

| by | half a length | 以半個馬身的差距；以賽道一半的差距 |

▷She's a great swimmer, but she got beaten **by half a length**. 她是很好的游泳選手，但她被領先半個水道的長度而輸了。

lesson /ˈlɛsn̩/

名 一節課，課本的一課；教訓

have	a lesson	有課
take	a lesson	（學生）上課
give	a lesson	授課
skip	a lesson	蹺課
learn	a lesson	學到教訓
teach	a lesson	給予教訓

▷I'm going to **have** another German **lesson** on Friday. 週五我還有一堂德語課。

▷I started **taking** piano **lessons**. 我開始上鋼琴課。

▷Jane **gave** her a **lesson** in good manners. Jane 教了她一番禮儀。

▷He'll never do that again. I think he's **learnt** his **lesson**. 他不會再犯了。我想他已經學到了教訓。

an English	lesson	英語課
a private	lesson	個人課程
a valuable	lesson	寶貴的教訓

▷Mistakes can often teach us a **valuable lesson**. 犯錯常常能帶給我們寶貴的教訓。

| a lesson | in A | A 的課程 |
| a lesson | on A | A（專門領域）的課程 |

▷If you want a **lesson in** how to deal with people, just look at Helen. 如果你想學習如何待人，看 Helen 就對了。

letter /ˈlɛtɚ/ 名 信件；字母

write	a letter	寫信
sign	a letter	在信上簽名
address	a letter	在信件上寫收件人姓名地址
seal	a letter	封好信件
stamp	a letter	在信上貼郵票
send	a letter	寄信
mail	a letter	
英 post	a letter	郵寄信件
forward	a letter	轉交、轉寄信件
receive	a letter	收到信
get	a letter	
answer	a letter	回信
reply to	a letter	

▷I've spent the whole morning **writing letters** of

invitation. 我花了整個上午寫邀請函。

▷He **wrote** her a very long **letter**, but she didn't reply. 他寫給她一封很長的信，但她沒有回覆。

▷She **sent a letter** *to* the President of the University. 她寄了一封信給大學校長。

▷We **forwarded** the **letter** *to* Head Office. 我們把信轉寄給總公司了。

▷We **received** an important **letter** from the bank this morning. 今天早上我們收到銀行寄來的重要信件。

▷I **answered** the **letter** from that company last week. 上週我回覆了那間公司的來信。

an anonymous	letter	匿名信件
a formal	letter	正式信件
an official	letter	官方、正式信件
a personal	letter	私人信件
a thank-you	letter	感謝信
a fan	letter	粉絲信
a love	letter	情書
a business	letter	商業信件
a cover	letter	求職信
美 a covering	letter	
a capital	letter	大寫字母
a small	letter	小寫字母
the initial	letter	首字母

▷Yesterday I received an **anonymous letter** accusing a member of staff of stealing. 我昨天收到指控一名員工偷竊的匿名信。

▷Write your address *in* **capital letters**, please. 請用大寫字母書寫您的地址。

a letter	to A	給 A 的信

▷I'm writing a **letter to** my brother. 我在寫給我弟弟的信。

by	letter	用信件

▷I think we should answer **by letter**, not by e-mail.我想我們應該用信件回覆，而不是用電子郵件。

level /ˈlɛvl̩/ 图 水準，程度

achieve	a level	達到程度
reach	the level	
remain at	a level	維持某個程度
maintain	a level	保持某個程度

raise	the level	提高程度
increase	the level	
reduce	the level	降低程度
determine	the level	判定程度

▷In the exams she **achieved** a **level** far higher than anybody else. 在測驗中，她達到遠高於其他所有人的程度。

▷Electricity consumption **remained at** high **levels** in 2005 and beyond. 2005 年後，用電量居高不下。

▷The entrance exam is much harder now. The university **raised** the **level**. 入學考現在難很多。這間大學提高了程度。

▷How can we help **reduce** the **level** of poverty in developing countries? 我們能怎樣幫助減低開發中國家的貧窮程度？

▷We sent out a questionnaire to **determine** the **level** of support for our policies. 我們寄出一份問卷，以判斷我們的政策受支持的程度。

a level	rises	程度上升
a level	falls	程度下降

▷Each year the **level** of our first year students seems to be **rising**. 每年我們一年級生的程度似乎都在上升。

▷The **level** of water in the lake is **falling**. We've had no rain for over 3 months. 湖的水位正在下降。已經超過三個月沒下雨了。

a high	level	高水平
a low	level	低水平
top	level	最高水準
national	level	全國水準
a local	level	地方水準
international	level	國際水準
a general	level	一般水準
the required	level	必要的水準

▷There's a **high level** of interest in the new type of kitchen robot. 新型的廚房機器人獲得高度關注。

▷I think the students are very **low-level** this year, don't you? 我認為今年的學生程度很低，你不覺得嗎？

▷At the moment she plays for a local team, but soon she'll reach **national level**. 目前她在地方隊出賽，但她很快會達到全國水準。

▷He's a good footballer, but maybe he hasn't reached **international level** yet. 他是不錯的足球員，但或許還沒到國際水準。

▷ I don't think she'll ever reach the **level required** to be a really good ice-skater. 我認為她永遠不會達到成為真正優秀溜冰選手所必要的程度。

at	a level	
on	a level	在某個層次
above	the level	在某個水準之上
below	the level	在某個水準之下

▷ **At** a personal **level** I like him, but I don't think he's the right man for the job. 在個人的層次上我喜歡他，但我覺得他不是這份工作的合適人選。

▷ Last year's students were definitely **above** the level of this year's. 去年的學生絕對在今年的水準之上。

▷ The money supply was **below** the **level** of the previous December. 貨幣供給的水準比去年十二月低。

▌liberty /ˈlɪbə‑tɪ/ 名 自由

protect	liberty	保障自由
threaten	liberty	威脅自由

▷ It's very important to **protect** individual **liberty**. 保障個人自由很重要。

civil	liberty	公民自由
individual	liberty	
personal	liberty	個人自由
political	liberty	政治自由
religious	liberty	宗教自由

▷ **Civil liberty** is closely linked with human rights. 公民自由與人權密切相關。

▷ **Religious liberty** means that we can choose freely which god or gods we wish to pray to. 宗教自由意指我們可以自由選擇要對什麼神祈禱。

at	liberty	自由地，不受限制地
liberty	from A	來自 A 的自由

▷ The United Nations inspectors were **at liberty** to go wherever they wanted in Iraq. 聯合國核查人員在伊拉克能自由前往任何想去的地方。

liberty and equality	自由與平等

▷ Many countries have fought hard for **liberty and equality**. 許多國家努力爭取自由與平等。

▌library /ˈlaɪˌbrɛrɪ/ 英 /ˈlaibrəri/ 名 圖書館

use	a library	使用圖書館

borrow A from	the library	從圖書館借 A

▷ Young people don't **use libraries** so much these days. They prefer to play computer games. 最近年輕人不那麼常利用圖書館了。他們比較喜歡玩電腦遊戲。

an academic	library	學術圖書館
a university	library	大學圖書館
a school	library	學校圖書館
a local	library	地方圖書館
a public	library	公共圖書館

▷ I borrowed these books from our **local library**. 我從地方圖書館借來這些書。

▌license /ˈlaɪsn̩s/

名 許可（證），執照（英 licence）

issue	a license	發出許可
grant	a license	核准許可
get	a license	
obtain	a license	獲得許可證
have	a license	
hold	a license	擁有許可證
renew	a license	更新許可證
lose	one's license	失去許可證

▷ The council have **granted** the pub a **license** to stay open until 2:00 a.m. on Saturdays. 議會核准了那間酒吧週六營業到凌晨 2 點的許可。

▷ If you want to go fishing in this part of the river, you need to **get a license**. 如果你想在河流的這個區域釣魚，需要取得許可。

▷ Do you **have** a driver's **license**? 你有駕照嗎？

▷ He was caught speeding and **lost** his **license**. 他被逮到超速而失去了駕照。

a license	runs out	
a license	expires	許可證到期

▷ You need to get a new license. This one **ran out** on September 1. 你需要取得新的許可證。這張在 9 月 1 日到期了。

a provisional	license	（駕照的）臨時執照

▷ You need to get a **provisional license** before you can get a full one. 在取得正式駕照前，你必須取得臨時駕照。

under	license	在有許可的情況
without	a license	沒有許可證

▷ He was prosecuted by the police for driving **without** a **license**. 他因為無照駕駛而被警方起訴。

lie /laɪ/ 图謊言

tell (A)	a lie	（對 A ）說謊
live	a lie	過虛假的生活

▷ Don't believe him. He's always **telling lies** about me! 不要相信他。他老是說關於我的謊話！

▷ I **told** him a **lie**. 我對他說了謊。

▷ He told his boss he was very healthy, but actually he was **living a lie**. He was seriously ill. 他告訴上司自己非常健康，但他其實是自欺欺人。他病得很嚴重。

a pack of	lies	一堆謊話

▷ We tried to find out the truth, but they just told us a **pack of lies**. 我們試圖找出真相，但他們只告訴我們一堆謊話。

a big	lie	大謊
a blatant	lie	明顯的謊言
a complete	lie	徹底的謊言
a downright	lie	
a white	lie	善意的謊言

▷ What? She told you I was married? Unbelievable! That's a **blatant lie**! 什麼？她跟你說我結婚了？真不敢相信！這是明顯的謊言！

▷ They told us that nobody would lose their jobs, but it was a **complete lie**. 他們跟我們說不會有人丟掉工作，但完全是說謊。

▷ She told a **white lie** because she didn't want to upset him. 她說了善意的謊言，因為她不想讓他不開心。

lie /laɪ/ 動說謊

lie	about A	說關於 A 的謊
lie	to A	對 A 說謊

▷ How can I **lie about** my age? 我怎能謊報年齡呢？

▷ Don't **lie to** me. 不要對我說謊。

life /laɪf/

图生命；生活；一生，人生；活力；生物

lose	one's life	失去生命
risk	one's life	冒生命危險
save	A's life	拯救生命
take	one's (own) life	取走（自己的）性命
have	a life	
live	a life	過某種人生、生活
lead	a life	
spend	one's life	花一輩子的時間
enjoy	life	享受人生
change	A's life	改變人生
come to	life	活起來；甦醒過來
bring A to	life	使 A 活起來

▷ He **lost** his **life** in a mountaineering accident. 他在登山意外中喪命。

▷ Thanks for lending me the taxi fare home last night, Stella. You **saved** my **life**! Stella，謝謝妳昨晚借我計程車錢回家。你真的解救了我！

▷ "Did he **take** his own **life**?" "Yes." 「他是自殺嗎？」「是的。」

▷ He **had** a good **life**. He lived until he was nearly 90, didn't he? 他有不錯的人生。他活到快九十歲，不是嗎？

▷ She **spent** her **life** trying to help poor people in Africa. 她用一生幫助非洲的窮人。

▷ **Enjoy life** while you can! 要及時享受人生！

▷ He decided to accept a job in Canada, and it completely **changed** his **life**. 他決定接受加拿大的一份工作，而這完全改變了他的人生。

▷ It's fascinating watching Miyazaki's animation characters **come to life**. 看宮崎駿的動畫人物活起來真是引人入勝。

one's early	life	年輕時期
one's adult	life	成年時期
one's later	life	晚年
a long	life	長的人生
a short	life	短的人生
everyday	life	日常生活
daily	life	
family	life	家庭生活
married	life	婚姻生活
real	life	真實生活

private	life	私生活
one's **personal**	life	
public	life	公眾生活
a happy	life	幸福的生活
a hard	life	辛苦的生活
a quiet	life	安靜的生活
a normal	life	正常的生活
rural	life	鄉間生活
urban	life	都會生活
social	life	社交生活
human	life	人的生命
animal	life	動物
plant	life	植物
marine	life	海洋生物

▷He wasn't at all interested in art when he was young, but *in later life* he took up painting. 他年輕時對藝術一點興趣也沒有，但他晚年開始繪畫。

▷He had a **long life** and a happy one. 他擁有長壽與快樂的生活。

▷These books and drawings give us a very good idea of **everyday life** during the Edo period. 這些書與繪畫讓我們很清楚了解江戶時期的日常生活。

▷Disneyland is a fantasy world. **Real life** is entirely different. 迪士尼樂園是個幻想的世界。真實生活是全然不同的。

▷What I do in my **private life** is none of your business. 我在私生活中的作為不干你的事。

▷My granddad wants to retire and lead a **quiet life** in the country. 我的祖父想要退休，在鄉間度過靜靜的生活。

the prime	of	life	年輕力壯的時期
the rest	of	one's **life**	剩下的人生，餘生
the end	of	one's **life**	生命的盡頭，晚年
the quality	of	life	生活品質
a way	of	life	生活方式

▷Now that I'm retired, I'd like to spend the **rest of my life** reading books and playing golf. 既然我退休了，我想要在剩下的人生中讀書、打高爾夫球。

▷At the **end of** his **life**, he suddenly became interested in Christianity. 在他生命的盡頭，他突然對基督信仰感興趣。

▷In many countries the **quality of life** has greatly improved over the last 100 years. 過去 100 年，許多國家的生活品質大幅改善了。

▷I need to change my **way of life**. 我必須改變我的生活方式。

all	one's **life**	整個人生
for	life	一輩子的，到死為止
in	one's **life**	在人生中

▷She spent **all** her **life** doing her best to help others. 她用一輩子的時間盡力幫助他人。

life and [or] death	生與（或）死
life and work	生活與工作
the life and soul	派對中活躍的靈魂人物

▷Quick! Hurry! Get my father to hospital! It's a matter of **life and death**! 快點！快點！送我爸爸去醫院！這是關乎生死的事！

▷This book is about the **life and work** of Albert Einstein. 這本書是關於愛因斯坦的人生與工作。

▷Pete is great fun to be with. He's always the **life and soul** of the party! 和 Pete 在一起很有趣。他永遠是派對中的靈魂人物！

(PHRASES)

Get a life! ☺ 認真過好你的生活！做點有用的事！
▷All you do is sit around the house all day doing nothing. Get a life! 你整天就是坐在家裡無所事事。振作一點，做有用的事！

How's life (with you)? ☺ 最近過得怎樣？ ▷I'm fine, thanks. How's life with you? 我很好，謝謝。你最近過得怎樣？

Life is but a dream. ☺ 人生不過是場夢。

Life is short. 人生短暫。

Not on your life! ☺ 當然不要！絕對不要！ ▷"I got a great idea! Let's take a ride on a roller coaster!" "No way! Not on your life!" 「我有個好主意！我們去坐雲霄飛車吧！」「不要，門都沒有！」

That's life. ☺ 這就是人生。 ▷"Every time things are going well for me, something bad suddenly happens." "That's life!" 「每當我很順利的時候，就會突然有壞事發生。」「這就是人生！」

This is the life. ☺ 這才叫人生啊。 ▷My father's credit card with no limit and all day to spend in New York! This is the life!!! ☺ 我爸爸的無限卡，還有一整天可以待在紐約！這才叫人生啊！

What a life! ☺ （自己的情況）真是糟糕！ ▷We have no job, no money and no hope. What a life! 我們沒工作、沒錢、也沒希望。真是糟糕！

lift /lɪft/ 图 英 電梯（美 elevator）；英（讓別人搭的）便車（美 ride）

生活方式。

take	the lift	搭電梯

get	a lift	搭便車
give A	a lift	讓 A 搭便車
offer A	a lift	主動提議載 A 一程

▷ "Let's **take** the **lift**." "The lift? Oh, you mean the elevator. Americans say 'elevator'!" 「我們搭 lift 吧。」「lift？噢，你是說電梯啊。美國人說 elevator！」

▷ There's no buses or taxis at this time of night. You need to **get** a **lift** to the station. 夜裡這個時間沒有公車和計程車。你得搭便車去車站。

▷ I'll **give** you a **lift** home. 我會載你回家。

▷ I **offered** him a **lift**, and he said he wasn't in a hurry. 我提議要載他一程，但他說他不趕時間。

▌light /laɪt/ 图光，光線；燈火，電燈；交通信號

emit	light	
cast	light	發光
shed	light	
put on	light	
switch on	light	開燈
turn on	light	
put off	light	
switch off	light	關燈
turn off	light	

▷ Can you **turn** the light **on**? 你可以把燈打開嗎？

▷ **Switch off** the **light**, please. 請關燈。

light	shines	光閃耀
a light	comes on	燈亮起
a light	is on	燈開著
a light	is off	燈關著
a light	goes down	燈暗下
a light	goes out	燈熄滅
a light	goes off	

▷ You press the switch and the **light comes on**. 按下開關，燈就會亮。

▷ Tom must be home. The **light** is **on** in his bedroom. Tom 一定在家。他臥室的燈亮著。

▷ There was a power cut, and all the **lights went out**. 停電了，所有的燈都熄滅了。

bright	light	明亮的光
dim	light	暗淡的光
natural	light	自然光

infrared	light	紅外線光
ultraviolet	light	紫外線光
reflected	light	反射光
fluorescent	light	螢光燈（日光燈）
neon	light	霓虹燈
a street	light	街燈
a warning	light	警示燈
a green	light	綠燈
a yellow	light	黃燈
a red	light	紅燈

▷ He didn't stop at a **red light**. 他紅燈沒停下來。

light and shade		光與影，明暗

▷ Rembrandt's paintings show that he is a master of **light and shade**. 林布蘭的繪畫顯示他是光影大師。

a beam of	light	一道光
a glimmer of	light	閃爍的微光
the speed of	light	光速

▷ That sports car shot past us at the **speed of light**! 那輛跑車像是用光速一樣追過我們！

▌light /laɪt/ 形明亮的；輕的；淡色的

still	light	仍然明亮的
fairly	light	相當輕的
relatively	light	相對輕的

▷ We should try to get down the mountain while it's **still light**. 我們應該盡量在天還亮的時候下山。

▷ This suitcase is **fairly light**. I can carry it easily. 這個行李箱很輕。我可以輕鬆地提它。

▷ These golf clubs are **relatively light**. They're better for a woman. 這些高爾夫球桿相對較輕。它們比較適合女性。

▌like /laɪk/ 動喜歡

always	like	總是喜歡
never	like	從來不喜歡
particularly	like	特別喜歡
especially	like	
really	like	真的喜歡
rather	like	還蠻喜歡

▷ Our dog **never likes** having a bath. 我們的狗從來都不喜歡洗澡。

▷ I **particularly liked** the end of your essay. 我特別喜歡你文章的結尾。

▷ I **really like** Japanese food. 我真的很喜歡日本食物。

like	doing	喜歡做…
like	to do	
like A	doing	喜歡、希望 A 做…
like A	to do	

▷ Do you **like to** go to concerts? 你喜歡去演唱會嗎？

▷ I'd **like you to** finish this report by the end of the week. 我希望你可以在本週結束前完成報告。

like	it when	喜歡…的時候

▷ I **like it when** she sings. 我喜歡她唱歌的時候。

likely /ˈlaɪklɪ/ 形 有可能的，很可能的

seem	likely	似乎可能

▷ It seems **likely to** rain tomorrow. 明天似乎有可能下雨。

likely	to do	可能做…的

▷ He's not **likely to** phone now. It's after midnight. 他不太可能現在打電話。已經過了午夜。

hardly	likely	幾乎不可能的
quite	likely	很有可能的

▷ They're **hardly likely** to be open for lunch now. It's nearly 3 o'clock. 他們現在幾乎不可能還供應午餐。快 3 點了。

▷ "Do you think he'll quit his job?" "Yes, **quite likely.** The pay is very low." 「你覺得他會辭職嗎？」「嗯，很有可能。薪水非常低。」

likely	(that)...	有可能…的

▷ It's **likely that** tomorrow's hike will be postponed owing to bad weather. 明天的健行有可能因為天候不佳而延期。

more than	likely	極有可能的

▷ "Do you think the Liberal Democrats will win the next election?" "**More than likely.**" 「你認為自由民主黨會贏得接下來的選舉嗎？」「非常有可能。」

limit /ˈlɪmɪt/

名 極限，限度；限制；界限，界線

set	a limit	
impose	a limit	設下限制
put	a limit	
reach	one's limit	達到極限
exceed	the limit	超過限度
push A to	the limit	把 A 逼到極限

▷ The police have **set** a new speed **limit** *on* this road of 50 kilometers per hour. 警方將這條路的新速限定為時速 50 公里。

▷ I think FIFA **imposes a limit** *on* the number of tickets that can be sold over the Internet during the World Cup. 我認為國際足球聯合會對於世界盃期間能在網路販售的票券數加以限制。

▷ We've had to **put a limit** *on* the number of students that we can accept this year. 我們不得不限制今年的招生人數。

▷ I've tried to be patient, but now I've **reached** my **limit**. I can't take any more. 我已經盡量有耐性，但我已經到極限了。我再也受不了了。

an absolute	limit	絕對的極限
the lower	limit	下限
the upper	limit	上限
a strict	limit	嚴格的限制
an age	limit	年齡限制
a speed	limit	速限
a time	limit	時間限制
a weight	limit	重量限制
a financial	limit	財務限制
a legal	limit	法定限制

▷ We can contribute $500 to the earthquake disaster fund, but that's the **absolute limit**. 我們可以捐 500 美元給震災基金，但這已經是極限了。

▷ A **strict limit** was imposed on the number of immigrants allowed to enter the country this year. 今年對移民入國的人數設下了嚴格的限制。

▷ Michael was arrested for drunk driving. He was well over the **legal limit**. Michael 因酒駕被捕。他大幅超過了法定限制。

limit	on A	對 A 的限制
limit	to A	

▷ There is a **limit** to the number of people who can attend the lecture. 能上課的人數有限制。

L

beyond	the limit	
over	the limit	超過限度
above	the limit	
up to	a [the] limit	最高到限度為止
within	a [the] limit	在限度以內
within	limits	適度地，有限度地
without	limit(s)	無限制地

▷ Be careful when you're driving not to go **beyond** the speed **limit**. 開車時要小心不要超過速限。

▷ Don't go **over** the speed **limit**. It's 30 miles an hour and we're doing 45! 不要超過速限。速限是時速 30 英里，我們現在是 45！

▷ We can offer financial help **up to a limit** of $50 per student. 我們可以提供每位學生最高 50 美元的資助。

▷ He would do anything to get that new contract — **within** the **limits** of the law. 他會用各種手段得到那份新合約——只要在法律範圍內。

▷ You can spend as much as you like on your wedding — **without limit**! 你的婚禮可以想花多少錢就花多少——沒有限制！

PHRASES

there is no limit to A 對 A 沒有限制 ▷ That country's President is really dangerous. There's no limit to what he'll do to stay in power. 那個國家的總統很危險。他為了維持權力，什麼都做得出來。

limit /ˈlɪmɪt/ 動 限制

extremely	limited	極為有限的
severely	limited	嚴格受限的
strictly	limited	
necessarily	limited	必然有限的

▷ I'm afraid the opportunities for promotion in this company are **extremely limited**. 恐怕這間公司的升遷機會極為有限。

▷ It's a small concert hall, so tickets are **strictly limited**. 這是小型音樂廳，所以票非常有限。

▷ We'd like to do more, but the amount of help we can offer is **necessarily limited**. 我們希望能做更多，但我們能提供的幫助必然是有限的。

limit A		to B	將 A 限制在 B

▷ During the emergency, supermarkets **limited** the sale of bottled water **to** 2 bottles per person. 在緊急期間，超市將瓶裝水的販賣限制為每人 2 瓶。

line /laɪn/ 名 線；列，排隊隊伍；（文字的）行；繩子；電話線，通訊線路；路線

draw	a line	畫線
mark	a line	以線條標示
cross	the line	越線
hold	the line	不掛斷電話
stand in	line	排隊
jump	the line	插隊

▷ We use a ruler to **draw** a straight **line**. 我們用尺畫直線。

▷ **Hold** the line, please. I'm putting you through. 請不要掛斷電話。我會為您轉接。

▷ If you go to Expo, you'll probably have to **stand in line** for hours. 如果你去博覽會，你可能得排幾個小時的隊。

a straight	line	直線
a diagonal	line	斜線；對角線
a vertical	line	垂直線
a horizontal	line	橫線；水平線
a dotted	line	虛線
parallel	lines	平行線
a fine	line	細線
a thin	line	
a long	line	長線；長的隊伍
a short	line	短線；短的隊伍
the front	line	前線
a direct	line	電話專線
the main	line	幹線

▷ The children queued up in a **straight line** to get their present from Santa Claus. 孩子們排成一直線領聖誕老人的禮物。

▷ "Have you definitely got that new job?" "Yes. Here's the contract. I've signed on the **dotted line**." 「你確定得到新工作了嗎？」「得到了。這是（雇用）合約。我已經在虛線處簽名了。」

▷ There was a **long line** of people waiting to get into the concert. 等著進演唱會場的人龍很長。

▷ There was an accident on the **main line** from London to York. 從倫敦往約克的幹線發生了意外事故。

◆ **there is a fine line between** A **and** B A 與 B 只有一線之隔 ▷ There's a fine line between success and failure! 成功與失敗只有一線之隔！

in	(a) line	成一列
in	line	排著隊；符合什麼的
out of	line	行為越軌

▷ Everybody was waiting **in a line** for the department store to open. 大家排成一列等待百貨公司開門。

▷ Let me know if he steps **out** of **line**. He has to obey the rules. 如果他行為越軌，要告訴我。他必須遵守規矩。

▌link /lɪŋk/ 名 連結，聯繫，關聯

establish	a link	建立連結，確立關聯
make	a link	
find	a link	找出關聯，證明關聯
prove	a link	
have	a link	有聯繫
break	the link	切斷聯繫
maintain	a link	維持聯繫
provide	a link	提供聯繫

▷ Doctors have **established** a **link** between too much exposure to the sun and skin cancer. 醫師已經證實過度曝曬陽光與皮膚癌之間的關聯。

▷ We think he **has** a **link** with some criminal organizations. 我們認為他與犯罪組織有關。

▷ We need to **maintain** a **link** with our sister company in New York. 我們必須與紐約的姐妹公司保持聯繫。

▷ We need to **provide** a better **link** between our manufacturing department and our sales department. 我們必須在製造部門與業務部門之間提供更好的聯繫。

close	links	密切的關聯
a direct	link	直接的關聯
a clear	link	明顯的關聯
a strong	link	很強的關聯
a weak	link	微弱的關聯

▷ People say he has **close links** *with* top people in the government. 人們說他和政府高層人士有密切關聯。

▷ We have a **direct link** to our news reporter in-Afghanistan. 我們和我們駐阿富汗的記者有直接聯繫。

▷ There's a **strong link** between alcohol and crime. 酒精與犯罪之間有很強的關聯。

a link	with A	與 A 的連結
a link	to A	
a link	between A	A 之間的關聯

▷ Look at these old photos of our town 100 years ago. They provide a real **link with** the past. 看看我們城市這些 100 年前的舊照片。它們提供與過去的真實連結。

▷ There's definitely a **link between** hard work and success! 努力與成功絕對有關！

▌link /lɪŋk/ 動 連結，聯繫

closely	linked	密切關聯的
intimately	linked	
inextricably	linked	
directly	linked	直接關聯的

▷ Poverty is often **closely linked** with crime. 貧窮經常與犯罪密切相關。

▷ Doctors say that cigarette smoking is **directly linked** with cancer and heart disease. 醫師們說抽菸和癌症與心臟病有直接關係。

link A	to B	將 A 連結到 B
link A	with B	

▷ The new airport will be **linked to** London by road and rail. 新的機場將透過道路和鐵路與倫敦連結。

▌lip /lɪp/ 名 嘴唇

bite	one's lip	咬嘴唇
curl	one's lip	抬起一邊嘴唇（表示輕蔑）
lick	one's lips	舔嘴唇
smack	one's lips	用嘴唇發出聲音（表示想吃）
purse	one's lips	扁嘴（表示不高興）
kiss	A's lips	吻 A 的嘴唇

▷ He wanted to disagree violently, but he **bit** his **lip** and said nothing. 他想要強烈反對，但他咬緊嘴唇，什麼也沒說。

▷ He **smacked** his **lips** over the roast beef. 他對著烤牛肉，用嘴唇發出嘴饞的聲音。

▷ "Could you lend me $500?" he asked. She **pursed** her **lips**. "Well, that might be difficult," she said. 他問：「你可以借我 500 美元嗎？」她扁起嘴說：「嗯，可能很難。」

L

one's **lower**	lip	下唇
one's **bottom**	lip	
one's **upper**	lip	上唇
one's **top**	lip	

▷ Did you hear? Tom was in a fight yesterday! He had a really bad cut on his **lower lip**. 你聽說了嗎？Tom 昨天打架！他的下唇嚴重劃傷。

list /lɪst/ 名列表，清單，名單

make	a list	
draw up	a list	製作清單
compile	a list	

▷ When I go shopping, I always **make a list**. 我去購物的時候都會製作清單。

a long	list	長的清單
a short	list	短的清單；最終候選名單
a detailed	list	詳細清單
a full	list	完整清單
a complete	list	
a chronological	list	按時間順序的列表
a mailing	list	郵寄列表
a shopping	list	購物清單
a waiting	list	候補名單
a wine	list	（餐廳等的）酒單
a word	list	單字表

▷ I've made a **long list** of people to be interviewed. 我製作了很長的面試人選清單。

▷ Maybe you'll get the job. I heard you're on the **short list** of applicants. 或許你會得到工作。我聽說你在應徵者的最終候選名單上。

▷ I need a **full list** of everyone who will be attending the party. 我需要派對參加者的完整名單。

▷ I couldn't get a flight to London, but I'm on the **waiting list**. 我無法取得往倫敦的航班，但我在候補名單上。

| on | a list | 在清單上 |

▷ My name isn't **on the list**. 我的名字不在名單上。
◆ **high on a list** 優先度高的

| top of | the list | 列表頂端 |
| bottom of | the list | 列表底端 |

▷ Three people are going to be promoted this year. Congratulations! You're name is **top of** the **list**! 今年有三個人會升職。恭喜！你的名字在名單最前面！

listen /ˈlɪsn̩/ 動 （注意）聽

listen	hard	努力聽
listen	carefully	仔細聽
listen	attentively	
listen	intently	專心聽

▷ Please **listen carefully**. I'll only say this one time. 請仔細聽。我只說這一次。

▷ I can't understand why her lecture notes were so bad. She was **listening intently** throughout the lecture. 我不懂她的上課筆記怎麼這麼糟。她整堂課都很專心聽。

| listen | to A | 聆聽 A；好好聽 A（人）說話 |
| listen | for A | 聆聽並從中找出 A |

▷ I like **listening to** classical music. 我喜歡聽古典樂。

▷ **Listen to** me. 聽我說。

▷ When I play the CD, **listen for** the answers to the questions I've written on the board. 當我播放 CD 時，請聆聽並從中找出我寫在黑板上的問題答案。

PHRASES
Listen (here). ☺ 聽著。
Now listen. ☺ 聽好了。 ▷ Now listen carefully! You must hand in your reports by the end of this week. 仔細聽好了！你們必須在這週末前交出報告。

little /ˈlɪtl̩/ 形 小的；很少的

too	little	太少的
very	little	非常少的
so	little	
relatively	little	相對少的
only	a little	只有一點點的

▷ I couldn't finish the exam. There was **too little** time. 我考試時寫不完。時間太少了。

▷ We've had **very little** snow this winter. 今年的降雪很少。

▷ **Only a little** sugar and milk in my tea, please. 麻煩只要在我的茶裡加一點點糖和牛奶就好。

tiny	little	小小的
little	tiny	
lovely	little	小巧可愛的
nice	little	好而小的
pretty	little	漂亮而小的；蠻少的
poor	little	可憐而小的
silly	little	笨而小的
stupid	little	

★ little 前面會接表示感情的形容詞

▷ They live in a **little tiny** apartment in the middle of Tokyo. 他們住在東京中心一間小小的公寓。

▷ They live in a **lovely little** cottage in the country. 它們住在鄉下一間可愛的小屋。

▷ She's a **pretty little** girl, isn't she? 她是個漂亮的小女孩，不是嗎？

▷ **Poor little** thing! She's only four years old, and she lost both parents. 這個小可憐！她才四歲就失去了雙親。

little	or no	很少或沒有，幾乎沒有

▷ There's **little or no** reason to suppose she stole the money. 幾乎沒有理由猜測她偷了錢。

▌ live /lɪv/ 動 居住；生活；活著

live	alone	獨自生活
live	together	住在一起
actually	live	實際上居住
still	live	仍然居住
live	happily	幸福地生活
live	frugally	節儉地生活

▷ Emma **lives alone** in a small apartment in Tokyo. Emma 獨自住在東京的小公寓裡。

▷ I'm not sure if they're married, but they're **living together**. 我不確定他們是不是結婚了，但他們住在一起。

▷ I don't **actually live** in London. I just work there. 我其實不住倫敦。我只是在那裡工作。

▷ Are you **still living** in Tokyo? 你還住在東京嗎？

live	in A	住在 A
live	at A	
live	with A	和 A 住在一起

▷ "Where do you live?" "I **live in** New York." 「你住在哪裡？」「我住在紐約。」（★ be living 有暫時居住的意思：Akiko is living in England. She'll

be there for 6 months. Akiko 目前住在英國。她會在那裡待 6 個月。）

▷ He **lives with** his family in Sydney. 他與家人同住在雪梨。

live	to be ninety	活到 90 歲

▷ Do you think you want to **live to be** a hundred? 你覺得自己想活到 100 歲嗎？

▌ living /ˈlɪvɪŋ/ 名 生活（方式）；生計

earn	a living	賺錢謀生
make	a living	維持生計
scrape	a living	勉強維持生計
scratch	a living	

▷ He **earns** his **living** doing part-time jobs. 他做幾份兼職工作賺錢謀生。

▷ He had a really good job, but he lost it, and now he **scrapes** a **living** doing a poorly paid part-time job. 他有過一份很好的工作，但他失業了，現在靠低薪的兼職工作勉強維持生計。

daily	living	日常生活
everyday	living	
a good	living	好的生活

▷ The stress of **daily living** in New York is very high. 紐約的日常生活壓力很大。

▷ Famous soccer players and film-stars earn a really **good living**. 知名足球員和電影明星靠收入過很好的生活。

for	a living	為了生計，謀生

▷ What do you do **for a living**? 你做什麼工作（謀生）？

the cost	of living	生活費
the standard	of living	生活水準

▷ The **cost of living** in Britain has gone up again this year! 今年英國的生活費用又上漲了！

▷ We have to do something to improve our **standard of living**. 我們得做些什麼來改善生活水準。

▌ load /lod/ 名 裝載，負載；負擔，重擔

carry	a load	裝載著貨物；
bear	a load	承受負擔
lighten	the load	減輕負擔

L

▷He's responsible for over 750 employees. He **carries** a big **load**. 他負責超過 750 名員工。他的承擔很重大。

▷Bob's doing the work of two men. We have to do something to help him **lighten** the **load**. Bob 做兩人份的工作。我們得做些什麼幫他減輕負擔。

a heavy	load	重的裝載量；重擔
a light	load	輕的裝載量；輕的負擔
a full	load	裝滿的量；滿載

▷The truck was carrying a **heavy load** of rocks. 卡車裝著重量龐大的石塊。 ▷Now her mother has died, she has to look after her four younger sisters. It's a **heavy load**. 因為她的母親死了，她必須照顧她的四個妹妹。這是個重擔。

▷We can't put any more boxes on that truck. It's already got a **full load**. 我們不能再把箱子放到卡車上了。已經裝滿了。

load /lod/ 動 裝上，裝載；裝貨

| fully | loaded | 完全裝滿的 |
| heavily | loaded | 裝載量很重的 |

▷The truck was **heavily loaded** with bricks. 卡車裝了一車很重的磚塊。

load A	into B	
load A	onto B	把 A 裝到 B
load B	with A	

▷Can you help me **load** this furniture **onto** the van? 你可以幫我把家具搬上廂型車嗎？

▷They **loaded** the truck (up) **with** furniture. 他們將家具裝滿卡車。

loan /lon/ 名 貸款；借出；借出物

make	a loan	
provide	a loan	提供貸款
get	a loan	
take out	a loan	取得貸款
obtain	a loan	
repay	a loan	償還貸款
pay off	a loan	付清貸款

▷The bank will **provide a loan**, but the interest rate is very high. 銀行會提供貸款，但利率非常高。

▷We don't have enough money to buy that house. We'll have to **take out a loan** from the bank. 我們

的錢不夠買那間房子。我們必須向銀行貸款。

▷It'll take us about 30 years to **repay** the **loan**. 我們要花大概 30 年償還貸款。

▷Finally! After 10 years, we've finally **paid off** the bank **loan**! 終於！經過十年，我們終於付清了銀行貸款！

a large	loan	大額貸款
a long-term	loan	長期貸款
a short-term	loan	短期貸款
a bridge	loan	
英 a bridging	loan	過渡性貸款
a bank	loan	銀行貸款
a home	loan	住宅貸款
an interest-free	loan	無息貸款
a personal	loan	個人貸款
a student	loan	學生貸款

▷He went to the bank to ask for a **long-term loan**. 他去銀行申請長期貸款。

| on | loan | 出借中的 |

▷That book's really popular. It's been **on loan** non-stop for 6 months! 這本書真的很熱門。它已經連續被借出六個月了！

| a loan | from A | 來自 A 的貸款 |

▷It's now possible to get student **loans from** the government. 現在可以向政府申請到學生貸款。

located /ˈloketɪd/ 英 /ləʊˈkeitid/

形 位於哪裡的

centrally	located	位於中心的
conveniently	located	位置便利的
ideally	located	位置理想的

▷The new university campus in Nagoya will be **centrally located**. 名古屋新的大學校園將位於（市）中心。

▷Their house is near the railway station. It's very **conveniently located**. 他們的房子在火車站附近，位置非常便利。

▷Their cottage is in a beautiful village in the Lake District. It's **ideally located**. 他們的小屋在湖區美麗的村莊內，位置理想。

located	in A	位於 A 的

★ 也會使用 at, on, near 等介系詞

▷ Our new office will be **located in** the center of Tokyo. 我們的新辦公室將位於東京的中心。

▷ The toilets are **located near** the station entrance. 廁所位於車站入口附近。

location /loˋkeʃən/

名 地點，位置；外景拍攝地

a central	location	中心地點
a remote	location	偏遠的地點
the exact	location	確切的位置
the precise	location	確切的位置
geographical	location	地理位置
a secret	location	祕密的地點
a suitable	location	適合的地點

▷ The shop is somewhere downtown, but I don't know the **exact location**. 那間店位於市中心某處，但我不知道確切的位置。

▷ This satellite navigation system is capable of finding any **geographical location**. 這個衛星導航系統能夠找出任何地理位置。

location	for A	A 的地點

▷ We've found a really good **location for** building a new hotel. 我們已經找到興建新旅館很好的地點。

on	location	拍攝外景

▷ They made the film **on location** in South America. 這部電影在南美洲取景。

lock /lɑk/ 英 /lɔk/ 名 鎖

fit	a lock	安裝鎖
open	a lock	打開鎖
turn	a lock	打開鎖
pick	a lock	用鑰匙以外的東西開鎖
break	the lock	破壞鎖
change	the lock(s)	換鎖
replace	the lock(s)	換鎖

▷ There's something wrong with this key. It won't **open the lock**. 這把鑰匙有問題。它開不了鎖。

▷ My keys to the apartment were stolen, so I think we should **change the locks**. 我的公寓鑰匙被偷

了，所以我想我們應該換鎖。

lock /lɑk/ 英 /lɔk/ 動 上鎖，鎖住

lock	automatically	自動上鎖
lock	away	把…鎖起來
be firmly	locked	被緊緊鎖著
remain	locked	保持鎖住的狀態

▷ **Lock away** all your money and jewelry in a drawer. 把你所有的金錢和珠寶收進抽屜裡鎖好。

▷ She pushed hard, but the door was **firmly locked**. 她用力推，但門鎖得緊緊的。

▷ This gate has **remained locked** for over twenty years. 這扇門已經鎖著超過二十年了。

close and lock		關閉並鎖上

▷ Make sure you **close and lock** the door after you leave. 離開時務必關門並且鎖門。

forget to	lock	忘記鎖上

▷ Don't **forget to lock** all the doors and windows. 不要忘記鎖上所有門窗。

lock	A in B	把 A 鎖在 B 裡

▷ The ship was **locked in** ice for several months because of the arctic winter. 因為北極的冬天，這艘船被冰封了幾個月。

lonely /ˋlonlɪ/ 形 孤獨的；寂寞的

be	lonely	孤獨
feel	lonely	感到孤獨
get	lonely	變得孤獨

▷ I'm **lonely**. I need you. 我很孤單。我需要你。

▷ I **felt** really **lonely** when my best friend moved to another town. 好友搬到另一個城市時，我感到非常孤單。

long /lɔŋ/ 形 （長度或時間）長的

fairly	long	相當長的
relatively	long	相對長的
so	long	很長的
long	enough	夠長的

▷ It's a **fairly long** way to the station. I don't think we can walk there. 到車站相當遠。我認為我們沒辦

法走過去。

▷It's **so long** since I saw such a good movie. 我好久沒看到這麼好的電影了。

▷This rope isn't **long enough**. We'll have to get some more. 這條繩索不夠長。我們還需要更多。

A	long	長度為 A 的
★ A 是表示長度的 two meters, two miles 或表示時間的 an hour 等		

▷Look at that snake! It must be at least 4 **meters long**! 你看那條蛇！至少一定有 4 公尺長！

long and bitter A		長而辛苦的 A

▷**Long and bitter** experience has taught me a lot of things. 漫長而辛苦的經歷教會我許多事。

(PHRASES)

Long time no see. ☺ 好久不見。

▌look /lʊk/ 图看；表情，神色；樣子，外貌

a careful	look	注意看，仔細看
a close	look	近看，仔細看
a quick	look	快速看，一瞥
a funny	look	好笑的表情
a puzzled	look	疑惑的表情
a strange	look	奇怪的表情
a suspicious	look	懷疑的表情
a worried	look	擔心的表情

▷Take a **careful look** at this report. It's really interesting. 仔細看看這份報告。真的很有趣。

▷Would you mind taking a **quick look** at my essay? 可以請你很快看一下我的文章嗎？

▷When the Scotsman arrived wearing a kilt, everybody started to give him **strange looks**. 當那個蘇格蘭人穿蘇格蘭裙抵達時，大家開始用奇怪的表情看他。

have	a look at A	
get	a look at A	看看 A
take	a look at A	
give A	a look	看一下 A
shoot A	a look	瞥 A 一眼

▷"Is that somebody at the door?" "I don't know. I'll **have a look**." 「有人在門外嗎？」「我不知道，我去看看。」

▷Take a **look at** this photo. Have you ever seen that man before? 看看這張照片。你見過這個男的

嗎？

from	the look of A	從 A 的樣子看起來
by	the look of A	

▷**From** the **look of** the program, the concert will be very popular. 從節目表的樣子看起來，這場音樂會會很受歡迎。

▌look /lʊk/ 勔（注意）看；看起來

look	carefully	仔細看
look	quickly	快速地看
look	again	再看一次
look	around	看看四周；四處看看
英 look	round	
look	away	移開視線看別的地方
look	back	往回看
look	down	往下看
look	up	往上看
look	out	往外看

▷**Look carefully** at this photo. Do you recognize the man on the right? 仔細看這張照片。你認得右邊那個男的嗎？

▷Why don't you **look around**? You might see something you like. 何不四處看看呢？你可能會看到喜歡的東西。 ▷Don't **look round**, but I think somebody's following us. 不要東張西望，我覺得有人跟蹤我們。

▷Don't **look away** from me when I'm talking to you. 我跟你說話的時候不要別開視線。

▷He **looked back** and saw her waving goodbye. 他回頭看見她揮手道別。

▷"I'm scared of heights!" "Don't **look down**! You'll be OK!"「我怕高！」「不要往下看！你會沒事的！」 ▷They **looked down** from the roof at the crowd below. 他們從屋頂俯瞰下面的人潮。

▷**Look up** there! There's a man on the top of that building! 看上面！樓頂上站著一個人！

look	at A	看 A
look	for A	尋找 A
look	out of A	從 A 往外看
look	through A	瀏覽 A

▷"**Look at** that view!" "Yeah. Mountains, lakes... Really beautiful!"「看看這景色！」「是啊。有山、有湖…真美！」

▷"What are you **looking for**?" "My glasses."「你

在找什麼？」「我的眼鏡。」

▷He **looked out of** the window to see if it was still raining. 他看窗外，看是不是還在下雨。

▷I **looked through** the newspaper, but there was nothing interesting. 他瀏覽報紙，但沒什麼有趣的消息。

look	like A	看起來像 A

▷She **looks like** her mother. 她看起來像媽媽。

▷What does your boyfriend **look like**? 你男朋友長什麼樣子？

it	looks like	看起來好像…
it	looks as if	

▷It **looks like** he's not coming. 看來他不會來的樣子。

look	wh-	看…

★ wh- 是 where, what, whether 等

▷Sorry! I wasn't **looking where** I was going. 抱歉！我（走路）沒看前面。

PHRASES

I'm just looking. ☺（在店裡）我只是看看。 ▷"Can I help you?" "It's OK, thanks. I'm just looking." 「有什麼我可以幫忙的嗎？」「沒關係，謝謝。我只是看看。」

Look out! ☺ 小心！ ▷Look out! There's a car coming! 小心！有車開過來！

loose /lus/

形 鬆的；寬鬆的；沒被束縛的；鬆脫的

come	loose	鬆掉，鬆開
break	loose	逃掉，行為沒有約束，放蕩
get	loose	
cut	loose	
let A	loose	放開 A，釋放 A

▷Your shoelaces have **come loose**. You'd better do them up. 你的鞋帶鬆了。你最好繫上。

▷They tied the dog up with a piece of rope, but he **broke loose** and ran away. 他們用繩索把狗綁住，但狗掙脫逃跑了。

▷You shouldn't **let** your dog **loose** on the street. 你不該放著狗在街上亂跑。

rather	loose	相當鬆的
too	loose	太鬆的

▷I think we should tighten this rope. It's **rather loose**. 我想我們應該把繩子綁緊。它很鬆。

▷She went on a diet, and now all her clothes are **too loose**! 她減了肥，現在她的衣服都太鬆了！

lose /luz/ 動 失去；輸掉

almost	lost	差點失去了
nearly	lost	
finally	lost	最終失去了
easily	lose	輕易地失去
never	lose	從不失去
suddenly	lose	突然失去

▷I **nearly lost** my umbrella yesterday. But I remembered it at the last moment. 昨天我差點就弄丟雨傘，但我在最後一刻想起來了。

▷He waited for her for over an hour, but **finally lost** patience and went home. 他等她等了一個多小時，最後失去耐性回家了。

▷Don't take your earrings off. You could **easily lose** them. 不要把耳環拿下來，會很容易弄丟。

lose	to A	輸給 A
lose	against A	
lose	3 (to) 1	以 3 比 1 輸掉

▷Japan **lost to** Germany three to one. 日本以 3 比 1 輸給德國。

▷"How was the game?" "We **lost** 3 to 1." 「比賽如何？」「3 比 1，我們輸了」（★ 也常說 We lost 3-1.）

loss /lɒs/ 名 損失，虧損；遺失，喪失；敗北

make	a loss	虧損
suffer	a loss	
cut	losses	減少損失
reduce	losses	
recoup	(one's) losses	收回損失
mourn	the loss of A	哀悼 A 的過世

▷Our business **made a loss** last year, but this year we made a profit. 去年我們的事業虧損，但今年獲利了。

▷According to the sales figures, the company **suffered a loss** of 30% in profits. 根據銷售數字，公司利潤減少了 30%。

▷Our company went bankrupt. We just had to **cut our losses** and start again. 我們公司破產了。我們當

時必須減少損失並且再出發。

a great	loss	
a big	loss	很大的損失
a heavy	loss	
a huge	loss	
a significant	loss	重大的損失
a substantial	loss	
a total	loss	總計的損失
economic	loss	經濟損失
financial	loss	財務損失

▷ When Carter resigned as sales manager, it was a **great loss** to the company. Carter 辭去業務經理的職務，對公司來說是重大損失。
▷ The company had **huge losses** and went bankrupt. 公司因巨額虧損而破產。
▷ Changing from a full-time job to part-time meant that Taylor suffered a **significant loss** in income. 從全職工作變成兼職，意味著 Taylor 的收入遭受重大損失。
▷ Exports fell by over 70%, so the country suffered a big **economic loss**. 出口減少超過 70%，所以這個國家遭受很大的經濟損失。

loss or damage	遺失或損壞

▷ Luckily my luggage is insured against **loss or damage**. 幸運的是我的行李有遺失及損壞保險。

a sense of	loss	失落感

▷ After his wife died, he felt a deep **sense of loss**. 妻子過世後，他有很深的失落感。

at	a loss	不知如何是好；虧本

▷ He was **at a loss** to explain how the stolen money was found in his apartment. 他不知該怎麼解釋為什麼被偷的錢會在自己公寓裡被發現。
▷ The company has operated **at a loss** for four consecutive years. 這間公司已連續四年虧本經營。

lot /lɑt/ 英 /lɒt/

名 很多，多數，大量；（a lot, lots 當副詞用）…得多

drink	a lot	喝很多
learn	a lot	學習很多
talk	a lot	說很多話

▷ "I **drank a lot** last night." "Me, too. I feel terrible!" 「我昨晚喝很多。」「我也是。我覺得很不舒

服！」
▷ During his internship, he **learnt a lot** about sales techniques. 他實習期間在銷售技巧方面學到很多。
▷ He **talked a lot** about a girl called Alison. 他說了很多關於叫 Alison 的女孩子的事。

an awful	lot	非常多
a whole	lot	很多

▷ We waste an **awful lot** of time in these meetings. Nobody ever wants to make a decision! 我們在這些會議中浪費太多時間。沒有人想做決定！
▷ There's a **whole lot** of reasons why I don't want to move to the USA. 我有很多不想搬到美國的理由。

a lot	better	好得多的
a lot	older	老得多的
a lot	younger	年輕得多的
★ 用 a lot 強調比較級		

▷ He looked **a lot older** than me. 他看起來比我老得多。
▷ She's **a lot younger** than I thought. 她比我認為的年輕得多。

loud /laʊd/ 形 大聲的，喧鬧的

get	louder and louder	
grow	louder and louder	越來越大聲

▷ The sound of thunder **grew louder and louder** as the storm approached. 隨著風暴逼近，雷聲越來越響。

so	loud	很大聲的
too	loud	太大聲的
deafeningly	loud	震耳欲聾的

▷ The noise of the airplane was **so loud** that we couldn't hear each other. 飛機的噪音大到讓我們聽不見彼此說話。
▷ Can you turn the television down? It's **too loud**. 你可以把電視轉小聲嗎？太大聲了。

love /lʌv/ 名 愛，愛情，戀愛

deep	love	深深的愛
great	love	偉大的愛
passionate	love	熱情的愛

real	love	真愛
true	love	
unconditional	love	無條件的愛
unrequited	love	沒有回報的愛，單戀
lost	love	逝去的愛；失去的戀人
first	love	初戀

▷ She has a **deep love** of art. 她深愛藝術。

▷ It's everybody's dream to find **real love** that lasts for ever! 找到永恆的真愛是所有人的夢想！

▷ **True love**? Do you believe in it? 真愛？你相信嗎？

▷ Cinderella is such a romantic story! In the end the Prince finds his **lost love,** and they live happily ever after! 灰姑娘真是浪漫的故事！最後王子找回他失去的愛人，他們從此過著幸福快樂的生活！

be	in love	在戀愛，愛著
fall	in love	愛上了，墜入情網
make	love	做愛

▷ I think Tom is **in love** with Amanda. 我想 Tom 愛著 Amanda。

▷ Slowly we **fell in love**. Eighteen months later we got married. 我們慢慢愛上彼此，18 個月後就結婚了。 ▷ I **fell in love** with him at first sight. 我對他一見鍾情。

▷ She would never **make love** to him again. 她再也不會跟他做愛了。

love	for A	對 A（人）的愛
love	of A	對 A 的喜愛

▷ Her **love for** her children was very strong. 她對子女的愛很強烈。

▷ He has a great **love of** classical music. 他很喜愛古典音樂。

love and respect	愛與尊敬

▷ Martin Luther King had the **love and respect** of so many people. 馬丁路德受到許多人喜愛與尊敬。

love /lʌv/ 動 愛

always	love	永遠愛
dearly	love	深情地愛
truly	love	真的愛

▷ I'll **always love** you. 我會永遠愛你。

▷ I sometimes wonder whether you do still **truly love** me. 有時我納悶你是不是真的還愛我。

love	to do	愛做…
love	doing	

▷ He **loves** climb**ing** mountains. 他愛爬山。

◆ **would love to** do 樂意做… ▷ I'd love to meet him. 我很樂意見他。 ▷ "Would you like to come to our party on Saturday?" "Yes, I'd love to." 「你願意出席我們週六的派對嗎？」「好，我很樂意。」

low /lo/ 形 低的；（數量）少的

extremely	low	極低的
fairly	low	相當低的
comparatively	low	相對低的
relatively	low	
generally	low	通常是低的
particularly	low	特別低的

▷ The chances of another big earthquake in this region within the next 50 years are **extremely low**. 未來 50 年內，這個區域再次發生大地震的機率極低。

▷ The prices in this supermarket are **comparatively** low. 這間超市的價錢相對較低。

▷ I'm afraid our chances of winning gold at the Olympics are **relatively low**. 恐怕我們贏得奧運金牌的機率相對較低。

▷ The number of tourists is **generally low** at this time of the year. 一年中這段期間的遊客人數通常較少。

loyal /ˈlɔɪəl/ 形 忠誠的，忠實的

stay	loyal	保持忠誠

▷ Most skillful players used to **stay loyal** to one club throughout their careers. 以前球技熟練的選手大多在職業生涯中一直留在同一隊。

loyal	to A	對 A 忠誠的

▷ Peter is always **loyal to** his friends. Peter 對朋友永遠忠心。

loyalty /ˈlɔɪəltɪ/ 名 忠誠，忠實；忠心

retain	the loyalty	保持忠誠
show	(a) loyalty	表現忠誠
swear	loyalty	宣誓效忠

command	loyalty	贏得忠誠

▷ We have to make sure we **retain** the **loyalty** of our customers. 我們務必要維持顧客忠誠度。

▷ He **showed** a **loyalty** to his company even when they were in the wrong. 即使是公司錯了，他仍然對公司表現忠誠。

great	loyalty	強烈的忠心
divided	loyalty	分裂的忠心
personal	loyalty	個人的忠誠
political	loyalty	政治的忠誠
brand	loyalty	品牌忠誠
customer	loyalty	消費者忠誠

▷ When his parents got divorced, he felt he had **divided loyalties**. 父母離婚時，他感覺自己想跟著其中一方或另外一方的意願互相衝突。

▷ He puts **personal loyalty** before ambition. 他重視個人忠誠超過野心。

luck /lʌk/ 名 運氣；幸運

have	much luck	運氣很好
have	no luck	運氣不好
bring	luck	帶來好運
wish A	luck	祝 A 好運
push	one's luck	仗著好運冒更大的險
try	one's luck	碰碰運氣

▷ I played card games for two hours, but I didn't **have much luck**. 我打了兩小時的牌，但我運氣不太好。

▷ This bracelet has always been lucky for me. Please take it. Maybe it'll **bring** you **luck**, too. 這條手鍊對我來說總是很幸運。請拿去吧。或許它也會帶給你好運。

▷ I'm playing a tennis match for the university tomorrow. **Wish** me **luck**! 明天我要代表大學參加網球比賽。祝我好運吧！

▷ Don't **push** your **luck**. 不要仗著好運得寸進尺。

▷ "I never win at pachinko." "Go on! **Try** your **luck**!" 「我打柏青哥從來不會贏。」「去碰碰運氣嘛！」

good	luck	好運
bad	luck	壞運
hard	luck	

sheer	luck	純粹運氣
pure	luck	

▷ They say a four-leafed clover will bring **good luck**. 人家說四葉酢醬草會帶來好運。

▷ "I failed the exam." "Oh! **Hard luck**!" 「我測驗不及格。」「噢！真倒楣！」

beginner's	luck	新手運

▷ "I'd never played golf before, and I got a hole in one!" "**Beginner's luck**!" 「我以前沒打過高爾夫球，還一桿進洞！」「新手運啦！」

a stroke of	luck	意料之外的好運
a piece of	luck	

▷ "She won 10 million yen on the lottery!" "That was a **stroke of luck**!" 「她樂透中了一千萬日圓！」「真是天降好運！」

in	luck	運氣好
out of	luck	運氣不好
with	luck	
with	any luck	運氣好的話
with	a bit of luck	

▷ Professor Taylor's just come back from lunch. If you want to see him, you're **in luck**! Taylor 教授剛吃完午餐回來。如果你要見他，那你運氣不錯！

▷ **With a bit of luck,** we'll be home in time for supper. 運氣好的話，我們回家能趕上吃晚餐。

(PHRASES)

Any luck? ☺ （問過去某事成功與否）還順利嗎？

Better luck next time! ☺ 下次會轉好運的！

Good luck! / Best of luck! ☺ 祝你好運！ ▷ "I'm taking my English exam today." "Good luck!" 「我今天要考英文。」「祝你好運！」

Just my luck! ☺ 我真倒楣！ ▷ "I'm sorry. All the tickets for the concert are sold out." "Just my luck!" 「抱歉，演唱會的票都賣光了。」「我真倒楣！」

No luck. ☺ （運氣不好）沒有成功。 ▷ "Did you find the information you wanted on the internet?" "No luck so far." 「你在網路上找到想要的資訊了嗎？」「現在還沒。」

No such luck. ☺ 事情並不如意。

What bad luck! ☺ 真倒楣！

lucky /ˈlʌkɪ/ 形 幸運的，好運的；帶來好運的

lucky	enough	夠幸運的

▷I was **lucky enough** *to* get two tickets for the World Cup. 我運氣很好，買到兩張世界盃門票。

be lucky	to do	幸運地…

▷You were **lucky to** escape from that terrible car crash. 你幸運躲過了嚴重的車禍。

it is lucky	(that)...	…是很幸運的

▷**It's lucky** you were here. You're the only person who knows first aid. 幸好你在這裡。你是唯一懂得急救的人。

PHRASES

How lucky I am! ☺ 我真幸運！ ▷I can't believe how lucky I am! I won a free holiday for two in Florida! 我不敢相信自己有多幸運！我贏得了佛羅里達的雙人假期！
I should be so lucky! / You should be so lucky! 不太可能如願吧！ ▷With chances of 10 million to one, you think I can win the lottery? I should be so lucky! 機率是千萬分之一，你覺得我能贏樂透？不太可能吧！
Lucky you! ☺ 你真好運！

luggage /ˈlʌɡɪdʒ/ 名 行李

carry	A's luggage	提、搬、帶行李
collect	A's luggage	領取、收取行李

▷Would you like me to **carry** your **luggage**? 需要我幫你提行李嗎？
▷The tourist company will **collect** our **luggage** from the hotel. 旅行社會從飯店收取我們的行李。

a piece of	luggage	一件行李

▷This is a really heavy **piece of luggage**! 這真是件很重的行李！

carry-on	luggage	隨身帶進機內的行李
hand	luggage	

lunch /lʌntʃ/ 名 午餐

have	lunch	
eat	one's lunch	吃午餐
get	lunch	
come to	lunch	來吃午餐
go (out) to	lunch	（出）去吃午餐
go (out) for	lunch	
meet for	lunch	見面吃午餐
stop for	lunch	停下來吃午餐
skip	lunch	不吃午餐

▷I **had** a quick **lunch** in the office restaurant. 我在公司餐廳很快地吃了午餐。
▷He **ate** his **lunch** on a park bench. Just sandwiches. 他在公園長凳上吃午餐，只有三明治而已。
▷Why don't we go and **get** some **lunch**? 我們何不去吃點午餐呢？
▷Lovely to see you. You must **come to lunch** again some time soon. 很高興看到你。你一定要趕快再來（跟我們）吃午餐。
▷It's after 12:30. Shall we **go to lunch**? 超過12:30 了。我們要不要去吃午餐呢？
▷Let's **meet for lunch** tomorrow. 我們明天見面吃午餐吧。
▷I was so busy yesterday that I couldn't even **stop for lunch**. 我昨天忙到不能休息吃午餐。

a light	lunch	輕食午餐
a late	lunch	吃得晚的午餐
a picnic	lunch	野餐的午餐

▷I'm starving! I only had a **light lunch**. 我餓扁了！我午餐只吃了一點東西。

after	lunch	午餐後
before	lunch	午餐前
at	lunch	在吃午餐
over	lunch	吃午餐時

▷**After lunch** we'll have a meeting. 午餐後我們會開會。
▷We must get this work finished **before lunch**. 我們必須在午餐前做完這件工作。
▷I'm sorry, Mr. Denver is **at lunch** at the moment. 很抱歉，Denver 先生正在用午餐。
▷Let's talk about the problem **over lunch**. 我們午餐時討論這個問題吧。

L

luxury /ˈlʌkʃərɪ/ 名奢侈；奢侈品

pure	luxury	純粹的奢侈
the ultimate	luxury	極致的奢侈
a small	luxury	小小的奢侈

▷ Drinking champagne in a five star hotel! I can't believe it! **Pure luxury!** 在五星級飯店喝香檳！我不敢相信！真是純粹的奢侈！

▷ A piece of cheesecake is a **small luxury** when you're on a diet! 一塊起司蛋糕就是減重時的小小奢侈！

afford	the luxury	有奢侈的本錢
enjoy	the luxury	享受奢侈
live in	luxury	過奢侈的生活

▷ I can't **afford** the **luxury** of traveling first class. 我負擔不起搭頭等艙旅遊的奢侈。

▷ I **enjoy** the **luxury** of not having to worry about money. 我享受不必為金錢擔憂的奢侈。

▷ Now she **lives in luxury** in the South of France. 現在她在南法過著奢侈的生活。

L

M

machine /məˋʃin/ 名 機器

switch on	the machine	打開（啟動）機器
switch off	the machine	關掉機器
turn on	the machine	啟動機器
stop	the machine	停止、關掉機器
turn off	the machine	
operate	a machine	操作機器
use	a machine	使用機器

▷I **switched** the **machine on**, but it doesn't work. 我打開了機器，但不會動。
▷**Turn off** the **machine**. I can't hear what you're saying. 把機器關掉。我聽不見你在說什麼。
▷I don't know how to **operate** this new **machine**. 我不知道怎麼操作這台新機器。

an answering	machine	電話答錄機
a fax	machine	傳真機
a cash	machine	提款機
an electronic	machine	電子機器
a vending	machine	自動販賣機
a sewing	machine	縫紉機
a washing	machine	洗衣機
a coffee	machine	咖啡機

▷She left two messages on my **answering machine**. 她在我的答錄機留了兩通訊息。
▷A personal computer is an example of an **electronic machine**. 個人電腦是電子機器的一個例子。
▷You can get a drink from the **vending machine** around the corner. 你可以在附近的自動販賣機買到飲料。

by	machine	用機器

▷You can't wash this sweater **by machine**. You have to hand-wash it. 這件毛衣不可機洗。必須用手洗。

mad /mæd/ 形 瘋的；氣憤的；著迷的

mad	at A	生 A 的氣的
mad	with A	
mad	about A	對 A 著迷的

▷I'm only ten minutes late. There is no need to get **mad at** me. 我只遲到了十分鐘，沒必要對我生氣吧。
▷She was **mad with** me for forgetting her birthday. 她氣我忘了她的生日。
▷"Do you think she likes me?" "Likes you? She is **mad about** you!" 「你覺得她喜歡我嗎？」「喜歡你？她根本為你瘋狂！」

be mad	to do	做…很瘋狂

▷I think she was **mad to** pay all that money for a Louis Vuitton handbag! 我覺得她付那一大筆錢買 LV 包簡直瘋了！

magazine /ˌmægəˋzin/ 名 雜誌

buy	a magazine	買雜誌
get	a magazine	
read	a magazine	看雜誌

▷There is no time to **get** a **magazine**. The train's leaving! 沒時間買雜誌了。列車要開了！

a monthly	magazine	月刊
a quarterly	magazine	季刊
a weekly	magazine	週刊
a business	magazine	商業雜誌
a fashion	magazine	時尚雜誌
a literary	magazine	文學雜誌

▷I've ordered a **monthly magazine** on world cooking. 我訂了一本關於世界料理的月刊。
▷He published an article in a **literary magazine**. 他在文學雜誌上發表了文章。

an issue of	the magazine	一期雜誌

▷They're going to announce the prizewinners in the October **issue of** the **magazine**. 他們將在十月號的雜誌宣布得獎者。

in a	magazine	在雜誌上

▷I read about it **in a magazine**. 我在雜誌上讀到這件事。

magic /ˋmædʒɪk/ 名 魔法，魔力；魔術

use	magic	使用魔法
work	magic	發揮奇效
believe in	magic	相信魔法

do	magic	變魔術
perform	magic	
work	one's **magic**	施展魔力、奇招

▷ OK, Harry Potter! Let's see you **use magic** to get us there on time. 好了，哈利波特！讓我們看看你用魔法讓我們準時抵達。

▷ I don't **believe in magic**. Everything has a logical explanation. 我不相信魔法。凡事都有合乎邏輯的解釋。

▷ **Do** some **magic** and change him into a white rabbit! 用魔術把他變成小白兔！

▷ They were losing 3-0, but Beckham **worked** his **magic** and they won the game. 他們以 3-0 落後，但貝克漢施展奇招，讓他們贏了比賽。

black	magic	黑魔法
white	magic	白魔法
pure	magic	純然的魔法

▷ Messi ran 50 yards, beat 5 players and put the ball in the net. It was **pure magic**! 梅西跑了五十碼，過了五個人並且讓球進門。根本就是變魔術！

magnificent /mæg`nɪfəsənt/

形 壯麗的，宏偉的，華麗的

truly	magnificent	
really	magnificent	真的很華麗的
absolutely	magnificent	
★ 不說 ×very magnificent		

▷ She looked **really magnificent** in her wedding dress. 她穿婚紗看起來真是華麗。

▷ That performance of Mozart's "Marriage of Figaro" was **absolutely magnificent**! 那場莫札特《費加洛婚禮》的演出真是非常出色！

mail /mel/ 名 郵件，郵遞（制度）；電子郵件

send	the mail	寄郵件
deliver	the mail	送達郵件
forward	A's mail	轉寄、轉交郵件
receive	(the) mail	收到郵件
open	the mail	打開郵件
read	A's mail	閱讀郵件

▷ Please **send** my **mail** to this address. 請把我的郵件寄到這個地址。

▷ They **delivered** all my **mail** to the wrong address. 他們把我所有的郵件都寄到了錯的地址。

▷ I haven't **received** any **mail** for weeks. 我好幾個禮拜沒收到郵件了。

surface	mail	水陸路郵件
registered	mail	掛號信
electronic	mail	電子郵件
incoming	mail	寄來的郵件
outgoing	mail	寄出的郵件
chain	mail	鎖子甲
fan	mail	粉絲信
junk	mail	垃圾郵件

▷ It's a very important letter. You'd better send it by **registered mail**. 這是重要信件，你最好用掛號寄。

▷ People don't write letters by hand any more. They use **electronic mail**. 人們不再手寫信件了。大家用的是電子郵件。

▷ When I arrive at the office, the first thing I do is check my **incoming mail**. 當我到辦公室，我做的第一件事就是查看來信。

by	mail	以郵寄方式

▷ Send it **by** second-class **mail**. It's not urgent. 請以第二類郵件寄送。這個不急。

a piece of	mail	一件郵件

maintain /men`ten/ 動 維持；主張

easily	maintain	輕易地維持
properly	maintained	保養得當的
well	maintained	
consistently	maintain	一貫主張

▷ Even if you go abroad for a year, we can **easily maintain** contact over the Internet. 即使你出國一年，我們還是可以用網路輕鬆保持聯繫。

▷ The car is old, but in excellent condition. It's been very **well maintained**. 這輛車很舊，但狀態極佳。它保養得非常好。

▷ Even while he was in prison, he **consistently maintained** that he was innocent. 即使在獄中，他還是一貫主張自己無罪。

be able to	maintain	能夠維持

▷ They were **able to maintain** contact by radio. 他們可以透過無線電保持聯絡。（★ 比和 can 連用

的頻率高）

maintain	(that)...	主張

▷ He **maintains that** he was 50 miles away at the time of the murder. 他主張在凶殺案發生時，自己人在 50 英里遠的地方。

maintenance /ˈmentənəns/

名 維持；維修保養；扶養

ensure	the maintenance	確保維持
need	maintenance	需要保養
require	maintenance	

▷ We did our best to **ensure** the **maintenance** of our good relationship with China. 我們已盡力確保與中國維持友好關係。
▷ This elevator **requires** regular **maintenance**. 這部電梯需要定期保養。

annual	maintenance	年度保養
regular	maintenance	定期保養
routine	maintenance	例行保養
proper	maintenance	適當的保養
preventative	maintenance	預防性保養

▷ Roller coasters require **regular maintenance**. 雲霄飛車需要定期保養
▷ We need to carry out **preventative maintenance** to this machine in order to prevent future problems. 我們需要對機器進行預防性保養，以避免未來發生問題。

majority /məˈdʒɔrətɪ/ 名 大多數；過半數

gain	a majority	
win	a majority	得到過半數
get	a majority	

▷ The democrats failed to **get** a **majority** of seats in the Congress. 民主黨沒有在國會得到過半數的席次。

great	majority	
large	majority	絕大多數
vast	majority	

▷ The **great majority** of our investors supported our decision. 絕大多數的投資人支持我們的決定。
▷ A **large majority** of committee members were in favor of the project. 絕大多數的委員支持這項計畫。

in	the majority	佔多數

man /mæn/ 名 男人，男性

a young	man	年輕男人
a middle-aged	man	中年男人
an elderly	man	年長男人
an old	man	老年男人
a poor	man	貧窮的男人
a rich	man	富有的男人
a single	man	單身男子
a married	man	已婚男子
a short	man	矮的男人
a tall	man	高的男人
a fat	man	胖的男人
a handsome	man	英俊的男人
a nice	man	親切的男人
a great	man	偉大的男人
a wise	man	聰明的男人

▷ Who shall I marry? A **poor, young man**, or a **rich, old man**? Hmm... Difficult! 我該跟誰結婚呢？窮的年輕男人，還是有錢的老男人？嗯…好難喔！

man and wife		夫妻
men and women		男人和女人

▷ They've been together, **man and wife**, for 50 years. 他們當夫妻在一起已經 50 年了。
▷ **Men and women** will never be able to understand each other! 男女永遠不能了解彼此！

manage /ˈmænɪdʒ/

動 設法做到；經營，管理；駕馭，操縱

finally	manage	最終設法做到…
properly	managed	管理得當的
well	managed	

▷ I **finally managed** to complete my thesis! 我最後還是設法完成學位論文了！
▷ The hotel we stayed at was really **well managed**. The service was great. 我們住的飯店管理得很好。服務很棒。

M

can	manage	應付得來
be able to	manage	

▷ "Shall I help you?" "It's OK, thanks. **I can manage**." 「需要我幫忙嗎？」「沒關係，謝謝。我應付得來。」

manage	to do	設法做到…

▷ How did you **manage to** carry all that luggage? 你怎麼搬那整堆行李的？

manage	on A	靠A勉強過活
manage	with A	用A設法應付過去
manage	without A	沒有A而設法應付過去

▷ Not everybody can eat out in good restaurants. Some people have to **manage on** a bowl of rice every day. 不是所有人都能到好餐廳用餐。有些人每天都得靠一碗白飯勉強度日。

▷ I never thought I could **manage without** a car. But it's easy. I use a bicycle! 我從來沒想過自己不靠車也能過日子，但很簡單。我騎腳踏車！

learn	(how) to manage	學習管理

▷ Our new boss hasn't really **learnt how to manage** other people well. 我的新老闆沒有真的學會如何好好管理他人。

management /ˈmænɪdʒmənt/

名經營，管理，營運；經營團隊，管理人

effective	management	有效的管理
good	management	好的管理
poor	management	不好的管理
middle	management	中階管理者
senior	management	資深管理者
top	management	最高管理者
business	management	企業管理
financial	management	財務管理
personnel	management	人事管理
crisis	management	危機管理
risk	management	風險管理
data	management	數據管理
information	management	資訊管理

▷ Our company has been very successful because of **good management**. 我們公司因為良好的管理而非常成功。

▷ **Middle management** can't make any really im-portant decisions. 中階管理者無法做非常重要的決定。

▷ **Senior management** will be holding an impor-tant meeting tomorrow. 高階管理者明天將舉行重要會議。

under	new management	在新的經營團隊下

★ under the same management 是「在相同的經營團隊下」

▷ This restaurant is much better now. It's **under new management**. 這間餐廳現在好多了。它換了新的經營團隊。

management and labor		勞資

▷ Can **management and labor** ever trust one an-other? 勞資雙方有可能互信嗎？

manner /ˈmænɚ/

名方式；舉止，態度；（manners）禮貌，風俗

bad	manners	沒禮貌
good	manners	有禮貌

▷ In England, it's **bad manners** to sniffle or sniff when you've got a cold. 在英國，感冒時吸鼻涕或用力吸鼻子很沒禮貌。

▷ John has **good manners**. John 很有禮貌。

the manner	of A	A的方式

▷ The **manner of** choosing the committee seemed very strange. 選擇委員的方式似乎很奇怪。

in	the manner of A	以A的方式、風格
in	a [the]... manner	以…的方式

▷ That is a painting **in the manner of** Gauguin. 那是一幅高更風的繪畫。

▷ We should try to deal with complaints **in a friendly manner**. 我們應該試圖用親切的方式處理投訴。

▷ Don't be nervous. Just make a speech **in the usual manner**. 不要緊張，用平常的方式演講就好了。

the manner	in which...	…的方式

▷ I didn't like the **manner in which** he spoke to me. 我不喜歡他對我說話的口氣。

map /mæp/ 名地圖（★「地圖集」是 atlas，「航海圖」與「航空圖」是 chart）

draw	a map	畫地圖
read	a map	看地圖
look at	the map	看著地圖
study	a map	研究、仔細看地圖

▷ Can you **draw** me a **map** of how to get to your house? 你可以幫我畫一張到你家的地圖嗎？

▷ It's difficult to **read** a **map** while you're driving. 駕駛時看地圖很難。

on	the map	在地圖上

▷ This mountain road isn't marked **on the map**. 這條山路沒畫在地圖上。

a large-scale	map	大比例尺地圖
a road	map	街道圖
a street	map	
a tourist	map	觀光地圖
a world	map	世界地圖

march /mɑrtʃ/ 名 遊行；進行曲

go on	a march	參加遊行

▷ They **went on** a **march** to protest about acid rain and global warming. 他們參加了抗議酸雨和全球暖化的遊行。

on	the march	遊行中；進展中

▷ Three thousand demonstrators are **on the march** to downtown. 三千名示威者正在往市中心前進。

a peace	march	和平遊行
a protest	march	抗議遊行

march /mɑrtʃ/ 動 行進；齊步走，快步走

march	off	走掉
march	away	
march	up (and down)	走來走去

▷ She said "I never want to speak to you again!" and **marched off**. 她說「我再也不想你說話了！」，然後就走掉了。

march	into A	快步走進 A
march	out of A	快步走出 A

march	on (to) A	行進前往 A
march	to A	
march	through A	行進穿過 A

▷ She was so angry that she **marched out of** the room without saying a word. 她生氣得一語不發、快步離開房間。

▷ The soldiers **marched on to** the next village. 士兵向下一個村莊前進。

▷ Thousands of people **marched to** London to protest against cuts in education spending. 數千名民眾遊行前往倫敦，抗議削減教育經費。

mark /mɑrk/

名 痕跡，污點；符號；記號；目標；英 分數

make	a mark	留下污點
leave	a mark	
have	a mark	有記號
bear	a mark	
hit	its mark	擊中目標
find	its mark	
miss	its mark	沒有擊中目標
get	... marks	得到怎樣的分數
give A	... marks	給 A 怎樣的分數

▷ I spilt some tomato juice onto my shirt, and it **left** a **mark** that I couldn't get out. 我把一些番茄汁濺到襯衫上，留下洗不掉的污漬。

▷ A good accent usually **bears** the **mark** of a good education. 好的口音通常代表受了很好的教育。

a distinguishing	mark	醒目的記號
a burn	mark	燙傷的疤痕
a scratch	mark	抓痕
full	marks	滿分
top	marks	最高分
good	marks	好的分數
high	marks	高分
low	marks	低分
bad	marks	差勁的分數
poor	marks	不好的分數
total	marks	總分

▷ Did the man who attacked you have any **distinguishing marks**? Red hair? Beard? Scar? 攻擊你的人有特別的特徵嗎？紅髮？鬍子？傷疤？

▷ He got **full marks** in the English exam! Unbe-

M

lievable! 他英語測驗得了滿分！真不敢相信！

▷ I'm sure I'll get **low marks** in the math exam. 我確定自己數學測驗會得低分。

▷ He got thirty-five marks in Part A and forty marks in Part B, so his **total marks** are seventy-five percent. 他在 A 部分得了 35 分，B 部分得了 40 分，所以總分是 75 分。

mark /mɑrk/ 動 做記號，留下痕跡；標示；表示…的特徵；英 打分數

be clearly	marked	被清楚標示
be badly	marked	被留下嚴重的痕跡

▷ The route we should take is **clearly marked** on this map. 我們應該走的路線在這張地圖上標示得很清楚。

▷ Be careful with the piano! Oh! Too late! It's already **badly marked**! Please don't drop it again! 小心鋼琴！噢！來不及了！已經留下嚴重傷痕了！請不要再摔到了！

mark A	on B	在 B 上標記 A
mark A	with B	用 B 標記 A

▷ **Mark** "true" or "false" **on** this answer paper. 在這張答案紙上標記「是」或「否」。

▷ On the map, the rivers are **marked with** a blue line. 地圖上，河川以藍線標示。

market /ˈmɑrkɪt/

名 市場，市集；投資的市場；消費的市場

go to	(the) market	去市場（買東西）
create	a market	創造市場
enter	the market	進入市場
develop	a market	開發市場
expand	the market	擴大市場
come on	the market	上市，待售
come onto	the market	
put A on	the market	使 A 上市、待售
dominate	the market	在市場佔主要地位
manipulate	the market	操縱市場

▷ I **go to** the **market** every Wednesday. 我每週三去市場。

▷ Our company wants to **develop** a **market** in hybrid cars. 我們公司想開發混合動力車的市場。

▷ We've succeeded in **expanding** our **market** by 50% this year. 今年我們成功將市場擴大了 50%。

▷ A new type of cellphone has **come on** the **market**. 有新款手機上市了。

▷ We've just **put** our house **on** the **market**. 我們才剛把房子刊出待售而已。

▷ Many companies are trying to **dominate** the **market** in ecocars. 許多公司試圖主導環保車的市場。

an active	market	活絡的市場
a steady	market	穩定的市場
a buyer's	market	買方市場
a seller's	market	賣方市場
the currency	market	匯市
the financial	market	金融市場
the capital	market	資本市場
the money	market	貨幣市場
the foreign exchange	market	外匯市場
the stock	market	股市
the international	market	國際市場
the overseas	market	海外市場
the domestic	market	國內市場
the free	market	自由市場
the export	market	出口市場
the housing	market	住宅市場
the labor	market	勞動市場

▷ The **financial market** is up again today. 金融市場今天再度上揚。

▷ At home we are doing well, but on the **international** market our sales have fallen. 在國內我們表現不錯，但在國際市場上，我們的銷售下跌了。

▷ Because of the strong yen, it's difficult to sell anything on the **overseas market**. 因為日圓強勢，所以很難在海外市場銷售東西。

market	for A	A 的市場
market	in A	在 A 的市場
on	the market	上市的，待售的

▷ There doesn't seem to be a **market for** luxury goods any longer. 似乎再也沒有奢侈品的市場了。

▷ The **market in** Australian beef has been doing well recently. 澳洲牛肉市場最近很好。

▷ Our house is **on** the **market** now. It's a good time to sell. 我們的房子正在待售中。這是賣房子的好時機。

marriage /ˈmærɪdʒ/ 名 結婚；婚姻

| celebrate | a marriage | 慶祝結婚 |
| save | one's **marriage** | 挽救婚姻 |

▷ She wanted to **save** their **marriage**, but it was too late. They got divorced. 她想挽救他們的婚姻，但太遲了。他們離婚了。

a marriage	lasts	婚姻持續
a marriage	breaks up	婚姻破裂
a marriage	breaks down	
a marriage	ends	婚姻結束
a marriage	takes place	婚禮舉行

▷ Their **marriage lasted** only two years. 他們的婚姻只持續了兩年。
▷ My first **marriage ended** in divorce. 我的第一段婚姻以離婚收場。
▷ The **marriage took place** on June 15, 2002. 他們的婚禮是在 2002 年 6 月 15 日舉行的。

an early	marriage	早婚
a late	marriage	晚婚
one's **first**	marriage	第一段婚姻
one's **second**	marriage	第二段婚姻
a previous	marriage	之前的婚姻
a happy	marriage	幸福的婚姻
a loveless	marriage	沒有愛的婚姻
a broken	marriage	破裂的婚姻
a failed	marriage	
an arranged	marriage	相親結婚

▷ Many people go on to find happiness in their **second marriage**. 許多人再婚，繼續追尋幸福。
▷ All she wants from life is a **happy marriage** and children. 她在人生中想要的就是幸福的婚姻，還有小孩。
▷ After two **failed marriages**, Bob still wants to get married again. 兩次婚姻失敗後，Bob 還是想再結婚。

| marriage | between A | A 之間的婚姻 |

▷ Do you think a **marriage between** a soccer star and a pop idol can be successful? 你覺得足球明星和流行偶像的婚姻會成功嗎？

| by | marriage | 藉由婚姻 |
| outside | marriage | 非婚生的；婚外的 |

▷ These days many babies are born **outside marriage**. 近來有許多非婚生的孩子。

married /ˈmærɪd/ 形 已婚的

| get | married | 結婚 |

▷ John and I are **getting married** in June. 我和 John 六月要結婚。
▷ She **got married** to Paul last year. 她去年和 Paul 結婚。（★ 不說 ×get married with Paul）

newly	married	新婚的
recently	married	最近結婚的
happily	married	婚姻幸福的

▷ That couple over there are **newly married**. The ceremony was only 2 days ago. 那邊的夫妻剛結婚。婚禮兩天前才剛舉行。
▷ They've been **happily married** for nearly 50 years. 他們過了將近 50 年的幸福婚姻生活。

| married | to A | 和 A 結了婚的 |
| married | with children | 已婚有小孩的 |

▷ Nick is **married to** Helen, and they have three children. Nick 和 Helen 是夫妻，他們有三個小孩。

marry /ˈmærɪ/ 動 結婚

eventually	marry	終於結婚
finally	marry	
never	marry	不婚
marry	well	和好的對象結婚
marry	young	早婚
marry	late	晚婚

▷ They went out together for over 5 years. Then they **eventually married**. 他們交往五年終於結婚。

marry A	to B	使 A 和 B 結婚
marry	A	和 A（人）結婚
★ 不說 ×marry with A		

▷ It's not possible for a priest to **marry** a Christian **to** a Muslim. 神父不可能讓教徒和穆斯林結婚。（註：Christian 可統稱基督教與天主教系統的信徒）
▷ Will you **marry** me? 你願意跟我結婚嗎？ ▷ I wouldn't **marry** Tony, even if he was the last man left on earth! 我不會跟 Tony 結婚，就算地球只剩他一個男人也是！

match /mætʃ/ 图 火柴

M

strike	a match	點亮火柴
light	a match	

▷ Can you **strike** a **match**? It's completely dark in here. I can't see anything! 你可以點亮火柴嗎？這裡一片漆黑，我什麼都看不到！

a box of	matches	一盒火柴

▷ I think there's a **box of matches** in that drawer. 我想那個抽屜裡應該有一盒火柴。

match /mætʃ/

名 比賽；實力相當的對手，匹配的對象

have	a match	進行比賽
play	a match	
watch	a match	觀看比賽
see	a match	
lose	a match	輸掉比賽
win	a match	贏得比賽
meet	one's **match**	遇到相當的對手

▷ We're **playing** our next **match** on Saturday. 我們的下一場比賽在週六。

▷ We **lost** the tennis **match** 6-0, 6-0. It was a disaster! 我們以 6-0、6-0 輸了那場網球賽。真是場災難！（★ 例句表示兩盤各自的比數，6-0 讀法是 six-love。）

a big	match	大型比賽
the final	match	決賽
a friendly	match	友誼賽
an international	match	國際賽
a boxing	match	拳擊賽
a football	match	足球賽
a rugby	match	橄欖球賽
a good	match	很好的搭配對象
a perfect	match	完美的搭配

▷ The **final match** takes place next Saturday. 決賽下週六舉行。

▷ I think these curtains would be a **good match** for our wallpaper. 我認為這些窗簾會和我們的壁紙很搭。

▷ Your new skirt and blouse look great! They're a **perfect match**. 妳的新裙子和上衣看起來很棒！搭起來很完美。

a match	against A	和 A 的比賽
a match	with A	
a match	between A	A 之間的比賽

▷ Italy's next **match against** Sweden is on Sunday. 義大利下一場對瑞典的比賽在週日。

▷ I'm looking forward to the **match between** the USA and Brazil. 我很期待美國和巴西的比賽。

match /mætʃ/

動 相配，相稱；使互相較量、比賽

closely	match	非常相配
exactly	a match	
perfectly	match	完全相配
not quite	match	不太搭
be evenly	matched	勢均力敵

▷ The color of the shoes **exactly matches** your handbag. You have to buy them! 這雙鞋子的顏色和妳的手提包非常搭。妳一定要買！

▷ The shoes she was wearing didn't **quite match** her dress. 她穿的那雙鞋和洋裝不太搭。

▷ The Wimbledon finalists were **evenly matched**. The match went to 5 sets. 溫布頓決賽選手勢均力敵，比賽打了五盤。

match A	with B	將 A 與 B 搭配
match A	to B	
match A	against B	使 A 對上 B 比賽
match A	with B	

▷ You need to **match** the people who come in **with** the names on this list. 你得把進來的人和名單上的名字對起來。

▷ When you're decorating the house, remember that you need to **match** the carpet **to** the curtains. 佈置房子時，記得要讓地毯和窗簾搭配。

▷ Our judo player was **matched against** a much more experienced opponent. 我們的柔道選手對上了經驗豐富許多的對手。

material /məˈtɪrɪəl/

名 資料；原料，材料；工具，用具

collect	material	收集資料
gather	material	
provide	material	提供資料

M

use	material	運用材料

▷ I'm **collecting material** *for* my M.A. thesis. 我正在為碩士論文收集資料。

▷ This book will **provide** some interesting **material** for your essay. 這本書會為你的文章提供一些有趣的資料。

genetic	material(s)	遺傳物質
radioactive	material(s)	放射性物質
recycled	material(s)	回收材料
building	material(s)	建材
raw	material(s)	原料
educational	material(s)	教材
teaching	material(s)	
reading	material(s)	讀物
reference	material(s)	參考資料
research	material(s)	研究資料
writing	material(s)	書寫用具

▷ We are beginning to use **recycled materials** more and more. 我們開始使用越來越多的回收材料。

▷ China supplies some important **raw materials** to Japan for the manufacture of microchips. 中國供應一些重要的原料到日本,供微晶片的製造使用。

material	for A	為了 A 的材料

▷ The editor is always looking for some new **material for** the journal. 這位編輯總是在為刊物尋找新題材。

matter /ˈmætə-/

名 事情,問題;物質;(matters)情勢;事態

raise	a matter	提起問題
debate	the matter	討論問題
discuss	the matter	
consider	the matter	考慮問題
investigate	the matter	調查問題
handle	the matter	處理問題
deal with	the matter	
settle	the matter	解決問題
resolve	the matter	
pursue	the matter	追查問題

▷ I'd like to **raise** a really important **matter**, if I may? 我想提一個很重要的問題,可以嗎?

▷ We've been **discussing** this **matter** for nearly 3 hours. Let's move on to the next point on the agenda. 我們已經討論這個問題快三小時了。我們繼續進行議程的下一個項目吧。

▷ Let's **consider** the **matter** in our next meeting. 下次會議我們再考慮這個問題吧。

▷ My boss promised me that he would **deal with** the **matter** next week. 我老闆跟我保證他下禮拜會處理問題。

▷ If an insurance company cannot **settle** the **matter**, it will be handled by a court. 如果保險公司無法解決問題,就會由法庭處理。

an important	matter	重要的問題
a serious	matter	嚴重的問題
a delicate	matter	棘手的問題
a personal	matter	個人的問題
a private	matter	
practical	matters	實際的問題
a different	matter	不同的問題
an economic	matter	經濟問題
environmental	matters	環境問題
financial	matters	財務問題
a legal	matter	法律問題
a political	matter	政治問題
a technical	matter	技術性的問題
organic	matter	有機物
printed	matter	印刷品

▷ Driving while drunk is a very **serious matter**. 酒醉駕車是非常嚴重的問題。

▷ I'm sorry, I'd rather not talk about it. It's a **personal matter**. 抱歉,我不想談這件事。這是私事。

▷ If he stays with us for a few days, that's OK. But if it's over a month, that's a **different matter** entirely. 如果他跟我們住幾天還好,但如果超過一個月,就完全是另一回事了。

▷ I'm hopeless when it comes to **financial matters**. I leave all that sort of thing to my wife. 說到財務問題,我束手無策。我把這種事都交給我太太。

▷ If they find **organic matter** on Mars, that means there was life there. 如果他們在火星上發現有機物,就意味著那裡曾經有生命。

be no laughing	matter	不是可以開玩笑的事

▷ I can't understand why you think it's funny. It's **no laughing matter**. 我不懂你為什麼覺得好笑。這不是可以開玩笑的事。

M

no matter	wh-	無論…
★ wh- 可以是 how, what, where, who 等		

▷ **No matter what** happens, we support you 100%. 不論發生什麼，我們都 100% 支持你。

(PHRASES)

No matter! ☺ 不要緊！沒什麼大不了！
What's the matter? ☺ 怎麼回事？／ **What's the matter with you?** ☺ 你怎麼了？ ▷ What's the matter with you? It's a wonderful opportunity, and you're throwing it away! 你是怎麼了？那是個很棒的機會，而你要把它丟掉！

matter /ˈmætɚ/ 動 要緊，重要，有關係

A matters	to B	A 對 B 來說很重要

▷ Please tell me your opinion. What you think really **matters to** me. 請告訴我你的意見。你的想法對我真的很重要。

really	matter	真的重要
hardly	matter	不太重要
not much	matter	
no longer	matter	不再重要

▷ "I'm so sorry! I broke your vase!" "It **really** doesn't **matter**. I never liked it very much anyway." 「對不起！我打破了你的花瓶！」「真的沒關係。反正我一直都不太喜歡。」
▷ "I think the boss is willing to apologize to you." "It **hardly matters**. I've decided to quit my job anyway." 「我想老闆願意跟你道歉。」「沒什麼關係。反正我已經決定辭職了。」

it doesn't matter	wh-	…無關緊要
it doesn't matter	if	
★ wh- 是 what, who, why 等		

▷ **It doesn't matter what** I tell you. You never take any notice! 我告訴你的根本就對你無關緊要。你從來不理會！
▷ **It doesn't matter if** you come late. Any time is OK. 你遲到也沒有關係。任何時間都可以。

meal /mil/ 名 膳食；一餐

cook	a meal	煮一餐
make	a meal	
prepare	a meal	準備餐點

enjoy	a meal	享受餐點
have	a meal	用餐
eat	a meal	
serve	a meal	送上餐點
go (out) for	a meal	外出用餐
skip	a meal	跳過不吃一餐

▷ When I get back home, I'm too tired to **cook** a **meal**. 我回家時已經太累，沒辦法做飯了。
▷ **Enjoy** your **meal.** 請慢用。（★ 餐廳人員對客人說的話）
▷ We **had** a lovely **meal** at that new Chinese restaurant. 我們在那家新開的中式餐廳吃了美好的一餐。
▷ I'm tired of eating at home. Let's **go out for** a **meal**. 我在家吃膩了。我們出去吃吧。

a good	meal	美味的一餐
a delicious	meal	
a light	meal	份量輕的一餐
a heavy	meal	份量重的一餐
the main	meal	一天之中最主要的一餐
a hot	meal	熱的餐點
a proper	meal	適當的飲食

▷ We had a very **good meal** at that new Indian restaurant last night. 我們昨晚在那家新的印度餐廳吃了美味的一餐。
▷ "I'm not very hungry yet." "OK. Let's just have a **light meal** somewhere." 「我還不太餓。」「OK。我們找個地方吃輕便的一餐吧。」
▷ For me the **main meal** of the day is in the evening. 對我來說，一天最主要的一餐是晚餐。
▷ You can't just eat sandwiches every day. You need a **proper meal**! 你不能每天只吃三明治。你需要適當的飲食！

mean /min/ 動 意思是…；有意，打算

literally	mean	字面上的意思是…
necessarily	mean	必然意味著…
probably	mean	可能意味著…
simply	mean	只是意味著…
usually	mean	通常意味著…

▷ Because I say I like golf, it doesn't **necessarily mean** that I'm good at it! 就因為我說我喜歡高爾夫球，不必然表示我很擅長！
▷ If he says he might not come to the party, it

probably means he definitely won't come. 如果他說他可能不會來派對，意思可能是他絕對不會來。

mean	A **by** B	用 B 表示 A 的意思

▷ What do you **mean by** that? （表示生氣）你那樣說是什麼意思？

mean	**(that)**...	意思是…
mean	**to** do	有意做…

▷ I'm not saying that I won't help you. I just **mean that** I need more time to think about it. 我不是說不幫你，我的意思只是我需要更多時間考慮。 ▷ This traffic jam goes on for 5 miles. That **means** we're definitely going to miss our plane! 塞車塞了五英里。這表示我們一定趕不上飛機！

▷ I didn't **mean to** make her angry. 我不是有意惹她生氣的。

PHRASES

(do) you mean...? ☺（確認對方說的話）你的意思是…嗎？ ▷ "Who's that famous American film director? You know, ET, Jurassic Park." "Oh, **do you mean Steven Spielberg**?" 「那個有名的美國導演是誰啊？你知道的嘛，ET、侏儸紀公園。」「哦，你是說史蒂芬史匹柏嗎？」

I mean (to say) ☺（補足、修正之前的發言）我的意思是…；我是說… ▷ When I say it's difficult, I mean to say that it would be impossible. 我說那很難的時候，意思是那不可能。

▷ Take the next on the right... No, sorry. I mean the left! 下一個路口右轉…不，抱歉。我是說左轉！

I know what you mean. / I see what you mean. ☺ 我明白你的意思。 ▷ I see what you mean, but I don't agree with you. 我明白你的意思，但我不同意。

What does A mean? ☺ A 是什麼意思？ ▷ What does "serendipity" mean? 「serendipity」是什麼意思？

You know what I mean? / You see what I mean? ☺（針對自己的發言，向對方確認）你明白我的意思嗎？

meaning /ˈmiːnɪŋ/ 图 意思，含義；意義

have	a meaning	有含義
understand	the meaning	了解意思
grasp	the meaning	
convey	the meaning	傳達意思
explain	the meaning	說明意思
take on	a meaning	帶有意思

give	a meaning	賦予意義

▷ The Japanese word "wa" **has** a special **meaning**. It's difficult to translate into English. 日語的「和」這個字具有特別的意義，很難翻譯成英語。

▷ I can't **understand** the **meaning** of this sentence. 我不懂這句話的意思。

▷ This translation doesn't **convey** the **meaning** of the original text. 這則翻譯沒有傳達原文的意義。

▷ When I started to study Buddhism, it **gave** a whole new **meaning** to my life. 開始學佛後，它為我的人生賦予全新的意義。

the exact	meaning	確切的意思
the precise	meaning	精確的意思
hidden	meaning	隱含的意思
literal	meaning	字面上的意思
the original	meaning	原來的意思
a figurative	meaning	象徵意義
the true	meaning	真正的意思
a different	meaning	不同的意思

▷ I know roughly what that word means, but I don't know the **precise meaning**. 我大略知道那個字是什麼意思，但不知道它精確的意思。

▷ The **true meaning** of the word "beauty" is difficult to define. 「美」這個詞真正的意思很難定義。

▷ It's possible for one word to have several **different meanings**. 一個詞可能具有幾個不同的意思。

without	meaning	沒有意義

▷ I sometimes think that some modern art is totally **without meaning**. 我有時候覺得某些現代藝術完全沒有意義。

means /miːnz/ 图 方法，手段；財產

provide	a means	
offer	a means	提供方法
use	a means	運用方法

▷ She's over 90 years old. We need to **provide** a **means** of transport for her to get from her house to the hospital. 她 90 幾歲了。我們必須提供她從住家到醫院的交通方式。

▷ We need to **use** a better **means** of improving communication with our customers. 我們必須使用更好的方法來改善與顧客的溝通。

M

an alternative	means	替代方法
the best	means	最佳方法
an effective	means	有效的方法
a reliable	means	可靠的方法

▷ The trains have stopped because of the typhoon, so we need to find an **alternative means** of getting to Tokyo. 列車因颱風停駛，所以我們必須找其他方法到東京。

▷ Raising the price of cigarettes is not always an **effective means** of stopping people from smoking. 提高香菸的售價不必然是令民眾戒菸的有效方法。

the means	to do	做⋯的財力

▷ Our son wants to study in America for a year, but we don't have the **means to** support him. 我們兒子想在美國留學一年，但我們沒有財力資助他。

no means	of doing	沒有⋯的方法

▷ There's **no means of** open**ing** this lock unless you know the number. 除非你知道號碼，不然沒辦法打開這道鎖。

by	means of A	藉由 A
beyond	one's means	超過財力
within	one's means	在財力以內

▷ The TV program was broadcast **by means of** satellite. 這個電視節目透過衛星播送。

▷ She lived **within** her **means**. 她過財力範圍以內的生活。

measure /ˈmɛʒɚ/

名 措施，方法；尺寸；度量單位

introduce	measures	導入、採用措施
take	measures	採取措施

▷ The government are going to **introduce measures** *to* improve the education system. 政府將採取措施來改善教育體系。

▷ The police should **take** stronger **measures** *to* control football hooligans. 警方應該採取更強硬的措施來控制足球流氓。

an appropriate	measure	適當的措施
a strong	measure	強硬的措施
a drastic	measure	激烈的措施
a temporary	measure	臨時措施
conservation	measures	保護措施

security	measures	安全措施
economic	measures	經濟措施

▷ I don't think firing our sales manager is an **appropriate measure**. 我認為開除業務經理不是適當的做法。

▷ We need to take more **conservation measures** if we are going to save some of our rare animals. 如果我們想拯救一些稀有動物，就必須採取更多保護措施。

measures	against A	對抗 A 的措施
a measure	of A	A 的測量單位

▷ We need to take **measures against** the possibility of serious flooding. 我們必須採取措施來預防嚴重洪水的可能性。

▷ Kilometers and miles are both **measures of** length. 公里和英里都是長度的測量單位。

measure /ˈmɛʒɚ/

動 量，測量，計量；衡量；有⋯的長度、大小、份量等

measure	accurately	準確測量
measure	precisely	
measure	directly	直接測量
carefully	measure	謹慎測量
★ accurately measure 的使用頻率也差不多高		

▷ Special cameras are used now to **measure accurately** the speed of passing cars. 現在使用特殊的攝影機來準確測量行經車輛的速度。

▷ We need to **measure** the length of the windows **precisely** before we buy the curtains. 買窗簾前，我們必須精準測量窗戶的長度。

meat /mit/ 名 （食用的）肉

fresh	meat	新鮮的肉
frozen	meat	冷凍的肉
raw	meat	生肉
lean	meat	瘦肉
potted	meat	罐頭肉

▷ **Fresh meat** always tastes better than meat which has been frozen. 新鮮的肉總是比冷凍過的肉好吃。

▷ I don't like meat with fat. I prefer **lean meat**. 我不喜歡吃帶著脂肪的肉。我比較喜歡瘦肉。

meat and [or] fish		肉和〔或〕魚

M

meat and vegetable		肉和蔬菜

▷ Which would you like, **meat or fish**? 您想要哪一種，肉還是魚？

a piece of	meat	一塊肉

▷ That **piece of meat** tasted really good! 那塊肉很好吃！

medicine /ˈmɛdəsn̩/ 英 /ˈmedisin/

名 藥；醫學

prescribe	medicine	開藥（開處方）
take	medicine	吃藥
practice	medicine	開業行醫

▷ The doctor has **prescribed** some new **medicine** for me. 醫生開了一些新的藥給我。
▷ **Take** this **medicine** three times a day. 一天吃這個藥三次。
▷ She wants to be a doctor and **practice medicine.** 她想當醫生並開業行醫。

the best	medicine	最好的藥
cough	medicine	咳嗽藥
prescription	medicine	處方藥
complementary	medicine	替代醫學
alternative	medicine	
folk	medicine	民俗醫療
Chinese	medicine	中藥，中醫學
Western	medicine	西方醫學

▷ Sleep is **the best medicine** for any diseases. 睡眠是改善任何疾病最好的藥方。
▷ **Chinese medicine** usually works very well. 中藥通常很有效。

medicine	for A	治療 A 的藥

▷ You need to get some **medicine for** your cough. 你得買些藥來治你的咳嗽。

a dose of	medicine	（表示量）一劑、一服藥

▷ If I were you, I'd take a **dose of medicine** and go home to bed. 如果我是你的話，我會服一劑藥然後回家上床睡覺。

meet /mit/ 動 見面；開會

always	meet	總是見面
rarely	meet	很少見面
finally	meet	終於見面
meet	again	再次見面
meet	frequently	經常見面
meet	regularly	定期會面

▷ We **always meet** on Tuesdays to have lunch together. 我們總是在週二見面共進午餐。
▷ I've heard so much about you. It's really nice to **finally meet** you. 我聽說很多關於你的事。終於見到你真好。
▷ I hope we **meet again** soon. 希望我們很快會再見面。
▷ We **meet regularly** every weekend for a game of golf. 我們每週末定期見面打高爾夫球。

meet	at A	在 A（場所或時間）見面
meet	on A	在 A（日期或星期）見面
meet	with A	和 A（人）見面

▷ I'll **meet** you **at** the station in five minutes. 我五分鐘後和你在車站見面。 ▷ Let's **meet at** six. 我們六點見面吧。
▷ I can't **meet** you **on** Friday. 我週五不能跟你見面。
▷ Some representatives of the Student Union **met with** the Vice Chancellor of the University. 學生會的一些代表和大學副校長會面。

(PHRASES)
(It was) nice meeting you. ☺（和初次見面的人道別）很高興認識了你。
Nice to meet you. / Pleased to meet you. ☺ 很高興認識你。 ▷ "This is Tom." "Pleased to meet you." 「這是湯姆。」「很高興認識你。」

meeting /ˈmitɪŋ/

名 會面，會議，會合，集會

have	a meeting	有會議
hold	a meeting	舉行會議
arrange	a meeting	安排會議
call	a meeting	召開會議
attend	a meeting	出席會議
close	a meeting	結束會議
cancel	a meeting	取消會議
postpone	a meeting	延後會議
chair	a meeting	擔任會議主席
address	a meeting	在會議中致詞

▷ We're **holding a meeting** next Wednesday. 下週三我們要開會。

▷ This month's sales figures are terrible! We need to **call** a **meeting** urgently. 這個月的銷售數字真糟！我們必須緊急召開會議。

▷ I'm sorry, I can't **attend** the **meeting** next week. 很抱歉，我下禮拜沒辦法出席會議。

▷ We'll have to **postpone** the **meeting** for two weeks. 我們得把會議延後兩週。

▷ "Do you know who's going to **chair** the **meeting**?" "No. The chairperson hasn't been decided yet." 「你知道誰會當會議主席嗎？」「不知道。會議主席還沒決定。」

▷ I always feel nervous before I **address** a large **meeting**. 我在大型會議致詞之前總是覺得緊張。

a meeting	takes place	會議舉行
a meeting	starts	會議開始
a meeting	begins	
a meeting	lasts	會議持續
a meeting	ends	會議結束
a meeting	closes	
a meeting	breaks up	散會

▷ The meeting **took place** on Thursday. 會議在週四舉行。

▷ The **meeting lasted** three hours. 會議持續了三小時。

▷ The **meeting broke up** around 7:00. 會議 7:00 左右散會了。

an annual	meeting	年會
a monthly	meeting	月會
a weekly	meeting	週會
regular	meeting	定期會議
a formal	meeting	正式會議
an informal	meeting	非正式會議
a general	meeting	全體參加的大會
a public	meeting	公眾會議；公開說明會
a board	meeting	董事會
a cabinet	meeting	內閣會議
a summit	meeting	高峰會

▷ We don't need a **weekly meeting**. A **monthly meeting** would be fine. 我們不需要週會。月會就夠了。

▷ We need to hold a **general meeting** of all employees. 我們必須舉行全體員工大會。

▷ A **public meeting** will be held on December 15. 公開說明會將於 12 月 15 日舉行。

a meeting	with A	與 A 的會議
a meeting	between A	A 之間的會議
a meeting	about A	關於 A 的會議
a meeting	on A	

▷ We've arranged a **meeting with** the Russian President next month. 我們安排了下個月和俄羅斯總統的會議。

▷ A **meeting between** North Korea and the USA seems unlikely at the moment. 北韓與美國的會議目前看來似乎不太可能。

in	a meeting	在會議中
at	a meeting	
during	a meeting	在會議期間

▷ "Can I speak to Mr. Davis?" "I'm sorry, he's **in** a **meeting**. Can I take a message?" （在電話中）「我可以和 Davis 先生說話嗎？」「抱歉，他正在開會。我可以幫你留言嗎？」

▷ Please don't interrupt us with phone calls **during** this **meeting**. 請不要講電話干擾這場會議進行。

member /ˈmɛmbɚ/

名 （組織、團體的）成員，一員，會員

become	a member	成為一員
elect	members	選出成員
include	members	包含成員

▷ She **became a member** of our club two years ago. 她在兩年前成為我們俱樂部的成員。

▷ We need to **elect** new committee **members** again this year. 今年我們必須再度選出新的委員。

▷ Some of the wedding guests **included members** of the royal family. 有些婚禮賓客是皇室成員。

a leading	member	主要的成員
a prominent	member	
an active	member	活躍的成員
an individual	member	個人會員
an honorary	member	名譽會員
a life	member	終身會員
a crew	member	空勤人員，船員
a party	member	黨員
a union	member	工會成員
a family	member	家族成員
a team	member	團隊成員

▷ He was a **leading member** of the Conservative

Party. 他是保守黨的主要成員。

▷ He's an **active member** of the Green Party. 他是綠黨活躍的成員。

membership /ˈmɛmbəˌʃɪp/

名 會員資格；（指集體）全體會員，會員數

apply for	membership	申請入會
increase	one's membership	增加會員數
resign	one's membership	退會
cancel	one's membership	

▷ I'm thinking of **applying for membership** of the debating society. 我在考慮申請加入辯論社。

▷ If we don't **increase** our **membership**, we may have to close down. 如果我們不增加會員數，可能就得關閉了。

▷ I think I'll have to **resign** my **membership** of the judo club. I don't get enough time to practice anymore. 我想我得退出柔道社。我已經沒有足夠的時間練習了。

associate	membership	準會員資格
full	membership	正式會員資格
individual	membership	個人會員資格
a total	membership	全體會員數

▷ **Full membership** of the Sports Club is very expensive. 這間運動俱樂部的正式會員資格很貴。

memory /ˈmɛmərɪ/

名 記憶；記憶力；回憶

jog	A's memory	喚醒記憶
refresh	A's memory	
lose	one's memory	失去記憶
bring back	memories	喚起回憶

▷ What you just said about presents just **jogged** my **memory**. It's my wife's birthday tomorrow! 你剛才所說關於禮物的事，喚起了我的記憶。明天是我老婆生日！

▷ After the accident, he completely **lost his memory**. 意外發生後，他完全失去了記憶。

▷ The freezing cold and heavy snow **brought back memories** of her childhood in Canada. 酷寒與大雪讓她回想起童年時在加拿大的回憶。

memory	fades	記憶力衰退

▷ The older you get, the more your **memory fades**. 年紀變得越大，記憶力就會更加衰退。

a vivid	memory	鮮明的記憶
a fond	memory	覺得懷念的回憶
a good	memory	好的回憶
a happy	memory	快樂的回憶
childhood	memories	童年回憶
long-term	memory	長期記憶
short-term	memory	短期記憶

▷ She has **vivid memories** of everybody panicking just after the fire started. 她清楚地記得失火後大家驚慌的樣子。

▷ I have **fond memories** of playing with my puppy when I was a child. 我很懷念小時候和我的小狗玩。

▷ She had very **happy memories** of her father. 她擁有對父親的快樂回憶。

▷ My grandfather's **short-term memory** is getting worse, but his **long-term memory** is still very good. 我爺爺的短期記憶愈來愈差，但他的長期記憶還是很好。

have	a good memory	記憶力好
have	a bad memory	記憶力差
have	a long memory	記得很久以前的事
have	a short memory	記了很快就忘

▷ I **have** a **good memory** for faces. 我很會記人的長相。

▷ We had a big argument five years ago. He hasn't forgotten. He **has a long memory**! 我們五年前大吵了一架。他沒忘。他記憶力真持久！

▷ When I learn a new English word, ten minutes later I've forgotten it. I **have** a very **short memory**! 學英文單字時，過十分鐘我就忘了。我的記憶力真是短暫！

a memory	for A	對 A 的記憶
from	memory	根據記憶
in	memory of A	紀念、追悼 A（人）

▷ I have a really bad **memory for** names. 我很不會記名字。

▷ He won the speech contest. He recited the whole of "I Have a Dream" **from memory**! 他贏了演講比賽。他靠著記憶力朗誦了整篇（馬丁‧路德‧金恩的）〈我有一個夢〉！

▷ Church services were held all over the country **in memory of** the President. 全國各地舉行了教會禮拜活動來追悼總統。

M

mention /ˈmɛnʃən/ 動 提到，說起；提名表揚

mentioned	previously	之前提到的
mentioned	earlier	
mentioned	above	上面提到的
mentioned	below	下面提到的
mention	briefly	簡單提到
specifically	mention	特別提到

▷ As Mr. Taylor **mentioned earlier**, we are looking for someone to transfer to our head office in Tokyo. 就如 Taylor 先生之前提到的，我們在尋找可以調到東京總公司的人。

▷ As I **mentioned above**, this data is not completely reliable. 就如我以上提到的，這份數據並非完全可靠。

▷ Could you **mention briefly** why you decided to apply for this post? 您可以簡單說一下決定應徵這個職位的理由嗎？

▷ The tour guide **specifically mentioned** that we should bring our own packed lunches. 導遊特別提到我們應該帶自己的便當。

mention A	to B		對 B 提到 A

▷ Please don't **mention** this **to** anyone else! 請不要對其他任何人提到這件事！

mention	(that)...		提到…

▷ She just **mentioned that** she'd got a new job. She didn't give any details. 她只提到自己得到新工作，沒說細節。

(PHRASES)

Don't mention it. ☺（對於別人致謝的回答）不用客氣。 ▷ "Thanks for all your help." "That's OK. Don't mention it." 「謝謝你的幫忙。」「沒關係，不用客氣。」

menu /ˈmɛnju/ 名 菜單；（電腦介面的）選單

offer	a menu	提供菜單
study	the menu	研讀菜單
select from	the menu	從菜單選擇
choose from	the menu	

▷ This restaurant **offers** a wide **menu** of Japanese and Western food. 這間餐廳提供菜色廣泛的日式和西式料理菜單。

▷ He **studied** the **menu** for several minutes before making his choice. 他研讀菜單幾分鐘後才做決定。

▷ If you want to print something out, just select "PRINT" **from** the **menu**. 如果你想要列印，只要從選單選擇「列印」即可。

an à la carte	menu	單點菜單
a special	menu	特別菜單
dinner	menu	晚餐菜單
lunch	menu	午餐菜單
set	menu	套餐菜單
the main	menu	主選單
pull-down	menu	下拉式選單

▷ I don't want to choose a set. Let's ask for the **à la carte menu**. 我不想選套餐。我們要單點的菜單吧。

▷ Because it's Christmas, they have a **special menu**. 因為現在是聖誕節，所以他們有特別菜單。

a choice of	menu	菜色選擇

▷ As we all like different things, let's go to a place where there's a wide **choice of menu**. 既然我們各有不同喜好，那就去菜色選擇廣泛的地方吧。

(PHRASES)

Could I have the menu? ☺ 可以給我菜單嗎？

What's on the menu? ☺ 菜單上有什麼？

mess /mɛs/ 名 混亂（的狀態）；困境

make	a mess	弄得一團糟
leave	a mess	
clean up	the mess	收拾雜亂
clear up	the mess	
look (like)	a mess	看來一團糟
get into	a mess	陷入困難
get A into	a mess	使 A 陷入困境

▷ Why didn't you clean your shoes outside? Look! You've **made** a **mess** all over the kitchen floor! 你怎麼不在外面把鞋弄乾淨呢？你看！你把廚房地板弄得一團糟！

▷ After the party, everybody went home. Nobody helped me to **clean up** the **mess**. 派對之後，所有人都回家了。沒有人幫我收拾殘局。

▷ Give me another 10 minutes to put on my make-up. I can't go out like this. I **look a mess**! 再給我十分鐘化妝。我不能這樣出門。我看起來很糟！

▷ I'm no good at reading maps. Every time I try, I **get into** a terrible **mess**! 我不擅長看地圖。我每次嘗試看都會陷入困難！

▷ Don't **get me into** another **mess** like you did last

time! 不要像上次一樣再讓我陷入困境了！

a complete	mess	
an awful	mess	徹底的混亂狀態
a real	mess	
an economic	mess	經濟困境

▷ "The bathroom's a **real mess**! Water everywhere!" "Sorry, I filled the bath too full!" 「廁所真是一團糟！到處都是水！」「抱歉，我把浴缸的水加得太滿了！」

in	a mess	在混亂中；在困境中

▷ "I'm afraid my room is **in an awful mess**!" "I don't think so. You should see mine." 「恐怕我的房間是一團混亂！」「我不認為，你該看看我的。」

PHRASES⟩

What a mess! ☺ 真是一團混亂！真是困難的情況！
▷ What a mess! Look! I've never seen such an untidy bedroom! 真是一團混亂！你看！我從來沒看過這麼亂的臥房！

▎message /ˈmɛsɪdʒ/

名留言，訊息；（作品要傳達的）寓意

convey	a message	
deliver	a message	
carry	a message	傳遞留言、訊息
give	a message	
pass on	a message	
get	a message	收到留言、訊息
receive	a message	
leave	a message	留言
send	a message	傳送訊息
take	a message	記下留言

▷ Could you **give** Sarah **a message** from me? 可以幫我告知 Sarah 嗎？
▷ Bill asked me to **pass on** a message to you. Bill 要我轉達一個訊息給你。
▷ Sorry, I didn't **get your message**. 抱歉，我沒收到你的訊息。
▷ Could I **leave a message**? 我可以留言嗎？
▷ I **left a message** on her voice mail. 我在她的語音信箱留言了。
▷ We should **send** the **message** by email, not by phone. 我們應該用電子郵件寄出訊息，而不是打電話。

▷ Sorry, Tim's not in now. Can I **take a message**? 抱歉，Tim 現在不在。我可以幫你留言嗎？

an important	message	重要的留言、訊息
an urgent	message	緊急的留言、訊息
a personal	message	個人的留言、訊息
a clear	message	明確的訊息
a simple	message	簡單的訊息
a recorded	message	錄音的訊息
a warning	message	警告訊息
an error	message	錯誤訊息

▷ We need to send a **clear message**: if you drink and drive, you'll lose your driving license! 我們必須傳遞明確的訊息：如果酒後駕車就會失去駕照！
▷ **Recorded messages** are useful. You can play them back as often as you like. 錄音的訊息很有用。你可以愛播幾次就播幾次。

the message	of A	A 的留言、訊息
a message	from A	來自 A 的留言、訊息
a message	for A	給 A 的留言
a message	to A	給 A 的留言、訊息

▷ The **message of** the book is that no one wins in a nuclear war. 這本書要傳達的訊息是，核子戰爭中沒有贏家。
▷ Oh, there's a **message from** your daughter. 噢，有你女兒的留言。
▷ I'd like to leave a **message for** Mrs. Bobby Davis. 我想留言給 Bobby Davis 夫人。
▷ John Lennon's song "Imagine" is a **message to** the world. 約翰藍儂的歌曲〈想像〉是給全世界的訊息。

▎method /ˈmɛθəd/ 名方法，方式

adopt	a method	採用方法
apply	a method	應用方法
use	a method	使用方法
develop	a method	開發方法
devise	a method	設計出方法

▷ We need to **apply** a different sales **method**. This one isn't working. 我們必須用不同的銷售方法。這個沒有用。
▷ The police are **using** new **methods** to fight against terrorism. 警方用新的方法對抗恐怖行動。
▷ We need to **devise** a new **method** for advertising our products. 我們必須想出新方法宣傳產品。

M

a method	is used	方法被使用
a method	is employed	
a method	has been developed	方法被開發出來

▷ A simple **method** was **employed** to extract particles of gold from the stream. 有一項簡單的方法被用來萃取溪流中的黃金微粒。

▷ A new **method** has been **developed** for obtaining drinking water from salt water. 有一項新的方法被開發用來從鹹水中獲得飲用水。

an effective	method	有效的方法
the principal	method	主要的方法
a new	method	新的方法
the traditional	method	傳統的方法
a simple	method	簡單的方法
a different	method	不同的方法
an alternative	method	替代的方法
various	methods	多種方法
statistical	methods	統計方法

▷ Watching American films can be an **effective method** for improving your English. 看美國電影可以是使英語進步的有效方法。

▷ For many years, the **principal method** of transportation in the desert was by camel. 多年來，沙漠中主要的運輸方式是騎駱駝。

▷ The ecocar uses a **new method** to power the motor. 這台環保車用新的方式給引擎提供動力。

▷ There are **various methods** we can use to reduce costs. 有多種我們可以用來減少花費的方法。

▷ We need to use **statistical methods** to present the results of our survey. 我們必須使用統計方法呈現調查結果。

| a method | for A | 為了 A 的方法 |

▌midnight /ˈmɪdˌnaɪt/ 名 午夜

at	midnight	在午夜時
by	midnight	到了午夜的時候，在午夜之前
until	midnight	直到午夜為止
around	midnight	午夜前後

▷ **By midnight** she was beginning to get really worried. 到了午夜，她開始非常擔心。

▷ I didn't get home **until midnight**. 我直到午夜才到家。

▷ I always get hungry **around midnight**. 差不多到了午夜，我總會肚子餓。

▌mild /maɪld/ 形 溫和的；暖和的

relatively	mild	相對溫和的；相對暖和的
unusually	mild	不尋常地暖和的
very	mild	非常溫和的；相當暖和的

▷ He's got flu, but it's OK. It's **relatively mild**. 他得了流感，但還好。症狀相對輕微。

▷ This curry tastes **very mild**. I prefer a really hot Indian curry! 這咖哩吃起來很不辣。我比較喜歡很辣的印度咖哩！

▌mile /maɪl/

名 英里（約 1.6 公里）；（miles）很長的距離

| 3 miles | from A | 離 A 三英里 |
| 20 miles | away | 二十英里遠 |

▷ My house is about three **miles from** the nearest station. 我家離最近的車站大約三英里。

| 5 miles | long | 五英里長 |
| ★ 也有用 deep, high 的說法 | | |

▷ The hike is only about five **miles long**. We can easily do it in an hour and a half. 健行路途只有五英里長。我們可以輕鬆用一個半小時走完。

| for | miles | 以很長的距離 |

▷ From the top of the mountain you can see **for miles**. 從山頂你可以看到很遠的地方。

50 miles	per hour	時速五十英里
50 miles	an hour	
20 miles	to the gallon	每一加侖汽油跑二十英里
20 miles	per gallon	
20 miles	a gallon	

▷ Jack says his sports car can do over 120 **miles an hour**! Jack 說他的跑車時速可以超過 120 英里！

▷ The fuel consumption is not very good. Only 20 **miles to** the **gallon**. 燃油消耗率不太好。一加侖汽油只能跑 20 英里。

▌milk /mɪlk/ 名 牛奶；乳汁

| drink | milk | 喝牛奶 |

take	milk	在茶或咖啡裡加牛奶
add	milk	加牛奶
pour	milk	倒牛奶
spill	milk	濺出牛奶

▷ "Do you **take milk**?" "Only with tea. Not with coffee, thanks." 「你加牛奶嗎？」「只加在茶裡。不加在咖啡裡，謝謝。」

▷ Don't forget to **add** a little **milk** when you make the omelette. 做煎蛋捲時別忘了加一點點牛奶。

▷ Oh, look! You've **spilt milk** all over the table! 噢，你看你！你把牛奶灑得整桌！

fresh	milk	新鮮牛奶
hot	milk	熱牛奶
cold	milk	冷牛奶
cow's	milk	牛奶
goat's	milk	羊奶
condensed	milk	煉乳
skim(med)	milk	脫脂牛奶
breast	milk	母乳

▷ I live on a farm, so we always have **fresh milk**. 我住在農場，所以我們總是有新鮮牛奶。

▷ **Skim milk**, please. I hate it, but I'm on a diet! 請給我脫脂牛奶。我不喜歡，但我在減肥！

a glass of	milk	一杯牛奶
a liter of	milk	一公升的牛奶

▷ Could I have a **glass of milk**, please? 可以請你給我一杯牛奶嗎？

million /ˈmɪljən/

名 一百萬；（millions）幾百萬，無數，許多

a hundred	million	一億

▷ Our market is expected to expand to over a **hundred million** people by the year 2025. 我們的市場預期將在 2025 年前擴大到超過一億人。

three million	dollars	300 萬美元

▷ Her house in Hollywood cost over 6 **million** dollars. 他在好萊塢的房子花費超過 600 萬美元。
（★ 像 three million 一樣在 million 前面加上數詞時，通常不加 s）

millions	of A	數百萬的 A；無數的 A

▷ I've told you **millions of** times! Wear your slippers when you come into the house! 我告訴你幾百萬次了！進家裡要穿上拖鞋！

mind /maɪnd/ 名 心智，頭腦；精神；智力

bear in	mind	記在心裡
keep in	mind	
bring A	to mind	想起 A
call A	to mind	
come to	mind	被想到
spring to	mind	
cross	A's mind	掠過心頭
occupy	A's mind	佔據心思
read	A's mind	看出心思
slip	A's mind	被忘掉
stick in	A's mind	歷久難忘
close	one's mind	關上自己的心
concentrate	one's mind	集中精神
lose	one's mind	發瘋，失去理智

▷ You don't have to do anything about the problem now, just **bear** it **in mind**. 你現在不必對這個問題做什麼，只要記在心上就好。

▷ Now that I know you're interested in a part-time job, I'll **keep** you **in mind**. 現在我知道你對兼職工作有興趣了，我會記得你的。

▷ I can't **bring to mind** her name at the moment. 我現在想不起她的名字。

▷ I know his name, but it just won't **come to mind**. 我知道他的名字，但就是想不起來。

▷ My boss asked me if I had any ideas about a new project, but nothing immediately **sprang to mind**. 老闆問我對新計畫有沒有什麼想法，但我沒有馬上想到什麼。

▷ I can't sleep because I think so much. I have so much to **occupy** my **mind**. 我睡不著，因為我想太多。太多事情佔據我的腦海。

▷ "Why don't we go to see a movie?" "You must have **read** my **mind**. That's just what I was going to say!" 「我們何不看場電影呢？」「你一定是看出我的心思了。那就是我才剛要講的！」·

▷ Sorry, I forgot to phone you yesterday. It completely **slipped** my **mind**. 抱歉，我昨天忘了打電話給你。我完全忘掉了。

▷ My first day at school will always **stick in** my **mind**. 在學校的第一天會永遠留在我心中。

one's **conscious**	mind	意識
one's **subconscious**	mind	潛意識

one's unconscious	mind	無意識
a brilliant	mind	優秀的心智
a creative	mind	創造力
a closed	mind	封閉的心

▷ After the accident, he was in a coma. His **conscious mind** had stopped working. 意外發生後他陷入昏迷。他的意識停止運作了。

▷ Like all great writers, he has a very **creative mind**. 正如所有偉大的作家，他非常有創造力。

▷ Ella's got a **closed mind** when it comes to taking other people's advice. 對於接受別人的勸告，Ella 的心胸很封閉。

a frame of	mind	心思的狀態
a state of	mind	
a change of	mind	改變心意

▷ I wouldn't speak to him now, if I were you. He's in an angry **frame of mind**. 假如我是你，我現在不會跟他說話。他正處在憤怒的狀態。

▷ I regret that he has now had a **change of mind**. 我很遺憾現在他改變心意了。

mind and body	心靈與身體
★ 也可以說 body and mind	

▷ His **mind and body** had both been exhausted. 他身心俱疲。

in	mind	在心裡
in	A's mind	在 A 心中
on	A's mind	在 A 心上，使 A 掛心

▷ I can't offer you a definite job now, but I've something **in mind**. 我現在不能給你確定的工作，但我有一點想法了。

▷ Thoughts of emigrating to Canada had been going on **in his mind** for some time. 移民到加拿大的念頭在他心裡有一段時間了。

▷ What's **on your mind**? 你在想什麼？ ▷ I think Paula's really attractive, don't you? I've **had her on my mind** all week. 我認為 Paula 很迷人，你不覺得嗎？我整個禮拜記掛著她。

minority /maɪˈnɔrətɪ/ 英 /maɪˈnɔːrɪti/

名 少數；少數派

represent	a minority	代表少數

▷ I think your opinion **represents** only a **minority** of employees at this company. 我認為你的意見只代表這間公司少數的員工。

a small	minority	極少數
ethnic	minority	少數民族
a minority	group	少數群體

▷ Only a **small minority** caused trouble at the soccer game. 只有很少數的人在那場足球賽中引起麻煩。

▷ The opinions of the **ethnic minority** are very important to us. 少數民族的意見對我們很重要。

in a [the] minority	屬於少數派

▷ Only you, me, and a few others want to change the system. I'm afraid we're **in a minority**. 只有你、我和其他幾個人想要改變制度。恐怕我們是少數。

minute /ˈmɪnɪt/ 名 分鐘；一會兒

have	10 minutes	有 10 分鐘
give A	10 minutes	給 A 10 分鐘
last	10 minutes	持續 10 分鐘
spend	10 minutes	用 10 分鐘的時間
take	10 minutes	耗費 10 分鐘
waste	10 minutes	浪費 10 分鐘
wait	a minute	
hold on	a minute	等一下
hang on	a minute	

▷ We only **have** 10 **minutes** before the train leaves. 在火車出發前，我們只有 10 分鐘。

▷ The lecture only **lasted** 20 **minutes**, but it felt like 2 hours! 講課只有 20 分鐘，感覺卻像 2 小時！

▷ I **spent** the last 20 **minutes** trying to phone you, but I only got the engaged signal. 我剛才 20 分鐘都試圖打電話給你，但我只聽到忙線的聲音。

▷ It only **takes** 10 **minutes** from the station to my house. 從車站到我家只要 10 分鐘。

▷ We've **wasted** 20 **minutes** looking for your car keys! 我們浪費了 20 分鐘找你的車鑰匙！

Wait a minute. ☺ 等一下。 ▷ Just a minute! You haven't paid for the cigarettes! **Wait a minute!** Come back! 等一下！你還沒付香菸的錢！等一下！回來！

Hold on a minute. ☺（在電話中）等一下，不要掛斷。

a few	minutes	幾分鐘
a couple of	minutes	
a further	5 minutes	又 5 分鐘
another	5 minutes	

several	minutes	幾分鐘
final	minutes	最後幾分鐘
the last	minute	最後一刻

▷ You need to cook those potatoes for a **further** 5 minutes. 你要把這些馬鈴薯再煮 5 分鐘。

▷ From there we had to walk **another** 30 **minutes** to get to his house. 從那裡我們又走了 30 分鐘才能到他的家。

▷ You go ahead. I'll only be a **couple of minutes**. 你先走。我只要幾分鐘就好了。

▷ In the **final minutes** of play, both sides missed good opportunities. 在比賽最後幾分鐘，雙方都錯過了好機會。

▷ Unfortunately, at the **last minute**, I got sick and couldn't go. 遺憾的是我在最後一刻生了病而不能去。

ten minutes	late	晚 10 分鐘
5 minutes	later	5 分鐘後
ten minutes	long	10 分鐘長的

▷ She arrived twenty **minutes late** for our appointment. 她遲到 20 分鐘才赴我們的約。

▷ I got on the train and sat down. Ten **minutes later**, I found it was going in the wrong direction! 我上了火車並且坐下。10 分鐘後，我發現我搭錯方向了！

▷ According to the DVD cover, this movie is 178 **minutes long**. 根據 DVD 封面，這部電影片長 178 分鐘。

five minutes	after ten	
🔵 five minutes	past ten	10 點 5 分
five minutes	before ten	
🔵 five minutes	to ten	9 點 55 分
for	a minute	一會兒
for	a few minutes	幾分鐘
in	5 minutes	五分鐘後
in	a minute	
within	minutes	很快，馬上

▷ We arrived at three **minutes after** ten. 我們 10 點 3 分抵達。

▷ It's seven **minutes to** eight. 現在還有 7 分鐘就到 8 點了。

▷ Let me think **for a minute.** 讓我想一下。

▷ Would you mind waiting **for a few minutes**? 您可以等幾分鐘嗎？

▷ I'll be back **in** ten **minutes**. 我 10 分鐘後回來。

▷ I'll be back **in a minute**. 我馬上回來。

PHRASES
Do you have a minute? ☺ 你現在有空嗎？

▷ Do you have a minute? There's something I wanted to ask you. 你有空嗎？我有點事想問你。

mirror /ˈmɪrə/ 图 鏡子

look in	the mirror	照鏡子
glance in	the mirror	看一眼鏡子
stand before	a mirror	站在鏡子前
stand in front of	a mirror	

▷ "Do I have something in my eye? I can't see anything." "Why don't you **look in** the **mirror**?"
▷ 「我眼睛裡有東西嗎？我什麼都看不到。」「何不照照鏡子呢？」

▷ She **glanced in** the rearview **mirror** and saw that a car was about to overtake her. 她看了後照鏡一眼，看見一台車正要超她的車。

in	the mirror	在鏡中

▷ Does this hat look OK on me? I need to see myself **in** the **mirror**. 這頂帽子看起來適合我嗎？我得看自己在鏡子裡的樣子。

▷ She stared at herself **in** the **mirror**. There were red spots all over her face. 她盯著鏡子裡的自己。她的臉上都是紅疹。

a full-length	mirror	全身鏡
the bathroom	mirror	浴廁鏡
a rearview	mirror	後照鏡

▷ I think we need a **full-length mirror** in the hallway. 我想我們的玄關需要一面全身鏡。

▷ "You should look in the **rearview mirror** when you're reversing!" "I am. Oh! What was that!" 「你倒車時應該看後照鏡！」「我在看。噢！那是什麼？」

miserable /ˈmɪzərəbl/ 形 不幸的，悲苦的

feel	miserable	覺得悲苦
make A	miserable	使 A 不幸

▷ This kind of weather **makes** me really **miserable.** 這種天氣讓我覺得好悲情。

so	miserable	如此悲苦的
thoroughly	miserable	極其悲苦的

▷ Why do you look **so miserable**? 你怎麼看起來這麼悲苦？

▷ It rained every day when we were on holiday. We had a **thoroughly miserable** time. 我們放假時

每天都下雨。真的非常悲慘。

miserable	little	小而可憐的

▷ The man who worked in the library was a **miserable little** man who never smiled. 在圖書館工作的那個人是身材很小的可憐男子，而且從來不笑。

miss /mɪs/ 動 沒有擊中，錯過；沒趕上；想念

completely	miss	完全錯過
just	miss	剛錯過；
narrowly	miss	差了一點點而錯過
really	miss	真的很想念
be sorely	missed	讓人悲傷地懷念

▷ "Has the 10:45 train to Kyoto left yet?" "Yes. You **just missed** it!" 「10:45 往京都的列車出發了嗎？」「是的。你剛錯過了！」

▷ Look where you're going! You **narrowly missed** hitting that car! 你要看路！你差點就撞到那台車了！

▷ I **really miss** you. 我真的很想你。

▷ We heard that Mr. Petersen died last Sunday. He'll **be sorely missed**. 我們聽說 Petersen 先生上週日過世了。大家會非常懷念他。

miss	doing	沒有做到…；想念做…

▷ It was a great holiday! I **miss** lying on the beach doing nothing all day! 那是個很棒的假日！我很懷念整天躺在沙灘上什麼也不做！

PHRASES

I missed that! ☺ 我剛才沒聽到！（★ 請別人再說一次時） ▷ I'm sorry I missed that. 很抱歉我沒有聽到。

You can't miss it. ☺ 你不會錯過的；你一定可以找到。

missing /ˈmɪsɪŋ/ 形 缺少的；失蹤的，不見的

go	missing	不見；失蹤

▷ My cellphone has **gone missing**. 我的手機不見了。

still	missing	仍然失蹤

▷ Ten people are **still missing**. 有 10 個人仍然失蹤。

missing	from A	在 A 中缺少的

▷ Why is my name **missing from** the list? 我的名字為什麼不在名單上？

mist /mɪst/ 名 薄霧，水氣

be shrouded	in mist	被薄霧圍繞

▷ In the early morning, Mount Fuji was **shrouded in mist**. 清晨時分，富士山被薄霧圍繞。

a mist	rises	霧氣升起
a mist	drifts	霧氣飄浮
a mist	hangs	霧氣停留
a mist	comes down	霧氣下降
the mist	clears	霧氣散去

▷ There's a cold **mist** gently **rising** up from the sea. 海上緩緩升起冷冷的霧氣。

▷ It's still early in the morning. You can see the **mist** still **hanging** over those trees. 現在還是大清早，你可以看到霧氣還停留在樹梢。

▷ The morning **mist** over the river is beginning to **clear**. 河流上的晨霧開始散開。

(a) thick	mist	濃霧
(a) heavy	mist	
(a) thin	mist	薄霧
(a) fine	mist	微細的水霧

▷ A **thick mist** covered the top of the mountain. 厚厚的霧氣覆蓋了山頂。

mistake /mɪˈstek/ 名 錯誤，過失

make	a mistake	犯錯
realize	one's mistake	發現錯誤
admit	a mistake	承認錯誤
correct	a mistake	修正錯誤
learn from	one's mistakes	從錯誤中學習
repeat	the mistake(s)	犯同樣的錯
avoid	the mistake	避免錯誤

▷ With English it's OK to **make mistakes**. That's how you learn! 對於英語，犯錯沒有關係。犯錯就是學習的方式！

▷ When he **realized** his **mistake**, it was too late. 當他發現自己的錯誤時，已經太遲了。

▷ You have to **learn from** your **mistakes**. 你得從自己的錯誤中學習。

a big	mistake	很大的錯誤
a great	mistake	
a bad	mistake	
a serious	mistake	嚴重的錯誤
a terrible	mistake	
a common	mistake	常見的錯誤
past	mistake	過去的錯誤
the same	mistake	同樣的錯誤

▷ Marrying you was **the biggest mistake** of my life! 跟你結婚是我人生中最大的錯誤！

▷ The Government has made a **serious mistake** in its foreign policy. 政府在外交政策方面犯了嚴重錯誤。

▷ You shouldn't blame him for his **past mistakes**. 你不該責怪他過去的錯誤。

by	mistake	錯誤地，不小心

▷ Sorry, I opened your letter **by mistake**. 抱歉，我弄錯而不小心開了你的信。

it is a mistake	to do	做…錯了
make the mistake	of doing	

▷ **It** was a **mistake to** ask Tony to give our wedding speech. 請 Tony 為我們的婚禮致詞是個錯誤。

▷ I'm afraid you **made** the **mistake of** expecting David to help you. 恐怕你期待 David 幫你的忙是想錯了。

mix /mɪks/ 動混合；來往，交際

mix	thoroughly	徹底混合
mix	well	充分混合
mix	together	混合在一起
mix A	together	把A混合在一起
mix	easily	輕鬆地互相來往
mix	freely	自由地互相來往

★ 也可以說 thoroughly mix, well mix

▷ Add the sugar, butter, and eggs and **mix thoroughly** for 2 to 3 minutes. 加入糖、奶油與蛋並徹底攪拌 2 到 3 分鐘

▷ Oil and water don't **mix together**. 油和水不會混合在一起。

▷ **Mix** the eggs, flour, and water **together**. 把蛋、麵粉和水混合。

▷ The children **mixed freely** with each other. 孩子們彼此自由地交流。

mix A	with B	將A與B混合
mix	with A	與A（人）來往

▷ **Mix** the eggs **with** flour. 將蛋與麵粉混合。

▷ I'm afraid he's **mixing with** the wrong sort of person. 我怕他在和錯誤的人來往。

mix and match		混搭

▷ Customers **mix and match** our 21 toppings any way they want on their hot dogs. 顧客用自己喜歡的任何方式混搭我們的 21 種醬料在熱狗上。

model /ˈmɑdl/ 英 /ˈmɔdl/

名模型；機種，車款；模範，榜樣；模特兒

build	a model	
construct	a model	製作模型
make	a model	
develop	a model	開發機種
produce	a model	生產機種
provide	a model	成為模範

▷ We're **building** a **model** of a new type of aircraft. 我們正在製作新型飛機的模型。

▷ Our company's stopped producing the SS 2000. We're **developing** a new **model** now. 我們公司停止了 SS 2000 的生產。我們現在正在開發新機種。

▷ Our new eco-car should **provide** a **model** for all future cars. 我們新的環保車將成為所有未來車輛的典範。

a working	model	（可使用的）工作模型
a new	model	新機種
the latest	model	最新機種
a simple	model	簡單的模型
a standard	model	標準模型
an alternative	model	替代模型
a theoretical	model	理論模型
an economic	model	經濟模型
a fashion	model	時裝模特兒

▷ I'm going to sell my car and get a **new model**. 我要賣掉車子買新款。

▷ This is the **standard model**, but there is a more expensive **alternative model**. 這是標準的機種，但還有更高價的替代機種。

a model	for A	A 的模範

M

▷He's a **model for** us all. The perfect husband! 他是我們所有人的模範，完美的丈夫！

moment /ˈmomənt/

名 瞬間，片刻；（特定的）時機

have	a moment	有一點時間
take	a moment	花一點時間
wait	a moment	等一下
enjoy	every moment	享受每一刻
choose	a moment	選擇時機
seize	the moment	把握時機

▷I wanted to ask you a couple of things. Do you **have a moment**? 我想問你一些事。你有時間嗎？

▷Would you mind filling in this questionnaire? It won't **take a moment**. 你介意填寫這份問卷嗎？不會花很多時間。

▷Could you **wait a moment**, please? I'll see if Mr. Roberts is in his office. 可以請您等一下嗎？我看看 Roberts 先生是否在辦公室。

▷If you want to talk to him, **choose a moment** when he's not too busy. 假如你想跟他說話，要選擇他沒那麼忙的時候。

a brief	moment	短暫的片刻
a spare	moment	空閒的時間
the precise	moment	
the exact	moment	就在那一刻
the very	moment	
the present	moment	現在此刻
the right	moment	對的時機
a critical	moment	關鍵時刻
a crucial	moment	
the last	moment	最後一刻

▷At the **precise moment** I walked in, she walked out. 就在我走進去的那一刻，她走出來了。

▷At the **present moment** we don't know how many people were hurt in the accident. 目前我們不知道有多少人在意外中受傷。

▷Sherlock Holmes said: "So the name of the murderer is…" and suddenly, at the **crucial moment**, there was a power cut and the TV went off! 福爾摩斯說：「殺人犯的名字是…」在這關鍵的一刻突然停電了，電視畫面也熄滅了！

▷She's not coming to the party. She changed her mind at the **last moment**. 她不會來派對。她在最後一刻改變主意了。

after	a moment	一會兒之後
at	a moment	在某個片刻
for	a moment	片刻，一會兒
in	a moment	不久，馬上
(up) until	that moment	直到那一刻

★ for a moment 和 think, hesitate, pause, stand, wait 連用的頻率很高

▷**After a moment**, there was complete silence. 過了一會兒，就完全安靜了。

▷**At that moment**, I knew I had made a mistake. 在那一刻，我知道我犯了錯。

▷Mr. Mark, could I speak to you **for a moment**? Mark 先生，我能跟你說一下話嗎？

▷I'll be finished **in a moment**. 我很快就會完成。

| a moment | ago | 一會兒之前 |
| a moment | later | 一會兒之後 |

PHRASES

Just a moment. / Wait a moment. ☺ 等一下。

money /ˈmʌnɪ/ 名 錢，金錢

make	money	賺錢
earn	money	
get	money	得到錢
have	money	擁有錢
cost	money	耗費錢
pay	money	付錢
borrow	money	借入錢
lend	money	借出錢
refund	money	退還錢
spend	money	花錢
save	money	省錢
waste	money	浪費錢
invest	money	投資錢
put	money	
lose	money	損失錢；掉錢
raise	money	募款；募集資金
run out of	money	沒錢了

▷Do you know any good ways to **make money** quickly? 你知道什麼快速賺錢的好方法嗎？

▷He didn't **have** much **money**. 他的錢不多。

▷I think John's new car **cost** a lot of **money**. 我想 John 的新車花了很多錢。

▷I need to **borrow** some **money** *from* the bank.

我需要跟銀行借些錢。

▷I don't think that **lending money** to him is a good idea. 我認為借錢給他不是好主意。

▷I **spent** a lot of **money** on Christmas presents this year. 今年我花了很多錢買聖誕禮物。（★ 不是用 ×use money 表達）

▷He **invested** a large sum of **money** in his new project. 他在新計畫上投資了大筆金錢。

▷Do you think I should **put** my **money** *into* the stock market? 你認為我應該把錢投資在股市嗎？

▷I wanted to spend a month in Paris, but after a couple of weeks I **ran out of money**. 我本來想在巴黎住一個月，但幾週後我就沒錢了。

big	money	大筆的錢
good	money	
pocket	money	零用錢
spending	money	
sufficient	money	足夠的錢
extra	money	額外的錢
easy	money	輕鬆到手的錢
public	money	公共資金
grant	money	補助金，獎學金
prize	money	獎金
paper	money	紙幣

▷Houses in central London cost **big money**. They are very expensive. 倫敦市中心的房屋很花錢。它們非常貴。

▷We still haven't got **sufficient money** to start our own business. 我們還沒有足夠的錢創業。

▷The government has spent a lot of **public money** trying to improve the health service. 政府花了許多公共資金，試圖改善醫療保健服務。

how much	money	多少錢

▷**How much money** do you have? 你有多少錢？

PHRASES

Money is no object. ☺ 錢不是問題（金額多少都沒關係）。

Money isn't everything! ☺ 金錢不是一切（還有其他重要的東西）。

Money talks. ☺ 金錢萬能。（有錢能使鬼推磨）

month /mʌnθ/ 图 月份，一個月的時間

spend	one month	用一個月的時間
take	one month	需要一個月的時間

▷She **spent** one **month** lying on a beach with her friends in Thailand. 她和朋友在泰國度過一個月閒躺在海邊的日子。

▷We have to order this book from abroad, so it will **take** about one **month** to arrive. 我們必須從國外訂這本書，所以會花大約一個月抵達。

this	month	這個月
next	month	下個月
last	month	上個月
the month	after next	下下個月
the month	before last	上上個月

▷I've been really busy **this month**. 我這個月過得真的很忙。

▷I'm going on holiday to Guam **next month.** 我下個月要去關島度假。

▷I saw him **last month**. 我上個月看到他。

▷We're going to move into our new house the **month after next**. 下下個月我們會搬進新家。

▷She started her new job the **month before last**. 她上上個月開始了新工作。

every	month	每個月
every other	month	隔月（每兩個月一次）

▷**Every month** the economy seems to get worse. 經濟似乎每個月都在變差。

▷This magazine is published **every other month** – six times a year. 這本雜誌隔月發行，一年發行六次。

the beginning of	the month	月初
the end of	the month	月底
the middle of	the month	月中
early	the month	本月初
late	the month	本月底

▷I arrived in Japan at the **beginning of** this **month**. 我這個月初抵達了日本。

▷I don't get paid until the **end of** this **month**. 我這個月底才會拿到錢。

▷I'll find out if I got the job sometime in the **middle of** this **month**. 這個月中我會知道自己是否獲得這份工作。

▷We're expecting the baby to be born **early this month**. 我們預期寶寶這個月初出生。

▷We're expecting Bill to arrive from America **late this month**. 我們預期 Bill 在這個月底從美國過來。

for	a month	為期一個月
over	a month	在一整個月的期間
in	a month	一個月後

M

by	the month	以每月的方式（結算費用等）
for	the past six months	在過去 6 個月
for	the last six months	

▷ I haven't seen her **for** three **months**. 我 3 個月沒看到她了。

mood /mud/ 名 心情，氣氛

capture	the mood	捕捉氣氛
catch	a mood	
match	one's mood	符合心情
suit	one's mood	
reflect	a mood	反映心情
set	the mood	創造氣氛

▷ This picture really **captures** the **mood** of Paris in the 1930s. 這張照片真的捕捉了巴黎 1930 年代的氣氛。

▷ When Ella plays the piano, she always plays music that **matches** her **mood**. Ella 彈鋼琴時，總是彈奏符合她心情的音樂。

▷ This poem **reflects** a **mood** of deep sadness. 這首詩反映出深切哀傷的心情。

▷ Buy your girlfriend some chocolate or flowers. It **sets** the **mood** for romance! 給你的女友買些巧克力或花。這樣會創造浪漫的氣氛！

| one's **mood** | changes | 心情轉變 |

▷ She's impossible to live with. Her **mood changes** every 5 minutes. 跟她一起生活是不可能的。她的心情每 5 分鐘變一次。

a happy	mood	快樂的心情
a good	mood	好心情
a bad	mood	壞心情
a foul	mood	
a depressed	mood	沮喪的心情
a somber	mood	憂鬱的心情
an optimistic	mood	樂觀的心情
a relaxed	mood	放鬆的心情
the present	mood	現在的心情
the public	mood	民情
the national	mood	

▷ Better not talk to him. He's in a **bad mood**! 最好別和他說話。他心情不好！

▷ The film about the World War II put her in a very **depressed mood**. 那部關於第二次世界大戰的電影令她心情很沮喪。

▷ The **present mood** of the country is against immigration. 國家現在的氛圍反對移民。

▷ The President totally misunderstood the **public mood**. 總統完全誤解了民情。

| change | of mood | 心情、氣氛的改變 |

▷ Let's put on some loud music. This party needs a **change of mood**! 我們放點大聲的音樂吧。派對氣氛需要改變！

| be in | no mood for A | 沒有 A 的心情 |
| be in | no mood to do | 沒有做…的心情 |

▷ Our boss is very angry. He's **in no mood to** talk to anyone. 我們的老闆很生氣，他沒有心情和任何人說話。

moon /mun/ 名（the moon）月亮

the moon	rises	月亮升起
the moon	appears	月亮出現
the moon	comes out	
the moon	shines	月亮照耀
the moon	disappears	月亮消失

▷ When does the **moon rise** tonight? 今晚月亮什麼時候升起？

▷ The night sky looks beautiful when the **moon appears** from behind the clouds. 月亮從雲層後出現時，夜空看起來好美。

▷ The **moon shone** brightly, and the stars came out. 月亮照耀，星星也出現了。

▷ The **moon disappeared** behind the mountain peak. 月亮消失在山峰之後。

a bright	moon	明亮的月亮
a full	moon	滿月
a new	moon	新月
a half	moon	半月
a crescent	moon	新月，眉月，月牙
a quarter	moon	上弦月，下弦月

▷ A **bright moon** shone over the lake. 明亮的月亮照耀湖面。

▷ There's a **full moon** tonight. It's almost like daytime! 今晚是滿月。幾乎像是白天！

| the earth and the moon | 地球與月球 |

the sun and the moon		太陽與月亮

▷ **The earth and the moon** are both moving aroud the sun. 地球與月球都繞著太陽運動。

morning /ˈmɔrnɪŋ/ 名 早晨；上午

all	morning	整個早上
each	morning	每天早上
every	morning	
the following	morning	隔天早上
(the) next	morning	
early	morning	大清早
late	morning	早晨較晚時
this	morning	今天早上
yesterday	morning	昨天早上
tomorrow	morning	明天早上
Monday	morning	星期一早上
a January	morning	一月的某個早上
a summer	morning	夏天的早上

▷ I arrived back home **early yesterday morning**. 昨天早上我很早回到家。
▷ Have you seen Tom **this morning**? 你今天早上看到 Tom 了嗎？
▷ "Were you late again **this morning?**" "Yes, I'm late **every morning.**" 「你今天早上又遲到了嗎？」「是的，我每天早上都遲到。」

in	the morning	在早上
from morning	till night	從早到晚

▷ Kelly bought a newspaper **in the morning**. Kelly 早上買了報紙。
▷ He works 7 days a week **from morning till night**. 他一週工作七天，從早到晚。

mother /ˈmʌðɚ/ 名 母親；媽媽

a single	mother	單親媽媽
a lone	mother	
an unmarried	mother	未婚媽媽
a widowed	mother	寡母，配偶過世的母親
a working	mother	有工作的母親
a foster	mother	養母

▷ These days the number of **single mothers** is increasing. 最近單親媽媽的人數正在增加。
▷ After her divorce, she got a job in a supermarket and became a **working mother**. 她離婚後獲得一份超市的工作，成為職業媽媽。

look like	one's **mother**	看起來像媽媽

▷ She **looks like** her **mother**. 她像媽媽。

one's **mother and father**		父母

★ 也可以說 one's father and mother

▷ Her **mother and father** are coming to her graduation ceremony. 她的父母會來參加她的畢業典禮。

mountain /ˈmaʊntn/ 名 山

climb	a mountain	爬山
go up	a mountain	
go down	a mountain	下山
walk down	a mountain	

▷ If you're going to **climb a mountain**, you'll need the proper equipment. 假如你要去爬山，你需要適當的裝備。
▷ **Walking down a mountain** is often more dangerous than climbing up. 下山通常比上山危險。

distant	mountains	遠處的山
a high	mountain	高山

▷ The view from here is terrific. You can see the **distant mountains** quite clearly. 這裡視野絕佳。你可以清楚看見遠處的山。
▷ Mount Everest is the world's **highest mountain**. 聖母峰是世界最高峰。

the top of	a mountain	山頂
the slope of	a mountain	山坡
the foot of	a mountain	山腳

▷ There was a wonderful view from the **top of** the **mountain**. 山頂上的視野絕佳。
▷ The **slope of the mountain** suddenly became steeper. 山坡突然變陡了。

a mountain	of A	堆積如山的 A

▷ He kept borrowing money until finally he had a huge **mountain of** debt. 他持續借錢，直到最後債台高築。

mouth /maʊθ/ 名 嘴巴

open	one's **mouth**	開口

M

close	one's mouth	閉口
cover	one's mouth	遮住嘴巴
fill	one's mouth	塞滿嘴巴
wipe	one's mouth	擦嘴
burn	one's mouth	燙口

▷ Please **close** your **mouth** when you're eating! 吃東西時請閉上嘴！

▷ The little boy kept **filling** his **mouth** with cake. 這個小男孩持續把蛋糕塞進嘴裡。

▷ "That soup was delicious!" "Yes, but I think you need to **wipe** your **mouth**!" 「湯很好喝！」「是的，但我想你需要擦嘴！」

▷ Ouch! That tea is really hot! I **burned** my **mouth**! 噢！茶好燙！我燙到嘴了！

one's mouth	tightens	口部肌肉因生氣而緊繃
one's mouth	twists	嘴扭曲
one's mouth	twitches	嘴抽搐
one's mouth	goes dry	口乾
one's mouth	waters	流口水

▷ Her **mouth tightened** in anger. "I told you no smoking in the house!" 她的嘴因憤怒而緊繃。「我告訴過你家裡禁菸了！」（★ 表達對於對方的憤怒時的動作）

▷ Whenever he gets angry, his **month twists** with rage. 每當他生氣，他的嘴就因憤怒而扭曲。

▷ She was really nervous before the job interview. She felt her **mouth go dry**. 她在面試前很緊張，感到口乾舌燥。

▷ Wow! The smell of that freshly baked bread is making my **mouth water**! 哇！剛烤好的麵包氣味讓我流口水！

a wide	mouth	寬大的嘴巴
a small	mouth	小的嘴巴
a full	mouth	塞滿的嘴巴
a thin	mouth	薄的嘴巴

▷ She has a **wide mouth**. When she smiles, you can see her beautiful white teeth. 她的嘴很寬。她笑的時候，你能看到她美麗潔白的牙齒。

in	one's mouth	在嘴裡

▷ This steak is delicious. It just melts **in** your **mouth**! 這牛排很美味。好像會在嘴裡化開一樣！

PHRASES

Shut your mouth! ☺ 閉嘴！
Watch your mouth! ☺ 注意你說的話！

move /muv/ 動 移動，搬動；搬家，遷移

gradually	move	漸漸移動
slowly	move	緩慢移動
hardly	move	幾乎不動
move	around	四處移動
move	back	往回移動
move	closer	靠近
move	forward	往前移動
move	quickly	迅速移動
move	swiftly	
move	slowly	緩慢移動

▷ The day after I ran the marathon, I was so stiff that I could **hardly move**. 跑完馬拉松的隔天，我身體僵硬幾乎動彈不得。

▷ Sssssssh! I can hear someone **moving around** upstairs! 噓！我可以聽到有人在樓上走動！

▷ I can't see from here. Let's **move closer**. 從這裡我看不到。我們靠近點吧。

▷ Somebody shouted "Fire!" and everybody **moved quickly** toward the exit. 有人大喊「失火了！」，所有人就迅速往出口移動。

move	to A	搬到 A（場所）
move	into A	
move	from A to B	從 A 搬到 B

▷ I'm thinking of **moving to** New York. 我在考慮搬到紐約。

▷ Tony and Helen have just **moved into** a new house. Tony 和 Helen 剛搬進新家。

▷ They **moved from** London to Oxford. 他們從倫敦搬到了牛津。

movement /ˈmuvmənt/

名 移動，動作；運動；動向

make	a movement	移動
allow	movement	有移動的空間
control	the movement	控制動作
restrict	one's movement	限制動作
follow	the movement(s)	追蹤動向

▷ She **made a movement** to leave, but then sat down again. 她作勢要離開，但後來又坐下了。

▷ Don't tie the bandage too tight. It needs to be loose enough to **allow movement**. 不要把繃帶綁太緊。要有點鬆，讓患者可以移動。

▷ It's important to wear a seat belt in a car, but it **restricts** your **movement**. 在車裡繫安全帶很重要，但這會限制你的行動。

a forward	movement	前進
a backward	movement	後退
a downward	movement	往下的動作
an upward	movement	往上的動作
rhythmic	movement	有節奏的動作
slow	movement	緩慢的動作
a swift	movement	快速的動作
a sudden	movement	突然的動作
free	movement	自由移動
democratic	movement	民主運動
a nationalist	movement	國族主義運動
a political	movement	政治運動
a social	movement	社會運動
a protest	movement	抗議運動
an anti-nuclear	movement	反核運動
an independence	movement	獨立運動
a grass-roots	movement	草根運動
the popular	movement	民眾運動
the labor	movement	勞工運動

▷ I thought I had put the car into reverse gear, but it suddenly made a **forward movement**. 我以為我打了倒車檔，但車子突然往前走。

▷ He made an **upward movement** with his arm. "Yes. A little higher, Yes. That's it. Stop." 他用手臂做了往上的動作。「對。再高一點。對。就是這樣。停。」

▷ My grandfather is getting old now and is only capable of making **slow movements**. 我的祖父現在老了，只能做緩慢的動作。

▷ OK. I'm going to take the photo now. Don't make any **sudden movements**! 好。我要拍照了。不要突然動！

▷ People who live in the European Union have **free movement** from one country to another. 住在歐盟的人擁有在國家之間移動的自由。

▷ Have you ever belonged to any **political movement**? 你曾經參與任何政治運動嗎？

▷ The **popular movement** *against* nuclear power is gaining support. 反對核能的民眾運動獲得越來越多支持。

the movement	for A	為了 A 的運動
the movement	toward A	朝著 A 的移動

▷ The **movement for** reforming the present education system is getting stronger. 改革現行教育體制的運動越來越熱烈。

▷ Do you agree with the recent **movement toward** globalization? 你同意近來朝向全球化的發展嗎？

movie /ˈmuvɪ/ 名 電影（英 film）

go to (see)	a movie	
go to	(the) movies	去看電影
go see	a movie	
see	a movie	看電影
watch	a movie	
direct	a movie	執導電影
make	a movie	製作電影

▷ Do you want to **go to a movie** this evening? 你今晚想去看電影嗎？

▷ I haven't **seen a movie** for ages. 我很久沒看過電影了。

▷ I spent all last night **watching movies** on DVD. 我昨天一整晚都在看 DVD 電影。

a good	movie	好的電影
the latest	movie	最新的電影
a new	movie	新的電影
a silent	movie	默片
a horror	movie	恐怖片
a Hollywood	movie	好萊塢電影
a home	movie	家庭電影

▷ Have you seen Tom Cruise's **latest movie**? It's really great! 你看過湯姆克魯斯最新的電影嗎？真的很棒！

▷ There's a **new movie** on next week. Would you like to go? 下週有一部新電影，你想去看嗎？

murder /ˈmɝdɚ/ 名 殺人，謀殺；殺人事件

commit	(a) murder	殺人
investigate	a murder	調查殺人事件
witness	a murder	目擊殺人
deny	the murder	否認殺人
admit	the murder	承認殺人

▷ He **committed** three **murders** in two months. 他在 2 個月中犯下 3 起殺人事件。

M

▷ The police are **investigating** a **murder** that took place in the early hours of this morning. 警方正在調查今天清晨發生的殺人事件。

▷ According to newspaper reports, he **denied** the **murder** of his wife. 根據報紙報導,他否認殺了自己的妻子。

attempted	murder	殺人未遂
brutal	murder	殘忍的殺人
cold-blooded	murder	冷血的殺人
mass	murder	大量殺人
an unsolved	murder	未解決的殺人事件

▷ He was convicted of **attempted murder**. 他被判殺人未遂。

▌murder /ˈmɝdɚ/ 動 殺人,謀殺

be brutally	murdered	被殘忍地殺害
be nearly	murdered	差點被殺

▷ The missing girl was **brutally murdered**. 那名失蹤的少女遭到殘忍殺害。

▷ The young couple were kidnapped and **nearly murdered**. 那對年輕夫妻被綁架,差點被殺。

attempt to	murder	試圖殺害

▷ He was charged with **attempting to murder** his wife. 他被起訴企圖殺妻未遂。

be accused of	murdering A	被起訴殺害 A
be charged with	murdering A	

▷ He was **accused of murdering** his whole family. 他被起訴殺死全家人。

▌muscle /ˈmʌsl/ 名 肌肉

develop	muscles	鍛鍊出肌肉
pull	a muscle	拉傷肌肉
relax	the muscles	放鬆肌肉

▷ He goes to the gym 5 times a week. He's beginning to **develop muscles**! 他一週去健身房 5 次。他開始長出肌肉了!

▷ I heard you **pulled a muscle** in your back. How did you do it? 我聽說你拉傷背部肌肉。你怎麼弄的?

▷ You should take a hot bath. It'll **relax** your **muscles**. 你應該泡熱水澡。這樣會放鬆你的肌肉。

a muscle	aches	肌肉疼痛
muscles	relax	肌肉放鬆
muscles	tense	肌肉緊張
muscles	tighten	
a muscle	twitches	肌肉痙攣

▷ My **muscles ached** with fatigue. 我因為疲勞而肌肉疼痛。

▷ You could see that he was angry by the way the **muscles** in his face **tightened**. 你可以從他臉部肌肉緊繃的樣子看出他生氣了。

nerve and muscle	神經與肌肉
bone and muscle	骨骼與肌肉
★ 也可以說 muscle and bone	

▷ He strained every **nerve and muscle** in his body as he tried to push the broken-down car uphill. 他試圖把故障的車推上坡時,用盡了全身神經和肌肉的力氣。

▌museum /mjuˈzɪəm/ 名 博物館;美術館

visit	a museum	參觀博物館

▷ I'm interested in the history of Egypt. I'd like to **visit a museum** while we're here. 我對埃及歷史很有興趣。我們在這裡的時候,我想要參觀博物館。

an open-air	museum	露天博物館
a private	museum	私人博物館
an art	museum	美術館
a science	museum	科學博物館

▷ Lord Montague has a **private museum** of classic cars. Many are over a hundred years old. Montague 爵士有一間經典車的私人博物館。其中許多車齡超過一百年。

▌music /ˈmjuzɪk/ 名 音樂;樂曲;樂譜

enjoy	music	享受音樂
listen to	music	聽音樂
hear	music	聽到音樂
play	music	演奏音樂;放音樂
write	music	
compose	music	作曲
dance to	music	跟著音樂跳舞
read	music	讀樂譜

▷One of my favorite hobbies is **listening to music**. 我最愛的嗜好之一是聽音樂。

▷They're **playing** some really loud **music** next door. I can't get to sleep. 他們在隔壁放著非常吵的音樂。我睡不著。

▷He **composed** some new **music** especially for the Queen's wedding. 他為女王的婚禮特別創作了新的樂曲。

▷Unbelievable! I never knew that bears could **dance to music**! 真不敢相信！我從來不知道熊會跟著音樂跳舞！

▷I can't **read music**. 我不會看譜。

favorite	music	最喜歡的音樂
popular	music	流行音樂
religious	music	宗教音樂
church	music	教會音樂
traditional	music	傳統音樂
classical	music	古典音樂
baroque	music	巴洛克音樂
chamber	music	室內樂
contemporary	music	現代音樂
choral	music	合唱曲
instrumental	music	器樂曲
electronic	music	電子音樂
vocal	music	聲樂曲；聲樂
background	music	背景音樂
ballet	music	芭蕾音樂
folk	music	民族音樂；民謠

▷What's your **favorite music**? 你最喜歡的音樂是什麼？

▷I find today's **contemporary music** more difficult to listen to than **classical music**. 我覺得今日的現代音樂比古典樂更不容易聽。

▷Do you like **vocal music**? For example, Beethoven's ninth symphony? 你喜歡聲樂曲（相對於純樂器演奏的器樂曲）嗎？例如貝多芬的第九號交響曲？

a piece of	music	一首音樂作品

▷Do you know Ravel's "Bolero"? It's a wonderful **piece of music**. 你知道拉威爾的「波麗露」嗎？那是首美妙的曲子。

mystery /ˈmɪstərɪ/

名 神祕的事物；謎，神祕

solve	a mystery	
resolve	a mystery	解開謎團
unravel	a mystery	
explain	a mystery	說明謎團
remain	a mystery	仍然是個謎
shrouded in	mystery	籠罩在謎團中
cloaked in	mystery	

▷I've finally **solved** the **mystery** of what happened to my glasses. I found them under the sofa! 我終於解決眼鏡莫名失蹤的謎了。我在沙發下找到了！

▷Where my watch has gone to **remains** a **mystery**. 我手錶的下落仍然是個謎。

▷Exactly what happened on the night of December 22nd, 1834 remains **shrouded in mystery**. 1834 年 12 月 22 日夜晚究竟發生了什麼事，仍然籠罩在謎團中。

the mystery	deepens	更加神祕

▷"I lost my wallet. Then I found it with more money in it than before!" "Ha, ha! The **mystery deepens**!" 「我弄丟了錢包。找到時裡面的錢變多了！」「哈哈！這下更加神祕了。」

a complete	mystery	徹底的謎團
a real	mystery	真正的謎團
a great	mystery	很大的謎團
an unsolved	mystery	未解之謎

▷Where I've put my car keys is a **complete mystery**! 我完全不知道自己把車鑰匙放到哪裡了！

▷There are many **great mysteries** in the world. 世上有許多很神祕的謎團。

a mystery	about A	關於 A 的謎
mystery	to A	對於 A（人）是謎的事物

▷"I can't find my umbrella." "Well, there's no **mystery about** that. You probably left it on the train!" 「我找不到我的雨傘。」「嗯，這不是什麼神祕的事。你可能把它留在列車上了！」

▷I've no idea where my coat is. It's a complete **mystery to** me. 我不知道我的大衣在哪。這對我來說完全是個謎。

N

nail /nel/ 图指甲；釘子

cut	one's nails	剪指甲
file	one's nails	用指甲銼刀修整指甲的形狀
paint	one's nails	塗指甲油
grow	one's nails	把指甲留長
bite	one's nails	咬指甲
break	a nail	弄斷指甲
dig	one's nails	用指甲用力戳 （戳進某部位的皮膚）
drive	a nail	釘釘子
hammer	a nail	
pull out	a nail	拔釘子

▷She **painted** her **nails** bright red. 她把指甲塗成亮紅色。

▷I **grew** my **nails** long. 我把指甲留長了。

▷When she gets nervous, she **bites** her **nails**. 她緊張時會咬指甲。 ▷Don't **bite** your **nails**! 不要咬你的指甲！

▷I **dug** my **nails** into my palm. 我緊握自己的手（我把指甲都戳進掌心了）。

▷He **drove** a **nail** *into* the wall. 他把釘子釘在牆上。

a long	nail	長指甲；長的釘子
a rusty	nail	生鏽的釘子
an iron	nail	鐵釘

▷I used to have **long nails**, but now I've cut them short. 我以前有長指甲，但現在剪短了。

▷There's a **rusty nail** sticking up from those old floorboards. 木條地板上有根生鏽的釘子凸出來。

name /nem/ 图名稱，名字；名聲

call	A's name	叫 A 的名字
change	a name	改名字
forget	A's name	忘記 A 的名字
remember	a name	記得名字
give	a name	取名字
have	a name	有名字
bear	a name	有名字
have	a name	有名聲
get	a name	得到名聲

make	one's name	成名，出名
make	a name for oneself	

▷I'm terribly sorry, I'm afraid I've **forgotten** your **name**. 我非常抱歉，恐怕我忘記你的名字了。

▷She's really good at **remembering names**. 她很擅長記名字。

▷They haven't **given** their **baby** a name yet. 他們還沒給寶寶取名字。

▷Ryo Ishikawa has really **made** a **name for** himself as a golf player. 石川遼成為了非常有名的高爾夫球選手。

a family	name	姓氏
a last	name	
a first	name	（相對於姓氏的）名字
a given	name	
a Christian	name	
a middle	name	中間名
one's full	name	全名
a maiden	name	舊姓（婦女結婚前的姓）
a married	name	夫姓（婦女結婚後的姓氏）
a proper	name	本名；專有名詞
one's real	name	真名，本名
a false	name	假名
a stage	name	藝名
a user	name	使用者名稱
a brand	name	品牌名稱
a company	name	公司名稱
a place	name	地名
a good	name	好名聲
a bad	name	壞名聲
a big	name	
a great	name	名人
a famous	name	

▷Please write your **full name**, address, and telephone number. 請寫下你的全名、地址與電話號碼。

▷"Godzilla" is just a nickname. His **proper name** is Matsui. 「Godzilla」只是外號。他真正的名字是松井（秀喜）。

▷She refused to tell the police her **real name**. 她拒絕告訴警察自己的真名。

▷"Smith" is a **false name**. His real name is Carter. 「Smith」是假名。他真正的名字是 Carter。

▷If you keep going out drinking until 1:00 in the morning, you'll get a **bad name**. 如果你繼續這樣出門喝到半夜 1 點，你的名聲會很差。

▷ He's a **big name** in the art world. 他在藝術界是個名人。

name and address	名字和地址
name and address	名字和地址
names and faces	名字和臉

▷ Could you give me your **name and address**? 你可以給我你的名字和地址嗎？

by	name	用名字（叫人等）
by	the name of A	以 A 的名稱（為人所知）
under	the name (of A)	用（A 這個）假名

▷ There are over 60 students in Paul's English class, and he knows them all **by name**. Paul 的英文班有 60 幾名學生，而且他知道所有學生的名字。
▷ The police say he uses many different names, but at the moment he goes **by the name of** Dexter. 警方說他使用許多不同的名字，但目前他以 Dexter 的名稱為人所知。
▷ He used to be called Petersen, but now he goes **under the name of** Robbins. 他以前叫 Petersen，但現在使用 Robbins 這個名稱。

(PHRASES)
What's your name? / May I have your name? / May I ask your name? ☺ 你叫什麼名字？

nap /næp/ 图 小睡，午睡

| take | a nap | 小睡，午睡 |
| have | a nap | |

▷ I'm going to **take a nap**. Could you wake me up in 10 minutes? 我要小睡一下。你可以在 10 分鐘後叫醒我嗎？

| a short | nap | 短短的小睡 |
| a little | nap | |

▷ You look tired. I think you should have a **little nap**. 你看起來很累。我想你應該小睡一下。

nation /ˈneʃən/

图 國家；（群體的）國民，民族

| divide | a nation | 分裂國家 |

▷ At one time, the question of whether or not to end the Vietnam War **divided** the **nation**. 是否要結束越戰的問題一度分裂了國家。

a developed	nation	已開發國家
a developing	nation	開發中國家
an independent	nation	獨立國家
an industrial	nation	工業國家
an industrialized	nation	
a poor	nation	貧窮的國家
a rich	nation	富有的國家
the whole	nation	全國，全體國民

▷ **Developed nations** should do more to help **developing nations**. 已開發國家應該做更多事來幫助開發中國家。
▷ England became an **industrial nation** during the late 18th and the 19th centuries. 英格蘭在 18 世紀末和 19 世紀期間成為了工業國家。

| across | the nation | 跨越全國，遍及全國 |

natural /ˈnætʃərəl/

形 自然的，天然的；正常的

completely	natural	完全天然的
totally	natural	
perfectly	natural	非常自然的，理所當然的
only	natural	
quite	natural	
natural	enough	很自然的

▷ When you go abroad for the first time, it's **perfectly natural** to feel culture shock. 當你第一次出國，感受到文化衝擊是很自然的。
▷ It's **quite natural** to be worried before taking your entrance exam. 接受入學測驗前感到擔心是很自然的。
▷ "Now that I'm pregnant, I feel sick in the mornings." "Well, that's **natural enough**. Nothing to worry about." 「我因為現在懷孕，早上會感到噁心。」「嗯，那很正常。沒什麼好擔心的。」

| it is natural | (for A) to do | （A）做…是很自然的 |

▷ **It's natural to** worry before an important exam. 在重要的測驗前擔心是很正常的。

nature /ˈnetʃɚ/

图 自然；自然狀態；性質；本質，天性

| preserve | nature | 保護自然 |

destroy	nature	破壞自然
change	nature	改變性質
consider	the nature	考慮到性質
determine	the nature	確定性質
understand	the nature	了解性質
depend on	the nature	取決於性質

▷ We should **consider** the **nature** *of* the problem before we take any action. 採取任何行動前,我們應該考慮問題的本質。

▷ It seems to be a completely new species. We haven't **determined** the **nature** *of* the insect yet. 這似乎是全新的物種。我們還沒有確定這種昆蟲的性質。

▷ Whether the doctor can help you or not **depends on** the **nature** *of* your illness. 醫師能否幫助你,取決於你疾病的性質。

Mother	Nature	母親般孕育萬物的大自然
the precise	nature	
the exact	nature	確切的性質
the true	nature	
a general	nature	一般的性質;大概的性質
a good	nature	好的性質
the complex	nature	複雜的性質
human	nature	人性

▷ We need to understand the **precise nature** of his complaint. 我們需要了解他投訴的確切本質。

▷ The **general nature** of his comments was very positive. 他的評語大致上相當正面。

▷ Don't worry! He won't bite! Labrador dogs have a very **good nature**. 不要擔心!他不會咬人!拉布拉多的性格很好。

▷ I'm afraid there will always be wars. It's **human nature**. 恐怕世界上總是會有戰爭。這是人性。

by	nature	天生,生性
by	its (very) nature	由於本性
in	nature	本質上
in	the nature of A	在 A 的本質中;有類似 A 的性質
in	A's nature	在 A 的本質中
of	... nature	…那種性質的
given	the nature of A	考慮到 A 的性質

▷ He's **by nature** a very obstinate person. 他天生是個非常頑固的人。

▷ It's **in the nature of** wolves to hunt in packs.

成群狩獵是狼的天性。 ▷ I'm not **in** the **nature of** opening other people's letters. 我不是那種會打開別人信件的人。

▷ There are many violent comic books available in Japan, but I don't like reading books **of** that **nature**. 日本有很多暴力漫畫,但我不喜歡讀那種書。

▷ **Given** the **nature of** crocodiles, it would be unwise to keep one as a pet! 考慮到鱷魚的天性,養鱷魚當寵物是不明智的!

neat /nit/ 形 整齊的;很棒的

| neat and clean | 整潔的 |
| neat and tidy | 井然有序的 |

▷ Caroline keeps the house really **neat and clean**. Caroline 把家裡保持得非常整潔。

▷ Her room is always **neat and tidy**. 她的房間總是井然有序。

| neat | little A | 小巧玲瓏的 A |

▷ Oh! What a **neat little** kitchen! I love it! 噢!真是個小巧玲瓏的廚房!我很喜歡!

necessary /ˈnɛsəˌsɛrɪ/ 英 /ˈnesəˌsəri/
形 必要的,必需的;必然的

absolutely	necessary	絕對必要的
really	necessary	真的必要的
strictly	necessary	
always	necessary	總是必要的
no longer	necessary	不再有必要的

▷ I'll be in a very important meeting until 3:00. Please don't interrupt me unless it's **absolutely necessary**. 我要參加很重要的會議,到 3 點為止。除非絕對必要,否則請不要打擾我。

▷ Do you think it's **really necessary** to interview all 20 applicants for the job? 應徵這個工作的 20 個人,你認為真的有必要全部面試嗎?

▷ Previous experience with this type of work would be useful, but it's not **strictly necessary**. 先前的此類工作經驗有幫助,但非必要。

▷ You don't need to go to Tokyo tomorrow. It's **no longer necessary**. 你明天不需要去東京。已經沒必要了。

| necessary | for A | 對 A 而言必要的 |

▷ Do you think it's **necessary for** me to contact

head office? 你認為我有必要聯絡總公司嗎？

if	necessary	如果必要的話
as	necessary	以必要的程度
where	necessary	在有必要的地方
when	necessary	當有必要時

▷ We must get this contract. I'll fly to New York again myself, **if necessary**. 我們必須得到這個合約。如果必要的話，我會再親自飛到紐約。

▷ Please correct the English of this report **where necessary**. 請修正這份報告有必要修改的英文。

it is necessary	(for A) to do	（A）做…是必要的
find it necessary	to do	覺得有必要做…
make it necessary	(for A) to do	使得（A）做…有必要

▷ I'm afraid **it's necessary for** you **to** double-check all those sales figures. 恐怕你有必要把那些銷售數字全部再檢查一次。

▷ I don't see why they **found it necessary to** hold another meeting. 我不明白他們為什麼覺得有必要再開一次會。

▷ Please don't **make it necessary for** me **to** talk to you again about arriving late for work. 請不要讓我有必要再跟你談上班遲到的事情。

▌necessity /nə`sɛsətɪ/

名必要，必要性；必需品，必要的事物

accept	the necessity	接受必要性
avoid	the necessity	避免必要性
highlight	the necessity	強調必要性
stress	the necessity	

▷ I don't **accept** the **necessity** of dismissing half our staff. 我不認為有必要解雇我們一半的員工。

▷ We need to **avoid** the **necessity** of closing our business down. 我們需要避免不得不停業的情況。

▷ The results of this survey **highlight** the **necessity** of changing our company's image. 這項調查的結果突顯出改變公司形象的必要性。

an absolute	necessity	絕對的必要性
a practical	necessity	實際的必要性
urgent	necessity	緊急的必要性
economic	necessity	經濟上的必要性
a basic	necessity	基本的必需品
the bare	necessity	

▷ Today a computer is an **absolute necessity**. 今日電腦是絕對必要的東西。

▷ University fees are quite high, so having a part-time job is a **practical necessity**. 大學學費相當高昂，所以有兼職工作是實際上必要的事。

▷ Providing food and medicine to the earthquake victims is an **urgent necessity**. 對地震受災者提供食物與藥物是緊急必要的事情。

▷ Sufficient food and drink are **basic necessities** of life. 足夠的食物與水是維持生命基本必需的東西。

| the necessity | for A | A 的必要性 |
| the necessity | to do | 做…的必要性 |

▷ I'm feeling much better now after that medicine. I don't see the **necessity for** canceling our holiday. 吃完藥後，我現在覺得好多了。我覺得沒必要取消休假。

▷ There's no **necessity to** get so angry! I was only joking! 你沒必要這麼生氣！我只是開玩笑！

of	necessity	必然地，不可避免地
out of	necessity	由於有必要
through	necessity	

▷ Many chickens had to be destroyed **out of necessity** because of the danger of bird flu. 由於禽流感的危險性，所以不得不撲殺許多隻雞。

▌neck /nɛk/ 名脖子

break	one's neck	脖子骨折
wring	A's neck	扭斷脖子，掐脖子
crane	one's neck	（為了看東西）伸長脖子

▷ He **broke** his **neck** in a skiing accident. 他在滑雪意外中脖子骨折。

▷ I **craned** my **neck** to look over the other people's heads, but I still couldn't see anything. 我伸長脖子想越過其他人的頭，但還是什麼也看不到。

a short	neck	短的脖子
a long	neck	長的脖子
a thick	neck	粗的脖子
a thin	neck	細的脖子
a stiff	neck	僵硬的脖子

▷ I've had a **stiff neck** for the last 10 days. 我這 10 天有頸部僵硬的問題。

| around | one's neck | 在脖子周圍 |
| by | a neck | 以些微差距 |

neck and neck		並駕齊驅，不相上下

▷**Around** Melissa's **neck** was a beautiful pearl necklace. Melissa 的脖子上有一串美麗的珍珠項鍊。

the nape	of the neck	人的後頸
the scruff	of the neck	人或動物的後頸

▷His hand touched the **nape of** her **neck**. 他的手碰觸她的後頸。

▷Rina picked the little kitten up by the **scruff of** its **neck** and dropped it gently into the basket. Rina 抓起小貓的後頸，並且輕輕把牠放進籃子。

need /nid/

名必要（性），必要的東西；需要

feel	the need	感覺到需要
meet	the need	滿足需要
avoid	the need	避免（做什麼的）需要
eliminate	the need	減少需要
recognize	the need	認識到必要性
stress	the need	強調必要性
satisfy	A's need	滿足 A 的需要
suit	A's need	適合 A 的需要

▷If you **feel** the **need** to get some more information, call me. 如果你覺得需要得到更多資訊，就打電話給我。

▷If you want to **avoid** the **need** to wash the dishes, you should buy paper dishes. 如果你想避免洗碗盤的必要，就應該買紙製餐盤。

▷The popularity of low-cost airlines is **eliminating** the **need** for long-distance train travel. 廉價航空公司的流行，正在減少長途列車移動的需求。

▷The government **recognizes** the **need** to create more jobs. 政府認識到了創造更多工作的必要性。

▷The report **stresses** the **need** for immediate action. 這份報告強調立即行動的必要性。

a great	need	很大的需要
a desperate	need	迫切的需要
an urgent	need	緊急的需要
a real	need	真正的需要
a growing	need	增加中的需要
an increasing	need	
basic	needs	基本的需要
particular	needs	特定的需要

special	needs	特別的需要
educational	needs	教育上的需要
social	need(s)	社會的需要

▷The situation after the floods is very serious. There's a **great need** for volunteers to help as much as possible. 水災後的情況非常嚴重。現在非常需要志工盡可能多幫忙。

▷There's a **desperate need** to help people suffering from hunger and disease in Africa. 現在迫切需要大家幫助非洲遭受飢餓與疾病的人。

▷There's an **urgent need** for talks to take place between the USA and China. 美國與中國急需進行對話。

▷There's a **growing need** for an increase in the number of police officers. 增加警察人數的需要逐漸增長。

▷In poor countries, people often don't have enough money to take care of their **basic needs**. 在貧窮的國家，人們通常沒有足夠的錢照顧基本需求。

the need	for A	A 的必要性
in	need	窮困的，有急需的

▷When Obama was elected President, he stressed the **need for** change. 歐巴馬當選總統時，他強調改變的必要。

▷There's a real **need for** more nurses in the health service. 醫療業界非常需要更多的護理師。

▷After the earthquake, we need to take care of many people **in need**. 地震後，我們需要照顧許多急需援助的人。

the need	to do	做…的必要性

▷The Principal stressed the **need to** get regular feedback from our students. 校長強調定期聽取學生意見的必要性。

▷There's no **need to** tell Laura. Let's keep it a secret between the two of us! 沒有必要告訴 Laura。把它當成我們倆之間的祕密吧！

need /nid/ 動需要；必須

desperately	need	迫切需要
really	need	真的需要
urgently	need	緊急需要
certainly	need	當然需要
probably	need	可能需要
still	need	仍然需要

no longer	need	不再需要

▷I **desperately need** to go to the toilet! 我真的必須去上廁所！

▷That convenience store **urgently needs** two part-time workers. Why don't you apply? 那間便利商店急需兩名兼職員工。你何不應徵呢？

▷With a bad cut like that, you **certainly need** to go to hospital. 有那麼嚴重的割傷，你當然必須去醫院。

▷Thanks for offering, but we **no longer need** your help. 感謝你們的捐助，但我們現在已經不需要幫忙了。

need	to do	需要做…
need A	to do	需要A（人）做…

▷Your hair's really long. You **need to** get it cut. 你的頭髮真的很長。你需要去剪頭髮。

▷Tony? Are you there? I **need** you **to** help me wash the dishes. Tony，你在嗎？我需要你幫我洗碗。

need	doing	需要被…
need	to be done	
need	not have done	當初不需要做…

▷You can't wear that sweater. It **needs** wash**ing**. 〔=It **needs to be** washed.〕你不能穿那件毛衣。它該洗了。

▷I **needn't have** taken my umbrella with me this morning. It didn't rain. 我今天早上不用帶傘的。沒有下雨。

(PHRASES)

Who needs it? ☺ 誰需要這個？

needle /ˈnidl/ 名 針；注射針

thread	a needle	把線穿過針
insert	a needle	扎進注射針
stick	a needle	插進一根針
share	a needle	共用針頭

▷I can't **thread** this **needle**. The hole isn't big enough. 我沒辦法把線穿過這根針。針孔不夠大。

▷The nurse **inserted a needle** *into* the vein to take a blood sample. 護士將針扎進靜脈採集血液檢體。

▷The nurse **stuck** a **needle** *into* me. It really hurt! 護士把針插在我身上。真的很痛！

a needle and thread	針線

▷I always carry a **needle and thread** with me when I go abroad. 我出國的時候總會帶著針線。

the eye	of a needle	針的孔

▷It says in the Bible that it is easier for a camel to pass through the **eye of a needle** than for a rich man to enter the kingdom of God. 聖經裡說，駱駝穿過針孔比富人進入神的國度容易。

negative /ˈnɛɡətɪv/ 形 負面的；不贊成的，否定的；消極的；（檢驗）陰性的

entirely	negative	完全負面的
totally	negative	
extremely	negative	極為負面的
slightly	negative	稍微負面的

▷The results of the survey were not **entirely negative**. 調查結果並不是完全負面的。

▷This product has received a **slightly negative** response from our customers. 這項產品獲得的消費者反應有點負面。

negative	about A	對A態度消極的
negative	for A	對於A是陰性的

▷Try to be less **negative about** the situation. Things may improve. 不要對情況那麼悲觀。有可能會好轉。

▷The medical tests were **negative for** Mrs. Roberts, but positive for Mrs. Carter. 醫學檢驗的結果，Roberts 女士是陰性，但 Carter 女士是陽性。

positive and [or] negative	正面與負面的，積極與消極的

★也可以說 negative and [or] positive

▷There are both **positive and negative** points about living abroad. 住在國外有優點也有缺點。

neglect /nɪɡˈlɛkt/ 動 忽略，疏忽，忽視

totally	neglect	完全忽略
largely	neglect	大部分忽略
deliberately	neglect	故意忽略
be sadly	neglected	被嚴重忽略
be much	neglected	
be unjustly	neglected	被不公平地忽略

▷This garden is a mess! It's been **totally neglected** for the last 10 years! 這花園真是一團糟！它過去 10 年都被荒廢了！

neglect	to do	忘記要做…

▷ Thank you everybody. That's all for today... Oh! Sorry! I **neglected to** mention — our next meeting will be on July 16th. 謝謝大家。今天就到此為止……噢！抱歉！我忘了提——我們下一次開會是 7 月 16 日。

tend	to neglect	容易忽略

▷ Williams has great ideas for the company, but he **tends to neglect** the details. Williams 會為公司提出很好的主意，但他容易忽略細節。

negotiation /nɪˌgoʃɪˋeʃən/ 名談判，協商

conduct	negotiations	進行談判
open	negotiations	開始談判
start	negotiation	
enter into	negotiation(s)	進入談判階段
continue	negotiations	繼續談判
resume	negotiations	恢復談判
break off	negotiations	中止談判
be open to	negotiation	有談判空間
be subject to	negotiation	

▷ The superpowers will start **conducting negotiations** on Monday. 強勢大國將於週一開始進行談判。

▷ The Government still refuses to **open negotiations** with terrorists. 政府仍然拒絕與恐怖份子談判。

▷ The USA and Russia will **resume negotiations** in the New Year. 美俄兩國將在新年恢復談判。

▷ If we don't come to an agreement soon, the other side say they will **break off negotiations**. 如果我們不早點達成共識，另一方說他們會中止談判。

▷ The hijackers haven't refused to talk to us. They say they're still **open to negotiation**. 劫機者沒有拒絕和我們談。他們說他們仍然接受談判。

bilateral	negotiations	雙邊談判
direct	negotiation(s)	直接談判
protracted	negotiation(s)	時間拖長了的談判
peace	negotiations	和平談判
trade	negotiations	貿易談判
wage	negotiation(s)	薪資談判

▷ **Bilateral negotiations** will take place between North and South Korea later in the month. 南北韓將在本月後半進行雙邊談判。

▷ **Direct negotiation** with hostage-takers is unacceptable. 與挾持人質者的直接談判是不能接受的。

negotiation(s)	between A	A 之間的談判
negotiation(s)	on A	關於 A 的談判
negotiation(s)	over A	
negotiation(s)	with A	與 A 的談判

▷ **Negotiations between** the police and the kidnappers have been going on all week. 警察與綁架犯之間的談判進行了一整個星期。

▷ Management refuses to have any more **negotiation on** staff salaries. 經營團隊拒絕再進行任何關於員工薪水的協商。

in	negotiation	談判中
under	negotiation	

▷ Developed and developing countries are still **in negotiation** *with* each other over the problem of global warming. 已開發與開發中國家仍然在針對全球暖化的問題進行協商中。

▷ The exact terms of the contract are still **under negotiation**. 合約的確切條款仍然在協商中。

A	of negotiation(s)	期間為 A 的談判
★ A 是 months, years 等		

▷ After six months **of negotiations**, we're still no farther forward. 經過六個月的談判，我們還是沒有任何進展。

neighbor /ˋnebɚ/

名鄰居；鄰國（★ 英 neighbour）

a good	neighbor	好鄰居
one's immediate	neighbor	直接相鄰的鄰居
a near	neighbor	附近鄰居
a close	neighbor	
one's next-door	neighbor	隔壁鄰居
one's European	neighbors	在歐洲的鄰近國家

▷ We're lucky. We have very **good neighbors**. They're always very considerate. 我們很幸運。我們有很好的鄰居。他們總是很體貼。

▷ Our **immediate neighbor** is driving us crazy! He plays loud music until 3:00 in the morning. 鄰近的鄰居要把我們搞瘋了！他放很吵的音樂放到早上 3 點。

▷ Actually, our **nearest neighbor** is over three miles away. 其實，離我們最近的鄰居有三英里遠。

▷ Mrs. Davis is our **next-door neighbor**.

Davis 女士是我們隔壁鄰居。

▷ Joining the European Union meant that Britain had more contact with her **European neighbors**. 加入歐盟意味著英國和它在歐洲的鄰近國家有更多接觸。

nerve /nɝv/

名 神經；（nerves）神經緊張，焦慮；勇氣

calm	one's **nerves**	鎮定緊張
steady	one's **nerves**	
fray	one's **nerves**	使神經緊繃
have	**the nerve**	很大膽
keep	one's **nerve**	保持平靜
lose	one's **nerve**	失去勇氣，變得慌張

▷ Drink this whiskey. It'll help you **calm** your **nerves**. 喝這個威士忌。它能幫你鎮定緊張。

▷ Lena insisted on taking a taxi all the way home, and when we arrived, she **had** the **nerve** to ask me to pay for it. Lena 堅持要搭計程車直接回家，而當我們到了的時候，她竟然有臉要我付錢。

▷ Jet-skiing is not so difficult. You just need to **keep** your **nerve**. 水上摩托車沒那麼難。你只需要保持鎮定。

▷ She was skiing quite well downhill, but then she **lost** her **nerve** and crashed into a tree. 她滑雪下坡滑得很好，但之後就開始慌張，撞上一棵樹。

a bag of	nerves	非常緊張的狀態
a bundle of	nerves	
a battle of	nerves	心理戰
a war of	nerves	

▷ Anne had another driving lesson today. The instructor shouted at her, and now she's a **bag of nerves**! Anne 今天又上了駕駛課。教練對她吼，所以她現在非常緊張！

| the nerve | to do | 做…的勇氣 |

▷ I don't know how you found the **nerve to** ask me to lend you more money. You still owe me 500 dollars! 我不知道你怎麼敢要我借你更多錢。你還欠我 500 元！

PHRASES

What a nerve! ☺ 真不要臉！

nervous /ˈnɝvəs/ 形 神經質的，緊張的

feel	nervous	覺得緊張
get	nervous	變得緊張
make A	nervous	使 A 緊張

▷ I **get nervous** when I have to walk home alone late at night. 深夜必須獨自走回家時，我就會緊張。

▷ Job interviews always **make** me **nervous**. 工作面試總是讓我緊張。

extremely	nervous	極為緊張的
really	nervous	真的很緊張的
highly	nervous	相當緊張的
a little	nervous	有點緊張的
slightly	nervous	

▷ I don't think I did well in the interview. I was **extremely nervous**. 我覺得自己面試表現不好。我非常緊張。

| nervous | about A | 對於 A 感到緊張的 |
| nervous | of A | |

▷ She's never traveled by air before, so she's a bit **nervous about** the flight. 她以前從來沒坐過飛機，所以她對飛行感到有點緊張。

nest /nɛst/ 名 巢

build	a nest	
construct	a nest	築巢
make	a nest	
leave	the nest	離巢；離開父母獨自生活
fly	the nest	

▷ I think those birds are **building** a **nest** in our roof. 我想那些鳥正在我們的屋頂上築巢。

▷ The young chicks have learnt how to fly now and have **left** the **nest**. 年幼的雛鳥已經學會飛行並且離巢。

net /nɛt/ 名 網子

cast	a net	撒網
mend	one's **nets**	補網
spread	a net	撒網（使網子展開）

▷ The fishermen **cast** their **nets** in a new area and made a very good catch. 漁夫將他們的網子丟到一

個新的漁場並且捕獲非常多的魚。

▷ The fishermen sat on the shore **mending** their **nets**. 漁夫們坐在岸上修補他們的網子。

a drift	net	流網
a fishing	net	魚網
a mosquito	net	蚊帳
a safety	net	安全網（預防墜落的網子）

network /ˈnɛtˌwɝk/

名 網絡，網狀組織；廣播電視網；電腦網路

establish	a network	
build	a network	建立網路
develop	a network	

▷ She quickly **established** a **network** of people who could be useful to her in her job. 她很快建立起在工作上對她有用的人脈。

▷ It's important in business to **develop** a **network** of contacts. 在商業界建立客戶人脈很重要。

a large	network	大規模的網路
an international	network	國際網路
a national	network	全國網路
a local	network	地方網路
a support	network	支援網路
the rail	network	鐵路網
a road	network	道路網
a television	network	電視網
a distribution	network	貨品的流通網

▷ This airline has established a widespread **international network**. 這間航空公司建立了廣闊的國際（航線）網路。

▷ These timetables contain details of all the **national networks** for rail, buses and coaches. 這些時間表包含國內所有鐵路、公車與客運路網的細節。

▷ It's a small company, but it's developed a good **local network** of influential businessmen. 這是間小公司，但它發展了地方有力商務人士很好的人際網路。

new /nju/ 形 新的；新型的

completely	new	
entirely	new	全新的
totally	new	
brand	new	全新的，嶄新的
spanking	new	
fairly	new	相當新的
relatively	new	相對新的

▷ My car broke down last weekend. I took it to the garage, and they said it had to have a **completely new** engine. 我的車上週末壞了。我把車送到修車廠，他們說車子需要全新的引擎。

▷ Why does this machine keep breaking down? It's **relatively new**. 為甚麼這台機器一直故障？這台是相對新的。

new	to A	對 A（人）而言新的

▷ Everything was **new to** me. 每件事對我來說都很新鮮。

(PHRASES)

What's new? ☺ 有什麼新鮮事嗎？（你這陣子怎樣？）

news /njuz/ 名 新聞，新聞報導；消息

get	the news	接到消息
receive	the news	
hear	the news	聽到消息
bring	news	帶來消息
break	the news	告知不好的消息
make	news	成為新聞
read	the news	閱讀新聞
watch	the news	看新聞

▷ I've **got** some bad **news** for you. 我有壞消息要告訴你。

▷ I hope Bob and Helen arrived safely in Toronto. We haven't **heard** any **news** yet. 我希望 Bob 和 Helen 安全抵達多倫多了。我們還沒有聽到他們的消息。

▷ Lisa's just arrived. She's **brought** some good **news**. Lisa 剛到。她帶了好消息來。

▷ You know the ice skater, Mao Asada? She **made news** yesterday. 你知道溜冰選手淺田真央嗎？她昨天上新聞了。

bad	news	壞消息
terrible	news	糟糕的消息
sad	news	悲傷的消息
good	news	好消息
great	news	很棒的消息
wonderful	news	
welcome	news	令人歡迎的消息
the latest	news	最新消息
local	news	地方新聞
national	news	全國新聞
foreign	news	國外新聞
world	news	世界新聞
radio	news	廣播新聞
television	news	電視新聞
the ten o'clock	news	10 點新聞

▷ I have some **good news** for you. 我有好消息要告訴你。

▷ "Did you hear? I passed the exam to get into Tokyo University!" "Oh, **great news**!" 「你聽人說了嗎？我通過了東京大學的入學測驗！」「噢，真是好消息！」

▷ Have you just come back from the hospital? How's Paula? What's the **latest news**? 你剛從醫院回來嗎？Paula 怎麼樣？最新情況如何？

▷ I check the **foreign news** every morning on the Internet. 我每天早上都上網看國外新聞。

▷ Did you watch the 10 **o'clock news** last night? 你看了昨晚 10 點的新聞嗎？

news	about A	關於 A 的消息
news	from A	來自 A 的消息

▷ "Is there any **news about** the train crash?" "Not yet, I'm afraid." 「有火車衝撞事故的消息嗎？」「我想還沒有。」

▷ We still haven't heard any **news from** the police. 我們還沒從警方那裡聽到任何消息。

on	the news	在新聞中
in	the news	

★ on 是電視、收音機等，in 是報紙等

▷ Did you hear? They're going to increase the tax on tobacco! It was **on** the **news** this morning. 聽說了嗎？他們（政府）要調漲菸稅！今天早上的新聞報導的。

a bit of	news	一條新聞，一件新聞
a piece of	news	
an item of	news	

▷ We had two **pieces of** interesting **news** yesterday. 昨天有兩條有趣的新聞。

news	that...	內容是…的消息

▷ I'm not surprised at the **news that** the Government is going to raise the sales tax. 我對政府要調漲銷售稅的消息並不感到驚訝。

(PHRASES)

No news is good news. ☺ 沒消息就是好消息。
That's news to me. ☺ 那件事我沒聽說過。

newspaper /ˈnjuzˌpepɚ/ 名 報紙

a daily	newspaper	日報
a morning	newspaper	早報
an evening	newspaper	晚報
a Sunday	newspaper	週日報
a local	newspaper	地方報
a national	newspaper	全國性的報紙
a quality	newspaper	內容品質好的報紙
a tabloid	newspaper	小報，八卦報

▷ Do you read a **daily newspaper**? 你會看日報嗎？

▷ If you want to find a part-time job, why don't you look in the **local newspaper**? 如果你想找兼職工作，何不看看地方報呢？

in	the newspaper	在報紙上

▷ Look! There's a photo of you **in** the **newspaper**! 看！報紙上有你的照片！

nice /naɪs/ 形 好的；友好的；美好的

extremely	nice	非常好的
really	nice	真的很好的

▷ It's a **really nice** house, much nicer than the house we live in now. 這真是一間很好的房子，比我們現在住的好得多。

nice and clean	宜人又乾淨
nice and warm	宜人又溫暖

★ nice and 的發音是 /naɪsənd/

▷ Singapore is a beautiful city. It's **nice and clean**.

新加坡是個美麗的城市，既宜人又乾淨。

▷ Come in out of the cold. It's **nice and warm** inside. 外面很冷，進來吧。裡面舒服又溫暖。

nice	to A	對 A（人）親切的

▷ It was great to meet your family. They were really **nice to** me. 見到你的家人真好。他們對我真的很親切。

it is nice	of A to do	A 做…，他的人真好

▷ **It** was really **nice of** you **to** send me a birthday card. 你送我生日卡片，人真好。

PHRASES

Nice to meet you. ☺ 很高興認識你。

Nice to see you again! ☺ 真高興又見到你！

That's nice! ☺ 真不錯！▷ "My boyfriend's going to take me to Disneyland on my birthday!" "Oh, that's nice." 「我男朋友要在我生日的時候帶我去迪士尼樂園！」「噢，真不錯。」

What a nice A**!** ☺ 真是很棒的 A！▷ What a nice surprise! 真是很棒的驚喜！

night /naɪt/ 名 夜晚，晚上，晚間

spend	a night	過一晚，住一晚
stay	the night	

▷ It was great to **spend** a **night** in a five-star hotel yesterday. 昨天在五星級飯店住一晚真棒。

▷ Do you have to leave this evening? Why don't you **stay** the **night**? 你今晚必須離開嗎？怎麼不過夜呢？

every	night	每晚
last	nigh	昨晚
yesterday	night	
tomorrow	night	明晚
the previous	night	前一晚
the next	night	隔天晚上
the other	night	幾天前的晚上
the whole	night	整晚
an early	night	很早就上床睡覺
a late	night	很晚才上床睡覺，深夜
a bad	night	睡不好的晚上

▷ There's a great movie on TV **tomorrow night**. 有部很棒的電影明晚在電視上播出。

▷ I spent the **whole night** writing my report. 我花了一整晚寫報告。

▷ I'm feeling a bit tired. I think I'll get an **early night**. 我覺得有點累。我想我今晚要早睡。

▷ Last night I had a really **bad night**. I couldn't get any sleep at all. 昨晚我睡得很不好。我完全沒辦法入眠。

day and night	日夜
night and day	
night after night	每晚（一夜又一夜）
all night (long)	整晚

▷ Tom's been working **day and night** on that project for the last two weeks. Tom 過去兩週日以繼夜地為專案工作。

▷ **Night after night** our neighbor's dog keeps us awake howling. 每天晚上，我們鄰居的狗都嗥叫，讓我們無法入眠。

▷ The baby cried **all night**. We didn't get any sleep at all. 寶寶哭了整晚。我們完全沒睡。

at	night	在晚上
by	night	在晚上，到了晚上
during	the night	在晚間
in	the night	

▷ If you sleep a lot during the day, you won't be able to sleep **at night**. 如果你白天睡得很多，晚上就會睡不著。

▷ They rested during the day and traveled **by night**. 他們白天休息，到了晚上就移動。

▷ The burglars must have come in **during** the **night** while we were asleep. 竊賊一定是在晚上我們睡著的時候進來的。

▷ Oh, look! Santa Claus came **in** the **night** and brought you some presents! 噢，你看！聖誕老人晚上進來，帶給你一些禮物！

in	the middle of the night	在深夜
in	the dead of night	
on	Saturday night	在週六晚上
on	the night of October 14	在 10 月 14 日晚上

▷ I woke up suddenly **in** the **middle of** the **night**. I could hear somebody downstairs. 我半夜突然醒來。我聽得到樓下有人。

▷ What are you doing **on Saturday night**? 你星期六晚上要做什麼？

▷ The earthquake occurred **on** the **night of** December 15. 地震發生在 12 月 15 日的晚上。

PHRASES

Good night. ☺ 晚安。▷ Good night. See you tomorrow. 晚安。明天見。

Night night! ☺ 晚安！（★ 小孩子的說法，或者對小孩子的說法）▷ Night night, Mommy! Night night, Daddy! 媽咪晚安！爹地晚安！

noise /nɔɪz/ 名聲響；噪音，雜音

make	a noise	製造噪音
cause	a noise	發出噪音
hear	a noise	聽到噪音
reduce	the noise	減少噪音
shut out	the noise	隔絕噪音

▷This photocopier is **making** a lot of **noise**. I think there's something wrong with it. 這台影印機很吵。我想是哪裡出了問題。

▷Who's **causing** all that **noise** in the classroom? 是誰在教室裡吵鬧？

▷The machines in this factory are really loud. Can't we do something to **reduce** the **noise**? 這間工廠的機器真的很吵。我們不能做什麼來減少噪音嗎？

▷We closed all the windows and doors in order to try to **shut out** the **noise**. 我們關上所有門窗試圖隔絕噪音。

a loud	noise	很大的噪音
a big	noise	
a terrible	noise	糟糕的噪音
a low	noise	低低的聲音
a strange	noise	奇怪的聲響
a funny	noise	
background	noise	背景噪音
engine	noise	引擎聲

▷Suddenly, there was a **loud noise** from outside. Two cars had crashed into each other. 外面突然傳來巨響。兩台車撞在一起了。

▷We live near an airport. The planes make a **terrible noise** as they take off and come in to land. 我們住在機場附近。飛機起降時會發出糟糕的噪音。

▷The washing machine is making a **strange noise**. I think we need to buy a new one. 洗衣機會發出奇怪的聲音。我想我們需要買新的。

above	the noise	從噪音中（聽到）
over	the noise	

▷When Japan won the Asian Cup, you couldn't hear the announcement **above** the **noise** of the crowds celebrating. 日本贏得亞洲盃時，在群眾歡慶的吵鬧聲中聽不到會場廣播的聲音。

noon /nun/ 名正午，中午

at	noon	在中午
just after	noon	中午不久之後
shortly after	noon	
just before	noon	中午不久之前
shortly before	noon	

▷There was a serious earthquake in the Philippines **just before noon** today. 今天將近中午時，菲律賓發生了嚴重的地震。

twelve	noon	正午 12 點
high	noon	正中午

normal /nɔrml/ 形正常的，通常的，標準的

perfectly	normal	很正常的
quite	normal	
fairly	normal	相當正常的
apparently	normal	看起來正常的

▷It's **perfectly normal** to be nervous before a big match. 在重大比賽前緊張是很正常的。

▷Your blood pressure is **fairly normal**. 你的血壓相當正常。

▷Her temperature is **apparently normal**, although she has a bad cough. 雖然她咳得很厲害，她的體溫似乎正常。

it is normal	(for A) to do	（A）做…是正常的

▷**It's normal for** security checks **to be** carried out at airports. 機場進行安全檢查很正常。

north /nɔrθ/ 名北方，北部

far	north	極遠的北方

▷In the **far north**, temperatures are much colder than in the far south. 在最北方，氣溫比最南方冷得多。

in	the north (of A)	在（A的）北部
to	the north (of A)	往（A的）北方
from	the north (of A)	從（A的）北方

▷Morocco is **in** the **north of** Africa. 摩洛哥在非洲北部。

▷Scotland lies **to the north of** England. 蘇格蘭位

N

於英格蘭北方。
▷ There's a cold wind blowing **from** the **north**.
冷風正從北方吹來。

fifty miles	north of A	A 以北 50 英里

▷ Oxford is about 50 **miles north of** London. 牛津位於倫敦以北約 50 英里處。

north, south, east, and west	東西南北
★和中文慣用的順序不同	

nose /noz/ 图 鼻子

blow	one's **nose**	擤鼻涕
wipe	one's **nose**	擦鼻涕
pick	one's **nose**	挖鼻孔
wrinkle	one's **nose**	皺鼻子

▷ Do you have a tissue? I need to **blow** my **nose**. 你有面紙嗎？我需要擤鼻涕。
▷ Here. Use my handkerchief to **wipe** your **nose**. 這裡。用我的手帕擦鼻涕。
▷ "Stop it, Ben! It's rude to **pick** your **nose**!" "Sorry, mummy!" 「不要這樣，Ben！挖鼻孔很沒禮貌！」「抱歉，媽咪！」
▷ She **wrinkled** her **nose**. "What's that terrible smell?" 她皺起鼻子。「那糟糕的味道是什麼？」

one's **nose**	is running	流鼻水
one's **nose**	wrinkles	鼻子皺起來
one's **nose**	bleeds	流鼻血

▷ It's so cold **my nose is running**! 冷到我都流鼻水了！
▷ Her **nose wrinkled**. "Can you smell something burning?" 她皺起鼻子。「你聞到有東西燒焦的味道嗎？」（★ 嗅著什麼味道的時候會出現的動作）

a big	nose	大鼻子
a large	nose	
a long	nose	相對往前突出的鼻子，高鼻子
a small	nose	小鼻子
a sharp	nose	細長而尖挺的鼻子
a hooked	nose	鷹鉤鼻
a straight	nose	直挺的鼻子
a red	nose	紅鼻子
a blocked	nose	鼻塞的鼻子
a runny	nose	流鼻水的鼻子

a broken	nose	骨折的鼻子
★ 鼻子「高」、「低」不是用 high, low 形容		

▷ Tom has a **big nose**. Tom 有個大鼻子。
▷ Typically Westerners have **longer noses** than Asian people. 西方人的鼻子通常比亞洲人高。
▷ He had a **sharp nose** and a bright red face. 他有尖鼻子和紅通通的臉。
▷ I think he's very handsome. A **straight nose**, a strong chin, and a nice smile. 我覺得他很英俊。有直挺的鼻子、硬挺的下巴和迷人的笑容。
▷ My cold's no better. I've still got a **blocked nose** and a cough. 我的感冒沒好轉。我還是鼻塞、咳嗽。
▷ Rod was in a fight last night. He has a **broken nose** and two black eyes. Rod 昨晚跟人打架。他的鼻子骨折，有兩個黑眼圈。

the bridge	of the nose	鼻樑
the end	of the nose	鼻頭
the tip	of the nose	

▷ She had a big red spot at the **end of** the **nose**. 她的鼻頭有個大紅痘。
▷ It's so cold! The **tip of** my **nose** is frozen! 好冷！我的鼻頭凍僵了！

through	the nose	通過鼻子

note /not/

图 筆記，字條；註釋；音符；聲調，語氣

write	a note	寫字條
scribble	notes	
send	a note	送出字條
receive	a note	收到字條
leave	a note	留下字條
make	a note	寫筆記
keep	a note	
take	notes	
compare	notes	交換意見
take	note	注意

▷ I **scribbled** these **notes** during the lecture, but now I can't read them! 我在上課時潦草地寫下這些筆記，但現在我讀不懂了！
▷ Look, Dad! Mom has **left a note** on the table. She's gone shopping. 看，爸爸！媽留了字條在桌上。她去買東西了。
▷ The police told us to **keep a note** *of* anything unusual that happens. 警方告訴我們要記錄任何不尋常

的事情。

▷OK. Now that we've interviewed everybody, let's **compare notes**. OK。我們現在面試過每一個人了，來交換意見吧。

▷**Take** careful **note** of what the sales manager says. 請仔細注意業務經理說的話。

a brief	note	簡單的筆記
a suicide	note	自殺者的遺書
a cheerful	note	愉快的語氣
a positive	note	積極的語氣
a high	note	高音
a low	note	低音

note /not/ 動 注意，注意到；記下，寫下

note	down	寫下
as noted	above	如上所述
as noted	earlier	如前所述
as noted	previously	

▷Please **note down** my address. 請寫下我的地址。

▷**As noted above**, smart phones are becoming very popular. 如上所述，智慧型手機變得非常流行。

note	that...	注意到…；留意…
note	wh-	注意…
★ wh- 是 who, what, how 等		

▷She **noted that** there were two expensive-looking paintings in the committee room. 她注意到會議室裡有兩幅看起來很貴的畫作。

▷Please **note how** important it is to use fresh vegetables to prepare this dish. 請注意準備這道菜時使用新鮮蔬菜有多麼重要。

be worth	noting	值得注意

▷It's **worth noting** that the deadline for applications is December 31st. 要注意申請期限是 12 月 31 日。

notice /ˈnotɪs/ 名 通知，公告，啟事；注意

serve	notice	正式通知
have	notice	
receive	notice	得到通知
give (A)	notice	告知（A）被解雇
take	notice	注意

come to	A's notice	得到 A 的注意
escape	A's notice	沒被 A 注意到

▷They **served notice** to their employees that the staff canteen would close down next month. 他們正式通知員工，員工餐廳將在下個月關閉。

▷It's important for our staff to **have notice** of any changes that may be introduced. 員工被告知任何可能採取的改變是很重要的。

▷The company is closing down. They **gave** 200 people **notice** last week. 這間公司即將關閉。他們上星期通知了 200 個人解雇的消息。

▷"That man's waving at us. Do you know him?" "No. Don't **take** any **notice**. Come on. Let's go!" 「那個男的在跟我們揮手。你認識他嗎？」「不認識。不要理他。來，我們走吧！」（★ take notice 經常以 take any notice of A, take no notice of A 的形式使用）

▷It has **come to** the **notice** of the headmaster that one or two boys sometimes smoke a cigarette in school. 校長已經注意到有一兩名男學生偶爾會在學校抽菸。

▷I broke my boss's special teacup two days ago, but he hasn't said anything. So far it has **escaped** his **notice**! 我兩天前打破老闆特別的茶杯，但他什麼也沒說。目前他還沒注意到！

advance	notice	事先通知
reasonable	notice	適當的通知，適時的通知
written	notice	書面通知
public	notice	公告

▷We've just had **advance notice** that the government is going to raise the sales tax next year. 我們剛獲得事先通知，說政府明年將會調漲銷售稅。

▷If you decide to leave the company, we expect you to give us **reasonable notice**. 如果你決定離開公司，我們希望你適時告知（在離職的若干時間之前告知）。

▷We understand that you wish to leave, but we have not received any **written notice** from you yet. 我們了解你希望離開，但我們還沒收到你的書面通知。

on short	notice	
at short	notice	在臨時通知的情況下
3 months'	notice	3 個月前的通知

▷We need someone to go and work in our head office **at short notice**. 我們需要有人臨時到總公司工作。

▷They can't fire you now. They need to give you **3 months' notice**. 他們現在不能開除你。他們必須

在 3 個月前通知你。

notice /ˈnotɪs/ 動注意到

not even	notice	根本沒注意到
hardly	notice	幾乎不會注意到
never	notice	從來沒注意到，絕對不會注意到

▷I changed my hairstyle, and my boyfriend did**n't even notice**! 我改變了髮型，而我男朋友根本沒注意到！

▷"There's a big red spot on my chin!" "It's not so big. You can **hardly notice** it!" 「我的下巴長了顆大紅痘！」「沒那麼大。幾乎不會注意到！」

notice A	doing	注意到 A 在做…

▷I didn't **notice** him leav**ing**. 我沒注意到他離開。

notice	(that)...	注意到…
notice	wh-...	注意到…

★ wh- 是 how, what, who 等

▷After about 10 minutes, he **noticed that** she was really angry. 大約 10 分鐘後，他注意到她真的生氣了。

▷I'm in big trouble! I didn't **notice when** she arrived, **how** she looked, or **what** she was wearing! 我有大麻煩了！我沒注意到她哪時候到的、看起來是什麼樣子，還有穿了什麼！

number /ˈnʌmbɚ/

名數，數字；號碼；數目，數量

count	the number	數數目
increase	the number	增加數目
reduce	the number	減少數目
limit	the number	限制數目
get	a number	得到號碼
give	a number	提供號碼
identify	a number	認出號碼

▷I had a part-time job **counting** the **number** of cars that drove past during the rush hour. 我做過在尖峰時段計算通過車輛數的兼職工作。

▷We need to **increase** the **number** of parking spaces in our company. 我們需要增加公司的停車位數目。

▷We have to **limit** the **number** of circle members to 25. 我們必須限制圈子裡的成員在 25 人以內。

▷In the hospital, they **give** you a **number**, and you have to wait until you're called. 在醫院，他們會給你號碼，而你必須等待自己被叫到。

▷I saw the car drive away after the accident, but I couldn't **identify** the **number**. 我看見那台車在事故後開走，但我沒認出車牌號碼。

the number	falls	數目減少
the number	reduces	
the number	increases	數目增加
the number	grows	
the number	rises	

▷The college needs more students. If the **number falls** again this year, we could be in trouble. 大學需要更多學生。如果今年數字又下降，我們可能就有麻煩了。

▷The **number** of applicants has **increased** by 45% compared with last year. 申請人數比去年增加了 45%。

a large	number	很大的數目
a great	number	
a high	number	
a huge	number	巨大的數目
a small	number	很小的數目
a low	number	
a limited	number	有限的數目
a significant	number	相當大的數目
a considerable	number	
an increasing	number	增加中的數目
a growing	number	
the average	number	平均數
the minimum	number	最小數
the maximum	number	最大數
an equal	number	相等的數目
the total	number	總數
an even	number	偶數
an odd	number	奇數
a three-digit	number	三位數

▷A **large number** of housewives do part-time jobs. 許多家庭主婦兼職工作。

▷A **great number** of new projects had to be canceled. 許多新計畫不得不取消。

▷It was early, so only a **small number** of people had arrived. 當時還很早，所以只有少數的人到場。

▷A **significant number** of women are waiting until later to get married compared with 10 years ago. 相較於 10 年前，現在有相當多女性晚婚。

▷An **increasing number** of people are using new

hybrid cars. 越來越多人使用新的混合動力車。

▷ The **minimum number** of students we need to arrange this trip is eight people. 要安排這次旅行，我們需要的最低學生人數是 8 人。

▷ The **maximum number** of people allowed in this elevator is fifteen. 這部電梯的搭乘人數上限是 15 人。

▷ There were an **equal number** of boys and girls in the group. 這個團體裡的男孩與女孩人數相等。

▷ We are still not sure of the **total number** of people who died in the train crash. 我們還不確定列車衝突事故的死亡總人數。

a room	number	房間號碼
a telephone	number	電話號碼
a fax	number	傳真號碼
the wrong	number	錯誤的號碼

▷ Sorry. You have the **wrong number**. 抱歉。您打錯電話了。

an increase	in numbers	數目的增加
a drop	in numbers	數目的減少

▷ There was an **increase in numbers** of house fires this year. 今年住宅火災件數增加了。

in number	在數目上，總共

▷ Our supporters were low **in number,** but high in enthusiasm! 我們當時支持者很少，但士氣很高！

N

O

obey /o`be/ 英 /ə`bei/

動 服從，聽從；遵守（法律、規則）

always	obey	總是遵從
immediately	obey	立即遵從
instantly	obey	
meekly	obey	溫順地遵從

▷ **Always obey** the safety rules when you operate this machine. 操作這台機器時，隨時都要遵守安全規定。
▷ If you get an order, you should **immediately obey** it. 如果你接到命令，就應該立即遵從。
▷ He told her to sit down, and she **meekly obeyed**. 他叫她坐下，她也溫順地遵從了。

refuse to	obey	拒絕遵從

▷ My dog is so disobedient! I keep telling him to sit, but he **refuses to obey**. 我的狗很不聽話！我一直叫牠坐下，但牠拒絕服從。

an obligation	to obey	遵從的義務

▷ Everybody has an **obligation to obey** the law. 每個人都有遵守法律的義務。

object /ˈabdʒɪkt/ 英 /ˈɔbdʒikt/

名 物體，物品；對象，目的物；目的；受詞

become	an object	成為對象
achieve	one's object	達到目的

▷ When she joined the pop group, she **became** a great **object** of envy of her schoolmates. 她加入流行團體時，成為同學很羨慕的對象。
▷ She finally **achieved** her **object** of winning a gold medal at the Olympic games. 她終於達到在奧運贏得金牌的目標。

an inanimate	object	無生命的物體
a physical	object	（實質的）物體
a solid	object	固體
the main	object	主要目的
one's sole	object	唯一的目的
a direct	object	直接受詞
an indirect	object	間接受詞

▷ He treats me as if I'm an **inanimate object**. I'm not a piece of wood! 他把我當成無生命的物體對待。我可不是木頭！
▷ She was able to move **physical objects** by telepathy. 她能用心靈感應移動物體。
▷ The **main object** of this training program is to test your ability to work together as a team. 這個訓練計畫的主要目的是測試你們團隊合作的能力。

object /əb`dʒɛkt/ 動 反對

strongly	object	強烈反對

★也可以說 object strongly

▷ "I **strongly object** to the decision to close down our branch in Sydney." "Yes, I strongly object, too!" 「我強烈反對關閉雪梨分公司的決定。」「是的，我也強烈反對！」

object	to A	反對 A

▷ I **object to** another rise in gasoline prices! 我反對石油價格再次上漲！

object	that...	反對並說道…

▷ She **objects that** the government hasn't done more to help the homeless. 她反對說，政府並沒有做更多努力去幫助遊民。

PHRASES
I object to that! ☺ 我反對！

objection /əb`dʒɛkʃən/ 名 反對，異議

make	an objection	
raise	an objection	反對，提出異議
voice	an objection	
have (got)	an objection	有反對意見
have	no objection	沒有異議
meet	an objection	應對反對意見
withdraw	one's objection	撤回反對

▷ He **made** various **objections** to the new plans. 他對新計畫提出各種反對意見。
▷ Excuse me, I'd like to **raise an objection**. 不好意思，我想提出異議。
▷ **Has** anybody got any **objections**? 有任何異議嗎？
▷ So, if you **have no objection**, we'll postpone a decision until our next meeting. 那麼，如果大家沒有異議的話，我們就延到下次會議再做決定。
▷ Various proposals have been made to **meet** their **objections**. 為了應對他們的反對意見而做出了各種提案。

a strong	objection	強烈的反對
a serious	objection	
the main	objection	主要的反對
a possible	objection	可能的反對

▷ The union has **strong objections** *to* the proposed salary cuts. 工會強烈反對減薪的提案。

▷ I can't understand. What **possible objection** could you have? You'll make a big profit! 我不懂。你有什麼好反對的？你會賺到很多利潤！

an objection	to A	對 A 的反對
an objection	against A	

▷ The main **objection to** your plan is that it's too expensive. 對你計畫的主要反對理由是太貴了。

▌objective /əb`dʒɛktɪv/ 名 目標，目的

have	an objective	有目標
set	an objective	設定目標
pursue	an objective	追求目的
achieve	an objective	達成目標
meet	an objective	

▷ Don't sit around doing nothing. You need to **have** an **objective** in life! 不要無所事事。你要有人生的目標！

▷ You need to **set an objective**. What do you want to be doing in 5 years' time? 你需要設定目標。你希望自己五年後做什麼？

▷ Madonna **pursued** her **objective** to become a famous pop star. 瑪丹娜追求成為知名流行巨星的目標。

▷ He **achieved** his **objective** of becoming sales manager in 5 years. 他用五年的時間達成了自己成為業務經理的目標。

a clear	objective	明確的目標
a specific	objective	
the main	objective	主要的目標
the major	objective	主要的目標，重大的目標
the primary	objective	首要的目標
the ultimate	objective	最終的目標

▷ Don't be vague. Decide a **clear objective** and then go for it! 不要模稜兩可。決定明確的目標，然後全力以赴！

▷ Her **main objective** in life was to find a rich husband! 她人生的主要目標是找到有錢的老公！

▷ She's a senator now, but I think her **ultimate ob-jective** is to become President. 她現在是參議員，但我想她的終極目標是當總統。

▌objective /əb`dʒɛktɪv/ 形 客觀的

completely	objective	完全客觀的
purely	objective	
totally	objective	

▷ Are you sure that your opinion is **completely objective**? 你確定你的意見完全客觀嗎？

▌obligation /ˌɑblə`geʃən/ 英 /ˌɔblɪ`geɪʃən/

名 （法律、道德上的）義務，責任

have	an obligation	有義務
impose	an obligation	施加義務（使有義務）
meet	an obligation	履行義務
fulfill	an obligation	

▷ We have to recall our cars and offer free repair. We **have** an **obligation** *to* our customers. 我們必須召回我們的汽車，並且提供免費修理。我們對顧客負有義務。

▷ If we sign the contract, we must make sure that we can **fulfill** all our **obligations**. 如果我們簽約，就一定要能履行所有義務。

a contractual	obligation	契約上的義務
a legal	obligation	法律上的義務
a moral	obligation	道德上的義務

▷ I promised I would help her, so now I'm under a **moral obligation** to do so. 我答應過幫她的忙，所以我現在有道義上的義務要照做。

an obligation	to A	對 A 的義務
under	an obligation	有義務

▷ She helped me, so I feel **under** an **obligation** to help her. 她幫了我的忙，所以我覺得有義務幫她。

an obligation	to do	做⋯的義務

▷ We are under no contractual **obligation to** pay them any money. 我們沒有合約上的義務要付他們錢。

a sense of	obligation	義務感

▷ She helped Dave a lot after his divorce, and now he's helping her out of a **sense of obligation**. 她在 Dave 離婚後幫了他很多忙，所以他現在出於義務感

幫忙她。

observation /ˌɑbzɚˋveʃən/ ⑱ /ˌɔbzəˋveʃən/

名 觀察，觀測；（根據觀察的）意見，評論

make	an observation	有目標

▷I'd like to **make** an **observation** *about* the importance of motivating our students. 我想提出關於鼓勵學生的重要性的看法。

careful	observation	仔細的觀察
a detailed	observation	詳細的觀察
direct	observation	直接的觀察
empirical	observation	經驗上的觀察

▷After **careful observation** over many years, the volcano was declared inactive. 仔細觀察多年後，宣布了火山處於休眠狀態。
▷Are these news reports based on rumors or **direct observation**? 這些新聞報導是根據傳言還是直接的觀察？

an observation	about A	關於 A 的觀察、意見
an observation	on A	
for	observation	為了觀察
under	observation	在觀察下；在監視下

▷The doctors are not sure what's wrong with Ted. They're keeping him in hospital **for observation**. 醫師們不確定 Ted 有什麼問題。他們讓他住院以便觀察。

powers of	observation	觀察力

▷Sherlock Holmes had amazing **powers of observation**! 夏洛克‧福爾摩斯有很驚人的觀察力！

observe /əbˋzɝv/

動 觀察；注意到；（根據觀察）評述

actually	observe	實際觀察
carefully	observe	仔細觀察
directly	observe	直接觀察
be widely	observed	廣泛被觀察到

▷I **actually observed** the volcano in Iceland erupting from about 2 miles away. 我在大約 2 英里以外的地方實際觀察了冰島的火山噴發。
▷The police need to find someone who **directly observed** the robbery. 警方需要找到直接目擊搶劫

的人。
▷The UFO was **widely observed** by many people in the south of England. 英格蘭南部許多人看到了幽浮。

observe	A doing	注意到 A 在做⋯；觀察 A 做⋯

▷I **observed** someone break**ing** in through a window. 我注意到有人從窗戶闖入。
▷Looking out of her window, she **observed** a marching band go**ing** past. 她從窗戶往外觀看行進的樂隊通過。

observe	that...	觀察到⋯；評述說⋯
observe	wh-	觀察⋯

★ wh- 是 what, how, where 等

▷She **observed that** all the sandwiches had been eaten after ten minutes. 她發現所有三明治在 10 分鐘後被吃光了。
▷Caroline spent 3 months in Africa **observing how** gorillas behave in the wild. Caroline 花了 3 個月在非洲觀察大猩猩在野外的行為。

obtain /əbˋten/ 動 獲得，取得

be easily	obtained	容易取得

▷We don't have the part to repair your car, but it can be **easily obtained**. 我們沒有修理你汽車的零件，但那很容易取得。

obtain A	from B	從 B 那邊得到 A

▷I **obtained** this beautiful vase **from** an antique shop in Beijing. 我從北京的古董店買到了這只美麗的花瓶。

obvious /ˋɑbvɪəs/ ⑱ /ˋɔbvɪəs/

形 明顯的，顯然的

seem	obvious	似乎很明顯

▷Now that you tell me, it all **seems** so **obvious**. 因為你告訴我，所以現在一切都感覺很明顯了。

fairly	obvious	相當明顯的
quite	obvious	
glaringly	obvious	（像發出強光一樣）顯而易見的
immediately	obvious	一目瞭然的

▷It was **fairly obvious** that she was embarrassed.

她很明顯感到不好意思。

▷ When Don arrived at the fire, it was **immediately obvious** it was serious. 當 Don 到達火災現場時，情況的嚴重性一目瞭然。

it is obvious	that...	…很明顯

▷ Helen started to cry. **It was obvious that** she was upset. Helen 開始哭泣。她很明顯感到心煩意亂。

obvious	from A	從 A 可明顯看出的
obvious	to A	對於 A 很明顯的

▷ It's **obvious from** your enthusiasm that you really want the job. 從你的熱忱可以明顯看出，你真的想要這份工作。

▷ It's **obvious to** everybody except you that you're making a mistake. 除了你自己以外，每個人都明顯看出你犯了錯。

occasion /əˋkeʒən/

名 場合，時刻；時機；重大活動，盛會

recall	an occasion	想起某個場合、時刻
remember	an occasion	
mark	the occasion	慶祝一個場合、時刻
celebrate	the occasion	

▷ We've been married for over 60 years now, but I can still clearly **recall** the **occasion** that we first met. 我們已經結婚超過 60 年，但我還清楚記得第一次見面的時候。

▷ It's your 17th birthday on Saturday, isn't it? I think we should hold a party to **mark** the **occasion**. 星期六是你 17 歲的生日，不是嗎？我想我們應該開派對慶祝。

many	occasions	許多場合，許多次
numerous	occasions	
several	occasions	幾個場合，幾次
a rare	occasion	少有的場合
a particular	occasion	特定的場合
a different	occasion	不同的場合
a previous	occasion	上一次
a big	occasion	盛大的盛會
an important	occasion	重要的盛會
a memorable	occasion	難忘的盛會
a special	occasion	特別的盛會
a social	occasion	社交的盛會

▷ You've been late for work on **many occasions**.

你上班遲到了很多次。

▷ Kumiko's been late for class on **several occasions**. Kumiko 上課遲到過幾次。

▷ I don't think we'd better go to Hokkaido by boat. On a **previous occasion** you were seasick. 我認為我們最好不要搭船去北海道。你上次暈船了。

▷ The wedding was a really **big occasion**. They invited over 500 guests. 這場婚禮真是盛大。他們邀請了五百多名賓客。

▷ The royal wedding is going to be a really **special occasion**. 皇家婚禮將會是個特別的盛會。

▷ The Oscar award ceremony is a fabulous **social occasion**. 奧斯卡頒獎典禮是很棒的社交盛事。

an occasion	to do	做…的場合

▷ The Christmas party will be a good **occasion to** announce our engagement. 聖誕派對會是適合宣布我們訂婚的場合。

on	one occasion	有一次
on	this occasion	在這個場合
on	that occasion	在那個場合
on	occasion(s)	有時，偶爾
on	the occasion of A	在 A 的時候

▷ I'm afraid granddad is getting forgetful. **On one occasion** last week he went out into the street wearing his pajamas! 恐怕爺爺開始健忘了。他上禮拜有一次穿著睡衣上街！

▷ "Do you get really bad headaches?" "Yes, **on occasions**. But not all the time." 「你會嚴重頭痛嗎？」「是啊，偶爾。但不是總會頭痛。」

▷ I'd like to present you with a bottle of champagne **on** the **occasion of** your 10th wedding anniversary. 我想在你慶祝結婚 10 週年的時候送你一瓶香檳。

a sense of	occasion	場合的隆重感；對場合的感知能力

▷ Our boss dressed up as Santa Claus at our Christmas party this year! He has a real **sense of occasion**. 我們老闆今年聖誕派對打扮成聖誕老人！他真的很會看場合。

occupation /ˌɑkjəˋpeʃən/

英 /ˌɔkjuˋpeiʃən/ 名 職業，工作，占有，佔據，佔領

find	an occupation	找到工作

▷ I think you should stop doing your part-time job and **find** a proper **occupation**. 我想你應該停止打

工，找份正經的工作。

a professional	occupation	專業工作
a skilled	occupation	技術性工作
a manual	occupation	體力工作
illegal	occupation	非法佔據

▷ **Professional occupations** are usually well-paid: lawyers, doctors, for example. 專業工作通常薪水高：例如律師、醫師。

during	the occupation	在佔領期間
under	occupation	在佔領之下

▷ The French had a difficult time **during** the **occupation** of France by Germany in the Second World War. 第二次世界大戰德國佔領法國時，法國人過得很辛苦。

▷ Poland was **under** the **occupation** of Germany during the Second World War. 波蘭在二次世界大戰被德國佔領。

(PHRASES)

What's your occupation? ☺ 你的職業是什麼？

| **occupy** /ˈɑkjəˌpaɪ/ 英 /ˈɔkjuˌpaɪ/

動 佔領，佔據，使忙碌

be fully	occupied	完全忙於某事
now	occupy	現在佔據
still	occupy	仍然佔據

▷ "You're really busy at work now, aren't you?" "Oh, yes. But it's no problem. I like to be **fully occupied**." 「你現在真的工作很忙，對嗎？」「噢，是啊。不過沒問題。我喜歡完全忙著工作。」

▷ A large family **now occupies** the apartment above us. 有個大家庭現在住在我們樓上的公寓。

be occupied	with A	忙於 A
occupy oneself	with A	

▷ If you have to wait a long time at the dentist, you should **occupy** yourself **with** something. Read a book! 如果你得在牙醫那邊等很久，你應該讓自己忙些什麼。讀本書吧！

| **occur** /əˈkɝ/ 動 發生；產生；（想法等）出現

commonly	occur	經常發生
usually	occur	通常發生
never	occur	從不發生
actually	occur	實際發生
occur	frequently	頻繁發生
occur	naturally	自然發生
occur	spontaneously	
occur	simultaneously	同時發生

▷ These kinds of problems **commonly occur** when you start a new job. 這樣的問題經常在你開始新工作時發生。

▷ We have to make sure that this dangerous situation **never occurs** again. 我們必須確保這個危險的情況不再發生。

▷ Some people say that the American moon landing never **actually occurred**. 有些人說美國人登陸月球實際上從未發生。

▷ Earthquakes **occur frequently** in parts of Southeast Asia. 東南亞某些地區經常發生地震。

▷ Two explosions **occurred simultaneously** at 12:15 p.m. 中午 12:15 同時發生兩起爆炸。

occur	during A	在 A 期間發生
occur	after A	在 A 之後發生
occur	before A	在 A 之前發生

▷ The robbery **occurred during** the night. 這起搶案在夜間發生。

| **odd** /ɑd/ 英 /ɔd/ 形 奇怪的，奇數的

a little	odd	有點奇怪的
distinctly	odd	顯然很奇怪的

▷ "Nick's usually home by 8:00. He's still not back, and it's nearly ten now." "Mmm. That's **a little odd**." 「Nick 通常 8 點前到家。他還沒回來，現在快 10 點了。」「嗯。有點奇怪。」

odd or even		奇數或偶數的
odd and even		奇數和偶數的
★ 也可以說 even or [and] odd		

▷ Could you check this list of people we've invited to the dinner party? Are the numbers **odd or even**? 你可以查看我們邀請的晚宴來賓名單嗎？人數是奇數還是偶數？

it is odd	(that...)	…很奇怪

▷ "I've been calling Della on her mobile phone all day, but no reply." "Yes, **it's odd that** she doesn't answer." 「我一整天都在打給 Della 的手機，但她

都沒接。」「是啊，她不接很奇怪。」

| the odd thing is | that... | 奇怪的是… |

▷ "Did you hear that Lea is going to marry Brad?" "Yes, but the **odd thing is that** last week she told me she hated him!" 「你聽說 Lea 要跟 Brad 結婚了嗎？」「有，但奇怪的是上禮拜她才告訴我她討厭他！」

PHRASES
That's odd. ☺ 那很奇怪。

offense /əˋfɛns/ 名罪過，犯罪，違反；冒犯，侮辱；攻擊（★ 英 offence）

cause	offense	觸怒
give	offense	
take	offense	生氣
commit	an offense	犯罪
constitute	an offense	構成犯罪
convict	A with an offense	判 A 有罪

▷ I'm sorry, I didn't mean to be rude. Please don't **take offense**. 很抱歉，我不是故意無禮的。請不要生氣。
▷ If you **commit** a serious **offense**, you'll have to go to prison. 如果犯嚴重的罪就必須坐牢。
▷ Free speech **constitutes** an **offense** in certain parts of the world. 自由言論在世界上某些地方構成犯罪。

a first	offense	初犯
a second	offense	再犯
a minor	offense	輕微的犯罪
a serious	offense	重罪
a sexual	offense	性犯罪

▷ Parking your car in the wrong place is a **minor offense**. 車子停錯地方只是輕罪。
▷ Drunk driving is an extremely **serious offense**. 酒駕是非常嚴重的犯罪。

| it is an offense | to do | 做…是犯法行為 |

▷ In many countries, **it's** an **offense to** drop litter in the street. 在許多國家，在街上亂丟垃圾是犯法行為。

PHRASES
No offense. ☺ 我無意冒犯。

offer /ˋɔfə/ 英 /ˋɔːfə/ 名提議；出價

make	an offer	出價
consider	an offer	考慮出價
receive	an offer	收到出價
accept	an offer	接受出價
take (up)	an offer	
refuse	an offer	拒絕出價
decline	an offer	
turn down	an offer	
reject	an offer	回絕出價
withdraw	an offer	取消出價

▷ "I'm afraid $200,000 is too much for us to pay." "OK, then. **Make** an **offer**." 「我們付 20 萬美元恐怕太多了。」「那好。出個價吧。」
▷ They won't **accept** an **offer** of less than $150,000 for their house. 他們賣的房子不接受低於 15 萬美元的出價。
▷ They offered us $20,000 for our yacht, but now they've changed their minds and **withdrawn** their **offer**. 他們出價 2 萬美元要買我們的遊艇，但現在他們改變心意，取消了出價。

a generous	offer	大方的出價
a job	offer	提供工作的通知
a good	offer	條件很好的提議
a special	offer	特別優惠

▷ I think $50,000 is a **generous offer**. We won't get any more. We should take it. 我想 5 萬美元是個很大方的出價。我們不會得到更多了。我們應該接受。
▷ These toys are under **special offer**: 50% off. 這些玩具現在特別優惠 5 折。

office /ˋɔfɪs/ 名辦公室，辦事處；職務，公職

go to	the office	上班
leave	the office	下班
open	an office	開設辦事處
run for	office	競選公職
take	office	就任公職
come into	office	
be in	office	任職於公職
be out of	office	離開了公職

O

hold	office	
remain in	office	在任公職
leave	office	辭去公職

▷ We're thinking of **opening** an **office** in Shanghai. 我們正在考慮開設上海辦事處。

▷ The senator intends to **run for office** again next year. 這位參議員打算明年競選連任。

▷ The President **came into office** at a very difficult time. 總統在非常困難的時期就任。

▷ The Prime Minister has been **in office** for two years now. 首相現在已經在任兩年。

▷ The President is hoping to **hold office** for another 4 years. 總統希望能繼續在位四年。

▷ After the scandal, it was difficult for him to **remain in office**. 在醜聞之後,他很難繼續留任。

▷ When the Prime Minister **left office**, the country was in a better economic situation. 首相辭去職務時,國家的經濟狀況比較好。

the head	office	
the main	office	總公司
a regional	office	
a local	office	分公司
a branch	office	
public	office	公職

▷ The **head office** is moving to Osaka. 總公司將移往大阪。

oil /ɔɪl/ 名 石油;食用油;油

produce	oil	生產石油
drill for	oil	鑽油
add	the oil	添加油
heat	the oil	將油加熱

▷ Saudi Arabia **produces** a huge amount of **oil**. 沙烏地阿拉伯生產大量石油。

▷ **Drilling for oil** in the sea can cause severe pollution. 在海底鑽油可能造成嚴重污染。

▷ **Heat** the **oil** in a large frying pan. 用大的平底鍋將油加熱。

crude	oil	原油
heavy	oil	重油
light	oil	輕油
cooking	oil	食用油
salad	oil	沙拉油

vegetable	oil	植物油
an essential	oil	精油

▷ **Crude oil** is found naturally in the ground. You need to refine it to make petroleum. 原油是在天然狀態下在地底發現,需要精煉製成石油。

oil and water		油與水
★ 表示互不相容、不合的意思		

▷ Bob and Dave really don't get on with each other. They're like **oil and water**! Bob 和 Dave 真的處得不好。他們就像油跟水一樣!

old /old/ 形 年老的;…歲的;老舊的

grow	old	變老
look	old	看起來老

▷ During the past year, he seems suddenly to have **grown old**. 去年他似乎突然變老了。

a little	old	
a bit	old	有點老的
really	old	真的很老的
much	older	比…老得多的
slightly	older	比…稍微老的
★ much, slightly 與比較級連用		

▷ Granddad! You're 72! Don't you think it's **a little old** to climb Mount Fuji! 爺爺!你 72 歲了!你不覺得要爬富士山有點老嗎?

▷ Sally's husband is **much older** than I thought he would be. He must be over 50. Sally 的丈夫比我想像中老得多。他一定超過 50 歲了。

▷ I'd like to marry a man **slightly older** than me. Maybe 2 or 3 years older. 我想跟比我稍大的男人結婚。或許大兩三歲吧。

old enough	to do	年紀夠大而能做…的
too old	to do	年紀太大而不能做…的

▷ I'm not **old enough to** have a driving license yet. I have to wait 2 more years. 我年紀還不夠拿駕照。我得再等兩年。

how	old	幾歲;有多久的歷史

▷ **How old** is this Chinese vase? 這支中國花瓶有多久的歷史?

be ten years old	年紀 10 歲
ten-year-old	10 歲的

▷ I'm eighteen **years old**. 我 18 歲。

▷ A thirteen-**year-old** girl shouldn't be out late at night alone. 13 歲的女孩不應該深夜獨自外出。

open /ˈopən/ 動 開啟，打開；開店，開幕

slowly	open	慢慢打開
suddenly	open	突然打開
officially	open	正式開幕
formally	open	
newly	opened	新開幕
recently	opened	最近新開了
open	out	展開
open	up	開放

▷ Sarah woke up in hospital. She **slowly opened** her eyes and looked around. Sarah 在醫院醒來。她慢慢張開眼睛，並且環顧四周。

▷ The door **suddenly opened**, and the teacher appeared looking angry. 門突然打開，老師很生氣似地出現。

▷ The new supermarket **officially opened** yesterday. 新的超市昨天正式開幕。

▷ A new cake shop **recently opened** near our house. 一間新的蛋糕店最近在我們家附近開幕了。

▷ I knocked on the door of the shop, but it was after closing time, and they wouldn't **open up**. 我敲了店門，但已經過了關門時間，他們不開門。

open	＋日期時間	在⋯開啟

▷ Most stores **open at 9:30** in the morning. 大部份的店家上午 9:30 開店。

▷ Shops **open until 8 p.m.** on Saturday. 店家星期六開到晚上 8 點。

▷ The museum **opened in 1971**. 這間博物館 1971 年開館。

try to	open	試圖打開
be due to	open	預定開啟
plan to	open	計畫開啟

▷ I **tried to open** the door again, but it was impossible. 我試圖再次打開門，但是沒辦法。

▷ The new library is **due to open** in June. 新圖書館預定六月開館。

open /ˈopən/

形 打開的，開著的；公開中的，營業中的；坦率的

stay	open	保持開放
remain	open	
stand	open	一直保持開放

▷ I think the pharmacy **stays open** until 10 p.m. 我想那間藥局是開到晚上 10 點。

wide	open	大開的
half	open	半開的
slightly	open	微微打開的
always	open	總是開著的
now	open	現在公開中、營業中的

▷ Look, the baby's not asleep. Her eyes are **wide open**. 看，寶寶沒在睡。她的眼睛張得大大的。

▷ No wonder it's cold. Look! The window's **half open**! 難怪這麼冷。你看！窗戶半開著！

▷ That shop on the corner is **always open** until 10:00 at night. 街角那間店總是開到晚上 10 點。

▷ Our office is **now open** in the morning from 9:30 to 12:30, Monday to Friday. 我們的辦公室現在是週一到週五 9:30 到 12:30 營業。

open	to A	對 A 開放的
open	about A	對於 A 這件事坦率的
open	with A	對 A（人）坦率的

▷ These gardens are private. They're not **open to** the public. 這些花園是私人的。它們並不對大眾開放。

▷ I will be **open with** you **about** that matter. 關於那件事情，我會對你坦誠。

operate /ˈɑpəˌret/ 英 /ˈɔpəreit/

動 運作，操作；動手術

operate	effectively	有效運作
operate	independently	獨立運作
operate	properly	正常地運作
operate	successfully	成功地運作

▷ There's something wrong with this machine. It's not **operating effectively**. 這台機器有點問題。它沒辦法有效運作。

▷ I used to work for the police, but now I **operate independently** as a private investigator. 我以前當過警察，但我現在是獨立作業的私家偵探。

▷ He **operates successfully** as a financial consultant. 他當財務顧問當得很成功。

continue to	operate	繼續運作

▷ Our business may go bankrupt. I'm not sure how long we can **continue to operate**. 我們的事業可能會破產。我不確定我們還能繼續運作多久。

▷ We can no longer **continue to operate** this bus service. 我們無法再經營這項公車服務。

how to	operate	操作方法

▷ You'll need to learn **how to operate** these machines. 你必須學習如何操作這些機器。

own and operate		擁有並且經營

▷ She **owns and operates** her own company. 她擁有並且經營自己的公司。

operate	on A	在 A（人、部位）上動手術
operate	on A	靠著 A 運作
operate	at A	

▷ The surgeon **operated** successfully **on** his patient. 這名外科醫師成功地為他的患者動了手術。

▷ This car **operates on** electricity. 這輛車用電發動。

▷ Computers these days **operate at** incredibly high speed. 最近的電腦運算速度非常快。

operation /ˌɑpəˈreʃən/ 英 /ˌɑpəˈreɪʃən/

名 營運，運作，活動；軍事行動；手術

be in	operation	實施中，運作中
come into	operation	被實施
put A into	operation	實施 A
perform	an operation	
carry out	an operation	進行手術
do	an operation	
have	an operation	接受手術
undergo	an operation	

▷ A new train timetable will be **in operation** next month. 新的火車時刻表將從下個月開始實施。

▷ The new laws on sales tax **come into operation** at midnight. 新的銷售稅法從午夜開始實施。

▷ JR are going to **put** the first of their new bullet trains **into operation** next month. JR 將在下個月首次運行新的（新幹線）子彈列車。

▷ The doctors decided to **perform** an **operation** immediately. 醫師們決定立刻動手術。

▷ Bill has to go into hospital next week to **have** an **operation**. Bill 下週必須入院接受手術。

a successful	operation	成功的作戰
a military	operation	軍事行動
a business	operation	商業行動
a rescue	operation	救援行動
a relief	operation	援助行動
a major	operation	大手術
a knee	operation	膝蓋手術
a heart	operation	心臟手術

▷ We had to carry out a carefully planned **military operation**. 我們當時必須進行一項經過嚴密計畫的軍事活動。

▷ Jane had heart surgery yesterday. It was a **major operation**. Jane 昨天動了心臟手術。那是個大手術。

opinion /əˈpɪnjən/ 名 意見，見解；觀點；評價

have	an opinion	有意見
hold	an opinion	
form	an opinion	整理出意見
express	an opinion	表達意見
give	an opinion	
voice	an opinion	說出意見
ask for	A's opinion	尋求意見

▷ Do you think we should accept their offer? Peter, do you **have an opinion**? 你認為我們應該接受他們的提議嗎？Peter，你有什麼意見嗎？

▷ We don't have sufficient information yet to **form an opinion**. 我們得到的資訊還不足以給出個意見。

▷ Everybody has the right to **express** their **opinion**. 每個人都有權利表達自己的意見。

▷ Why don't you **voice** your **opinion** in the next meeting? 你何不在下次會議說出你的意見呢？

▷ I think we should **ask for** her **opinion** before we do anything. 我想我們應該在做任何事之前先問她的意見。

the general	opinion	一般的意見
popular	opinion	大眾共有的意見
public	opinion	輿論
a professional	opinion	專家的意見
expert	opinion	
a strong	opinion	強烈的意見
a personal	opinion	個人的意見

a good	opinion	好的評價
a high	opinion	
a poor	opinion	不好的評價
a low	opinion	

▷ The **general opinion** seems to be that we need better sports facilities. 一般的意見似乎是我們需要更好的運動設施。

▷ According to **popular opinion**, the Prime Minister should definitely resign. 根據大眾的意見，首相絕對應該請辭。

▷ She has very **strong opinions** on equality for women. 她對於女性平等的意見很強烈。

▷ Your teacher has a very **good opinion** of you. 你的老師對你的評價很好。

a matter	of opinion	各自意見上的問題
a difference	of opinion	意見不同
the climate	of opinion	輿論的動向

▷ That's a **matter of opinion**. 那是意見的問題。

▷ They had a **difference of opinion** two years ago and have never spoken to each other since. 他們兩年前意見不合，之後就再也沒說過話。

▷ The Government wanted to continue with nuclear power, but the **climate of opinion** was against them. 政府想要繼續使用核電，但輿論的動向反對他們。

opinion	on A	對 A 的意見
opinion	about A	
in	A's opinion	就 A 的意見來看

▷ What's your **opinion on** capital punishment? 你對死刑的看法是什麼？

▷ **In my opinion**, Jack is very stubborn. 就我來看，Jack 非常頑固。

the opinion	that...	…的意見

▷ Do you agree with the **opinion that** society is becoming more violent? 你認同社會越來越暴力的意見嗎？

opponent /əˈponənt/

名對手；反對者，敵人

a formidable	opponent	難對付的對手
a leading	opponent	主要的對手
the main	opponent	
a political	opponent	政敵

▷ "I'm not sure if Japan can beat Italy in the World Cup." "I agree. The Italians are **formidable opponents**." 「我不確定日本能不能在世界盃打敗義大利。」「我同意。義大利是強勁的對手。」

▷ The Prime Minister gave an excellent speech against his **political opponents**. 首相發表了精彩的演講來反擊他的政敵。

opportunity /ˌɑpəˈtjunətɪ/

英 /ˌɔpəˈtjuːniti/ 名機會

have	an opportunity	有機會
find	an opportunity	找到機會
get	an opportunity	得到機會
give	an opportunity	
offer	an opportunity	提供機會
provide	an opportunity	
seize	an opportunity	抓住機會
grasp	an opportunity	
take	an opportunity	利用機會
miss	an opportunity	錯失機會
lose	an opportunity	

▷ I never **had** an **opportunity** to work abroad. 我從來沒有到海外工作的機會。

▷ I'm hoping to **get** an **opportunity** to study in the USA. 我希望得到美國留學的機會。

▷ Studying abroad in Canada for 6 months **gave** me an **opportunity** to improve my English. 在加拿大留學 6 個月，給了我讓英語進步的機會。

▷ My job **offers** an **opportunity** to travel regularly to the USA. 我的工作給了我定期到美國的機會。

▷ I'd like to **take** this **opportunity** to thank everybody for their kind help. 我想藉這個機會感謝每個人親切的幫助。

▷ I don't want to **miss** an **opportunity** to go to Korea! 我不想錯失去韓國的機會！

an opportunity	exists	有機會
an opportunity	arises	機會出現
an opportunity	comes up	

▷ An **opportunity exists** for you to work in the USA. 有個可以讓你在美國工作的機會。

▷ There are no more internships abroad available at the moment, but we'll let you know if an **opportunity arises**. 現在已經沒有海外實習職位了，但如果有機會我們會通知您。

ample	opportunity	充分的機會
a great	opportunity	
an excellent	opportunity	絕佳的機會
a golden	opportunity	
the perfect	opportunity	
a good	opportunity	好機會
a unique	opportunity	獨特的機會
a missed	opportunity	錯失的機會
equal	opportunity	平等的機會
educational	opportunity	教育機會
a business	opportunity	商機
an investment	opportunity	投資機會
a photo	opportunity	拍攝照片的機會
an employment	opportunity	
a job	opportunity	工作機會
a career	opportunity	

▷ We've given that student **ample opportunity** to improve, but he never gets any better. 我們給了那位學生足夠的機會改進，但他從來都沒改進。

▷ She's going to spend a year doing research at a university in Canada. It's a **great opportunity**! 她會花一年時間在加拿大的大學做研究。那是個很棒的機會！

▷ It's a **unique opportunity**. Don't let it go. 這是很特別的機會。別讓它溜走。

▷ Our company believes in **equal opportunity** for men and women. 我們公司相信男女應該機會均等。

an opportunity	for A	得到 A 的機會

▷ My boss told me today that there was an **opportunity for** promotion. 我老闆今天告訴我，說有升職的機會。

an opportunity	to do	去做⋯的機會

▷ Dave never misses an **opportunity to** tell a joke. Unfortunately none of them are very funny! Dave 從不錯過任何一個講笑話的機會，可惜的是，他沒有一個笑話是好笑的。

at every	opportunity	在任何機會
at the earliest	opportunity	盡早
at the first	opportunity	

▷ That man was so rude. He kept interrupting the meeting **at every opportunity**. 那個男的很沒禮貌。他一逮到機會就打斷會議。

▷ We should reply to this letter **at the earliest opportunity**. 我們應該盡早回覆這封信。

▌oppose /əˋpoz/ 動反對；抵抗

bitterly	oppose	激烈反對
vehemently	oppose	
strongly	oppose	強烈反對
diametrically	oppose	徹底相反
consistently	oppose	一貫反對

▷ I **strongly oppose** any changes to the present voting system. 我強烈反對對於現行投票制度的任何改變。

▷ In politics, he's far left, and I'm far right. Our views **diametrically oppose** each other. 在政治上他是極左，而我是極右。我們的看法徹底相反。

▌opposed /əˋpozd/ 形反對的

strongly	opposed	強烈反對的
totally	opposed	完全反對的
diametrically	opposed	立場徹底相反的

▷ Our boss is **totally opposed** to changing the overtime system. 我們老闆完全反對改變加班制度。

be opposed to A	反對 A

▷ 90% of the public are **opposed to** cuts in the health service. 90% 的民眾反對醫療方面的刪減。

▌opposition /ˌɑpəˋzɪʃən/ 英 /ˌɔpəˋzɪʃən/

名反對，對立；（the opposition）敵隊；反對黨

express	one's opposition	表達反對
face	opposition	面臨反對
meet	opposition	
arouse	opposition	引起反對

▷ I think we should hold a demonstration to **express** our **opposition** to the new motorway. 我想我們應該舉行示威遊行來表示我們對新高速道路的反對。

▷ If the government raises the sales tax again, it will **face** strong **opposition**. 如果政府要再度增加銷售稅，會面臨強烈的反對。

▷ If we tell anybody now, it will only **arouse opposition**. 如果我們現在告訴任何人，只會引起反對。

considerable	opposition	相當大的反對
fierce	opposition	激烈的反對
strong	opposition	強烈的反對
stiff	opposition	
political	opposition	政治的反對勢力
public	opposition	一般民眾的反對

▷ President Obama became President of the USA despite **strong opposition** from the Republican Party. 儘管遭遇共和黨的強烈反對，歐巴馬仍然成為了美國總統。

▷ The Prime Minister finally had to resign because of the great amount of **political opposition** to his policies. 首相因為政治上對他的政策的強大反對勢力，終於被迫辭職。

opposition	from A	來自 A 的反對
opposition	to A	對 A 的反對

▷ If we increase the tax on gasoline, there will be a lot of **opposition from** the public. 如果我們增加汽油稅，會遭到大眾強烈的反彈。

order /ˈɔrdɚ/

名 命令；秩序；順序；訂購，點餐

give	an order	下令
issue	an order	
obey	orders	遵守命令
follow	orders	
disobey	orders	不遵守命令
take	orders	聽從指揮
place	an order	訂購
make	an order	
receive	an order	接到訂單
take	A's order	接受 A 的訂單
maintain	order	維持秩序
restore	order	恢復秩序

▷ I don't like my boss. He's very strict. He **gives** us **orders** all the time. 我不喜歡我的上司。他很嚴格。他總是對我們下命令。

▷ If you're in the army, you can't refuse to **obey orders**! 如果你在軍隊裡，就不能拒絕遵守命令！

▷ I'm not going to **place** any more **orders** with that store. They never deliver on time. 我不會再跟那間店訂東西了。他們從不準時送達。

▷ May I **take** your **order**, ma'am? 可以點餐了嗎，女士？

▷ It took several hours before the police could **restore order**. 花了幾個小時，警方才得以恢復秩序。

alphabetical	order	字母順序
numerical	order	數字順序
reverse	order	反過來的順序
chronological	order	年代順序
economic	order	經濟秩序
social	order	社會秩序
the established	order	既有秩序
the existing	order	
public	order	公共秩序
mail	order	郵購
a purchase	order	訂單

▷ This list should be in **alphabetical order**: A, B, C, etc... 這個列表應該要用字母順序：A、B、C…

▷ It is the duty of the police to prevent violence and keep **public order**. 預防暴力並保持公共秩序是警察的職責。

in	order	按照順序；整齊；情況良好
out of	order	順序亂掉；故障
on	order	訂購中的
an order	for A	訂 A 的訂單

▷ These files have got mixed up. Could you put them **in order**? 這些檔案混在一起了。你可以排好順序嗎？

▷ These files are **out of order**. 這些檔案的順序亂了。

▷ This vending machine doesn't work. It's **out of order**. 這台自動販賣機不會動。它故障了。

▷ We've just received an **order for** 25 of our new eco-cars. 我們剛獲得 25 台新款環保車的訂單。

in	order of A	照 A 的順序

★ A 是 frequency, importance, priority 等

▷ I have listed complaints from the customers **in order of frequency**. 我照頻率列出了顧客的投訴。

▷ There are four things that you need to do **in order of importance**. 有四件你要按照重要順序做的事。

organization /ˌɔrgənə`zeʃən/

名 組織；編制；團體（★ 英 organisation）

found	an organization	建立組織
set up	an organization	
run	an organization	經營組織
join	an organization	加入組織
strengthen	an organization	強化組織

▷ She **runs** an **organization** that helps homeless people. 她經營一個幫助遊民的組織。
▷ We need to attract more members to **strengthen** our **organization**. 我們需要吸引更多成員來強化我們的組織。

a large	organization	大組織
an international	organization	國際組織
a national	organization	全國性組織
a business	organization	企業組織
a political	organization	政治團體
a voluntary	organization	志工團體
a nonprofit	organization	非營利團體

▷ There's an **international organization** in our town that promotes cultural exchange between foreign countries. 我們市內有促進外國間文化交流的國際組織。
▷ I want to work for a **business organization**. 我想在企業組織工作。

organized /`ɔrgənˌaɪzd/ 形 有組織的；安排好的，有條理的（★ 英 organised）

highly	organized	非常有組織的
well	organized	很有組織的

▷ There was recently a **highly organized** demonstration against nuclear energy. 最近有非常有組織的反核示威遊行。
▷ The sports events were **well organized**. 那些體育活動辦得很好。

origin /`ɔrədʒɪn/

名 起源，由來，原因；出身

have	its origin(s)	有起源
trace	the origin	追溯起源

owe	its origin	源於某處

▷ The French language **has** its **origins** in Latin. 法語起源於拉丁語。
▷ Many people in the African village suddenly became very sick. Finally doctors **traced** the **origin** of the problem back to a polluted well water. 這個非洲的村落有許多人突然生了重病。最後醫師將問題追溯至受污染的井水。

common	origin	共通的起源
unknown	origin	未知的起源
ethnic	origin	民族的出身
social	origin	社會出身
humble	origins	卑微的出身

▷ The radio signal we received coming from space is of **unknown origin**. 我們收到的太空電波訊號來自未知的源頭。
▷ Even today, people of **ethnic origin** often suffer discrimination. 即使在今日，少數民族出身的人也經常受到歧視。

the country of	origin	原產國
the place of	origin	原產地

▷ This vase seems to be Japanese, but actually its **country of origin** is China. 這支花瓶看起來是日本的，但其實原產國是中國。

of...	origin	源於…的

▷ Pheasants are birds **of** Asian **origin**. 雉是源於亞洲的鳥類。

original /ə`rɪdʒənl/ 形 最初的；原創的

highly	original	很有原創性的

▷ Pablo Picasso produced some **highly original** paintings. 畢卡索創作了一些非常有原創性的畫。

outcome /`aʊtˌkʌm/ 名 結果，結局

predict	the outcome	預測結果
affect	the outcome	影響結果
influence	the outcome	
determine	the outcome	決定結果

▷ At the moment it's impossible to **predict** the **outcome**. 目前還無法預測結果。

▷One of our players was sent off 20 minutes before the end of the match, but luckily it didn't **affect** the **outcome**. 我們有位球員在比賽結束前 20 分鐘被判離場，幸好並沒有影響結果。

the likely	outcome	很有可能的結果
a possible	outcome	可能的結果
a satisfactory	outcome	令人滿意的結果
a successful	outcome	成功的結果
the final	outcome	最後的結果
★ the likely outcome 發生的可能性比 possible outcome 高		

▷If we raise the price of our lunchboxes, the most **likely outcome** is that we will sell fewer and lose money. 如果我們把便當漲價，最有可能的結果是會賣得比較少，並且虧錢。

outline /ˈaʊtˌlaɪn/ 图 概要，概略；輪廓，略圖

give	an outline	敘述概要
provide	an outline	
draw	the outline	描繪輪廓
trace	the outline	勾勒輪廓
see	the outline	看見輪廓

▷This handout will **give** you an **outline** of the main points of my presentation. 這份講義會提供你關於我報告要點的概要。

▷She **drew** the **outline** of the main Japanese islands on a piece of paper. 她在一張紙上畫出日本主要島嶼的輪廓。

▷It's very misty, but in this photo you can just **see** the **outline** of Mount Fuji. 霧很濃，但在這張照片可以看到富士山的輪廓。

the bare	outline	只有輪廓，大略的輪廓
a brief	outline	簡單的概略
a rough	outline	
a broad	outline	大致的輪廓
a general	outline	
a vague	outline	模糊的輪廓
a dim	outline	

▷She drew a **rough outline** of the coastline of Japan on the whiteboard. 她在白板上畫了日本海岸線的簡單輪廓。

▷I can only give you a **broad outline** of the project at the moment. I'll give you the details later. 我目前只能給你這個計畫大概的輪廓。我之後會給你細節。

in	outline	大略；在輪廓上

▷Those, **in outline**, are my ideas for improving sales figures. 這些大致上就是我對於提升銷售數字的想法。

oven /ˈʌvən/ 图 烤箱，烤爐

preheat	the oven	預熱烤箱

▷**Preheat** the **oven** *to* 150 ℃. 將烤箱預熱到150度。

in	the oven	在烤箱裡

▷Bake **in** the **oven** about 30 minutes. 在烤箱裡烤大約30分鐘。

a gas	oven	瓦斯烤爐
a microwave	oven	微波爐

overcome /ˌovəˈkʌm/ 動 克服，度過；（be overcome）被壓倒，因為什麼而受不了

easily	overcome	輕易地克服
eventually	overcome	最終克服
finally	overcome	

▷No problem. These are difficulties that we can **easily overcome**. 沒問題。這些困難是我們很容易克服的。

▷We've had a lot of problems, but we've **finally overcome** them. 我們遭遇過許多問題，但最後解決了。

be overcome	by A	因為 A（煙等）而受不了
be overcome	with A	充滿 A（感情）而難以承受

▷When they entered the building, two or three firefighters were **overcome by** smoke. 當他們進入大樓後，有兩三名消防員被煙嗆昏。

▷When she won the Olympic Gold Medal, she was **overcome with** emotion. 她贏得奧運金牌時心情非常激動。

O

owe /o/ 動 欠債，欠人情；歸功

owe	much to A	欠 A 很多
owe	a great deal to A	

▷ I **owe a great deal** to my professor at university.
我真的欠大學教授很多恩情。

owe	A B	欠 A（人）B（錢）；
owe B	to A	欠 A（人）B（感謝、道歉等）
owe B	to A	（應該）將 B 歸功於 A

▷ Bill **owes** me twenty pounds.　Bill 欠我 20 英鎊。

▷ I think you **owe** her an apology. 我想你欠她一個
道歉。

▷ He **owes** money **to** the bank. 他欠銀行錢。

▷ I **owe** my success **to** my family and friends. 我的
成功要歸功於家人和朋友。

PHRASES⟩

How much do I owe you? ☺ 我欠你多少錢？

I owe you one. ☺ 我欠你一次；我欠你一個人情。

O

P

pace /pes/ 图步調，速度；一步，步伐

increase	one's pace	
quicken	one's pace	加快步調
step up	the pace	
gather	pace	加速
slow	one's pace	減慢步調
slacken	one's pace	
set	the pace	定下步調（讓別人追趕），領頭
keep	pace	跟上
keep up	the pace	保持步調
take	a pace	移動一步
step back	a pace	後退一步

▷ She could hear footsteps coming up behind her, so she **increased** her **pace**. 她聽到腳步聲從背後跟上來，所以她加快了步伐。

▷ The marathon runner tried to **quicken** his **pace**, but he was too tired. 那名馬拉松跑者努力加快步伐，但是他太累了。

▷ Support for the President is beginning to **gather pace**. 總統的支持度開始加速上升。

▷ Our company is **setting** the **pace** for selling eco-cars. 我們公司是環保車銷售的領導者。

▷ Computer technology is developing so fast these days. I can't **keep pace** *with* all the changes. 電腦科技最近發展得很快，我無法跟上所有的改變。

▷ **Keep up** the **pace**! Don't slow down! Our university can win this race! 保持速度！不要慢下來！我們大學可以贏得這場比賽！

▷ The dog growled at her, and she **took a pace** back. 那隻狗對她低吼，她退後了一步。

▷ Don't make a quick decision. **Step back a pace** and think a little more about it. 不要太快下決定。退一步再多想一下。

a brisk	pace	輕快的步調
a fast	pace	快速的步調
a rapid	pace	
a leisurely	pace	從容不迫的步調
a slow	pace	緩慢的步調
a moderate	pace	中等的步調
a steady	pace	穩定的步調
★ 經常以at a ... pace 的形式使用		

▷ Take it easy! We can walk *at* a more **leisurely pace**! 放輕鬆！我們可以走得更從容！

▷ If we continue *at* this **steady pace**, we'll be home before dark. 如果我們繼續保持這個速度，就會在天黑前到家。

at	one's own pace	用自己的步調

▷ I like to work **at** my **own pace**. 我喜歡用自己的步調工作。

the pace	of A	A 的步調
★ A 是 life, change, development 等		

▷ These days the **pace of** life is so fast! 最近的生活步調真快！

pack /pæk/ 图 一包，一盒；背包；一群

lead	the pack	領導狗、狼群；在群體中領先

▷ It's always the strongest dog that **leads** the **pack**. 領導狗群的總是最強的狗。

the pack	contains	套裝組裡面有…
the pack	includes	

▷ This **pack contains** everything you need in case of medical emergencies. 這個全套包裡面有萬一發生緊急醫療狀況時所需的一切物品。

a pack of	A	一包、一盒 A；一群 A
★ A 是 cards, cigarettes 或 hounds, wolves 等		

▷ He went out to buy a **pack of cigarettes**. 他出去買一包香菸。

pack /pæk/ 動打包；擠進，裝入

pack	away	收拾好
pack	up	打包行李
densely	packed	擠得很滿的
tightly	packed	

▷ Your bedroom is really untidy. Can you **pack** your clothes **away** somewhere? 你的寢室真的很亂。你可以找個地方收拾好衣服嗎？

▷ The square was **densely packed** with protesters against the government. 廣場上擠滿了抗議政府的群眾。

▷ We'll never get through this crowd. It's really **tightly packed**. 我們沒辦法穿越人群的。真的擠滿了人。

P

pack	A in B	
pack	A into B	把 A 擠進 B
pack	into A	擠進 A
be packed	with A	擠滿了 A

▷I can't **pack** any more things **into** this suitcase. There's no room. 我沒辦法再塞東西到行李箱裡了。沒有空間了。

▷I hate traveling during the rush hour. Everybody **packs into** the train. 我討厭在尖峰時段搭交通工具移動。大家都擠在列車上。

▷The bus was **packed with** commuters. 那台公車擠滿了通勤者。

pack	A B	
pack B	for A	幫 A（人）打包好 B

▷Can you **pack** my suitcase **for** me? 你可以幫我打包好行李箱嗎？

package /ˈpækɪdʒ/

名包裝，包裹；包裝箱；套裝方案

send	a package	寄包裹
deliver	a package	遞送包裹
receive	a package	收到包裹

▷The postman has just **delivered** a big **package** for you. 郵差剛送來你的大包裹。

a package	of A	一包 A；A（政策等）的套裝方案

▷We need to get two or three **packages of** sugar from the supermarket. 我們需要去超市買兩三包的砂糖。

▷The government has just announced a new **package of** economic reform. 政府剛宣布了新的經濟改革方案。

an aid	package	
a rescue	package	援助方案
a training	package	訓練方案

page /pedʒ/ 名頁

turn	a page	翻頁
flip through	the pages	
flick through	the pages	快速翻過許多頁
see	page 20	
turn to	page 20	參閱第 20 頁

▷Jim wasn't listening. He just **turned** the **page** of his book and continued to read. Jim 沒在聽。他只是翻書並且繼續讀。

▷She didn't look at the book carefully. She just **flipped through** the **pages**. 她沒有仔細看著書。她只是快速翻過。

▷If you want more information on robots, **see page** 20 of your textbooks. 如果你們想要更多關於機器人的資訊，請看課本第 20 頁。（★ pp. 15-20〔15-20 頁〕則是讀成 pages fifteen to twenty）

the front	page	（報紙的）頭版
the opposite	page	（某一頁左邊或右邊的）
the facing	page	對頁
the following	page	下一頁
the previous	page	上一頁
the sports	page	體育版
a Web	page	網頁

▷The news about the royal wedding was so important that it was on the **front page** of every newspaper. 關於皇室婚禮的新聞很重要，所以刊登在各報頭版。

▷You can find instructions on how to cook pasta on the **following page**. 你可以在下一頁找到煮義大利麵的方法。

▷Please look at the graph on the **previous page**. 請看上一頁的圖表。

at the top	of the page	在頁面頂部
at the bottom	of the page	在頁面底部
on	page 20	在第 20 頁
to	page 35	
英 at	page 35	（翻）到第 35 頁
from	page 5	從第 5 頁開始

▷Please look at paragraph one **at the top of the page**. 請看這一頁上面的第一段。

▷There's an interesting photograph **on page** 20. 第 20 頁有一張有趣的照片。

▷Open your textbook **to page** 35. 翻到課本第 35 頁。

▷Please continue to read **from page** 5. 請從第 5 頁繼續讀。

pain /pen/ 名疼痛，痛苦

be in	pain	
have	(a) pain	疼痛
feel	pain	覺得痛

P

cause	pain	引起疼痛
inflict	pain	使遭受疼痛
ease	(the) pain	減輕疼痛
relieve	(the) pain	
kill	(the) pain	止痛
endure	(the) pain	忍痛

▷ Bill had terrible toothache. He was **in** a lot of **pain**. Bill 牙痛得厲害，他非常痛苦。

▷ I **have** a **pain** in my chest, doctor. 醫生，我的胸口痛。

▷ Please tell me if you **feel** any **pain**. 如果覺得痛請告訴我。

▷ Sometimes strong light **causes pain** in my eye. 有時候強光會讓我眼睛痛。

▷ If you take this medicine, it should **ease** the **pain**. 如果你吃這種藥，應該會減輕疼痛。

▷ He took some tablets to **kill** the **pain**. 他吃了一些止痛藥片。

(a) severe	pain	嚴重的痛
(a) terrible	pain	
a searing	pain	劇烈的痛
(an) acute	pain	
unbearable	pain	難以忍受的痛
a sharp	pain	刺痛
(a) dull	pain	鈍痛
constant	pain	持續的痛
physical	pain	肉體的痛苦
(a) real	pain	真正的痛；很讓人心煩的事物
abdominal	pain	腹痛
stomach	pain	胃痛
back	pain	背痛，腰痛
chest	pain	胸部痛

▷ He felt a **severe pain** in the neck. 他感覺頸部非常痛。

▷ She's in **terrible pain**. We have to get her to hospital. 她痛得厲害。我們必須送她去醫院。

▷ He felt a **sharp pain** in his leg. 他覺得腿部有刺痛感。

▷ My grandmother is very ill. She's in **constant pain**. 我祖母病得很嚴重。她一直持續疼痛。

▷ I've been lucky all my life. I've never suffered any **real pain**. 我這一生都很幸運。我從來沒遭受過真正的痛苦。

a pain	in A	A 部位的痛

in	pain	痛苦地
with	pain	

▷ She was complaining of a **pain in** her **stomach**. 她說自己胃痛。

▷ He was hurt so badly that he was screaming **with pain**. 他受重傷而痛苦地叫著。

aches and pains	各種疼痛
pain and suffering	痛苦

▷ When you get older, you start suffering from all kinds of **aches and pains**! 等你上了年紀，就會開始有各種疼痛！

painful /ˈpenfəl/ 彤 痛苦的，艱苦的；疼痛的

extremely	painful	非常痛的
terribly	painful	
unbearably	painful	痛得令人難受的

▷ The joint becomes red, swollen and **extremely painful**. 關節變得紅腫，而且非常疼痛。

long and painful	漫長而痛苦的

▷ My uncle suffered for a long time with a **long and painful** illness. 我叔叔長時間患有漫長而痛苦的疾病。

it is painful for A (to do)	要 A 做…很痛苦

▷ **It's painful for** me **to** tell you this, but I think you should start looking for a new job. 我覺得告訴你這件事很痛苦，但我想你應該開始找新工作了。

paint /pent/

名 油漆，塗料；（常用 paints）顏料

apply	paint	塗油漆
spray	paint	噴漆

▷ Joe **applied paint** *to* the wall. Joe 在牆上刷油漆。（★ 如果是「噴漆在牆上」，就是 spray paint *on* the wall）

▷ Look! Somebody's **sprayed paint** on my car! 你看！有人在我的車上噴漆！

paint	flakes off	油漆剝落
paint	peels off	

▷ The outside of the house looks terrible. Most of the paint has **peeled off**. 房子的外面看起來很糟。

大部分的油漆剝落了。

a can of	paint	一罐油漆
a coat of	paint	一層油漆

▷ We need to get another **can of paint**. 我們需要再買一罐油漆。

▷ The front door is really dirty. We should give it a new **coat of paint**. 前門真的很髒。我們應該上一層新的油漆。

pale /pel/ 形 蒼白的；顏色淡的

look	pale	看起來蒼白
turn	pale	變得蒼白
go	pale	

▷ You're **looking pale** today. Do you feel ill? 你今天看起來很蒼白。你不舒服嗎？

▷ The boy's complexion **turned pale**. 那男孩的臉色變得蒼白。

palm /pam/ 形 手掌

place	one's **palms**	把手掌放在某處
press	one's **palm**	用手掌壓
read	A's **palm**	看手相

▷ I closed my eyes and **placed** my **palms** together in prayer. 我閉上眼睛，雙手合十禱告。

▷ Sarah **pressed** the **palms** of her hands to her cheeks. Sarah 用手掌壓自己的雙頰。

▷ Look! That lady's a fortune teller! Why don't you ask her to **read** your **palm**? 你看！那個女的是算命師！你何不請她看手相呢？

paper /ˈpepɚ/ 名 紙；報紙；論文；（papers）文件；英 試卷，答案卷

deliver	papers	送報紙
sign	the papers	簽署文件
present	a paper	口頭報告論文
英 mark	the papers	改考卷

▷ When I was a schoolboy, I had a part-time job **delivering papers**. 我學生時期打過送報紙的工。

▷ Our teacher is very busy this week **marking** the **papers**. 我們老師這禮拜忙著改考卷。（★ 也可以說 mark exam papers）

▷ We've just bought a new house. We're going to **sign** the **papers** tomorrow morning. 我們剛買了新房子。我們明天早上要簽文件。

a daily	paper	日報
a morning	paper	早報
an evening	paper	晚報
a Sunday	paper	週日報
a quality	paper	內容品質好的報紙
a local	paper	地方報
a national	paper	全國性的報紙
today's	paper	今天的報紙
recycled	paper	再生紙
wrapping	paper	包裝紙
writing	paper	信紙
toilet	paper	廁所用的衛生紙
an exam	paper	測驗卷

▷ *The Times* is a well-known British **national paper**. 泰晤士報是英國有名的全國性報紙。

▷ I try to use **recycled paper** whenever I can. 我盡可能隨時使用再生紙。

a piece	of paper	一張紙
a sheet	of paper	

▷ Could I have a **piece of paper**? 我可以要一張紙嗎？

a paper	on A	關於 A 的論文
in	the paper	在報紙上
on	paper	以書面形式；在理論上

▷ I read about it **in** the **paper** this morning. 我今天早上在報紙讀到那件事。

▷ Think twice before you put your thoughts **on paper**. 寫下你的想法之前要再三考慮。

paragraph /ˈpærəˌgræf/
英 /ˈpærəˌɡrɑːf/ 名 段，段落

a new	paragraph	新的段落
the following	paragraph	下一段
the previous	paragraph	上一段
the preceding	paragraph	
the final	paragraph	最後一段

▷ Your essay's quite good, but you need to begin a **new paragraph** here. 你的短文寫得不錯，但你需要在這裡重起一段。

▷The answer to the question isn't in this paragraph. It's in the **previous paragraph**. 問題的答案不在這一段，在上一段。

▌parent /ˈpɛrənt/ 名 父親或母親

natural	parents	親生父母
birth	parents	
adoptive	parents	養父母
foster	parents	寄養父母
a single	parent	單親家庭裡的父或母
英 a lone	parent	
an absent	parent	在家中缺席的父或母
an elderly	parent	上了年紀的父或母

▷Bringing up a child can be so difficult if you're a **single parent**. 如果你是單親家庭的父或母，養育小孩可能很困難。

▷Pam is finding it more and more difficult to look after her **elderly parents**. Pam 覺得越來越難照顧上了年紀的父母。

▌park /park/

名 公園，遊樂園；園區；球場；停車場

a national	park	國家公園
an amusement	park	遊樂園
a theme	park	主題樂園
an industrial	park	工業園區

★ 公園名稱如 Central Park（〔紐約〕中央公園）、Hyde Park（〔倫敦〕海德公園）前面不加 the

▷Many beautiful areas in England have been made into **national parks**. 英格蘭許多美麗的地區已經被劃定為國家公園。

in	the park	在公園裡

▷At lunchtime I like to walk **in** the **park**. 午餐時間我喜歡在公園散步。

▌part /part/ 名 部分，一部分；零件；職責，作用；（戲劇的）角色；（書本等的）部，篇

play	a part	扮演角色；產生影響
take	a part	接演角色
form	part	構成一部分

▷Sport **plays** an important **part** in his life. 運動在他的生命裡扮演重要的角色。

▷Peter **played** the **part** of Hamlet in the school play. Peter 在學校話劇裡扮演哈姆雷特的角色。

▷Results from a recent Government survey **formed** a large **part** of her lecture. 最近政府的調查結果成為她演說內容的一大部分。

a large	part	大的部分
the greater	part	
a major	part	主要的部分
a substantial	part	相當大的部分
a small	part	小的部分
an important	part	重要的部分
an essential	part	不可或缺的部分
a vital	part	
an integral	part	
the best	part	最好的部分
the worst	part	最差的部分
the early	part	開頭的部分
the latter	part	後半的部分
the first	part	最初的部分
the last	part	最後的部分
the upper	part	上面的部分
the lower	part	下面的部分
the eastern	part	東邊的部分
a major	part	重大的角色
a big	part	
an important	part	重要的角色
an active	part	積極的角色

▷A **large part** of the money was given to charity. 這筆錢大部分都給了慈善機構。

▷A **major part** of this thesis has been copied from the Internet. 這份論文一個主要的部分是從網路上抄來的。

▷A **substantial part** of our success was due to your efforts. 我們的成功有很大一部分是因為你的努力。

▷Field work is an **integral part** of this course. It's not just theory. 田野調查是這門課不可或缺的部分。不是只有理論而已。

▷The **early part** of the movie was rather boring, but it got better after a while. 這部電影一開始挺無聊的，但過了一會兒就漸入佳境。

▷The **upper part** of the building was destroyed by fire. 這棟建築物的上半部被燒毀了。

▷The **eastern part** of the island was hit badly by

an earthquake. 這座島嶼的東部遭受嚴重的地震。

(a) part	of A	A 的一部分
in	part	部分地，在某種程度上
in	parts	成許多部分

▷ I think **part of** my tooth has broken off. 我想我的牙齒缺了一角。

▷ I agree **in part** with what you say. 我部分同意你所說的。

participate /pɑrˋtɪsəˌpet/ 動 參加，參與

participate	fully	完全投入參與
participate	actively	積極參與

▷ Your daughter is very popular, Mrs. Taylor. She **participates actively** in many of our clubs. 你的女兒非常受歡迎，Taylor 女士。她很積極參與我們許多社團。

participate	in A	參與 A

▷ William doesn't seem to **participate in** class very much. William 似乎不怎麼投入課程。

the opportunity	to participate	參加的機會

▷ It would be great if we got the **opportunity to participate** in the World Cup again next year. 要是我們得到明年再度參加世界盃的資格就好了。

be invited to	participate	受邀參加
refuse to	participate	拒絕參加

▷ We've been **invited to participate** in the final stages of the cheerleading contest! 我們已經受邀參加啦啦隊比賽的決賽階段！

▷ Kumiko **refused to participate** in the English Speaking Contest. 久美子拒絕參加英語演講比賽。

particular /pəˋtɪkjələ-/

形 特殊的；獨特的；特定的，正是某個的

this	particular A	正是這個 A
that	particular A	正是那個 A

▷ **This particular** essay is one of the best I have ever read. 這篇短文正是我讀過最好的文章之一。

party /ˋpɑrtɪ/ 名 派對；黨，政黨

have	a party	
give	a party	
hold	a party	開派對
throw	a party	
attend	a party	出席派對
form	a party	組黨
join	a party	入黨
leave	a party	退黨

▷ We're **giving** a **party** next weekend. Would you like to come? 我們下週末要開派對。你想來嗎？

▷ We're going to **attend** a **party** in London next week. 我們下週會出席倫敦的一場派對。

a birthday	party	生日派對
a Christmas	party	聖誕派對
an engagement	party	訂婚派對
a surprise	party	驚喜派對
a dinner	party	晚宴
a farewell	party	送別會
a garden	party	花園派對
a political	party	政黨
the main	party	
the major	party	主要政黨，大黨
the ruling	party	執政黨
the opposition	party	反對黨，在野黨

▷ Which **political party** do you support? 你支持哪個政黨？

▷ The Green party isn't really one of the **main parties** in our country yet. 綠黨在我國還不是主要政黨之一。

▷ The **ruling party** is making many changes in the law. 執政黨正在對法律做許多改變。

pass /pæs/ 英 /pɑ:s/ 名 通行證，入場券；傳球

a free	pass	免費入場券
a three-day	pass	三日乘車券
a bus	pass	公車的通勤票
a boarding	pass	登機證

pass /pæs/ 英 /pɑ:s/ 動 通過；（時間）過去；（法案等）通過；傳遞，傳球

pass	quickly	快速通過

pass	unanimously	全體一致通過

▷The day **passed quickly**. 那一天很快過去了。

let A	pass	不追究 A，不對 A 有異議

▷I'm not entirely happy with this, but I'll **let** it **pass**. 我對這不完全滿意，但我會接受。

pass	A B	把 B 傳給 A
pass B	to A	

▷Could you **pass** me the salt, please? 可以請你把鹽遞給我嗎？

▷Giggs **passes** the ball **to** Rooney, and Rooney scores! GOOOOOAAAAAL!!! Giggs 把球傳給 Rooney，Rooney 得分！進門啦！（★實況轉播）

PHRASES

I'll pass (this time). ☺（這次）我不跟。▷"Would you like another drink?" "No, thanks. I'll pass this time." 「你想再來一杯嗎？」「不，謝了。我不再喝了。」

passenger /ˈpæsndʒɚ/ 名 乘客

pick up	passengers	接起乘客
carry	passengers	載著乘客
drop (off)	passengers	讓乘客下車

▷The bus was completely full, so it couldn't stop to **pick up** any more **passengers**. 這台公車完全客滿了，所以不能停靠再讓任何乘客上車。

▷This bus can **carry** up to 42 **passengers**. 這台公車最多可以載 42 名乘客。

▷The coach driver will **drop passengers off** near their homes. 長程巴士駕駛會讓乘客在家附近下車。

airline	passengers	飛機乘客
first class	passengers	頭等艙乘客
business class	passengers	商務艙乘客
bus	passengers	公車乘客
rail	passengers	火車乘客
a fellow	passengers	一起乘坐的乘客

▷I had a really interesting conversation with a **fellow passenger** on the plane back to New York. 我在回紐約的飛機上，和坐在一起的乘客聊得很有趣。

passengers and crew	乘客與空勤人員或船員

▷Both **passengers and crew** put on their seat belts when the plane was hit by a storm. 飛機遇到暴風雨時，乘客和空勤人員都繫上了安全帶。

passport /ˈpæsˌpɔrt/ 英 /ˈpɑːsˌpɔːt/

名 護照

apply for	a passport	申請護照
renew	a passport	更新護照
issue	a passport	發行護照
get	a passport	取得護照
obtain	a passport	
carry	a passport	
have	a passport	帶著護照
hold	a passport	
check	a passport	查看護照
stamp	A's passport	在護照上蓋章

▷I need to **apply for** a new **passport**. 我需要申請新的護照。

▷We don't know who he is. He doesn't **carry** a **passport** or a driver's license. 我們不知道他是誰。他身上沒有護照或駕照。

▷She **holds passports** from two different countries. 她有兩個國家的護照。

▷You can't enter the country before they've **stamped** your **passport**. 在他們給你的護照蓋章前不能入境。

a valid	passport	有效的護照

past /pæst/ 英 /pɑːst/ 名 過去，昔日；往事

the distant	past	遙遠的過去
the recent	past	不久的過去

▷I remember meeting you *in* the **distant past**. Maybe 10 years ago at Tessa's wedding? 我記得很久以前見過你。或許是 10 年前在 Tessa 的婚禮吧？

▷My grandfather's memory is not so good now. He can't even remember things *in* the **recent past**. 我祖父現在記憶力不太好。他連沒過多久的事都記不得。

look back	on the past	回顧過去
cling to	the past	緊抓著過去

▷When I **look back on** the **past**, I wish I had traveled around the world more. 當我回顧過去，我希望要是當時多遊歷世界就好了。

in	the past	在過去
into	the past	到過去

P

from	the past	來自過去，過去的

▷ **In** the **past**, traditional steakhouses were very popular places. 在過去，傳統的牛排館很有人氣。

▷ Yesterday I found an old doll that I had when I was a child. It really took me back **into** the **past**. 昨天我找到小時候的舊娃娃。它真的讓我的心思回到了過去。

past and present		過去與現在

▷ In the art gallery, you can see paintings of many famous people **past and present**. 在這間藝廊，你可以看到許多古今名人的畫作。

a break with	the past	與過去的斷絕
a thing of	the past	過去的事物

▷ After my divorce, I need a complete **break with** the **past**. 離婚之後，我必須完全告別過去。

▷ I used to love windsurfing when I was young, but now that's a **thing of** the **past**. 我年輕時喜愛風帆衝浪，但那已經是過去的事了。

▌past /pæst/ 英 /pɑːst/

形 過去的；過去這⋯（期間長度）

the past ... days		過去這⋯天
★ 除了 days，也有使用 weeks, months, years 的說法		

▷ I haven't seen Tom for the **past** three **days**. 過去這三天我都沒看到 Tom。

▷ I've been living in Paris for the **past** three **years**. 過去這三年我住在巴黎。

▌path /pæθ/ 英 /pɑːθ/ 名 小徑；路徑

follow	the path	沿著路徑
block	A's path	擋住路徑

▷ If you **follow** the **path** along the cliff, you'll come to an old church. 如果你沿著懸崖的小徑走，你會走到一座老教堂。

▷ As I drove around the corner, I saw that a large truck was **blocking** my **path**. 我開車轉過轉角時，看到一輛大卡車擋住我的去路。

a narrow	path	狹窄的小徑
a steep	path	陡峭的小徑

a coastal	path	海岸的小徑
a coast	path	
a garden	path	花園的小徑
flight	path	飛行路線
a career	path	職業進展的道路

▷ Let's take this **narrow path** across the field. 我們走這條狹窄的小徑穿過原野吧。

a path	through A	穿過 A 的小徑
a path	to A	通往 A 的小徑
along	a path	沿著小徑
down	a path	沿著小徑往下
up	a path	沿著小徑往上

▷ We went along a **path through** the woods. 我們沿著小徑穿過樹林。

▷ This is the **path to** the back door of the cottage. 這是往小屋後門的小徑。

▷ Better not walk **along** this **path**. It's dangerous. It's too close to the cliff. 最好不要沿著這條小路走。很危險。太靠近懸崖了。

▌patience /ˈpeʃəns/

名 耐心，耐力，忍耐，耐性

have	the patience	有耐心
need	patience	需要耐心
require	patience	
lose	patience	失去耐心
run out of	patience	
try	A's patience	考驗耐心

▷ He doesn't **have** the **patience** to deal politely with customers. 他沒有禮貌對待顧客的耐心。

▷ Raising a child can often **require** a lot of **patience**. 養育孩子經常會需要很大的耐心。

▷ Some of our customers are difficult, but you should try not to **lose** your **patience**. 我們有些顧客很難搞，但你應該努力避免失去耐心。

patience	for A	對 A 的耐心
patience	with A	

▷ Bob deals with complaints from our customers. You need a lot of **patience for** a job like that. Bob 處理我們顧客的投訴。做那種工作需要很大的耐心。

▷ Mandy is a troublemaker. I have little **patience with** her. Mandy 很會製造麻煩。我很受不了她。

time and patience	時間與耐心
patience and understanding	耐心與諒解

▷ Doing a jigsaw puzzle requires a lot of **time and patience**. 玩拼圖需要很多的時間與耐心。

▷ Thank you for your **patience and understanding**. 感謝您的耐心與諒解。

(PHRASES)

Have patience! ☺ 有點耐性！

patient /ˈpeʃənt/ 名 患者

a cancer	patient	癌症患者
an AIDS	patient	愛滋病患

▷ The number of **cancer patients** has been on the increase. 癌症患者的數目持續增加。

a patient	with A	有 A 的患者

▷ We give drugs to **patients with** severe **pain**. 我們對有嚴重疼痛的患者施以藥物。

examine	a patient	為患者看診
see	a patient	

pattern /ˈpætən/ 英 /ˈpætən/

名 紙樣，式樣，模式；圖樣，花樣

establish	a pattern	建立模式
set	a pattern	
follow	a pattern	遵循模式
show	a pattern	顯現出模式
change	a pattern	改變模式
have	a pattern	有花樣

▷ We need to **set a pattern** for doing homework. Maybe 2 hours after supper, 3 nights a week? 我們需要建立做作業的模式。或許每週 3 個晚上，在晚餐後做 2 小時？

▷ These robberies seem to **follow a pattern**. They all occur on a Friday night. 這些搶案似乎遵循某種模式。它們全在週五晚上發生。

▷ Which curtains do you prefer? The plain ones or the ones that **have a pattern**? 你喜歡哪種窗簾？素色的還是有花樣的？

a basic	pattern	基本的模式
the normal	pattern	一般的模式

a set	pattern	固定的模式
a fixed	pattern	
the same	pattern	同樣的模式
a similar	pattern	類似的模式
a changing	pattern	改變中的模式
a complex	pattern	複雜的模式
behavior	patterns	行為模式
sleep	patterns	睡眠模式

▷ These figures show a **complex pattern** in the rise and fall of gasoline prices over the last 2 years. 這些數據顯示汽油價格在過去兩年漲跌的複雜模式。

pause /pɔz/ 動 暫停，中斷

pause	briefly	稍微暫停
pause	momentarily	
pause	for a moment	
pause	here	在這裡暫停

▷ He asked her: "Shall we take a taxi together?" She **paused momentarily** and then said, "OK, fine." 他問她：「我們要不要一起搭計程車？」她停了一會兒說：「OK，好。」

▷ Let's **pause here** for a short break. I'll continue the lecture again in 10 minutes' time. 我們在這裡暫停休息一下。我 10 分鐘後會繼續講課。

pause	to do	稍微停下來做…

▷ We need to **pause** for a moment **to** check that everybody has understood everything. 我們需要稍微停下來，確認每個人都完全懂了。

pause	for breath	停下來換氣

▷ When you sing this song, you need to know exactly where to **pause for breath**. 當你唱這首歌時，你必須確切知道要在哪裡停下來換氣。

pay /pe/ 動 支付

well	paid	薪水高的
highly	paid	
poorly	paid	薪水低的
be fully	paid	款項付清的
pay	up	付清欠款

▷ I do a part-time job, but it's very **poorly paid**. 我做兼職工作，但薪水非常低。

▷ We still haven't been **fully paid** for the work we did last year. 我們去年做的工作，現在還沒拿到全部的酬勞。

▷ We've sent bills to this customer 5 times, but he still hasn't **paid up**. 我們寄了五次帳單給這個顧客，但他還沒付清欠款。

pay	for A	付 A 的費用
pay A	for B	付給 A（人）B 的費用

▷ How much did you **pay for** your new sports car? 你花了多少錢買新跑車？

▷ You don't have to **pay** us **for** the repair. Your TV is still under guarantee. 你不需要付我們修理費。你的電視還在保固期內。

pay A	to do	付錢請 A（人）做…

▷ Tell Pete I'll **pay** him **to** wash my car. 告訴 Pete 說我會付錢請他洗車。

peace /pis/ 名 和平，安寧；平穩

bring about	peace	帶來和平
keep	the peace	保持和平
maintain	peace	維持和平
promote	peace	促進和平
restore	peace	恢復和平
disturb	the peace	擾亂和平
make	peace	和解

▷ A series of meetings was held to try to **bring about peace** in the region. 為了試圖帶來這個地區的和平，舉行了一系列的會議。

▷ The United Nations is trying to **maintain peace** in that area. 聯合國試圖維持那個地區的和平。

▷ After 25 years of war, **peace** was finally **restored** in the region. 歷經 25 年的戰爭之後，這個地區終於恢復了和平。

▷ The police arrested him for **disturbing** the **peace**. 警察因為他妨害治安而逮捕他。

▷ She wants to be friends with you again. I think you should **make peace** *with* her. 她想重新跟你當朋友。我想你應該跟她和好。

peace and quiet	平靜
peace and tranquillity	
peace and security	和平與安全

▷ The children have gone to bed. Finally some **peace and quiet**! 孩子們上床睡覺了。終於有點平靜了！

▷ Everybody hopes for **peace and security** in the world. 每個人都希望世界和平與安全。

peace of mind	內心平靜

▷ I wish I could stop worrying. I can't get any **peace of mind** until I know my exam results. 我希望我能不再擔心。在知道測驗結果之前，我心裡都沒辦法平靜下來。

at	peace	平靜的，安詳的；死的
in	peace	平靜地
peace	with A	與 A 的和平
peace	between A	A 之間的和平

▷ After a long war, finally the two countries are **at peace** *with* each other. 在長期戰爭後，這兩個國家終於和平相處了。

▷ She doesn't want to talk to anybody. I think we should leave her **in peace**. 她不想跟任何人說話。我想我們應該讓她平靜一下。

lasting	peace	持久的和平
world	peace	世界和平

peak /pik/ 名 頂點，巔峰，高峰；山頂，山峰

reach	a peak	達到頂點

▷ Sales **reached** a **peak** in mid-December. 銷售在 12 月中達到頂點。

at	one's peak	在巔峰狀態

▷ Most boxers are **at** their **peak** in their mid-twenties. 許多拳擊手的巔峰狀態在 25 歲左右。

peaks and troughs	（圖表等的）高峰與低谷

▷ On this graph you can see the **peaks and troughs** of the economy over the last 20 years. 在這張圖表上，你可以看到過去 20 年間經濟的高峰與低谷。

pen /pɛn/ 名 筆

pick up	a pen	拿起筆
take up	a pen	
write	with a pen	用筆寫
write	in pen	
put	one's pen down	放下筆

▷ She **picked up** a **pen** and started taking notes.

她拿起一枝筆開始做筆記。
▷ Please **write with** a **pen**, not pencil. 請用筆寫，不要用鉛筆。
▷ Stop writing and **put** your **pens down**, please. 請停筆，把筆放下。

a ballpoint	pen	鋼珠筆
a felt(-tip)	pen	簽字筆（筆頭是纖維材質的筆）
a fountain	pen	鋼筆

penalty /ˈpɛnltɪ/

名刑罰，處罰；罰款；罰球

impose	a penalty	加以處罰
carry	a penalty	（行為等）會遭到處罰
pay	the penalty	付出代價
award	a penalty	使獲得罰球
kick	a penalty	踢罰球
take	a penalty	
miss	a penalty	罰球沒踢進

▷ The government **imposes** strict **penalties** on factories that pollute the environment. 政府對污染環境的工廠處以嚴格的懲罰。
▷ He didn't work hard enough before the exams and **paid** the **penalty**. 他在測驗前不夠用功，所以付出了代價。
▷ Liverpool were **awarded** a **penalty** in the last minute of the game. 利物浦隊在比賽的最後一分鐘得到罰球的機會。
▷ Manchester United **missed** a **penalty** at the beginning of the game. 曼聯在比賽一開始時沒踢進罰球。

a heavy	penalty	很重的處罰
a severe	penalty	
stiff	penalties	嚴厲的處罰
a tough	penalty	
the maximum	penalty	最高額的罰款
the death	penalty	死刑

▷ There's a **severe penalty** for drinking and driving. 酒駕的處罰非常嚴厲。
▷ I had to pay the **maximum penalty** for not renewing my driving license. 我因為沒有更新駕照而必須付最高額的罰款。

penalty	for A	對於 A 的處罰；A 的代價

▷ You have to pay a **penalty for** illegal parking.

你必須付違法停車的罰款。

pencil /ˈpɛnsl/ 名鉛筆

hold	a pencil	握著鉛筆
write with	a pencil	用鉛筆寫
write in	pencil	
sharpen	a pencil	削鉛筆

▷ You should learn how to **hold** a **pencil** properly! 你應該學習怎麼正確握筆！

a colored	pencil	彩色鉛筆
a mechanical	pencil	自動鉛筆

▷ Do you have any **colored pencils**? 你有彩色鉛筆嗎？

a paper and pencil	紙和鉛筆

▷ Could you lend me a **paper and pencil**? 你可以借我紙和鉛筆嗎？

pension /ˈpɛnʃən/ 名退休金，年金

get	a pension	得到退休金
draw	a pension	
receive	a pension	
provide	a pension	提供退休金

▷ After I retired, **I got** a good **pension**. 我退休後得到不錯的退休金。
▷ We **provide** excellent **pensions** for our employees. 我們提供員工非常優渥的退休金。

the basic	pension	基本年金
an occupational	pension	職業年金
a personal	pension	個人退休金
a public	pension	公共年金
英 a state	pension	

percent /pəˈsɛnt/

名百分之一（英 per cent）

10 percent	of A	A 的百分之 10
★ 動詞與 A 的單複數一致		

▷ Eighty **percent of** our students are female. 我們的學生 80% 是女性。 ▷ Seventy **percent of** the land in Japan is mountainous. 日本國土 70% 是山地。

a 10 percent	rise in A	
a 10 percent	increase in A	A 的 10% 增加
a 10 percent	decline in A	A 的 10% 減少

▷There was a 50% **increase in** the demand for smartphones last year. 去年智慧型手機的需求有 50% 的增加。

percentage /pə`sɛntɪdʒ/

名百分比，比率；部分

calculate	the percentage	計算百分比
show	the percentage	顯示百分比

▷These figures don't seem right. Could you **calculate** the **percentage** again? 這些數字看起來不對。你可以再計算一次百分比嗎？

▷This table **shows** the **percentage** increase in profits over the last 5 years. 這張表顯示過去 5 年利潤比率的上升。

a greater	percentage	更大的比率
a high	percentage	高比率
a large	percentage	
a low	percentage	低比率
a small	percentage	

▷A **high percentage** of 3rd year students have already started job-hunting. 大三學生有很高比率的人已經開始找工作。

▷Only a **small percentage** of women have top jobs in companies. 只有少數比率的婦女在公司裡擔任最高階的工作。

in	percentage terms	用百分比表示

▷Unemployment has halved. **In percentage terms** that's a decrease of 50%. 失業率已經減半。用百分比表示是 50% 的減少。

perfect /`pɝfɪkt/

形完美的，完全的；最適當的

absolutely	perfect	極為完美的
almost	perfect	幾近完美的
far from	perfect	遠遠稱不上完美的

▷Everything is **absolutely perfect**. 一切都非常完美。

▷You got an **almost perfect** score in your last test. 你最近一次考試幾乎得到滿分。

▷I've been practicing this difficult piano piece for a month now, but it's still **far from perfect**. 我練習這首困難的鋼琴曲已經一個月了，但還是離完美很遠。

perfect	for A	對 A 最適合的

▷I think this dress would be absolutely **perfect for** your sister. 我想這件洋裝會是最適合你妹妹的。

PHRASES

That's perfect. ☺ 很完美。 ▷ "Is the picture on the TV screen OK now?" "Yes. That's perfect." 「電視螢幕的畫質現在可以了嗎？」「可以了，很完美。」

perform /pə`fɔrm/

動執行，表現；表演，演出；演奏

perform	well	表現得好
perform	poorly	表現得不好

▷Japan **performed** really **well** in the World Cup. 日本在世界盃表現真的很好。

performance /pə`fɔrməns/

名演出，演奏，表演；一場表演；表現，業績；性能

give	a performance	表演，演奏
affect	a performance	影響表演；影響表現
assess	A's performance	評價表演；評價表現
improve	one's performance	改善表演；改善表現

▷The pianist **gave** a wonderful **performance** of Chopin's piano music. 鋼琴家美妙地演奏了蕭邦的鋼琴曲。

▷The ice-skater was very nervous, so it **affected** her **performance**. 那位溜冰選手非常緊張，所以影響了她的表現。

▷I'll have to train harder to **improve** my **performance**. 我必須加強訓練來改善我的演出。

live	performance	現場演出
good	performance	好的表演；好的表現
poor	performance	差的表現
economic	performance	經濟表現
financial	performance	財務表現
sales	performance	銷售業績
high	performance	高性能

▷Our school members gave a very **good perfor-**

mance at the speech contest. 我們學校的學生在演講比賽中表現非常好。

▷ Our company's **financial performance** was very poor this year. 我們公司今年的財務表現非常差。

▷ The new Japanese bullet train has very **high performance**. It can travel at over 300 kilometers per hour. 日本新的（新幹線）子彈列車性能非常好，可以用超過 300 公里的時速行進。

perfume /pə`fjum/ 图香水

| wear | perfume | （表示狀態）擦了香水 |
| smell | perfume | 嗅聞香水 |

▷ Are you **wearing** a new **perfume**? 你擦了新的香水嗎？

▷ **Smell** this **perfume**! Do you like it? 聞聞這個香水！你喜歡嗎？

| (an) expensive | perfume | 昂貴的香水 |
| (a) strong | perfume | 味道很重的香水 |

▷ Amanda wears really **expensive perfume**. Amanda 擦很貴的香水。

▷ My sister uses a really **strong perfume**. 我姊姊用味道很重的香水。

| a bottle | of perfume | 一瓶香水 |

▷ I got this **bottle of perfume** for my birthday. 我得到這瓶香水當作生日禮物。

period /`pɪrɪəd/ 图期間，時期；時代

cover	a period	涵蓋某個期間
enter	a period	進入某個時期
extend	the period	延長期間

▷ His research **covers** the **period** from 1945 up to the present day. 他的研究涵蓋從 1945 年到現在的期間。

▷ In 2011, the Arab World **entered a period** of revolution. 2011 年，阿拉伯世界進入了變革的時期。

▷ I asked the bank to **extend** the **period** of the loan for another 6 months. 我請銀行把貸款期間再延長 6 個月。

a long	period	長的期間
a short	period	短的期間
a brief	period	
a limited	period	限定的期間
an early	period	早期
a late	period	晚期
a transition	period	轉移期間；過渡期
a trial	period	試用期

▷ We're offering this product at half price, but only for a **limited period**. 我們現在半價提供這項產品，但是限期提供。

▷ When the government fell, there was a **transition period** before a new government was formed. 舊政府垮台後，在新政府組成前有過一段過渡期。

after	a period	一段期間之後
during	the period	在期間中
for	a period	以某段期間的時間
in	the period	在某個期間
within	the period	在期間以內
over	a period	經整個期間

▷ **After** a **period** of very cold weather, spring finally arrived. 在一段非常冷的天氣之後，春天終於到來。

▷ It will be spring term soon. **During** that **period** a school trip has been arranged. 很快就到春季學期了。在那段期間安排了學校遠足。

▷ The doctor says I'll have to stay in hospital **for** a **period** of at least 2 weeks. 醫生說我必須住院至少兩週。

▷ **In** the **period** 1970–1980, the women's rights movement in the USA became much stronger. 在 1970 到 1980 年期間，美國女權運動的聲勢變強許多。

▷ **Over** a **period** *of* 5 years, he was promoted from sales assistant to sales manager. 歷經 5 年的時間，他從業務助理升上了業務經理。

permission /pə`mɪʃən/ 图允許，許可

apply for	permission	申請許可
ask (for)	permission	
request	permission	要求許可
seek	permission	
give	permission	給予許可
grant	permission	
refuse	permission	拒絕許可

get	permission	取得許可
obtain	permission	
have	permission	擁有（得到了）許可

▷ You need to **apply for permission** to extend your visa. 你需要申請延長簽證的許可。

▷ You should **ask permission** to leave the classroom. 要離開教室，你應該請求准許。

▷ He's **requested permission** to use the company car park. 他申請了使用公司停車場的許可。

▷ We can't build a factory there. The council won't **give permission**. 我們不能在那裡興建工廠。市議會不會准許。

▷ I asked my boss for an extra day's holiday, but he **refused permission**. 我請上司再給我一天的假，但他不允許。

▷ You'll need to **get permission** from your boss. 你需要得到上司的許可。

▷ We couldn't **obtain permission** to build on this piece of land. 我們無法取得這塊地的建築許可。

official	permission	正式的許可
prior	permission	事前的許可
special	permission	特別的許可
temporary	permission	暫時的許可
written	permission	書面許可

▷ We need to get **official permission** to use the school gym for basketball practice. 要使用學校體育館練習籃球，我們必須取得正式許可。

▷ If you want to use these tennis courts, you have to get **prior permission**. 如果你想要使用網球場，必須先獲得許可。

▷ If you want to join our school trip abroad, you need to get **written permission** from your parents. 如果你想要參加學校的海外旅行，你必須得到父母的書面許可。

permission	for A	對於 A 的許可
without	permission	沒有許可

▷ Have you got **permission for** this demonstration? 你們這場遊行得到許可了嗎？

▷ You can't camp here **without permission**. 未經許可不能在這裡露營。

permission	to do	做…的許可

▷ Do you have **permission to** fish here? 你得到在這裡釣魚的許可了嗎？

person /ˈpɜ˞sn̩/ 图 人

an elderly	person	高齡者
a disabled	person	身障者
the average	person	（平均水準的）一般人
a qualified	person	有資格的人
the right	person	對的人，適合的人
a business	person	商務人士
a morning	person	習慣早上活動的人
a night	person	習慣夜晚活動的人

▷ The **average person** is much taller now than 50 years ago. 現在的一般人比 50 年前高得多。

▷ She's definitely the **right person** for the job. 她絕對是很適合這份工作的人。

in	person	親自，親身
per	person	每人（多少）

▷ Don't just send your boss an email about this problem. Go and see him **in person**. 不要只是寄電子郵件向上司告知這個問題。要親自去見他。

▷ This 5-day package tour will cost about $1,000 **per person**. 這個 5 天的套裝旅遊方案會花每個人大約 1,000 美元。

personal /ˈpɜ˞sn̩l/ 形 個人的，私人的

highly	personal	極度個人的
purely	personal	純粹個人的

▷ I'm sorry, I can't give you that information. It's **highly personal**. 很抱歉，我不能給你那個資訊。那非常私人。

▷ Her reasons for leaving are **purely personal**. It's nothing to do with the job. 她離開純粹是為了個人理由，和工作無關。

personality /ˌpɜ˞sn̩ˈælətɪ/

图 人格，性格；個性；名人

develop	one's personality	發展出人格
express	one's personality	表現出人格
reflect	A's personality	反映人格

▷ It's wonderful to see how babies gradually **develop** their **personality**. 看到寶寶們逐漸發展出人格，是很美妙的事。

▷ I'm afraid the poor quality of his work **reflects** his lazy **personality**. 恐怕他工作品質不佳反映了懶惰的性格。

a strong	personality	強烈的個性
a powerful	personality	
individual	personality	獨自的性格
multiple	personality	多重人格
a split	personality	分裂的人格
a sports	personality	運動界名人
a TV	personality	電視名人

★ 不是 ×a TV talent

▷ He's a natural leader. He has a really **strong personality**. 他是天生的領導者。他有很強烈的個性。

▷ In Japan, **individual personality** is considered less important than in the West. 在日本，獨自的個性不如西方認為的重要。

perspective /pɚˋspɛktɪv/

名 觀點；權衡輕重的能力

an international	perspective	國際的觀點
a historical	perspective	歷史的觀點

▷ From an **international perspective**, the yen is highly overvalued. 從國際觀點來看，日圓被過度評價了。

persuade /pɚˋswed/ 動 說服

easily	persuade	輕易地說服
finally	persuade	最終說服
eventually	persuade	
successfully	persuade	成功說服

▷ I'm sure she can be **easily persuaded** to change her mind. 我很確定可以輕易說服她改變心意。

▷ After months of negotiations, we **finally persuaded** them to sign the contract. 經過幾個月的協調後，我們終於說服他們簽約。

persuade	A to do	說服A（人）做…
persuade	A of B	說服A（人）相信B
persuade	A (that)...	說服A（人）…

▷ Finally she **persuaded** him **to** give up smoking. 她最終說服他戒菸了。

▷ It was difficult to **persuade** him **of** the importance of making a quick decision. 很難說服他相信快速做決定的重要性。

▷ I tried to **persuade** him **that** he should stop working so hard. 我努力說服他不要再那麼拚命工作

了。

try to	persuade	試圖說服
attempt to	persuade	
seek to	persuade	
hope to	persuade	希望說服
manage to	persuade	設法成功說服
fail to	persuade	沒能說服

▷ We **tried to persuade** her to change her mind. 我們試圖說服她改變心意。

▷ We **managed to persuade** her to come with us on holiday to Guam. 我們設法成功說服了她一起去關島度假。

an attempt to	persuade	試圖說服的嘗試
an effort to	persuade	試圖說服的努力

▷ We should have made more of an **effort to persuade** her to apply to university. 我們應該更努力說服她申請進入大學的。

pet /pɛt/ 名 寵物

have	a pet	飼養寵物
keep	a pet	
make	a good pet	
make	an excellent pet	能成為好的寵物
make	a superb pet	

▷ Did you **have** a **pet** when you were a child? 你小時候養過寵物嗎？

▷ Labradors **make** very **good pets**. 拉布拉多可以成為非常好的寵物。

a domestic	pet	家中的寵物
a family	pet	

▷ No **domestic pets** are allowed in this apartment. 這棟公寓禁止在家中養寵物。

phase /fez/ 名 時期，階段

a new	phase	新的階段
a final	phase	最後的階段

▷ The US presidential campaign has entered its **final phase**. 美國總統競選進入了最後的階段。

phenomenon /fəˋnaməˌnan/ 英

P

/fɪˋnɑmɪnən/ 名 現象（★ 複數形是 phenomena）

explain	the phenomenon	說明現象

▷ There are still many natural **phenomena** that scientists are unable to **explain**. 仍然有許多自然現象是科學家無法解釋的。

a natural	phenomenon	自然現象
a social	phenomenon	社會現象
a rare	phenomenon	罕見的現象
a recent	phenomenon	最近的現象

▷ The Northern Lights are a beautiful **natural phenomenon**. 北極光是美麗的自然現象。

▷ The huge popularity of the Beatles during the 1960s and 70s was an unusual **social phenomenon**. 披頭四在 1960 與 70 年代的鼎盛人氣是不尋常的社會現象。

▷ The widespread use of cellphones is a fairly **recent phenomenon**. 手機的廣泛使用是非常近期（才有的）現象。

philosophy /fəˋlɑsəfɪ/ 英 /fɪˋlɔsəfɪ/

名 哲學；人生觀

Western	philosophy	西方哲學
moral	philosophy	道德哲學
natural	philosophy	自然哲學
political	philosophy	政治哲學
educational	philosophy	教育哲學

▷ **Natural philosophy** deals with how we perceive the world through our five senses. 自然哲學是關於我們透過五官的感覺認知世界的方式。

▷ My brother is studying **political philosophy** at university. 我的弟弟正在大學研究政治哲學。

a philosophy	of life	人生哲學

▷ His **philosophy of life** seems to be to enjoy himself as much as possible! 他的人生哲學似乎是盡量過得快活！

phone /fon/

名 電話機；電話（★ 比 telephone 口語的說法）

answer	the phone	接聽電話
get	the phone	
pick up	the phone	拿起話筒
hang up	the phone	放回話筒（掛電話）
put down	the phone	
replace	the phone	
slam down	the phone	用摔的掛電話
use	the phone	用電話；借用電話

▷ Could you **answer** the **phone**, please? 可以請你接一下電話嗎？

▷ Can somebody **get** the **phone**? 有人可以接一下電話嗎？（★ get a phone 會是「買台電話」的意思）

▷ She **picked up** the **phone** and dialed the police. 她拿起話筒撥電話給警察。

▷ Don't **hang up** the **phone**! 不要掛斷電話！

▷ Sorry, I can't talk any longer. I'll have to **put the phone down**. 抱歉，我不能再講下去了。我得掛電話了。

▷ He **slammed** the **phone down** angrily. 他生氣地用力掛電話。

▷ I don't **use** the **phone** so much now. I do a lot of texting. 我現在沒那麼常用電話了。我經常傳訊息。

the phone	rings	電話響
the phone	goes dead	電話斷線

▷ If the **phone rings**, could you answer it? 如果電話響了，可以請你接嗎？

▷ We were in the middle of a conversation when suddenly the **phone went dead**. 我們講話講到一半，電話突然斷線了。

on	the phone	在講電話；用電話
over	the phone	（表聯絡方式）用電話
by	phone	

▷ She was **on** the **phone** for nearly an hour. I can't talk about it **over** the **phone**. 她講電話講了快一個小時。我沒辦法用電話講那件事。

a cellular	phone	行動電話
英 a mobile	phone	

photograph /ˋfotəˌgræf / 英 /ˋfəutəgrɑːf/

名 照片（★ 簡寫為 photo）

take	a photograph	拍照
pose for	a photograph	擺拍照的姿勢

▷ I want to have my **photograph taken** by a professional photographer. 我想請專業攝影師幫我拍照。

▷They **posed for** a **photograph** in front of the Eiffel Tower. 他們在艾菲爾鐵塔前擺姿勢拍照。

a recent	photograph	最近的照片
an old	photograph	舊照片
a color	photograph	彩色照片
a black-and-white	photograph	黑白照片
a family	photograph	家庭照片
a framed	photograph	裱框的照片
an aerial	photograph	航空照片
a satellite	photograph	衛星照片

▷You have to attach a **recent photograph** to this application form. 你必須在這張申請表上貼最近的照片。

▷There was a **framed photograph** of their wedding on the mantelpiece. 壁爐台上有他們裱框的婚禮照片。

picnic /ˋpɪknɪk/ 名野餐

go on	a picnic	去野餐
go for	a picnic	去野餐
have	a picnic	野餐
★ 不說 ×do a picnic		

▷I don't think we can **go for** a **picnic**. It's going to rain. 我想我們沒辦法去野餐。要下雨了。

▷It's a lovely day. Let's **have** a **picnic** on the beach. 天氣很好。我們在海灘上野餐吧。

picture /ˋpɪktʃɚ/ 名 繪畫；照片；描寫

paint	a picture	畫一幅畫
draw	a picture	畫一幅畫
take	a picture	拍一張照片

▷There's a wonderful view from the top of this cliff. I'd like to **paint** a **picture** of it. 懸崖上眺望的景色很棒。我想把它畫成一幅畫。

▷I need to have my **picture taken** for a new passport. 我需要拍新護照用的照片。

the overall	picture	整體的情形
a complete	picture	整體的情形
the whole	picture	整體的情形
an accurate	picture	準確的描寫
a mental	picture	心中想像的情景

▷Concerning the tsunami in Miyagi, I don't know the details, but the **overall picture** doesn't look very good. 關於日本宮城縣的海嘯，我不知道細節，但整體情形看來不太好。

▷This book gives us an **accurate picture** of life in Britain in the 19th century. 這本書準確描寫了 19 世紀的英國生活。

▷She had a **mental picture** of everybody applauding as she received first prize in the speech contest. 她心中想像了獲得演講比賽優勝時大家鼓掌的情景。

a picture	by A	A（人）的畫作

▷This exhibition has many **pictures by** Picasso. 這場展覽有許多畢卡索的畫作。

piece /pis/ 名一片，一塊；片段；作品；部件，（集體中的）一件

a piece of	bread	一片麵包
a piece of	toast	一片吐司
a piece of	cake	一塊蛋糕
a piece of	meat	一塊肉
a piece of	equipment	一件設備
a piece of	land	一塊地
a piece of	paper	一張紙
a piece of	information	一項資訊
a piece of	news	一件新聞
a piece of	advice	一個建議
a piece of	evidence	一個證據
a piece of	music	一首曲子
a piece of	furniture	一件家具
a piece of	work	一件作品
★ a piece of 後接不可數名詞，例如「2 張紙」是 two pieces of paper		

▷Would you like a **piece of cake**? 你想來塊蛋糕嗎？

▷"I heard two interesting **pieces of news** this morning." "Really? Go on, then! Tell me!"「我今天早上聽到兩件有趣的新聞。」「真的嗎？繼續說吧！告訴我！」

piece by piece	一片一片地

▷She picked the broken glass up from the floor **piece by piece**. 她把碎掉的玻璃從地上一片一片地撿起來。

P

in	pieces	呈碎片
to	pieces	變成碎片，粉碎

▷He dropped the vase, and it smashed **to pieces**. 他把花瓶掉到地上摔碎了。

pile /paɪl/ 图一堆，大量

a huge	pile	
a big	pile	很大一堆
a large	pile	
a small	pile	小小一堆
a little	pile	

▷There was a **huge pile** of letters lying on the floor. 有一大堆信放在地上。
▷There was a **small pile** of papers on his desk. 他的桌上有一小堆紙。

the top	of the pile	堆積物的頂部
the bottom	of the pile	堆積物的底部
★ 也用來比喻「社會的頂端」、「社會的底層」		

▷My essay was at the **top of** the **pile** on the teacher's desk. 我的小論文在老師桌上那一疊的最上面。

pity /ˈpɪtɪ/ 图憐憫，同情；遺憾

feel	pity	感到同情
show	pity	表示同情

▷We **feel pity** for the boy. 我們很同情那個男孩。

a great	pity	很遺憾的事

▷Yesterday's concert was fantastic. It was a **great pity** you couldn't come. 昨天的音樂會太棒了。你不能來真遺憾。

it's a pity	(that)...	⋯很遺憾
it's a pity	to do	做⋯很遺憾

▷This steak's delicious. **It's a pity** you don't eat meat. 這牛排很美味。真遺憾你不吃肉。

out of	pity	出於同情

▷She gave that man $10 **out of pity** for him. 她因為同情而給了那男的 10 美元。

an object	of pity	同情的對象

▷The last thing he wants is to become an **object of pity**. 他最不希望的就是成為同情的對象。

PHRASES

What a pity! ☺ 真遺憾！/ **That's a pity.** ☺那真是遺憾。▷ "Pete can't come to the party." "Oh, what a pity! I was hoping to meet him." 「Pete 不能來參加派對。」「噢，真可惜！我本來希望見到他的。」

place /ples/ 图場所；區域；位子；地方；住處，家；職位，身分，地位；名次

change	places	換位子
swap	places	
know	one's place	知道自己的身分地位
get	a place	獲選為成員
lose	one's place	失去成員身分；失去位子〔名次〕；不知道讀〔說〕到哪裡了
save	A's place	保住位子〔名次〕
keep	A's place	

▷Would you like to **change places**? You can see better from here. 你想要換位子嗎？你從這裡可以看得比較清楚。
▷I just heard I **got a place** in our school soccer team. 我才剛聽說自己獲選為學校足球隊的成員。
▷I don't think Ted really **knows** his **place**. He's always arguing with the boss. 我想 Ted 不太知道自己的身分。他總是跟上司爭執。
▷I can't remember which page I was reading in this book. I've **lost** my **place**. 我不記得我在讀哪一頁了。我搞不清楚自己讀到哪裡。
▷ I don't want to **lose** my **place** in the queue. 我不想丟了自己排隊的位子。

a good	place	好的場所
a perfect	place	完美的場所
a safe	place	安全的場所
a quiet	place	安靜的場所
a crowded	place	擁擠的場所
a public	place	公共場所
the right	place	對的場所
the wrong	place	錯的場所
a meeting	place	會面的場所

▷Auckland is a **good place** to live. 奧克蘭是個適合居住的地方。
▷This is the **perfect place** for a holiday. 這是完美的度假地點。
▷You should keep your money in a **safe place**.

你應該把自己的錢放在安全的地方。

▷ It's not polite to use your mobile phone in a **public place**. 在公共場所用手機不禮貌。

▷ We've been waiting over half an hour for Tom. Are you sure this is the **right place**? 我們已經等 Tom 等了超過半小時。你確定這裡對嗎？

▷ You were in the **wrong place**. I said in front of the cinema, not inside. 你去錯地方了。我是說在電影院前面，不是裡面。

a place	for A	為了 A 的場所
in	place	在適當的地方；適當的
out of	place	不在正確位置；格格不入

▷ This park has become a **place for** homeless people. 這座公園已經變成遊民的去處。

▷ Can you hold the ladder **in place** while I climb it? 你可以在我爬梯子的時候把它握穩嗎？

▷ I was the only person not wearing a suit. I really felt **out of place**. 我是當時唯一沒穿西裝的人。我真的覺得自己格格不入。

a place	to do	做⋯的場所

▷ Seattle is a beautiful **place to** live. 西雅圖是個美麗的住處。

a [the] place	where	⋯的場所
a [the] place	in which	

▷ This is the **place where** I was born. 這是我出生的地方。

▷ For this year's holiday, we need to find a **place in which** the whole family can have a good time. 今年假期我們需要找個全家人能玩得開心的地方。

in	the first place	首先
in	the second place	第二

▷ You want to know why I'm angry? Well, **in the first place**, you're half an hour late, and **in the second place**... 你想知道我為什麼生氣？首先，你晚了半小時，第二⋯

place /ples/ 動 放置，使位於某處

be well	placed	位置很好
be conveniently	placed	位置便利
be ideally	placed	位置理想

▷ The bank is **ideally placed** for commerce. 這家銀行位於理想的商務地點。

place A	on B	
place A	at B	把 A 放在 B
place A	in B	

▷ "Happy birthday!" she said, and **placed** a large box **on** the table. 她說「生日快樂！」，並且把一個大盒子放在桌上。

plain /plen/ 形 清楚明白的；簡樸的，平凡的

plain and simple		就這麼簡單，就是這樣

▷ If you're late for work again, you'll lose your job, **plain and simple**. 如果你再上班遲到，就會丟掉工作，就這麼簡單。

it is plain	that...	⋯是很清楚明白的
make it plain	that...	明白地表示⋯

▷ **It's plain that** you haven't understood anything that I've been saying. 顯然你對我說的一點也不了解。

▷ The teacher **made it plain that** he needed to work harder to pass the course. 老師坦白地說他必須更用功，這門課才能及格。

plan /plæn/ 名 計畫，方案；平面圖，設計圖

have	a plan	有計畫
make	a plan	
work out	a plan	制定計畫
draw up	a plan	
announce	a plan	宣布計畫
approve	a plan	批准計畫
carry out	a plan	實施計畫
change	one's plans	改變計畫
cancel	a plan	取消計畫

▷ Do you **have** any **plans** this summer? 你今年夏天有任何計畫嗎？

▷ We need to **make a plan** for our trip to Europe. 我們需要計畫歐洲旅行。

▷ The Government has **announced a plan** to build two more nuclear power stations. 政府宣布了增建兩座核電廠的計畫。

▷ Our **plan** to open a factory in Osaka has been **approved**. 我們在大阪開設工廠的計畫已經獲得批准。

a detailed	plan	詳細的計畫

a future	plan	未來的計畫
a long-term	plan	長期計畫
one's **original**	plan	原始計畫
a business	plan	事業計畫
a development	plan	開發計畫
a recovery	plan	復原計畫
a peace	plan	和平計畫
a pension	plan	退休金計畫

▷ We need a more **detailed plan** to present to the committee tomorrow. 我們明天需要有更詳細的計畫向委員會報告。

▷ I don't know my **future plans** yet. 我還不知道我未來的計畫。

▷ I think our **original plan** was better than this one. 我想我們的原始計畫比這個好。

a plan	for A	A 的計畫

▷ Do you have any **plans for** this weekend? 你這個週末有什麼計畫嗎？

a plan	to do	做⋯的計畫

▷ I need a **plan to** help me lose weight. 我需要一個幫我減重的計畫。

a change of	plan	計畫的改變

▷ There's been a **change of plan**. We're not going to Australia after all. 計畫改變了。我們終究還是不去澳洲。

plane /pleɪn/ 名 飛機

catch	a plane	搭上飛機，趕上飛機
board	a plane	上飛機
get on	a plane	
get off	a plane	下飛機
fly	a plane	開飛機
land	a plane	讓飛機降落

▷ The passengers are already **boarding** the **plane**. 乘客已經在登機了。

▷ We can't fly direct to Los Angeles. We have to **get on** another **plane**. 我們沒辦法直飛洛杉磯。我們必須再搭另一架飛機。

▷ My dad's a pilot. He **flies planes** all over the world. 我爸爸是機師。他駕駛飛機來往全世界。

a plane	takes off	飛機起飛
a plane	lands	飛機降落

▷ The plane **took off** from Paris for Tokyo at 7:00 p.m. 飛機在晚上 7:00 從巴黎起飛前往東京。

by	plane	（交通方式）搭飛機
on	the plane	在飛機上

▷ I think we should travel **by plane**. It's much quicker. 我想我們應該搭飛機旅行。這樣快得多。

▷ The food and service was very good **on** the **plane**. 飛機上的食物與服務非常好。

a fighter	plane	戰鬥機
a transport	plane	運輸機，貨機
a cargo	plane	

plant /plænt/ 英 /plɑːnt/ 名 植物；工廠

grow	plants	種植植物
cultivate	plants	栽培植物
water	the plants	給植物澆水
build	a plant	興建工廠

▷ We're **growing** lots of **plants** in the greenhouse. 我們在溫室種植許多植物。

▷ Did you remember to **water** the **plants**? 你記得給植物澆水了嗎？

wild	plants	野生植物
a rare	plant	稀有植物
flowering	plants	開花植物
an industrial	plant	工廠
a chemical	plant	化學工廠
a power	plant	發電廠
a nuclear	plant	核能發電廠

▷ There are many **wild plants** growing in the garden. 這座花園長了許多野生植物。

▷ The government is planning to build a **nuclear plant** in our area. 政府正計畫在我們的地區興建核電廠。

plant /plænt/ 英 /plɑːnt/ 動 種植；設置

firmly	planted	穩穩定住不動

▷ "I'm not moving!" she said, her feet **firmly planted** on the ground. 她說：「我不會走！」，而且雙腳定在地上不動。

plant A	with B	在 A 種植 B

▷ We **planted** the vegetable patch **with** potatoes. 我們在菜園裡種了番茄。 ▷ This part of the garden is **planted with** tomatoes and lettuce. 這部分的庭院種了番茄和萵苣。

▌plate /plet/ 图 盤子；金屬板，車牌

clear	a plate	吃完一盤東西

▷ She was so hungry that she **cleared** the **plate** in less than a minute. 她餓到還沒一分鐘就把盤子清空。

on	a plate	在盤子上

▷ Can you put this cheesecake **on a plate**? 你可以把這個起司蛋糕放在盤子上嗎？

a dinner	plate	主菜用的大盤子
a paper	plate	紙盤
a license	plate	車牌
美 a number	plate	
a name	plate	（在門或桌上標示姓名的）名牌

▌play /ple/ 图 戲劇；玩耍；比賽，競賽

write	a play	寫劇本
produce	a play	製作並導演戲劇
perform	a play	演出戲劇
put on	a play	使戲劇上演
see	a play	看戲

▷ Shakespeare **wrote** many famous **plays**. 莎士比亞寫了許多名劇。
▷ The drama club needs someone to **produce a play**. 話劇社需要有人導演戲劇。
▷ Our school's going to **put on a play** at the end of term. 我們學校期末會上演一部戲。
▷ We **saw** a terrific **play** last night. 我們昨晚看了一齣非常精彩的戲。

fair	play	公平競賽
foul	play	犯規，暴行，謀殺
rough	play	粗魯的比賽行為
a new	play	新劇作
a stage	play	舞台劇
a school	play	學校演出的戲劇
a radio	play	廣播劇

▷ The referee is there to ensure **fair play**. 裁判在那裡確保賽事公平進行。
▷ The police found a dead body near the river. They suspect **foul play**. 警察在河川附近發現一具屍體。他們懷疑是謀殺。

▌play /ple/ 動 玩耍；比賽；演奏

play	fair	公平比賽
play	safe	打安全牌，謹慎而不冒險

▷ It's best to **play safe** rather than get into an argument. 最好是謹慎小心，而不要涉入紛爭。

play	with A	玩A（玩具等）
play	against A	對上A比賽
play	for A	為A隊出賽

▷ I think the children are in their bedroom **playing with** their toys. 我想孩子們在臥室玩玩具。
▷ We have to **play against** a really good team on Saturday. 我們星期六要對上真的很強的隊伍。
▷ David Beckham used to **play for** Manchester United. 大衛貝克漢以前是曼聯隊員。

play	A B	對A（人）玩弄B（把戲等）
play	B on A	

▷ She had **played** a trick **on** him by pretending to be in love with him. 她曾經假裝和他戀愛來騙他。

▌please /pliz/ 動 使某人高興；合某人的心意

be hard	to please	很難討好
be difficult	to please	
be anxious	to please	努力讓人高興，努力讓人滿意
be eager	to please	

▷ My teacher is very strict. He is really **hard to please**. 我的老師非常嚴格。他真的很難討好。
▷ I like your new secretary. She's very **anxious to please**. 我喜歡你的新秘書。她很努力讓人滿意。
▷ That new hotel receptionist is very nice. She's always helpful and **eager to please**. 那位新的飯店接待員人很好。她總是樂於助人，而且努力讓人滿意。

a desire	to please	渴望讓人高興的心情

▷ In the service industry, it's very important to have a **desire to please** your customers. 在服務業，希望讓顧客高興是很重要的。

P

Please yourself! ☺ 隨你便吧！▷ "I really don't feel like going out this evening." "OK. Please yourself. I'll be back around midnight." 「我今天晚上真的不想出門。」「好。隨你便吧。我午夜左右會回來。」

pleased /plizd/ 形 高興的，滿意的

| look | pleased | 看起來高興 |
| seem | pleased | |

▷ Ken **looks pleased**. He must have passed his exam! Ken 看起來很高興。他一定通過了測驗！

extremely	pleased	十分高興的
really	pleased	
only too	pleased	非常高興的
well	pleased	
particularly	pleased	特別高興的

▷ He's **really pleased** that we are coming! 他真的很高興我們要來！
▷ No problem. I was **only too pleased** to help. 沒問題。我真的很高興能幫忙。
▷ The football manager said he was **well pleased** with the result of the game. 足球領隊說他對比賽結果很滿意。
▷ We're **particularly pleased** with the way you've been working recently. 我們對於你最近的工作表現特別滿意。

be pleased	**at** A	對 A 滿意
be pleased	**with** A	
be pleased	**about** A	對 A 感到高興

▷ Your father was very **pleased at** your exam results. 你爸爸對你的測驗結果很滿意。
▷ Amanda was very **pleased with** her birthday presents. Amanda 非常滿意她的生日禮物。
▷ Anna was really **pleased about** getting her snorkeling certificate. Anna 很開心獲得了浮潛證照。

| be pleased | **to** do | 做…很高興 |
| be pleased | **that...** | 很高興… |

▷ She was very **pleased to** receive your present. 她很高興收到你的禮物。
▷ She was **pleased that** he hadn't forgotten their wedding anniversary. 她很高興他沒忘記他們的結婚紀念日。

Pleased to meet you, Mr. Gordon. ☺ 很高興認識你，Gordon 先生。

pleasure /ˈplɛʒɚ/

名 愉快，高興；享樂，歡愉

get	pleasure from A	
get	pleasure out of A	從 A（事）中得到快樂
derive	pleasure from A	
give	pleasure to A	
bring	pleasure to A	帶給 A（人）快樂
take	pleasure in A	
find	pleasure in A	以做 A（事）為樂
have	the pleasure	有榮幸

▷ She **gets** a lot of **pleasure from** eating out with her friends. 她藉由與朋友外出用餐獲得許多快樂。
▷ She **derives** a lot of **pleasure from** doing volunteer work. 她從事義工而獲得許多快樂。
▷ Your visits to the old people's home **give** them a lot of **pleasure**. 你拜訪老人看護中心，讓他們非常高興。
▷ He **takes pleasure in** playing practical jokes on people. 他以惡作劇為樂。（★ 常用在負面的情況）
▷ Today I **have** the **pleasure** of announcing the winner of our photography competition. 今天我很榮幸宣布攝影比賽的得獎者。

great	pleasure	很大的快樂
enormous	pleasure	
real	pleasure	真正的快樂
sheer	pleasure	純然的快樂

▷ It was a **great pleasure** to meet you. 我真的很高興認識你。
▷ It was a **real pleasure** to be here. 來到這裡真的很開心。
▷ "I won the lottery! Yeeeeaaah!" She laughed out loud in **sheer pleasure**. 她十分開心地大笑說：「我中樂透了！耶！」

(It's) my pleasure. ☺ 不客氣。這是我的榮幸。（★ 用來回應別人的道謝）▷ "Thanks for picking me up from the airport." "No problem. It's my pleasure." 「謝謝你來機場接我。」「不客氣，這是我的榮幸。」
(It's a) pleasure to meet you. ☺ 很高興認識你。
▷ How do you do? It's a pleasure to meet you.

P

你好，很高興認識你。

pocket /ˈpɑkɪt/ 英 /ˈpɔkit/ 名 口袋

put A	into a pocket	把 A 放進口袋
take A	out of a pocket	把 A 拿出口袋
reach	into one's pocket	把手伸進口袋
search	in one's pocket	在口袋裡找
empty	one's pockets	翻出並清空口袋
turn out	one's pockets	

▷ She **put** her hand **into** her jacket **pocket**. 她把手放進外套口袋。

▷ She **reached into** her **pocket** and brought out a small notebook. 她把手伸進口袋，拿出了小小的筆記本。

▷ He **searched in** his **pockets**, but he couldn't find his railway ticket. 他找了自己的口袋，但找不到火車票。

an inside	pocket	內裏的口袋
an inner	pocket	
a top	pocket	上面的口袋
a back	pocket	臀部的後口袋
a hip	pocket	
a breast	pocket	胸前的口袋
a zipped	pocket	有拉鏈的口袋
a jacket	pocket	外套的口袋
a coat	pocket	大衣的口袋
a shirt	pocket	襯衫的口袋
a jeans	pocket	牛仔褲的口袋
a trouser	pocket	長褲的口袋

▷ Where's my wallet? I thought it was in my **inside pocket**. 我的錢包在哪？我以為放在內裏的口袋（但不是）。

▷ He was wearing a handkerchief in the **top pocket** of his suit. 他西裝胸前的口袋插著手帕。

▷ Charles kept his money in his **back pocket**. Charles 把錢放在後口袋。

in	A's pocket	在口袋裡
out of	A's pocket	
from	A's pocket	從口袋（拿出來）
from out of	A's pocket	

▷ How much money do you have **in** your **pocket**? 你口袋裡有多少錢？

▷ He pulled a clean handkerchief **from out of** his pocket and gave it to her. 他從口袋拿出乾淨的手帕給她。

point /pɔɪnt/ 名 論點；（話的）要點；時間點，時刻；意義；地點；點；得分

raise	a point	提出論點
illustrate	a point	説明論點
emphasize	a point	強調論點
come to	a point	談到要點
get to	a point	
miss	a point	沒掌握到重點
reach	a point	到達某個時刻、階段
score	a point	得到分數

▷ I think it's very important to **raise** the **point** at our next meeting. 我想在我們下次會議提出這一點很重要。

▷ I'd like to **emphasize** the **point** that everybody is expected to attend next week's lecture. 我想要強調，每個人都要出席下禮拜的講課。

▷ She said she understood, but actually she completely **missed** the **point**. 她說她懂了，但她其實完全沒掌握到重點。

▷ We haven't **scored** a **point** yet. 我們還沒得到分數。

a good	point	好的一點
an important	point	重要的一點
a crucial	point	極為重要的一點
a key	point	關鍵點
a major	point	主要的一點
a strong	point	強項
a weak	point	弱點
boiling	point	沸點
freezing	point	冰點
melting	point	熔點
a high	point	高點
a low	point	低點
a focal	point	焦點
a turning	point	轉折點
a meeting	point	會面點

▷ "How can we go to the movies if we don't have any money?" "**Good point!**" 「如果我們沒錢，怎麼去看電影呢？」「說得有理！」

▷ Ted looks really angry! I think he's almost reached **boiling point**! Ted 看起來真的很生氣！我想他快爆發了！

▷ The **freezing point** of water is 0 degrees centigrade. 水的冰點是攝氏 0 度。

▷ The guest appearance of Harrison Ford was the

P

high point of the evening. 哈里遜福特以來賓身分登場，是這晚的高潮。

▷Being sent by his company to Canada was a **turning point** in his career. 被公司派到加拿大是他職涯的轉折點。

at	this point	在這個時刻、階段
at	that point	在那個時刻、階段
at	one point	在某個時刻、階段
up to	a point	到某種程度
to	the point of A	到 A 的程度

▷**At this point**, I think we'd better stop for a break. 現在，我想我們最好休息一下。

▷**At one point** I thought we were going to lose the game. 有一刻我以為我們要輸掉比賽了。

▷I agree with you **up to a point**. 我某種程度上同意你。

the point is	that...	重點是…

▷The **point is that** it's too late now to do anything about it. 重點是現在做什麼都太遲了。

I see your point. / I take your point. / I get your point. ☺ 我明白你的意思。▷"If we don't do something about it now, it will be too late!" "Yes, I see your point, but what can we do?" 「如果我們現在不做什麼，就來不及了！」「我明白你的意思，但我們能做什麼呢？」

That's not my point. ☺ 我的意思不是那樣。

There is no point in doing 做…是沒有意義的 ▷She's not going to come. There's no point in waiting any longer. 她不會來的。再等下去沒有意義。

What's the point of doing 做…有什麼意義呢

▷What's the point of taking the exam? I know I won't pass! 考試有什麼意義呢？我知道我考不過的！

What's your point? ☺ 你想說什麼？ ▷Yes, I understand all that, but what's your point? 那些我全都明白，但你想說什麼呢？

point /pɔɪnt/ 動 指示，指出

point	at A	
point	to A	指著 A
point	toward A	指向 A

▷Stop it, Jason. It's rude to **point at** people! 別這樣，Jason。指別人很不禮貌！

▷"Look. We can sit there." He **pointed to** two empty seats in the back row. 他指著後排兩個空位

說：「你看。我們可以坐那裡。」

▷"I think we go out this way," she **pointed to** ward an exit sign on the right. 她指向右邊的出口標示，說：「我想我們應該從這邊出去。」

police /pə`lis/

名 警察，警方（★ 通常是 the police，當複數）

call	the police	通知警方
contact	the police	聯絡警方
tell	the police	告訴警方
report A to	the police	向警方通報 A

▷Someone's broken into our house! **Call** the police! 有人闖進我們房子！叫警察！

▷If you think someone stole your wallet, you should **tell the police**. 如果認為有人偷了你的錢包，你應該告訴警察。

▷If you see anything suspicious, you should **report** it **to the police**. 如果看到任何可疑物品，應該向警方通報。

the police	appeal for A	警方請求提供 A
the police	arrest A	警方逮捕 A
the police	investigate A	警方調查 A

▷The **police** are **appealing for** information. 警察請求大眾提供資訊。

▷The **police arrested** him for driving without a license. 警察因為他無照駕駛而逮捕他。

▷The **police** are **investigating** the murder. 警察正在調查這起殺人案件。

armed	police	武裝警察
the local	police	地方警察
the secret	police	祕密警察

▷There were many **armed police** patrolling the airport. 有許多武裝警察在機場巡邏。

▷Our **local police** are always very helpful. 我們地方上的警察總是非常熱心助人。

political /pə`lɪtɪkl/ 形 政治的，政治上的

social and political	社會與政治的
political and economic	政治與經濟的

★ 也可以說 political and social, economic and political

▷If the government raises the sales tax, it will have both **social and political** consequences. 如果

政府下個月調漲銷售稅，將產生社會與政治方面的影響。

▷ We need to have both **political and economic** reform. 我們需要政治與經濟的改革。

politics /ˋpɑlətɪks/ 英 /ˋpɒlitɪks/

名 政治，政治事務；政治學

enter (into)	politics	進入政壇
go into	politics	
be involved in	politics	參與政治
dominate	politics	主導政治
leave	politics	離開政壇
discuss	politics	討論政治

▷ He decided to **enter politics** when he was very young. 他還很年輕的時候就決定要進入政壇。

▷ She was **involved in politics** from a very early age. 她從很年輕的時候就開始參與政治。

▷ It's always dangerous to **discuss politics** with someone you don't know! 跟不認識的人談論政治一向是很危險的！

domestic	politics	國內政治
national	politics	國家政治，國內政治
local	politics	地方政治
democratic	politics	民主政治

▷ **National politics** sometimes make it difficult for EU members to agree with each other. 國內政治有時會讓歐盟會員國彼此難以達成共識。

▷ In many countries, **democratic politics** does not exist. 許多國家沒有民主政治。

poor /pʊr/ 形 貧窮的；差勁的；可憐的

desperately	poor	極為貧窮的；極差的
extremely	poor	
pretty	poor	相當貧窮的；相當差的
rather	poor	

▷ His marks in the exam were **extremely poor**. 他的測驗分數非常差。

▷ The rice crop this year was **pretty poor**. 今年的稻米收成相當差。

| poor | little A | 可憐的 A |
| poor | old A | |

▷ The baby's been crying all day. **Poor little** thing. 這個寶寶哭了一整天。好可憐。（★ 常和 poor little 連用的還有 girl, boy, chap, child）

▷ Look at that **poor old** man. He's shivering with cold. 看那可憐的老男人。他冷得發抖。（★ 常和 poor old 連用的有 man, chap）

popular /ˋpɑpjələ/ 英 /ˋpɒpjulə/

形 受到歡迎的，流行的；大眾的

| become | popular | 變得受歡迎 |
| prove | popular | 結果證明很受歡迎 |

▷ It's difficult to say why manga has **become** so **popular** in Japan. 要說明漫畫為什麼在日本這麼流行很難。

extremely	popular	
immensely	popular	極為受歡迎的
highly	popular	
particularly	popular	特別受歡迎的
especially	popular	
increasingly	popular	越來越受歡迎的

▷ Smartphones are becoming **extremely popular**. 智慧型手機變得極為普及。

▷ Everybody loves Amy. She's **particularly popular** at school. 每個人都愛 Amy。她在學校特別受歡迎。

▷ Pete is **highly popular** among his friends. Pete 在他的朋友圈中非常受歡迎。

▷ This new TV series is becoming **increasingly popular**. 這部新的電視連續劇越來越流行。

| popular | with A | 對於 A（人）流行的 |
| popular | among A | 在 A（人）之間流行的 |

▷ Even today, the Beatles are still **popular among** some young people in Japan. 即使是現在，披頭四在某些日本年輕人之間還是很流行。

population /ˌpɑpjəˋleʃən/

名 人口；（the population，當集合名詞）全體居民

a large	population	多的人口
a small	population	少的人口
the total	population	總人口
the urban	population	都市人口
the rural	population	農村人口
the local	population	地方居民
the whole	population	全體居民

P

half	the population	一半的人口

▷ China has always had a **large population**. 中國總是擁有眾多的人口。（★ 不會說 ×many population, few population）

▷ A large percentage of the **total population** of Australia is centered in the cities. 澳洲全體人口的大部分集中在都市。

▷ The **local population** wants to have a new factory built in their area. 地方居民希望他們的地區興建新的工廠。

▷ After the typhoon, the **whole population** had no electricity for several days. 颱風過後，所有居民有幾天都沒有電。

▷ By 2040, nearly **half** the **population** will be over the age of 60. 到了 2040 年，會有將近一半的人口超過 60 歲。

| position /pə`zɪʃən/

名 位置，姿勢；立場，態度；職位，地位

change	one's position	改變姿勢
take	a position	採取立場
adopt	a position	
consider	the position	考慮立場
occupy	a position	占有職位
hold	a position	擁有職位
maintain	a position	維持職位
apply for	a position	應徵職位
take up	a position	接任職位
accept	a position	接受職位

▷ He usually **takes** a moderate **position** on political issues. 對於政治問題，他通常採取中庸的立場。

▷ You should **consider** the **position** you're in more carefully. 你應該更謹慎考慮自己所處的立場。

▷ Ms. Taylor **occupies** a very important **position** within the company. Taylor 女士在公司裡擔任非常重要的職位。

▷ She **holds** the **position** of managing director in her company. 她在公司裡擔任常務董事的職位。

▷ She **took up** a **position** as hotel manager last month. 她上個月接任飯店經理的職位。

an upright	position	直立的位置
a comfortable	position	舒服的姿勢
a dominant	position	主導的地位
a good	position	有利的地位
a strong	position	強勢的地位
a unique	position	獨特的地位
the present	position	現在的地位；現在的狀況
a financial	position	財務狀況
A's social	position	A 的社會地位

▷ Put your seat in an **upright position**. 請把椅背豎直。

▷ We've maintained a **dominant position** in the market during the last 6 months. 我們過去六個月在市場上保持主導的地位。

▷ I think we should ask for more money. We're in a very **strong position**. 我想我們應該要更多錢。我們的地位很強勢。

▷ The President is in a **unique position**. He can change the course of history. 總統處於很獨特的地位。他可以改變歷史的走向。

▷ Could you give us an update on the **present position**? 你可以給我們現況的最新消息嗎？

▷ These newspaper stories are certain to affect her **social position**. 這些報紙上的報導一定會影響她的社會地位。

in	a position	在某個立場、地位
in	position	在適當的位置，就定位
into	position	
out of	position	不在適當的位置

▷ I'm sorry. I'm afraid I'm not **in a position** to help you. 很抱歉。恐怕以我的立場是不能幫你的。

▷ Everything's **in position**. We're ready to start. 一切都就緒了。我們準備好要開始了。

| positive /ˈpɑzətɪv/ 英 /ˈpɔzitiv/

形 積極的；確信的；正面的；檢驗為陽性的

positive	about A	確信 A；對 A 態度積極的

▷ I like Debby. She's always so **positive about** everything. 我喜歡 Debby。她總是對一切都很積極。

be positive	(that)...	確信…

▷ I'm **positive that** I left my watch on this table. 我很確定自己把錶放在這張桌上了。

test	positive (for A)	測出（A（藥物）的）陽性反應

▷ Unfortunately, the Olympic Games athlete **tested positive for** drugs. 很遺憾，這名奧運選手檢驗出藥物陽性反應。

positive and negative		正面與負面的

▷ I think there are both **positive and negative** points about going to live in Canada. 我想移居加拿大有優點也有缺點。

possession /pəˈzɛʃən/

名 擁有，持有；所有物

take	possession	獲得，擁有
come into	A's possession	成為擁有物
★ 也可以說 come into (the) possession of A		

▷ The bank **took possession** of his house last week. 銀行上個月扣押了他的房子。

▷ How did this jewelry **come into** your **possession**? 你怎麼得到這些珠寶的？

exclusive	possession	（排他的）佔有
personal	possessions	個人財物
a prized	possession	貴重的擁有物
a treasured	possession	

▷ Both countries claim **exclusive possession** of the island. 兩國都聲稱佔有這個島。

▷ You can put your **personal possessions** in this locker. 你可以把個人物品放在這個寄物櫃。

in	possession of A	擁有 A
in	one's possession	為某人所有

▷ The police charged him with being **in possession of** stolen goods. 警方因為他持有贓物而將他起訴。

▷ He has a beautiful painting by Chagall **in his possession**. 他擁有夏卡爾的一幅美麗畫作。

possibility /ˌpɑsəˈbɪlətɪ/ 英 /ˌpɒsəˈbiliti/

名 可能性；可能的事，可能發生的事

offer	the possibility	提供可能性
open	the possibility	開啟可能性
open up	possibilities	
suggest	the possibility	暗示可能性
consider	the possibility	考慮可能性
discuss	the possibility	討論可能性
explore	the possibility	探索可能性
investigate	the possibility	
reduce	the possibility	減少可能性

rule out	the possibility	排除可能性
exclude	the possibility	

▷ We haven't found any evidence **suggesting** the **possibility** of a missile launch. 我們沒有找到透露出可能發射飛彈的證據。

▷ We should **consider** the **possibility** of trying to extend our bank loan. 我們應該考慮試圖延長銀行貸款的可能性。

▷ I think we should **explore** the **possibility** of merging with another company. 我想我們應該探索與其他公司合併的可能性。

▷ I think we should install more alarms to **reduce** the **possibility** of theft. 我想我們應該安裝更多警鈴來減少竊盜的可能性。

a strong	possibility	很高的可能性
a great	possibility	很大的可能性
a real	possibility	真正的可能性
a distinct	possibility	明顯的可能性
a remote	possibility	微小的可能性
another	possibility	另一個可能性
other	possibility	其他的可能性
★「高的可能性」不是 ×a high possibility		

▷ There's a **real possibility** that she'll have to stay in hospital for 2 or 3 months. 她真的有可能必須住院兩三個月。

▷ There's a **distinct possibility** that you'll be promoted next year. 顯然你明年可能獲得升職。

▷ There's only a **remote possibility** that our boss is going to leave. 我們主管辭職的可能性非常低。

▷ **Another possibility** is to cancel the trip. 另一個可能是取消旅行。

possibility	for A	A 的可能性
possibility	of doing	做…的可能性

▷ Our company is doing well, but there's still **possibility for** further development. 我們公司很順利，但還有進一步發展的可能性。

▷ There is no **possibility of getting** any tickets for the show. All the seats are sold out. 不可能買到那場表演的票了。位子都賣完了。

possibility	that...	…的可能性

▷ The **possibility that** he could lose the race never occurred to him. 他從來沒想過有可能輸掉比賽。

possible /ˈpɑsəbl/ 英 /ˈpɒsəbl/

P

形 可能的；有可能的，可能發生的

perfectly	possible	完全可能的
quite	possible	相當可能的
still	possible	仍然有可能的
theoretically	possible	理論上有可能的
always	possible	總是有可能的
not always	possible	並非總是有可能的
no longer	possible	不再有可能的

▷ It's **perfectly possible** that I made a mistake. 我完全有可能犯了錯。

▷ It's **not always possible** to get what you want. 並非總是能夠得到你想要的。

▷ We have concluded that it is **no longer possible** to reach an agreement. 我們下了結論，認為已經不可能達成協議了。

if (at all)	possible	可能的話，可以的話
when(ever)	possible	在任何可能的時候
where(ever)	possible	在任何可能的地方

▷ **If possible,** could you complete the report by the end of this week? 可以的話，你能在這週末之前完成報告嗎？

▷ I visit my grandmother in hospital **whenever possible**. 我只要有空的時候就探望住院的奶奶。

it is possible	(for A)	（A（人）） 做…是可能的
it is possible	that...	…是可能的
make it possible	(for A) to do	使（A（人）） 做…成為可能

▷ **Is it possible to** have some extra lessons in English? 有可能增加英文課嗎？

▷ Her teacher **made it possible for** her **to** study in the USA. 她的老師使得她能夠在美國求學。

as soon as	possible	盡早
as quickly as	possible	盡快
as far as	possible	（程度上）盡量

▷ Can you try to get here **as soon as possible**? 你可以盡早來這裡嗎？

▷ Could you ask him to call me back **as quickly as possible**? 你可以請他盡快回電話給我嗎？

▷ I think we should cooperate with them **as far as possible**. 我想我們應該盡量和他們合作。

post /post/ 名 職位；英 郵件（美 mail）

apply for	a post	應徵職位
get	a post	獲得職位
take up	a post	接任職位
hold	a post	任職
leave	a post	離職
resign	one's post	

▷ I'm going to **apply for** a **post** as marketing manager. 我要應徵行銷經理的職位。

▷ Tom's found a job. He's **got** a **post** with a trading company. Tom 找到工作了。他得到了貿易公司的工作。

▷ He **holds** a **post** as company director. 他擔任公司董事的職位。

▷ He **resigned** his **post** as Foreign Minister. 他辭去了外交部長的職位。

an administrative	post	管理職，行政職
a senior	post	資深職位，高階職位
a key	post	要職

▷ I applied for an **administrative post** at my old university. 我應徵了大學母校的行政職位。

▷ He holds a **key post** in the US government. 他在美國政府擔任要職。

by	post	用郵寄方式
in	the post	在郵遞過程中

▷ You don't have to take these heavy books with you. I'll send them **by post**. 你不必把這些很重的書帶回去。我會郵寄給你。

▷ Your check's **in the post**. 你的支票正在郵遞中。

power /ˈpauɚ/

名 權力，政權；力量，能力；強國；能量

come to	power	接掌政權
be in	power	掌握政權
get	power	
seize	power	得到政權
take	power	
return to	power	重掌政權
exercise	power	行使權力
use	power	
abuse	one's power	濫用權力
lose	power	失去權力
have	the power	擁有力量

P

extend	the power	擴大力量
increase	the power	增加力量
retain	the power	維持力量
provide	the power	提供能量

▷ The present government has been **in power** for much too long. 現在的政府已經掌權太久了。

▷ Colonel Qaddafi **seized power** in Libya many years ago. 格達費上校多年前取得了利比亞的政權。

▷ After such a large defeat, it will be difficult for our party to **return to power**. 在如此的慘敗之後，我們的黨將很難重掌政權。

▷ I'm afraid I don't **have the power** to help you. 恐怕我沒有力量可以幫你。

▷ If you push that switch, it **increases the power** of the hairdryer. 如果你按那個開關，它會增強吹風機的風力。

▷ This generator will **provide the power** if there's an electricity cut. 如果停電的話，這台發電機會提供電力。

considerable	power	相當大的力量
real	power	真正的權力
economic	power	經濟力
political	power	政治力
purchasing	power	購買力
a great	power	大國，強國
an economic	power	經濟大國
electric	power	電力
nuclear	power	核能
wind	power	風力
full	power	全功率
high	power	高功率
low	power	低功率

▷ She worked her way up from nothing to a position of **considerable power**. 她從沒沒無聞一直努力爬上權力很大的地位。

▷ It's the people behind the Prime Minister who have the **real power**. 真正有權力的是首相背後的人民。

▷ The Prime Minister has a lot of **political power**. 首相擁有很大的政治力量。

▷ Britain used to be a **great power** in the 19th century. 英國在 19 世紀是個強國。

▷ The vacuum cleaner is on **full power**, but it's not sucking up any dirt. 這台吸塵器已經開到最大，但連個灰塵都吸不起來。

▷ You can switch this machine to **high power** or **low power**. 你可以切換這台機器選擇高功率或低功率。

率。

power	over A	對 A 的影響力

▷ He does everything she tells him to do. She seems to have some **power over** him. 她說什麼，他都照做。她似乎對他有些影響力。

the power	to do	做…的能力

▷ She has the **power to** decide who gets the job. 她擁有決定誰能得到這份工作的權力。

the balance of	power	權力的平衡

▷ The **balance of power** will shift to the East as India and China continue to grow. 隨著印度和中國持續成長，權力平衡將傾向東方。

powerful /ˈpaʊəfəl/

形 強力的；有勢力的，有力的

extremely	powerful	極為強力的
immensely	powerful	
particularly	powerful	特別強力的
increasingly	powerful	越來越強力的

★ powerful 主要和表示機械的名詞（machine, engine, vacuum cleaner, computer 等）連用，而 strong 主要和與生物相關的名詞（man, horse, body, arms, teeth 等）連用。a powerful man 是「有影響力的男人」，a strong man 是「身體強壯的男人」。

▷ The engine on this new bullet train is **extremely powerful**. 這種新型（新幹線）子彈列車的引擎非常有力。

▷ Supporters of the Green Party are becoming **increasingly powerful**. 綠黨支持者越來越有勢力。

powerful	enough	夠有力的

▷ My motor mower isn't **powerful enough** to cut that long grass! 我的電動割草機不夠有力，割不了那麼長的草！

practical /ˈpræktɪkl/ 形 實際的；實用的

highly	practical	非常實用的
purely	practical	完全實用的

▷ You don't need to study a lot of theory in this course. It's **highly practical**. 這門課不用學許多理論。它是很講求實用的課。

▷ The work experience on this farm is **purely**

practical. 在這座農場的工作經驗完全是很實用的。

practice /ˈpræktɪs/

名實行，實踐；習慣，慣例的做法；練習

put A	into practice	將A付諸實行
adopt	the practice	採取做法
follow	the practice	遵循做法
change	the practice	改變做法

▷ I think Mike has some very good ideas. We should put them **into practice**. 我想 Mike 有些很棒的想法。我們應該把它們付諸實行。

▷ He's a craftsman. He **follows** the **practice** of hundreds of years of tradition. 他是個工匠。他遵循數百年傳統的做法。

▷ We need to **change** the **practice** of taking an hour and a half for lunch break. An hour is plenty of time. 我們需要改變午休一個半小時的做法。一個小時的時間夠多了。

current	practice	現在的做法
common	practice	
standard	practice	一般的做法
normal	practice	
general	practice	一般的做法；一般的診療
business	practice	商業慣例
management	practice	管理實務
medical	practice	醫療院所；醫療，診療行為
legal	practice	律師事務所；律師事務
private	practice	私人、個人開業

▷ It's **current practice** for our company to hold a health check every year. 我們公司現在的做法是每年舉行健檢。

▷ It's **common practice** to leave a tip for your waitress in the West. 在西方給服務員小費是一般做法。

▷ She wants to be a doctor and go into **medical practice**. 她想成為醫師並從事醫療工作。

out of	practice	很久沒練習
with	practice	有練習

▷ I haven't played tennis for ages, so I'm afraid I'm rather **out of practice**. 我好多年沒打網球，恐怕太久沒練了。

praise /preɪz/ 名稱讚

be full of	praise	大為稱讚
win	praise	贏得稱讚
earn	praise	
receive	praise	受到稱讚
deserve	praise	值得受稱讚
heap	praise	熱烈稱讚

▷ Your boss was **full of praise** for your recent efforts. 你的上司大為稱讚你最近的努力。

▷ Her paintings **won** a lot of **praise**. 她的畫贏得了許多稱讚。

▷ He **deserves** a lot of **praise** for what he did. 他所做的事值得大大稱讚。

▷ After she won the gold medal for Japan, everybody **heaped praise** on her. 她為日本贏得金牌後，大家熱烈稱讚她。

high	praise	很大的稱讚

▷ He received **high praise** for winning the 100-meter dash. 他因為贏了百米短跑而受到很大的稱讚。

praise	for A	對A的稱讚
praise	from A	來自A的稱讚
in praise	of A	稱讚A

▷ She received special **praise from** the school principal for her essay. 她的文章獲得校長的特別稱讚。

▷ The Minister for Sport made a speech **in praise of** the Olympic team. 體育部長發表演說稱讚奧運代表隊。

praise /preɪz/ 動稱讚，讚賞

highly	praise	大為稱讚
be widely	praised	廣受讚賞

▷ He was **highly praised** for saving his friend's life. 他因為救了朋友的命而大受稱讚。

praise A	for B	因為B（事）而稱讚A（人）

▷ Her teacher **praised** her **for** her homework. 老師稱讚她寫的作業。 ▷ She was **praised for** the high standard of her English essay. 她因為英文文章的高水準而受到稱讚。

pray /preɪ/ 動祈禱，祈求

pray	silently	安靜地祈禱
pray	earnestly	懇切地祈禱

▷ She went to the church to **pray silently** for her grandmother. 她去了教堂，靜靜地為祖母祈禱。

pray (to A)	for B	（向 A）祈求 B

▷ I **prayed for** your recovery. 我祈求你能夠康復。

pray	(that)...	祈求…

▷ I **prayed** to God **that** my family were safe after the earthquake. 我向神祈求家人在地震後平安無事。

predict /prɪ`dɪkt/ 動預言，預測

accurately	predict	準確預測
correctly	predict	正確預測
confidently	predict	有信心地預測
be widely	predicted	受到一般普遍預測

▷ It's difficult to **accurately predict** earthquakes. 準確預測地震很困難。

▷ We can **confidently predict** that China will become the world's leading economic power. 我們可以很有信心地預測中國將成為領先世界的經濟強國。

▷ It was **widely predicted** that global warming would affect the world's climate. 一般普遍預測全球暖化將影響世界的氣候。

predict	(that)...	預測…

▷ We can **predict that** robots will play a large part in our lives in the future. 我們可以預言機器人未來將在我們的生活中扮演很重要的角色。

prefer /prɪ`fɚ/ 動偏好…

really	prefer	真的偏好…
generally	prefer	大致上偏好…
still	prefer	仍然偏好…

▷ I **generally prefer** to eat at home in the evenings. 我大致上比較喜歡在家吃晚飯。

▷ I know you like the blue dress, but I **still prefer** the red (one). 我知道你喜歡那件藍色洋裝，但我還是比較喜歡紅的那件。

prefer A	to B	偏好 A 勝過 B

▷ When I eat fish, I **prefer** white wine **to** red. 吃魚的時候，我偏好白酒勝過紅酒。

prefer	(that)...	偏好…
prefer	to do	偏好做…
prefer	doing	

▷ I'd **prefer that** we meet inside rather than outside the cinema. 我比較希望在電影院裡面見面，而不是在外面。

▷ I don't think I want to continue working for this company. I'd **prefer** instead **to** find a job somewhere else. 我想我不願意再為這間公司工作了。我寧願在別的地方找工作。

▷ I **prefer** eating at home tonight. 我今晚比較想在家吃飯。

pregnant /`prɛgnənt/ 形懷孕的

get	pregnant	懷孕
become	pregnant	

▷ She **became pregnant** *with* her second child. 她懷了第二個孩子。

heavily	pregnant	大腹便便，快要生產了

preparation /ˌprɛpə`reʃən/

名準備，預備，準備工作

make	preparations	做準備
be in	preparation	準備中
complete	preparations	完成準備
require	preparation	需要準備

▷ We need to **make preparations** *for* our trip to Guam. 我們需要為關島旅行做準備。

▷ The dictionary hasn't been published yet. It's still **in preparation**. 這本字典還沒出版。它還在準備中。

▷ I still haven't **completed preparations** for this evening's party. 我還沒完成今晚派對的準備工作。

▷ If I'm going to give a lecture, it will **require** a lot of **preparation**. 如果我要演講，會需要許多準備。

adequate	preparation	足夠的準備
careful	preparation	細心的準備
good	preparation	很好的預備
final	preparations	最後的準備

P

▷ Organizing a class reunion after 20 years will take a lot of **careful preparation**. 在 20 年後籌辦同學會需要許多細心的準備。

▷ Doing an internship is **good preparation** for doing a full-time job. 實習是做全職工作之前很好的預備工作。

▷ I'm nearly ready. I'm just making the **final preparations**. 我就快準備好了。我只是在做最後的準備。

preparation	for A	為了 A 的準備

▷ **Preparations for** tomorrow's sports day have just been completed. 明天運動會的準備剛完成。

in	preparation for A	為 A 做準備

▷ We had to buy many new things **in preparation for** our new baby! 我們當時必須買很多東西準備迎接新生的寶寶！

prepare /prɪˋpɛr/ 動 準備，預備

adequately	prepare	充分準備
busily	prepare	忙碌地準備

▷ I'm afraid we didn't **adequately prepare** for this number of guests. 恐怕我們沒有對這麼多的賓客做好充分準備。

prepare	for A	為 A 做準備
prepare A	for B	為了 B 準備 A；讓 A（人）為 B 做好準備

▷ The river is very high. We need to **prepare for** the possibility of flooding. 河流水位很高。我們必須為淹水的可能性做準備。

▷ We need to **prepare** rooms **for** our guests. 我們必須為客人準備房間。 ▷ It took hours to **prepare** her **for** the wedding. 幫她打理好現身婚禮前的準備，花了幾個小時。

prepare	to do	準備做…
prepare A	to do	讓 A（人）準備好做…

▷ The phone rang just when we were **preparing to** go out. 電話就在我們準備要出門時響了。

▷ They tried to **prepare** him **to** hear some bad news. 他們試圖讓他準備好聽壞消息。

prepared /prɪˋpɛrd/ 形 準備好的

well	prepared	準備充分的
properly	prepared	
badly	prepared	準備得不好的
carefully	prepared	細心準備好的
freshly	prepared	（食物）剛做好的

▷ It will be snowing on the mountain, so we need to be **carefully prepared**. 山頂上會下雪，所以我們必須細心做好準備。

▷ These sandwiches are **freshly prepared**. 這些三明治剛做好。

prepared	for A	為 A 做好準備的

▷ The police were not **prepared for** such a big crowd of people. 警察沒有準備好應付這麼大群的民眾。

present /ˋprɛzn̩t/ 名 禮物，禮品

make (A)	a present	贈送禮物（給 A（人））
wrap	a present	包裝禮物
receive	a present	收到禮物
open	a present	打開禮物

▷ I said I liked her Chinese vase, and immediately she **made** (me) a **present** of it. 我說我喜歡她的中國花瓶，她馬上就把它當成禮物送給我。

▷ The shop assistant **wrapped** the **present** beautifully. 店員把禮物包裝得很美。

▷ Aren't you going to **open** your **present**? 你不打開禮物嗎？

a present	for A	給 A（人）的禮物
a present	to A	

▷ I need to buy a **present for** my mom's birthday. 我需要買媽媽的生日禮物。 ▷ This is a **present to** us all from my uncle Tom. 這是我叔叔 Tom 給我們所有人的禮物。

a Christmas	present	聖誕禮物
a birthday	present	生日禮物
a wedding	present	結婚賀禮

president /ˋprɛzədənt/

名 總統；總經理，總裁

the current	president	現任總統

vice	president	副總統；副總經理
acting	president	代理總經理
honorary	president	名譽會長

▷ The real president is away. I'm just the **acting president** until he returns. 總經理本人不在。我只是他回來之前的代理人。

▌press /prɛs/ 名（the press）（集合名詞）

出版物、報紙、雜誌等；報章雜誌（★ 當單數或複數）；新聞輿論；印刷機

leak	to the press	向報章雜誌洩漏
talk	to the press	和報章雜誌談
speak	to the press	
go	to press	（印刷品）付印

▷ We hoped nobody would find out, but unfortunately the story was **leaked to** the **press**. 我們希望不會有人發現，但很遺憾，消息還是被洩漏給媒體了。
▷ He refuses to **talk to** the **press**. 他拒絕與報章雜誌等媒體談話。
▷ Finally my book is ready to **go to press**. 我的書終於準備好付印了。

the press	reports	報章雜誌報導

▷ The **press reported** last week that there were severe floods in Thailand. 媒體上週報導泰國發生嚴重洪水。

the foreign	press	外國報章雜誌
the local	press	地方報章雜誌
the national	press	全國性的報章雜誌
the popular	press	以普通大眾為對象的報章雜誌
the tabloid	press	八卦報章雜誌
the financial	press	財經報章雜誌
a good	press	報章雜誌的好評
a bad	press	報章雜誌的惡評

▷ According to the **national press**, the number of unemployed is rising. 根據這份全國性報紙報導，失業人數正在上升。
▷ The **popular press** are always interested in publishing the latest scandal. 這份大眾報紙總是喜歡報導最新的醜聞。
▷ This new movie got a very **good press.** 這部電影得到報章雜誌非常好的評價。

in	the press	在報章雜誌上

▷ Recently a lot of news about the royal family has been reported **in** the **press**. 最近有許多關於皇室的報導。

▌press /prɛs/ 動 壓，按；催促，逼迫

gently	press	輕柔地按壓
lightly	press	輕輕地按壓
press	firmly	用力、牢牢地按壓
★ 也可以說 press gently, press lightly		

▷ Don't press the button too hard. Just **press** it **lightly**. 不要太用力按按鈕。輕輕按就好。
▷ When you stick the stamp on the envelope, **press firmly**. 在信封上貼郵票時，請用力按壓。

press A	against B	把 A 按壓在 B 上
press A	into B	把 A 按壓進 B
press	down on A	把 A 按壓下去
press	for A	迫切要求 A
press	A for B	向 A（人）施壓要求 B

▷ She **pressed** her ear **against** the door, trying to hear what they were saying inside. 她把耳朵貼在門上，努力聽他們在裡面說什麼。
▷ I **pressed** the key **into** the lock, but it wouldn't turn. 我把鑰匙推進鎖裡，但轉不動。
▷ He **pressed down on** the brake, but nothing happened. 他踩了剎車，但沒反應。
▷ The union is **pressing for** an increase in salaries. 公會迫切要求加薪。
▷ I think we should **press** the government **for** more information. 我想我們應該向政府施壓，要求更多資訊。

press A	to do	催促 A（人）做…

▷ She kept **pressing** him **to** take her out to dinner. 她一直催，要他帶她出門吃晚餐。

▌pressure /ˈprɛʃɚ/

名 壓力，壓迫，催促；（物理的）壓力

feel	(the) pressure	感受到壓力
resist	pressure	抵抗壓力
withstand	pressure	承受住壓力
keep up	the pressure	持續施加壓力
give in to	pressure	屈服於壓力
bow to	pressure	

P

exert	pressure on A	對 A 施壓
put	pressure on A	
increase	the pressure	增加壓力
reduce	the pressure	減少壓力
relieve	the pressure	

▷ So far the Foreign Minister has **resisted pressure** to resign. 外交部長到目前為止一直抵抗辭職的壓力。

▷ Don't stop writing letters to the manager. We need to **keep up** the **pressure**. 不要停止寫信給經理。我們必須持續施壓。

▷ We need to **exert pressure on** our company to increase salaries. 我們必須向公司施壓，要求加薪。

▷ If you open this valve, it **reduces** the **pressure** inside the boiler. 如果打開這個閥門，它就會減少鍋爐內的壓力。

considerable	pressure	相當大的壓力
constant	pressure	持續的壓力
great	pressure	很大的壓力
strong	pressure	
intense	pressure	強烈的壓力
severe	pressure	
increasing	pressure	增加中的壓力
external	pressure	外部的壓力
political	pressure	政治壓力
social	pressure	社會壓力
financial	pressure	財務壓力
high	pressure	高壓
low	pressure	低壓

▷ Tom's been under **considerable pressure** at work over the last few weeks. Tom 在過去幾週承受了相當大的工作壓力。

▷ Doctors are under **constant pressure** to treat more and more patients. 醫生持續承受要治療越來越多患者的壓力。

▷ The government is under **severe pressure** to re-examine the use of nuclear power. 政府受到很強烈的壓力，被要求重新檢討核能的使用。

▷ When a submarine goes deep, the **external pressure** from the sea is very great. 潛水艇到深處時，來自海水的外部壓力很大。

▷ The government had to hold an election due to **political pressure**. 由於政治壓力，政府不得不舉行選舉。

under	pressure	在壓力下

pressure	for A	要求 A 的壓力
pressure	from A	來自 A 的壓力
pressure	on A	對 A 的壓力

★ under pressure 常以 be under pressure, come under pressure, be brought under pressure 或 place A under pressure, put A under pressure 等形式使用。

▷ Sorry, I got angry. I've been **under** a lot of **pressure** at work recently. 抱歉，我發了脾氣。我最近工作壓力很大。

▷ We're **coming under** a lot of **pressure** because nearly half the staff have left. 我們現在壓力很大，因為有將近一半的員工離職了。

▷ There's a strong **pressure for** change within our education system. 有一股強大的壓力要求改變我們的教育制度。

pretend /prɪˋtɛnd/ 動 假裝，裝作

pretend	to do	假裝做…
pretend	to be C	假裝是 C
pretend	(that)...	假裝…

▷ She **pretended to** enjoy the meal, but actually she hated it. 她裝作喜歡那頓飯，但她其實很討厭。

▷ "Oh! Really? Are you sure?" said Shirley. She **pretended to** be surprised. Shirley 說：「噢！真的嗎？你確定？」她裝作很驚訝的樣子。

▷ Don't **pretend that** you didn't hear me! 不要假裝你沒聽見我說話！

try to	pretend (that)...	試圖假裝…

▷ **Try to pretend that** you're enjoying yourself! 要試著裝作玩得很開心的樣子！

pretty /ˋprɪtɪ/ 形 漂亮的；優美的

exceptionally	pretty	格外漂亮的
really	pretty	真的很漂亮的

▷ I think your sister is **exceptionally pretty**. 我認為你的姊姊格外漂亮。

▷ That dress makes you look **really pretty**! 那件洋裝讓你看起來真的很漂亮！

prevent /prɪˋvɛnt/ 動 阻止；防止

effectively	prevent	有效防止

▷The new law **effectively prevents** smoking in public places. 新法律有效遏止了在公共場所抽菸的行為。

prevent A	(from) doing	阻止 A 做…

▷The security guard **prevented** him **from** enter**ing** the building. 警衛阻止他進入大樓。

price /praɪs/ 名價格，價錢；代價

set	prices	設定價格
charge	prices	收取價錢
raise	prices	調漲價格
increase	prices	
cut	prices	降低價格
reduce	prices	
affect	prices	影響價格
keep	prices down	保持低價
keep	prices low	
pay	the price	（比喻）付出代價

▷Apparently several petrol companies had a meeting to **set** the same gasoline **prices**. 看來幾家石油公司似乎開了會訂定同樣的汽油價格。

▷Some department stores have **cut prices** by up to 50%. 一些百貨公司打了最高 50% 的折扣。

▷The increase in demand will **affect prices**. 需求的增加將影響價格。

▷Our company is doing its best to **keep prices down**. 本公司盡力保持低價。

▷If you don't give up smoking, you'll **pay** the **price** later. 如果你不戒菸，以後會付出代價。

a price	rises	價格上升
a price	falls	價格下降
a price	goes down	
a price	includes A	價格包含 A

▷The **price** of electricity is going to **rise** again soon. 電價很快將再度上漲。

▷The **price includes** sales tax. 價格含銷售稅。

a high	price	高價
a low	price	低價
a fair	price	公平、合理的價格
a reasonable	price	合理、不太貴的價格
a competitive	price	有競爭力的價格
full	price	全額的價錢

half	price	半價
a good	price	好的價格，高的賣出價
an average	price	平均價格
a fixed	price	固定價格，定價
stock	prices	股價
bond	prices	債券價格
house	prices	房屋價格
land	prices	地價
food	prices	食物價格
oil	prices	原油價格
electricity	prices	電價
the market	price	市場價格
the purchase	price	購買價格
the retail	price	零售價格

▷You have to pay a very **high price** for some brand goods. 有些名牌商品必須付很高的價錢才能買到。

▷I'm willing to pay a **fair price**. 我願意付合理的價錢。

▷I was able to get a flight back home for a **reasonable price**. 我當時用不貴的價錢買到了回程機票。

▷We don't have to pay the **full price** for the hotel. There's a reduction. 我們不必付全額的旅館費用。有折扣。

▷Today they're selling lots of things off in the supermarket at **half price**. 今天超市半價出清許多商品。

a price	for A	A 的價格

▷What's the **price for** a week's package tour to South Korea? 南韓一星期的套裝旅遊方案多少錢？

(PHRASES)

What price A? ☺ A 有什麼價值？（雖然不太可能）A 有可能嗎？ ▷"What price a 2-week holiday in Alaska?" "You must be joking! It's the middle of winter!" 「在阿拉斯加玩兩週有可能嗎？」「你一定是在開玩笑！現在是隆冬時期！」

pride /praɪd/ 名自尊心，自豪，驕傲；自大

hurt	A's pride	
wound	A's pride	傷害自尊心
injure	A's pride	
swallow	one's pride	放下自尊
take	pride in A	以 A 為傲
restore	pride	恢復自尊
salvage	pride	

▷ When you refused to go on a date with him, you **hurt** his **pride**! 你拒絕跟他約會，傷了他的自尊心！

▷ **Swallow** your **pride** and accept the money. 放下自尊，接受那筆錢吧。

▷ Bill **takes** great **pride in** his promotion to Head of the Sales Department. Bill 對於自己升為業務部長感到驕傲。

great	pride	很大的驕傲
national	pride	民族自豪感

★ 不會說成 ×big pride。「很驕傲」的說法是 be (very) proud，例如 He is (very) proud.。

▷ She takes **great pride** in her cooking skills. 她對自己的廚藝很自豪。

▷ There was a great feeling of **national pride** when Italy won the World Cup. 義大利贏得世界盃時，全國國民對國家感到非常自豪。

A's pride and joy	A 的驕傲和喜悅

▷ Their new baby is their **pride and joy**. 他們剛出生的寶寶是他們的驕傲和喜悅。

principle /ˈprɪnsəpl/

名 原則，原理；主義，準則

establish	a principle	建立原則
apply	the principle	應用原則
illustrate	the principle	闡明原則
be based on	the principle	以原則為基礎
stick to	one's principles	堅守原則
stand by	one's principles	

▷ I think we need to **establish** a **principle** here. 我想我們應該在這裡建立原則。

▷ I think we should **apply** the **principle** of "first come, first served." 我想我們應該採取「先到先得」的原則。

▷ Darwin's theory of evolution is **based on** the **principle** that only the fittest survive. 達爾文的進化論是以最適者生存的原則為基礎。

a basic	principle	基本原則
a fundamental	principle	
a general	principle	一般原則
a guiding	principle	指導原則

▷ A **basic principle** of our company is that "the customer is always right." 我們公司的一個基本原則是「顧客永遠是對的」。

▷ It's a **general principle** in society that if you break the law, you will be punished. 如果犯法就會被處罰，是社會上的一般原則。

▷ Most religions have a set of **guiding principles** that we should follow. 大部分的宗教有一套應該遵守的指導原則。

in	principle	原則上
on	principle	依照自己的原則、信念
against	A's principles	違反自己的原則

▷ We agree **in principle** to all your requests. 我們原則上同意你的所有要求。

a matter of	principle	原則問題

▷ I'm not going to apologize. It's a **matter of principle**. 我不會道歉。這是原則問題。

print /prɪnt/ 名 印刷；印刷字體；印刷品

go into	print	付印；被出版

▷ The new dictionary will be **going into print** in early November. 這本新字典將在 11 月初出版。

large	print	大的字體
small	print	小的字體
bold	print	粗的字體
color	print	彩色印刷

▷ Does the library have any **large print** books? 圖書館有大字體的書嗎？

▷ You should read the **small print** before you sign the contract. 簽合約前應該讀小字（附屬細則）部分。

in	print	印出來的，已出版且未絕版的
out of	print	絕版的

▷ It's an old book, but it's still **in print**. 這是本舊書，但還沒有絕版。

▷ I'm sorry, this book's **out of print**. 很抱歉，這本書絕版了。

priority /praɪˈɔrətɪ/ 英 /praɪˈɔriti/

名 優先，優先權；優先事項

give	priority to A	以 A 為優先
set	priorities	決定優先順序
establish	priorities	

P

take	priority	有優先權
have	priority	

▷ At airports the staff **give priority to** first-class passengers. 在機場，工作人員以頭等艙乘客為優先。

▷ Pregnant women and the elderly **take priority** *over* others on trains and buses. 在火車與公車上，孕婦和老人比起其他人有優先權。

▷ We should **have priority**. We were first in line! 我們應該有優先權。我們排在最前面！

a high	priority	高優先度
a top	priority	第一優先
a low	priority	低優先度

▷ Is staying in a five-star hotel **a high** or **low priority** for you? 住五星級飯店對於你的優先度是高還是低？

▷ Maintaining our high standard of service is a **top priority** for us. 維持高水準服務是我們的第一優先。

a list of	priorities	優先事項清單
order of	priority	優先順序

▷ We can't do everything immediately. We need to draw up a **list of priorities**. 我們沒辦法馬上做好所有事情。我們必須擬定優先事項的清單。

prison /ˈprɪzn̩/ 名 監獄；坐牢

go to	prison	入獄
send A to	prison	使A（人）入獄
put A in	prison	
escape from	prison	逃獄
come out of	prison	出獄
be released from	prison	

▷ He **went to prison** for drunken driving. 他因為酒駕坐牢了。

▷ He was **sent to prison** for terrorist activities. 他因為從事恐怖活動而被送進監獄。

▷ They **put** him **in prison** for selling drugs. 他因為販毒而入獄。

▷ Two terrorists have just **escaped from prison**. 兩名恐怖份子剛從監獄逃走。

▷ He's due to be **released from prison** in three weeks' time. 他預計三週後將出獄。

in	prison	在監獄裡，坐牢

▷ The bank robbers were sentenced to eight years **in prison**. 那些銀行搶匪被判入獄服刑八年。

private /ˈpraɪvɪt/

形 私人的，個人的；私有的

purely	private	純粹私人的
strictly	private	極度私密的；完全是私人的

▷ This isn't official. It's **purely** my **private** opinion. 這不是官方意見，純粹是我個人的意見。

▷ This information is **strictly private**. Just between you and me. 這項資訊非常私密。只有你跟我知道。

public and private		公共與私人的；公開與私人的

★ 也可以說 private and public

▷ You should be careful to distinguish between your **public and private** life. 你應該謹慎區分公私領域的生活。

prize /praɪz/ 名 獎，獎品

award	a prize	給予獎項
give	a prize	
present	a prize	頒獎
receive	a prize	獲獎
win	a prize	得到獎項
get	a prize	
take	a prize	

▷ She was **awarded** a **prize** for her graduation thesis. 她因為畢業論文而得獎。

▷ The headmaster **presented** a **prize** to my daughter at school today. 校長今天在學校頒獎給我的女兒。

▷ My son's team **received** a **prize** for their science project. 我兒子的隊伍因為他們的科學專題研究而得獎。

▷ My brother's really good at sports. He's **won** many **prizes**. 我弟弟真的很擅長運動。他得了很多獎。

a big	prize	
a great	prize	很大的獎
a major	prize	
a special	prize	特別獎
first	prize	頭獎

P

second	prize	二獎
third	prize	三獎
the top	prize	最大獎

▷ It would be great to win a **big prize** on a TV game show. 如果能贏得遊戲節目的大獎就太棒了。

▷ You won a holiday for two in Hawaii? Wow! That's a really **great prize**. 你贏得了夏威夷雙人遊？哇！真是個大獎。

▷ We won the **top prize** in the cheerleading competition! 我們在啦啦隊比賽得到了最大獎！

prize	for A	對於 A 的獎

▷ He won the Nobel **Prize for** Literature. 他得到了諾貝爾文學獎。

problem /ˈprɑbləm/ 🇬🇧 /ˈprɔbləm/ 名 問題

have	a problem	有問題
present	a problem	造成問題
pose	a problem	
cause	a problem	引起問題
face	a problem	面對問題
tackle	a problem	對付問題
address	a problem	
deal with	a problem	處理問題
overcome	a problem	克服問題
solve	a problem	解決問題
resolve	a problem	

▷ "We **have** a bit of **problem**." "What kind of problem?" 「我們有點問題。」「什麼樣的問題？」

▷ Changing the dates of our holiday shouldn't **present a problem**. 改變我們休假的日期應該不會造成問題。

▷ I don't want to **cause** you any **problems**. 我不想造成你的麻煩。

▷ We need some help to **tackle** this **problem**. 我們需要有人幫忙處理這個問題。

▷ We need to try harder to **overcome** our **problems**. 我們必須更努力克服我們的問題。

▷ If we had some more money, it would **solve** all our **problems**. 要是我們的錢再多一點，就可以解決所有問題了。

a problem	arises	問題發生
a problem	lies	問題在於
a problem	remains	問題還在

▷ The **problem lies** in his attitude to work. 問題在於他的工作態度。

▷ We all agree we need to increase sales, but the **problem remains** how are we going to do it? 我們都同意需要增加銷售量，但問題還是我們要怎麼做。

a big	problem	大的問題
the main	problem	主要的問題
a major	problem	重大的問題
a serious	problem	嚴重的問題
a minor	problem	較小的問題
a real	problem	真正的問題
an attitude	problem	態度上的問題
a financial	problem	財務問題
a social	problem	社會問題

▷ The **main problem** is to find a hotel for tonight. 主要的問題是找到今晚要住的飯店。

▷ We're having **major problems** at our factory. 我們工廠有很重大的問題。

▷ I don't have an **attitude problem**! 我的態度沒有問題！

▷ Homeless people are becoming an important **social problem**. 遊民逐漸成為重要的社會問題。

the problem	of A	A 的問題
a problem	with A	A 方面的問題

▷ Because of heavy rain, the **problem of** flooding has increased. 因為大雨的關係，淹水的問題擴大了。

▷ The **problem with** living here is that it takes me over 2 hours to get to work. 住在這裡的問題是我上班要兩個多小時。

the problems	associated with A	關於 A 的問題

▷ He talked about the familiar **problems associated with** global warming. 他談到了關於全球暖化常被討論的問題。

a solution to	a problem	問題的解決辦法

▷ We have to find a **solution** to this **problem** quickly. 我們必須迅速找到解決這個問題的辦法。

the problem	is (that)...	問題是…

▷ **The problem is that** I have no idea where to start. 問題是我不知道該從哪裡開始。

(PHRASES)

No problem. ☺ 沒問題。 ▷ "Can we postpone the meeting until tomorrow?" "Sure. No problem." 「我

們可以把會議延到明天嗎？」「當然。沒問題。」

process /ˈprɑsɛs/ 英 /ˈprəuses/

名 過程；程序，工序；（時間的）經過

begin	the process	開始過程
start	the process	
complete	the process	完成過程
describe	the process	說明過程
repeat	the process	重複過程

▷ They're going to **begin** the **process** of interviewing candidates tomorrow. 他們明天會開始進行面試應徵者的程序。

▷ It took nearly 5 hours to **complete** the **process** of applying for a visa. 完成申請簽證的程序，花了將近 5 小時。

▷ The scientist **described** the **process** of turning seawater into drinking water. 那位科學家說明將海水變成飲用水的過程。

▷ If you don't fill in these forms properly, you'll have to **repeat** the whole **process**. 如果你沒有確實填好這些表格，就得重新進行整個過程。

a slow	process	緩慢的過程
a complex	process	複雜的過程
a natural	process	自然的過程
the aging	process	老化的過程
the democratic	process	民主程序
the political	process	政治過程
the learning	process	學習過程
the peace	process	和平進程
the selection	process	選擇過程
the manufacturing	process	製造過程
the production	process	生產過程
the whole	process	整個過程

▷ Making wine is a **complex process**. 製酒是複雜的過程。

▷ Milk can be turned into cheese by a **natural process**. 牛奶可以用自然製程變成乳酪。

▷ Is it possible to slow the **aging process**? 有可能延緩老化的過程嗎？

▷ The President was elected by a **democratic process**. 總統是以民主程序選出的。

▷ The **whole process** is carried out by computer. 整個過程以電腦進行。

in	the process of doing	在做…的過程中

▷ Lots of things were damaged **in** the **process** of moving house. 有許多物品在搬家的過程中受損。

product /ˈprɑdəkt/ 英 /ˈprɔdəkt/

名 產物，製品；成果

develop	a product	開發產品
design	a product	設計產品
produce	a product	生產產品
market	a product	行銷產品
supply	a product	供應產品
sell	a product	販賣產品
buy	a product	購買產品

▷ It will take a lot of time to **develop** a new **product**. 開發新產品會花很多時間。

▷ We need to **produce** a cheaper **product**. 我們必須生產更便宜的產品。

▷ We're having problems **marketing** our **products**. 我們在行銷產品方面遇到了困難。

the finished	product	完成品
a quality	product	高品質產品
waste	products	廢棄物
agricultural	products	農產品
meat	products	肉類產品
dairy	products	乳製品

▷ This is where we store the **finished product**. 這是我們存放完成品的地方。

▷ **Agricultural products** have been badly affected by the floods. 農產品因為洪水而嚴重受影響。

production /prəˈdʌkʃən/

名 生產，製造，產量；生產物，戲劇等的製作

be in	production	被生產中
go into	production	開始被生產
go out of	production	被停產
start	production	開始生產
boost	production	增產
increase	production	
control	the production	控制生產
cut	production	減產
reduce	production	

cease	production	停止生產
stop	production	

▷ A new type of smartphone is already **in production**. 新型智慧型手機已經在生產中。

▷ More and more 3D TVs are planned to **go into production** next year. 有越來越多 3D 電視預計於明年投入生產。

▷ If demand falls, we will have to **cut production**. 如果需求下降，我們就必須減產。

▷ Next year we're planning to **increase production** by 10%. 明年我們預計增產 10%。

agricultural	production	農業生產
food	production	食物生產
industrial	production	工業生產
increased	production	增加的產量
mass	production	大量生產
energy	production	能源生產，發電
oil	production	石油生產

▷ **Agricultural production** has increased because of the use of modern machinery. 農產量因為現代機械的使用而增加了。

▷ The use of robots in our factory has led to **increased production**. 我們工廠中使用機器人，使得產量增加。

▷ **Mass production** helps us to lower costs. 大量生產幫助我們降低成本。

profession /prəˋfɛʃən/ 图職業，專業（★律師、醫師、神職人員、教師等等）

enter	a profession	
join	a profession	就任專門職業
go into	a profession	
leave	a profession	辭去專門職業

▷ I want my son to **enter a profession**: teacher, doctor, lawyer. 我希望兒子從事專門職業：老師、醫生、律師。

▷ My mother used to be a high school teacher, but she **left** the **profession** two years ago. 我媽媽以前是高中老師，但她兩年前辭去了教職。

the legal	profession	法律界
the medical	profession	醫學界
the teaching	profession	教育界

▷ You'll have to study very hard if you want to enter the **legal profession**. 如果你想進入法律界，就必須非常用功。

▷ You have to work very long hours if you want to join the **medical profession**. 如果你想進入醫學界，就必須長時間工作。

by	profession	作為職業

▷ She's a lawyer **by profession**. 她的職業是律師。

profit /ˋprɑfɪt/ 美 /ˋprɔfɪt/ 图利潤，利益

make	a profit	
earn	profits	獲利
show	a profit	呈現獲利

▷ My father's business **made** a good **profit** this year. 我爸爸的事業今年獲利很好。

▷ We've been in business for 9 months, but we still haven't **shown** a **profit**. 我們的事業經營了 9 個月，但還沒有獲利。

profits	rise	
profits	increase	利潤上升
profits	fall	利潤下降

▷ We're hoping **profits** will start to **rise** again next month. 我們希望下個月利潤再次開始上升。

▷ Our boss is really worried. **Profits** are **falling**. 我們老闆真的很擔心。利潤正在下降。

gross	profit	毛利
net	profit	淨利
pre-tax	profit	稅前利潤
after-tax	profit	稅後利潤
operating	profit	營業利潤
high	profit	高利潤
low	profit	低利潤
annual	profit	年度利潤

▷ The figures look good, but that's just **gross profit**, before tax, etc. 數字看起來很好，但那只是扣除稅金等等之前的毛利而已。

▷ Our **net profit**, after tax, etc. is still very good. 我們扣除稅金等等之後的淨利還是很好。

▷ These sales figures don't show a very **high profit**. 這些銷售數字並未顯示出非常高的利潤。

profit	from A	來自 A 的利潤
profit	on A	A 方面的利潤
at a	profit	有利潤
for	profit	為了利潤，營利的

▷ **Profits from** our sales abroad are greater than from sales at home. 我們海外銷售的獲利比國內高。

profit and loss	利潤和損失，損益
★ 注意和中文「損益」的詞序相反	

▷ These figures show our **profit and loss** over the last 6 months. 這些數據顯示我們過去六個月的損益。

▌program /ˈprogræm/ 图計畫，一套課程；

節目；（活動等的）節目表；（電腦的）程式

draw up	a program	擬定計畫
launch	a program	開始進行計畫
watch	a program	觀看節目
see	a program	
run	a program	執行程式

▷ Let's **draw up** a **program** of interesting places to visit while we're on holiday. 我們來計畫休假時要拜訪的有趣地方吧。

▷ "Where's your dad?" "He's **watching** a TV **program**." 「你爸在哪？」「他在看電視節目。」

a program	aims to do	計畫的目標是…
a program	includes A	節目包含 A

▷ This **program aims to** examine the reasons behind the present economic crisis. 這個計畫的目標是檢討當今經濟危機背後的原因。

▷ The concert **program** this evening **includes** pieces by Beethoven and Mozart. 今晚音樂會的曲目包括貝多芬和莫札特的作品。

an economic	program	經濟計畫
an investment	program	投資計畫
a development	program	開發計畫
a recovery	program	復原計畫
a research	program	研究計畫
a conservation	program	保存計畫
a nuclear	program	核子計畫
an educational	program	教育課程
a training	program	訓練課程
a television	program	電視節目
a radio	program	廣播節目
a news	program	新聞節目

▷ The government's **economic program** has totally failed. 政府的經濟計畫完全失敗了。

▷ The government has introduced a new **educational program** for elementary schools. 政府導入了新的小學教育課程。

▷ Our **nuclear program** needs to be carefully reconsidered. 我們的核子計畫需要再次經過謹慎的考慮。

a program	for A	為了 A 的計畫

▷ I asked the sports center to draw up a fitness **program for** me. 我請運動中心為我擬定健身計畫。

▌progress /ˈprogrɛs/ 英 /ˈprəugres/

图進步，進展；進行過程

make	progress	進步，進展
monitor	A's progress	追蹤 A 的進展
track	A's progress	

▷ Finally we're **making** some **progress**! 我們終於有點進展了！

▷ My aunt is recovering in hospital. The doctors are **monitoring** her **progress**. 我阿姨正在醫院療養中。醫師在追蹤她恢復的進展。

considerable	progress	很大的進展
good	progress	
significant	progress	
little	progress	稍微的進展
rapid	progress	快速的進展
slow	progress	緩慢的進展
steady	progress	穩定的進展
further	progress	進一步的進展

▷ Every day I practice karate. I think I'm making **good progress**. 我每天練習空手道。我想我進步很多。

▷ They've been making **rapid progress**. 他們進步得很快。

▷ I'm making very **slow progress** writing my essay. 我的短篇論文寫作進度緩慢。

progress	toward A	朝向 A 的進展
progress	on A	A 方面的進展
progress	in A	
in	progress	進行中

▷ Have you made any **progress toward** finding a solution yet? 你尋找解決方法有進展了嗎？

▷ Have you made any **progress on** your research project yet? 你的研究計畫有進展了嗎？

P

▷The meeting is still **in progress**. 會議還在進行中。

a lack of	progress	沒有進展

▷What are the reasons for the **lack of progress**? 沒有進展的原因是什麼？

project /ˈprɑdʒɛkt/ 英 /ˈprɔdʒɛkt/

名計畫，專案，工程

carry out	a project	實施計畫
undertake	a project	著手進行計畫
work on	a project	從事計畫
complete	a project	完成計畫
fund	a project	為計畫提供資金
support	a project	支持計畫

▷We're **carrying out** a **project** on global warming. 我們正在實施和全球暖化有關的計畫。

▷I think we're **undertaking** a very difficult **project**. 我想我們在進行非常困難的計畫。

▷I'm **working on** a new **project**. 我正在進行新的專案。

▷We **completed** the **project** last week. 我們上禮拜完成了計畫。

▷We need to find someone to help us **fund** the **project**. 我們需要找人資助我們的專案。

a major	project	重大的計畫
a special	project	特別的計畫
a specific	project	特定的計畫
a development	project	開發計畫
an investment	project	投資計畫
a pilot	project	先導計畫
a research	project	研究計畫

▷My boss wants me to work with him on **a major project**. 我的上司要我跟他一起進行重大的專案。

the aim of	the project	計畫的目標

▷The **aim of the project** is to improve service to our customers. 這個專案的目標是提升對顧客的服務。

a project	to do	做…的計畫

▷The group have begun a **project to** clean up the lake. 這個團體開始了清理湖泊的計畫。

promise /ˈprɑmɪs/ 英 /ˈprɔmɪs/

名承諾；未來的希望，前途

make	a promise	承諾
give	a promise	
fulfill	a promise	實現承諾；達到期望
keep	a promise	遵守承諾
break	a promise	沒有守住承諾
hold	promise	有前途，有希望
show	promise	

▷She **made** a **promise** to be my best friend for ever. 她承諾會永遠當我最好的朋友。

▷Everybody thought he would be a great golfer, and now he's **fulfilled** that **promise**. 每個人都認為他會成為很棒的高爾夫球選手，而現在他達到了大家的期望。

▷Don't trust him. He never **keeps** his **promise**. 不要相信他。他從不遵守承諾。

▷I never **break** a **promise**! 我從來不會食言！

▷Have you seen Sally run the 100 meters? She **holds a** lot of **promise**. 你看過 Sally 跑百米嗎？她看起來很有前途。

a broken	promise	失信的承諾
a false	promise	虛假的承諾
a vague	promise	模模糊糊的承諾
great	promise	前途很有希望

▷She left her boyfriend because of all his **broken promises**. 因為她男朋友那堆失信的承諾，所以她跟他分手了。

▷He said he would help me, but it turned out to be a **false promise**. 他說他會幫我，結果卻只是空口說白話。

▷Picasso's early paintings showed **great promise**. 畢卡索早期的畫作顯示他的前途很有希望。

a promise	to do	做…的承諾

▷He gave me a **promise to** email me regularly from Canada. 他答應會定期從加拿大寄電子郵件給我。

promote /prəˈmot/

動促進，推進；宣傳、推銷產品；使升職

actively	promote	積極宣傳
heavily	promote	大力宣傳

▷We need to do more to **actively promote** our product. 我們必須更努力力積極宣傳產品。

P

aim to	promote A	以促進 A 為目標
be designed to	promote A	被設計成促進 A

▷ We **aim to promote** awareness of the dangers of overeating. 我們的目標是促進大眾對於過量飲食危險性的認知。

▷ This government campaign is **designed to promote** healthier lifestyles. 這個政府活動是為了推廣更健康的生活方式而設計的。

promote A	to B	使 A 升職為 B

▷ Great news! You're going to be **promoted to** section chief. 好消息！你要升課長了。

promotion /prə`moʃən/

名 升職；促進；促銷活動

get	promotion	
win	promotion	獲得升職
gain	promotion	
deny	a promotion	拒絕升職
do	a promotion	做促銷活動

▷ Tom's aim is to **get promotion** within 12 months. Tom 的目標是在 12 個月以內升職。

internal	promotion	內部晉升
rapid	promotion	快速的升職
automatic	promotion	自動升職

▷ She achieved **rapid promotion** within her company. 她在公司裡往上爬得很快。

proof /pruf/ 名 證據，證明，驗證

have	proof	有證據
give	proof	
provide	proof	提供證據
require	proof	需要證據

▷ Do you **have proof** of what you're saying? 你對於自己所說的有證據嗎？

▷ You'll need to **give proof** of your identity. 你必須提供身分證明。

▷ The police will **require proof** before they arrest her. 警方在逮捕她之前需要證據。

conclusive	proof	決定性的證據
final	proof	最終的證據

further	proof	進一步的證據
living	proof	活生生的證據

▷ We think she stole the money, but we can't find **conclusive proof**. 我們認為她偷了錢，但找不到決定性的證據。

▷ We need **further proof** before we contact the police. 我們聯絡警方之前，需要進一步的證據。

▷ My aunt is **living proof** that it's possible to recover from cancer. 癌症可以痊癒，我阿姨就是活生生的證據。

proof	that...	…的證據

▷ Her face turned bright red. It's **proof that** she was lying! 她的臉變得通紅。那是她說謊的證據！

proper /`prɑpɚ/ 英 /`prɔpə/

形 合適的，適當的；得體的

perfectly	proper	
quite	proper	非常適當的

▷ I think that it's **perfectly proper** to complain about the noise from your next-door neighbors. 我認為投訴隔壁鄰居的噪音是非常正確的。

property /`prɑpɚtɪ/ 英 /`prɔpəti/

名 財產，房地產，所有物；不動產，土地；特性

buy	property	買房地產
sell	property	賣房地產
have	property	
own	property	擁有房地產
obtain	property	取得房地產

★ own 比 have 顯得正式些

▷ Now is not a good time to **sell property**. 現在不是賣房地產的好時機。

▷ He **has property** in the middle of Tokyo. 他有東京中心區的房地產。

▷ It's difficult to **obtain property** in the downtown area. 要取得市中心的房地產很困難。

intellectual	property	智慧財產
private	property	私人財產，私有地
personal	property	動產，個人的財產
stolen	property	贓物
commercial	property	商用不動產

P

▷ If you write a book, it's your **intellectual property**. You have copyright. 如果你寫一本書，那就是你的智慧財產。你擁有版權。

▷ We can't go onto this land. It's **private property**. 我們不能進入這塊地。這是私有地。

▷ A lot of **stolen property** is kept at the police station. 有許多贓物保管在警察局。

proportion /prə`porʃən/

名 比例，比率，部分；均衡，比例協調

reach	... proportions	達到…的規模

▷ This year's influenza outbreak has **reached** epidemic **proportions**. 今年的流感爆發達到了大流行的規模。

a high	proportion	高比例
a great	proportion	大的比例
a large	proportion	
a significant	proportion	相當大的比例
a substantial	proportion	
a low	proportion	低比例
a small	proportion	小的比例
direct	proportion	正比
inverse	proportion	反比

★ 表示「比例」時，常與表示程度的副詞 relatively 連用

▷ Developed nations have a relatively **high proportion** of people over 65. 已開發國家逾 65 歲人口的比例相對較高。

▷ A **significant proportion** of the population are now unemployed. 相當大比例的人口正在失業中。

▷ Only a **small proportion** of rice is imported from Thailand. 只有一小部分的米是從泰國進口的。

in proportion	(to A)	（和 A）成比例
out of proportion	(to A)	（和 A）不成比例

▷ The number of traffic accidents increases in **proportion to** the speed of driving. 交通事故件數隨著車速成比例增加。

▷ In this painting, the nose seems to be **out of proportion to** the rest of the face. 在這幅畫裡，鼻子看起來和臉上其他部分不成比例。

a sense of	proportion	權衡事物輕重的能力

▷ It's important to keep a **sense of proportion**. 保持權衡事物輕重的能力很重要。

propose /prə`poz/

動 提議，提出；提名

be originally	proposed	原先被提出

▷ The same plan was **originally proposed** five years ago. 同樣的計畫原先是 5 年前提出的。

propose	doing	提議做…

▷ At the meeting, the chairman **proposed** cutting overtime rates. 在會議中，主席提議降低加班費。

propose	that...	提議…

▷ I **propose that** we (should) elect a new chairman. 我提議選出新主席。

prospect /`prɑspɛkt/ 英 /`prɔspɛkt/

名 前景，可能性；指望，預期

have	the prospect	有可能性
see	the prospect	看到可能性
offer	the prospect	提供可能性
face	the prospect	面對可能性
raise	the prospect	提高可能性

▷ If you stay in your present job, you **have** the **prospect** of promotion in the near future. 如果你繼續做現在的工作，在不久的將來有可能升職。

▷ I can **see** the **prospect** of many people losing their jobs in the near future. 我可以看到不久的將來會有許多人失業。

▷ My new job **offers** the **prospect** of a lot of foreign travel. 我的新工作提供許多海外出差的機會。

▷ Nearly five million people **face** the **prospect** of starvation. 將近 500 萬人面臨飢餓的可能。

economic	prospects	經濟前景
growth	prospects	成長前景
employment	prospects	就業前景
future	prospects	未來前景
a good	prospect	好的前景
a reasonable	prospect	

▷ At the moment **economic prospects** do not look very good. 目前經濟前景看起來不太好。

▷ The **future prospect** of food shortages is very worrying. 未來糧食不足的可能性非常令人擔憂。

（★ 表示未來有多種可能時，使用複數：His future prospects look very good. 他未來的前途看起來非常

好。）

▷There's a **good prospect** that the economy will recover next year. 經濟明年很有可能復甦。

the prospect	for A	A 的可能性

▷The **prospect for** getting a government grant is quite good. 得到政府獎學金的可能性蠻高的。

▌ protect /prə`tɛkt/ 動 保護，守護

well	protected	
adequately	protected	充分受到保護的
fully	protected	

▷If you're going to play American football, your body needs to be **well protected**. 如果要打美式足球，身體需要做好保護。

protect A	from B	
protect A	against B	保護 A 不受到 B

▷Wear a thick coat and muffler to **protect** you **against** catching cold. 穿厚外套和圍巾以免感冒。

▌ protection /prə`tɛkʃən/ 名 保護

provide	protection	
give	protection	提供保護
offer	protection	
need	protection	需要保護

▷You should put on some sun cream to **provide protection** against the sun. 你應該擦防曬霜來保護自己不受陽光傷害。

▷If you **need protection** from pollen, you should wear a mask. 如果想保護自己免於吸入花粉，就該戴口罩。

environmental	protection	環境保護
legal	protection	法律上的保護

▷Governments now realize the importance of **environmental protection**. 各國政府現在了解環境保護的重要性。

▷This insurance policy provides you with **legal protection** if you have a traffic accident. 如果你發生交通事故，這個保險提供你法律上的保護。

protection	against A	
protection	from A	避免 A 的保護
protection	of A	保護 A

protection	for A	對 A 的保護
under	the protection of A	在 A 的保護之下

▷This spray provides **protection against** mosquito bites. 這個噴霧提供預防蚊子叮咬的保護。

▷Today's lecture is on the **protection of** the environment. 今天的講課是關於環境保護。

▷The government has passed laws that provide **protection for** consumers. 政府通過了保護消費者的法律。

▷These rare birds are **under** the **protection of** strict laws. 這些稀有的鳥類受到嚴格的法律保護。

▌ protest /`protɛst/ 名 抗議，反對

make	a protest	抗議
stage	a protest	舉行抗議活動
lead	a protest	領導抗議

▷I think it's useless to **make a protest**. It won't do any good. 我想抗議是沒用的。那不會有效果。

▷People are thinking of **staging a protest** about the huge increases in gasoline prices. 民眾正考慮舉行抗議油價大漲的活動。

▷We need someone to **lead a protest** against the building of more nuclear plants. 我們需要有人帶頭抗議興建更多核電廠。

(a) strong	protest	強烈的抗議
(a) violent	protest	暴力的抗議行動
(a) mass	protest	集體抗議
(a) public	protest	大眾的抗議行動
(a) political	protest	政治的抗議行動

▷There'll be a **strong protest** if we raise the age for receiving a pension. 如果我們調高領取年金的年齡，會有很強烈的抗議。

▷A **mass protest** is taking place in the main square of the city. 市內的主要廣場正在進行集體抗議活動。

(a) protest	against A	
(a) protest	at A	對 A 的抗議
in	protest	作為抗議

▷There was a **protest against** the raise in local taxes. 有抗議調漲地方稅的聲浪。

▷Many company employees decided to go on strike **in protest** against restructuring. 許多員工決定罷工抗議公司重組。

P

a howl of	protest	抗議的呼喊聲
a cry of	protest	
a storm of	protest	抗議的風暴
a letter of	protest	抗議信

▷ When the Prime Minister refused to resign, there were **howls of protest**. 首相拒絕辭職，引起了抗議的聲浪。

▷ I think we should write a **letter of protest**. 我想我們應該寫抗議信。

protest /prə`tɛst/

動 抗議，提出異議；作為抗議而聲明

protest	strongly	強烈抗議
protest	loudly	大聲抗議
★ 副詞常放在動詞後面		

▷ She **protested strongly**, but the plans for reorganization still went ahead. 她強烈抗議，但改組計畫仍然進行了。

▷ She **protested loudly**, but she was forced to leave the meeting. 她大聲抗議，但被趕出了會議。

protest	about A	對於 A 這件事抗議
protest	against A	抗議 A
protest	at A	

▷ Do you know what the demonstrators are **protesting about**? 你知道遊行者在抗議什麼事嗎？

▷ Many people are **protesting against** the Government's decision. 許多人抗議政府的決定。

| protest | that... | 聲明 |

▷ She **protested that** she hadn't done anything wrong. 她聲明自己沒做錯事。

proud /praʊd/ 形 驕傲的，自豪的

| feel | proud | 感到驕傲 |

▷ You came top in your class. Don't you **feel proud**? 你得到全班第一名。你不覺得驕傲嗎？

extremely	proud	極為驕傲的
really	proud	真的很驕傲的
justifiably	proud	理所當然能覺得驕傲的
justly	proud	
particularly	proud	特別驕傲的

▷ I'm **really proud** of you. 我真的以你為榮。

▷ She was **justifiably proud** of everything that she had achieved. 她對自己達成的一切感到很驕傲，也是應該的。

▷ She was **particularly proud** of getting a black belt for karate. 她對於自己得到空手道黑帶特別自豪。

| proud | of A | 對於 A 感到驕傲的 |

▷ My mother is **proud of** being a good cook. 我媽媽對於自己很會煮菜感到自豪。

| proud | (that...) | 對於…感到驕傲的 |

▷ We're really **proud that** you graduated from university. 你大學畢業了，我們真的以你為榮。

| proud | to do | 驕傲地做…的 |

▷ I am **proud to** say that my conscience is completely clear. I've done nothing wrong. 我能很驕傲地說自己完全對得起良心。我沒有做錯事。

provide /prə`vaɪd/

動 提供，供給；準備；規定

| well | provide | 充足地提供 |

▷ After the tsunami, the survivors were **well provided** with food and warm clothes. 海嘯過後，生還者得到了充足的食物與溫暖衣物。

provide A	with B	提供 B 給 A（人）
provide B	for A	
provide A	to B	提供 A 給 B（人）

▷ Japanese convenience stores often **provide** their customers **with** chopsticks when they buy food. 日本的便利商店經常在顧客買食物時提供筷子。

▷ We need to **provide** food and water **for** the earthquake survivors. 我們需要提供食物和水給地震的生還者。

| provide | that... | 規定 |

▷ The contract **provides that** travel expenses will be paid. 合約規定交通費將獲得支付。

provision /prə`vɪʒən/

名 提供，供給；準備；（法律、契約等的）規定

make	provision(s) for A	為 A（未來的預定對象）做準備
contain	provision(s)	包含規定
include	provision(s)	

▷ We need to **make provision for** people who arrive in wheelchairs. 我們必須為坐輪椅前來的人做好安排。
▷ The new law **contains provisions** for improving safety in factories. 新的法律包含改善工廠安全的規定。

provision	for A	對 A 的準備

▷ Our flight attendants make special **provision for** mothers who travel with young babies. 我們的空服員會為有小嬰兒的母親做特別安排。

public /ˋpʌblɪk/

名 公眾，大眾；（特定的）群體

be open to	the public	對大眾開放

▷ The exhibition will be **open to** the **public** next week. 展覽將於下週開放大眾參觀。

the general	public	一般大眾
the American	public	美國民眾
the reading	public	閱讀群眾
the traveling	public	常旅行的族群

▷ This information is not available to the **general public**. 這項資訊不是一般大眾可以取得的。
▷ The **American public** will want to know the truth. 美國民眾會想要知道真相。

in	public	當眾，公開地

▷ We think the party leader should apologize **in public**. 我們認為黨主席應該公開道歉。

public /ˋpʌblɪk/

形 公共的，公眾的；眾人皆知的

go	public	公開，把祕密公開；股票公開上市
make A	public	公開 A

▷ She's threatening to **go public** and make a scandal! 她威脅要公開祕密，把這件事變成一樁醜聞！
▷ The government is going to **make** the report **public** next week. 政府將在下週公開報告書。

publish /ˋpʌblɪʃ/ 動 出版；發表，公布

be recently	published	最近被出版
be originally	published	原本被出版
be previously	published	之前被出版

▷ Have you read this book? It's only **recently published**. 你讀過這本書嗎？這最近才剛出版。
▷ This book was **originally published** in 1843. 這本書一開始是 1843 年出版的。

punish /ˋpʌnɪʃ/ 動 處罰

be severely	punished	被嚴厲處罰

▷ If you don't obey the rules, you'll be **severely punished**. 如果不遵守規定，就會被嚴厲處罰。

punish A	for B	因為 B（壞事等）處罰 A（人）
punish A	by B	以 B 處罰 A（人）

▷ Why did you **punish** my son **for** being late? It wasn't his fault! 你為什麼因為我兒子遲到處罰他？那不是他的錯！ ▷ He was **punished for** being rude to his teacher. 他因為對老師不禮貌而被罰。（★ 經常以被動態使用）
▷ They **punished** her **by** making her stay late after class. 他們罰她下課後留到很晚。

purchase /ˋpɝtʃəs/ 名 購買；購買的東西

make	a purchase	購買
finance	the purchase	籌措購買的資金
fund	the purchase	提供購買的資金

▷ I **made** several interesting **purchases** in the street market yesterday. 我在昨天的街頭市集買了幾樣有趣的東西。
▷ I want to buy my own car, but I don't have enough money to **finance** the **purchase**. 我想買自己的車，但我的錢不夠買。

a major	purchase	重大的購買

▷ Buying a house is a **major purchase** for most consumers. 買房對大部分的消費者而言是很重大的購買行為。

pure /pjʊr/ 形 純粹的；純淨的；純潔的

pure and simple	純粹，就只是

▷ Everything she said was a lie. **Pure and simple.** 她所說的一切就只是謊話而已。

purpose /ˈpɝˑpəs/ 名 目的，意圖，用途

have	a purpose	有目的
achieve	a purpose	達到目的
serve	a purpose	有用途
suit	A's purpose	適合 A 的目的
defeat	the purpose of A	使 A 變得沒意義、失去原本的作用

▷ All these rules and regulations **have** a **purpose.** 這些規則與規定全都有其目的。
▷ We need to decide what **purpose** we want to achieve. 我們必須決定想達到什麼目的。
▷ It **serves** no **purpose** to complain all the time. 一直抱怨是沒用的。

the main	purpose	主要目的
the primary	purpose	
one's original	purpose	原本的目的
a common	purpose	共通的目的
a specific	purpose	特定的目的
the real	purpose	真正的目的

▷ The **main purpose** of this meeting is to get to know each other. 這場會議的主要目的是彼此認識。
▷ We mustn't forget what our **original purpose** was. 我們絕對不能忘記我們原本的目的是什麼。
▷ These tests are designed for a **specific purpose.** 這些測試是為了特定的目的而設計的。
▷ What's the **real purpose** of your visit? 你參訪的真正目的是什麼？

on	purpose	故意，有意的
for	the purpose of doing	為了做…
a purpose	in A	A 方面的目的

▷ You did that **on purpose**! 你是故意那麼做的！
▷ This room is used **for** the **purpose of** holding meetings. 這個房間是用來舉行會議的。
▷ You need to have a **purpose in** life. 你的人生必須有目標。

pursue /pəˈsu/ 英 /pəˈsuː/

動 追逐，追趕；追求

actively	pursue	積極追求

▷ We're **actively pursuing** our plan to open more stores in the center of Tokyo. 我們積極推動在東京中心區開設更多店鋪的計畫。

put /pʊt/ 動 放，放置；表達

put	A cleverly	巧妙地表達 A
put	A well	
put	A succinctly	簡潔地表達 A
put	A simply	簡單地表達 A

▷ The Prime Minister **put** the problem very **well.** "No money, no health service!" 首相把問題表達得很好。「沒有錢，就沒有醫療服務！」
▷ Let me **put** this **simply.** 讓我簡單說這件事。

put A	on B	把 A 放在 B 上

▷ She **put** a vase of flowers **on** the table. 她放了一瓶花在桌上。

put A	in B	把 A 放進 B
put A	into B	

▷ Don't **put** too much sugar **in** your coffee. 咖啡不要加太多糖。
▷ **Put** the flour and salt **into** a bowl. 將麵粉與鹽放入碗中。

puzzle /ˈpʌzl/ 名 智力遊戲，益智謎題；難題

solve	a puzzle	解開益智謎題，解開難題

▷ Tim's really good at **solving puzzles.** Tim 真的很擅長解開益智謎題。

a crossword	puzzle	填字遊戲
a jigsaw	puzzle	拼圖

P

Q

qualification /ˌkwɑləfəˈkeʃən/

英 /ˌkwɔlifiˈkeiʃən/ 名 資格；技能；資歷；限定（保留條件）

get	a qualification	
gain	a qualification	取得資格
obtain	a qualification	
have	a qualification	有資格
hold	a qualification	
lead to	a qualification	讓人能取得資格
improve	qualifications	增進技能
lack	qualifications	缺乏資格、技能
require	a qualification	需要資格條件
need	a qualification	

▷ You should try to **get** a **qualification**. 你應該努力取得資格。（★ gain, obtain 是比較正式的說法）
▷ Do you **have** any **qualifications**? 你有任何資格證明嗎？
▷ You should do a course that **leads to** a **qualification**. 你應該上可以幫助取得資格的課程。
▷ I'm trying to **improve** my **qualifications**. 我在努力提升我的技能。

a formal	qualification	正式資格
entry	qualifications	加入資格
paper	qualifications	資格證書
a professional	qualification	專業資格
a vocational	qualification	職業資格
a recognized	qualification	經認定的資格
academic	qualifications	學歷

▷ She doesn't have any **formal qualifications**. 她沒有任何正式的資格。
▷ Her **paper qualifications** are excellent. 她擁有的資格證書非常好。
▷ You need to get a **vocational qualification** of some kind. 你必須取得某種職業資格。

a qualification	for A	A 的資格
a qualification	in A	A（領域）的資格
without	qualification	沒有保留條件地
with	qualifications	有保留條件地

▷ She has all the right **qualifications for** the job. 她有適合這份工作的各種資格。

▷ If you want to work in the export department, you'll need a **qualification in** English. 如果你想在出口部門工作，就需要英語能力的資格證明。
▷ I agree to your proposal **without qualification**. 我沒有保留地贊成你的提案。

a qualification	to do	做…的資格

▷ I don't have the **qualifications to** apply for that job. 我不具備應徵那份工作的資格。

qualifications and experience	資格和經驗
★ 也可以說 experience and qualifications	

▷ They're looking for somebody with **qualifications and experience**. 他們正在找有資格和經驗的人。

qualified /ˈkwɑləˌfaɪd/ 英 /ˈkwɔlifaid/

形 有資格的；有保留的

well	qualified	很有資格的
suitably	qualified	
fully	qualified	有充分資格的

▷ I think you're **well qualified** for the job. 我想你很有資格做這份工作。
▷ Next year she'll be **fully qualified** as a doctor. 明年她就有充分的資格擔任醫師了。

qualified	to do	有資格做…的

▷ You're not **qualified to** give advice on this matter. 你沒有資格對這件事提出建議。

quality /ˈkwɑlətɪ/ 英 /ˈkwɔliti/

名 質，品質；特質，特性

maintain	(the) quality	維持品質
improve	(the) quality	增進品質
enhance	(the) quality	提升品質

▷ They were unable to **maintain** the **quality** *of* their product. 他們無法維持產品品質。
▷ We need to **improve** the **quality** *of* our service. 我們必須增進服務品質。
▷ Using fresh tomatoes **enhances** the **quality** *of* the sauce. 新鮮番茄的使用提升醬料的品質。

good	quality	好品質
high	quality	高品質
top	quality	最高品質

Q

| poor | quality | 低品質 |
| low | quality | |

▷ This is a cloth of **high quality**. 這是高品質的布料。
▷ The food at this restaurant is **top quality**. 這間餐廳的餐點品質是最好的。
▷ This suit is really rather **poor quality**. 這套西裝的品質真的很差。

quantity /ˈkwɑntətɪ/ 英 /ˈkwɒntiti/

图 量；分量，數量

a large	quantity	
a great	quantity	大量
a huge	quantity	
a vast	quantity	
a considerable	quantity	相當大的量
a substantial	quantity	可觀的量
a small	quantity	少量
a sufficient	quantity	足夠的量
an unknown	quantity	不明的量
★ 不會說 ×big quantity		

▷ Milk contains **large quantities** of calcium. 牛奶含有大量的鈣質。
▷ A **huge quantity** of food is wasted and thrown away every day. 每天都有大量的食物被浪費、丟棄。
▷ There are still many places where oil exists in **vast quantities**. 還是有許多蘊涵大量石油的地方。
▷ Fishermen have been catching only a **small quantity** of fish recently. 漁夫們最近只捕到少量的魚。
▷ An **unknown quantity** of pollution may have got into the sea. 總量不明的污染可能已經進入海中。

| a quantity | of A | A 的量；大量的 A |
| in | quantity | 大量地 |

▷ Avoid eating large **quantities of** food in the evening. 要避免在晚上吃大量食物。
▷ You can get things cheaper if you buy **in quantity**. 如果大量購買，就可以買得比較便宜。

| quantity and quality | 量與質 |
| ★ 也可以說 quality and quantity | |

▷ **Quantity and quality** are two very different things. So, please write a shorter, better essay! 量與質是截然不同的。所以，請把文章寫短、寫好一點！

quarter /ˈkwɔrtɚ/

图 4 分之 1；15 分鐘；季度，3 個月

| a quarter | of A | A 的 4 分之 1 |

▷ A **quarter of** our sales are overseas. 我們 4 分之 1 的銷售來自海外。

a quarter	of seven	再 15 分鐘到 7 點
美 a quarter	to seven	
a quarter	after seven	7 點 15 分
美 a quarter	past seven	

▷ It's a **quarter of** seven. 還有 15 分鐘就 7 點了。
▷ Let's meet at a **quarter after** seven. 我們 7 點 15 分碰面吧。

the first	quarter	第一季
the second	quarter	第二季
the third	quarter	第三季
the fourth	quarter	第四季
the last	quarter	

▷ Prices rose by 0.5% during the **first quarter** of this year. 今年第一季物價上升了 0.5%。

question /ˈkwɛstʃən/

图 問題；題目；難題；疑問，疑義

have	a question	有問題
ask	a question	問問題
address	a question	提出問題
put	a question	
answer	a question	回答問題
evade	a question	逃避問題
raise	a question	引起問題
pose	a question	
consider	a question	考慮問題
address	a question	解決問題
tackle	a question	
call	into question	質疑
be open	to question	仍然有質疑的空間

▷ Do you **have** any **questions**? 你有任何問題嗎？
▷ Can I **ask** a **question**? 我可以問問題嗎？
▷ Would anyone like to **put** a **question** *to* our guest speaker? 有人想對客座演講者提問題嗎？
▷ She refused to **answer** my **question**. 她拒絕回答我的問題。

Q

▷You **raise** a very interesting **question**. 你提出了非常有趣的問題。
▷You shouldn't have **called** his authority **into question**. 你不應該質疑他的權威。
▷It's still **open to question** whether he will be promoted next year or not. 他明年會不會升職仍然有疑問。

an awkward	question	尷尬的問題
an interesting	question	有趣的問題
a crucial	question	重大的問題
the fundamental	question	根本的問題
an important	question	重要的問題
a key	question	
a vexed	question	棘手的問題

▷I think you asked a very **crucial question**. 我想你問了很重要的問題。
▷There are several **key questions** that we still haven't answered. 還有幾個我們還沒回答的重要問題。

a question	about A	關於 A 的問題
a question	on A	
in	question	討論中的；受到懷疑的
beyond	question	沒有疑問地
without	question	沒有疑問地，不提出疑問地

▷I have a **question about** the school trip to Kyoto. 我有關於到京都進行學校旅行的問題。
▷There was a **question on** international law that I couldn't answer. 有一個關於國際法的題目我答不出來。
▷Your honesty isn't **in question**. 沒有人懷疑你的誠實。
▷I trust her **beyond question**. 我毫無疑問地相信她。
▷She did everything he said **without question**. 她毫不質疑地做他所說的一切。

| question(s) and answer(s) | 問與答 |

▷This book contains most **questions and answers** about living in the USA. 這本書包含大部分關於美國生活的問與答。

PHRASES
(That's a) good question. ☺ 問得好。 ▷When someone says, "Good question," it usually means they don't know the answer! 一個人說「問得好」的時候，通常表示不知道答案！

queue /kju/ 名 英 排隊隊伍

join	a queue	排隊
stand in	a queue	
jump	the queue	插隊

▷I hate people who **jump** the **queue**. 我討厭插隊的人。

quick /kwɪk/ 形 動作快的

| quick | enough | 夠快的 |

▷I tried to get on the train before the doors closed, but I wasn't **quick enough**. 我試圖在關門前搭上列車，但我不夠快。

| be quick | to do | 很快地做… |

▷He was very **quick to** point out my mistakes. 他很快指出了我犯的錯。

quiet /ˈkwaɪət/

形 安靜的；平靜的；文靜的，沉默的

| keep | quiet | 保持安靜 |
| stay | quiet | |

▷**Keep quiet**! I can't hear the television. 安靜！我聽不到電視了。

fairly	quiet	相當安靜的
really	quiet	真的很安靜的
relatively	quiet	相對安靜的
usually	quiet	通常安靜的

▷It's been a **fairly quiet** day. Not very busy. 今天相當平靜。不太忙。
▷It's a **relatively quiet** place where I live in the suburbs. 我住的郊區地方相對安靜。
▷Why is it so noisy? It's **usually quiet** at this time of night. 為什麼這麼吵？晚上這時候通常很安靜的。

| quiet and gentle | 寡言而溫柔的 |
| quiet and peaceful | 寧靜而祥和的 |

▷I love hiking in the woods. It's so **quiet and peaceful**. 我喜歡在森林裡散步，很寧靜祥和。
PHRASES
▷**(Be) quiet!** ☺ 安靜！ ▷Be quiet, Mark! 安靜，Mark！

Q

R

race /res/ 名賽跑，競速的比賽；競爭；種族

have	a race	舉行競賽
run	a race	
enter	a race	參加競賽
lose	a race	輸掉競賽
win	a race	贏得競賽
come first in	a race	競賽得第一名
come second in	a race	競賽得第二名
finish	a race	完成比賽

▷ Let's **have a race**! 我們來賽跑吧！

▷ It's too late now to **enter** the **race**. 現在參加比賽太晚了。

▷ That horse has **won** a lot of **races** recently. 那匹馬最近贏了許多場賽馬。

▷ Poor Nigel. He came last. He couldn't even **fin- ish** the **race**. 可憐的 Nigel。他是最後一名。他甚至跑不完。

a big	race	大的競賽
a close	race	勢均力敵的競賽
a hard	race	艱難的競賽
a tough	race	
a bicycle	race	自行車賽
a car	race	賽車
a horse	race	賽馬
mixed	race	（人）混血
the human	race	人類

▷ The **big race** is on Saturday! 那場很重大的比賽在星期六！

▷ It was a **hard race**. You did well to come 3rd. 那是場艱難的競賽。你得到第三名，表現很好。

a race	with A	和 A 的競賽
a race	against A	
a race	for A	為了 A 的競賽

▷ We've entered a **race with** other schools. 我們參加了和其他學校的賽跑。

a race	to do	做…的競賽

▷ After World War II, the world entered a **race to** develop nuclear weapons. 第二次世界大戰之後，世界開始了發展核子武器的競賽。

class and race	階級和種族
gender and race	性別和種族
sex and race	

★ 以上的詞序都可以顛倒

▷ Her work focuses on issues of **gender and race**. 她的工作著重於性別和種族的問題。

radio /ˈredɪˌo/

名收音機，廣播；無線電（通信）

turn on	the radio	打開收音機
switch on	the radio	
turn off	the radio	關掉收音機
switch off	the radio	
listen to	the radio	聽廣播

▷ Quick! **Turn on** the **radio**! 快！打開收音機！

▷ When I'm in my car, I like to **listen to** the **radio**. 我在車上喜歡聽收音機。

local	radio	地方廣播
national	radio	全國性的廣播

▷ Our **local radio** provides a good service. 我們的地方廣播提供良好的服務。

on	the radio	在廣播上
by	radio	用廣播，用無線電

▷ Are there any good programs **on the radio**? 有好的廣播節目嗎？

rain /ren/ 名雨

look like	rain	看起來像要下雨
get caught in	the rain	被雨淋濕
pour with	rain	下大雨
bring	rain	帶來降雨

▷ It **looks like rain**. 看起來好像要下雨了。

▷ Take an umbrella with you. Don't **get caught in** the **rain**. 帶把傘。不要被雨淋濕了。

▷ It's **pouring with rain** outside. 外面下著大雨。

▷ It looks like those clouds are going to **bring rain**. 看起來那些雲要帶來降雨了。

the rain	falls	下雨，降雨
the rain	comes down	
the rain	stops	雨停

the rain	begins to fall	開始下雨

▷ A lot of **rain fell** last night. 昨夜下了很多雨。
▷ Has the **rain stopped** yet? 雨停了嗎？
▷ Let's go inside before the **rain begins to fall**.
我們在開始下雨前進室內吧。

heavy	rain	大雨
pouring	rain	
torrential	rain	豪雨，暴雨
driving	rain	大風雨
light	rain	小雨
acid	rain	酸雨

▷ **Heavy rain** is forecast for tomorrow. 預報說明
天會下大雨。
▷ There's **torrential rain** outside. I got soaked.
外面下雨下得很猛。我全身濕透了。
▷ **Acid rain** is a major source of pollution. 酸雨是
污染的一個主要來源。

in	the rain	在雨中
after	(the) rain	雨後
before	(the) rain	下雨前

▷ Everything smells so fresh **after** the **rain**. 雨後
一切聞起來都很清新。

rain /ren/ 動 下雨

rain	heavily	下大雨
rain	hard	
rain	slightly	有點下雨
rain	steadily	持續下雨

▷ Better not go outside. It's **raining heavily**. 最好
不要出門。現在雨下得很大。

start	to rain	開始下雨
begin	to rain	
start	raining	
stop	raining	雨停

★ start raining 有時用在從開始到現在仍然持續下
雨的情況

▷ It's **started to rain**. 開始下雨了。
▷ I think it's **stopped raining**. 我想雨停了。

range /rendʒ/ 名 幅度，多樣性；範圍；射程

cover	a range	涵蓋範圍
extend	the range	擴大範圍
expand	the range	
broaden	the range	
increase	the range	
limit	the range	限制範圍
offer	a range of A	提供多種的 A
provide	a range of A	

▷ The news program **covered** a **range** *of* topics.
這個新聞節目包含多種不同的話題。
▷ Car manufacturers are trying to **extend** the
range of their electric cars. 各家汽車製造商正試圖
擴大電動車的產品系列。
▷ If you don't want to spend much money, your
range *of* choice is **limited**. 如果你不想花很多錢，
你的選擇範圍就有限。
▷ The hotel **provides** an excellent **range of** ser-
vices. 飯店提供多種優秀的服務。

a great	range	大的範圍
a vast	range	
a wide	range	廣的範圍
a broad	range	
a narrow	range	窄的範圍
a limited	range	有限的範圍
a normal	range	正常的範圍
a full	range	完整的範圍
a whole	range	
a new	range	新的產品系列
a good	range	種類豐富的產品系列
close	range	近距離
short	range	

▷ They have a very **wide range** of goods in this de-
partment store. 這家百貨公司的商品種類範圍很廣。
▷ We only have these sweaters in a **limited range**
of colors. 我們這些毛衣的顏色選擇有限。
▷ All your hospital test results are within the **nor-
mal range**. 你的醫院檢驗結果都在正常範圍內。
▷ You can see a **full range** *of* our products in this cat-
alog. 你可以在這份目錄中看到我們全系列的產品。
▷ Have you seen our **new range** *of* cosmetics?
你看過我們新系列的化妝品嗎？
▷ We have a **good range** *of* inexpensive watches.
我們有種類豐富的便宜手錶。

R

▷ The police said he was shot *at close range*. 警方說他是被近距離射擊的。

in	the range of A	在 A 的範圍
within	the range of A	在 A 的範圍內
in	range	在射程內
within	range	
out of	range	在射程外

▷ We're looking for a house **in the range of** $250,000–$300,000. 我們正在找範圍在 25 到 30 萬美元的房子。

▌range /rendʒ/ 動（範圍）延伸，包括

| range | widely | 範圍廣泛 |

▷ Her interest in music **ranges widely** from Mozart to J-pop. 她對音樂的喜好廣泛，從莫札特到日本流行樂都聽。

| range | between A and B | 範圍從 A 到 B |
| range | from A to B | |

▷ The exam results **range between** very poor and excellent. 測驗成績從很差到很好都有。

▷ At the moment, daytime temperatures **range from** 26 to 30 degrees centigrade. 目前白天氣溫在攝氏 26 到 30 度之間。

▌rank /ræŋk/

名 等級，地位；排，列；行列，組織團體的成員

reach	the rank	
achieve	the rank	達到地位
attain	the rank	
hold	the rank	擁有地位
join	the ranks	加入行列
swell	the ranks	擴大行列
rise through	the ranks	在組織、機構中步步高升
break	ranks	打亂隊形；潰散
close	ranks	緊密團結

▷ He **reached** the **rank** *of* colonel in the army. 他在軍中達到上校的位階。

▷ I never thought you would **join** the **ranks** *of* the antigovernment protesters. 我從來沒有想過你會加入反政府抗議者的行列。

▷ He went from bellboy to hotel manager. He really **rose through** the **ranks**. 他從飯店行李員做到經理。他真的步步高升了。

▷ We have to stand firm. We mustn't **break ranks**. 我們必須站穩腳步，不能自亂陣形。

high	rank	高的等級
senior	rank	
low	rank	低的等級
junior	rank	
social	rank	社會階級
the front	rank	前排
the rear	rank	後排

▷ He has a **high rank** in the police force. 他在警察中的位階很高。

▷ She married a rich man, so now her **social rank** is very high. 她跟有錢人結婚，所以現在社會地位很高。

▷ He's in the **front rank** of politicians. 他在政治人士中的第一線。

| within | the ranks | 在行列內，在團體內 |

▷ I think we have some troublemakers **within** the **ranks**. 我想我們團體裡有些製造麻煩的人。

▌rank /ræŋk/ 動 排列順位

| rank | high | 順位高 |
| rank | low | 順位低 |

▷ Finding food and shelter for the flood victims **ranks high** in our list of priorities. 為洪水災民找到食物和住處是我們的高優先事項。

rank	among A	順位在 A 之中
rank	with A	
rank	as A	地位是 A

▷ As a golf player, Tiger Woods **ranks with** the best in the world. 身為高爾夫球選手，老虎伍茲屬於世界最高的等級。

▷ This earthquake **ranks as** one of the largest in recent years. 這場地震是近年最強烈的地震之一。

▌rapid /ˈræpɪd/ 形 快的；急速的

| relatively | rapid | 相對快速的 |

▷ We've been making **relatively rapid** progress, but we still need to go faster. 我們的進展已經相對快速，但還需要更快。

rare /rɛr/ 形 稀有的，罕見的

extremely	rare	非常罕見的
quite	rare	
fairly	rare	相當罕見的
relatively	rare	相對罕見的
comparatively	rare	
increasingly	rare	越來越罕見的

▷ It's **extremely rare** for this kind of problem to happen. 發生這種問題非常罕見。

▷ It's **relatively rare** that we receive complaints from our customers. 我們接到客訴的情況是相對少見的。

▷ This species of bird is becoming **increasingly rare**. 這種鳥越來越稀有。

it is rare	(for A) to do	（A（人））做…是很罕見的

▷ "Where's Jack?" "**It's rare for** him **to** be late home." 「Jack 在哪？」「他很少會晚回家。」

rate /reɪ/ 名 率，比率；費率；速度

increase	rates	增加費率
raise	rates	
cut	rates	減低費率
reduce	rates	
affect	rates	影響費率

★ 和 of 連用時是 increase the rate of A

▷ The government has decided to **cut** interest **rates**. 政府決定降息（降低利率）。

▷ I think the recent high inflation is likely to **affect** the **rate** of interest. 我想最近的高度通貨膨脹很可能影響利率。

a high	rate	高比率；高利率
a low	rate	低比率；低利率
a fixed	rate	固定利率
an annual	rate	年比率；年利率
the average	rate	平均比率
the birth	rate	出生率
the mortality	rate	死亡率
the death	rate	
the crime	rate	犯罪發生率
the suicide	rate	自殺率
the success	rate	成功率
the growth	rate	成長率
an exchange	rate	匯率
an interest	rate	利率
the tax	rate	稅率
the unemployment	rate	失業率
a rapid	rate	很快的速度，急速
an alarming	rate	驚人的速度

▷ Unemployment is at a very **high rate**. 失業率非常高。

▷ The **annual rate** of interest is now 3%. 現在的年利率是 3%。

▷ Many students are failing this course. What's the **average rate**? 許多學生這門課不及格。平均比率是多少？

▷ The water level of the river is rising at a **rapid rate**. 河流水位正在迅速上升。

at	a rate of A	以 A 的速率

▷ The bullet train was traveling **at a rate of** 300 kilometers per hour. 新幹線子彈列車以時速 300 公里的速度行進。

reach /ritʃ/

動 到達，抵達；達到；伸出手，伸手搆

finally	reach	最終到達
eventually	reach	
easily	reach	輕易到達
almost	reach	幾乎到達
quickly	reach	快速到達
reach	out	伸出手

▷ After 5 hours, we **finally reached** the top of the mountain. 五個小時後，我們終於到達山頂。

▷ She **reached out** and shook his hand. 她伸出手跟他握手。

reach	for A	伸手去拿 A
reach	into A	把手伸進 A

▷ She **reached for** her cellphone and checked for messages. 她伸手拿手機查看訊息。

▷ He **reached into** his pocket and brought out a cigarette lighter. 他把手伸進口袋，拿出打火機。

R

react /rɪˋækt/ 動 反應；反抗

react	strongly	強烈地反應
react	angrily	憤怒地反應
react	badly	反應很差
react	immediately	立即反應
react	quickly	快速地反應
react	differently	有不同的反應
react	accordingly	適當地反應
react	appropriately	

▷ There's no need to react so angrily. 沒有必要那麼生氣地反應。

▷ When the dog ran into the road, he reacted quickly and stopped the car in time. 狗闖進馬路時，他快速反應，並且及時讓車停下來。

▷ Children tend to react differently than adults. 孩子通常和成人的反應不同。

react	by doing	藉由做…來反應

▷ He reacted angrily by standing up and walking out of the room. 他站起來走出房間，表現出憤怒的反應。

react	against A	反抗 A
react	to A	對 A 做出反應
react	with A	和 A 產生（化學）反應

▷ How did she react to your proposal of marriage? 她對你的求婚有什麼反應？

▷ Chemicals released by factories react with each other in the air to cause global warming. 工廠釋放的化學物質在空氣中互相反應，造成全球暖化。

reaction /rɪˋækʃən/

名 反應；反動；過敏反應；化學反應

get	a reaction	得到反應
have	a reaction	有反應
provoke	a reaction	
cause	a reaction	引起反應
produce	a reaction	
have	a reaction	
suffer	a reaction	有過敏反應

▷ She just sat there and said nothing. I couldn't get a reaction. 她只是坐在那裡不說話。我得不到任何反應。

▷ If we increase the price of school meals, it's sure to provoke a reaction. 如果我們調漲學校的餐點價格，一定會引起反抗。

a reaction	occurs	發生反應
a reaction	takes place	

▷ You can see a chemical reaction take place in this glass tube. 你可以看到這個玻璃管裡發生化學反應。

a positive	reaction	正面的反應
a negative	reaction	負面的反應
an adverse	reaction	不良的反應
immediate	reaction	立即的反應
initial	reaction	最初的反應
a natural	reaction	自然的反應
a chain	reaction	連鎖反應
a chemical	reaction	化學反應
an allergic	reaction	過敏反應

▷ We're hoping for a positive reaction to our plan. 我們希望計畫會得到正面的反應。

▷ There was an adverse reaction to our proposals in the meeting. 會議中對我們的提案反應不好。

▷ The explosion was caused by a chemical reaction. 爆炸是由化學反應引起的。

▷ Many people have an allergic reaction to pollen. 許多人對花粉有過敏反應。

a reaction	against A	對 A 的反抗
a reaction	to A	對 A 的反應
a reaction	between A	A 之間的化學反應

▷ There was a big reaction against closing down the factory. 對於關閉工廠的反抗聲浪很大。

▷ Fire is a result of a rapid chemical reaction between a fuel and oxygen. 火是燃料和氧快速化學反應的結果。

read /rid/ 動 讀

read	aloud	大聲讀出
read out	loud	
read	silently	安靜地讀
read	carefully	仔細地讀
read	again	再讀一遍
widely	read	廣受閱讀

★ widely read 的 read 是過去分詞

▷ Mr. Roberts asked me to read aloud in class today. Roberts 老師今天要我在課堂上朗讀。

▷Make sure you **read** the instructions **carefully**. 請務必仔細閱讀說明書。

▷There are so many books that I want to **read again**. 有很多我想再讀一遍的書。

read and write	讀和寫

▷The child is only four years old, but he is already able to **read and write**. 這孩子只有四歲，但他已經能夠讀和寫了。

read	about A	讀到關於 A 的事
read	of A	
read	from A	從 A 讀出部分內容
read	through A	從頭到尾讀過 A

▷I **read about** it in the paper. 我在報上讀到這件事。

▷She **reads from** the Bible every night. 她每晚都誦讀聖經裡的內容。

▷Could you **read through** my English essay and check it, please? 可以請你讀過我的英文文章並且檢查一下嗎？

read	A B	讀 B 給 A（人）聽
read	B to A	

▷My little daughter likes me to **read** a story **to** her at bedtime. 我的小女兒喜歡我在睡前讀故事給她聽。

read	A as C	將 A 解讀為 C

▷I **read** his letter **as** a refusal to help, but maybe I was wrong. 我把他的信解讀成拒絕幫忙，但也許我錯了。

read	that...	讀到…這件事

▷Yesterday I **read** in the newspapers **that** there's going to be a shortage of gasoline. 昨天我在報上讀到汽油將會短缺的消息。

reading /ˈridɪŋ/ 名閱讀；讀物；解讀

extensive	reading	廣泛的閱讀
close	reading	仔細的閱讀
careful	reading	
silent	reading	默讀，安靜的閱讀
introductory	reading	入門讀物
assigned	reading	課堂指定的閱讀
英compulsory	reading	

essential	reading	必讀的讀物
mandatory	reading	
recommended	reading	推薦的讀物
suggested	reading	

▷This course requires **extensive reading**. 這門課需要廣泛閱讀。

▷These books are **essential reading** for your course. 這些書是你上的課必須閱讀的。

make interesting	reading	讀起來有趣、引人入勝
make fascinating	reading	

▷This book **makes interesting reading**. 這本書讀起來很有趣。

reading and writing	讀與寫

▷For Westerners, **reading and writing** Japanese is much more difficult than speaking. 對西方人而言，閱讀日語和寫日語比說日語困難許多。

ready /ˈrɛdɪ/ 形準備好的

almost	ready	幾乎準備好的
nearly	ready	
always	ready	隨時準備好的

▷Lunch is **almost ready**! 午餐快準備好了！

▷If you have any problems, remember, I'm **always ready** to help you. 如果你有困難，記得，我隨時可以幫你。

ready	for A	為 A 準備好的

▷Get **ready for** a surprise. Bob asked me to marry him! 準備好驚喜一下。Bob 跟我求婚了！

get A	ready	使 A 成為準備好的狀態
have A	ready	

▷I have to **get** a meal **ready** by 6:00. 我必須在 6 點前把飯菜準備好。

ready	to do	準備好做…的

▷Are you **ready to** leave yet? 你準備好出發了嗎？

ready and waiting	充分準備好的
ready and willing	準備好而且願意的

▷"Are you **ready** yet?" "Yes. **Ready and waiting**!" 「你準備好了嗎？」「是的。完全準備好了！」

▷I'm **ready and willing** to do anything to help.

R

我準備好而且願意做任何事來幫忙。

PHRASES

Are you ready, Tom? ☺ 你準備好了嗎，Tom？
Ready, set, go! / Ready, steady, go! ☺ 各就各位，預備，開始！

realistic /rɪəˋlɪstɪk/

形 實際可行的，注重實際的

fairly	realistic	相當實際的
sufficiently	realistic	足夠實際的

▷ The projected figures for next year's profits are not **sufficiently realistic**. 明年利潤的預測數字不夠實際。

realistic	about A	對於 A 態度實際的

▷ She's not very **realistic about** her chances of being promoted. 她看待自己升職的可能性不夠實際。

it is realistic	to do	做…是實際的

▷ Do you think **it's realistic to** ask for so much money from the bank? 你認為跟銀行借那麼多錢是實際的嗎？

have to	be realistic	必須是實際的
must	be realistic	

▷ There's no way we're going to finish in time. We **have to be realistic**. 我們不可能及時完成。我們要實際看待這件事。

reality /rɪˋælətɪ/ 名 現實，真實

become	a reality	成為現實
make A	a reality	使 A 成為現實
accept	the reality	接受現實
face	the reality	面對現實
reflect	the reality	反映現實
escape from	reality	逃離現實
deny	the reality	否認現實
ignore	the reality	無視現實

▷ Finally her dream **became a reality**. She's a top model in Paris. 她最終美夢成真了。她現在是巴黎的超級名模。

▷ Why doesn't she **accept** the **reality**? He's not in love with her. 為什麼她不接受現實呢？他並不愛她。

▷ This newspaper report doesn't **reflect** the **reality** of the situation. 這篇報紙報導沒反映現實情況。

harsh	reality	嚴酷的現實
grim	reality	
economic	reality	經濟上的現實
political	reality	政治上的現實

▷ The **economic reality** is that we are in danger of going bankrupt. 經濟上的現實是，我們有破產的危險。

▷ The **political reality** is that we have little chance of winning the next election. 政治上的現實是，我們下次選舉勝選的機率很低。

a perception of	reality	現實感，
a sense of	reality	對現實的意識

▷ She lives in a dream world. She has no **sense of reality**. 她活在夢想的世界。她沒有現實意識。

in	reality	實際上，事實上

▷ Dave and Sarah look very happy, but **in reality** they have quite a lot of problems. Dave 和 Sarah 看起來很幸福，但實際上他們有很多問題。

the reality	is (that)...	事實是…

▷ They say they don't want to move to Tokyo, but the **reality is (that)** they don't have enough money. 他們說他們不想搬到東京，但事實是他們的錢不夠。

realize /ˋrɪəˌlaɪz/ 動 認識到，了解；實現

fully	realize	完全認識到
suddenly	realize	突然認識到
soon	realize	
quickly	realize	很快認識到
immediately	realize	
gradually	realize	逐漸認識到
finally	realize	最終認識到

▷ I don't think you **fully realize** how dangerous the situation is. 我想你沒有完全了解到情況多麼危險。

▷ When he tried to pay the bill, he **suddenly realized** he'd left his wallet at home. 他要付帳時突然發現自己把錢包放在家裡了。

realize	(that)...	認識到…
realize	wh-	認識到…

★ wh- 是 what, how 等

▷ Sorry! I've just **realized that** I've made a terrible mistake. 對不起！我剛才發現自己犯了嚴重的錯誤。

▷ I suddenly **realized what** had happened. 我突然意識到發生了什麼事。

reason /ˈriːzn̩/

名 理由，原因；道理，情理；理性

see	no reason	
not see	any reason	看不出有理由
know	the reason	知道理由
have	a reason	有理由
give	a reason	給個理由
explain	the reason	說明理由

▷ I **see no reason** to postpone the business trip. 我看不出有什麼理由要延後出差。

▷ Do you **know** the **reason** (why) she got so angry? 你知道她這麼生氣的原因嗎？

▷ I know you don't like him, but do you **have** a **reason**? 我知道你不喜歡他，但你有理由嗎？

▷ Could you **explain** the **reason** why you applied for this job? 能請您說明應徵這份工作的理由嗎？

(a) good	reason	好的理由
the main	reason	主要的理由
a simple	reason	簡單的理由
an obvious	reason	明顯的理由
a personal	reason	個人的理由
various	reasons	多種理由

▷ We can't cancel the appointment without **good reason**. 我們不能沒有好的理由就取消會面。

▷ The **main reason** for going to England is to improve my English. 前往英國的主要理由是要讓我的英語進步。

▷ The terrorists made a video, but their faces and voices were disguised for **obvious reasons**. 恐怖分子拍了影片，但理由很明顯地，他們的臉和聲音都被掩飾了。

▷ She's requested a transfer to our Tokyo branch for purely **personal reasons**. 她因為純粹個人的因素要求調動到東京分公司。

the reason	behind A	A 背後的理由
the reason	for A	A 的理由

▷ What are the **reasons behind** your decision to go to live in Australia? 你決定去澳洲生活，背後的原因是什麼？

▷ What is the **reason for** refusing my application? 拒絕我申請的理由是什麼？

for	this reason	因為這個理由
for	that reason	因為那個理由
for	whatever reason	不論什麼理由
with	reason	有道理
within	reason	合理，合情理

▷ It is **for this reason** that I have decided to resign. 我是因為這個理由決定辭職的。

▷ I don't know why, but **for whatever reason**, they refused to sign the contract. 我不知道為什麼，但不管什麼原因，總之他們拒絕簽約。

reason	to do	做…的理由

▷ She has every **reason to** be annoyed with you. 她有充分的理由生你的氣。

the reason	why ...	之所以…的理由
the reason	(that)...	…這件事的理由

▷ There's no **reason why** she should be late. 沒有理由她會遲到。

reasonable /ˈriːznəbl̩/

形 合理的；適當的；（價格）公道的

seem	reasonable	似乎合理

▷ The price they're asking for the house **seems reasonable**. 他們要求的房價似乎是合理的。

fairly	reasonable	
quite	reasonable	相當合理的
eminently	reasonable	特別合理的
perfectly	reasonable	完全合理的

▷ At the moment, the air fare from Tokyo to London is **fairly reasonable**. 目前從東京到倫敦的機票價格相當合理。

▷ What he's asking you to do is **perfectly reasonable**. 他要你做的事是完全合理的。

it is reasonable	to do	做…是合理的

▷ We've been waiting here for over an hour, so it's

reasonable to assume that she's not coming. 我們已經在這裡等了一個多小時，所以可以合理推測她不會來。

▌recall /rɪˋkɔl/ 動 回想起；召回

still	recall	仍然回想起
vividly	recall	生動地回想起
vaguely	recall	模糊地回想起

▷I can **vividly recall** my first day at school. 我可以生動地回想起第一天上學的情況。

recall	(that) ...	回想起…
recall	wh-	回想起…
★ wh- 是 what, where, why 等		

▷I can't **recall that** we've met before. 我不記得我們以前見過。

▷She can't **recall what** happened. 她無法回想起發生了什麼事。

recall	doing	回想起做過…

▷I can't **recall** receiving any letter from her. 我想不起自己收過她的信。

▌receipt /rɪˋsit/ 名 收據；收到

get	a receipt	得到收據
have	a receipt	有收據
keep	a receipt	保留收據
sign	a receipt	在收據上簽名
acknowledge	receipt	告知收到

▷Don't forget. You need to **get** a **receipt**. 別忘了。你要拿收據。

▷Could I **have** a **receipt**? 可以給我收據嗎？

▷I **keep** all my **receipts**. 我保留所有的收據。

▷Please **acknowledge receipt** *of* this letter as soon as possible. 請盡快告知收到此信。

on	receipt (of A)	收到（A）後

▷**On receipt of** the information, police and fire services rushed to the spot. 收到消息後，警方和消防隊趕到現場。

▌receive /rɪˋsiv/ 動 收到；受到

recently	received	最近收到了

be well	received	很受歡迎

▷I **recently received** a check for $5,000. 我最近收到了 5 千美元的支票。

▷The speech you gave was very **well received**. 你的演說很受歡迎。

receive A	from B	從 B（人）那邊收到 A

▷I still haven't **received** a letter **from** Simon. 我還沒收到 Simon 的信。

▌recent /ˋrisn̩t/ 形 最近的，不久前的

fairly	recent	相當近期的
relatively	recent	相對近期的
comparatively	recent	

▷This is a **fairly recent** development. 這是相當新的發展。

▷Cellphones are a **relatively recent** invention. 手機是相對較新的發明。

in	recent weeks	在最近幾週
in	recent months	在最近幾個月
in	recent years	在最近幾年
★ 除了 in，也可以用 over 或 during		

▷It's been getting more and more humid **in recent weeks**. 這幾個禮拜越來越潮濕。

▷The cost of living has been rising **over recent months**. 這幾個月的生活費持續上升。

▌recognize /ˋrɛkəɡˌnaɪz/

動 認出，認識到；辨別；承認

easily	recognize	輕易認出
immediately	recognize	馬上認出
hardly	recognize	幾乎認不出
fully	recognize	完全認識到
be generally	recognized	被普遍認定
be widely	recognized	被廣泛認定

▷He's tall, with blond hair and glasses. You'll **easily recognize** him. 他很高、金髮、戴眼鏡。你能輕易認出他。

▷I **fully recognize** that you're in a difficult situation. 我完全了解你的處境艱難。

▷It's **generally recognized** that earthquakes take place frequently in Japan. 人們公認日本經常發生地震。

recognize	(that) ...	承認、認識到…

▷ I **recognize that** you're working under a lot of pressure at the moment. 我知道你目前在很大的壓力下工作。

recognize A	as B	認定 A 是 B

▷ He's widely **recognized as** an expert on foreign policy. 人們普遍認為他是外交政策專家。

recommend /ˌrɛkə`mɛnd/

動 推薦；建議

highly	recommend	強烈推薦
strongly	recommend	
particularly	recommend	特別推薦
thoroughly	recommend	完全推薦
therefore	recommend	因而推薦

▷ My doctor **highly recommended** joining a fitness club. 我的醫生強烈建議我加入健身俱樂部。

▷ Why don't you try this health drink? I can **thoroughly recommend** it. 何不試試這種健康飲料呢？我完全推薦它。

▷ There is danger of flooding, so we **therefore recommend** that people move to higher ground. 有淹水的危險，所以我們建議民眾遷移到較高的地方。

recommend	(that)...	建議…

▷ Doctors **recommend that** people take more exercise. 醫師建議人們多運動。

recommend	doing	建議做…

▷ I **recommend going** on a diet. 我建議節食減肥。

recommend	A for B	推薦 A（人）獲得 B
recommend	B to A	向 A（人）推薦 B

▷ I'm **recommending** you **for** promotion. 我推薦你成為升職的人選。

▷ When I had toothache, my boss **recommended** a good dentist **to** me. 當我牙痛時，我的上司推薦好牙醫給我。

recommendation /ˌrɛkəmɛn`deʃən/

名 推薦；建議；推薦信

make	a recommendation	提出建議

accept	a recommendation	接受建議
follow	a recommendation	遵從建議
implement	a recommendation	實施建議

▷ We need to **make** our **recommendations** *to* the board of directors at the next meeting. 我們必須在下次會議向董事會提出建議。

▷ We'll **accept** a **recommendation** *from* your previous boss. 我們會接受你前上司的建議。

▷ We've decided to **follow** your **recommendations**. 我們決定遵從你的建議。

detailed	recommendations	詳細的建議
the main	recommendation	主要的建議
a specific	recommendation	具體的建議
a personal	recommendation	個人的推薦

▷ The report made several **specific recommendations**. 這份報告提出了幾個具體的建議。

▷ She got the job on my **personal recommendation**. 她因為我的個人推薦而得到那份工作。

recommendations	for A	對於 A 的建議
one's recommendation	to A	給 A 的建議
a recommendation	on A	關於 A 的建議
on	A's recommendation	依照 A 的建議
at	A's recommendation	

▷ What are your **recommendations for** dealing with this crisis? 你對處理這場危機的建議是什麼？

▷ I'm going to take a holiday **on** my doctor's **recommendation**. 我要依照醫生的建議休個假。

recommendation	that ...	…的建議

▷ Our company has made the **recommendation that** we should employ more part-time staff. 公司建議我們雇用更多兼職人員。

record /`rɛkəd/ 英 /`rekɔːd/

名 紀錄；最高紀錄；成績，經歷

keep	a record	做紀錄
maintain	a record	
compile	a record	編製紀錄
break	a record	打破紀錄
beat	a record	
set	a record	創造紀錄
hold	a record	保持紀錄

▷ You need to **keep** a careful **record** of your travel

R

expenses. 你必須仔細記錄自己的旅行支出。

▷She **set** a new world **record** for the marathon. 她創下新的馬拉松世界紀錄。

▷She **holds** the **record** for the 100 meters. 她是 100 公尺短跑的紀錄保持人。

the record	shows	紀錄顯示

▷The **record shows** that he hasn't attended classes for 3 weeks. 紀錄顯示他三個禮拜沒去上課了。

an official	record	官方紀錄，正式紀錄
a written	record	有書面資料的紀錄
historical	record(s)	歷史上的紀錄
a criminal	record	犯罪紀錄，前科
medical	record(s)	醫療紀錄，病歷
a world	record	世界紀錄
the current	record	目前的紀錄
the previous	record	之前的紀錄

▷He holds the **official record** for the 10,000 meters. 他是 10,000 公尺長跑的正式紀錄保持人。

▷They think he has a **criminal record**. 他們認為他有前科。

▷Her **medical record** is kept in this file. 她的病歷保存在這個文件夾裡。

▷She broke the **previous record** by nearly 4 seconds. 她以將近 4 秒之差打破先前的紀錄。

record	for A	A（領域等）的紀錄
record	of A	A 的紀錄
record	on A	A 方面的實績
on	record	紀錄上

▷He holds the **record for** this golf course. 他是這座高爾夫球場的紀錄保持人。

▷We have no **record of** a Mr. Evans staying at this hotel. 我們沒有叫 Evans 先生的人住過這家飯店的紀錄。

▷The newspaper reporter attacked the Government **record on** public services. 那位報紙記者抨擊政府在公共服務方面的表現。

▷It's **on record** as the worst disaster for 50 years. 這是五十年紀錄中最嚴重的災害。

recover /rɪˈkʌvɚ/

動恢復，康復；重新獲得

completely	recover	完全恢復
fully	recover	

soon	recover	很快恢復
recover	quickly	快速恢復
recover	sufficiently	充分恢復
recover	well	順利恢復

★ 也可以說 recover completely, quickly recover

▷Liz is out of hospital. She's **completely recovered**. Liz 出院了。她完全康復了。

▷Tina's **fully recovered** from the accident. Tina 事故後已經完全康復。

▷I hope you **recover quickly**. 我希望你趕快好起來。

recover	from A	從 A 恢復

▷She still hasn't **recovered from** the shock! 她還沒從驚嚇中恢復過來！

recovery /rɪˈkʌvərɪ/ 名恢復；收回

make	a recovery	恢復
promote	a recovery	促進恢復

▷It was a terrible car crash, but he's **made** a full **recovery**. 那是場可怕的車禍，但他完全康復了。

▷The Government are doing all they can to **promote** economic **recovery**. 政府正盡全力促進經濟復甦。

a complete	recovery	完全的恢復
a full	recovery	
a good	recovery	順利的恢復
a remarkable	recovery	顯著的恢復
a speedy	recovery	迅速的恢復
economic	recovery	經濟復甦
national	recovery	國家復興

▷We all hope she makes a **full recovery**. 我們都希望她完全康復。

▷The doctors had almost given up hope, but she made a **remarkable recovery**. 醫生幾乎放棄了希望，但她恢復顯著。

▷After the earthquake, **national recovery** will take many years. 地震之後，國家的復興需要很多年的時間。

(a) recovery	from A	從 A 的恢復

▷**Recovery from** influenza is usually more difficult for the elderly. 對於年長者，要從流行性感冒中康復通常比較難。

on the road	to recovery	在恢復途中

▷I hear you're **on the road to recovery**. 我聽說你正在康復中。

a sign of	recovery	恢復的跡象

▷I visited her in hospital, and she's starting to show **signs of recovery**. 我去醫院探望她，她開始出現康復的跡象。

red /rɛd/ 形 紅的

go	red	
turn	red	變紅

▷Careful! The traffic lights have **gone red**! 小心！已經變紅燈了！

reduce /rɪ`djus/ 動 減少，縮小

considerably	reduce	相當大幅地減少
drastically	reduce	劇烈地減少
greatly	reduce	大幅減少
substantially	reduce	很大幅度地減少
significantly	reduce	顯著減少
further	reduce	進一步減少
gradually	reduce	逐漸減少
slightly	reduce	稍微減少

▷That department store has **drastically reduced** its prices. 那間百貨公司大降價。

▷If you keep fit, the chances of a heart attack will be **greatly reduced**. 如果你保持身體健康，心臟病發作的機率就會大幅降低。

▷I think her fever has **slightly reduced**. 我想她的燒稍微退了。

reduce A	by B	以 B 的幅度減少 A
reduce	from A to B	從 A 減少到 B

▷We **reduced** our fuel costs **by** 10%. 我們減少了10% 的燃料費。

▷It's a great diet! I **reduced** my weight **from** 70 kilos **to** 62 kilos in six months! 這個節食減肥法很好！我 6 個月從 70 瘦到 62 公斤！

reduce or eliminate		減少或去除

▷Many big companies are **reducing or eliminating** traditional pensions. 許多大公司正在減少或廢止傳統的退休金。

reduction /rɪ`dʌkʃən/

名 減少，縮小；降價，折扣

make	a reduction	減少
cause	a reduction	造成減少
lead to	a reduction	導致減少
result in	a reduction	
show	a reduction	顯示減少

▷We've already **made a reduction** in the price of 20%. 我們已經降價 20%。

▷The rise in price **led to a reduction** in demand. 價格上漲導致了了需求減少。

▷The strong yen **resulted in a reduction** of exported goods. 強勢日圓造成了出口貨品減少。

▷The latest figures **show a reduction** in the number of traffic accidents. 最新數據顯示交通事故件數減少。

a considerable	reduction	相當大幅的減少
a significant	reduction	顯著的減少
a substantial	reduction	很大幅度的減少
a dramatic	reduction	
a drastic	reduction	劇烈的減少
a further	reduction	進一步的減少
a sharp	reduction	急劇的減少
cost	reduction	成本縮減
debt	reduction	債務縮減
deficit	reduction	赤字縮減
a price	reduction	降價

▷There has been a **significant reduction** of foreign tourists visiting our country. 來訪本國的外國遊客顯著減少了。

▷You can see from this chart that there was a **sharp reduction** in the number of crimes this year. 你可以從這張圖看出今年犯罪件數急劇減少。

a reduction	in A	A 的減少

▷There's a **reduction in** the number of jobs available this year. 今年的職缺數減少了。

reference /`rɛfərəns/

名 提及；參照；推薦信；參考文獻

make	reference to A	提到 A
include	a reference	包含推薦信

▷ In his speech, he **made** no **reference to** the present financial crisis. 他在演講中沒提到目前的金融危機。

direct	reference	直接的提及
specific	reference	具體的提及
particular	reference	特別的提及
special	reference	
passing	reference	很簡短的提及

▷ You should make **direct reference** in your speech *to* all the support you received. 你應該在演說中直接提到自己獲得的所有支持。

▷ The report made **specific reference** to raising the minimum wage. 這份報告具體提到提高最低工資一事。

by	reference to A	參照 A
for	future reference	供未來參考
in	reference to A	關於 A
with	reference to A	

▷ The pension is calculated **by reference to** the final salary. 退休金是參照退休時的薪水計算的。

▷ We need to hold a meeting **with reference to** the recent rise in oil prices. 我們必須開會討論最近的油價上漲。

▌reflect /rɪ`flɛkt/ 動反映;反射;深思

accurately	reflect	準確反映
not necessarily	reflect	不必然反映
simply	reflect	單純反映
merely	reflect	
partly	reflect	部分反映
reflect	well	帶來好的印象
reflect	badly	帶來不好的印象

▷ This newspaper report does not **accurately reflect** what happened. 這則報紙報導並沒有正確反映實際發生的事。

▷ This is my personal opinion, and it does **not necessarily reflect** the views of the committee. 這是我的個人意見,並不一定反映委員會的看法。

▷ The fact that we did nothing to help **reflects badly** *on* all of us. 我們沒幫忙的事實,讓我們形象全都變差了。

be reflected	in A	被反映在 A
reflect	on A	深思 A 這件事

▷ The success of our sales campaign is **reflected in** the huge rise in sales this year. 我們銷售活動的成功,反映在今年銷售額的大幅成長上。

▷ I need some time to **reflect on** what to do. 我需要時間深思該怎麼做。

reflect	that...	深思…
reflect	wh-	深思…;反映出…
★ wh- 是 what, who, how 等		

▷ We need to **reflect what** to do if the situation gets worse. 我們必須思考,如果情況惡化該怎麼做。

▌reflection /rɪ`flɛkʃən/

名映像;反映;反射;深思,熟慮

catch	a reflection	捕捉、看到映像
see	a reflection	看到映像
look at	a reflection	看著映像
stare at	a reflection	凝視映像

▷ They could **see** the **reflection** of the moon in the lake. 他們可以看到月亮在湖中的倒影。

▷ She **stared at** her **reflection** in the shop window. 她盯著自己在商店櫥窗中的倒影看。

an accurate	reflection	正確的反映
a fair	reflection	真實的反映
a true	reflection	
a sad	reflection	悲哀的反映

▷ What you say is a **fair reflection** *of* how the car accident happened. 你所說的真實傳達出車禍發生的情況。

▷ It's a **sad reflection** *on* our society today that nobody came to help her. 沒有人來幫忙她,這很悲哀地反映出我們社會的現況。

a reflection	on A	關於 A 的思考
on	reflection	經過仔細考慮,
upon	reflection	深思熟慮後

▷ What are your **reflections on** the present situation in China? 你對中國現狀有什麼想法?

▷ **On reflection**, let's wait a couple more months before putting our house on the market. 經過仔細考慮,我們多等幾個月再把房子放上市場待售吧。

reform /rɪ`fɔrm/ 名改革，改良

introduce	reform(s)	引進、推行改革
implement	reform(s)	實施改革
support	reform(s)	支持改革

▷It will be difficult to **introduce reform** at this stage. 在這個階段推行改革會很難。

▷The new Government has already **implemented** several **reforms**. 新政府已經實施了幾項改革。

radical	reform(s)	徹底的改革
political	reform(s)	政治改革
social	reform(s)	社會改革
structural	reform(s)	結構改革
administrative	reform(s)	行政改革
educational	reform(s)	教育改革
economic	reform(s)	經濟改革
tax	reform(s)	稅制改革

▷The Government intends to carry out several **radical reforms** this year. 政府今年打算實施幾項徹底的改革。

▷What **political reforms** do you feel are necessary? 你覺得什麼樣的政治改革是必要的？

▷China has carried out various **economic reforms** recently. 中國最近實施了多種經濟改革措施。（★ 不是 ×economical reform）

refrigerator /rɪ`frɪdʒə,retə/

名冰箱（★ 口語常稱為 fridge）

in	the refrigerator	在冰箱裡

▷I keep the eggs **in the refrigerator**. 我把蛋放在冰箱裡。

put A	in the refrigerator	把 A 放進冰箱
take A	out of the refrigerator	把 A 從冰箱取出

▷Could you **put** this ice cream **in the refrigerator**? 你可以把這冰淇淋放進冰箱嗎？

refuse /rɪ`fjuz/ 動拒絕；回絕

absolutely	refuse	絕對拒絕
steadfastly	refuse	堅決拒絕
flatly	refuse	斷然地、直率地拒絕
simply	refuse	
consistently	refuse	一貫拒絕

▷She **steadfastly refused** to move into a home for the elderly. 她堅決地拒絕搬進養老院。

▷He **flatly refused** to help. 他斷然拒絕幫助。

▷If you don't want to do it, **simply refuse**. 如果你不想做，那拒絕就好。

refuse	to do	拒絕做…

▷She **refused to** give him any more money. 她拒絕給他更多的錢。

regard /rɪ`gard/ 名考慮，注意；尊敬

have	regard	考慮；懷有敬意
pay	regard	考慮
hold A	in high regard	很尊敬 A
give	one's regards	代為問好

▷He **has** no **regard** *for* other people's feelings. 他不考慮別人的感受。

▷She didn't **pay** any **regard** *to* what her friend told her. 她完全不理會朋友跟她說什麼。

▷He **holds** you **in** very **high regard**. 他非常敬重你。

▷**Give** my **regards** *to* Angus when you see him! 你見到 Angus 的時候，代我向他問好！

particular	regard	特別的考慮
due	regard	應有的考慮
proper	regard	適當的考慮
high	regard	很高的尊敬
great	regard	

▷These new laws have **particular regard** *to* protecting the environment. 這些新法律特別考慮到了環境保護。

▷She doesn't seem to have **proper regard** *for* all the help she received from her parents. 她對於父母的幫助似乎沒有足夠的謝意。

regard	for A	對 A 的敬意；對 A 的考慮

▷I have a lot of **regard for** people who fight their way to the top. 我非常尊敬努力爬上高峰的人。

in	this regard	就這一點而言
in	that regard	就那一點而言
with	regard to A	關於 A
in	regard to A	

R

without	regard to A	不考慮 A，不顧 A
without	regard for A	

▷ Tom's so impatient! **In this regard** he makes life a little difficult for himself. Tom 真沒耐心！他在這方面讓自己的人生有點辛苦。

▷ Mike would like to talk to you **with regard to** the contract. Mike 想和你談合約的事。

▷ He took the decision **without** any **regard for** the consequences. 他完全不考慮後果就做了決定。

regard /rɪˋgɑrd/ 動 認為，考慮

highly	regarded	被高度評價的
well	regarded	
generally	regarded	一般被認為的
widely	regarded	被普遍認為的

▷ He's **highly regarded** within the medical profession. 他在醫師界評價很高。

▷ A degree from Harvard is **generally regarded** as the key to a good job. 哈佛的學位一般被認為是得到好工作的關鍵。

▷ She's **widely regarded** as an expert in her field. 她被普遍認為是她領域的專家。

regard A	as C	認為 A 是 C
regard A	with B	懷抱著 B（某種感情）看待 A

★ B 是 suspicion, fear, respect, admiration 等

▷ Our boss **regards** you **as** a key person in our company. 老闆認為你是我們公司的關鍵人物。

▷ I've never trusted her. I've always **regarded** her **with suspicion**. 我從來不相信她。我對她總是抱持著懷疑。

region /ˋridʒən/ 名 地區，區域

northern	region	北部地區
southern	region	南部地區
mountain	region	山區
desert	region	沙漠地區
central	region	中央地區
an autonomous	region	自治區

▷ In the **northern regions** of Canada, temperatures can be terribly cold. 在加拿大的北部地區，氣溫可能非常寒冷。

▷ There are many mountains in the **central region** of Japan. 日本中部地區有許多山。

▷ Tibet is an **autonomous region** of China. 西藏是中國的自治區。

in	the region of A	大約在 A（數字）

▷ He had to pay **in the region of** $500,000 for his house. 他當時必須付大約 50 萬美元買他的房子。

register /ˋrɛdʒɪstə/ 名 登記，登記簿，名冊

keep	a register	做紀錄，保存紀錄
maintain	a register	
sign	a register	在登記簿簽名

▷ The hotel **keeps** a **register** of all its guests. 飯店保存所有住客的紀錄。

▷ Please **sign** the **register** when you enter and leave the building. 進出建築物時請在登記簿簽名。

register /ˋrɛdʒɪstə/ 動 登記

formally	register	正式登記
officially	register	

▷ You are required to **formally register** at university before you can attend classes. 必須正式註冊大學才能上課。

register A	as B	將 A 登記為 B
register	for A	登記參加 A
register	with A	向 A 登記

▷ Would you like to come to my golf club? I can **register** you **as** a guest. 你想來我的高爾夫球俱樂部嗎？我可以把你登記成訪客。

▷ She loves J-pop. She's **registered with** lots of different fan clubs. 她喜愛日本流行樂。她已經登記加入許多歌迷俱樂部。

regret /rɪˋgrɛt/ 名 後悔，遺憾

express	regret	表達後悔
have	no regrets	沒有後悔

▷ When he realized all the trouble he had caused, did he **express** any **regret**? 他了解到自己造成的一切麻煩後，表達了後悔嗎？

▷ He says he **has no regrets**. 他說他不後悔。

deep	regret	深深的後悔，
great	regret	強烈的遺憾
biggest	regret	最大的後悔
only	regret	唯一的後悔

▷ It is *with great regret* that I announce my resignation from the board of directors. 我很遺憾宣布，我將辭去董事一職。

expression of	regret	遺憾的表達
a pang of	regret	一陣悔恨
a tinge of	regret	一絲後悔

▷ He left his wife and children without any **expression of regret**. 他離開了妻小，也沒表達任何遺憾。

▷ It was with a **tinge of regret** that she split up with her boyfriend. 她帶著一絲遺憾和男友分手。

regret	about A	
regret	at A	對 A 的後悔
regret	for A	
to	A's regret	讓 A 遺憾地

▷ There's no point in having **regrets about** the past. 後悔過去是沒意義的。

▷ She feels no **regret for** what she did. 她對自己做的事不感到後悔。

▷ **To** his **regret**, the bank refused to lend him any more money. 很遺憾地，銀行拒絕再借錢給他。

regret /rɪˋgrɛt/ 動 後悔；感到遺憾

| deeply | regret | 深深後悔 |
| bitterly | regret | 非常後悔 |

▷ He **deeply regrets** losing his temper. 他很後悔自己發了脾氣。

▷ She **bitterly regrets** not going to America when she had the chance. 她非常後悔在有機會的時候沒去美國。

| regret | that... | 對於…感到遺憾 |

▷ I **regret that** I never had the opportunity to study abroad. 從來沒機會出國留學，我覺得很遺憾。

| regret | doing | 後悔做了… |
| regret | to do | 遺憾地做… |

★ regret to do 的 do 是 say, inform, announce, advise, report 等

▷ I **regret** not go**ing** on the school trip. 我後悔沒參加學校旅行。

▷ I **regret to say** that there's nothing more I can do to help. 我很遺憾地說，我已經無能為力幫忙了。

▷ I **regret to inform** you that we are unable to offer you a position. 很遺憾通知您，我們無法給您職位。

| live | to regret | 日後後悔 |

▷ If you don't take this chance to go and work for a year in America, you'll **live to regret** it! 如果你不把握這個機會去美國工作一年，以後會後悔的！

regulation /ˌrɛgjəˋleʃən/

名 規定，法規；控管

make	a regulation	制定規定
enforce	a regulation	執行規定
comply with	a regulation	遵從規定
observe	a regulation	遵守規定
break	a regulation	違反規定
have	a regulation	有規定

▷ The government is **making** new **regulations** about entry visas. 政府正在制定關於入境簽證的新規定。

▷ If you don't **comply with** the **regulations**, you'll be in trouble. 如果你不遵從規定，就會有麻煩。

▷ We **have** many **regulations** in this company concerning security. 我們公司有許多安全方面的規定。

strict	regulations	嚴格的規定
new	regulations	新的規定
detailed	regulations	詳細的規定
building	regulations	建築法規
traffic	regulations	交通法規
safety	regulations	安全規定
government	regulation	政府的規定
statutory	regulation	法律規定

▷ We have **strict regulations** for club members. 我們對俱樂部會員有嚴格的規定。

▷ There are **detailed regulations** about what to do in case of a hotel fire. 對於萬一發生飯店火災時該怎麼做，有很詳細的規定。

▷ The **statutory regulation** against illegal entry into the country are very strict. 防制非法入境的法律規定非常嚴格。

R

regulations	on A	關於 A 的規定
under	(the) regulations	基於規定

▷ **Under** the **regulations**, we can't serve alcoholic drinks to anybody under the age of 18. 基於規定，我們不能提供酒精飲料給未滿 18 歲的人。

rules and regulations	規則和規定

▷ When you join the army, there are so many **rules and regulations**. 入伍時，那裡有許多規則和規定。

reject /rɪ`dʒɛkt/ 動 拒絕，駁回

explicitly	reject	明確拒絕
firmly	reject	堅決拒絕
immediately	reject	馬上拒絕
totally	reject	完全拒絕

▷ We **explicitly rejected** your proposal at the last meeting. 我們在上次會議明確地拒絕了你的提案。
▷ He **firmly rejects** everything that was written in the newspaper article. 他堅決駁斥那篇報紙報導所寫的一切。
▷ Her application was **immediately rejected**. 她的申請馬上就被拒絕了。

relate /rɪ`let/ 動 有關聯，有關係

closely	relate	有密切關聯
directly	relate	有直接關聯
relate	specifically	有特定關係
★ directly 也可以用在動詞後		

▷ The drop in cases of influenza **closely relates** to the increase in vaccinations. 流感病例的減少和疫苗接種的增加有密切關聯。
▷ The rise in gas prices **relates directly** to the rise in oil prices. 天然氣價格上漲與油價上漲有直接關係。
▷ The change in the law **relates specifically** to foreign workers. 這個法律的改變特別和外籍勞工有關。

relate A	to B	使 A 和 B 有關聯

▷ We can **relate** the rise in crime **to** the rise in unemployment. 我們可以把犯罪率上升和失業率上升視為有關。

related /rɪ`letɪd/ 形 有關的；有親戚關係的

closely	related	有密切關係的
intimately	related	
strongly	related	有強烈關係的
directly	related	有直接關係的
clearly	related	有明顯關係的
closely	related	有近親關係的
distantly	related	有遠親關係的

▷ I'm sure her success is **closely related** to all the hard work she's done. 我相信她的成功和她付出的所有努力有關。
▷ It is well-known that smoking is **directly related** to cancer. 眾所周知，吸菸和癌症直接相關。
▷ Our new member of staff is **distantly related** to the boss's wife. 我們的新員工和老闆的太太是遠房親戚。

relation /rɪ`leʃən/ 名 關係，關聯；親戚

establish	relations	建立關係
have	relations	有關係
bear	no relation to A	和 A 沒有關係
maintain	relations	維持關係
improve	relations	改善關係
restore	relations	修復關係

▷ She **has** close **relations** with many important people in the fashion world. 她和時尚界許多重要人物有密切關係。
▷ It's important for us to **maintain** good **relations** with China. 與中國維持良好的關係對我們很重要。
▷ The two countries have finally **restored** diplomatic **relations** with each other. 這兩個國家終於修復了彼此間的外交關係。

a close	relation	密切的關係
a direct	relation	直接的關係
friendly	relations	友好關係
good	relations	良好的關係
diplomatic	relations	外交關係
foreign	relations	
international	relations	國際關係
social	relations	社會上的關係
industrial	relations	勞資關係
public	relations	公共關係，公關

▷ There's a **direct relation** between pollution and the greenhouse effect. 污染和溫室效應有直接關係。

▷ It's essential to maintain **friendly relations** with our customers. 和我們的顧客維持友好關係非常重要。

▷ We have **good relations** with our sister university in Canada. 我們和加拿大的姐妹大學關係良好。

▷ We need to maintain good **diplomatic relations** with all Arab countries. 我們必須和所有阿拉伯國家維持良好的外交關係。

▷ At the moment, **industrial relations** between trade unions and management are excellent. 目前工會和經營團隊間的勞資關係非常好。

▷ He's an expert on **public relations**. 他是公共關係專家。

relation	between A	A 之間的關係
relations	with A	和 A 的關係
in relation	to A	關於 A

▷ The **relation between** supply and demand determines price. 供需關係決定價格。

▷ Unfortunately, she no longer has very good **relations with** her family. 很遺憾，她和家人的關係不再那麼好了。

▷ **In relation to** your second point, I'm afraid I totally disagree. 關於你的第二點，恐怕我完全不同意。

relationship /rɪˋleʃənˋʃɪp/ 名關係，關聯

establish	a relationship	建立關係
develop	a relationship	發展關係
examine	the relationship	檢視、探討關係
explore	the relationship	
show	the relationship	顯示關係

▷ This lecture will **explore** the **relationship** between politicians and the media. 這次上課將探討政治人物與媒體間的關係。

▷ This graph **shows** the **relationship** between advertising our product on TV and increases in sales. 這張圖顯示在電視宣傳本公司產品和銷售額增加間的關係。

a good	relationship	良好的關係
a close	relationship	密切的關係
a special	relationship	特別的關係
a personal	relationship	個人的關係
a sexual	relationship	性的關係

human	relationships	人際關係
social	relationships	社會上的關係

▷ Samantha and I have a **close relationship**. Samantha 和我關係很親密。

▷ Britain and America have a **special relationship**. 英國和美國有特別的關係。

▷ She has an excellent **personal relationship** with her boss. 她和老闆的私交很不錯。

▷ We think that they may have had a **sexual relationship**. 我們認為他們可能曾經有性關係。

▷ **Human relationships** can be very complicated. 人際關係有可能非常複雜。

relationship	between A	A 之間的關係
relationship	with A	和 A 的關係

▷ Do you think there's a **relationship between** violence on television and violence in the real world? 你認為電視上的暴力和真實世界的暴力有關嗎？

▷ She has a really good **relationship with** her other classmates. 她和同學的關係真的很好。

relax /rɪˋlæks/ 動放鬆

totally	relax	完全放鬆
completely	relax	
relax	a little	稍微放鬆

▷ I need to go on holiday and **totally relax**. 我需要去度假，完全放鬆。

▷ Take your shoes off and sit down. **Relax a little!** 脫掉你的鞋子坐下來。輕鬆一點！

relax and enjoy	放鬆並享受

▷ When I get home, I'm going to sit back, **relax, and enjoy** a movie! 當我到家的時候，我要坐下來放鬆並享受電影！

release /rɪˋlis/

名釋放，解放；發表，公開，發行

announce	the release	宣布釋放；宣布發行
be scheduled for	release	被預定發行
demand	the release	要求釋放；要求公開
secure	A's release	設法使 A 獲得釋放

▷ The Government has **announced** the **release** of six political prisoners. 政府宣布了釋放六名政

治犯。

▷ The film is **scheduled for release** in May. 這部電影預定五月上映。

▷ The terrorists are **demanding** the **release** of their leader. 恐怖分子要求釋放他們的領導人。

general	release	公開發行
a new	release	新發行的作品
a press	release	新聞稿

▷ This movie can now be seen on **general release**. 這部電影現在公開上映中。

release	from A	從 A 的釋放

▷ His **release from** prison is scheduled for next Saturday. 他的出獄預定在下週六。

▌ release /rɪˋlis/

動 釋放，解放；發表，公開，發行

finally	released	終於釋放；終於發行
eventually	released	
recently	released	最近釋放；最近發行

▷ There were many problems, but the movie will be **finally released** next week. 雖然有過許多問題，但這部電影終於要在下週上映了。

▷ Six rare birds were **recently released** into the wild. 六隻罕見的鳥最近被野放。

release A	from B	從 B 釋放 A

▷ They **released** my grandmother **from** hospital last week. 醫院上週讓我祖母出院了。

▌ relief /rɪˋlif/

名 安心，鬆一口氣；緩解；救濟；救濟物資

bring	relief	使安心；使緩解
provide	relief	
feel	relief	感覺安心

▷ It **brought** her a lot of **relief** to hear that her daughter was safe. 聽到女兒平安無事，讓她安心許多。

▷ If you take this medicine, it will **provide relief** from the pain. 吃這個藥可以緩解疼痛。

▷ She **felt** great **relief** that she had finally passed the driving test after 3 attempts! 嘗試三次之後終於通過駕駛測驗，讓她鬆了一口氣！

a great	relief	大大的安心
(a) welcome	relief	令人感激的放鬆
(a) light	relief	稍微的放鬆
pain	relief	鎮痛
tax	relief	減稅；免稅

▷ It was a **great relief** to everyone when she telephoned to say she was OK. 她打電話說她沒事，讓大家鬆了一大口氣。

▷ It was a **welcome relief** when I finally got a seat on the train. 我在列車上終於有座位時，那真是令我感激的放鬆。

▷ It came as a **light relief** to have a cup of coffee after the 2-hour lecture! 聽了兩個小時的課之後喝杯咖啡，是個小小的放鬆！

▷ You need to fill in this form to obtain **tax relief**. 你必須填好這張表以獲得稅金減免。

a sense of	relief	放心的感覺
a sigh of	relief	鬆一口氣

▷ "It's OK. I've found my wallet!" He breathed a **sigh of relief**. 「沒事了。我找到我的皮夾了！」他鬆了一口氣。

relief	from A	脫離 A 的放鬆
in	relief	浮凸於平面上
to	A's relief	讓 A 鬆一口氣

▷ You need to get some **relief from** all this stress. 你需要讓自己從壓力中放鬆一下。

▷ When she got home, the front door was open, but **to** her **relief** nothing had been stolen. 當她回到家時，正門是開著的，但讓她鬆一口氣的是沒有東西被偷。

(PHRASES)

What a relief! ☺ 真是鬆了一口氣！

▌ relieved /rɪˋlivd/ 形 放心的，安心的

greatly	relieved	十分放心的
immensely	relieved	

▷ He was **immensely relieved** when he found the missing book. 找到不見的書，他放心多了。

relieved	to do	做⋯而放心了的
relieved	that...	因為⋯而放心了的

▷ We're all **relieved to** hear that your operation was successful. 聽到你的手術成功，我們都放下心了。

▷ I'm **relieved that** you've decided to stay with

the company. 你決定留在公司，讓我覺得放心了。

rely /rɪˋlaɪ/

動（rely on A, rely upon A）依靠 A

rely	heavily on A	非常依靠 A
rely	entirely on A	完全依靠 A
rely	solely on A	
increasingly	rely on A	越來越依靠 A
always	rely on A	總是依靠 A
no longer	rely on A	不再依靠 A

▷ I don't know what the boss would do if you left. He **relies** so **heavily on** you. 我不知道如果你離開了，老闆會怎麼樣。他非常依賴你。
▷ We're **increasingly relying on** the Internet for up-to-date information. 我們越來越依賴網路取得最新資訊。
▷ You can **always rely on** me for help at any time. 需要幫助時，你隨時都可以依靠我。

rely on A	to do	依靠 A 做…
rely on A	for B	依靠 A 以尋求 B

▷ My family are **relying on** me **to** plan the whole trip. 我的家人靠我計畫整趟旅遊行程。
▷ I'm **relying on** you **for** up-to-date information. 我依靠你獲得最新資訊。

remark /rɪˋmɑrk/ 名 意見，評論

make	a remark	陳述意見
withdraw	one's remark	撤回發言
ignore	A's remark	無視發言

▷ "Did you **make a remark**?" "No, I didn't say anything." 「你說了什麼嗎？」「沒有，我沒說什麼。」
▷ She refused to **withdraw** her **remarks**. 她拒絕撤回自己的言論。
▷ Don't be upset. Just **ignore** her **remarks**. 別難過。不要理她說的話。

a casual	remark	隨口說出的話
critical	remarks	批評的言論
sarcastic	remarks	諷刺的言論
racist	remarks	種族歧視的言論
sexist	remarks	性別歧視的言論
introductory	remarks	開場白

a personal	remark	人身攻擊

▷ I didn't mean it seriously. It was just a **casual remark**. 我不是認真的。那只是隨口說說。
▷ Welcome to our scuba-diving course. I'd like to start with a few **introductory remarks**. 歡迎上我們的潛水課。上課前我想先說些話。
▷ This is a business meeting. Please don't make **personal remarks**. 這是商務會議。請不要人身攻擊。

a remark	about A	關於 A 的意見
a remark	on A	

▷ Did anybody make any **remarks about** your new hairstyle? 有人對你的新髮型表示什麼意見嗎？

remarkable /rɪˋmɑrkəbl/

形 值得注意的；顯著的，驚人的

particularly	remarkable	特別值得注意的
quite	remarkable	相當驚人的
truly	remarkable	真的很驚人的

▷ Her progress in English has been **quite remarkable** since she went to London. 去了倫敦之後，她英語能力的進步相當驚人。
▷ His quick recovery after the accident was **truly remarkable**. 他在事故後迅速復原，真的很驚人。

it is remarkable	that...	令人驚訝的是…

▷ **It's remarkable that** nobody noticed that the money was missing. 令人驚訝的是，沒有人注意到錢不見了。

remarkable	for A	因為 A 而值得注意的
remarkable	about A	關於 A 是值得注意的點

▷ This department store is **remarkable for** its discounts. 這家百貨公司在折扣方面很引人注目。

remember /rɪˋmɛmbɚ/ 動 記得；記起

well	remember	記得很清楚
clearly	remember	清楚記得
distinctly	remember	
vividly	remember	生動地記得
vaguely	remember	模糊地記得
dimly	remember	隱約記得
always	remember	總是記得

R

suddenly	remember	突然記起
remember	rightly	正確記得
remember	correctly	
remember	exactly	確切記得

▷ I can **well remember** the first time I saw you.
我記得很清楚第一次見到你的時候。

▷ She **suddenly remembered** she hadn't locked the front door. 她突然記起自己沒鎖正門。

▷ "Where's Peter's house?" "If I **remember rightly**, it's the third on the left." 「Peter 的家在哪裡？」「如果我記得沒錯，是左邊算來第三間。」

▷ Sorry, I can't **remember exactly** what she said. 抱歉，我不確切記得她說了什麼。

remember	doing	記得做過…
remember A	doing	記得 A（人）做過…
remember	to do	記得要做…

▷ I don't **remember** receiving an email from him. 我不記得曾經收到他的電子郵件。

▷ **Remember to** let us know you've arrived safely. 記得要通知我們你平安抵達了。

remember	that...	記得…
remember	wh-	記得…

★ wh- 是 what, when, how 等

▷ Oh! You **remembered that** I take milk and sugar! 噢！你記得我會加牛奶和糖耶！

▷ I don't **remember what** she said. 我不記得她說什麼。

▷ I don't **remember how** to get to Bob's house. 我不記得該怎麼去 Bob 家。

R

remind /rɪˋmaɪnd/ 動 提醒，使想起

always	remind	總是提醒
constantly	remind	不斷提醒
frequently	remind	經常提醒

▷ Getting emails from Sachiko **constantly reminds** me of my life before I left Japan. 收到幸子的電子郵件，經常使我想起離開日本前的生活。

remind A	of B	使 A（人）想起 B 這件事
remind A	about B	提醒 A（人）關於 B 的事

▷ That TV program about Sydney **reminded** me **of** my homestay in Australia. 那個關於雪梨的電視節目讓我想起在澳洲寄宿的時候。

▷ Don't forget to **remind** Angus **about** the party on Saturday. 不要忘了提醒 Angus 星期六的派對。

remind A	that...	提醒 A（人）…這件事
remind A	wh-	提醒 A（人）…

★ wh- 是 what, when, how 等

▷ Can I **remind** you **that** we have to leave in 5 minutes to catch the plane! 容我提醒你，我們五分鐘後要出發，才能趕上飛機！

▷ Can you **remind** me **how** to get to your house? 你可以提醒我要怎麼到你家嗎？

remind A	to do	提醒 A（人）做…

▷ Please **remind** me **to** call him later. 請提醒我稍後打電話給他。

(PHRASES)

Don't remind me. ☺ 別讓我想起那討厭的事。
That reminds me. ☺ 那讓我想起來了。 ▷ Speaking of money, that reminds me. You owe me $20! 說到錢就讓我想起來了。你欠我 20 美元！

remove /rɪˋmuv/ 動 去除，移除

carefully	remove	小心去除
effectively	remove	有效去除
be easily	removed	被輕易去除
far	removed	遠離的

▷ The ink cartridge can **be easily removed** from the printer. 墨水匣可以輕易從印表機移除。

▷ What he said is **far removed** from the truth. 他所說的與實情相去甚遠。

remove A	from B	把 A 從 B 去除

▷ He **removed** all his money **from** the safe. 他把所有錢從保險箱清出來。

repair /rɪˋpɛr/ 名 修理，修補

carry out	repairs	
do	repairs	進行修理
make	repairs	
need	repair	
be in need of	repair	需要修理

▷ It'll take months to **carry out repairs**. 修理要花幾個月的時間。

▷ It's a lovely country cottage, but it's **in constant need of repair**. 這是間可愛的小屋，但一直都需要

修繕。（★ need 前面經常接 great, desperate, constant, urgent 等形容詞）

a major	repair	大規模的修理
a minor	repair	小規模的修理
necessary	repairs	必要的修理
urgent	repairs	緊急的修理

▷ After the flood, our apartment needed **major repairs**. 淹水之後，我們的公寓需要大幅修繕。
▷ We've carried out all the **necessary repairs**. 我們已經進行了所有必要的修理。

| repair and maintenance | 修理和維護保養 |
| repair or replacement | 修理或更換 |

▷ The landlord is responsible for the **repair and maintenance** of our apartment. 房東負責我們公寓的修理和維護。
▷ The insurance company will pay for the **repair or replacement** of goods damaged in the fire. 保險公司將支付火災中損壞物品的修理或更換費用。

under	repair	維修中的
beyond	repair	無法修復的
in good	repair	維修狀態良好的
in poor	repair	維修狀態不好的

▷ We can't go over this bridge. It's **under repair**. 我們不能過這座橋。它在維修中。
▷ I'm afraid this TV set is **beyond repair**. 恐怕這台電視機已經修不好了。
▷ I've had this bicycle for nearly five years, but it's still **in good repair**. 我有這台腳踏車快五年了，但它的維修狀態還是很好。

repeat /rɪ`pit/ 名 重複

| prevent | a repeat | 防止重複 |

▷ We have to **prevent** a **repeat** *of* this disaster. 我們必須防止這場災難再度發生。

replace /rɪ`ples/ 動 取代；代替

completely	replace	完全取代
eventually	replace	最終取代
gradually	replace	逐漸取代

▷ DVDs will **eventually replace** videos entirely. DVD 最終將完全取代錄影帶。

▷ Hybrid cars may **gradually replace** cars run on gasoline. 混合動力車可能逐漸取代汽油動力車。

replace A	with B	以 B 取代 A
replace A	as B	取代 A 成為 B
be replaced	by A	被 A 取代

▷ We need to **replace** this old photocopying machine **with** a new one. 我們需要把這台舊影印機換成新的。
▷ Did you hear? Malcolm has **replaced** Tom **as** Managing Director! 你聽說了嗎？Malcolm 取代了 Tom 擔任總經理！
▷ Hand written letters have largely been **replaced by** emails. 手寫信已經大部分被電子郵件取代。

reply /rɪ`plaɪ/ 名 回覆，答覆

get	a reply	得到回覆
have	a reply	
receive	a reply	收到回覆
make	no reply	不回覆
send	a reply	寄出回覆

▷ We still haven't **got** a **reply** from them. 我們還沒收到他們的回覆。
▷ So far they've **made no reply**. 他們到目前還沒回覆。
▷ We should **send** a **reply** as soon as possible. 我們應該盡快寄出回覆。

a reply	from A	來自 A 的回覆
a reply	to A	給 A 的回覆
in reply	(to A)	作為（對 A 的）回覆

▷ "How's your job-hunting going?" "Quite well. I've had **replies from** six companies." 「你找工作進行得怎樣？」「蠻順利的。我收到六家公司的回覆。」
▷ Have you had a **reply to** your letter? 你的信得到回覆了嗎？
▷ **In reply to** your letter of July 4, please find enclosed information. 回覆您 7 月 4 日的來信，請查看附件。

reply /rɪ`plaɪ/ 動 回覆，答覆；回應

| reply | firmly | 堅定地答覆 |
| reply | immediately | 立刻答覆 |

reply	quickly	迅速答覆
reply	quietly	靜靜地答覆
reply	shortly	簡短地答覆

▷ This matter is really urgent. I think we should **reply immediately**. 這件事真的很緊急。我認為我們應該立刻回覆。

▷ If you want the job, you need to **reply quickly**. 如果你想要這份工作，你必須迅速回覆。

▷ When I asked my boss for a raise, he **replied shortly** that it was impossible. 我跟老闆要求加薪時，他簡短地回答不可能。

reply	to A	答覆 A
reply	with A	以 A 答覆

▷ They still haven't **replied to** our letter. 他們還沒回我們的信。

reply	(that...)	答覆説…

▷ They **replied that** they needed more time to consider our proposal. 他們回覆說需要更多時間考慮我們的提案。

report /rɪ`port/ 图 報告；報告書；報導

give	a report	報告
make	a report	
write	a report	寫報告
produce	a report	製作報告
issue	a report	發布報告
publish	a report	發表報告
submit	a report	提交報告

▷ I have to **give** a **report** to the committee on Monday. 我星期一必須向委員會報告。

▷ I still haven't **made** a **report** on my business trip. 我還沒做出差報告。

▷ We have to **submit** our **report** by the end of this month. 我們必須在月底前交出報告。

a detailed	report	詳細的報告
a recent	report	最近的報告
an interim	report	（財務的）期中報告
an annual	report	年度報告
a final	report	最終報告
a written	report	書面報告
an official	report	正式報告
a committee	report	委員會的報告

a government	report	政府的報告
a news	report	新聞報導
a newspaper	report	報紙報導

▷ A **recent report** suggests that the number of unemployed is rising. 最近一份報告顯示失業人數正在上升。

▷ According to our company's **annual report**, profits are up again this year. 根據我們公司的年度報告，今年利潤再度成長了。

▷ We're still waiting for the Government's **final report**. 我們還在等待政府的最終報告。

a report	by A	A 做的報告
a report	from A	來自 A 的報告
a report	on A	關於 A 的報告

▷ This is a **report from** our branch in New York. 這是來自我們紐約分公司的報告。

▷ Have you read this **report on** the earthquake in Chile? 你讀過這份關於智利地震的報告嗎？

report /rɪ`port/ 動 報告，報導

be widely	reported	被廣為報導
be officially	reported	被正式報導
falsely	report	錯誤地報導
correctly	report	正確地報導
report	back	回報

▷ It has been **widely reported** that the Prime Minister is going to resign. 首相將辭職的消息被廣為報導。

▷ The marriage of Prince William and Kate Middleton was **officially reported** by newspapers all over the world. 威廉王子和凱特密道頓結婚的消息被全世界的報紙正式報導了。

report	on A	報導關於 A 的事
report A	to B	向 B 報告 A

▷ The TV program **reported on** recent events in India. 這個電視節目報導了印度最近發生的事。

▷ He **reported** the story **to** the newspapers. 他向報社通報了這個消息。

report	doing	報告做了…這件事

▷ She **reported** seeing a strange man in the building. 她舉報在大樓裡看到奇怪的男人。

R

report	that...	報告…這件事

▷ He went to the police station and **reported that** his car had been stolen. 他去警察局報案，說車被偷了。

be reported	to be	據報是…

▷ A helicopter is **reported to** have crashed in a mountain area. 據報有一架直升機在山區墜毀。

represent /ˌrɛprɪˈzɛnt/

動 代表；表示；描繪

adequately	represent	充分代表
be well	represented	有很多人出現
be poorly	represented	很少人出現

▷ We need to find someone who can **adequately represent** our views to the meeting. 我們必須找可以在會議中充分代表我們意見的人。

▷ British film makers were **well represented** at the Cannes Film Festival this year. 今年有許多英國電影製作人出現在坎城影展。

represent A	as B	將 A 描繪成 B

▷ This newspaper report **represents** the latest drop in crime figures **as** encouraging. 這篇報紙報導把最近犯罪件數的下降當成好消息。

reputation /ˌrɛpjəˈteʃən/ 名 信譽；名聲

have	a reputation	有名聲
acquire	a reputation	
earn	a reputation	獲得名聲
gain	a reputation	
build	a reputation	
establish	a reputation	建立名聲
make	a reputation	
enhance	a reputation	提高名聲
damage	A's reputation	損害名聲
maintain	a reputation	維持名聲
protect	one's reputation	保護名聲

▷ He **has** a **reputation** for working slowly. 他工作是出了名的慢。

▷ She's beginning to **gain** a **reputation** in the art world. 她在藝術界開始獲得聲望。

▷ Our company has **established** an excellent rep-utation for after sales service. 本公司由於售後服務而樹立了優良的信譽。

▷ The scandal **damaged** the Prime Minister's rep-utation. 這件醜聞損害了首相的名譽。

an excellent	reputation	很好的名聲
a good	reputation	
a high	reputation	高的名聲
a bad	reputation	不好的名聲
a growing	reputation	越來越高的名聲
an international	reputation	國際上的名聲
a worldwide	reputation	全世界的名聲

▷ He has a really **good reputation** as a manager. 他擔任經理的名聲非常好。

▷ That young man's going to be successful. He has a **growing reputation**. 那個年輕人會成功。他的名聲越來越高。

▷ She's a top golf player now. She has an **inter-national reputation**. 她現在是頂尖的高爾夫球選手。她在國際上很有名。

a reputation	as A	身為 A 的名聲
a reputation	for A	因為 A 得到的名聲

▷ He has a **reputation as** an expert in his field. 他在自己的領域中擁有專家的名聲。

▷ He has a **reputation for** losing his temper. 他發脾氣是出了名的。

request /rɪˈkwɛst/ 名 要求，請求

make	a request	請求
have	a request	有請求
receive	a request	
consider	a request	考慮請求
accept	a request	接受請求
grant	a request	
respond to	a request	回應請求
ignore	a request	無視請求
refuse	a request	拒絕請求
reject	a request	
repeat	a request	反覆請求

▷ Can I **make** a **request**? 我可以有個請求嗎？

▷ We've **had** a lot of **requests** to repeat this TV drama. 我們收到許多重播這齣電視劇的請求。

▷ We've **received a request** for somebody to transfer from here to head office in Tokyo. 我們收

到某人想從這裡調到東京總公司的請求。

▷ They **refused** her **request** for a new computer. 他們拒絕了她要一台新電腦的請求。

a reasonable	request	合理的請求
a formal	request	正式的請求

▷ It's a **reasonable request**, so I think there will be no problem. 這是合理的請求，所以我認為不會有問題。

▷ If you want to take three days' holiday, you need to make a **formal request**. 如果你要休假三天，必須正式申請。

a request	for A	要求 A 的請求
at	the request of A	應 A 的要求
by	request	應要求
on	request	一經要求

▷ We've received a **request for** more medical supplies. 我們收到了要求更多醫療用品的請求。

▷ **At** the **request of** our members, we're going to change some of the club rules. 應會員要求，我們將變更俱樂部的部分規則。

▷ Further details are available **on request**. 更多詳情，經要求即可提供。

a request	that...	…的請求

▷ We've received a **request that** our canteen should have a smoking and a nonsmoking area. 我們收到希望員工餐廳有吸菸和非吸菸區的請求。

PHRASES

Any requests? ☺ 有任何要求嗎？

require /rɪˋkwaɪr/ 動 需要；要求

urgently	require	迫切需要
normally	require	通常需要
reasonably	require	合理地要求

▷ We **urgently require** a van driver. 我們迫切需要廂型車的司機。

▷ This teaching post **normally requires** a master's degree. 這個教學職位通常必須有碩士學位。

▷ We can't **reasonably require** our employees to work 15 hours a day! 我們不能合理地要求員工一天工作 15 小時！

require A	to do	要求 A（人）做…

▷ His manager **required** him **to** do 3 hours overtime every day for a month. 經理要求他連續一個月每天加班 3 小時。

require	that...	要求…

▷ The new law **requires that** smoking is banned in public places. 新的法律要求公共場所禁止吸菸。

requirement /rɪˋkwaɪrmənt/

名 必要條件，要求；需要

meet	the requirements	
fulfill	the requirements	符合必要條件
satisfy	the requirements	
comply with	the requirements	

▷ Sorry sir, your hand luggage doesn't **comply with** the **requirements** of the airline. I'm afraid it's too large. 不好意思先生，您的手提行李不符合航空公司規定的條件。它太大了。

a basic	requirement	基本的必要條件
the minimum	requirement	最低的必要條件

▷ A university degree is a **basic requirement** for this job. 大學學位是這份工作的基本要求條件。

rescue /ˋrɛskju/ 名 援救

come to	A's rescue	來援救 A

▷ I would have drowned if you hadn't **come to** my **rescue**. 如果你沒來救我，我可能會淹死。

research /rɪˋsɝtʃ/ 名 研究，調查

do	research	
carry out	research	進行研究
conduct	research	
undertake	research	著手進行研究
engage in	research	從事研究
fund	research	為研究提供資金
support	research	支持研究

▷ My brother's **doing research** for his master's degree at London University. 我哥哥正在倫敦大學進行碩士學位的研究。

▷ She's **engaged in research** into the effects of long-distance space travel. 她參與了長距離太空旅行所造成影響的研究。

▷ It's difficult to find companies to **fund research**

these days. 最近很難找到企業資助研究。

research	shows	研究顯示
research	suggests	

▷ Recent **research suggests** that consuming green or oolong tea may help prevent high blood pressure. 最近的研究顯示，喝綠茶或烏龍茶可能有助於預防高血壓。

basic	research	基礎研究
recent	research	最近的研究
market	research	市場研究
medical	research	醫學研究
scientific	research	科學研究

▷ We've done the **basic research**, and we think we'll soon be able to produce an improved hybrid car. 我們做了基礎研究，認為很快就能生產改良的混合動力車。

research	into A	對於 A 的研究
research	on A	
research	in A	A 領域的研究

▷ Pete's doing **research into** the effects of pollution on marine life. Pete 在研究污染對海洋生物的影響。

an area of	research	研究領域

resemble /rɪˋzɛmbl/ 動像…

closely	resemble	很像…
strongly	resemble	
faintly	resemble	有一點點像…
vaguely	resemble	

▷ Two of the girls in my class aren't identical twins, but they **closely resemble** each other. 我班上有兩個女孩子，不是同卵雙胞胎，但彼此長得很像。

reservation /ˌrɛzəˋveʃən/

名 預約；保留（意見）

make	a reservation	預約
have	a reservation	有預約
have	reservations	有所保留

express	reservations	呈現保留態度

▷ I **made a reservation** for you at the Hilton Hotel. 我為你預約了希爾頓飯店。

▷ I **have a reservation** for tonight. A table for two. 我今晚有預約。兩人桌。

reservations	about A	對 A 的保留態度

▷ I still have **reservations about** signing the contract. 我仍然對簽約持保留態度。

resist /rɪˋzɪst/ 動 抵抗；耐…，抗…

fiercely	resist	激烈抵抗
strongly	resist	強烈抵抗
successfully	resist	成功抵抗

▷ She fought back hard and **successfully resisted** her attacker. 她努力反擊，並且成功抵抗攻擊她的人。

resist	doing	忍住不做…

▷ I can't **resist** having just one more piece of chocolate cake! 我沒辦法忍住不再吃一塊巧克力蛋糕！

be hard	to resist	難以抗拒
be difficult	to resist	

▷ That lovely chocolate cake is **difficult to resist**! 那好吃的巧克力蛋糕很難抗拒！

resistance /rɪˋzɪstəns/

名 抵抗，反抗；抵抗力

put up	resistance	抵抗
offer	resistance	
meet (with)	resistance	
face	resistance	遭到抵抗
encounter	resistance	

▷ Surprisingly, her boss **offered** no **resistance** to her request for a rise in salary. 令人驚訝的是，她的老闆並不抗拒她加薪的要求。

▷ Management's plans to reorganize the department **met with** a lot of **resistance**. 經營團隊重組部門的計畫遭遇到很大的反抗。

resistance	to A	對 A 的抵抗

▷ At first there was a lot of **resistance to** the plans

to relocate. 一開始對於搬遷計畫的反抗很強烈。

resolution /ˌrɛzəˈluʃən/

名決議（案）；解決（方法）；決心，決定

support	a resolution	支持決議
adopt	a resolution	採用決議
pass	a resolution	通過決議
approve	a resolution	批准決議
reject	a resolution	否決決議
make	a resolution	下定決心

▷ I would never **support** a **resolution** to force staff members to retire early. 我絕對不會支持強迫員工提早退休的決議。

▷ The meeting **adopted** a **resolution** to reduce the workforce by 10%. 會議採納了減少 10% 員工的決議。

▷ We **made** a **resolution** to employ no more staff for the next 6 months. 我們決定未來六個月不再雇用新員工。

a draft	resolution	決議草案
an affirmative	resolution	贊成的決議
a special	resolution	特別決議
a peaceful	resolution	和平解決
conflict	resolution	衝突的解決
New Year's	resolution(s)	新年的決心

▷ Both countries are seeking a **peaceful resolution** to their problems. 兩國都在尋求和平解決問題的方法。

▷ What are your **New Year's resolutions**? 你在新的一年下的決心是什麼？

a resolution	on A	關於 A 的決議
the resolution	to A	對 A 的解決

▷ The United Nations have passed a **resolution on** the situation in Libya. 聯合國通過了關於利比亞情勢的決議。

resolve /rɪˈzɑlv/ 英 /rɪˈzɒlv/

動解決；決定，決心，決議

fully	resolve	完全解決
finally	resolve	終於解決

▷ They've made some progress, but they still haven't **fully resolved** the situation. 他們有了一些進展，但還沒完全解決情況。

attempt to	resolve	試圖解決
try to	resolve	

▷ I think you and Martin should **attempt to resolve** your differences. 我想你和 Martin 應該努力消除彼此的歧見。

resolve	to do	決定做…

▷ After the plane crash, she **resolved** never **to** fly again. 經過那次墜機，她決定不再搭飛機。

resolve	that...	決定…

▷ She **resolved that** one day she would have her own business. 她決定有一天要擁有自己的事業。

resource /ˈrisɔrs/ 英 /rɪˈsɔːs/

名資源；經濟資源；天然資源

have	the resources	有資源
allocate	resources	分配資源
use	resources	使用資源

▷ We don't **have** the **resources** to offer any more help. 我們沒有資源再提供幫助了。

▷ It's important to **allocate resources** to flood victims as soon as possible. 盡快分配資源給水災災民是很重要的。

▷ We need to think about the best way to **use** our **resources**. 我們必須考慮使用資源最好的方法。

limited	resources	有限的資源
scarce	resources	稀少的資源
financial	resources	財源
human	resources	人力資源
natural	resources	天然資源
resources	available	可用的資源

▷ The **human resources** department deals with employment contracts. 人資部門處理雇用合約。

▷ The USA is a country rich in **natural resources**. 美國是天然資源豐富的國家。

the allocation	of resources	資源的分配

▷ We need to make sure that we have a fair system for the **allocation of resources**. 我們必須確保公平的資源分配制度。

respect /rɪˋspɛkt/

名 尊敬，敬意；尊重，考慮

have	respect	尊敬
earn	respect	獲得尊敬
gain	respect	
command	respect	博得尊敬
lose	respect	失去尊敬
show	respect	表示尊敬

▷ I **have** a lot of **respect** *for* firefighters. 我很尊敬消防員。

▷ You need to **earn respect** before you are accepted by the other team members. 你必須先獲得尊敬才能被其他團隊成員接納。

▷ In Japanese society, you should **show respect** when you meet a person senior to you. 在日本社會，當你遇到比你年長的人時，應該表示敬意。

deep	respect	很深的尊敬
great	respect	
mutual	respect	相互的尊敬

▷ The President has **great respect** for the views of ordinary people. 總統非常尊重普通民眾的意見。

respect	for A	對 A 的尊敬
out of	respect	出於尊敬；表示敬意
with	respect	懷著敬意
with respect	to A	關於 A
in respect	of A	

▷ I have a lot of **respect for** her. She never gives up. 我很尊敬她。她從不放棄。

▷ **Out of respect**, everybody observed one minute's silence. 為了表示敬意，所有人默哀了一分鐘。

▷ He always treated her **with** great **respect**. 他總是十分尊敬地對待她。

▷ **With respect to** the wedding, we've decided to hold it in a fivestar hotel. 關於婚禮，我們決定在五星級飯店舉辦。

in	this respect	在這方面
in	some respects	在某些方面
in	all respects	在所有方面
in	one important respect	在一個重要的方面

▷ **In some respects**, what you say is correct, but that's not the whole story. 在某些方面，你說的是正確的，但事情的全貌並不是只有這樣而已。

▷ I disagree with you **in one important** respect. 我在一個重要的方面不同意你的看法。

respond /rɪˋspɑnd/ 英 /rɪˋspɒnd/

動 反應，回應；回答，答覆

respond	quickly	快速反應
respond	immediately	立即反應
respond	positively	反應正面
respond	well	反應得很好
respond	appropriately	反應適當

▷ We can't waste time. We have to **respond quickly**. 我們不能浪費時間。我們必須快速做出反應。

▷ I think she **responded** really **well** to the situation. 我認為她對狀況真的反應得很好。

▷ Let's wait to see what they do. Then we can **respond appropriately**. 我們觀望他們做什麼吧。然後我們可以做出適當的反應。

respond	to A	對 A 做出反應、回應
respond	by doing	做⋯作為反應
respond	with A	用 A 回應

▷ How are you going to **respond to** her letter? 你要怎麼回覆她的信？

▷ She **responded by** tearing up the letter into little pieces. 她的反應是把信撕碎。

▷ He **responded with** a very angry reply. 他回了一封很生氣的回信。

response /rɪˋspɑns/ 英 /rɪˋspɒns/

名 反應；回答，答覆

make	a response	反應；答覆
give	a response	
get	a response	得到反應；得到答覆
receive	a response	
produce	a response	引起反應
provoke	a response	

▷ She just stood there and said nothing. She wasn't able to **make a response**. 她只是站在那裡不說話。她沒辦法做出反應。

▷ I've sent five emails, and I still haven't **got a response**. 我寄了五封電子郵件，都還沒收到回信。

a good	response	好的反應
a positive	response	正面的反應
a negative	response	負面的反應
an appropriate	response	適當的反應
a direct	response	直接的反應
an immediate	response	立即的反應
a quick	response	快速的反應
the initial	response	最初的反應
a public	response	大眾的反應
an emotional	response	情緒的反應
a political	response	政治上的反應
an immune	response	免疫反應

▷ We're very much hoping for a **positive response**. 我們非常希望獲得正面的反應。

▷ After my email, I received an **immediate response**. 我寄出電子郵件後立刻收到回信。

▷ When the Government suggested a rise in the sales tax, the **public response** was very negative. 政府示意想要調漲銷售稅時，大眾的反應非常負面。

a response	from A	來自 A 的反應
a response	to A	對 A 的反應

▷ I left a message on her desk, but so far I haven't received any **response from** her. 我在她的桌上留言，但到現在我還沒得到她的回應。

▷ The **response to** our survey was very encouraging. 我們調查得到的回應非常振奮人心。

in	response (to A)	作為（對 A 的）回應

▷ I put in a request for holiday leave, but so far I've heard nothing **in response**. 我申請休假，但到現在還沒得到回應。

responsibility /rɪˌspɑnsəˋbɪlətɪ/

英 /rɪˌspɔnsəˋbiliti/ 名 責任，義務，職責

have	responsibility	有責任
accept	responsibility	
assume	responsibility	承擔責任
take	responsibility	
share	responsibility	共同負有責任
claim	responsibility	聲稱犯下罪行

▷ I'm looking for a job where I can **have responsibility**. 我正在找一份可以掌握權責的工作。

▷ I've asked Mr. Bean to **assume responsibility** for the office while I'm away. 我請 Bean 先生在我不在的時候接管辦公室的職務。

▷ We both **share** equal **responsibility** for the mistakes that were made. 我們對犯下的錯誤負有同樣的責任。

▷ So far nobody has **claimed responsibility** for yesterday's terrorist attack. 到目前為止，沒有人聲稱犯下昨天的恐怖攻擊。

full	responsibility	完全的責任
a great	responsibility	很大的責任
a heavy	responsibility	很重的責任
a special	responsibility	特別的責任
personal	responsibility	個人的責任
social	responsibility	社會上的責任
parental	responsibility	父母的責任

▷ It was my decision. I take **full responsibility**. 這是我的決定。我全權負責。

▷ Some young couples these days don't show enough **parental responsibility**. 最近的年輕夫婦沒有負起足夠的父母責任。

a sense of	responsibility	責任感
a position of	responsibility	負有責任的職位

▷ I know you have a deep **sense of responsibility**. 我知道你責任感很強。

responsibility	for A	對於 A 的責任
a responsibility	to A	對 A（人）的責任
a responsibility	toward A	
on one's own responsibility		自行負責

▷ We mustn't forget that we have a **responsibility to** our investors. 我們絕不能忘記自己對投資人有責任。

▷ He acted entirely **on** his **own responsibility**. 他完全為自己負責而行動。

a responsibility	to do	要做…的責任

▷ We all have a **responsibility to** help each other in a crisis. 我們都有責任在危機中互相幫助。

responsible /rɪˋspɑnsəbl/

英 /rɪˋspɔnsəbl/ 形 負有責任的，負責的

largely	responsible	負有大部分責任的
primarily	responsible	主要負有責任的

directly	responsible	直接負有責任的
personally	responsible	個人方面負有責任的
ultimately	responsible	最終負有責任的

▷ Emma was **largely responsible** for the success of the project. 這個企畫案的成功大部分歸功於 Emma。

▷ In my new job, I'm **primarily responsible** for contacting new customers. 在新的工作中，我主要負責聯絡新顧客。

▷ If there is a serious problem, the president of the company is **ultimately responsible**. 如果有嚴重的問題，公司總裁是最終要負責的人。

responsible	for A	對於 A 負有責任的

▷ Who was **responsible for** booking the hotels? 誰負責訂飯店的？

hold A	responsible	認為 A（人）有責任
find A	responsible	

▷ Put on your safety helmets! I don't want to be **held responsible** *for* any accidents. 戴安全帽！我不想出意外時被要求負責。

rest /rɛst/ 图休息，休憩；剩餘部分

get	some rest	稍作休息
have	a rest	休息一下
take	a rest	
spend	the rest	用掉剩餘的部分
finish	the rest	完成剩餘的部分
do	the rest	做剩餘的部分

▷ Take care and **get some rest**. 保重，去休息吧。

▷ You look tired. I think you should **have** a good **rest**. 你看起來很累。我認為你應該好好休息。

▷ She **spent** the **rest** of the day relaxing on the beach. 她那天剩餘的時間在海灘放鬆。

▷ I'm too tired to do any more homework. I'll **finish** the **rest** of it tomorrow. 我太累了，沒辦法再做功課了。我明天會完成剩餘的部分。

at	rest	靜止；安息

▷ She had a difficult life, but now she's **at rest**. 她度過了艱困的一生，現在安息了。

restaurant /ˈrɛstərənt/ 美 /ˈrɛstərɑnt/

图餐廳

go to	a restaurant	去餐廳
run	a restaurant	經營餐廳

▷ Shall we **go to a restaurant** this evening? 我們今晚要不要去餐廳呢？

an excellent	restaurant	很棒的餐廳
a good	restaurant	
a local	restaurant	當地的餐廳
a Chinese	restaurant	中式餐廳
a French	restaurant	法式餐廳
a fast-food	restaurant	速食餐廳

▷ Last night we went to a really **good restaurant**. 昨晚我們去了一家很棒的餐廳。

▷ I don't want to eat in the hotel. Let's eat in one of the **local restaurants**. 我不想在飯店吃飯。我們在這邊地方上的餐廳吃吧。

▷ Excuse me, is there a **Chinese restaurant** anywhere near here? 不好意思，這附近有中式餐廳嗎？

in	a restaurant	在餐廳
at	a restaurant	

▷ Do you want to go to a pub? Or shall we have dinner **in a restaurant**? 你想去酒吧嗎？還是我們要在餐廳吃晚餐？

restore /rɪˈstor/ 動恢復；修復；使復原

fully	restored	完全恢復了的
recently	restored	最近恢復了的
carefully	restored	仔細修復了的
extensively	restored	大幅修復了的

▷ Electricity should be **fully restored** by tomorrow morning. 供電應該會在明天上午全面恢復。

restore A	to B	使 A 恢復為 B；使 A 回到 B

▷ The electricity company **restored** power **to** the city late last night. 電力公司昨晚恢復了這個城市的供電。

result /rɪˈzʌlt/ 图結果；成果，成績

produce	a result	產生結果

R

achieve	a result	得到結果
get	a result	
announce	the result	宣布結果
show	the result	顯示成果

▷ We need to work harder to **produce** a **result**. 我們必須更努力做出結果。

▷ They're going to **announce** the **results** at the end of this month. 他們將在本月底宣布結果。

a good	result	好的結果
a positive	result	
the final	result	最終結果
the end	result	
a direct	result	直接的結果
election	results	選舉結果
examination	results	測驗結果
research	results	研究結果
concrete	results	具體的成果
tangible	results	明確的成果

▷ You worked really hard for these exams. I hope you get a **good result**. 你為了測驗真的很用功。我希望你得到好成績。

▷ We need to get a **positive result**. 我們需要得到好的結果。

▷ We still don't know the **final result** of the election. 我們還不知道選舉的最後結果。

as	a result (of A)	（由於 A 的）結果…
with	the result that...	結果是…

▷ The referee sent him off. **As a result**, he missed the next two matches. 裁判判他出場，結果他不能參加接下來兩場比賽。

▷ Kevin died **as a result of** the accident. Kevin 因為那場意外事故而過世。

▷ The meeting ended **with the result that** nothing was decided. 這場會議的結果是什麼也沒有決定。

return /rɪ`tɜn/ 名 返回；歸還；重返

make	a return	返回
demand	a return	要求歸還

▷ Everybody thought his movie career was over, but he was able to **make** a **return**. 大家都以為他的電影生涯結束了，他卻能夠復出。

▷ He **demanded** the **return** of his money in two weeks. 他要求在兩個星期內歸還他的錢。

the return	to A	返回 A
the return	from A	從 A 返回
the return	of A	A 的返回
on	A's return	在 A（人）回來時
on	return (of A)	在歸還（A）時
upon	return (of A)	
in	return	作為回報，反過來

▷ We lost touch after his **return to** England. 他回到英國後，我們就失去聯絡了。

▷ When the travel agency went bankrupt, many people demanded the **return of** their money. 那間旅行社破產時，許多人要求退費。

▷ His friends held a big party for him **on his return** from the States. 他從美國回來時，朋友們為他舉辦了盛大的派對。

▷ You've helped me so much. **In return** I'd like to cook dinner for you. 你幫了我很多忙。我想做晚飯報答你。

PHRASES

Many happy returns. ☺ 生日快樂（祝你年年有今日）。

return /rɪ`tɜn/ 動 返回；歸還，送回

recently	returned	最近回來了
eventually	return	終於回來
finally	return	
return	home	回家
return	safely	平安回來

▷ My best friend **recently returned** from a year abroad in New Zealand. 我最好的朋友在紐西蘭待了一年，最近回來了。

▷ I missed the last train, so I couldn't **return home**. 我沒趕上末班列車，所以我回不了家。

▷ You'd better call your parents to let them know you've **returned safely**. 你最好打電話給父母，讓他們知道你平安回來了。

return	from A	從 A 回來
return	to A	回到 A
return A	to B	把 A 還給 B

▷ Have you met my cousin? He's just **returned from** South America. 你見過我的堂弟嗎？他剛從南美洲回來。

▷ My temperature's **returned to** normal, so I think I'll be OK. 我的體溫回復正常了，所以我想我會沒事的。

▷ OK. You can borrow my lecture notes, but please don't forget to **return** them **to** me! 好。你可以借我的上課筆記，但別忘了還我！

▌review /rɪ`vju/ 名 回顧，審查，檢討；評論

conduct	a review	進行檢討
carry out	a review	
undertake	a review	著手進行檢討
read	a review	閱讀評論

▷ The Government is going to **conduct** a **review** of the pensions system. 政府將對退休金制度進行檢討。

▷ Our company has agreed to **undertake** a **review** of the pay structure. 我們公司同意對薪酬結構著手進行檢討。

▷ I **read** a really good **review** of the play we're going to see. 我讀了一篇關於我們要去看的那齣戲很好的評論。

a comprehensive	review	全面的檢討
a regular	review	定期的檢討
an annual	review	年度審查
a good	review	好的評論，好評
rave	reviews	熱烈稱讚的評論
a bad	review	不好的評論，惡評
a book	review	書評

▷ The Government intends to carry out a **comprehensive review** of the tax system. 政府有意全面檢討稅制。

▷ The **annual review** of salaries takes place this month. 年度調薪在這個月進行。

▷ This new Broadway musical has got really **good reviews**! 這齣新的百老匯音樂劇得到了很好的評價！

under	review	檢討中

▷ We keep businesses **under review**. 我們持續審查各家業者的情況。

▌review /rɪ`vju/ 動 檢視，回顧，檢討；評論

thoroughly	review	徹底檢視
carefully	review	仔細檢視
briefly	review	簡單檢視
constantly	review	持續檢視
regularly	review	定期檢視

▷ Let us **briefly review** the most important point. 讓我們簡單回顧最重要的一點。

▷ You should **regularly review** your lecture notes. 你應該定期複習上課筆記。

▌reward /rɪ`wɔrd/ 名 報酬；獎賞，回報

get	a reward	
receive	a reward	得到回報
reap	the reward(s)	
bring	a reward	帶來回報
offer	a reward	提供獎賞

▷ I took the wallet I found to the police station. They told me I might **get** a **reward**. 我把撿到的皮夾拿到警察局。他們告訴我可能會得到酬謝。

▷ Well, you studied hard, and now you're **reaping** the **reward**. 嗯，你很用功，現在你得到回報了。

▷ Well, Davis, all your hard work has finally **brought** a **reward**. Davis，你的一切努力終於帶來回報了。

▷ They're **offering** a **reward** of $500. 他們提供500 美元的獎賞。

great	reward	
high	reward	很大的回報
(a) rich	reward	
(a) just	reward	應得的回報
financial	reward	
economic	reward	金錢上的回報
monetary	reward	
a substantial	reward	豐厚的回報

▷ Doing a job that you love can bring you **great reward**. 做你喜歡的工作可以讓你獲得很多。

▷ The **financial reward** isn't great, but I enjoy my job very much. 雖然金錢上的酬勞不多，但我很喜歡自己的工作。

▷ The police are offering a **substantial reward** for information. 警方現在提供高額獎金徵求消息。

reward	for A	因為 A 而得到的回報

▷ Tom's going to get a medal *as* a **reward for** his bravery. Tom 將獲得一面獎牌，獎勵他勇敢的行為。

reward /rɪ`wɔrd/ 動 酬謝，回報

be well	rewarded	得到很好的回報
be handsomely	rewarded	

▷ If you help us, I promise you'll be **well rewarded**. 如果你幫助我們，我保證你會得到很好的報酬。

reward A	for B	因為 B 回報 A（人）
reward A	with B	用 B 給 A（人）回報

▷ How can we best **reward** him **for** all he's done for us? 怎樣才能最充分地報答他為我們做的一切？
▷ They **rewarded** him **with** a check for $5,000. 他們給他 5 千美元的支票作為酬謝。

rich /rɪtʃ/ 形 有錢的，富有的；豐富的

get	rich	變有錢

▷ Rich people seem to **get richer** in this country. 在這個國家，有錢人好像會越來越有錢。

fabulously	rich	
immensely	rich	非常有錢的
seriously	rich	

▷ Her husband isn't **fabulously rich**, but they're very happy together. 她的丈夫並不是非常有錢，但他們在一起很幸福。

the rich and famous	有錢又有名的人
(the) rich and (the) poor	貧富，有錢人和窮人
★ 通常不說 poor and rich	

▷ Polo is a sport that is associated with the **rich and famous**. 馬球這種運動讓人聯想到有錢又有名的人。
▷ The gap between **rich and poor** is getting wider. 貧富差距越來越大。

rich	in A	富含 A 的

▷ Many Arab countries are **rich in** oil. 許多阿拉伯國家富含石油。

ride /raɪd/ 名 騎乘，搭乘

have	a ride	
take	a ride	騎乘，搭乘
go for	a ride	去兜風

hitch	a ride	搭便車
give A	a ride	開車載 A（人）

▷ Can I **have a ride** on your bike? 我可以騎你的腳踏車嗎？
▷ They **went for a ride** on his new motorbike. 他們用他的新機車去兜風。
▷ He **hitched a ride** from Tokyo to Kyoto. 他從東京搭便車到京都。
▷ I can **give** you a **ride** to the station. 我可以開車載你到車站。

a bus	ride	搭公車的一趟
a train	ride	搭列車的一趟

▷ It's only a 20-minute **bus ride** to the station. 搭公車到車站只要 20 分鐘。

a ride	in A	騎乘、搭乘 A
a ride	on A	

▷ Let's go for a **ride in** the car. 我們開車兜風吧。

ridiculous /rɪ`dɪkjələs/ 形 荒謬的

absolutely	ridiculous	
quite	ridiculous	非常荒謬的
totally	ridiculous	

▷ How can you say that? That's **absolutely ridiculous**! 你怎麼可以那麼說？簡直荒謬透頂！

it is ridiculous	to do	做…很荒謬
it is ridiculous	that...	…很荒謬
★ 也常說 it seems ridiculous		

▷ **It's ridiculous to** blame Kate. It wasn't her idea. 責怪 Kate 很荒謬。那不是她的主意。
▷ **It's ridiculous that** there's no one here to welcome us. 這裡沒有人來歡迎我們，真是荒謬。

PHRASES

That is ridiculous! / This is ridiculous! ☺ 真荒謬！ ▷ I can't find my car keys! This is ridiculous! 我找不到我的車鑰匙！太奇怪了！

right /raɪt/ 形 對的；適合的，恰當的

prove	right	結果證明是對的
sound	right	聽起來對

▷ The rumor **proved** (to be) **right**. 結果證明那個傳聞是對的。

R

absolutely	right	
quite	right	非常對的
exactly	right	
probably	right	可能是對的

▷ What you said was **exactly right**! 你剛說的完全正確！

be right	in doing	做…很正確
★doing 是 saying, thinking, believing, suggesting 等		

▷ Am I **right in thinking** that you don't really want to go out tonight? 我覺得你今晚其實不想出門，我想的對嗎？

it is right	to do	做…是對的

▷ **It's right to** ask for more information from the Government. They still haven't told us enough. 要求政府提供更多資訊是對的。他們告訴我們的還不夠。

right	about	關於 A 是對的
right	for A	對於 A 適合的

▷ You are **right about** that. 你對那件事的看法是對的。
▷ I think a job in a travel agency would be just **right for** you. 我覺得旅行社的工作會很適合你。

exactly	the right A	完全正確的 A
★ A 是 word, time, place, person, size 等		

▷ That is **exactly the right word**. 正是那個詞沒錯。

PHRASES

That's right. ☺ 沒錯。
You're right. ☺ 你說得對。 ▷You're absolutely right. The bank's closed. 你說對了。銀行關門了。

right /raɪt/

图 權利；正確，公正；右邊；（the right）右派

have	the right	有權利
reserve	the right	保留權利
give	the right	給予權利
exercise	the right	行使權利
defend	the right	保護權利
protect	the right	保護權利
take	a right	右轉

▷ You **have** the **right to** appeal against their decision. 你有權利對他們的判決提出上訴。

▷ We **reserve** the **right to** cancel the contract in case of nonpayment. 我們保留萬一未付款時取消合約的權利。
▷ It's important to **defend** the **right to** free speech. 守護言論自由的權利很重要。
▷ We need to **protect** the **rights of** minority groups. 我們必須保護弱勢團體的權利。

civil	rights	公民權，市民的權利
equal	rights	平等的權利
exclusive	rights	獨占的權利
human	rights	人權
voting	rights	投票權
property	rights	財產權
the extreme	right	極右派

▷ We are talking about basic **civil rights** and **human rights**. 我們正在談論基本的公民權和人權。
▷ Women still need to fight hard for **equal rights**. 女性仍然需要努力爭取平權。
▷ Regarding politics, he's on the **extreme right**. 在政治方面，他是極右派。

in	the right	對的；有理的
on	A's right	在 A（人）右邊
to	A's right	往 A（人）的右方

▷ **On** your **right**, you can see the Tower of London. 在你的右邊，你可以看到倫敦塔。

the right	to do	做…的權利

▷ You don't have the **right to** say that. 你沒有權利那麼說。

rights and freedom	權利和自由
rights and obligations	權利和義務

▷ We have to work hard to protect our **rights and freedom**. 我們必須努力守護我們的權利和自由。
▷ Please read this contract. It explains your **rights and obligations**. 請閱讀這份合約。它說明你的權利和義務。

ring /rɪŋ/ 图 戒指；環狀物；英 打電話

wear	a ring	戴著戒指
put on	a ring	戴上戒指
give A	a ring	打電話給 A

▷ She wasn't **wearing** a wedding **ring**. 她沒戴婚戒。

R

an engagement	ring	訂婚戒指
a wedding	ring	結婚戒指
a diamond	ring	鑽石戒指
an inner	ring	內圈
an outer	ring	外圈

▷ The President has an **inner ring** of trusted politicians. 總統周邊有一圈他信任的政治人物。

a ring	on A	戴在 A 上的戒指
in	a ring	成一圈

▷ The children were dancing around **in a ring**. 孩子們圍成一圈跳舞。

rise /raɪz/ 名 上升，增加

a dramatic	rise	激增
a sharp	rise	
a steep	rise	急劇的增加
a rapid	rise	
a steady	rise	穩定的增加
a pay	rise	加薪
a price	rise	漲價
a tax	rise	增稅

▷ During the last month, there's been a **sharp rise** in sales. 上個月的銷售額急劇上升。
▷ Recently, there's been a **steep rise** in the cost of living. 最近的生活費急劇上升。
▷ There's been a **rapid rise** in the number of cases of bird flu. 禽流感病例數急速上升。
▷ This year we've seen a **steady rise** in sales. 今年我們銷售額穩定成長。

a rise	in A	A 方面的上升
rise	to A	登上 A
on	the rise	在上升中
★ rise to A 的 A 是 power, fame, stardom, the top 等		

▷ The latest figures show a large **rise in** unemployment. 最近的數據顯示失業人數大幅增加。
▷ The government is considering a 2% **rise in** sales tax. 政府正在考慮將銷售稅增加 2%。
▷ I have to write an essay on the reasons for Hitler's **rise to power**. 我必須寫一篇關於希特勒掌權原因的文章。
▷ The number of accidents in the home is **on the rise**. 發生在家中的意外件數正在上升中。

the rise and fall	of A	A 的上升與下降；A 的興衰

▷ I'm studying the **rise and fall** of the Roman Empire. 我正在研究羅馬帝國的興衰。

rise /raɪz/ 動 上升，增加；站起來；升起

rise	dramatically	戲劇性地大幅上升
rise	sharply	
rise	steeply	急劇上升
rise	rapidly	
rise	slightly	稍微上升
rise	steadily	穩定上升
rise	slowly	緩慢上升

▷ Recently the cost of gas has been **rising sharply**. 最近油價急劇上升。
▷ The temperature has **risen slightly**, but it's still very cold. 氣溫稍微上升了，但還是很冷。
▷ In the river, the water level is **rising steadily**. 河中的水位穩定上升中。

rise	by A	以 A 的幅度上升
rise	from A to B	從 A 上升到 B
rise	above A	上升超過 A
rise	from A	從 A 站起來；從 A 升起

▷ Electricity prices have **risen by** 30% over the last 5 years. 電價在過去 5 年上漲了 30%。
▷ Last year the price of gas **rose from** $3 a gallon to nearly $4. 去年油價從每加侖 3 美元上漲到將近 4 美元。
▷ The temperature still hasn't **risen above** freezing point. 氣溫仍然沒有上升到冰點以上。

risk /rɪsk/ 名 危險，風險

take	a risk	冒險
run	the risk (of A)	冒（A 的）風險
carry	a risk	帶有風險
pose	a risk	造成風險
increase	the risk	增加風險
reduce	the risk	減少風險
minimize	the risk	將風險最小化
avoid	the risk	避免風險
assess	the risk	評估風險

▷ If we do that, we **run the risk of** losing everything. 如果我們那麼做，我們會有失去一切的風險。

▷ Overeating **poses** a serious health **risk**. 吃得太多會造成嚴重的健康風險。

▷ Smoking **increases** the **risk** of lung cancer. 抽菸會增加肺癌的風險。

▷ Regular exercise **reduces** the **risk** of heart attacks. 定期運動會降低心臟病發作的風險。

a great	risk	大的風險
a high	risk	高的風險
a serious	risk	嚴重的風險
a low	risk	低的風險
an increased	risk	增加了的風險
a potential	risk	潛在的風險
the relative	risk	相對的風險
a health	risk	健康風險
a fire	risk	火災風險

▷ There's a **great risk** that the operation will be unsuccessful. 手術可能不成功的風險很大。

▷ Living in a city gives you an **increased risk** of being a victim of crime. 生活在都市，使你有較高的風險成為犯罪受害者。

▷ The higher the rate of interest, the greater (is) the **potential risk** to your investment. 利率越高，你投資的潛在風險越大。

at	risk	有危險，有風險
at	the risk of doing	冒著做…的風險

▷ Whatever we do, we can't put our children **at risk**. 不管我們做什麼，都不能將孩子置於危險中。

▷ **At** the **risk of** sounding overcautious, I think we should check everything one more time. 雖然這樣聽起來可能太過小心，但我想我們應該全部再檢查一次。

river /ˈrɪvɚ/ 名 河流

cross	the river	越過河流
overlook	the river	俯瞰河流

▷ You have to **cross** the **river** to get to our hotel. 要到我們的飯店必須過那條河。

▷ Tom's house **overlooks** the **river**. 從 Tom 家可以俯瞰那條河。

the river	flows	河流動

▷ The **river flows** through the center of town. 河流流過市中心。

a great	river	大河
a large	river	
a small	river	小河
the main	river	主要河流，主流

▷ The Amazon is a **great river** which flows through South America. 亞馬遜河是流過南美洲的大河。

across	the river	越過河流
in	the river	在河裡
into	the river	進入河裡
along	the river	沿著河流
on	the river	在河面上
up	river	往上游方向
down	river	往下游方向

▷ We need to go **across** the **river** to get to the pub. 我們到酒吧必須過這條河。

▷ Is it OK to swim **in** the **river**? 可以在河裡游泳嗎？

▷ Be careful! Don't fall **into** the **river**! 小心！別掉進河裡！

▷ Let's go for a walk **along** the **river**. 我們沿著河邊散步吧。

▷ I love to go canoeing **on** the **river**. 我喜歡在河上划獨木舟。

road /rod/ 名 路，道路；馬路

cross	the road	過馬路

▷ Be careful when you **cross** the **road**. 過馬路時要小心。

a narrow	road	窄的路
a wide	road	寬的路
a broad	road	
a busy	road	交通繁忙的路
a winding	road	蜿蜒的路
the main	road	主要幹道
a major	road	主要道路
a national	road	國道
a private	road	私人道路
a public	road	公路
a country	road	鄉間的路
英 the ring	road	環狀道路

R

▷ Be careful! This is a really **busy road**. 小心！這條路交通非常繁忙。

▷ According to the map, it's a long **winding road** down the mountainside. 根據地圖，這是沿著山坡往下的長而蜿蜒的路。

▷ Our children have to cross the **main road** to get to school. 我們的孩子們必須穿過主要幹道去上學。

down	the road	沿路往下
up	the road	沿路往上
along	the road	沿著路
on	the road	在路上；在路途中
in	the road	在道路上
across	the road	越過道路
by	road	（交通方式）走道路
the road	to A	往 A 的路

▷ Walk **along** the **road** for 50 yards, and the post office is on the right. 沿著路走 50 碼，郵局在右手邊。

▷ We've been **on** the **road** for over 10 hours. You must be exhausted. 我們上路超過 10 小時了。你一定累透了。

▷ Tell the children not to play **in the road**. 告訴孩子們不要在馬路上玩。

▷ There's a really good hotel **across** the **road**. 路對面有一間很不錯的飯店。

▷ It takes much longer to get there **by road** than by rail. 走公路到那邊會比坐火車久得多。

▷ Is this the **road to** Cambridge? 這是往劍橋的路嗎？

role /rol/ 名 作用，任務；（戲劇等的）角色

have	a role	有角色
perform	a role	扮演角色；演出角色
play	a role	
assume	a role	承擔角色；接演角色
take	a role	
fulfill	a role	扮演好角色
fill	a role	擔任角色

▷ She **has** a very important **role** within the company. 她在公司中有非常重要的角色。

▷ She **performs** the **role** of both wife and mother really well. 她把妻子兼母親的角色扮演得非常好。

▷ A woman often has to **fulfill** many **roles** — wife, mother, wage earner... 女性經常必須扮演好許多角色——妻子、母親、賺薪水的人…

a lead	role	主角；領導的角色
a leading	role	
a starring	role	主角
the title	role	
a big	role	大的角色；重要的角色
a supporting	role	配角
an important	role	重要的角色
a central	role	中心的角色
a key	role	關鍵的角色
a major	role	重大的角色
a crucial	role	至關重要的角色
a minor	role	次要的角色
an active	role	積極的角色
gender	role	性別角色

▷ He played a **leading role** in the success of his college football team. 他在自己大學橄欖球隊的勝利中扮演領導的角色。

▷ China will play a **crucial role** in Asia's future. 中國將在亞洲的未來中扮演至關重要的角色。

▷ I'm not very important. I only have a very **minor role** within the company. 我不是很重要。我在公司裡只有很次要的角色。

▷ He played an **active role** in the meeting. 他在會議中扮演了積極的角色。

roof /ruf/ 名 屋頂

climb up to	the roof	一路走到屋頂上
go up to	the roof	
climb up on	the roof	到屋頂的上面
go up on	the roof	
climb down from	the roof	從屋頂上下來
fall off	the roof	從屋頂掉下來
fall from	the roof	

▷ During the storm, many tiles **fell off** the **roof**. 在暴風雨期間，許多瓦片從屋頂掉下來。

a flat	roof	平的屋頂
a thatched	roof	茅草屋頂

▷ Jon's country house has a nice **thatched roof**. Jon 在鄉下的房屋有很不錯的茅草屋頂。

on	the roof	在屋頂上

▷ He went up **on** the **roof** to fix the TV antenna. 他爬上屋頂修理電視天線。

room /rum/ 名 房間；空間；餘地

enter	the room	進入房間
leave	the room	離開房間
tidy	A's room	整理房間
share	a room	共用房間
take up	room	佔空間
make	room	騰出空間

▷ Sorry, can I **leave** the **room** for a moment? 抱歉，我可以離開房間一會兒嗎？

▷ It'll be cheaper if we **share** a **room** at the hotel. 如果我們在飯店住同一間房，會比較便宜。

▷ Sorry, could you **make room** for one more? 抱歉，可以請您再騰出一個人的空間嗎？

a bright	room	明亮的房間
a dark	room	黑暗的房間
a darkened	room	變暗了的房間
a comfortable	room	舒適的房間
an empty	room	空的房間
a spare	room	備用的房間
a furnished	room	附家具的房間
a single	room	單人房
a double	room	雙人房
a twin	room	雙床房
a storage	room	儲藏室
a waiting	room	等候室
a lecture	room	教室
a dining	room	飯廳
a living	room	客廳
英 a sitting	room	

▷ She was sitting in a **dark room** with the curtains drawn. 她坐在窗簾拉起來的黑暗房間裡。

▷ I stayed in a **comfortable room** with a good view of the sea. 我在海景很好的舒適房間留宿。

▷ If you like, you can stay in the **spare room**. 如果你想要的話，可以借住在備用的房間。

▷ When I was a student, I lived in just one small **furnished room**. 我學生時期住在附有家具的小房間。

room	for A to do	讓 A（人）做…的空間

▷ There was no **room for** her **to** sit down. 沒有空間讓她坐下。

room	for A	給 A 的空間、餘地

▷ There's always **room for** improvement. 總是有改善的空間。

▷ It was definitely him. There was no **room for** doubt. 絕對是他。沒有懷疑的餘地。

rough /rʌf/ 形 粗糙的；粗略的；狂暴的

pretty	rough	非常粗糙的
slightly	rough	有點粗糙的

▷ Wow! Look at those waves! It's **pretty rough** out there. 哇！你看那些浪！那裡波濤洶湧。

▷ He hadn't shaved for a day and his skin felt **slightly rough**. 他一天沒刮鬍子，皮膚感覺粗粗的。

rough and ready		粗陋而堪用的

▷ Can you build me a shed in the garden? Nothing grand. Just something **rough and ready**. 可以幫我在花園搭個小屋嗎？不是要很豪華的，只要簡便堪用的就好。

row /ro/ 名 列，排

the front	row	第一列
the second	row	第二列

▷ Can you try to get a seat in the **front row**? 你可以設法買到第一排的位子嗎？

in	a row	成一列；連續地

▷ She hasn't eaten anything for three days **in a row**! 她連續三天沒吃東西了！

row	upon row	連綿的一排又一排
rows	and rows	

▷ From the top of the hill, all you could see were **rows and rows** of houses. 從山丘上往下看，你能看到的全是一排又一排的房子。

rude /rud/ 形 失禮的，不禮貌的

extremely	rude	極為失禮的
downright	rude	徹底失禮的

▷ He was **extremely rude**. It was unbelievable! 他非常不禮貌。真不敢相信！

R

rude	**to** A	對 A 失禮的

▷ I'm sorry I was so **rude to** you last time. 我很抱歉。我上次對你很沒禮貌。

it is rude	**to** do	做…很失禮

▷ It's **rude to** stare at people! 盯著人看很不禮貌！

rule /rul/ 名 規則；習慣；統治

make	a rule	制定規則，當成習慣
accept	a rule	接受規則
follow	the rules	遵守規則
obey	the rules	
have	a rule	有規則
break	a rule	違反規則
apply	a rule	應用規則
bend	the rules	變通規則
change	the rules	改變規則
know	the rules	知道規則

▷ Make sure you **follow** the **rules**! 請務必遵守規則！

▷ If you **break** a **rule**, you'll be in trouble! 如果你違反規則，就會有麻煩！

▷ Do you **know** the **rules** of rugby？你知道橄欖球的規則嗎？

a basic	rule	基本規則
a golden	rule	重要的基本法則
a general	rule	一般規則
a new	rule	新的規則
strict	rules	嚴格的規則
a legal	rule	法律規定

▷ As a **general rule**, we don't allow pets in the apartment. 按一般的規定，我們不允許在公寓養寵物。

▷ The school I go to has very **strict rules**. 我上的學校有很嚴格的規定。

against	the rules	違反規定
under	... rule	在…的統治下
as	a rule	通常

▷ Sorry, I can't help you. It's **against** the **rules**. 抱歉，我不能幫你。這樣違反規定。

▷ Some parts of Canada used to be **under** French **rule**, others **under** British **rule**. 加拿大有些地區以前受法國統治，有些則受英國統治。

▷ As a **rule**, she goes for lunch at 12:30. 她通常12:30 去吃午餐。

a set of rules		一套規則

▷ This is a **set of rules** for new club members. 這是針對俱樂部新成員的一套規則。

rules and regulations		規則和規定

▷ What are the **rules and regulations** concerning fire safety? 關於火災安全的規則和規定是什麼？

run /rʌn/ 動 跑；流動；運轉；競選

run	fast	快跑
run	away	跑走
run	upstairs	跑上樓

▷ I tried to stop him, but he **ran away**. 我試圖攔下他，但他跑走了。

run	across A	跑步越過 A
run	down A	沿著 A 跑；沿著 A 往下流
run	out of A	跑出 A；用完 A
run	into A	撞上 A；偶然遇到 A
run	through A	流經 A
run	to A	往 A 跑
run	up A	跑上 A
run	on A	（機械）以 A 的動力運作
run	for A	競選 A

▷ She **ran across** the road when the lights were still red. 她在還是紅燈時跑過馬路。

▷ He **ran down** the street, but the bus moved off before he could catch it. 他沿路跑，但公車在他趕上之前開走了。

▷ People were **running out of** the building shouting "Fire! Fire!" 人們跑出大樓，大喊「失火了！失火了！」

▷ You'll never guess who I **ran into** last week! 你絕對猜不到我上禮拜碰見誰！

▷ The River Seine **runs through** Paris. 塞納河流經巴黎。

▷ We **ran to** the station to catch the last train. 我們為了趕上末班車而往車站跑。

▷ She **ran up** the stairs. 她跑上了樓梯。

▷ The motor **runs on** electricity. 這台馬達是用電發動的。

▷ Do we know yet who is **running for** President in the next election? 我們已經知道誰要競選下一屆

總統了嗎？

run /rʌn/

名 跑步；（棒球）得分；連續上演，上映

go for	a run	去跑步
score	a run	得分
extend	a run	延長上演檔期

▷ He **goes for** a three-mile **run** before breakfast every morning! 他每天早餐前會跑三英里！

at	a run	跑著，跑步
on	the run	在逃；匆忙

▷ According to the newspapers, he'd been **on** the **run** for 3 weeks before the police caught him. 根據報紙所寫的，他在被警察逮捕前逃亡了三週。

rush /rʌʃ/ 名 匆忙；快速的移動

in	a rush	匆忙地

▷ Sorry, I have to go. I'm **in** a bit of a **rush**! 抱歉，我得走了。我有點趕！

a rush of	A	突然的一陣A
★ A 是 blood, water, air, wind 等		

▷ I'm sorry I lost my temper. It was a **rush of blood** to the head. 發了脾氣，我很抱歉。我一時被怒氣沖昏頭了。

▷ A **rush of wind** caught his papers and sent them flying all over the garden. 突然一陣風把他的文件吹散到花園各處。

R

S

sad /sæd/ 形 悲傷的

feel	sad	感覺悲傷

▷ I **felt** very **sad** about leaving the party early. 關於提早離開派對，我感覺很難過。

extremely	sad	非常悲傷的
desperately	sad	極度悲傷的
particularly	sad	特別悲傷的
terribly	sad	極度悲傷的

▷ Her mother died after a long illness. It was **extremely sad.** 她的母親長期患病後過世了。那真的非常悲傷。

be sad	to do	（要）做…而悲傷

▷ I'm really **sad** to move away from all my friends. 我很難過要搬家離開我所有的朋友。

it's sad	that...	…是悲傷的
I'm sad	that...	
★it's sad 是客觀敘述，I'm sad 表示個人的感情		

▷ **It's sad that** we weren't able to help her. 悲傷的是我們無法幫助她。

safe /sef/ 形 安全的；平安的

completely	safe	徹底安全的
perfectly	safe	
really	safe	真的很安全的
fairly	safe	相當安全的
reasonably	safe	還算安全的
relatively	safe	相對安全的

▷ Don't worry. It's **perfectly safe** to drink this water. 別擔心。喝這個水是絕對安全的。

▷ London is **reasonably safe** if you don't go out alone late at night. 如果你不在深夜獨自外出，那倫敦還算安全。

safe	from A	免於 A 而安全的
safe	for A	對於 A（人）安全的

▷ I always wear a helmet when I ride my bicycle. It keeps me **safe from** accidents. 我騎腳踏車總是戴安全帽。這樣可以讓我免於意外。

▷ It's not **safe for** children to play in the road. 小孩在馬路上玩不安全。

safe and sound	平安無事的
safe and well	
safe and secure	安全的
safe and effective	安全又有效的

▷ I need to telephone my family to find out if they're **safe and well**. 我需要打電話給家人，確認他們平安無事。

▷ It's great to know that your money is **safe and secure** after the financial crisis. 知道你的錢在金融危機後很安全，真是好消息。

▷ My doctor says this new medicine is **safe and effective**. 我的醫生說這種新藥既安全又有效。

be safe	to do	做…很安全

▷ It's **safe to** come out now, children. The big dog has gone away. 孩子們，現在出來很安全。那隻大狗已經離開了。

salary /ˈsælərɪ/ 名 薪水

pay	a salary	支付薪水
earn	a salary	賺取薪水
receive	a salary	收到薪水
have	a salary	有薪水

▷ I think I'm going to stop my part-time job. They don't **pay** a very high **salary**. 我想我要停止打工了。他們付的薪水不是很高。

▷ She **earns** a really high **salary**. 她賺的薪水很高。

salary	increases	薪水增加

▷ I'm really lucky. My **salary increases** every year. 我真的很幸運。我的薪水每年都增加。

a good	salary	好的薪水
a high	salary	
a low	salary	低薪
an annual	salary	年薪
a monthly	salary	月薪
a base	salary	基本薪資
美 a basic	salary	

▷ Lawyers earn a really **high salary**. 律師賺的薪資很高。

▷ Do you know what his **annual salary** is? 你知道

他年薪多少嗎？

a cut	in salary	減薪
英 a drop	in salary	
an increase	in salary	加薪
英 a rise	in salary	
★ 也可以說 salary cut, salary increase		

▷ My boss has promised me an **increase in salary**.
老闆答應給我加薪。

sale /sel/ 名賣，出售；（sales）銷售額；廉價出售，促銷拍賣活動

make	a sale	賣出東西
close	a sale	達成交易（簽訂契約）
lose	a sale	失去做成一筆買賣的機會
approve	the sale	批准出售
ban	the sale	禁止出售

▷ Finally we bought the house. It took us nearly 9 months to **close** the **sale**! 我們終於買下了這棟房子。花了我們將近 9 個月才成交！
▷ The local council hasn't **approved** the **sale** of that piece of land yet. 地方議會還沒有批准那塊土地的出售。
▷ In Britain, the government has **banned** the **sale** of alcohol to people under the age of 18. 在英國，政府已經禁止販賣酒類給未滿 18 歲者。

sale	starts	拍賣活動開始

▷ The **sale starts** on Monday, December 28th.
大拍賣 12 月 28 日星期一開始。

a quick	sale	快速的出售
a winter	sale	冬季拍賣
a clearance	sale	清倉拍賣
a going-out-of-business	sale	結束營業拍賣

▷ They've reduced their prices for a **quick sale**!
他們降低了價格來加速銷售！

a sale	on A	A 的拍賣活動
for	sale	供出售的
美 on	sale	供出售的；特價拍賣的

▷ They are having a **sale on** household goods.
他們正在舉行家庭用品的拍賣活動。
▷ I think they're going to offer their house **for sale**. 我想他們會安排將自宅出售。 ▷ Sorry, it's not **for sale**. 抱歉，這是非賣品。

▷ I think the new 3-D TV goes **on sale** next week.
我想那款新的 3D 電視是下週發售。

salt /sɔlt/ 名鹽

add	salt	加鹽
sprinkle A with	salt	在 A 上撒鹽
pass	the salt	（在餐桌上）傳遞鹽

▷ Don't forget to **add salt** when you boil the potatoes. 煮馬鈴薯時別忘了加鹽。
▷ Could you **pass** the **salt**, please? 可以請你把鹽遞過來嗎？

salt and pepper	鹽和胡椒

▷ Help yourself. The **salt and pepper**'s on the table. 請自己來。鹽和胡椒在桌上。

a pinch of	salt	一撮鹽

▷ Maybe you should add a **pinch of salt**. 也許你應該加一撮鹽。

same /sem/ 形同一的；同樣的，相同的

exactly	the same	
just	the same	完全相同的
precisely	the same	
the very	same	
essentially	the same	本質上相同的
roughly	the same	大致相同的
much	the same	

▷ Your handbag and my handbag are **exactly** the **same**! 你的手提包跟我的完全一樣！
▷ Ella and Emma are identical twins. They look **just** the **same**! Ella 和 Emma 是同卵雙胞胎。她們看起來一模一樣！
▷ "I'm thinking of leaving my part-time job. The pay is so low." "Yes, I feel **much** the **same**." 「我在考慮辭掉打工。工資非常低。」「是啊，我的感覺也差不多。」

the same A	as B	跟 B 一樣的 A

▷ She's the **same** age **as** me. 她跟我年齡相同。
▷ Let's stay in the **same** hotel **as** last year. 我們住跟去年一樣的旅館吧。

S

the same	old A	老樣子的 A

▷ It's the **same old** story. He always has some excuse for being late! 還是老樣子。他總是有遲到的藉口！

satisfaction /ˌsætɪsˈfækʃən/

名 滿足，滿足感，滿意

find	satisfaction	
get	satisfaction	得到滿足
derive	satisfaction	
give	satisfaction	給予滿足
express	satisfaction	表達滿足
have	the satisfaction of doing	有…的滿足感

▷ I think we should keep complaining until we **get satisfaction**. 我認為我們應該持續投訴到滿足為止。

▷ It's most important to **give satisfaction** to our customers. 讓我們的顧客滿意是最重要的。

▷ At the meeting, our boss **expressed** his **satisfaction** with the recent sales figures. 在會議上，我們老闆對最近的銷售數字表示滿意。

▷ He trained hard every day and **had** the **satisfaction of being** chosen as captain of the soccer team. 他每天努力訓練，並且因為獲選為足球隊隊長而感到滿足。

complete	satisfaction	完全的滿足
deep	satisfaction	深深的滿足
great	satisfaction	很大的滿足
personal	satisfaction	個人的滿足
customer	satisfaction	顧客滿意
job	satisfaction	工作滿足
sexual	satisfaction	性的滿足

▷ Our aim is to give **complete satisfaction**. 我們的目標是讓人完全滿意。

▷ Coming top in class gave her **great satisfaction**. 達到班上的頂尖地位，給了她很大的滿足。

a feeling	of satisfaction	滿足感
a sense	of satisfaction	
a smile	of satisfaction	滿足的微笑
a level	of satisfaction	滿足程度

▷ When I feel I've done my job well, I get a **feeling of satisfaction**. 當我覺得把工作做得很好時，就會得到滿足感。

▷ "That's the best cake I've ever made," she said with a **smile of satisfaction**. 她帶著滿足的微笑說：「那是我做過最好的蛋糕」。

to	A's satisfaction	到 A 滿意的程度

▷ I can never seem to do anything **to my boss's satisfaction**. 我似乎永遠沒辦法把事情做得讓老闆滿意。

satisfied /ˈsætɪsˌfaɪd/ 形 滿足的，滿意的

completely	satisfied	完全滿意的
entirely	satisfied	
well	satisfied	十分滿意的
fully	satisfied	
reasonably	satisfied	還算滿意的

▷ Manchester United's manager was **well satisfied** with the result of the game. 曼聯的球隊經理對比賽結果十分滿意。

satisfied	with A	對 A 滿意的

▷ Apparently, Tina's boss said he wasn't **satisfied with** her work. 顯然 Tina 的老闆說他對她的工作表現不滿意。

satisfied	(that)...	確信…

▷ I'm afraid I'm not **satisfied that** he's telling the truth. 恐怕我不能相信他在說實話。

say /se/ 動 說；（印刷物等）寫著…

say	softly	輕柔地說
say	gently	
say	quietly	靜靜地說
say	quickly	快速地說
say	slowly	慢慢地說
say	firmly	堅定地說
say	again	再說一次
said	earlier	先前說過了

▷ "It's so romantic sitting here, looking at the moon," she **said softly**. 她輕柔地說：「坐在這裡賞月好浪漫。」

▷ Sorry, I didn't hear. Could you **say** that **again**? 抱歉，我沒聽到。你可以再說一遍嗎？

▷ Well, as I **said earlier**, we need to take a decision fairly soon. 呢，如同我先前說的，我們需要很快做出決定。

say	(that)...	說…
say	wh-	說…
★ wh- 是 what, why, how 等		

▷ The newspaper **says** the government is going to increase the tax on cigarettes. 報紙說（報紙上寫著）政府要調漲菸稅。

▷ She didn't **say where** she was going. 她沒說要去哪裡。

say A	about B	說關於 B 的 A
say A	on B	
say A	to B	跟 B（人）說 A

▷ I hear that Tracy has been **saying** bad things **about** me. 我聽說 Tracy 說我壞話。

▷ He **said** goodbye **to** her at the station. 他在車站跟她說再見。

be said	to do	據說…
it is said	(that)...	
They say	(that)...	人們說…，據說…
People say	(that)..	

▷ Japanese is **said to** be one of the most difficult languages to learn. 據說日語是最難學的語言之一。

▷ **They say** the economy is going to get worse. 有些人說經濟會惡化。

I would	say (that)...	我會說…
I should	say (that)...	
I must	say (that)...	我必須說…
I have to	say (that)...	
if I may	say (so)	如果能讓我說的話…

▷ "How many people went to the live concert?" "Well, **I'd say** there were over five thousand." 「有多少人去了現場演唱會？」「嗯，我會說有五千多人。」

▷ Well, **I must say**, I really enjoyed that meal! 嗯，我必須說，我真的很享受那頓飯！

▷ **If I may say so**, I thought your lecture on Shakespeare was most interesting. 如果讓我說的話，我認為你關於莎士比亞的講課是最有趣的。

(PHRASES)

How can you say that? / **How can you say such a thing?** ☺ 你怎麼可以那樣說？

How do you say this in English? ☺ 這用英文怎麼說？

Say no more. ☺ 不用說下去了。（已經知道對方的暗示並且同意）▷ "Do you think you could drive me to the hospital tomorrow morning?" "Say no more! No problem!" 「你覺得你明天早上能載我到醫院嗎？」「不用說下去了！沒問題！」

What did you say? ☺ 你剛才說什麼？

What do you say? ☺ 你覺得怎樣？ ▷ "What do you say to a nice cup of coffee in that new coffee shop?" "OK. Good idea!" 「在新開的咖啡店喝杯好喝的咖啡，你覺得怎樣？」「OK。好主意！」

You can say that again! ☺ 我完全同意！ ▷ "What a terrible movie! The worst I've seen!" "You can say that again!" 「真是糟糕的電影！是我看過最爛的！」「我完全同意！」

You don't say (so)! ☺ 不會吧；真意外！ ▷ "When I arrived at the airport, I found I'd forgotten my passport" "You don't say!" 「我到機場的時候，發現忘了護照。」「不會吧！」

scale /skel/ 名 規模

a large	scale	大規模
a massive	scale	
a grand	scale	宏偉的規模
a small	scale	小規模
a global	scale	全球規模

▷ Higher temperatures are having an effect on a **global scale**. 升高的氣溫正造成全球規模的影響。

scared /skɛrd/ 形 受驚的，害怕的

really	scared	真的很害怕的
dead	scared	
too	scared	太過害怕的
★ dead scared 是口語的說法		

▷ I missed the last bus and had to walk home by myself. I was **really scared**. 我錯過了最後一班公車，不得不自己走回家。我真的很害怕。

scared	of A	害怕 A 的

▷ Apparently Dione is really **scared of** spiders! 顯然 Dione 真的很怕蜘蛛！

be scared	to do	害怕做…

▷ I always think Peter drives too fast, but I'm **scared to** say anything. 我總覺得 Peter 開車太快了，但是我害怕去說什麼。

scene /sin/ 名（電影等的）場景；情景，景象，風景；（事件等的）現場；當眾吵鬧

rehearse	a scene	排演場景
shoot	a scene	拍攝場景
depict	a scene	描述情景
describe	a scene	
imagine	a scene	想像情景
picture	a scene	腦中描繪情景
survey	the scene	眺望風景
rush to	the scene	趕往現場
arrive at	the scene	抵達現場
leave	the scene	離開現場
make	a scene	當眾吵鬧
cause	a scene	

▷ The picture **depicts** a quiet country **scene** in the South of France. 這張畫描繪了法國南部寧靜的鄉村景色。

▷ Nobody saw the murderer **leave** the **scene** of the crime. 沒有人看到殺人犯離開犯罪現場（的時候）。

▷ Don't **make a scene**! It's better to say nothing! 不要當眾吵鬧！什麼都別說比較好！

the opening	scene	開頭的場景
the final	scene	最後的場景
the last	scene	
a battle	scene	戰鬥場景
a love	scene	性愛場景
the international	scene	國際舞台
the political	scene	政治情勢
the domestic	scene	家庭的情景
a murder	scene	殺人現場
an accident	scene	事故現場

★ 最後兩項也可以說 the scene of the murder, the scene of the accident

▷ Do you know what happens in the **final scene**? 你知道最後一幕發生了什麼嗎？

▷ The **political scene** in many countries seems to be changing fast. 許多國家的政治情勢似乎正在快速轉變。

▷ It was a painting of a happy family sitting at home by the fire. A peaceful **domestic scene**. 那是描繪快樂的家庭坐在爐火旁的畫。是一幅平靜的家庭情景。

at	the scene	在現場
on	the scene	
behind	the scenes	在幕後；祕密地

▷ There were lots of police **at** the **scene** of the crime. 犯罪現場有許多警察。

schedule /ˈskɛdʒʊl/ 英 /ˈʃedʒʊl/

名 時間表，行程表

a busy	schedule	忙碌的行程
a hectic	schedule	
a full	schedule	滿滿的行程
a tight	schedule	很緊的行程
work	schedule	工作預定時程
a train	schedule	列車時刻表

▷ Sorry, I can't meet you until next week. I've got a very **busy schedule**. 抱歉，我到下禮拜才能跟你見面。我的行程很忙。

▷ Sorry, I have to rush. I'm on a **tight schedule**. 抱歉，我必須趕快。我的行程很緊。

| a schedule | for A | A 的行程 |

▷ Here's your **schedule for** the next three months. 這是你接下來三個月的行程。

ahead of	schedule	超前預定進度
on	schedule	按照預定時間，準時
behind	schedule	落後預定進度

▷ Fantastic! We're two months **ahead of schedule**! 太棒了！我們超前進度兩個月！

▷ The plane from New York was **on schedule**. 從紐約來的飛機按照預定時間飛行。

▷ We mustn't fall **behind schedule**. 我們絕對不能落後進度。

school /skul/ 名 學校；學院

attend	school	上學
go to	school	
enter	school	開始上學
start	school	
finish	school	從學校畢業
graduate from	school	
leave	school	休學；結束學業
be late for	school	上學遲到

be absent from	school	從學校缺席
miss	school	
skip	school	曠課，逃學
teach (at)	school	在學校教書

▷ Did you know that your son has not been **attending school** recently? 你知道你兒子最近都沒來上學嗎？

▷ My son **started school** in September. 我兒子九月開始上學。

▷ Julie's been **absent from school** four times this week! Julie 這禮拜有四天沒上學！

▷ We'll be in trouble if they find out we've **skipped school**! 如果他們發現我們沒去上學，我們就有麻煩了！

▷ Ben **teaches at** a school in Sydney. Ben 在雪梨的一所學校教書。

a coeducational	school	男女混合的學校
英 a mixed	school	
a single-sex	school	單一性別學校（男校或女校）
an elite	school	名校，菁英學校
a prestigious	school	
an elementary	school	小學
英 a primary	school	
a junior high	school	中學
a high	school	高中
a boarding	school	寄宿學校
a private	school	私立學校
a public	school	公立學校
英 a state	school	
a graduate	school	研究所
a business	school	商學院
a law	school	法學院
a driving	school	駕訓班

▷ What do you think is best? A **coeducational school** or a single-sex school? 你覺得什麼是最好的？男女合校還是男女分校？

▷ Apparently, he went to an **elite school**. 顯然他以前上的是菁英學校。

before	school	上學前
after	school	放學後
in	school	在學校；美 在學中
at	school	在學校；英 在學中

▷ Let's meet **after school** and go to the park. 我們放學後見面，然後去公園吧。

▷ I hear your son's doing really well **at school**! 我聽說你兒子在學校表現得非常好！

science /ˈsaɪəns/ 名 科學

modern	science	現代科學
basic	science	基礎科學
applied	science	應用科學
biological	science	生物科學
cognitive	science	認知科學
human	science	人文科學
natural	science	自然科學
physical	science	（相對於生命科學的）物理科學（物理、天文學等）
political	science	政治學
social	science	社會學；社會科學

▷ **Modern science** is advancing really rapidly these days. 近來，現代科學進步得十分迅速。

▷ She has a good knowledge of **basic science**. 她很了解基礎科學。

science and technology	科學與技術

▷ Jack's studying at a college of **science and technology**. Jack 正在就讀一所科技大學。

score /skɔr/ 名 得分；分數

get	a score	得分；得到分數
keep	(the) score	記錄分數
level	the score	把分數打平
tie	the score	

▷ I got a good **score** in today's English test! 我今天英語小考成績很好！

▷ Manchester United struck just before halftime to **level** the **score** at 2-2. 曼聯在中場休息前把分數打平成 2 比 2。

a good	score	好的分數
a high	score	高分
the top	score	最高分
a bad	score	不好的分數
a low	score	低分
an average	score	平均分
total	score	總分

S

the final	score	最終得分

▷ Apparently he got a really **high score** in the math test. 顯然他的數學小考分數很高。

▷ She got 84% and 92% in her last two tests. An **average score** of 88%. 她在最近兩次小考得到 84 和 92 分。平均是 88 分。

▷ 28, 26, and 36. That's a **total score** of 90%. 28、26、36。總分是 90 分。

on that score	就那一點而言
on this score	就這一點而言

▷ "Did you hear the headmaster is going to resign?" "No. I don't know anything **on that score**." 「你聽說校長要辭職了嗎?」「沒有。我對那件事完全不知情。」

PHRASES

What's the score? ☺ 比數如何? ▷ "What's the score?" "3 - 0." 「比數如何?」「3 比 0。」(★ 3 - 0 在美式英語中讀作 three to nothing,在英式英語中讀作 three-nil。)

sea /si/ 名 海

overlook	the sea	俯瞰海面
look out to	sea	眺望海面
put to	sea	啟航,出海
go to	sea	當水手
cross	the sea	渡海

▷ They live in a lovely cottage that **overlooks** the **sea**. 他們住在能俯瞰海面的可愛小屋。

▷ He was standing on the cliff **looking out to sea**. 他站在崖上眺望海面。

▷ The ship's already left. It **put to sea** 2 hours ago. 船已經離開了。它在 2 小時前出海了。

▷ My uncle Will **went to sea** when he was only 16 years old. 我叔叔 Will 從 16 歲就開始當水手。

a calm	sea	平靜的海
a heavy	sea	
a rough	sea	狂暴的海
a stormy	sea	
the North	Sea	北海
the Mediterranean	Sea	地中海
the Red	Sea	紅海
the East China	Sea	東海

▷ Nobody could understand why the boat sank.

There was a **calm sea** and no wind. 沒有人明白這艘船沉沒的原因。當時海面平靜而且無風。

▷ Look at that **rough sea**! I think there's a storm coming! 看那波濤洶湧的海!我想有暴風雨要來了!

in	the sea	在海裡
at	sea	在海上
by	sea	坐船;用海運方式

▷ I know a lovely place where you can swim **in the sea**. 我知道一個可以在海裡游泳的美麗場所。

▷ We were **at sea** when the typhoon struck. 颱風來襲時我們在海上。

▷ I don't like traveling **by sea**. I get seasick. 我不喜歡坐船旅行。我會暈船。

search /sɜ˞tʃ/ 名 搜索,調查;搜尋

make	a search	
conduct	a search	搜索
carry out	a search	
begin	a search	開始搜索
continue	a search	持續搜索
abandon	a search	放棄搜索
call off	a search	
do	a search	搜尋

▷ The police **made** a **search** of the area, but found nothing. 警察搜索了這個區域,但沒有找到什麼。

▷ It's too dark now. We'll have to **continue** the **search** tomorrow. 現在天色太暗了。我們得在明天繼續搜索。

▷ The helicopter had to **abandon** the **search** for survivors because of bad weather. 因為天氣惡劣的關係,直升機不得不放棄搜尋生還者。

a desperate	search	拚命的搜索
a thorough	search	徹底的搜索
a search	party	搜索隊
a search	warrant	搜索票

▷ The rescue team carried out a **desperate search** for survivors. 救難隊拚命搜索生還者。

▷ The police carried out a **thorough search** of the building. 警方對那棟大樓進行了徹底的搜索。

search	for A	尋找 A 的搜索
in search	of A	為了尋找 A

▷ We still haven't had any success in the **search for** the missing files. 我們還是沒有成功找到遺失的

檔案。

了。產季已經過了。

search /sɝtʃ/ 動 尋找，搜索

search	desperately	拚命尋找
search	in vain	徒然地尋找
search	thoroughly	徹底搜尋

▷ He **searched desperately** for his wallet, but couldn't find it anywhere. 他拚命找他的錢包，但到處都找不到。

search	for A	尋找 A
search	through A	徹底搜索 A（場所）

▷ The rescuers **searched for** bodies, but couldn't find any. 救難人員尋找遺體，但一個也找不到。

▷ He **searched through** his pockets, but he couldn't find his keys. 他翻遍他的口袋，但找不到鑰匙。

PHRASES
Search me! ☺（對於詢問）我不知道！

season /ˈsizn̩/ 名 季節，時期

a dry	season	乾季
a rainy	season	雨季
the four	seasons	四季
peak	season	旺季
high	season	
low	season	淡季
off	season	淡季；賽季外的時間
breeding	season	繁殖季
mating	season	
the harvest	season	收穫期
the hunting	season	狩獵期
closed	season	禁漁期，禁獵期
英 close	season	

▷ I hate the **rainy season**. It's so humid! 我討厭雨季。好潮濕！

▷ It's **high season**, and all the hotels are fully booked. 現在是旺季，所有飯店都預約滿了。

in	season	當季；（動物）發情的
out of	season	不當季的；在禁獵期的

▷ You can't get fresh blueberries any more. They're **out of season**. 現在已經買不到新鮮藍莓

seat /sit/ 名 座位；席位

take	a seat	
get	a seat	就座，坐下
have	a seat	
sit on	a seat	坐在座位上
sit in	a seat	
give up	one's seat	讓座
leave	one's seat	離席
reserve	a seat	預約座位
英 book	a seat	
win	a seat	獲得席次
gain	a seat	
hold	a seat	擁有席次
retain	one's seat	守住席次
lose	one's seat	失去席次

▷ Please **take** a **seat**. 請就座。

▷ Do you know that man **sitting on** the **seat** over there? 你認識坐在那邊座位的男人嗎？

▷ I usually **give up** my **seat** if I see an old person standing. 如果我看到有老人站著，我通常會讓座。

▷ She **left** her **seat** before the performance ended. 她在表演結束前離席了。

▷ I think our candidate will **win** a **seat** at the next election. 我認為我們的候選人將在下一次選舉贏得席次。

a front	seat	前座
a back	seat	後座
a rear	seat	
a driver's	seat	駕駛座
英 a driving	seat	
a passenger	seat	副駕駛座
a window	seat	靠窗的座位
an aisle	seat	靠走道的座位
an empty	seat	空位
a vacant	seat	
an extra	seat	（為了搭飛機的舒適而加購的）額外座位
a non-reserved	seat	（無劃位的）自由座
a reserved	seat	預約的座位；對號座

▷ I think there's an **empty seat** over there. 我想那裡有個空位。

▷ That's a **reserved seat**. 那是預約席／對號座。

▌seat belt /ˈsitbɛlt/ 名 安全帶

wear	a seat belt	繫著安全帶
fasten	a seat belt	繫上安全帶
unfasten	a seat belt	解開安全帶

▷ You should always wear a **seat belt**. 你應該隨時繫好安全帶。

▷ Please fasten your **seat belts**. 請繫上您的安全帶。

▌secret /ˈsikrɪt/ 名 祕密，機密；祕訣

have	a secret	有祕密
keep	a secret	守住祕密
keep A	a secret	守住 A 這個祕密
reveal	a secret	透露祕密
share	a secret	
let A in on	a secret	讓 A 知道祕密
discover	a secret	發現祕密
learn	a secret	
know	a secret	知道祕密
remain	a secret	仍然是祕密

▷ Can you **keep** a **secret**? 你能守住祕密嗎？

▷ "Don't tell anyone!" "We have to **keep** this a **secret**!" 「別告訴任何人！」「我們必須守住這個祕密！」

▷ Ellie had a little too much to drink last night and **revealed** some interesting **secrets**! Ellie 昨晚有點喝太多了，透露了一些有趣的祕密！

▷ I just **learnt** a **secret** about how Bob got the manager's job! 我剛得知 Bob 怎麼得到經理職位的祕密！

a big	secret	大祕密
a great	secret	重大的祕密
a little	secret	小祕密
a well-kept	secret	被嚴密保守的祕密
a closely-guarded	secret	
an open	secret	公開的祕密
a dark	secret	黑暗的祕密
a guilty	secret	讓人有罪惡感的祕密
top	secret	最高機密
a trade	secret	商業機密
a state	secret	國家機密

▷ I'm not surprised nobody knew about their engagement. It was a **closely-guarded secret**. 我並不驚訝沒有人知道他們訂婚。那是被保守得很好的祕密。

▷ The fact that she's going to leave her job is an **open secret**. 她要辭職這件事是公開的祕密。

in	secret	祕密地

▷ Apparently, they had a meeting **in secret**. 顯然他們私底下開了會。

▌security /sɪˈkjʊrətɪ/

名 安全（感）；防備，保全；保障

provide	security	使安心；提供保障
ensure	security	確保安全
guarantee	security	保證安全
improve	security	提升安全性
threaten	security	威脅到安全

▷ They managed to save a lot of money to **provide security** for their old age. 他們設法存了很多錢，保障老年生活的安全。

▷ We need to **improve security** in this office. 我們需要提高這間辦公室的安全性。

▷ If the newspapers print this story, it will **threaten** the **security** of our country. 如果報紙刊登這則新聞，會威脅到我們國家的安全。

tight	security	嚴密的保全戒備
lax	security	寬鬆的保全戒備
collective	security	集體安全
social	security	社會安全
internal	security	國內治安
national	security	國家安全
personal	security	人身安全

▷ There was **tight security** during the Queen's visit. 女王到訪期間戒備森嚴。

▷ We should all take measures to ensure our **collective security**. 我們都應該採取措施來保障集體安全。

▷ What's your **social security** number? 你的社會安全號碼是什麼？

▷ Terrorists are threatening our **national security**. 恐怖分子對我們的國家安全造成威脅。

a sense of	security	安全感
a feeling of	security	

▷ Wearing a seat belt gives me a **sense of security**. 繫著安全帶會帶給我安全感。

▷ We don't want to give people a false **sense of security**. 我們不想給人虛假的安全感。

▌select /sə`lɛkt/ 動 選擇，挑選

carefully	select	謹慎挑擇
specially	select	特別挑擇
randomly	select	隨機挑擇
automatically	select	自動挑擇

▷ They **carefully selected** which guests they were going to invite. 他們謹慎挑擇要邀請哪些賓客。

▷ The wine we're going to drink this evening has been **specially selected** by a wine expert. 我們今晚要喝的酒是由專家特別挑選的。

▷ The lottery winners were **randomly selected** by computer. 彩券中獎者由電腦隨機選出。

select	A **to** do	挑選 A 去做…
select	A **for** B	為了 B 挑選 A

▷ Our company is going to **select** two more people **for** management training. 我們公司會再挑選兩個人參加管理訓練。

▌selection /sə`lɛkʃən/

名 選擇，挑選；被選中的人事物

make	a selection	做出選擇
have	a selection	有選擇的範圍

▷ We need to **make a selection** from these three package tours. 我們需要從這三個套裝旅遊行程中做選擇。

▷ This store **has** a good **selection** of computers. 這間店有很豐富的電腦貨色可供選擇。

a careful	selection	謹慎的選擇
a random	selection	隨機選擇
the final	selection	最終的選擇
natural	selection	自然選擇（物競天擇）
a varied	selection	範圍多樣的選擇
a wide	selection	範圍廣的選擇；豐富的貨色
a large	selection	豐富的貨色
a good	selection	豐富的貨色

▷ She made a **careful selection** of the best photos and put them in an album. 她謹慎選出最好的照片，並且放進相簿。

▷ Your name was chosen by **random selection** from a computer. 你的名字是以電腦隨機選出的。

▷ This store has a **wide selection** of earrings and bracelets. 這間店有很多耳環和手環可供選擇。

a selection	**for** A	為了 A 的選擇
a selection	**from** A	從 A 挑出的選擇

▷ These wines are a special **selection for** our first-class passengers. 這些葡萄酒是為了頭等艙旅客特別挑選的。

▌sell /sɛl/ 動 賣，販賣，出售

sell	well	賣得很好

▷ iPhones are beginning to **sell** really **well**. iPhones 開始變得很暢銷。

sell	A B	賣給 A（人）B（物）
sell	B **to** A	

▷ He **sold** his car really cheaply **to** his best friend. 他把自己的車用很便宜的價格賣給最好的朋友。

sell A	**for** B	把 A 用 B 的金額賣出
sell A	**at** B	
sell A	**at** a profit	賣 A 獲利
sell A	**at** a loss	賣 A 虧損

▷ These DVDs are **selling for** less than $1 each! 這些 DVD 每片售價不到 1 美元！

▷ They **sold** their house **at** a big **profit**. 他們賣掉自己的房子，賺了很多錢。

▌send /sɛnd/ 動 寄，發送；派出

immediately	send	立刻寄出
simply	send	只要寄出
recently	sent	最近寄了

▷ I phoned the office, and they **immediately sent** me an application form. 我打電話到辦公室，他們就馬上寄給我申請表。

▷ If you don't have a credit card, you can **simply send** us a check. 如果你沒有信用卡，可以寄支票給我們就好。

S

send	A B	寄給A（人）B
send	B **to** A	
send	A **to** B	派A（人）去B（場所）
send	A **to** do	派A（人）去做…
send	A do**ing**	使得A做…

▷ We **sent** the parcel **to** you last Thursday. 我們上週四把包裹寄給你了。

▷ Can you **send** someone **to** repair the roof? 你可以派人來修屋頂嗎？

▷ He pushed me and **sent** me fl**y**ing down the steps. 他推了我，讓我從樓梯摔下去。

sense /sɛns/

名 感覺；感官；常識；知覺；理智；意義

have	a sense	有感覺；感覺到；有意義
lose	a sense	失去感覺
get	a sense	感覺到
convey	a sense	傳達感覺
give	a sense	給人一種感覺
develop	a sense	發展感覺
lack	a sense	缺少感覺；缺乏常識
make	sense	說得通，有道理
see	sense	明白事理
come to	one's **senses**	恢復意識
bring A to	one's **senses**	使A恢復意識

▷ Sorry. I've no idea where to go. I've no **sense** of direction. 抱歉。我不知道該往哪裡走。我沒有方向感。

▷ This poem **conveys** a **sense** of hope for the future. 這首詩傳達對未來的希望感。

▷ The signpost points this way, but the map says that way. It doesn't **make sense**! 路標指這個方向，但地圖說那個方向。這說不通啊！

▷ When he **came to** his **senses**, he realized he'd been knocked down by a car. 他恢復意識時，了解到自己被車撞了。

a deep	sense	深深的感覺
a strong	sense	強烈的感覺
common	sense	常識
good	sense	好的感覺，好的辨別能力
business	sense	商業頭腦
fashion	sense	時尚品味

a wide	sense	廣義
a broad	sense	
a narrow	sense	狹義
a strict	sense	嚴格的意義（定義）
a general	sense	一般的意義
the usual	sense	通常的意義
a literal	sense	字面上的意義

▷ Just think for a minute! Use your **common sense**! 想一下就知道了吧！用你的常識！

▷ In the **strict sense** of the word, "twitter" is the noise that birds make when they sing — not an Internet comment! 以嚴格的意義來說，「twitter」這個字是鳥叫的聲音——不是網路上的留言！

in	a sense	在某種意義上
in	some senses	
in	no sense	絕對不是

▷ I'm glad I found a new part-time job, but **in some senses** I miss the old one. 我很高興找到了新的打工，但某種程度上我也懷念舊的工作。

▷ I'm sorry. What I said was **in no sense** meant to upset you. 我很抱歉。我之前說的絕對沒有惹你生氣的意思。

| in every sense | of the word | 從各種意義來看，在各方面 |

▷ He is, **in every sense of** the **word**, a gentleman. 他在各方面都是一位紳士。

sensible /ˈsɛnsəbl̩/ 形 明智的；合情理的

| eminently | sensible | 格外明智的 |
| sensible | enough | 夠明智的 |

▷ I think all his suggestions were **eminently sensible**. 我認為他的建議都非常明智。

▷ Luckily I was **sensible enough to** bring an umbrella with me before I left the house. 還好我夠聰明，在離開家之前帶了傘。

| be sensible | to do | 做…很明智 |

▷ If you're going to pack, it would be **sensible to** do it now. 如果你要打包行李，現在就做是明智的。

sentence continued / separate section

an interrogative	sentence	疑問句
a negative	sentence	否定句

▷ The judge gave him a 6-month **suspended sentence**. 法官將對他的判決暫緩 6 個月（如果期間沒有犯罪行為，就不判刑）。

▷ Considering what he did, he received a very **short sentence**. 考慮到他的行為，他被判很短的刑期。

sensitive /ˈsɛnsətɪv/

形 敏感的；要審慎處理的

highly	sensitive	非常敏感的
particularly	sensitive	特別敏感的
environmentally	sensitive	在環境方面敏感的
politically	sensitive	政治上敏感的

▷ Building a power station here is an **environmentally sensitive** issue. 在這裡建設發電廠，對於環保而言是敏感的議題。

▷ A dog's sense of smell is **particularly sensitive** compared to a human's. 跟人類比起來，狗的嗅覺特別敏感。

sensitive	to A	對 A 敏感的
sensitive	about A	對 A 非常在意的

▷ She wears sunglasses because her eyes are very **sensitive to** bright light. 她戴太陽眼鏡，因為她的眼睛對明亮的光線非常敏感。

▷ When you meet him, don't mention the scar on his face. He's very **sensitive about** it. 你遇到他時，不要提到他臉上的疤。他對這非常在意。

separate /ˈsɛpəˌret/ 動 分隔；分開；分離

completely	separated	
entirely	separated	完全分開的
totally	separated	
well	separated	分隔得很清楚的
widely	separated	分隔遙遠的

▷ We got **completely separated** in the crowd. 我們在人群中完全被沖散了。

▷ The white and yolk of the egg must be **well separated**. 蛋白和蛋黃必須徹底分開。

▷ Most of villages in these mountains are remote and **widely separated**. 這片山地中大部分的村落都很偏遠，而且彼此分隔遙遠。

separate	A from B	把 A 和 B 區分開來
separate	A into B	把 A 分成 B

▷ The twins are identical. I can't **separate** one **from** the other. 這對雙胞胎完全一樣。我沒辦法區分。

sentence /ˈsɛntəns/ 名 判決；句子

pass	sentence	下判決
pronounce	sentence	
receive	a sentence	受到判決
be given	a sentence	
serve	a sentence	服刑

▷ Everybody gasped as the judge **passed sentence**. 法官宣布判決時，每個人都倒抽了一口氣。

▷ He's **serving** a 3-year **sentence** for robbery. 他因為強盜罪正在服 3 年的徒刑。

a heavy	sentence	重刑
a severe	sentence	
a light	sentence	輕刑
a long	sentence	長的刑期
a short	sentence	短的刑期
a suspended	sentence	緩期判決
a prison	sentence	徒刑判決
a jail	sentence	
a life	sentence	無期徒刑判決
a death	sentence	死刑判決

series /ˈsɪriz/

名 一連串，一系列；系列節目，電視劇集

a continuous	series	持續的系列
a new	series	新系列
a drama	series	連續劇
a comedy	series	喜劇影集

▷ These stories were published as a **continuous series** in a monthly magazine. 這些故事在一本月刊中以連續系列的形態發表。

▷ A **new series** of TV dramas starts next week. 新一季的電視連續劇下週開始。

a series	of A	一連串的 A

★ A 是 articles, events, meetings, experiments, attacks, questions 等等

▷ A **series of meetings** about the crisis will take

S

place in the coming weeks. 關於這個危機的一系列會議將在未來幾週舉行。

serious /ˈsɪrɪəs/

形 重大的，嚴重的；認真的，嚴肅的

extremely	serious	極為嚴重的
particularly	serious	特別嚴重的
potentially	serious	有可能很嚴重的

▷ Luckily her injuries were not **particularly serious**. 幸好她的傷並不是特別嚴重。
▷ This is definitely a **potentially serious** situation. 這絕對是有可能很嚴重的狀況。

serious	about A	對於 A 認真的

▷ Are you **serious about** starting your own rock band? 你對於組自己的搖滾樂團這件事是認真的嗎？
PHRASES
Are you serious? ☺ 你認真的嗎？ ▷ "I'm thinking of quitting my job and going on a trip around the world." "Are you serious?" 「我在考慮辭職環遊世界。」「你認真的嗎？」
It's not serious. ☺ 這不嚴重。 ▷ I sprained my ankle, but it's not serious. 我扭傷了腳踝，但並不嚴重。

serve /sɝv/

動 上菜，供應（飲食）；服務；有用處

serve	immediately	立刻上菜
serve	well	很有用

▷ When the dish is completed, we should **serve immediately**. 菜完成的時候，我們應該立刻上菜。
▷ I've had this bicycle for over 10 years! It's **served** me really **well**. 我擁有這台腳踏車超過 10 年了！它對我很有用處。

serve	A B	
serve	B to A	提供 A（人）B（飲食）
serve	A with B	

▷ She **served** him bacon and eggs for breakfast. 她給他培根和雞蛋當早餐。
▷ During "happy hour" they **serve** drinks **to** their customers at half-price. 在「happy hour」期間，他們以半價提供飲料給顧客。
▷ To begin with, they **served** us **with** delicious smoked salmon. 首先，他們給我們上了美味的煙燻鮭魚。

serve	as A	擔任 A；作為 A 的用途

▷ He **served as** Mayor of New York for many years. 他擔任紐約市長多年。
▷ This room **serves as** both a study and a spare room for guests. 這間房間同時作為書房及客房使用。

service /ˈsɝvɪs/

名 服務；業務；公共事業，公共服務

do A	a service	幫助 A
provide	service	提供服務
offer	service	
give	service	給予服務
improve	service	改善服務

▷ The bus is late again. I wish the company would **provide** a better **service**. 公車又誤點了。我希望公車公司提供更好的服務。
▷ I think we should come to this hotel again. They **give** really good **service**. 我想我們應該再來這家飯店。他們提供很好的服務。
▷ We have to **improve service** to our customers. 我們必須改善對顧客的服務。

public	service	公共服務，公用事業
medical	service	醫療服務
postal	service	郵政業務
social	services	社會服務
financial	services	金融服務
military	service	兵役
voluntary	service	志工活動
customer	service	顧客服務
good	service	好的服務
poor	service	差勁的服務

▷ The **medical service** here is excellent. 這裡的醫療服務很優秀。
▷ She works overseas for a **voluntary service** organization. 她為了一個志工活動團體在海外工作。

set /sɛt/ 名 一組，一套

a set	of A	一組 A，一套 A

★ A 可以是 circumstances, conditions, criteria, data, principles, problems, questions, rules, values 等等

▷ They gave us a **set of** silver knives and forks as a wedding present! 他們送我們刀叉組當結婚禮物！

settle /ˈsɛtl̩/ 動 解決；確定

| finally | settle | 終於解決， |
| eventually | settle | 終於確定 |

▷ We've **finally settled** how many people we're going to invite to the wedding. 我們終於確定了要邀請多少人參加婚禮。

PHRASES

That's settled (then). ☺ 那就這麼決定了。▷ "I want to go to Hawaii for our honeymoon!" "Hawaii? OK! Me, too." "That's settled, then!" 「我想去夏威夷度蜜月！」「夏威夷？OK！我也想。」「那就這麼決定了！」

settlement /ˈsɛtl̩mənt/

名 解決，和解；結算，結清；殖民

negotiate	a settlement	協商和解
reach	a settlement	達成和解
accept	a settlement	接受和解
pay	a settlement	付和解金

▷ We're still trying to **negotiate** a **settlement** *with* the people who are sueing us. 我們仍然試圖和控告我們的人協商和解。

▷ She's finally **reached** a **settlement** *with* her husband's lawyers. 她最終和丈夫的律師達成了和解共識。

a final	settlement	最終的解決
a peaceful	settlement	和平的解決
a negotiated	settlement	協商過的解決
a political	settlement	政治上的解決
a divorce	settlement	離婚協議
an out-of-court	settlement	庭外和解
a peace	settlement	和平協議

▷ We should do our best to negotiate a **peaceful settlement** over the disputed islands. 對於有領土爭議的島嶼，我們應該盡全力協商和平的解決方式。

▷ It took many years for the two countries to reach a **political settlement**. 兩國花了許多年的時間才達成了政治上的解決。

| in | settlement (of A) | 為了支付（A） |

▷ They are offering $10,000 **in settlement of** our claim. 他們會對我們的索賠支付 10,000 美元。

severe /səˈvɪr/ 形 嚴酷的，嚴重的

exceptionally	severe	格外嚴酷的
increasingly	severe	越來越嚴酷的
particularly	severe	特別嚴酷的

▷ This year's winter was **particularly severe**. 今年冬天（天氣）特別嚴酷。

sex /sɛks/

名 性，（生理）性別；性交，性行為

| have | sex | 做愛 |

▷ He didn't want to **have sex** with me. 他不想跟我做愛。

the opposite	sex	異性
the same	sex	同性
both	sexes	兩性，男女

▷ He's still too young to be interested in the **opposite sex**. 他年紀還太小，還沒對異性產生興趣。

▷ A "coeducational" school is a school where **both sexes** attend. 「共學」的學校是男女一起上的學校。

shade /ʃed/

名 樹蔭；（各種類似色彩的其中一種）色調

a dark	shade	深色
a deep	shade	
a light	shade	淡色
pastel	shades	粉彩色系
various	shades	各種色調

▷ The dress she was wearing was a **dark shade** of blue. 她穿的洋裝是偏深的藍色。

▷ I think **pastel shades** suit you best. 我認為粉彩色系最適合你。

▷ There were **various shades** *of* blue to choose from. In the end we chose a very dark blue. 有各種藍色可以選擇。最後我們選了非常深的藍色。

| in | the shade | 在樹蔭，在陰涼處 |

▷ They were having their picnic **in the shade** *of* a

tree. 他們在樹蔭野餐。

(PHRASES)

Shades of A! 讓人想起 A！（★ 有時用在想起過世者的情況）▷ "Kate Middleton looked beautiful in her wedding dress!" "Yes. Shades of Lady Diana!" 「凱特‧密道頓穿婚紗看起來很美！」「是啊。讓人想起黛安娜王妃！」

shadow /ˈʃædo/ 名 影子，陰影

cast	a shadow	投下陰影
throw	shadows	
emerge from	the shadows	從陰影中浮現
see	a shadow	看到影子

▷ The death of her father **cast** a **shadow** *over* the wedding celebrations. 她父親的死亡讓婚禮蒙上了陰影。

▷ A dark figure **emerged from** the **shadows** and came toward her. 一個黑色的身影從陰暗中浮現，並且朝她而去。

a dark	shadow	深的影子
(a) deep	shadow	
a black	shadow	黑影
a long	shadow	長的影子
a pale	shadow	稀薄的影子

▷ As the sun set, it cast a **long shadow** of the lighthouse across the beach. 日落時，燈塔長長的影子跨過沙灘。

▷ After his wife's death, he was a **pale shadow** of what he used to be. 妻子死後，他往日的風采幾乎已不復見。

in	the shadows	在陰影中
in	shadow	在暗處，陰陰的

▷ He could just make out the figure of a tall man standing **in** the **shadows**. 他只能看出有高個子的男人身影站在陰影之中。

shake /ʃek/ 動 抖動；搖動；震動

shake	slightly	微微抖動

▷ It was Helen's first presentation. She was a little nervous, and her voice **shook slightly**. 這是 Helen 第一次簡報。她有點緊張，而且聲音微微顫抖。

shake	with A	帶著 A（情緒）而顫抖

★ A 是 emotion, fear, frustration 等等

▷ Her whole body was **shaking with** fear. 她的全身因恐懼而發抖。

shaken /ˈʃekən/ 形 震驚的

badly	shaken	非常震驚的
severely	shaken	
visibly	shaken	看得出來很震驚的

▷ When her lawyer told her she might go to prison for 10 years, she was **visibly shaken**. 當律師說她可能坐 10 年的牢時，她顯然很震驚。

shallow /ˈʃælo/ 形 淺的

relatively	shallow	相對淺的
comparatively	shallow	

▷ It's quite safe to swim here. The water's **relatively shallow**. 在這裡游泳很安全。這裡的水相對較淺。

shame /ʃem/ 名 羞恥；羞愧；遺憾，可惜

feel	shame	感到羞恥
bring	shame	使蒙羞
die of	shame	丟臉得要死

▷ He didn't seem to **feel** any **shame** at what he had done. 他似乎對自己所做的事完全不覺得羞愧。

▷ You've **brought shame** on the whole family. 你讓整個家族蒙羞了。

▷ If that happened to me, I would **die of shame**. 如果那發生在我身上，我會丟臉得要死。

a great	shame	非常遺憾的事
a terrible	shame	
a real	shame	
a crying	shame	

▷ It's a **great shame**. My grandparents lost all their money in the financial crisis. 真的非常遺憾。我的祖父母在金融危機時損失了所有錢。

a sense of	shame	羞恥心
a feeling of	shame	

▷ Emma seems to have no **sense of shame**!

Emma 好像沒有羞恥心一樣！

| to | A's **shame** | 令 A 羞愧地 |

▷ **To** my **shame**, I completely forgot her name. 讓我羞愧的是，我完全忘了她的名字。

| it is a shame | (that)... | ...很可惜 |

▷ **It's a shame** you can't come to my birthday party. 可惜你不能來我的生日派對。

with	shame	
in	shame	羞愧地
without	shame	沒有羞愧地

▷ He admitted he'd taken the money and hung his head **in shame**. 他承認拿了錢，並且羞愧地低下頭。

▷ You did your best, so you can hold your head up **without shame**. 你盡了全力，所以可以毫無羞愧地抬頭挺胸。

(PHRASES)

(It's a) shame really! ☺ 真的很可惜！

Shame on you! ☺ 你真可恥；不要臉！ ▷ How could you do such a terrible thing! Shame on you! 你怎麼能做這麼糟糕的事情！太可恥了！

What a shame! ☺ 真遺憾；真可惜！ / **That's a shame.** 那真可惜。 ▷ "All the tickets were sold out." "Oh, no. That's a shame." 「票全都賣光了。」「噢，不。真可惜。」

shape /ʃeɪp/ 名 形狀；狀態，情況

| take | shape | 成形，具體化 |

▷ Finally the plans for starting our own company are beginning to **take shape**. 我們創立公司的計畫終於開始具體化了。

complex	shape	複雜的形狀
geometric	shape	幾何的形狀
overall	shape	整體的形狀
physical	shape	身體健康狀態
good	shape	好的健康狀態
bad	shape	不好的健康狀態

▷ Ben's in very good **physical shape**. Ben 的身體很健康。

▷ "How's Pam after the accident?" "Well, she's in pretty **bad shape**." 「Pam 車禍後情況如何？」「嗯，她的狀況很不好。」

| all shapes and sizes | 各種形狀與大小 |

▷ Dogs come in **all shapes and sizes**. 狗有各種外型與大小。

in	the shape of A	呈 A 形狀的
in	shape	健康的
out of	shape	不健康的

▷ Human DNA is **in the shape of** a double helix. 人的 DNA 呈現雙螺旋形態。

▷ I don't think I'm **in shape** to run a marathon! 我想我的健康狀態沒辦法跑馬拉松！ ▷ I exercise as much as I can. I don't want to get **out of shape**. 我盡可能多做運動。我不想變得不健康。

◆ **get in shape**（藉由運動等）變得健康 ▷ I'm getting really fat! I need to get in shape! 我真的變得很胖！我需要鍛鍊身體！

◆ **keep in shape** 保持身體健康 ▷ She goes to the gym three times a week to keep in shape. 她每週上健身房三次來保持身體健康。

share /ʃeə/ 名 股份；一份，份額；佔有率

acquire	shares	取得股份
buy	shares	買進股份
sell	shares	賣出股份
have	shares	持有股份
own	shares	擁有股份
hold	shares	保有股份
receive	a share	收到（金額等的）一份
have	a share	有一份
take	a share	

▷ I think we should **buy shares** in that company. 我認為我們應該買進那家公司的股份。

▷ We **have shares** *in* an oil company. 我們持有一家石油公司的股份。

▷ We're business partners, so we each **take** a 50% **share** of the profit. 我們是商業夥伴，所以我們各分得利潤的 50%。

shares	rise	股價上升
shares	jump	股價躍升
shares	fall	股價下跌

▷ The **shares jumped** 21p to 330p. 股價躍升 21 便士，達到 330 便士。

▷ The **shares fell** 7p to 250p yesterday. 股價昨天下降 7 便士，收在 250 便士。

S

a share	in A	A 之中的一份

▷ You are entitled to receive a **share in** the profits. 你有資格獲得利潤的一部份。

preferred	share	
英 preference	share	優先股（特別股）
outstanding	share	在外流通股份
market	share	市場佔有率

▌share /ʃɛr/ 動 分享，分攤，共有

widely	shared	普遍共有的

▷ You're probably right. That's a view that's **widely shared**. 你也許是對的。那是很多人都有的看法。

share	equally	平均分攤

▷ We both own the company and **share equally** in the profits. 我們兩個人擁有這家公司，並且平分利潤。

share A	between B	
share A	among B	在 B 之間分享 A
share (A)	with B	和 B 分享（A）
share	in A	共享 A

▷ Can you **share** this cake **between** you? 你們兩個可以共享這塊蛋糕嗎？
▷ Do you mind if I **share** a room **with** you? 你介意我跟你共用房間嗎？
▷ After she won the lottery, she wanted everybody to **share in** her good fortune. 她中樂透之後，希望每個人都共享她的幸運。

▌sharp /ʃɑrp/ 形 鋒利的；敏銳的，精明的

sharp and clear	冷冽而清澈；敏銳而清晰

▷ It was very cold, the night air was **sharp and clear**. 天氣非常冷。夜晚的空氣冷冽而清澈。

as sharp as	a razor	如剃刀般鋒利；非常敏銳
as sharp as	a tack	
as sharp as	a needle	非常聰明

▷ He may be 90 years old, but his mind is still **as sharp as a razor**! 他或許是已經 90 歲了，但頭腦還是很敏銳！

▌sheep /ʃip/ 名 綿羊

a flock of	sheep	羊群

★「牛群、鹿群、象群」用 herd 表達。

▷ There's a **flock of sheep** crossing the road. 有一群羊在過馬路。

▌shine /ʃaɪn/ 動 照耀，發光；擦亮

shine	brightly	明亮地照耀
shine	brilliantly	燦爛地照耀

▷ The moon **shone brightly** in the cloudless sky. 月亮在無雲的天空明亮地照耀。

shine	on A	（光）照在 A 上
shine A	on B	
shine A	at B	將 A（光等）照在 B 上
shine	in A	在 A（光）中閃耀

▷ The sea's really warm. The sun's been **shining on** it all day. 海水真的很暖和。太陽照了海水一整天。
▷ It's too dark to read this road sign. Can you **shine** a light **on** it? 天色太暗，沒辦法看清道路標誌。你可以用光照一下嗎？

▌ship /ʃɪp/ 名 船

board	a ship	
get on	a ship	上船
get off	a ship	下船
build	a ship	造船
abandon	ship	
jump	ship	棄船，跳船

▷ My uncle left school at 14 and **boarded** a **ship** *for* Australia. 我叔叔 14 歲離開學校，搭上了往澳洲的船。
▷ I don't trust Dobson. He'll be the first person to **jump ship** if our company runs into difficulties. 我不相信 Dobson。如果公司發生困難，他會是第一個跳船（比喻發現情況不對而逃離機構）的人。

by	ship	用船，坐船
on	a ship	
on board	(a) ship	在船上

▷ Do you think we should go **by ship** or by plane? 你覺得我們應該搭船還是搭飛機去？

▷If you go on a world cruise, there are lots of things that you can do **on board ship**. 如果你搭遊輪環遊世界，在船上有很多事可以做。

the captain of	a ship	船長

▷He's the **captain of** a ship in the Royal Navy. 他是英國皇家海軍的一位艦長。

a passenger	ship	客船
a cruise	ship	遊輪
a cargo	ship	貨船
a merchant	ship	商船
a whaling	ship	捕鯨船

shirt /ʃɜt/ 名 襯衫

a clean	shirt	乾淨的襯衫
an open-necked	shirt	領口扣子沒扣的襯衫
a short-sleeved	shirt	短袖襯衫
a long-sleeved	shirt	長袖襯衫
a polo	shirt	Polo 衫
a silk	shirt	絲質襯衫
a cotton	shirt	棉質襯衫
a denim	shirt	單寧（牛仔布）襯衫
a striped	shirt	條紋襯衫

▷You'd better put on a **clean shirt** for this evening. 今晚你最好穿上乾淨的襯衫。

a shirt and jeans	襯衫和牛仔褲
a shirt and trousers	襯衫和長褲
a shirt and tie	襯衫和領帶

▷He was wearing a **shirt and jeans**. 他穿著襯衫和牛仔褲。
▷I'll put on a **shirt and tie**. 我會穿襯衫打領帶。

shock /ʃɑk/ 英 /ʃɔk/ 名 衝擊；震驚

get	a shock	
receive	a shock	受到衝擊，感到震驚
suffer (from)	a shock	
come as	a shock	來得令人震驚
give A	a shock	使 A 震驚
die of	shock	因為驚嚇而死
recover from	the shock	從驚嚇中恢復

▷She **got** a **shock** when she found she'd failed her exams. 得知考試不及格，她非常震驚。
▷The news **came as** quite a **shock**. 這個消息來得讓人震驚。
▷I couldn't see you there! You **gave** me a **shock**! 我沒看到你在那裡！你嚇了我一跳！
▷When I heard the news, I nearly **died of shock**! 我聽到那個消息差點嚇死！

a great	shock	
a big	shock	很大的震撼
a severe	shock	
a terrible	shock	
a sudden	shock	突然的驚嚇
an electric	shock	電擊，觸電

▷It was a **great shock** when he heard he'd lost his job. 聽到自己丟了工作，讓他很震撼。
▷"Ow!" "What happened?" "I got an **electric shock**!" 「噢！」「怎麼了？」「我觸電了！」

in	shock	在驚嚇的狀態中

▷That car nearly ran me over! I'm still **in** a state of **shock**. 那台車差點輾過我！我還在驚嚇狀態中。

shock /ʃɑk/ 英 /ʃɔk/ 動 震撼，使震驚

really	shock	
deeply	shock	使非常震驚
slightly	shock	使稍微受驚

▷When she heard her husband had been in prison, it **deeply shocked** her. 聽到丈夫曾經坐牢，她非常震驚。

shock A	by doing	做…使 A 震驚

▷He **shocked** everybody **by failing** all his exams. 他所有測驗都不及格，讓每個人都感到震驚。

shocked /ʃɑkt/ 英 /ʃɔkt/ 形 感到震驚的

deeply	shocked	非常震驚的
genuinely	shocked	真的很震驚的
visibly	shocked	看得出來很震驚的

▷When she heard that she had failed to get a place at university, she was **visibly shocked**. 得知自己沒被大學錄取時，她顯然很震驚。

shocked	at A	因為 A 而震驚的
shocked	to do	做…而震驚的
★ do 是 see, hear, learn 等		

▷ We were **shocked at** the news of his death. 他死亡的消息讓我們感到震驚。

shoe /ʃu/ 名（通常用複數 shoes）鞋

put on	one's **shoes**	穿鞋
wear	**shoes**	穿著鞋
take off	one's **shoes**	脫鞋
remove	one's **shoes**	
clean	A's **shoes**	清潔鞋子
polish	A's **shoes**	擦亮鞋子
shine	A's **shoes**	

▷ Wait a minute. I need to **put on** my **shoes**. 等一下。我需要穿鞋。
▷ Would you like me to **polish** your **shoes**? 你要我幫你擦鞋嗎？

high-heeled	**shoes**	高跟鞋
low-heeled	**shoes**	低跟鞋
leather	**shoes**	皮鞋
training	**shoes**	（運動用的）訓練鞋
walking	**shoes**	走路鞋，健走鞋
tennis	**shoes**	網球鞋

▷ She was wearing **high-heeled shoes**. 她穿著高跟鞋。

a pair of	**shoes**	一雙鞋

▷ I need to buy a new **pair of shoes**. 我需要買一雙新鞋。（★「兩雙鞋」是 two pairs of shoes）

shoot /ʃut/ 動 射，射擊

shoot	back	回擊
shoot	down	射殺；擊落

▷ According to the news, the terrorists **shot down** a helicopter this morning. 根據新聞，恐怖分子今天上午擊落一架直升機。

shoot	at A	對 A 射擊
shoot A	in the B	射擊 A（人）的 B（身體部位）
★ B 是 head, leg, stomach 等		

▷ It's boring watching movies where people are **shooting at** each other all the time. 看人一直對彼此開槍的電影很無聊。
▷ When he saw the police were coming, he **shot** himself **in** the head. 看到警察前來，他對著自己的頭開槍。

shop /ʃɑp/ 英 /ʃɔp/ 名 商店，零售店

run	a shop	經營商店
set up	shop	開店；開始事業
close up	shop	打烊；歇業，結束營業
shut up	shop	

▷ We don't get enough customers here. I think we should **set up shop** nearer the center of town. 這裡顧客不夠。我認為我們應該把店開在比較接近市中心的地方。
▷ We **shut up shop** at 6:00 p.m. 我們下午 6:00 打烊。

a coffee	shop	咖啡店
a gift	shop	禮品店
a pet	shop	寵物店

shopping /ˈʃɑpɪŋ/ 英 /ˈʃɔpɪŋ/ 名 購物

go	shopping	去購物
do	the shopping	購物

▷ We need to **go shopping** this afternoon. 我們今天下午需要去買東西。

short /ʃɔrt/ 形 短的；短缺的

relatively	short	相對短的
comparatively	short	
desperately	short	嚴重短缺的
far	short	遠遠不足的

▷ We've managed to do a lot in a **relatively short** period of time. 我們已經設法在相對短的時間內做了許多事。
▷ She was **desperately short** of cash. 她現金嚴重短缺。
▷ The amount of money we've got is **far short** of what we need. 我們得到的錢遠遠不及所需。

short	for A	縮寫 A 的
short	of A	A（物）不足的
short	on A	缺乏 A（能力等）的

▷ "Blog" is **short for** weblog. 「blog」是 weblog 的縮寫。

▷ I'm a bit **short of** time. 我時間不太夠。

▷ I like Tracy, but she's a bit **short on** common sense. 我喜歡 Tracy，但她有點沒常識。

be $30	short	還缺 30 美元

▷ I couldn't buy the dress. I was $30 **short** and had forgotten my credit card. 我買不起那套洋裝。那時候我還缺 30 美元，而且忘了帶信用卡。

short and sweet	簡潔明快

▷ Ken's reply was **short and sweet**. Ken 的回覆簡潔明快。

shortage /ˈʃɔrtɪdʒ/ 图 短缺，不足

cause	a shortage	造成短缺
create	a shortage	
face	a shortage	面對短缺

▷ The lack of rain this summer has **caused** a **shortage** of rice. 今年夏天降雨不足，造成了米的短缺。

an acute	shortage	
a severe	shortage	嚴重的短缺
a desperate	shortage	
a chronic	shortage	慢性的缺乏
a general	shortage	普遍的缺乏
a labor	shortage	勞動力不足
a staff	shortage	人員短缺
a food	shortage	糧食短缺
a water	shortage	水資源短缺
a housing	shortage	住宅不足

▷ After the earthquake, there was an **acute shortage** of food, water, and medical supplies. 地震後，食物、水與醫藥用品的供應嚴重短缺。

shot /ʃɑt/ 英 /ʃɒt/ 图 射擊，開槍；射擊手；擊球，投籃；拍攝，照片；嘗試；注射

fire	a shot	開槍
take	a shot	瞄準射擊
hit	a shot	擊球，投籃
play	a shot	
take	a shot	拍照片

have	a shot	
get	a shot	嘗試，試著做
take	a shot	
get	a shot	接受注射
have	a shot	
give A	a shot	給 A（人）注射

▷ Did you hear that? Somebody **fired** a **shot**. 你聽到了嗎？有人開槍。

▷ He **took** a **shot** at the deer, but missed! 他對著那頭鹿射擊，但沒打中！

▷ Tiger Woods **hit** a fantastic **shot**. 老虎伍茲揮了漂亮的一桿。

▷ She **took** a **shot** of the President waving to the crowds. 她拍了一張總統向群眾揮手的照片。

▷ I think this job would be perfect for you. Why don't you **take** a **shot** at it? 我認為這份工作會很適合你。何不試試看呢？

▷ There's a lot of flu about at the moment. I think you should **get** a **shot**. 目前流感很盛行。我想你應該打一針。

a good	shot	很好的射擊手；漂亮的擊球、投籃
a bad	shot	不好的射擊手
a close-up	shot	近拍，特寫
a long	shot	遠拍，長鏡頭；沒什麼希望的嘗試

▷ Dave's a **good shot**. He was in the army. Dave 是很好的射擊手。他待過陸軍。

▷ **Good shot!** Almost a hole in one! 漂亮的一擊！差點就一桿進洞！

a shot	in the arm	刺激因素，鼓勵
a shot	in the dark	亂猜，瞎猜

▷ Winning that scholarship was a **shot in** the **arm** for her. 獲得那份獎學金對她來說是個鼓勵。

▷ It was just a lucky guess. A **shot in** the **dark**! 那只是幸運猜中。瞎猜而已！

like	a shot	立刻，飛快地

▷ When I offered him $100 for his old computer, he agreed **like a shot**. 當我開價 100 美元買他的舊電腦時，他馬上答應了。

shoulder /ˈʃoldə/ 图 肩膀

shrug	one's shoulders	聳肩
hunch	one's shoulders	駝背，縮著肩膀

square	one's **shoulders**	挺直肩膀
touch	A's **shoulder**	碰 A 的肩膀
tap A	**on the shoulder**	輕拍 A 的肩膀

▷When I asked her what had happened, she just **shrugged** her **shoulders**. 當我問她發生了什麼事，她只是聳聳肩。（★ 表示不關心、困惑、放棄等等的動作）

▷He **hunched** his **shoulders** and tried to warm himself by the fire. 他縮著肩膀，試圖在火旁讓自己溫暖。

▷He **squared** his **shoulders** and looked ready for a fight. 他挺直肩膀，看起來準備要打架。

| over | one's **shoulder(s)** | 在肩上；越過肩膀，回頭 |
| on | A's **shoulders** | 在雙肩上 |

▷He slung his coat **over** his **shoulders** and left the room. 他把大衣披上肩膀就離開了房間。

| broad | **shoulders** | 寬大的肩膀 |

▷He's a big man with **broad shoulders**. 他是肩膀寬大的魁梧男人。

| shoulder | **to shoulder** | 並肩；協力 |

▷We can rely on Richard. He'll stand **shoulder to shoulder** with us on this issue. 我們可以依靠 Richard。他會和我們並肩處理這件事。

shout /ʃaut/ 動 喊叫；大聲說

shout	angrily	憤怒地喊叫
shout	excitedly	激動地喊叫
shout	loudly	大聲地喊叫
shout	out	放聲大喊

▷He **shouted angrily** at the children to go away and play somewhere else. 他對小孩怒吼，要他們走開到別的地方玩。

▷She **shouted out** for help, but no one came. 她大喊求救，但沒人到她身邊。

| shout | at A | 對 A（人）吼叫 |

▷Stop **shouting at me**! 不要再對我吼了！

show /ʃo/ 名 表演；節目；展覽

| hold | a show | 舉行表演，進行表演 |
| put on | a show | |

see	a show	看表演
watch	a show	
host	a show	主持表演，主持節目
make	a show of A	裝出 A 的樣子
put on	a show of A	

▷The school drama club are **putting on a show** for Christmas. 學校的戲劇社將在聖誕節進行表演。

▷Let's go and **see a show** on Broadway! 我們去看百老匯的表演！

▷I don't really like Indian food, but I **made a show of** enjoying it. 我不太喜歡印度料理，但我裝出很享受的樣子。

| the show | opens | 表演開演 |

▷The **show opens** at 10:00 on July 1. 這場表演 7 月 1 日 10 點開演。

| on | show | 被展示的 |

▷The latest fashionable dresses are going **on show** in Paris this autumn. 最新的流行服飾將在今年秋天的巴黎展出。

a fashion	show	時裝秀
a motor	show	車展
a flower	show	花卉展
a trade	show	商展，貿易展
a quiz	show	問答遊戲節目
a talk	show	脫口秀，談話節目
⊛ a chat	show	
a game	show	遊戲節目

show /ʃo/ 動 出示，展示；顯示

clearly	show	明確顯示
previously	shown	以前展現的
recently	shown	最近展現的

▷The results of the survey **clearly show** a fall in support for the government. 調查結果清楚顯示對政府支持率的下降。

▷This TV documentary was **previously shown** last year. 這部電視紀錄片去年曾經播放過。

▷Our sales figures have **recently shown** an increase. 我們的銷售數字最近顯現上升的情況。

| show | A B | 教 A（人）B |

show	A	B	
show	B	to A	讓 A（人）看 B
show	A	to B	告訴 A（人）怎
show	A	into B	麼去 B（場所）

▷ Can you **show** me how to do this math problem? 你可以教我怎麼解決這個數學問題嗎？

▷ Have you seen the photo of my dog? I'll **show** it **to** you. 你看過我的狗的照片嗎？我讓你看。

▷ Welcome to our house. I'll **show** you **to** your room. 歡迎來我們家。我讓你看你要住的房間。

show (A)	(that)...	顯示…；告訴 A…
show (A)	wh-	顯示…；告訴 A…
★ wh- 是 what, where, why, how, which 等		

▷ Research **shows that** the program's viewers dropped by 50% during the last 3 months. 調查顯示，這個節目的觀眾在過去 3 個月減少了 50%。

▷ Can you **show** me **what** to do? 你可以告訴我要做什麼嗎？

▷ These instructions **show how** to put together the bookcase. 這些說明顯示要怎麼組裝書櫃。

shower /ˈʃaʊɚ/ 名 淋浴；陣雨

take	a shower	淋浴，沖澡
英 have	a shower	

▷ I'm going to **take** a **shower**. 我要去沖個澡。

a cold	shower	冷水澡
a hot	shower	熱水澡
a heavy	shower	一陣大雨

▷ There's no hot water. You'll have to take a **cold shower**. 沒有熱水了。你得沖冷水澡了。

▷ "My God! You're soaked!" "Yes, I just got caught in that **heavy shower**." 「天啊！你濕透了！」「是啊，我剛才碰上一陣大雨。」

bath or shower	浴缸或淋浴設備
shower and toilet	淋浴設備和馬桶
shower and W.C.	

▷ It's an old country cottage with no **bath or shower**. 這是沒有浴缸和淋浴設備的老舊鄉村小屋。

shy /ʃaɪ/ 形 害羞的，羞怯的

painfully	shy	非常害羞的
extremely	shy	
naturally	shy	天生害羞的
rather	shy	可以說是害羞的

▷ She was **painfully shy** when she was a child. 她小時候非常害羞。

▷ Emmy doesn't say very much. She's **naturally shy**. Emmy 話不多。她天生害羞。

shy and retiring	害羞靦腆的

▷ Your grandfather was a **shy and retiring** man. 你的祖父是個靦腆的人。

shy	about A	對於 A 感到害羞的
shy	of A	

▷ I feel **shy about** giving a presentation in class. 在課堂上報告讓我覺得不好意思。

sick /sɪk/ 形 生病的；噁心想吐的；厭煩的

get	sick	生病
fall	sick	
be out	sick	因病缺席
英 be off	sick	
feel	sick	覺得身體不適
make A	sick	使 A 身體不適

▷ Tom was **off sick** for 2 weeks last month. Tom 上個月請了兩個禮拜的病假。

▷ After the meal, I **felt** physically **sick**. 用餐後我覺得身體不適。

▷ Don't eat so many strawberries. They'll **make** you **sick**! 不要吃那麼多草莓，會讓你噁心想吐！

chronically	sick	有慢性病的
violently	sick	劇烈嘔吐的

▷ I'm afraid he'll never get better. He's **chronically sick**. 恐怕他的身體情況永遠不會變好了。他得了慢性病。

▷ It was a terrible storm. Everybody on the boat was **violently sick**. 風暴很劇烈。船上每個人都狂吐。

sick	with A	充滿 A 的
★A 是 anger, excitement, fear, worry 等		

▷ Where have you been? It's 2 o'clock in the morning! I was **sick with worry**! 你去了哪裡？現在凌晨 2 點！我擔心死了！

side /saɪd/ 名 側面，一邊；旁邊

take	A's side	支持 A 這邊
take	sides	選擇立場，選邊站

▷ Peter and Helen were having a big argument. I didn't want to **take sides**. Peter 和 Helen 當時在大吵。我不想選邊站。

opposite	side	
other	side	對面，相反側
far	side	
this	side	這一邊
right(-hand)	side	右邊
left(-hand)	side	左邊
north	side	北邊
south	side	南邊
both	sides	
either	side	兩側，兩邊
each	side	
right	side	正確的一邊
wrong	side	錯誤的一邊
the dark	side	黑暗面
the funny	side	有趣、好笑的一面

▷ My house is on the **opposite side** *of* the road. 我家在馬路對面。

▷ We need to get on the **other side** *of* the river. 我們需要到河的另一邊。

▷ We are now on the **north side** *of* the island. 我們現在在島的北側。

▷ There are tall trees on **either side** *of* the road. 路的兩側都有高大的樹木。

▷ Remember you're in the USA now. Don't drive on the **wrong side** of the road! 記得你現在是在美國。路上開車不要開錯邊！

▷ He tripped and fell into the river. Everybody laughed, but he couldn't see the **funny side**! 他被絆倒並且掉進河裡。每個人都笑了，但他不知道有什麼好笑！

at	A's side	
by	A's side	在 A（人）身邊
by	the side of A	

from	side to side	從一邊到另一邊
side	by side	並排地，一起
on	one side	在一邊
to	one side	到一邊
on	A's side	在 A 那邊

▷ When Paul goes jogging, he always has his dog **by his side**. Paul 去慢跑的時候總是把狗帶在身邊。

▷ You can put your bicycle **by the side of** the house. 你可以把腳踏車停在房屋旁邊。

▷ The car was traveling fast **from side to side**. 那台車快速地從一邊到另一邊。

▷ They were sitting **side by side**. 他們並排坐著。

▷ He put the newspaper **to one side** and turned on the TV. 他把報紙放在一邊，然後打開電視。

▷ "Whose **side** are you **on**?" "Your side, of course!" 「你挺誰？」「當然是你這邊！」

sigh /saɪ/ 名 嘆息

give	a sigh	
breathe	a sigh	嘆氣
heave	a sigh	

▷ "Talking about this makes me so sad," she said, **giving a** deep **sigh**. 她說：「談這件事讓我很難過」，並且深深嘆氣。

a deep	sigh	
a heavy	sigh	深深的嘆息
a huge	sigh	
a big	sigh	很大的嘆息
a long	sigh	很長的嘆息

▷ "I'll never learn how to make a chocolate cake!" she said with a **long sigh**. 她長嘆道：「我永遠都學不會做巧克力蛋糕！」

sigh /saɪ/ 動 嘆氣

sigh	deeply	
sigh	heavily	深深地嘆氣
sigh	happily	
sigh	contentedly	滿足地感嘆
sigh	inwardly	內心暗自嘆氣
sigh	wearily	疲倦地嘆氣

▷ She **sighed deeply**. "It's too late to do anything

now." 她深深地嘆氣。「現在做什麼都太遲了。」

sight /saɪt/

名視力;看見;景象,景色;(sights)目標

lose	one's **sight**	失去視力
catch	**sight of** A	看到 A
lose	**sight of** A	看不見 A 了
come into	**sight**	進入視界
disappear from	**sight**	從視界消失

▷If you look out of the window, you may **catch sight of** Mount Fuji. 如果你看窗外,可能會看見富士山。

▷There was a terrible snowstorm, and we **lost sight of** the other climbers. 發生了嚴重的暴風雪,讓我們看不見其他登山者的形蹤。

▷As the ship neared the shore, the Statue of Liberty came **into sight**. 隨著船靠近岸邊,自由女神像也映入眼簾。

▷The sun sank below the horizon and **disappeared from sight**. 太陽沒入地平線下,從視界中消失。

set	one's **sights on**	把目標定為 A

▷She's **set** her **sights on** becoming a fashion model. 她定下了成為時尚模特兒的目標。

a beautiful	**sight**	美麗的景象
a common	**sight**	常見的景象
a familiar	**sight**	熟悉的景象
an impressive	**sight**	令人印象深刻的景象
a rare	**sight**	少見的景象

▷It's a **common sight** to see people checking their mobile phones on buses and trains. 在公車和列車上看到人們查看手機,是常見的景象。

▷It's a **rare sight** to see a panda in the wild. 在野外看到貓熊很稀奇。

at	first sight	第一眼;乍看之下

▷Apparently, Ray fell in love with her **at first sight**! 顯然 Ray 第一眼就愛上她了!

know A	by sight	看過 A 而有印象

▷I **know** him **by sight**, but I've never spoken to him. 我對他有印象,但我從來沒跟他說過話。

in	**sight**	看得到的,在看得到的地方
out of	**sight**	在看不到的地方

within	**sight**	在視線範圍內
on	**sight**	一見到(就)

▷She broke down in tears **in sight** of everybody. 她在大家眼前大哭起來。 ▷Make sure you keep the children **in sight**! 一定要確保孩子在視線範圍內!

▷He watched her train leave until it was **out of sight**. 他看著她的火車離開,直到看不見為止。

▷The chief of police gave orders to shoot any terrorists **on sight**. 警政署長下令看到恐怖分子立即射殺。

PHRASES

Get out of my sight! ☺ 從我眼前消失!(★ 很無禮的說法,要小心使用)

sign /saɪn/

名記號,符號;暗示;標誌;徵兆,跡象

show	**signs**	顯示徵兆
give	**a sign**	比手勢,打暗號,給予暗示
make	**a sign**	
obey	**a sign**	遵守標誌
ignore	**a sign**	無視標誌
follow	the **signs**	跟隨標誌

▷The doctors say he's **showing signs** of recovery. 醫師說他呈現出恢復的跡象。

▷If the party gets boring, I'll **give a sign** that we should leave. 如果派對變無聊了,我會打暗號暗示我們離開。

a clear	**sign**	
an obvious	**sign**	明顯的徵兆
a visible	**sign**	
a sure	**sign**	明確的徵兆
a good	**sign**	好的徵兆
a bad	**sign**	不好的徵兆
a road	**sign**	道路標誌
a traffic	**sign**	交通標誌
a warning	**sign**	警告標誌

▷I've never seen so many empty beer cans! It's an **obvious sign** that he has a drinking problem. 我從來沒看過這麼多空啤酒罐!這明白顯示他有酗酒問題。

▷They're buying an engagement ring tomorrow. It's a **sure sign** they're in love! 他們明天要買訂婚戒指。這確實表示他們彼此相愛!

S

▷ Your temperature has dropped back to normal. That's a **good sign**. 你的體溫降回正常水平了。那是很好的徵兆。

a sign	that...	…的徵兆

▷ The Government are hoping for a **sign that** the economic situation will improve. 政府期盼著經濟狀況將會改善的徵兆。

signal /ˋsɪɡn̩/ 名 信號；暗號

give	a signal	發出信號
send	a signal	
receive	a signal	收到信號
transmit	a signal	傳遞信號

▷ He **gave** the **signal** *for* the race to start. 他給了示意開始比賽的信號。

▷ I can't **receive** a **signal** here on my cellphone. 我在這裡收不到手機訊號。

a clear	signal	清楚的信號
a nonverbal	signal	非語言的信號
the wrong	signal(s)	錯誤的信號
a strong	signal	很強的訊號
a digital	signal	數位訊號
an electrical	signal	電訊號

▷ The satellite is still sending out a **clear signal**. 人造衛星仍然發送著清晰的訊號。

▷ We live in a mountainous area, so we don't get a **strong signal** for our TV. 我們住在山區，所以電視訊號不是很強。

signal /ˋsɪɡn̩/ 動 發信號，示意

clearly	signal	清楚發出信號
signal	frantically	發狂似地示意

▷ We have to try to help that swimmer. He's **clearly signaling** that he's in trouble. 我們必須試圖幫助那個游泳的人。他很明顯地示意自己遇到了麻煩。

signal	A to do	示意 A 去做…

▷ She **signaled** him **to** come and sit beside her. 她示意要他坐在身邊。

signal	that...	發信號表示…，示意…

▷ She **signaled that** she was going to turn right. 她打信號示意自己要右轉。

significant /sɪɡˋnɪfəkənt/

形 重大的，顯著的，很有意義的

highly	significant	非常重大的
equally	significant	同等重大的
particularly	significant	特別重大的
statistically	significant	統計上顯著的

▷ Archaeologists have made some **highly significant** findings in Peru. 考古學家在祕魯有了一些很重大的發現。

▷ The results obtained from the experiment were not **statistically significant**. 這次實驗獲得的結果沒有統計上的顯著性。

it is significant	that...	值得注意的是…

▷ **It's significant that** only five people attended the lecture. 值得注意的是，只有五個人去聽課。

silence /ˋsaɪləns/ 名 寂靜；沉默

break	the silence	打破沉默
lapse into	silence	陷入沉默

▷ It was really embarrassing. Nobody did anything to **break** the **silence** during the interview. 當時真的很尷尬。面試時沒有人做什麼來打破沉默。

▷ Everybody was very tired, so after a while the conversation **lapsed into silence**. 每個人都非常累，所以過了一會兒對話就陷入沉默了。

silence	falls	變得安靜

▷ When the headmaster arrived in the classroom, **silence fell**. 校長到達時，教室就變安靜了。

a long	silence	很長的沉默
a brief	silence	短暫的沉默
a short	silence	
an awkward	silence	尷尬的沉默
complete	silence	完全的寂靜
dead	silence	
total	silence	
a tense	silence	氣氛緊張的寂靜
a stunned	silence	因為驚嚇而無法出聲

▷ After a **long silence**, she said, "I'm sorry, I don't know the answer." 在長長的沉默之後，她說：「抱歉，我不知道答案。」

▷ There must be **complete silence** during the examination. 測驗時應該完全安靜。

▷ They watched in **stunned silence** as the tsunami swept through their village. 他們看著海嘯襲捲整個村子，嚇得說不出話。

in	silence	安靜地，默默地

▷ They finished their meal **in silence**. 他們安靜地用完餐。

▷ Everybody sat **in silence** waiting for the exam to begin. 每個人安靜地坐著等待測驗開始。

silent /ˈsaɪlənt/ 形 安靜的；沉默的

fall	silent	陷入沉默
keep	silent	
remain	silent	保持沉默
stay	silent	
stand	silent	默默站立

▷ He **fell silent** for a moment. 他沉默了片刻。

▷ She **remained silent** and refused to answer any questions. 她保持沉默，拒絕回答任何問題。

silly /ˈsɪlɪ/ 形 愚蠢的，傻的

silly	little	很傻的

▷ Stop asking stupid questions, you **silly little** boy! 別再問笨問題了，你這傻小孩！（★ 這裡的 little 用來強調 silly）

PHRASES

Don't be silly! ☺ 別傻了；別說傻話了！ ▷ "I think there's a ghost in this house!" "Don't be silly!" 「我覺得房子裡有鬼！」「別說傻話了！」

How silly of me! ☺ 我真蠢！ ▷ I left my umbrella in the restaurant. How silly of me! 我把雨傘留在餐廳了。我真蠢！

similar /ˈsɪmələ/ 形 相似的，類似的

broadly	similar	大致相似的
remarkably	similar	非常相似的

▷ These two essays are **remarkably similar**. I think one of them was copied. 這兩篇論文非常相似。我認為其中一篇被抄襲了。

similar	in A	在 A 方面相似的
similar	to A	和 A 相似的

▷ I think we're **similar in** many ways. 我認為我們在許多方面相似。

▷ She's **similar to** her mother in character. 她跟她媽媽性格很像。

simple /ˈsɪmpl/ 形 單純的，簡單的；簡樸的

extremely	simple	極為簡單的
fairly	simple	相當簡單的
perfectly	simple	十分簡單的
relatively	simple	相對簡單的
apparently	simple	看起來簡單的
deceptively	simple	不是看起來那麼簡單的
simple	enough	夠簡單的，很簡單的

▷ This math problem looks **relatively simple**. 這個數學問題看起來相對簡單。

▷ The **apparently simple** problem turned out to be extremely difficult. 那個看起來簡單的問題，結果其實非常困難。

▷ Hitting a golf ball looks **deceptively simple**! 揮桿打高爾夫球看起來很簡單，其實不然！

▷ Riding a bicycle is **simple enough**. You just have to concentrate! 騎腳踏車很簡單。你只是要專注！

simple and effective	簡單又有效的
simple and inexpensive	簡單又不貴的
simple and straightforward	簡單又直接的

▷ We need to find a **simple and effective** way of increasing our sales. 我們需要找到簡單又有效的方法來增加銷售。

▷ It wasn't a difficult exam. The questions were **simple and straightforward**. 那不是很難的測驗。題目很簡單而且直接。

simple	to do	做…起來很簡單的

▷ The crossword was very **simple to** do. 這個填字遊戲做起來很簡單。

PHRASES

It's as simple as that. ☺ 就是那樣簡單。 ▷ You put the money in, press the button, and out comes your drink. It's as simple as that. 把錢投進去，按按鈕，飲料就出來了。就這麼簡單。

It's not that simple. ☺ 沒那麼簡單。

It's that simple. ☺ 就是那麼簡單。 ▷ "All I have to do is sign this form?" "Yes. It's that simple." 「我只要在這個表格上簽名就好了嗎？」「是的。就這麼簡單。」

S

sing /sɪŋ/ 動 唱，唱歌

sing	happily	快樂地唱
sing	loudly	大聲唱
sing	quietly	小聲唱
sing	softly	輕柔地唱
sing	gently	

▷ Tom always **sings loudly** when he's in the bath! Tom 洗澡時總是大聲唱歌！

▷ Emma was **singing softly** to her baby. Emma 對她的嬰兒輕聲唱歌。

sing and dance	唱歌跳舞

▷ She's only 6 years old, but she can **sing and dance** really well! 她才 6 歲，但她唱歌跳舞很棒！

sing	A B	對 A（人）唱 B
sing	B to A	

▷ The group **sang** "Happy Birthday" **to** Bill. 那群人為 Bill 唱生日快樂歌。

single /ˈsɪŋgl̩/ 形 單一的；單人的；單身的

single or double	單份或雙份
single or married	單身或已婚
★ 也可以說 married or single	

▷ "I think I'll have a whiskey." "**Single or double**?" 「我想我來杯威士忌好了。」「單份還是雙份？」

▷ Is Joe **single or married**? Joe 單身還是已婚？

every	single A	每一個 A
the	single largest A	唯一最大的 A
★ 也有把 largest 換成 best, biggest, greatest, worst 等形容詞最高級的說法		

▷ He lifted his glass of whiskey and drank down **every single** drop. 他拿起他那杯威士忌，一滴不剩地喝光了。

▷ Do you know who was the **single most** popular singer ever? 你知道誰是有史以來最受歡迎的流行歌手嗎？

sink /sɪŋk/ 動 下沉；使下沉

sink	slowly	慢慢下沉
sink	deep	深深沉入，深深陷入

▷ The boat filled with water and **sank slowly** to the bottom of the river. 船浸滿了水，慢慢沉入河底。

▷ He tried to move forward, but he just **sank deeper** into the mud. 他試圖往前進，但只是更深陷在泥沼裡。

sink	into A	沉入 A
sink	to A	倒在 A 上

▷ The toy boat turned over, filled with water, and **sank into** the pond. 玩具船翻了過來，浸滿了水，然後沉入池塘。

▷ Totally exhausted, she **sank to** her knees. 她筋疲力盡，雙膝跪倒在地。

sink or swim	成敗全憑自己

▷ Even though he knew no English, his company sent him to their branch in Australia. It was a case of **sink or swim**! 雖然他不懂英文，公司還是派他到澳洲分部。成敗都得靠他自己了！

sister /ˈsɪstɚ/ 名 姊姊，妹妹，姊妹

have	a sister	有姊姊，有妹妹

▷ Do you **have** a **sister**? 你有姊妹嗎？

an older	sister	姊姊
an elder	sister	
a big	sister	
a younger	sister	妹妹
a little	sister	

▷ My **older sister** goes to university. 我姊姊上大學。

▷ My **younger sister** is in junior high school. 我妹妹在讀中學。

sit /sɪt/ 動 坐

sit	still	一動也不動地坐
sit	comfortably	舒服地坐
sit	cross-legged	散盤坐（坐在地上，雙腿自然交叉，腳不盤在大腿上）；（坐椅子時）翹腳坐
sit	patiently	耐心地坐
sit	quietly	靜靜地坐
sit	silently	沉默地坐

sit	upright	身體挺直地坐
sit	down	坐下
sit	back	靠椅背坐；放鬆
sit	around	無所事事地閒坐
sit	next to A	坐在 A 旁邊
sit	side by side	並肩坐
sit	together	坐在一起
simply	sit	只是坐著
just	sit	

▷Kelly **sat cross-legged** on the floor. Kelly 雙腿交叉坐在地上。

▷Why don't you **sit down** for a moment? 你何不坐一會兒呢？

▷She **sat back** and switched on the TV. 她靠椅背坐並打開電視。

▷He just **sits around** all day watching TV. 他只是整天閒坐著看電視。

▷Come and **sit next** to me. 來坐我旁邊。

▷There's nothing we can do except **simply sit** and wait. 除了單純坐等以外，我們沒有什麼可做的。

sit	doing	坐著做…

▷She's **sitting** at the table doing her homework. 她坐在桌前做作業。 ▷She was **sitting** in the garden reading a book. 她當時坐在花園讀書。

situation /ˌsɪtʃʊˋeʃən/ 名 情況，形勢

create	a situation	造成情況
understand	the situation	了解情況
review	the situation	檢討情況
explain	the situation	說明情況
describe	the situation	
handle	the situation	處理情況
cope with	the situation	
deal with	the situation	
improve	the situation	改善情況
remedy	the situation	解決情況
resolve	the situation	
change	the situation	改變情況
make	the situation worse	使情況惡化
make	the situation better	使情況好轉

▷If he resigns, it will **create** a very difficult **situation**. 如果他辭職，會造成非常艱難的情況。

▷I don't really know how to **handle** the **situation**. 我不太知道怎麼處理這種情況。

▷We have to try to **remedy** the **situation**. 我們必須試圖補救這個情況。

▷I'm afraid I just **made** the **situation worse**. 恐怕我讓情況惡化了。

the present	situation	現在的情況
the current	situation	
a difficult	situation	困難的情況
a dangerous	situation	危險的情況
a social	situation	社會情況
the economic	situation	經濟情況
the financial	situation	財務情況
the political	situation	政治情況
a particular	situation	特定的情況

▷What is the **present situation**? 現在情況如何？

▷We've never had to deal with this **particular situation** before. 我們過去從來不必處理這種特定情況。

in	this situation	在這種情況中

▷What should I do **in this situation**? 這種情況中我應該做什麼？

size /saɪz/ 名 大小；尺寸，尺碼

the right	size	正確的尺寸
the same	size	同樣的大小
large	size	大尺寸
small	size	小尺寸
various	sizes	各種尺寸

▷Do you think this is the **right size** for me? 你覺得這是符合我的尺寸嗎？

▷We're about the **same size**. 我們體格大小差不多。

increase	the size	擴大規模
reduce	the size	縮小規模
double	the size	倍增規模
depend on	the size of A	取決於 A 的大小

▷You should try to **reduce** the **size of** the food portions you eat. 你應該努力減少每次吃東西的量。

▷I'm not sure how many wedding guests we can invite. It **depends on** the **size** of the room. 我不確定我們可以邀請多少賓客參加婚禮。這取決於空間的大小。

S

half	the size of A	A 的一半大
twice	the size of A	A 的兩倍大
two times	the size of A	
three times	the size of A	A 的三倍大

▷ Hamburgers in the USA are **three times** the **size of** the ones in my country! 美國的漢堡是我母國的三倍大！

in	size	在規模上；在尺寸上
the size	of A	A 的大小

▷ I've been eating so much junk food recently that I've almost doubled **in size**! 我最近吃了很多垃圾食物，讓我幾乎胖了一倍！

▷ He had a bump on his head the **size of** a golf ball! 他頭上腫了高爾夫球大的包！

shape and size	形狀與大小
size and shape	
size and weight	大小與重量

▷ She's about the same **shape and size** as you. 她的體型和身材大小和你差不多。

▷ The airline has changed its rules about the **size and weight** of baggage. 這家航空公司改變了行李尺寸與重量的規定。

skill /ˈskɪl/ 名 技術，技能，技巧

have	a skill	有技能
require	a skill	需要技能
acquire	a skill	
develop	a skill	習得技能
learn	a skill	
show	a skill	展現技能
improve	one's **skill**	增進技能

▷ This course will help you to **acquire** some basic communication **skills**. 這個課程將幫助你學到一些基本的溝通技巧。

▷ Her interest in yoga enabled her to **develop** her **skills** of concentration. 她對瑜伽的興趣，使她能培養自己的專注能力。

▷ She practices the violin every day. She's **improved** her **skill** immensely. 她每天練小提琴。她大幅提升了自己的技巧。

basic	skills	基本的技能
practical	skills	實用的技能

professional	skills	專業的技能
interpersonal	skills	人際互動技巧
social	skills	社交技巧
special	skills	特殊技能

▷ He has the **basic skills** required for the job. 他有這份工作所需的基本技能。

▷ For this job, theory is not enough. You need **practical skills**. 對於這份工作，理論是不夠的。你需要實用的技能。

▷ I'm afraid he doesn't have very good **interpersonal skills**. 恐怕他的人際互動技巧不是很好。

▷ Bob needs to improve his **social skills**. Bob 需要增進自己的社交技巧。

skill(s)	at A	A 方面的技巧
skill(s)	in A	

▷ Even when he was a little boy, Messi showed incredible **skills at** the game of soccer. 甚至在還是個小男孩時，Messi 就在足球賽中展現出驚人的技巧。

▷ A salesman needs to have excellent **skills in communication**. 業務員必須有絕佳的溝通技巧。

a lack of	skill	技術不足
a level of	skill	技術程度

▷ He shows a **lack of skill** when it comes to dealing with people. 說到待人這方面，他顯得能力不足。

▷ If you want to be a chess champion, you'll have to develop a much higher **level of skill**. 如果你想成為下棋的冠軍，必須培養程度更高的技巧。

with	great skill	以極佳的技巧

▷ Mao Asada usually performs the triple axel **with great skill**. 淺田真央經常以絕佳的技巧表演三周半跳躍。

skin /skɪn/ 名 皮膚，肌膚；（動植物的）皮

protect	one's **skin**	保護皮膚

▷ You need to put some sun cream on to **protect** your **skin**. 你必須抹防曬霜保護皮膚。

smooth	skin	光滑的皮膚
sensitive	skin	敏感肌
dry	skin	乾燥肌
dark	skin	黝黑的皮膚
fair	skin	白皙的皮膚
pale	skin	蒼白的皮膚

tanned	skin	曬成棕色的皮膚
bare	skin	裸肌，裸露的皮膚
a thick	skin	厚的皮膚；臉皮厚（對批評沒感覺）
a thin	skin	薄的皮膚；臉皮薄（對批評敏感）
an animal	skin	一張動物的皮
a banana	skin	香蕉皮
potato	skins	馬鈴薯皮

▷ I can't stay out in the sun too long. I have very **sensitive skin**. 我不能在外頭陽光下待太久。我皮膚很敏感。

▷ I have **dry skin**, so I use a lot of moisturizer. 我是乾燥肌，所以我保濕霜用量很大。

▷ Seals have a **thick skin** that keeps them warm in winter. 海豹有厚厚的皮膚，讓他們在冬天保持溫暖。

| skin | peels | 脫皮 |
| skin | crawls | 毛骨悚然（感覺像有東西在皮膚上爬般恐怖） |

▷ She got so sunburned that her **skin peeled**. 她被太陽曬得很厲害，曬到皮膚脫皮了。

| skin and bone(s) | | 皮包骨 |

▷ She's all **skin and bones** and probably weighs no more than 90 pounds. 她瘦得皮包骨，體重可能不超過 90 磅。

skip /skɪp/ 動 蹦蹦跳跳；跳過

| skip | happily | 快樂地蹦蹦跳跳 |
| skip | lightly | 輕快地蹦蹦跳跳 |

▷ The little girl **skipped happily** out of the room. 小女孩快樂地蹦蹦跳跳離開房間。

| skip | over A | 跳過 A（不要的部分） |
| skip | to A | 跳到 A（下一個事項） |

▷ For your homework, **skip over** the Introduction and start with Chapter one. 關於你們的作業，跳過引言部分，從第一章開始。

PHRASES
Skip it! ☺ 別談這個話題了！

sky /skaɪ/

名（通常用 the sky）天空；（skies）天候

| look up at | the sky | 抬頭看天空 |

▷ They **looked up** at the **sky** and saw that rain clouds were forming. 他們抬頭看天空，看到積雨雲正在形成。

| the sky | clears | 天空放晴 |
| the sky | darkens | 天色變暗 |

▷ Look! The **sky's clearing**! 看！天空正在放晴！
▷ The **sky darkened**, and the moon was clearly visible. 天色變暗，月亮清晰可見。

clear	sky	晴朗的天空
bright	sky	
cloudless	sky	無雲的天空
blue	sky	藍天
dark	sky	陰暗的天空
black	sky	漆黑的天空；暗夜的天空
gray	sky	灰色的天空
the open	sky	開闊的天空
the morning	sky	早晨的天空
the night	sky	夜晚的天空
the summer	sky	夏季的天空
the winter	sky	冬季的天空
the northern	sky	北方的天空

▷ Look! It's a **clear sky**. It'll be a sunny day again tomorrow. 看！天空很晴朗。明天也會是晴天。
▷ She lay back on the grass, gazing up at the **cloudless sky**. 她躺在草地上，望著上頭無雲的天空。
▷ They were in the middle of the ocean. Nothing but **open sky** and sea. 他們在大海中。除了開闊的天空和海，什麼也沒有。

| in | the sky | 在天空裡 |
| the sky | above A | A 上方的天空 |

▷ The clouds **in** the **sky** are shaped like animals! 天空裡的雲形狀像動物一樣！
▷ The **sky above** them was filled with a huge black cloud. 他們頭上的天空籠罩著巨大的烏雲。

sleep /slip/ 名 睡眠

| have | a sleep | 睡一下 |

S

go to	sleep	去睡覺
get to	sleep	
drift into	sleep	睡著
fall into	a sleep	入睡
get back to	sleep	再次入睡
disturb	A's **sleep**	打擾 A 的睡眠
get	some sleep	獲得一點睡眠
get	enough sleep	獲得足夠的睡眠
get	much sleep	獲得許多睡眠

▷I feel really tired. I'm going to **have a sleep** for a while. 我覺得很累。我要睡一會兒。

▷In winter I like to have a hot drink before I **go to sleep**. 冬天我喜歡在睡前喝熱飲。

▷It was two or three hours before she finally **drifted into sleep**. 過了兩三個小時她才睡著。

▷He **fell into** a deep **sleep** and started snoring! 他深深入睡並且開始打呼！

▷I woke up at 3:30 in the morning and couldn't **get back to sleep**. 我上午 3:30 醒來，而且無法再次入睡。

▷I'm sorry to **disturb** your **sleep**, but you've got a visitor. 很抱歉打斷你睡覺，但你有客人。

▷Make sure you **get enough sleep**. We have to get up early tomorrow! 一定要睡眠充足。我們明天要早起！

a deep	sleep	熟睡
a light	sleep	淺眠
a good	sleep	充分的睡眠
a dreamless	sleep	沒有作夢的睡眠

▷He's in a **deep sleep**. We shouldn't wake him. 他在熟睡中。我們不應該叫醒他。

▷Have a **good sleep**. You'll feel better. 好好睡一覺吧。你會感覺好些。

▷I feel great this morning! I had a refreshing, **dreamless sleep**. 今天早上我感覺很棒！我睡覺沒作夢，讓我神清氣爽。

in	one's **sleep**	在睡覺時

▷He talks a lot **in his sleep**. 他夢話很多。

lack of	sleep	睡眠不足

▷Her face looked old and tired through **lack of sleep**. 由於睡眠不足，她的臉看起來又老又疲倦。

PHRASES

Get a good night's sleep. ☺ 晚安，睡個好覺。

---

sleep /slip/ 動 睡覺

sleep	well	睡得好
sleep	soundly	睡得很熟
sleep	like a baby	
sleep	badly	睡得不好
sleep	peacefully	睡得很安穩
sleep	late	睡到很晚
hardly	sleep	幾乎沒睡

▷"Morning Pete! Did you **sleep well**?" "Like a log!" 「早安，Pete！你睡得好嗎？」「我睡得很熟！（像塊木頭）」

▷I was totally exhausted when I got home and **slept like** a **baby** for 11 hours. 我回家時筋疲力盡，然後熟睡了 11 個小時。

▷I've been **sleeping badly** recently. It's so hot and humid! 我最近睡不好。天氣很濕熱！

▷I **hardly slept** at all last night. 我昨晚幾乎沒睡。

---

slice /slaɪs/ 名 切片，薄片

a thin	slice	薄薄的切片

▷Could you cut this loaf into **thin slices** for me, please? 可以請你幫我把這條麵包切成薄片嗎？

---

slide /slaɪd/ 動 滑動；使滑動

slide	slowly	緩慢地滑動
slide	smoothly	滑順地滑動

▷Thanks for repairing the sliding door. It slides **really smoothly** now. 謝謝你修理拉門。現在滑動很順暢。

slide	open	滑動打開

▷The door **slid open** slowly and silently. 門緩慢而安靜地滑開了。

slide	down A	沿著 A 往下滑
slide	across A	滑著越過 A
slide	into A	滑進 A

▷Look, it's snowing! We can **slide down** the hill on our toboggans! 看，在下雪！我們可以坐雪橇從山坡滑下來！

▷Exhausted, she **slid into** bed and was asleep in seconds. 她筋疲力盡，滑進被窩幾秒就睡著了。

slight /slaɪt/ 形 細微的，輕微的

extremely	slight	非常細微的
only	slight	只是輕微的
relatively	slight	相對輕微的
comparatively	slight	

▷ His injuries after the car crash were **only slight**. 他車禍受的傷只是輕傷。

▷ The damage to his car was **relatively slight**. 他的車受到的損害相對輕微。

slip /slɪp/ 動 滑，滑倒，滑落；像用滑的一樣移動；輕輕插入、塞入

slip	quietly	悄悄移動

▷ They **slipped quietly** outside into the garden. 他們悄悄溜出門進入花園。

slip and fall		滑倒

▷ She **slipped and fell** on the icy pavement. 她在結冰的步道上滑倒了。

slip	on A	在A（場所等）滑倒、打滑

▷ Don't **slip on** the floor! I've just washed it. 別在地板上滑倒了！我剛清洗過。

slip	into A	滑進A
slip	out of A	悄悄離開A
slip	through A	像用滑的一樣穿過A
slip A	into B	把A輕輕插進B

▷ She managed to **slip out of** the room without anyone seeing her. 她設法悄悄溜出了房間，沒被任何人看到。

▷ The vase **slipped through** her fingers and crashed onto the floor. 花瓶從她指間滑落，摔碎在地板上。

▷ The man **slipped** a $10 bill **into** the waiter's hand. 那位男士將10美元鈔票放進服務生的手裡。

slow /slo/ 形 慢的

extremely	slow	極慢的
relatively	slow	相對慢的
painfully	slow	非常慢的
notoriously	slow	惡名昭彰地慢的

▷ Compared to the other students, her progress is **relatively slow**. 相較於其他學生，她的進展相對較慢。

slow	in doing	做…很慢的
slow	to do	

▷ He was very **slow in** answering questions during the interview. 他在面試時回答問題很慢。

▷ We were too **slow to** deal with the problem. 我們處理那個問題已經太慢了。

slow and steady	緩慢而穩定的
slow but steady	緩慢但穩定的

▷ She's out of hospital and making **slow but steady** progress. 她出了院，而且緩慢但穩定地恢復中。

small /smɔl/ 形 小的；少的

extremely	small	極小的
relatively	small	相對小的
comparatively	small	

▷ Our profits are **relatively small** compared with last year. 我們的利潤比起去年相對較少。

smart /smart/ 形 聰明的；時髦的

look	smart	看起來聰明、時髦；英 動作快

▷ You **look** really **smart** in that new suit. 你穿那套新的西裝看起來很時髦。

▷ You'd better **look smart**, or you'll be late for your interview! 你最好動作快，不然你面試會遲到！

extremely	smart	非常聰明的；非常時髦的
particularly	smart	
smart	enough	夠聰明的

▷ You're looking **particularly smart** today! 你今天看起來特別時髦！

▷ He was **smart enough** *to* refuse to answer any questions until his lawyer arrived. 他很聰明地拒絕回答任何問題，直到律師到場。

smart	new	新而時髦的
smart	young	聰明而年輕的；時髦而年輕的

▷ I'm going to buy a **smart new** dress for the party. 我要買一件時髦的新洋裝參加派對。

▷ Who's that **smart young** man over there? 那邊帥

S

氣的年輕男士是誰？

smell /smɛl/ 名氣味；嗅覺

have	a smell	有氣味
give off	a smell	散發氣味
can't stand	the smell	受不了氣味

▷New rush mats **have** a lovely **smell**. 新的草蓆有好聞的氣味。

▷I **can't stand** the **smell**. Do you mind if I open the window? 我受不了這個味道。你介意我打開窗戶嗎？

a strong	smell	強烈的氣味
a faint	smell	微微的氣味
a sweet	smell	香甜的氣息
a bad	smell	難聞的氣味
an unpleasant	smell	令人不快的氣味
a sour	smell	酸的氣味

▷There's a **strong smell** of gasoline in the car. 車裡有很濃的汽油味。

▷At last she was able to smell the **sweet smell** of success. 她最終得以品嘗成功的甜美滋味。

▷There's a **bad smell** coming from the drains. 排水管傳來難聞的氣味。

▷There was the **sour smell** of old beer on his breath. 他的口氣有老啤酒的酸味。

sights and smells	風景與氣息
smell and taste	嗅覺與味覺
★ 也可以說 taste and smell	

▷I love the **sights and smells** of London. 我愛倫敦的風景與氣息。

▷I've got a terrible cold. I've completely lost my sense of **smell and taste**. 我得了重感冒。我完全沒有嗅覺和味覺了。

a sense of	smell	嗅覺

▷When I get an allergy, my nose runs, and I lose my **sense of smell**. 我過敏會流鼻水，就沒嗅覺了。

smell /smɛl/ 動發出氣味；發臭

smell	faintly	發出淡淡的氣味
smell	strongly	發出強烈的氣味

▷Her perfume **smelt faintly** of lavender. 她的香水

有淡淡的薰衣草味。

▷The kitchen **smells strongly** of gas. 廚房瓦斯味很濃。

smell	like A	聞起來像 A

▷It **smells like** garlic. 這聞起來像大蒜。

can	smell	能聞到

▷I **can smell** something burning. 我聞到有東西燒焦了。

smile /smaɪl/ 名微笑

flash	a smile	微笑
give	a smile	
manage	a smile	努力試圖微笑
return	A's smile	以微笑回應 A 的微笑
hide	a smile	藏起笑容
force	a smile	擠出笑容

▷The security guard always **gives** me a **smile** when I go in to work. 我上班進公司時，警衛總是對我微笑。

▷Ben's quite ill. When I saw him, he could hardly **manage a smile**. Ben 病得很重。我看到他的時候，他幾乎連微笑也沒辦法。

▷"Don't worry, I'll be fine," she said, **forcing** a **smile**. 她擠出笑容說：「不用擔心，我會沒事的。」

have	a smile on one's face	臉上掛著笑容
bring	a smile to A's face	使 A（人）露出笑容
put	a smile to A's face	

▷We should always **have** a **smile on** our **face** when we welcome customers. 我們迎接顧客時，應該隨時保持笑容。

▷I told him joke after joke, but I couldn't **bring** a **smile to** his **face**. 我對他說了一個又一個的笑話，還是沒辦法讓他露出笑容。

▷Dave's just been promoted. That should **put** a **smile on his face**! Dave 剛剛升職。這應該會讓他露出笑容吧！

one's smile	broadens	笑容滿面
one's smile	fades	笑容消失（不笑了）

▷When he saw that nobody else was laughing, his **smile faded**. 看到其他人都沒在笑，他的笑容就消失了。

a smile	plays on A's lips	A 的嘴角浮現微笑

▷ "So you think Bill and Tom are both in love with me?" she said, a **smile playing on** her **lips**. 她嘴角浮現微笑說：「所以你認為 Bill 跟 Tom 都愛上我了？

a bright	smile	開朗的笑容
a broad	smile	
a big	smile	滿面的微笑
a wide	smile	
a charming	smile	迷人的微笑
a little	smile	
a faint	smile	微微的笑
a slight	smile	
a wry	smile	挖苦的笑容

▷ I passed the university entrance exam," he said, with a **broad smile** on his face. 他帶著滿面微笑說：「我通過了大學入學測驗。」
▷ Come on. It's not as bad as all that. Give me a **little smile**! 拜託。沒那麼糟啦。對我笑一下吧！

with	a smile	帶著微笑

▷ "I hope you'll enjoy your stay here," she said **with** a **smile**. 她微笑著說：「希望您在這裡住宿愉快。」

smile /smaɪl/ 動 微笑

smile	broadly	滿面笑容
smile	faintly	淺淺地笑
smile	thinly	淡漠地笑
smile	sweetly	甜笑
smile	wryly	挖苦地笑
smile	back	以微笑回應微笑

▷ "That's the third fish to escape from my line this morning," he said, **smiling wryly**. 他自嘲地笑說：「那是今天我釣失敗的第三條魚。」
▷ She smiled at me, and I **smiled back**. 她對我微笑，我也回以微笑。

smile	at A	對 A 微笑
smile	with A	帶著 A（感情）微笑
★ with A 的 A 是 relief, delight, satisfaction 等等		

▷ He **smiled at** her and said, "Haven't we met somewhere before?" 他對她微笑，說：「我們沒在哪裡見過面嗎？」
▷ "Oh! Thank goodness you're OK," she said,

smiling with relief. 她如釋重負地微笑說：「噢！謝天謝地，你沒事。」

smile	to oneself	自己微笑起來

▷ "One day I'll get my revenge!" she said, **smiling to** her**self**. 她自己微笑著說：「有一天我會復仇的！」

smoke /smok/ 名 煙；抽菸

blow	smoke	吐出菸霧
have	a smoke	抽菸

▷ I hate it when people **blow smoke** in my face. 我討厭有人對著我的臉吐菸霧。
▷ I'm dying to **have** a **smoke**. 我想抽菸想到不行。

smoke	billows	煙滾滾湧出
smoke	drifts	煙飄蕩
smoke	rises	煙升起

▷ It was a terrible fire. **Smoke** was **billowing** from the windows. 火災非常嚴重。煙霧從窗戶滾滾湧出。
▷ Thick **smoke rose** from the bonfire and drifted across the garden. 濃濃的煙從篝火中升起，並且飄過花園。

thick	smoke	濃煙
dense	smoke	
acrid	smoke	刺鼻的煙
cigarette	smoke	菸霧

▷ **Thick smoke** started to pour out of the windows. 濃煙開始從窗戶湧出。
▷ People were coughing from the **acrid smoke** coming from the burning car tires. 人們因為燒汽車輪胎的刺鼻煙霧而咳嗽。

a cloud	of smoke	一團煙霧
a column	of smoke	像柱子一樣直升的煙
a pall	of smoke	一團籠罩的煙霧
a puff	of smoke	吐一口菸
a wisp	of smoke	一縷煙

▷ A **cloud of smoke** rose from the factory chimney. 一團煙霧從工廠的煙囪升起。
▷ Finally a **wisp of smoke** started to rise from the damp leaves. 終於，有一縷煙從潮濕的樹葉中升起。

go up in	smoke	隨著煙而消逝；化為泡影

▷ If we can't get the money, all our plans will go

S

up in smoke. 如果我們得不到資金，計畫全都會化為泡影。

smoke /smok/ 動抽菸

smoke	heavily	抽菸抽得很兇
smoke	regularly	經常性地抽菸

▷ **Smoking heavily** is not good for your health. 過度抽菸對你的健康不好。

drink and smoke	喝酒抽菸

▷ My boyfriend likes to **drink and smoke**. 我男朋友喜歡喝酒抽菸。

smooth /smuð/ 形 光滑的；滑順的

fairly	smooth	相當光滑的
completely	smooth	完全光滑的
perfectly	smooth	

▷ The surface of the glass is **completely smooth**. 玻璃表面是完全光滑的。
▷ If you travel by bullet train, the ride is **perfectly smooth**. 如果你搭子彈列車（日本新幹線列車的別稱）旅行，搭乘起來是感覺非常暢快的。（★ 雖然中文不會說「乘坐起來很滑順」，但英語中的 ride 和 smooth 經常連用）

snow /sno/ 名 雪

snow	falls	下雪
snow	melts	雪融化

▷ Later that evening, **snow** began to **fall**. 那天晚上稍晚的時候，雪開始下了。

be covered	in snow	被雪覆蓋
be covered	with snow	

▷ The cars parked outside are completely **covered in snow**. 停在外頭的車子完全被雪覆蓋了。

heavy	snow	大雪
deep	snow	很深的積雪
wet	snow	濕雪（水分較多的雪）
fresh	snow	新雪（剛降下的雪）

▷ There's **deep snow** outside the front door! 前門外面積雪很深！

▷ **Fresh snow** fell during the night. 夜間降下了新雪。

snow and ice	雪與冰
★也可以說 ice and snow	

▷ I couldn't see anything but **snow and ice**. 除了冰雪，我什麼也看不到。

snow /sno/ 動 下雪

snow	heavily	下大雪
snow	lightly	下小雪

▷ It's started to **snow heavily**. 開始下起了大雪。

society /sə`saɪətɪ/ 名 社會；會，協會

create	a society	創造社會
transform	a society	改造社會
join	a society	加入協會

▷ It's difficult to **create** a **society** without any discrimination. 創造完全沒有歧視的社會很難。
▷ Amanda has **joined** a **society** for the protection of the environment. Amanda 加入了環境保護的協會。

(a) modern	society	現代社會
an affluent	society	富裕的社會
a capitalist	society	資本主義社會
a democratic	society	民主社會
an industrial	society	工業社會

▷ Life in **modern society** can be very stressful. 現代社會的生活可能是非常緊張的。
▷ The USA claims to be a **democratic society**. 美國自稱是民主社會。
▷ Some countries are still progressing from an agricultural to an **industrial society**. 有些國家仍然處於從農業進展到工業社會的過程中。

a member of society	社會的一分子

▷ I hope he grows up to be a useful **member of society**. 我希望他長大成為社會中有用的一分子。

soft /sɔft/ 形 柔軟的；溫和的

extremely	soft	非常柔軟的

S

fairly	soft		相當柔軟的

▷ I like to eat my boiled eggs **fairly soft**. 我喜歡我吃的水煮蛋是偏軟的（不是全熟的）。

soft	on A	對 A 寬厚、仁慈的

▷ We need to be stricter. We can't be **soft on** crime. 我們需要更嚴格。我們不能對犯罪行為仁慈。

soft and warm		柔軟暖和的
★ 也可以說 warm and soft		

▷ This bed feels **soft and warm**. 這張床感覺柔軟又暖和。

soil /sɔɪl/ 名 土，土壤，土地；國土

fertile	soil	
good	soil	肥沃的土壤
rich	soil	
poor	soil	貧瘠的土壤
dry	soil	乾燥的土壤
moist	soil	濕潤的土壤
wet	soil	
sandy	soil	砂地
clay	soil	黏土質的土壤

▷ This is very **fertile soil**. You'll be able to grow lots of vegetables. 這土壤很肥沃。你可以種出很多蔬菜。

▷ You need to put some **moist soil** into that flower pot. 你需要放一些濕土在花盆裡。

on	British soil	在英國領土
on	American soil	在美國領土

▷ If he sets foot on **American soil**, he'll be arrested. 如果他踏進美國領土，就會被逮捕。

solution /sə`luʃən/ 名 解決方法；解答

seek	a solution	尋找解決方法
find	a solution	找出解決方法
come up with	a solution	
offer	a solution	提出解決方法
provide	a solution	

▷ We've been **seeking** a **solution** to this problem for weeks. 我們已經花了幾個禮拜尋找這個問題的解決方法。

▷ We have to **find** a **solution** to this problem—and fast! 我們必須找出這個問題的解決方法——盡快！

▷ During the meeting, they **offered** several possible **solutions**. 在會議中，他們提出了幾種可能的解決方法。

a good	solution	好的解決方法
an ideal	solution	理想的解決方法
the optimal	solution	最佳的解決方法
a possible	solution	可能的解決方法
an alternative	solution	替代的解決方法
a practical	solution	實際的解決方法
a final	solution	最終的解決方法
a peaceful	solution	和平的解決方法
a political	solution	政治的解決方法

▷ I think that's a really **good solution**. 我認為那真的是很好的解決方法。

▷ The **optimal solution** would be to close down the company. 最佳的解決方法是關閉公司。

▷ We're trying to think of a **possible solution**. 我們正努力想出可能的解決方法。

a solution	to A	A 的解決方法
a solution	for A	針對 A 的解決方法

▷ We still can't find a **solution to** the problem. 我們仍然找不到問題的解決方法。

solve /salv/ 英 /sɔlv/ 動 解決，解答，解開

completely	solve	完全解決
easily	solve	簡單解決

▷ I still haven't **completely solved** this crossword. 我還沒完全解開這個填字遊戲。

▷ We can **easily solve** this problem. 我們可以簡單解決這個問題。

son /sʌn/ 名 兒子

have	a son	有兒子

▷ I **have** a **son** and two daughters. 我有一個兒子和兩個女兒。

one's baby	son	男嬰兒
the eldest	son	長子
the oldest	son	
the younger	son	非長子的兒子

S

the only	son	唯一的兒子
five-year-old	son	五歲的兒子

▷ Her **baby son** looks just like his father. 她的小男嬰看起來就像爸爸一樣。

▷ He's the **eldest son** of Mr. and Mrs. (John) Carter. 他是 Carter 夫婦的長子。

▷ They have two daughters, but Mike's the **only son**. 他們有兩個女兒，但 Mike 是唯一的兒子。

▷ My **five-year-old son** wants to be a famous soccer player! 我五歲的兒子想成為有名的足球選手！

song /sɔŋ/ 名 歌

write	a song	
compose	a song	寫歌，創作歌曲
play	a song	播放歌曲；演奏歌曲
sing (A)	a song	唱歌（給 A 聽）
record	a song	錄歌
listen to	a song	聽歌
hear	a song	聽到歌曲

▷ One day I'd like to **write a song**. 有朝一日我要寫歌。

▷ Come on! **Sing us a song!** 來吧！唱歌給我們聽！

▷ He likes to **sing songs** in the bath! 他喜歡在浴缸裡唱歌！

one's **favorite**	song	最愛的歌
a great	song	很棒的歌
a popular	song	流行的歌
a hit	song	熱門歌曲
a folk	song	民謠歌曲
a pop	song	流行歌曲
a love	song	情歌

▷ Sssshhh! Listen! They're playing my **favorite song**! 噓！你聽！他們在放我最愛的歌！

▷ John Lennon's song "Imagine" is a really **great song**! 約翰・藍儂的歌曲〈Imagine〉真的很棒！

sorry /ˈsɑrɪ/ 英 /ˈsɔri/

形 抱歉的；難過的；覺得遺憾的

feel	sorry	感到難過的

▷ I really **felt sorry** for her. 我真的為她感到難過。

terribly	sorry	
really	sorry	非常抱歉的；覺得非常遺憾的
awfully	sorry	

▷ I'm **terribly sorry**. 我真的非常抱歉。

sorry	about A	對 A 感到遺憾的

▷ I'm really **sorry about** what happened. 我對發生的事情感到非常遺憾。

sorry	to do	做…而感到抱歉的；做…而覺得遺憾的
sorry	(that)...	對於…感到抱歉的；對於…覺得遺憾的

▷ "My girlfriend broke up with me last weekend." "Oh, I'm so **sorry to hear** that." 「上週末女朋友跟我分手了。」「噢，我很遺憾聽到這個消息。」

▷ I'm **sorry** you can't come to the party. 我很遺憾你不能來派對。 ▷ (I'm) **sorry** I'm late. 抱歉，我遲到了。

PHRASES

I'm sorry. ☺ 我很抱歉；我很遺憾。 ▷ "I'm so sorry." "That's OK." 「我非常抱歉。」「沒關係。」

▷ (I'm) sorry. I can't join you for lunch. 抱歉。我沒辦法跟你一起吃午餐。

I'm sorry to say that... / I'm sorry to tell you, but... 很遺憾地，我要說… ▷ I'm sorry to say that you haven't passed this course. 很遺憾地，我要說你沒有通過這門課。

sort /sɔrt/ 名 種類

all sorts	of A	各種 A
some sort	of A	某種 A
A of	some sort	
the same sort	of A	同種類的 A
a similar sort	of A	類似種類的 A

▷ We met **all sorts of** interesting people when we went on holiday abroad. 我們休假出國的時候，遇到各種有趣的人。

▷ "What's this? I've never had this before." "I think it's **some sort of** vegetable." 「這是什麼？我從來沒吃過這個。」「我想它是某種蔬菜。」

▷ We need to get our boss a present **of some sort** for her birthday. 我們需要為老闆的生日買某種禮物。

this sort	of thing	這種東西
that sort	of thing	那種東西

▷ There's a total eclipse of the sun next week.

That sort of thing happens only very rarely. 下個禮拜有全日蝕。那種情況很少發生。

▌soul /sol/ 图靈魂，精神；人

save	one's **soul**	拯救靈魂
sell	one's **soul**	出賣靈魂
lose	one's **soul**	失去重要的精神
bare	one's **soul**	袒露心聲
be good for	the **soul**	有益心靈

▷I think he had a little too much to drink and **bared** his **soul** to her. 我想他有點喝太多，而對她坦白了自己的心聲。

an immortal	**soul**	不滅的靈魂
a brave	**soul**	勇敢的人
a poor	**soul**	可憐的人
a sensitive	**soul**	感受性強的人

▷She lost her house and everything in the earthquake, **poor soul**. 她在地震中失去了房子和所有的東西，真是可憐。
▷She's a **sensitive soul**. She always cries at the movies. 她是個感受性強的人。她看電影總是會哭。

not	a **soul**	一個人影也沒有

▷There was nobody there. **Not a soul**. 那裡沒有人。一個人影也沒有。

▌sound /saʊnd/ 图聲音；聲響

hear	a **sound**	聽到聲音
listen to	the **sound**	聆聽聲音
make	a **sound**	發出聲音

▷Wake up, Tony! I think I **heard** some **sounds** coming from downstairs! 起床，Tony！我想我聽到樓下傳來了聲音！
▷It's lovely by this stream. I love **listening to** the **sound** of water. 溪邊感覺真好。我愛聽流水的聲音。
▷Ssssh! Quiet! Don't **make a sound**! 噓！安靜！別出聲！

sound	travels	聲音傳導、傳播
a **sound**	comes	聲音傳來
a **sound**	echoes	聲音迴響
a **sound**	emerges	聲音出現

a **sound**	dies away	聲音漸漸消失

▷**Sound travels** more slowly than light. 音速比光速慢。
▷There's a strange **sound coming** from my car engine. 我的汽車引擎傳來奇怪的聲音。
▷The **sound** of our footsteps **echoed** in the empty church. 我們的腳步聲在空蕩蕩的教堂迴盪。
▷Gradually the **sound** of the marching band **died away**. 行進樂隊的聲音逐漸消失。

a loud	**sound**	大的聲音
a faint	**sound**	微弱的聲音
a soft	**sound**	柔和的聲音，弱音
a good	**sound**	好的聲音
a familiar	**sound**	熟悉的聲音
a strange	**sound**	奇怪的聲音
a distant	**sound**	遙遠的聲音

▷My bicycle is making a **strange sound**! 我的腳踏車正在發出奇怪的聲音！
▷Later that evening, we could hear the **distant sound** of church bells. 那天晚上稍晚的時候，我們能聽到遠方教堂的鐘聲。

a **sound**	from A	來自 A 的聲音

▷After we complained about the noise, we didn't hear a **sound from** our neighbors. 我們抱怨噪音後，就沒聽到鄰居傳來的聲音了。

the speed of	**sound**	音速

▌soup /sup/ 图湯

have	soup	喝湯
eat	soup	

▷I had **soup** and toast for lunch. 我喝湯、吃吐司當午餐。（★ 如果是杯湯的話，也有用 drink 的情況）

a bowl of	soup	一碗湯

▷I would love a **bowl of** hot **soup**. 我想要一碗熱湯。

chicken	soup	雞湯
vegetable	soup	蔬菜湯
tomato	soup	番茄湯

S

sour /ˈsaʊr/ 形 酸的，有酸味的；脾氣壞的

taste	sour	味道酸
go	sour	變酸，腐壞；
turn	sour	不成功，不順利

▷ We'll have to throw this milk away. It's **gone sour**. 我們得丟掉這牛奶。它酸掉了。

▷ They were fine for a few months, but later their relationship **turned sour**. 他們有幾個月的時間還算順利，但之後關係就變差了。

source /sɔrs/

名 來源，根源；出處，消息來源

provide	a source	提供來源

▷ This well has **provided** a **source** of water for hundreds of years. 這口井作為水源已經有幾百年的時間。

a source	says	消息來源表示

▷ A reliable **source said** that the minister had accepted a bribe. 可靠的消息來源表示，政府部長接受了賄賂。

a good	source	好的來源
the main	source	主要來源
a major	source	
an alternative	source	替代的來源
an energy	source	能源
a food	source	食物來源
a power	source	電源

▷ The British Library would be a **good source** of material for your research. 大英圖書館會是你研究的良好資料來源。

▷ A **major source** of his information was the Internet. 他的資訊主要來源之一是網路。

▷ We need to find an **alternative source** of energy to nuclear power. 我們需要找出代替核能的能源。

according to	sources	根據消息來源
at	source	在源頭；在根源

▷ **According to sources** close to the President, he intends to stand for election again next year. 根據親近總統的消息來源，他明年有意再度參選。

▷ We need to stop these rumors **at source**. 我們必須從根源阻止這些謠言。

sources	close to A	接近 A 的消息來源

▷ **Sources close to** the Prime Minister confirmed that he was thinking of resigning. 親近首相的消息來源證實他正在考慮辭職。

space /spes/

名 空處，空地，空白，間隔；空間；太空

have	space	有空間
make	space	製造空間
create	space	
find	space	找到空間
leave	space	留下空間
save	space	節省空間
take up	space	佔據空間
look into	space	眼神放空（只是張著眼睛，但眼神沒有特別注視任何東西）
stare into	space	

▷ We don't **have** enough **space** in this office. 我們這間辦公室空間不夠。

▷ If we take out that chair, it'll **make space** for our new TV. 如果我們把那張椅子拿出去，就可以幫我們的新電視挪出空間。

a limited	space	有限的空間
an open	space	空地，開放空間
a confined	space	封閉空間
an enclosed	space	
a blank	space	空白，空格，空著的空間
an empty	space	
a living	space	居住空間
storage	space	儲藏空間
a parking	space	停車位
a public	space	公共空間
outer	space	外太空

▷ This room has a lot of **open space** and huge windows. 這個房間有許多開放空間和大窗戶。

▷ It's not fair to keep dogs in a **confined space** all day. 把狗整天關在封閉空間是不公平的。

▷ If we move the sofa, it'll leave an **empty space** by the bookcase. 如果我們移動沙發，就會在書櫃旁留下空位。

▷ One day maybe we'll all be able to take holidays in **outer space**! 有一天我們也許都能在外太空度

假！

| space | between A | A 之間的空間 |
| space | for A | 供 A 使用的空間 |

▷ Her earring had dropped down into the **space between** the bed and the wall. 她的耳環掉到了床和牆壁之間的空隙。
▷ There's **space for** one more car to park outside the house. 房子外面還有能再停一台車的空間。

| amount | of space | 空間量 |
| a waste | of space | 空間的浪費 |

▷ The new sofa takes up an enormous **amount of space**. 新的沙發佔據了大量的空間。
▷ I think we should rearrange the storeroom. At the moment it's a **waste of space**. 我認為我們應該重新整理儲藏室。目前它的空間使用方式很浪費。

spare /spɛr/ 動 分出（多的時間等）

| money | to spare | （可提供的）閒錢 |
| time | to spare | 多的時間 |

▷ Tony will help you. He has got **money to spare**! Tony 會幫你。他有閒錢！
▷ She finished the exam with **time to spare**. 她做完測驗還有多的時間。

| spare | A B | 把多的 B 分給 A（人） |
| spare | B for A | |

▷ Could you **spare** me a moment? 你能讓我佔用一點時間嗎？

speak /spik/ 動 說話；談話

speak	briefly	簡短地說
speak	clearly	清楚地說
speak	quietly	安靜地說
speak	softly	溫和地說
speak	slowly	慢慢地說
speak	directly	直接地說
speak	fluently	流暢地說
hardly	speak	幾乎不說話

▷ If you're giving a presentation, you need to **speak clearly**. 如果你在發表簡報，必須把話講得清楚。
▷ Could you **speak** a little more **quietly**! 你說話能

再小聲一點嗎！
▷ Could you **speak** more **slowly**, please? 能請您說慢一些嗎？
▷ I think you should **speak directly** to your boss about the problem. 我想你應該直接跟老闆談這個問題。
▷ She had a terrible cold. She could **hardly speak**. 她得了嚴重的感冒。她幾乎沒辦法說話。

| generally | speaking | 一般而言 |
| broadly | speaking | 大略而言 |

▷ **Generally speaking**, I prefer watching DVDs to going to the movies. 一般而言，我偏好看 DVD 勝過上電影院。

speak	to A	對 A（人）說話
speak	with A	
speak	of A	
speak	about A	說到 A，談論 A
speak	on A	
speak	for A	為 A 發言

▷ Do you have a moment? I need to **speak with** you. 你有一點時間嗎？我需要跟你談談。
▷ **Speaking of** spaghetti, I'm really hungry! Let's go to an Italian restaurant. 說到義大利麵，我真的餓了！我們去義大利餐廳吧。

speak	ill of A	說 A（人）的壞話
speak	badly of A	
speak	well of A	說 A（人）的好話
speak	highly of A	

▷ I know you shouldn't **speak ill of** the dead, but... 我知道不應該說死者的壞話，但是…
▷ Your headmaster **speaks** very **highly of** you. 你的校長對你讚譽有加。

(PHRASES)
Speak for yourself. ☺ 那只是你自己的看法。 ▷ "Everybody hates Tom Denver!" "What do you mean? I don't! Speak for yourself!" 「每個人都討厭 Tom Denver！」「你那是什麼意思？我可不討厭！那只是你自己的看法！」

special /ˈspɛʃəl/ 形 特別的；特殊的

| special | to A | 對於 A 特別的 |

▷ You are so **special to** me. 你對我來說很特別（特別重要）。

nothing	special	沒什麼特別的
something	special	某個特別的事
anything	special	任何特別的事

▷ "What's the food like at that new Italian restaurant?" "**Nothing special.**"「那家新開的義大利餐廳食物怎樣？」「沒什麼特別的。」

specific /spɪˈsɪfɪk/

形 明確的；特定的，特有的

| specific | about A | 關於 A 表現明確的 |
| specific | to A | A 特有的 |

▷ You need to be more **specific about** your future plans. 對於未來的計畫，你必須更明確。

| (more) specific | | （更）明確的，具體的 |

▷ "I know you make tomato soup with tomatoes, but could you be **more specific**?" "Sure. You need fresh tomatoes, cream, parsley..."「我知道番茄湯是用番茄做的，但你可以更具體說明嗎？」「當然。你需要新鮮的番茄、鮮奶油、歐芹…」

speech /spitʃ/

名 演說，演講；說話，說話能力

make	a speech	
deliver	a speech	演說
give	a speech	

▷ I'm not very good at **making speeches.** 我不太擅長演說。

a short	speech	短的演說
a long	speech	長的演說
a major	speech	重要的演說
an opening	speech	開幕致詞
a closing	speech	閉幕致詞
A's **inaugural**	speech	就職演說
everyday	speech	日常言談
free	speech	自由言論（言論自由）

▷ We're hoping you'll give a **short speech** at our wedding. 我們希望你在我們的婚禮上簡短致詞。
▷ The President's **inaugural speech** was a great success. 總統的就職演說非常成功。
▷ There was an article in the newspaper today on the right to **free speech**. 今天的報紙有一篇關於自由言論權的文章。

a speech	about A	
a speech	on A	關於 A 的演說
a speech	to A	對 A 說的演說

▷ He gave a **speech on** Japan's political and economic relations with Russia. 他發表了關於日本與俄羅斯間政經關係的演說。

| freedom of | speech | 言論自由 |

▷ In many countries, there is still little or no **freedom of speech**. 有許多國家還是只有很少或完全沒有言論自由。

speed /spid/ 名 速度，快速

increase	speed	
pick up	speed	
gather	speed	加速
gain	speed	
maintain	speed	保持速度
reduce	speed	減速
measure	speed	測量速度

▷ The bullet train **increased speed** smoothly as it left the station. 子彈列車（日本新幹線列車）離站時順利加速。
▷ This machine **measures** the **speed** and direction of the wind. 這台機器測量風速及風向。

great	speed	很快的速度
high	speed	高速
low	speed	低速
top	speed	
full	speed	最高速度，全速
a maximum	speed	
an average	speed	平均速度
wind	speed	風速

▷ The police chased him at **high speed** through the streets of London. 警察以高速穿梭在倫敦街頭追拿他。
▷ If we go at an **average speed** of 50 miles an hour, we should arrive before dark. 如果我們以 50 英里的平均時速前進，應該會在天黑前抵達。

speed and accuracy	速度與正確性
speed and efficiency	速度與效率

▷ When you take the test, both **speed and accuracy** are important. 接受這個測驗時，速度和正確性都很重要。

at	speed	高速地

▷ The two cyclists came round the bend **at speed** and nearly crashed into each other. 兩名自行車騎士在彎道高速轉彎，差點相撞。

spend /spɛnd/ 動 花（錢）；度過（時間）

spend	wisely	聰明地花費
well	spent	花得適當的

▷ Even though the price was high, I think it was money **well spent**. 雖然價格很高，但我認為那錢花得很恰當。

spend A	doing	花A（錢、時間）做…
spend A	on B	把A花在B上
spend A	with B	和B（人）共度A（時間）

▷ I **spent** most of the day lying on the beach. 那天大部分的時間我都在海邊躺著。
▷ She **spent** a lot of money **on** a Gucci handbag. 她花很多錢買了個 Gucci 手提包。
▷ We **spent** a couple of days **with** our friends in New York. 我們和紐約的朋友們共度了幾天。

spirit /ˈspɪrɪt/

名 精神，心靈；有某種特質的人；（spirits）情緒，精神（好壞狀態）；靈魂，神靈

capture	the spirit	捕捉精神
enter into	the spirit	全心參與其中
get into	the spirit	
lift	A's spirits	提振A的精神
raise	A's spirits	
keep up	one's spirits	振作精神
break	A's spirits	打擊士氣

▷ I think this painting **captures** the **spirit** of life in 19th century Paris. 我認為這幅畫捕捉了 19 世紀巴黎生活的精神。
▷ Let's go out for a drink. You need to do something to **lift** your **spirits**! 我們出去喝一杯吧。你需要做點事來提振精神！
▷ We sang as we walked through the rain to **keep up** our spirits. 我們走在雨中時一邊唱歌來振作精神。

the human	spirit	人類精神
a free	spirit	有自由精神的人
one's **fighting**	spirit	鬥志
pioneering	spirit	開拓者的精神
team	spirit	團隊精神
community	spirit	共同體意識
ancestral	spirits	祖先的靈
evil	spirits	惡靈

▷ She's a bit of a **free spirit**. If she wants to do something, she just does it! 她可以說是有自由精神的人。如果她想做什麼，她就是去做！
▷ They say this house is haunted by **evil spirits**! 他們說這間房子有惡靈出沒！

in	spirit	在精神上
in	good spirits	心情好，愉快
in	high spirits	
in	the spirit of A	以A的精神

▷ I'm always with you **in spirit**. 在精神上，我永遠與你同在。
▷ What happened? You seem to be **in high spirits**! 怎麼了？你看起來心情很好！
▷ Man will continue to explore space **in the spirit of** previous great explorers. 人類將以過去偉大探險家的精神持續探索太空。

(PHRASES)

That's the spirit. ☺ （讚賞對方）這種精神就對了。 ▷ "I'm not going to give up!" "That's the spirit!" 「我不會放棄！」「這種精神就對了！」

split /splɪt/

動 裂開，切開；分裂，使分裂；分攤，割分

split	apart	裂開而分離
split	open	破裂而綻開
split	in two	裂成兩塊
split	in half	裂成兩半

▷ The egg **split apart** in the nest, and a young chick emerged. 鳥巢裡的蛋裂開，出現了一隻雛鳥。
▷ He hit the ball so hard that the baseball bat **split in two**. 他擊球用力到球棒斷成兩截了。

S

split A	between B	在 B 之間分攤 A
split A	into B	把 A 分成 B
(be) split	over A	因為 A 而分裂
(be) split	on A	

▷ The ax hit the wood, **splitting** it **into** three pieces. 斧頭把木頭劈成三塊。

▷ Bob and Tony used to be good friends, but apparently they **split over** a girl they both liked. Bob 和 Tony 曾經是好朋友，但顯然因為共同喜歡的女孩子而決裂了。

sport /sport/ 名（競賽性的）運動

play	sport(s)	從事運動
do	sport(s)	
enjoy	sport(s)	喜愛運動

▷ I **did** a lot of **sport** when I was at school, but now I've stopped. 我在校時常常運動，但現在不做了。

▷ My brother's a very good athlete. He **enjoys** all kinds of **sports**. 我哥哥是很好的運動員。他喜愛各種運動。

an amateur	sport	業餘運動
a professional	sport	職業運動
a popular	sport	流行的運動
a spectator	sport	許多觀眾到場觀看的運動
a national	sport	國民運動，國家代表性的運動
one's favorite	sport	最喜愛的運動
a team	sport	團隊運動
winter	sports	冬季運動

▷ In Britain in summer cricket is the **national sport**. 在英國的夏季，板球是國民運動。

spot /spɑt/ 英 /spɒt/

名 場所，地點；斑點，汙點

the very	spot	確切的地點、位置
the exact	spot	
a good	spot	好的地點
the right	spot	對的地點
a tourist	spot	觀光地點
a trouble	spot	容易發生問題的地點
a weak	spot	弱點

a sore	spot	痛點，痛處
a tender	spot	
a blind	spot	盲點，死角
a high	spot	最突出的亮點
the top	spot	首位，第一名
a bright	spot	明亮處，負面情況中的光明面
a tight	spot	困難的處境

▷ Be careful when you're driving. The mirror has a **blind spot**. 開車時要小心。鏡子有死角。

▷ The arrival of Brad Pitt and Angelina Jolie was the **high spot** of the evening. 布萊德·彼特和安潔莉娜·裘莉到場是當晚的焦點。

▷ Roger Federer held the **top spot** as a tennis player for many years. 羅傑·費德勒多年保持網球排名第一的地位。

▷ It can't all be bad news. There must be a **bright spot** somewhere! 不可能全都是壞消息。一定會有光明面的！

▷ Can you help me out? I'm in rather a **tight spot**. 你可以幫我嗎？我的處境很困難。

on	the spot	在現場；當場

▷ He wrote her a check **on** the **spot**. 他當場開了支票給她。

spot /spɑt/ 英 /spɒt/ 動 認出，發現

be easy to	spot	容易發現
be difficult to	spot	很難發現
be hard to	spot	

▷ We'll meet Mike outside the football stadium. He'll be **easy to spot**. He's very tall and has got green hair! 我們會在足球場外跟 Mike 見面。他很好認。他很高，而且頭髮是綠的！

spot	A doing	看到 A 在做…

▷ I couldn't see our cat anywhere, but finally I **spotted** her climbing a tree. 我到處都看不到我的貓，但最後我看到她在爬樹。

spread /sprɛd/ 動 展開，攤開，散布；塗布

spread	out	攤開
spread	rapidly	快速擴展
spread	quickly	
spread	outward	向外擴展

spread	evenly	平均散布
spread	thinly	薄薄地塗抹
spread	widely	廣泛散布

★ rapidly, quickly, evenly, thinly, widely 也可以用在動詞前面

▷He **spread** the map **out** across his knees. 他把地圖攤開在兩膝上。

▷Opposition to the government is **spreading rapidly** throughout the country. 對政府的反彈迅速蔓延全國各地。

▷The pot fell from the ladder, and red paint **spread outward** over the floor. 罐子從梯子上掉落，紅色油漆往外流淌在地板上。

▷Cases of influenza are becoming more **widely spread**. 流行性感冒病例正變得更廣泛盛行。

spread	across	在 A 上展開
spread A	over B	把 A 在 B 上展開
spread A	on B	
spread A	on B	把 A 塗抹在 B 上
spread B	with A	
spread	throughout A	擴展到 A 的各處
spread	to A	擴展到 A
spread	through A	

▷A big smile **spread across** her face. 大大的微笑在她臉上展開。

▷She **spread** a plastic sheet **over** the wet grass. 她在濕草地上攤開一塊塑膠墊。

▷I've never seen anyone **spread** so much butter **on** their toast! 我沒看過有人在吐司上抹那麼多奶油！

▷He **spread** his toast **with** the best caviar. 他把最好的魚子醬塗抹在吐司上。

▷People are worried that the bird flu may **spread** to other countries. 人們擔心禽流感可能散播到其他國家。

▷A wonderful smell of coffee **spread through** the kitchen. 咖啡的香氣布滿整個廚房。

spring /sprɪŋ/ 名春天

early	spring	早春，春初
late	spring	暮春，春末
the following	spring	接下來的春天

▷For me, the best time of the year is **early spring**. 對我而言，一年中最好的時節是早春。

| in | (the) spring | 在春天 |
| in | the spring of 2012 | 在 2012 年的春天 |

▷I'm going to start university **in** the **spring**. 我這個春天要開始上大學。

square /skwɛr/

名正方形；（四方的）廣場；二次方，平方

| draw | a square | 畫正方形 |
| cross | the square | 穿越廣場 |

▷You **cross** the **square** and take the second on the left. 你要穿越廣場，然後在第二個路口左轉。

| a central | square | 中央廣場 |
| the main | square | |

▷The **central square** of this town has a good shopping center. 這個城鎮的中央廣場有很好的購物中心。

| a square | of A | 一方 A，方形的一份 A |
| the square | of A | A 的平方 |

▷Take a **square of** paper, fold it in half, and follow the instructions. 拿一張正方形的紙，對半摺並且照著指示做。

▷The **square of** 5 is 25. 5 的平方是 25。

staff /stæf/ 美 /stɑːf/ 名（全體）員工，人員，工作人員（★ 個別員工是 a staff member）

| join | the staff | 加入員工行列 |
| have | a staff of 20 | 有 20 名員工 |

▷It's quite a big company. They **have a staff of** over 2,000. 這家公司相當大。他們有超過 2,000 名員工。

full-time	staff	全職員工
part-time	staff	非全職員工
permanent	staff	正式員工
temporary	staff	臨時員工
experienced	staff	經驗豐富的員工
qualified	staff	有資格認證的員工
trained	staff	受過訓練的員工
senior	staff	資深員工
hospital	staff	醫院工作人員

S

nursing	staff	護理人員

▷ This room is for **senior staff** only. 這間房間僅限資深員工進入。

▷ The **medical staff** are very positive. 醫療人員非常積極正面。

on	the staff (of A)	在（A的）員工行列中

▷ Sally was **on the staff of** a hospital before she took this job. Sally 做這份工作之前是一家醫院的員工。

stage /steɪdʒ/ 名 階段，時期；舞台

reach	the stage	到達某個階段
take	the stage	
go on	stage	登上舞台
come on	stage	
go on	the stage	成為演員
leave	the stage	離開舞台
set	the stage	設置舞台；做好某件事的準備

▷ We've now **reached** the **stage** where we have to make a decision. 我們現在到了必須做決定的階段。

▷ The audience went wild every time Michael Jackson **came on stage**. 每次麥可‧傑克森登台，觀眾都會很瘋狂。

▷ It seems our daughter wants to **go on** the **stage**. 我們女兒好像想當演員。

▷ The audience applauded loudly as she **left** the **stage**. 她離開舞台時，觀眾大聲鼓掌。

▷ The problems at Fukushima **set** the **stage** *for* many countries to reconsider their nuclear power programs. 福島問題成為許多國家重新考慮核電計畫的契機。

an early	stage	早期階段
the initial	stage(s)	初期階段
a late	stage	晚期階段
the final	stage(s)	最終階段
the next	stage	下個階段
various	stages	各種階段
the first	stage(s)	第一階段
the second	stage(s)	第二階段
an experimental	stage	實驗階段
a planning	stage	計畫階段
the world	stage	世界舞台
the international	stage	國際舞台

the political	stage	政治舞台

▷ The project is still *at* an **early stage**. 工程還在早期階段。

▷ The doctors say that his illness has reached a **late stage**. 醫生們說他的病到了末期。

▷ Babies pass through **various stages** as they learn their mothe language. 嬰兒學習母語時會經歷各種階段。

at	this stage	在這個階段
at	one stage	在一個階段
at	some stage	在某個階段
on	stage	在舞台上

▷ **At one stage** I nearly gave up trying to pass the entrance exam. 有一段時期，我差點就要放棄而不為通過入學考試努力。

▷ It was an incredible one-man show. He was **on stage** for 3 hours! 那是場驚人的個人秀。他在舞台上待了 3 小時！

stair /stɛr/ 名（stairs）樓梯

climb	the stairs	上樓梯
go up	the stairs	
run up	the stairs	用跑的上樓梯
descend	the stairs	下樓梯
go down	the stairs	
run down	the stairs	用跑的下樓梯

★ up the stairs 也可以說成 upstairs，down the stairs 可以說成 downstairs。

▷ My grandma is finding it more and more difficult to **climb** the **stairs**. 我祖母覺得爬樓梯越來越困難。

▷ He **ran down** the **stairs** and into the garden. 他衝下樓梯，進入花園。

steep	stairs	陡的樓梯
narrow	stairs	狹窄的樓梯
spiral	stairs	螺旋梯
the back	stairs	建築物後面的樓梯
wooden	stairs	木製樓梯
stone	stairs	石材樓梯

▷ It's an old country house with **wooden stairs** leading to the bedrooms. 這是古老的鄉間別墅，有木製樓梯通往寢室。

the bottom	of the stairs	樓梯底端
the foot	of the stairs	
the top	of the stairs	樓梯頂端
the head	of the stairs	

▷ The children left their toys *at* the **bottom of** the **stairs**. 孩子們把玩具留在樓梯底端了。
▷ She called down *from* the **top of** the **stairs**. 她從樓梯頂端向下呼喊。

a flight of	stairs	（兩層地面之間的）一段樓梯

▷ She tripped and fell down a **flight of stairs**. 她絆倒後摔下整段樓梯。

stamp /stæmp/ 名 郵票；戳記；印章

put on	a stamp	貼郵票
collect	stamps	收集郵票
bear	the stamp of A	背負 A 的印記

▷ You don't need to **put** a **stamp on** that envelope. 你不必在那個信封上貼郵票。
▷ His hobby is **collecting stamps**. 他的嗜好是收集郵票。
▷ He was involved in a public scandal and **bore** the **stamp of** it for the rest of his life. 他涉入了公開的醜聞，而且之後一輩子都背負這個印記。

a commemorative	stamp	紀念郵票

▷ Did you see the Olympic Games **commemorative stamp**? 你看到了那張奧運紀念郵票嗎？

stand /stænd/ 動 站著，起立；忍耐

stand	upright	站直
stand	still	站著不動
stand	motionless	
stand	on tiptoe	踮腳尖站
stand	clear	站在遠離什麼的地方
stand	alone	獨自站著
stand	back	往後站

▷ That little boy is always running around. He won't **stand still** for a moment! 那個小男孩總是到處亂跑。他沒有一刻能站著不動！
▷ "**Stand clear** *of* the doors, please!" shouted the guard and blew his whistle. 列車長（英式英語）大喊「請遠離車門！」並且吹哨子。

▷ **Stand back** from the platform edge! There's a train coming! 請遠離月台邊緣！列車要進站了！

can't	stand A	受不了 A
can't	stand (A) doing	受不了（A）做…
can't	stand to do	無法忍受去做…

▷ I **can't stand** this hot, humid weather any longer! 我再也受不了這濕熱的天氣了！
▷ I **couldn't stand to** see her cry. 我無法忍受看到她哭。

stand	at A	站在 A 處
stand	on A	站在 A 上面
stand	outside A	站在 A 外面
stand	behind A	站在 A 後面
stand	by A	站在 A 旁邊

▷ Two policemen were **standing outside** the house. 兩名警察站在屋外。
▷ The tall man **standing by** Amy's side is her new boyfriend. 站在 Amy 旁邊的高個子男人是她的新男友。

stand	doing	站著做…
stand and	do	站著並且做…

▷ He **stood** there staring at her. 他站在那裡盯著她看。

standard /ˈstændəd/

名 標準，水準；規範

set	standards	設定標準
achieve	standards	達到標準
reach	standards	
meet	standards	滿足標準
raise	standards	提高標準
improve	standards	
lower	standards	降低標準
maintain	standards	維持標準

▷ Sally is an amazing runner. She **sets** the **standards** for everyone else. Sally 是個驚人的跑者。她（的表現）為其他所有人定下了基準。
▷ It's difficult to **meet** the **standards** necessary to become a commercial airline pilot. 要滿足成為民間航空公司駕駛員的必要標準，是很難的。

S

a high	standard	高標準
a low	standard	低標準
a minimum	standard	最低標準
a professional	standard	專業標準
an international	standard	國際標準
quality	standards	品質標準
living	standards	生活水準
safety	standards	安全標準
emission	standards	廢氣排放標準
moral	standards	道德規範
double	standards	雙重標準

▷ He's reached a **high standard** as a tennis player in a very short time. 他在很短的時間內，達到了身為網球選手的高標準。

▷ He's only an amateur photographer, but he has **professional standards**. 他只是業餘攝影者，卻有專業的水準。

▷ He's a very good golf player, but he hasn't yet reached **international standards**. 他是很好的高爾夫選手，但還沒達到國際水準。

above	standard	在水準之上
below	standard	在水準之下
up to	standard	達到標準

▷ I'm afraid that recently your work has not been **up to standard**. 恐怕你最近的工作表現沒有達到標準。

star /star/

名 星星，恆星；明星；（表示等級的）一顆星

see	the stars	看到星星
look up at	the stars	抬頭看星星

▷ You can **see** the **stars** really clearly tonight. 今晚你可以清楚看見星星。

the stars	are out	星星出現了
the stars	come out	星星出現
the stars	appear	
the stars	shine	星星閃耀
the stars	twinkle	星星閃爍

▷ Look! The **stars** are **coming out**! 看！星星出來了！

a bright	star	明亮的星星
a distant	star	遙遠的星星
the morning	star	早晨時看到的金星
the evening	star	傍晚時看到的金星
a shooting	star	流星
a big	star	大明星
a rising	star	有望走紅的明星
a movie	star	電影明星
英 a film	star	
a pop	star	流行明星（歌手）
a rock	star	搖滾明星

▷ Can you see that **bright star** just above us? 你看得到我們正上方那顆明亮的星嗎？

▷ What's the name of that **big star** over there? 那邊的大明星叫什麼名字？

▷ Apparently he's a **rising star**. People think that one day he'll be Prime Minister. 顯然他有望成為政治明星。人們認為他有一天會當首相。

under	the stars	在星空下

▷ It was a great holiday. We spent every night camped out **under** the **stars**. 那是很棒的假日。我們每晚都在星空下露營。

stare /stɛr/ 動 凝視，盯著看

stare	fixedly	目不轉睛地盯著
stare	intently	專注地盯著
stare	blankly	茫然地盯著
stare	back	回看盯著自己的人
stare	ahead	盯著前方
stare	up	盯著上方

▷ When his teacher asked if he had cheated during the exam, Tom just **stared fixedly** at the floor. 老師問 Tom 考試有沒有作弊的時候，他只是一直看著地板。

▷ If someone stares at me, I just **stare back**! 如果有人盯著我看，我就一樣盯著他！

▷ She wouldn't look at me. She just **stared** straight **ahead**. 她不看我。她只是注視前方。

stare	at A	盯著 A 看
stare	into A	盯著 A 看
stare	out of A	注視 A 的外面

▷ Why is that man **staring at** me? 為什麼那個男的

盯著我看？

▷ In class he spent most of his time **staring out of the window**. 在課堂上，他大部分時間都看著窗外。

sit and stare	坐著凝視
stand and stare	站著凝視
stop and stare	停下來並且凝視

▷ She seems to be in shock. She just **sits and stares**. 她似乎很驚嚇。她只是兩眼發直地坐著。

start /start/ 名 出發，出發點；開始

make	a start	開始
have	a start	
get off to	a start	動身開始
signal	the start	示意開始

▷ I suggest you **make a start** right away. 我建議你立刻開始。

▷ Luckily I **got off to** a good **start** with my new boss. 很幸運地，我跟我新上司有個好的開始。

▷ A gunshot **signaled** the **start** of the race. 鳴槍宣告了比賽的開始。

a flying	start	速度快的、順利的開始
a good	start	好的開始
a great	start	
a bad	start	不好的開始
a poor	start	
a slow	start	緩慢的開始
a false	start	起跑犯規（偷跑）；試圖開始某事但失敗
a fresh	start	新的開始
a new	start	

▷ Robson was off to a **flying start** in the hundred meters and won easily. Robson 在 100 公尺賽跑中起跑很快，並且輕易獲勝了。

▷ Ella has made a really **good start** in her new job. Ella 在新的工作中有了很好的起頭。

▷ Let's forget the past and make a **fresh start**. 我們忘掉過去，重新開始吧。

at	the start (of A)	在（A 的）開始
from	the start	從一開始
from	start to finish	從開始到結束

▷ Things began to go wrong right **at the start of** our holiday. 我們假期一開始就諸事不順。

▷ I knew there'd be a problem **from the start**.

我一開始就知道會有問題。

▷ He led the race **from start to finish**. 他從比賽開始到結束一路領先。

start /start/ 動 開始，使開始；出發

immediately	start	立刻開始
suddenly	start	突然開始；突然開始移動
recently	started	最近開始了
start	off	出發；開始
start	out	
start	up	成立；創辦
start	over	重新開始

▷ I've **recently started** taking tennis lessons. 我最近開始上網球課。

▷ We need to **start off** early in the morning. 我們必須一大早出發。

▷ They **started off** the celebrations with a firework display. 他們用煙火表演作為慶祝活動的開始。

▷ We're thinking of **starting up** a reading circle. 我們正在考慮成立讀書會。

▷ I was interrupted in the middle of counting and had to **start over**. 我數到一半的時候被打斷，然後就得重新開始了。

start	with A	以 A 開始

▷ **Start with** something simple and just get the feel of it. 從簡單的事情開始，並且只要掌握做事的感覺就行了。

start	to do	開始做…
start	doing	

▷ She **started** playing the piano when she was 6 years old. 她六歲開始彈鋼琴。

starve /starv/ 動 （使）挨餓；（使）餓死

starve	to death	餓死

▷ The rice crop failed, and many people **starved to death**. 稻米欠收，許多人餓死。

be starved	for A	缺乏 A 的
be starved	of A	

▷ He was **starved of** affection when he was young. 他年輕時缺乏關愛。

S

state /stet/ 图狀態；國家；州

an emotional	state	情緒狀態
a mental	state	精神狀態
an awful	state	
a dreadful	state	
a terrible	state	糟糕的狀態
a sorry	state	
the present	state	
the current	state	現在的狀態
a nation	state	民族國家
an independent	state	獨立國家
a rogue	state	流氓國家
a democratic	state	民主國家
the welfare	state	福利國家

▷ She was in a highly **emotional state**. 她當時處於情緒高漲的狀態。

▷ She fell in the river with all her clothes on. She was in a **terrible state**. 她穿著衣服掉到河裡。她那時候的樣子糟透了。

▷ The **present state** is that nobody has any idea what to do next. 現狀是沒有人知道接下來該做什麼。

statement /ˈstetmənt/

图聲明，陳述；結算單

make	a statement	陳述，說明
issue	a statement	發出聲明
take	a statement	做筆錄

▷ The President is going to **issue a statement** in 2 hours' time. 總統將在 2 小時後發出聲明。

▷ The police wanted to **take a statement** from me. 警察希望製作我的筆錄。

a false	statement	虛偽的供述
a sworn	statement	經宣誓的供述
a joint	statement	共同聲明
a public	statement	
an official	statement	正式聲明
a financial	statement	財務報表
a bank	statement	銀行結算單，對帳單

▷ The leader of the Democrats and the leader of the Republicans are going to issue a **joint statement**. 民主黨與共和黨主席將發表共同聲明。

▷ An **official statement** said that the Prime Minister had decided to resign. 正式聲明表示，首相已經決定辭職。

a statement	about A	關於 A 的聲明、陳述
a statement	on A	

▷ The Ministry of Health, Labour and Welfare is going to issue a **statement about** the flu epidemic. 日本厚生勞動省將發出關於流感大流行的聲明。

a statement	that...	…的聲明

▷ The MP issued a **statement that** he had not committed any crime. 那位下議院議員發出聲明，表示他並沒有犯罪。

in	a statement	在聲明中，在陳述中

▷ **In a statement** to the press, the senator said that he was going to resign because of health reasons. 在對新聞媒體的聲明中，那位參議員表示他將因健康理由辭職。

station /ˈsteʃən/ 图站，車站；局，署

a train	station	
a railroad	station	火車站
粵 a railway	station	
a bus	station	
粵 a coach	station	巴士總站
a subway	station	
粵 a tube	station	地鐵站
a fire	station	消防局
a police	station	警察局
a polling	station	投票所
a power	station	發電廠
a gas	station	
粵 a petrol	station	加油站
a service	station	公路休息站；加油站
a space	station	太空站
a radio	station	廣播電台
a TV	station	電視台

▷ You'd better pull in at that **gas station**. We need some more petrol. 你最好在那個加油站停一下。我們需要加些汽油。

S

statistics /stə`tɪstɪks/ 名 統計，統計數據；統計學（★ 表示「數據」時當成複數）

collect	statistics	收集統計數據
use	statistics	使用統計數據

▷ I need to **collect** more **statistics** for my research. 我需要為研究收集更多統計數據。

statistics	show	
statistics	indicate	統計顯示
statistics	reveal	
statistics	suggest	統計透露出

▷ **Statistics suggest** that the birthrate is decreasing more quickly than expected. 統計數據透露出生率降低得比預期快。

official	statistics	官方統計

▷ These are the **official statistics** for traffic accidents during the past year. 這些是去年交通事故的官方統計資料。

status /`stetəs/ 名 地位，身分

achieve	status	
acquire	status	得到地位
raise	status	提升地位

▷ Dave's more concerned about **achieving status** within the company than spending time with his family. 比起花時間陪伴家人，Dave 更關心在公司內取得地位。

high	status	高的地位
low	status	低的地位
equal	status	對等的地位
social	status	社會地位
marital	status	婚姻狀況

▷ If you want a job with **high status**, you should be a doctor or a lawyer. 如果你想要地位高的工作，應該當醫生或律師。

▷ Generally speaking, teachers in Asia have a higher **social status** than those in the West. 一般而言，亞洲教師的社會地位比在西方國家高。

▷ What's your **marital status**? 你的婚姻狀況是什麼？

one's **status**	as A	身為 A 的地位

▷ After the takeover, his **status as** company president was severely threatened. 公司被收購後，他的董事長地位嚴重受到威脅。

steady /`stɛdɪ/ 形 穩定的；穩固的

fairly	steady	相當穩定的
remarkably	steady	非常穩定的
relatively	steady	相對穩定的

▷ Since he started his new school, his progress has been **fairly steady**. 自從他開始上新的學校之後，他的進步相當穩定。

steep /stip/ 形 陡的，急劇的

become	steep	
get	steeper	變陡
grow	steeper	

▷ It's **getting steeper** and steeper as you get to the peak. 隨著你接近頂峰，會越來越陡。

step /stɛp/ 名 腳步；（往目標的）一步；階梯的一階；步驟，措施

take	a step	
move	a step	走一步
retrace	one's steps	沿著原路返回
take	steps	採取措施

▷ As the dog came rushing toward her, she hurriedly **took** a step back. 狗衝向她時，他趕緊往後退了一步。

▷ I think I dropped my keys. If I **retrace** my **steps**, maybe I can find them. 我想我掉了鑰匙。如果我沿路往回走，或許可以找到。

▷ We need to **take steps** to improve security. 我們需要採取措施來提高安全性。

a small	step	一小步
a big	step	一大步
an important	step	
a major	step	重要的一步
a further	step	更進一步

▷ That's one **small step** for a man, one giant leap

S

for mankind. 這是我個人的一小步，卻是全人類的一大步。

▷ Passing this law will be a **major step** toward improving women's rights. 這項法律的通過將會是提升女權重大的一步。

a step	toward A	往 A 的一步

▷ Reducing carbon dioxide emissions is a **step toward** preventing global warming. 減少二氧化碳排放是預防全球暖化的一步。

one step	ahead	領先一步
a step	ahead	
one step	behind	落後一步
a step	behind	

▷ Tony wants to be boss of the company, too, so you'd better keep **one step ahead** of him! Tony 也想當上公司的老闆，所以你最好領先他一步！

in	step	步調一致
out of	step	步調不一致

▷ Everybody needs to be **in step** *with* each other. 每個人都必須和彼此步調一致。

step by step		一步一步來

▷ Don't try and do everything at once. Take it easy. **Step by step.** 不要試圖一次做好所有事。放輕鬆。一步一步來。

PHRASES

Watch your step. / 美 **Mind your step.** 小心腳步；注意言行

step /stɛp/ 動 跨步，踩踏

step	aside	站到一旁
step	back	後退
step	forward	前進
step	down	走下，下台
step	out	走出去

▷ The police officer **stepped aside** to let the President's car pass through. 警察站到一旁讓總統的車通過。

▷ Stand up and **step back** to the starting position. 起立並且退後到一開始的位置。

▷ She fell as she **stepped down** off the bus. 她走下公車時摔倒了。

step	into A	走進 A
step	out of A	走出 A

▷ She **stepped into** the shop doorway to shelter from the rain. 她走進商店的門口處躲雨。

stiff /stɪf/ 形 僵硬的，黏稠的；堅硬的

stiff	with A	因 A 而變硬的

▷ My hands are **stiff with** cold. 我的手凍僵了。

beat A	until stiff	把 A（蛋白等）打到硬性發泡狀態
whisk A	until stiff	

▷ Don't forget. You have to **whisk** the egg whites **until stiff.** 別忘了必須把蛋白打到硬性發泡（或稱乾性發泡，指尖峰豎立不會下垂）狀態。

still /stɪl/ 形 靜止的，不動的

keep	still	保持不動

▷ **Keep still!** There's a bee in your hair! 不要動！有隻蜜蜂在你的頭髮裡！

perfectly	still	完全不動的
completely	still	
absolutely	still	

▷ You should keep your head **perfectly still** when the dentist starts to drill! 牙醫開始鑽的時候，你應該保持頭部完全不動！

stock /stɑk/ 美 /stɔk/

名 庫存，存貨；股份，股票

have	a stock	有庫存；持有股份
hold	a stock	
keep	a stock	保持儲備
buy	stocks	買進股份
sell	stocks	賣出股份

▷ The supermarket near us **has** a large **stock** of good wines. 我們附近的超級市場有大量的優質葡萄酒庫存。

▷ Many people in Japan **keep** a **stock** of bottled water and tinned food in case of an earthquake. 日本許多人儲備瓶裝水和罐頭食物以防地震發生。

a large	stock	大量的庫存
a good	stock	
a low	stock	少量的庫存
existing	stock	現有庫存
new	stock	新進的存貨
growth	stock	成長股
common	stock	普通股

▷ The bookshop near us is closing down. They're selling off their **existing stock** at half-price. 我們附近的書店要收了。他們正在半價出售現有存貨。

in	stock	有庫存的
out of	stock	沒有庫存的

▷ We always keep a lot of spare parts **in stock**. 我們總是維持大量的預備零件庫存。
▷ There are no more 40-inch TVs. We're **out of stock**. 已經沒有 40 吋電視了。我們沒有庫存。

stomach /ˈstʌmək/ 名胃；腹部，肚子

hold	one's **stomach**	抱著肚子
lie on	one's **stomach**	（腹部向下）趴著

▷ She might have food poisoning. She was **holding** her **stomach** in pain. 她或許食物中毒了。她痛苦地抱著肚子。
▷ The nurse told me to **lie on** my **stomach**. 護士叫我趴著。

one's **stomach**	churns	胃部翻攪
one's **stomach**	lurches	

▷ It was my first presentation. I was so nervous. I could feel my **stomach churn**. 那是我第一次簡報。我很緊張。我感覺得到胃像在翻攪一樣。

an empty	stomach	空腹
a full	stomach	吃飽的胃
an upset	stomach	胃不舒服，肚子痛

▷ It's not good to drink alcohol *on* an **empty stomach**. 空腹喝酒不好。
▷ You shouldn't take a bath *on* a **full stomach**. 吃飽的時候不應該泡澡。

the pit of	one's **stomach**	心窩（胸骨下方的中間凹陷處，胃實際所在的位置）

▷ She woke up depressed with a sad feeling *in* the **pit of** her **stomach**. 她沮喪地醒來，心窩裡有股悲傷感。

kick A	**in the stomach**	踢 A 的腹部

★ 除了 kick 以外，也有和 shoot, hit, stab 連用的情況
▷ Apparently the man was **kicked in** the **stomach**. 顯然那男的被踢中了肚子。

stop /stɑp/ 英 /stɔp/

名停止，中止；停留；停車站

make	a stop	停車；中途停留
come to	a stop	停下來
put	a stop to A	終止 A

▷ If we're flying from Paris to Tokyo, why don't we **make** a **stop** for a couple of days in Hong Kong? 如果我們要從巴黎飛往東京的話，何不在香港停留幾天呢？
▷ The golf ball hit a fence, bounced off a tree, and finally **came to** a **stop** just in front of the hole! 高爾夫球打到了圍籬，從樹上彈下來，最後正好在洞口前停下來！
▷ We would like to **put** a **stop to** this kind of harassment as soon as possible. 我們想盡早終結這種騷擾行為。

a brief	stop	短時間的暫停；
a short	stop	短暫的停留
an overnight	stop	一晚的停留
a bus	stop	公車站
(the) next	stop	下個停靠站

▷ Let's make a **brief stop** to have a cup of coffee. 我們暫停一下，喝杯咖啡吧。
▷ We can't drive all the way there in one day. We'll have to make an **overnight stop**. 我們沒辦法在一天之內一直開到那裡。我們必須在中途停留一晚。
▷ I think we need to get off at the **next stop**. 我想我們要在下一站下車。

stop /stɑp/ 英 /stɔp/

動停止，中止；停留；短暫逗留

stop	abruptly	突然停止
stop	suddenly	
stop	immediately	立刻停止

stop	altogether	完全停止
stop	completely	
★ suddenly 也可以用在動詞前		

▷ The bus **stopped abruptly**, and everybody fell forward. 公車突然停止，每個人都往前摔倒。

▷ My watch kept stopping and starting, and now it's **stopped altogether**. 我的手錶一直走走停停，現在完全不動了。

stop	doing	停止做…
stop	to do	停止而去做…
cannot stop	doing	無法停止做…
stop A	(from) doing	阻止 A 做…

▷ Has it **stopped** raining yet? 雨停了沒有？

▷ The scenery along the coastal road was so beautiful that we **stopped to** have a picnic. 海岸道路沿途的景色很美，所以我們停下來野餐。

▷ I **can't stop** eating this chocolate cake! It's so delicious! 這塊巧克力蛋糕我吃得停不下來！好好吃！

▷ Her parents tried to **stop** her **from** staying out too late. 她的父母試圖阻止她在外面待到太晚。

stop	at A	在 A 停留；在 A 留宿；在 A 停下來

▷ We **stopped at** a gas station to fill up. 我們停在加油站加油。 ▷ I **stopped at** a small hotel for two days. 我在一間小旅館留宿了兩天。

(PHRASES)

Stop it! ☺ 停下來（不要這樣）！

store /stor/ 名店，商店；貯存；倉庫

open	a store	開店
close	a store	關店
run	a store	經營店舖

▷ After he retired from his job, my grandfather decided to **open a store** in his village. 工作退休後，我祖父決定在村子裡開店。

a large	store	大型商店；大量貯存
a chain	store	連鎖店
a convenience	store	便利商店
a department	store	百貨公司
a grocery	store	食品雜貨店
a shoe	store	鞋店
a video	store	影片出租店

▷ There's a **large store** of spare parts in the warehouse. 倉庫裡有大量的儲備零件。

in	store	未來會發生的

▷ When he accepted the job, he didn't realize what was **in store** for him. 他接受這份工作時，他還沒了解到會有什麼等著他。

storm /storm/ 名風暴，暴風雨；動盪

a storm	hits	風暴襲擊
a storm	strikes	
a storm	breaks	風暴發生
a storm	is coming	風暴將至
a storm	is brewing	
a storm	blows up	風暴開始大作

▷ A **storm hit** the southeast coast of the USA and caused a lot of damage. 暴風雨襲擊美國東南岸，造成許多損害。

▷ It looks as if a **storm** is going to **break** soon. 看來暴風雨很快會來臨。

▷ There's a **storm blowing up**. 狂風正開始大作。

cause	a storm	造成風暴
provoke	a storm	
weather	a storm	度過風暴

▷ If the story gets into the newspapers, it'll **cause** a **storm**! 如果報紙刊出這篇報導，會造成一場風暴！

▷ The rise in gasoline prices **provoked** a **storm** of protest from motorists. 油價上漲引起汽車駕駛的激烈抗議。

a bad	storm	
a great	storm	
a violent	storm	強烈的風暴
a severe	storm	
a terrible	storm	
a rain	storm	暴風雨
a snow	storm	暴風雪
a political	storm	政治風暴

▷ A **great storm** hit the island with almost no warning. 強烈風暴幾乎無預警地襲擊了島嶼。

▷ A **political storm** followed the Prime Minister's resignation. 政治風暴隨著首相的辭職而來襲。

the eye of	the storm	暴風中心

▷ Our plane was caught right in the **eye of** the storm. 我們的飛機困在颱風眼中。

story /ˈstɔrɪ/ 名 故事，敘述；報導

write	a story	寫故事
read	a story	讀故事；唸故事給人聽
tell	a story	說故事
hear	a story	聽到對事情的敘述
believe	the story	相信那個敘述
know	the story	知道故事

▷ Chris and his brother **told us** some interesting **stories** about their father, Roger. Chris 和他弟弟跟我們說了一些關於父親 Roger 的趣事。

▷ **I heard** a very strange **story** about a ghost in this house. 我聽過關於這間房子鬼魂詭異的故事。

the true	story	真實的故事
an interesting	story	有趣的故事
an old	story	古老的故事
a strange	story	奇怪的故事
a funny	story	好笑的故事
a sad	story	悲傷的故事
a success	story	成功的故事
the full	story	整件事的全貌
the whole	story	
a short	story	短篇故事
a bedtime	story	床邊故事
an adventure	story	冒險故事
a detective	story	偵探故事
a fairy	story	童話故事
a ghost	story	鬼故事
a horror	story	驚悚故事
a love	story	戀愛故事
a front-page	story	頭版報導
a news	story	新聞報導
the main	story	主要報導

▷ Maybe in 6 months from now we'll find out the **true story** of what really happened. 也許六個月後我們會找出事情的真相。

▷ We know some of the facts, but I don't think we've heard the **whole story** yet. 我們知道某些事實，但我認為我們還沒聽到整件事的全貌。

a story	about A	關於 A 的故事
the story	behind A	A 背後的故事

▷ The **story behind** how Helen got her job is quite interesting. 關於 Helen 怎麼得到工作，背後的故事相當有趣。

PHRASES

End of story. ☺ 事情就是這樣；我說完了。

It's a long story. ☺ 說來話長。 ▷ "Why are you so late?" "Yes, I'm sorry. Well, it's a long story..." 「你怎麼這麼晚？」「是啊，我很抱歉。嗯，這說來話長…」

It's the same old story. ☺ 這是常有的事；總是這樣的。

but that's another story ☺ 但那又是另一回事了

That's not the whole story. ☺ 事情不止是那樣而已。

straight /stret/ 形 直的，挺直的；連續的

perfectly	straight	完全直的
英 dead	straight	
almost	straight	幾乎完全是直的

▷ Stand **perfectly straight** while I measure your height. 我幫你量身高的時候，你要完全站直。

three straight	days	連續的三天

▷ She's eaten no food for three **straight days**. 她連續三天沒吃東西了。

strange /strendʒ/

形 奇怪的，奇妙的，不可思議的

seem	strange	似乎奇怪的
feel	strange	感覺奇怪的
sound	strange	聽來奇怪的

▷ It **seems strange that** Emma hasn't phoned yet. Emma 還沒打電話來，好像怪怪的。

▷ It **felt strange** at first, but now I really like it. 一開始感覺怪，但我現在很喜歡。

extremely	strange	非常奇怪的
particularly	strange	特別奇怪的
slightly	strange	有點奇怪的

▷ There's something **slightly strange** about that man's accent. 那個男的腔調有點奇怪。

the strange thing	is...	奇怪的是…

▷ The **strange thing** is that I dreamt I was sitting in this same restaurant with you last night! 奇怪的是，我昨晚夢到跟你坐在跟這同一間餐廳！

S

PHRASES

Strange but true. ☺ 很奇怪但是真的。
That's strange. ☺ 那真是怪了。 ▷ That's strange.
I thought I put my wallet on the table. 怪了。我以
為我把錢包放在桌上。

stranger /ˈstrendʒɚ/ 名 陌生人

a complete	stranger	
a total	stranger	完全不認識的人
a perfect	stranger	

▷ This man started talking to me on the train. He was
a **complete stranger**. It was scary! 那男的在列車上
開始跟我講話。我完全不認識他。感覺很恐怖！

a stranger	to A	對 A 陌生的人； 不熟悉 A（地方）的人

▷ My dad's a firefighter. He's no **stranger to** dan-
gerous situations. 我爸爸是消防員。他對危險的狀
況並不陌生。

strategy /ˈstrætədʒɪ/ 名 策略，戰略

have	a strategy	有策略
develop	a strategy	發展出策略
adopt	a strategy	採取策略
implement	a strategy	實施策略

▷ We need to **develop** a new **strategy** for increas-
ing our sales. 我們需要開發增加銷售的新策略。
▷ We need to **adopt** a different **strategy** if we're
going to win this contract. 如果我們要贏得這份合
約，就需要採用不同的策略。

an effective	strategy	有效的策略
an alternative	strategy	替代策略
a long-term	strategy	長期策略
an overall	strategy	整體策略
a military	strategy	軍事戰略
a political	strategy	政治策略
a business	strategy	商業策略
an investment	strategy	投資策略
an economic	strategy	經濟策略
an energy	strategy	能源策略

▷ We need to have a **long-term strategy**, not just
a short-term plan. 我們需要長期策略，而不止是短
期的計畫。

▷ The Government's **economic strategy** has not
been very successful so far. 政府的經濟策略到目前
為止都不太成功。

a strategy	for A	為了 A 的策略

▷ The World Champion's **strategy for** his next
fight is simple. Attack! Attack! Attack! 世界冠軍對
於下一戰的策略很簡單：攻擊！攻擊！攻擊！

stream /strim/ 名 溪流；流動

a little	stream	小溪
a small	stream	
a mountain	stream	山間溪流
a steady	stream	
a constant	stream	穩定的流
an endless	stream	

▷ A **little stream** runs through the garden. 一道細
流流過這座花園。
▷ There's been a **steady stream** *of* people buying
tickets for the concert all day. 購買演唱會門票的人
潮一整天源源不絕。

street /strit/ 名 街道，道路；…街

cross	the street	過馬路
walk	the streets	在街上行走
wander	the streets	在街上遊蕩

▷ Look both ways before **crossing** the **street**. 過馬
路前要看左右兩邊。
▷ He had no money for a hotel, so he **wandered**
the **streets** all night. 他沒錢住旅館，所以整晚在街
上遊蕩。

a narrow	street	狹窄的街道
a busy	street	忙碌的街道
a cobbled	street	用石頭鋪的街道
the main	street	主要街道，中心街
英 the high	street	
a residential	street	住宅街

▷ We want to move. Our house is on a really **busy
street**. 我們想要搬家。我們的房子在交通繁忙的街
道上。
▷ A shopping center is to be built on the **main
street**. 中心街上將會蓋一座購物中心。

S

across	the street	在街對面
on	the street	在街上
美 in	the street	

▷ The post office is just **across** the **street**. 郵局就在街對面。

▷ You should tell the children not to play **in** the **street**. 你應該告訴孩子不要在街上玩耍。

strength /strɛŋθ/

名 力量，力氣；強度；強項，長處；兵力

have	the strength	有力量
build up	one's strength	增強力量
gain	strength	得到力量
grow in	strength	力量增長
give	strength	給予力量
lose	one's strength	失去力量

▷ She didn't **have** the **strength** *to* lift the suitcase onto the rack. 她沒有力氣可以把行李箱抬到架子上。

▷ You need to **build up** your **strength** after that long illness. 久病之後，你需要增強體力。

▷ Support for the antinuclear power movement is **growing in strength**. 支持反核運動的力量正在成長。

▷ The support of all my friends and family really **gave** me **strength**. 所有朋友和家人的支持，真的給了我力量。

great	strength	很大的力量
competitive	strength	競爭力
real	strength	真實的力量
an inner	strength	內在的力量
physical	strength	體力
muscular	strength	肌力
economic	strength	經濟力量
military	strength	軍事力量

▷ I think she showed **great strength** of character by not giving up. 我認為她的不放棄展出強大的性格力量。

▷ We need to increase our **competitive strength** if we want to survive as a company. 如果我們想讓公司生存，就需要增加競爭力。

strengths and weaknesses	長處與短處

▷ What are your **strengths and weaknesses**? 你的

優點和缺點是什麼？

at	full strength	全員到齊
with	all one's strength	用全力

▷ Two of our players are injured, so the team won't be **at full strength**. 我們有兩位選手受傷，所以隊伍的戰力不齊全。

▷ I can't push any harder! I'm already pushing **with all** my **strength**! 我沒辦法更用力推了！我已經用全力推了！

stress /strɛs/ 名 壓力，壓迫；緊張；強調

cause	stress	造成壓力
reduce	stress	減少壓力
suffer from	stress	為壓力所苦
cope with	stress	應付壓力
lay	stress on A	把重點放在 A
put	stress on A	

▷ What are the top three things that **cause stress** for people? 造成人們壓力的前三大原因是什麼？

▷ I asked the doctor to give me something to **reduce stress**. 我請醫生給我能減輕壓力的東西。

▷ Brian's been **suffering from** a lot of **stress** recently. Brian 最近為許多壓力所苦。

▷ Our new boss **lays** a lot of **stress on** working as a team. 我們的新上司相當著重於團隊合作。

considerable	stress	相當大的壓力
great	stress	很大的壓力
severe	stress	嚴重的壓力
mental	stress	精神壓力

▷ Dealing with complaints every day can cause **great stress**. 每天處理投訴可能導致很大的壓力。

the stress	on A	對 A 的壓力，對 A 的負擔
under	stress	在壓力下

▷ There's a lot of **stress on** us to complete the project by the end of the month. 我們在月底前完成專案的壓力很大。

▷ I've been **under** a lot of **stress** lately. 我最近壓力很大。

stress and anxiety	壓力與焦慮
stresses and strains	壓力與緊張

★ 也可以說 anxiety and stress

▷ He's a good tennis player, but I'm not sure how

well he'll stand up to the **stresses and strains** of international competition. 他是不錯的網球選手，但我不確定他承受國際賽壓力與緊張的能力如何。

▌stress /strɛs/ 動 強調

strongly	stress	強烈強調
repeatedly	stress	反覆強調

▷ The mountain guide **repeatedly stressed** that nobody should leave the main group. 登山嚮導反覆強調，每個人都不應該脫離主隊。

stress	that...	強調…

▷ Our teacher **stressed that** we should make notes before writing the essay. 老師強調我們寫文章前應該做筆記。

be important	to stress	強調是很重要的

▷ It is **important to stress** that people should consult their doctors before making any decision to stop treatment. 強調人們在決定停止治療前應該諮詢醫師，是很重要的。

▌stretch /strɛtʃ/ 名 一段，一片；伸展

have	a stretch	伸展
give	a stretch	

▷ When I wake up in the morning, I need to **have** a good **stretch** before I get out of bed! 當我早上醒來時，我需要好好伸展一下再起床！

a great	stretch	一大片，一大段
a long	stretch	

▷ There's a **great stretch** of sea to cross before we see land. 在我們看到陸地之前，要越過一大片海。

at	a stretch	連續地，一口氣
at	full stretch	全身伸展地；竭盡全力

▷ It's not good to drive for more than 2 hours **at a stretch** without taking a break. 一口氣開 2 小時的車不休息並不好。

▌stretch /strɛtʃ/ 動 拉長，延伸；使緊繃

stretch	tightly	緊緊拉伸
stretch	out	將手腳伸展開

stretch	luxuriously	舒適地伸展
stretch	away	向遠方延伸
stretch	back	回溯
fully	stretch	充分拉緊，充分伸展

▷ The nurse **stretched** the bandage **tightly** round his leg. 護士拉開繃帶，緊緊包住他的腿。

▷ The road **stretched away** in front of them for miles and miles. 他們眼前的路向遙遠的地方延伸。

▷ His experience as a mountain climber **stretches back** for over 40 years. 他當登山者的經驗可以追溯到 40 多年前。

▷ We can't take on any more work. Our resources are already **fully stretched**. 我們不能再接更多工作了。我們的資源已經用到極限了。

stretch	across A	延伸橫跨 A
stretch	for A	延伸了 A（距離）
stretch	from A to B	從 A 延伸到 B

▷ The area that was flooded **stretched for** over 70 square miles. 淹水地區達到 70 平方英里。

▷ The clothesline **stretched from** the side of our house **to** a tree in the garden. 晾衣繩從我們房子的一邊延伸到花園裡的一棵樹上。

▌strike /straɪk/ 名 罷工；攻擊

be on	strike	罷工中
go on	strike	發動罷工
call	a strike	號召罷工
call off	a strike	中止罷工

▷ They've been **on strike** for over two months and still no progress. 他們已經罷工兩個多月，仍然沒有進展。

▷ The union **called** a **strike** for better wages and working conditions. 工會號召罷工，爭取更好的工資與工作條件。

a one-day	strike	一日罷工
a general	strike	全面罷工
a national	strike	全國罷工
a hunger	strike	絕食抗議
a sit-down	strike	靜坐罷工
a sympathy	strike	（聲援其他罷工團體的）同情性的罷工
a rail	strike	鐵路罷工
an air	strike	空襲

▷A **general strike** was carried out on the 9th of June. 6月9日進行了全面罷工。

a strike	against A	反對A的罷工
a strike	over A	關於A的罷工

▷The airline staff are going to **strike over** wages. 航空公司員工將進行針對薪資的罷工。

strike /straɪk/ 動打，擊；突然被想到

strike	hard	激烈地打
particularly	strike	格外打動人心
suddenly	strike	突然閃過腦中

▷I was **particularly struck** by the beauty of Mozart's music. 我格外受到莫札特音樂之美打動。
▷A great idea **suddenly struck** him. 一個很棒的想法突然閃過他的腦中。

it strikes A	that...	A（人）突然想到…

▷Hi, Bob. **It struck** me **that** you might like these tickets. You're a baseball fan, aren't you? 嗨，Bob。我突然想到，你可能會想要這些票。你是棒球迷，不是嗎？

be struck	by A	被A打中；被A打動

▷I was **struck by** the beauty of the scenery. 我被風景的美麗打動了。

strike	at A	打在A的地方
strike A	with B	用B打A

▷He **struck** the security guard over the head **with** a baseball bat. 他用球棒打警衛的頭。

strike A	as C	給A（人）像是C的印象

★C是形容詞或名詞

▷Your new boyfriend **strikes** me **as** a really interesting guy. 我覺得你的新男友是個很有趣的人。

strong /strɔŋ/ 形強的，強力的

grow	strong	變強

▷She's recovering well — **growing stronger** every day. 她恢復得很順利——每天都更加強健。

extremely	strong	
exceptionally	strong	極強的
immensely	strong	
fairly	strong	相當強的
particularly	strong	特別強的
strong	enough	夠強的

▷This rope is **exceptionally strong**. It's used by mountain climbers. 這條繩索非常牢固。它是登山者用的。
▷Ed's **particularly strong** for a boy of his age. 以同年齡的男孩而言，Ed特別強壯。
▷Amy's still not **strong enough** to get out of bed. Amy的體力還不足以下床。

structure /ˈstrʌktʃɚ/ 名結構；組織

examine	the structure	檢視結構
determine	the structure	確定結構

▷Scientists are **examining** the **structure** of a rock found on the moon. 科學家們在檢視月球上找到的岩石的結構。

(an) internal	structure	內部結構
(an) organizational	structure	組織結構
(a) management	structure	管理架構
(an) economic	structure	經濟結構
a social	structure	社會結構
(an) industrial	structure	產業結構
(a) class	structure	階級結構
(a) data	structure	資料結構

▷There are too many departments and divisions in the company. We need to improve the **internal structure**. 公司裡的部門和處室太多。我們需要改善內部結構。
▷Sally is studying the **social structure** of primitive societies in Africa. Sally正在研究非洲原始社會的結構。

struggle /ˈstrʌɡl/ 名鬥爭，打鬥；奮鬥

a bitter	struggle	激烈的鬥爭
an uphill	struggle	艱難的鬥爭
a constant	struggle	持續的鬥爭
(an) armed	struggle	武裝鬥爭
(a) class	struggle	階級鬥爭
(a) political	struggle	政治鬥爭
a power	struggle	權力鬥爭

▷After a **bitter struggle**, she finally won custody

of the children. 在激烈的爭奪之後，她終於贏得了孩子的監護權。

▷ For a single parent, to bring up two young children is an **uphill struggle**. 對單親家長而言，養育兩個年幼的小孩是艱難的奮鬥。

a struggle	**against** A	對抗 A 的鬥爭
a struggle	**for** A	為了 A 的鬥爭
a struggle	**with** A	與 A 的鬥爭
a struggle	**between** A	A 之間的鬥爭

▷ We must continue the **struggle against** racism. 我們必須持續奮鬥來對抗種族歧視。

▷ Life seems to be a constant **struggle between** good and evil. 人生似乎是善與惡之間持續的對抗。

struggle /ˈstrʌgl/ 動 掙扎；奮鬥

desperately	struggle	拚命掙扎
constantly	struggle	持續掙扎、奮鬥

▷ She fell through the ice on the pond and **desperately struggled** to climb out. 她掉到池塘的冰面下，掙扎著要爬出來。

struggle	**for** A	為了 A 奮鬥
struggle	**through** A	奮力穿越 A
struggle	**with** A	與 A 搏鬥
struggle	**against** A	

▷ They are **struggling for** a better future. 他們正在為更好的未來而奮鬥。

▷ I can't solve this math problem. I've been **struggling with** it for hours. 我解不開這道數學題。我已經為它努力了幾小時。

struggle	**to** do	艱難地做…

▷ It was really hot on the day of the marathon. Many of the competitors **struggled to** finish the race. 馬拉松那天真的很熱。許多參賽者艱辛地跑完賽程。

stuck /stʌk/ 形 卡住的

get	stuck	卡住，受困

▷ We **got stuck** in a traffic jam for 3 hours at the weekend. 我們週末塞車塞了 3 小時。

student /ˈstjudn̩t/ 英 /ˈstjuːdənt/ 名 學生

a college	student	大學生
a university	student	
a first-year	student	一年級生
a second-year	student	二年級生
a research	student	參加研究課程的學生
a foreign	student	來自國外的留學生
英 an overseas	student	
an exchange	student	交換學生

▷ I'm a **third-year student** at Oxford University. 我是牛津大學三年級生。

▷ The university is accepting more and more **overseas students.** 這間大學接受越來越多海外留學生。

study /ˈstʌdɪ/ 名 學習；（個別的）研究；（studies）課業，學業

make	a study	
carry out	a study	做研究
conduct	a study	
undertake	a study	開始著手研究
continue	one's studies	繼續學業
complete	one's studies	完成學業

▷ She's thinking of going to Canada to **continue** her **studies**. 她正在考慮到加拿大繼續學業。

the study	**finds**	研究發現
the study	**shows**	研究顯示
the study	**indicates**	
the study	**suggests**	研究透露出

▷ The **study found** that generally speaking, women live longer than men. 這項研究發現，一般而言女性比男性長壽。

▷ The **study shows** that the number of homeless people is increasing. 這項研究顯示遊民人數正在增加。

the present	study	現在的研究
a recent	study	最近的研究
a previous	study	之前的研究
a detailed	study	詳細的研究

▷ A **recent study** has shown that obesity is a major problem in the USA. 最近一項研究顯示，肥胖是美國的重大問題。

▷ We need to carry out a **detailed study** of the

causes of the train crash. 我們需要針對列車衝撞事故的原因進行詳細研究。

an area of	study	研究領域

study /ˈstʌdɪ/ 動 細看；學習，研究

carefully	study	仔細研究
intensively	study	密集研究
extensively	study	廣泛研究
★ 這三個副詞都可以用在動詞後面		

▷He **carefully studied** the map. 他仔細研究（查看）了那張地圖。

▷The effects of global warming have been **extensively studied**. 全球暖化的影響受到了廣泛的研究。

study	at A	在 A（學校）學習
study	for A	為了 A 學習

▷He **studied** French literature **at** Kyoto University. 他在京都大學讀法國文學。

▷Carolyn is **studying for** a degree at Cambridge. Carolyn 正在劍橋大學攻讀學位。

study	wh-	研究…
★ wh- 是 how, why, when 等		

▷Peter **studied how** the brain works. 彼得研究大腦的運作方式。

stupid /ˈstjupɪd/ 形 笨的，愚蠢的

incredibly	stupid	笨得令人難以置信的
absolutely	stupid	極為愚蠢的
really	stupid	真的很笨的
so	stupid	很笨的
stupid	enough	相當笨的

▷I can't believe that Ben could say something so **incredibly stupid**! 我不相信 Ben 會說那種笨得離譜的話！

▷I should never have believed what Peter said. I was **so stupid**! 我永遠都不該相信 Peter 的話。我好笨！

▷I can't believe I was **stupid enough** to leave my wallet in the taxi! 我不敢相信自己笨到把錢包掉在計程車上！

feel	stupid	感覺笨
sound	stupid	聽起來笨

▷I was the only one to get the answer wrong in class, and everybody looked at me. I **felt** pretty **stupid**! 我是教室裡唯一一搞錯答案的人，每個人都看著我。我感覺很笨！

be stupid	of A (to do)	A（做…）是很笨的

▷It was **stupid of** me **to** argue with my boss. 我跟老闆吵架真是笨。

(PHRASES)

How stupid! 好笨喔！ ▷Oh, I left my umbrella on the train! How stupid! 噢，我把傘掉在列車上了！好笨喔！

style /staɪl/

名 樣式；造型，風格；時髦；文體；風度，體面

have	a style	有風格
develop	a style	發展出風格
adopt	a style	採用風格
change	A's style	改變風格
have	style	有格調

▷Kazuo Ishiguro **has** a very interesting **style** of writing. 石黑一雄的寫作風格非常有趣。

▷After you've played golf for a while, you **develop** a style of your own. 打高爾夫球一陣子之後，你會發展出自己的球風。

▷Look at the way Melissa's dancing. She really **has style**! 你看 Melissa 跳舞的樣子。她真有格調！

(a) modern	style	現代風格
(a) classical	style	古典風格
(a) traditional	style	傳統風格
(an) architectural	style	建築風格
one's **own**	style	自己的風格
a particular	style	特定的風格
leadership	style	領導風格
management	style	管理風格

▷Everyone has their **own style** of giving a presentation. 每個人簡報都有自己的風格。

▷Mr. Bean has his own **particular style** of comedy. 豆豆先生有自己特定的喜劇風格。

in	style	時髦地；氣派地

▷Maria and her partner won the ballroom dancing

competition **in style**. Maria 和搭檔在社交舞比賽中漂亮地獲勝。

subject /ˈsʌbdʒɪkt/

名 主題，話題；科目，學科

bring up	the subject	
raise	the subject	提出話題
broach	the subject	
get onto	the subject	進入某個話題
drop	the subject	結束話題
get off	the subject	離開話題；離題
change	the subject	改變話題
be related to	the subject	與話題有關
choose	the subject	選擇科目，選課
take	the subject	選取科目，修課

▷ I think we'd better **change** the **subject**. 我想我們最好改變話題。
▷ I'm afraid we've rather **got off** the **subject**. 恐怕我們有點離題了。
▷ What I have to say is **related** to the **subject** under discussion. 我要說的和正在討論的主題有關。
▷ How many **subjects** are you **taking** this year? 你今年要修多少科目？

a complex	subject	複雜的話題
one's **favorite**	subject	最愛的話題
the main	subject	主題；主要科目
a particular	subject	特定的話題

▷ Is there any **particular subject** that you'd like to discuss today? 你今天有什麼想要討論的話題嗎？

on	the subject of A	在 A 這個主題上；說到 A

▷ **On** the **subject of** birthdays, it's my birthday tomorrow! 說到生日，明天是我的生日！

subway /ˈsʌbˌwe/

名 地下鐵；英 行人地下道

take	the subway	
ride	the subway	搭地下鐵

▷ Ted **takes** the **subway** to work every day. Ted 每天搭地鐵上班。

by	subway	用地下鐵（表示方式）

▷ Do you take a bus to work or go **by subway**? 你搭公車還是地鐵上班？

succeed /səkˈsid/

動 成功；繼承，接續什麼之後

eventually	succeed	
finally	succeed	最終成功
nearly	succeed	幾乎成功

▷ If you keep trying, you'll **eventually succeed**. 如果你持續嘗試，最後就會成功。

succeed	in (doing) A	在（做）A 方面成功
succeed	A as B	接替 A 擔任 B
succeed	to A	繼承 A

▷ Peter **succeeded in** cooking us a really nice meal. Peter 成功為我們煮了美味的一餐。
▷ President Obama **succeeded** George W. Bush **as** President of the USA. 歐巴馬總統繼任喬治·布希成為美國總統。
▷ One day Prince William will **succeed to** the throne. 有一天威廉王子會繼承王位。

be likely to succeed	很有可能成功

▷ I'm trying to persuade my father to buy me a car, but I don't think I'm **likely to succeed**! 我試圖說服爸爸買車給我，但我覺得不太可能成功！

success /səkˈsɛs/

名 成功；成功的事；成功的人

make	a success	成功
score	a success	
achieve	success	
enjoy	success	獲得成功
have	success	
ensure	success	確保成功
guarantee	success	保證成功

▷ I hope you **make** a **success** *of* your new job. 我希望你做新的工作成功。
▷ Tiger Woods **enjoyed** great **success** as a golf player. 老虎伍茲以高爾夫球選手的身分獲得很大的成功。
▷ I tried to persuade Tina to come to the party, but

I didn't **have** much **success**. 我試圖說服 Tina 參加派對，但不太成功。

a great	success	
a huge	success	大成功
a big	success	
(a) considerable	success	相當大的成功
(a) notable	success	顯著的成功
(a) remarkable	success	出色的成功
limited	success	有限的成功
moderate	success	
a complete	success	完全的成功
(a) commercial	success	商業的成功

▷ You're going to be a **big success**. 你會非常成功。

▷ He achieved only **limited success** as a basketball player. 他身為籃球選手的成功有限。

▷ The operation was a **complete success**. 那次作戰完全成功了。

a chance of	success	成功的機會

▷ I don't think your **chances of success** are very high. 我認為你成功的機會不太高。

success	in (doing) A	（做）A 方面的成功
success	with A	對於 A 的成功

▷ She had no **success in** getting him to change his mind. 她沒有成功讓他改變心意。

▷ Terry doesn't have much **success with** women. Terry 和女性的交往不怎麼成功。

successful /sək`sɛsfəl/

形 成功的，順利的

highly	successful	非常成功的
hugely	successful	
extremely	successful	極為成功的
remarkably	successful	很顯著、非常成功的

▷ She was **highly successful** in running her own business. 她經營自己的事業非常成功。

▷ The diet was **remarkably successful**. I lost 2 kilos in one month! 節食減重非常成功。我一個月瘦了 2 公斤！

successful	in (doing) A	（做）A 方面成功的

▷ There are so many books about how to be **successful in** business. 有好多關於如何獲得商業成功的書。

suffer /`sʌfɚ/ 動 受苦；患病；遭受損害

suffer	badly	遭受很大的痛苦
suffer	greatly	

▷ My grandfather **suffered greatly** during the war. 我的祖父在戰爭中遭受了很大的痛苦。

suffer	from A	患 A（病）；遭受 A 的損害

▷ He **suffered from** depression. 他患有憂鬱症。

sugar /`ʃʊgɚ/ 名 砂糖

add	sugar	加砂糖
take	sugar	加入砂糖

▷ **Add sugar** and stir into the mixture. 加砂糖並且攪拌到混和物中。

▷ Do you **take sugar** in your coffee? 你喝咖啡加糖嗎？

a lump of	sugar	一顆方糖
a cube of	sugar	
a spoonful of	sugar	一匙砂糖
a teaspoon of	sugar	一茶匙砂糖

▷ He put three **spoonfuls of sugar** in his coffee. 他在咖啡裡放了三茶匙的糖。

suggest /sə`dʒɛst/ 動 建議；暗示

strongly	suggest	強烈建議；強烈暗示
seriously	suggest	認真提議

▷ I **strongly suggest** you see a doctor before your cold gets worse. 我強烈建議你在感冒變嚴重前去看醫生。

suggest	(that)...	建議…；暗示…
suggest	wh-	建議…
suggest	doing	建議做…

★ wh- 是 how, what, why, where 等

▷ My dad **suggested** I should get a part-time job during the summer vacation. 爸爸建議我暑假應該找份打工。

▷ Can you **suggest how** we should deal with this situation? 你可以建議我們怎麼處理這個情況嗎？

S

▷ She **suggested** having a rest. 她建議休息一下。

suggestion /sə`dʒɛstʃən/

名建議;暗示;跡象

have	a suggestion	有建議
make	a suggestion	提出建議
offer	a suggestion	
accept	a suggestion	接受建議
reject	a suggestion	拒絕建議
support	the suggestion	支持建議

▷ Can I **make** a **suggestion**? 我可以提出建議嗎？
▷ The meeting decided to **accept** your **suggestion**. 會議決定接受你的建議。
▷ He **rejected** the **suggestion** that membership fees should be increased. 他拒絕了會員費應該調升的建議。

a good	suggestion	好的建議
a constructive	suggestion	建設性的建議
a helpful	suggestion	有幫助的建議
a positive	suggestion	正面的建議
a practical	suggestion	實際的建議
an alternative	suggestion	替代的建議方案

▷ That's a **good suggestion**. 那是很好的建議。
▷ Has anybody got any **practical suggestions**? 有人有任何實際的建議嗎？
▷ Do you have an **alternative suggestion**? 你有替代的建議方案嗎？

a suggestion	about A	關於 A 的建議
a suggestion	for A	對於 A 的提議

▷ Do you have any **suggestions for** a place to hold our Christmas party? 你有舉辦聖誕派對的場地建議嗎？

a suggestion	that...	…的建議

▷ They made the **suggestion that** she should resign. 他們建議她應該辭職。

suicide /`suə͵saɪd/ 英 /`sju:ə͵said/ 名自殺

commit	suicide	自殺
attempt	suicide	企圖自殺

▷ The gunman shot three people and then **committed suicide**. 持槍者射殺三個人之後自殺。

attempted	suicide	自殺未遂
a suicide	attempt	

▷ The local newspaper reported 3 cases of **attempted suicide** this month. 地方報報導了這個月三起自殺未遂的事件。

suit /sut/ 英 /sju:t/ 名西裝;訴訟

wear	a suit	穿著西裝
file	(a) suit	提起訴訟
bring	(a) suit	
win	a suit	勝訴
lose	a suit	敗訴

▷ If you're going to a funeral, you should **wear** a dark **suit**. 如果你要參加葬禮，應該穿深色西裝。
▷ He **filed** a **suit** *against* his company for unfair dismissal. 他提起訴訟，控告他的公司不當解雇。

in	a suit	穿著西裝的

▷ When I arrived at the cottage, a man **in** a **suit** answered the door. 我抵達鄉間小屋時，一位穿西裝的男士出來應門。

suitable /`sutəbl/ 英 /`sju:təbl/

形適合的，適當的

particularly	suitable	特別合適的
eminently	suitable	
especially	suitable	

▷ I think the last candidate for the job was **particularly suitable**. 我認為最後一位人選特別適合這份工作。

suitable	for A	適合 A 的

▷ Do you think this dress is **suitable for** attending a wedding? 你覺得這套洋裝適合參加婚禮嗎？

sum /sʌm/ 名合計，總和;金額

the sum	of A	A 的總和

▷ The **sum of** 4 and 6 is 10. 4 和 6 的總和是 10。

a large	sum	很大的金額
a considerable	sum	相當多的金額
a substantial	sum	可觀的金額
a huge	sum	巨額
a vast	sum	
a small	sum	小額

▷ He spent a **huge sum** of money on an expensive sports car! 他把巨額的金錢花在昂貴的跑車上！

▷ His aunt left him a **small sum** of money in her will. 他的阿姨在遺囑中留給他一小筆錢。

summer /ˈsʌmɚ/ 名 夏天

last	summer	去年夏天
the following	summer	下次夏天
next	summer	
this	summer	這個夏天
early	summer	初夏
late	summer	暮夏
high	summer	盛夏
a hot	summer	炎熱的夏天
a dry	summer	乾燥的夏天
an Indian	summer	秋老虎
all	summer	整個夏天
a summer	school	暑期學校
a summer	vacation	暑假
英 a summer	holiday	

▷ The **following summer** we went back to the same hotel. 在接下來的夏天，我們回到了同一間飯店。

▷ The weather is much cooler in **late summer**. 天氣在夏天的尾聲變得涼爽多了。

▷ The children spent **all summer** playing on the beach. 孩子們整個夏天都在海灘玩耍。

in	(the) summer	在夏天
during	(the) summer	在夏季期間

▷ I'm going to visit Canada **in the summer**. 我夏天會拜訪加拿大。

▷ **During** the **summer**, I traveled a lot in Europe. 那年夏天我在歐洲頻繁旅行。

sun /sʌn/ 名（the sun）太陽；陽光

catch	the sun	讓自己曬黑
soak up	the sun	做日光浴

▷ Ooh! You've **caught** the **sun**. Your face is all red! 噢！你曬黑了。你的臉紅通通的！

▷ I love to **soak up** the **sun**. 我愛做日光浴。

the sun	rises	太陽升起
the sun	comes up	
the sun	sets	太陽落下
the sun	goes down	
the sun	shines	太陽閃耀
the sun	comes out	太陽出來

▷ The **sun rises** in the east and **sets** in the west. 太陽在東方升起，在西方落下。

▷ It's getting colder. The **sun's going down**. 冷起來了。太陽正在落下。

▷ Look! The **sun's coming out**! 你看！太陽在升起！

a bright	sun	明亮的太陽
the rising	sun	升起的太陽，朝陽
a hot	sun	炎熱的太陽
a blazing	sun	熾烈的太陽
full	sun	完全的日照
the morning	sun	朝陽
the evening	sun	夕陽

▷ I don't like this **bright sun**! Where are my sunglasses? 我不喜歡這刺眼的太陽！我的太陽眼鏡在哪？

▷ Don't stay out in the **hot sun** too long. 不要在外頭炎熱的陽光中待太久。

▷ These plants grow really well in **full sun**. 這些植物在完全日照的情況下長得很好。

under	the sun	在太陽下；在世界上

▷ The car's really hot inside. It's been standing **under** the **sun** all day. 車子裡真的很熱。它已經停在太陽下一整天。

◆**everything under the sun** 世界上所有事物

▷ It's an incredible shop! It sells everything under the sun. 這是很厲害的店！太陽底下有的什麼都賣！

Sunday /ˈsʌnde/ 名 星期日

each	Sunday	每一個星期日

every	Sunday	每星期日
the following	Sunday	下一個星期日
last	Sunday	上星期日
next	Sunday	下星期日
this	Sunday	這個星期日
Sunday	morning	星期日早上
Sunday	afternoon	星期日下午
Sunday	evening	星期日傍晚
Sunday	night	星期日夜晚

▷ We go to church **every Sunday**. 我們每星期日上教會。
▷ It was Tom's birthday **last Sunday**. 上星期日是 Tom 的生日。

on	(a) Sunday	在星期日
on	Sundays	每星期日

▷ What are you doing **on Sunday**? 你星期日要做什麼？

sunshine /ˈsʌnˌʃaɪn/ 名 陽光

bright	sunshine	明亮的陽光
brilliant	sunshine	耀眼的陽光
warm	sunshine	溫暖的陽光
morning	sunshine	早晨的陽光
afternoon	sunshine	下午的陽光
evening	sunshine	傍晚的陽光
spring	sunshine	春天的陽光
summer	sunshine	夏天的陽光

▷ You'd better take a sunshade. There's **bright sunshine** outside. 你最好拿個（直立在地上的）大陽傘。外面陽光很強。

in	(the) sunshine	在陽光下

▷ Doesn't the garden look beautiful **in the sunshine**? 花園在陽光下看起來不是很美嗎？

superior /səˈpɪrɪɚ/ 英 /suːˈpɪərɪə/

形 較好的；優秀的

clearly	superior	顯然較好的
vastly	superior	優秀很多的
greatly	superior	
infinitely	superior	遠較其他優秀的

technically	superior	技術上較優秀的

▷ They've redesigned the car, and the new model is **vastly superior** *to* the old one. 他們重新設計了這台車，而新的款式比舊的優秀很多。

superior	to A	優於 A 的

▷ Linda thinks she's **superior to** everyone else. Linda 認為自己比別人都優秀。

supper /ˈsʌpɚ/ 名 晚餐，晚飯

have	supper	吃晚餐
eat	supper	
cook	supper	煮晚餐
make	supper	做晚餐

▷ What time do you usually **have supper**? 你通常幾點吃晚餐？
▷ Our dad's **making supper** for us this evening! 爸爸今晚要為我們做晚餐！

for	supper	當晚餐

▷ We're going to have fish **for supper** this evening. 我們今晚要吃魚當晚餐。

supply /səˈplaɪ/

名 供給，補給；（supplies）生活必需品

have	a supply	有供應
provide	a supply	供給
ensure	a supply	確保供給
increase	the supply	增加供給
reduce	the supply	減少供給
control	the supply	控制供給
exceed	(the) supply	超過供給

▷ The electricity companies are doing their best to **ensure** a regular **supply** of electricity. 各家電力公司正盡全力確保穩定的電力供應。
▷ We can **increase** the **supply** of electricity through the use of solar power. 我們可以透過使用太陽能來增加電力供給。

a plentiful	supply	豐富的供給
an abundant	supply	
a good	supply	
an adequate	supply	適足的供給

a constant	supply	持續的供給
a regular	supply	定期的供給
a steady	supply	穩定的供給
food	supply	糧食供給
water	supply	水的供應
electricity	supply	電力供給
energy	supply	能源供給
labor	supply	勞動力的供給
money	supply	貨幣供給

▷ This year there will be a **plentiful supply** of rice. 今年稻米的供應量將會很充足。

▷ A dam was built to ensure a **steady supply** of fresh water. 為了確保新鮮水源的穩定供應而建造了水庫。

supply and demand	供給與需求
demand and supply	

▷ The price of a product is determined by **supply and demand**. 產品的價格由供給與需求決定。

supply	to A	對 A 的供應
in	short supply	供應不足
in	limited supply	

▷ The gas company cut the **supply to** our house. 天然氣公司切斷了對我們家的供應。

▷ At the moment, spare parts are **in short supply**. 目前零件的供應不足。

supply /sə`plaɪ/ 動 供應，供給

supply A	with B	供應 B 給 A（人、場所）
supply B	to A	

▷ Our house is **supplied with** water and electricity, but not gas. 我們的房子有自來水和電，但沒有瓦斯供給。

▷ We need to be able to **supply** our product quickly **to** our customers. 我們需要能夠快速供應產品給顧客。

be well	supplied	供給充足
be generously	supplied	供給量很多
be poorly	supplied	供給不夠
be kindly	supplied	被好心地提供了

▷ Before you go on your camping trip, make sure you're **well supplied** with food, water, and medicine. 在去露營旅行前，要確認你準備了充足的食物、水和藥品。

support /sə`port/ 名 支援，支持；資助

receive	support	受到支援
win	support	
gain	support	獲得支援
mobilize	support	
provide	support	
give	support	提供支援
lend	support	
offer	support	
need	support	需要支援

▷ We've **received** a lot of **support** from the TV and the press. 我們受到了電視和報章雜誌的許多支持。

▷ This new organization **provides support** for homeless people. 這個新組織為遊民提供支援。

▷ The Government should **offer** more **support** to earthquake victims. 政府應該提供更多支援給地震受災者。

full	support	全面的支持
strong	support	強力的支持
popular	support	大眾的支持
public	support	公眾的支持
mutual	support	相互的支持
emotional	support	情緒上的支持
financial	support	財務支援
political	support	政治支援
technical	support	技術支援
customer	support	顧客支援服務

▷ You can be sure of my **full support**. 你可以確定會得到我的全力支持。

▷ There's **strong support** *for* abandoning nuclear power as a source of energy. 放棄使用核能作為能源的意見，得到了強力的支持。

▷ He gave her a lot of **emotional support** when she most needed it. 他在她最需要的時候給予了許多情緒上的支持。

support	for A	對 A 的支援
support	from A	來自 A 的支援

▷ We've managed to get quite a lot of **support for** our charity concert. 我們設法為慈善音樂會取得了許多支援。

support /sə`port/

動 支撐；支持，支援；供養

fully	support	完全支持
strongly	support	強力支持
actively	support	積極支持
further	support	進一步支持
be well	supported	受到充分支持

▷ I **strongly support** everything you said in the meeting. 我強力支持你在會議中所說的一切。

▷ Our local soccer team is **well supported** by our fans. 我們地方上的足球隊很受到球迷支持。

| support A | in B | 支持 A（人）的 B |

▷ We all **support** you **in** your aim to improve working conditions. 我們都支持你改善工作條件的目標。

suppose /sə`poz/ 動 認為，猜想；假定

| be commonly | supposed | 一般被認為 |
| be generally | supposed | |

▷ It is **commonly supposed** that older people find it harder to learn a new language. 一般認為，年紀比較大的人會發覺學新語言比較難。

| suppose | (that)... | 想…；假定… |

▷ I **suppose** it's too late to do anything about it now. 我想現在為這件事做什麼都太遲了。

| suppose A | to be | 認為 A（人）是… |

▷ Everybody **supposed** him **to** be her husband. 每個人都以為他是她丈夫。

| be reasonable | to suppose | 認為…很合理 |

▷ If he walked out of the exam room after 5 minutes, it's **reasonable to suppose** that he failed! 如果他五分鐘後走出考場的話，可以合理認為他考砸了！

| reason | to suppose (that)... | 認為…的理由 |

▷ There's no **reason to suppose** there'll be any problems. 沒有理由認為會有任何問題。

PHRASES

I don't suppose (that)... ☺（委婉的請求）我想應該不…吧 ▷ I don't suppose you could lend me $50 until tomorrow, could you? 我想你應該不能借我 50

美元到明天吧，你能借我嗎？

I suppose not. ☺ 我不這麼認為。

I suppose so. ☺ 我想是這樣吧。/ **I don't suppose so.** ☺ 我不這麼認為。 ▷"Dad! Can I borrow your car this evening to go to a party?" "Well.... OK. I suppose so." 「爸！我今晚可以借你的車去派對嗎？」「嗯…好吧。我想可以。」

What do you suppose...? ☺ 你認為…什麼？（★ 也可以用 who, where, why 等）▷ What do you suppose they're going to do? 你認為他們會做什麼？

sure /ʃʊr/ 形 確定的；一定的

quite	sure	很確定的
absolutely	sure	完全確定的
not entirely	sure	不完全確定的
not really	sure	不太確定的
not so	sure	
fairly	sure	相當確定的
pretty	sure	

▷ Are you **quite sure** you've got everything? Tickets, passport, money... 你很確定自己什麼都帶了嗎？機票、護照、錢…

▷ Are you **absolutely sure** you locked the door before we went out? 你完全確定在我們出門前鎖了門嗎？

▷ I'm **not entirely sure** where the hotel is. 我不完全確定那間飯店在哪裡。

▷ I'm **pretty sure** that the parcel will arrive tomorrow. 我相當確定包裹明天會到。

| sure | of A | 對於 A 確定的 |
| sure | about A | |

▷ Are you **sure about** wanting to go to university next year? 你確定明年想要上大學嗎？

| sure | (that)... | 確定…的 |
| sure | wh- | 確定…的 |

★ wh- 是 what, whether, how, where 等

▷ I'm **sure** she'll like the birthday present you got her. 我確定她會喜歡你買給她的禮物。

▷ I'm **not sure what** to do. 我不確定要做什麼。

▷ I'm **not sure where** I parked the car. 我不確定我把車停在哪裡了。

| sure | to do | 一定會做的… |

▷ Mike is **sure to** be late. He's never on time for

anything! Mike 一定會遲到。他不管什麼都沒準時過！

▷Be **sure to** let me know if there is anything I can do to help. 如果有什麼我可以幫忙的，請務必告訴我。(★ 在會話中也會說 be sure and do)

feel	sure (that)...	對於…感覺確定
make	sure (that)...	確認…；務必做到…

▷I **feel sure** I've seen him somewhere before. 我感覺很確定以前在哪裡見過他。

▷**Make sure** you turn all the lights off before you leave. 離開前務必把燈都關掉。

for	sure	確定地，確實地

▷I don't know **for sure** if I can take a holiday in July. 我不確定自己七月能不能請假。

◆ **That's for sure.** ☺ 那是肯定的。 ▷"If I don't take my umbrella with me, it's certain to rain." "That's for sure!" 「如果我沒帶傘就一定會下雨。」「那倒是真的！」

PHRASES

Are you sure? ☺ 你確定嗎？ ▷Are you sure you had your wallet with you when you left the house? 你確定離開家的時候拿了錢包嗎？

I'm not sure (about that). ☺ （對於那件事）我不確定。 ▷"What time will you be home this evening?" "I'm not sure. I'll call you later." 「你今晚幾點會到家？」「我不確定。我之後會打電話給你。」

Well, I'm sure. ☺ 嗯，是啊。

surface /ˈsɝfɪs/ 名 表面；外觀，外表

come to	the surface	浮上表面
rise to	the surface	
bring A	to the surface	把 A 帶到表面
scratch	the surface	只是觸及表面

▷The divers stayed deep in the sea and didn't **come to** the **surface** for many hours. 潛水員們待在深海，好幾個小時都沒浮出水面。

▷The 300-year-old sunken ship was carefully **brought to** the **surface**. 這艘 300 年前沉沒的船被小心帶出水面。

a flat	surface	平坦的表面
a rough	surface	粗糙的表面
the water	surface	水面
the road	surface	路面

▷It's too hilly here. We need a **flat surface** to pitch the tent on. 這裡太陡了。我們需要平坦的表面搭起帳篷。

beneath	the surface	
below	the surface	在水面下；在表面下
under	the surface	
on	the surface	在表面；表面上

▷The river looks calm and peaceful, but **under** the **surface** all kinds of creatures are living in another world. 這條河看起來穩定而平靜，但水面下所有種類的生物生活在另一個世界。

▷Immediately after the plane crash, many pieces of wreckage were seen floating **on the surface** of the sea. 那架飛機墜毀後，馬上可以看到許多片殘骸浮在海面上。

surprise /səˈpraɪz/

名 驚訝；令人驚訝的事；驚喜

express	surprise	表現出驚訝
show	surprise	
get	a surprise	感到驚訝
have	a surprise	
hide	one's surprise	隱藏驚訝
come as	a surprise	來得令人驚訝
come as	no surprise	不讓人驚訝
spring	a surprise	使某人驚訝
be in for	a surprise	一定會驚訝

▷When he heard he'd failed his exams, he **showed** no **surprise**. 聽到自己測驗不及格，他並沒有表現出驚訝。

▷News about their wedding **came as no surprise**. 他們結婚的消息並不讓人驚訝。

a great	surprise	很讓人驚訝的事
a big	surprise	
a real	surprise	真正讓人驚訝的事
a complete	surprise	
a pleasant	surprise	讓人高興的驚喜
a nice	surprise	
a lovely	surprise	美好的驚喜

▷What a **nice surprise**! 多棒的驚喜啊！

in	surprise	驚訝地
with	surprise	
to A's	surprise	讓 A（人）驚訝地

S

▷ She looked at him **in surprise**. 她驚訝地看著他。
▷ **To my surprise**, I passed the entrance exam first time. 讓我驚訝的是，我一次就通過了入學測驗。

PHRASES

Surprise, surprise! ☺ 唉唷，好驚訝喔！（★ 發生預料中的事情時，故意說的反話）▷I walked into the room and, surprise, surprise, everybody sang "Happy Birthday!" 我走進房間之後，還真是令人驚訝唷，大家都唱生日快樂歌呢！

surprised /səˋpraɪzd/ 形 感到驚訝的

seem	surprised	似乎很驚訝
look	surprised	看起來很驚訝
sound	surprised	聽起來很驚訝

▷ Why do you **look surprised**? I said I'd be home early. 你怎麼看起來很驚訝呢？我說過我會早點回家。

genuinely	surprised	真心感到驚訝的
really	surprised	真的很驚訝的
a little	surprised	有點驚訝的
slightly	surprised	
pleasantly	surprised	感到驚喜的
not at all	surprised	一點也不驚訝的
not in the least	surprised	

▷ Last night I met an old friend from junior high school. I was **really surprised** she recognized me. 昨晚我遇到國中的老朋友，我很驚訝她認得我。
▷ Anna was **pleasantly surprised** to find that her husband had washed the dishes. Anna 驚喜地發現丈夫洗好了碗盤。

be surprised	to do	做⋯很驚訝
be surprised	that...	對於⋯感到驚訝

▷ We hadn't met for over twelve years, so she was **surprised to** see me. 我們超過 12 年沒見面了，所以她看到我很驚訝。
▷ I'm **surprised that** you didn't receive a wedding invitation. 我很驚訝你沒有收到婚禮邀請。

be surprised	at A	對於 A 感到驚訝
be surprised	by A	

▷ He was **surprised at** the number of people who attended the lecture. 他對於上課聽講的人數感到驚訝。

surprising /səˋpraɪzɪŋ/

形 令人驚訝的，令人意外的

hardly	surprising	幾乎不令人驚訝的
scarcely	surprising	

▷ After walking all that way, it's **hardly surprising** that you're tired. 走完那一大段路以後，你會累一點也不意外。

it is surprising	that...	⋯令人驚訝
it is surprising	wh-	⋯令人驚訝

★ wh- 是 how, what, where 等

▷ **It** is perhaps not **surprising that** our sales figures have dropped during this period of economic recession. 我們的銷售數字在這經濟衰退的期間下降，或許不讓人意外。
▷ **It's surprising how** healthy he is for a man of 92. 以 92 歲的男人而言，他這麼健康真是驚人。

survive /səˋvaɪv/

動 倖存，留存；比⋯活得長

barely	survive	勉強生存下來
miraculously	survive	奇蹟似地活下來
still	survive	仍然活下來

▷ They were lost on the mountain for three days without food or water and **barely survived**. 他們在山上迷路了三天，沒有食物和水，勉強活下來了。
▷ She was attacked by a shark but **miraculously survived**. 她被鯊魚攻擊，但奇蹟似地活了下來。

survive	from A	從 A 開始留存下來
survive	into A	一直留存到 A

▷ In some parts of the world, some ancient traditions and customs still **survive into** the 21st century. 在世界上某些地方，有些古老傳統和習俗到了 21 世紀都還留存著。

suspect /səˋspɛkt/

動 懷疑，猜想；〔口語〕認為

strongly	suspect	強烈地懷疑
rather	suspect	相當懷疑

▷ His teacher **strongly suspected** him of cheating during the exam. 他的老師強烈懷疑他考試作弊。

S

suspect	that...	懷疑⋯

▷ I **suspect that** it was one of our office staff who took the money. 我懷疑是我們辦公室其中一個人拿了錢。

suspect A	of B	懷疑 A（人）犯了 B
suspect A	of doing	懷疑 A（人）做了⋯

▷ The police **suspect** him **of** being involved in the bank robbery. 警方懷疑他涉及那起銀行搶案。

swear /swεr/ 動 咒罵，罵髒話；發誓

swear	loudly	大聲咒罵
swear	violently	激烈地咒罵

▷ Tom dropped the hammer on his foot and **swore violently**! Tom 把鎚子砸到腳上，就激烈地罵髒話！

swear	at A	對 A（人）咒罵
swear	by A	用 A 發誓
swear	to A	對 A 發誓

▷ I couldn't believe it! He actually **swore at** me! 我不敢相信！他真的咒罵我！
▷ I **swear by** this bible that I'm telling the truth. 我用這本聖經發誓，我說的是實話。
▷ I **swear to** God that I'll never do it again. 我對神發誓不會再做這件事。

swear	(that)...	發誓⋯
swear	to do	發誓要做⋯

▷ I **swear** I know nothing about it. 我發誓自己完全不知情。
▷ He **swore to** give up smoking and go on a diet. 他發誓要戒菸還有減肥。

(PHRASES)
I could have sworn (that)... ☺ 我本來一直確定是⋯ ▷ I could have sworn I closed all the windows before I went out. 我本來一直確定自己在出門前關了所有窗戶。
I swear. ☺ 我發誓。

sweat /swεt/ 名 汗；出汗

break out in	a sweat	開始出汗
be drenched in	sweat	被汗水濕透
wipe	the sweat	擦汗

▷ Look! You're **drenched in sweat**! You should take a shower. 你看！你被汗水濕透了！你應該沖個澡。
▷ He **wiped** the **sweat** *from* his forehead. 他擦去額頭的汗水。

sweat	runs	汗流出來
sweat	pours	
sweat	stands out	汗冒出來

▷ The **sweat** started to **pour off** him as soon as he entered the sauna. 他一進入蒸氣室，汗就開始大量流出來。
▷ As they tried to push the car uphill, the **sweat stood out** on their faces. 當他們試著把車推上坡時，他們臉上冒出汗水。

beads of	sweat	汗珠

▷ It was so humid that **beads of sweat** began to form on his forehead. 天氣很濕熱，使得汗珠開始出現在他額頭上。

in	a (cold) sweat	流著冷汗

▷ She had a nightmare and broke out **in a cold sweat**. 她做了惡夢，開始冷汗直流。

(PHRASES)
No sweat! ☺ 一點也不費力；沒什麼！

sweat /swεt/ 動 流汗

sweat	profusely	大量流汗

▷ As he stood up to give his first lecture, he noticed that he was **sweating profusely**. 當他站起來開始第一次授課時，他注意到自己流很多汗。

sweat	like a pig	大汗淋漓

▷ It's so hot and humid in here. I'm **sweating like a pig**! 這裡又熱又濕。我汗流浹背了！

sweet /swit/ 形 甜的；親切的；可愛的

smell	sweet	聞起來甜
taste	sweet	嘗起來甜

▷ The flowers in that vase **smell sweet**. 花瓶裡的花聞起來很甜美。

sweet and sour		酸甜的

▷ I love this Chinese **sweet and sour** sauce. 我愛這中式糖醋醬。

S

slightly	sweet	微甜的
so	sweet	很甜的；很可愛的

▷ This herb tea has a **slightly sweet** taste. 這花草茶有微微的甜味。

▷ Look at that little kitten. It's **so sweet**! 你看那隻小貓。好可愛！

swing /swɪŋ/ 動 搖擺，擺動；轉動，轉向

swing	open	（有門軸的門窗）打開
swing	shut	（有門軸的門窗）關上

▷ She pushed the door and it **swung open**. 她推了門，門就（在門軸上轉動而）打開。

swing	wildly	劇烈搖擺
swing	from side to side	左右搖擺
swing	back and forth	前後搖擺
swing	to and fro	來回搖擺

▷ It felt really dangerous. The roller coaster was **swinging** wildly **from side to side**! 感覺好危險。雲霄飛車左右劇烈搖擺！

switch /swɪtʃ/ 名 開關；突然的轉變

flick	a switch	扳動開關；切換開關
flip	a switch	
turn on	a switch	打開開關
turn off	a switch	關閉開關
press	a switch	按下開關
make	the switch	做出轉變

▷ He **flicked** a **switch**, and the lights came on. 他扳動開關，燈就亮了。

▷ Could you **turn on** the **switch**? 你可以把開關打開嗎？

▷ It's not easy to **make** the **switch** from amateur to professional golfer. 要從業餘者變成職業高爾夫球選手並不容易。

switch /swɪtʃ/ 動 轉換，轉變，改變；切換

automatically	switch	自動轉換
simply	switch	簡單地轉換
suddenly	switch	突然轉換

▷ The car **automatically switches** from petrol to electric every time it stops. 這台車每當停止的時候，就會自動從汽油動力轉換成電動。

switch	between A and B	在 A 與 B 之間切換
switch	from A to B	從 A 轉換到 B
switch	to A	轉換、切換到 A
switch A	to B	把 A 轉換成 B

▷ My father really annoys me. He keeps **switching between** one TV channel and another! 我爸爸讓我很火大。他一直轉台！

▷ I'd like to **switch** my day off **from** Wednesdays **to** Fridays, if possible. 可能的話，我想把我的休假從星期三換到星期五。

▷ A long time ago, I used a typewriter, but now I've **switched to** a computer. 很久以前我用打字機，但現在我已經換成電腦了。

▷ Please **switch** your cellphone **to** silent mode. 請把手機切換到靜音模式。

symbol /ˈsɪmbl̩/

名 象徵，代表，標誌；記號，符號

a potent	symbol	強力的象徵
a powerful	symbol	
a political	symbol	政治的象徵
a religious	symbol	宗教的象徵

▷ The sword is a **potent symbol** of power. 劍是權力的強力象徵。

▷ The cross is the most well-known Christian **religious symbol**. 十字架是最為人所知的基督教象徵。

a symbol	for A	代表 A 的符號

▷ A red rose or the shape of a heart are popular **symbols for** love. 紅玫瑰或心形是普遍用來象徵愛情的符號。

sympathy /ˈsɪmpəθɪ/

名 同情（心）；贊同；同感

have	sympathy	同情；有同感
feel	sympathy	
express	sympathy	表達同情
show	sympathy	表現出同情
extend	one's sympathy	致上同感哀痛之意
offer	one's sympathy	

▷ I **have** a lot of **sympathy** with what she says.

我對她所說的很有同感。

▷ I'd like to **extend** my deepest **sympathy** to you. 我想向您致上最深的哀悼之意。

deep	sympathy	深深的同情
great	sympathy	
a little	sympathy	一點點同情
public	sympathy	大眾的同情

▷ You have my **deepest sympathy**. 我向你致上最深的哀悼之意。

▷ My foot really hurts! I think you might show a **little sympathy**! 我的腳真的很痛！我覺得你應該表現一點同情吧！

▷ There's a lot of **public sympathy** for the President in this difficult situation. 在這困難的情況下，許多大眾對總統感到同情。

sympathy	for A	對 A（人）的同情
sympathy	with A	
in	sympathy with A	贊同 A
in	sympathy	贊同地；同感地

▷ I feel a lot of **sympathy for** her. 我很同情她。

▷ I have no **sympathy with** him at all. 我對他一點同感也沒有。

▷ I'm not really **in sympathy with** his ideas. 我不太贊同他的想法。

▷ Peter nodded **in sympathy**. Peter 贊同地點頭。

system /ˈsɪstəm/ 名 系統，制度，體系

build	a system	建構系統
design	a system	設計系統
develop	a system	開發系統
have	a system	有系統
adopt	a system	採用系統
introduce	a system	引進系統
operate	a system	使系統運作
run	a system	

▷ We're thinking of **developing** a new type of computer **system**. 我們正在考慮開發一種新的電腦系統。

▷ The new **system** will be **introduced** next month. 新系統將在下個月引進。

▷ Do you know how to **operate** this **system**? 你知道怎麼讓這個系統運作嗎？

the political	system	政治制度
the economic	system	經濟制度
the educational	system	教育制度
the legal	system	法律制度
the security	system	安全系統
the support	system	支援系統
an information	system	資訊系統
the social	system	社會制度
an open	system	開放的制度
the immune	system	免疫系統
the circulatory	system	循環系統

▷ The **political system** in China seems to be gradually changing. 中國的政治制度似乎正在逐漸改變。

▷ It's an **open system**. Anybody can use it. 這是開放的系統。任何人都可以使用。

a system	for A	為了 A 的系統

▷ We need to create a better **system for** keeping track of orders. 我們需要創造更好的系統來追蹤訂單。

under	the system	在制度下

▷ **Under** the present **system**, there's a new election every 4 years. 在現行制度下，每 4 年有一次新的選舉。

S

T

table /ˈtebl/ 名桌子，餐桌；表格，一覽表

sit around	a table	圍著桌子坐
sit (down) at	a table	坐在桌邊
leave	the table	離席（離開桌子）
set	the table	擺放餐桌要用的餐具
英 lay	the table	
clear	the table	清理餐桌
reserve	a table	訂位
book	a table	
see	table	看表格

▷I think we should **sit around** the **table** and discuss things. 我想我們應該圍著桌子坐下討論事情。

▷Dinner's ready! Come and **sit down at** the **table**. 晚餐準備好了！過來餐桌這邊坐。

▷Can you help me **clear** the **table**? 你可以幫我清理餐桌嗎？

▷I've **reserved** a **table** at that nice Italian restaurant. 我跟那家不錯的義大利餐廳訂位了。

▷**See table** below. 請看下面的表格。

a round	table	圓桌
a wooden	table	木桌
a dining	table	餐桌
a kitchen	table	廚房的桌子
a dinner	table	餐桌（晚餐的桌子）
a corner	table	角落桌
a bedside	table	床邊桌
a statistical	table	統計表
a periodic	table	週期表

▷There's a beautiful, old **round table** for sale in the antique shop in town. 市內的古董店有賣一張美麗的古老圓桌。

▷It's possible to work out how long you will live to by checking the relevant **statistical tables**. 查看相關的統計表格，就能算出你會活多久。

on	the table	在桌上
in	Table 3	在表 3

▷You left your glasses **on the table**. 你把眼鏡留在桌上了。

▷The results of the questionnaire are summarized **in Table 3**. 問卷調查的結果總結在表 3。

talent /ˈtælənt/

名天分，才能；有才能的人，人才

have	a talent	有天分
display	a talent	顯現天分
show	a talent	展現天分
discover	a talent	發現天分
develop	a talent	發展天分
use	a talent	運用天分
waste	a talent	浪費天分

▷He **has** a real **talent** *for* long-distance running. 他真的有長跑的天分。

▷She was beginning to **show** a **talent** *for* ballet even at the age of eight. 她才 8 歲時就開始展現出芭蕾舞的天分。

▷Joining the tennis club enabled her to **develop** a **talent** she never knew she had. 參加網球俱樂部，使她得以發展自己從來不知道自己擁有的天分。

a considerable	talent	很有天分
a great	talent	
an exceptional	talent	非凡的天分
a rare	talent	
a hidden	talent	隱藏的天分
a special	talent	特別的天分
a natural	talent	天賦才能
a new	talent	新的人才
a young	talent	年輕的人才
an artistic	talent	藝術天分

▷Cindy has a **great talent** for drawing. Cindy 很有畫畫的天分。

▷She has a **natural talent** for playing the piano. 她有彈鋼琴的天賦才能。

▷Air Kei is a **new talent** in the tennis world. 「Air Kei」（錦織圭的英文暱稱）是網球界的新人才。

a talent	for A	A 方面的天分

▷You don't have a **talent for** anything! Except making people laugh! 你什麼天分都沒有！除了逗別人笑以外！

talk /tɔk/ 名談話；（不那麼正式的）演講；（通常用複數 talks）會談，談判

have	a talk	談話

hold	talks	
have	talks	舉行會談
give	a talk	演講

▷ Finally the two countries have stopped fighting and are **holding talks** with each other. 兩國終於停戰，並且正與彼此進行會談。

▷ The English Speaking Club has asked me to **give a talk** on British culture. 英語會話社請我進行關於英國文化的演講。

a little	talk	一點點的談話
a long	talk	很長的談話
small	talk	閒聊，閒談
direct	talks	直接會談
peace	talks	和平會談

▷ Our teacher wants us to give a **little talk** on some aspects of American culture. 老師要我們針對美國文化的一些面向進行簡短的演講。

▷ I'm not good at making **small talk** at formal parties. 我不擅長在正式宴會跟人閒聊。

▷ In this case, I think **direct talk** is better than sending an email. 在這個情況，我認為直接談比寄電子郵件好。

(a) talk	about A	關於 A 的談話
(a) talk	on A	
(a) talk	with A	與 A 的談話
talks	on A	關於 A 的會談
talks	between A	A 之間的會談
talks	with A	與 A 的會談

▷ I had a **talk with** Bob about his future plans last night. 我昨晚跟 Bob 談了他未來的計畫。

▷ **Talks between** the employers and the unions are not going well. 雇主與工會間的談判進行得不順利。

round of	talks	一輪會談

▷ The next **round of talks** takes place next week. 下一輪會談將於下週進行。

talk /tɔk/ 動 談話，說話

talk	directly	直接談話
talk	quietly	小聲談話
talk	excitedly	興奮地談話
talk	endlessly	不斷地談話
talk	freely	暢所欲言

talk	openly	公開談話，坦白地談
talk	seriously	認真談話

▷ When I came into the room, she was **talking excitedly** about her wedding plans. 我進房間時，她正興奮地談論婚禮的計畫。

▷ I think it's better if we **talk openly** about what went wrong. 我想我們坦白討論是什麼出了錯比較好。

talk	about A	談論 A
talk	to A	
talk	with A	跟 A（人）談話

▷ Can we **talk about** this later? 我們可以晚一點再談這個嗎？

▷ Can I **talk to** you for a moment? 我可以跟你談一下嗎？

▷ Nice **talking with** you. 跟你談我很高興。

talking	of A	說到 A 的話

▷ **Talking of** pizza, I'm really hungry! Let's go eat! 說到披薩，我真的很餓！我們去吃吧！

tall /tɔl/ 形（直立的長度）高的；高度⋯的

five feet	tall	5 英尺高
five inches	tall	5 英寸高

▷ She's five **feet tall**. 她身高 5 英尺。

▷ He's one **meter** 62 **tall** and weighs about 75 kilos. 他身高 162 公分，體重約 75 公斤。

tall and thin		高瘦的
tall and slim		高而苗條的

★ thin 有負面的意味，slim 則有正面的意味

▷ Have you met Sarah's husband? He's so **tall and thin**. 你見過 Sarah 的丈夫嗎？他身材高瘦。

taste /test/

名 味道；味覺；喜好，興趣；吃一點

have	a taste	有味道；嚐一嚐；愛好
leave	a taste	留下餘味
get	a taste	
develop	a taste	產生、養成興趣
acquire	a taste	
indulge	one's taste	沉溺於愛好中

T

| suit | A's **taste** | 符合喜好，對胃口 |

▷ She said the way their friendship ended **left** a bitter **taste** in her mouth. 她說他們友誼結束的方式讓她感受到苦澀的餘味。

▷ She seems to have **developed** a **taste** *for* eating at expensive restaurants. 她似乎養成了在昂貴的餐廳用餐的興趣。

▷ Last night's concert certainly **suited** my **taste** in music. 昨晚的音樂會確實符合我的音樂口味。

a bitter	**taste**	苦味
a sour	**taste**	酸味
a sweet	**taste**	甜味
a good	**taste**	好的味道；好的品味
personal	**taste**	個人喜好
popular	**taste**	大眾的喜好
an acquired	**taste**	逐漸習慣才喜歡上的事物

▷ This chocolate has a very **bitter taste**. 這巧克力有很苦的味道。

▷ Amanda's apartment shows that she has a really **good taste** *in* furnishings. Amanda 的公寓顯示她很有室內擺設的品味。

▷ Some people prefer modern art to classical, and some don't. It's all down to **personal taste**. 有些人偏好現代藝術勝於古典藝術，有些則不然。這完全取決於個人喜好。

▷ Wine is an **acquired taste**. 酒的味道是逐漸習慣才會喜歡的。

a taste	for A	對 A 的喜好
taste	in A	A 方面的喜好；對 A 的興趣
a taste	of A	淺嚐 A 這件事的經驗

▷ She seems to have developed a **taste for** foreign travel. 她似乎養成了出國旅行的興趣。

▷ What's your **taste in** music? 你偏好什麼音樂？

▷ If you get a part-time job, you'll get a **taste of** what it's like to do a full-time job. 如果你打工，你會體驗到一點做全職工作的感覺。

sense of	**taste**	味覺
a matter of	**taste**	喜好的問題

▷ If you have a bad cold, it can affect your **sense of taste**. 如果你感冒很嚴重，有可能影響你的味覺。

in good	**taste**	品味好
in bad	**taste**	品味差
in poor	**taste**	

▷ Tom told some jokes at the wedding, but they were **in** rather **poor taste**. Tom 在婚禮上說了些笑話，但那些笑話的品味很差。

tax /tæks/ 图 稅，稅金

pay	(a) tax	付稅金
impose	a tax	
levy	a tax	徵收稅金，課稅
put	a tax	
introduce	a tax	開始徵收一種稅
deduct	tax	扣除稅金
raise	taxes	提高稅金，增稅
increase	taxes	
cut	taxes	
reduce	taxes	減少稅金，減稅
lower	taxes	

▷ I didn't earn enough to **pay** any **tax** last year. 我去年賺的錢不夠繳稅。

▷ I don't agree with **putting** a **tax** *on* food. 我不同意課徵食物稅。

▷ The Government is going to **introduce** a new **tax**. 政府將開始徵收新的稅目。

▷ The Government is planning to **raise taxes**. 政府正在計畫增稅。

high	tax	高的稅金
low	tax	低的稅金
direct	tax	直接稅
indirect	tax	間接稅
local	tax(es)	地方稅
income	tax	所得稅
inheritance	tax	遺產稅
property	tax	（不動產的）財產稅
consumption	tax	消費稅
sales	tax	（對銷售額課徵的）銷售稅
value added	tax	增值稅
corporation	tax	公司稅

▷ There are usually very **high taxes** on gasoline, tobacco, and alcohol. 對石油、菸、酒的課稅通常很高。

▷ Income tax is a **direct tax** paid to the government, whereas sales tax is an **indirect tax** on goods and services. 所得稅是向政府繳的直接稅，而銷售稅是對商品及服務課徵的間接稅。

T

tax	on A	對於 A 課徵的稅
before	tax	（金額）稅前
after	tax	（金額）稅後

▷ There are plans to raise the **tax on** alcohol. 有酒類增稅的計畫。

▌taxi /ˈtæksɪ/ 名 計程車

take	a taxi	搭乘計程車
call	a taxi	呼叫計程車
order	a taxi	
get	a taxi	攔計程車
hail	a taxi	揮手叫計程車
get into	a taxi	坐上計程車
get out of	a taxi	下計程車

▷ She **took** a **taxi** to the station. 她搭計程車到車站。
▷ Can you **call** a **taxi** for me? 你可以幫我叫計程車嗎？
▷ It's getting late. We'd better **get** a **taxi**. 時間晚了。我們最好攔計程車。

▌tea /ti/ 名 茶，紅茶；英 下午茶

have	tea	喝茶
drink	tea	
sip	one's tea	啜飲茶
make	tea	泡茶
pour	the tea	倒茶

▷ Would you like to **have** some **tea** or coffee? 您想喝茶還是咖啡嗎？
▷ Would you like me to **make** some **tea**? 我幫您泡茶好嗎？
▷ Shall I **pour** the **tea**? 我幫您倒茶好嗎？

strong	tea	濃茶
weak	tea	淡茶
cold	tea	冷的茶
hot	tea	熱茶
iced	tea	冰茶

▷ Mmmm! That looks good! **Hot tea** and toast! 嗯！看起來真棒！熱茶和烤吐司！

a cup of	tea	一杯茶
a pot of	tea	一壺茶

▷ Could I have a **cup of tea**? 給我一杯茶好嗎？

（★ 兩杯是 two cups of tea）

▌teach /titʃ/ 動 教，教導

teach	effectively	有效教導
teach	privately	私人教導，一對一教導

▷ Mr. Jennings **teaches** very **effectively**. Jennings 老師教得很有成效。

teach	A B	教 A（人）B（事）
teach	B to A	
teach	A about B	教 A（人）關於 B 的事
teach	A (how) to do	教 A（人）做…的方法

▷ Professor Aitchison used to **teach** linguistics **to** us at Oxford. Aitchison 教授以前在牛津大學教我們語言學。
▷ His uncle **taught** him **to** play chess. 他的叔叔教他下棋。
▷ Can you **teach** me **how to** play mahjong? 你可以教我怎麼打麻將嗎？

teach	at A	在 A（場所）教

▷ His wife **teaches at** Harvard. 他的太太在哈佛大學教書。

▌teacher /ˈtitʃɚ/ 名 老師，教師

a good	teacher	好的老師
a primary	teacher	小學老師
a qualified	teacher	具備資格的教師
an experienced	teacher	經驗豐富的教師
an English	teacher	英文老師

▷ Our school needs to employ two or three more **qualified teachers**. 我們學校需要再雇用兩三名具備資格的教師。

teachers and pupils		老師與學生
teachers and students		老師與學生

★ 也可以說 pupils and teachers, students and teachers

▷ I had to change school last year and get used to new **teachers and pupils**. 去年我不得不轉學並且適應新的老師和同學。

▌teaching /ˈtitʃɪŋ/ 名 教學，任教，教導

T

go into	teaching	開始從事教職

▷ I'm going to **go into teaching**. 我要開始從事教職。

a method of	teaching	教學方式
an approach to	teaching	教學方式，教學態度

▷ She has a really interesting **method of teaching**. 她的教學方式很有趣。
▷ Our principal has a very strict **approach to teaching**. 我們的校長對教育的態度很嚴格。

teaching and learning		教導與學習
teaching and research		教育與研究

▷ These days quite a lot of **teaching and learning** takes place over the Internet. 近來有許多教學在網路上進行。

language	teaching	語言教學

team /tim/ 名 團隊；一隊

be on	a team	
be in	a team	是團隊的一員
play for	a team	
lead	a team	領導團隊
make	the team	獲選為隊員

▷ Honda **plays for** the national **team**. 本田是國家代表隊的選手。
▷ She practiced really hard and **made** the lacrosse **team**. 她非常努力地練習，而獲選為袋棍球隊隊員。

a strong	team	強隊
the winning	team	優勝隊伍
an international	team	國際團隊
a local	team	本地隊伍
the national	team	國家代表隊
a project	team	專案團隊
a research	team	研究團隊
a rescue	team	救難隊

▷ The **winning team** was presented with a silver cup. 優勝隊伍獲頒銀製獎盃。
▷ Are you interested in soccer? The **national team** is doing really well at the moment. 你對足球有興趣嗎？國家代表隊現在表現得很好。

tear /tɪr/ 名 (通常用 tears) 眼淚

shed	tears	流眼淚
wipe (away)	the tears	擦眼淚
fight back	(the) tears	忍住眼淚
hold back	(the) tears	
break down in	tears	痛哭
burst into	tears	突然大哭
move A to	tears	弄哭 A (人)
reduce A to	tears	
fill with	tears	充滿眼淚
end in	tears	以悲劇收場

▷ He lent her a handkerchief to **wipe away** the **tears**. 他借她一條手帕擦眼淚。
▷ I don't know why, but suddenly she **burst into** tears. 我不知道為什麼，她突然大哭起來。
▷ That movie we saw last night was so sad. It **reduced** me **to tears**. 我們昨晚看的電影很悲傷。它讓我難過得哭了。
▷ If you aren't honest with her, it'll all **end in tears**. 如果你對她不老實的話，你們不會有好結果。

tears	come	眼淚冒出來
a tear	falls	眼淚掉下來
tears	flow	眼淚流出來
tears	run down A	眼淚沿著 A 流下來
tears	stream down A	

★ A 是 A's face, A's cheek 等

▷ Suddenly she felt the **tears coming** to her eyes. 她突然覺得眼淚湧上眼眶。

floods of	tears	大哭
tears	of A	A 的眼淚

★ A 是 joy, laughter, rage 等

▷ When he came home, he found his wife in **floods of tears**. 他回家時發現妻子在大哭。
▷ She wept **tears of joy** when her little girl was found safe. 當她年幼的女兒被平安找到時，她喜極而泣。

close to	tears	快哭出來了
near to	tears	

▷ Angela was **close to tears**. Angela 快哭出來了。

in	tears	流著眼淚，哭著
on the verge of	tears	快哭出來了

▷ I returned home to find my wife **in tears**. 我回家發現老婆在哭。

▷ I think Helen was really upset. She was **on the verge of tears**. 我想 Helen 真的很苦惱。她都快哭了。

telephone /ˈtɛləˌfon/ 名 電話，電話機

use	the telephone	（借）用電話
answer	the telephone	接電話
pick up	the telephone	拿起話筒
put down	the telephone	掛回話筒

▷ May I **use** the **telephone**? 我可以借用電話嗎？

▷ Can someone **answer** the **telephone**? 誰可以接一下電話嗎？

▷ When she **picked up** the **telephone**, nobody answered. 她把電話接起來時，對方沒有人答話。

the telephone	rings	電話響起

▷ The **telephone's ringing**! 電話在響！

by	telephone	用電話
on	the telephone	

▷ I couldn't get any reply **by telephone**, so I sent her an email. 我用電話得不到回應，所以我寄了電子郵件給她。

television /ˈtɛləˌvɪʒən/ 名 電視，電視機

watch	television	看電視
turn on	the television	打開電視
switch on	the television	
turn off	the television	關掉電視
switch off	the television	
turn down	the television	降低電視的音量
★不會說 ×watch a [the] television		

▷ I think I spend too much time **watching television**. 我想我花太多時間看電視了。

▷ Can you **turn** the **television off**? 你可以關掉電視嗎？（★ 可以像這樣把受詞移到動詞和介系詞之間）

▷ Could you **turn down** the **television**? 可以請你把電視轉小聲嗎？

satellite	television	衛星電視
live	television	電視現場播出

▷ The Olympic Games will be broadcast on **live television**. 奧運將在電視上實況轉播。

on	(the) television	在電視上

▷ There's a really good film **on television** this evening. 今晚有一部很好的電影要在電視上放映。

▷ What's **on television** tonight? 今晚有什麼電視節目？

temper /ˈtɛmpə/

名 脾氣，怒氣；性情；情緒

control	one's temper	控制脾氣
keep	one's temper	
lose	one's temper	發脾氣

▷ I tried to **keep** my **temper**, but it was impossible. 我試圖控制脾氣，但沒有辦法。

a bad	temper	壞脾氣；情緒惡劣
a foul	temper	情緒惡劣
a good	temper	好脾氣
a fiery	temper	
a terrible	temper	火爆的脾氣
a violent	temper	
a short	temper	容易發脾氣，易怒
a quick	temper	

▷ My husband has been in a **foul temper** all morning. 我丈夫整個早上都心情惡劣。

▷ I didn't know Tom had such a **violent temper**. 我都不知道 Tom 脾氣這麼火爆。

▷ I have a rather **short temper**. 我很容易發脾氣。

a fit of	temper	脾氣發作

▷ She smashed the vase in a **fit of temper**. 她一氣之下打碎了花瓶。

in a	temper	在生氣

▷ He rushed out of the room **in a temper**. 他氣呼呼地衝出房間。

(PHRASES)

Temper! Temper! ☺ 冷靜！冷靜！

temperature /ˈtɛmprətʃə/

名 溫度，氣溫；體溫，發燒

raise	the temperature	提高溫度
increase	the temperature	
reduce	the temperature	降低溫度
lower	the temperature	

T

reach	a temperature	達到溫度
control	the temperature	控制溫度
measure	the temperature	測量溫度
have	a temperature	發燒
take	A's temperature	量體溫

▷ Can you **raise** the **temperature**? It's really cold in here. 可以把溫度調高嗎？這裡真的很冷。

▷ It was so hot yesterday. It **reached** a **temperature** of over 35 degrees. 昨天很熱。溫度超過了 35 度。

▷ Do you **have** a **temperature**? You look very feverish. 你發燒了嗎？你看起來很像發燒。

▷ The nurse **took** my **temperature**. 護士量了我的體溫。

temperature	increases	溫度上升
temperature	rises	
temperature	drops	溫度下降
temperature	falls	

▷ The **temperature fell** to minus 20 last night. 昨晚溫度降到零下 20 度。

a high	temperature	高溫
a low	temperature	低溫
a normal	temperature	常溫
maximum	temperature	最高溫度
an average	temperature	平均溫度
global	temperature	全球溫度
water	temperature	水溫
air	temperature	氣溫
room	temperature	室溫
body	temperature	體溫
surface	temperature	表面溫度
a high	temperature	高燒
a slight	temperature	微熱，低燒

▷ Chris has got a **high temperature.** I think we should call a doctor. Chris 發高燒。我想我們應該叫醫生。

▷ The **average temperature** is much higher this summer compared with last summer. 今年夏天平均氣溫比去年高出許多。

a change in	temperature	溫度的變化
a drop in	temperature	溫度的下降
a rise in	temperature	溫度的上升
an increase in	temperature	

▷ When night fell, there was a rapid **change in temperature.** 當夜晚降臨，氣溫就快速轉變了。

temperature and humidity	溫度與濕度

▷ **Temperature and humidity** are closely related. 溫度與濕度密切相關。

temptation /tɛmpˈteʃən/ 名 誘惑

avoid	the temptation	避開誘惑
resist	the temptation	抵抗誘惑
succumb to	the temptation	屈服於誘惑

▷ She couldn't **resist** the **temptation** to buy the Gucci shoes! 她抵擋不了買 Gucci 鞋的誘惑！

▷ That cake looks delicious! But I'm on a diet. I mustn't **succumb** to the **temptation**! 那個蛋糕看起來很好吃！但我在減肥。我不能屈服於誘惑！

a constant	temptation	持續的誘惑
a great	temptation	強烈的誘惑
a strong	temptation	
an overwhelming	temptation	難以抵擋的誘惑

▷ I was offered a really good job in California. It was a **great temptation**, but I decided to stay in New York. 有人邀請我任職加州一份很好的工作。真的很誘人，但我決定留在紐約。

tendency /ˈtɛndənsɪ/

名 傾向，趨勢；個人的傾向

have	a tendency	有某種傾向
show	a tendency	表現某種傾向
reinforce	a tendency	強化某種傾向

▷ My old car **has** a **tendency** to steer to the right. 我的舊車往往會偏向右邊開。

▷ Recently he's been **showing** a **tendency** to fall asleep in class. 最近他經常在上課時睡著。

a strong	tendency	強烈的傾向
a growing	tendency	增強中的傾向
an increasing	tendency	
a general	tendency	整體的傾向
a natural	tendency	自然的傾向

▷ There's an **increasing tendency** for women to marry later in life. 女性越來越傾向於晚婚。

▷ At the moment, as a **general tendency**, the stock

market seems to be moving up. 目前股市整體的趨勢似乎是上漲的。

a tendency	for A	
a tendency	toward A	A 的傾向

▷In the present economic climate, there is a **tendency for** people to save rather than spend. 在目前的經濟情勢中，人們傾向節省甚於花費。
▷Recently in the Arab World, there has been a **tendency toward** democracy. 最近阿拉伯世界有民主化的趨勢。

a tendency	to do	做…的傾向

▷Tony has a **tendency to** overreact to criticism. Tony 對批評經常反應過度。

tense /tɛns/ 形 緊繃的，緊張的

feel	tense	覺得緊張
become	tense	變得緊繃
remain	tense	保持緊繃

▷The atmosphere in the meeting suddenly **became tense**. 會議的氣氛突然緊繃起來。
▷The situation in Afghanistan still **remains tense**. 阿富汗情勢持續緊繃。

extremely	tense	極度緊繃的

▷She was **extremely tense** during the interview. 面試時她非常緊張。

tension /ˈtɛnʃən/ 名 緊繃，緊張

ease	the tension	
reduce	the tension	緩和緊繃
release	the tension	釋放緊張
increase	the tension	
heighten	the tension	加強緊繃情況

▷He **eased** the **tension** *between* the two countries. 他緩和了兩國間的緊繃狀態。
▷Recent terrorist attacks have **increased** the **tension** in Afghanistan. 近來的恐怖攻擊使阿富汗情勢更加緊繃。

muscular	tension	肌肉緊繃
nervous	tension	神經緊繃
political	tension	政治的緊繃情況
racial	tension	種族間的緊繃情況
social	tension	社會的緊繃情況

▷A good massage helps relieve **muscular tension**. 好的按摩有助於緩解肌肉的緊繃。
▷**Political tension** always increases near election time. 接近選舉時，政治情勢總會變得更加緊張。

term /tɚm/ 名 （專門）用語，術語；期間，任期，英 學期；（terms）條款，關係

use	a term	使用術語
define	the term	定義用語
coin	a term	創造新的用語
accept	the terms	接受條款

▷How would you **define** the **term** "communication"? 你會怎麼定義「communication」這個詞呢？
▷I think we should **accept** the **terms** of the contract and sign it. 我想我們應該接受合約的條款並且簽字。

a technical	term	專門術語
a legal	term	法律術語
a medical	term	醫學術語
a first	term	第一任期
a second	term	第二任期
the summer	term	英 夏季學期
the autumn	term	英 秋季學期

▷The President is hoping to win a **second term** of office. 總統希望贏得第二個任期。
▷The **autumn term** begins in September. 秋季學期從九月開始。

on	good terms	關係良好
on	friendly terms	關係友好
on	equal terms	關係對等
on	speaking terms	關係友好（而談得上話）

▷They're no longer boyfriend and girlfriend, but they're still **on friendly terms**. 他們不再是男女朋友，但還是保持友好。
▷Men and women should be able to apply for a job **on equal terms**. 男女應徵工作時應該要能擁有平等的地位。

in	practical terms	就現實而言
in	real terms	（金錢價值等）實質上

T

in	general terms	大略地，概括地
in	broad terms	
in	economic terms	在經濟方面
in	financial terms	在財政方面
in	political terms	在政治方面
in	the long term	長期來說
in	the medium term	中期來說
in	the short term	短期來說

▷ He was only talking **in general terms**. He didn't mean you specifically. 他只是說大略的情況。他不是特別指你。

▷ **In financial terms** the company has serious problems. 在財務方面，這家公司有很嚴重的問題。

▷ This part-time job is OK for me **in the short** term. 短期而言，這份兼職工作對我來說還可以。

in	terms of A	就 A 方面來說
under	the terms of A	在 A 的條款之下

▷ Adam Smith explains prices **in terms of** labor inputs. 亞當‧斯密從勞動投入量的觀點說明何謂價格。

▷ **Under** the **terms of** the agreement, we have two weeks to repay the money. 在協議的條款下，我們有兩週的時間可以還錢。

terms and conditions	條款與條件

▷ You should check the **terms and conditions** of the contract carefully. 你應該仔細查看合約的條款與條件。

terrible /ˈtɛrəbl/

形 嚴重的；糟糕的；可怕的，嚇人的

feel	terrible	覺得很糟；覺得愧疚
look	terrible	看起來很糟
sound	terrible	聽起來很糟

▷ Are you OK? You **look terrible**! 你還好嗎？你看起來很糟！

▷ "Her father was in a car accident. He's in hospital." "Oh, that **sounds terrible**." 「她爸爸出車禍了。他在醫院。」「噢，聽起來很糟。」

really	terrible	真的很糟糕的
truly	terrible	
absolutely	terrible	十分糟糕的

▷ I think the food in that restaurant was **really terrible**. 我覺得那家餐廳的食物真的很糟。

▷ We went on holiday last week, but the weather was **absolutely terrible**. 上週我們去度假，但天氣糟透了。

test /tɛst/ 名 測試，試驗，考試；檢查，化驗

take	a test	
do	a test	參加考試
sit	a test	
pass	a test	通過考試
fail	a test	考試不及格
give	a test	舉行考試，給予測試
have	a test	接受檢查
carry out	a test	進行檢查
run	a test	
put A to	the test	使 A 受到考驗

▷ Our teacher says we have to **do a test** tomorrow. 老師說我們明天要考試。

▷ I **passed** my **test**! Yeeeeaaahh! 我通過考試了！耶！

▷ I'm sure I'm going to **fail** the **test**. 我想我考試一定會不及格。

▷ Before the interview, they **gave** me a personality **test**. 在面試前，他們讓我做人格測驗。

▷ During the interview, they really **put** my knowledge of computers **to** the **test**. 面試時，他們真的考驗了我的電腦知識。

an oral	test	口試
a written	test	筆試
a driving	test	駕照考試
a blood	test	血液檢查
a DNA	test	DNA 檢驗
an intelligence	test	智力測驗
a personality	test	人格測驗
a psychological	test	心理測驗
a nuclear	test	核子試驗（試爆）

▷ I have to go to hospital for **a blood test** tomorrow. 我明天要到醫院驗血。

▷ Another **nuclear test** will take place next week. 下週將再進行一次核子試驗。

a test	for A	針對 A 的檢查

▷ My dad has to take a **test for** diabetes next week. 我爸爸下禮拜要接受糖尿病檢查。

on	a test	
美 in	a test	在考試中

▷ I think I've done quite well **in the test**. 我想我考試應該考得不錯。

thank /θæŋk/ 動 感謝，道謝

warmly	thank	熱情地感謝
personally	thank	個人感謝
publicly	thank	公開感謝

▷ I'd like to **warmly thank** everybody for all your hard work this year. 我想要由衷感謝大家今年的努力。

thank	A for (doing) B	感謝 A（人）做 B

▷ I want to **thank** you **for** all your help. 我想要感謝你對我的各種幫助。

PHRASES

I can't thank you enough. ☺ 我對你不勝感激。
No, thank you. ☺ 不用了，謝謝。
Thank you. ☺ 謝謝你；謝謝大家（可用於演說的結尾）。 ▷ It was a wonderful meal. Thank you. 餐點很棒。謝謝你。
Thank you again. ☺ 再次謝謝你。

thanks /θæŋks/ 名 感謝

sincere	thanks	誠摯的感謝
grateful	thanks	深深的感謝
special	thanks	特別的感謝

▷ **Sincere thanks** to you all. 誠摯感謝大家。
▷ You have my **grateful thanks**. 我向你致上深深的感謝。

express	one's thanks	表達感謝
give	thanks	感謝
accept	A's thanks	接受感謝

▷ I think we should **give thanks** *for* the wonderful harvest this year. 我想我們應該感謝今年的豐收。
▷ Please **accept** my **thanks**. 請接受我的感謝。

thanks	for (doing) A	對於 A 的感謝

▷ Many **thanks for** your letter of January 12th. 很感謝您 1 月 12 日的來信。

PHRASES

No, thanks. ☺ 不，謝了。 ▷ "Would you like some more cake?" "No, thanks. I couldn't manage any more." 「你想再來點蛋糕嗎？」「不，謝了。我吃不了更多了。」
Thanks again (for A). ☺ 再次感謝（A 這件事）。
▷ Thanks again for a wonderful evening. 再次感謝帶來這個美好的夜晚。
Thanks a lot. ☺ 非常感謝。

theme /θiːm/

名 主題，文學作品等的主題；話題

choose	a theme	選擇主題
explore	a theme	探索主題
develop	a theme	發展主題
take up	a theme	（繼續）談論主題

▷ Today I'd like to **take up** the **theme** of passion in the novel *Wuthering Heights*. 今天我想繼續談論小說《咆哮山莊》中的激情主題。

the central	theme	中心主題
a dominant	theme	主要的主題
the main	theme	
an underlying	theme	隱含的主題
the general	theme	整體的主題
a common	theme	共通的主題
a recurrent	theme	反覆出現的主題
a recurring	theme	

▷ The **main theme** of the lecture was the works of Charles Dickens. 這堂課主要的主題是查爾斯・狄更斯的作品。
▷ The **general theme** of the movie is romance. 這部電影整體的主題是愛情故事。
▷ Murder is a **common theme** in many of Shakespeare's plays. 殺人是莎士比亞許多戲劇的共同主題。

a variation	on a theme	主題的變奏

▷ Rachmaninov has written **variations** on a **theme** of Paganini. 拉赫曼尼諾夫寫過帕格尼尼主題的一系列變奏曲。

theory /ˈθɪərɪ/ 美 /ˈθiːəri/ 名 學說，理論

construct	a theory	建構理論
develop	a theory	發展理論
have	a theory	有一個理論
prove	a theory	證明理論
support	the theory	支持理論

T

▷ Freud was the first person to **develop** a **theory** of personality. 佛洛伊德是第一個發展人格理論的人。

▷ There is much evidence to **support** the **theory** of global warming. 有許多證據支持全球暖化的理論。

a general	theory	一般理論
economic	theory	經濟理論
literary	theory	文學理論
political	theory	政治理論

▷ Albert Einstein is famous for his **general theory** of relativity. 愛因斯坦以其廣義相對論聞名。

a theory	that...	…的理論
my theory is	that...	我的理論（推測）是…

▷ "You know Sally's really afraid of dogs?" "Well, **my theory is that** she was bitten when she was a child." 「你知道 Sally 真的很怕狗嗎？」「嗯，我推測她小時候被咬過。」

in	theory	理論上
a theory	about A	關於 A 的理論、學說

▷ Taylor has the quickest time for the 100 meters this year, so **in theory** he should win the race. Taylor 留下了今年 100 公尺最快的紀錄，所以理論上這場比賽他應該會贏。

▷ There are many **theories about** who killed President John F. Kennedy. 關於誰殺了約翰·甘迺迪總統，有很多說法。

theory and practice	理論與實踐

▷ There's a big difference between **theory and practice**. 理論與實踐有很大的差異。

thick /θɪk/ 形 厚的，厚達多少的；粗的，粗達多少的；濃的，濃厚的

thick	with A	有厚厚的 A

▷ The chocolate cake was **thick with** cream on top. 那個巧克力蛋糕上面有厚厚的鮮奶油。

5 inches	thick	5 英寸厚、粗
5 centimeters	thick	5 公分厚、粗
5 feet	thick	5 英尺厚、粗

▷ We need a rope that's at least 10 **centimeters thick**. 我們需要一條至少 10 公分粗的繩子。

thin /θɪn/ 形 薄的；瘦的；細的

extremely	thin	極薄的；極瘦的
painfully	thin	瘦得誇張的
relatively	thin	相對薄的；相對瘦的

▷ When he came out of hospital, Tom looked **painfully thin**. Tom 出院時看起來瘦得誇張。

▷ I like my toast cut **relatively thin**. 我喜歡切得相對薄的烤吐司。

thing /θɪŋ/

名 東西；事情，事物；（things）情況，事態

things	change	情況改變
things	get better	情況變好
things	get worse	情況變差
things	go wrong	出問題
a thing	happens	事情發生

▷ Our business is not doing very well at the moment... but **things change**. 我們的事業目前表現不太好…但情況是會改變的。

▷ **Things** could **get worse**! 情況有可能變得更糟！

▷ "I think you were really unlucky to break your leg." "Well, **things happen**." 「我想你摔斷腿真的很倒楣。」「嗯，會發生的事就是會發生。」

a good	thing	好事
a bad	thing	壞事
a strange	thing	奇怪的事
the amazing	thing	驚人的事
the important	thing	重要的事
the first	thing	第一件事
the last	thing	最後一件事；最不想要的事
the real	thing	真正的東西，真貨
the whole	thing	整件事
the right	thing	正確的事，對的事

▷ It's a **good thing** your friend was there to help you! 身邊有朋友幫你真好！

▷ The **amazing thing** is that she said yes! 令人驚訝的是她說「好」！

▷ The **important thing** is not to panic. 重要的是不要慌張。

▷ The **first thing** I do every morning is take a shower. 我每天早上做的第一件事是沖澡。

▷ They aren't imitation diamonds. This necklace is the **real thing**! 這些不是仿鑽。這條項鍊是貨真價實的！

the kind of	thing	這種東西，這種事
the sort of	thing	

▷ I think I'll buy this sweater. It's just the **kind of thing** I was looking for! 我想我會買這件毛衣。這就是我在找的那種東西！

as	things stand	照情況來看

▷ **As things stand**, we have a good chance of getting to the final. 照情況來看，我們很有機會進入決賽。

(PHRASES)

How are things (with you)? / How are things going? ☺ 最近過得怎樣？ ▷"Ivan, how are things?" "Fine, thanks. And you?" 「Ivan，最近過得怎樣？」「很好，謝謝。你呢？」
That's the thing! ☺ 問題就在這裡！ ▷"So why should you have to take the blame?" "Exactly! That's the thing! It wasn't my fault!" 「所以你為什麼要承擔責任呢？」「就是啊！問題就在這裡！又不是我的錯！」
There is no such thing as A. ☺ 沒有 A 這種事物。 ▷ My boss always says there's no such thing as "impossible"! 我老闆總說沒有「不可能」這種事情！

think /θɪŋk/ 動 想，思考，認為

think	carefully	仔細思考
think	clearly	清楚思考
think	seriously	認真思考
think	well	好好思考
think	again	再次思考，重新思考
think	twice	再三考慮
just	think	想一想

▷ **Think carefully** before you make a final decision. 做最後決定前要仔細思考。
▷ **Think well** before you do something you'll regret! 在做會後悔的事之前要好好思考！
▷ You should **think twice** before you drop out of university. 從大學退學之前應該再三考慮。
▷ **Just think!** Tom and Ellie are lying on the beach now in Hawaii having a great time! 你想想看！Tom 和 Ellie 現在在夏威夷的海灘享受美好時光耶！

think	about A	想著 A，考慮 A
think	of A	想起 A，想出 A

▷ What are you **thinking about**? 你在想什麼？
▷ I'm **thinking about** getting a part-time job. 我在想找兼職工作的事。

▷ I can't **think of** any reason why she's so late. 我想不出她之所以遲到那麼久的理由。

think	(that)...	認為⋯，想⋯

▷ I **think** it's time to leave. 我想是時候離開了。
▷ I don't **think** we're going to arrive in time. 我認為我們沒辦法及時到達。

it is thought	that...	人們認為⋯

▷ **It is thought that** exercising too hard can sometimes lead to a heart attack. 人們認為運動太激烈有時可能導致心臟病發作。

I think	so	我是這麼認為的，我想是的

▷ "Is Nigel English?" "Yes, **I think** so." 「Nigel 是英國人嗎？」「我想是的。」

wh-	do you think...?	你認為⋯？

★ wh- 是 what, how, why, where, when 等

▷ **What do you think?** Does this dress look OK on me? 你覺得怎樣？這洋裝在我身上看起來還可以嗎？ ▷ **How do you think** we should go? By bus or by train? 你覺得我們該怎麼去？搭公車還是火車？ ▷ **When do you think** Dave will be back? 你覺得 Dave 什麼時候會回來？

I can't	think wh-	我想不出⋯，我不明白⋯

★ wh- 是 why, who, where, what 等

▷ **I can't think why** she got so angry. 我不明白她為什麼那麼生氣。

(PHRASES)

I wasn't thinking. ☺ （道歉時）我一時糊塗了。 ▷ Oh, sorry. Is this your umbrella? I wasn't thinking. 噢，抱歉。這是你的傘？我一時糊塗了。
Let me think (about A)! ☺ 讓我考慮（A）一下！
That's what you think. ☺ 那是你的想法（但你是錯的）（★ 也有把 you 換成 they 的說法）▷ "There's no way you'll complete a 50-kilometer walk!" "That's what you think!" 「你不可能走完 50 公里！」「那只是你的想法！」
What was A thinking of? ☺ （表示驚訝）A 在想什麼？ ▷ Tom kept interrupting during the meeting. I don't know what he was thinking of! Tom 在會議中一直打岔。我不知道他在想什麼！
Who do you think you are? ☺ 你以為你是誰？
Who would have thought...? ☺ （表示驚訝）誰能想像到⋯？ ▷ Who would have thought Ella and Steve would get married? 誰能想像到 Ella 跟 Steve 會結婚呢？
You know what I think? ☺ （要引起對方注意時）

T

你知道我在想什麼嗎？ ▷You know what I think? Harry and Kate are the perfect couple! 你知道我在想什麼嗎？Harry 跟 Kate 是天生一對！

thirsty /ˈθɝstɪ/ 形 口渴的

feel	thirsty	覺得口渴
get	thirsty	變得口渴

▷I feel thirsty. 我覺得渴。

really	thirsty	非常口渴的
terribly	thirsty	

▷I'm really thirsty. 我非常渴。

thought /θɔt/

名 想法；意見；思考；思想；意圖

have	a thought	有想法
collect	one's thoughts	整理思緒
express	one's thoughts	表達想法
share	A's thoughts	分享 A 的想法
read	A's thoughts	讀懂 A 的心思
push	the thought away	甩開想法
give	thought	考慮到，著想
spare	a thought	

▷I need some time to collect my thoughts. 我需要一些時間整理思緒。
▷It's almost as if she was able to read my thoughts. 她幾乎像是能讀懂我的心思一樣。
▷Give some thought to the people around you when you answer your cellphone in public. 在公共場所接手機的電話時，請考慮一下周遭的人。
▷We should spare a thought for the victims of the earthquake. 我們應該為地震受災者著想。

thought	comes to A	想法出現在 A 腦中
thought	occurs to A	
thought	strikes A	

▷The thought comes to me that Peter didn't get the message to meet us here. 我開始覺得 Peter 可能沒收到要跟我們在這裡會合的訊息。

be lost in	thought	沉浸在思考中
be deep in	thought	

▷He sat at his desk lost in thought. 他坐在書桌前沉思。

a happy	thought	快樂的想法
the first	thought	最初的想法
second	thoughts	重新考慮，改變想法
careful	thought	審慎的思考，認真的思考
a serious	thought	

▷I was going to marry Ken, but then I had second thoughts. 我當時準備跟 Ken 結婚，但我之後又另有想法了。
▷You need to give some serious thought to what you're going to do after you graduate from university. 你需要認真考慮大學畢業後要做什麼工作。

a thought	on A	關於 A 的想法
a thought	about A	
the thought	of A	想到 A

▷I felt sick at the thought of eating raw horse meat! 我想到吃生馬肉這件事就覺得噁心！

the thought	that...	…的想法，想到…

▷The thought that she heard everything we were saying is very embarrassing! 想到她聽見了我們說的一切，就讓人很尷尬！

thoughts and feelings	想法與感受

▷He wrote all his thoughts and feelings down in a notebook. 他將所有想法與感受寫在筆記本裡。

a line of	thought	思路，思緒

threat /θrɛt/

名 威脅，恐嚇；構成威脅的人事物

make	a threat	威脅
issue	a threat	
carry out	one's threat	實行威脅要做的事
pose	a threat	構成威脅
represent	a threat	
face	a threat	面對威脅

▷He made a lot of threats, but he didn't carry them out. 他經常做出威脅，但沒有實踐。
▷Many diseases that posed a threat 100 years ago no longer do so today. 許多一百年前構成威脅的疾病，現在已經沒有威脅性了。

an empty	threat	只是嚇唬人的恐嚇
an idle	threat	
death	threats	預告殺人的恐嚇
a bomb	threat	預告爆破炸彈的恐嚇
a great	threat	
a big	threat	很大的威脅
a major	threat	
a real	threat	真正的威脅，實際的威脅
a serious	threat	嚴重的威脅
a potential	threat	潛在的威脅

▷ The police say that some leading politicians have received **death threats**. 警方表示，某些政治領袖接到恐嚇說要殺他們。

▷ Earthquakes pose a **greater threat** if they cause a tsunami. 地震如果造成海嘯的話，會構成更大的威脅。

▷ Is global warming a **serious threat**? 全球暖化是嚴重的威脅嗎？

a threat	against A	對 A 的威脅
a threat	from A	來自 A 的威脅
a threat	to A	對 A 的威脅

▷ The **threat from** the sea is particularly bad along this part of the coast. 在這部分的海岸，海洋構成的威脅特別大。

under	threat	在威脅下

▷ Over one fifth of the world's plants may be **under threat** of extinction. 世界上超過 1/5 的植物可能有絕種的危險。

threaten /ˈθrɛtn̩/ 動 威脅，恐嚇；危及

constantly	threaten	持續威脅
seriously	threaten	嚴重威脅

▷ All day it's been **constantly threatening** to rain. 一整天都好像快要下雨的樣子。

▷ Her injury **seriously threatens** her chances of winning the race. 他的傷嚴重影響他贏得賽跑的機會。

threaten	A with B	用 B 威脅 A（人）

▷ He came up behind her and **threatened** her **with** a knife. 他接近她的身後，並且拿刀威脅她。

threaten	to do	（人）威脅要做…，（事物）可能有…的威脅

▷ Mummy! That big boy **threatened to** hit me if I didn't give him my sweets. 媽咪！那個哥哥說如果我不給他糖果，他就要打我。

throat /θrot/ 名 喉嚨

clear	one's throat	清喉嚨

▷ He **cleared** his **throat** nervously. 他緊張地清了清喉嚨。

a sore	throat	喉嚨痛

▷ I have a **sore throat**. 我喉嚨痛。

ticket /ˈtɪkɪt/ 名 票，券，車票，入場券；罰單

get	a ticket	得到票
obtain	a ticket	
book	a ticket	預訂票
reserve	a ticket	
issue	a ticket	開罰單
receive	a ticket	收到罰單

▷ It was impossible to **obtain** a **ticket**. 沒有辦法買到票。

▷ Would you like me to **book** a **ticket** for the concert? 要我幫你預訂這場演唱會的票嗎？

a one-way	ticket	單程票
英 a single	ticket	
a round-trip	ticket	來回票
英 a return	ticket	
a season	ticket	季票；（月票、年票等）定期票
a first-class	ticket	頭等座位票
a complimentary	ticket	免費贈送的票券
a free	ticket	
an advance	ticket	預售票
an airline	ticket	機票
a train	ticket	列車車票
a lottery	ticket	樂透彩券
a parking	ticket	違規停車罰單
a speeding	ticket	超速罰單

▷ It's cheaper if you get a **return ticket**. 如果你買來回票會比較便宜。

▷ I think we should try to get some **advance tickets**. 我想我們應該試著買些預售票。

T

▷ Where's my **lottery ticket**? I think I've won a fortune! 我的彩券在哪裡？我想我中了大獎！

a ticket	for A	A 的票；往 A 的票
a ticket	to A	

▷ **Tickets for** the concert are $20. 音樂會的票是 20 美元。

▷ How much is **a ticket to** London? 往倫敦的票多少錢？

▌tie /taɪ/

名領帶；（通常用複數 ties）聯繫，關係；平手

wear	a tie	打著領帶
put on	a tie	打領帶
loosen	one's tie	解開領帶
straighten	one's tie	把領帶拉正
cut	one's ties	斷絕關聯
end in	a tie	結果是平手
result in	a tie	

▷ Do you think I should **put on a tie** for the dinner party this evening? 你覺得我應該打領帶參加今晚的晚宴嗎？

▷ Let me **straighten** your **tie** for you! 我把你的領帶拉正吧！

▷ Peter's family have completely **cut** their **ties** with him. Peter 的家人完全斷絕了和他的關係。

close	ties	密切的關聯
strong	ties	緊密的關聯
blood	ties	血緣
family	ties	家族關係
personal	ties	個人的關係
economic	ties	經濟上的關係
cultural	ties	文化上的關係
diplomatic	ties	外交上的關係

▷ He has **strong ties** with many influential politicians. 他和許多有影響力的政治人物有緊密的關係。

▷ It's important to establish **personal ties** *with* our customers. 和我們的顧客建立個人的關係很重要。

▷ The two countries are hoping to strengthen their **economic ties**. 兩國希望強化彼此的經濟關係。

the tie	between A	A 之間的關聯

ties	with A	與 A 的關聯
ties	to A	

▷ They are a very close family. The **ties between** them are very strong. 他們是非常親近的家人。他們之間的關係很緊密。

▷ Do you have **ties to** any political party? 你跟任何政黨有關係嗎？

a jacket and tie	西裝外套和領帶
a suit and tie	西裝和領帶

▷ You'd better put on a **suit and tie**. 你最好穿西裝打領帶。

▌tie /taɪ/ 動繫，捆，綁；束縛

tie	firmly	綁緊
tie	tightly	
tie	together	綁在一起
tie	up	綁緊，綁好
neatly	tie	綁整齊
closely	tied	密切關聯的
inextricably	tied	密不可分的

▷ Make sure you **tie** your shoelaces **firmly**. 一定要把鞋帶綁緊。

▷ He **tied** the boat **up** to the riverbank and jumped out. 他把船拴在河岸並且跳下船。

▷ His Christmas present was beautifully wrapped and **neatly tied** with a bow. 他的聖誕節禮物包裝得很美，而且整齊地綁了一個蝴蝶結。

▷ Do you believe that poverty is **inextricably tied** to crime? 你相信貧窮和犯罪有密不可分的關係嗎？

tie	A to B	把 A 綁在 B 上

▷ He **tied** the dog **to** a lamppost and went into the shop. 他把狗拴在街燈柱旁，然後進入商店。 ▷ I don't want to get married. I don't want to be **tied to** one person for the rest of my life! 我不想結婚。我不想要未來的人生都跟另一個人綁在一起！

▌tight /taɪt/ 形緊的；牢固的；吃緊的

feel	tight	感覺緊
get	tight	變緊
hold	tight	抓緊

▷ These new shoes **feel** a bit **tight**. 這雙新鞋感覺有

T

點緊。

▷ These roller coasters go so fast. **Hold tight!** 這些雲霄飛車速度很快。抓緊了！

extremely	tight	非常緊的；非常吃緊的
fairly	tight	相當緊的；相當吃緊的
pretty	tight	

▷ The cork in this wine bottle is **extremely tight**. I can't get it out! 這酒瓶的軟木塞非常緊。我拔不出來！

time /taɪm/ 名時間；時刻；（常用複數 times）時代；時機；次數；倍

have	time	有時間
need	time	需要時間
take	time	佔用時間，花時間
spend	time	花費時間
kill	time	殺時間
pass	time	
devote	time	獻出時間
save	time	節省時間
waste	time	浪費時間
lose	time	損失時間

▷ Recently Kelley hasn't **had** much **time** to go out with her friends. 最近 Kelley 沒有很多時間和朋友外出。

▷ It'll **take time** before Kate gets out of hospital. Kate 需要一些時間才能出院。

▷ My plane's departure was delayed for 2 hours, so I read a book to **kill time**. 我飛機的起飛時間延後了 2 小時，所以我讀書殺時間。

▷ Anna **devotes** a lot of **time** to her studies. Anna 付出許多時間學習。

▷ It would **save time** if we took a taxi. 我們搭計程車的話可以節省時間。

▷ We mustn't **waste** any more **time**. 我們不能再浪費時間了。

▷ Quick! There's no **time** to **lose**! 快點！沒有時間可以浪費了！

▷ When he realized he'd won the lottery, he **lost** no **time** in claiming his money! 當他發覺自己中了樂透，他馬上（沒有耽擱）就去領獎了！

time	goes by	時間經過，時間流逝
time	passes	

▷ **Time goes by** much quicker than you think. 時間過得比你所想的快上許多。

▷ You'll feel better as **time goes by**. 隨著時間過去，你會感覺比較舒服。

a long	time	長時間
a short	time	短時間
a little	time	一點點的時間
a limited	time	有限的時間
free	time	自由的時間
spare	time	閒暇，空閒時間
a bad	time	惡劣的時期
a difficult	time	困難的時期
a hard	time	
a tough	time	艱困的時期
a rough	time	
recent	times	最近，近年
an appropriate	time	適當的時機
the right	time	
a bad	time	不好的時機
the wrong	time	錯誤的時機
the first	time	第一次
the second	time	第二次
each	time	每次
every	time	
a good	time	快樂的時光
a great	time	很棒的時光
a wonderful	time	美好的時光
a marvelous	time	
local	time	當地時間
daylight saving	time	日光節約時間

▷ I haven't seen you for a **long time**! 好久沒看到你了！

▷ I can only stay for a **short time**. 我只能待一下子。

▷ What do you like to do in your **spare time**? 你空閒時喜歡做什麼？

▷ He had a **hard time** trying to persuade her to marry him! 他說服她嫁給他時吃足了苦頭！

▷ She had a **tough time** at school. She was bullied a lot. 她在學校過得很辛苦。她常常被霸凌。

▷ In **recent times**, the Internet has greatly changed society. 近年來，網路對社會造成很大的改變。

▷ You came at just the **right time**! 你來得正好！

▷ I went to New York for the **first time**. 我第一次去了紐約。 ▷ For the **first time** in months I feel really healthy. 這是我幾個月以來第一次覺得健康。

▷ It's the **second time** that I've left my umbrella on the train in a week! 這是我一週之內第二次把傘

留在列車上！

▷ I love him! My heart beats faster **every time** I see him! 我愛他！每次我看到他就心跳加速！

▷ Have a **good time**! 祝你玩得愉快！

▷ I had a **great time** with her. 我和她度過了很棒的時光。

▷ Thanks for inviting us out today. We had a **marvelous time**. 謝謝你邀請我們外出。我們度過了美好的時光。

▷ The plane arrives at 16:00 hours **local time**. 飛機在當地時間 16:00 抵達。

a length of	time	時間的長度
a period of	time	一段時間
a waste of	time	時間的浪費
a lot of	time	很多時間
plenty of	time	

▷ After a **period of time** I got used to living in the USA. 一段時間後，我習慣了在美國的生活。

▷ It took me a **lot of time** to write this report. 寫這份報告花了我很多時間。

time and place	時間與場所
time and space	時間與空間
time and money	時間與金錢
time and effort	時間與努力，時間跟精力
★ 也可以說 place and time, space and time	

▷ We still have not solved many mysteries of **time and space**. 關於時間與空間還有許多未解之謎。

▷ Ellie and Joe spent a lot of **time and money** (on) redecorating their house. Ellie 和 Joe 花了很多時間和金錢重新裝潢房子。

▷ What a waste of **time and effort**! 真是浪費時間和精力！

it's time	for A	A 的時間到了
it's time	to do	做…的時間到了
it's time	A did B	現在 A 該做 B 了

▷ **It's time for** a cup of tea. 喝茶的時間到了。

▷ Come on! **It's time to** get up! 快點！該起床了！

▷ **It's time** you took that book back to the library. It's three days overdue! 你該把書還給圖書館了。已經到期三天了！

ahead of	time	比預定時間早
behind	time	比預定時間晚
behind	the times	落後於時代，過時
by	the time	在某個時間之前
on	time	準時
out of	time	不合拍，不合時宜
with	time	隨著時間經過

▷ The plane landed **ahead of time**. 飛機比預定時間提早降落。

▷ The plane's running **behind time** because of engine trouble. 由於引擎問題，所以飛機落後預定時間。

▷ **By the time** Rob gets here, the party will be over. Rob 到這裡之前，派對就會結束了。

▷ Here comes the bus. Right **on time**. 公車來了。很準時。

▷ Ben's terrible at karaoke! He always sings **out of time**! Ben 唱卡拉 OK 很糟！他總是脫拍！

▷ Things will improve **with time**. 情況會隨著時間好轉的。

at	a time	一次，同時
at	one time	一度；從前
at	times	有時
at	all times	總是，隨時
at	the same time	在同時
at	the present time	目前，現在
at	this time	
at	the time	那時候，當時
at	that time	

▷ I can only do one thing **at a time**! 我一次只能做一件事！

▷ **At one time** I could run the 100 meters in 12 seconds. Now it would take me 30 seconds! 我以前能在 12 秒內跑完百米。現在我要 30 秒！

▷ **At times** I wonder why I became a teacher! 有時我納悶自己怎麼會當老師！

▷ When you're driving, you need to concentrate on the road **at all times**. 開車時要隨時注意路況。

▷ **At the present time** we have no information about the missing ship. 目前我們沒有關於失蹤船隻的消息。

▷ **At this time** it's 3 o'clock in the morning in Australia. 現在澳洲是上午 3 點。

▷ **At the time** I didn't know it, but actually my father was very ill. 當時我不知道，但我父親其實病得很重。

for	a time	一度，曾經，暫時
for	some time	一會兒，一陣子
for	the time being	目前，暫時

▷ He stared silently out of the window **for some time**. 他安靜地注視了窗外一陣子。

▷That's all I wanted to say **for** the **time being.** 我目前想說的就是那樣。

in	time	及時；終究
in	no time (at all)	馬上，立刻
in	the course of time	隨著時間過去，最終

▷We couldn't get to the airport **in time** to catch our plane. 我們無法及時到達機場、趕上飛機。
▷I finished the job **in no time at all.** 我馬上就完成了工作。
▷**In** the **course of time** the sea wore away large areas of coastline. 隨著時間過去，海洋最終侵蝕了大部分的海岸線。

(PHRASES)

Have you got the time? ☺ 你知道現在幾點嗎？
▷ "Excuse me, have you got the time?" "Sure. It's five past six." 「抱歉，你知道現在幾點嗎？」「是6點5分。」
It's been a long time. ☺ 好久不見了。
Until next time. / Till next time. ☺ 我們下次見。（★ 電視節目結束時說的話）

tiny /ˈtaɪnɪ/ 形 極小的，微小的

extremely	tiny	極其微小的
comparatively	tiny	相對微小的

▷Computers these days are **comparatively tiny** when you look at the huge size of the early ones. 當你看到早期巨大尺寸的電腦，就會發現近代的電腦相對來說是很小的。

tiny	little	小小的
★ 也可以說 little tiny		

▷Can I have just a **tiny little** piece of that chocolate? 我可以要那巧克力小小的一塊嗎？

tip /tɪp/ 名 尖端，頂端；小費；提示，建議

give (A)	a tip	給（A）小費
leave (A)	a tip	留小費（給A）
get	a tip	收到小費
give	a tip	給人建議，教人訣竅

▷In the USA, if you're in a taxi, you should always **give** a **tip.** 在美國，如果你坐計程車，你都應該給小費。
▷Don't forget to **leave** the waiter a **tip.** 不要忘記留小費給服務生。

▷I hear you're an expert skier. Can you **give** me a few **tips?** 我聽說你是滑雪專家。你可以給我一些建議嗎？

the southern	tip	南端
the northern	tip	北端
a good	tip	好的建議
a useful	tip	有用的建議
a hot	tip	有力情報

▷The Atlantic and Pacific Oceans meet at the **southern tip** of South America. 大西洋與太平洋在南美洲南端相接。
▷There are some **useful tips** in this magazine about how to lose weight. 這本雜誌有一些關於減重方式的有用建議。

tips	on A	關於 A 的提示、
tips	for A	建議、訣竅

▷There are some good **tips** in this book **on** how to start your own business. 這本書有一些關於如何創業的好建議。

tired /taɪrd/

形 疲倦的，累的；厭倦的，厭煩的

look	tired	看起來累
feel	tired	感覺累
get	tired	累了

▷You **look tired.** Are you all right? 你看起來很累。你還好嗎？
▷She said she **felt tired** and went to bed. 她說她覺得累，就去睡了。
▷I got very **tired** after six miles of walking. 我走了 6 英里之後非常累。

extremely	tired	極為疲累的
really	tired	真的很累的
dead	tired	累透了的
desperately	tired	極為疲累的
a bit	tired	有點累的
a little	tired	
rather	tired	相當累的
★ 與程度副詞連用		

▷I'm **really tired.** I think I'll go to bed. 我真的很累。我想我要去睡了。
▷I'm **dead tired.** I want to go home. 我累透了。

T

我想回家。（★ dead tired 是非正式的說法）
▷ Are you OK? You look **rather tired**. 你還好嗎？你看起來很累。

tired	from A	因為 A 而疲累的
tired	of (doing) A	對（做）A 厭倦的

▷ You are probably very **tired from** the journey. 你可能旅行得很累了。
▷ I'm **tired of** doing all the housework. 我厭倦了做這整堆家事。
▷ Paul never gets **tired of** playing video games. Paul 玩電玩從來不會膩。
◆ **sick and tired of** (doing) A 對 A 感到很厭倦
▷ I'm sick and tired of telling you to put away all your toys. 我已經厭倦再叫你收好玩具了。

tired and thirsty	又累又渴的

▷ After the long hike, everybody was **tired and thirsty**. 長途健行後，每個人都又累又渴。

title /ˈtaɪtl̩/

名（比賽的）冠軍；標題，書名；頭銜，稱號

win	the title	獲得冠軍
take	the title	
defend	one's title	保衛冠軍，衛冕冠軍
retain	the title	守住冠軍
give	the title	下標題，取書名；給予稱號
have	the title	有某個稱號

▷ Real Madrid **won the** Spanish League **title** again this year. 皇家馬德里今年再度贏得西班牙甲級足球聯賽冠軍。
▷ I think **defending** the **title** will be more difficult than winning it. 我認為衛冕冠軍比贏得冠軍更難。

the world	title	世界冠軍

▷ If he wins this match, it will be his third **world title**. 如果他贏了這場比賽，就會是他的第三個世界冠軍。

today /təˈde/ 名今天，今日；現今，當代

a week	from today	一週後的今天
a month	from today	一個月後的今天
a year	from today	一年後的今天

▷ It's Helen's birthday a **week from today**. 一週後

的今天是 Helen 的生日。
(PHRASES)
That's all for today. ☺（上課結束時）今天就到此為止。▷ That's all for today. You can all go home now. 今天就到此為止。你們都可以回家了。
Today is Wednesday. ☺ 今天是星期三。（★ 別人問 "What day is it today?" 時，則不是回答 Today is Wednesday.，而要回答 It's Wednesday.。）

toilet /ˈtɔɪlɪt/ 名廁所（★ 美國通常稱為 bathroom）；抽水馬桶

go to	the toilet	上廁所
need	the toilet	需要上廁所
use	the toilet	（借）用廁所
clog	the toilet	把馬桶堵住
flush	a toilet	沖馬桶

▷ Do you **need** the **toilet**? 你需要上廁所嗎？
▷ Could I **use** the **toilet**? 我可以借用廁所嗎？

tomorrow /təˈmɔro/

名明天；（近的）未來，明日

tomorrow	morning	明天早上
tomorrow	afternoon	明天下午
tomorrow	evening	明天晚上
tomorrow	night	明天夜晚

▷ See you **tomorrow morning**. 明天早上見。

the day after tomorrow	後天

▷ We're leaving the **day after tomorrow**. 我們後天要出發。
(PHRASES)
Tomorrow is Sunday. ☺ 明天是星期日。

tone /ton/

名語調，口氣；音調；氣氛，格調；色調

change	the tone	改變語調
set	the tone	決定氣氛
lower	the tone	降低格調
raise	the tone	提升格調

▷ The President looked very relaxed, and that **set the** whole **tone** *for* the TV interview. 總統看起來很

放鬆，這也定調了電視訪談的整體氣氛。

a deep	tone	低沉的語調
a low	tone	
a flat	tone	平板的語調
a soft	tone	輕柔的語調
the general	tone	整體的氣氛
a light	tone	明亮的色調
a dark	tone	暗沉的色調

▷ He answered all my questions in a **flat tone** of voice. 他用平板的語調回答我所有的問題。

▷ She spoke in a very **soft tone**. 她用很輕柔的語調說話。

▷ The **general tone** of the meeting was very positive. 會議的整體氣氛很正面。

▎tongue /tʌŋ/ 图 舌頭；語言；說話方式

stick	one's **tongue** out	吐舌頭
click	one's **tongue**	咂嘴（舌頭發出表示不悅的嘖嘖聲）
bite	one's **tongue**	忍著不說話
hold	one's **tongue**	保持沉默

▷ Someone should tell that child that it's rude to **stick** your **tongue out**! 應該要有人告訴那個小孩，吐舌頭是很失禮的！

▷ He **clicked** his **tongue** in annoyance. 他因為惱怒而發出嘖嘖聲。

▷ It's better to **hold** your **tongue** and say nothing. 你最好保持沉默，什麼也別說。

a forked	tongue	開叉的舌頭（比喻說話不老實）
a sharp	tongue	毒舌
one's mother	tongue	母語
one's native	tongue	
a foreign	tongue	外語

▷ Be careful when you talk to Jill. She has a very **sharp tongue**! 跟 Jill 說話要小心。她很毒舌！

▷ She speaks several languages, but her **mother tongue** is French. 她會說幾種語言，但她的母語是法語。

▎tooth /tuθ/ 图 牙齒（★複數形是 teeth）

pull out	a tooth	拔牙
lose	a tooth	掉牙齒
fill	a tooth	補牙（補牙齒上的洞）
cut	a tooth	（嬰兒）長出牙齒
brush	one's **teeth**	刷牙
clean	one's **teeth**	
bare	one's **teeth**	（狗等）露出牙齒
show	one's **teeth**	
clench	one's **teeth**	咬緊牙關
grit	one's **teeth**	
grind	one's **teeth**	磨牙
gnash	one's **teeth**	咬牙切齒

▷ Babies usually **cut** their **teeth** at around 3 or 4 months. 嬰兒通常在三、四個月左右開始長牙。

▷ Have you **brushed** your **teeth**? 你刷牙了嗎？

▷ The dog growled, **showing** it's sharp yellow teeth. 那隻狗咆哮並露出尖銳的黃牙。

▷ Some people **grind** their **teeth** when they are asleep. 有些人睡覺時會磨牙。

one's **teeth**	chatter	牙齒打顫

▷ It's so cold, my **teeth** are **chattering**. 天氣冷到我的牙齒打顫。

a decayed	tooth	蛀牙
a canine	tooth	犬齒
a wisdom	tooth	智齒
back	teeth	後面的牙齒，臼齒
front	teeth	前面的牙齒，門齒
baby	teeth	乳齒
permanent	teeth	恆齒
false	teeth	假牙
sharp	teeth	尖牙

▷ My dentist says I have to have a **wisdom tooth** removed. 牙醫說我必須拔掉一顆智齒。

▷ One of my **front teeth** came out this morning. 今天早上我掉了一顆門牙。

between	one's **teeth**	低聲地

▷ "Ow! That really hurts," he said **between** his teeth. 他低聲說：「噢！真的好痛。」

▎top /tɑp/ 美 /tɒp/ 图 頂部，上面；首位

reach	the top	
get to	the top	達到頂端；成為頂尖

▷They **reached** the **top** of Mount Fuji just before dawn. 他們在黎明前抵達了富士山頂。
▷Chris worked really hard to **get to** the **top** of the class. Chris 非常努力成為了班上的頂尖。

at	the top	
on	top	在頂部；在最高地位
on	top of A	在 A 上面；除了 A 還有
from top	to bottom	從頂端到底端
from top	to toe	從頭到腳

▷Your name was **at** the **top** of the list. 你的名字在名單最上面。
▷I like these London double-decker buses. Let's go and sit **on top**! 我喜歡這些倫敦雙層巴士。我們去坐上層吧！
▷You left your glasses **on top of** the bookcase. 你把眼鏡留在書櫃上面了。
▷In this department store, you can dress yourself well **from top to toe** without spending too much money. 在這間百貨公司，你不用花太多錢就能從頭到腳打扮得很漂亮。

topic /ˈtɑpɪk/ 英 /ˈtɔpɪk/

名 話題，論題，主題

cover	a topic	討論到主題
deal with	a topic	處理主題
discuss	the topic	討論主題
choose	a topic	選擇主題
introduce	the topic	介紹主題

▷I really liked this class. We **covered** so many interesting topics. 我真的很喜歡這門課。我們討論到很多有趣的主題。
▷We have to **choose** a **topic** and write a report. 我們必須選擇主題並且寫報告。

topics	include	主題包括…

▷It was a great program of lectures. **Topics included** black American culture, history of hip-hop, Madonna, and so on. 那是個很棒的講座。主題包括美國黑人文化、嘻哈音樂史、瑪丹娜等等。

a particular	topic	
a specific	topic	特定的主題

a related	topic	相關的主題
an important	topic	重要的主題
the main	topic	主要的主題

▷Is there a **particular topic** that you would like to write about? 你有特定想寫的主題嗎？
▷The **main topic** of conversation was who is going to win the next election. 對話的主要話題是誰會贏得下屆選舉。

a topic	for A	（為了）A 的主題、話題

▷For most of the evening, the **topic for** discussion was where to go for our summer holidays. 整個晚上大部分時間，討論的主題是暑假要去哪裡。

total /ˈtotl/ 名 合計，總數，總額

make	a total	合計
bring	the total to A	使合計達到 A

▷Your $25 **brings** the **total** received for charity **to** over $2,000. 你的 25 美元使募集到的慈善金額超過了 2,000 美元。

a grand	total	
an overall	total	總計
a combined	total	相加的總和

▷The London Olympic Stadium seats **a grand total** of 80,000 people. 倫敦奧運體育場總共能坐 80,000 名觀眾。
▷The Korean ice skater's **combined total** from the short and free programs meant that she won the World Championship. 那位韓國溜冰選手短曲和長曲（自由滑）的總分表示她贏得了世界冠軍。

in	total	合計，總計

▷Including Barack Obama, there have been **in total** 44 presidents of the USA. 包括巴拉克·歐巴馬，美國總共有過 44 位總統。（到 2016 年為止）

touch /tʌtʃ/ 名 觸覺；觸感；接觸；潤色；風格

feel	a touch	感覺到碰觸
get in	touch	取得聯繫
keep in	touch	
stay in	touch	保持聯絡
lose	touch	失去聯絡

▷She **felt** a **touch** on her shoulder from behind.

她感覺後面有什麼碰到她的肩膀。

▷ I'll **get in touch** *with* you later in the week. 我這週後半會聯絡你。

▷ Let's **stay in touch**. 我們保持聯絡吧。

▷ Over the years I **lost touch** with my school friends. 經過多年，我和學校的朋友失去了聯絡。

a gentle	touch	溫柔的觸碰
a light	touch	輕輕的觸碰；輕的筆觸
a magic	touch	魔法般的能力、技巧
finishing	touch(es)	最後的潤色
final	touch	
close	touch	密切的聯絡

▷ I like your drawings. They have a very **light touch**. 我喜歡你的畫。它們的筆觸很輕快。

▷ You made a good job of painting the fence. Just let me put the **finishing touches**. 你把柵欄油漆得很好。只要讓我做點修飾就好。

▷ We were in junior high school together, and we've kept in **close touch** ever since. 我們在一起念初中，從那之後就保持密切的聯絡。

a touch	of A	有一點 A

▷ The doctor says I may have a **touch of** flu. 醫生說我有點得流感的樣子。

touch /tʌtʃ/ 動 觸碰，觸摸；接觸

barely	touch	幾乎沒碰
hardly	touch	
never	touch	從來沒碰

▷ I **hardly touched** the vase, but it fell to the ground. 我幾乎沒碰到花瓶，它就掉到地上了。

▷ "Why is your little brother crying?" "I don't know. I **never touched him**!" 「你弟弟為什麼在哭？」「我不知道。我根本沒碰他！」

touch A	on B	碰 A（人）的 B（身體部位）
touch A	with B	用 B（物）碰 A

▷ Someone came up behind me in the street and **touched** me **on** the shoulder. 在街上有人從後面靠近我，並且碰了我的肩膀。

▷ He **touched** the snake **with** a stick to see if it was still alive. 他用一根棍子去碰那條蛇，看牠是不是還活著。

reach out and touch	伸出手碰

▷ The little baby **reached out and touched** her mother's face. 小嬰兒伸出手摸她媽媽的臉。

tough /tʌf/ 形 困難的，艱難的；嚴格的；強壯的，結實的；堅固的

extremely	tough	很艱難的；很嚴格的；很堅固的
pretty	tough	
particularly	tough	特別艱難的；特別嚴格的
remarkably	tough	非常堅固的

▷ You have to be **extremely tough** to survive winter in the South Pole. 在南極，必須要非常堅強才能活過冬天。

tough	on A	對 A 嚴格、嚴厲的

▷ Don't be too **tough on** him. He's only a child. 不要對他太嚴厲。他只是個小孩。

tour /tʊr/ 名 旅行；巡迴；遊覽，參觀

do	a tour	旅行；巡迴；遊覽
make	a tour	
go on	a tour	去旅行，參觀

▷ We want to **do a tour** of Oxford when we're in England. 在英格蘭時，我們想在牛津遊覽一番。

▷ We **made a tour** of all the interesting places in Edinburgh. 我們遊覽了愛丁堡所有有趣的地方。

▷ We'll be in New York for three weeks, so we'll have plenty of time to **go on tours**. 我們會在紐約待三週，所以我們有很多時間可以參觀。

a national	tour	全國巡迴
a world	tour	世界巡迴
a package	tour	套裝旅遊
a bus	tour	巴士觀光
a concert	tour	巡迴音樂會、演唱會
a guided	tour	導覽，導覽旅遊
a conducted	tour	
a factory	tour	工廠參觀

▷ The musical was so successful on Broadway that it went on **national tour**. 這齣音樂劇在百老匯很成功，因而開始了全國巡迴演出。

▷ We did a **guided tour** of the Tower of London. 我們在導覽之下參觀了倫敦塔。

T

on	(a) tour	旅行中；巡迴演出中

▷ My favorite boy band will be **on tour** in our area next month. 我最愛的男孩團體下個月會巡迴到我們這區演出。
▷ I'll take you **on a tour** of the local beauty spots. 我會帶你遊覽當地的美麗景點。

town /taʊn/ 名 城鎮；市區，中心商業區

come to	town	來城鎮
leave	town	離開城鎮
go into	town	去市區

▷ The last bus **leaves town** at 10:15. 最後一班公車 10:15 從市內出發。
▷ I'm **going into town** to do some shopping this afternoon. 我今天下午要到市區買點東西。

a nearby	town	附近的城鎮
a medieval	town	中世紀的城鎮
an industrial	town	工業城市
a provincial	town	地方城市
a coastal	town	海岸城市

▷ Manchester started as an **industrial town** in the late 18th century. 曼徹斯特在 18 世紀後半以工業城市之姿興起。
▷ Brighton is a **coastal town** in the south of England. 布萊頓是英格蘭南部的海岸城市。

the center of	(the) town	城鎮的中心
the outskirts of	(the) town	城鎮的外緣，郊區
the edge of	(the) town	

▷ There's a really good shopping mall in the **center of town**. 市中心有個很棒的購物中心。

trade /tred/

名 貿易，買賣，交易；生意；行業，職業

ply	one's **trade**	從事自己的日常職業
learn	one's **trade**	學習從事行業
carry on	a **trade**	營業，經營商業、企業

▷ The police are trying to stop drug sellers from **plying** their **trade** in the city center. 警方正試圖防止毒販在市中心販毒。

foreign	trade	國外貿易
international	trade	國際貿易
overseas	trade	海外貿易
free	trade	自由貿易
fair	trade	公平交易；公平貿易
agricultural	trade	農業貿易
a roaring	trade	生意鼎盛

▷ **Foreign trade** has increased by nearly 30% this year. 今年國外貿易增加近 30%。
▷ The EU is a **free trade** area. 歐盟是自由貿易區。

trade	in A	A 的買賣、交易
trade	with A	與 A 的買賣、交易

▷ Many people think that the **trade in** animal furs is wrong. 許多人認為買賣動物毛皮是不對的。
▷ The USA is hoping to increase **trade with** China. 美國希望增加與中國的貿易。

the tricks of the trade		行業的訣竅

▷ Can you teach me some of the **tricks of** the trade? 你可以教我這一行的訣竅嗎？

trade /tred/ 動 交易，貿易，買賣

actively	trade	（投資）積極交易
widely	trade	廣泛交易
trade	profitably	交易、做買賣獲利

▷ At first there were problems, but now his company is **trading profitably**. 一開始有些問題，但他的公司現在有獲利。

trade	in A	做 A（商品）的買賣
trade	with A	和 A 進行買賣

▷ Tony **trades in** antique furniture. Tony 做古董家具的買賣。
▷ The USA is hoping to **trade** more **with** China. 美國希望擴大與中國的貿易。

tradition /trə`dɪʃən/ 名 傳統

have	a tradition	有傳統
continue	a tradition	延續傳統
follow	a tradition	跟隨傳統
maintain	a tradition	維持傳統
preserve	a tradition	維護傳統
break with	tradition	摒棄傳統

▷ The English **have a tradition** *of* eating roast turkey for Christmas lunch. 英國人有聖誕節午餐吃烤火雞的傳統。

▷ We don't want to **break with tradition**. We're going to have a white wedding. 我們不想摒棄傳統。我們要舉行（穿白色婚紗的）白色婚禮。

an old	tradition	古老的傳統
an ancient	tradition	
a long	tradition	長久的傳統
a great	tradition	偉大的傳統
a strong	tradition	強而有力的傳統
an oral	tradition	口傳的傳統

▷ Celebrating Halloween is a very **old tradition** in the West. 慶祝萬聖夜是西方很古老的傳統。

▷ Our company has a **long tradition** of making whiskey. 我們公司製造威士忌的傳統很悠久。

▷ Joining the army is a **strong tradition** in our family. 加入軍隊是我們家族中很穩固的傳統。

by	tradition	依照傳統
in	the tradition of A	基於 A 的傳統

▷ Nigel is going into the army **in the tradition of** his family. Nigel 將基於家族的傳統加入軍隊。

traffic /ˈtræfɪk/ 名 交通，運輸；交通量

stop	the traffic	停止交通，停止通行
get stuck in	traffic	塞在車陣中

▷ The police are **stopping** the **traffic** ahead of us. 警察擋住了我們前方的通行。

▷ Sorry we're late. We got **stuck in** traffic. 抱歉我們遲到了。我們剛才塞車。

heavy	traffic	繁重的交通量
light	traffic	少的交通量
increased	traffic	增加了的交通量
motor	traffic	車輛交通
road	traffic	道路交通

▷ We were stuck in **heavy traffic** for hours. 我們在繁忙的交通中塞了幾個小時。

▷ This road has become quite dangerous because of **increased traffic**. 這條路因為交通量增加而變得相當危險。

the volume of	traffic	交通量

▷ During the rush hour, the **volume of traffic** passing through the town is enormous. 在尖峰時段，通過市區的交通量很龐大。

tragedy /ˈtrædʒədɪ/

名 悲劇，災難；悲劇作品

end in	tragedy	以悲劇告終
prevent	a tragedy	預防災禍，避免悲劇發生
avert	a tragedy	

▷ The recent expedition to climb Mount Everest **ended in tragedy**. 最近的這次聖母峰登山以悲劇告終。

a great	tragedy	大悲劇
a terrible	tragedy	
a real	tragedy	真正的悲劇
a personal	tragedy	個人的悲劇
a Greek	tragedy	希臘悲劇

▷ I think there was some **great tragedy** in Peter's life. 我想 Peter 的人生中應該有過什麼悲劇。

train /tren/ 名 列車，火車，電車

catch	a train	搭上列車
get	a train	
take	a train	（交通方式）搭列車
miss	the train	錯過列車
get on	a train	搭上列車
board	a train	
get off	a train	下車
change	trains	轉乘其他列車

▷ Sorry, I have to run to **catch a train**! 抱歉，我必須用跑的趕上列車！

▷ We'll have to hurry, or we'll **miss** the **train**! 我們必須趕快，不然就會錯過列車！

▷ I **got off** the **train** at the wrong station. 我下錯了車站。

▷ Do I need to **change trains** to get from London to Edinburgh? 我從倫敦到愛丁堡需要轉乘嗎？

a local	train	區間車
an express	train	快速列車
a special	train	特別列車
a crowded	train	擁擠的列車
a full	train	滿是乘客的列車

T

a high-speed	train	高速列車
an overnight	train	夜行列車
a passenger	train	旅客列車
a freight	train	貨物列車

▷ I hate traveling on **crowded trains** during the rush hour. 我討厭在尖峰時段搭擁擠的列車。

by	train	（交通方式）搭列車
on	a train	在列車上
a train	to A	往 A 的列車
a train	for A	

▷ It's too expensive to fly there. Let's go **by train**. 坐飛機去那裡太貴。我們坐火車去吧。
▷ The children are so excited. It's the first time they've traveled **on a train**! 孩子們很興奮。這是他們第一次坐了火車旅行！
▷ The **train for** Liverpool leaves at 10:10. 往利物浦的列車 10:10 出發。

train /tren/ 動訓練，接受訓練

properly	train	充分訓練

▷ I'm not going to do well in the marathon. I didn't have time to **properly train.** 我馬拉松不會跑得很好。我沒有時間好好練習。

be trained	as A	受訓成為 A
train	as A	
train	for A	為了 A 接受訓練

▷ He was **trained as** a doctor in the USA. 他在美國受訓成為醫生。

train A	to do	訓練 A 做…

▷ Tim's **trained** his dog **to** do lots of tricks. Tim 訓練了他的狗做很多才藝。

trained /trend/

形 受過訓練的，訓練有素的

highly	trained	受過高度訓練的
fully	trained	受過充足訓練的
adequately	trained	
well	trained	受過良好訓練的
specially	trained	受過特別訓練的

▷ We need to bring in some **highly trained** experts to solve this problem. 我們需要延聘受過高度訓練的專家來解決這個問題。

training /ˈtrenɪŋ/ 名 訓練，培訓

do	training	接受訓練；做訓練運動
receive	training	接受訓練
undergo	training	
give	training	給予訓練
provide	training	
require	training	需要訓練

▷ When she was in the police force, they **gave** her **training** in first aid. 她在警界時接受了急救訓練。
▷ The company will **provide** some **training** during your internship. 公司將在你實習期間給予訓練。

basic	training	基本的訓練
initial	training	初期的訓練
intensive	training	密集訓練
formal	training	正規的訓練
vocational	training	職業訓練
in-service	training	在職訓練
on-the-job	training	在職訓練，實務訓練

▷ Helen has a beautiful voice, but she's never received any **formal training.** Helen 有美妙的聲音，但她沒受過正規訓練。

in	training	訓練中，培訓中

▷ I can't play in Saturday's match. I hurt my ankle **in training**. 星期六的比賽我沒辦法出賽。我訓練時腳踝受傷。

training and qualification(s)	訓練與資格（證明）

▷ You'll find it difficult to get a better job without proper **training and qualifications**. 沒有適當的訓練與資格證明，你會發現很難找到比較好的工作。

translate /træns`let/ 動 翻譯；解釋；轉換

literally	translate	照字面翻譯
roughly	translate	大略翻譯

▷ The word "manga" **roughly translates** as "comic", but the meaning is a little different. 日文的「漫畫」大致上可以翻譯成英文的「comic」，但意思有點不一樣。

translate	A **into** B	把 A 翻譯為 B
translate	**as** A	翻譯成 A

▷ Can you **translate** this **into** English for me? 你能幫我把這個翻成英語嗎？

▷ The word "karaoke" literally **translates as** "empty orchestra." 「karaoke」這個字，（原始的日語語源）字面上是翻譯成「空的管絃樂團」。

translation /trænsˋleʃən/ 名 翻譯

make	a translation	翻譯

▷ We need someone to **make** a **translation** of this report for us. 我們需要有人幫我們翻譯這份報告。

an accurate	translation	精確的翻譯
a literal	translation	字面上的翻譯，直譯
a word-for-word	translation	逐字翻譯
an English	translation	英譯
machine	translation	機器翻譯
automatic	translation	自動翻譯

▷ This is an **English translation** of Natsume Soseki's *Botchan*. 這是夏目漱石《少爺》的英譯本。

a translation	from A	從 A 翻過來的翻譯
a translation	into A	翻成 A 的翻譯
in	translation	用翻譯，在翻譯中

▷ This is a **translation into** English of the Japanese contract. 這是日文合約翻成英文的譯本。

travel /ˋtrævl/

名 旅行；移動；（travels）旅程，長期旅行

foreign	travel	國外旅行
business	travel	出差
space	travel	太空旅行

▷ If you're thinking of **foreign travel**, you'll need to do a lot of preparation before you leave. 如果你想出國旅行，出發前需要做很多準備。

travel	(from A) to B	（從 A）到 B 的旅行、移動

▷ Rail **travel to** Paris costs only slightly less than going by air. 用鐵路到巴黎花的錢只比坐飛機少一點。

travel /ˋtrævl/ 動 旅行，移動；行進；傳導

travel	widely	廣泛地旅行
travel	extensively	到處廣泛旅行
travel	abroad	海外旅行
travel	fast	快速行進

▷ She **traveled extensively** when she was in Europe. 她在歐洲時到處旅行。

▷ I spent the last 6 months **traveling abroad**. 我用過去 6 個月的時間在海外旅行。

▷ It seems highly unlikely that anything can **travel faster** than light. 似乎不可能有什麼比光速還要快。

travel	(from A) to B	（從 A）旅行到 B
travel	in A	在 A 旅行
travel	around A	環繞 A 旅行
travel	through A	旅行穿過 A
travel	by A	用 A 旅行

▷ It takes a long time to **travel from** Japan **to** the US even by air. 即使坐飛機從日本到美國，也要花很久的時間。

▷ A good way to **travel in** America is to use the Greyhound bus network. 在美國旅行的一個好方法是利用灰狗巴士的路線網。

▷ After I graduate from university, I want to **travel around** the world. 大學畢業後我想環遊世界。

▷ I prefer to **travel by** car rather than **by** bus or **by** train. 我偏好坐車旅行勝於坐巴士或火車。

treasure /ˋtrɛʒɚ/

名 寶物，寶藏；珍貴的東西

buried	treasure	埋藏的寶藏
hidden	treasure	隱藏的寶藏
a great	treasure	貴重的寶物
an art	treasure	貴重的藝術品
a national	treasure	國寶

▷ There are many **great treasures** in the British Museum. 大英博物館有許多貴重的寶物。

▷ The Golden Pavilion Temple in Kyoto is a **national treasure**. 京都的金閣寺是國寶。

treat /trit/ 名 樂事；美食；請客

give A	a treat	款待 A（人）

T

▷Go on! Have another piece of chocolate cake! **Give** yourself a **treat**! 再吃一塊巧克力蛋糕吧！好好善待自己（讓自己好好享受蛋糕）。

a real	treat	真正的樂事
a special	treat	特別的樂事

▷You did so well in your exams that we think you deserve a **special treat**! 你考試考得很好，所以我們認為你值得特別的慶祝！

(PHRASES)

(It's) my treat. ☺ 我請客。 ▷"That meal was really expensive! How much do I owe you?" "No, no. Nothing. It's my treat." 「那頓飯真的很貴！我欠你多少？」「不用。我請客。」

▌treat /trit/ 動對待；治療

treat	equally	平等對待
treat	fairly	公平對待
treat	seriously	認真地對待
treat	differently	有差別地對待
treat	separately	分別對待
well	treat	好好對待，善待
badly	treat	差勁地對待
treat	successfully	成功治療

▷Of course men and women should be **treated equally**. 男女當然應該獲得平等的對待。
▷Dave was seriously ill, but he was **successfully treated** in hospital. Dave 病得很重，但他在醫院獲得成功的治療。

treat	A as B	把 A 當成 B 對待
treat	A like B	
treat	A with B	用 B 對待 A
treat	A for B	治 A（人）的 B（病）

▷The people I stayed with **treated** me **as** a member of their own family. 寄宿處的人們對我就像對自己的家人一樣。
▷In England, pets are **treated like** family members. 在英格蘭，寵物受到像家人般的對待。
▷You should **treat** your parents **with** more respect. 你應該更尊敬地對待父母。
▷Anna went into hospital to be **treated for** a heart problem. Anna 住院接受心臟疾病的治療。

▌treatment /ˈtritmənt/ 名治療；對待，待遇

get	treatment	接受治療；受到對待
receive	treatment	
undergo	treatment	接受治療
give	treatment	給予治療；給予對待
require	treatment	需要治療
respond to	treatment	對治療有反應（治療有效果）

▷Ben has gone into hospital to **receive treatment** for a broken leg. Ben 住院治療腿部骨折。
▷I hurt my foot playing soccer, but I don't think it's serious enough to **require treatment**. 我踢足球時腳受傷，但我覺得沒有嚴重到需要治療。

effective	treatment	有效的治療
hospital	treatment	醫院治療
medical	treatment	醫學治療，醫療
dental	treatment	牙科治療
preferential	treatment	優惠待遇
special	treatment	特別待遇
equal	treatment	平等的待遇

▷Are you insured? **Medical treatment** can be incredibly expensive. 你有保險嗎？醫療有可能貴到讓人難以相信。
▷Just because he's the boss's son, I don't think he should receive **special treatment**. 我認為不應該只因為是老闆的兒子就讓他獲得特別待遇。

treatment	for A	針對 A 的治療

▷A lot of progress is being made in the **treatment for** AIDS. 愛滋病的治療有了很大的進步。

▌tree /tri/ 名樹

grow	a tree	栽培樹
plant	a tree	種樹
climb	a tree	爬樹
cut down	a tree	砍樹

▷I'm going to **plant** a **tree** by that fence over there. 我會把樹種在那邊的圍籬旁。
▷Can you help me **cut down** a dead **tree** in the garden? 你可以幫我砍掉花園的一棵枯樹嗎？

a deciduous	tree	落葉樹
an evergreen	tree	常綠樹
a fruit	tree	果樹
an apple	tree	蘋果樹

a cherry	tree	櫻桃樹，櫻花樹

▷ There's a beautiful old **cherry tree** in our garden. 我們的花園裡有一棵美麗的老櫻樹。

under	a tree	在樹下

▷ Let's sit in the shade **under** the **tree** over there. 我們坐在那邊的樹蔭下吧。

trend /trɛnd/ 名 趨勢，傾向；時尚，潮流

set	a trend	創造潮流
follow	a trend	跟隨潮流
buck	a trend	與趨勢相反，逆勢
reverse	a trend	反轉趨勢

▷ Amy wears really cool clothes. She always **follows** the latest **trends** in fashion. Amy 的衣著很酷。她總是跟隨最新時尚潮流。
▷ Profits have fallen this year, so we need to **reverse** the **trend** as quickly as possible. 今年利潤下降，所以我們需要盡快反轉趨勢。

a trend	continues	趨勢持續

▷ The **trend** for joining Facebook is still **continuing.** 加入臉書的趨勢還是持續著。

the current	trend	目前的趨勢
a recent	trend	最近的趨勢
a general	trend	一般的趨勢
an upward	trend	向上的趨勢
a downward	trend	向下的趨勢
an economic	trend	經濟趨勢

▷ I can't keep up with the **current trends** in teenage fashion. 我跟不上目前青少年的流行趨勢。
▷ Sales of smartphones are on an **upward trend** at the moment. 目前智慧型手機的銷售處於上升趨勢。
▷ At the moment, the **economic trend** seems to be toward slow recovery. 當前經濟趨勢似乎朝著緩慢復甦的方向發展。

a trend	toward A	
a trend	to A	向著 A 的趨勢
a trend	for A	
a trend	in A	A 方面的趨勢、潮流

▷ This autumn there's a **trend toward** high boots and short skirts in women's fashion. 今年秋季的女性時尚有傾向高筒靴和短裙的趨勢。

▷ What are the latest **trends in** computer game software? 電腦遊戲軟體的最新趨勢是什麼？

trial /ˈtraɪəl/ 名 審判；試驗；試用

come to	trial	
go to	trial	被交付審判
go on	trial	
stand	trial	接受審判
bring A to	trial	
put A on	trial	使 A 受審判

▷ Ben has been waiting for 6 months to **go on trial.** Ben 在接受審判前等了 6 個月。
▷ The terrorists will be **put on trial** next month. 這些恐怖份子將在下個月受審判。

a criminal	trial	刑事審判
a fair	trial	公正的審判
a murder	trial	殺人案的審判
a clinical	trial	臨床試驗
field	trial	現場試驗

▷ A **criminal trial** is brought against someone by the police. 警方將某個人送交刑事審判。

on	trial	審理中，審判中

▷ She is **on trial** for murder. 她因殺人罪嫌而在審判中。

trial and error	嘗試錯誤法，反覆嘗試

▷ After much **trial and error**, a much improved car engine was developed. 經過多次嘗試錯誤之後，開發出了大幅改善的汽車引擎。

trick /trɪk/

名 詭計，惡作劇；戲法，把戲，手法；訣竅

play	a trick	
use	a trick	捉弄，惡作劇
fall for	a trick	上了詭計的當
perform	a trick	
do	a trick	表演戲法

▷ I think Bob's crazy. He's always **playing tricks** *on* people. 我覺得 Bob 很瘋。他總是捉弄別人。

a dirty	trick	骯髒的手段

T

a cruel	trick	卑劣的手段
a nasty	trick	
a cheap	trick	小伎倆
a clever	trick	出色的把戲

▷Politicians often use **dirty tricks** to stay in power. 政治人物經常用骯髒的手段維持權力。

▷Bob's dog can do all kinds of **clever tricks**! Bob 的狗會做各種出色的才藝！

PHRASES

Trick or treat! ☺ 不給糖就搗蛋！（★ 小孩在萬聖夜到別人家要糖時說的話）

trip /trɪp/ 名旅行；去不遠的某個地方一趟

plan	a trip	計畫旅行
make	a trip	
take	a trip	旅行
go on	a trip	
enjoy	a trip	享受旅行
return from	a trip	從旅行回來

▷We're **planning** a **trip** to Tibet. 我們正在計畫西藏旅行。

▷I **made** a **trip** to China last summer. 我去年夏天去中國旅行。▷I have to **make** a **trip** into town to do some shopping. 我得去市區買點東西。

a long	trip	長途旅行
a short	trip	小旅行
a day	trip	當天來回的旅行
a round	trip	（交通的）來回行程；美 周遊旅行
a foreign	trip	國外旅行
a business	trip	出差
a school	trip	（學生集體的）校外出遊，遠足
a field	trip	實地考察

▷We went on a **day trip** to London. 我們進行了當日來回的倫敦旅行。

▷I have to go on a **business trip** next week. 下禮拜我要出差。

a trip	to A	到 A 的旅行

▷The **trip to** Spain was my first time abroad. 那趟西班牙旅行是我第一次出國。

trouble /ˈtrʌbl̩/

名困難，麻煩，問題；擔心，煩惱的事

have	trouble	有麻煩
cause	trouble	引發問題；造成麻煩
make	trouble	
run into	trouble	遇到麻煩，陷入困難
get into	trouble	
get A into	trouble	把 A（人）捲進麻煩中
be asking for	trouble	自找麻煩，自討苦吃
take	the trouble	不辭勞苦
save A	the trouble	省下 A（人）的麻煩

▷I told him he had to hand his homework in on time, and I've **had** no **trouble** *with* him since. 我告訴他必須準時交作業，之後他再也沒造成我的困擾了。 ◆**have trouble doing** 做⋯有困難 ▷I had no trouble finding the address. 我不費工夫就找到了地址。

▷Why does Sarah always **cause trouble**? Sarah 為什麼老是惹麻煩呢？

▷Most of the math exam was OK, but I **ran into trouble** *with* the last two questions. 數學測驗大部分都 OK，但我在最後兩題遇到了麻煩。

▷He didn't even **take** the **trouble** *to* apologize. 他甚至懶得道歉。

▷This dishwasher is great! It **saves** you the **trouble** of doing the washing up after meals! 這台洗碗機很厲害！它能為你省下餐後洗碗的麻煩！

big	trouble	大問題
serious	trouble	嚴重的問題
real	trouble	
terrible	trouble	
deep	trouble	
financial	trouble	財務問題
engine	trouble	引擎故障

▷I don't think it's a **serious trouble**. 我覺得這不是嚴重的問題。

in	trouble	有麻煩；遇到問題
trouble	with A	A 的問題；對於 A 的問題

▷"What's wrong?" "I'm **in** deep **trouble**, Mom." 「怎麼了？」「我有大麻煩了，媽。」

▷I'm having a bit of **trouble with** this homework. 我做這作業遇到了一點問題。

◆**the trouble (with A) is (that)...** （A 的）問題在於⋯ ▷The trouble is, the baby just won't stop crying. 問題在於，寶寶就是哭個不停。

true /tru/ 形 真實的，真的；真正的；誠實的

come	true	實現
hold	true	仍然為真，仍然適用
remain	true	仍然是真的

▷ Water freezes at 0 degrees centigrade, but this does not **hold true** if it has salt in it. 水在攝氏 0 度結凍，但如果水中有鹽的話，（這個法則）就不適用了。

particularly	true	格外真實的
especially	true	
quite	true	很真實的
perfectly	true	
certainly	true	確實是真的
partly	true	部分真實的
equally	true	同樣真實的

▷ Older people become forgetful, and this is **particularly true** of your grandfather. 上了年紀的人會變得健忘，你的祖父尤其如此。

▷ **Quite true!** You're absolutely right! 說得很對！你說的完全正確！

▷ I know Clare has her bad points, but it's **equally true** that she has some good ones. 我知道 Clare 有她的缺點，但同時她也的確有些優點。

true	of A	對 A 而言正確、符合的

▷ The same is **true of** me. I get angry easily, too! 我的情況也一樣。我也很容易生氣！

true or false		正確還是錯誤
true or not		真的或者不是真的

▷ Butter is more fattening than margarine, **true or false**? 奶油比人造奶油更容易讓人發胖，對還是錯？

▷ **True or not**, that rumor could cause a lot of damage. 不管是不是真的，那個傳言都有可能造成很大的傷害。

it's true	(that)...	…是真的
that may be true,	but	那或許是真的，但
that might be true,	but	

▷ **Is it true that** people who quit smoking gain weight? 戒菸的人會變胖是真的嗎？

▷ **That might be true, but** nobody will believe you! 那或許是真的，但沒有人會相信你！

PHRASES

That's true. ☺ 那是真的。 / **That's not true.** ☺ 那不是真的。 ▷"I've never been in any trouble before." "That's true." 「我以前沒遇過任何麻煩。」「那是真的。」

trust /trʌst/ 名 信任，信賴；信託

put	(one's) trust	信任，予以信賴
place	(one's) trust	
establish	a trust	建立信任
create	a trust	
build up	trust	
win	the trust	獲得信任
gain	the trust	
betray	A's trust	背叛 A 的信任
abuse	A's trust	
lose	trust	失去信任

▷ I'm sure Richard is someone you can **put** your **trust** in. 我相信 Richard 是你可以信任的人。

▷ It's important to **establish a trust** with our clients. 與我們的客戶建立信賴關係很重要。

▷ We don't want to promote someone who will **betray** our **trust** later. 我們不想讓任何之後會背叛我們信任的人升職。

mutual	trust	相互的信任
complete	trust	完全的信任
investment	trust	投資信託

▷ Marriage should be based on **mutual trust**. 婚姻應建立於互信之上。

in	trust	（財產）託管的

▷ Her parents are going to hold the money **in trust** for her until she comes of age. 她的父母會為她委託管理金錢，直到她成年為止。

a lack of	trust	信任的缺乏
a position of	trust	受信任的地位

▷ The main problem between the management and staff was a **lack of trust**. 經營團隊與員工之間的主要問題是缺乏信任。

trust /trʌst/ 動 信任，相信

fully	trust	完全信任

really	trust	真正信任
never	trust	絕對不相信
no longer	trust	不再信任
not entirely	trust	不完全信任

▷ Would you **really trust** a man like Greg? 你真的會相信 Greg 這種男人嗎？

▷ I can **no longer trust** you. 我不能再相信你了。

trust	A to do	委託 A（人）做…

▷ "Can I **trust** you **to** remember to post this letter for me?" "Sure, Mom. No problem." 「我可以請你記得幫我寄這封信嗎？」「當然，媽。沒問題。」

trust	A with B	將 B 信託、託付給 A（人）

▷ I'd **trust** him **with** my last penny! 我會把最後一分錢都託付給他！

trust	in A	信任 A
trust	to A	依靠 A，指望 A

▷ He has a lot of experience. **Trust in** what he tells you. 他很有經驗。相信他告訴你的。

▷ We've done everything we can. Now we have to **trust to** luck! 我們已經盡一切所能。現在我們得指望運氣了！

truth /truθ/ 名 真實，事實，真相；真理；真實性

know	the truth	知道事實
admit	the truth	承認事實
tell	the truth	說實話
speak	the truth	
discover	the truth	發現事實
find out	the truth	找出事實
get at	the truth	查明事實
learn	the truth	得知事實
reveal	the truth	揭露事實
accept	the truth	接受事實
face (up to)	the truth	面對事實

▷ Nobody really **knows** the **truth** about what happened. 沒有人真正了解發生的事情真相。

▷ I don't think she's **telling** the **truth**. 我覺得她沒說實話。

▷ One day somebody will **discover** the **truth**. 有朝一日會有人發現真相。

▷ Maybe nobody ever really **found out** the **truth** about the assassination of President John F. Ken-

nedy. 也許沒有人真的發現了甘迺迪總統暗殺案的真相。

▷ I'm trying to **get at** the **truth**, but it's not easy. 我試圖查明真相，但並不容易。

▷ It took her a long time to **accept** the **truth** about her son. 她花了很長的時間才接受關於兒子的事實。

(the) absolute	truth	絕對的真理、事實
the whole	truth	完整的真相
the simple	truth	純粹簡單的事實
the naked	truth	赤裸裸的事實
a universal	truth	普遍（放諸四海皆準）的事實
an eternal	truth	永恆的事實

▷ What I'm telling you is the **absolute truth**. 我現在告訴你的完全是事實。

▷ You're not telling us the **whole truth**. 你沒有告訴我們完整的真相。

▷ The **simple truth** is you never really loved me! 純粹簡單的事實就是你從來沒有真的愛我！

the truth	about A	關於 A 的事實
the truth	in A	A 中的真實
in	truth	事實上，的確

▷ Tell us the **truth about** what happened. 老實告訴我們發生了什麼事。

▷ I can't decide what is the **truth in** his story and what are lies. 我無法判斷他的故事裡什麼是實話、什麼是謊話。

▷ Well, **in truth**, I think I should have kept quiet and said nothing. 嗯，的確，我想我當時應該保持沉默，什麼都不要說。

the quest	for truth	對真理的追尋
the search	for truth	
an element	of truth	一小部分的真實
a grain	of truth	
the moment	of truth	關鍵時刻，決定性的時刻

▷ Many people believe that our journey through life is the **search for truth**. 許多人相信我們的生命旅程是對真理的追尋。

▷ There is an **element of truth** in what you say. 你說的有一小部分是真的。

▷ OK. The **moment of truth**! Will you marry me? 好。關鍵時刻到了！你願意跟我結婚嗎？

the truth	is (that)...	事實是…

▷ The **truth is**, I wish I was back home in the USA!

事實是，我希望自己現在已經回到美國的家了！

try /traɪ/ 名 嘗試；（橄欖球）持球觸地得分

have	a try	試試看
give A	a try	試試看 A
be worth	a try	值得一試
score	a try	持球觸地得分

▷"I can't unscrew the top off this bottle." "OK. Let me **have a try**!"「我轉不開這個瓶蓋。」「OK。讓我試試看！」
▷"Do you think I should apply for this job?" "Yes. Go on. It's **worth a try**."「你覺得我應該應徵這份工作嗎？」「應該。就去做吧。這值得一試。」
▷Jones **scored** three **tries** against New Zealand. Jones 在對紐西蘭的比賽中三度持球觸地得分。

try /traɪ/ 動 嘗試；試驗；努力

try	desperately	拚命嘗試
try	hard	
try	in vain	徒勞地嘗試
try	unsuccessfully	

★ desperately 也可以用在動詞前面

▷I **tried desperately** to get a ticket for the Olympics, but they were all sold out. 我千方百計要買到奧運門票，但都賣完了。
▷I **tried hard** not to cry, but it was no good. 我強忍不哭，但沒有用。
▷The doctors **tried in vain** to save her life, but she was too seriously injured. 醫師徒勞無功地設法挽回她的生命，但她受傷太嚴重了。

try	to do	努力試圖做到…
try	doing	試試看做…
try	and do	〔口語〕試著做…

★ try doing 暗示是實際上能夠做的動作，而相對地 try to do 則是「嘗試做到」，後面常常接 but 表示做不到。跟 try to do 比起來，try and do 感覺比較有立即性。

▷I **tried to** open the window, but I couldn't. 我試圖打開窗戶，但打不開。
▷You look really tired. Why don't you **try going** to bed earlier? 你看起來真的很累。何不試著早點睡呢？
▷I'll **try and** arrange a meeting for tomorrow

morning. 我會試著在明天早上安排會議。

turn /tɝn/

名 旋轉，轉彎；彎道；輪到做某事的機會

make	a left turn	左轉
make	a right turn	右轉
wait	one's turn	等待輪到自己

▷You need to **make** a **left turn** at the traffic lights. 你必須在紅綠燈左轉。

a sharp	turn	急轉彎
an unexpected	turn	意料之外的轉折

▷Everything looked OK, but then things took an **unexpected turn**, and we lost the contract. 當時一切看似順利，但之後情況有了意外的轉折，我們也丟了合約。

by	turns	輪流，交替
in	turn	逐一，依次

▷The suitcase was really heavy, so we carried it **by turns**. 行李箱真的很重，所以我們輪流搬它。
▷The students answered the questions **in turn**. 學生們逐一回答問題。

A's turn	to do	輪到 A 做…

▷It's your **turn to** do the washing up. 輪到你洗碗了。

turn /tɝn/ 動 轉動，旋轉；轉向；轉彎；改變

turn	abruptly	突然轉向
turn	quickly	快速轉向
turn	slowly	慢慢轉向
turn	slightly	稍微轉向

▷Stella heard someone call out her name and **turned abruptly** to see who it was. Stella 聽到有人叫她的名字，就突然轉頭看是誰。

turn	to A	轉向 A
turn	around	轉向；轉身
turn	round	
turn	away	轉過臉（不面對）

▷She **turned to** him in surprise. "Tom! I thought you weren't coming!" 她驚訝地轉向他。「Tom！我以為你不會來！」
▷Don't **turn around** yet! I've got a surprise for

you. 還不要回頭！我有一個驚喜要給你。

type /taɪp/ 图 類型，種類

identify	the type	識別類型
include	types	包含類型
depend on	the type	取決於類型

▷ We need to **identify** the **type** *of* flu virus you have. 我們需要辨別你的流感病毒類型。

▷ I don't know if you can use this software. It **depends on** the **type** of computer you have. 我不知道你能不能用這個軟體。要看你的電腦類型。

a certain	type	某種類型
a particular	type	特定類型
various	types	各式各樣的類型
the same	type	同樣的類型

▷ I always seem to be attracted by a **certain type** *of* person: tall, handsome, intelligent, and rich! 我似乎總是被某種類型的人吸引：高、英俊、聰明而且有錢！

▷ Do you use any **particular type** *of* perfume? 你用任何特定類型的香水嗎？

▷ My boyfriend and I both have the **same type** *of* character. 我男朋友跟我是同類性格的人。

typical /ˈtɪpɪkl̩/ 图 典型的

fairly	typical	相當典型的
quite	typical	很典型的
entirely	typical	完全典型的

▷ She's a **fairly typical** Japanese high school student. She loves cute things and Tokyo Disney Land! 她是相當典型的日本高中生。她喜歡可愛的東西和東京迪士尼樂園！

▷ That's **entirely typical** of Annabel! 那完全就是 Annabel 的風格！

typical	of A	對於 A 很典型的；很像 A 的風格的

▷ "Cindy keeps changing her mind about where she wants to go on holiday." "Yes! That's **typical of** her!" 「對於想去哪裡度假，Cindy 一直改變她的主意。」「是啊！那很像她！」

U

umbrella /ʌmˋbrɛlə/ 名 傘，保護（傘）

open	an umbrella	
put up	an umbrella	開傘
hold	an umbrella	撐傘
fold	an umbrella	摺起傘
carry	an umbrella	帶著傘

▷ They say it's unlucky to **open** an **umbrella** indoors. 人家說在室內開傘不吉利。
▷ I **carried** the **umbrella** around with me all day, but it didn't rain. 我今天一整天帶著傘，但沒下雨。

a folding	umbrella	摺疊傘
a beach	umbrella	海灘傘
a nuclear	umbrella	核保護傘

▷ A **nuclear umbrella** means that it protects countries from a nuclear attack by other countries. 核保護傘表示能保護國家免於其他國家的核武攻擊。

under	the umbrella	在保護下

▷ Soldiers from many countries were sent in to keep the peace **under** the **umbrella** of the United Nations. 在聯合國的保護下，來自許多國家的士兵被派遣維持和平。

uncertain /ʌnˋsɝtn/

形 不確定的；不確知的

rather	uncertain	
somewhat	uncertain	不太確定的
still	uncertain	還不確定的

▷ Emma is still **rather uncertain** whether to apply for the job or not. Emma 還是不太確定要不要應徵那份工作。

uncertain	wh-	不確定…的

★ wh- 是 how, what, why, whether 等

▷ She was **uncertain how** to reply to his email. 她不確定要怎麼回他的電子郵件。
▷ We're **uncertain what** to do next. 我們不確定接下來該做什麼。
▷ It's **uncertain whether** we'll be able to finish the project on time. 我們能否準時完成計畫還很難說。

uncertain	about A	
uncertain	of A	對 A 不確定的

▷ I'm **uncertain of** whether to have my watch repaired or buy a new one. 我不確定要把錶送修還是買新的。

understand /ˌʌndɚˋstænd/

動 了解，明白

clearly	understand	清楚了解
well	understand	很了解
fully	understand	完全了解
quite	understand	相當了解
not really	understand	不太了解
properly	understand	充分了解
easily	understand	
readily	understand	輕易了解
understand	correctly	正確了解
understand	perfectly	完全了解

▷ I can **well understand** why you were so embarrassed! 我很能了解你為什麼那麼尷尬！
▷ I **fully understand** your point of view. 我完全了解你的觀點。
▷ I couldn't **properly understand** what he said. 我無法充分了解他所說的。
▷ I can **easily understand** why you got so angry! 我可以很容易了解你為什麼那麼生氣！

begin to	understand	開始了解
try to	understand	試圖了解
help (A) to	understand	幫助（A（人））了解

▷ Ah! Now I **begin to understand**! 啊！現在我開始懂了！
▷ Can you **help** me **to understand** this math problem? 你能幫我弄懂這道數學題嗎？

be difficult to	understand	很難了解
be easy to	understand	很容易了解

▷ It's really **difficult to understand** these instructions! 弄懂說明書真的很難！

U

understand	wh-	了解…
understand	(that)...	了解…

★ wh- 是 what, why, how 等

▷ I can't **understand why** you didn't tell me before. 我不了解為什麼你之前沒告訴我。

▷ I **understand that** you have a lot of experience as a waitress. 我了解你擔任女服務生很有經驗。

understand	A to do	理解為 A 是…

★ do 通常是 be, mean, say 等

▷ I **understood** him **to** say that there were no more problems. 我理解成他是說已經沒問題的意思。

PHRASES

Do you understand? ☺ 你懂嗎？ ▷"Do you understand?" "Yes, I see what you mean."「你懂嗎？」「是的，我明白你的意思。」

(Is that) understood? ☺（脅迫的語氣）知道了嗎？（要照我的話做）

I understand. ☺ 我明白了，我懂了。 ▷"So, it's really important you keep it a secret." "OK. Don't worry. I understand."「所以，你保守這個祕密是很重要的。」「OK。別擔心。我明白了。」

understanding /ˌʌndəˈstændɪŋ/

名 了解，認識；共識；諒解

have	an understanding	了解
show	an understanding	表示了解
gain	an understanding	了解，了解到
develop	an understanding	逐漸了解
improve	A's understanding	增進了解
increase	A's understanding	
come to	an understanding	達成共識、協議
reach	an understanding	

▷ He **has** no **understanding** of the importance of human relationships. 他不了解人際關係的重要。

▷ She quickly **gained** a good **understanding** of our new accounting system. 她很快就充分了解了我們新的會計系統。

a full	understanding	徹底的了解
a thorough	understanding	
sufficient	understanding	充分的了解
a clear	understanding	清楚的了解
a deep	understanding	深入的了解
a proper	understanding	適當的了解

a real	understanding	真正的了解
a better	understanding	較好的了解
a greater	understanding	更多的了解
(a) mutual	understanding	相互的了解

▷ I don't think they have a **full understanding** of the situation. 我認為他們並不完全了解狀況。

▷ I think we should be able to come to a **mutual understanding**. 我想我們應該能達到相互的了解。

a lack of	understanding	了解的缺乏

▷ There was a **lack of understanding** between the boss and his staff. 上司和員工之間欠缺（彼此）了解。

an understanding	between A	A 之間的共識
an understanding	with A	與 A 的意見一致

▷ I have a good **understanding with** my boss. 我和老闆的想法很一致。

on	the understanding that...	在…的條件下

▷ I'll lend you $5,000 **on the understanding that** you pay me back within six months. 我會借你5,000 美元，前提是你在 6 個月內還我。

unhappy /ʌnˈhæpɪ/

形 不幸福的，不快樂的；不滿意的

feel	unhappy	覺得不快樂
look	unhappy	看起來不快樂

▷ Emma **feels unhappy** living by herself alone in New York. Emma 在紐約一個人住覺得不快樂。

deeply	unhappy	非常不快樂的
desperately	unhappy	
really	unhappy	真的很不快樂的

▷ Melissa has been **deeply unhappy** since her divorce. Melissa 自從離婚後就非常不快樂。

unhappy	about A	對 A 不滿意的、不開心的
unhappy	with A	
unhappy	at A	

▷ I'm a little **unhappy about** leaving all my school friends and moving to Chicago. 我對於離開在學校的所有朋友並且搬到芝加哥感覺有點不開心。

union /ˈjunjən/ 名 工會；聯盟；結合

form	a union	建立工會
organize	a union	組織工會
join	a union	加入工會
belong to	a union	屬於工會

▷ Some people at work are thinking of **forming** a **union**. 職場上有些人考慮建立工會。
▷ Do you think it's a good idea to **join a union**? 你覺得加入工會是個好主意嗎？

a labor	union	（勞動）工會
英 a trade	union	
economic	union	經濟聯盟
monetary	union	貨幣聯盟
political	union	政治聯盟
the European	Union	歐洲聯盟，歐盟

▷ Many European countries formed a **monetary union** which uses the euro as a currency. 許多歐洲國家組成了使用歐元作為貨幣的貨幣聯盟。
▷ England and Scotland formed a **political union** in the 17th century. 英格蘭與蘇格蘭在 17 世紀組成了政治聯盟。

unique /juˈnik/

形 獨特的，獨一無二的；唯一的

quite	unique	非常獨特的
totally	unique	
truly	unique	真的很獨特的
almost	unique	幾乎是獨一無二的

▷ This writer's style of writing is **quite unique**. 這位作家的寫作風格相當獨特。
▷ This 12th century coin is **almost unique**. 這枚 12 世紀的硬幣幾乎是獨一無二的。

unique	to A	A 獨有的

▷ This species of lizard is **unique to** the Galapagos Islands. 這種蜥蜴是加拉巴哥群島獨有的。

unit /ˈjunɪt/

名 單位；部門；（設備的）一套

a basic	unit	基本單位
the family	unit	家庭單位
a business	unit	事業部門
control	unit	（電腦）控制單元

▷ The centimeter is a **basic unit** of measurement. 公分是測量的基本單位。
▷ The **unit cost** of electricity is going to go up again this year. 今年電力的單位價格會再度上漲。

university /junəˈvɝsətɪ/ 名 大學

go to	(the) university	上大學
graduate from	university	從大學畢業

▷ I'm hoping to **go to** (the) **university** next year. 我希望明年能上大學。

at	(the) university	在大學

▷ Do you have a job, or are you still **at university**? 你有工作嗎，或者還在上大學？
▷ Her father is a professor **at** Stanford **university**. 她的父親是史丹福大學的教授。

unknown /ʌnˈnon/

形 未知的，不為人知的

remain	unknown	仍然不為人知

▷ The cause of the car crash **remains unknown**. 車禍原因仍然不明。

virtually	unknown	幾乎沒人知道的
almost	unknown	
still	unknown	仍然不為人知的
hitherto	unknown	迄今不為人知的
previously	unknown	

▷ In 6 months she went from being a **virtually unknown** singer to famous pop star. 在 6 個月的時間內，她從幾乎沒人認識的歌手變成知名的流行明星。
▷ We've found a **previously unknown** species of spider. 我們發現了之前不為人知的蜘蛛品種。

unknown	to A	A 不知道的

▷ There are still many species of animals and insects that are **unknown to** man. 還有許多種動物和昆蟲是人類不知道的。

U

unlikely /ʌnˋlaɪklɪ/ 形 不太可能的

most	unlikely	
highly	unlikely	幾乎不可能的
extremely	unlikely	

▷ We'll be **most unlikely** to finish by 6:00 this evening. 我們幾乎不可能在今晚 6 點前完成。

unlikely	to do	
unlikely	(that)...	不太可能…的

▷ It's **unlikely (that)** I'll be home before 10:00. The boss asked me to work late this evening. 我不太可能在 10 點前到家。老闆要我今晚加班。

unusual /ʌnˋjuʒʊəl/

形 不尋常的，稀有的，奇特的

highly	unusual	
most	unusual	極為不尋常的
somewhat	unusual	有點不尋常的

▷ Forty years ago, it was **highly unusual** for women to play soccer. 40 年前，女人踢足球是很不尋常的事。

it is unusual	(for A) to do	（A）做…很不尋常

▷ **It's not unusual to** feel nervous before an exam. 考試前感覺緊張不是什麼稀奇的事。

nothing	unusual	沒什麼不尋常的

▷ There's **nothing unusual** about having more than one part-time job at the same time. 同時做兩份以上的兼職工作並不稀奇。

upset /ʌpˋsɛt/ 形 心煩的，苦惱的，生氣的

get	upset	變得心煩
feel	upset	感覺心煩
look	upset	看起來心煩

▷ Calm down! There's no need to **get upset**! 冷靜！不需要心煩。

really	upset	
extremely	upset	非常煩惱的
terribly	upset	

▷ After the interview, Bella looked **really upset**.

面試之後，Bella 看起來很煩惱。

upset	about A	對 A 感到心煩的
upset	with A	對 A（人）感到生氣的

▷ Tina's really **upset about** what you said to her. Tina 因為你對他說的話而很煩惱。

upset	(that)...	因為…而心煩、生氣的

▷ Cleo was **upset that** no one remembered her birthday. Cleo 因為沒有人記得她的生日而不高興。

urge /ɝdʒ/ 動 力勸；極力主張

constantly	urge	持續勸說
repeatedly	urge	一再勸說
strongly	urge	強烈勸說

▷ His doctor **strongly urged** him to give up smoking. 他的醫師強烈勸他戒煙。

urge	A to do	力勸 A（人）做…

▷ Our teacher **urged** us **to** work hard to pass the entrance exam. 我們老師催促我們用功，以通過入學測驗。

urge	that...	力勸…

▷ As your doctor, I **urge that** you give up smoking and go on a diet immediately. 身為你的醫生，我要勸你馬上戒菸並且節食。

use /jus/ 名 使用，用途；有用

make	use	利用
come into	use	開始被使用
go out of	use	不再被使用
put A to	use	使用 A
encourage	the use	鼓勵使用
be of	use	有用

▷ You need to **make** the best **use** *of* your time during the summer holidays. 你應該充分利用你暑假的時間。

▷ Our company **encourages** the **use** *of* eco-friendly cars. 我們公司鼓勵使用環保車輛。

▷ Don't hesitate to call me if I can be **of use** (to you). 如果我幫得上忙的話，請隨時打電話給我。

in	use	使用中的
out of	use	不再使用的

▷ "I thought the elevator was **out of use**." "No, it's been **in use** again since last Friday. 「我以為這台電梯沒在用了。」「不，它自從上週五又開始使用了。」

increased	use	增加了的使用（量）
regular	use	定期使用
widespread	use	廣獲使用（的情況）
effective	use	有效使用
efficient	use	有效率的使用

▷ **Increased use** of air-conditioning can bring health problems. 增加冷氣的使用，可能造成健康問題。

▷ Antibiotics are becoming less effective because of their **widespread use**. 抗生素因為廣為使用而漸漸不那麼有效。

▷ To avoid power cuts this winter, we shall all need to make more **efficient use** of electricity. 要避免今年冬天斷電，我們都需要更有效率地用電。

use /juz/ 動 用，使用

frequently	use	頻繁地使用
normally	use	通常使用
regularly	use	定期使用
rarely	use	很少使用
commonly	used	普遍使用的
widely	used	廣獲使用的
use	effectively	有效使用
use	mainly	主要使用
use	up	用完
used	extensively	被廣泛使用的

▷ I **regularly use** the bus to go into town. 我定期搭公車到市區。

▷ In Holland, bicycles are **commonly used** as a method of transport. 在荷蘭，自行車是普遍使用的交通方式。

▷ We've **used up** all the toothpaste. 我們用完了牙膏。

use	A **for** B	把 A 用於 B
use	A **as** B	把 A 當成 B 使用

▷ It was a valuable antique vase, and he just **used** it **for** keeping pens and pencils in! 那是貴重的古董花瓶，而他只是用來放筆和鉛筆！

use	A **to** do	用 A 做

▷ Can I **use** your cellphone **to** make a quick call? 我能借你的手機很快打一通電話嗎？

used /juzd/ 形 習慣的

be used	**to** A	習慣 A
get used	**to** A	變得習慣 A
become used	**to** A	
★ A 是名詞或動名詞		

▷ I'm **used to** getting up at 5:00 in the morning now. 我現在習慣早上 5 點起床。

▷ You'll soon **get used to** living abroad. 你很快就會習慣在國外生活。

▷ I've **become used to** commuting two hours to work every day. 我已經習慣每天花 2 小時通勤上班。

useful /ˈjusfəl/ 形 有用的，有助益的

extremely	useful	非常有用的
especially	useful	特別有用的
particularly	useful	
really	useful	真的很有用的

▷ That book you lent me was **extremely useful**. 你借我的書非常有用。

▷ I found your advice **especially useful**. 我發現你的建議特別有用。

useful	**for** A	對於 A 有用的
useful	**to** A	

▷ This penknife is **useful for** all sorts of things. 這把摺疊刀可以用於各種用途。

prove	useful	結果證明有用
find A	useful	發現、覺得 A 有用
make oneself	useful	做點有用的事來幫忙

▷ I **find** this dictionary very **useful**. 我覺得這本字典很有用。

▷ Don't just stand there! **Make yourself useful**! 別只是站在那裡！過來幫忙！

useful	**to** do	做⋯有用

▷ It's **useful to** live so close to the supermarket. 住得離超市這麼近是很有用的。

U

useless /ˈjuslɪs/ 形 沒用的，沒有助益的

prove	useless	結果證明沒用

▷ I've tried many kinds of diet, but they've all **proved useless**. 我試了很多種節食方式，但結果證明全都沒用。

quite	useless	
completely	useless	完全沒用的
absolutely	useless	
totally	useless	

▷ The thin coats were **quite useless** against the cold. 這些薄外套對於禦寒沒什麼用。

useless	**as** A	作為 A 沒有用的
useless	**for** A	對於 A 沒有用的
useless	**to** A	對 A（人）沒有用的

▷ Our dog is friendly to everyone – even strangers! He's **useless for** protecting the house. 我們的狗對每個人都很友善——就連陌生人也是！他對保護我們家沒有用。

▷ All this information is out of date. It's **useless to** us. 這些資訊都過時了。對我們沒有用。

U

V

vacation /veˋkeʃən/ 英 /vəˈkeɪʃn/

名〔主要用於美式〕假期

go on	(a) vacation	去度假
take	a vacation	休假
spend	a vacation	度過假期
plan	a vacation	計畫假期
enjoy	one's vacation	享受假期

▷Tim and Sue have **gone on vacation**. Tim 和 Sue 已經去度假了。
▷I'd love to **spend a vacation** in Hawaii. 我很想在夏威夷度假。

summer	vacation	暑假
winter	vacation	寒假

▷I'm going to do a part-time job during the **summer vacation**. 我會在暑假打工。

on	vacation	休假中

▷Kate and Lesley are **on vacation** in Switzerland. Kate 和 Lesley 正在瑞士度假。

valuable /ˋvæljʊəbl/

形 值錢的；貴重的，有價值的，有用的

prove	valuable	結果證明很貴重

▷Thanks so much for your advice. I'm sure it will **prove valuable**. 非常感謝你的建議。我相信那會很有用的。

extremely	valuable	非常值錢的；非常貴重的
particularly	valuable	特別貴重的
especially	valuable	
potentially	valuable	有潛在價值的

▷I think this old stamp is **extremely valuable**. 我認為這枚舊郵票非常值錢。
▷This piece of land isn't worth very much now, but it's **potentially** very **valuable**. 這塊土地現在不太值錢，但很有潛在價值。

valuable	for A	對於 A 貴重的
valuable	to A	對 A 貴重的

▷This training course has been very **valuable for** me. 這個訓練課程對我很有助益。
▷The ring was **valuable to** her for sentimental reasons. 因為情感因素，這枚戒指對她而言很貴重。

value /ˋvælju/

名 價值；重要性；（values）價值觀

add	value	增加價值
increase	the value	提升價值
reduce	the value	減少價值
have	a value	有價值
show	the value	顯示價值
know	the value	知道價值

▷If you add an extension, it will **increase** the **value** *of* your house. 如果你擴建的話，會增加你房屋的價值。
▷I don't think she **knows** the true **value** *of* this painting. 我想她不知道這幅畫真正的價值。

high	value	高價值
low	value	低價值
good	value	很好的價值，值得，划算
face	value	面額
market	value	市場價值
nutritional	value	營養價值
cultural	values	文化價值觀
social	values	社會價值觀
moral	values	道德價值觀

▷If you shop at the new supermarket, you get very **good value**. 如果你在新的超市採買，會很划算。

drop	in value	貶值
fall	in value	
rise	in value	升值

▷The dollar has **fallen in value** against the yen. 美金對日圓貶值了。

of	value	有價值的，貴重的

★ 會和 great, real 或 little, no 連用

▷Your suggestions have been **of great value**. 你的建議非常寶貴。

value	for money	相對於價錢的價值，相對於費用的效果

▷ If you go somewhere else, you'll get better **value for money**. 如果你去別的地方，會買到更物有所值的東西。

a set of	values	價值體系

▷ When I lived abroad in an African village, I experienced a completely different **set of values**. 我住在非洲的村莊時，體驗到全然不同的價值體系。

variety /vəˋraɪətɪ/

名 多樣化，富有變化；種類，品種

add	variety	增加變化
offer	variety	

▷ Traveling **adds variety** to life. 旅行讓人生更多采多姿。

a wide	variety	廣泛的多樣性
a great	variety	很大的多樣性
a rich	variety	豐富的多樣性
an infinite	variety	無限的多樣性
an astonishing	variety	令人驚異的多樣性
a bewildering	variety	
different	varieties	各種不同的種類
new	varieties	新種類

▷ Our department store stocks a **wide variety** of brand goods. 我們的百貨公司販售種類廣泛的名牌商品。
▷ You've got a **great variety** of flowers in your garden. 你的花園有很多種花。
▷ There's a **rich variety** of desserts to choose from. 有豐富多樣的甜點可供選擇。
▷ An almost **infinite variety** of beautiful tropical fish live on this coral reef. 這座珊瑚礁幾乎有無限多種美麗的熱帶魚。

vegetable /ˋvɛdʒətəbl/ 名 蔬菜

plant	vegetables	種植蔬菜（種下種子等等）
grow	vegetables	栽培蔬菜（種植長大的過程）
cook	vegetables	烹煮蔬菜

▷ We **grow vegetables** in our garden. 我們在花園裡種菜。
▷ I need to **cook** some **vegetables** to go with the meat. 我需要煮些蔬菜來搭配肉。

green	vegetables	綠色蔬菜
leafy	vegetables	多葉的蔬菜
fresh	vegetables	新鮮蔬菜

▷ Are you sure you're eating enough **fresh vegetables**? 你確定你吃的新鮮蔬菜夠嗎？

verdict /ˋvɝdɪkt/ 名 （陪審團的）裁決

reach	a verdict	達成裁決
return	a verdict	做出裁決
deliver	a verdict	

▷ The jury **returned** a guilty **verdict** after half an hour. 陪審團在半小時後做出了有罪的裁決。

video /ˋvɪdɪˏo/ 名 影片

make	a video	製作影片
rent	a video	租影片
watch	a video	看影片
see	a video	看到影片

▷ Let's **rent a video** and **watch** it this evening. 我們今晚租影片來看吧。

a home	video	家用影片（非公開播放用的影片）

▷ Look! I've found some old **home videos**! 你看！我找到一些舊的家用錄影帶！

on	video	用影片

▷ The concert was recorded **on video**. 這場音樂會有錄影。

view /vju/ 名 觀點，看法；視野；眺望，景色

have	a view	有看法
hold	a view	
take	the view	採取看法
share	the view	分享看法
support	the view	支持看法
reflect	the views	反映看法
have	a view	有景色
block	A's view	遮住 A 的視野
come into	view	進入視野

disappear from	view	從視野消失

▷ You may think that, but I **hold** a very different view. 你可以那麼想，但我的看法很不同。

▷ That idea does not **reflect** the **views** of the majority of Australians. 那個想法並未反映大多數澳洲人的觀點。

▷ We got great tickets for the live concert, so we **had** a really good **view** of the band. 我們得到了演唱會很好的票，所以我們可以把樂團看得很清楚。

▷ The crowd cheered as the marathon runner **came** into view. 群眾看見馬拉松跑者時發出了喝采。

a general	view	一般的看法
one's **personal**	view	個人的看法
a clear	view	明確的看法
political	views	政治觀點
a traditional	view	傳統觀點
a breathtaking	view	令人屏息的景色
a clear	view	清楚的景色
a panoramic	view	全景

▷ My **personal view** is that he should apologize. 我個人的意見是他應該道歉。

▷ Your grandfather has very **traditional views**. 你祖父的觀念非常傳統。

▷ There's a wonderful **panoramic view** from the top of the tower. 從塔的頂端可以看到很棒的全景。

a view	on A	對 A 的看法
a view	about A	
a view	from A	從 A 看到的景色
in	A's **view**	從 A 的觀點來看
in	view	在視線範圍內
on	view	展示中

▷ What are your **views on** nuclear power? 你對核能的看法是什麼？

▷ There's a wonderful **view** of the sea **from** the bedroom window. 從寢室的窗戶可以看到很棒的海景。

▷ **In my view**, we should accept their offer. 就我看來，我們應該接受他們的提案。

▷ A kindergarten teacher always needs to keep the little children **in view**. 幼稚園老師需要隨時確保小朋友在視線之內。

a point of	view	觀點，視點

▷ From his **point of view**, there was nothing more he could have done. 從他的觀點來看，他當時再也無能為力做什麼了。

violence /ˈvaɪələns/

名 暴力，暴力行為；猛烈

resort to	violence	訴諸暴力
use	violence	使用暴力
incite	violence	煽動暴動
end	the violence	終止暴力

▷ You mustn't **resort to violence**. 你絕不能訴諸暴力。

▷ The police were forced to **use violence** against the demonstrators. 警察被迫對示威者使用暴力。

▷ United Nations troops were sent in to **end** the **violence**. 為了終止暴力而派出了聯合國的軍隊。

violence	erupts	暴動爆發
violence	breaks out	
violence	escalates	暴動擴大

▷ **Violence erupted** in Karachi. 卡拉奇爆發了暴動。

domestic	violence	家庭暴力
physical	violence	肢體暴力
sexual	violence	性暴力

▷ **Domestic violence** is still a major problem in many countries. 家暴在許多國家仍然是重大的問題。

violence	against A	對 A 的暴力

▷ The police claimed that they did not use too much **violence against** the demonstrators. 警方宣稱他們沒有對示威者使用太多暴力。

an act of	violence	暴力行為
a victim of	violence	暴力受害者
an outbreak of	violence	暴動的爆發

▷ Just one punch is an **act of violence**. 就算只有一拳也是暴力行為。

violent /ˈvaɪələnt/ 形 暴力的，激烈的

become	violent	
turn	violent	變得暴力
get	violent	

▷ At first the demonstration was peaceful, but later the crowd **turned violent**. 起初示威活動很和平，但之後群眾開始暴動。

V

vision /ˈvɪʒən/

图 先見之明，願景，想像；視力，視覺

have	a vision	有願景
lack	vision	缺乏願景
create	a vision	創造願景
share	a vision	共享願景
blur	A's vision	模糊 A 的視界
cloud	A's vision	

▷ I **had** a **vision** of myself running my own company at the age of 30. 我想像過 30 歲的時候經營自己的公司。

▷ Helen was crying, and the tears **blurred** her **vision**. Helen 哭得淚眼朦朧。

great	vision	很好的眼光
strategic	vision	策略的願景
a common	vision	共同的願景
excellent	vision	優秀的視力
poor	vision	差勁的視力

▷ You showed **great vision** to invest in gold at that time! 你當時投資黃金，眼光真好！

▷ An investor needs to have good **strategic vision**. 投資者必須要有很好的策略願景。

▷ You need to have **excellent vision** to be an airline pilot. 你需要優秀的視力才能當機長。

a field of	vision	視野，視界
a line of	vision	視線

▷ Generally speaking, women have a wider **field of vision** than men. 一般來說，女人的視野比男人廣。

visit /ˈvɪzɪt/ 图 拜訪；探望；參觀，視察

make	a visit	拜訪
pay	a visit	
receive	a visit	接受拜訪
have	a visit	
arrange	a visit	安排拜訪
be (well) worth	a visit	值得拜訪

▷ We **paid** a **visit** to the Golden Pavilion Temple in Kyoto. 我們參觀了京都的金閣寺。

▷ When I was in hospital, I **had** many **visits** from friends. 住院時有許多朋友探望我。

▷ When you're in Paris, you should go to the Eif-fel Tower. It's **well worth** a **visit**. 當你在巴黎時，應該去艾菲爾鐵塔。那裡很值得參觀。

a brief	visit	簡短的拜訪
a short	visit	
regular	visits	定期的拜訪
a three-day	visit	為期三天的拜訪
a recent	visit	最近的拜訪
a previous	visit	之前的拜訪
an official	visit	正式拜訪

▷ When we were in Paris, we made a **brief visit** to the Louvre Museum. 在巴黎時，我們短暫拜訪了羅浮宮博物館。

▷ I make **regular visits** to the dentist. 我定期看牙醫。

▷ We went on a **five-day visit** to Paris. 我們去了巴黎五天。

▷ The President of the USA is in our country on an **official visit**. 美國總統在我國進行正式參訪。

during	one's visit	在拜訪時
on	a visit	
a visit	to A	對 A 的拜訪

▷ I made so many friends **during** my **visit** *to* Australia. 我去澳洲的時候交了很多朋友。

▷ Sorry. Tom's not here. He's **on** a **visit** *to* some friends in California. 抱歉。Tom 不在這裡。他正在拜訪一些加州的朋友。

visit /ˈvɪzɪt/ 動 拜訪；探望

frequently	visit	頻繁拜訪
often	visit	常常拜訪
regularly	visit	定期拜訪
rarely	visit	很少拜訪

▷ Sally **regularly visited** her mother in hospital. Sally 定期探望她住院的母親。（★ 也可以說 visit regularly）

come to	visit	來訪
come and	visit	

▷ Some old school friends are **coming to visit** next weekend. 一些在校時的老朋友將在下週末來訪。

▷ Please **come and visit** us again. 請再來看我們。

voice /vɔɪs/ 名（發聲器官發出的）聲音

hear	A's **voice**	聽到 A 的聲音
raise	one's **voice**	説話大聲些
lower	one's **voice**	説話小聲些
lose	one's **voice**	失聲
recognize	A's **voice**	認出 A 的聲音

▷ It's really nice to **hear** your **voice**. 聽到你的聲音真好。

▷ Can you **raise** your **voice** a little? The people at the back can't hear you. 你可以稍微大聲一點嗎？後面的人聽不到你的聲音。

▷ Sorry, I've caught a cold and **lost** my **voice**. 抱歉，我感冒失聲了。

▷ I **recognized** your **voice** over the phone immediately! 我在電話上馬上就認出你的聲音！

one's **voice**	rises	聲音變大
a **voice**	comes from A	從 A 傳來聲音
one's **voice**	sounds angry	聲音聽起來很生氣

★ angry 也可以換成 excited, sad, strange 等形容詞

▷ A **voice came** from the back of the room: "Speak up! We can't hear you!" 有個聲音從房間後面傳來：「大聲說！我們聽不到你說話！」

▷ Hello? Is that you, Ben? Your **voice sounds strange**! 哈囉？是你嗎，Ben？你的聲音聽起來很奇怪！

a loud	voice	大聲
a small	voice	小聲
a little	voice	
a low	voice	低聲
a deep	voice	低沉的聲音
a quiet	voice	安靜的聲音
a gentle	voice	溫柔的聲音
a flat	voice	平板的聲音
a female	voice	女性的聲音
a male	voice	男性的聲音

★ 經常以 in a ... voice 的形式使用

▷ We could hear **loud voices** coming from the apartment next door. 我們可以聽到吵鬧的聲音從隔壁公寓傳來。

▷ "This play is really boring!" she whispered in a **low voice**. 她輕聲細語地說：「這齣戲真無聊！」

▷ She spoke in a **soft voice**. 她輕柔地說話。

a tone of	voice	聲調，語調

▷ "Never mind. I'll find someone else to help," she said in a disappointed **tone of voice**. 她用失望的語調說：「沒關係，我會找別人幫忙。」

at the top of	one's **voice**	用最大的嗓音

▷ Dave shouted **at the top of** his **voice**. "Look out! There's a car coming! Dave 用最大的聲音吼叫：「小心！有車來了！」

vote /vot/ 名 投票；投票權；選票；得票數

take	a vote	進行投票決定
have	a vote	
give	one's vote	投票
cast	a vote	投票
put A to	the vote	將 A 交付表決
count	the votes	計算票數
have	the vote	有投票權

▷ I **gave** my **vote** to the Liberal Democrat. 我把票投給了自由民主黨。

▷ I wish I was old enough to **have** the **vote**. 我希望自己年紀夠大、有投票權。

get	... percent of the vote	得到…% 的票
win	20 votes	獲得 20 票
receive	20 votes	

★ get ... percent of the vote 的 get 也可以換成 win, receive, poll 等

▷ Nigel **got** only 5 **percent of** the **vote**. Nigel 的得票率只有 5%。

a majority	vote	過半數的投票
a unanimous	vote	全體一致的投票
the popular	vote	一般民眾投票
the swing	vote	游離票
英 the floating	vote	
the female	vote	女性票

▷ It wasn't unanimous, but Tony won by a **majority vote**. 雖然不是全體一致，但 Tony 贏得了過半數的投票。

a vote	on A	關於 A 的投票
a vote	for A	對 A 的贊成票
a vote	in favor of A	

V

a vote	against A	對 A 的反對票
by	vote	用投票方式

▷ I cast my **vote in favor of** spending the school's money on building a swimming pool. 我投票支持用學校經費興建游泳池。

▷ I think we should decide this **by vote**. 我想我們應該投票決定。

█ vote /vot/ 動 投票；投票決定

vote	on A	針對 A 進行投票
vote	for A	對 A 投贊成票
vote	against A	對 A 投反對票

▷ Tomorrow the soccer club is meeting to **vote on** who's going to be captain. 足球俱樂部明天將開會投票，決定誰是隊長。

vote	to do	投票決定做…

▷ We **voted to** go to Hawaii for our school trip next year. 我們投票決定了明年學校旅行去夏威夷。

V

W

wage /wedʒ/ 名 薪水，工資

earn	a wage	賺薪水
make	a wage	
pay	a wage	付薪水
raise	wages	提高薪水
lower	wages	降低薪水
cut	wages	削減薪水

▷ She **earns a wage** of about $500 a week. 她的週薪大約 500 美元。
▷ They're going to **raise** our **wages** next month. 他們下個月會給我們加薪。

wage	increases	薪水增加
wage	rises	

▷ Our **wages increased** by 10% last year. 我們的薪水去年增加 10%。

a good	wage	好的薪水
high	wages	高的薪水
low	wages	低的薪水
a weekly	wage	週薪
nominal	wages	名目工資
real	wages	實質工資
a basic	wage	基本工資
(a) minimum	wage	最低工資
an average	wage	平均工資
unpaid	wages	未付的薪水

▷ I want to find a job with **high wages** and good working conditions. 我想找一份高薪、工作條件好的工作。

wait /wet/ 動 等待

wait	quietly	靜靜地等
wait	patiently	耐心地等
wait	anxiously	焦慮地等
wait	impatiently	沒耐心地等
wait	nervously	緊張地等
wait	expectantly	期待地等
wait	outside	在外面等

▷ You'll just have to **wait patiently** for the results of the interview. 你只需要耐心等待面試結果。
▷ We **waited anxiously** at the hospital to hear if Chris was going to be OK. 我們在醫院焦慮地等著聽 Chris 是否會康復。
▷ Could you **wait outside** for a moment, please? 可以請您在外面稍候嗎？

wait	for A	等待 A
wait	until A	一直等到 A
wait	till A	

▷ I'll **wait for** you here. 我會在這裡等你。
▷ I think we should **wait until** Tom arrives before we start the meeting. 我想我們應該等到 Tom 來才開始會議。

can't	wait	等不及，迫不及待
can hardly	wait	

▷ I **can't wait** to open my Christmas presents! 我等不及要打開我的聖誕禮物！

wait and see		等著瞧，觀望

▷ "So what happens at the end of the film?" "**Wait and see!**" 「所以電影最後會發生什麼事？」「等著看吧！」

wait	for A to do	等 A 做…

▷ Oh! It's raining! Can you **wait for** me **to** get my umbrella? 噢！在下雨耶！你可以等我拿傘嗎？
(PHRASES)
Wait a minute. / Wait a second. ☺ 等一下。

walk /wɔk/ 名 散步，步行；步行距離

go for	a walk	去散步
take	a walk	散步
have	a walk	
take A	for a walk	帶 A 去散步

▷ Do you feel like **going for** a **walk** along the beach? 你想去沿著海灘散步嗎？
▷ Let's **take a walk** in the park. 我們在公園散步吧。

a short	walk	短的步行路途
a long	walk	長的步行路途
a ten-minute	walk	10 分鐘的步行距離

▷ It's only a **short walk** to the post office. 走路到郵局只需要很短的時間。

W

▷My house is a **five-minute walk** *from* the station. 我家從車站走路 5 分鐘會到。

walk /wɔk/ 動 走，行走

walk	quickly	快速地走
walk	slowly	慢慢地走
walk	quietly	靜靜地走
walk	backward	後退走
walk	forward	往前走
walk	around	四處走走
walk	away	走開
walk	off	憤然走開
walk	in	走入
walk	out	走出

▷Do you think we could **walk** a bit more **quickly**? 你覺得我們能走快一點嗎？
▷Don't **walk away** when I'm talking to you! 我跟你說話的時候不要走開！
▷The movie was so bad that we **walked out**. 電影很糟糕，所以我們走出去了。

walk	across A	走路越過 A
walk	along A	
walk	up A	沿著 A 走
walk	down A	
walk	around A	在 A 周遭走
walk	into A	走進 A
walk	out of A	走出 A
walk	to A	走到 A
walk	toward A	朝著 A 走

▷She was **walking across** the road when the car hit her. 當車撞上她時，她正在過馬路。
▷Let's **walk along** the riverbank. 我們沿著河岸走吧。
▷She **walked** angrily **out of** the room. 她生氣地走出房間。
▷It only takes 5 minutes to **walk to** the station. 走到車站只要 5 分鐘。

wall /wɔl/ 名 牆；圍牆

build	a wall	築牆；建設圍牆
climb	a wall	爬牆
lean against	a wall	靠在牆上

▷We're **building** a **wall** at the bottom of the garden. 我們正在花園盡頭築牆。
▷Tom was **leaning against** a **wall**, smoking. Tom 靠在牆上，抽著菸。

a high	wall	高牆
a low	wall	矮牆
a brick	wall	磚牆
a stone	wall	石牆
the city	wall	城牆

▷The castle was surrounded by a **high wall**. 城堡周圍圍繞著高牆。
▷This is where the old **city wall** used to be. 這裡曾經是舊城牆的所在地。

on	a [the] wall	在牆上
against	a [the] wall	對著牆，靠著牆

▷The light switch is **on** the **wall** over there. 電燈開關在那邊的牆上。
▷Every evening he goes out to kick a ball **against** a **wall**. 他每天傍晚到外面對著牆壁踢球。

wander /ˈwɑndɚ/ 英 /ˈwɒndə/

動 漫步，徘徊；偏離

wander	aimlessly	沒有目的地漫步
wander	off	偏離正途，離題
wander	away	

▷We got lost and spent 2 hours **wandering** around **aimlessly**. 我們迷路了，並且花了兩個小時沒有目的地漫步。

wander	along A	
wander	around A	在 A 漫步
wander	through A	

▷We had a great time **wandering around** the night market. 我們在夜市四處閒逛，度過了美好的時光。
▷We **wandered through** the beautiful temple gardens. 我們漫步穿越了美麗的寺廟庭園。

want /wɑnt/ 英 /wɒnt/ 動 想要；想要（做…）

desperately	want	非常想要（做…）
really	want	
simply	want	只是想要（做…）

W

particularly	want	特別想要（做…）
always	want	一直想要（做…）

▷ I **desperately want** to go to the toilet! 我非常想上廁所！

▷ I won't stay long. I **simply wanted** to check you were OK. 我不會停留很久。我只是想要確認你沒事。

▷ She **particularly wants** to talk to you. 她特別想和你說話。

want	to do	想做…
want	A **to do**	想要 A 做…
want	A **done**	想要 A 受到…

▷ I don't **want** you **to** be angry. 我不希望你生氣。

▷ Tom **wants** his photo **taken** with you. Tom 想和你合照。

(PHRASES)

Who wants A? 誰想要 A？ ▷ Who wants a piece of birthday cake? 誰想要一塊生日蛋糕？

war /wɔr/ 名 戰爭；鬥爭

fight	the war	
make	war	戰爭，作戰
wage	war	
win	the war	贏得戰爭
lose	the war	輸掉戰爭
declare	war	宣戰
go to	war	參戰，上戰場
end	the war	結束戰爭
prevent	war	避免戰爭
be killed in	the war	在戰爭中喪生

▷ They don't have enough weapons to **fight** the **war**. 他們沒有足夠的武器去戰爭。

▷ After 9/11, America **declared war** *against* Saddam Hussein's Iraq. 911 事件之後，美國對薩達姆·海珊掌權的伊拉克宣戰。

▷ In the end it was impossible to **prevent war**. 最終仍然無法避免戰爭。

▷ Tom's brother was **killed in** the **war**. Tom 的哥哥在戰爭中喪生。

a holy	war	聖戰
a civil	war	內戰
a nuclear	war	核戰
the cold	war	冷戰

the First World	War	第一次世界大戰
the Second World	War	第二次世界大戰
a price	war	價格戰

▷ The Spanish **Civil War** began in July 1936. 西班牙內戰開始於 1936 年 7 月。

▷ A **nuclear war** must be avoided at all costs. 必須不惜任何代價避免核戰發生。

a war	on A	
a war	against A	對 A 的戰爭
a war	with A	
at	war	處於戰爭狀態

▷ After 9/11, America declared **war on** terrorism. 911 事件之後，美國向恐怖主義宣戰。

▷ After the **war against** Iraq, no weapons of mass destruction were found. 在對伊拉克的戰爭後，沒有發現大規模毀滅性武器。

▷ Many soldiers are still **at war** in Afghanistan. 許多士兵仍然在阿富汗作戰。

warm /wɔrm/ 形 暖和的，溫暖的

feel	warm	感覺溫暖
get	warm	變得溫暖
keep	warm	保持溫暖
stay	warm	

▷ We lit a campfire to cook some food and **keep warm**. 我們升起營火烹煮食物並保持溫暖。

pleasantly	warm	溫暖而宜人的
really	warm	真的很暖的
slightly	warm	有點暖的
warm	enough	夠暖的

▷ It's **pleasantly warm** today, isn't it? 今天溫暖宜人，不是嗎？

▷ Are you **warm enough**? 你夠暖嗎？

warm and comfortable	溫暖而舒適的
warm and dry	溫暖而乾燥的
warm and sunny	溫暖而晴朗的
warm and friendly	溫暖而友善的

▷ The hotel we stayed in was **warm and comfortable**. 我們住的飯店既溫暖又舒適。

▷ The forecast for tomorrow is **warm and sunny**. 氣象預報說明天溫暖而晴朗。

▷ The host family I stayed with in Australia was

W

warm and friendly. 我在澳洲的寄宿家庭溫暖而且友善。

warn /wɔrn/ 動 警告

always	warn	總是警告
constantly	warn	不斷警告
repeatedly	warn	一再警告

▷ Tim was repeatedly warned about arriving late for class. Tim 因為上課遲到而一再被警告。

warn	A about B	
warn	A against B	警告 A（人）關於 B（危險等）這件事
warn	A of B	

▷ We warned them about the dangers of swimming in that part of the sea. 我們警告他們在那片海域游泳的危險性。

▷ We were warned against drinking the tap water. 我們被警告不要飲用自來水。

warn	(A) that...	警告（A〔人〕）…
warn	A to do	警告 A 去做…

▷ The firefighters warned that the building could collapse at any moment. 消防員警告這棟建築物隨時可能倒塌。

▷ I warned him not to drive too fast. 我警告他開車不要開太快。

warning /ˈwɔrnɪŋ/ 名 警告，警報

give	(a) warning	發出警告
issue	(a) warning	
sound	a warning	使警報響起；發出警訊
receive	a warning	收到警告
ignore	(a) warning	不理會警告
heed	the warning	注意警告
carry	(a) warning	標示著警告

▷ The local government has issued a warning about serious flooding. 地方政府發出了嚴重洪水警報。

▷ The problems caused by nuclear power sound a warning to us all. 核能造成的問題對我們所有人是個警訊。

▷ Many people ignored the warning. 許多人不理會警告。

▷ It's required by law for every pack of cigarettes to carry a warning. 法律要求每包香煙標示警告訊息。

a stern	warning	嚴厲的警告
advance	warning	事先的警告
fair	warning	有合理時間可應對的警告
an early	warning	早期的警告
a final	warning	最後的警告

▷ You need to give him a stern warning. 你需要給他嚴厲的警告。

▷ I gave you fair warning. You've been absent six times, so you've failed the course. 我已經在你足以應對的時候警告過你。你缺席了六次，所以你這門課不及格。

▷ It's not possible to give an early warning of an earthquake. 提早警告地震是不可能的。

▷ This is your final warning! 這是你的最後警告！

without	warning	無預警地

▷ The stupid dog jumped up and bit me without warning. 那隻笨狗無預警地跳起來咬我。

waste /west/ 名 廢棄物，廢料；浪費

dump	waste	傾倒廢棄物
recycle	waste	回收廢棄物
reduce	waste	減少廢棄物
go to	waste	被浪費掉
reduce	waste	減少浪費

▷ These days people are much better at recycling waste. 近來人們更加善於回收廢棄物。

▷ It's such a shame to let all this food go to waste. 讓這些食物全都浪費掉很可惜。

▷ We need to do more to reduce waste of electricity. 我們需要採取更多措施來減少電的浪費。

hazardous	waste	有害廢棄物
toxic	waste	有毒廢棄物
industrial	waste	工業廢棄物
nuclear	waste	核廢料
radioactive	waste	放射性廢棄物
a complete	waste	徹底的浪費

▷ Finding an acceptable place to dump nuclear waste can be a big problem. 尋找可傾倒核廢料的地方可能是個大問題。

▷ Buying this exercise machine was a complete waste of money! 買這個運動器材完全是浪費錢！

W

a waste	of A		對 A 的浪費
★ A 是 time, money, effort 等			

▷ It's a **waste of time** talking to her. 和她說話是浪費時間。

watch /wɑtʃ/ 英 /wɔtʃ/ 名手錶；看守，注意

check	one's **watch**	
consult	one's **watch**	看手錶
look at	one's **watch**	
set	a **watch**	設定手錶
wear	a **watch**	戴著手錶
take off	one's **watch**	脫掉手錶
keep	(a) **watch**	保持注意

▷ I **checked** my **watch**. It was 3:00 in the morning. 我看了我的手錶。當時是早上三點。
▷ She **took off** her **watch** and put it on the desk in front of her. 她脫下手錶，放在她前方的書桌上。
▷ **Keep** close **watch** on him. 要密切注意他的行動。

a digital	**watch**	電子錶

▷ It's just a cheap **digital watch**. 這只是便宜的電子錶。

on	**watch**	值勤的，在看守的
on	the **watch** (for A)	密切注意（是否有 A）

▷ The security guard fell asleep while he was **on watch**. 保全人員在值勤時睡著了。
▷ We need to be **on the watch for** anything suspicious. 我們必須密切注意任何可疑事物。

watch /wɑtʃ/ 英 /wɔtʃ/

動觀看，注視；看守；注意

watch	carefully	注意觀看
watch	closely	仔細觀看
watch	intently	專注地觀看
watch	anxiously	不安地觀看

▷ OK. Let's do some origami. **Watch carefully**. 好。我們來摺紙吧。注意看。
▷ I'll show you how to operate the cash register. **Watch closely**. 我會示範怎麼操作收銀機。仔細看好了。
▷ They **watched intently** as the magician performed his incredible card trick. 魔術師表演他不可思議的紙牌魔術時，他們專注地觀看。

watch	A do	看著 A（人）做…
watch	A doing	觀看 A（人）做著…

▷ She **watched** him open his birthday present. 她看他打開生日禮物。
▷ He **watched** the bird building its nest. 他觀看鳥築著巢（的過程）。

watch	wh-	觀看…；注意…
watch	that...	注意…

★ wh- 是 how, who, what 等

▷ **Watch what** I do and then do the same. 注意看我做的，然後照著做。
▷ **Watch that** your dog doesn't run into the road! 注意不要讓你的狗跑到馬路上！

watch and listen	觀看與聆聽

▷ Please **watch and listen** to this video very carefully. 請注意觀看並且聆聽這支影片。

water /wɔtɚ/ 名水；（waters）海域，領海

pour	**water**	倒水
boil	**water**	把水煮開
heat	**water**	把水加熱
pump	**water**	抽水
be filled with	**water**	充滿水

▷ **Pour** hot **water** into the teapot to warm it first. 要先在茶壺裡倒熱水暖壺。
▷ It had rained heavily and the pond was **filled with water**. 下了大雨，池塘充滿了水。

water	pours	水傾瀉而出
water	runs	水流動
water	flows	
water	drips	水滴落
water	evaporates	水蒸發

▷ **Water** was **pouring** out of the burst pipe. 水從破裂的水管傾瀉而出。
▷ Look at the **water running** under that bridge! The level is really high! 看那橋下流動的水！水位真的很高！
▷ There's **water dripping** from the kitchen tap. 廚房水龍頭在滴水。

boiling	**water**	沸水

W

cold	water	冷水
hot	water	熱水
warm	water	溫水
iced	water	冰水
clean	water	乾淨的水
dirty	water	髒水
fresh	water	淡水；新鮮的水
sea	water	海水
hard	water	硬水
soft	water	軟水
running	water	自來水
drinking	water	飲用水
tap	water	水龍頭流出的自來水
bottled	water	瓶裝水
mineral	water	礦泉水
territorial	waters	領海

▷She spilt **boiling water** on her foot. 她把沸水灑在腳上了。
▷The hotel room was dirty, and there was no **hot water**. 飯店房間很髒，而且沒有熱水。
▷Both countries claim that this area is within their **territorial waters**. 兩國都宣稱此區域在領海內。

a glass of	water	玻璃杯裝的一杯水

▷Could I have a **glass of water**, please? 我可以要一杯水嗎？

by	water	坐船，走海路

▷You can get to the island by bridge or go **by water**. 你可以過橋或者坐船到那座島。

wave /wev/ 名 波浪；揮手

a wave	breaks	波浪破裂
a wave	crashes	波浪沖擊而碎裂
a wave	hits A	波浪擊中 A

▷It was very stormy, and the **waves** were **crashing** against the rocks. 暴風雨很強，波浪沖擊岩石而碎裂。
▷A big **wave hit** the side of the ship. 大浪擊中了船的側邊。

give (A)	a wave	（對 A）揮手

▷The President and his wife **gave** the crowds a **wave** from their open car. 總統及夫人從敞篷車對群眾揮手。

a big	wave	大浪
a mountainous	wave	像山一般的波浪
a tidal	wave	海嘯
a tsunami	wave	
electromagnetic	waves	電磁波
radio	waves	無線電波
seismic	waves	地震波
shock	waves	衝擊波
sound	waves	音波
a new	wave	新浪潮
a crime	wave	犯罪急增的浪潮

▷The **tidal wave** caused horrific damage. 海嘯造成了可怕的損害。
▷News of the death of Michael Jackson sent **shock waves** through the pop world. 麥可傑克森的死訊衝擊了整個流行樂界。
▷We are in the middle of a serious **crime wave**. 我們正處於嚴重的犯罪急增狀態中。

in	waves	呈波浪狀，一陣一陣地

▷The pain came and went **in waves**. 疼痛感像波浪一樣去了又來。

wave /wev/ 動 揮手；揮動

wave	back	以揮手回應別人的揮手
wave	aside	揮手示意讓開；置之不理
wave	away	揮手示意走開

▷He waved at her, and she **waved back**. 他向她揮手，她也對他揮手。

wave	to A	對 A 揮手
wave	at A	

▷Look! There's someone **waving at** you. 看！那裡有人對你揮手。

way /we/

名 道路，通道；路途；方法；作風，習慣；方面

make	one's way	前進，有進展
feel	one's way	摸索前進
grope	one's way	
edge	one's way	一點一點地前進
push	one's way	推擠前進

work	one's **way**	辛苦前進
fight	one's **way**	推擠前進
force	one's **way**	強行前進
pick	one's **way**	小心謹慎地穿過
clear	the **way**	開路，鋪路
pave	the **way**	
make	**way**	讓路
give	**way**	
lose	one's **way**	迷路
find	one's **way**	找到抵達目標的路
ask	the **way**	問路
tell A	the **way**	告訴 A（人）道路、方法
show A	the **way**	
lead	the **way**	帶路
know	the **way**	知道道路、方法
keep out of	A's **way**	遠離 A
stay out of	A's **way**	
stand in	A's **way**	擋 A 的路
change	one's **ways**	改變方式
mend	one's **ways**	

▷Finally she **made** her **way** *to* the top of her profession. 她終於達到職業生涯的巔峰。

▷When you start a new job, you need to **feel** your **way**. 當你開始新工作的時候，需要摸索前進。

▷She **pushed** her **way** *through* the crowd. 她推擠穿越人群。

▷We had to **fight** our **way** *through* the crowd. 我們必須從人群中擠出一條路。

▷The police **forced** their **way** *into* the house. 警方強行進入屋內。

▷The police motorcyclists went ahead to **clear** the **way** *for* the President's car. 騎乘摩托車的員警在前方為總統的車開路。

▷We pulled over to the side of the road to **make way** *for* the ambulance. 我們把車停在路邊，讓路給救護車。

▷I've no idea where we are. We've completely **lost** our **way**. 我不知道我們在哪裡。我們徹底迷路了。

▷Why don't we stop and **ask** the **way**? 我們何不停下來問路呢？

▷Can you **tell** me the **way** *to* the station? 你可以告訴我去車站的路嗎？

▷Would you like me to **show** you the **way**? 你希望我告訴你怎麼走嗎？

▷You **lead** the **way**, I'll follow. 你帶路，我會跟著。

▷I'd **keep out of** the boss's **way**, if I were you. He's in a terrible mood! 如果我是你，我會遠離老

闆。他心情很差！

▷If you want to marry him, we won't **stand in your way**. 如果你想跟他結婚，我們不會阻止你。

▷If he doesn't **mend** his **ways**, he'll get into big trouble. 如果他不改變他的做事方式，他會有大麻煩。

get	one's **way**	照某人的意思做事
have	one's **way**	
go	one's **own way**	走自己的路

▷**Have** it your **way**. 隨你的意思去做吧。

an easy	**way**	輕鬆的方法
a convenient	**way**	便利的方法
an effective	**way**	有效的方法
a good	**way**	好的方法
a quick	**way**	快速的方法
a simple	**way**	簡單的方法
a proper	**way**	適當的方法
the right	**way**	正確的方法
the wrong	**way**	錯誤的方法
a traditional	**way**	傳統的方法
an alternative	**way**	替代的方法
a different	**way**	不同的方法
various	**ways**	各種方法
the same	**way**	同樣的方法
a similar	**way**	類似的方法
an odd	**way**	奇怪的方法
the right	**way**	正確的道路
the wrong	**way**	錯誤的道路
a long	**way**	漫長的路
a short	**way**	短的路
separate	**ways**	各自分別的路

▷There's no **easy way** to learn English! 學英語沒有輕鬆的方法！

▷I think I've done it the **wrong way**. 我想我的做法錯了。

▷Watch me and do it in the **same way**. 看著我，然後用同樣的方法做。

▷Mike holds his chopsticks in an **odd way**. Mike 拿筷子的方法很奇怪。

▷We came the **wrong way**. 我們走錯路了。

▷I don't think we can walk back to my house. It's quite a **long way**. 我認為我們沒辦法走回我家。路途很長。

▷I think it's better if we go our **separate ways**. 我想我們各走各的路比較好。

W

in	a way	在某方面
in	a certain way	在特定方面
in	every way	在各方面
in	some ways	在某些方面
(in)	one way or another	無論如何一定
in	a big way	程度很大地
(in)	one's own way	用自己的方式

▷ In a way I feel quite sorry for Tony. 在某個層面上，我對 Tony 感到十分抱歉。

▷ Tina's determined to become a famous pop star one way or another! Tina 下了決心，無論如何一定要成為知名的流行明星！

▷ If we're going to expand our business, we need to do it in a big way. 如果我們要擴展生意，我們需要大規模地進行。

▷ Let me do it in my own way. 讓我用我自己的方式去做。

on	the [one's] way	在路上
out of	the [one's] way	沒擋著某人的路
under	way	進行中

▷ Hi, Mike. I'm on my way. See you in ten minutes. 嗨，Mike。我在路上了。十分鐘後見。

▷ Plans for the new building are under way. 新大樓的計畫正在進行中。

all	the way	
all	this way	一路上，全程
all	that way	

▷ He ran all the way home. 他一路直接跑回家。

a [the] way	of doing	
a [the] way	to do	做…的方法
the way	(that)...	…的方式

▷ We need to find a new way of promoting our product. 我們必須找出新方法促進產品的銷售。

▷ Swimming is a nice way to relax. 游泳是一種放鬆的好方法。

▷ I don't like the way he looks at me. 我不喜歡他看我的樣子。

weak /wik/ 形 弱的，虛弱的；差的

extremely	weak	極弱的
relatively	weak	相對弱的
too	weak	太弱的

▷ After the operation, I felt too weak to do anything. 手術後，我覺得太虛弱，什麼都做不了。

weak	at the knees	兩腿（膝蓋）發軟的

▷ Every time I see Rod, I go weak at the knees! 每次見到 Rod，我就兩腿發軟！

wealth /wɛlθ/ 名 財富，財產；豐富

create	wealth	創造財富

▷ Pete has a magic touch. He seems to be able to create wealth out of nothing. Pete 有一種魔力。他似乎能憑空創造財富。

great	wealth	巨大的財富
national	wealth	國家的財富
personal	wealth	個人資產
household	wealth	家庭資產

▷ My grandfather was a man of great wealth. 我的祖父是大富豪。

▷ His personal wealth amounted to over a million pounds. 他的個人資產合計超過一百萬英鎊。

a wealth	of A	豐富的 A

▷ The Internet provided me with a wealth of information. 網路提供我豐富的資訊。

the distribution of	wealth	財富分配

▷ Communism is based on equal distribution of wealth. 共產主義以財富平等分配為基礎。

wealth and power	財富與權力
★ 也可以說 power and wealth	

▷ Throughout history, men have fought for wealth and power. 在整個歷史中，人一直為財富與權力奮鬥。

wear /wɛr/ 動 穿戴著；磨損；耐穿

wear	thin	穿久變薄
wear	well	很耐穿

▷ My jacket is beginning to wear thin at the elbows. 我外套的手肘部位因穿久而開始變薄了。

▷ These boots have worn very well. 這雙靴子非常持久耐穿。

weather /ˈwɛðɚ/ 图 天氣，天候

the weather	holds	維持好天氣
the weather	changes	天氣變化
the weather	breaks	天氣由好轉壞
the weather	worsens	天氣變差
the weather	improves	天氣變好
the weather	gets cold	天氣變冷
the weather	gets warm	天氣變暖
the weather	allows	天氣允許
the weather	permits	

▷ The English **weather changes** so often. 英國天氣很常變化。

▷ If the **weather improves**, we can go for a hike. 如果天氣變好，我們可以去健行。

▷ **Weather permitting**, we can climb to the top of the mountain. 如果天氣允許，我們可以爬上山頂。

beautiful	weather	美好的天氣
good	weather	好天氣
fine	weather	
lovely	weather	
perfect	weather	完美的天氣
bad	weather	壞天氣
poor	weather	
rough	weather	狂風暴雨的天氣
hot	weather	炎熱的天氣
warm	weather	溫暖的天氣
mild	weather	溫和的天氣
sunny	weather	晴朗的天氣
wet	weather	潮濕的天氣
severe	weather	嚴酷的天氣
cold	weather	寒冷的天氣
stormy	weather	暴風雨的天氣
windy	weather	風強的天氣
summer	weather	夏天的天氣
winter	weather	冬天的天氣

▷ We had **beautiful weather** and a marvelous time. 天氣很美好，我們度過了很棒的時光。

▷ We're hoping for **good weather** tomorrow. 我們希望明天會有好天氣。

▷ Are you sure you want to go out in the boat? It looks like **rough weather**. 你確定你想開船出海嗎？天氣看起來狂風暴雨。

▷ They've forecast **wet weather** again for tomorrow. 他們預報明天又是潮濕的天氣。

▷ Typical English **summer weather**. Rain, rain, and more rain! 這是典型的英國夏天天氣。下雨、下雨、下更多的雨！

in	all weather(s)	在各種天氣
whatever	the weather	不論天氣如何

▷ The lifeboat men go out **in all weathers**. 救生艇人員在任何天氣下都會出勤。

▷ Emma's determined to go jogging **whatever** the **weather**. Emma 決心不論天氣如何都要去慢跑。

because of	bad weather	因為天候不佳
due to	bad weather	

▷ Our flight was canceled **because of bad weather**. 我們的航班因為天候不佳而取消。

wedding /ˈwɛdɪŋ/ 图 婚禮，結婚儀式

have	a wedding	舉辦婚禮
attend	a wedding	出席婚禮

▷ Have you decided when you're going to **have** your **wedding**? 你決定什麼時候要辦婚禮了嗎？

▷ Over 300 guests **attended** the **wedding**. 有三百多位賓客出席婚禮。

week /wik/ 图 週

this	week	本週
last	week	上週
next	week	下週
the previous	week	前一週
the following	week	後一週
a whole	week	整週
a five-day	week	一週五天工作制

▷ Bob came back from Canada **last week**. Bob 上週從加拿大回來。

▷ I can't meet **next week**. How about the **following week**? 我下週不能見面。再下週怎樣？

▷ It took me a **whole week** to write that report. 寫那份報告花了我一整個禮拜的時間。

▷ Everybody's working a **five-day week**. 每個人都是一週工作五天。

the week	before last	上上週
the week	after next	下下週

W

▷A friend from Japan came to stay with us the **week before last**. 上上週有一位來自日本的朋友來我們這邊寄住。

▷I start my new job the **week after next**. 我下下週開始新工作。

| every other | week | 隔週（一週做、一週不做） |
| every two | weeks | 每兩週 |

▷I go to visit my grandparents **every other week**. 我隔週探望我的祖父母。

▷I have to go for a hospital checkup **every two weeks**. 我每兩週得去醫院做一次檢查。

| once | a week | 一週一次 |
| twice | a week | 一週兩次 |

▷I go to the fitness club **twice a week**. 我一週去兩次健身俱樂部。

| earlier | this week | 本週前半 |
| later | this week | 本週後半 |

▷We had a letter from Carrie **earlier this week**. 我們在這週前半收到 Carrie 的信。

by	the week	按週
during	the week	在平日（不是週末）
for	a week	為期一週
in	a week	一週後
within	a week	一週以內

▷In my part-time job, I get paid **by** the **week**. 我做的兼職工作按週領薪。

▷Weekends are our busiest time. We're not so busy **during** the **week**. 週末是我們最忙的時候。平日我們沒那麼忙。

▷We're going on holiday to France **for** a **week**. 我們要去法國度假一週。

weekend /ˈwikɛnd/ 名 週末

last	weekend	上週末
next	weekend	下週末
a whole	weekend	整個週末
a long	weekend	超過兩天的週末假期

▷I spent the **whole weekend** revising for my exams. 我花了整個週末的時間為考試做複習。

▷Monday's a holiday, so it's a **long weekend**. 星期一是假日，所以週末有三天連假。

on	the weekend	在週末
美 at	the weekend	
over	the weekend	整個週末

▷Do you want to go to Sydney **at the weekend**? 你週末想去雪梨嗎？

▷Some friends came to stay with us **over the weekend**. 一些朋友在週末的時候來我們這邊寄宿。

(PHRASES)

Have a nice weekend. ☺ 祝你有個美好的週末。

▷"Have a nice weekend." "You, too." 「祝你有個美好的週末。」「你也是。」

weigh /we/ 動 重量多少；稱重；衡量

carefully	weigh	審慎衡量
weigh	up	仔細權衡
weigh	heavily	重壓，造成很大的壓力

▷You should **carefully weigh** his advice. 你應該審慎衡量他的建議。

▷She **weighed** it **up** in her mind and finally said: "OK. Let's do it!" 她在心中仔細權衡，最後終於說：「OK，我們就做吧！」

| weigh | A against B | 把 A 和 B 衡量比較 |

▷We have to **weigh** the pros **against** the cons. 我們必須衡量比較優點與缺點。

weight /wet/

名 重量，體重；分量（影響力），重要性

put on	weight	體重變重
gain	weight	
lose	weight	減輕體重
watch	one's weight	注意體重
carry	weight	有分量，有重要性
add	weight	增加分量（影響力）
lend	weight	
give	weight	著重，重視

▷You've **lost** a lot of **weight** since I saw you last! 自從我上次見到你，你瘦了很多！

▷"Another piece of chocolate cake?" "I'd better not. I need to **watch** my **weight**!" 「還要一塊巧克力蛋糕嗎？」「我最好不要了。我必須注意體重！」

▷People respect him, so his words **carry** a lot of

weight. 人們尊重他，所以他的話很有分量。

▷ I think the interviewers **give** as much **weight** *to* experience as qualifications. 我想面試官對經驗和資格同樣重視。

ideal	weight	理想體重
body	weight	體重

▷ You can use a special formula to calculate your **ideal weight.** 你可以用特殊的公式去計算你的理想體重。

▷ The relationship between your height and your **body weight** gives you your BMI. 你的身高和體重的關係，可以算出你的 BMI。

in	weight	在重量方面
under	the weight of A	在 A 的重壓下

▷ It was a big fish. Nearly 5 kilos **in weight.** 那條魚很大，重量將近 5 公斤。

▷ The little bridge collapsed **under** the **weight of** the truck. 小橋因為卡車的重量而崩塌了。

welcome /ˈwɛlkəm/ 名 歡迎

a warm	welcome	熱烈的歡迎
a hearty	welcome	衷心的歡迎

▷ I'd now like to extend a **warm welcome** to our guest speaker: Mr Owen! 我現在想熱烈歡迎演講嘉賓：Owen 先生！

extend	a welcome	歡迎
give	a welcome	
receive	a welcome	接受歡迎

▷ Would you please **give** a warm **welcome** to: Santa Claus! 請大家熱烈歡迎聖誕老公公！

▷ We **received** a very warm **welcome.** 我們受到非常熱烈的歡迎。

welcome /ˈwɛlkəm/ 形 受歡迎的

always	welcome	隨時受歡迎的
very	welcome	非常受歡迎的
more than	welcome	極受歡迎的
most	welcome	
particularly	welcome	特別受歡迎的

▷ Come and see us again soon. You know you're **always welcome.** 盡快再來看我們。我們隨時歡迎你。

▷ You are **very welcome** to telephone me this evening. 非常歡迎你今晚打電話給我。

▷ "It's really nice of you to let me stay the night." "No problem. You're **most welcome!** 「你讓我住一晚，人真好。」「沒什麼。我很歡迎你！」

make A	welcome	歡迎 A（人）

▷ The host family I stayed with **made** me very **welcome.** 我的寄宿家庭很歡迎我。

be welcome	to do	可以隨意做某事

▷ You're most **welcome to** use any of these computers. 你可以隨意使用這裡的任何電腦。

(PHRASES)

You're welcome. ☺ 不客氣。 ▷ "Thanks very much for your help." "You're welcome." 「非常感謝你的幫忙。」「不客氣。」

welcome /ˈwɛlkəm/ 動 歡迎，樂於接受

warmly	welcome	熱烈歡迎
particularly	welcome	特別歡迎
be widely	welcomed	廣受歡迎

▷ We were **warmly welcomed** by everybody we met. 我們遇到的每個人都熱烈歡迎我們。

▷ The news about tax cuts was **widely welcomed** by the public. 減稅的消息廣受大眾歡迎。

be delighted to	welcome	很高興歡迎

▷ Today we are **delighted to welcome** three new members of staff. 今天我們很高興歡迎三位新進員工。

well /wɛl/ 形 健康的，安好的

well	enough	夠健康的

▷ She isn't **well enough** to leave hospital yet. 她還沒好到可以出院的程度。

(PHRASES)

That is all very well, but... ☺ 是很不錯，但… ▷ That's all very well, but what happens if there's a problem? （你所說的）是很不錯，但如果有問題的話，會發生什麼事？

wet /wɛt/ 形 濕的，潮濕的；下雨的

W

get	wet	變濕

▷ I don't mind **getting wet**. 我不介意弄濕自己。

soaking	wet	濕透了的
dripping	wet	

▷ There was a sudden downpour. I'm **soaking wet**. 突然傾盆大雨，所以我全身濕透了。

wet and windy		下雨而且風大的

▷ We walked along the cliff. It was really **wet and windy**. 我們沿著懸崖邊走。風雨非常大。

wet	with A	有 A（液體）而濕的

▷ Her face was **wet with** tears. 淚濕了她的臉。

while /(h)waɪl/ 英 /waɪl/

名 一段時間，一會兒

a little	while	一會兒
a short	while	
a long	while	很久的時間

▷ Can you wait **a little while** longer? 你可以再等一下嗎？
▷ We queued a **long while** for tickets to the concert. 我們為了買演唱會門票而排了很久的隊。

after	a while	一會兒之後
for	a while	一會兒，暫時
in	a while	過一會兒，不久
quite	a while	相當長的時間
a while	ago	不久以前

▷ **After** a **while** my eyes got used to the dark. 過了一會兒，我的眼睛就習慣了黑暗。
▷ Let's take a break **for** a **while**. 我們暫時休息吧。
▷ We'll be there **in** a little **while**. 我們不久就會到了。
▷ It'll take **quite** a **while** to get there. 到那裡要花很長的時間。
▷ There was a phone call for you a **while ago**. 不久之前有你的電話。

whisper /ˈ(h)wɪspɚ/ 英 /ˈhwɪspə/

名 低語，私語

a low	whisper	低聲私語
a stage	whisper	故意大聲讓別人聽到的私語

▷ "I told you so, Paul," he added in a **stage whisper** so that everybody could hear. 他故意大聲補上一句「Paul，我告訴過你了」，要讓大家都聽到他的私語。

in	a whisper	小聲地

▷ "Ssssh! They mustn't hear us," he said, speaking **in a whisper**. 他小聲地說：「噓！不能讓他們聽到我們說話。」

whisper /ˈ(h)wɪspɚ/ 英 /ˈhwɪspə/

動 低語，小聲說

whisper	softly	輕聲說
whisper	urgently	急迫地小聲說

▷ "There's a fire! We need to evacuate everybody from the hotel," she **whispered urgently**. 她急迫地小聲說：「失火了！我們必須撤離飯店裡所有人。」

whisper	in A's ear	在 A 耳邊小聲說
whisper	into A's ear	

▷ What did he **whisper in** your ear? 他在你耳邊說什麼？

whisper	(A) to B	對 B（人）小聲說（A）

▷ She **whispered** something **to** me, but I couldn't hear what she said. 她對我小聲說了些什麼，但我聽不到。

whisper	that..	小聲說…

▷ She **whispered that** the lecture was really boring. 她小聲說講課內容真的很無聊。

whole /hol/ 名 全部，整體

the whole	of A	A 的全部

▷ The weather was terrible. We spent the **whole of** the time in the hotel. 天氣很糟。我們全部時間都待在飯店。

as	a whole	作為整體
on	the whole	整體而言，大體上

▷ We should look at the situation **as a whole**, not just how it affects individuals. 我們應該從整體看待情況，而不止是看它如何影響個人。
▷ **On** the **whole** I prefer classical music to pop. 我大致上偏好古典樂勝於流行音樂。

W

wide /waɪd/ 形 寬的；寬度多少的

extremely	wide	極寬的
increasingly	wide	越來越寬的
relatively	wide	相對寬的
sufficiently	wide	足夠寬的

▷ The gap between rich and poor in this country is becoming **increasingly wide**. 這個國家的貧富差距越來越大。（註：用 wide 表示差距拉開的距離）

three inches	wide	三英寸寬
three feet [foot]	wide	三英尺寬
three meters	wide	三公尺寬

▷ There was a hole in the fence three **foot wide**. 圍欄有一個三英尺寬的洞。

wife /waɪf/ 名 妻子

have	a wife	有妻子
leave	one's wife	離開妻子
lose	one's wife	失去妻子
love	one's wife	愛著妻子

▷ Tom **has a wife** and three children. Tom 有妻子和三個孩子。

▷ He **left his wife** three years ago. 他三年前離開他的妻子。

▷ He **lost his wife** in a car accident. 他在車禍中失去了妻子。

A's **new**	wife	A 的新妻
A's **future**	wife	A 未來的妻子
A's **former**	wife	A 的前妻
A's **estranged**	wife	A 已分居的妻子
A's **late**	wife	A 已故的妻子
A's **pregnant**	wife	A 懷孕的妻子

▷ Did you hear? I've become engaged. This is my **future wife**. 你聽說了嗎？我訂婚了。這是我未來的老婆。

▷ His **former wife** was a top fashion model. 他的前妻是頂尖時尚模特兒。（★ 也可以說是 ex-wife：Actually, she's my ex-wife. 其實她是我前妻。）

one's **wife and children**	妻兒
Bob **and his wife**	Bob 和他的妻子

▷ Did you know that Alex has a **wife and chil-dren** back in Canada? 你知道 Alex 在加拿大老家有妻兒嗎？

▷ Bob **and his wife** are coming to the party. Bob 和他太太會來派對。

wild /waɪld/

形 野生的；未開化的；猛烈的；狂暴的

go	wild	狂熱，激動；撒野，失去控制
run	wild	

▷ She **went wild** with joy after she won the gold medal in the Olympics. 她贏得奧運金牌後興奮狂喜。

▷ They let their children **run wild** all over the place. 他們放任孩子們到處撒野。

wild and crazy	狂野而瘋狂的

▷ He has some really **wild and crazy** ideas. 他有一些很狂野而瘋狂的點子。

willing /ˈwɪlɪŋ/ 形 樂意的，願意的

perfectly	willing	完全樂意的
always	willing	總是樂意的
no longer	willing	不再樂意的

▷ Joe says he's going to quit his part-time job. He's **no longer willing** to work for such low wages. Joe 說他要辭掉兼職的工作。他不願意再為了這麼低的薪水工作了。

willing	to do	樂意做…的

▷ He says he's **willing to** do anything to help. 他說他樂意做任何事來幫忙。

a willing	helper	樂意幫忙的人

★ 也有使用 worker, volunteer 的說法

▷ We need lots of **willing helpers** to prepare for the festival. 我們需要許多願意幫忙準備節慶活動的人。

win /wɪn/ 名 勝利

a big	win	大勝
a convincing	win	
an easy	win	輕易的勝利
a good	win	很好的勝利

W

| successive | win(s) | 連勝 |
| consecutive | win(s) | |

▷ I just had a **big win** on the national lottery! 我在全國性的彩券中了大獎！

▷ Serena Williams was hoping for a third **successive win** at Wimbledon. 小威廉絲希望在溫布頓連勝第三場。（★ 也可以說 three successive wins）

| a win | over A | 對上 A 的勝利 |

▷ Manchester United had a 3–1 **win over** Liverpool on Saturday. 曼聯週六以 3-1 戰勝利物浦隊。

win /wɪn/ 動 獲勝；贏得，獲得

easily	win	輕鬆獲勝
narrowly	win	以些微差距獲勝
eventually	win	最終獲勝
finally	win	

▷ Lucy **easily won** the race. Lucy 輕鬆地贏了比賽。

▷ At halftime we were losing 2–0, but we **eventually won** 3–2. 中場時我們以 2-0 落後，但最終我們以 3-2 獲勝。

| win or lose | 贏或輸 |

▷ **Win or lose**, let's make sure we play our best. 不管贏還是輸，我們都一定要全力以赴。

(PHRASES)

You win! ☺ 你贏了！

wind /wɪnd/ 名 風

the wind	blows	風吹
the wind	gusts	吹強陣風
the wind	howls	風呼嘯
the wind	drops	風停

▷ The **wind's blowing** really hard outside. 外面的風吹得真強勁。

▷ Listen! Can you hear the **wind howling**? 你聽！你聽得見風在呼嘯嗎？

▷ Let's shelter somewhere until the **wind drops**. 我們找個地方躲避，等到風停為止。

a strong	wind	強風
a high	wind	
a light	wind	微風
a warm	wind	溫暖的風

a biting	wind	刺骨的風
a bitter	wind	
a cold	wind	冷風
a chill	wind	
an icy	wind	冰冷的風
a howling	wind	呼嘯的風
the prevailing	wind	盛行風
the solar	wind	太陽風

▷ The forecast is for **strong winds** and rain. 天氣預報是強風和下雨。

▷ The temperature outside was below zero, and there was a **biting wind**. 外面的溫度低於零度，還有刺骨的寒風。

▷ A snowstorm had begun, and an **icy wind** was blowing. 暴風雪來襲，吹著冰冷的風。

▷ The **prevailing wind** is usually from the southwest. 盛行風通常從西南方吹來。

| against | the wind | 逆著風 |
| in | the wind | 在風中 |

▷ It was difficult to cycle uphill **against** the **wind**. 逆風騎自行車上坡很困難。

| a gust of | wind | 一陣強風 |

▷ A **gust of wind** blew all the papers off my desk. 一陣強風把我桌上所有文件都吹掉了。

| wind and rain | 風雨 |

▷ I don't like driving through all this **wind and rain**. 我不喜歡在這樣的風雨中開車。

wind /waɪnd/ 動 纏繞，上發條；蜿蜒

| wind | tightly | 上緊發條 |

▷ Don't **wind** the watch too **tightly**. It'll break. 別把手錶的發條上太緊。會壞掉。

| wind | A around B | 把 A 纏繞在 B 上 |
| wind | A round B | |

▷ The nurse **wound** a bandage **around** his leg. 護士把繃帶纏繞在他的腿上。

window /ˈwɪndo/ 名 窗戶，窗玻璃

| open | a window | 開窗 |

close	a window	關窗
shut	a window	
look out (of)	the window	看窗外
look through	the window	透過窗戶看
break	a window	打破窗戶
smash	a window	打碎窗戶

▷ Could somebody **open** a **window**? 有誰可以開窗嗎？
▷ Quick! **Look out (of)** the **window**! 快！看窗外！
▷ Who **broke** the **window**? 誰打破了窗戶？
▷ They had to **smash** a **window** to get out of the car. 他們不得不打碎窗戶離開車子。

a large	window	大窗戶
a big	window	
a small	window	小窗戶
a bay	window	（從建築物突出的）凸窗
a French	window	落地窗
an open	window	打開的窗戶
a broken	window	破掉的窗戶
a bedroom	window	臥室的窗戶
a kitchen	window	廚房的窗戶
a show	window	展示櫥窗

▷ The study has two **large windows**, so there's plenty of light. 書房有兩大片窗戶，所以有充足的光線。
▷ The thief climbed in through an **open window**. 小偷從打開的窗戶爬了進去。

wine /waɪn/ 名 葡萄酒

pour	wine	倒酒
produce	wine	生產酒

▷ I **poured** some **wine** in a glass. 我在玻璃杯裡倒了些酒。

red	wine	紅酒
white	wine	白酒
dry	wine	糖分低的酒
sweet	wine	甜酒
chilled	wine	冰涼的酒

▷ **Dry** white **wine**, please. 請給我乾（糖分低的）白葡萄酒。
▷ I'd love a glass of **chilled** white **wine**. 我想要一杯冰的白酒。

a glass of	wine	一杯酒
a bottle of	wine	一瓶酒

▷ Could I have another **glass of wine**? 我可以再要一杯酒嗎？

winter /ˈwɪntɚ/ 名 冬天，冬季

last	winter	上個冬天
next	winter	下個冬天
early	winter	初冬
late	winter	晚冬
a long	winter	漫長的冬天
a cold	winter	寒冷的冬天
a severe	winter	嚴冬
a hard	winter	
a mild	winter	溫和的冬天

▷ This year we're going to take our holiday in late autumn or **early winter**. 今年我們要在晚秋或初冬休假。
▷ It's going to be a **cold winter** this year. 今年冬天會很冷。
▷ It was a **severe winter** with temperatures well below zero. 那是個嚴寒的冬天，氣溫遠低於零度。
▷ We had a very **mild winter** this year. 我們今年的冬天很溫和。

in	(the) winter	在冬天
during	(the) winter	在冬天期間
through	the winter	度過冬天，整個冬天
throughout	the winter	在整個冬天

▷ It gets very cold here **in the winter**. 這裡冬天會很冷。
▷ We had some really heavy snow **during** the **winter**. 冬天的時候下過很大的雪。
▷ Tony went jogging every day **through** the **winter**. Tony 整個冬天每天都去慢跑。

wipe /waɪp/ 動 擦，抹

carefully	wipe	仔細地擦
gently	wipe	輕輕地擦
quickly	wipe	快速地擦

▷ He took off his glasses and **carefully wiped** them with his clean handkerchief. 他拿下眼鏡，用

W

乾淨的手帕仔細擦拭。

wipe	away	擦去，抹去
wipe	up	

▷ She tried to **wipe away** her tears. 她試著擦去眼淚。

wipe	A from B	把 A 從 B 擦去
wipe	A off B	

▷ I need a tissue to **wipe** this egg **off** my tie. 我需要一張面紙把我領帶上的蛋擦掉。

wisdom /ˈwɪzdəm/ 图 智慧，明智

conventional	wisdom	
received	wisdom	一般人認同的知識
accepted	wisdom	

▷ According to **conventional wisdom**, a red sky at night means good weather the following day. 根據一般的認知，夜晚紅色的天空意味著隔天會有好天氣。

words of	wisdom	至理名言

▷ Let me give you some **words of wisdom**. 讓我告訴你一句至理名言。

wise /waɪz/ 图 聰明的，明智的

grow	wise	變得聰明
seem	wise	看似明智

▷ What we did **seemed wise** at the time, but now I'm not so sure. 我們所做的當時看似明智，但現在我就不那麼確定了。

wise	enough	夠明智的

▷ Luckily she was **wise enough** to say nothing. 幸好她夠明智，什麼都沒說。

wise	to do	做…很明智

▷ It's **wise to** take out travel insurance when you go on holiday abroad. 當你去國外度假時，買旅遊險是明智的。

wish /wɪʃ/ 图 願望，希望

express	a wish	表達願望

get	one's **wish**	願望實現
grant	A's **wish**	答應 A 的願望
respect	A's **wishes**	尊重 A 的願望
make	a **wish**	許願

▷ You always said you wanted to go abroad to study, and now you've **got** your **wish**. 你總是說想去國外念書，現在你如願了。

▷ We're prepared to **grant** your **wish** under three conditions. 我們準備好在三個條件下答應你的願望。

▷ You should **respect** your father's **wishes** and try to enter university. 你應該尊重你爸爸的願望，努力進入大學。

▷ You throw a coin into the well and **make** a **wish**. 你丟一枚硬幣進入井裡許願。

give A	one's **best wishes**	給 A 最好的祝福
send A	one's **best wishes**	

▷ **Give** Clare my **best wishes** when you see her. 當你見到 Clare 時，請替我給她最好的祝福。

A's **wish**	comes true	A 的願望實現

▷ I always wanted to ride in a hot-air balloon, and now my **wish** has **come true**! 我總是希望可以乘坐熱氣球，現在我的願望已經實現了！

a **wish**	for A	希望得到 A 的願望

▷ Emily always had a **wish for** fame, and now she's a pop star. Emily 總是希望成名，而她現在是個流行歌星了。

a **wish**	to do	做…的願望

▷ I've always had a **wish to** travel to South America. 我一直希望能去南美洲旅遊。

against	A's **wishes**	違背 A 的願望
according to	A's **wishes**	依照 A 的願望

▷ She left school at 16 **against** the **wishes of** her parents. 她違背父母的願望，在 16 歲輟學了。

wit /wɪt/ 图 機智，風趣

a biting	wit	尖銳、辛辣的機智
an acerbic	wit	

▷ He was known for his **biting wit**. 他以尖銳的機智而聞名。

wit and humor		機智與幽默

▷ He was often praised for his **wit and humor**. 他常常因為他的機智與幽默而獲得稱讚。

woman /ˈwʊmən/ 名 女人

a young	woman	年輕的女人
an old	woman	年老的女人
an elderly	woman	
an attractive	woman	有魅力的女人
a beautiful	woman	美麗的女人
a married	woman	已婚女子
a single	woman	單身女子
a pregnant	woman	懷孕婦女
a working	woman	職業婦女

▷ You can see by her ring that she's a **married woman**. 你可以從戒指看出她是已婚女子。

▷ It's difficult to be a **working woman** and a mother at the same time. 同時當個職業婦女和母親很困難。

wonder /ˈwʌndə/ 名 驚奇；奇蹟，奇觀

do	wonders	產生驚人的效果
work	wonders	

▷ Take some of this medicine. It **works wonders**. 吃吃看這種藥。它的效果很驚人。

in	wonder	感到驚奇地

▷ He gazed **in wonder** at the beautiful view before him. 他驚奇地注視眼前的美景。

a sense of	wonder	驚奇的感覺

▷ Kate looked up at the stars above with a **sense of wonder**. Kate 驚奇地抬頭看天上的星星。

wonder /ˈwʌndə/ 動 想知道，納悶

wonder	wh-	想知道…
★ wh- 是 why, where, what, who, how 等		

▷ **I wonder why** she said that. 我想知道她為什麼那麼說。

▷ **I wonder what** she's going to do. 我想知道她要做什麼。

▷ **I wonder how** she found out. 我想知道她怎麼發現的。

wonder	if	想知道是否…
wonder	whether	

▷ **I wonder if** Pete will come to the party. 我想知道 Pete 會不會來派對。

▷ **I wonder whether** Alan and Lea are still dating. 我想知道 Alan 和 Lea 是不是還在交往。

◆ **I wonder if / I wonder whether**（當作委婉的請求）不知道是否… ▷ I wonder if you would open the window. 不知道你會不會開窗戶。（你可以開窗戶嗎？）▷ I was wondering if you'd like to see a movie this weekend. 不知道你這週末想不想看電影。（你想看電影嗎？）

wonder	about A	思考 A 的事；對 A 覺得納悶

▷ **I was wondering about** the wedding. How many people do you want to invite? 我在思考婚禮的事。你想邀請多少人？

wonderful /ˈwʌndəfəl/ 形 美好的，絕佳的

sound	wonderful	聽起來很棒

▷ "We're going to a Justin Bieber live concert this weekend!" "Wow! That **sounds wonderful!**" 「我們這個週末要去 Justin Bieber 的現場演唱會。」「哇！聽起來很棒！」

really	wonderful	非常好的
absolutely	wonderful	十分好的
quite	wonderful	相當好的

▷ It was a **really wonderful** party. Thanks for inviting us. 這真的是一場很棒的派對。謝謝你邀請了我們。

(PHRASES)

How wonderful! ☺ 多棒啊！ ▷ "Tom's asked me to marry him!" "Oh! How wonderful!" 「Tom 跟我求婚了！」「噢！太棒了！」

That's wonderful! ☺ 那太棒了！ ▷ "I got two tickets for a Purple Days concert!" "Wow! That's wonderful!" 「我買到兩張 Purple Days 的演唱會門票！」「哇！那太棒了！」

wood /wʊd/

名 木頭，木材；（the woods）樹林

cut	wood	切木材
chop	wood	劈開木材

W

be made of	wood	是木製的

▷ This old saw isn't sharp enough to **cut wood**.
這把舊鋸子不夠鋒利，不能鋸木頭。
▷ Bill's outside **chopping wood** for the fire.
Bill 在外面劈爐火用的木柴。
▷ It was a beautifully carved statue **made of wood**.
那是刻得很美的木雕。

hard	wood	硬質木材
soft	wood	軟質木材
natural	wood	天然木

▷ The floor in the hall is made of **natural wood**.
大廳的地板是天然木製成的。

through	the woods	穿過樹林

▷ I often take my dog for a walk **through the woods**. 我常常帶著我的狗散步穿過樹林。

a piece of	wood	一塊木頭

▷ We need a longer **piece of wood**. 我們需要長一點的木頭。

word /wɜːd/

名 單字；詞語，話語，談話；爭吵；消息；諾言

use	a word	用一個詞
look up	a word	找一個詞
understand	a word	了解一個詞
find	the word	找到措辭
say	a word	説出話語
speak	a word	
hear	a word	聽到話語
choose	one's words	選擇措辭
want	a word	想和某人談
have	a word	和某人説些話
have	words	爭吵
exchange	words	
remember	the words	記住話語
eat	one's words	收回之前錯誤的發言
keep	one's word	遵守諾言
break	one's word	不遵守諾言
send	word	捎信，傳話

▷ I can't understand these instructions. Why don't they **use** simple **words**? 我看不懂說明。他們怎麼不用簡單的措辭呢？

▷ **Look up** any **words** you don't know in a dictionary. 用字典查詢任何你不懂的單字。
▷ Remember. Don't **say a word**! It's a secret!
記住，什麼也別說！這是祕密！
▷ Can I **have a word** with your father? 我可以和你父親談談嗎？
▷ She **had words** with her sister, and they haven't spoken to each other ever since. 她和妹妹吵架，之後她們就不講話了。
▷ She made him **eat his words**. 她使他收回自己之前錯誤的發言。
▷ He **kept his word** and repaid all the money he owed me. 他遵守承諾，還了所有欠我的錢。
▷ Can you **send word** to Thompson that the meeting is ready to start? 你可以傳話給 Thompson，說會議準備好要開始了嗎？

an English	word	英文單字
a long	word	長的單字
a big	word	長而困難的單字
the right	word	正確的詞
a dirty	word	髒話
the magic	word	魔法咒語
the spoken	word	説出來的話語
the written	word	書面上的詞語

▷ Our four-year-old daughter has started to use some **big words**! 我們四歲的女兒開始用一些困難的字了！
▷ Yes. "Delicious." That's exactly the **right word**. 是的。「Delicious」。那就是正確的字。
▷ Don't use that word. It's a **dirty word**. 別用那個字。那是髒話。
▷ The **spoken word** is often more powerful than the **written word**. 口頭語言常常比書面語言更有力量。

sense of	the word	單字的意思
a meaning of	the word	

▷ My grandfather was using "gay" in the original **sense of** the **word** to mean happy. 我祖父用「gay」的原意，表示快樂的意思。

in	a word	簡而言之
without	a word	什麼也不説
in other	words	換句話説
in one's own	words	用自己的話説

▷ That meal was, **in a word**, scrumptious! 簡而言之，那一餐太美味了！

W

▷She turned and walked out of the room **without a word**. 她什麼也沒說就轉身走出房間。

word	for word	逐字地（翻譯）

▷This is a **word for word** translation of what was said. 這是發言內容的逐字翻譯。

▌ work /wɜ˞k/ 名工作，勞動；職業；作品

do	the work	做工作
carry out	the work	
get down to	work	著手進行工作
set to	work	
continue	the work	繼續工作
have	work	有工作
look for	work	找工作
seek	work	
find	work	找到工作
go to	work	去工作，上班
start	work	開始工作
finish	work	完成工作
return to	work	回到工作崗位

▷Come on. Finish your tea. It's time we **got down to work**! 好了。把茶喝完。我們該開始工作了！

▷We still **have** lots of **work** to do. 我們還有很多工作要做。

▷She didn't **go to work** this morning. 她今天早上沒去上班。

▷Sharon **starts work** in a supermarket next week. Sharon 下禮拜開始在一家超級市場工作。

▷What time do you **finish work**? 你幾點下班？

▷I'm still not well enough to **return to work**. 我還沒復原到能回到工作崗位的程度。

hard	work	困難的工作
heavy	work	繁重的工作
light	work	輕量的工作
extra	work	額外的工作
dirty	work	討厭的工作
practical	work	實作
paid	work	有薪水的工作
well-paid	work	薪水很好的工作
full-time	work	全職的工作
part-time	work	兼職的工作
voluntary	work	義工活動

▷I like my job, but it's **hard work**. 我喜歡我的工作，但很辛苦。

▷This university course contains a lot of **practical work**. 這門大學課程包含許多實作活動。

▷My sister is doing some **voluntary work** to help the homeless. 我姊姊正在做義工幫助遊民。

the works	by A	A 的作品

▷An exhibition of the **works by** Picasso starts next week. 畢卡索作品展下週開始。

at	work	在工作的
out of	work	失業的

▷My husband's still **at work**. 我丈夫還在上班。

▷My brother's been **out of work** for three months. 我哥失業三個月了。

(PHRASES)

Good work! / Nice work! ☺ 做得好！ ▷"I got an A for my essay!" "Good work!" 「我的小論文得到 A！」「做得好！」

▌ work /wɜ˞k/ 動工作，使工作；運作，使運作

work	hard	努力工作
work	full-time	全職工作
work	part-time	兼職工作
work	overtime	加班
work	closely	（和⋯）密切合作
work	together	一起工作
work	effectively	有效運作
work	properly	正常運作
work	well	運作良好

▷You'll need to **work hard** to get into university. 你必須努力進入大學。

▷Tom **works part-time** at a gas station. Tom 在加油站打工。

▷We share the same office and **work closely** *with* each other. 我們共用同一間辦公室，而且彼此密切合作。

▷Our new management system is **working** very **effectively**. 我們新的管理系統運作得很有效。

▷This flashlight doesn't **work properly**. 這支手電筒不能正常運作。

work	as A	以 A 的身分工作
work	at A	在 A（場所）工作
work	for A	為 A 工作

W

work	on A	處理 A，忙於 A
work	with A	與 A 共事

▷ She **works as** a nurse in the city hospital. 她在市立醫院當護理人員。

▷ He's **worked for** the same company for nearly 30 years. 他在同一家公司工作了快三十年。

▷ I'm still **working on** my Ph.D. 我還在為取得博士學位而努力。

▷ Colin is a difficult person to **work with**. Colin 是個很難共事的人。

worker /ˈwɝkɚ/ 名 工作者

a hard	worker	勤勞的工作者
a good	worker	
a slow	worker	工作很慢的人
a part-time	worker	兼職工作者
a temporary	worker	臨時工作者
a skilled	worker	技術工作者
an unskilled	worker	非技術性工作者
a manual	worker	體力勞動者
an office	worker	事務工作者
a clerical	worker	
a factory	worker	工廠工作者
a farm	worker	農場工作者
a health	worker	醫療人員
a rescue	worker	救難人員

▷ We need to employ some more **temporary workers**. 我們需要多雇用一些臨時人員。

▷ My elder sister's going to be an **office worker**. 我姐姐將成為（辦公室的）事務工作者。

world /wɝld/ 名 世界；世上

create	the world	創造世界
travel	the world	遊歷世界
see	the world	看世界（增廣見聞）
change	the world	改變世界
come into	the world	誕生在世界上
bring A into	the world	生下 A（小孩）

▷ Who do you believe **created the world**? 你認為是誰創造了世界？

▷ Take the opportunity to **travel the world** while you're still young. 在你還年輕的時候，把握機會去遊歷世界。

▷ I want to travel and **see the world**. 我想去旅遊，看看這個世界。

▷ She **came into** the world weighing only 1.8 kilograms. 她出生時體重只有 1.8 公斤。

▷ It's a big responsibility to **bring** a child **into the world**. 生小孩是重大的責任。

the whole	world	全世界
the Arab	world	阿拉伯世界
the Islamic	world	伊斯蘭世界
the Western	world	西方世界
the ancient	world	古代世界
the modern	world	現代世界
the outside	world	外面的世界
the real	world	現實世界
the animal	world	動物界
the natural	world	自然界
the business	world	商業界
the sports	world	體育界

▷ My grandmother lived in a little village all her life and knows very little about the **outside world**. 我祖母一輩子都住在小村莊，對外面的世界所知甚少。

▷ You don't know anything about the **real world**! 你對現實世界一無所知！

all over	the world	
throughout	the world	在全世界各地
all around	the world	

▷ Visitors came from **all over** the world. 觀光客從世界各地到來。

▷ The Beatles became famous **throughout** the world. 披頭四變得世界知名。

▷ The flu epidemic spread quickly **all around** the world. 流感疫情迅速蔓延到世界各地。

in	the world	在世界上

▷ This is one of the tallest buildings **in the world**. 這是世界上最高的建築物之一。

◆**go up in the world** 飛黃騰達 ▷ She's president of the company now. She's really gone up in the world. 她現在是公司的總裁。她真的飛黃騰達了。

the rest of	the world	世界上的其他地方

▷ I've been to South America and Africa, and now I want to travel around the **rest of** the world. 我去過南美洲和非洲，現在我想遊歷世界上的其他地方。

W

It's a small world. ☺ 這世界真小。（表示緣分很巧）

worried /ˈwɜːɪd/ 英 /ˈwʌrɪd/ 形 擔心的

get	worried	變得擔心

▷ She **gets worried** very easily. 她很容易就會擔心。

desperately	worried	
extremely	worried	非常擔心的
deeply	worried	
slightly	worried	有點擔心的

▷ The family is **desperately worried**. Dave had a terrible car crash and is in hospital. 家人非常擔心。Dave 出嚴重車禍住院了。

worried	about A	擔心 A 的

▷ It's after midnight! I was **worried about** you! 已經過了午夜了！我很擔心你！

worried	that...	擔心…的

▷ I was **worried that** you hadn't got my message. 我擔心你沒收到我的訊息。

worse /wɜːs/ 形 更差的

get	worse	變差

▷ I feel terrible. My cold's **got worse**. 我感覺很糟。我的感冒變嚴重了。

much	worse	
far	worse	差得多的

▷ The sales figures are **much worse** than we thought. 銷售數字比我們所想的糟糕得多。
▷ Things have got **far worse** since we last spoke. 我們上次談話之後，情況變得糟糕許多。

worse and worse		越來越差的

▷ The children's behavior is getting **worse and worse**. 孩子們的行為越來越糟糕。

worst /wɜːst/ 形 最差的

one of	the worst A	最差的 A 之一
the worst	possible A	所有可能中最差的 A

▷ That's **one of the worst** movies I've ever seen. 那是我看過最差勁的電影之一。
▷ That's **the worst possible** outcome. 那是所有可能中最糟糕的結果。

worst /wɜːst/ 名 最差的事物、情況

fear	the worst	害怕最壞的情況
prepare for	the worst	為最壞的情況做準備

▷ I'm not sure what's going to happen, but I think we should **prepare for the worst**. 我不確定會發生什麼事，但我想我們應該為最壞的情況做準備。

the worst	of it	最糟糕的部分

▷ **The worst of it** is that I still haven't told my mother. 最糟糕的是，我還沒告訴我媽媽。

at	worst	在最差的情況
at	one's worst	在最差的狀態

▷ I think we'll make a really good profit this year. **At worst** it will still be better than last year. 我想我們今年的獲利會很好。就算在最差的情況也會比去年好。
▷ **At his worst** Nigel is still a better tennis player than Mike. 在最差的狀態下，Nigel 還是比 Mike 更優秀的網球選手。

worth /wɜːθ/ 形 值多少的，值得什麼的

well	worth	很值得的
really	worth	真的值得的

▷ We paid a lot extra to go on some special tours, but it was **well worth** doing it. 我們付了許多額外的費用參加特別的旅遊行程，但很值得。

be worth	doing	值得…

▷ If you have time, it's well **worth** visiting the Tower of London. 如果你有時間，值得去參觀倫敦塔一趟。

worth	A	價值 A 的
worth	it	值得的

★ A 是金額如 ten dollars，或者 a lot, a visit 等

▷ This contract is **worth** more than 10 million US dollars. 這份合約價值超過一千萬美元。
▷ All that effort was **worth it**. 那些努力都是值得的。

W

write /raɪt/ 動 寫；寫信

write	clearly	寫清楚；寫得明確
write	properly	寫好，好好地寫
write	down	寫下來
write	back	回信

▷ My young son isn't old enough to **write properly**, but he can use a word processor! 我兒子的年紀還沒辦法把字寫好，但他會用文書處理器了！

▷ I've written to him several times, but he hasn't **written back**. 我寫信給他幾次，但他沒有回信。

write	about A	寫關於 A 的事
write	on A	
write	for A	為了 A 而寫
write	to A	寫給 A

▷ I have to **write** an essay **about** my summer holidays. 我必須寫一篇關於暑假的文章。

▷ The Peter Rabbit stories were **written for** children. 彼得兔的故事是寫給小孩看的。

▷ Promise you'll **write to** me. 你要答應會寫信給我。

write	A B	寫 B（信件等）給 A（人）
write	B to A	
write	A on B	在 B（紙等）上寫 A

▷ I need to **write** a letter **to** my parents. 我必須寫一封信給我的父母。

▷ I'll **write** my address **on** the back of this envelope. 我會在這個信封背面寫我的住址。

| write | that... | 寫道… |

▷ Kevin **wrote that** he was well and happy in Australia. Kevin 寫道，他在澳洲很平安而且快樂。

PHRASES

Write your name and address here, please. ☺ 請在這裡寫下你的名字和地址。

wrong /rɔŋ/ 形 錯誤的；不正當的；出毛病的

seriously	wrong	嚴重錯誤的
totally	wrong	
completely	wrong	完全錯誤的
entirely	wrong	
morally	wrong	道德上錯誤的

▷ I'm useless at math. I always get the answer **totally wrong**! 我的數學很差。我總是完全算錯答案！

| it is wrong | to do | 做…是錯的 |

▷ Do you think **it's wrong to** download pop music from the Internet? 你認為在網路上下載流行音樂是錯的嗎？

PHRASES

Correct me if I'm wrong, but... 如果我錯了的話請糾正我，但… ▷ Correct me if I'm wrong, but haven't we met somewhere before? 如果我弄錯請糾正我，但我們以前沒在哪裡見過面嗎？

There is nothing wrong (with A) （A）沒有任何毛病、問題 / **There is something wrong (with A)** （A）有點問題、狀態怪怪的 ▷ There's something wrong with the refrigerator. 這台冰箱有點怪怪的。

What's wrong? ☺ 怎麼回事？（做某事）有什麼不對嗎？

W

Y

year /jɪr/ 名 年；歲；學年

spend	one year	用一年時間，度過一年
take	one year	（事情）花一年時間

▷ Kumiko **spent** three **years** living in Australia. 久美子在澳洲住了 3 年。

▷ This university course **takes** four **years** to complete. 這門大學課程要花 4 年修完。

last	year	去年
this	year	今年
next	year	明年
the year	after next	後年
the year	before last	前年
the previous	year	前一年
recent	years	近年
a calendar	year	日曆年
a leap	year	閏年
the academic	year	學年
the school	year	
the fiscal	year	會計年度，財政年度
🌐 the financial	year	

▷ I'm hoping to go to university **next year**. 我希望明年上大學。

▷ I'm going to graduate the **year after next**. 我後年畢業。

▷ I left school the **year before last**. 我前年結束了學業。

▷ This year's exam results are much better than those from the **previous year**. 今年測驗的結果比去年好很多。

▷ In **recent years**, people have become much more aware of the environment. 近年來，人們變得有環境意識多了。

▷ This is the timetable for the **academic year**. 這是這個學年的課程時間表。

early in	the year	年初
late in	the year	年底
the beginning of	the year	一年的開始
the end of	the year	一年的結束

▷ I got a new job **early in** the year. 我在年初得到了新工作。

▷ We won't know the results of our exams until the **end of** the **year**. 我們不到年底不會知道測驗的結果。

year	after year	年復一年
year	by year	一年一年，每一年

▷ I don't want to do the same job **year after year**. 我不想年復一年做相同的工作。

▷ He saved up his money **year by year**. 他一年一年累積他的儲蓄。

a year	from today	明年的今天
a year	ago today	去年的今天
three years	ago	三年前
three years	later	三年後

▷ Let's meet again a **year from today**. 我們明年的今天再見面吧。

▷ Sharon and Kevin got divorced three **years ago**. Sharon 和 Kevin 三年前離婚。

in	the year 2025	在 2025 年
for	years	好幾年
over	the years	經過這些年

▷ I wonder what the world will be like **in** the **year** 2025. 我好奇世界在 2025 年會變成什麼樣子。

▷ I haven't seen Bill **for years**. 我好幾年沒見過 Bill 了。

▷ I think I've grown a little wiser **over the years**. 我想這些年來我變得聰明了點。

all (the)	year around	一整年
all (the)	year round	

▷ We're so far north here that there's snow **all year round**. 我們這裡位置很北邊，所以整年都下雪。

yesterday /ˈjɛstəˌde/ 名 昨天

yesterday	afternoon	昨天下午
yesterday	evening	昨天晚上
yesterday	morning	昨天早上

★ night 則不說 ×yesterday night，而是 last night

▷ This letter arrived **yesterday morning**. 這封信是昨天早上寄到的。（★ 不會說 ×last morning, last afternoon）

the day before	yesterday	前天

▷ We had lunch together the **day before yester-**

day. 我們前天一起吃午餐。

young /jʌŋ/ 形 年輕的，年幼的；幼小的

look	young	看起來年輕

▷ She **looks young** for her age. 以她的年齡而言，她看起來很年輕。

fairly	young	相當年輕的
pretty	young	很年輕的
quite	young	
relatively	young	相對年輕的

▷ Sixteen is **pretty young** to get married. 16 歲結婚有點早。

▷ He became a top golf player when he was still **relatively young**. 他在相對年輕的時候就成為頂尖的高爾夫選手。

young and old	年輕的和老的
★ 雖然也有反過來說 old and young 的例子，但頻率低很多	

▷ Everybody, **young and old,** loved the Beatles. 當時不論老少，大家都愛披頭四。

Y